吕长春诗词盛典系列丛书

诗词盛典Ⅱ

吕长春读写全唐诗五万首（全四册）

第一函～第四函

吕长春 著

中国书籍出版社
China Book Press

步铭
——记诗词盛典ⅠⅡⅢ

古古今今主客人　生生息息匹夫身　年年岁岁苦经纶

两万三千三百日　十三万首佩文臻　方圆格律作香尘

图书在版编目（CIP）数据

诗词盛典：吕长春格律诗词六万八千首续集：全唐
诗五万首.Ⅱ / 吕长春著. -- 北京：中国书籍出版社，
2019.9

ISBN 978-7-5068-7243-0

Ⅰ.①诗… Ⅱ.①吕… Ⅲ.①诗词—作品集—中国—
当代 Ⅳ.①I227

中国版本图书馆CIP数据核字（2019）第120994号

诗词盛典：吕长春格律诗词六万八千首续集：全唐诗五万首. Ⅱ

吕长春 著

责任编辑	初 仁 刘 娜
责任印制	孙马飞 马 芝
封面设计	东方美迪
出版发行	中国书籍出版社
地　　址	北京市丰台区三路居路 97 号（邮编：100073）
电　　话	（010）52257143（总编室）　　　（010）52257140（发行部）
电子邮箱	eo@chinabp.com.cn
经　　销	全国新华书店
印　　厂	三河市顺兴印务有限公司
开　　本	787毫米×1092毫米　1/16
字　　数	4500千字
印　　张	144
版　　次	2020 年 7 月第 1 版　2020 年 7 月第 1 次印刷
书　　号	ISBN 978-7-5068-7243-0
定　　价	1286.00 元（全四册）

辽宁·桓仁 故乡

全家福

全国地铁办公室

台城　一家老小

女儿一家

兄弟姐妹

私塾

一世夫妻

十年沧桑

这里的世界只有两种颜色

一条线把地球分成两半

首相、省长、顾问

独木成林

一个人的诗词长城

《诗词盛典——吕长春格律诗词系列丛书》出版前言

2017 年 1 月 27 日，中共中央办公厅、国务院办公厅联合印发了《关于实施中华优秀传统文化传承发展工程的意见》（以下简称意见），新中国成立以来，这是党和国家政府第一次以中央文件形式专题阐述中华优秀传统文化传承发展工作，表现并彰显出了中央对传统文化前所未有的重视程度与践行决心，昭示着国学即将迎来真正的解放与全面的复兴。

如果说国学是中华民族文化根元取之不竭的宝库，那么传统诗词就是这宝库里最为璀璨的明珠。21 世纪以来，中华诗词文化事业方兴未艾，欣欣向荣，然而正如习近平总书记在文艺工作座谈会上所提到的，当前文艺创作还存在有数量无质量，有高原无高峰的缺憾。传统诗词也不例外， 最为突出的， 就是在传统诗词的承继发扬与现实效用上还远远不够，往往呈现古人多，今人少；诵读多，领悟少；研究多，创作少的习惯与现状。在中央统一要求把传统文化融汇创新并贯穿国民教育始终的时代背景下，文化界、学术界、诗词界、教育界、出版界迫切需要推出一批古为今用、推陈出新的优秀传统诗词作品，令古老的诗词歌赋在每一个当下都能焕发出现实的光彩，让每一位阅读者都能感到读有所得，知一反三，让每一个学习者都能从中悟到中华优秀传统文化独特的气度、智慧与神韵。

正是在这种背景与需求下，中国书籍出版社隆重推出近一千万字的煌煌巨著《吕长春格律诗词系列丛书》，以此作为对《意见》的落实与响应，希望凭借着中华传统文化全面复兴的时代东风，将丛书作为"中华优秀传统文化继承发展实施工程"中的一个抓手，以文化人、以诗育人，弘扬国粹，提振国学。

作为本书作者，吕长春先生年近七秩，较之时下风云人物、网络大 V，可谓不见经传、藉藉无名。这很大程度上与长春先生不求闻达的心态与行止有关。其实作者人生经历极为丰富，早年即在国务院经济研究中心担任要职，通晓俄德英日四语，主持多项外贸谈判，后又参办香港和蛇口及苏州工业园区，创设信托银行，而今为马来西亚和巴布亚新几内亚国家部长级顾问，于事业一途早证圆满。然而其内心最深的热情、毕生最大的倾注，则要归之于中华传统歌赋诗词。作者工科出身，且专外语，论传统文化并非科班严训，本是半路出家，却独钟诗词格律，几十年来手不释卷，笔不停挥，朝朝有吟啸，日日发新辞。大半生心血，铸就十三万首谨尊法度而又自蕴意趣的诗词歌赋，这已经不是一般意义上的自况或唱和，而是传统诗词领域横空出世的一座独特的大厦、一幅辽阔的壮锦，概括地说，它将带给传统诗词爱好者几个不一样的阅读感受：

一、数量前无古人，质量精益求精

本丛书共收吕长春格律诗词十三万余首，截至今年初夏，作者共完成古今诗佩文韵格律诗词六万八千首、读写康熙御制全唐诗五万两千首、读写唐圭璋全宋词一万七千首，三者累计十三万七千首，草稿和正本约 1700 万字，不仅远远超过了号称诗词高产冠军乾隆皇帝的四万三千首，也超过了《全唐诗》的四万八千首，从诗词创作体量层面而言，这个数量是可以载入史册的。更为难得的，是作品数量和质量的相对统一，现代人著古诗，往往要么求意境而失工整，要么得格律而弃内涵，更多的则是平仄不分，声韵全无。本书诗词十三万首，却丝毫不因数量之巨而在格律上有所敷衍，于海量的数量下仍能基本保持格律工整、法度谨严、意境蕴藉的水准，的确是蔚为大观、蔚为奇观。

二、形制丰富多彩，体裁不一而足

本书堪称中华传统诗词形制与体裁读写的集大成者，举凡格律、古风、歌行、乐府、竹枝词、长短句、词牌、中长调、曲赋等，皆在十三万首中包罗万有，融汇一炉。作者诸体皆读、皆用，皆能，转换自得，如数家珍，诗词爱好者观之如入诗词之百花深处，又如观曲赋之大树千枝。

三、题材联通中外，元素纵横古今

作者以毕生之力，著海量诗词，却并非务空务虚、泛泛而咏。丛书以三个系列为轮轴，以百万诗行为辐条，犹如一条绵绵不绝而又风景殊胜的诗词大道。从创作题材来看，均以古诗为眼，以今诗点睛，即读一首古诗，写一首今诗，古诗中未道尽的渊源、人事、意味，都在对应的今诗里脉脉相承、遥遥相应。就内容元素而言，更是至广至深，上至三皇五帝，下至一带一路，纵横几万里，上下数千年，读之品之，犹如时空飞越，古今穿梭。

四、高张现实观照，洋溢时代气息

一个时代有一个时代的文学，一个时代有一个时代的诗歌。诗映现实、歌咏时代，历来是我国诗歌创作的一个优良传统，也是落实习近平总书记文艺作品要出精品、见高峰思想的重要体现。长春先生人生阅历极为丰富，参与政务体改，主持外贸谈判，兴办工业园区，创设信托银行，一幕幕时代变革与社会发展，历历在目，如在眼前，都在其笔下化作凝固的记忆，时代的新声。而贯穿始终的，则是作者对共和国深厚的感情，对改革开放成就的记录，对中华民族历史与文化的弘扬。

中国书籍出版社有限公司在传统文化出版与传播方面向有建树，近年来与中华诗词研究院、中华诗词学会、北京诗词学会等团体单位和个人深度合作，出版了一批诗词专业图书，在业界拥有独特影响，受到社会广泛好评。《诗词盛典——吕长春格律诗词系列丛书》则是我社诗词图书产品线中较有典型意义的特殊作品，我们希望让更多人们知道：在传统诗词日渐式微的现在，还有这么一位半路出家的退休老人为此而孜孜不倦、情倾一生，如能因之而重新唤起人们对中华传统文化的热爱，对读诗论诗写诗的热情，那更是大有功德的好事。

吕长春先生读写诗词 70 年，25550 天平均每日一千字，计 2555 万字，万里长城 1700 万砖，则 70 年笔墨相当于 1.5 个万里长城，作者坚韧的专注度和惊人的创造力于此可观，从这个意义上看，诗词盛典犹如作者自己铸就的一座诗词长城，但作者毕竟是半路出家，有意读唐宋，无意作诗人，故此，这座诗词长城上的每块砖是否厚重，成色如何，请所有诗词爱好者批评、指正。中国书籍出版社愿以此结缘有志于承继中华优秀传统文化的各界人士，为中华优秀传统文化的复兴、繁荣与提振，尽我们一点微薄的力量。

中国书籍出版社

2020-07-10

目　录

目 录

5

第一函　第六册

13

17

23

31

33

46

47

48

50

53

第三函　第六册

71

81

隋·展子虔
游春图

读写全唐诗五万首

第一函

第一函　第一册

1. 序

康熙御制古今词，积聚全唐五万诗。撰
集三千才子客，英华自著杏坛师。物象
兴怀天下事，乾坤寓境世谋知。阴晴日
月轩辕见，草木山河正宗之（一社稷思）。

2. 高祖赐秦王

圣德合皇天，连珠五宿年。
和风扶二子，上下世民前。

第一函　第二册

1. 太宗皇帝

唐朝李世民，铁柱治秋春。
晋北关娘子，云南大理臣。
辽东乡土色，碣石海天津。
十八名儒馆，凌烟阁上秦。
弘文多学士，典籍著经纶。
颂雅风情致，贞观治要钧。
五百年中事，三千岁后仁。

2. 帝京篇十首

之一：

万几之暇一艺观，千儒固化半心宽。
凌烟阁上英雄在，八水城中日月坛。
舜禹神尧天李子，秦皇汉武共云端。
疏流导滞江河去，立脉平川日月桓。
一曲咸英成古道，三光普照六经丹。
文攻武制文持久，女织男耕女节鸾。

凤阙麟台隋别治，三公百宦客贤冠。
乾坤草木阴晴度，宇宙玄机四象安。

之二：

有下三弓问，云中六骏鸣。
丰镐天下色，何必瑶池荣。
虚弦惊寄雁，释叶木华声。
难志秦川纵，良阁帝业耕。

之三：

十里长安巷，千流八水城。
京都天下路，帝国武文明。
百雉离宫密，三光魏阙平。
风烟留紫气，玉树寄枯荣。

之四：

王步岩廊色，三千弟子声。
弘文夫子馆，凤辇魏徵情。
大道通西域，中径向太平。
秦川函谷望，渭邑帝都京。

之五：

馆列鸣笳曲，音从古木中。
浮槎桐未岸，湍沌壶口穷。
有觉方圆定，无弦日月风。
阳春同下里，白雪共霓虹。

之六：

彩凤三光色，金銮四象来。
商周玄鹤去，魏晋故音裁。
郑卫啼猿少，秦川八百才。
芳辰成紫禁，但见王琴台。

之七：

翠渚口川草，清风皎月明。
长烟去落照，素雾接都城。
万里瑶池远，三生洛邑京。
汾河何岂必，晋水可精英。

之八：

二八建章明，三千弟子城。

3

昭阳知玉树，縠谷丈夫情。
百兽山林纵，群蜂草木鸣。
知音依旧是，帝子几何行。
之九：
问古公孙策，房谋杜断行。
云南扶铁柱，塞北一夫徵。
惠养农桑税，慈恩子女盟。
江山由自己，社稷以民生。
之十：
秦川帝宅雄，渭邑国家风。
玉树临天立，金銮入殿宫。
千寻楼阁色，万岁上臣忠。
日隐层云色，风烟碧翠空。

3. 饮马长城窟行

饮马长城窟，凝冰塞外城。
交河流水定，朔雪锁江明。
戍将层峦望，微人晓色倾。
旌旗连帐节，玉寨夜灯荣。
羌笛悠然起，胡尘万里清。
干戈尤枕旦，万士纪功名。

4. 执契静三边

执契静三边，金华留一圆。
霜明城上雪，日照酒口泉。
宇宙重清肃，璇玑正美弦。
升文何戢武，七德九功烟。
旧碧陈烽火，枫红列祖悬。
韬莲莲剑阁，蕙岭岭沙川。
意绝龙庭戍，朝思受降延。
流鸣扬大漠，逐雁问南天。
国界何时定，邦疆几度全。
英雄应万里，立马竟千年。
江海方圆内，云南日月田。
躬思天下志，寸羽统唐渊。
至道知隆治，从容玉殿宣。

5. 正日临朝

献节茶风问，朝阳律令明。
殷商初牧田，舜禹治功成。
八表同车轨，三公共宇情。
丞相文纂鼎，指鹿帝王倾。

磊石长城筑，隋炀汴水赢。
留当今古志，何必一生名。

6. 幸武功庆善宫

序：
太宗生于武功庆善宫，六十四童儿舞
记之。
武功诚善宫，乐府未唐风。
汉沛童儿舞，秦王以始终。
呈新鄄邑迹，累圣粤予空。
弱束龄逢运，怀柔八字穷。
单于归武帐，万田宿疆东。
四岳从天意，三江顺地通。

7. 重幸武功

但纪武功名，丛林朔汉英。
乡生多壮士，土长月禽鸣。
积善成天下，怀衷立世荣。
丹陵田畯望，碧玉紫烟晴。
独屿霜枫色，孤山雪是城。

8. 经破薛举战地

扶风王战争，壮气半功名。
举剑兴天宇，提戈振节荣。
随心怀日月，正志逐长城。
转道江河岸，移锋岭石横。
星光沉北陆，目瞩旧原营。
故迹残痕减，莲昏世态晴。

9. 过旧宅二首

之一：
翠辇新丰驻，笳銮古径空。
苍苔重旧色，断古付红枫。
王水何先后，三波久不穷。
千军随八阵，万马逐天荒。
之二：
白水王鱼梁，新丰半故乡。
秦川三不语，渭邑帝侯疆。
九围凌波路，三边胜战道。
昂头先八步，举上大风扬。

10. 还陕述怀

一剑定乾坤，三光向玉门。

星旗分两列，日月对千恩。
大理云南界，楼兰大漠村。
乾坤唐将在，宇宙晋人根。

11. 入潼关

半入潼关巷，初闻帝业声。
河流天土色，水有云来京。
古木参差影，寒猿断续鸣。
封泥真远志，晓气弃军城。

12. 于北平作

晋凤闻城老，卢龙问北平。
蓟门先后度，李广将飞名。
射虎燕山外，行辕古道晴。
渔阳渔海见，万户万人盟。

13. 辽城望月

望月辽城帐，清晖宿寨营。
玄宫寒玉兔，碣石玉临明。
缺缺圆圆见，来来去去行。
英雄谁止步，日暮自耕耘。

14. 春日登陕州城楼

烟霞密翠班，碧缀玉门关。
陕北红芳道，川南岫石湾。
原开千载要，岭峻万年山。
野旷天涯去，云平海间还。

15. 春日玄武门宴群臣

步履华林侧，芳门令序开。
丹墀连殿阁，广乐柏梁台。
绿醑朱弦改，葡萄汉使来。
钧天清许许，曲韵客臣猜。
万国庭文佩，千埏戍军摧。
和平从此定，黩武已由杯。

16. 登三台言志

汉武未央明，阿房二世横。
秦皇和六国，举槊待三英。
渭水宏才储，长安永定城。
儒家文学馆，佛道不相倾。
蜀道藏弓剑，陈仓济精英。

劳神成大厦，惭意守相衡。

17. 书猎

长阳汉帝宫，楚国细腰风。
岂岳潇湘雨，辕驱六郡东。
挥戈争万马，逐鹿纵千弓。
箭羽惊狼虎，枪缨振鸟虫。
胡服舒紧袖，锐卒士先雄。
岫石凭孤色，丛林以叶红。

18. 冬狩

封冰结玉流，狩兽向冬游。
上勒旌旗隐，宫商角羽休。
千方成百计，万待付三谋。
密策惊鸿定，操戈付士忧。
文心功逸事，武备解春秋。
鸟兽方圆界，刀弓不必求。

19. 春日望海

之罘汉帝光，碣石问秦皇。
月界形难测，无源实可量。
春芳温草木，积纳海成洋。
旷野何千色，洪涛何八荒。

20. 临洛水

洛水凌波问，陈王驻步留。
菲菲花草色，弱弱暮朝愁。
锦绣山河岸，汾阴魏晋舟。
芝兰终不弃，七步王诗留。

21. 望终南山

何须问八仙，只待一千年。
白日层峦隐，南山玉石泉。
天遥连碧树，水近济舟船。
壁垒红霞色，溪流雪雨烟。
平明观渭邑，暮色问桑干。
永定河边去，渔阳可牧田。

22. 元日

垂衣驭八荒，暖昧步三堂。
暖气初曛日，东风已上扬。
千章维早市，万象像华装。
载列朱弦见，高轩紫气张。

长廊通玉漏，四极待天光。
帝道文昌继，王城古鉴航。

23. 初春登楼即目观作述怀

俯仰凭轩望，高低任瞩观。
六空云不尽，土阔木波澜。
际锦红霞色，流溪素木丹。
含光林要色，纳雾草花冠。
独力躬身近，遥呈过客端，
秦川思不尽，渭邑处君安。

24. 首春

东风王首春，二月半梅八。
律变莺鸣色，天循草虫频。
芝兰逢湿气，绿藻满江津，
小杏墙边望，梨花挂满巾。

25. 初晴落景

初晴落景明，暮色照东荣。
万里云烟重，千山草木平。
云沉扬远树，翠积近峰黢。
鸟去寻栖叶，黄昏不可声。

26. 初夏

夏日王朝春，荷莲半目八。
婷婷初欲云，叶叶民浮津。
跃跃莺鸣累，声声隔岸顿。
林阴知渐好，贝叶守纯身。

27. 度秋

夏律一山泉，秋风半地天。
摇摇杨柳岸，处处暮朝田。
令止昆仑雪，书明目掖绵。
楼兰知战士，榜眼曲江船。

28. 仪銮殿早秋

一叶仪銮殿，千声铁甲寒。
楼兰天下肃，渭水几波澜。
物象长安纪，微微洛邑观。
芙蓉莲子重，玉叶碧无残。

29. 秋日即目

爽气丹青色，阴阳两界明。

乾坤天地合，日月去来晴。
草露方圆早，松林早晚声。
重阳重九至，目望目千英。

30. 山阁晚秋

岩廊凉气重，雪覆玉霜轻。
古木成孤树，溪流化独明。
坡阳残菊落，岭背满寒声。
悬揽深林素，冰封浅水城。

31. 秋暮言志

阔野明光远，霜华玉树荣。
浮云天地外，细雨润耘耕。
杜断房谋策，公孙揽镜平。
江山由草要，社稷以八行。

32. 喜雪

江山一色明，日月半相倾。
叶负霜层素，峰扬玉甲惊。
鳞光孤自许，柳絮作精英。
岁岁年年见，高低各不行。

33. 秋日斅庾信体

晓浦鸣飞雁，流萤作夜虫。
蝉眠今是客，古木近冬风。
似以莲荷色，池塘月下空。
蓬房生桂子，渚芷小鱼红。
不暖寒初冷，霞明翠鸟丛。

34. 赋尚书

住步崇文问，东观日色明。
三台风雅颂，五典治昏甍。
克己奉公正，扶苏草木荣。
除邪当世界，积善可昌平。
竞竞江山牧，辛辛社稷城。
君王随岁转，土木自丛生。

35. 置酒坐飞阁

玉树后庭花，飞红入万家。
轩高临碧渚，阁暖问胡笳。
色满天街路，音全鼓瑟华。
高低城市晚，醒醉酒壶斜。

5

36. 咏风

但向萧条起，中空问曳摇。
由天垂地去，羽翼任从消。
一瞬东西卷，千呼日月潮。
田桑丛自主，草木各身凋。
去去来来是，声声路路飙。

37. 咏雨

细细云无声，轻轻谷有情。
田田禾稻色，岭岭要林倾。
叶叶先甘露，枝枝入后荣。
山山多点滴，水水注源清。
四海重分配，三江民太平。

38. 咏雪

皎皎凝光野，明明覆叶层。
梨花飘不定，素盖落霜晴。
玉拂鳞甲色，风扬四面荣。
春风应待到，陌柳自先行。

39. 赋得夏首启节

北阙三春去，南山九脉舒。
莲荷花色早，碧叶自圆余。
夏首风平待，瑶池十尾鱼。
莺啼应不力，启节子云居。

40. 赋得白日半西山

白日半西山，红霞一玉关。
停岭峰顶色，远树叶光环。
落照多如故，行明可不还。
含烟何万象，纳翠几千般。

41. 采芙蓉

结伴方塘戏，鸳鸯不独踪。
凌波何许是，暮色采芙蓉。
细浪分无定，藏娇合叶封。
牛郎应不见，织女怯心浓。

42. 咏司马彪续汉志

四象双仪见，初分八卦城。
三才方定位，六郡已周明。
九鼎江山铸，千流日月晴。
河图文字篆，渭邑洛书荆。
步迹轩辕牧，口经舜禹声。
唐尧虞子健，汉志谷川衡。
物宰呈时令，天工化土萌。
梅山从不朽，盛迹久阴晴。
事事由心解，官官不护惊。
悠悠今古治，处处问国耕。
彩艺雕奇色，华章豫晋萌。
蕴深应守序，道理可精英。
令典长城外，商工汴水情。
泉流源不断，石磊玉峰营。
政顺八和气，天高土阔平。
相承相继续，互学互先生。

43. 赋得樱桃（春字韵）

春平十一真，世改万千八。
美色红颜近，佳形玉果秦。
姿身园润泽，肉味胜山珍。
殿上珠先至，园中已苦辛。

44. 赋得李

江山一李家，日月万人花。
桂圃桃圆近，成蹊小杏斜。
灵山多少色，玉宇去来涯。
丽景千年颂，风光万里霞。

45. 赋得浮桥

两岸飞虹在，千波巨浪生。
扶摇连彼此，起落步轻盈。
陆屿成双对，江流独自行。
舟船须系缆，索道可纵横。

46. 谒并州大兴国寺

福地回銮问，芳宸玉辇行。
钟声依旧响，磬语可倾城。
宝刹香风远，圆光月殿盟。
乾坤从梵法，世界转轮明。

47. 咏兴国寺佛殿前幡

一举白云中，三光玉树同。
方圆成一度，大觉化千功。
质薄无机会，心轻有色空。
观音如照顾，佛道自通融。

48. 望送魏微葬

望送一归鸿，河桥半亚风。
忠言曾逆耳，社稷始通融。
揽镜知明净，行平治政工。
江山君子日，日月民无穷。

49. 伤辽东战亡

一战到辽东，三生未始终。
朝鲜是旧国，振律向余弓。
解甲观鳞羽，凌云问宿戎。
无主天下路，自主保英雄。

50. 月晦

月晦移中律，凝明顺序生。
弦弦由篌节，叶叶正枯荣。
晓露珠圆在，朝云覆盖城。
啼声朝暮问，不可误平生。

51. 秋日翠微宫

日上翠微宫，云平玉水红。
秋光霞彩色，玉辇白云中。
竹菊兰梅见，良贤谏劝风。
鸿移南北路，士举始无终。

52. 初秋夜坐

一叹独含悲，三边客纳危。
千声知叶落，万岁见衣垂。
共坐何不见，同行几度窥。
愁心天子路，物节靖情绥。

53. 秋日二首

之一：
九日茱萸采，三秋菊色明。
金风成叶落，玉露作珠城。
塞冷飞鸿去，湘云雁字横。
飞天人一字，落地待春生。

之二：
爽气澄兰影，金风镇殿明。
心晴天子路，目阴世中营。
玉菊黄花色，蓬瀛秀草盟。
年年如此是，岁岁似枯荣。

54. 冬宵各为四韵

玉殿龙宫漏，冬宵寓直明。
公侯珠佩玉，拄月仗都城。
笏剑依墙著，中书两省荣。
天朝门下问，历令可阴晴。

55. 冬日临昆明池

劫尽隐平沙，昆明腊月花。
梅香浮动后，柳影欲先斜。
石铸鲸鱼水，昆明铁柱涯。
云南云不尽，渭水渭淘沙。

56. 望雪

素影满朝霞，迎风一半斜。
凝云封冻树，玉粉散霜华。
簌簌平平落，疏疏落落纱。
梅梨相似色，杏李共成花。

57. 守岁

一夜分双岁，三夏作两年。
梅花香暗递，大雪色明天。
暖殿红灯照，深宫锦绣妍。
同音千百度，共守半宵眠。

58. 除夜

献节新风至，星河故道悬。
冬梅香已到，爆竹划清烟。
暮纪冬隆雪，宸明瑞色年。
当言天下问，只道玉壶泉。

59. 咏雨

披襟弄五弦，细雨过三边。
渭水多波色，桑干淑气田。
山河云雾重，草木露霖泉。
涧谷流溪满，平原四面鲜。

60. 赋得含峰云

晓雾一红楼，红天半色流。
含峰云未定，纳殿雨还羞。
榭角何无续，檐心似有留。
阳台空不惑，草木已先酬。

61. 三层阁上置音声

暮色三层阁，音声一道仙。
宵云从紫气，羌笛舞人妍。
不是秦楼玉，何闻汉酒泉。
英雄当自立，日月可新篇。

62. 远山澄碧雾

翠岭残云色，长山碧玉田。
霞红羞瞩目，暮要久苍烟。
远远凭空度，遥遥任酒泉。
相思飞将去，莫忆女儿宣。

63. 赋得花庭雾

淡淡花庭雾，浓浓玉殿香。
轻轻云雨высот，色色共炎凉。
郁郁沉馨住，扬扬启淑妆。
芳芳连碧叶，隐隐逐黄粱。

64. 春池柳

隋堤柳色新，细叶已先春。
润泽东风雨，飘扬渭水秦。
随云摇曳去，带影落池津。
曲直垂烟雾，参差滴露均。

65. 芳兰

紫苑春晖色，芳兰淑气先。
前庭含翠绿，殿后纳云天。
淡淡心中气，清清月下妍。
凝香泛露水，启度作新年。

66. 赋帘

珠珠玉玑为，线线串丝规。
合合分分去，舒舒卷卷维。

67. 咏桃

桃圆三结实，禁苑一春晖。
腊月梅寒瘦，春风色暖肥。
千开曾不度，百闭可云飞。
向日纷纭落，寻秋自在归。

68. 咏鸟代陈师道

暮色上林寻，晨明问古今。
高低常不就，左右择栖荫。

不待陈师道，何知玉石音。
山高无弊足，草密有鸣禽。

69. 咏饮马

六骏一天鸣，三光半太平。
行天经日月，驻地对枯荣。
饮马江流岸，飞扬玉宇情。
长泾清白许，远道是平生。

70. 赋得残菊

阶兰一曙霜，岸菊半花黄。
晓露颜光好，晨霞注早妆。
留芳邻岁晚，问世任低昂。
叶落苍山上，根生逐客肠。

71. 赋秋日悬清光赐房玄龄

灵鸟带影飞，魏阙入重围。
一孔观天下，三光各自晖。
秋凝香果味，夏结子心扉。
帏叶天竺慧，河图洛渭归。

72. 琵琶

半月无双影，全花有四弦。
阴山飞将在，汉马蓟门前。
百态随音欲，千姿任曲悬。
胡姬谁掩面，舞尽女儿妍。

73. 宴中山

一马向辽阳，千军对四方。
朝鲜原是国，紫苑自家乡。
六郡关中志，三边月上疆。
扶桑思自主，日月可沧桑。
冀赵云南北，楼兰鲁越王。
秦皇何二世，指鹿亦当强。
八阵曾先后，岐山已弃扬。
成都寻蜀相，白帝问天王。
桂掩寒宫色，婵娟玉兔香。
中山多少燕，故国去来梁。

74. 饯中书侍郎来济

中书一侍郎，别路半家乡。
暖暖风尘道，轻轻玉勒缰。
京都多皇巷，灞岸有河梁。

八水长安外，千川渭邑旁。

秦中相济泽，月下已炎凉。

独叹江河色，孤舟近远航。

75. 于太原召侍臣赐宴守岁

守岁早梅新，陈年晚夜春。

灰管观雪瑞，四令向天津。

76. 咏烛二首

之一：

花开不是春，泪落亦红尘。

以短凭长见，相逢以色邻。

之二：

影动四方明，高低半不声。

高楼明月夜，玉殿色殊荣。

77. 咏弓

曲臂一弦弯，矢扬半箭关。

流星从此去，持地待功还。

78. 赋得早雁出云鸣

玉露清寒塞，飞鸿万里行。

云霄积展翅，一字人形鸣。

79. 赋得临池柳

岸曲丝垂水，波移细叶倾。

形长含露滴，不语济池情。

80. 赋得临池竹

碧玉青青色，贞条节节扬。

湘妃悲鼓瑟，滴泪落悲伤。

81. 赋得弱柳鸣秋蝉

柳影黄昏后，蝉鸣玉叶黄。

清姿藏羽振，古树纳炎凉。

82. 探得李（一作咏李纪事）

一直盘根树，三光日月星。

开晴四海路，世纪九州青。

83. 咏小山

一对并蒂莲，双峰独向天。

遥遥天地祝，楚楚暮朝烟。

84. 赐萧瑀（怀仁）

智者必怀仁，行人可省身。

忠良诚可贵，劲草以风申。

85. 赐房玄龄

太液仙舟渡，西园独木明。

天才成晓色，玉漏待君清。

86. 辽东山夜临秋（桓仁五女山、浑江月亮湾）

桓仁五女山，跬步半归颜。

日月朝鲜色，辽东月亮湾。

87. 赐魏微诗

魏徵善治酒，有名曰醽醁，翠涛世祈未。

有太宗赐诗，醽醁胜兰生，翠涛过玉髓。

千年醉不醒，十年味不败。

（注：兰生，汉武帝百味旨酒，玉髓，隋炀帝酒名。醽醁魏微名，兰生汉武倾。隋炀禾玉髓。）

88. 两仪殿赋柏梁体

绝域天街一太平，中华可汉半相生。

云收雾敛晴光好，日月登封告盛城。

89. 句

之一：

雪耻慰平生，除邪正太平。

英雄夫可指，日月自光明。

之二：

白马飞天去，黄云寄太平。

90. 太子纳妃太平公主出降

龙楼先曙色，鲁馆启朝晖。

玉殿呈天地，银牓落藻微。

珠声连紫陌，翠句逐茵扉。

酒酴和臣醉，申芳晏自归。

妃贤从太子，出降女儿闱。

六合方期秦，三光共度微。

91. 守岁

梅花初放色，守岁待芳香。

大雪瑞国覆，闻年对豫章。

今宵冬律尽，来日物春扬。

但得门前柳，分寒向四方。

92. 过温汤

泾水朝朝色，新丰处处清。

源源相泽润，蓄蓄暖汤城。

白曙明霜下，烟霞断续生。

龙池泉玉液，碧雾雨苍生。

93. 九月九日

玉殿端活历，龙闱律我商。

林疏风旷达，菊色叶初黄。

石阴清流水，波涛曲折荒。

猿啼惊草木，影落带余香。

94. 谒悲恩寺赴奘法师房

福地悲恩寺，师房大雁乡。

飞鸿应备羽，翌是去湖湘。

目望皇畿路，轩眺落日光。

衡阳南北见，塞外去来扬。

95. 谒大慈恩寺

万台慈因寺，千声古刹扬，

香浮天界近，物象四时堂。

大乘涅盘若，送陀渡岸旁。

三藏僧智慧，八戒守圆方。

96. 七夕宴悬圃二首

之一：

羽盖金銮色，凤驾玉冠红。

七夕银河望，三秋鹊去空。

人间何祈祷，暖阁几天工。

织女纤纤手，重操细细戎。

机杼应已住，两岸水流空。

之二：

别别离离间，来来去去消。

年年何不止，岁岁度绞绡。

97. 咸亨殿宴近臣诸亲柏梁体

咸亨一柏梁，诸子半余香。

墨岘呈甘雨，瑶池化陌桑。

98. 中宗皇帝

太子庐陵去，神龙复群王。
年年循六冶，处处溢余芳。
渭水梨园色，葡萄恶夏肠。
慈恩黄菊气，白鹿赐温汤。
学士修文馆，朱缨著豫章。
诗联何不与，仅俱供田桑。

99. 九月九日幸临渭亭登高得秋字

九九王阳秋，重重半是浮。
茱萸天下纪，渭水望中流。
四顾秦川路，三杯御酒酬。
阴阳分界定，草木作轻舟。

100. 登骊山高顶寓目

秦川王始皇，汉界半沧桑。
八水龙沙色，千流逐世光。
金门明玉馆，凤阙对温汤。
寓目潼关道，皇图正四方。

101. 幸秦始皇陵（景龙三年十二月十八日）

何言一鲍车，指鹿半皇余。
骊邑阿房比，金陵章子虚。
二世坑书，三朝闻小篆。
逐客东南问，长生独自居。

102. 立春日游苑迎春

步步柳先新，欣欣觉风频。
东南闻紫气，凤阙民梅邻。
淑叶黄鹦问，甘泉细草均。
群芳含色待，隐约碧中陈。

103. 十月诞辰内殿宴群臣效柏梁体联句

含云润色柏梁台，捧是微呈玉酒杯。
右弼中书门下客，南同左掖豫章来。

104. 石淙

三阳一纪光，二室半虞梁。
石镜明天地，甘泉任曲觞。
乾坤呈淑气，符睿自平阳。

八水东流去，千川任低昂。

105. 联句

序：
景龙四年正月五日移仗蓬莱宫御大明殿会吐蕃骑马之戏因重为柏梁体 联句
诗：
蓬莱日月翊陶唐（帝），凤舞鸾鸣治万方（后）。
鲁馆秦楼含沐浴（安乐公主），文江学海绩平阳（著作郎）。

106. 睿宗皇帝

八子谦恭孝友光，千书草隶字文昂。
勤工好学相王旦，训诂三年自遣芳。

107. 石淙

嵬嵬一奇峰，峤峤半御踪。
天台天上色，秀岭秀芙蓉。
树影参差云泽岫，流光起落水浮淞。
宸居紫苑悬泉色，首镇嶙箕作鼓钟。

108. 明皇帝

李旦三儿子，隆基半世昌。
贞观风再现，四十七年皇。
励治图精政，梨园艺曲扬。
开元天宝继，始记进平王。

109. 过晋阳宫

跬步晋阳宫，参虚帝田风。
潜龙天上耀，沛润世中雄。
运革循承许，经纶复虚宏。
阴晴从日月，顾祚唐虞鸿。
习俗闻民巷，闾阎颂德工。
艰难应智取，俯仰告家翁。

110. 行次成皋途经先圣擒建德之所缅思功业感而赋诗

叱咤一风云，隋昏半帝文。
群雄先按剑，举臂已呼闻。
作气成功业，擒俘帝道耘。
嵩华惊尧故，渭邑感鲸勋。

111. 校猎义成喜逢大雪率题九韵以示群官

校猎一皇天，扬旌半纪年。
乌罗三教子，四面两云泉。
暮落苍苍雪，晓晴积积田。
弓弧矢猛士，组练客雄迁。
玉兔随声远，苍鹰俯首宣。
咸丰连逐马，触地见先贤。

112. 赐诸州刺史以题座右

共理一贤天，同思九鼎田。
行明主著迹，择献瑞黎怜。
讼狱知情达，桑麻感地元。
安贞知老弱，勉子谢源泉。
日月山河见，民生绥靖宣。
周赢河洛问，献实劝阡年。

113. 送忠州太守康昭远等

瑞制中枢客，台英甸节盟。
分符临阁政，导引始嘉声。
九牧呈千祀，三光化万荣。
贤芳猷贯列，伫颂史和平。

114. 送李邕之任滑州

东都白马津，洛邑庶黎春，
临劳可殖道，首路何须均。
方行今始深，汉界已封尘。
别及滑州牧，闻良自以仁。

115. 端午三殿宴群臣探得神字

领悟蝉声近，心劳物象真。
槿花朝暮色，麦谷夏秋因。
五月天晋数，千般陌色神。
三公平紫气，六义术良臣。

116. 温汤对雪

北陆吹风云，三清九脉文。
温汤和日月，日月作功勋。

117. 登蒲州逍遥楼

九洛风尘定，三秦日月新。
长榆烽火静，九鼎始隆臣。

上理辰时道，中枢秦遇春。

黄河分地脉，洛邑古人仁。

118. 经河上公庙

眷叟经河上，尘封独遗中。

光荣呈古道，渡岸始流风。

宠辱无惊色，坚贞有定公。

如何知启导，肃宇姓名同。

119. 过王浚墓

一墓分牛斗，三生化栋梁。

龙骧吴晋间，受命客功伤。

此路孤碑倒，松风独自扬。

英雄何不济，不得见家乡。

120. 初入秦川路逢寒食

半入秦川一路人，三光洛邑两层春。

清明不远千茵色，介子何闻乞为邻。

121. 春台望

重岩一太华，渭邑万人家。

八水长安绕，终南二月花。

初鹦鸣旷野，返雁落归涯。

别馆离宫色，昆明上掖霞。

桑田阳碧绿，洛濑浪淘沙。

122. 过大哥宅探得歌字韵

江山作九歌，日月渡三河。

鲁卫亲贤重，我銮爱意多。

平台高雁奏，善乐运余波。

千金挥不尽，一路望大哥。

123. 同玉真公主过大哥山池

山池在大哥，日月共蹉跎。

九达龙层石，千重古要多。

清风明月色，桂影问宫娥。

弄玉箫声住，秦楼唱九歌。

124. 经邹鲁祭孔子而叹之

栖栖一代儒，鲁鲁半河图。

鄹氏王宫叹，江山大丈夫。

125. 巡游乃言其志

序：

惟此温泉是称愈疾岂子独受其福思与兆人共之乘暇巡游及言其志

诗：

亿兆水宣传，同源共石泉。

温汤民俱望，岂子独当然。

秀色含香沐，龙池纳正烟。

潺湲连桂殿，曲折逐昌延。

126. 旋师喜捷

汉将胡尘静，长安洛水怜。

龙蛇鲸阵吞，吐纳受三边。

降虏徵夫问，江山社稷田。

朝衣应不懈，铠捷可桑干。

127. 过老子庙

老子一春秋，先生半九流。

蓬莱灵圣德，肃境水云楼。

翠鸟飞天去，鱼龙逐日游。

三清多世界，十地任仙舟。

128. 途次陕州

出入三秦外，阴晴二陕中。

山川虞虢境，日月去来风。

古树田桑陌，耕牛草畦东。

生当人杰士，所见洛阳宫。

129. 野次喜雪

拂晓见行宫，寒源大雪中。

茫茫荒白色，溅溅素枫红。

落地浮云阔，飞天解甲同。

长空连一气，四象予三丰。

130. 送贺知章归四明

此去贺知章，青门寄客肠。

六卿正月五，庶尹大夫扬。

太子辞书史，赤松向晓阳。

贤心天地上，独作会稽乡。

131. 轩游宫十五夜

十五轩宫夜，三千岁月迟。

春风方入洛，淑气可垂枝。

132. 观拔河俗戏

此戏致年丰，长河两岸红。

人人波浪涌，岁岁业精工。

133. 同刘晃喜雨

雨润田桑陌，风调草木荣。

欣欣繁育色，淑淑草花萌。

134. 千秋节赐群臣镜

铸得千秋镜，光生百炼金。

光明贤慧里，日月魏徵心。

135. 赐道士邓紫阳

三门邓紫阳，六甲寄符光。

太乙传金术，清风秘书赏。

真人何不假，羽翼几中囊。

但问三边界，无穷九脉疆。

136. 幸蜀西至剑门

云横一剑门，雨落半黄昏。

千仞青峰望，五丁灌要村。

四川流蜀气，百度小儿孙。

下里巴人唱，阳春白雪蕰。

137. 送道士薛季昌还山

洞府半深山，衡阳一玉关。

三清我阙愿，九曲故人还。

138. 送玄同真人李抱补谒潜山仙祠

道士天中近，蓬瀛海上遥。

归期何不定，去鹤几云霄。

139. 春日出苑游瞩

四序一年春，三阳半苑人。

天街云雨济，世界草花新。

140. 春晚宴两相及礼官丽正殿学士探得风字

尧典宪章明，宗维禹绩清。

县县和郡郡，治治与枯荣。

青励山川界，冠缨向背盟。

英贤良佐纪，简缉豫章城。

鲁壁书坑冷，秦皇二世更。
高才琼齐揽，道运开元情。

141. 同二相已下群官乐游园宴（二相为张说宋璟）

玉帛已当初，江山又相余。
南山多紫气，北斗作天书。

142. 宁王亭

序：

首夏花萼楼观群臣宴宁王山亭回楼下又申之以赏乐赋诗

诗：

盛世半文风，云蒸一治隆。
清华多草木，闰节入新丰。
铁石陈形戒，心微牧政躬。
春晖方不止，夏首可阳红。
跬步南山下，琴筝上掖宫。
衣冠成兆亿，巩树冕西东。

143. 集贤书院成送张说上集贤学士赐宴得珍字

文学开书院，崇儒引席珍。
集贤招纳士，选将道先陈。
武运文章治，江山日月春。
乾坤乾世界，史册一秋春。

144. 王屋山送道士司马承祯还天台

紫府幽栖士，清溪异迹人。
天台连海域，祖逸向风津。
厌俗林泉路，寻心草木珍。
芝兰先得性，日月共芳春。
桂影寒宫色，嫦娥玉兔邻。

145. 早度蒲津关

早度蒲津关，秦中渭水潺。
山河川谷色，日月暮朝还。
险地逢生见，天机处事颁。
雄风春雨润，势气帝王山。

146. 途经华岳

鸣銮一洛川，指日半周旋。

翠崿留斜影，悬泉挂岭前。
灵仙从此过，岁月又天年。
五位殊伦治，三清弼违玄。

147. 喜雪

一树寒花色，千章玉叶丰。
梅香兹暗度，落絮满西东。
日照晴空目，天机落地鸿。
登封何又报，大地谢成功。

148. 幸凤泉汤

沐浴凤泉汤，温池敛物塘。
华清知性正，纳雨待云房。
井合愈疾醴，源通理汉泱。
芙蓉华水色，泽润作鱼梁。

149. 南出雀鼠谷答张说

登封一泰山，岳父半潼关。
向背秦川去，乾坤日月还。
山东闻鲁壁，陕陕寄河湾。
雅调斯文韵，思苗济不闲。

150. 赐崔日知往潞州

潞国开新府，壶关锁旧林。
旌旄循吏德，列郡治人心。
易俗琴弦合，移风庶悦歆。
丞相先赐策，又杖牧川金。

151. 为赵法师别造精院过院赋诗

一法玄元致，三清紫府生。
儒家成弟子，佛道慧人荣。
物外宗师坐，岩泉静岁明。
云烟飘渺处，化作暮朝行。

152. 端午

五日临中夏，三端待日荣。
盐梅香佐鼎，木槿色红明。
亿兆同庆祝，山河共亿英。
长沙湘水岸，贾子九歌情。

153. 春中兴庆宫酺宴

抱器含仁德，从才纳士明。
虞朝绅搢致，仁肃重门盟。

海外知归道，寰中万物荣。
人神同厚卷，卜易共春生。
两邑京都治，三秦八水清。
龙池多草木，凤阙曙光晴。
紫陌梅杨柳，东风雨露瀛。
诗主成志气，曲乐舞升平。

154. 千秋节宴（令节肇开情兼感庆率题八韵以示群臣）

殿晏千秋节，南山万岁荣。
觞杯传庆日，玉宇碧扬芳。
制俗成今古，风情目下昌。
年年相继续，处处见虞唐。
日表天祥愿，花开秀萼香。
衣冠丝祖迹，德事济田桑。

155. 赐诗

序：

左丞相说右丞相璟宴太子少傅干曜同日上官命晏东堂赐诗

诗：

赤帝同三杰，黄轩共二臣。
由来丞相重，执掌国家钧。
太子朝堂继，中书日月频。
子房成汉室，仲子揆经纶。

156. 早登太行山中言志

凝笳往太行，鸟道过河阳。
白雾浮云里，泉烟铁甲光。
樵人行已早，德惭劝耕桑。
晓色含霓彩，宣扬以目皇。

157. 平胡

杂勇半猖狂，胡姬一曲觞。
阴山飞将去，羽箭射天狼。
鼓角膏流尽，荒原草木黄。
江山何战事，告捷几心伤。

158. 游兴庆宫作（暇日与兄弟游兴庆宫）

伊川带水流，务本递兄游。
俗劝人崇友，楼观沛日筹。
青门庭紫气，棣萼茂荆洲。

羽卮鹦红尾，相辉误白头。

159. 送张说巡边

拱复重裘去，云端各度边。
文和绥靖见，武帐我戈宣。
八座雄图论，三台佩剑悬。
千军平朔野，万岁落桑干。

160. 饯王晙巡边

振武威荒易，和平处世难。
扬文何肃冶，不战将军贤。
袄褥陈情檄，旗旌插羽田。
飞书功已述，玉节不径年。

161. 巡省途次上党旧宫赋

宝剑应挥泪，瑶图可向由。
讴歌成玉宇，采色向朱楼。
上党巡途次，口枢客不留。
京师多少问，馆寓各春秋。
问鼎云飞去，猿啼草木休。
何闻秦汉界，但见大风流。

162. 潼关口号

九曲黄河水，三关渭邑楼。
门前天下路，险后问中秋。

163. 千秋节赐群臣镜

一镜向千秋，三台鉴九流。
留当今古色，不可误羊牛。

164. 续薛令之题壁

啄要平生事，枯荣角喙长。
桑榆多少客，草木自低昂。

165. 送胡真师还西山

人间一半山，世上两三关。
雨后清川色，云前日月还。

166. 题梅妃画真

一画藏娇色，三光映紫真。
梅波香暗度，不顾有无人。

167. 过大哥山池题石壁

澄池一镜大哥山，群石三明玉树颜。

水碧峰青天下色，千岩万壑林木关。

168. 鹡鸰颂（千栖麟德殿树，挥之不去曰雁颂之象）

弟弟兄兄记五人，方方伯伯向天津。
昆昆季季千栖树，自自然然颂雅伦。
异木玄宫舒卷叶，含英纳翠暮朝秦。
行摇俯仰飞天去，日月观翔悦史臣。

169. 傀儡吟

刻木牵丝一老翁，眠心闭目半儿童。
人生梦里须臾去，假假真真自不同。

170. 句

与世一经年，平生半学仙。
棠梨花似雪，水月色如妍。
俯仰天山目，耕耘草木田。

171. 肃宗皇帝延英殿玉灵芝诗三章章八句

玉殿一灵芝，延英半不迟。
分房宗福地，秀色客煌枝。

172. 赐梨李泌与诸王联句

朝披一品衣，殿许半仙稀。
不欲千钟粟，何须两粒玑。

173. 德宗皇帝中和节日宴百僚赐诗

中和律入春，晦日色行匀。
牧守贤才许，诸良德露瀕。
同生天地阔，共润暮朝珍。
草木东风色，芬芳日月均。

174. 中和节赐百官燕集因示所怀

至化从天地，中和任故人。
东风多不语，细雨润花新。
四律先生色，千流洗净尘。
温光依旧迹，仲月作初春。

175. 重阳日赐宴曲江亭赋六韵诗用清字

重阳爽气清，九日菊金荣。
十载忠贤治，三明节职成。

曲江亭上赋，简定择中晴。
李泌延英殿，年年等外名。

176. 九月十八赐百僚追赏因书所怀

气肃寒霜色，云清落叶声。
繁枝应自减，野旷管弦情。

177. 送徐州张建还镇

节度使中贤，宣风日上烟。
淮杨方寸见，谷雨润桑田。
报国临轩远，行营处事虔。
还期京洛坐，感念故情年。

178. 麟德殿宴百僚

辅弼忠良治，功成紫苑东。
千秋麟德殿，万岁帝王风。

179. 元日退朝观军仗归营

左右分行列，阴晴数念工。
文径凭所成，武运客云风。
历历黄金甲，咸咸复道红。
昌昌军仗阵，寨寨百官崇。

180. 重阳日即事

令节黄金色，重阳晓菊丛。
康衢天贶顺，所仰一年丰。

181. 中和节赐群臣宴七韵

柳柳梅梅色，花花草草扬。
中和题月令，尚懿问华堂。
万汇春光至，千音晓豫章。
君臣多客醉，日月始终长。
采秀东风里，骚人赋宴光。
金杯何必止，亿兆百壶香。
岁献南山木，年呈上掖凰。

182. 三日书怀因示百僚

曲水一流觞，兰亭半越章。
群臣多辅弼，捧剑上元芳。
雨细风轻问，云平雾满塘。
花蕾初欲解，叶展作家乡。

183. 重阳日中外同欢以诗言志示群官余字韵

重阳一日初，会节半情余。
九九阴晴界，山山落叶疏。
金潭丰万实，百稔积千书。
业业精工致，心心牧治舒。

184. 丰年多庆九日示怀

南飞一北鸿，节令半天公。
爽气重阳日，春秋一岁丰。

185. 七月十五日题章敬寺

禅房一净宗，古寺半潜龙。
竹翠含烟色，河明两岸客。

186. 中春麟德殿会百寮观新乐诗一章

南风问五音，岁肇物千金。
八卦乾坤易，三春礼义深。

187. 九日绝句

上掖秋风淑气多，昆明柳叶向长河。
中流砥柱东营去，但以群臣唱九歌。

188. 文宗皇帝

乙夜观书一世君，亲裁进士半耕耘。
五主古调文辞好，三百诗词始可文。

189. 暮春喜雨诗

风云会雨生，九夏竞枯荣。
润泽三春末，丰期黍稷声。

190. 题程修己竹障（修己冀州人，学周昉画）

精思自有神，巧作可无尘。
笔墨程修己，人间问假真。

191. 宫中题

辇道生春草，深宫问世遥。
天高凭地远，翼厚上云霄。

192. 上巳日赐裴度

裴度中书令，和门上巳朝。
元臣天子岸，力士曲江潮。

193. 上元日二首

之一：
会集群仙一上元，丹心就业半轩辕。
丰年所以江山社，共与田家度简繁。

之二：
莫生一二叶初齐，羽客三千磬语低。
四海农夫知努力，仙家但以渡桃溪。

194. 夏日联句

田家夏季长，黍稷待熏阳。
百日丰收见，人间取酒筋。

195. 宣宗皇帝

恭躬俭善纳虚襟，学士公卿贡举音。
采俗察知明第所，诗词舆论古今钦。

196. 百丈山

大雄真迹五蕴颜，康溪六月寒风骤。
日月三光数列班，梵宇钟楼百丈山。
日月经纶天下路，山河造化玉门关。
灵境先春云雨济，仙峰九夏晦时攀。

197. 吊白居易

级玉联珠六十年，诗词格律百世先。
乾坤四万曾天下，八万如今可华研。
日月耕耘朝暮作，阴晴草木古今贤。
琵琶一曲无弦唱，五柳三春有乐天。

198. 幸华严寺

岭气通宵半石踪，华严古寺两高峰。
川流木掩篮笼色，汉武汾中欲自封。

199. 重阳赐宴群臣（时收复河湟）

其叶共三边，旋微戍九泉。
河湟倾所力，委庙曲江田。

200. 题泾县水西寺

寺水一泾流，禅房半九州。
钟声溪色净，竹影作千秋。

201. 瀑布连句

千岩万壑一云桥，九脉三光半佛霄。
涧涧溪溪归大海，波波浪浪作天潮。

202. 句

细水涓涓一路遥，源源不断半高潮。
波波浪浪东流去，涌涌逐逐不可消。

203. 昭宗皇帝咏雷句

劈解声中半树牛，风狂雨骤一山沟。
诛凶扫恶山空雀，世继天音几所忧。

204. 文德皇后

古古今今善恶分，公公正正帝王君。
明明镜镜皇天鉴，事事人人文则文。

205. 春游曲

上苑桃花一御城，千门玉榭半春莺。
来来去去天街路，古古今今晓镜明。
但以风流随律令，三光纳取积云情。
江河日月群芳色，草木人间不慕名。

206. 则天皇后曳鼎歌

万岁通天九鼎成，千门化地一唐荣。
羲农首见山川铸，社稷中承日月萌。

207. 唐享昊天乐（第一——第十二）

玉发娥台敞，高仁启梦行。
玄穹诚必达，厚泽欲升平。
紫阙深钟意，千仪太一生。
虔方申壁冀，顾萃眇云英。
曙岭浮烟远，辰霞色已倾。
庄衣心不止，上帝仰天明。
九礼尊严至，三周莫契清。
郊坛金阴石，娱赏曲歌声。
托执荷思典，承边杖策荆。
邕邕千献殿，俎俎万升荣。
肃肃光寰宇，馨馨铁律耕。
菲菲灵泽在，昊昊驻天盟。

208. 唐明堂乐章　外办将出

负扆三春旦，衢章一总陈。
天神人地宇，典顾叶陶钧。

209. 皇帝行

俯仰讴歌路，金科玉律明。
方兴家国阜，永戢化和平。

210. 皇嗣出入升降

谦恭一孝通，性表半天公。
载启方陈誉，光祥善始终。

211. 迎送王公

千官一肃行，万表半天声。
百辟成鱼水，三宫化雨荣。

212. 登歌

志记半祥烟，崇宗一吉年。
笙镛合奏曲，敬茂敢微田。

213. 配飨

玉宇一人间，昭清半等闲。
芳辉三世界，絜晬九州还。

214. 宫音

居中一履冠，万物百灵坛。
广运艮和泽，阳明正始丹。

215. 角音

震位自开平，条风秩扇清。
龙潜虫鸟静，珪簠荐陈诚。

216. 徵音

赫赫御前闻，炎炎陆水分。
滔滔兰芷岸，处处桂枝群。

217. 商音

翘展九秋寒，功成百谷坛。
斯盈宣律历，式亭可青丹。

218. 羽音

肇启一隆冬，玉烛攸黄钟。
阵乐从年祈，红方岁已客。

219. 唐大飨拜洛乐章　昭和

九鼎卷命，皇基隆隆。
明台奉圣，毕业精工。
祀展敬翼，吉祥深衷。
先承式旨，永致淳风。

220. 致和

神天祝测兮付阴阳，万宇包藏兮对八荒。

帝业昌蕴兮临国运，符祯孕育兮降吉祥。

221. 咸和

坎泽咸和一举坤，申灵典律半王孙。
恭禋戴展殊珍肃，遄志天期秘躅恩。

222. 九和

砥柱坤荷，干灵九歌。
兴居德礼，感敬山河。

223. 拜洛

坤仪干干，复命翼翼。
睿顾菲安，勤心习习。

224. 显和

顾德玄虚，昌图已居。
祯符降屡，秘象图书。

225. 昭和

凤引金声，龙和玉鸣。
贞生曲荐，永固天城。

226. 敬和

山川是固，水月当空。
凤凤凰凰，日月由衷。

227. 齐和

文承武继一王尊，羽翼神仙半玉根。
万里风云天地志，千年武媚曌乾坤。

228. 德和

凤宸国龙契，崇儒弟子风。
千年今古致，万事去来雄。

229. 禋和

百礼崇客客，千官肃事雍。
咸亨同毕备，列律志辰钟。

230. 通和

穆穆皇皇积翠宫，玄玄肃肃问英雄。
儿儿女女灵枢纽，后后妃妃日月风。

231. 归和一

枯荣世界兮一璇图，顺逆阴阳兮半五湖。
凤阙包含兮天地阔，龙銮纳贶兮自屠苏。

232. 归和二

风调雨顺兮一归和，楚水湘云兮半九歌。
志翘思衔兮灵舆度，班好偃伯兮送江河。

233. 唐武氏享先庙乐章

群芳不逐似群心，水月相客以水浔。
节素儒冠谦国致，休徵曲册客家音。

234. 早春夜宴

千门敞夜扉，万巷女儿归。
上节三春色，中客半主妃。

235. 游九龙潭

山花玉发九龙潭，涧水悬泉半翠岚。
竹叶青青常作酒，芙蓉处处自封蚕。

236. 赠胡天师

月去隔烟霞，云来落客家。
高山高人迹，俯仰俯中华。

237. 从驾幸少林寺

月殿启岩扉，兰苓向二妃。
金轮呈紫气，楚苑锁宫闱。
涧阳溪流去，高唐宋王归。
巫山云雨客，不见一鸿飞。

238. 石淙（即平乐涧）

三山一洞光，万石半淙扬。
紫禁玄清殿，金峦列竹篁。
云衣藏宿雨，水月风求凰。
涧浴高岩树，风光谷木梁。

239. 腊日宣诏幸上苑

（天授元年祚腊月花发。帝以图谋乃宣花使日而成明之秀，不是而是也。佳许）

上苑一花卿，中冬半帝封。
宣昭天子令，度量作京城。

240. 如意娘

如如意娘，蜀蜀晋秦肠。
帝帝王王色，文文小小黄。
唐周谁文武，子侄问天堂。
滴水泥沙静，云天雨地乡。

14

241. 制袍字赐狄仁杰

周唐李武相臣，典律清勤秋春。

242. 徐贤妃

五月行言四载庸，文辟八岁一王封。
才人上许充客政，色满湖州善太宗。

243. 拟小山篇

四岁书文论语通，离骚八载胜孔融。
幽岩抚桂凝香玉，独往千龄俯仰同。

244. 长门怨

不可长门一日终，昭阳十步半由衷。
含情只见藏娇屋，覆水芳香几处同。

245. 秋风函谷应召

一谷半秋风，三河十脉同。
松林青尚许，覆草色西东。
雨少高阳在，云低广落鸿。
关山应日月，紫气未央宫。

246. 采书怨

太小洞庭姑，鄱阳一半壶。
相思多少月，独与去来夫。

247. 赋得北方有佳人

桃花脸上生，柳叶艳中明。
玉影红颜粉，芳姿素手英。
纤腰摇百步，语细奉三鸣。
欲意凭情至，心衫妄自倾。

248. 进太宗

欲晓镜妆台，思君眉目开。
千金知一笑，百解自重来。
崇圣长安寺，闻天久治才。
谁主惊草木，顾盼误徘徊。

249. 寄上官昭容

密密一云来，疏疏半雨裁。
尖尖芽欲露，小小玉心开。

250. 九月九日上幸慈恩寺登浮图群臣上菊花寿酒

重阳一玉杯，小小半徘徊。

俯仰长春色，黄花逐日开。

251. 驾幸三会寺应制

释子一经禅，昭客半幸天。
轩庭三会寺，遗殿两心眠。

252. 驾幸新丰温泉宫献诗三首

之一：
三冬季月一温泉，五色昭容半玉仙。
四面新 汤龙作马，千方雨露淑婵娟。
之二：
玉羽初开半水田，青龙欲展一帆船。
新丰隐隐双峰色，淑气幽幽独不眠。
之三：
月敞一嫦娥，兰英半九歌。
温汤云雨雾，玉影去来多。

253. 句

一势千心净，三生万里音。

254. 游长亭公主流杯池二首

之一：
鲁馆东都一玉壶，娇枝具叶半瑶奴。
流杯不尽山池岸，水月烟霞大小姑。
桂子莲荷留日月，关山草木自扶苏。
登山可望长安路，俯首还应上掖姝。
玳瑁琉璃天下色，婵娟妩娆世中枢。
之二：
云曛玉树一王孙，水月莲花半碧门。
五柳先生秦汉外，桃源学士作乾坤。

255. 霓裳

之一：
序：
杨贵妃《赠张云容舞》
诗：
罗袖一动溢芳香，淑影千姿淑玉娘。
粉色芙蓉红已醉，浮云嫩柳碧水塘。
之二
序：
江妃（采萍莆田人，自比谢女种梅花力士伏之帝戏名梅妃）谢赐珍珠
诗：

一粒珍珠十泪消，三妆玉扈半心遥。
长门日远红衫短，自顾双峰独步娇。

256. 章怀太子　黄台瓜辞

太子贤充，明崇盗所疑。
瓜田桃李下，子绝自离离。

257. 韩王元嘉，奉和同太子监守违恋，高宗为太子也

万物仰重阳，千牲逐柏梁。
牛羊应不锁，日月合星光。

258. 越王贞　奉和圣制过温汤

武曌越韩王，虞唐晋渭乡。
潼关谁不守，洛邑甸温汤。

259. 信安王祎　石桥

云中一石桥，太子半师霄。
节度衢州使，吴王渭水消。
潇湘南北岸，雁羽翼栖寥。
领带人间见，排空一字遥。

260. 宜芬公主　虚池驿题屏风

此去辞乡国，由来玉女寒。
王城公主路，不日问长安。
沙鸣声不止，月落色无残。
古驿闻风语，虚池问水澜。

261. 若昭

序：
尚宫宋氏若昭（宋氏昭文尤，呼先生，奉和御宴麟德殿百僚）
诗：
先生一若昭，后主半天桥。
肃穆门雍外，垂衣上掖遥。

262. 若华

序：

263. 发学士宋氏若华（宋廷芬之问遗孙及五女，孙元教五女皆天颖属文，曰若华蓉昭若伦若宪若苟）　嘲隆畅

诗：

敏捷才思上玉空，如流畅答下梧桐。

云安公主朱楼问，莫以吴门作魏宫。

264. 尚宫宋氏若宪（若昭卒代奉和麟德殿晏百僚）

姊妹封梁国，廷芬学士乡。

南山何所赐，不尽贝州肠。

265. 鲍氏君徽（奉和麟德殿晏百僚）

圣祚山河固，宸章日月遥。

宫莺鸣不止，亿兆向神尧。

266. 关山月

北问辽阳月，南寻越水桥。

关山随日远，水色任天霄。

朔鼓鸣沙梁，胡杨暮色摇。

胡姬嫩不艳，玉曲向苗条。

267. 惜花吟

枝上花，花下人。人人色色俱青春。

雨中云，云里秦。秦秦晋晋各天伦。

月前娟，娟后珍。珍珍贵贵正冠巾。

青春不住天伦继，草木芳芬浥露尘。

腊月梅花桃李一，婵娟闭月色香邻。

268. 东亭茶宴

闲情向暮过帘封，驻步东亭问夕踪。

木槿朝朝红色照，斜阳处处入茶钟。

269. 萧妃　夜梦

夜夜一梦长，幽幽半枕凉。

君行君不止，妄宿妾心房。

270. 南唐先主　（李昇，杨行密养子，冒姓徐，知书杨禅帝位烈祖，传国三十九年诗一首）　咏灯

一点分明十丈茵，三光不入半英钦。

千家乞火王城赋，尤拔方知一片心。

271. 嗣主璟（烈火祖昇子字伯玉）游后湖赏莲花

一片莲花满后湖，三军主帅主东吴。

何人不解英雄志，半教宫娥作念奴。

272. 保大五年元日大雪同登楼赋

阳春白雪半梅花，岁律东风一发娃。

素素红红分远色，飘飘洒洒满天涯。

273. 句（古今诗话璟割江南迁常北望）

三光思浩荡，九脉冶人家。

苍茫闻古道，咫尺见桑麻。

朝霞红叶色，落日沉光斜。

274. 后主煜（字重光，善属文工书画妙音律，内苑设澄心堂会文士）　九月十日偶书

晚雨秋云内苑亭，澄心学士客丹青。

非非是是终非是，渭渭泾泾始渭泾。

乍醒难平天地问，还寻草木酒浮萍。

黄花独自多情见，但作宽容世界铭。

275. 秋莺

声声自是各春秋，色色如飞仍九流。

尽是笙歌应不止，梅花去后采莲舟。

276. 病起题山舍壁

花开舍壁半人闲，小雨温汤一玉颜。

步跬阴晴天地上，人生彼此去方还。

277. 送邓王二十弟从益牧宣城

别酒倾杯日色低，飞鸿落户木枝栖。

轻舸桧楫含情唱，独产宣城莫望西。

278. 渡中江望石城泣下

中江一渡石城乡，夜梦三星故苑梁。

弟弟兄兄相忆取，南南北北各炎凉。

279. 挽辞

云飞日落尘花凋，纸碎金移一世遥。

玉色情姿今犹在，粉散香消奈何桥。

280. 悼诗

怯怯西南望，迢迢去意车。

行心知已定，路子不回家。

281. 感怀二首（后主昭惠后周氏小字娥皇年二十九殂）

之一：

一半桐花色，三千日月斜。

空庭云雨夜，跬步不还家。

之二：

又见娥皇玉影生，何言桐花复倾城。

娇姿百态当年色，素淑芙蓉意欲明。

282. 梅花

（后主与周后常移梅花于瑶光殿之西，花发后去）

瑶光殿外一梅花，曲槛云中半玉娃。

暮暮朝朝寻觅路，开开落落问人家。

283. 又

水月烟花色，亭轩玉宇空。

东君重付蕊，隔夜独鸣虫。

284. 题金楼子后

九鼎书坑一字遥，三秦鲁壁半天朝。

荆州不尽江陵尽，尤轴红绡卷玉霄。

285. 书琵琶背

（周后通书史善音律琵琶。蔡邕焦桐尾材檀槽而艺之，遗于后主）

玉臂一檀槽，焦桐半曲高。

天香留凤尾，自此有波涛。

286. 病中感怀

谁同共坐床，独泣与心伤。

病枕空余见，垂衣已不扬。

287. 病中书事

捣药自空门，闻声独草根。

飞禽应落定，视此对黄昏。

288. 赐宫人庆奴

宫人一庆奴，日月半扶苏。

老色龙钟态，同游旧念途。

289. 书灵筵手巾

一月共婵娟，三声独望天。

鸣时知自己，遗物复香田。

290. 句

织女一河边，黄姑半玉悬。

冷笑秦皇经远略，何言二世客谋权。

白菊应无尽，黄花已耐寒。

291. 韩王从善（元宗七子宋改封楚国公）蔷薇诗一首十八韵呈东海侍郎徐铉

十八韵音声，三千弟子鸣。

蔷薇多嫩刺，碧叶玉枝明。

翡翠沉云雨，玲珑挂露英。

蛛丝凭蔓委，锦绣锁层城。

月下罗房色，庭前比木荣。

参差何不济，彼此共相倾。

292. 九子吉王从谦（元宗九子，宋改封鄂国公）观碁词（后主命题）

竹下二君贤，云中半璧天。

波涛因水逐，日月自由悬。

293. 蜀高祖王建　赠别唐太师道袭

一别道袭人，三生几秋春。

光图无赖处，立案许丹钧。

294. 后主衍（蜀主建子，浮艳词火后唐所灭）　幸秦川上梓潼山

步上梓潼山，秦川尽望还。

乔岩烟已冷，岳颠木峰颜。

竹节何须断，松高不可弯。

295. 题剑门

壁垒剑门关，烟寒蜀木班。

江山回望尽，日月去来间。

296. 过白卫岭和韩昭

十二峰云化雨烟，高唐峡口问飞泉。

宋玉殷勤楚客劝，蚕丛只向鱼凫眠。

297. 宫词

辉辉赫赫玉浮云，月月华华水不分。

洒洒色色成彼此，颂颂歌歌是臣君。

宫宫殿殿女儿裙，柳柳杨杨何醒醉。

298. 醉妆词（二十六宥韵）

一边走，两边走，处处新花秀。

两边走，一边走，步步多回首。

299. 句

年年耕土地，日日结茅庐。

300. 吴越王钱镠　巡衣锦军制还乡歌

镠有十三州，图纬八九流。

还乡歌不尽，越锦色吴楼。

石镜成君子，童翁巡衣留。

旌旗非是是，节杖继休休。

301. 没了期歌

没了期，没了期，

相承没了古今诗。

302. 句

但予半亩田，何须一王年。

黄河本澄清，万里以浊修。

汴水何须流汴色，钱塘自可筑钱城。

303. 后王钱俶　宫口作

秦王不似一秦王，宋土相如宋土乡。

局上输赢谁得意，人口善恶性木良。

304. 避暑摩诃池上作　后蜀嗣主孟昶

冰肌玉骨素肤清，水色温香月影明。

雨雾云城南北岸，风轻露细女儿横。

305. 闽王王继鹏　批叶翘谏书首尾

一叶随风到御沟，三春逐鸟问清愁。

花红草碧如天下，柳下杨前已白头。

306. 蜀太后徐氏

（成都徐耕生二女，国色能诗，长火王建纳贤妃，次火淑妃，王衍继位纳贤妃）

成都二女一徐耕，国色双二半倾城。

但以诗词南北宋，贤妃日月古今情。

307. 丈人观

雨上丈人观，云平日月坛。

心灵天地阔，父子共妃兰。

308. 玄都观

千川一水夹流溪，两岸三光幸玉堤。

玉树成荫应彼此，龙桥渡色各高低。

309. 丈人观谒先帝御客

已是去江流，何须对镜羞。

三径通碧色，九陌自回头。

310. 题金华宫

旧日金华顶，重来玉竹峰。

玄都观上见，水月始无情。

311. 丹景山至德寺

寒泉夜落自丁当，水月周回色柳杨。

至德钟声依旧响，真妃异步上琼方。

312. 题彭州阳平化

胜境杨平化，寻真水远流。

师名多俯仰，气象客春秋。

313. 三学山夜看圣灯

月夜游灵境，峰光映圣灯。

元如同凤愿，集讲共修僧。

314. 题天回驿

梦境天回驿，移情土地神。

江山何日月，草木几秋春。

315. 蜀太妃徐氏　丈人观

云口不是五云乡，雨色何言一雨长。

已去曾游留足迹，何来又觅已心肠。

316. 玄都观

日落霞红一玉奴，风云古刹半玄都。

周回壁产岩峰独，去客来心有似无。

317. 游丈人观谒先帝御容

步上丈人观，幽幽玉水寒。

惶惶天地界，路路去来长。

17

318. 题金华宫

金华玉殿宫，竹雨济云中。
宿雾苍苔湿，烟迷僻径蒙。

319. 和题丹景山至德寺

丹景山头至德宫，玉轩金辂寺泉红。
我家帝子心清处，梵宇威严四海同。

320. 题彭州阳平化

翠辇阳平一上清，骖鸾虎涧过中城。
龙行雨雾和天地，凤止云平静不声。

321. 三学山夜看圣灯

一夜圣灯明，三更月色清。
天声情不禁，磬语似无声。

322. 题天回驿

天回路转驿青城，水月丰姿向玉京。
不可无心杨柳树，重思有意见私情。

第一函　第三册
郊庙乐章七卷

1. 祀圆丘乐章

祭宗庙奏永和，王行奏太和，侯公行奏舒和，一饮晏奏休和，王朝太子佳奏承和，王公正会奏昭和，郊庙祀奏雀和，福音奏寿和，后改豫和火元和，登歌绵玉帛奏肃和。

2. 豫和

天灵制命会臂昌，盛德殷勤豫鲁扬。
景福辰良和历久，玄华穆远祈沧桑。

3. 太和

王行一太和，礼乐半昌禾。
仰止千贞道，皇城颂九歌。

4. 肃和

玉帛肃禾和，江流遗九歌。
鸿祯仁宰志，日丽雅仁多。

5. 雍和

启奏先宗大帝王，皇穹敬仰殿宫梁。
钟鸣鼓响云门外，景祚斯融介祈堂。

6. 寿和

日月阴晴，禾粱稻米。
江山草木，社稷千音。
记取耕耘天地土，唤来俭让日星珍。

7. 舒和

黄钟大吕一英公，溢彩流明半祚穹。
卷卷舒舒云雨色，禾禾穆穆子君盟。

8. 铠安舞（始隋文舞 六十四人阵象）

中华一铠安，阵舞半旧寒。
赤鸟临天上，蛟龙卷巨澜。

9. 豫和

天苍苍兮云雨行，地阔阔兮稻粮生。
礼献始兮感明阳，休微福兮黍祚明。

10. 郊天旧乐章（唐乐有送神一章）
豫禾

黍稷兮人生，江山兮世明。
音歌兮启祖，忆祈兮灵英。

11. 武后大享昊天乐章十二首

日月星宸十二章，和苗黍稷五千塘。

天灵地主玄元济，草木江山牧冶皇。

12. 中宗祀昊天乐章

瑶图宝位昌，广覆豫天章。
肃穆空弦管，咸英雅颂乡。

13. 明皇祀圆丘乐章

昊宇一圆丘，天空半九流。
明皇呈祀乐，已过十三州。

14. 封泰山乐章

禅封一泰山，宰相半天关。
七品原无品，千云万雨休。

15. 祈谷乐章

紫气东郊一岁丰，舒和履印半艮红。
春云夏雨秋风肃，世界冬藏易祚功。

16. 明堂乐章

宗烟启象一明堂，教育行身半世光。
御宸合宫承宝历，灵文偃武乃知昌。

17. 武后明堂乐章

典卫陈章启世英，河图普济洛书明。
江山日月相循序，社稷春秋税赋成。

艮宫角震徵商羽，雨水霜

18. 雩祀乐章（孟夏雩礼上帝于南郊降神）

开宸祖鸟问苍龙，肇启群生何玉封。
礼敬柔功宣舞毕，雍和孟夏满芙蓉。

19. 雩礼乐章

凤曲登歌，令序祥和。
集舞苍龙，序庆江河。

20. 郊庙歌舞（五郊乐章）

黄中正位一含章，六律宫音半凤凰。
毕献居贞声五界，休平乃荐肃和扬。
之二
序：
黄帝宫音，青帝角音，赤帝徵音，
白帝商音，黑帝羽音
诗：
黄青赤白黑和音，羽角商徵帝子琴。
但以春宫行天下，二仪四象四方心。

21. 五郊乐章黄郊青郊赤郊白郊黑郊

迎迎送送一天神，肃肃和和半庆贞。
世上阴晴天水岸，源中草木五郊新。

22. 朝日乐章

秩序一朝光，晨仪半御堂。
崇牙祥福履，物爱载玄扬。

23. 祀九宫贵神乐章

羽翼天承一八荒，周流宇覆五蕴藏。

千川谷木昭穹王，九位灵云作栋梁。

24. 祀风师乐章

江山日月风，草木去来工。
远近闻千里，枯荣各不同。

25. 祀雨师乐章

和润半呈祥，云丰十界光。
朱明天下水，德布世人乡。

26. 祭方丘乐章

（癸神州乐章，癸大社乐章，腊百神乐章，享先农乐章，享先蚕乐章，释奠文宣王乐章，享孔子庙乐章，释奠武成王乐章，享龙池乐章）

方丘大社一神州，腊百先农癸流。
武举文宣王上客，龙池济泽乐坛收。

27. 禅社首乐章（同方丘乐章）

之一：
帝里生灵已十章，姚崇作鼎紫微扬。
佺期太府少卿致，代跃黄门四侍郎。
拾遗蔡浮中令止，工兵两部尚书房。
依依曲赋龙池乐，启圣乾坤凤邸乡。
之二
序：
享太庙乐章，永和，肃和，雍和，长发舞，大基舞，大成舞，大明舞，崇德舞，钧天乐，太和舞，景云舞，光大舞
诗：
贞观曲舞颂歌辞，武后承平大业斯。
运改芳龄天子祀，珠囊玉镜向都堂。

基晖万寓千成就，抚录三江九陌桑。
七献文昌呈武举，笼堤佐命久芳扬。

28. 太清宫乐章

之一：
玄元乐庙太清宫，上御明皇奏竭风。
曲舞难明皇古道，梨园自此可相逢。
之二：
序：
德明典圣庙乐章，仪坤庙乐章昭德皇后庙乐章，让皇帝庙乐章，享隐太子庙乐章
诗：
太子无名有庙章，玄元序道继先赏。
歌歌舞舞谁天子，败败成成几死伤。

29. 舞曲歌辞，铠乐歌辞

之一：
功成庆善一中和，破阵行营半九歌。
四岳无火天地界，千山有序暮朝河。
之二
序：
梁郊祀乐章，周郊祀乐章，梁太庙乐舞辞，后唐宗庙乐舞辞，汉宗庙乐舞辞，周宗庙乐舞辞，晋朝飨乐章，周朝飨乐章
诗：
文明武德显仁章，积善行身祝治梁。
顺圣忠禋文武治，臣君共佐庆天良。

30. 晋昭德成功舞歌

圣代修文举旧章，秦淮曲舞作明堂。
周姬世祚封天水，社稷承平祀德祥。

第一函　第四册
第四乐府一——三卷

1. 张籍　朱鹭

一鹭音丝下岸塘，三声未了满春光。
波纹互济连天水，碧羽丹妆粉色扬。

2. 李贺　艾如张

一网半如张，千声十唤长。
齐人多结织，鲁客少呼杨。

3. 卢照邻　上之回

道路回中险，萧关阻滞多。
南营屯北塞，凤舆过西河。
玉銮单于坐，金銮楚汉跎。
熊家谁弟子，只唱大风歌。

注：屈原，熊氏家族出于鲁，落于楚，溺于湘。

4. 李白　上之回

驿站接离宫，楼台映水红。
通天河水岸，谷壑逐川风。
月挂千山木，云平万水空。
甘泉终不问，野暮始无穷。

5. 卢照邻　战城南

紫塞一烽烟，胡笳半月眠。
龙城应白日，冒顿雁门前。

6. 李白　战城南

去年战桑干，今辰逐汉漫。
天山霜雪月，渭水暮朝寒。

7. 刘驾　同前（战城南）

一卒战城南，三军问酒甘。
平生从此去，白马任峰岚。

8. 郑世翼　巫山高

霏霏暮雨生，霭霭落云平。
十二峰中色，三千日月荣。

9. 沈佺期　巫山高二首

隐隐一云平，昭昭半雨晴。
琵琶横峡口，十二纵峰明。
宋王何朝暮，巫山几水生。
高唐神女问，楚客枕王荆。

10. 卢照邻　巫山高

一望半巫山，千声两岸关。
猿啼鸣栈道，鸟落逐云颜。
脉水东西去，惊涛上下还。
思君思未尽，问蜀问吴湾。

11. 张循之　巫山高

一谷巫山水，三江峡口明。
阳台神女问，楚客支城倾。
赤甲白盐壁，琵琶入梦行。
潇湘由此见，不尽女儿情。

12. 刘方平　巫山高

白帝巫山近，襄王楚峡潮。
高唐应客问，暮雨向云飘。

13. 皇甫冉　巫山高

巫山万仞高，峡口两云豪。
岸北猿啼雨，巴东木逐涛。

14. 李端　巫山高

巫山十二峰，峡口百千客。
水色连巴雨，云光落月踪。

15. 于濆　巫山高

岁岁一朝云，年年半雨纷。
巴东多少水，蜀北去来闻。
宋玉文明赋，襄王日月君。
阳台神女梦，十二玉峰裙。

16. 孟郊　巫山高

巴山一峡阳，白帝半夷肠。
十二峰回处，三千日月乡。
荆王云雨是，独月挂高唐。
曲尽猿啼至，行踪不可量。

17. 李贺　巫山高

碧水丛丛落，青山处处扬。
云云朝暮启，雨雨去来忙。

18. 僧齐己　巫山高

云中十二峰，雨下五千客。
峡口阳台色，巫山宋玉踪。

19. 李白　将进酒

九曲黄河十八湾，三生日月玉门关。
楼兰一路东方朔，渭水千波洛邑颜。
白发髡线成眷顾，青衣处处作阿蛮。
红尘不尽烟花月，进酒何须不等闲。

20. 元稹　将进酒

将进酒声中，行拳划玉空。
前程应不止，刻意望飞鸿。
俯仰凭高许，排空任骤风。
红尘风月里，跬步暮朝工。

21. 李贺　将进酒

金杯酒进真珠红，凤玉龙吟楚客衷。
举剑阳关须四顾，弯弓射月可由雄。

22. 李白　君马黄

卿卿我我一君行，去去来来半不声。
暮暮朝朝同跬步，成成败败入共阴晴。
泾泾渭渭何分色，女女儿儿各自英。

23. 沈佺期　芳树

处处一芳菲，原原半翠微。
长门桃李色，玉树暮朝晖。
未见东风雨，难承旧日围。
当寻天地阔，不可望鸿飞。

24. 卢照邻　芳树

一树本无奇，千香绕故枝。
从花生老干，独色挂新兹。
木槿知朝暮，红颜问可迟。
由心成继续，以叶作先知。

25. 徐彦伯　芳树

以树寄相思，凭流闻独时。
金屏量缕色，玉桂度春枝。
晓月霜明复，辰光露水兹。
高台凭远近，女镜月中迟。

26. 韦应物　芳树

处处芳圆树，时时翠叶新。
迢迢连远近，路路互相移。
扫地从香坐，闻禅任地知。
人心常此寄，客意故难迟。

27. 元稹　芳树

孤英自可嘉，独木已成斜。
鸟雀栖枝叶，风云雨雪华。

28. 罗隐　芳树

一木自枯荣，三秋可仰生。
凭风清旧叶，任雨润春英。
岁岁临天地，年年对太平。
根根盘石固，处处结心盟。

29. 沈佺期　有所思

木槿红颜艳，圆花碧草荣。
柔柔条色浅，美色女儿倾。
细雨烟如露，浮云影似城。

相思何不止，切莫以心盟。

30. 李白　有所思

河图一寄问麻姑，变在长安信在吴。
有所相思何所欲，仙人不得凡人奴。

31. 孟郊　有所思

寒江一片半春烟，浊浪千波两岸悬。
信使偏偏飞不进，南心处处北心传。

32. 卢仝　有所思

当年一驿美人家，腊月三寒二月花。
不解红颜何不醉，心从粉面素姿斜。
红尘未了情难老，别业无成事轻娃。
十二峰回云雨尽，三千日月去来华。

33. 韦应物　有所思

江堤两岸柳杨青，日月三春草木莛。
借问群芳春处处，何须碧叶绿灵灵。

34. 刘氏云　有所思

朝朝暮暮一相思，去去来来半误迟。
觅觅寻寻何不止，心心印印几时知。

35. 李白　雉子班

雉子班之一曲成，咿咿喔喔半天声。
飞飞落落何未去，独独双双各不行。
有欲难成无有欲，冠缨不免误冠缨。

36. 褚亮　临高台

高台一望余，俯仰半云居，
日远千川近，心平万古墟。

37. 僧贯休　临高台

一寺禅林百世开，三清净地万年来。
高台独上临川望，雁领书休一字才。

38. 庄南杰　黄雀行

一雀自由飞，三生苦不归。
寻寻何觅觅，是是又非非。
绕屋穿林去，轻啼雨露晖。
人间多少网，羽下小儿肥。

39. 王勃　临高台

临高台，遥遥一目半心开。
临高台，处处千川百望来。
日色天光曾晦暗，阴晴水月可尘埃。
长安路上萋萋草，上掖宫中落落梅。
玉树菲菲枝叶茂，旗亭市市酒仙杯。
临高台，秦皇汉武已相催，
汴水钱塘赋楚才。二按隋炀何所问，
李斯逐客未央回。
临高台，英雄不改江山路，壮士何言社
稷恢。朴朴风云千万里，明明日月莫徘徊。

40. 沈佺期　钓竿篇

晓日钓红烟，垂钩问色田。
轻波纹未远，只向镜中悬。

41. 岑参　铠歌六首

兵书已到未央宫，战将弯弓作汉雄。
已过楼兰营暮色，辕门鼓角正军功。
鸣笳夜雪葱山木，望路凝霜蒲海东。
捷报先传天子道，交河将士国家戎。

42. 鼓吹　铙歌

序：
晋阳武，二十六句三字。兽之穷，
二十六句，十八句三字，四句四字。战武
牢十八句，二字四字。泾水者，二十四
句，十五句三字，九句四字。奔小沛十八
句十四句三字八句四字。苞枿二十八句
十六句四字三句五字，九句三字。河右
平十八句十一句四字五句五字二句三字。
铁山碎，二十二句，十一句三字，九句
四字，二句五字。靖本邦十四句，四字。
吐谷浑，二十六句，五字。高昌，二十二
句，五字。东蛮，二十二句，五字。
诗：
晋兽隋城一日皇，邙山李密半群扬。
泾清武牢鲸吞沛，负语荆衡越趾疆。
石里河平苞枿去，铁山破碎势难当。
邦蛮万定高昌路，吐谷浑江牧四方。
自古唐人隋制治，如今水调已钱塘。
长城战事何平定，但以英雄作柳杨。

43. 古今

七十三年换旧衣，五更沐浴问京畿。
千流百转江山路，万里春芳人帐稀。
赤道南洋无止步，黑人白马有天机。
排空落户多云雨，但以梨花盖玉玑。
横吹曲词（横吹中乐，鼓吹马上奏之）

44. 张籍 陇头水

一笛胡音到陇头，三边战事过凉州。
新兵未甲童翁见，老将弯弓楚界沟。
子子孙孙禾黍粒，男男女女草羊牛。
单于四顾中原路，汉武千声异域求。
布帐难承寒雪野，葡萄已满未央楼。
英雄不必强人去，世态当禾牧国忧。

45. 王维 陇头吟

长安大路十三州，太白千光一半愁。
月色临关霜雪早，胡笳吹牧暮游游。
新兵挂角交河岸，老将弯弓问陇头。
但见居庸嘉峪北，春风汴水运河楼。

46. 翁绶 陇头吟

陇水东流陇树黄，故乡不语故人肠。
徵衣未解胡笳响，雁字飞天塞北湘。
一按春秋天下易，三生战场月中凉。
楼兰已没江湖草，渭浊泾明几柳杨。

47. 杨师道 陇头水

陇上风云一日新，胡中草木半天邻。
琵琶曲尽牛羊括，律令单于映雪津。
羽檄唐营兵将正，冰河铁马净徵尘。
千年百战争沙场，一寸边疆十命陈。

48. 卢照邻 陇头水

乡关一去半神州，战士三呼半国忧。
八百里秦川日月，五千年草木春秋。
王城律令皇天子，陇水成云作雨流。
汉武葡萄西域使，英雄史记帝王侯。

49. 王建 陇头水

百水东流问陇头，千年战场自无休。
长城一线分南北，大雁三湘西地游。
蒲海徵人谁白骨，秦淮伎歌不知愁。

行明已是书生志，励剑应知对九州。

50. 于濆 陇头水

东流滴水作波涛，日谢胡桥问两毛。
石磊长城秦尽尽，风扬草木暮朝高。
云轻雨细有夜，剑举弓弯月后刀。
大雪阴山三界路，红缨汉武一葡萄。

51. 僧皓然 陇头水

一水陇头流，三湾谢九州。
千声随日月，万里逐春秋。
古寺钟鸣远，荒原草木舟。
辽阳天地共，渭邑去来留。

52. 鲍溶 陇头水

三生李将军，一别士难分。
北海闻苏武，楼兰如带裙。
英雄何不见，射虎箭飞云。
以酒泉声问，冯唐十地文。

53. 罗隐 陇头水

一水呜咽去，三边日月舟。
书生徵字句，战士献王侯。
自古无长策，由来有莫愁。
年年流不断，处处付春秋。

54. 魏徵 出关

中原逐鹿半乡间，投笔从戎一世颜。
仗策行明天子路，寻缨驻首古今还。
穷文夺志千年士，古木寒吟万里山。
故国侯嬴成就治，春风已到玉门关。

55. 贾驰 入关

关头一日红，巷尾半朝工。
万里朝阳见，千年向国风。

56. 张祜 入关

都城五百年，险镇一千川。
守望三君子，开关一箭悬。

57. 窦威 出塞

人间久不平，世上有无声。
汉将单于问，胡笳渭水情。

边疆多少易，故国去来徵。
逐鹿中原士，龙城自纵横。

58. 陈子昂 出塞

望塞一书生，微人半九鸣。
阴山飞将去，渭水曲江靖。
白羽惊天地，红旌杖节荣。
中原何顺逆，旷野可横行。

59. 张易之 出塞

白马饰金装，阴山遍草乡。
青丝垂首脑，小妇弃流黄。
侠客闻传羽，行营劝勒缰。
春莺鸣不止，胜似落空床。

60. 沈佺期 出塞

万里半霜明，千年一战生。
人间何彼此，也上久阴晴。
大漠沙鸣月，长平弱水城。
无当侵草木，不可太横行。

61. 王维 出塞

白草连天野，飞雕逐日遥。
弯弓空射虎，野火对云霄。
旧垒长城碛，居延独木箫。
辽阳应不远，铁岭满秋潮。

62. 王昌龄 出塞二首

之一：

秦川养马望阴山，汉武葡萄度玉颜。
射虎幽燕飞将去，何须御酒问阳关。

之二：

一将弯弓射虎鸣，三军志气虏龙城。
英雄自得江河水，但斩楼兰不纪名。

63. 马戴 出塞

金枪白马束红袍，亮剑弯弓耀虎牢。
大雪临洮天下净，狂风怒卷手中刀。

64. 杜甫 前出塞

弯弓射日自当强，勒马飞无以志扬。
壮士三呼天下去，英雄一诺去擒王。
凌烟阁上功劳著，上掖宫中阵列疆。

22

但以昭君图外貌，单于已是将中郎。

65. 杜甫　后出塞

男儿一世自封侯，易水千流问冀丘。
有业功成名不就，含情未笑望吴钩。
平沙漫步交河月，问道燕山北海楼。
天水何言飞将事，英雄自古以身忧。

66. 皇甫冉　出塞

鼓角连营塞，旌旗展猎空。
雕弓弯似月，千将照群雄。
戍客乡梦远，边声落叶穷。
何时回首见，不得白头翁。

67. 王之涣　出塞

之一：
黄沙万里一荒鸣，烈日千年半石生。
海市蜃楼成败见，楼兰暮色去来城。
之二：
春风不雨玉门关，羌笛无声去不还。
海市何须天水岸，孤城只在白云间。

68. 耿纬　出塞

吹角向连营，弯弓射虎鲸。
秋山多落叶，旧塞少空鸣。
窦宪临洮北，荒沙受降城。
高风闻不尽，白草寄余生。

69. 张籍　出塞

塞外半旌旄，云中一野缱。
连营三百里，结帐一霜袍。
汉将依天约，单于任虎牢。
英雄相近处，不必逐弓刀。

70. 刘驾　出塞

胡荒万里涯，塞北半人家。
北海常年雪，阴山大雪花。
谁闻苏武使，不教李陵嘉。
子女何情致，风情一片沙。

71. 刘潜　出塞曲

一曲无声出塞盟，三军有志向边城。
英雄还问廉颇见，莫以相如座右名。

箭去流星天下雨，刀来白马士中倾。
桑干口外牛羊草，受降云中日月晴。

72. 于鹄　出塞曲

阵列西旗旌，兵分十里营。
霜明天下路，载满士中名。
汉将弯弓问，单于举剑倾。
云飞常不语，草落可人惊。

73. 僧贯休　出塞曲

僧家一寺名，古刹半和平。
慧觉同心济，禅音共度声。
沙鸣天地界，月照去来惊。
世上珍稀处，人中泰国情。

74. 刘希夷　入塞

大雪交河岸，风声受降城。
旌旗霜满色，碛石草冰平。
帐令三军阵，营团一夜倾。
鸣金归去早，解甲不须兵。

75. 僧贯休　入塞曲

古刹一钟声，阴山半鼓鸣。
如来应自在，入塞贯休城。
不必单于问，无非汉武名。
长城南北见，日月运河荣。

76. 耿纬　入塞曲

锦制一戎衣，弓刀半世稀。
英雄天下路，日月自藏机。

77. 沈彬　入塞曲

苦战沙丘一箭东，行军大漠半朝红。
河源湿地千芳色，北海边疆万树风。

78. 卢照邻　折杨柳

（梁书有鼓角横吹曲折杨柳,胡歌吹也）
红楼暮落一倡声，宿鸟寻巢半叶横。
隔日方明杨柳色，随心不折灞桥荣。

79. 沈佺期　折杨柳

玉窗满春风，晴心半日空。
长条杨柳折，不可任西东。

80. 乔知之　折杨柳

欲折杨花怯客羞，江楼不住问江流。
条条嫩柳纤纤手，色色相倾叶叶愁。

81. 刘宪　折杨柳

含烟杨柳色，纳雨暮朝明。
万叶遮无住，千心附碧荣。

82. 崔湜　折杨柳

二月半风光，三边一柳杨。
群芳红粉色，碧玉翠丛藏。

83. 韦永庆　折杨柳

三春一柳杨，九陌半芬芳。
不折留枝叶，秋风自抑昂。

84. 欧阳谨　折杨柳

杨花柳絮自含情，落地飞天各不声。
小妇安全凭所望，男儿月下任思荣。

85. 张祜　折杨柳

柳色青楼一曲愁，杨花偏落十三州。
江南处处群芳色，塞外年年碧玉游。

86. 张九龄　折杨柳

折取杨和柳，含情寄取愁。
芳圆留不住，十日便成秋。

87. 余延寿　折杨柳

三河两岸春，一问陇头人。
驿路栽杨柳，长亭问道新。
东西堆碧玉，左右积红尘。
但以青楼曲，当邻故土亲。

88. 李白　折杨柳

折取春杨柳，留当镜里观。
梅花初落色，远客带余寒。

89. 孟郊　折杨柳

杨杨柳柳短枝多，别别离离不渡河。
渭渭泾泾流水去，行行止止积云波。

90. 李端　折杨柳

东城杨柳叶，北巷暮朝情。

别别离离去，心心印印生。
*丝丝*连折处，叶叶接垂平。
不断由思念，留珠积泪城。

91. 翁绶 折杨柳

紫陌红尘杨柳色，东风碧玉小桥东。
枝条不可多攀折，只作相思有始终。

92. 王建 望行人

愿得君心比目鱼，何愁此意帝王居。
行人不怨江流水，只见浮云卷又舒。

93. 张籍 望行人

旅雁南飞去，秋风北塞云。
飘飘无见处，落落不须分。

94. 卢照邻 关山月

万里关山月，千年草木云。
祁边天水岸，碣石海河纹。
小妇相思久，男儿立世闻。
飞鸿南北是，励剑暮朝勤。

95. 沈佺期 关山月

一路关山月，三生日月勤。
居庸嘉峪锁，富士运河闻。
汉武秦皇问，琵琶二世君。
边疆西域尽，草木作衣裙。

96. 李白 关山月

一月满天山，三光作素颜。
长城千万里，只过玉门关。
汉武琵琶问，秦皇二世还。
昆仑应不在，但见响沙山。

97. 长孙佐辅 关山月

凄凄切切一长歌，别别离离半玉波。
柳柳杨杨谁折取，思思念念付黄河。
由来戍客争边月，只以江山垒枕戈。
只嫁东风随日月，何须桂影作嫦娥。

98. 耿纬 关山月

关山一月寒，草木半云端。
大漠霜层筑，沙鸣久不残。

长城南北问，铠甲去来宽。
九夜青楼唱，三边独夜丹。

99. 戴叔伦 关山月

胡笳半夜一边声，古月清寒半篝明。
旅雁南归湘水岸，关山戍客满乡情。

100. 崔融 关山月

万里一西风，千山半戍戎。
秋阳明大漠，郡国问英雄。

101. 李端 关山月

一片关山月，三更草木乡。
秋风牛马壮，晓日雪云霜。

102. 王建 关山月

关山月似霜，戍客梦如肠。
白骨成堆垒，黑山作去乡。

103. 张籍 关山月

一月关山半梦乡，三更戍枕两层霜。
黄龙碛上多秋草，受降城中主不长。

104. 翁绶 关山月

轮回汉月满边州，色满辽阳到陇头。
落雁平沙非自宿，长安少妇独登楼。

105. 鲍氏君微 关山月

关山月色自轮回，早雁边声落叶催。
刁斗胡笳分不尽，男儿少妇上云台。

106. 于武陵 洛阳道

一世清浮云，千新百帮分。
年年回首望，处处嫁衣裙。
苦苦辛辛致，耕耕业业勤。
当行天下路，不问落阳君。

107. 郑渥 洛阳道

一道洛阳西，三边北海堤。
长亭多少路，客驿鸟鸣啼。

108. 李白 洛阳陌

陌陌阡阡一洛阳，来来去去半夷肠。
东都但以唐宗教，北海垂涎白首乡。

109. 崔颢 长安道

万里长安道，三明甲第扬。
阴山飞将去，霍卫御京章。
箭射楼兰的，朝回牧未央。
英雄何自叹，社稷客无疆。

110. 孟郊 长安道

长安十二衢，甲第五千儒。
日月三春早，阴晴一丈夫。
箭射楼兰的，朝回牧未央。
英雄何自叹，社稷客无疆。

111. 顾况 天安道

长安一道余，渭水半知书。
顾况何须有，观音自在舒。

112. 聂夷中 长安道

长安一道半人衣，八水千明两岸沂。
不见终南何所以，山中草木否来稀。

113. 韦应物 长安道

甘源一健章，卫霍半侯王。
甲第长安道，幽燕李广乡。
楼兰应不止，上掖酒泉扬。
已见书坑冷，何人问未央。

114. 白居易 长安道

艳舞千姿酒一杯，风情百态意三回。
重寻旧忆年前老，只得新声去后来。

115. 薛能 长安道

长安道里一皇城，少府骅骝两帝京。
太社鸿胪朱雀去，含光安上尚书昊。
承天武卫司农寺，广运横街顺义情。

116. 僧贯休 长安道

泾泾渭渭不分明，市市城城各异缨。
道道儒儒千佛地，来来去去万阴晴。
慈恩寺前禅音在，上苑林中翠鸟鸣。

117. 沈佺期 长安道

一道入层城，三秦过甲明。
千门朝紫府，万户对双京。

118. 卢照邻　梅花落

梅花落尽作香泥，大角舒和逐玉溪。
雪岭何须天水雨，春风已是任东西。

119. 沈佺期　梅花落

大雪满轮台，梅花二月开。
芳香天地去，玉色影中来。

120. 刘芳平　梅花落

梅花雪里半梨花，月色芳中一客家。
影落天庭分紫气，香凝玉树满天涯。

121. 卢照邻　紫骝马

飞空一皋兰，踏步半金冠。
紫气东来晓，四足写青丹。

122. 李白　紫骝马

白雪一云山，红缨半去还。
排空天地上，举足玉门关。

123. 李益　紫骝马

四足一天台，三更半月来。
婵娟同叙旧，夜色共徘徊。

124. 秦韬玉　紫骝马

一骨傲心田，三明淑玉天。
千章文曲岸，万里著雕研。

125. 李群玉　骢马

一马跃檀溪，三三问玉泥。
苍龙潜水下，举足自高低。

126. 纪唐夫　骢马曲

四足一轻风，三嘶半世雄。
秦川知故土，万里自由衷。

127. 李端　雨雪曲

霏霏细雨雪中云，露露珍珠草上分。
北海冰封苏武去，南昌鹜羽嫁衣裙。

128. 翁绶　雨雪曲

雨雨云云平雪野，山山水水沃枯荣。
河河彼此东流去，日日阴晴自在行。

129. 卢照邻　刘生

刘生一不平，仗剑半横行。
翠羽凭空照，含章任鸟鸣。

130. 张祜　捉搦歌

春来百草长，夏去半炎凉。
女女儿儿去，夫夫妇妇忙。

131. 温庭筠　雍台歌

流莺一曲自徘徊，九陌千花独自开。
钩陈处处惊天下，太子声声问雍台。

132. 李白　幽州胡马客歌

燕支山下一幽州，朔雪云中半白头。
北海冰封千里水，天狼苦战万家忧。
单于五世妆骄子，妇女三光问马车。
报国须知天下事，功劳必是著春秋。

133. 李白　白鼻騧

银妆白鼻騧，绿界翠渔河。
细雨飞云花欲落，胡姬夜舞自婆娑。

134. 张祜　白鼻騧

胡姬杨柳折，白鼻的卢騧。
醒醉阴晴去，江山社稷河。

135. 李贺　箜篌引

醪醪浮浮一玉壶，呜呜噜噜半扶苏。
奴奴隶隶何无主，洞洞庭庭大小姑。
三世界，一江湖，鸿沟两岸见殊途。
云呼不尽长城石，妇见钱塘大丈夫。

136. 李白　公无渡河（白箜篌引）

一路黄河九江珠，三江天水到东吴。
昆仑雪化层流去，青海湖城湿地苏。
朝暮色，去来呼，扬州水调满浮图。
五千年里英雄见，唱遍梨园作念奴。

137. 王建　公无渡河

渡口平流两岸天，波涛澎湃一惊川。
雷声振吼扬天去，激浪成峰大禹前。
龙不语，虎无弦，盐官八月好儿田。
长江北问黄河水，弟弟兄兄一路烟。

138. 温庭筠　公无渡河

一水东流万里田，三江玉树百源泉。
蛟龙欲起鱼龟奋，鸟兽还来草木萱。
壶口北，谷中烟，奔腾咆哮万千年。
中原逐鹿谁成败，半见方圆一指禅。

139. 王睿　公无渡河

一水思源十路田，千流问道半成川。
江湖渡口沉舟处，日月阴晴阙复圆。
公不去，妇难全，云中欲雨作天年。
箜篌不响梅花落，下里巴人向酒泉。

140. 宋之问　江南曲

越女一流潭，春心半养蚕。
吴儿何不解，不见浣溪男。
柳目凭心眈，传情逐叶涵。
从客随水色，莫隔小声谙。

141. 刘眘虚　江南曲

欲语半无声，含情一曲行。
江南风水好，小女竞殊荣。
镜里红梅短，心中玉影盟。
钱塘南北水，同里去来瑛。

142. 丁仙芝　江南曲

浦口是吾家，金陵二月花。
秦淮多少月，细水浪淘沙。
问女何无语，知郎渡口嗟。
相逢归不得，月色弄娇娃。

143. 刘希夷　江南曲八首

暮宿一南洲，三更半梦流。
云烟多少雨，客臆旧新愁。
艳影船娘色，孤芳欲莫羞。
含情支掩处，只是话红楼。
楚月巫山上，高台峡口舟。
青阳云下雨，十二峰中游。
满目维扬草，丰茸碧玉眸。
双波随顾盼，一女任优柔。
日月同心在，婵娟共去留。

144. 于鹄　江南曲

欲掷金钱十远人，东风不断问新春。

25

江边碧玉亭桥水，渡口船来是娶亲。

145. 李益　江南曲

一石成波影白濑，三莲暮色浴红身。
含情不许荷花叶，欲掩还扬作玉人。

146. 李贺　江南曲

五里荷花十里塘，千家水色万家香。
船中不及桥中及，小女含情月下藏。

147. 李商隐　江南曲

一在寒山半在家，三春古刹五湖花。
钟声不断人声断，汀洲草色渡口斜。

148. 韩翃　江南曲

姑苏一夜半云霄，月暗三更十雨潮。
处处烟花迷雾里，楼楼细曲唱小乔。

149. 温庭筠　江南曲

妾在白萍洲，芙蓉色九流。
船移惊水鸟，翠羽划波舟。
绿叶珍珠壳，长菱日月浮。
莲蓬初结子，采茨寄情鸥。
暮色明光艳，轻姿任水游。
婷婷荷玉立，楚楚望郎羞。
碧帐含情叶，红颜对莫愁。
寻春从北巷，约月上南楼。

150. 张籍　江南曲

两岸江南曲，三春白纻明。
吴姬舟上语，越子水中情。
木渎西施醉，夫差十里城。
娇藏娃馆色，一路运河荣。

151. 罗隐　江南曲

一曲半江南，三山二水涵。
金陵埋紫气，白下误家淦。
富土成同里，吴江自养蚕。
谁留儿女子，只顾照香潭。

152. 陆龟蒙　江南曲

云烟拙政圆，雨色虎丘泉。
点石盘门问，姑苏木渎川。

鲛绡眉目软，白马缕鞭悬。
岸上歌声起，心中越语绵。

153. 陆龟蒙　江南曲（广古辞火五解）

一解作吴郎，三生以暗香。
盘门音韵在，木渎馆娃藏。
（西施）
一解问丹青，千呼两洞庭。
东西山上见，日月客书铭。
（王鳌）
一解范蠡名，三商故里荣。
功成名就否，越国付吴盟。
（范蠡）
一解见夫差，千年问玉阶。
牧治成五霸，以水镜秦淮。
（夫差）
一解子胥门，三生半楚魂。
昭关何以度，付仇小儿孙。
（伍子胥）

154. 李端　度关山

塞雁半南归，长城一是非。
英雄何不见，老子望鸿飞。

155. 马戴　关山曲

一目到三边，千呼问九泉。
黄云飞不尽，铁甲落桑干。
木锁天山外，霜平麦积烟。
冰封青海岸，战乱洛阳田。

156. 李白　登高丘而望远

高丘一望到天山，举目三呼问玉仙。
四顾茫然何所以，千云集散玉门关。
秦皇汉武谁君子，二世隋炀霸主迁。
精卫无成衔石去，牧羊苏武几归还。

157. 僧贯休　蒿里

秦川一穆王，万里半沧桑。
桂影婆娑见，田禾马牛羊。

158. 赵微明　挽歌

旷野萧条处，青松白柳杨。

年年枝叶密，岁岁草木荒。

159. 于皓　挽歌

西南一路歌，东北半山河。
相逢相自己，阔别阔无多。
子女成父母，雏巢已老鹅。
年年又问，岁岁岁时何。

160. 孟云卿　挽歌

东山路不行，一步一心情。
岁岁原中草，年年树下生。
奈何桥上问，苦守月前盟。
世上当相继，人间道路更。

161. 白居易　挽歌

一叶自飞扬，三秋问故乡。
无人荆棘见，有道草林旁。
异口同声哭，孤坟列土冈。
春风来又去，教育作圆方。

162. 崔国辅　对酒

一酒当歌半曲明，千年故事百家生。
来来去去离时苦，朝朝暮暮去子情。
不可阴晴天下问，何须醒醉世中行。
三杯一尽扬长见，九陌群呼草木荣。

163. 李白　对酒

安期蓬海客，诸子度金华。
羽化仙人酒，三清太白家。
千杯方可渡，万里浪淘沙。
老子潼关去，姑苏二月花。

164. 李白　陌上桑

淑女渭桥东，清姿素玉衷。
春风桃李白，碧树映颜红。
陌上蚕丝早，心中茧困宫。
桑桑从此去，日日以情终。

165. 常建　陌上桑

枝枝陌上桑，叶叶碧中囊。
绕绕成春茧，丝丝固寸肠。
何时知蝴动，度已问炎凉。

166. 陆龟蒙　陌上桑

一叶方成半叶芽，千丝万缕百丝家。
东风化雨云先住，少妇纯情客后花。

167. 郎大家宋氏　采桑

雁去几时飞，心思锁户扉。
男儿何不解，作茧采桑归。

168. 刘希夷　采桑

青青一叶桑，采采半罗筐。
步步东风里，盈盈曲自扬。
巫山云雨岸，织女小牛郎。
只等由君子，无人不必藏。

169. 李彦炜　采桑

春眠一觉新，细雨半邻茵。
五马空回首，千金跏躅身。
桑枝生小叶，采碧问秦津。
隐约听君问，茫然已自珍。

170. 王建　采桑

独自采桑心，孤身问玉涔。
圆圆珠泪滴，点点作千金。

171. 李白　日出行

东方日出行，蜀道客难生。
万里扬明去，千年落九鸣。
春风萌草木，夏雨向云平。
九日重阳酒，三冬大雪明。
羲和挥旦暮，四运物阴晴。
后羿凭空射，嫦娥任桂城。
星宸何北斗，太白自长明。

172. 李贺　日出行

行行止止人，去去来来昏。
远远高高见，明明暗暗吞。
先先后后根，色色空空门。
茫茫阔阔宇，暮暮朝朝路。
天中成子女，世上小儿孙。
后羿嫦娥所，光明自此恩。

173. 崔国辅　王昭君（疑为吴曲）

汉使一昭君，阴山半玉裙。

单于夜牧主，武帝向纷纭。
草木凭心色，青山任意闻。
应从情所至，不以画师分。

174. 卢照邻　王昭君

琵琶一曲行，汉将半清缨。
大雪分南北，单于自纵横。
交河圆日落，合殿画师城。
愿逐三秋雁，潇湘一度鸣。

175. 骆宾王　王昭君

牧客辞豹尾，雁渡问龙鳞。
汉月琵琶响，胡笳五月频。
沙鸣天下望，雪落玉中邻。
柳叶年年蜀，梅花处处春。

176. 沈佺期　王昭君

上马画师闻，行程大雪纷。
深宫何所以，蜀汉两人君。

177. 梁献　王昭君

妾命一和亲，阴山半故人。
芙蓉荷叶露，粉色近红尘。
牧草年年碧，乡心处处珍。
单于依牧帐，蜀女对江津。

178. 上官仪　王昭君

春风到玉关，晓月问阴山。
凤辇单于驾，金河蜀女颜。
胡笳从此响，甲帐待君还。
汉使和平里，黄河十八湾。

179. 董思恭　王昭君

琵琶马上弹，汉使玉中看。
曲曲平原路，音音塞月寒。
和平人所愿，草木色峰峦。
牧场天山外，青冢独自安。

180. 顾朝阳　王昭君

何情不画师，以月作相思。
镜里单于望，花中蜀女时。

181. 东方剑　王昭君

朝庭一武臣，汉道半天钧。

蜀女和中去，单于灞上邻。
阴山多雪月，渭水尽波粼。
草碧天如色，春来胜似春。

182. 郭元振　王昭君

自向单于去，何言牧草低。
冰封霜雪色，玉解勒川西。
蜀国蚕丛路，阴山鸟独啼。
黄河由此去，渭水任萋萋。

183. 刘长卿　王昭君

自得藏娇处，何言对画师。
丹青辜负女，敕勒古川奇。
蜀色惊宫苑，单于猎手迟。
黄河终是水，羌笛任胡姬。

184. 李白　王昭君

明妃上玉关，蜀女问天颜。
月色同胡汉，风光共去还。
燕支南北脉，白马暮朝山。
渭水三春月，黄河一路湾。

185. 储光羲　王昭君

日暮有沙鸣，天高任猎惊。
风平原上草，鸟宿牧中情。
蜀女明妃嫁，单于早帐荣。
黄河流万里，敕勒一川明。

186. 僧皎然　王昭君

但向婵娟望，阴山一片明。
长安同月里，逢帐共苍生。
菩萨如来至，昭君蜀女名。
光天成化日，大势以和平。

187. 白居易　王昭君

面对沙尘风，一衣带水一衣红。
辛辛苦苦勤勤早，太太平平处处终。

188. 令孤楚　王昭君

阴山敕勒云，过去几何君。
魏阙龙城远，胡姬著汉裙。

189. 张仲景　王昭君

一蜀呈儿女，千山作故乡。
三边明日月，四野满牛羊。

190. 李商隐　王昭君

汉殿毛延寿，单于汉使王。
千金无嫁子，碧草有青黄。

191. 王偃明　妃曲

敕勒川中日半斜，阴山马上玉琵琶。
胡沙满目胡沙响，九曲黄河九曲家。

192. 张文琮　昭君词

何言远嫁人，不必问三秦。
只见胡杨木，朝天作汉邻。

193. 陈昭　昭君词

琵琶一两声，蜀女万千情。
马上阴山去，心中草木生。

194. 戴叔伦　昭君词

月照半南心，沙鸣一古今。
人生应自主，蜀女可千金。

195. 李端　昭君词

北海子卿回，旌旄十九衰。
和亲求不得，未见李陵来。

196. 张籍　楚妃叹

湘云问楚王，蜀雾满萧樯。
逐鹿西江水，旌旗暗豫章。
朝朝春色见，暮暮对斜阳。
万国君心独，千妃妄断肠。

197. 宋之问　王之乔

七夕子乔仙，三生客旧年。
青龙天上见，白虎玉中悬。

198. 张籍　楚妃怨

之一：
妃心一怨半衷肠，楚客三声两故乡。
不忍千金成五色，应知世态自炎凉。

之二：
序：
李贺蜀国弦。（四弦古月有四曲，其张
女四弦，李延年四弦，严卯四弦上曲，
阙止传，蜀国四弦一曲）
诗：
不忍过瞿塘，巫山见柳杨。
高台神女客，锦雨静云乡。
白帝江流水，十二楚峰扬。

199. 李白　长歌行

荣华桃李色，日月柳杨明。
百物天工象，三春草木荣。
羲和无止与，功名有早成。
虚清当此路，石玉炼丹瑛。
竹帛宣言致，风霜草木平。
蹉跎成两矢，岁月作歌行。

200. 王昌龄　长歌行

旷野一长风，高楼半袖红。
长安明古道，渭水色苍空。
驻足悲歌曲，行吟岁月穷。
王孙千古问，子女子弯弓。
所似战友者，何平共语雄。
精灵随草木，达达任情衷。

201. 聂夷中　短歌行

八月木荫成，三秋雁塞鸣。
蒲口南水岸，落落北风清。
四顾苍茫茫，千声草木惊。

202. 李振　短歌行

短短一朝阳，长安半暮光。
茫茫三界路，郁郁两家乡。
去去咸阳道，来来渭水梁。

203. 顾况　短歌行

短短一歌鸣，长长半曲生。
行行何止止，日日几荣荣。
路路风中道，春春草木荫。
云前多少问，雨后去来情。

204. 王建　短歌行

轩辕万载已成仙，九鼎千年问洞天。
百岁六千三万日，诗词七万一桑田。

205. 张籍　短歌行

黄天荡里一歌声，浦口船中半渡晴。
举酒红颜红自己，无根白日白光明。

206. 白居易　短歌行

人求富贵士求名，嗜欲难平意欲生。
少壮知书寻达理，童翁跬步作平荣。
桑田数遍秧禾数，万粒颗苗一亩城。
一把珍珠天下种，三秋果籽地中情。
须臾不见人情老，寸土寸金日月明。
绿水常晴寻碧玉，红颜不住劝禾平。
长长短短吟歌去，曲曲鸣鸣著世英。

207. 陆龟蒙　短歌行

人言一瓜牙，世事半桑麻。
陌路三千色，阡田五百家。

208. 僧皎然　短歌行

长歌不断短歌行，大路何须小路行。
草木春秋成草木，枯荣未了又枯荣。

209. 王无竞　铜雀台

铜雀上高台，黄云久不开。
英雄长袖短，草木落还催。
遗舞情姿去，青松湿露来。
苍荒流水色，未了世人回。

210. 郑惜　铜雀台

漳河玉水丹，古树向天坛。
但向荒陵问，平生不自猜。

211. 刘长卿　铜雀台

藏娇半屋中，舞女一身衷。
万秀三千色，铜台五百雄。
歌楼何所以，举桨未成风。
邺上谁儿女，情中两袖红。

212. 贾至　铜雀台

西陵鸟雀归，邺暮早萤飞。

夜卷风云暗，丘荒月静扉。

213. 罗隐　铜雀台

红颜素手以香凝，野外荒郊见独灯。
共坐当年人不断，孤心只寄问西陵。

214. 薛能　铜雀台

魏帝当年铜雀台，黄花落处野花开。
人生不必留成败，此地无声鸟再来。

215. 张氏炎　铜雀台

当年曲舞妾无声，处处荒芜草有荣。
邺下明秋有，陵中雀鸟鸣。
英雄应不见，暮色可纵横。

216. 梁氏琼　铜雀台

一曲向陵台，千云待雨来。
花明三世界，草碧十青苔。
妾意知如此，君心自不哀。

217. 王勃　铜雀伎

罗衣九色荣，曲舞一升平。
伎妾千姿态，君心万语倾。
玉凤临铜雀，高台处魏城。
西陵何所望，人人可此生。

218. 沈佺期　铜雀伎

不必寻铜雀，何须问邺城。
如今天地改，已是去来行。
鼎立黄河岸，垂鞭赤壁缨。
当年何所以，魏帝建安荣。

219. 乔知之　铜雀伎

三分魏蜀吴，六合汉家孤。
邺下漳河水，西陵草木苏。
华客天地路，举槊正雄图。
艳曲应无尽，长风扫许都。

220. 王适　铜雀伎

伎舞伴君行，姿轻付女情。
知时知世界，感遇感精英。
鸟雀飞天落，英雄逐世横。
声声随草木，处处任枯荣。

221. 欧阳詹　铜雀伎

萧条半古台，草木一今来。
邺下从容色，黄花去又开。
西陵铜雀见，魏帝建安才，
以此从君问，漳河任客回。

222. 袁晖　铜雀伎

伎舞本无音，随君入古今。
苗条腰细柳，百态意由心。
曲调原相配，罗衫不蔽临。
人生从日月，主仆一林荫。

223. 刘商　铜雀伎

不足平生欲，应呼去日春。
潼河流水色，魏帝存佳人。
以色分红白，凭姿画匀均。
天天歌舞竞，处处曲琴身。
玉辇藏娇屋，陈王付宓宸。
凌波同彼此，子弟学先邻。
野旷天低树，郊荒复旧尘。

224. 李贺　铜雀伎

赤壁一千军，华容半魏君。
英雄挥手去，美女自相闻。
楚汉鸿沟界，虞姬吕后分。
漳河铜雀铸，草木本衣裙。

225. 吴烛　铜雀伎

一色西陵草，三秋扫叶声。
漳河铜雀伎，魏帝古今情。
但以相思铸，何须共别情。
朝朝凭此望，暮暮寄归鸣。

226. 朱光弼　铜雀伎

生前一色荣，去后半尘英。
日日随天舞，时时寄旧情。
唯君从意愿，半帝断肠声。
邺下阴晴易，西陵日月倾。

227. 朱放　铜雀伎

不续一歌声，难呈半旧情。
西陵君不语，伎女自无鸣。

228. 僧皎然　铜雀伎

一寺半铜台，三金两鼓摧。
开疆尊酒色，问邺杜康来。

229. 马戴　雀台怨

铜台雨自新，草木去来春。
曲舞漳河路，笙歌邺下尘。
何须愁怨寄，只道隔天津。

230. 程氏长文　雀台怨

化作酆城一寸灰，难成魏帝半铜台。
当年曲舞呈天地，此际音声对地来。

231. 李益　置酒行

置酒欲狂言，行身可守圆。
兹生常醒醉，济世向轩辕。
市上三壶饮，杯中戒独喧。
千年今古迹，百水自泉源。

232. 陆龟蒙　置酒行

东风化雨半年春，柳絮杨花雨晋秦。
千金一掷英雄见，万里三呼壮士申。
置酒行身何醒醉，大路朝天几度新。

233. 李贺　长歌续短歌

长长短短一歌人，晋晋秦秦半比邻。
有酒杯中何不醉，无心路上度红尘。
衣襟依尺寸，手足济秋春。
白首童翁见，山川日月新。

234. 储光羲　猛虎行

山川猛虎行，楚客系红缨。
苦尽寒中见，甘来欲上情。
饥前知所目，饭后问其名。
厚土阴晴至，高云远近明。

235. 李白　猛虎行

三生猛虎行，一作九天鸣。
半顾雍门路，千寻旧日城。
淮阴博浪沙锥重，楚汉鸿沟界不平。
下邳张良韩未报，萧何月下见相名。
成成败败刘邦去，是是非非吕后营。
但以江东成霸主，何须大火未央倾。

虞姬凭剑舞，四面楚歌声。
白纟缳丝织，江山勇武轻。
龙云飞不定，玉笛落情缠。
莫以乌骓问，咸阳壮士盟。
微山湖岸阔，只寄子房名。

236. 韩愈　猛虎行

高山猛虎行，百兽一威声。
啸啸扬长去，群群囊谷鸣。
熊罴违十步，鹿麋退三城。
匹侪何邪正，当生气性荣。
风低纷草木，举首望峰明。
带子林间路，吟溪过涧赢。
猿猴膺有力，鸟雀险无惊。
不落平原上，王孤不结盟。

237. 张籍　猛虎行

猛虎居山不食人，深林养子客秋春。
王孙莫射行踪觅，白日峰中试自身。
独步长吟啸，群行匹侪钧。
年年昂首去，处处静无尘。

238. 李贺　猛虎行

妇女儿童目止声，山林猛虎有鸣声。
衙门小吏应无语，税赋深重以恶名。
虎高山，别有机。独啸空林自不依。
何言十易天干针，自以声名达帝畿。

239. 僧齐己　猛虎行

蛟龙虎豹世上行，弱肉强雄日中生。
爪爪牙牙成恶事，小人君子不分明。

240. 僧齐己　君子行

君君子子行，圣圣贤贤明。
玉凤梧桐树，龙鳞大海明。
藏时不露深渊去，跃得风云逐日声。
进退荣身何自保，文章伪善落非名。

241. 高适　燕歌行（自言）

男儿本自重横行，十八言雄诺一声。
此过榆关千百里，燕支李广作英名。
东闻碣石观沧海，北望桓仁五女城。
读士耕耘田亩志，行身日月历枯荣。

年年五万诗词数，字字隋音格律衡。
八大学堂成府路，三千弟子御街盟。
平生矢志天涯尽，北海南洋正捕鲸。
旧语轩辕人日定，新言赤道纳吉英。
归心不尽炎黄子，月色无声共度赢。

242. 贾至　燕歌行

辽阳一曲燕歌行，九鼎三呼渭水明。
重镇居庸关上见，幽州不锁蓟门城。
单于百将刖山外，霍卫三军受降城。
魏晋黄金台上望，鲜卑沃野意中情。
唐家汉土滹沱水，大漠胡风万里耕。
羽猎旗麾黄绶带，行营将帅致边荣。
农夫枕旦无劳役，战马南山校尉兵。
不必思夫空守月，东风化雨满人生。

243. 陶翰　燕歌行

幽声赵女一燕歌，楚调吴姬半越娥。
壮士何须天下问，英雄此去渡交河。

244. 虞世南　从军行

楼兰野漠惊，洱海阔边城。
节度分南北，旗旄列两京，
呼来飞将去，令策汉家兵。
大理交河界，黄河易水情。
从军骄子见，任务士生平。

245. 骆宾王　从军行

平生一念问三军，历事千明向一君。
抱月弯弓弦力尽，扬戈待旦胡风闻。

246. 刘希夷　从军行

秋来十地行，日去半天明。
叶落知何处，云归几度平。
燕支飞将射，大漠暮沙鸣。
百步穿杨箭，千军一马横。

247. 乔知之　从军行

一女自随居，千鸣任士闻。
娟心明月夜，妄意梦无分。
子在楼兰北，身居渭水云。
功夫成就里，尚可解衣裙。

248. 李欣　从军行

日落交河岸，人行渭水滨。
黄昏登道望，草木各秋春。
北斗风明暗，琵琶日月邻。
胡杨千载木，大漠万沙尘。
塞雁南归去，葡萄玉酒臻。
神州何不界，二世已无秦。

249. 李约　从军行

长途须算日，远路不兴兵。
汉帜多龙凤，胡杨大漠营。
三边呼老将，碛石柳河城。
太白秋明早，嫖姚虎视横。
居庸关上问，二世殿中生。

250. 戎昱　从军行

共步李将军，同心射虎闻。
幽州宣化北，太白房黄云。
受降城中见，交河落日寻。
英雄应老矣，逐鹿酒泉纷。

251. 厉玄　从军行

草木晚来春，秋风早向人。
边城何夏短，大雪久冬湮。
少妇相思晋，胡杨不避秦。
年年南北战，处处暮朝频。

252. 李白　从军行

之一：
独领残兵一半归，孤身浴血三千非。
英雄自在心思在，不在龙城向北飞。
之二：
一路玉门关，三生不等闲。
千军齐射虎，万马共君颜。
笛奏梅花落，风摧雪雨还。
单于归北海，月色满天山。

253. 王维　从军行

之一：
鼓角金河渡，军营北海行。
冰封天水岸，雪结武威城。
秦皇分南北，汉帝令红缨。

战场何须问，笳鸣已不生。
之二：
鼓角楼兰过，单于向九州。
山河连万里，日月共沉浮。
逐鹿英雄事，桑田子女求。
壶浆应不止，草木已春秋。
梦里家乡暖，群呼稻米收。

254. 王昌龄　从军行

之一：
楼兰入大荒，大漠已无疆。
朔雪天山路，胡风万里扬。
平沙飞鸟尽，受降忘刀枪。
自古何如此，平生问故乡。
之二：
北海冰封大雪山，楼兰碛锁玉门关。
黄沙百战穿金甲，一马千军去不还。

255. 卢纶　从军行

残兵一李陵，铁甲半层冰。
二十英雄见，三千弟子兴。

256. 刘长卿　从军行

雪岭半冰河，公卿一少多。
金微山解甲，碛石李陵戈。
仗剑长天望，依云唱九歌。
功归何自见，白首对滹沱。

257. 杜颜　从军行

万里马蹄轻，千军鼓角鸣。
渔阳初捷报，白露湿龙城。
大战长风暗，弯弓射日平。
功曹留帐令，汉使夜方平。

258. 僧皎然　从军行

韩彭未老一辽阳，羽檄乌孙半戍乡。

朔雪漫天飞不止，寒霜没帐落无疆。
雄师百万男儿志，草木三边少妇黄。
仗剑行营王令在，弯弓射虎栋朝梁。
青泥校尉书章在，汉马功劳致曲肠。

259. 张祜　从军行

少小一军微，凉州半虎飞。
扬旗收万虏，振鼓正余威。
白首回身见，功勋几是非。

260. 令孤楚　从军行五首

之一：
荒原隔水西，汉马牧人低。
罢战东风晚，长安秀鸟啼。
之二：
孤兵卧雪眼，独自断长鞭。
万里荒沙逐，千年逐战边。
之三：
却望冰河阔，还扬铁马鞭。
胡风千万里，渭水两三田。
之四：
帐月五更明，天光一夜兵。
刀枪霜刃雪，鼓角汉家营。
之五：
暮雪连青海，朝云逐武威。
交河无战报，太白有余晖。

261. 王涯　从军行

苦苦风沙望，欣欣草木眈。
和平终不久，战事始云端。

262. 李益　从军有苦乐行

陇水断人肠，秦川半故乡。
从军何苦乐，幸道向咸阳。
少小嘉轻命，功勋重义郎。
凉州西域去，白首挽弓强。

夜夜桑田梦，层层铁甲霜。
长安明月色，朔漠度炎凉。
射虎幽州北，寻风忆冯唐。
酒泉麾下箭，不问李陵娘。
六郡应天下，三光可未央。
和平何所止，有界也无疆。

263. 鲍溶　苦哉远征人

古曲远征人，新声近隔亲。
河梁飞将去，北海李陵濒。
别处临风语，居身处世津。
单于千帐冷，汉使节旌尘。
鸟尽良弓见，沙鸣铁木珍。
冰霜沉甲铠，雨雪落孤身。
父母梦难断，妻儿念信贫。
英雄当此道，妇妾向萍滨。
但作阳关役，何言不问秦。

264. 戎昱　苦哉行

苦苦辛辛事，成成败败名。
争争何战战，废废复营营。
蜀道霖铃雨，渔阳鼓角鸣。
梨园歌舞继，上苑自枯荣。
未语东都路，续言武后情。
长安应镇守，渭水已无晴。
汉帝葡萄见，秦皇六国平。
江山当不似，社稷可生平。
啸啸何难尽，吟吟子女行。

265. 李白　歌行鞠

目送一徵鸿，心来半国风。
歌行诗日久，足踏大江东。
白玉无瑕碛，黄金有苦衷。
耕耘成业迹，积累是英雄。

第一函　第五册
乐府四卷至十卷

1. 杜甫　前苦寒行

三边虎豹苦寒行，九陌虫禽近视声。
白帝江流楚汉色，荆扬蜀道鸟猿鸣。
阳关四叠风沙暗，上苑千花草木明。
羽檄章程宣武雀，童翁跬步曲江荣。
羲和未尽人相继，苦去辛来是平生。

2. 杜甫　后苦寒行

太古昆仑冰雪折，如今渭水雨交河。
玄猿口噤无鸣啸，白鹄垂客有九歌。
地裂鸿沟三尺断，天昂万丈路蹉跎。
楼兰一去平生了，可劝陈王莫凌波。

3. 刘驾　苦寒行

风霜满八荒，守戍问千肠。
碛石冬寒至，行人苦梦乡。
青春安不在，老少度炎凉。
朔雁南归路，望断是衡阳。

4. 僧贯休　苦寒行

松林作一枝，落叶已三迟。
万物寒霜至，千牲度历时。
云沉惊夕照，鸟缩雪浓司。
但以栖栖处，芜衣待几宜。

5. 僧齐己　苦寒行

苦苦寒寒去，僧僧寺寺声。
灯灯何不投，处处几人明。
雪水凝冰见，云天化雨行。
蒺藜长短刺，雀鸟去来横。

6. 李白　北上行

北上过三边，北上已千年。
北上幽州烽为望，南来塞雁宿江天。

渔阳不远山东客，魏帝漳河邺上鞭。
逐鹿中原天水断，黄河豫赵一弓悬。
桑干陕晋胡风近，渤海辽阳禁鲁田。
涧谷无平南北岸，川流有色自源泉。

7. 李白　豫章行

一去豫章山，三鸣志不还。
吴兵微雪海，越帐向天潜。
斩虏辽津北，扬勋雁荡班。
胡杨孤独立，白首玉门关。
没羽闻飞将，弯弓落豹鹇。
英雄如此是，壮士又夫颜。
武勇交河见，书生上掖攀。
平生何不止，只视一般般。

8. 元稹　董逃行

董卓逃行已不声，惊心吕布戟含情。
膏夷满腹王朝去，献帝长安苦乐城。
并起英雄三国志，孤军赤壁一吴鸣。
出师未捷何归晋，八阵临风作世名。

9. 张籍　董逃行

人人尽得董逃行，处处无言火战惊。
子子充军三国竟，年年铁甲满空城。
琴声已尽何司马，退让千军作晋明。
自古英雄谁手鹿，如今一事半枯荣。

10. 崔颢　相逢行

人人去到又相逢，日日阴晴几度风。
二八春心藏不住，三千子弟有情中。
朱门水榭先南北，玉户窗纱后落鸿。
索索求求常未得，寻寻常常见英雄。

11. 李白　相逢行二首

之一：

一望拜金台，三生向楚才。
文章遥指点，笔墨近余杯。
上掖冠巾正，楼兰剑槊开。
中书门下客，日月曲江来。
别别离离去，逢逢合合回。
长亭杨柳树，短驿暮朝陪。
醒醉应当问，身名可自催。

之二：

欣逢一路尘，苦别半年春。
万里风云会，三生日月珍。

12. 韦应物　相逢行

二十肃韦郎，三千弟子旸。
从朝观世界，立戟伴君王。
扫地焚香坐，姑苏正豫章。
相逢长乐北，啸啸灞桥梁。

13. 董思恭　三妇艳诗

妇妇动人香，文人大小藏。
中姑姿色近，素淑玉身扬。
小小新丰织，波波渭水乡。
流流花似雨，大大弄明珰。
月下三来去，楼中一柳杨。

14. 虞世南　中妇织流黄

什锦挂花黄，千姿纳玉香。
牛郎应不远，织女问炎凉。
纵纵横横线，梭梭柱柱梁。
楼兰兵将少，付役久思量。

15. 李贺　难忘曲

人人记忆中，处处落归鸿。

日月藏私影，虫蛾向暗中。

16. 李贺 塘上行

水上见鸳鸯，波纹向两行。
交流何远近，颈影入芳塘。

17. 戎昱 苦辛行

苦苦辛辛一短歌，刀刀笔笔半山河。
官官吏吏成千史，女女儿儿学士多。
陌陌阡阡南北见，朝朝暮暮旦操戈。
山高水色青峰落，树影婆婆草木波。
稻谷桑田天地老，人生岁月历蹉跎。

18. 高适 秋胡行

妾本邯郸女，单于学步初。
迢迢边北帐，路路望南余。
柳叶漳河水，眠蚕保定墟。
胡笳声已动，牧马帝王居。
塞外荒原草，河南稻米蔬。
人生三万日，自在一心锄。
结侣同阡陌，经年共卷舒。

19. 僧贯休 善哉行

善哉一心余，清杨半意舒。
知音三界士，别曲五湖居。
紫玉银铠色，潇湘水云初。

20. 僧齐己 善哉行

善哉无非善哉城，火人已是处人明。
仙家醒醉千年水，学士文章万里平。
草木山林由岁月，鲲鹏羽翼殿龙鲸。
高低不见东西见，古刹钟声鼓磬声。

21. 李白 来日大难

世界重来末日来，人生已去自心开。
神仙两角三疆石，精卫含衔一木回。
地陷何须凭日月，天倾自以任尘埃。
金丹不炼青春药，学步当成易水杯。

22. 元稹 当来日大难

将来末日万人行，眠下无成一士行。
无视胡行行不定，如期已定定无行。
泥牛入海闻消息，白马飞天问复行。

自作如来如是止，似行不似似无行。

23. 王维 陇西行

胡姬舞醉颜，蜀女唱阴山。
陇上西行去，云中日月还。

24. 耿纬 陇西行

沙鸣近酒泉，海市阔如烟。
陇土耕耘子，胡家不种田。

25. 长孙佐辅 陇西行

朔气陇西行，云飞雪北明。
三冬枯草木，九夏牧枯荣。
狭路相逢少，平川别合盟。
钱塘流水色，不可筑长城。

26. 柳宗元 东门行

汉家三十六将军，一叱千年五万文。
百吏当街腐乳，东方朔语作新君。
兵符未锁冯唐在，羌笛扬声掩袂闻。
塞上呼声生死忘，安陵半息不离分。

27. 太宗皇帝 饮马长城窟行

塞外狂风阔，楼兰大漠河。
阴山千里雪，上苑万花多。
饮马长城窟，闻君唱九歌。
层峦高节秀，瀚海宇千戈。
玉寨功名树，龙堆虎豹驼。
胡沙寒碛石，羌笛逐天波。
戍将寻烽火，营兵鼓角斜。
英雄秦晋问，振戢暮朝梭。

28. 虞世南 饮马长城窟行

举剑过楼兰，轻兵不解鞍。
交河圆日落，大漠逐风寒。
饮马长城窟，危兵弃软鞭。
余温先不冷，后继尚行宽。
勒律寻都护，扬长问可汗。
经春秦陇水，仗策白首观。

29. 袁朗 饮马长城窟行

长城万里遥，渭邑半秋凋。
卷土闻秦汉，封侯将师辽。

何言藏白骨，不及运河潮。
同里三吴水，钱塘一步桥。

30. 王翰 饮马长城窟行

咸阳一远图，浩叹半姑苏。
苦役长城战，天堂共话吴。
男儿当立志，少小慕金吾。
殿下邻皇上，人中独有无。
为君天地战，房子戟越胡。
受降城中老，呼声大丈夫。
单于兄弟客，白日暮朝敷。
垒石长城窟，秦皇一世孤。
边疆和是贵，内治策高儒。
按剑凭天地，闻声任念奴。

31. 王建 饮马长城窟行

秦王饮马长城窟，白骨沉沙大漠横。
磊石春秋终战国，年年岁岁战争行。
何时渭水流南北，只似钱塘越女城。

32. 僧子兰 饮马长城窟

游人万里上长城，壮士千年问古名。
好汉秦皇应不见，英雄李广莫公卿。
阴山草木春秋易，霍卫将军酒泉鸣。

33. 李白 上留田

不可上留田，孤坟十里连。
精英朝朝暮去，日月去来烟。
一鸟身先死，千声客不眠。
三雄殉国去，百兽啸林宣。
草木春秋易，阴晴上下天。
延陵天地见，万里上留田。

34. 僧贯休 上留田

父父兄兄弟，生生死死情。
交柯同本木，白日共心荆。
鸟雀争栖叶，蝥贼奇贺荣。
清风明月里，客臆久难平。

35. 李贺 安乐宫

朝朝暮暮宫，安安乐乐宫。
梧桐栖凤鸟，御水落飞鸿。
歌回天地宇，翠积阔新丰。

33

茱萸重九月，渭水曲江风。

36. 王昌龄　放歌行

古渡洛阳舟，苍空十二楼。
红尘应莫望，日月帝王州。
紫气东来顺，龙门北户求。
诏微天下士，献策玉囊酬。
拜揖三公路，文章九鼎留。
明堂从上坐，草泽自春秋。

37. 李白　野田黄雀行

飞天半入吴，野雀问姑苏。
恐见张罗网，何知作月奴。
凭情谁不解，借翼向江都。

38. 储光羲　野田黄雀行

四野飞田雀，三光问有无。
离离还聚聚，逐逐复呼呼。
喷喷桑田里，姑姑陌上雏。
相传千百代，继世万年儒。

39. 僧贯休　野田黄雀行

居巢自择定深枝，落足何从百鸟迟。
展翼飞天高不见，排空一瞬竞师姿。

40. 僧睿己　野田黄雀行

旷野飞田雀，高空十里行。
双双争自主，独独尘声鸣。
但恐鹰隼逐，留心乃一生。

41. 李贺　雁门太守行

风云一度欲城摧，鼓角三声向甲魁。
半卷红缨辞易水，人生自古不徘徊。

42. 张祜　雁门太守行

太守雁门关，云峰万仞山。
倾壶天外去，受降始归还。

43. 庄南杰　雁门太守行

羌笛一枝横，沙鸣半世惊。
红尘应已断，逐鹿客方平。

44. 虞世南　飞来双白鹤

飞来双白鹤，比翼独凌烟。

净羽长风展，栖栖共颈眠。
蜉蝣何不解，鸟雀对鸣宣。
各俱苍空欲，无从共日天。

45. 虞世南　门有车马客行

生财取结交，宿鹊筑枝巢。
曲义千边草，直言万事包。
皇城天子道，海角弟兄看。
走兽山前供，飞禽席上咬。
重门关系好，野路忘恩抛。
碧玉扬长见，黄金胜似胶。
朱楼金谷地，信誓佛神爻。
岁岁春桃色，年年自己嘲。
回头应晓悟，货开只如茅。

46. 李白　门有车马客行

门多车马客，志少欲心高。
海角厅珍色，京都显贵刀。
秦皇徵六国，汉武取葡萄。
玉勒唯天子，金鞍独据豪。
经商何路道，处世几心褒。
日月耕耘去，阴晴树岭毛。
胡沙曾不净，廓落已战友。
百战流离所，三光澹泊蒿。
何言金谷地，醒醉堕楼翱。
汉蜀吴闻晋，周秦已浪淘。
君心曾不已，渭水几波涛。

47. 张文琮　蜀道难

梁山一武关，墨字半唐蠚。
酷吏周兴去，闻君入瓮还。
何言难蜀道，狭栈暗通攀。
日住巫峰木，江流两岸山。

48. 李白　蜀道难

蜀道之难可上天，周秦已去汉隋烟。
蚕丛劈石鱼凫路，李白文章杜甫怜。
建国兴邦知老子，天涯海角筑疆田。
何言醒醉耕耘少，只事华清一两篇。
一路长安先后顾，三生紫绶去来眠。
当涂捞月三清尽，太上丹炉九鼎宣。

49. 骆宾王　棹歌行

一意棹歌中，千荷碧玉红。
娼楼颜色富，舞女曲无穷。
叶托珍珠露，蓬含子粒宫。
鸳鸯双戏水，不忍独西东。

50. 徐坚　棹歌行

棹女采芙蓉，桃花玉浪从。
婷婷衣尚短，粉粉色波峰。
杜若船边像，青莲叶上丰。
金陵风不起，浦口影无踪。

51. 徐彦伯　胡无人行

一曲玉门中，三军铠甲红。
千旗呼卷蔽，万马踏西东。
十月霜冰色，微人挂彩虹。
胡沙方始净，碛石似新丰。

52. 聂夷中　胡无人行

胡无行不尽，立节志方平。
战国春秋史，英雄壮士名。
男儿应独举，一诺自人生。
易水潇潇度，咸阳处处荣。

53. 李白　胡无人行

猛士呼来守四方，胡沙净后问三光。
嫖姚十万黄金甲，李广千军射虎郎。
箭羽惊风飞将在，滹沱落水大风扬。
无人汉道旌旗卷，太白云龙陛下昌。

54. 僧贯休　胡无人行

霍嫖姚，赵充国，无人一道半天骄。
三边北，一东辽。年年战事上云霄。
白骨长城见，风云日月潮。
红尘儿女望，草木运河瑶。
八表呈天子，三公奏柳条。
长安何不折，六郡舜尧昭。

55. 刘希夷　白头吟（楚调曲笙笛弄节琴筝琵琶瑟七器）

年年岁岁一花红，岁岁年年半不同。
去去来来人不尽，朝朝暮暮日如风。
桃桃李李晴云雨，子子孙孙序继童。

废废兴兴春夏草，空空色色白头翁。

56. 李白　白头吟二首

之一：

长门一怨半阿娇，买赋千金一玉消。
见白头吟情已去，重闻水落妒声谣。
文君此曲相如作，奉帚昭阳叶早凋。

之二：

文君已赠白头吟，赋断长门淑女心。
金屋藏娇多少见，羊车暮色作儿孙。
秦皇汉武谁妻妾，魏帝隋炀向古今。
锦水东流流未已，黄河浊处见清浔。

57. 张籍　白头吟

莫曲白头吟，阿娇木不萌。
春来花百草，帝去色千心。
夏水云云雨，秋风处处侵。
君恩常不定，月色冷冰浔。

58. 白居易　反白头吟

一反白头吟，三重赤子心。
营营微蝇火，烈烈巨炎金。
惩惩人所欲，处处士情淫。
鸟雀寻巢穴，鲲鹏展翼琛。
藏娇谁所意，已是女儿寻。

59. 元稹　决绝词二首

之一：

牵牛织女星，两岸各零丁。
七夕知南北，长安见渭泾。
相思相见别，妾意妾丹青。
月色三星老，池塘十里萍。

之二：

木槿一朝红，明妍半暮风。
黄昏曾自尽，夜色闲包宫。
二蕊伸心外，千枝待新丰。
重开还复谢，日去岁成丛。

60. 李白　梁甫吟（自述）

一诺三千六百天，平生十万诗词篇。
重阳酒徒文王客，太白清吟楚汉迁。
古古今今天下事，成成败败论中贤。
齐城两女旋蓬落，夏雨春风日月悬。

愚卷鸣毛飞不止，沉渊入底助龙泉。
吟声未足寻梁父，积步成途跬步田。
感会风云先后见，耕耘草木去来年。

61. 李白　东武吟

疏闻贤达士，好古问清风。
俗气红尘色，豪言日日空。
方希明主客，拜揖对深宫。
紫禁中书令，微宸上掖功。
凌烟天下阁，六骏世中雄。
对酒当歌尽，行身见始终。
甘泉源远近，学士自无穷。
曲作吟东武，人昂向鲁翁。

62. 薛奇童　怨诗二首

之一：

梧桐日晚早微寒，紫禁黄昏暮色天。
鸟雀霜明巢不暖，秋门冷落月空悬。

之二：

禁苑春风断，流莺已不鸣。
花开花落去，草碧草无声。

63. 张泌　怨诗

年年离别雁，岁岁又回归。
塞北知乡落，潇湘客已飞。

64. 刘元济　怨诗

念功半含嚬，思深一纳春。
辽阳花尚晚，渭水女儿新。

65. 李暇　怨诗

罗敷十二香，小小玉人娘。
蕙泽藏娇屋，春眠梦里郎。
花间多露水，月下影温凉。
醒醉都无语，东风扫独床。

66. 崔国辅　怨诗

楼前桃李落，枕上泪珠藏。
一梦牛儿老，三心织女娘。

67. 孟郊　怨诗

夜夜相思梦，幽幽别异乡。
情情何意意，织女窥牛郎。

68. 刘义　怨诗

芙蓉小女藏，密叶对牛郎。
岸上风声小，旁边挂短裳。

69. 鲍溶　怨诗

高林挂碧茵，绕木著龙鳞。
共土无根结，藤萝寄雨春。
何云长短比，直直弯弯循。

70. 白居易　怨诗

夺宠一黄昏，耕农半子孙。
羊车多少路，殿里待新恩。

71. 姚氏月华　怨诗

形形影影半离分，暮暮朝朝百念君。
莫以明时和日月，当知夜色挂衣裙。

72. 虞世南　怨歌行

买赋白头吟，相如一半心。
秋风多少日，落叶去来荫。
掌上昭阳舞，长门奉帚寻。
藏娇藏不止，意尽意无临。
但以羊车路，王家自古今。

73. 李白　怨歌行

十五入深宫，三千弟子风。
时时歌曲舞，处处女儿红。
不得阿娇问，难从宋玉忠。
飞燕非弱小，妒妾始还终。

74. 吴少微　怨歌行

城南多怨妇，美色少嘉奴。
弄玉箫声住，黄花寄小姑。
秦楼明月夜，绿陌叶扶苏。
茧茧蚕丝困，堂堂不丈夫。
春风长信殿，奉帚扫东都。
燕赵双身舞，昭阳暮里孤。
三杯闻旧曲，一醉解罗襦。

75. 雍陶　明月照高楼

朗月高高照独楼，清风处处欲临秋。
先生路路长城北，少妇幽幽汴水舟。
草草花花分已定，儿儿女女作风流。
思君不怨交河北，待妾何须作五侯。

76. 徐贤妃　长门怨

一怨满长门，三宫半旧恩。
照阳天下色，上掖有黄昏。

77. 沈佺期　长门怨

月淡满流萤，天高一木横。
居心朝夕见，日月几阴晴。

78. 吴少微　长门怨

百草一鸣虫，千金半色红。
阴晴何不定，日月不由衷。

79. 张修之　长门怨

积垒旧陈尘，成层故步频。
君君何足惜，妾妾未思新。

80. 裴交泰　长门怨

长门一月新，落叶半花尘。
掌上飞燕舞，宫中碧玉邻。

81. 刘皂　长门怨

一步长门外，三心草木中。
昭阳红不尽，玉色锁深宫。

82. 袁晖　长门怨

不见相如故，何言奉帚初。
文君弦外问，罗赋以情余。

83. 刘言史　长门怨

独作一灯前，相思半旧边。
琴声闻不远，烛泪作流泉。

84. 李白　长门怨

北斗挂西楼，南山向水流。
长门萤火断，月色满春秋。

85. 李华　长门怨

金銮日日春，凤辇油油新。
日月当空曌，江山独一人。

86. 岑参　长门怨

一炉十三情，千心万目生。
何时明草木，舞袖粉红荣。

87. 齐澣　长门怨

寂寂一长门，幽幽半子孙。
深深深不许，落落落黄昏。

88. 刘长卿　长门怨

蕙草半生闲，春风一玉关。
芳菲千万色，碧叶两三泉。

89. 僧皎然　长门怨

长门随草闭，上苑任花开。
白马飞天去，昭阳日边来。

90. 卢纶　长门怨

桃桃李李溪，日月自高低。
落落开开去，群芳化玉泥。

91. 戴叔伦　长门怨

曾居第一流，落泊数三秋。
凤凤凰凰误，来来去去由。

92. 刘驾　长门怨

一夜长门月不明，三更上苑卸衣声。
皇楼舞尽藏娇屋，凤语无平待紫荆。

93. 高蟾　长门怨

世上无言万古春，人间尽是暮朝尘。
红尘未子由心欲，薄色难平少妇颦。

94. 张祜　长门怨

日上宫墙柳，琴留碧玉愁。
相如弦外赋，扫叶玉人羞。

95. 郑谷　长门怨

卸却一罗衣，霓裳半玉肌。
光明天子夜，独月不相依。

96. 刘氏媛　长门怨二首

之一：
雨打梧桐叶，云浮草木枝。
昭阳谁彼此，奉帚日边辞。
之二：
五月杏花红，三春一日风。
新颜墙外去，晓色有无中。

97. 刘禹锡　阿娇怨

小小阿娇不翠华，云云众草二月花。
黄昏女使传言至，夜幸平阳帝主家。

98. 徐彦伯　班婕妤

旧梦贵昭阳，新恩转未央。
秋苔初露雨，落叶似青黄。

99. 严识玄　班婕妤

春风桃李色，夏水碧荷浮。
玉立婷婷望，蓬莲子已秋。

100. 王维　班婕妤三首

之一：
孤灯闪欲明，独月照空城。
只影形姿在，双情铸鼎倾。
之二：
独立自无声，孤身跬步行。
何寻花下影，但望草丛鸣。
之三：
亭台一笑声，水榭半摇英。
不是藏娇屋，黄门久不惊。

101. 崔湜　婕妤怨

玉树后庭花，深宫满晚霞。
年年明晓宇，岁岁帝王家。

102. 崔国辅　婕妤怨

一草枯荣色，三春日月倾。
东风来去后，夏雨暮朝横。

103. 张烜　婕妤怨

一扇昭阳殿，三琴长信宫。
君王多少日，纨扇去来风。

104. 刘方平　婕妤怨

深宫一月霜，古木半昭阳。
向晓红兰色，流萤度夜光。

105. 王沈　婕妤怨

梨花一片满黄昏，玉笛三声欲断魂。
日色天光丛远殿，春风不度过应门。

106. 皇甫冉　倢伃怨

日日学新声，宫宫纵欲情。
倾心团扇舞，尽是妒余荣。

107. 陆龟蒙　倢伃怨

一日文章客，三宫日月城。
倢伃知自己，咏史问枯荣。

108. 翁绶　倢伃怨

长信独登楼，昭阳色九州。
千门从日立，万巷著春秋。

109. 刘氏云　倢伃怨

余思何不见，旧扇已无风。
妾覆昭阳殿，君心长信东。

110. 王諲　长信怨

日落昭阳殿，行留长信宫。
凭恩由日暮，对镜仍颜红。

111. 王昌龄　长信怨

旧梦徘徊独自猜，红颜奉帚雪霜台。
梅花未尽桃花色，只见昭阳日影来。

112. 李白　长信怨

月满昭阳殿，霜重长信宫。
孤身寻落叶，独坐问秋风。

113. 李白　玉阶怨

玉阶生白露，月色落南山。
雪在登高处，霜重素女颜。

114. 李益　宫怨

一曲过昭阳，三生半梦乡。
长门花草多，上苑自沉香。

115. 王翰　蛾眉怨

君倾蛾眉女，学步自倾城。
比比飞燕舞，羞羞待帝情。
罗衣温未暖，不意别心萌。
但向蓬莱去，王母禁闳英。
盘桃仙列坐，太白误阴晴。
雨落云浮起，人间世外行。

缥缥何渺渺，望望复更更。
白日相回顾，茂陵可自惊。

116. 长孙佐辅　宫怨

六国一秦宫，三千半旧衷。
齐燕韩赵卫，妾土著妆红。
已赏纠王色，曾居玉树丰。
西施应自舞，百态郑姬功。
十二金钗比，裙裾洇渭风。
玲珑姣小昇，官贵雅音同。
曲曲争君主，歌歌对天蓬。
骄龙骄可见，羽扇羽飞鸿。
解却衣衫卧，金銮凤辇空。
床前明月夜，独侍子云东。
二世皇家尽，群英逐日空。
年年何聚首，处处各鸣虫。
百百先知始，千千后觉终。
鸿沟连两岸，你我始无终。

117. 于濆　宫怨

妾少一江楼，年华半九流。
文君垆酒色，宋玉隔墙求。
楚汉虞姬舞，陈皇后主羞。
桃花红胜火，两颊染新愁。
自入长门里，春春日日秋。

118. 柯崇　宫怨二首

之一：
曲曲声声一上阳，尘尘垢垢半炉香。
灰灰烬烬高低见，晓晓昏昏彼此长。
之二：
长门一日罗相如，旧貌新颜胜当初。
金尾窗纱何落空，临风舞扇有情余。

119. 聂夷中　杂怨三首

之一：
一日渔阳役，千声渭水来。
三光同共处，草木各徘徊。
之二：
一诺下辽东，三生锦帐空。
青楼明月夜，不见女儿红。

之三：
世上一红尘，人中半苦辛。
何为作千首，只怨入三春。

120. 孟郊　杂怨三首

之一：
桃花玉粉新，蕊露欲沾人。
小女河边去，牛郎不解犟。
之二：
狂夫一日情，小女十年轻。
浪水千层涌，心思万态生。
之三：
莲花并蒂开，纳子望天台。
影照鸳鸯水，蓬城八月催。

121. 王翰　子夜春歌

淑气满秦川，东风化雨泉。
长安香水岸，子夜曲歌眠。

122. 崔国辅　子夜冬歌

南山明雪顶，渭水色流青。
素素丰丰厚，层层落落亭。

123. 薛耀　子夜冬歌

大漠一风东，长安半巷台。
纷纷梨叶落，不似杏花开。

124. 郭元振　子夜四时歌六首

春歌二首
之一：
青楼含日色，绿水纳春芳。
自立同心树，孤花共度妆。
之二：
桥头莫折枝，水上映春迟。
叶叶条条色，人人句句诗。
秋歌二首
之一：
江南采莲情，水下两三声。
四顾牛郎语，千金一掷鸣。
之二：
塞北一飞鸿，衡阳半故衷。
明年闻渭水，羽翼淑新丰。

冬歌二首

之一：

子夜唱吴歌，钱塘谢运河。

船连船不断，棹逐棹边波。

之二：

长安大雪飞，翡翠满城归。

上苑梨花满，慈恩素玉扉。

125. 李白　子夜四时歌

春歌

唯亭莫折枝，灞水映桥迟。

采女桑条少，情郎几不知。

夏歌

三春一镜湖，五月半姑苏。

醉里杭州问，行时月色无。

秋歌

长安一片明，渭水万波清。

石杵寒衣捣，阳关落雪声。

冬歌

三冬惊雪厚，一夜絮微袍。

万里长安路，千金一掷豪。

126. 陆龟蒙　子夜四时歌

春歌

云山作雨屏，浦口映丹青。

翠羽扶苏色，飞莺细语伶。

夏歌

一片五湖花，三阳半碧涯。

千金何不醒，万里运河家。

秋歌

吴门一曲停，越榭半丹青。

八月知巴解，黄天荡里铭。

冬歌

一雪五湖烟，三光半玉船。

姑苏朝暮色，只到洞庭边。

127. 陆龟蒙　大子夜歌

歌谣千百种，子夜最多情。

假器清音许，丝弦弱调轻。

128. 陆龟蒙　子夜警歌

绿酒雨云烟，雕炉醒醉眠。

寒霜湖上素，子夜好清弦。

129. 李白　丁督护歌

上役丁督护，行营大雪眠。

吴牛惊喘月，铁马向长天。

塞外风云动，云阳草木弦。

交河圆日色，渭水逐波烟。

石路芒砀去，英雄百岁边。

130. 张祜　团扇郎

一夜红团扇，三声到器边。

琴音丝竹响，舞裙谢郎前。

131. 刘禹锡　团扇郎

团团一扇郎，羽羽半清香。

舞尽裙裾弃，方兴醉后芳。

132. 李暇　碧玉歌

碧玉一船娘，姑苏半素妆。

流波三两处，眉目小桥扬。

133. 温庭筠　懊恼曲

可见荷花不守红，斜塘柳叶向秋风。

莲蓬结子心中苦，素色芙蓉玉玄中。

一笑青楼歌舞去，千呼采女作鸣虫。

婷婷摆摆摇摇间，角角菱菱独独东。

134. 张祜　读曲歌

叶底采莲人，蓬头白玉身。

藏时藏不住，欲问欲难频。

135. 张子容　春江花月夜二首

之一：

不问浣纱人，当知一月春。

明明花色早，俱是有红尘。

之二：

春江花月夜，白浪水云深。

浦口霞光照，黄昏远木林。

136. 张若虚　春江花月夜

绿水红花一月流，青楼夜舞半无休。

千年不尽人相继，万古芳名客逐忧。

海上风波何不定，云中日月几春秋。

年年草木年年易，岁岁阴晴岁岁由。

仄仄平平平仄仄，平平仄仄仄平平。

平平仄仄平平仄，仄仄平平平仄平。

滟滟波波相逐去，粼粼闪闪任沉浮。

源源甸甸渊泉积，曲曲弯弯过九州。

虎跃飞空惊百仞，龙吟涧谷落三牛。

长江共与黄河水，玉树麻多色昌头。

宇宙苍荒何渺渺，江山石木各悠悠。

江流不断江楼问，不向春秋自莫愁。

137. 温庭筠　春江花月夜

金陵十日半春秋，二水三山两自由。

欲立何兴天下去，秦淮不尽照依流。

钱塘一线高潮上，四顾盐官百尺楼。

莫道隋炀谁比拟，长城不似运河舟。

天堂有路天堂去，地狱无门地狱尤。

去去来来朝暮见，成成败败帝王侯。

138. 张祜　玉树后庭花

玉树后庭花，何悲张丽花。

当须人自主，不奈帝王家。

139. 刘禹锡　三阁词

佳人三阁上，玉镜半梳头。

片片黄花落，藏娇不住愁。

140. 温庭筠　堂堂

钱塘岸上半春烟，客马鸣中一碧田。

万亩黄花朝露重，千枝玉叶诵珠泉。

淮南正织群芳路，蚌埠方红怯陌阡。

141. 李贺　神弦曲

日落西山却向东，黄昏玉水自留红。

花裙欲解同君醉，一曲三声四面风。

142. 李贺　神弦别曲

高台小女隔云端，十二峰中作玉盘。

白马花竿朝暮去，巫山细雨满群峦。

143. 王维　祠渔山神女歌

迎神易见送神难，坎坎渔山坎坎坛。

细雨潇潇仙不语，巫婆曲曲舞桑残。

春春夏夏秋秋问，雨雨风风处处难。

不奈人心求玉宇，何言世界有先安。

144. 王睿　祠神歌

迎神一始送神终，世上千年问不同。
有向巫婆闻逝光，仙家独俱万泉风。
鱼龙自得人间供，草木难平跋踏穷。
犬犬当言应此去，何须舞作对童翁。

145. 杨巨源　乌夜啼（曲自荆郢异于吴）

子胥三呼郢路斜，姑苏半壁五湖涯。
吴门不远黄天荡，楚汉无分霸主家。

146. 李白　乌夜啼

姑苏碧玉小桥西，只道荆门鸟夜啼。
楚郢难平烟雨梦，梧桐院落影高低。

147. 顾况　乌夜啼

小女深楼鸟夜啼，吴门月色向辽西。
碧玉方明同里路，姑苏玉带拱桥堤。
洞洞庭庭山两麓，梅花落尽作香泥。

148. 李群玉　乌夜啼

荆门渡口小桃溪，细雨潇湘鸟夜啼。
鼓瑟悲声斑竹泪，江河苦泡二妃筝。

149. 聂夷中　乌夜啼

小雨夜鸟啼，轻泉叶湿低。
幽幽何易梦，苦苦自难栖。

150. 白居易　乌夜啼

一夜半鸟啼，三声两月低。
东西原不是，梦断不可栖。

151. 王建　乌夜啼

雨落林巢密叶疏，寒风欲暖主人居。
霜况古木清光远，雪覆微枝总不如。

152. 张祜　乌夜啼

叶密择枝居，林疏月色余。
为巢栖落处，不忍问相如。

153. 李白　乌栖曲

鸟栖夜半馆娃宫，舞罢西施谢粉红。
碧玉声声情不尽，吴王处处越无穷。

154. 李端　乌栖曲

鸟啼一宿声，苦役半边声。
叶落巢无暖，居时不纵横。
相思相忆去，处世处和情。

155. 王建　乌栖曲

一半寒光上玉楼，三声叶宿问初秋。
旦让鸟栖旧殿月，何从白露满枕头。

156. 张籍　乌栖曲

吴姬一曲向鸟栖，莫以枝疏对月啼。
未解人生恩怨里，阴晴草木各高低。

157. 李贺　莫愁

金陵一莫愁，白下半江流。
五马黄金络，三山草木酬。
秦淮常挂月，武帝自春秋。
曲舞山河外，歌辞日月楼。
绮罗香色暖，阮瑟鼓声留。
碧玉桥流水，西旋划小舟。

158. 刘方平　栖乌曲

栖鸟欲暖接枝尾，老树新巢自可高。
不问天涯知海角，归依羽翼累山尾。

159. 张祜　莫愁乐

侬居古城城，石色近人情。
处处石头见，年年见石明。

160. 李白　估客乐

海客一天风，瀛洲半远宫。
阴晴遥易水，日月近新丰。

161. 元稹　估客乐

估客济无身，江风自泡尘，
黄河流不尽，贸易事秋春。
假假真真去，争争欲欲人。
名名多利利，苦苦亦频频。
异城寻差异，乡情各富贫。
公卿尚所愿，妾女苟心珍。
逐逐寻寻去，成成落落秦。
州县须所望，土木必生津。

162. 张籍　估客乐

姑苏一范蠡，估客半高低。
积蓄从同里，径营以珏齐。
金陵天下郡，楚郢水中泥。
汴水钱塘色，天堂碧玉栖。
长江流不尽，同里运河堤。

163. 刘禹锡　贾客词

贾客四方游，商情半九州。
凭钱交易货，以物抵江舟。
夏雨桑麻子，秋毫著石榴。
旋财求自己，逐利帝王侯。
驿舍无为至，旗亭醒醉楼。
珠缨非所用，日月以轻谋。

164. 刘驾　贾客词

贾客一词留，江山半日秋。
神农何仔粒，社稷女娲修。
月下长亭路，云中价格谋。
成交先是主，易货后时优。
少妇羞心物，男儿逐鼎舟。
商人知所以，大理问春秋。

165. 张祜　襄阳乐

襄阳花月夜，楚郢大江楼。
一夜风流去，千波逐逝舟。

166. 崔国辅　襄阳曲

红梅淡淡香，蕙草幽幽长。
妾问行船不，今朝我弄桨。

167. 施启吾　襄阳曲

一曲问襄阳，千波照故乡。
天天江岸渡，日日作船娘。
大女心思异，儿郎故问妆。
三三何五五，万万有衷肠。

168. 李端　襄阳曲

一水襄阳两岸长，三关碧柳五湖杨。
吴门楚色随流去，翠羽丹霞贴面黄。

169. 张柬之　大堤曲

江流沿大堤，渡口逐东西。

楚女佳人色，吴音碧玉昵。
迫迫相问询，处处子云栖。
蕙草芳香远，莲莲结子蒂。

170. 杨巨源　大堤曲

一曲大堤情，三光玉色清。
千波连楚郢，万语送郎盟。
渡口船家问，婵娟天下荣。
郎来明月巷，妾去石头城。

171. 李白　大堤曲

汉水一知音，龟山半故荫。
何言黄鹤去，不及我心深。

172. 李贺　大堤曲

妾影一横塘，襄阳半故乡。
莲风藏采女，碧叶嫁衣裳。

173. 孟浩然　大堤曲

小草东风问，当春几日生。
襄阳多雨水，楚郢几云平。

174. 温庭筠　三洲歌

一月逐波流，三星落北洲。
梅花初落下，只向李娘幽。

175. 张祜　拔蒲歌（无弦有吹）

情郎一镜湖，妾女半江都。
二八船舱小，三生谢玉壶。

176. 李白　杨叛儿

曲尽叛儿歌，杨家渡玉河。
新丰何酒醉，渭水岸连波。

177. 温庭筠　常林欢

酒热红楼色满桥，花光草碧玉藏娇。
人心不远相邻坐，一醉方休西峡潮。

178. 王勃　江南弄

巫山连梦梦，峡口逐江流。
细雨轻云逐，高唐白立中，
襄王神女问，宋玉贼归舟。
不忍闻金谷，飞天堕不求。
应知非女子，草木对王侯。

179. 崔国辅　采莲曲

不动采莲舟，藏娇何叶羞。
狂儿应闭目，独见玉衣流。

180. 李贺　江南弄

渡口江流一叶舟，高唐白帝半青楼。
巫山叠献扬帆处，峡口无风欲所求。

181. 徐彦伯　采莲曲

莫采并蒂莲，轻摇独女船。
莲中三两子，月下万年缘。

182. 李白　采莲曲

若耶一溪边，轻纱半浣船。
西施留彩色，效颦亦娇妍。

183. 贺知章　采莲曲

云浮镜水湖，雨落满江都。
莲蓬多少子，越客暮朝吴。

184. 王昌龄　采莲曲

碧叶红裙两色连，芙蓉淑女半云烟。
莲舟不动心思动，不大身旁是岸边。

185. 戎昱　采莲曲二首

之一：
远远采莲曲，荷荷叶露声。
船平波不语，处处玉人情。

之二：
一唱菱歌不肯休，三声已醉上轻舟。
牛郎岸上观风景，碧叶惊波几束羞。

186. 古今诗

初春一上元，北大半闻轩。
格律音声square，东风草木萱。
唐诗新世界，七万首原源。
雅颂风骚住，斯文在此圆。
（五言律仄平脚，上平十三元韵。）

187. 储光羲　采莲曲

碧玉满深塘，红莲纳远香。
莲中无子粒，水上向船娘。
四顾春方尽，三边半叶黄。
桥头千织女，岸口一牛郎。

188. 鲍溶　采莲曲

婷婷玉立半随风，处处独见一艳红。
叶叶深荷生子粒，摇摇摆摆向西东。

189. 张籍　采莲曲

纤纤欲随女儿红，素素身姿碧玉丰。
戢戢波纹轻慢去，莲莲结子取其中。

190. 白居易　采莲曲

莲莲芡实已新丰，菱菱蟹脚正西风。
莼鲈八月江村烩，巴解三秋捉夜虫。

191. 僧齐己　采莲曲

小女湖中半采莲，蓬莲未子向根悬。
心中不解归情重，仰叹婵娟不可眠。

192. 王勃　采莲曲

挂月采莲归，罗裙解木闱。
肤明肤所望，妾意妾心扉。
玉腕何无理，红颜几度非。
莲中多少子，八月雁无飞。

193. 阎朝隐　采莲女

十八女儿红，三千日月中。
莲中初结子，水上一轻风。
碧水新丰岸，心生渭泅东。

194. 李白　湖边采莲妇

采妇小姑行，湖船不纳声。
三兄上边役，少妇莫生情。

195. 温庭筠　张静婉采莲曲

一夜惊风雨，三秋问采莲。
荷蓬新子粒，芡实可浮鹃。
静静沉霜露，轻轻化晓烟。
桑田沧海易，月色半难全。
去去来来见，朝朝暮暮田。
夫夫何妇妇，陌陌复阡阡。
岁岁殷勤度，年年种植怜。

196. 沈佺期　凤笙曲

神人王子晋，凤曲以笙鸣。
白日空停步，东风已不行。

婵娟同玉宇，宋玉共王城。
暮暮时雨雨，云云处处平。

197. 李白　凤吹笙曲

仙人十五凤笙鸣，弟子三千白玉情。
学步昆丘闻炼气，三清故愿以身平。
声声日月天涯远，曲曲阴晴彼此荣。
访道应知清静道，寻缘自己向天京。
仙歌十地相和奏，紫气东来已太平。

198. 储光羲　采菱曲

荷塘十百船，采女万千莲。
苦苦辛辛去，勤勤垦垦田。
尖尖初露水，叶叶尚高悬。
碧玉蓬含子，秋风上下弦。

199. 刘禹锡　采菱行

白马湖光一采娘，红颜玉腕半荷乡。
轻舟不载成心客，广陌连桥已暮乡。
不顾江流楼影中，倾心叶下挂衣裳。
芙蓉水色同辉映，月落乌啼几断肠。

200. 李白　阳春歌

波香殿里一般红，上掖池中半日风。
一曲阳春白雪唱，千声下里巴人同。

201. 温庭筠　阳春曲

八水长安一路波，三山五岳半山河。
凌烟阁上麒麟客，楚郢云中奏九歌。
细雨霏霏桃李下，轻云漫漫将相和。
阳春曲里风花月，上掖池边紫玉多。

202. 庄南杰　阳春曲

紫绵红囊上掖风，金銮白玉未央宫。
东方化雨仙人掌，北陌朝阳八水同。
百草群芳相竞度，三公六部共新丰。
勤勤政政今犹在，柏柏梁梁汉武空。

203. 僧贯休　阳春曲

是是非非阮嗣宗，恭薛敬敬去来从。
云云度度成般若，色色空空作宇容。
壮断房谋姚宋尚，明皇武曌狄公逢。
人间自在心经佛，世上观音有鼓钟。

204. 郎大家宋氏　朝云引

巴东一峡向巴西，巫云百度问巫霓。
朝朝暮暮云云雨，色色空空鸟鸟啼。

205. 李白　上云乐

天涯千若木，海角百扶桑。
上上纤纤去，中中路路长。
经纶天水岸，汉土女娲乡。
造化轩辕宫，鸿荒几度量。
三皇曾治水，五帝已炎凉。
射日功何始，婵娟共月常。
南山来去见，渭水败成王。
只有倾杯处，吴姬劝酒香。

206. 李贺　上云乐

金銮玉辇半紫云，附凤攀龙一客君。
五十弦中听日月，三千国色石榴裙。
东风化雨春阳好，团扇昭昭燕舞分。
八月钱塘涛一线，盐官水色寄千闻。

207. 王无竞　凤台曲

千年一凤台，万古半悲哀。
女管参差曲，依云杜渐裁。
声声所遗教，学学序徘徊。
只以姿情在，如今苦去来。

208. 李白　凤台曲

秦楼闻帝女，凤曲一箫来。
弄玉朝天地，穆公照月台。
传情声自久，送意久徘徊。

209. 李白　凤凰曲

声声一玉箫，曲曲半天遥。
独独情长久，微微水月潮。

210. 李白　君道曲（白自云梁之雅曲）

广运一天工，天君半色空。
三清仙迹近，六合故人中。
积纳人间物，如心世上衷。
衡阳成羽翼，万里望飞鸿。

211. 舞曲歌辞（自汉姿盛，汉武帝领长沙定上舞是也）

吴儿越女已声情，舞曲歌辞始正名。
汉武长沙定上乐，隋唐自此以兹荣。

212. 剑俞

一举自擎天，三声可振年。
千光摇曳闪，万马竞争川。
北斗常开口，银河锁岸边。
苍龙回摆尾，玉树叶枝烟。
不定当疑定，行空可问牵。
胡旋胡不语，汉始汉家田。

213. 陆龟蒙吴俞儿舞歌

序：
（即今舞曲，始于巴蜀杂人）
陈于祈卜后呈于殿，非正舞也。
贞观入宫宴之乐，为坐部。
武后中宗兴之，开元中有凉州曲舞入唐。
兰陵王献凉州词舞，称回波乐白纻，乌
夜啼之属，谓软舞。含胡腾胡旋通辽柘
枝剑舞达摩文文宗时教坊人霓裳羽衣舞，
女三百余人杂舞也
诗：
巴山蜀道百姿身，杂舞贞观一正陈。
谯乐伎声歌舞并，兰陵王献入冠巾。
凉州万里胡风盛，渭水中原彼此邻。
以制回波成世俗，霓裳彩落羽衣频。

214. 矛俞

丈八一先锋，千军半阔容。
分光天地外，绕色四方封。
不向当阳问，长呼水倒冲。
如今先后见，胜似作苍龙。

215. 弩俞

牛来作一弦，镞掞附千川。
锁扣三思邈，机关半指圆。
中原常逐鹿，塞北可惊天。
裂隙击残垒，雄师立兕年。

41

216. 李白　东海有勇妇（魏颢舞，此曲代关中有贤女）

关中一妇贤，海上半夫天。
勇教辽东子，梁山玉石田。
深情由感杞，学剑任方圆。
白刃凭天取，苍空作汝宣。
瀛瑶英女志，竹帛列名干。
庆忌何言壮，飞章作下弦。
精诚应所就，素雪报青莲。
不可轻妻小，身名百代传。

217. 李贺章　和二年中鼙（鼙舞曲）

秦川地，八百里，麦芒如鼙黍如粟。
郑晋相闻告妇孺，章和互绪向年苏。
殷勤陌上牛羊括，苦力阡中日月吴。
草野芳原天下种，春秋子粒富京都。
姮娥社舞江山阔，玉酒熏香有似无。

218. 李贺　巾舞曲公莫歌

垓下鸿门一舞终，刘邦酒色半英雄。
风扬沛市江东客，项羽乌骓大将空。
驾驭江山非社稷，留名楚汉项庄风。
回头不见虞姬去，剑鞘唯余女子红。

219. 李贺　拂舞曲

乌程酒色红，八卦易中空。
玉井龟蛇象，吴姬日月衷。
神仙鳞甲散，白帝顽明风。
劝舞声闻处，君行破宇功。
天光成此地，立足可飞鸿。

220. 李白　白鸠辞（钟曲）

白鹭孤姿白鸠分，凤凰未以凤凰君。
其身色近何相似，莫见居心自瑕闻。
草木梧桐应别见，潜龙鼠雀不同群。
钟声起处三清地，圣愿归来半豫文。

221. 李白　独漉篇（拂舞曲）

泥泥水水几何分，浊浊清清日日曛。
止止流流成污积，深深浅浅作纷纭。
南来落雁惊先就，北去弯弓射虎闻。
挂箭雄英成旧客，扬身草木自耕耘。

222. 王建　独漉歌

独独何闻漉漉歌，西西不断一黄河。
东东积纳千章水，色色空空曲折多。

223. 崔国辅　白纻辞

吴姬白纻舞歌情，渭邑梨花杏雨声。
后殿窈窕姿色起，河阳女弟落红倾。

224. 杨衡　白纻词二首

之一：
翠佩一香城，轻罗半玉缨。
红颜君自解，白纻舞歌情。
步履金阶逐，笳鸣夜促明。
梁尘琴自许，烛落女儿荣。

之二：
白纻女儿歌，吴门帝子河。
弯桥烟雨色，碧玉小家多。

225. 李白　白纻辞

一清歌，半舞姿，佳人一色半邻时。
白纻歌平舞曲轻，吴儿越妾小舟横。
牛郎织女天河岸，拙政虎丘进退明。
白雪阳春花月夜，鸟啼子夜回时英。
姑苏木渎闻娃馆，渭水长安咏太平。

226. 王建　白纻歌

新缝白纻舞衣成，北斗星空试旧声。
漫漫天河何西岸，幽幽夜半静千英。
吴王酒醉方行色，越曲音轻逐待明。
左右逢姿百熊，乾坤自在女儿城。

227. 张籍　白纻歌

白纻作春衫，丰身百态函。
情姿何长短，曲意是扬帆。

228. 柳宗元　白纻歌

舒舒卷卷自倾城，色色形形已半情。
曲曲声声多舞舞，歌歌赋赋玉莺莺。

229. 元稹　冬白纻歌

西施白纻轻，木渎馆娃声。
踏步金叶舞，吴王醉酒横。
春秋谁尝胆，子胥莫须名。

越女江山外，夫差社稷倾。

230. 王建　霓裳辞

序：
一曰霓裳羽衣曲，罗公远多秘术，尝与明皇至月宫，仙女数百皆素练霓衣舞于广庭，问其曲曰霓裳羽衣，帝晓音律默记此曲，记其律会西凉府节度杨敬进婆罗门曲，声调相符，续成此曲。

诗：
之一：
五色纷纭半弦清，三宫六院一由衷。
形形色色姿姿态，曲曲相承舞舞荣。
自此人间多一乐，梨园韵律调情声。

之二：
霓裳一贵妃，酒醉半心扉。
玉色姿态舞，明皇律调微。
芙蓉初出水，不带羽衣归。
曲舞何无至，华清不隔闱。

之三：
王母汉武换霓裳，三更酒醉五更乡。
摇摇摆摆醒时望，轻轻透透羽衣长。

之四：
敕赐宫人浴澡回，无衣比色换春梅。
红颜素羽霓千落，出水芙蓉酒百杯。

之五：
传呼法部按霓裳，此落音轻彼调长。
可是楼中天子见，无疑醉酒贵妃妆。

之六：
长生殿上一霓裳，马嵬军中半存亡。
只有梨园传百代，霖铃蜀雨贵妃香。

231. 柘枝词（失撰诗人）

（健舞曲，商调屈柘枝羽调柘枝，二女童帽金铃独对舞，若二莲争艳）
二女金铃各独情，三春日月共孤明。
莲花一现婷婷立，碧叶千波色色生。

232. 薛能　柘枝词

同营四十年，共度九千天。
不异戎装宿，何闻鼓角宣。
悬军徵拓羯，隔箭射三边。

意气功勋就，曲舞望婵娟。

233. 温庭筠　屈柘词

五日一湘红，三光半玉中。
桃花源里水，岳麓院中鸿。
欲落还飞去，幽州一箭弓。
春流相似去，日照满辽东。

234. 琴曲歌辞（古琴曲有五曲九引十二操。自是已后作者相继）

五曲名琴九引章，一半阳春白雪光。
三千弟子梨园谱，十二操声百世扬。

235. 僧贯休　白雪歌

列鼎佩金章，从容对玉堂。
人无何贵贱，日有去来乡。
远近知天地，斯文见孟尝。
为人思自己，处世莫黄粱。

236. 刘长卿　湘妃

千年娥眉深，万竹二妃心。
有泪流无尽，相思作古今。

237. 李贺　湘妃

自古两湘妃，如今各不归。
留心斑竹上，暮雨不开扉。

238. 孟郊　湘妃怨

南巡行不返，北守成无踪。
帝子潇湘问，娥英日月封。
青枫凉竹雾，瑟调曲芙蓉。
古庙留音讯，巫云蜀雨逢。

239. 陈羽　湘妃怨

湘妃竹泪明，不怨自深情。
日月应巡照，乾坤可治荣。

240. 鲍溶　湘妃列女操

湘妃烈女操，竹泪纵横褒。
蜀帝寒霜露，云和日月高。
苍梧天地阔，古庙卸徽袍。
万水终东去，英雄业此劳。

241. 邹结先　湘夫人

寻君不尽一潇湘，泪洒苍梧半故乡。
自是英雄非所比，夫人日月可炎凉。

242. 李硕　湘夫人

三湘一水九巍山，万里千波半泪颜。
鼓瑟乡灵非所怨，徵人未尽玉门关。

243. 郎士元　湘夫人

孤舟一叶不思还，竹泪双行祝岳山。
碧水东流青自许，湘灵鼓瑟满人间。

244. 沈佺期　霹雳引

七月一金生，门前鼓瑟行。
商声音霹雳，羽振角雷鸣。
骤雨驱千制，风云始万鲸。
天兵天将至，草木草纵横。
世上应翻覆，人间可复情。

245. 韩愈　拘幽操（文王拘于羑里）

文王羑里拘，耳目口难承。
色色空空分，声香味触情。
无知知所有，端正正其倾。
人臣应以劝，处治可分明。

246. 韩愈　越裳操

细雨似周公，施农以泽丰。
先生成物润，祖宇化苍穹。
越白裳操献，疆勤奏谏工。
临咸阳尚紫，处迹始威弘。

247. 韩愈　岐山操（序云周公为文王作）

无思一所悲，有业半成回。
继续先公去，疆民岐以垂。
为和为主见，以战以其夔。
死死生生去，周公界石碑。
生来应是死，死去莫非龟。
受子思家业，拥君待举麾。

248. 韩愈　履霜操（序云尹吉甫子伯奇无罪，为后母谗而则逐）

饥寒所近父母情，碌碌无为日月生。

野野田田耕种去，家家户户劝欣行。

249. 李白　雉朝飞操（雉朝飞者。犊沐子七十无妻出薪于野，见雉雄雌相随而飞感之而作）

朝朝两雉飞，暮暮各相依。
采子无妻妾，双双不可归。

250. 韩愈　雉朝飞操

雌雄共比飞，羽翼不相依。
采子何其故，朝朝七十归。

251. 张祜　雉朝飞操

感物一双飞，随人半不归。
由衷天地上，独自几何非。

252. 张祜　思归引（卫女于深宫思归不得而作）

深宫不得归，待月未王妃。
曲舞呈天地，焦桐引是非。

253. 韩愈　猗兰操（幽兰者孔子生不逢时）

孔子不逢时，文王拘所知。
兰香清溢远，茂麦未相思。

254. 崔涂　幽兰

石隙一幽兰，芳香半独单。
流溪清浅色，影色助波澜。

255. 韩愈　将归操

秋光水色半清幽，济泽无为一自求。
去去来来何不止，明明白白九州头。

256. 韩愈　龟山操（孔子以季桓子齐乐谏不从而问龟山）

孔子问龟山，中梁万仞颜。
周公庸自理，鲁国近齐还。

257. 韩愈　残形操

（曾子梦狸不见其首）

忆梦何思狸，无头几所知。
谁人可问分，莫以得斯兹。

258. 李白　双燕离

双燕一柏梁，独立半昭阳。
大火吴宫去，重惊返未央。
媚雌多不振，旧影已无张。
七尺男儿在，三生不女伤。

259. 孟郊　列女操

鸳鸯列女操，翠鸟自云豪。
牌坊应竖立，桐梧逐日高。

260. 韩愈　别鹄操

（商陵穆子娶妻五年无子，父母欲其改
娶其妻夜啼穆子感而作之）
商陵穆子作夫妻，女命难维向夜啼。
岁岁耕耘何不粒，风云雨水几东西。

261. 杨巨源　别鹄

别鹄一飞天，含情半酒泉。
楼兰三万里，海角五千年。
顾侣东南水，寻成地北眠。
风霜经所历，日月可桑田。
杳杳江山路，悠悠尽自然。

262. 王建　别鹄

别鹄一千天，离心半百年。
人生当自己，世界向舟船。

263. 张籍　别鹄

漫漫一青天，悠悠半古悬。
分飞何世界，共度待源泉。

264. 杜牧　别鹄

月挂一巢空，分飞半羽穷。
青田何自在，隔世几声中。

265. 李贺　走马引

（一曰天马引，樗里牧恭为父报怨杀人
逃入沂泽中作）
行空天马去，举剑自辞乡。
报怨为樗里，牧恭入泽梁。
锋光藏锐气，但解向沂芒。
玉铎呈朝暮，长安问洛阳。

266. 白居易　昭君怨

一怨问照君，三宫尽画裙。
琵琶声不止，蜀国雪纷纷。
月貌花容色，飞燕掌上闻。
藏娇藏几日，入目入何云。

267. 张祜　昭君怨

汉月几人明，胡风远近鸣。
明妃边塞去，大雪马相倾。
已尽长安路，无须取道行。
琵琶音犹在，日月女儿声。

268. 梁氏琼　昭君怨

自古一和亲，三生半蜀人。
琵琶应有语，史记女儿身。
牧帐天情在，荒原妄望巡。
阴山封雪野，渭水满红尘。

269. 杨凌明　妃怨

汉国一明妃，单于半是非。
和亲情以许，牧治政回归。
怨怨何应怨，微微作翠微。
人生应自得，历世可朝晖。

270. 蔡氏五弄

（游春，绿水，幽居，坐愁，秋思，蔡
邕作宫调）
游春绿水一幽居，坐怨秋思一意余。
五弄成愁愁不是，三生解字字难虚。

271. 王涯　游春曲

小杏江边一色开，红桃半朝五更来。
长亭驿道香风至，上苑南山渭水恢。

272. 王涯　游春辞

柳陌桃溪小杏红，云烟雨雾半东风。
花繁润细春情欲，草碧气暖四色空。

273. 令孤楚　游春辞

日上一春亭，云飞半水屏。
蓬莱临下界，曲陌作丹青。
玉管花丛簇，丝弦色舞伶。
罗仙多少问，渭水暮朝灵。

274. 李白　绿水曲

春风绿水波，夏雨碧新荷。
太白金光近，南湖娇气多。

275. 李贺　绿水辞

今宵花月夜，玉管瑟琴轻。
采女莲舟近，湖心半欲明。

276. 顾况　幽居弄

苔衣生露水，履迹作新痕。
占角三声止，和商五弄昆。
西林花月色，北麓竹溪荪。
独去沧洲岸，幽居日月村。

277. 李白　秋思

春秋相似处，草木色同深。
向晚迎新去，兴兴废废音。
荣荣从肃肃，本本可心心。
岁岁循循继，年年扎扎根。

278. 鲍溶　秋思

落木一秋思，蓬春半日知。
芳群先后色，雁翼去来时。
似是相非处，冬寒作界姿。
欣欣由此面，肃肃向风司。

279. 司空曙　秋思

秋虫一夜鸣，肃肃半无声。
叶叶随风去，冰霜任玉倾。
寒冬分界处，至立划枯荣。
雪雨交加后，春光四野明。

280. 刘商　胡笳十八拍

（蔡琰大胡笳十八拍小胡笳十九拍）
之一：
十八拍胡笳，三千载蜀巴。
曹操求蔡琰，举槊问琵琶。
之二：
珠帘隔世半秋春，汉室轻微一去人。
战乱频频风雨阔，微鸿处处向胡尘。
之三：
绝域一边生，萧条半陌荣。
男儿和妾儿，世上有人情。

之四：

万里不知人，千年向自尊。

胡天同日月，汉室共秋春。

之五：

天涯一国乡，海角半炎凉。

塞北冰霜地，江南雪月光。

之六：

汉地旧衣裳，胡边贴镜黄。

狐襟藏日月，沐浴少梳妆。

之七：

五月半春光，仲秋一地霜。

冰封三界水，雪覆百天长。

之八：

男儿妇小带弓刀，马上云中自杰豪。

汉室千门从日月，龟兹一曲向天高。

之九：

胡声不尽镜湖娇，竹笛传声玉女遥。

朔雪连天寒寞寞，江南远问夜寥寥。

之十：

刺血传书一士遥，宾鸿北海李陵消。

留当子女胡天望，苏武年华暮暮朝。

之十一：

儿儿女女声，朔汉汉胡营。

世上人情在，云中日月明。

山河相似处，草木夏秋荣。

肃肃北风起，潇潇四野横。

之十二：

春来秋去见，暮日晓辰闻。

鸟鸟飞天去，草草落衣裙。

汉帝单于问，阴山渭洛分。

何言三国战，一日五湖曛。

之十三：

乡情一梦深，别忆半惊心。

处处分南北，时时作古今。

胡笳知大小，汉瑟暮朝音。

十地原如此，千情付故葫。

之十四：

分离自古难，别瞩顾时寒。

日月还依旧，阴晴各独冠。

儿儿闻女女，妇妇向夫桓。

大漠心胸阔，江南意气丹。

之十五：

莫以胡颜作耻羞，当闻日月共神州。

千情只似云中月，十指三长两短修。

之十六：

叹息两三声，分离万百情。

单于儿女妾，汉妇几思英。

之十七：

苍苍天地外，杳杳暮朝城。

汉女单于问，男儿小女情。

之十八：

胡天千万里，草木去来荣。

汉女家乡望，夫妻子女情。

之十九：

波粼一镜湖，日色半扶苏。

草木年年序，风花月月孤。

沙鸣尺夜梦，去雁问湘凫。

已了先生愿，胡笳作玉壶。

281. 李白　飞龙引

黄帝荆山铸鼎城，炼丹采女建宫成。

龙飞凤舞英雄在，点土成金上太清。

玉女婵娟天下艳，轩辕造化紫霞萌。

王母白兔三光序，捣药人间久贺平。

282. 张籍　乌夜啼引

（引吏何晏繋狱有二鸟止于舍上其女曰
鸟有喜声父必免遂作此操）

鸟鸣一鹊声，夜色半无明。

少妇闻其喜，高巢筑护荣。

283. 郎大家宋氏　宛转歌

（晋王敬伯遇女郎刘妙容命婢弹箜篌作
宛转歌八曲敬伯记其二也）

一曲箜篌半女郎，三声敬伯二歌王。

刘婢妙引客天记，宛转歌中尽弄肠。

284. 刘方平　宛转歌

明参差，影正斜，二八瑶琴半案花。

五曲歌辞三界外，黄姑织女一人家。

歌宛转，月明霞，银河两岸净胡沙。

芙蓉锦帐珠帘隔，木横朝红满太华。

285. 张籍　宛转行

枕臂半空床，婵娟一月光。

清清明白白，梦梦自煌煌。

别别离离见，来来去去藏。

含羞情不尽，窥目逐心肠。

286. 李端　王敬伯歌

含情自不归，纳意敞心扉。

妾女空船问，男儿莫是非。

287. 李秀兰　三峡流泉歌（晋阮
咸作）

峡峡流泉曲不平，山山碧玉水中生。

朝云暮雨高唐岸，走浪飞波宋玉情。

288. 僧皎然　风入松歌（晋嵇康作）

万岭一松声，千山万谷鸣。

清微风啸木，角羽未央城。

289. 刘禹锡　秋风引

萧萧一雁群，宇宇半人分。

处处知时令，声声最早闻。

290. 卢照邻　明月引

不锁荆门一月光，洞庭汉寿半三湘。

汨罗常德长沙照，沅水千粼上岳阳。

291. 阎朝隐　明月歌

半色梅花十地香，三冬白雪一冰霜。

心中自有春光到，月下无声著玉妆。

292. 宋之问　绿竹引

婵娟一色同，绿竹半清风。

节节朝天上，根根入地中。

293. 李白　山人劝酒

意气一相倾，桃源半汉荣。

秦人多不语，劝酒少殊荣。

避世巢由去，耘田自在耕。

凭心何不醉，只向玉壶情。

294. 李白　幽涧泉

幽幽一涧泉，曲曲半流天。

碧叶成浪波，苍山作雾烟。

宫商音不止，角羽韵峰田。
寂历长吟去，鸣猿独木悬。

295. 顾况　龙宫操

潜龙半月明，精卫一石城。
汉女江妃续，鲛人织纻行。

296. 刘禹锡　飞鸢操（雁丘）

长空一字复成人，好问元丘独向春。
去去来来年岁尽，朝朝暮暮净无尘。

297. 李群玉　升仙操

一弄半升仙，三生两地泉。
幽幽箫凤去，落落玉科宣。
浊世人长久，清都不可田。
秦楼秦月尽，汉武汉宫年。

298. 张祜　司马相如琴歌

相如一赋凤无凰，酒肆文君半有梁。
杏杏琴音炉后近，幽幽奉扫曲昭阳。

299. 崔颢　霍将军

长安甲第半宫云，浅入深归霍将军。
射虎幽州何不问，阴山草木酒泉闻。

300. 顾况琴歌

吴门碧玉声，富土小桥城。
楚客姑苏见，琴音韵味萌。

第一函　第六册
八卷至十卷

---

1. 杂曲歌辞（诗之流有八名曰行曰引曰歌曰谣曰吟曰咏曰怨曰叹皆六义之余也至其协声律播金石总谓之曲）

名行六义引歌谣，咏怨协声曲石箫。
感物成吟情所至，空空色色有无雕。

2. 李白　秦女休行

秀女一琼花，剁镶半仇家。
罗方方染血，紫袖已朝霞。
狱吏何呼叱，英声履旧衙。
交颈燕国子，自作浪淘沙。
大醉金鸣赦，休行摄政差。

3. 孟郊　出门行

长河一曲流，百岁半秦楼。
弄玉应凤语，箫声已莫愁。

瑶台临太白，莫见穆公秋。
旧忆吕梁木，琅玕北斗游。

4. 元稹　出门行

兄兄弟弟行，去去来来成。
弟向荆山问，知兄志石荣。
苍龙珠海见，独得自归城。
献璞兄维已，门庭冷落横。
荒年连玉帛，燕赵士初名。
同行同异志，独见独为英。
弟弟先浮色，兄兄后落情。
归来行不得，立诺处何轻。
易得易无曛，难从难有萌。

5. 李白　出自蓟北门

虏竹峰明曜日芒，戎车列帐令君王。
燕支蓟北弯弓射，按剑徽衣铁甲霜。

虏阵沙鸣惊紫塞，楼兰已斩死还伤。
不向单于中原问，万里风尘满洛阳。

6. 高适　蓟门行四首

之一：
一诺蓟门行，三呼白马声。
书生年少去，大漠已诗名。
之二：
独得角弓鸣，何言草木情。
英雄应所见，共志对龙城。
之三：
射虎一幽州，行营半北游。
阴山飞将在，不纪酒泉侯。
之四：
举剑过渔阳，声名问未央。
荒原何止境，大漠不苍桑。

7. 李希仲　蓟门行

一士蓟门行，千呼帝子荣。

微兵今已老，汉将半无声。

羽檄贤王问，旌旄落旧旌。

单于常放牧，蜀女故人情。

战战和和去，今今古古轻。

8. 李白　君子有所思行

君行有所思，客问见其迟。

六国长城近，千年百战兹。

伊皋连绝域，卫霍逐兵师。

窦氏应朝举，葡萄一两枝。

寻来天下富，望断运河时。

9. 僧贯休　君子有所思行

敬甫半思贤，龙明一两烟。

淅淅多淑气，沥沥润桑田。

泽国新丰奥，终南渭水宣。

秦川千百里，世界一方圆。

10. 张籍　伤歌行

黄门昭令下，御史马前鸣。

万巷邮夫急，千家受命倾。

青衫何不已，防吏故逢迎。

大宅长安道，高堂锁玉京。

寻天寻自己，苦事苦枯荣。

11. 孟郊　伤歌行

千流曲曲不余波，万里明明有稻禾。

紫塞中书门下省，中原豫鲁一黄河。

东都不断闻三界，玉漏还行唱九歌。

12. 庄南杰　伤歌行

兔走鹰飞不见人，东风草木共三春。

瑶池水色王母后，汉武藏娇舞扇新。

石崇楼前芳草尽，昭阳殿上玉人尘。

芙蓉只作莲蓬子，采女船横待客邻。

13. 李白　悲歌

李白悲歌一曲行，河图百载半无明。

阴山不得飞将在，霍卫骠骁绝域名。

万里长城垂汉武，千年奉词是儒生。

秦皇逐客丞相谏，指鹿群臣士不声。

鲁国箕微山不语，燕支射虎帝王城。

悲乎见历江山客，去去来来竞举鸣。

可以平生兴物类，何言胜败论枯荣。

青衫自得英雄事，白首重逢社稷情。

14. 孟云卿　悲哉行

少小一慈亲，中年半苦辛。

闻非闻所愿，做事做秋春。

陌上东风雨，阡前子粒珍。

桑田成世界，土木付天津。

远客长亭步，深思玉漏秦。

前程前所望，白首白头吟。

15. 白居易　悲哉行

书生一世苦悲行，历界三光欲不平。

力学耕耘田亩上，从商异域作殊荣。

秉笔千章今古尽，穷灯万卷去来明。

朱门乳臭袭勋爵，疲读膏粱草木萌。

日日经纶心上人，年年历练掌中轻。

高山流水听无止，下里巴人自慰倾。

独有阳关朝暮去，何须胜败向君名。

16. 鲍溶　悲哉行

书儒自得苦悲行，未悟人间读者明。

异域同归何不见，生生死死共一城。

千金可掷江山在，百草东风社稷荣。

沧海桑田何所见，争锋夺世几鱼鲸。

归来叹息应无语，瞻前顾后是精英。

17. 崔国辅　妾薄命

少小入秦宫，红颜一命穷。

罗裳丝带近，白首不由衷。

18. 武平一　妾薄命

采女芙蓉浴，牛郎草岸行。

衣裳何不见，织女待情倾。

咤叱银河外，红颜渐不明。

人间多少夜，七夕去来声。

掌上飞燕舞，宫中团扉横。

羊车停且住，莫对未央萌。

暮已凝脂见，黄昏媚女情。

婵娟藏不得，月色却红缨。

19. 李百药　妾薄命

长门半月明，拊背一空城。

掌上昭阳色，藏娇已不成。

20. 杜审言　妾薄命

长门一路情，奉帚半清明。

月下徘徊步，宫中不可行。

21. 刘元淑　妾薄命

自去渔阳守独门，徵夫不在向黄昏。

孤灯欲暗缝衣灭，雁断衡阳付子孙。

月夜同天同日晚，风临共地共乾坤。

空闻自古沧桑路，只愿人间有暖温。

22. 李白　妾薄命

汉帝半藏娇，深宫一步遥。

长门团扇色，奉帚扫情寥。

23. 孟郊　妾薄命

十指半无弹，一心九不安。

弦弦弦不尽，曲曲曲难欢。

24. 张籍妾薄命

薄命妇良家，徵人二月花。

春来春色少，浪去浪淘沙。

大漠风云阔，交河日月斜。

黄昏何早晚，夜梦各参差。

25. 李端　妾薄命三首

之一：

忆妾嫁夫君，黄花似彩云。

灯前相见色，自己解罗裙。

之二：

偷香对客熏，折步问情雯。

不可长门怨，由衷意欲分。

之三：

好问雁丘云，汾流万念君。

生生何死死，但见石榴裙。

26. 卢纶　妾薄命

襄阳旧酒楼，弃妾不藏羞。
扫地坚贞处，心香回面流。

27. 卢弼　妾薄命

君恩不断半成空，故忆难平一始终。
目闭余欢情不得，双波暖气顾由衷。
芳龄百岁成妪老，豆蔻年华十载穷。
金屋藏娇藏已尽，奉扫长门扫落红。

28. 胡曾　妾薄命

旧赐罗衣不可熏，藏娇旧忆莫纷纭。
长门路短人心重，掌上飞燕一半君。

29. 王贞白　妾薄命

年年嫁不成，岁岁作精英。
织女纵横见，秦娥世界轻。

30. 王建　羽林行

少小羽林行，青年捍耳名。
中生持戟立，老大客精英。
读尽天朝事，闻来世界声。
长安长志短，久日久人情。

31. 孟郊　羽林行

级铸苍鹰翼，心田上玉膺。
胡风胡雪盛，汉寨汉家兴。
大漠风沙暗，楼兰角羽徵。
天遥知马力，路远见鲲鹏。

32. 鲍溶　羽林行

十日羽林宫，三生半世雄。
心精工一志，力建事千盟。
议阁从天谏，云台对紫风。
都门恩仇剑，上掖女儿红。

33. 李白　白马篇

一马自飞扬，三军客域疆。
年年和战论，处处柳还杨。
玉剑楼兰斩，萧曹楚汉光。
功勋天子客，李广酒泉凉。
射虎幽州箭，闻名草木霜。
阴山飞将去，同里运河乡。

34. 僧齐己　升天行

一三清，半九鸣，白凤千声处处行。
瑶关紫阙尚微明，王母晏上盘桃客，
玉驾云中帝子城，蓬莱色，日月情。

35. 李贺　神仙曲

人间一伴作神仙，世上三光问岁年。
上帝天宫召碧玉，龙王海下问方圆。
灵藏鹤羽春秋继，气纳东西化雨泉。
所愿何从从自己，求人不可可神仙。

36. 李白　北风行

轩辕台上雪，一色拜金台。
白羽成层铺，银光竞自开。
燕山寻虎迹，百鸟逐寒来。
小米何贫急，书生几度催。

37. 王维　苦热行二首

之一：

四季一中原，南洋半岁翻。
唯分成旱雨，不可夏秋喧。
苦热常年里，丛林万水源。
骄阳日火火，草木自繁繁。

之二：

一日半中原，三江十水源。
千门终不可，万户始轩辕。

38. 王毂　苦势行

洪炉一祝融，九日半寒宫。
后羿巡天地，嫦娥问玉空。

39. 僧皎然　苦热行

六月炎炎数伏声，三亮度度问田情。
荣荣草木阴晴雨，烈烈骄阳造化生。
火火田禾萌百日，秋秋取获得丰营。

40. 僧齐己　苦热行

赤帝下离宫，天龙为海风。
苍生兴废度，玉宇去来空。

41. 刘长卿　太行苦热行

一路太行山，三峰古木颜。
群林松柏满，独峙列天班。
石壁临流险，鳞穷驻马还。
长缨应自落，短楘客曹蛮。
酒醒惊天醉，闻泉落雨关。
常山遥入目，白雪驭其间。
古堑垂千丈，羊肠曲百弯。
随君麟阁上，任子苦登攀。

42. 独孤及　太行苦热行

修心上太行，日仄问天苍。
使命皇华檄，恢台北伐章。
长蛇长逶迤，巨谷巨炎凉。
白雪明峰顶，羊肠曲折扬。
辽东开北斗，赵魏守圆方。
苦节摇风色，殊途落故乡。

43. 李白　春日行

手语弹筝一曲春，深宫积碧半红尘。
龙盘玉柱佳人色，万岁南山陛下秦。

44. 张籍　春日行

日日融融暖玉池，丝丝竹竹唱春枝。
花花草草初繁简，笋笋芽芽欲露时。

45. 李白　朗月行

曾呼白玉盘，列缺色清寒。
不在银河岸，弦弦上下残。
三光由日起，九鸟逐云端。
桂树何年子，深宫几度难。

46. 李白　前有一尊酒行

程前酒一尊，暮后色三春。
绿蚁千杯少，葡萄万里频。
看朱成碧玉，过目尽红尘。
意气江山阔，风流日月新。

47. 李颀　缓歌行

少小行身显贵游，书成字就向春秋。
击钟考鼓华堂客，塞上长安久不留。
雨雨云云天下去，风风火火曲江头。
世上如今三界誉，人间自古半沉浮。

48. 虞世南　结客少年场行

不是一身谋，寻源半九州。

长驱从易水，博望帝王侯。
一顾交河岸，千声渭水舟。
龙沙云起落，木叶逐春秋。

49. 虞羽客　结客少年场行

结客少年行，幽州老侠城。
阴山飞将士，自在任纵横。
救赵轻生死，关张刘义情。
楼兰应不远，渭水可光明。

50. 卢照邻　结客少年场行

长安重侠游，洛邑逐春秋。
结客年轻少，行当易水流。
弓弯明月半，降虏帐中求。
负羽从客射，何言向五侯。

51. 李白　结客少年场行

结客洛门东，挥金逐世雄。
邯郸曾学步，剑术白猿公。
但向交河去，无言沉水鸿。
行年千令许，立自一勋功。

52. 沈彬　结客少年场行

酒市无闻一布衣，旗亭有舞半珠玑。
声声欲语群芳妒，曲曲何情独帝畿。

53. 李百药　少年子

少小十年遥，青春百度消。
文君何估酒，弄玉莫奏箫。
楚女求腰细，吴姬念独娇。
西施馆娃色，不渡范蠡桥。

54. 李白　少年子

小子步青云，夷齐两不分。
幽州知射虎，易水问文君。

55. 李贺　少年乐

少小不知愁，冠缨过九州。
吴娥花独色，越袂结春秋。

56. 张祜　少年乐

二十试封侯，三千弟子求。
看朱成碧色，四顾问神州。

57. 李白　少年行

击筑少年行，倾囊弟子声。
挥金如赤土，结客各纵横。
易水二呼去，燕丹一诺城。
胡姬加酒色，魏武逐燕轻。
苦节风尘尽，衣冠日月明。

58. 王维　少年行二首

之一：
新丰美酒斗千杯，少侠咸阳去不回。
不斩楼兰人不醉，班师渭邑客心催。
之二：
身佳士汉羽林郎，佐见云台向帝王。
赐印从戎君子路，弯弓一箭射天狼。

59. 王昌龄　少年行

白马一流星，西陵半侠青。
单于相似问，仗剑作燕铭。

60. 张籍　少年行

少小羽林郎，寻鸡斗宿倡。
楼兰应战去，立戟诺边疆。
六郡江山志，三生社稷扬。

61. 李嶷　少年行二首

之一：
锦卫羽林郎，金衣侍帝王。
群鹰金殿侧，挟弹凤銮旁。
日月昭阳色，阴晴奉建章。
之二：
玉剑佩金边，银杯掷旧年。
英雄何不见，日似自如烟。

62. 刘长卿　少年行

天狼向酒泉，猛虎向身边。
醒目当时射，从君不仿眠。

63. 令狐楚　少年行

之一：
少小江湖自纵狂，幽州一箭射黄羊。
阴山草木单于帐，视死如归作柳杨。
之二：
一诺三生地柳杨，来来去去故家乡。

当言易水轻流去，不拟回头望故乡。

64. 杜牧　少年行

一马自扬长，三边半故乡。
阴山千万里，草木久低昂。

65. 杜甫　少年行

指点银杯索酒裳，行装不解向天梁。
胡言姓氏长城去，醒醉何须此日狂。

66. 张祜　少年行

玉镫向天轻，金鞭指日行。
何言功业树，不可付虚名。

67. 韩翃　少年行

玉勒一青骢，金鞍半斗蓬。
垂鞭停可问，所向自西东。

68. 施肩吾　少年行

一马自当先，三生可戍年。
英雄由自主，独向李广怜。

69. 僧贯休　少年行

三皇五帝一轩辕，九派千川半简繁。
少小离家成败战，圆圆缺缺草木萱。

70. 韦庄　少年行

豪言向五陵，易水诺三应。
燕赵英雄去，梁王一日兴。

71. 李益　汉宫少年行

覆水难收去，朝云暮雨来。
宫深长路短，掌小玉人猜。
奉扫长门叶，昭阳舞扇开。

72. 崔国辅　长乐少年行

贝叶一珊瑚，金鞭半玉奴。
章台云雨见，鹈雀满东都。

73. 李廓　长安少年行

长安御少年，持戟奉皇天。
列马金銮客，行桓凤辇前。
香熏西发取，锦织北宫烟。
夜宿娼楼女，听琴碧玉泉。

年华新市酒，绕巷赌街眠。
醒醉由人许，男儿色什镌。
归来同殿上，彼此共方圆。
紫禁何云雨，皇宫玉石穿。
英雄谁不问，草木几桑田。

74. 僧皎然　长安少年行

长安日月少年行，渭水阴晴草木荣。
万巷天街谁醒醉，千门玉树自相倾。

75. 崔颢　渭城少年行

洛水城边二月花，桃红李艳一人家。
葡萄馆里藏娇女，上掖宫中问碧芽。
日暮青楼歌欲起，琵琶瑟敠尽参差。
章台路上棠梨殿，小妇倾姿弄玉华。

76. 高适　邯郸少年行

邯郸学步行，赵魏问平生。
易水东流去，燕丹晋耳情。
张良微子墓，四面楚歌声。
垓下鸿沟隔，萧何吕后兵。
平原君坐下，半酒一精英。
感此成败见，人人各不鸣。

77. 郑锡　邯郸少年行

金鞍玉口骊，豹袖紫貂裘。
夜宿丛台驿，漳河月下流。
人前娼女色，曲后赵姬羞。
且寄吴钩刃，从寻魏国忧。

78. 李益　轻薄篇

仇仇恩恩一举轻，朝朝暮暮半倾城。
黄金一掷千年去，万色千寻百岁平。
得意方休同日月，豪雄自主共阴晴。
青楼醒醉红颜客，白雪阳春各尽情。

79. 僧贯休　轻薄篇

此去马蹄轻，还寻旧明盟。
山高峰独立，水阔浪花平。
月暗成双影，风停鸟无声。
孤巢何所见，羽翼对阴晴。

80. 僧齐己　轻薄篇

老大已伤悲，中年独日葵。
青春凭努力，少小住娥眉。
腊月梅花澹，东风白雪垂。
桃蹊芳不妒，李杏欲菲维。
切莫墙边站，空空色色绥。

81. 孟郊　灞上轻薄行

行行止又行，路路曲还明。
八水长安绕，南山渭邑城。
红尘应不尽，世俗可相倾。
跬步天街上，长亭日月荣。

82. 崔颢　游侠篇

易水不回头，长安向九州。
英雄成败论，壮士写春秋。

83. 李白　侠客行

赵客请苍缨，吴钩向宇明。
渔阳呈错落，塞上问辽城。
万里中原去，千年大漠情。
行身闻易水，持酒劝侯嬴。
围魏三军阵，信陵坐上名。
红颜求所以，白首颂心经。

84. 元稹　侠客行

侠客一生名，侯嬴半不声。
公然成一诺，不必怯千情。
但以燕丹去，何求赵卫荣。
人间功此迹，世上有余鸣。

85. 温庭筠　侠客行

一马踏鸿都，三声过九衢。
回头何所见，胜似五百儒。

86. 李白　行行游且猎篇

男儿一马向天骄，猛气英风肆大雕。
万里荒原花草竟，千呼大雪作山潮。
斑王豹虎弯弓射，弱小胡姬金屋娇。
不读诗书天下路，三呼此去上云霄。

87. 孟郊　游子吟

慈母儿子见，远道暮朝行。

夜夜乡梦里，幽幽父母情。

88. 顾况　游子吟

北斗口常开，银河一线回。
虞人箴故枥，蝼蚁守巢苔。
踯躅谁游子，徘徊已客恢。
浮云浮玉府，鹿什鹿鸣来。
渭水流无尽，长安路有催。
衣襟连旧里，物色探春梅。

89. 李益　游子吟

云中一丈夫，月下半东吴。
拙政谁游子，姑苏有念奴。

90. 贾岛　壮士吟

壮士一长吟，行名半古今。
英雄成一事，只作客鸣琴。

91. 刘禹锡　壮士吟

谁闻壮士吟，直做玉人心。
一诺扬长去，三呼入古今。

92. 鲍溶　壮士行

人生知己见，历世向由衷。
智慧从天地，禅音任宇穿。

93. 施肩吾　壮士行

斗胆抑苍空，豪言正宇穿。
青蛇鳞匣里，冻顶锁枭雄。

94. 李贺　浩歌

海阔天空十岁低，天涯海角半东西。
风扬碛石成土地，帝遣东吴作玉堤。
马祖巫咸王母客，金屈卮酒柳杨齐。
英雄不主三生纪，壮士须闻百鸟啼。
七尺男儿当自立，春梅女子作香泥。

95. 白居易　浩歌行

地久天长几始终，今朝夕暮不重逢。
来来去去何相继，子子孙孙老小童。
日月阴晴年岁少，功名利禄败成空。
红尘曲舞青冢外，色欲歌辞乐府中。
短命颜回天有数，长河未解伯夷穷。

嵯峨彼此红缨缚，掩抑人生问祝融。

96. 张炽　归去来引

去去来来一自归，朝朝暮暮半天晖。
天天地地分还合，别别离离是又非。

97. 李暇　东飞伯劳歌

开衾灭烛忆中寻，二月梅花雪上侵。
坐起红罗香色在，重眠月影独无荫。

98. 崔国辅　丽人曲

红颜绝代佳，玉净万人家。
艳色由天许，轻姿二月花。

99. 杜甫　丽人行

国虢半天人，秦颜二月春。
芙蓉三世界，俱向一皇真。
素面惊天地，红颜日色新。
霓裳歌舞后，采女弃珠珍。
步履梨园曲，风尘向效颦。
华清云雾粉，玉树后庭陈。
细腻私情汇，肌明直浴身。
温汤君早醉，卧榻羽衣瞋。
紫凤何先后，三娇一色亲。
东风无力雨，羯鼓有云频。
淑气黄门里，熏香百巷均。
勤王花萼殿，太极近天津。
缕切杨家女，麒麟不可邻。
千年相见是，好问作经纶。

100. 张柬之　东飞伯劳歌

青田白鹤伯劳飞，婺女姮娥两不归。
宝细珍珠呈素艳，琼香粉脂向春晖。
红妆短，弄是非，花枝已展散心扉。

101. 李峤　东飞伯劳歌

东飞一伯劳，大漠半葡萄。
汉帝班昭使，长安意气高。
荆台西发问，玉佩北门曹。
二八窈窕女，三千弟子骚。
巫山青鸟信，白帝静江涛。
弄玉秦楼曲，箫声渭水涛。
三寻歌舞地，回望凤凰袍。

改易云华陌，罗裙十二操。

102. 李白　鸣雁行

大雁飞天一字行，行人玉宇半纵横。
惊弦堕地情心在，不独汾丘自在鸣。

103. 韩愈　鸣雁行

来来去去一春秋，北北南南半九州。
就暖辞寒天下去，新言故旧旧中修。
排空见落水芷牧，声声不断自沈浮。

104. 鲍溶　鸣雁行

排空一雁鸣，落地半无声。
未向人间扰，由来不孤行。
德阳寻旧宿，塞上筑新城。
楚子惊弦起，湘儿捕网倾。
人间多险恶，劝汝小心生。

105. 陆龟蒙　鸣雁行

谁闻一雁行，却见五湖横。
草莽倾巢取，吴姬亦不鸣。

106. 李白　空城雀

空城一雀飞，独计半秋扉。
落叶庄稼育，秋风野子肥。
如今何不见，战乱久相违。
本份生双翼，鹪鹩近日晖。

107. 王建　空城雀

雀已满空城，人何不自明。
无巢寒苦度，有子付余生。
稻米青黄断，蓬蒿野粒倾。
惊弓飞不远，回头向食横。

108. 聂夷中·空城雀

一雀入官仓，三呼半存粮。
天罗还地网，小鸟食先亡。

109. 刘驾　空城雀

独见空城雀，孤闻古太仓。
钱塘多少水，俱是运河粮。

110. 孟郊　车遥遥

男儿一丈夫，女子半十儒。

北水南流至，钱塘草木苏。
船头君自主，渡口妾奴姑。
处处桑麻种，遥遥寄玉壶。

111. 张籍　车遥遥

一去遥遥问古城，三生楚楚作精英。
诗词日月耕耘作，五万全唐复独鸣。
镇海楼中南北望，楼兰月下暮朝明。
广寒桂子人间落，玉兔婵娟共玉情。

112. 张祜　连遥遥古今诗

桑蚕作茧万丝城，束蛹申虫半复盟。
始始终终何继续，生生死死自枯荣。
遥遥一路轮回去，辙辙千层日月平。
过去如今相似尽，朝朝暮暗不同衡。

113. 胡曾　车遥遥

春秋一雁书，日月半云居。
碧玉年年色，婵娟岁岁余。
空房多少梦，玉枕去来疏。
望月望浮云，寻情寻自如。

114. 辛弘智　自君之出矣

君之出去日，宿鸟不回家。
日暮啼归处，寒风吹苦鸦。

115. 李康成　自君之出矣

思思君去日，苦苦守寒家。
夜夜同梦里，声声叹独娃。

116. 卢仝　自君之出日

去日蜘蛛织，丝丝一网成。
无须常扫理，镜里已尘生。

117. 雍裕之　自君之出日

宝镜已无明，风尘自在生。
楼兰何日尽，百岁十年更。

118. 张祜　自君之出日

池中雨水多，月下问天河。
已去三年信，何时叫小哥。

119. 郎大家宋氏　长相思

久离别，长相思，宿鸟应从北树枝。

苦苦相随杨柳岸，悠悠岁月待归时。

120. 苏颋　长相思

柳树枝枝各短长，人心处处共炎凉。
楼兰古木交河水，少妇相思老子肠。

121. 李白　长相思

花光日色半含烟，碧草如茵一岁年。
渭水东流流不尽，长安月照照无眠。
飞鸿已断衡阳去，促织秋啼问欲穿。
赵瑟胡琴分已定，南南北北似同弦。
鸳鸯枕上成双对，鸳鹭庭中独自虔。
少妇寒声天下夜，夫君戍甲对长天。
方圆共度长生殿，日月孤行问酒泉。
阔别何言何梦色，相思自是自相怜。

122. 张继　长相思

一望辽阳半断肠，三生渭水两炎凉。
相思梦里寻私语，遇到同人作故乡。

123. 令狐楚　长相思二首

之一：

空床半月明，独臆一情生。
夜夜知君处，幽幽向隔行。

之二：

昨夜有鸟啼，三更自独栖。
梦中夫妇睡，醒来问辽西。

124. 白居易　长相思

叶叶枝枝连理生，蒂蒂并并结蓬荣。
南南北北何相济，暮暮朝朝共月明。
缺缺圆圆分已定，离离合合苦人情。
相思不奈容颜老，少妇男儿几夜成。

125. 李白　千里思

壮士不还家，英雄万里沙。
旌旄来去见，北海子无涯。
汉武单于事，李陵苏武嗟。
飞鸿南北问，一字作人夸。

126. 李端　千里思

英雄不见李陵名，绝断千里士独生。
败败成成何序继，荣荣辱辱几人平。

127. 卢照邻　行路难

君不见，长安巷道渭桥边。独木横槎树
古钱。积翠桑榆含紫气，春花雪月雨如烟。
君不见，倡家粉黛朱楼色，戏子梨园百
里天。渭邑城中谁冷暖，丝绸路上几经年。
君不见，秦川千里凉州外，大漠沙鸣海
市悬。树树胡杨天地见，处处红尘羿域泉。
君不见，此去天竺无有问，归来雁塔译
经田。三藏立论慈恩寺，九鼎成功日月宣。
君不见，是是非非分付易，真真假假合
知圆。行行止行不止，易易难难易易则全。

128. 张纮　行路难二首

之一：

路路一行难，山山五色丹。
天天三世界，水水半波澜。
叶落秋风起，花开碧玉峦。
荆王闻楚曲，蜀女凤凰冠。
顺递何无得，功成业就观。
峰高攀力尽，事腐木根盘。
是是非非见，成成败败繁。

之二：

少小京都不少钱，金鞍骏马问居延。
相逢里巷青楼醉，斗酒英雄不到边。

129. 贺兰进明　行路难

井下深深百尺泉，峰前绝壁半云烟。
相思少妇凉寒砧，大雁南飞过朔边。
铠甲霜封冰坂路，徵夫望断女儿天。
东流易水沧沧海，晋耳燕丹问酒泉。
唱晚渔舟乌夜女，风花雪月美人田。
回头白首翁童见，暮落朝升木槿妍。

130. 崔颢　行路难

行行一路难，水水半波澜。
暮暮寻亭驿，朝朝别暖安。
昭阳班女怨，奉帚望王冠。
落叶何无止，秋风逐月寒。
人生多感触，草木以根盘。
掌上飞燕舞，藏娇玉珊珊。
年年分别是，岁岁以青丹。

131. 李白　行路难

白酒金尊斗十千，珍羞玉肴醉三年。
停杯四顾茫然问，不醒平生向八仙。
但见黄河壶口瀑，还闻玉树久云烟。
江流日月东方去，草木思源自在宣。
莫笑淮阴韩信将，应知楚汉易苍天。
长风破浪扬帆去，大道长安逐日边。
贾子汩罗王已尽，蚕丛石栈可悬天。
郭隗折箦无猜忌，乐毅挂角不垂鞭。
昭王累蔓黄金拜，指点高台过魏燕。
但得生前由意纵，何须去后向前贤。
华亭达士江东见，世上英名不可全。

132. 顾况　行路难

秦皇汉武学神仙，海上蓬莱向客年。
有有无无何不见，丹丹石石作青莲。
行路难，行路难，奴奴主主寻求羿，
死死生生各隔天，不见东瀛徐福氏。
谁当指鹿二世迁，君不见，君不见，
成成败败一茫然，草草花花半雨烟。
帝帝王王知万岁，民民子子向桑田。
平生日月知三万，半亩禾工近四千。
历数商周秦楚汉，北邙处处不方圆。

133. 李颀　行路难

名臣杨德祖，四代五公名。
子弟多荣耀，家庭尽帛英。
何行人逐势，未可利先行。
谢病归田陌，穷街草木荣。
深山闻远客，峡谷落川情。
十载荒原土，三光隐蔽明。
文章成日月，笔墨着苍生。
苦苦耕耘路，欣欣自在情。

134. 高适　行路难

闻君一见富家翁，历数三光济世雄。
千年子曰贫移志，百岁何余一利穷。
灌顶醍醐行止望，牛羊竹帛各西东。

135. 张继　行路难

陌路行人有纵横，长亭大道短亭惊。
饥塞主仆茫然顾，草木丛生自不平。

136. 聂夷中 行路难

何人行不得，日月一山河。
贾子长沙客，汨罗唱九歌。
难难难有尽，路路路无多。
步步朝前进，时时逐几何。

137. 韦应物 行路难

怜君日日读书难，细雨声声润自安。
且向龙门曾一跃，十年苦苦度三官。
山盟赠妾珍珠匣，海誓连盟日月观。
欲斩楼兰西域去，风霜雨雪满峰峦。

138. 僧齐己 行路难

何言一路小人心，莫道三生独木林。
太白当涂杂可醉，江南月夜不知音。

139. 柳宗元行路难

夸父虞渊逐日行，嫦娥捣药自寒清。
人间不似瑶池岸，世上何须草木盟。
道路东西南北去，经纶左右纵横成。
精精业业知天地，苦苦辛辛自任耕。

140. 鲍溶 行路难

昭阳奉扫望银河，金屋藏娇唱九歌。
彼此同声难共事，红颜易老可如何。

141. 僧贯休行路难

向木求云半世生，寻天问道一枯荣。
仁仁义义应无尽，业业工工可纵横。
寺寺僧僧何自在，禅禅慧慧觉先生。
清清净净心念念，去去来来九度轻。

142. 翁绶 行路难

人生一路半蹉跎，但向三生唱九歌。
事事难难凭步跬，成成败败任斯磨。

143. 薛能 行路难

人心有万端，世事积千盘。
步步长亭路，舒舒海角宽。
难难难不住，度度度天安。

144. 骆宾王 从军中行路难

蜉蝣海上自成群，壮士营中任对君。

玉銮分兵徵腐恶，金坛受律调将军。
旌旄一路封狐望，战士千呼列旷云。
一举铜梁成剑阁，苍江不息雨纷纷。
泸中五月迷瘴疠，日下三巴草木熏。
北望渔阳逾万里，南寻交趾已功勋。
金鸡岭后长驱阵，马首山前令帐勤。
砧杵声声寒寨间，长安处处将帅闻。
英雄此去相逢后，铠甲无非炙背贲。
日月裁截难已解，江山剪切作衣裙。

145. 王昌龄 变行路难

一战到天山，千呼去不还。
英雄何不见，大路玉门关。

146. 古今诗

精英一古今，世界半知音。
望尽天涯路，艰难独自吟。
三年方达士，百岁木成林。

147. 沈佺期 古别离

逝水自东流，君心向九州。
书生千万志，返棹去来求。
青云诚可望，跬止亦难休。
莫寄遥遥望，当今处处留。

148. 孟云卿 古别离

日日上高台，秋秋草木衰。
常怀君去早，短信妾心催。
结发青丝在，行程道路猜。
空床明月色，独立影徘徊。

149. 王缙 古别离

长亭十里风，短路半行空。
一别惊心去，三边妾梦中。

150. 李益 古别离

一别半天风，三生十地翁。
山河天地色，壮士暮朝鸿。

151. 于濆 古别离

不可自封侯，何言上九州。
非应同日月，可约作春秋。

152. 李端 古别离二首

之一：
一水洞庭舟，三江半自流。
君山何不语，不记小姑愁。
之二：
朝去半峡光，暮雨一高唐。
妾梦随流去，空床独月霜。

153. 僧皎然 古别离

吴王一太湖，子胥半江苏。
点点孤帆远，茫茫独丈夫。
年年茵草木，处处路殊途。
碧玉盘门望，当炉纵酒壶。

154. 聂夷中 古别离

莫向临邛去，应知不丈夫。
相如弦外意，未子是非殊。

155. 施肩吾 古别离

年年一度半相逢，处处三更两地风。
七夕牛郎依织女，千情此夜梦无空。

156. 吴融 古别离

流连断续雁飞鸣，夜宿芳洲叶落声。
月色寒光栖未暖，倾身羽翼付湘荆。

157. 王适 古别离

独守一高楼，吟鸣半叶秋。
风声何不止，月色已寒愁。
石杵情中落，微衣手上留。
相思成梦境，解带不知羞。

158. 常理 古别离

含情一夜君，别意半离分。
不必封侯去，儿孙后继群。

159. 姚系 古别离

露重木兰枝，风流碧玉迟。
高楼声已断，月色互相知。

160. 张彪 古别离

阴晴一别同，远近半心空。
左左寒光满，东西木槿红。

161. 赵微明　古别离

苦调一琴声，愁客半别情。
空房惊小胆，月色寄孤明。

162. 孟郊　古别离二首

之一：

水去只东流，云浮付九州。
春风花草色，日暮不知羞。

之二：

一路千年去，三生万里游。
应知相忆处，莫忘玉搔头。

163. 顾况　古别离

麻姑一嫁妆，织女半牛郎。
七夕银河岸，经年鹊雀肠。

164. 僧贯休　古别离

为传儿女辈，切莫觅封侯。
一别长亭路，三生误白头。

165. 韦庄　古别离

晴川漠漠柳杨明，谷壑深深草木生。
古古今今儿教子，朝朝暮暮是人情。

166. 孟云卿　生别离

长亭一别离，结发半相思。
束束盘高阁，丝丝问不知。

167. 白居易　生别离

黄河水白半云间，九曲相思十八湾。
此去东瀛天水岸，潇湘鼓瑟竹斑斑。

168. 张籍　远别离

一脚尖尖半水泥，三春叶叶十东西。
莲蓬处处藏娇子，玉立亭亭自并缔。

169. 李白　远别离

英皇二女问潇湘，五帝三宗治水忙。
不到苍梧谁可知，天长地久断人肠。

170. 令狐楚　远别离

碧玉小桥东，吴钩古月弓。
婵娟同色见，桂影共梦中。

171. 李白　久别离

此别十三年，重逢一半天。
云浮无定止，草碧几方圆。

172. 戴叔伦　新别离

未得杏花开，新妆嫁女来。
明辰君子去，此夜子云台。

173. 刘氏瑶　暗别离

海阔天空一望遥，茫茫水色半云霄。
相思夜夜空床落，辗转时时血涌潮。

174. 崔国辅　今别离

今辰栽小杏，八月半人高。
四载红色果，三年一袄袍。

175. 白居易　潜别离

玉女千心万态姿，阴晴一夜莫相思。
无人可见红尘去，彼此甘心不再知。

176. 张籍　别离曲

此别作离歌，从微卜碛莎。
英雄当一诺，妾女断交河。
结束东门路，封侯帐令戈。
男儿夫妇误，逐客各星罗。

177. 温庭筠　西洲词

岁月一悠悠，年华半九流。
西洲花草色，北陆雁鸥洲。
小妇初妆嫁，男儿射虎钩。
交河圆日落，渭水入深秋。

178. 李白　荆州乐

白帝城中一水楼，瞿塘峡上半春秋。
巫上十二峰云见，宋玉三千日月羞。

179. 陆龟蒙　别离曲

无非大丈夫，可是一东吴。
越女时时唱，烟云处处凫。

180. 刘禹锡　荆州乐

江流不可过荆门，鄂水何应向蜀村。
柳暗春深帆半落，波青色重日黄昏。

181. 李端　荆州泊

一泊下荆州，千流到石头。
婵娟同可问，桂影共梦求。

182. 刘禹锡　纪南歌

樊姬一夜闻，妾女半春分。
莫问南部止，须知落衣裙。

183. 崔颢　长干曲二首

之一：

君家何处是，妾住小斜塘。
渡口临花色，舟平作故乡。

之二：

家临一九江，客处半同窗。
不是长干里，应知问独双。

184. 李白　长干行

两小不疑猜，牛郎竹马来。
床边三四绕，跬步万千回。
织女天河岸，中流澱湎哀。
瞿塘谁抱柱，独月照阳台。
妾女归梦里，何须尽草催。
无言寻臆柳，只见望天梅。

185. 张潮　长干行

长干百里乡，楚水一流长。
渡口长舟岸，长洲草木凉。
金陵风月色，孟夏麦青黄。
可问归思否，娇妻独在床。

186. 崔国辅　小长干曲

月淡一湖风，波明岸草弓。
菱歌应不唱，玉树已楼红。

187. 僧贯休　杞梁妻

长城垒石杞梁妻，月色寒光促织啼。
不见秦皇闻二世，何须指鹿逐高低。

188. 崔颢　卢女曲

宫中见柳长，月下付余香。
闭匣临妆镜，红颜贴素黄。

189. 崔颢　卢姬篇

卢姬小小魏王家，碧玉姿姿杏李花。
月色朱楼歌舞伎，罗袖欲掩露娇娃。
芙蓉出水婷婷立，项贝珠光处处丫。
管管弦弦香气凝，弹弹弄弄作琵琶。

190. 李白　邯郸才人嫁为厮养卒妇

妾本一丛台，才人半月来。
邯郸宫液少，小杏过墙开。
养卒厮为妇，王城玉帏恢。
君情含若口，掌上奉心回。

191. 柳宗元　杨白花

杨杨柳柳一春花，雨雨云云半豆瓜。
年年岁岁耕耘力，夏夏秋秋百万家。

192. 万楚　茱萸女

山阴一小姑，九日采茱萸。
两鬓珍珠练，三秋玉臂酥。
含情偷四顾，纳意注千壶。
百态何从比，蛾娇对丈夫。

193. 李白　于阗采花

一路采花人，三生问晋秦。
千波流不住，八水绕城春。
汉地娇娥色，胡姬驾驭颦。
姑娘黄帝见，草木五湖濒。

194. 李白　秦女卷衣

天风一未央，玉宇半残塘。
妾女衣裳卷，空床对枕凉。
云来何雨去，日暮作牛羊。
意切朱成碧，情波不愿藏。

195. 张祜　爱妾换马

深怜柳叶一春风，纵爱桃花两耳红。
白马翻云天上雨，婵娟向蝶玉中逢。

196. 李白　枯鱼过河泣

枯鱼不过河，受降落干戈。
制使鲸鲵易，泥沙足至多。

197. 聂夷中 饮酒乐 商调曲

人生不可愁，草木自然秋。
日月无心欲，方圆有欲求。
千杯何以醉，百曲几王侯。
岸水随波色，江流逐去舟。

198. 崔国辅　王孙游

一日王孙别，三朝雀鸟飞。
千山应不尽，万水可心扉。

199. 古今诗

但见运河船，隋炀帝主天。
长城多少战，百姓去来田。

200. 李白　发白马

白马渡黄河，红颜展九歌。
英雄如此见，大漠易干戈。

201. 李白　结袜子

泰山一掷作飞鸿，壮士三生问虎牢。
感物吴钩弦似月，嫦娥桂影几低高。

202. 李白　沐浴子

沐浴正衣冠，三清可久安。
千川流不止，万水自波澜。

203. 韦应物　三台

年年岁岁去来明，暮暮朝朝岁月生。
利利名名争不尽，花花草草自枯荣。

204. 韦应物　上皇三台

雨打夜窗声，风停树叶平。
湘妃思不已，竹泪度阴晴。

205. 突厥三台

展翼雁门关，衡阳百日还。
潇湘斑竹色，隔岁向天山。

206. 韦应物　三台古今诗

持戟韦应物，三郎驻日赏。
千夫应不指，扫地自熏香。
渡口姑苏岸，钱塘日月光。
天堂知自力，不可忘隋炀。

207. 王建　宫中三台

鱼游太液池边影，鸟落红楼日上花。
草碧昭阳姿色浅，云平雨露待人家。

208. 王建　江南三台二首

之一：
扬州碧玉，小桥边。
少妇商夫，已来年。
各自相思，曾不已。
神灵乞祝，夜难眠。
之二：
年年几度，唱三台。
日日春光，一半开。
觅觅寻寻，君旧迹。
朝朝暮暮，女还来。

209. 张籍　筑城曲（小鼓节下杵和之，睢阳曲）

抱杵筑新城，铁军试敌行。
催鞭更易举，石碛重何英。
儿女当门户，王侯窃独明。

210. 元稹　筑城曲

隔界筑城池，分疆问帝师。
江山何所属，社稷度边司。
战战和和事，平平泰泰时。
行云多雨水，磊石自当迟。

211. 陆龟蒙　筑城曲

建筑一运河，钱塘十万波。
旗亭扬酒肆，富贵陌阡禾。

212. 温庭筠　湖阴曲

晋王敦举兵湖阴，明帝微行视营兵，
由是有湖阴曲。铁马祖龙城，
珊瑚玉鞭荣。垂须平虎豹，拔剑正枯荣。

213. 李商隐　无愁果有愁曲

（无愁曲名天宝十三年改长欢）
有意非何意，无愁是有愁。
长欢今古见，九鼎十三州。

214. 施肩吾　起夜来

清风明月色，玉带理还开。
懒懒情无尽，幽幽起夜来。

215. 聂夷中　起夜半

夜半起还猜，嫦娥玉色开。
桃花初上露，晓雾五更来。

216. 沈佺期　独不见

独不见卢家，辽阳二月花。
同君同梦里，共戍共天涯。
小妇婵娟枕，男儿玉女娃。
含情含自己，纳意纳红霞。

217. 王训　独不见

含情何不见，独木小桥斜。
碧玉群芳色，姑苏日月花。
山光湖岸渎，水色洞庭崖。
臆远吴门韵，腰细楚妄家。

218. 杨巨源　独不见

纱窗一意半蒙胧，竹影三春两北东。
贾女情情不定，何郎独独独由衷。

219. 李白　独不见

不见一楼兰，空床半夜寒。
荒沙鸣不止，渭水逝波澜。
白马交河岸，黄龙铁甲宽。
年年桃李下，岁岁挂巾冠。

220. 戴叔伦　独不见

年年何不见，独独问青天。
上苑春风暖，昭阳日月悬。
藏娇金屋外，团扇舞红妍。
草木天山上，禾苗在陌阡。

221. 胡曾　独不见

不见相思谁不见，长安八水独波澜。
楼兰不到交河岸，日月公平草木残。

222. 田娥　携手曲

同心携手芳菲曲，共渡从容日月田。
色色空空空色色，烟烟雨雨雨烟烟。

223. 聂夷中　大垂手（言舞人垂其手也）

闪闪黄金缕，垂垂玉女羞。
纤纤多不胜，细细几声留。

224. 夜夜曲

夜夜曲难平，心心夜月明。
空空空不尽，色色色无声。

225. 王偓　夜夜曲

夜夜曲人衷，假假舞女红。
斑姬团扇去，掌上凤楼空。

226. 僧贯休　夜夜曲

夜夜鼓钟声，时时磬竹鸣。
寒山曾不语，拾得已天盟。

227. 王勃　秋夜长

一夜月秋霜，三边戍客凉。
长安寒杵捣，桂影溢思肠。
溢思肠寸断，解甲换衣裳。
密密缝缝紧，宽宽大大装。
层层藏锦意，处处忆娇娘。

228. 张籍　秋夜长

潇潇秋夜雨，肃肃一梦长。
扫叶何难尽，沉霜弃故乡。
银河流不去，北斗口开方。
英雄应不锁，日月自低昂。

229. 王建　秋夜曲

幽幽秋夜曲，泊泊月如霜。
桂影婆娑舞，婵娟曲折肠。
男儿何不见，妾女自心伤。
日月如流水，阴晴似柳杨。

230. 张仲素　秋夜曲

遥遥夜色莫飞霜，寸寸心思寄成郎。
小妇绵绵连万线，寒冬抵御雪花扬。

231. 王涯　秋夜曲

秋风肃，待徵衣。铁甲凉，雨雪飞。
塞外冰封冬早至，衡阳北雁已回归。

232. 李白　夜坐吟

寒光一井泉，桂影半遮天。
夜坐吟声断，明辰已入年。

233. 李白　夜坐吟

北斗溢冬寒，南风过雪峦。
长安新岁近，月色曲江澜。

234. 鲍溶　夜寒吟

飞鸿过九衢，夜月问三吴。
白纻长袖舞，千杯一玉壶。

235. 乔知之　定情篇

岁岁有秋春，年年日月人。
君心同此嫁，妾意共情真。
汝念桃花色，女儿草木茵。
秦川千百里，渭水两三濑。
自幼绵绵远，纤纤碧玉珍。
男夫豪壮去，不向运河溃。
北塞三边近，天堂半不新。
长城非好汉，坐夜独梦怜。
世路难为妇，人间易十频。
须言云雨后，结发入红尘。
露重莺燕去，桑蚕自守臻。
东家藏宝匣，北巷住高亲。
白首何无见，阴晴不可循。

236. 施肩吾　定情乐

抱柱定情心，齐眉向古今。
君行君子路，妾止妾鸣琴。

237. 郭元振　春江巴女曲

春江巴女曲，竹叶色初匀。
妾在巫山望，君应白帝巡。

238. 张籍　春江巴女曲

妇婿夫君莫远行，朝云暮雨可人生。
金陵白帝帆船去，妾女男儿久不平。

239. 王涯　春江巴女曲

春花雪月珍，碧玉小桥人。
不远巴山雨，天云草木茵。

240. 张仲素　春江巴女曲

春江一月流，水色半江楼。
岸上东风夜，云中有雨游。

241. 李嘉佑　江上曲

澹澹江边女浣纱，亭亭玉立作莲花。
芙蓉但向江南色，岸北男儿只忘家。

242. 顾况　桃花曲

魏帝宫人舞凤楼，隋炀秀水运河舟。
扬州自此江都曲，色满桃花向九州。

243. 李白　树中草

年年野草荣，树树叶枝荣。
处处深根寄，欣欣自在萌。

244. 张祜　树中草

丛丛小草荣，细细玉根生。
万万千千子，年年岁岁萌。

245. 李章　春游吟

耳在吴江曲，身行入太湖。
三桥同里近，二月水中坞。

246. 施肩吾　春游乐

南边细雨北边云，小女知情少女裙。
碧玉桥边同里岸，桃花欲放待由君。

247. 李端　春游乐二首

之一：

相思相见晚，别去别时难。
解带缝衣袂，成连筑佩桓。

之二：

野草夕阳间，春光玉叶弯。
桑蚕丝已断，化作小虫还。

248. 张仲素　春游曲二首

之一：

云浮半柳烟，雨落一帆船。
小女随舱住，君心向那边。

之二：

一曲百和香，三春半柳杨。
莺鸣新碧叶，野草已疯狂。

249. 刘言史　乐府

酒肆深藏白玉鞭，旗亭淑女舞蹁跹。
桃花欲随还浮起，半色随风到耳边。

250. 顾况　乐府

朱楼近太清，上掖已花荣。
淑气天云雨，春光向太平。
朝臣应殿御，紫禁步明城。
圣藻农家乐，文房士子英。

251. 权德舆　乐府

春莺欲落一鸣长，少女难容半意荒。
歌歌舞舞朝朝暮，曲曲声声处处郎。

252. 孟郊　乐府

小子生水中，婷婷问夏风。
根根如白玉，叶叶似浮衷。

253. 陆长源　乐府

莲蓬多少子，荷叶暮朝明。
远近斜阳照，阴晴碧玉清。

254. 施肩吾　古曲二首

之一：

怜心江北女，惯唱虎丘歌。
碧玉桥边站，轻舟客不多。

之二：

年年半五湖，暮暮一双凫。
任向人间见，含着独自孤。

255. 李白高句丽（唐亦有高丽曲李勣破高丽所进）

不似石榴裙，方圆四面云。
旋时惊日月，玉立溢芳芬。

256. 王勃　杂曲

文君始约可当垆，弦外琴音少妇姑。
莫以相如长信赋，昭阳殿上有还无。

257. 李贺　摩多楼子

一月共辽东，三光济世雄。
金人多玉寨，黑水白山峰。

258. 杂曲歌辞

隋自开皇初置七部乐一曰西凉伎，二曰清商伎，三曰高丽伎，四曰天竺伎，五曰安国伎，六曰龟兹伎，七曰文康伎，以隋制太宗增高昌乐又造燕乐着令十部，一曰燕乐，二曰清商，三曰西凉，四曰天竺，五曰高丽，六曰龟兹，七曰安国，八曰疏勒，九曰高昌，十曰康国，始于贞观盛于开元，着录十四调，二百二十二曲，变为梨园教坊法歌乐十一曲，云韶乐，二十曲代以增减。

259. 制

唐人隋所制，继水运河昌。
汉武秦皇去，天堂一帝王。

260. 王建　辽东行（五女古城，世界文化遗产，鹧鸪天）

五女山中一古城，鲜卑路上半时英。
辽东自古英雄在，辟地开天草木紫。
三世界，一纵横，白山黑水自枯荣。
龙腾虎跃浑江岸，古古今今日月明。

261. 王建　渡辽水

天光水色辽，北海半渤潮。
雪满黑山北，冰封大石桥。

262. 赵嘏　昔昔盐

（隋薛道衡有昔昔盐，嘏广之为二十章，羽调舞曲）

隋薛昔昔盐，汉武去来瞻。
莫以长城论，天堂女纤纤。

263. 垂柳覆金堤

年年垂柳色，袅袅上黄枝。
玉色明光里，芳菲欲懒时。

264. 蘼芜叶复齐

蘼芜叶复齐，草色没东丁。
袖短成花影，心中作鸟啼。

265. 水溢芙蓉沼

水上芙蓉色，心中日月晴。

绮罗惊翡翠，玉臂向沼明。

266. 花飞桃李蹊

桃桃李李蹊，色色花花低。
去去来来问，山山水水齐。

267. 采桑秦氏女

谁知妾姓秦，已是女儿身。
渭水千波许，桑蚕一茧春。

268. 织锦窦家妻

织锦窦家妻，江山日月齐。
贪心权欲老，社稷有高低。

269. 关山别荡子

一别关山子，三生草木低。
声声闻不得，夜夜梦辽西。

270. 风月守空闺

风花雪月明，柳岸小桥横。
渡口云中雾，楼兰成客行。

271. 恒敛千金笑

一敛半红颜，千金十地闲。
交河圆日落，少妇梦归还。

272. 长垂双玉啼

长垂双玉嗔，短枕独空床。
纵横何不忍，隔壁有儿郎。

273. 蟠龙随镜隐

蟠龙随镜隐，玉凤逐阳台。
白日斜阳晚，红颜独自来。

274. 彩凤逐帷低

彩凤帷渐低，鸳鸯绣未齐。
双双舒卷见，独独待归啼。

275. 惊魂同夜鹊

夜月一鸟啼，孤梦半身影西。

银河云雨满，七夕问娇妻。

276. 倦寝听晨鸡

晨鸡问五更，月宿满千城。
独有渔阳梦，空床半不明。

277. 暗牖悬珠网

丝丝网网一蜘蛛，暮暮朝朝半有无。
去去来来寻不守，巢巢穴穴作妻夫。

278. 空梁落燕泥

空梁落燕泥，玉磊见高低。
妇唱夫随好，成家立业栖。

279. 前年过代北

前年徵代北，此夜戍辽西。
过日交河去，明年作鸟栖。

280. 今岁往辽西

夜月戍辽西，春风暖玉堤。
云中非雨色，梦里是夫妻。

281. 一去无还日

一去无还日，三生有夜啼。
良人徵绝域，百战苦相笄。

282. 那能惜马蹄

云中士杏杏，渚上草萋萋。
妾女垂泪处，夫君作范蠡。
金鸣天地路，晓角向东西。
未道休徵伐，何言鸟不啼。
梅花春色去，不忍作香泥。

283. 水调歌第一

之一：

水调商调曲，唐曲凡十一叠。前五叠为歌，
后六叠为入破。
平沙落日玉门关，海市蜃楼去未还。
大漠丘鸣天已堕，胡杨北斗月芽湾。

之二：

新翻水调歌，意气正山河。
骏马苍山上，英雄日月多。

之三：

王孙离别问，子女去来何。
日月山河旧，人间蜡烛多。

之四：

秦川半陇头，渭水一东流。
下泪相追逐，添心向君留。

之五：

妾宿多黄粱，君行有暖凉。
居心成淡抹，不可著浓妆。

之六：

白水河边一雁飞，黄龙月下半无归。
渔阳不远燕支将，只寄阴山射虎威。

之七：

一天暮色一天裙，半入江风半入云。
九派东流成九派，千军后继又千军。

之八：

昨夜婵娟共建章，今朝仗节向昭阳。
声鸣易水千夫指，捷报传宣一未央。

之九：

日暮胡笳一叶秋，关山草木半河流。
行人万里长城间，渭水千年见马牛。

之十：

凤辇金銮历代朝，红楼曲舞入云霄。
何须茧蛹成虫蝶，愿对知音舞细腰。

之十一：

君心一入门，祖户半儿孙。
妾凤夫龙见，卿乾我是坤。

第一函　第七册

1. 吴融　水调

北水南来一运河，江都千年半清波。
秦皇六国隋炀帝，楚客汨罗唱九歌。

2. 李义府　堂堂（唐法曲，角调，
后主传）

东风三两日，草木万千香。
色色红花雨，村村碧玉忙。

3. 李贺　堂堂

彼此一堂堂，阴晴半日光。
红妆初卸尽，柳岸入炎凉。

4. 凉州歌

之一：

凉州歌宫调曲，开元中，西凉府都督郭
知运进，正宫调中有大遍小遍，至贞元
初康昆仑引入琵琶，王宸黄钟调有此名
合诸乐即黄宫调，段和尚善
凉州第一歌，渭邑半相和。
上掖莲花色，瑶池日月波。

之二：

一叶雁门秋，三风朔漠流。
衡阳南北间，候鸟去来游。

之三：

闻君半日书，独与子云居。
不得先生见，空台色已疏。

之四：

三秋陌上雪霜飞，大雁云中沅水归。
且向衡阳南北间，凉州草木马羊肥。

之五：

鸳鸳殿里一笙歌，翡翠宫中半女娥。
色色情情多不问，胡胡汉汉少还多。

5. 耿纬　凉州词

凉州一去半沙城，大漠千鸣万里声。
水草新丰天山下，江南塞北几共荣。

6. 张籍　凉州词

衡阳十到安西，水渍沙洲草色齐。
欲得芦蒿三两雁，凉州未暖万千泥。

7. 薛逢　凉州词

春风昨日到凉州，白水今天未逆流。
但见胡杨千载木，直直曲曲万家楼。

8. 太和（太和，羽调曲也）

之一：

六郡三公一太和，千军万马半天歌。
长城石断黄金屋，竹帛烟消锁剑戈。

之二：

将将无成相相成，兵兵有战士难荣。
成成败败君王在，去去来来子女情。

之三：

井里相思树，云中日月泓。
沉浮池水浅，上下似深瀛。

之四：

塞北江南共一天，单于汉武向三年。
琵琶曲尽葡萄酒，蜀女阴山向酒泉。

之五：

四海江流汇百川，千山壑谷逐三边。
楼兰已晚交河日，渭水方香上掖田。

9. 伊川歌（伊川商调曲，西凉节
度盖加运所进）

之一：

伊川月色共人余，渭水天云独色居。
浪子三戎经十载，楼兰一战胜千书。

之二：

露水三更重，黄花碧玉倾。
谁怜明月色，不到汉家营。

之三：

一影落楼台，三星独来照。
银河繁不尽，几度送君回。

之四：

宝剑从戎举，清歌以诺求。
千川从白水，一色到青州。

之五：

只可多酿酒，弯弓射宇空。
楼兰沙漠重，远醉大江东。

之六：

千门一夜晴，万户半朝荣。
渭水波光远，京都紫禁城。

之七：

二月长安柳色黄，三边草木入春荒。
相门驿使无多见，一路关山月少阳。

之八：

三秋大漠雪云天，八月枯霜落叶眠。
铁甲微衣寒透冷，衔枚夜战报秦川。

之九：

陌上看花入，阡中已半春。
何时归戍士，柳色满天津。

10. 陆州歌

之一：

中峰分野色，壑谷落沧流。
欲问田家宿，歌声满陆州。

之二：

寂寂月中秋，萧萧一叶忧。
苍山何不语，桂影满江楼。

之三：

歌声天仗外，舞态酒楼中。
淑气红妆晚，三光玉宇休。

之四：

莺啼花似锦，水暖树如萌。
小女惊身态，心中问不明。

之五：

一叶向西风，三秋自肃明。
晴空千万里，往事月如弓。

之六：

一月挂苍山，三生问客颜。

年年歌舞尽，处处雁门关。

之七：

微人塞北遥，碧玉雨云潮。

五月红桃李，重阳望宇霄。

11. 簇拍陆州

一去轮台万念无，三生夜月半姑苏。

乡音已尽胡杨木，目向风沙作念奴。

12. 石州（商调曲）

从君一梦成三边，独选银衫著九环。

镜里娥眉弯月色，沙鸣曲尽玉门关。

13. 盖罗缝

秦时石磊汉时关，八月钱塘一线湾。

北水南流今古在，隋炀可以运河还。

14. 双带子

切语向谁人，私言对自身。

双燕飞不远，独臆作三春。

15. 昆仑子

数尽落花多，寻游易水河。

舞剑燕支去，成文楚九歌。

16. 祓禊曲

（汉宫三月上巳张乐于流水，晋宋以后因之隋唐传以为曲）

大雁一人行，排空半世声。

衡阳连塞外，草木共枯荣。

只待春秋问，从容日月城。

长城今古见，汴水去来明。

17. 张祜　上巳乐

上野满清茵，中流半溢春。

秦川千万里，渭水两三津。

置酒行觞醉，寻花踏步匀。

文心随日月，笔岘任风尘。

18. 穆护砂（犯角）

舞色朝朝见，笙歌处处新。

花花随日月，草草任芳宸。

19. 思归乐

黄昏一阵风，细雨半梧桐。

叶叶声声响，疏疏卷卷同。

20. 金殿乐

入夜月孤明，寒宫捣砧声。

轮台谁守戍，小女寄衣情。

21. 胡渭州二首（商调曲）

之一：

波波逐月一光流，练练随风半水游。

曲曲弯弯成远近，来来去去作轻舟。

之二：

处处蓑衣香，幽幽著色忙。

心心成世界，苦苦向黄粱。

22. 戎浑

大漠角弓鸣，将军受降城。

南徼还北战，羽箭没声名。

23. 墙头花

墙头一杏花，艳色半人家。

欲落还飞去，成心误豆瓜。

24. 扬下采桑

婆娑十万虫，涌动五千翁。

万马三军阵，六攻九武风。

25. 采桑二首（东羽调曲，又云东清商曲）

之一：

丝丝问茧中，圆圆向蚕虫。

自有新生命，何当演易穷。

之二：

蹙步踏辽河，风行一路波。

微衣宫女绣，寄以暖干戈。

26. 破阵乐四首

（东商调舞曲，秦王李世民所作，明皇复作小破阵舞第一曲失传，第二曲张翰所作）

之一：

时光一并到天涯，草木三生日月华。

远近长亭足下路，高低水调运河家。

之二：

弯弓十汉营，大漠半雄兵。

一字长蛇阵，三军伏虎缨。

之三：

胆气自凌云，骁雄白马群。

苍茫天地阔，日月两边分。

之四：

鲜卑一鼓鸣，落叶半无声。

草木春秋色，阴阳正友明。

27. 战胜乐

百战一功名，千军万军兵。

三光星日月，九鼎汉皇英。

28. 剑南臣

一酒剑南春，三边冀北臣。

千流辽水秀，万岭白山垠。

29. 微步郎

微乡望紫微，跬步迈朝晖。

一路轮台去，三生大雁飞。

30. 欢疆场（宫调曲）

一望自无疆，三呼振臂扬。

沙鸣天地动，暮落远山梁。

31. 塞姑

三边一塞姑，九鼎半屠苏。

纸在门窗外，悬兰小子奴。

枪烟男女继，品味野珍凫。

彼此东西见，山河大丈夫。

32. 水鼓子

弯弓一箭射天狼，折羽三呼大漠荒。

白水河边天地阔，寒宫月下望无疆。

33. 波罗门

（商调曲，开元中西凉府节度杨敬述进，天宝十三年改为霓裳羽衣）

波罗门下客，普渡岸中堂。

白羽红衣舞，霓裳印度乡。

西凉西域去，渭女渭董章。

节度师杨敬，梨园一炷香。

34. 镇西

天边暮色纷纷雨，酒市长亭处处云。
远远烟平连彼此，遥遥草暗逐芳芬。

35. 回纥（商调曲）

谁人对镜治愁客，少妇春心问去踪。
不弃浓妆初嫁夜，空房坐待女儿红。

36. 浣纱女

一水浣溪纱，三春越女华。
千章明月色，百态不回家。

37. 长命女（羽调曲）

云成关北雨，命作赣南丰。
大雁衡阳宿，女儿浩特束。

38. 醉公子

千杯呼尺性，百态问余情。
欲此欲何为，分明分不成。

39. 一片子

一坐落春芳，三杯上御章。
文心雕不止，少妇苦孤肠。

40. 甘州（羽调曲）

羽调一甘州，江湖半九流。
鱼书谁信侠，柳毅可相求。

41. 濮阳女（羽调）

归来过濮阳，故女望秋塘。
信使凭声吉，楼兰半戍乡。

42. 相府莲

（王俭为相，所辟皆才名之士，时号莲幕，
其后语讹为想夫怜，羽曲调）
余香相府莲，水阔纳高天。
羽调声名远，才思自涌泉。

43. 簇拍相府莲

朝朝暮暮声，去去来来情。
别别离离间，儿儿女女盟。

44. 离别难

（武后朝有士人陷冤狱，其妻配入掖庭，

善吹觱篥，撰此曲以寄情，初名大郎袖，
恐而隐，别名悲切子，终名为悲回鹘）
去日柳含春，来时雪映秦。
川流云水见，淑气自袭人。

45. 白居易　离别难

离别难，百花残，遥遥雨色在云端。
半江岸，一水船，同舟共济远渊残。
东方汇，西方源，离乡背井作波澜。

46. 山鹧鸪（羽调曲）

月落玉门关，星明五女山。
鲜卑三月早，渭水五湖颜。

47. 李益　鹧鸪词

湘江斑门泪，岳麓锦姑妃。
纳雨成云气，含情入重闱。

48. 李涉　鹧鸪天

一派湘流九州烟，云云雨雨半桑田。
衡阳落雁南还北，大漠沙鸣上酒泉。
妃鼓瑟，泪涟涟，三闾二女几经年。
山深自此闻鹧鸪，海角天涯自挂牵。

49. 白居易　乐世

（一日绿腰，即绿要也。贞元中乐之进
曲，德宗令录出要者，康昆仑尝以琵琶，
翻羽调）
繁繁简简半丝弦，急急缓缓一管田。
曲曲声声凭录要，愁愁怨怨莫须前。

50. 白居易　急世乐

东风已暖弃红罗，欲得春光喜欲多。
一曲黄莺闻不得，三思不解女儿歌。

51. 白居易　何满子

（开元中沧州歌者临刑进此曲赎死未成，
亦舞曲）
人传何满子，进曲赎平生。
始始终终是，非非作断声。

52. 薛逢　何满子

宫槐终已老，御柳岁年青。
满子何家唱，沧州冀鲁屏。

53. 李白　清平调二首

（清调、平调，房中乐遗声，开元中禁中
种木芍药，花繁，帝赏照夜白，太真妃以
步辇从，李龟年以歌擅一时名，帝曰：赏
名花、对妃子何用旧曲，遂命白作清平调
三章教梨园子弟抚丝竹，帝以玉笛倚曲）
之一：
上掖玉芙蓉，长生殿月迹。
龟年丝竹曲，帝笛太真容。
之二：
一曲半凝香，三春十寸肠。
霓裳云雨色，羽调舞衣藏。

54. 李景伯　回波乐二首

（商调曲，曲水流觞，中宗宴侍臣，令
为回波乐，各臣俱辞至李景伯歌此词，
亦舞曲）
之一：
回波一酒丰，四顾半飞鸿。
羽落双峰出，姿平色早红。
之二：
名花倾国色，玉秀谢儿郎。
曲曲梨园在，声声不可娘。

55. 张仲素　圣明乐

玉帛一和平，歌钟半圣声。
华夷同日月，草木共阴晴。

56. 令狐楚　圣明乐

一曲凤凰城，三歌太液荣。
边尘辽北静，圣乐锁关明。

57. 大酺乐（商调曲）

滴滴珍珠泪，潇潇夜雨泉。
湘君多少门，竹影已无眠。

58. 杜审言　大酺乐

治酺早维春，皇明晚社人。
梅花香不尽，玉壁佩身新。
渭水波光远，新丰淑气钧。
南山天地老，士子曲江邻。

59. 张祜　大酺乐

紫气东来一太平，春风化雨半云城。
深宫浅巷三千士，大酺三公六郡英。

60. 张祜　千秋乐

（开元十七年八月明皇诞日晏百官于花萼楼下，百官表请八月五日为千秋节）

寿诞千秋节，生鸣五百年。
英雄当跸步，历数作源泉。

61. 李百药　火凤辞（羽调，又名真火凤）

知音知不惑，问道问平生。
步步量前进，行行处治成。

62. 张祜　热戏乐（凡戏辙分两朋以竞勇谓之热戏）

热戏争心剧，铜槌客不消。
先生先不死，后主后高潮。

63. 张祜　春莺啭（大小两春莺啭皆商调曲）

一柳兴人庆，三春御苑荣。
春莺鸣不得，玉女已梦生。

64. 温庭筠　达摩支（天宝十三载改达摩支为泛兰丛，羽调）

羽调泛兰丛，天音树国风。
交河流水尽，渭水自西东。

65. 武曌　如意娘（商调）

开箱验取石榴裙，渭水凌波只问君。
看碧成朱雨处处，心猿意马雨纷纷。

66. 张祜　雨霖铃

（明皇幸蜀入斜谷霖铃驿，关铃与雨石山中相应而制曲，善者张徽从蜀授此曲入法部）

蜀雨霖铃栈道声，张徽一曲上皇情。
霓裳已去梨园在，月落乌啼已不鸣。

67. 桂花　曲二首

之一：

八月桂花香，三秋月色扬。
寒宫谁作主，玉兔已张狂。

之二：

寒宫多土地，但种桂花香。
莫与人间落，婵娟白玉裳。

68. 顾况　竹枝

（竹枝本出巴渝，贞元中刘禹锡在沅湘以俚歌鄙陋，乃依骚人九歌作竹枝新辞九章，教里中儿传唱，盛于贞元、元和之间。其音协黄钟羽，末如吴声、有淇濮之艳）

帝子苍梧去不归，湘妃竹泪楚云飞。
巴人唱尽潇湘间，鼓瑟江灵日色微。

69. 王维　渭城曲

（渭城一曰阳关，本送元二使安西诗，后被于曲）

唱断阳关一路西，长亭狭道半高低。
杨杨柳柳何无续，去去来来世代黄。

70. 刘禹锡　竹枝五首

之一：

蜀山白盐山，高唐玉女颜。
船停何不问，少妇几时还。

之二：

巴山蜀水一江流，未到金陵半石头。
妇望夫来神女见，朝云暮雨不知愁。

之三：

桃花柳叶一春秋，少女男儿半九流。
逝水何须船见所，江流不可问江楼。

之四：

一望瞿塘十二滩，三春草木五千丹。
长江峡口停船见，十里波涛半锁栏。

之五：

此去巫山近，中流滟滪堆。
高唐云雨雾，峡口白盐摧。

71. 刘禹锡　竹枝二首

之一：

柳色青青逝水平，牛郎处处踏歌声。
船船石上呼女婿，日日心中问女情。

之二：

西边日落向东明，北岸停舟对岸声。
似有歌来哥不语，如何隔水月无明。

72. 白居易　竹枝三首

之一：

瞿塘峡口雨云低，白帝城头鸟鹊啼。
处处寻凰江水岸，声声只向竹枝萋。

之二：

巴东小女到巴西，下里男儿下里齐。
一半阴晴云复雨，三千日月竹枝低。

之三：

岸上谁人唱竹枝，声中有意问相思。
姑娘一曲巴山雨，只见通州司马迟。

73. 李涉　竹枝二首

之一：

下里巴人唱竹枝，阳春白雪士人迟。
荆门水色云还雨，月落西陵草木兹。

之二：

十二峰前一半晴，三千门下两双声。
波摇石岸成回响，蜀水巴山作玉盟。

74. 孙光宪　竹枝二首

之一：

江村碧玉折梅花，只向头前挂小丫。
暮色闻郎郎歌不断，波光雪月小桥斜。

之二：

荷花落尽见莲心，苦味深藏不必寻。
子粒传承天地继，芙蓉玉立是鸣琴。

75. 白居易　杨柳枝三首

（古题折杨柳是白居易洛中所制，宣宗朝国乐唱为词，帝问永丰在何处，因取两株植入禁中，居易又作辞一章）

之一：

宣宗国乐柳杨枝，禁苑双株乐天词。
柳柳杨杨枝一树，杨杨柳柳叶千诗。

之二：

一树春风五百枝，千丝碧色万家姿。
年年岁岁还长，永永丰丰自在兹。

之三：

一树重生半禁中，三光付色九州同。
天庭百度东风雨，玉叶金枝自永丰。

76. 白居易　杨柳枝四首

之一：

五柳先生一树名，三光草木半疏荣。
东都二月知杨柳，洛邑千声向日明。

之二：

依依袅袅付青青，引引操操曲曲伶。
色色晴晴由自己，姿姿态态似心灵。

之三：

西施一曲到苏家，小小三声作越花。
独独钱塘杨柳色，年年只向水边斜。

之四：

人言柳叶一娥眉，士折杨枝半曲垂。
灞水桥前谁寄与，闻君不语恐归迟。

77. 卢贞　杨柳枝

叶叶依依在永丰，根根植植未央宫。
独禁皇明成日色，双株照旧问东风。

78. 刘禹锡　杨柳枝八首

之一：

新翻杨柳曲，旧树禁中词。
永巷移双植，天庭种两枝。

之二：

凤阙轻扬一两枝，龙城碧色万千姿。
长安小子无须问，一夜春风梦已迟。

之三：

相逢处处可依依，陌陌阡阡满帝畿。
李李桃桃花色近，青青碧碧嫁新衣。

之四：

紫禁自含烟，垂丝换旧年。
依依非别意，恋恋是归弦。

之五：

花萼楼前种几株，佳人月下问扶苏。
盘门四围呈新色，妾女长安梦在吴。

之六：

别去长亭作酒旗，春来驿道故楼衣。
离离不尽依依意，缕缕难言碧碧圻。

之七：

半蘸湖光水鸟栖，三春碧谷绿茵堤。
天高地阔何须是，但以高低可不齐。

之八：

春生二月色先来，浅绿新黄远似梅。
一夜东风云又雨，朝阳水露小叶开。

79. 李商隐　杨柳枝

高低左右一长条，上下飘扬半臂摇。
细细腰姿勤舞摆，情情欲动作春潮。

80. 韩琮　杨柳枝

隋堤两岸细腰姿，但以三春不可迟。
色色丝丝南北见，西湖月下去来枝。

81. 施肩吾　杨柳枝

半枝折尽一枝新，二月先生八月茵。
以色召人杨柳岸，呈情对月是秋春。

82. 温庭筠　杨柳枝三首

之一：

袅袅婷婷一舞腰，茵茵碧碧半兰桥。
水调钱塘杨柳岸，色满风光意欲遥。

之二：

小小门前细柳条，苏苏月下望云霄。
深深院落相思远，处处云烟作雨潮。

之三：

轻轻点水一波纹，滴滴圆圆四面分。
远远平平多不见，依依不似石榴裙。

83. 皇甫松　杨柳枝

半入行宫作翠微，三郎侍女舞心扉。
梨园不尽闻杨柳，贝叶长丝一岁归。

84. 僧齐己　杨柳枝

不是吴王养翠烟，钱塘两岸柳杨田。
含云处处春先色，纳雨悠悠作小泉。

85. 陶潜　五柳风二首

之一：

巫山巫峡水，宋玉宋飞鸿。
不谢英雄路，长亭望色红。

之二：

一寺半春风，三种九鼎宫。
千山飞鸟至，万水柳杨东。

86. 张祜　杨柳枝

长生殿外两三株，花萼楼中一百奴。
日暖华清汤色滟，芙蓉出水满珍珠。

87. 孙鲂　杨柳枝二首

之一：

相和一曲半人间，阵乐三声十地还。
渭水波中杨柳色，凌烟阁上自朝班。

之二：

色满莫愁家，陶公五柳斜。
钱塘堤岸上，二月早春花。

88. 薛能　杨柳枝三首

（薛能干符五年为许州刺史，令部伎作
杨柳枝健舞）

之一：

华清玉树付离宫，玉笛长声七八逢。
羯鼓何闻杨柳曲，温泉只在月明中。

之二：

丝丝碧玉石家园，袅袅摇摇色早宣。
水水山山留已见，云中自得绿珠眠。

之三：

绝域逢春百万株，垂旗不语半匈奴。
胡杨一木三千界，绿柳千枝五百吴。

89. 刘禹锡　抛球乐二首

之一：

五彩绣球圆，千呼半掷天。
春先花已见，却忆旧时年。

之二：

长城驿外自扶苏，泽岸烟中十万株。
但问钱塘苏小小，玄宗力士唤念奴。

90. 牛峤　杨柳枝二首

之一：

杨杨柳柳一枝头，别别离离半不休。
折折分分不得，生生长长还愁。

之二：

吴王木渎万千条，越女西施五百娇。

海角参光同里树，天津四岸自逍遥。

91. 和凝 杨柳枝二首

之一：

岸上含烟待洛神，支部染色对迷津。

陈王自主凌波步，玉女应知是旧亲。

之二：

瑟瑟罗裙细柳腰，丝丝玉带系春潮。

深情只可心中间，月色何须照玉箫。

92. 孙光宪 杨柳枝

醉酒楼中一色微，明阳树上半春晖。

笙歌不尽含烟柳，羌笛何当自在飞。

93. 刘禹锡 浪淘沙四首

之一：

黄河九曲浪淘沙，十八湾里二月花。

逝水中原经渭见，源头玉色一清华。

之二：

洛水桥边暮日斜，咸阳巷里故人家。

晴光夺目中原水，彼此东流北海涯。

之三：

一度春秋十地差，童翁共语浪淘沙。

佳人首饰侯王印，古道前程帝子衙。

之四：

前波未子后波推，逝水何言去水回。

万里源泉青海见，千年整谷向东来。

94. 白居易 浪淘沙

万里浪淘沙，万里天涯。黄河九曲向人家，

暮暮朝朝从日月，处处中华。自古种桑麻，

自古喧哗，单于一路汉琵琶，逐鹿中原

谁不问，换了乌纱。

95. 皇甫松 浪淘沙

荒沙细细逐江流，曲折滔滔自不休。

此去东营千万里，年年退化两三洲。

96. 刘禹锡 纥那曲

异调曲音风，风声共韵衷。

心心郎不语，处处女儿红。

97. 刘禹锡 潇湘神

零陵草木一春秋，竹泪千行自不休。

不见英皇妃鼓瑟，潇湘水色九嶷流。

98. 白居易 太平乐（商调曲）

新丰已太平，节俭自勤英。

湛露浮天意，熏风载地荣。

99. 王涯 太平乐

处处太平声，悠悠世界明。

和人荣战后，历治付苍生。

100. 张仲素 太平乐

君王一日平，万古半天生。

牧治垂仪象，江山社稷情。

101. 薛能 升平乐二首（商调曲）

之一：

正气满宫楼，皇恩过九州。

三边垂紫禁，圣祚著春秋。

会合山河水，风云日月浮。

中兴天地界，曲舞暮朝休。

一物当怜与，千丰作务求。

之二：

五帝三皇主，萧张楚汉臣。

文章惟反朴，铠甲可归濒。

102. 金缕衣

东风一夜半花明，祖国三光九州荣。

战战和和不战，平平泰泰天晴。

103. 滕潜 凤归云

梧桐树上凤归云，饮啄蓬山作客君。

弄玉箫声天外去，秦楼独剩穆公闻。

104. 李端 拜新月

开帘新月色，举步故人来。

细语何须见，私情只不回。

105. 吉中孚妻张氏 拜新月

堂前一月明，九拜半孤声。

叩叩相思梦，祈祈忆旧情。

安台铜镜里，桂影玉寒生。

怯忆牛郎问，还衣织女盟。

106. 白居易 忆江南

（一曰望江南，本名谢秋娘李德裕镇浙

西为妾谢秋娘制）

相妻妾子谢秋娘，玉洁红颜着淡妆。

日色江花留不住，春光淑气付钱塘。

吴宫二月梅香溢，越女千姿木渎藏。

汴水隋炀杨柳岸，天堂自此是苏杭。

107. 刘禹锡 忆江南

江南色，桃花流水颜。

春来去，越女会稽山。

苏杭忆，木渎吴宫曲，

天堂问，秋娘谢玉环。

108. 王健 宫中调笑（亦谓转

应词·商调）

团扇团扇，团团扇扇遮面。

遮面遮面，不到昭阳路断。

路断路断，金屋藏娇长叹，长叹长叹。

相如何一赋，奉扫已三年，不向昭阳问，

飞燕对管弦。飞燕，飞燕，掌上姿身色，

云中自在眠。

109. 韦应物 宫中调笑

河汉，河汉，不似黄河两岸。

两岸，两岸，七夕鹊桥兴叹。

兴叹，兴叹，织女牛郎轻唤。

轻唤，轻唤，一一相思半半。

记得一人间，天仙半已闲。

牛郎牛已语，织女织红颜。

七夕银河岸，千波世界湾。

行身年岁去，逐步鹊桥还。

110. 戴叔伦 转应词

小草年年小草青，东风处处入心灵。

山河岁岁纯繁简，道路长长十里亭。

111. 李白 宫中行乐词

小小自藏娇，深宫一小桥。

罗衣含小结，月色小心潮。

玉树东风暖，昭阳玉液消。

身轻歌舞近，曲意帝王遥。

112. 令狐楚 宫中乐

楚客香陵问，巴山玉磊空。
三声花萼殿，一曲大明宫。
纳雨含云碧，梨花小杏红。
银门不闭，鼓瑟客香风。

113. 张仲素 宫中乐

纱窗透视烟，几案作方圆。
素手文房宝，红颜玉影妍。
龙城多日月，凤舞可天仙。
雨露呈瑶意，云浮作酒泉。

114. 崔液 踏歌词

彩女嫁新娘，仙姑问羽裳。
鸳鸯双绣对，艳色满流光。
寸寸香莲步，幽幽踏步堂。
夫君应注意，盖处已无藏。

115. 谢偃 踏歌词

更深月影斜，夜半玉人家。
解带心宽梦，红颜二月花。

116. 张说 踏歌词

宫深花萼殿，色浅未央宫。
玉影歌词踏，吟声月色中。
春台云雨过，晓梦去来红。
夜漏三千滴，梨花一半风。

117. 刘禹锡 踏歌行二首

之一：
春江月夜踏歌行，玉袂连波解带声。
不是银河牛已去，应闻织女鹊桥平。
之二：
日暮江边唱竹枝，波摇月色问身姿。
牛郎织女原如此，世上瑶池不可知。

118. 卢纶 天长地久词其和云，天长久，万年昌

宫人重晓妆，玉影附明皇。
一曲霓裳舞，三生醉未央。
虹桥千步榭，足下两鸳鸯。
酒缘灯红处，居君不拜堂。

119. 元结 欸乃曲（欸乃，棹船之声也）

轻舟破壁九嶷山，欸乃波纹半玉颜。
已似船娘儿女见，应随少妇不须还。

120. 李贺 十二月乐辞

一月
岁末年初自立春，元宵十五月娥邻。
春分雨水云先落，暗度梅香作后人。
二月
人间二月花，跬步半天涯。
日月耕耘路，诗词在我家。
三月
柳暗花明日月新，朝云暮雨去来人。
文房四宝冈源见，曲水流觞醉晚春。
四月
知音一佛家，自在半中华。
智慧三千界，莲池五百花。
五月
汨罗唱九歌，冀赵问三河。
白帝应神女，云中雨色多。
六月
鼓瑟一湘灵，娥皇半竹青。
潇湘云雨岸，楚客云来宁。
七月
芙蓉出水明，采女暮心情。
子子莲中育，荷荷月上行。
八月
八月桂花香，三湖女子娘。
黄粱梦不尽，所遗作红妆。
九月
九九一重阳，千千半日光。
三三寻桂子，五五作衷肠。
十月
大漠月芽湾，沙鸣去不还。
胡杨天下树，上誉曲江颜。
十一月
大雪半封山，沧江九曲弯。
明流成暗道，白野玉门关。
十二月
梅心由暖意，暗影任香寒。

叶叶无萌许，枝枝向杏坛。

121. 闰月

自古十三州，精英半九流，增增增日减，
去去去来舟。岁岁年年致，辛辛苦苦求。
年年三百日，处处五千秋。

122. 张仁亶 桃花行

（亶自朔方入朝，帝宴之西苑之桃花苑，李峤等各赋绝句，次宴承庆殿令宫中善讴者唱之乐府曰桃花行）

无言岁去石榴裙，有色今来带暖熏。
秀女如颜人面去，红心玉蕊吐芳芬。

123. 李义

绮萼成蹊下自芳，红英扑面女儿香。
王母晏上盘桃会，寄与人间作帝王。

124. 徐彦伯

但见王母问八仙，桃花结子已三年。
东风带雨群芳暖，百草方荣露似泉。

125. 苏颋

桃花灼灼一光晖，玉树婷婷半碧微。
去岁门中曾一度，今年日上几心归。

126. 赵彦昭

粉粉茸茸一色飞，心心蕊蕊半春晖。
流连跬步红颜问，积纳新生白玉扉。

127. 张说 苏摩遮

之一：
摩遮本出海西胡，紫玉琉璃满帝都。
曲曲歌歌还舞舞，琴琴笛笛又姑姑。
之二：
帕额红妆一念奴，花冠玉臂半扶苏。
胡施眉目传心意，比态摇肩念有无。
之三：
短绣长身一玉姝，扬眉吐气半浮屠。
摇摇摆摆天街过，醒醒醉醉人间拜舅姑。
之四：
羯鼓三弦一曲情，千姿百态半无声。
眉眉比顾传心意，扭扭旋旋彼此明。

之五：

本醉钓鱼翁，三春作顽童。
千波流碧玉，万木落天空。

之六：

委委婷婷一色荣，摇摇曳曳半裙平。
留情不予音声在，寄念还情作玉英。

128. 张说　舞马词

之一：

六骏凌烟一阁天，龙媒眄鼓半骄年。
三光赤兔寻长远，五色人间祝酒泉。

之二：

天街一马半苍龙，日上千山万水宗。
足踏瑶台天水岸，河图胜录书封。

129. 张说　舞马千秋万岁乐府词

千秋节气一金天，万岁宣言半御泉。
寿比南山松不老，鱼龙变蹀度坤干。
骝骁骤骥行千里，雁鹊鸥鹭鹭鹤宣。
岁岁相传今古志，翩翩起舞暮朝怜。

130. 白居易　小曲新词

夏雨入桑田，秋声过管弦。
红衣明月夜，玉臂比婵娟。
桂子莲蓬阔，浮萍露水圆。
昭阳天子问，采藕女儿船。

131. 白居易　闺怨词

弯弓射雪冠，驻地问荒峦。
日近风情远，寒衣不觉宽。

132. 卢纶　皇帝感词

万岁九重城，千年一鼎明。
三公台上见，百凤帝前倾。
雨露侵官道，霞光染路程。
冠官天下子，戌子去来情。
细柳营归色，云轩曲舞平。

133. 音乐（杂歌谣辞声比如琴瑟，曰歌徒歌曰谣）

琴琴瑟瑟一如弦，曲曲歌歌半似边。
谱谱徒徒何泽润，方方正正度谣传。

134. 张志和　渔父歌

西塞山前白鹭飞，桃花源里汉秦归。
春江细雨陶公令，五柳先生不是非。

135. 和凝　渔父歌

江中一醉船，水上半天边。
直钩何必问，齐刀鼓案田。

136. 欧阳炯　渔父歌

一市鼓刀来，千君半语回。
苍山何不见，玉液缘鱼摧。

137. 李珣　渔父歌

水润君山百里余，云沉二岛一天书。
轻舟不觉凌波去，渡口方明草木疏。

138. 王建　鸡鸣曲

三更一曲鸣，九夏半无声。
玉漏冠服照，朝堂日月城。
宫前金吾子，殿后凤凰英。
不尽铜壶水，精工举笏平。

139. 李廓　鸡鸣曲

月落半星稀，鸡鸣一帝畿。
阳关西去见，渭柳自依依。

140. 张籍　吴楚歌

楚女一歌吴，荆门半念奴。
罗衣红袖短，玉臂色江苏。

141. 李商隐　李夫人歌

一带李夫人，千情半日春。
阴晴天下水，草木世中濑。
隐隐真心结，幽幽处也津。
香消颜色好，玉净故人珍。

142. 李贺　李夫人歌

夫人不入碧瑶台，小伎难从帝子回。
紫禁皇宫天子去，人心俱结未重来。

143. 鲍溶　李夫人歌

半露芙蓉一玉光，三春紫露两朝香。
陈玄术士窃窕见，羽帐华帏琥珀床。
夜漏丁丁天子问，星空处处晓无长。

144. 张祜　李夫人歌

甘泉一路半宫深，术士三明九木林。
岁岁年年何不语，幽幽落落几人心。

145. 李白　中山孺子妾歌

中山孺子妾，艳色玉人歌。
姊妹延年问，关山日月多。
芙蓉先不老，少妇已婆娑。
不负夫君意，耕耘种稻禾。

146. 李白　司马将军歌（代陇上健儿陈安）

不斩楼兰去不回，狂沙猛将箭弓开。
昆仑万里山河见，渭水千年晋魏台。
玉帐龙镶天剑望，三军刁斗胜河魁。
崔嵬细柳春秋继，献铠丹青去复来。

147. 李颀　郑樱桃歌

龙潜石季郑樱桃，美女红颜欲望高。
侍寝敷宫天子岸，长缨挂帐正巾袍。
重门羽扇英雄见，魏阙漳河大雪刀。
社稷何同如意殿，江山独领自风骚。

148. 李白　临江王节士歌

太白波涛一洞庭，鄱阳鹜羽半丹青。
飞鸿已落潇湘岸，节士雄风仗剑铭。

149. 李白　襄阳歌

襄阳汉水色何知，蜀客荆门太白时，
三万六千五百日，文词十万古今诗。

150. 李白　襄阳曲二首

之一：

襄阳一曲岘山低，汉水千波两岸堤。
不醉酩酊何是醉，猿啼已尽待鸟啼。

之二：

不上习家池，应寻堕泪碑。
羊公何见得，此处最相司。

151. 李贺　苏小小歌

西陵一雨洒江天，小小千云碧玉妍，
楚楚幽兰珠露水，婷婷独立纳来船。

152. 温庭筠　苏小小歌

不瘲钱塘一曲终，西湖小小半江东。
石声但作红颜在，日月阴晴草木中。

153. 张祜　苏小小歌

十字街头一云娘，千金月下半红妆。
声情欲语无情语，处处还寻有处郎。

154. 陆龟蒙　挟瑟歌

挟琴作君音，何言若古琴。
人心相似处，玉柱作千金。

155. 敕勒歌

落尽一梅花，阴山半雪崖。
江南知刺勒，塞北误当家。

156. 黄獐歌

黄獐草里藏，绿色木无香。
四望荒原野，三生日月光。

157. 得体歌

（天宝初韦坚为陈郡太守于长安浐水，
旁穿广运潭。以通吴会数十郡。舟唱得
体歌）
倾听得体歌，六郡共山河。
塞北牛羊阔，江南日月多。

158. 得宝歌

弘农得宝歌，野旷半山河。
坐上扬州器，云中客不多。

159. 章怀太子

（武后杀太子弘立贤为太子贤作黄以台
瓜辞）
黄台半种瓜，断雨一桑麻。
子子离离色，生生死死家。

160. 沈佺期　古歌

清歌一曲断君肠，六院三公半帝王。
社稷江山何自主，阴晴日月几圆方。

161. 薛维　翰古歌

佳人一怨自含情，未曲三春客半声。
暮暮朝朝何不见，来来去去是枯荣。

162. 温庭筠　黄昙子歌

草木自参差，阴晴共万家。
黄云浮又落，古木直当斜。

163. 温庭筠　邯郸郭公辞

金筑故曲悲，玉座邺城姬。
只有漳河柳，邯郸学步规。

164. 李白　箜篌谣

登龙半问天，射虎一山川。
鼓案操刀见，无钩钓水田。
英雄何不见，历史几云烟。
管鲍周公见，阴晴日月泉。

165. 刘禹锡　步虚词

千鸣丹顶鹤，万羽玉瑶池。
一半盘桃会，三清道情知。

166. 李贺　邺城童子谣

邺城北，邺城南，洋酒水土作桑干。
童子谣，老子谣，农夫子女是逍遥。
朝时鸣，暮时声，先生四处向阴晴。
东方亮，西方明，男耕女织邺城荣。

167. 杜甫　大麦行

八月秋风大麦黄，重阳九日客家粱。
凉州一去楼兰月，羌笛千声渭水乡。

168. 张籍　白鼍鸣

来风天欲雨，枯井白鼍鸣。
六月无云水，人闻呼地声。

169. 陈羽　步湿词

汉武清宫读鼎书，寒宫上月问空虚。
瑶池但有王母晏，玉宇云天象管舆。

170. 顾况　步虚词

三清一步虚，九脉半心余。
愿得高天地，当闻日月书。

171. 韦渠牟　步虚词二首

之一：
但去上清宫，真人步宇空。
金书通道秘，羽驾御苍空。
晓月黄昏继，霞观佩舆红。
仙官排紫殿，列座任天风。
之二：
香花自女真，玉节向秋春。
道学通玄理，灵官正意钧。
金丹炉里炼，凤羽带夜怜。
五味纯天理，三清是故人。

172. 僧皎然　步虚词

人间几度闻，玉宇自芳芬。
独步天街路，成心作世君。

173. 高骈　步虚词

青溪一道人，玉石半红尘。
羽驾云中鹤，三清月上珍。

174. 陈陶　步虚引

隐隐一山人，遥遥半客身。
清清三界外，约约九州邻。

第一函　第八册

1. 太子

太子舍人新，秦王谏议臣。
玄龄才子问，李靖政书珍。

2. 咏淮阴侯

胯下一淮阴，云中半古今。
黄金台上拜，四面楚歌寻。
暗渡陈仓去，弓藏狡兔音。
刘邦刘沛信，项羽项梁心。
陈宣一子聪，叔达万才工。
十韵书成笔，三公大雁同。

3. 陈叔达早春桂林殿应诏

金墉春色早，玉律问年华。
顶带巾冠正，街衢巷陌霞。
黄门杨柳岸，上掖李桃花。
叔达陈隋去，贞观独一家。

4. 后渚置酒

云深烟渚暗，雁落羽毛低。
瑟瑟寒溪冷，杨杨独不啼。
观天天欲变，问地地无栖。
且向平楼近，江南草木齐。

5. 听邻人琵琶

龙门一古桐，上掖半由衷。
素玉风尘路，红颜楚汉宫。
相思相念意，苦度苦无终。
曲曲余音在，声声月上穹。

6. 州城西园入齐祠社

达气肃风霜，分司御节凉。
西园齐祠社，洁祈诘时光。
八政阳和秋，三台角羽量。
分归方此鉴，化合字天皇。

7. 初年

冰凌雨水自参差，暖煦春江二月花。
瑞雪应知留不住，梅香暗度误人家。

8. 春首

玉树雪连花，凌冰滴暖斜。
梅香先不尽，雨水入人家。

9. 咏菊

霜天雪野一金英，十月三秋半肃靖。
渭水昆仑相似远，阴晴似此已分明。

10. 自君之出矣

知君之出矣，问月数无更。
幽幽凭日缺，暗暗任心鸣。
蜡烛空流泪，孤身对太清。
嫦娥分十五，上下划弦明。
雍州袁郎学，瞩意士文勒。
后主诗书继，唐宗谨原纯。

11. 灞桥待李将军

飒飒一秋风，遥遥半宇空。
英雄飞将北，不滞灞桥东。

12. 袁朗　赋饮马长城窟

长城一字徵，岁岁半枯荣。
鸟道龙荒见，秦皇汉武行。
金徽直卷静，舜律曲从盟。
汉马飞天翼，寒川净土争。
单于南北望，朔雪暮朝明。
逐鹿中原客，阴山草木情。
华戎风云雨，射虎飞将名。
苏武旌旎使，冯唐易老鸣。
琵琶声不止，蜀女议和声。
日月同天下，阴晴各不平。
封禅今古帝，牧治去来横。
唯以桑田主，春秋作业耕。

13. 和洗掾登城南坂望京邑

咸阳秦旧地，汉帝建长安。
九陇岐山逐，隋唐渭水安。
龙城连陌塞，瑞迹列青丹。
泽浸兰宫殿，交衢孔杏坛。
方圆成百里，彼此作坤干。
溉浐双河岸，曲江独北观。
文中太白问，日上柏梁冠。
紫气东南色，宸微向凤鸾。
千钟何不尽，万巷几天官。
隔道分南北，从容度汗漫。

14. 秋日应诏

玉树半秋风，金英一宇红。
枫林霜色染，太液净苍穹。
诏令章台客，中书甲第衷。
宫文由孔子，月桂比归鸿。

15. 秋夜独坐

秋弦一客心，落叶半瑶琴。
月色分明巷，寒光化古今。
逢双圆十六，独坐白头吟。
过往知来去，枯荣问日深。

16. 窦威集　出塞曲

朝章国典新，汉将唐军仁。
太穆从兄令，平陵向故人。
扶风风不止，立世世难钧。
结阵单于帐，鸣金霍卫翚。
龙城方受降，会勒已燕秦。
日月同天下，葡萄共赏民。

17. 长孙无忌

秦王第一功，好学数千雄。
领帜凌烟阁，封齐作国公。
高宗门下贬，诬构御中风。
不必郡英见，黔州作霜红。

18. 新曲二首

之一：

月下一琴声，宫中半不明。
朝朝歌曲谱，日日客宇情。
玉佩玎咚响，梅香彼此倾。
云罗飘袂结，月色桂婵荣。

之二：

婉约一凌波，陈王半玉河。
兰房浮淑气，碧帐落鸣珂。
翡翠珍珠色，芙蓉日月歌。
今宵明旷远，夜色暗时多。

19. 颜师古

训诂弘文馆，群书博古荣。
中书门下客，厘正大行明。

20. 奉和正日临朝

七政临朝始，三元宝历成。
千章文字正，百辟御旒英。
上掖和风煦，黄门肃玉明。
天涯重泽济，日域复鹏鲸。

21. 杜淹

参军文学馆，吏部尚书坛。
赐宴工诗赋，金钟谏正冠。

22. 召拜御史大夫赠袁天纲

御史大夫堂，十年建业梁。
伊吕曾已相，得志不猖狂。

23. 咏寒食斗鸡应秦王教

花冠一寸英，芥羽半王城。
利爪三千界，雄心八九荣。
和争如闪电，守战似精英。
若以平生木，山河已自惊。

24. 寄赠齐公

交游若水闲，履历似天颜。
志盖黄粱梦，心平十八湾。
风云天下去，日月上南山。
白首秦川见，咸阳浐水关。

25. 魏徵

玄成一魏州，铸志半心求。
少小孤文与，秦王洗马留。

26. 五郊乐章

唐书乐志祀五方，黄帝降神奏宫音，皇帝行用太和，登歌奠玉帛用肃和迎祖用雍和，酌献饮福寿和，送文舞公迎武舞，用舒和。武舞用铠安，送神用豫和。

27. 黄帝宫音

黄中正位自含章，六律宫音向四方。
万舞休平天下献，千声永祚姓天堂。

肃和

登歌玉帛声，肃穆洛书情。
眇眇成天地，悠悠太春平。

雍和

列祖一金悬，寻宗半地天。
山河枢纽问，日月泽坤干。

舒和

文明武勇和，送别向来歌。
万国朝天路，千君任帝科。

28. 青帝角音

苍空青帝问，玉宇角音来。
紫气东方与，兴荣上掖开。

肃和

岁第一苍龙，司春半故封。
王城玄鸟至，硅物奉朝钟。

雍和

声名济口行，简礼始躬诚。
六变三登祝，千明九鼎荣。

舒和

遥遥紫气居，处处日光初。
豫调和平庆，商音帝主余。

29. 赤帝徵音

清阳一谢明，戒序半缨徵。
庶尽咸长俗，笙镛举备情。

肃和

克克位离中，深深易姓穷。
芬馥三变卜，木槿暮朝荣。

雍和

昭昭陛羽情，帝帝器丹城。
姓姓人人集，欣欣处处萌。

舒和

温风一日引，万物半苏荣。
步步留天印，心心向足生。

30. 白帝商音

天高气爽明，地阔万物清。
肃肃空空旷，收收集集平。

肃和

金行一切时，正气五蕴知。
阜庶收成富，霜明静谧兹。

雍和

律应向西明，笙竽祝太平。
芬芬霜序始，蕙蕙桂咸轻。

舒和

玉吕自含情，琴筝作凤鸣。
双仪分四象，一字结心盟。

31. 黑帝羽音

大雪向冬来，寒梅自主开。
心中藏暖气，岁尽始香回。

肃和

三农一敬天，九鸟半和田。
万古阳光照，千年六合泉。

雍和

纪载自应酬，身行入故流。
先生先自主，后道后斯休。

舒和

分行七德初，化合五蕴疏。
九脉重阳见，千门凤阙书。

32. 暮秋言怀

荷风别两都，日月问三吴。
草木春秋见，阴晴地域殊。
乡思霜月落，宿梦枕边孤。
客旅逢菜酒，天光渭水图。

33. 亨太庙乐章

（永和肃和雍、和，长发舞，大集舞，大成舞，天明舞，寿和，舒和、雍和，

69

永和。）

太庙贞观一乐章，舒和列祖半明堂。

兴兴盛盛千年许，子子孙孙帝业昌。

34. 述怀

逐鹿一中原，兵戎半帝轩。

侯嬴君子诺，季布语言喧。

杖策潼关论，行营古道垣。

纵横缪彼此，竭力致方圆。

35. 奉和正日临朝应诏

万国会涂山，千年两度颜。

三生从正日，百岁上潼关。

此道当如是，行心列故班。

倾灵天子路，注色尽斯还。

36. 赋西汉

（太宗幸洛阳晏群臣，积翠池，酒赋，微以此，太宗曰，微赋未尝不约我以礼。）

吴中一子孙，垓下半鸿门。

渭水秦宫远，长安楚客吞。

英雄南北见，壮士去来尊。

细柳虞姬舞，萧何月下奔。

37. 褚亮

博览属文工，钱塘晓日红。

从微文赏罚，散骑待王戎。

38. 奉和咏日午

日午一朝衣，云中万鸟飞。

乾坤三界定，草木五蕴菲。

39. 祈谷乐章

肃和

艮斯一履中，曲正半新丰。

谷乐从天降，皇名以地聪。

雍和

灵心有像风，曙气过春红。

嘏祝无非易，盈和有阳崇。

舒和

玉帛申牺咸，金丝挂石岩。

忠灵相问询，祈地雨云函。

40. 雩祀乐章

苍辰朱鸟敬，大帝五蕴行。

孟夏纷纭色，先农主乐声。

绀筵嘉凤管，百谷悠然荣。

调令龙雩舞，神功启社萌。

41. 亨先农乐章

先农一乐章，主事半神堂。

粒米由天地，人和日月光。

瑚簋方荐载，开礼奏缦黄。

正备陈嘉治，舒和祝吉祥。

42. 祭神州乐章

世界一神州，人间半九流。

严享皇帝宇，六变雨云头。

两列牲灵畜，千书土地侯。

县郊风月色，十地祈春秋。

43. 祭方丘乐章

夏至祭方丘，迎神以顺求。

咸英成紫气，玉帛化神州。

羽帐三清至，金銮九脉收。

虔诚箫管竹，鉴地祝王侯。

44. 临高台

闭翼有轻音，高台向古今。

浮光多影曳，日度少人心。

鸟瞰三千界，轮回五百寻。

周平何远近，旷野几林荫。

45. 赋得蜀都

列宿蚕丛道，分芒楚蜀城。

鱼梁江岸睹，霸迹旧时惊。

百岁枯荣见，三休彼此明。

凌波千逐去，纳雨万云生。

46. 奉和望月应魏王教

十五共团圆，三千弟子宣。

文章成四野，后羽望高天。

47. 咏花烛

之一：

红红一烛花，闪闪半女娃。

色色含情泪，悠悠入客家。

之二：

红红流烛泪，楚楚两行停。

落落高低见，芯芯玉稔灵。

48. 奉和禁苑饯别应令

金筎禁苑声，玉管别离情。

鸟鹊飞无止，舒桃色已荣。

宣威催野淑，牧迳化新城。

渭水依依去，长安处处鸣。

49. 和御史韦大夫喜霁之作

时空飞旅雁，落影度桑田。

远色沙洲碧，滩明四野烟。

枫繁红已重，白简素霜悬。

御史朝风范，瑶台宴八仙。

50. 晚别乐记室彦

黄昏寻宿晚，落暮过苍天。

岁主同身度，分形共影宣。

穷途居驿柳，路短问秦川。

渭水凌云见，南山草木干。

51. 伤始平李少府正己

近远影穷尘，分离半晋秦。

青春杨柳岸，灞浐两流濒。

秘府王城路，黄图谅国珍。

振翼飞云雀，守戌步麒麟。

52. 秋雁

日暮向潇湘，楼兰问豫章。

燕山飞将在，羽信寄衡阳。

53. 句

神羊扬触砥，夕鸟俯依人。

于志宁

秦王天策府，仲谧事中郎。

学士从微伐，高宗左相房。

除非三品第，自命一家皇。

太子师文传，诗词半古芳。

54. 冬日宴群公于宅各赋一字得杯

书香日月催，雪色素红梅。

七步陈王见，三倾玉珏杯。
朱轩门纳淑，陌巷路含魁。
腊月春心动，乐风顺序来。

55. 令狐德茶

崇贤学士馆，博古作文明。
礼部传周撰，华原正史荣。

56. 冬日宴于庶子宅各赋一字得趣

路遇高门赋，行明俯就情。
高山流水字，下里蜀人声。
放旷苏区妒，纵横日月明。
朝朝还暮暮，故故付荣荣。
注：趣韵系仄声去声韵七遇东诗以七遇
仄韵之。

57. 以七遇代平声韵

一遇高门赋，行明半步路。
高山流水雾，下里蜀人趣。
不醉葡萄误，还闻日月许。
分分还付付，将相自倾许。
注：诗律
仄仄平平仄，平平仄仄平。
平平平仄仄，仄仄仄平平。
仄仄平平仄，平平平仄平。
平平平仄仄，仄仄仄平平。

58. 封行高

礼部一郎中，高观半国风。
蒋人成世界，玉字作飞鸣。

59. 冬日宴于庶子宅各赋一字得色

不尽瑶池墨，还言上掖色。
冬梅方吐惑，大雪复明得。
仄仄平平仄，平平仄仄仄。
千杯三界臆，万水玉杯默。

60. 杜正伦

玄伦一弟兄，俱擢半王城。
刺史横州去，中书令未名。

61. 冬日宴于庶子宅各赋一字得节

不尽千秋节，冰封万里雪。

朱门余紫瑞，玉珏酒杯彻。
月下同圆缺，云中共离别。
人情应柳折，岁后还生结。

62. 玄武门侍宴

熏风动舜弦，日色满尧泉。
籍野开轩见，凭云木榭烟。
流觞芳酒色，曲水故瑶天。
湛露三更月，辰晖北斗悬。

63. 岑文本

中书一舍人，诏令半秋春。
二颂三元赋，须臾任口贞。
书僮随六七，史鉴任千钧。
朕举推文本，周朝始得珍。

64. 奉和正日临朝

日正表临朝，中庸筠玉霄。
熏风呈紫气，辇道过天桥。
四海蓬莱岛，三江日月潮。
文光平七政，珏影映千条。

65. 奉述飞白书势

文开玉篆名，含章太白情。
银书天阙镇，八体列飞英。

66. 冬日宴于庶子宅各赋一字得平

芳宸一太平，羽列半无声。
甲第多云雨，琴书有客情。
金兰交彼此，酒醉共阴晴。
宠辱知音在，思乡待待鸣。

67. 安德山池宴集（杨师道封安德公）

羽卮一芳宸，书帏半晏新。
琴声依旧客，水色任天津。
郁郁青青木，红红碧碧邻。
倾杯何不问，醉去不归人。

68. 刘洎

御座比建好，金銮赐洎余。
贞观常侍史，酒后不知书。

69. 安德山池宴集

平阳金谷舞，甲第帝王书。
赏叶幽栖去，阿如彼此初。
群芳檀板唱，独曲故宫居。
以醉千杯尽，凭空水月疏。

70. 褚遂良

工精一隶书，致士右相余。
武后昭仪贬，太宗仆射舒。

71. 安情山池晏集

封公安情郡，警正句清名。
桂主杨师道，才思赋晏城。
丹霞遮景焕，泛皋蔽池晴。
赵瑟空鸣久，春莺带曲行。

72. 杨续

安德山池宴集

凤阙半通幽，簪绂一九州。
青楼云雨济，碧色御沟头。
狭径临行馆，藏花入扁舟。
春莺鸣不止，悄悄不知羞。

73. 刘孝孙

荆州一孝孙，太子半师恩。
以古今诗苑，从文以武魂。

74. 游清都观寻沈道士得仙字

寻真登紫府，纳气俯青天。
喈喈秋蝉响，滔滔晓雾眠。
飞轩临谷壑，颖石滴微泉。
羽鹤云龟问，瑶台会八仙。

75. 早发成皋望河

凌辰一晓明，古木半横平。
不辨仙槎纳，龙门激浪生。
黄河壶口哮，逐鹿予齐鸣。
逝水东营去，来人古邑情。

76. 游灵山寺

一梦到灵山，三千世界颜。
玄门开不闭，紫气纳天关。

77. 冬日宴于庶子宅各赋一字得鲜

寒梅对日鲜，古柳纳香烟。

歌曲文章赋，笙歌笔墨田。

高谈惊远近，阔论对神仙。

念启倾杯尽，心经望九天。

78. 送刘散员同赋陈思王诗游人久不归

乡关天末望，举目客心来。

世界芳菲处，红尘久日开。

79. 咏笛

一笛半奇声，三秋十地鸣。

严霜明满地，月色照心清。

80. 赋得春莺送友人

二月上林声，三春下草盟。

轻轻千万句，处处付心情。

81. 陆敬（集四十卷存诗四首）

建情无成陆敬行，秦王武劳太子徵。

乘虚而去谁成败，不纳真言误佛城。

82. 巫山高

巫山入紫霄，晓霞栈红桥。

十二峰中雨，三千日月潮。

83. 游隋故都

共望故都天，同行洛邑田。

秦川依旧磊，草木自方圆。

社稷黄河岸，河山日月前。

朝歌商颂久，舞象汉家年。

不得长城笑，笥言汴水涟。

天堂今已盛，塞北古沙船。

纠武兴和岁，皋陶冷落年。

翻听今古见，御柳去来蝉。

偄德文思济，隋炀水调宣。

秦皇多国女，何必问楼船。

84. 游清都观寻沈道士得都字

人间一有无，世上半清都。

步入玄虚路，声鸣道士儒。

是非非是是，朱赤赤朱朱。

鹤羽飞天去，龟图八卦枢。

85. 七夕赋咏成篇

凤驾鸣鸢半泥尘，闾阖纨绮一天津。

霓裳七夕银河岸，织女牛郎鹊语频。

86. 沈叔安

遣使赴朝鲜，潭州问丽田。

新书中主客，故阁上凌烟。

87. 七夕赋咏成篇

赵中虚

映色仙车不渡河，人间水月鹊桥歌。

瑶台欲晓三星问，一夜相逢少是多。

88. 游清都观寻沈道士得芳字

何中宣

清都观道士，未若问香堂。

羽客神仙坐，秋蝉柳叶长。

三光成玉石，七彩化霓裳。

彼此寻灵目，山何探异芳。

89. 七夕赋咏成篇

七夕来年人，三更误岁邻。

相思相顾去，互念互秋春。

一夜难分别，千情集结纯。

银河谁两岸，世路几风尘。

90. 照高楼

一月照高楼，三明问九州。

江流江不止，日落日无休。

91. 杨师道

尚桂阳公主，隋宗字景猷。

皇封安德郡，草隶自风流。

政改中书会，文名会九州。

芳成千帝赏，御易万千秋。

92. 陇头水

秦川千月色，陇水锁关城。

阔别阴山去，风言渭邑行。

归鸿飞一字，仗策问三英。

羽檄何无语，徵人几度情。

93. 中书寓直咏雨简褚起居上官学士

中书玉瑞声，上掖晓辰明。

凤阙临朝紫，苍龙纳雨晴。

新篁生笋叶，归竹碧烟城。

直戍皇庭夜，文章学士荣。

威凤呈淑气，电影化红缨。

笔吏良谋断，弓刀御降耕。

天才高驀时，策仗八方平。

感受皇恩近，身同故郡生。

94. 阙题

秦川伊洛水，渭邑曲江城。

御路通天近，金桥过地横。

雄梁明桂户，绣柱色宫荣。

丽日昭然许，丹楹淑气生。

赵女桃蹊问，吴娱木渎情。

梅妆谁不尽，楚舞细腰琼。

一笑千金见，三春万色倾。

藏娇应所以，羽扇扫新声。

95. 初秋夜坐应诏

玉管一冠明，红缨半士倾。

金壶分划满，月影待朝声。

96. 赋终南山用风字韵应诏

隐逸一幽丛，张扬半草风。

平平倾伏色，碧碧作天平。

雪顶金冠色，南山万寿盟。

梅香心早动，夏雨叶荷荣。

97. 咏饮马应诏

丝丝络水流，涧涧石苔秋。

饮马成龙跃，应昭过九州。

排空云雾净，跨步帝王侯。

讵忆长城外，金台一国忧。

98. 初宵看婚

凌辰小轿轻，四驾女儿行。

湿粉爷娘见，心思自不明。

含情多少臆，纳意云来生。

暮雨朝云问，巫山十二萌。

99. 侍宴赋得起坐弹鸣琴

南轩一月初，北树半巢余。
宿鸟何栖语，琴音一半虚。
溪流曾似响，短叹付心书。
曲向吴姬问，人前有相如。

100. 咏笙

久立龙门岸，常闻逝水声。
齐娥初弄玉，赵女复弦情。

101. 咏筝

四面楚歌城，三军角羽声。
荆门开欲放，竹管似无平。

102. 应诏咏巢鸟

诏命一巢生，乾坤半世鸣。
鸳鸯求偶见，大雁始终情。
苦苦辛辛筑，南南北北荣。
依依天子树，楚楚太阳城。

103. 奉和夏日晚景应诏

金銮一未央，玉辇半中堂。
日暮横峰影，云归落建章。
池回临晚色，羽盖鸟巢藏。
两岸三千柳，孤塘五百杨。

104. 春朝闲步

春朝半步闲，露水一天颜。
草色由滋润，花光自曲弯。

105. 还山宅

暮色一山斜，云光半岭家。
霞红藏紫气，胜似杏桃花。

106. 咏马

长鸣一两声，日进万千程。
跬步曾无止，飞天日月平。

107. 奉和咏弓

弯弓月影圆，九鸟已循天。
后羿知何去，嫦娥苦不眠。

108. 咏岘

墨岘一方圆，乾坤半岁年。

阴阳惊日月，世界自雕研。
小大由之问，中庸任笔田。
源泉应不竭，印迹古今前。

109. 奉和正日临朝应诏

千门一入春，万树半天津。
草木知天地，阴晴共晋秦。

110. 咏舞

千姿百态生，半月两春情。
楚女花云艺，梅妆曲艳行。

111. 许敬宗

杭州省作郎，石相尚书房。
国史修庶子，诗文二十章。

112. 奉和入潼关

不必问天机，何须举赤旗。
潼关分内外，晓煦帝京畿。

113. 奉和执契静三边应诏

执契静三边，瑶池问九天。
英雄应不止，禹夏自方圆。
树羽华缨色，熏风碧翠田。
登封灵草木，泽雨化桑泉。

114. 奉和行经破薛举战地应制

战地野花香，乾元大象章。
鸿名由此寄，帐殿犯天光。
正戴重衣戍，行成毕月堂。
甘泉徒所见，九穗牧鲸扬。

115. 奉和春日望海

春帆过海疆，碣石对汪洋。
宇阔风云涌，天高鸟鹭翔。
韩夷应奉远，李广箭弓扬。
七萃荒丘牧，三光共四方。

116. 奉和元日应制

三元一日新，万户半天伦。
雨水春分继，东风欲问秦。
玄应天地岸，淑气暮朝茵。
渭邑文章色，长安曲江滨。

117. 奉和初春登楼应制

旭日四方临，楼台八榭吟。
风中千里望，晓后万家音。
曲曲笙筝瑟，声声笛鼓琴。
从容天地土，宝贵祚人心。

118. 奉和秋日即目应制

玉露作珍珠，荷蓬结子壶。
初秋辰气爽，晓日满江湖。
鹊度银河岸，蝉鸣羽叶孤。
牛郎何不语，织女已扶苏。

119. 奉和秋暮言志应制

九九一重阳，三三半故乡。
寒窗千日尽，硅步两鸣梁。
月玉生还落，婵娟暖又凉。
方圆随曲意，上下任衷肠。

120. 奉和喜雪应制

一色不分均，三冬素雅秦。
川平衣被裹，岭厚蓄河津。
落落连天地，飘飘逐红尘。
纷纷扬铠甲，处处近新春。

121. 奉和登陕州城楼应制

臆想二南风，寻心一北雄。
分扬三国志，独掣百雕虫。
玉宇琼林曙，瑶台阆竹宫。
观花杨柳岸，问道柏梁红。

122. 游清都观寻沈道士得清字

道士入三清，蓬瀛筑一城。
灵心蕙意志，鼓静付钟声。

123. 奉和七夕宴悬圃应制

别绪一年长，相思九曲肠。
寒宫今不见，鹊翼古桥梁。

124. 奉和仪鸾殿早秋应制

粉丽仪鸾殿，雕窗艳曲流。
秋晖分肃素，玉宇柏梁楼。

125. 奉和咏雨应诏

秋风和雨水，落叶伴云游。
入地方成雪，凝封玉结楼。

126. 奉和过慈恩寺应制

贝阙凌香地，龙旗献宝台。
慈恩梅梵境，水月桂梁开。

127. 冬日宴于庶子宅各赋一字得归

贞观三品止，但见一鸿飞。
素雪明天地，芳芬不可归。

128. 送刘散员同赋得陈思王诗山树郁苍苍

山河一柳杨，草木伴城乡。
有土生机在，无言作栋梁。
风来闻肃肃，雾去仍苍苍。
一别思王去，三星指路旁。

129. 侍宴莎册宫应制得情字

神皋一浚情，葆羽半山楹。
且彩飞云色，黄昏待雨生。

130. 奉和过旧宅应制

日去有无踪，人来草木茸。
生平生不尽，处事处难逢。

131. 奉和宴中山应制

秦川扬八骏，渭水养千牛。
紫气中山宴，灵枢帝业优。
尧琴鸣舜野，赵瑟吴姬羞。
只见霓裳色，樊麟逐玉浆。

132. 奉和圣制登三台言志应制

中天一马牛，戴极半神州。
企翼群禽萃，轩玄燕雀游。
星罗旗百拱，汉楚界三休。
妙管吴钩月，仙姿渭水流。

133. 安德山池宴集

山池玉安声，情里故人情。
桂郡杨师道，才思草隶明。
隋宗清警句，一座景兽生。

燕集中书令，诗词御道城。

134. 奉和圣制送来济应制

万岁山前跸毕官，千年古木彼此同。
三公帝御分天地，六郡风光始不终。

135. 七夕赋咏成篇

七夕年年一鹊桥，三星淡淡半云霄。
千情不尽相思望，两岸天河似不遥。

136. 拟江令于长安归扬州九日赋

本逐徵鸿去，还随落叶来。
无当碧玉尽，只待菊花开。

137. 同前拟

隋炀一水来，富甲半城开。
不拟长城战，当兴世界杯。

138. 又拟

世上一苏杭，人间半柳杨。
江都天下色，故土是爷娘。

139. 李义府

义府一瀛州，昭仪十九流。
中书郎怙宠，不可俱文留。

140. 和边城秋气早

肃气一边城，金徽半律清。
徵鸿南北尽，白马向天兵。
晓阵连云树，长川落叶惊。
霜平千里目，大漠万弓平。

141. 招谕有怀赠同行人

一石水分流，三江四十州。
澜沧波浪涌，越海问春秋。

142. 宣正殿芝草

孝感一芬芳，灵芝半殿堂。
朝阳应日色，引国盛名光。

143. 咏鹦鹉

莫以雕笼望，何须自在鸣。
应闻天下事，但学世人声。

144. 在嶲州遥叙封禅

对策饶阳人，天齐擢第身。
遥崇盛巨镇，近启问秋春。
独峙云天外，群分万木钧。
绥含杨柳地，广运注天津。
映矙金坛久，东方启彩频。
华夷浮日上，秘柜落周秦。

145. 堂堂词二首

之一：

谁怜回雪影，好取洛川英。
百态呈色彩，千姿向独明。

之二：

不正鸳鸯被，重温玟瑁床。
春心应未了，别意散芳香。

146. 咏鸟

宿向上林啼，行明玉叶低。
飞寻藏碧处，但借一枝栖。

147. 虞世南

隋宫累读秘书郎，秦府弘文学士堂。
寡欲精思忠直博，人伦五绝栉兴亡。

148. 从军行

之一：

涂山烽火递，弭节度龙城。
战将楼兰问，英雄上谷兵。
寒弓雕羽箭，晓剑列红缨。
月落三更析，徵蓬卷故情。

之二：

长城烽火生，战事剑弓鸣。
绝阵金徽色，龙旗卷巨鲸。
萧关平恶少，北塞肃精兵。
浦海依沙岸，燕山一箭城。

149. 拟饮马长城窟

一马度河山，三生问去还。
书儒千万里，汉域玉门关。
使护楼兰路，霜封绝谷班。
沙鸣惊不止，海市待云环。

150. 出塞

元戎九命尊，老将一弓勤。
勇气冲云斗，扬桴画渭津。
平原君莫问，魏士甲旋秦。
策驽交河去，方圆落日频。

151. 结客少年场行

多奇韩魏士，少勇晋燕秦。
一语当君子，三生作诺人。
吹箫吴市过，击案作秋春。
博望交侯客，春秋不自怜。

152. 怨歌行

紫殿半秋风，楼兰一日鸿。
衡阳南北问，岁岁去来中。
素手穿云雨，红颜著斗蓬。
闻君弓箭射，不改白头翁。

153. 中妇织流黄

少妇半交河，中年一织梭。
*丝丝*连束束，少少几多多。
素手流黄锦，红衫映玉罗。
何情从梦去，不可独娇娥。

154. 门有车马客

赭汗千车马，金台一士英。
高轩由抵断，白鹤逐纵横。
岫玉当冠佩，黄金掷地轻。
罗襦何守直，似若玉兰生。

155. 奉和咏日午

天明影不斜，日午正人家。
表瑞方圆阔，阴阳草木花。

156. 飞来双白鹤

飞来双白鹤，奋翼独闻天。
集举青田地，栖栖蜜叶怜。
声音由远近，曲舞管琴弦。
六翮轻浮羽，三鸣一九天。

157. 奉和幽山雨后应令

上苑一晴空，溪桥半彩虹。
幽山新雨后，石叠丈人宫。

水逐浮云去，川流落日红。
苍烟应落尽，古木未经风。

158. 赋得吴都

碧野一秦淮，金陵半玉钗。
黄花明二水，紫所满千街。
霸业龙城近，雄图古道柴。
江涛多少语，日月去来差。

159. 赋得慎罚

刑刑罚罚明，事事苟精精。
表表中中致，轻轻重重行。
廉廉成辱辱，退退复荣荣。
利利名名逐，功功业业盟。

160. 发营逢雨应诏

一雨过新丰，三春问彩虹。
云浮沉霭色，玉泽落离宫。
麦陇呈分碧，禾苗化青泷。
草木原相济，人间紫气丛。

161. 赋得临池竹应制

步近临池竹，心平待碧形。
葱茏天下色，节枇制中明。
影摇书案字，风含巘谷声。
凌波邻策律，纳露向倾萦。

162. 侍宴应诏赋韵得前字

紫禁御林前，青云上掩烟。
芳芬春日暖，绿碧鸟盘旋。
水映红枫叶，楼明济远田。
长亭连古道，弱柳荡秋千。

163. 侍宴归雁堂

一字雁归来，三声草色开。
千塘生命侣，万里逐人回。

164. 凌晨早朝

凌辰上早朝，玉漏下云霄。
刻画风云见，声鸣日月昭。

165. 奉和咏风应魏王教

梅花一远香，玉带半皇梁。
魏阙轻歌舞，京都重帝王。

166. 初晴应教

初晴欲教明，雨色复天清。
滴滴珍珠露，圆圆日月城。

167. 春夜

月月一徘徊，春春半自来。
情情情不止，欲欲欲难裁。

168. 咏舞

一曲管弦繁，千姿体态源。
声声声又起，舞舞舞难言。

169. 咏萤

小小一流光，幽幽半落荒。
轻轻成淑玉，处处作姑娘。

170. 蝉

饮露一声轻，垂枝半远鸣。
居高天地问，自是去来情。

171. 秋雁

秋声一雁鸣，日丽半人行。
塞北江南问，衡阳是故城。
潇湘多少日，青海去来情。
岸渚汀兰处，芦花苇叶生。

172. 春和月夜观星应令（以下诗皆隋时作）

早日临秋暮，吉星映晓明。
阴阳分两壁，上下合相倾。
暑气随风尽，霜封任叶轻。
飘飘知所以，处处莫根城。

173. 和銮舆顿戏下

紫极一天轮，金銮半舆亲。
丹霄扬玉液，翠羽落春津。
带月虹桥岸，含烟上苑新。
莲花方结子，碧叶露珠匀。

174. 奉和至寿春应诏

长春宫外路，日月宇中遥。
草木阴晴雨，芳香尺丈遥。
群林藏紫气，独木纳根雕。
不以江流问，何言大海潮。

175. 奉和幸江都应诏

厚泽润凋枯，封唐济越吴。
孤行南北水，肆觐运河苏。
凤舆连余碧，龙舟逐有无。
虞琴歌舞地，汉筑曲江都。

176. 应诏嘲司花女

（隋道录曰炀帝幸江都洛阳人献合蒂迎
辇花帝令御车女袁宝儿持之号司花女，
时诏世南草敕于帝侧，宝儿注视久之。
帝曰昔飞燕可掌上舞，今得宝儿，方昭
前事。然多憨态，今注目于卿，卿便嘲之。
世南为绝句）

一梦黄梁半日城，千姿舞态一心生。
君王但见司花女，不可藏娇闭目行。

177. 奉和献岁宴宫臣

肆夏喧金奏，成龙客玉楼。
群臣何所以，载舞对天旒。

178. 奉和出颍至淮应令

良宸嘉利涉，暮色溆淮浔。
两岸禾香溢，三山草木深。
金陵何不问，紫气作如今。
淑女情无尽，声歌弄古琴。

179. 王绩

绩字一无功，龙半半壁红。
文章书日月，六合弃时风。
正字从门下，东皋奉酒翁。
还乡成俗俚，仰俯弃官虫。

180. 古意二首

之一：

琴操散文陵，六合求为丞。
嗜酒还乡里，从容待玉膺。
嵇康何所以，七子对香凝。
但见知音去，伯牙弃角徵。

之二：

苍苍桂树黄，郁郁散秋香。
远远重阳色，明明度雪霜。
栖昆良木见，绊叶落枯梁。
不以寻常问，秋深始自扬。

181. 石竹咏

萋萋碧叶生，翠翠节枝荣。
楚楚朝天上，郁郁结林萌。
色色从天意，欣欣向地明。
悠悠凭水石，雨雨以云惊。

182. 田家三首

之一：

阮籍生涯懒，嵇康意气疏。
相逢三醉饱，独坐两行书。
养鹤田家壁，弹琴古韵余。
何须元亮处，但与子云居。

之二：

五女枕头山，千川十八湾。
农夫辛苦路，砍木去来还。

之三：

独视子荷锄，孤身对帝墟。
禾苗成世界，稻谷不空虚。

183. 赠李徵君大寿

诗书读豫章，陆昶问雕梁。
赵郡冠官老，齐都古色香。
严光滩水岸，季子付农桑。
十辟中郎将，千军御道长。
兰英尤足望，石架储秋黄。
礼存东南策，林风日月光。

184. 山中叙志

山中应自许，日下可荷锄。
草木知心立，耕耘土地书。
千年知彼此，百岁见宽舒。
孟妇何寻止，梁鸿自在余。

185. 赠梁公

位大有讥嫌，官高可苦甜。
河图呈地表，不解洛田暹。
霍卫成王道，周吕作帝潜。
风云由此见，日月任蒙恬。

186. 薛记室收过庄见寻率题古意以赠

动乱分南北，东西各异居。

桑麻丘岭缘，凤鸟翼乾余。
五柳桃圆外，公孙仗策虚。
阴阳成世界，日月着天书。

187. 晚年叙志示翟处士

明经百岁余，学剑万诗书。
创业青门外，三清帝子墟。
风云开白社，社稷守荷锄。
老小何分别，童翁望卷舒。

188. 春日

草木一当初，东风半不余。
梅花浮雪色，腊月近春如。

189. 采药

青龙一道符，白犬关佚儒。
夏草冬虫易，天麻贝叶芜。
当归归不得，半夏夏时殊。
厚朴客天地，灵芝对玉壶。

190. 春桂问答

李下已成蹊，云中作玉堤。
年光华色满，桂树影高低。

191. 在京思故园见乡人问二首

之一：

未达乡人问，何闻故土修。
都门未去见，驿路暮朝流。
弟弟兄兄道，分分别别愁。
凉泉多少水，不语作春秋。

之二：

桂树一春华，高枝二月花。
杨杨天水露，处处玉珠斜。

192. 北山（忆丛姑奶）

常栖一北山，望尽半南关。
少小可知论，童翁似去还。

193. 野望

东皋一望余，牧犊半知书。
木槿红朝暮，松林日月疏。

194. 赠程处士

千年常搅搅，百岁自悠悠。

隐逸书生欲，行身自主求。
周公公所事，孔子子云丘。
一醉乾坤误，三生日月修。

195. 九月九日赠崔使君善为

一见黄花色，三秋落叶来。
红楼应自主，过客满尘埃。

196. 独坐

独坐一心田，孤身半月弦。
当然当日月，有志有云烟。

197. 游仙四首

之一：

道士一长天，仙人半玉田。
盘桃天上客，八洞以神泉。

之二：

四海一桑田，千山半女妍。
云烟丹紫玉，月色素灵仙。

之三：

结袂半仙游，从君一九流。
随心天地阔，任意暮朝尤。

之五：

天台一日开，海曙半蓬莱。
许迈心长切，嵇康意气回。

198. 策杖寻隐士

涧断一云灰，花开半谷媒。
荒芜山水路，辱没步青苔。

199. 赠学仙者

无成作一成，有学向平生。
路路寻仙道，区区问世明。
丹砂珠玉炼，紫气向炉倾。
道士三清坐，居心几隐情。

200. 黄颊山

一路青溪岸，千泉草木萌。
山深林叶密，谷远半流明。
石蔓相间露，花光草色轻。
无人行止处，倒映日台平。

201. 建德破后入长安咏秋蓬示辛学士

建德一清江，长安半国邦。
人行孤影独，月照独无双。

202. 过酒家五首

之一：

巷外一人家，旗中半酒花。
黄金来去掷，不尽玉壶斜。

之二：

醒醉已相同，阴晴各异空。
云云天上色，雨雨向西东。

之三：

竹叶连枝节，葡萄满玉杯。
行从行未止，是似是还非。

之四：

对酒望长空，行身向宇穷。
牵强牵不止，付与付轻风。

之五：

无钱向酒家，有欲日方斜。
莫道何须问，吴姬二月花。

203. 夜还东溪

东风落石苔，草木带花开。
月色寻间隙，纤维举足催。

204. 山中别李处士

东溪两岸春，处士半山人。
酒熟三清见，旗扬一玉樽。

205. 初春

风来日渐长，客醉酒芳香。
不觉池塘水，方扬草木光。

206. 醉后

醉后一梦乡，云前半柳杨。
心中多少问，月下去来长。

207. 题酒店壁

一日刘伶去，三光毕卓来。
陶潜弦断响，阮籍酒乡才。

208. 戏题卜铺壁

不得杖头钱，还寻酒尾泉。
今宵须自酌，月色照无眠。

209. 尝春酒

十八女儿红，三千日月风。
陶巾浮郑酌，野草落由衷。

210. 独酌

独酌一杯空，孤寻九界同。
名声名不尽，酒醉酒相逢。

211. 秋夜喜遇王处士

东皋刈黍归，北场落天晖。
处士寻杨柳，农夫敞木扉。
旗亭远酒市，社日近家微。
一醉方知醒，三呼不解围。

212. 山夜调琴

弹琴对白云，问月向知音。
水水山山色，行歌问古今。

213. 看酿酒

少女一春天，红花半妍。
佳泉神酿曲，好酒必经年。

214. 过汉故城

清明问故城，扫墓帝王生。
岁岁萌枯草，年年旧叶生。
鸿沟分隔界，楚汉列真情。
逐鹿中原北，龙骧渭水横。
翡翠明珠帐，鸳鸯白玉琼。
钩陈兰被覆，乐府去人惊。
自觉灵长历，何言宇栋倾。
三千年过去，五百载新名。

215. 食后一望

田家何所有，野菜主新香。
杜碧灵芝草，山芹刺果尝。
春分从谷雨，立夏任荷荒。
晓色三秋食，冬梅过隔墙。

216. 益州城西张超亭观伎

落日一明城，行云半玉生。
千姿从不尽，百态任浮荣。
暮色红楼满，歌声女伎倾。
张超亭上见，曲误待修盟。

217. 辛司法宅观伎

北国一佳人，南庭半玉身。
长裙和短袖，楚女细腰匀。
凤管周郎误，箫声弄玉秦。
谁知金谷堕，只以缘珠春。

218. 咏巫山

电影云前落，雷声雨后分。
高唐神女梦，峡口楚王闻。

219. 咏怀

谁人一故乡，去客半黄粱。
雨落云行去，空空色色忙。

220. 句

之一：
足少一行程，书多半藏经。
人群分你我，士独作精英。
之二：
横裁凭尺寸，直剪任秋春。
鹤立千年晋，莺啼万里秦。
之三：
一路万千年，三生五百泉。
源源相继续，步步似耕田。
之四：
虚中实里虚，有是是非书。
大小由云见，乾坤自所余。
之五：
双关一语明，独守半家清。
古古今今见，朝朝暮暮行。
之六：
读唐诗，已十年，五万首。
字唐诗，十年，五万首。
十年，三千六百五十日。
五万，一日十五六首诗。

221. 寄萧德言

文行著作郎，学士史经藏。
昼夜无休倦，春秋侍读堂。
雍州应束带，紫禁必清香。
日月耕耘易，阴晴筑建章。

222. 咏舞

一舞八千年，三声问万泉。
台中多少客，史里去来旋。

223. 郑世翼

忤物万年丞，初冠一盛凌。
贞观何坐怨，徒步禹州藤。

224. 过严君平古井

严平一尚高，远古半人韬。
十易成都市，留形汉中豪。
新风冠弱小，旧井映文袍。
久问寒泉水，无声作饮涛。

225. 登北邙还望京洛

群儒问北邙，独士对君王。
弱草随风摆，飞禽宿柳杨。
参差居井市，左右顾兴亡。
进退何止步，踟蹰见大荒。
迢迢京洛道，远远许衷肠。
八水长安外，三生日月光。

226. 巫山高

巫山十二峰，鸟道一千重。
暮雨霏霏落，朝云处处封。
岩峣霄壁立，狭峡水旋踪。
但问襄王去，何须宋玉从。

227. 看新婚

开屏一李桃，夜梦半心潮。
暮雨朝云见，萧郎玉女娇。
丛花含色艳，独草纳窈窕。
隔扇私从嫁，其情久不消。

228. 见佳人负钱出路

独得千金付，何从万念消。
红楼三界雨，夜梦半云潮。

229. 崔信明

（不从窦建德，隐太行山，终唐秦川令）
下笔自成章，秦川令举扬。
青州闻博记，不做太行郎。

230. 枫落吴江冷

叶落吴江水，风闻日月山。
云从青海岸，玉树玉门关。

231. 送金竟陵入蜀

风花雪月间，蜀道澜沧闲。
志得三千士，心从十八弯。
金门应不锁，玉磊太行山。
峡口朝阳去，江流暮色还。

232. 孔绍安

（外兄虞世南荐词人孙万寿，文集五十卷，存诗七首）
少诵一山阴，成名半古今。
虞兄推己见，万寿世南音。

233. 侍宴咏石榴

一色石榴花，三光帝子家。
花开花不落，结子结乌纱。

234. 咏夭桃

色色空空道，桃桃李李蹊。
春春春不已，子子子东西。

235. 赠蔡君

谷底生乔木，云峰落下轻。
幽幽何不见，处处自舒荣。

236. 结客少年场行

结客挂吴钩，横行过陇头。
从师惊燧象，画地逐龙牛。
简牍穷书论，楼兰胜败谋。
交河呈落日，八水客东流。

237. 伤顾学士

崤道迢迢寄，川光日日流。
千古史殷商，渭邑百年楼。
寄望京师客，相思学士休。

江湖君子见，牧笛送春秋。

238. 落叶

落叶满三秋，长江逐九流。
飞飞犹上下，荡荡自沉浮。

239. 别徐永元秀才

金汤一险城，玉石半丹瑛。
羽翼飞天久，心怀问日精。
三秋成果黍，九夏作枯荣。
欲寄相思处，何须结道行。

240. 谢偃

直勒魏县人，东都学士身。
贞观应对策，及第幸冠臣。
百药工诗句，湘潭影赋尘。
弘文言得失，假谏太宗珍。

241. 踏歌词三首

之一：
飘飘一雪梅，上下百枝开。
进退常相问，踟蹰久不回。
之二：
百药一人尝，三光半日昌。
精工精世界，济世济衷肠。
之三：
乾坤天地章，日月去来量。
世上三千界，人间一柳杨。

242. 乐府新歌应教

青楼殿阁半含春，百态千姿一纳人。
细雨轻云多少色，浓香素玉暮朝怜。

243. 蔡允恭

（隋著作佐郎，唐太子洗马集二十卷）
江陵一允恭，善级半文宗。
历着炀帝侧，秦王学士封。

244. 奉和出颍至淮应令

一路秦川曲，千声魏晋情。
淮流波卷岸，锦带隋炀缨。
玉垒金陵水，鸟啼渭水清。
依依相互问，客客去来鸣。

245. 杜之松

雅尚曲陵人，河中刺史钧。
家居官太守，敬养老师尊。

246. 和魏尉寺柳

汉将一屯营，辽河半成城。
先生曾取姓，远雁不同声。

247. 崔善为（存诗二首）

善历武城春，文林赏领人。
丁匠三百伍，杨素万千巡。
一子无差失，参军司户秦。
司农书密劝，太守使唐津。

248. 答王无功冬夜载酒乡馆

邦君谒任棠，处士会童乡。
载酒同杨郑，无功共李疆。

249. 答王无功九日

无功同九日，酒市共重阳。
玉落黄花色，杨林散淑芳。

250. 朱仲晦

乡人王绩许，故士问萧郎。
所以何难见，诗词似柳杨。

251. 答王无功问故园

无功共故园，有迹徒成天。
小子鸣天久，童翁守陌阡。
华踪文史赋，竹影暮朝悬。
夏水秋池满，春风谷雨田。
桑麻夫子见，日月弟兄年。
磊石堤江岸，移梅待雪宣。
铜州何不已，缺别不方圆。
五斗深情寄，三清载酒泉。

252. 王宏

秦王同学问，幼日共乡人。
八体书文致，三生隐帝津。

253. 从军行

秦王一日三军行，将帅千兵百士城。
举剑弯弓先射马，无功有胜寄声鸣。

254. 朱子奢

春秋不尽一苏州，八水巡城半九流。
谏议贞观天子客，弘文学士自沉浮。

255. 文德皇后挽歌

一日泉台路，三声故土秋。
神京文德许，渭水四方流。

256. 张文收（撰新乐书十二卷，存诗一首）

贞观授律郎，乐府韵音尝。
卷卷新声树，咸宁太子梁。

257. 大酺乐

露水珠难落，残云色晓光。
应寻天地气，可做玉人藏。

258. 毛明素　与琳法师

贞观十一年，倦累两三弦。
法客山中叹，韩安去日悬。

259. 陈子良（集十卷，存诗三首）

吴人一子良，杨素半书香。
记室隋唐继，贞观学士堂。

260. 上之回

诏跸上之回，清流下去催。
梅花开岭后，酒市玉壶杯。

261. 新成安乐宫

女色一兰宫，箫声半柳风。
桃花应不落，小杏红日光。

262. 夏晚寻于政世置酒赋韵

留连风月水，注目乌花泉。
醒醉桃源外，声明日月前。

263. 入蜀秋夜宿江渚

行行行日暮，止止止流泉。
夜宿孤洲渚，秋明独月婵。
山林风又起，古木叶难眠。
素影应留水，峰青不上船。

264. 赋得伎

留成金谷影，付与玉人妍。
别有从君意，流霞任子怜。
芳菲香色久，舞态色姿旋。
不必误悬念，应情化雨烟。

265. 酬萧侍中春园听伎

一伎半声连，三春两地传。
桃花红胜色，小杏过墙悬。
不负春光晚，何寻去日年。
应知天地后，莫弃缘珠前。

266. 游侠篇

侠客自熏衣，东郊射鸪飞。
朝阳从宴去，暮色斗鸡归。
进退踟蹰见，徘徊日月晖。
英雄何所见，壮士以心扉。

267. 春晚看群公朝还人为八韵

仗策自蒿莱，康铭以楚才。
南宫还晚色，北阙逐落梅。
直正文章力，躬身草木开。
平明观漏箭，夜省白云台。
夏雨荷风岸，秋光结实隈。
新丰新所见，洛水洛阳回。
鹤顶红缨树，乌纱桂影魁。

268. 赞德上越园公杨素

上宰主君侯，才英正九州。
瑶琼踵六郡，济世楫同舟。
政本阿衡取，雍容肃穆酬。
丹楹功佩路，独步力春秋。
虎戟飞缨挂，高门落射谋。
蓟燕烽火问，据藻锦绮楼。
薄伐营兵阵，从徵协将收。
交河知日落，渭邑向沉浮。
举剑扬雄略，弯弓锁国忧。
三边多少问，七情去来求。
月夜辰霜梁，胡风草木休。
筛声拆声作，破镜重圆由。

269. 送别

一别半离心，三生七丈金。
平明君子去，夜暮弟兄吟。

270. 于塞北春日思归

兴来不作白头吟，塞北江南苦涩深。
自古家乡成日月，谁人可解作思心。

271. 七夕看新妇隔巷停车

停车一女红，隔巷半心空。
七夕银河岸，千情等待中。

272. 咏春雪

春梅覆雪花，素色满天涯。
棠梨分不辨，婚妆不入家。

273. 庾抱（太子舍人集十卷，存诗五首）

学木一江宁，隋元学士铭。
文章惊檄语，太子荐公青。

274. 骢马

枥上仰云骢，天中踏地风。
长鸣天下去，汉血正吴宫。

275. 别蔡参军

一水自西东，三春各色红。
千声分彼此，万语作飞鸣。

276. 赋得胥台露

巢燕上胥台，露水久芜梅。
草木相侵润，荆门已不开。

277. 卧疴喜霁开扉望月简宫内知友

不对荆山璧，还吟越水音。
移弦天上挂，缺简玉中侵。
桂影偏偏在，婵娟去去深。
班姬称箧比，洛水喜鸣琴。

278. 和乐记室忆江水

观涛一望遥，问水半云霄。
处处东流去，滔滔作海潮。

279. 马周（太宗赐飞白书，集十卷，存诗一首）

好学马宾王，孤贫代草章。
尤精诗作客，御史付秦王。
事事天颜纳，言言众口扬。
凌云知善羽，股翼待忠良。

280. 凌朝浮江旅思

一水送孤舟，三清逐九流。
潮平沙岸渍，浪静日色浮。

281. 江流

不借一枝栖，还平九脉堤。

282. 来济（集三十卷，存诗一首）

江都护满门，笃志学难恩。
遇害流离险，中书令阵尊。

283. 出玉关

已过玉门关，楼兰去不还。
何须杨柳曲，但问响沙山。

284. 张文恭

同修一晋书，八子上官锄。
李赵房刘李，张杨各自居。

285. 七夕

龙梭几度停，凤律可江青。
织女牛郎见，河边各自零。

286. 佳人照镜

一镜半红颜，三心两意潜。
深深深几许，见见见时蛮。

287. 薛元超（集四十，诗一首）

九岁袭官爵，中书荐士名。
三朝名学子，六郡可因荣。

288. 奉和同太子监守违恋

太子东宫一舍人，元超储禁半秋春。
铜扉启闭违恋守，高直太宗作徵亲。

289. 萧翼

世翼太宗臣，监察御史钧。

兰亭真迹取，以醉换王秦。

290. 答辨才探得招字

邂逅辨才招，兰亭世翼桥。
殷勤呈酒液，醒醉各心遥。
不解文章意，谁怜日月潮。
梁空君子去，御史帝王萧。

291. 欧阳询（今存诗一首）

信本自临湘，潭州刻读郎。
工书经史客，博贯士隋唐。
撰芝贞观志，从文笔楷扬。
雕凿深浅岘，太子率更梁。

292. 道失

后主一文荣，梅花半不声。
空闻天色近，玉树自相倾。

293. 阎立本（诗一首）

立本半雍州，中书一令侯。
尤图工画笔，学士凌烟留。

294. 巫山高

莫道巫山是妾家，朝云暮雨向桃花。
荆王楚客湘流去，峡口高山滟滪沙。
十二峰中天地外，三千日上去来遮。
高唐不见神女，宋玉何言草木洼。
峻岭猿啼声瑟鼓，阳台自此作琵琶。

295. 张文琮（集二十卷，存诗六首）

不始文琮一贝州，高宗笔力半沉浮。
亳州刺史三迁度，牧政清廉教九流。

296. 同潘屯田冬日早朝

屯田一日冬，大雪半无踪。
化雨东风力，行云日月封。
朝明朝暮论，地载地天容。
以此唯大矣，从君作古松。

297. 蜀道难

梁山蜀道难，积石楚天残。
栈道陈仓近，蚕丛绝岭盘。

岩高峰不止，谷涧曲幽寒。
古本连空望，猿啼五百峦。
危流悬壁口，险壁落云滩。
俯仰应何问，人生自在宽。

298. 昭君怨

远远一三秦，幽幽半五津。
迢迢胡马路，落落雪花人。

299. 咏水

上善若清流，中庸客九州。
方圆由自主，日月润春秋。
草木阴晴间，乾坤气势浮。
濠梁平四渎，泽济五潢舟。

300. 赋桥

一架作通途，千流接越吴。
三苏连碧玉，两岸半江湖。

301. 和杨舍人咏中书省花树

中书省里御花香，古漏壶中玉液量。
直夜还寻空色树，参差影月短还长。

302. 奉和过旧宅应制

宛甸五津秋，神麾一九州。
大风惊汉帐，楚宅作吴楼。
凤邸滋兰带，云璇鹤顶舟。
声闻玄化调，高举化春秋。

303. 上官仪

学士馆弘文，贞观进士闻。
每嘱秦王宴，梁王下岳分。
诗工词婉约，媚丽若朝云。

304. 早春桂林殿应诏

太液泛清歌，春莺将相和。
临流多少问，处世去来多。
晓树含新紫，朝霞纳旧波。
千年三世界，万寿一田禾。

305. 安德山池宴集

一路半平津，三堂两集春。
芳宸和绿水，密树着天伦。

磊石连塘甸，虹桥接翠濑。
花开花色好，碧玉碧波邻。

306. 酬薛舍人万年宫晚景寓直怀友

奕奕万年宫，怀怀一友戎。
窈窕法世绝，彼此易童翁。
善恶安仁省，阴晴日月风。
寻兰芳芷甸，步雪覆梅红。
历事何南北，平生自始终。

307. 奉和颍川公秋夜

寥寥空色远，肃肃夜秋风。
序序从时律，芸芸隐名虫。
枝巢繁间处，冷暖宿时空。
策易天街路，颍川日月公。

308. 谢都督挽歌

漠漠一城幽，苍苍半古楼。
行离天下路，步阔一千州。
驾鹤楼兰道，浮云去不休。
平生何所见，教子去还留。

309. 八咏应制两首

之一：

何须问落梅，已见百花回。
上掖群芳色，葡萄满玉杯。
金堂龙凤舞，少女暮朝媒。
七夕何年月，银河两岸催。

之二：

滴滴露丛台，珠珠玉影来。
圆圆流欲止，素素朝天开。
叶碧花红色，枝弯脉络推。
心中天地间，此去有无回。

310. 和太尉戏赠高阳公

云浮不可望深潭，玉宇苍空满远山。
是是非非真亦假，天天气气日含眈。

311. 王昭君

金桥彩色鲜，玉阙画方圆。
笛曲知牛马，琴声送远天。
阴山三世界，敕勒半流川。
一带黄河水，千情满汉年。

81

312. 咏雪应诏

朔气一芳凝，梅花半玉冰。

天层明耀目，物象覆绸绫。

313. 奉和山夜临秋

树叶纳秋荫，溪寒映落禽。

风移天地色，月送暮朝音。

314. 江王太妃挽歌

别有南陵路，幽丛落叶深。

心扉关不止，隔岸沐甘霖。

315. 故北平公挽歌

木落园林旷，庭虚露水珠。

知音台上望，汉水色中无。

316. 高密长公主挽歌

月冷洞房深，平阳宅路阴。

潇湘谁鼓瑟，不尽二妃音。

317. 咏画障二首

之一：

珠帘锦帐凤凰楼，丽日春莺镜影羞。

不可相思天地间，桃花落尽否花流。

之二：

蔡女菱歌一曲休，吴姬曲舞百姿流。

凌波欲展陈王问，短袖镜湖月似钩。

318. 从驾闾山咏马

谁知塞上翁，不问老儿童。

步步行千里，声声数万雄。

319. 入朝洛堤步月

步月问川流，浮霜素洛利。

河堤应不锁，曙色满神州。

320. 奉和秋日即日应制

千门一未央，万巷半秋阳。

上苑浮云近，楼台树建章。

蝉声高远问，槿色问黄粱。

落叶呈千序，飞鸿作一行。

321. 春日

日色云中半未央，风光路上一长杨。

春莺处处啼无止，帝女幽幽掩曲肠。

第一函　第九册

1. 卢照邻（集二十卷又忧子三卷，今编诗二卷。）

升之一范阳，博记半文昌。

十岁相如赋，三生苦足长。

龙门谁所客，废手已唯张。

筑墓朝天望，田园草木扬。

情投七积水，自属五悲伤。

2. 中和乐九章

歌登封第一

南风半入弦，北雪一长烟。

登封天地界，万岁暮朝田。

东云千吕宋，故国百和年。

宝历河图见，金绳结永圆。

歌明堂第二

穆穆一明堂，雍雍半豫章。

乾坤同左右，上下自圆方。

八达南通道，千衢北国梁。

风调和雨顺，五室九房皇。

歌东军第三

庙界一东军，台臣半鼎云。

丘风天地上，碣石虎龙分。

歌南郊第四

上帝一圆丘，天朝半紫由。

龙云飞日上，玉辇驾清浮。

歌中宫第五

黄云昼气乡，正禀履中扬。

教化东宫攸，微仪万国梁。

歌储宫第六

波澄少海邦，立正主无双。

圣甲高升诞，乾坤礼教窗。

歌诸王第七

星辰帝子明，列布宇云晴。

砺象天山孙着，尧门淑气清。

歌公卿第八

事事一公卿，皇皇半帝名。

龙城多巷陌，佐汉日匡城。

总歌第九

若木一明堂，乾坤九脉王。

龙行成上下，凤舞作安康。

圣德文昌礼，良谋武辅昌。

昭昭天日色，穆穆岁无疆。

3. 关山月

碣石关山月，祁连房障城。

寒垣天北岸，岫玉玉门生。

大漠沙鸣去，辽阳戍甲明。

谁言闻少妇，尽是女儿情。

4. 上之回

一曲大风歌，三军将帅多。

82

千兵弓箭手，万乘渡西河。
单于玉玺客，汉武挎雕戈。
晋魏先生智，汾川故战和。

5. 紫骝马

绝漠近天山，鸣珂过祖班。
何须徵北路，不度玉门关。

6. 战城南

紫塞雁门关，皋兰转战还。
鸟贫龙翼北，铁骑过天山。

7. 梅花落

梅花落里香，大雪色中扬。
塞北重霜付，江南万亩黄。
纷纷衣袖内，冷冷镇怀藏。
未了英雄志，方知不故乡。

8. 结客少年场行

何如马上翁，不问岁中童。
老小从朝暮，乾坤任异同。
孙宾遥见学，郭解近辽东。
八阵江流水，千呼日月穷。

9. 咏史四首

之一：
未达季生名，功成辱已荣。
曹丘滕将遇，一诺可倾城。
眶眶良良见，轻轻重重行。
群公谁不致，只以丈夫情。
之二：
高人作小名，少老不轻生。
玉帛冠巾致，雍容草木缨。
先生功业重，汉季辱身轻。
折角天津北，仙舟海上营。
之三：
四海尽才雄，三江逐大风。
良田千百亩，业志万千衷。
废废兴兴世，成成败败公。
千戈天子问，玉帛郑生同。
之四：
阿游二子男，直发半高岚。
断倭三秋木，丹阳视死戡。

捐生无肯拜，弃剑斩楼兰。
五鹿何相逐，三公几海涵。

10. 赠李荣道士

不愧范阳文，何言苦足勤。
清江流日影，但得李荣君。
锦节衔天使，琼瑶驾羽分。
南冠应挂冕，上帝白云曛。

11. 早度分水岭

江河分水岭，日月照青丹。
不锁龟蛇岸，空弹汉吏冠。
貂裘罩铠甲，积石磊盘桓。
蜀道旋千线，陈仓储万难。

12. 三月曲水宴得尊字

曲水一江尊，长安十地恩。
乾坤乾世界，日月半王孙。
雅道桃花水，樊门玉树根。
曾知多草木，远望是鹏鲲。

13. 奉使益州至长安发钟阳驿

蜀道未方夷，钟阳驿外师。
青峰流水色，白鹭岸边旗。
晓树高先色，辞舟远后期。
长安应自解，不得是心知。

14. 和王亹秋夜有所思

寂寂南轩夜，幽幽北榭明。
婵娟何不落，玉女镜妆荣。
一曲平生叙，三光草木情。
阴晴相伴侣，上下共同鸣。

15. 望宅中树有所思

枣枣桃桃树，先先后后荣。
心中常相似，岁里共生成。
落叶无同处，盘根有芽萌。
春秋何所见，日月已同明。

16. 宿晋安亭

宿鸟晋安亭，孤猿月独伶。
弦歌轻不止，树影覆南庭。
续续幽幽曲，心心序序停。

何言天地阔，不尽一零丁。

17. 于时春也慨然有江湖之思寄赠柳九陇

曾闻彭泽宰，五柳作琴弦。
一世书香负，三生日月天。
昆仑平蜀道，渭水绕秦川。
旅兽翔禽远，楼兰栈道悬。
江湖云水隔，独去自来年。
牧鹤径天问，行踪着大千。

18. 至望喜瞩目言怀贻剑外知己

九折圣图夷，三分国帝师。
京中知己问，剑外负题诗。
一水千山外，高云壑谷持。
沉浮应不定，简竹可相宜。

19. 赤谷安禅师塔

安禅师塔志，十二部经文。
五百天罗汉，三千世界分。
悠然任独往，自在任云曛。
独木成林寺，苍空一片云。

20. 赠益府裴录事

耿耿一离忧，风风半水流。
云烟封不住，日月付春秋。
录事何无录，休戚几度休。
停弦停未了，对酒对心由。

21. 赠益府群官

一鸟向长安，三荆付翠丹。
梧桐栖所愿，益府待人宽。
古貌新颜曲，京都塞北寒。
苍苍临蜀道，独独问江澜。

22. 送梓州高参军还京

洛水泡风尘，参军负晋秦。
云烟多少路，驿站暮朝春。
异客分南北，鸣禽宿渭津。
诗书相继续，日月着冠巾。

23. 大剑送别刘右史

大剑岷山前，关梁蜀道边。

相逢相自己，独别独行船。
栈道倚云壁，绵川靠水烟。
长安刘右史，岁晚忆君邻。

24. 同临津纪明府孤雁

三秋北地来，万里故乡台。
塞外冬霜重，湘中夏雨摧。
家居家不定，雁落雁徘徊。
处地知音域，临津自度裁。

25. 失群雁

序：

温县明府以雁诗垂示，余以为古之郎官，出宰百里今之墨绶，入应千官。事止雁行未宜伤叹，至如羸卧空岩者可为失群恸耳。聊因伏枕多暇，以斯文应之诗：

一字横飞不失群，三星暗尽晓霞分。
郎官百里衡阳雁，墨绶千章渭水云。
上苑琼梅花早晚，潇湘草木色氤氲。
龙门万丈龙门跃，自在阴晴自在曛。

26. 行路难

不见长安路，何闻蜀道难。
秦川千百里，渭水万波澜。
栈道陈仓去，南宫紫气冠。
龙门高百尺，鸟翼向千峦。
帝子书香座，公卿谏九安。
风流云雨色，柳叶折还宽。
六郡通来信，三宫问杏坛。
须臾知易变，立世着青丹。
禹导东流水，巢由步邯郸。
京都文汇报，凤阙豫章銮。

27. 长安古意

玉辇纵横主第家，春风有色二月花。
封侯拜将天街见，宝盖龙街玉树斜。
百丈柔丝缠绕树，千年旧殿古人衙。
藏娇奉寻昭阳路，金帏络绎凤凰娃。
梁门挂扁明君子，巷陌涂碑暮日遮。
月上含情呈淑瑞，宫中纳意向奇葩。
庭深许雀栖栖叶，日淡云沉草叶华。

御史窗前听肃雨，金鞍错落醉乌纱。
南堂夜夜熏歌舞，北巷朝朝映彩霞。
酒肆旗亭风雁颂，罗裙娼女李桃涯。
三条五戏袭人昧，碧海桑田岁月嘉。

28. 明月引

荆南月色一潇湘，赵北婵娟半柳杨。
瑟瑟风摇云左右，荒荒宇运岸鱼梁。
菱花翠碧高楼见，桂影婆娑满夜塘。
碣石飞鸿南又北，长城汉剑雪还霜。

29. 狱中学骚体

桂有芳心自柳杨，流无主意水形疆。
英雄已得功成迹，困木尤生学世光。
大雁江南飞又去，文姬塞北女儿乡。
三千日后知天地，十八拍中有未央。

30. 怀仙引

无人处境有人寻，欲得心城自得侵。
白鹿天涯回首见，青虬海角逐洋深。
岩轩幕岩松门外，石濑流清水色沉。
日日听猿狼不止，皇皇问琼宇成荫。
仙家步步三清迹，世道频频石点金。

31. 七日登乐游故墓

四序一时遥，三光半暮朝。
旸山藏汉寝，渭水曲江潮。
晋澜分天宇，秦川划地桥。
灵深行匝律，草盛逐云霄。

32. 释疾文三歌（自勉）

已去汨罗问九歌，何闻易水入三河。
东郊杜此麒麟笔，西山秘此凤凰柯。
耕耘日月诗词少，四万乾隆六万哦。
日日成章三十首，年年问句九千多。

33. 卢照邻 酬杨比部员外暮宿琴堂朝跻书阁率尔见赠

暮宿琴堂案，朝闻跻阁音。
桃源秦汉赋，员外去来吟。
羡慕君栖隐，云端客不寻。
迢迢相问询，祝祝各成林。

34. 雨雪曲

雨雪半交加，天山十月花。
三秋催叶落，万里静胡沙。

35. 刘生

不怯一身轻，何言半世名。
诛秦诛世界，改事改阴晴。
直正成豪杰，工精作纵横。
黄金台上问，易水岸前英。

36. 陇头水

一水乡流少，三光冷色多。
关河离别见，岁月去来磨。
落叶霜平盖，风云肃穆梭。
秦川千百里，渭邑陇头歌。

37. 巫山高

巫山十二峰，栈道一千重。
骤雨惊涛岸，疾云去莫踪。
高唐神女问，峡口水流封。
远树留江影，烟光作故容。

38. 芳树

一树有芳枝，千香尽古奇。
如帏藏紫气，似盖宿归思。
羽翼连天与，心根逐地兹。
参差同日月，简易共恩慈。

39. 昭君怨

蜀汉春先到，阴山雪色勤。
青冢杨柳见，大雁落飞频。

40. 折杨柳

楼光明曙色，渭水逐流滨。
折柳杨枝断，何言草木春。

41. 十五夜观灯

十五夜观灯，三千弟子绫。
层层如挂月，万万一光凝。

42. 入秦川界

八百里秦川，千年养马泉。
周王应不问，已是穆公田。

43. 文翁讲堂

锦里一嘉陵，长江半玉冰。
苍流明月色，古木讲堂灯。

44. 石镜寺

石镜寺前寻，芙蓉塔古今。
松烟仙气近，宝玉杵香林。
半月重圆色，三钟启世箴。
铢衣千古佛，静坐一观音。

45. 辛法司宅观伎

佳人四首见，曲管尽纷纭。
雪态千姿竞，云光百淑裙。
徘徊金谷色，仿佛绿珠勤。
不可平眸视，深深入白云。

46. 春晚山庄率题二首

之一：
徒步三春晚，闻莺四顾休。
田园花草色，戏蝶落飞游。
竹影婆娑舞，清溪日月流。
壶中当醒醉，暮后莫愁留。

之二：
田家半四邻，夏雨一三春。
独坐观天易，闻莺远近频。
弹琴弹不尽，沽酒沾沾淳。
草木天光雨，年华日月人。

47. 江中望月

一水向浔阳，千波逐月光。
粼粼浮上下，楚楚落鱼梁。
郁郁深何许，澄澄纳泽芳。
圆圆圆不止，折折流泱。

48. 元日述怀

年年物候新，岁岁去来人。
筮士书儒客，耕耘草木春。
东风移柳色，竹影映冠巾。
日月同三界，阴晴共四邻。

49. 相如琴台

月挂自听琴，星行带古音。
相如弦外意，汉水楚云深。

50. 益州城西张超亭观伎

落日满红尘，浮云一蜀津。
知音秦岭北，问道四川人。
远近江烟色，阴晴半未澜。
张超亭上伎，百态月中身。

51. 还京赠别

清江风月色，蜀客雨云桥。
北望分秦岭，南闻合楚潮。
潇湘斑竹泪，渭洛帝王霄。
路路京都见，遥遥日月昭。

52. 至陈仓晓晴望京邑

暗渡一陈仓，明修半蜀乡。
悠悠山水见，美美客人肠。
夜雨巴中泡，朝云下两扬。
成都天下路，但作北平庄。

53. 晚渡滹沱河敬赠魏大

霞明远近山，路达去来还。
京都千百巷，黄河十八湾。
风行阡陌树，浪卷渭泾潜。
魏大青莲士，京都剑阁关。

54. 和吴侍御被使燕然

塞北一春归，胡笳半是非。
燕然三界木，美女五湖晖。
雪月风花色，天光地物巍。
孤鸿青海岸，日月雁门飞。

55. 七夕泛舟

汀洲芦苇晚，九夏入初凉。
野旷飞鸿问，温巢草木乡。
惊声三两叶，水净万千塘。
似绿如黄色，春秋似度光。

56. 西使兼送孟学士南游

地道巴陵北，人言弱水东。
天山千万里，学士两三夷。
抱剑从天地，弯弓射日雄。
行身成业迹，举目作诗翁。

57. 送郑司仓入蜀

一望锦官城，三秋别意惊。
离人泾渭水，去客蜀秦情。
陇外长安道，官中驿站横。
英雄当此见，剑阁以声鸣。

58. 绵州官池赠别同赋湾字

步步一登攀，行行蜀道闲。
绵阳天下路，栈道剑门关。
共赋官池水，同吟政策环。
江花平古树，翠鸟顾澄湾。

59. 还赴蜀中贻示京邑游好

路过剑门关，心平蜀道闲。
川渝天府岸，楚汉月巴山。
爨宿辛夷色，章台凤阙蛮。
周皇武姓见，不问列朝班。

60. 初夏日幽庄

夏日一幽庄，荷风半纳凉。
垂藤摇摆问，落鸟去来狂。
白鹭从人会，红鸥何客张。
珍珠流不尽，芡实碧芳塘。

61. 山庄休沐

沐浴温泉坐，琼浆醒醉平。
金光摇水箭，凤叶逐流行。
玉井梧桐近，兰川磊石横。
何言堤树老，不必谢溪清。

62. 山林休日田家

何言一汉机，但见半田依。
日月耕耘主，阴晴草木稀。
桑麻夫子路，织女世中衣。
果实东篱客，黄花满帝畿。

63. 宴梓州南亭得池字

梓潼一隐池，曲意半神知。
沽酒南亭客，分杯北座诗。
楼台光隙落，古蔓雾烟奇。
水鸟凫云里，余琴远去迟。

85

64. 山行寄刘李二参军

万里望烟尘，三春别五津。
参军黄铠甲，列剑着先秦。
自持应知主，胡笳可独频。
燕支边客远，塞汉帝王人。

65. 首春贻京邑文士

黄青杨柳色，赤紫帝侯门。
策杖浮云雨，行名主子孙。
京都多少士，八水几辰昏。
日月朝三界，东风向五蕴。

66. 赠许左丞从驾万年宫

一道上之回，礼踔下蓬莱。
北斗中枢舍，南宫御史台。
凤笛黄门外，朝参玉阙开。
凌烟天子晏，汉時柏梁裁。

67. 晚渡渭桥寄示京邑游好

钓浦一星洲，空成万里忧。
徘徊天下问，跬步路难求。
渭邑三光照，京都八水流。
千声呼日月，一字始春秋。

68. 羁卧山中

涧谷无人迹，空山有叶飞。
红颜生意气，白璧问云归。
寂寂天光懒，悠悠草木微。
藏书藏日日，向隐向心扉。

69. 酬张少府柬之

昆仑一半山，蜀道三千弯。
白首朝天望，青衣剑阁关。
荆门荆梦色，楚客梦人颜。
日落千金散，波流万玉还。

70. 过东山谷口

辛辛名利客，苦苦路皇州。
一日惊回首，平生不可休。
耕耘知自己，种植问田畴。
事业成天地，心图作迹优。
双双相继续，独独各春秋。

71. 送幽州陈参军赴任寄呈乡曲父老

（自述忆乡辽东边）

蓟北三千里，辽东二十年。
冯唐心在汉，乐毅梦思边。
海口天涯路，楼兰草木田。
浮云同异域，细雨共幽燕。
六万诗词客，乾隆日月前。
红尘如昨日，旧路化云烟。
蜀国蚕丛道，周公鲁子研。
榆关南北见，雁字一人全。
树上蝉鸣久，行中驿读迁。
阴晴非主仆，彼此是方圆。

72. 哭金部韦郎中

寂寂一苍茫，幽幽半独芳。
郎中光远照，汉阙久书扬。
金曹初受拜，玉址自含香。
早晚同天地，更钟共故乡。

73. 哭明堂裴主簿

如何上玉泉，彼此共高天。
远近黄公酒，阴晴夜月眠。

74. 同崔录事哭郑员外

秋天文学馆，夜月去来悬。
享誉瑶山客，名声北海边。
鲲鹏飞去问，白马踏天田。
夜夜台台上，云云雨雨眠。

75. 登玉清

登临上玉清，独拜故人城。
绝顶风云近，孤峰日月晴。

76. 曲池荷

白玉曲池荷，红莲直茎螺。
圆圆珠影动，处处溢清波。

77. 浴浪鸟

浴浪鸟穿飞，群波四面围。
扬头振翼去，独舞不思归。

78. 临阶竹

临阶一竹根，子叶半思恩。
露雨无浮石，封霜有子孙。

79. 含风蝉

一响半含风，三生两叶同。
凭空音自远，任意对秋桐。

80. 葭川独泛

春江一泛舟，暮日半无求。
草色连天碧，云光逐九州。

81. 送二兄入蜀

入蜀问秦川，巴中有帝田。
兄兄和弟弟，切切又怜怜。

82. 宿玄武二首

之一：
方池开晓色，独月守清泉。
有意寻千里，无心作七弦。
之二：
长亭半柳杨，宿驿一居藏。
月闭寒宫锁，门开纳晚凉。

83. 九陇津集

澄澄九陇津，落落半浮濑。
紫紫阳光草，红红玉叶莼。

84. 游昌化山精舍

香台一汉高，玉水半波涛。
不得真途近，方知几徒劳。

85. 登封大酺歌四首

之一：
大酺日封禅，中兴帝业先。
明君天地继，子民海桑田。
之二：
金銮一日恩，凤辇半天门。
瑞雪龙衣满，清歌付子孙。
之三：
翠羽一仙丘，金丹半九州。
干封三界外，日照九流舟。

之四：

圣主一千年，英雄五百天。
人言长久处，地载去来仙。

86. 九月九日登玄武山

九月重阳九月山，金花玉酒金光湾。
飞鸿万里飞鸿见，落日千年落日还。

87. 句

城狐知束尾，驿道止方圆。

88. 寄李百药

百药一安平，隋炀半弃名。
唐宗康太子，藻井五言城。
牧子闻其赋，樵童何所鸣。
穿池寻草木，步迹落枯荣。

89. 少年行

文君沽酒名，弄玉曲箫声。
万里三呼去，千金一掷轻。
行程朝挂佩，落足任冠缨。
宿珥藏娇处，无辞自去情。

90. 渡汉江

滔滔汉水流，寂寂楚鸿沟。
不得知音问，何言故园秋。
悠悠黄鹤去，落落十三州。
两岸平明色，千波竟自由。

91. 秋晚登古城

日落远微途，亭开四面孤。
天光扬古道，暮色老城趋。
旧巷无分陌，荒塘有玉奴。
声声应未尽，念念未婿夫。

92. 途中述怀

故土一辽东，人情半自衷。
乡音应不重，客舍可英雄。
凤落梧桐树，琴鸣汉水东。
红颜城市北，玉影广寒宫。

93. 郿城怀古

无伤千里目，有得万家儒。
读遍三生路，行明一丈夫。

登埔知自己，踏步问江湖。
郇鄠潇湘月，章观魏蜀吴。
江西云梦泽，赣北故人奴。
未了前程道，空虚对玉壶。

94. 晚渡江津

苍苍原野暮，寂寂古江津。
欲渡舟未至，临流水色濒。
风摇波不止，叶落木难茵。
大雁飞人字，衡阳隔岁秦。

95. 王师渡汉水经襄阳

导引一疏流，王师半逐州。
襄阳临汉水，楚语远春秋。
鄢郢垂碑问，羊公落泪休。
山光何不渡，暮色满高楼。

96. 谒汉高庙

长川一大风，虎阜半城空。
帝缘浮砀迹，名膺瑞气丰。
鸿沟分界处，胜负未央宫。
沛子何君主，虞姬舞剑红。
经纶三百士，项羽二千雄。
不可江东问，应知泗水翁。
英男儿女志，秦王已始终。
兴衰成世界，日月去来中。

97. 登叶县故城谒沈诸梁庙

瑟瑟一吴风，空空半楚宫。
遥遥天幕落，近近宇时中。
未已秋原色，难弯旧日弓。
风云行不定，气象问飞鸿。

98. 安德山池宴集

一宰岁方塘，三朝俯日光。
云飞翔鸟落，绪令逐炎黄。
草细江南岸，风微杏李樯。
虹桥连远近，镜水映山庄。

99. 和许侍郎游昆明池

昆明池下水，渭邑日中天。
汉口楼船在，唐标铁柱悬。
凌烟呈阁上，馆宇落虞泉。

绿蚁当炉醉，葡萄作客田。
红鲜浮上掖，碧呈化联翩。
物象丛生子，仪星满杜鹃。

100. 赋得魏都

曹家一魏都，汉帝半王孤。
万圆朝仪去，三光日月无。
西园才子弟，北椠镇荆吴。
铜雀台前草，荒原满露珠。

101. 赋礼记

不以误人生，须言致不平。
郊丘成府路，玉帛化绵情。
厚地高天许，君心士气盟。
开环鹦鹉语，守舍莫余英。

102. 奉和正日临朝应诏

承天奉运声，主典昭唐城。
万岁徘徊见，三公日月明。
簪缨冠束带，步履寸心平。
宰运行千巷，移风韵九成。

103. 妾薄命

扇扇惹秋风，团团曲日同。
长门来去问，夜月去来空。
醉向藏娇处，腰轻掌上工。
应怜飞燕见，只道帝王宫。

104. 火凤词二首

之一：

镜影晚妆明，歌音绕梁轻。
忽惊衣自落，不是故人情。

之二：

一曲半音娇，千姿百态昭。
心思何不尽，素玉女儿腰。

105. 奉和初春出游应令

碧玉下芝田，黄冠上九天。
云浮三月柳，香雪隔半年。
草木知时节，阴晴待雨烟。
农夫朝日颂，士子饮书泉。
落照经纶寄，行空济泽川。

106. 寄杨公

光华不著名，别道可轻生。
一剑扬天下，三呼隔笑鸣。
分庭无抗礼，仗策有西京。
玉帛簪缨系，长廊寄所荣。

107. 戏赠潘徐城门迎两新妇

秦晋半家人，潘徐一世亲。
千门相会合，四情自秋春。
一日成新妇，三光共地珍。
年年同岁岁，雨雨亦津津。

108. 送别

三声酒一杯，五味色千回。
点点相思处，行行日月催。

109. 雨后

雨后见浮云，风前不可分。
窗含千亩竹，路继万女裙。

110. 文德皇后挽歌

怅望九成台，徘徊一路哀。
瑶花千色落，故殿两仪开。

111. 咏蝉

饮露一清音，攀枝半不阴。
晴明高响处，羽薄付人心。

112. 咏萤火示情人

流萤暗里明，逐夜色中行。
不与云前落，重宵欲后情。

113. 春眺

一目半桃花，三云两雨斜。
新田方变色，稻谷到人家。

114. 寄刘祎之

左史弘文馆，中书学士成。
鸾台三品秩，凤阁世声名。
赐死知天宰，文章问所轻。

115. 句

今日持团扇，非是为秋风。
潇湘斑竹泪，俱是二妃情。

116. 奉和太子纳妃太平公主出降

王宫王有意，太子太平虹。
梦梓光青陛，秾桃客紫宫。

117. 奉和别越王

龙轩别念多，渭水纵流波。
驿柳风扬去，延襟正玉珂。

118. 酬郑沁州

英雄一代大风歌，万里长城问几何。
九鼎山川谁举足，三台旧部牧江河。

119. 孝敬皇帝挽歌（上元二年追谥太子弘为孝敬皇帝）

孝敬一清歌，鸿名半月娥。
寒宫应不是，紫禁固山河。

120. 九成宫秋初应诏

四序九成宫，三秋一大风。
仙台高日照，玉阁近霜枫。
野陌从寒色，农家任粮丰。
重阳高远望，落日映山红。

121. 李敬玄

亳州李敬玄，五礼善秦川。
侍读崇贤馆，东宫一半年。
西台常伯典，序选记嘉员。
过目知人姓，中书令上宣。

122. 奉和别鲁王

心悬别鲁王，岸引向归乡。
叩纪秦川路，从行晋赵梁。
风烟由路断，日月可书扬。
太谷钧天色，东都克己昌。

123. 奉和别越王

春光一柏梁，别路半金觞。
旧日分泾渭，新途种柳杨。
江南多曲曲，渭水去来乡。
日日思君子，天天忆越王。

124. 张大安（诗一首）

中书门下客，太子令中奴。

范晔横州贬，章怀几所途。

125. 奉和别越王

一日京都半日吴，皇城十里九街衢。
分途向邺寻芳甸，不问秦川问五湖。

126. 元万顷

万顷一洛阳，徼东半异乡。
文成鸭绿水，徐敬业兄扬。
凤阁书香老，北门学士梁。
岭外离支报，何人问侍郎。

127. 奉和太子纳妃太平公主出降

鸾墀两驾荣，玉辇一宫明。
象辂同行止，璇华共市晴。
高冠朝日坐，佩带对丝英。
但以乾坤瞩，当然鼓瑟鸣。

128. 奉和春日池台

池台一日花，草色半人家。
落照高山上，光晴树影斜。

129. 奉和春日二首

之一：
莺喧帝女桑，草碧菜花黄。
十里东风雨，千姿满未央。
之二：
千门一日开，万色半春来。
玉树中堂影，花光凤阁台。

130. 郭正一

贞观中进士，累转问弘文。
自正平章高，则天酷吏焚。

131. 奉和太子纳妃太平公主出降

晓色弄端霓，宫旗向玉堤。
皇城同庆祝，上掖共高低。
太子明妃纳，朝庭玉主荓。
金兰交谊厚，纽宝桂仙黄。

132. 胡元范

耿介一廉才，申州半士来。
则天邪正见，凤阁几人开。

133. 奉和太子纳妃太平公主出降三首

之一：

王姬降紫宸，玉叶向王新。
凤管朝天颂，金枝对地亲。
陛青陛纳降，子主子难频。
日月分南北，乾坤自晋秦。

之二：

紫佩结恩波，宸光纵玉河。
金闺分内外，彩色向嫦娥。

之三：

晏上尽亲贤，宫中满玉仙。
同心同日月，共愿共岁年。

134. 任希古

崔枢举秀才，十六帝王台，
共赴元超荐，文章太子来。

135. 奉和太子纳妃太平公主出降

帝子一威仪，仙宫半储滋。
皇州香杳杳，玉树叶迟迟。

136. 和东观群贤七夕临泛昆明池

秦秦晋晋一枯荣，岁岁年年半代轻。
七夕昆明池水色，三秋玉树后庭明。
唐标铁柱云南界，汉水楼船大理城。
织女牛郎应可见，人间草木已平生。

137. 和左仆射燕公春日端居述怀

风光一日临，仆射半知音。
绵誉芳名远，龙池济泽心。
金章华盖世，玉鼎付皇荫。
凤邸平津耀，朝堂舍筑金。
高门冠象冕，妙质切鸣琴。
降甫垂纶就，书香郁积浔。

138. 和长孙秘监伏日苦热

无风五伏津，苦热一日濑。
闭户林荫守，敞轩水色亲。
游鳞沉岩底，树影曳清尘。
北殿惊天象，东林叶无邻。

139. 和李公七夕

落日半高埠，风停一树空。
黄昏来已久，七夕鹊桥封。
举首银河问，开轩履足踪。
徘徊应可见，羽盖不相逢。
徂此凌波度，何欣旧日从。
无由东北去，有意西南宗。

140. 和长孙秘监七夕

七夕望仙妃，三秋月已归。
弦弦惊自己，处处伴云飞。
伎色寒宵外，河阳玉女闱。
无心寻两岸，不胜鹊桥微。

141. 裴守真

博士太常人，成州究狱陈。
高宗刺史客，宪府守真身。

142. 奉和太子纳妃太平公主出降三首

之一：

玉佩升青殿，金华落主公。
应芳桃李度，且以帝王风。
旷草群芳碧，皇围御帐红。
瑶台珠弩色，绩羽自由衷。

之二：

辇路各西东，盛仪已不同。
声名相似处，姊妹互成宫。

之三：

同天一晓光，共地半炎凉。
丽藻熏芳沮，行宫步玉香。

143. 杨思玄

高宗吏部郎，国子道家扬。
祭酒诗词客，丛台一夜芳。

144. 奉和圣制过温汤

汉迹半丰城，秦余一水声。
温汤文韦日，彩镜武雕明。
郑国渠风暖，幽王磊石横。
宸居佳气远，可望满精英。

145. 奉和别鲁王

元王诗世博，辇后宠灵尤。
别道龙章寄，离思满国忧。
舟行辞灞水，翼帜问家州。
圣泽分天下，文明普九流。

146. 王德真

武后纳言人，唐周两不亲。
象州流放去，不免侍中尘。

147. 奉和圣制过温汤

万寓一温汤，千泉半柳杨。
河图河几许，圣启圣炎凉。
野鸹飞翔翼，归鸿注目乡。
龙川多少日，驻跸大风扬。

148. 郑义真

高宗时义真，洛水泡清尘。
阔宇汤泉气，丰田草木珍。
天文观远近，处积问天津。
任谷源流汇，依岩日月亲。

149. 萧楚材　奉和展礼岱宗途经濮济

高宗一太常，博士半涂芳。
濮济分霄日，铭林逐汉梁。
河庭凌翠鸟，岸兽楚才量。
汾流何所去，岱岳向天光。

150. 薛克构　奉和展礼岱宗途经濮济

麟台监胥陆，驾御岱中堂。
凤翼云亭色，龙图草木芳。
星分三界水，月照五蕴梁。
曙色扬天下，巡田付四方。

151. 徐珩　日暮望泾水

经途黄土地，汭贯濑津池。
汉迹随风满，秦川任谷斯。

152. 贺遂亮　赠韩思

御史唐新语，平生一寸心，
文风高雅韵，意气百年音。

重义轻名利，簪冠正朴襟。
天光诚可托，渡岸付山岑。

153. 韩思彦 酬贺遂亮

高宗同御史，待诏共弘文。
一诺千金重，三呼万里君。
簪裾由所寄，琴书任耳闻。
云霄听彼此，草木可芳芬。

154. 魏求己 自御史左授山阳丞

御史谪山阳，朝天问地方。
乌台求己处，白首逐年乡。

155. 刘怀一 赠右台监察邓茂迁左台殿中

瀛州一左台，侍御半天开。
隔壁听君语，钦英任佐才。

156. 寄杜易简二首

之一：
易简半襄阳，文长博学乡。
高名登进士，坐党入荒塘。
之二：
小女不知凉，摇舟采藕塘。
纤腰面楚细，弱腕待私香。
自解凌波带，随从竹叶乡。
莲心先结子，碧叶沐前藏。

157. 湘川新曲

潭深渊未了，底岸满天光。
水浅浮云远，鳞游逐暖凉。

158. 陈元光

戍闽一漳州，元光半总留。
天开左郎将，刺史制军楼。

159. 落成会咏一首

环堂岳秀巍，带砺大江晖。
介圭昆仑木，天山紫气微。
凌烟明远近，社礼向乡围。
盘庚迁美土，五柳教鸿飞。

160. 示珦（元光子也）

陛下半衔恩，山中一木根。

云峰凭屹立，笔墨任乾坤。
猛虎山前跃，飞龙水后浑。
观书开世卷，跬步迹王孙。

161. 太母魏氏半径题石

五岳标仙迹，三光妥寿身。
慈恩成日月，草木逐秋春。
太母京师系，王侯闽后邻。
鸿蒙山启路，玉树昭垂钓。
岳渎昭天色，山河向杖秦。

162. 许天正

正乃汝南人，元光客坐秦。
宣威兵捋戍，副使向书陈。

163. 和陈元平潮寇诗

上岭问平潮，行军向日霄。
驱车南北战，掠虏云来骄。
百甲长戈逐，千弓落日雕。
群生龙泽岸，四野抱东条。

164. 许圉师

黄门一侍郎，博涉半书香。
左相宽诗厚，圉师改节肠。

165. 咏牛应制

逸足骥同go，奇麟偶共班。
天当花草简，远迹影曰环。

166. 赵谦光

进士赵谦光，彭州户部郎。
咸亨司马坐，大理寺丞扬。

167. 答户部员外遂涉戏赠

户部人情客，郎中员外肠。
星文常到就，署粉可谦光。

168. 郑惟忠

三朝一宋州，九鼎半春秋。
进士则天举，黄门凤阁楼。

169. 送苏尚书赴益州

路尽一离忧，途开半岁秋。
庭花无意色，不语待人求。

170. 张骘

文成深泽水，紫鸟梦中优。
五色明廷骘，青钱万简楼。

171. 咏燕

衔泥一事微，筑垒半春晖。
甲第双飞落，程途独羽飞。

172. 李福业

进士一书英，思谋未及成。
五王诛已定，御史二张更。

173. 岭外守岁

一岁半精英，三生两地情。
冬梅香岭外，斗柄夜方明。

174. 薛昚惑

昚惑善投壶，龙城背向孤。
鹏飞应展翼，绝技艺方苏。

175. 奉和进船洛水应制

洛北风花月，江南彩画舟。
兰香生蕙草，凤阁暮光留。

176. 贺敳

贺敳一山阴，崇文学士琴。
知音知自己，寄历寄人心。

177. 奉和九月九日应制

黄图一晓霜，素揽半炎凉。
纳积寒花色，含英菊岸香。
新章宫液紫，旧典九重阳。
夏箭离弦去，秋风扫叶扬。

178. 狄仁杰

怀英一并州，大理半丞囚。
御史冬官坐，平章逐世忧。
桓彦承举荐，武后柬之由。
内史姚崇至，中宗复唐周。

179. 奉和圣制夏日游石淙山

（有宴集臣诗刻北崖，天后自制一首七言诗李显上柱国，梁王三思，内史狄仁杰，奉宸令张易之，麟台监国男张昌宗，

鸾台侍郎李乔，凤阁侍郎苏味道，夏官
侍郎姚崇，凤阁舍人崔融等臣各七言诗
一首新旧唐书俱无载）

凤阁鸾台一九州，平章御史十三侯。
春官奉引千山望，内史明风万水幽。
石路峰林朝日立，溪泉谷涧逐地流。
山光木叶繁无尽，雨露云烟简有修。

180. 魏元忠

元忠一宋州，不付二张流。
凤阁平章事，三思预节留。

181. 修书院学士奉敕宴梁王宅赋得门字

太学修书院，梁王奉勒门。
闲平多雨露，含莫负武恩。
殿宇呈天下，荣光化子孙。
旌台佳气满，岳寿入乾坤。

182. 银潢宫侍宴应制

银潢宫上月，别殿宇中春。
玉树含元色，宸晖纳露茵。
瑶池莲子结，夏水满波邻。
碧叶浮珠重，菱花落雨津。

183. 韦承庆

黄门未侍郎，孝附国二张。
进士天官去，神龙贬豫章。

184. 折杨柳

杨杨柳柳枝，去去来来迟。
八水长安绕，三光渭洛知。
城边桥上见，叶后露中滋。
滴滴珍珠落，圆圆玉碎时。

185. 寒食应制

东风到风城，草木渐时英。
乞火寒窗照，清明二日生。
瑶山歌不断，旷野曲枯荣。
叶隐黄莺唱，临流娼妇声。

186. 凌朝浮江旅思

天晴初日上，水碧逐舟流。

鸟落争先树，云浮付芷洲。
孤山遥有路，白鹭近无求。
望尽长亭外，何言意不留。

187. 直中书省

寓直中书省，闻钟上掖池。
三思朝笏谏，五字御前施。
白首萤虫见，丹心漏箭持。
千门含万语，百纳二仪辞。

188. 南行别弟

南行别弟兄，去水逝不鸣。
蹴蹴知无语，区区一两声。

189. 南中咏雁诗

万里半南人，三春一客身。
衡阳展翼知，塞北问先秦。

190. 江楼

独酌三杯酒，江楼半醉曛。
烟波多似雨，暮色少飞云。

191. 李怀远

鸾台一侍郎，武后半中书。
政事神龙界，刑州故国初。

192. 凝碧池诗宴看竞渡应制

船临杜若洲，水色覆碧楼。
上苑芙蓉沼，清鸾豫气留。
弓弦如射箭，棹手似无休。
一鼓千声竞，三军万马矛。

193. 崔日用

日月累三朝，灵昌逐九霄。
梁王宗楚客，学士侍郎桥。
吏部开元举，修文预讨寮。
神龙无可问，晋吏有秦箫。

194. 奉和圣制送张说巡边

周官付夏边，宰相问居延。
庙议朝诚致，宣王鹿塞烟。
巡轩推日色，允迪逐旌悬。
别绪承优旨，干文绪岁天。

195. 奉和九月九日登慈恩寺浮图应制

慈恩寺上风，九日渭中红。
法殿浮图见，延龄日月公。
咸英调正乐，梵幸未央宫。
酒瑞呈天气，仁和向再同。

196. 奉和立春游苑迎春应制

长安八水烟，汉邑五蕴川。
晋祠三周赋，咸阳九界田。
东风初日上，璇气正梅前。
凤阁裁红纱，香曛问酒泉。

197. 奉和圣制春日幸望春宫应制

幸望春宫一色惊，东城物象半空城。
龙旗渐展春亭敬，凤辇闲停玉气生。
圣泽阳和芳草地，兰亭集绪酒觞倾。
群公捧日依杨柳，诸子从君载物情。

198. 奉和人日重宴大明宫恩赐彩缕人胜应制

（一作正月七日晏大明宫）

彩缕大明宫，新思上帝红。
龙兴人日色，凤舞淑芙戎。
圣主中枢岸，符波泉一蒙。
金珠千付玉，启瑞万苍充。

199. 夜宴安乐公主宅

银烛金屏一玉堂，安祥富态半天光。
星移斗转从公主，酒液云浆任未央。

200. 饯唐永昌

四面天光一太平，三光土木半无声。
梅花二月春先到，白悉尼花色后英。

201. 奉和送金城公主适西蕃

西蕃一日半金城，远路千年两地情。
自是和新成世界，乌孙共济作家平。

202. 句

左氏一书城，玄言半玉瑛。

203. 宗楚客

三思宗楚客，九鼎御武周。
凤阁鸾台累，中书令党囚。

204. 奉和人日清晖阁宴群臣遇雪应制

参差云汉色，素洁殿堂明。
大雪朝庭瑞，清晖阁上晴。
梅花香未尽，七日早春行。
太液新妆束，蓬莱玉粉荣。

205. 安乐公主移入新宅侍宴应制

（景龙三年十一月一日）

窈窕玉女来，汉阙满银杯。
带石天河外，星桥月色开。

206. 正月晦日侍宴浐水应制赋得长字（景龙四年）

浐水待年长，东流泛洛光。
长安天下路，待月御中堂。
漏箭分朝暮，梅花取暗香。
春风应化雨，淑气满华章。

207. 奉和幸上阳宫侍宴应制

凤阙上阳宫，金庭颂雁风。
蓬瀛昆阆鸟，锦露集霞空。
太液秦川气，鸾台御驾红。
晴云烟雨色，晓照日新丰。

208. 奉和安乐公主山庄应制

银楼玉树一山庄，日色西园半主乡。
草木弦声公主向，蓬瀛列禁紫霄扬。

209. 奉和圣制喜雪应制

漫漫纷纷作玉田，飘飘洒洒盖方圆。
风风雪雪如花荡，落落扬扬似雨烟。

210. 句

竹影山川间，兰莛日月香。
漏箭移明晓，千门化雨烟。
鸾台举笏色，万户作云田。

211. 苏环（集十卷今存诗二首）

进士弱冠才，扬州长史来。
西京留守拜，仆射正朝开。

212. 奉和九日幸临渭亭登高应制得晖字

渭水一云飞，长安半雨归。
重阳重九日，睿赏睿臣微。
菊色千山竞，黄香万户扉。
何须含酒坐，不醉奉宸晖。

213. 兴庆池侍宴应制

金明兴庆池，凤瑞雾云枝。
玉树含流淑，翔鱼落岸辞。
王舟齐水色，御酒对今诗。
汉柏高扬主，隋音俯越时。

214. 张九龄

子寿曲江人，伊吕进士身。
中书丞剌史，右相罢官邻。
睿谔诚躬政，戚婴直道新。
明皇张说见，展墓作秋春。

215. 奉和圣制烛龙斋祭

上帝临仓，云阳鉴良。
六月荷风，晓阳克彰。
雨泽云含，原田稻粱。
龙潜鱼耀，鼓舞人昌。
报祈坛精，群灵勉光。
天人训国，御子建章。
煌煌付道，勉勉勤扬。
长衷客道，久致宗堂。

216. 奉和圣制喜雨

一雨圣天光，千云毕豫章。
羲和争日月，物象化炎黄。
沛泽周宣阜，主稼济槚梁。
无皋无湿气，有帝有灵王。

217. 南郊文武出入舒和之乐

文文武武一舒和，正正明明半九歌。
庆叶昭诚辞祝史，斯流祀祚付干戈。

218. 奉和圣制次成皋先圣擒建德之所

秦王擒建德，帝业树威风。
饮马长城外，斩蛇渭水东。
成皋先圣制，项羽霸王雄。
莫以鸿沟见，江山日月中。

219. 奉和圣制幸晋阳宫

舜典晋阳宫，隋音汉阙戎。
唐虞周义举，圣主勉旗红。
霸迹清鉴毕，汾流泿始终。
盘庚移改命，禹夏制苍穹。

220. 奉和圣制送十道采访使及朝集使

殷勤一洛河，日月半流波。
改瑟延恩付，垂衣正带和。
天文兴土地，楚汉问干戈。
访使南吕羽，朝天附九歌。

221. 奉和圣制赐诸州刺使以题座右

苍生座右铭，进退致丹青。
列政农夫取，从谋与世庭。
归根知大理，问道向天屏。
万国贤良许，千年肃理宁。

222. 奉和圣制谒玄元皇帝庙斋

紫气自东来，玄元向地开。
悠然成洞府，济世化天台。
祖夙香林筑，笙歌度斋回。
灵仙鸾鹤舞，律戒谢轩杯。

223. 巫山高

巫山雨近云，白帝峡边分。
暮暮朝朝见，来来去去闻。
巴猿鸣不住，宋王赋殷勤。
楚水高天继，苍林作日曛。

224. 和黄门卢监望秦始皇陵

求仙求不得，问命问难成。
海外瀛洲近，天中草木生。
秦皇无二世，赵构有三声。

指鹿长城北，隋炀汴水荣。

225.酬周判官巡至始兴会改秘书少监见贻之作兼呈耿广州

再筑金门第，重书石室文。
江湖南秩见，乐土梓桑闻。
有勇成谋力，君心帝子军。
山川秦晋在，日月汉周。

226.和吏部李侍郎见示秋夜望月忆诸侍郎之什其卒章有前后行之戏因命仆继作

望月向秋明，嫦娥对桂情。
寒宫藏玉兔，水镜纳倾城。
玉律南宫久，金花后殿生。
欢言随世隐，隔异友枯荣。

227.登南岳事毕谒司马道士

绝迹一溪流，天光增隔洲。
殊荣童子路，客气故人楼。
道士知儒学，长生问世修。
三清三界外，五味五蕴求。

228.九月九日登龙山

荆门九日凉，楚鄂半英香。
汉水知音问，龙山落叶扬。
萧条终夏末，去国始东樯。
斥感江流冷，匠心日月乡。

229.登郡城南楼

闭阁半楼空，登高一望穿。
澄澄江随岸，郡日任由衷。
暮色苍茫阔，黄昏感别同。
三杯非醒醉，四顾是西东。

230.岁初巡属县登高安南楼言怀

高安步步一南楼，瞩目层层半释洲。
草木繁繁藏俊色，天天远远四方流。

231.咏史

世上一心扉，人间半去归。
非非非是是，是是是非非。

232.秋晚登楼望南江入始兴郡路

玉宇已霜临，高天落水浔。
南江兴郡路，暮色未知禽。
叶落高楼外，林华日月岑。
阴阳分界度，远近作黄金。

233.登古阳云台

云台一古阳，玉宇半风霜。
素伏层层度，寒光处处凉。
楚郡兰都远，吴门木渎乡。
巫山生积雨，白帝纳云潢。

234.与生公寻幽居处

生公石点头，尝胆作春秋。
岭竹成年碧，西施问虎丘。
吴王孙武演，越女剑池愁。
处事阴晴继，临潭草木洲。

235.与生公游石窟山

一路问神仙，三山向酒泉。
幽居多石窟，纳雨少云田。
秘径高深远，潜渊俯扬天。
茅峰凭底见，古井任方圆。

236.郡舍南有园畦杂树聊以永日

素节一心安，居然半路难。
华林含杂树，碧草纳云烟。
俗世争名利，儒生客管弦。
成蹊桃李下，日月赋诗泉。

237.临泛东湖

践职一中和，虚心半九歌。
文成朝暮谏，武勇去来跎。
旷举东湖泛，秋芬北陆柯。
常思知进退，罢会向山河。

238.始兴南山下有林泉尝下居焉荆州卧病有怀此地

日日一千金，诗诗半古今。
南山花木色，北岭故人心。
十筑书生子，林泉石径荫。
荆门荆水去，楚国楚云深。

239.晨坐斋中偶尔成咏

白露洁风林，霜明素玉岑。
山光无远近，独岭有鸣禽。
瞩目秋空旷，浮云净宇沈。
凭幽修耸树，羁束道人心。

240.龙门宴得月字韵

龙门一玉阙，洛水半天月。
妙语仙舟继，兹良对古越。

241.骊山下逍遥公旧居游集

清高尚迹人，素皓尽秋春。
汉日居然是，阳明尽乃秦。
泥难因寂寞，道德可迷津。
智是苏生得，穰侯可恶濒。

242.杂诗五首

之一：
孤桐一绝崖，独木半江花。
百丈临惊瀑，千音处世华。
之二：
风霜一半花，日月去来斜。
蕙萐枯荣见，兰筜自在嘉。
之三：
芳香一日扬，碧玉半天光。
月下婵娟色，心中竹泪章。
之四：
湘流鼓瑟声，竹泪向天明。
独得苍梧水，应寻日月情。
之五：
异路一行明，同程半苦荣。
人生人自在，处事处精英。

243.感遇十二首

之一：
独见林栖者，闻风向古今。
春华秋实悦，草木有声音。
之二：
所以一城倾，何因半纵横。
江山原不拟，日月已峥嵘。
之三：
俯首一深池，昂天半不知。

93

蜉蝣千万只，浩叹去来迟。
之四：
山前一愚公，石后半芳丛。
翠鸟木叶密，飞鸿玉宇空。
之五：
越女谁思远，吴门不问山。
川鱼安可慕，归期不可还。
之六：
日隐一明山，风流半玉关。
檐楹成匹就，弃疵列仙班。
之七：
江南有橘丹，运命见冬寒。
岁岁径霜雪，年年历雨滩。
之八：
逝水自淹流，临川已不休。
含波千色竞，逐日一春秋。
之九：
成蹊桃李下，问道去来中。
汉上求思女，川前叹大风。
之十：
感遇一人心，知书半古今。
成行成世界，就步就英钦。
之十一：
攀山步跬成，越路暮朝行。
立世承先后，精工士子明。
之十二：
异域一苍生，同音半不明。
何知天地上，彼此是人情。

244. 南阳道中作

何知东汉光，遗步迹南阳。
郡蔼曛风暖，朱心待日长。
邓公阡陌道，楚颜未央扬。
物象原相济，纵横各一方。

245. 湘中作

望问几天光，浮流半水湘。
青峰威壁立，绝献化钱唐。
雨雾云烟满，枇杷枯子黄。
应知天地路，治水二妃乡。

246. 彭蠡湖上

北渚一山孤，南峰半丈夫。
浮云飞细雨，象类落江都。
岳麓湘潇近，庐山俯大湖。
应知皆自然，彼此可疏途。

247. 入庐山仰望瀑布水

绝顶落悬泉，浮云伴雨烟。
惊雷天下色，白日任流宣。
浪溅垂潭洞，涛光百花鲜。
珍珠衣湿尽，忘却问当前。

248. 江上遇疾风

江川一大风，逐浪半西东。
昼晦惊天雨，涛扬瀑水穷。

249. 出为豫章郡途次庐山东岩下

始旷一庐山，东岩半玉颜。
澄湖含日月，古木纳云川。
一阙凭天目，三台任石关。
蛟螭潜不见，谷壑客思还。

250. 巡属县道中作

此道曲连晴，荣华谢世婴。
声名应所见，进退自耕耘。
夙夜听风响，江村独月明。
还寻千柴荆，足可一禽鸣。

251. 夏日奉使南海在道中作

夏日吕梁山，池萍色素颜。
风光南海道，独目玉门关。
步步行千里，思思逐去还。
人生何不止，跬足见河湾。

252. 巡按自漓水南行

一路半山川，三巡五味全。
酸甜咸苦辣，进退去来宣。
日下寻行止，桥边问小船。
阴晴成世界，彼此作方圆。

253. 冬中至玉泉山寺属穷阴冰闭崖谷无色及仲春行县复往焉故有此作

石壁开精舍，金光照法筵。
直空情自寂，本情可由天。
独木临风立，千花待欲燃。
冰喧春已解，世简作春泉。

254. 使还都湘东作

苍庚一去归，感物半心扉。
上格思成就，劳生问日晖。
耕耘阡陌亩，采集暮朝薇。
苦役当形式，恩施以翠微。

255. 郢城西北有大古冢数十观其封域多是楚时诸王而年代久远不复可识唯直西有樊妃冢因后人为植松柏故行路尽知之

樊妃问楚王，汉柏故人乡。
草木年年落，山川处处荒。
殷商周继续，野鹄古冢藏。
豫晋秦齐鲁，燕辽冀赵堂。
何须天地问，百岁一炎黄。

256. 荆州作二首

之一：
何须细故云，但以丈夫分。
易水英雄诺，幽兰日月芬。
孤心成败见，古剑去来闻。
秩序由先后，阴晴任远勋。
之二：
楚水过荆门，吴英问子孙。
春秋谁五霸，胜负可千村。
过遇东西致，崇纷彼此恩。
劳劳呈百度，复复作三尊。

257. 在郡秋怀三首

之一：
秋风一肃来，落日半天台。
百岁应先见，千年可不回。
之二：
白露化清霜，巢枝纳旧凉。

秋风分落叶，暮色复荒塘。
七十诗词客，三千弟子肠。
耕耘多日月，字句自珍量。
之三：
不问小人心，应知一古今。
何须红槿色，但作白头吟。

258. 将发还乡示诸弟

缅迈一平生，求寻半不平。
千山山不止，万水水尤荣。

259. 忝官二十年尽在内职及为郡尝积恋因赋诗焉

汴水不朝东，天官可济雄。
思谋君子道，处纳小人风。
草木山林色，牛羊日月空。
衣冠由自己，远近任飞鸿。

260. 二弟宰邑南海见群雁南飞成咏以寄

雁向故乡来，飞人一字回。
天高应长翼，水阔可蓬莱。

261. 叙怀二首（自言）

之一：
弱岁以农邻，耕耘父母亲。
田家多苦力，子女少辛贫。
致学南关外，行书挂角频。
平生应读己，自古一秋春。
之二：
长亭一路遥，短驿半心消。
月色排天籁，河图已不凋。

262. 题画山水障

人心物外牵，务事欲中研。
果果因因见，真真假假宣。
山山和水水，岭岭共川川。
面对应知读，临流可见莲。

263. 奉和圣制瑞雪篇

瑞雪自如云，红楼半不分。
新妆知素覆，古木挂衣裙。
浩度千层厚，清余万岭垠。

行成何世界，不论已纷纷。

264. 奉和圣制温泉歌

温汤一水感人深，日影千波照玉淋。
雾雾烟烟云雨下，玄玄沥沥石池涔。

265. 南郊太尉酌献武舞作铠安之乐

武舞一南郊，长城半北遥。
和时和不得，战罢战难消。
肃祀陈灵位，金匏历格昭。
穰穰穷昊致，介介什云霄。

266. 奉和圣制经孔子旧宅

门生一太山，法令半朝班。
万乘登封踏，千年十八弯。
皇恩龙凤柱，诸子暮朝颜。
辨昧文坛上，工夫日月寰。

267. 奉和圣制次琼岳韵

云云雨雨一灵心，去去来来半古今。
岳岳琼琼林木草，朝朝暮暮作鸣禽。

268. 奉和圣制李尚书入蜀

一路问山川，三皇筑蜀田。
千寻林木栈，万里雨云烟。

269. 奉和圣制初出洛城

西人望洛城，北土问春莺。
八水长安绽，千山绝域明。
星回朝北斗，路转向枯荣。
物象春秋易，銮仪日月平。

270. 奉和圣制途次陕州作

御道当河陕，陈诗问国风。
川原三晋客，阙塞两秦翁。
洛水扬明岸，函关逐世雄。
阡光巡幸过，陌雨满春虹。

271. 勅赐宁王池宴

贤王一馆池，圣主半家诗。
淑气园林露，阳明草木枝。
慈恩和鼎叙，友善弟兄知。
水水山山见，朝朝暮暮时。

272. 天津桥东旬宴得歌字韵

天津桥上望，洛水岸前歌。
酒色春芳过，人间圣迹多。
桃源秦汉客，豫陕晋黄河。
九曲东流去，千流逐逝波。

273. 上阳水窗旬宴得移字韵

汀洲水不移，北海路难斯。
汉桂寒宫树，秦川养马池。
苏生轻清务，况乃上阳辞。
委势穰侯晚，矫珍莫比兹。

274. 折杨柳

纤纤一柳杨，别别半曲肠。
欲折难成己，行程问客乡。
随时知俱进，择道故人梁。
四顾长亭外，三生日月旁。

275. 和崔黄门寓直听蝉之作

静夜不宜嘶，吱声宿叶迟。
高枝应暮响，远道对天时。
寓直闻朝瑞，黄门待御诗。
秋鸣天下树，隔岸阴晴移。

276. 和姚令公从幸温汤喜雪

江山着白裳，草木换清旒。
玉积姚公路，天容幸喜猷。
温泉泉水暖，玉气淑姿浮。
瑞色呈郊驿，皇城紫禁楼。

277. 立春日晨起对积雪

瑶华处象开，淑气晋秦来。
玉涧云平阔，幽林素色台。
梅花梨色重，杏李过墙回。
昨夜东风至，今辰一树媒。

278. 剪彩

姹女半羞容，花光一袖封。
春华人欲语，剪彩小芙蓉。

279. 三月三日申王园亭家宴集

上巳一王圆，三春半苑宣。
春莺吟不语，小杏过墙妍。

95

隔道凌芳树，随曦任日莲。

旗亭争醒醉，酒肆落桑干。

280. 三月三日登龙山

伊川与灞津，上巳客被人。

洛水粼波闪，龙山古木新。

长安多学士，渌蚁几香醇。

禊饮兰亭序，文华渭邑春。

281. 和王司马折梅寄京邑昆弟

梅花一岭分，腊月半香熏。

寄雁当先望，居家挂念君。

枝枝无处折，朵朵有衣裙。

五瓣含颜色，三光纳雨云。

282. 晚霁登王六东阁

不上望江楼，无休一水流。

晴近天际树，暮纳岸边舟。

俯仰逢山色，观察远近忧。

潇湘南北问，洛渭去来浮。

283. 苏侍郎紫薇庭各赋一物得芍药

艳艳牡丹城，鲜鲜杜宇瑛。

明明光彩照，落落白红荣。

郑国王公误，桐君日月平。

诗词应有咏，世界可无情。

284. 和黄门卢侍御咏竹

节节志高庭，枝枝欲苍灵。

丛丛根石驻，叶叶寄丹青。

策立行身竟，虚心仗势丁。

山山成林密，水水结云屏。

285. 和韦尚书答梓州兄南亭宴集

乌衣一旧游，蜀道半云留。

杜宇鸣声近，城池阙阁楼。

清修闻栈路，会使待江流。

汉岳随天势，嘉陵逐梓州。

286. 答陈拾遗赠竹簪

同君共此心，复物侍知音。

可遗龙钟节，还呈玳瑁簪。

287. 赠澧阳韦明府

玉匣一清锋，太阿半刃封。

须时天子问，宰刻世中容。

288. 在洪州答綦毋学士

学士一洪州，由来半不求。

无言从郡政，有道致春秋。

289. 酬王六霁后书怀见示

江天一洞开，暑气半云裁。

雨雾随流逐，云霓任水回。

四序从见见，三光自主来。

潇湘斑竹泪，鼓瑟二妃才。

290. 酬王六寒朝见诒

长沙一贾生，寓日半君明。

向背阴阳易，双仪四象平。

行舟舟不止，伐木木难成。

物寂君独语，江流岸芷行。

291. 林亭咏

幽闲可寄情，独步已心明。

小筑溪流浅，中川石寨荣。

何求何不止，望切望难平。

只有清风月，林亭俯仰营。

292. 晨出郡舍林下

俯仰浅还深，春秋道路林。

清池三寸影，玉宇五蕴浔。

驻步相思顾，方知物外心。

须然当不解，不可误天音。

293. 园中时蔬尽皆锄理唯秋兰数本委而不顾，彼虽一物有足悲者遂赋

场藿己年成，圆葵逐岁荣。

秋兰阳委缩，玉黍子心萌。

露节承时序，阴晴逐世情。

童翁应不似，少小可天英。

294. 林亭寓言

青萝附树生，木槿向阳明。

日落天山远，云移海角平。

林亭多草木，岁月几枯荣。

遇物知时令，寻心寄所萌。

295. 送姚评事入蜀各赋一物得卜肆

妇好武丁兵，文王十易成。

周公吕尚演，蜀肆任儒生。

栈道陈仓渡，蚕丛杜宇鸣。

归来何事问，水色四川荣。

296. 送使广州

什使国南头，传吟镇海楼。

京都儿女望，远别近乡愁。

郡守应知意，君心正广州。

苍天从绝域，地载客家舟。

297. 送窦校书见饯得云中辨江树

之一：

云中辨树江，野外送孤艟。

水阔连天屿，花香满国邦。

无涯惊远望，有道客成双。

岸草珍珠泪，行舟莫掩窗。

之二：

孤苗守旧根，蓄意待春恩。

岁尽年来见，人间一子孙。

298. 饯王司马入计同用洲字

元察行上计，举饯向芦洲。

叶影婆娑见，天光逐隙流。

湘江多少问，阮水去来留。

曲曲弯弯见，春春夏夏秋。

299. 东湖临泛饯王司马

东湖草未黄，入计半秋乡。

司马三杯问，芰荷一品香。

朝宗南北驭，国土去来长。

不望京都客，常思渭洛乡。

300. 饯济阴梁明府各探一物得荷叶

水水一方圆，荷荷半碧天。

根根心里实，叶叶色中宣。

铺就珍珠欲，扬明日月传。

秋风初起落，小女采莲船。

301. 饯陈学士还江南同用微字

衔杯饯霸陵，举目望飞鹰。
去鸟应何见，乡书可翼微。
江南还是别，渭北座非称。
莫弃儿孙望，应凭碧玉冰。

302. 通化门外送别

通化门外别，渭水岸边寻。
芷芷流中合，波波色上分。
劳生应不止，纳就可衣裯。
万里千年见，乡音故土曛。

303. 送杨道士往天台

鬼谷问天台，神仙向日来。
松花留世界，朗月照徘徊。
翼驾三清问，丹炉九脉裁。
烟波传海外，草木逐兴衰。

304. 送杨府李功曹

平生良友结，绶带两边分。
事拙人知气，形身纳意勤。
冠官非别寄，驿客是风云。
日月催天地，乾坤逐老君。

305. 送宛句赵少府

作吏解巾行，衔杯寄别情。
离居修竹舍，驿站草花萌。
旧步年年尽，新思处处生。
唯留君子问，不可忘余生。

306. 送韦城李少府

此去南昌尉，何寻北陆游。
浔阳楼上望，赣郡九江流。
野草乡花色，离亭客舍秋。
君书应彼此，远近是邻头。

307. 送苏主簿赴偃师

主簿一文雄，青门半故戎。
津亭离已远，邑吏问由衷。
学士知书礼，贤人纳大风。
胡然胡不见，修书修落鸿。

308. 送广州周判官

海郡粤人城，书儒故国英。
文章梅岭外，日月近天明。
独木成林远，双鸿作蒲荣。
芙蓉花色好，翡翠玉鲛婴。

309. 郡江南上别孙侍御

一路天涯近，三杯日月城。
江南孙侍御，渭北故人名。
不负邦君望，何须别使情。
京都应旧致，镇海缚苍鲸。

310. 道逢北使题赠京邑亲知

去国自方圆，怀启各岁年。
靡靡天下道，苦苦世中宣。
北上三边问，南登九脉田。
川途巡故里，雁逐阮湘泉。

311. 江上使风呈裴宣州耀卿

一路远连天，三生逐客年。
风云相济合，日月互明边。
淼淼江湖水，炎炎大岭川。
宣州卿万事，未逐寄人船。

312. 溪行寄王震

溪流逐石清，淑气向云城。
白鹭啼鸣久，群鸥问阴晴。
丛林花草盛，芷岸日深明。
天光沉浅底，独见一心惊。

313. 自豫章南还江上作

南江归去水，北里豫军情。
见底澄江石，凭空俯望惊。
天高沉玉律，滞岸落群英。
浦口舟桥渡，津途自在生。

314. 将至岳阳有怀赵二

何人唱九歌，学士岳阳多。
昼雨阴云客，丛林白水河。
湖南君子树，楚北才人科。
独谢相思地，闻君问稻禾。

315. 使还湘水二首

之一：

欲渡楚江平，归乡粤北声。
湘流船不繁，浦岸野花明。
西露风摇净，云烟水色清。
盘旋舟彼此，共渡鸟猿惊。

之二：

三台一践荣，驷马半神兵。
紫禁挥赴处，龙门日月城。

316. 初发道中寄远

日上刻乡山，风临问玉颜。
行程原不定，举目不归还。
一道无终始，三生有简闲。
繁时应举目，李广玉门关。

317. 自湘水南行

物役未归还，湘洲有岳山。
行舟行不止，驿道驿朝班。
佩表知禽兽，冠巾向御关。
人来人物事，鸟去鸟忙闲。

318. 初入湘中有喜

郢路一心安，书儒半杏坛。
乡家离远近，夜梦近盘桓。
鸟去荆门外，云从岳麓丹。
猿鸣声已好，橘色去情欢。

319. 耒阳溪夜行

耒阳溪月色，岭树夜兰明。
路转归舟绕，江平近水行。
风流徵棹静，淑气霜华生。
望尽山村巷，无言故里情。

320. 江上

长林百里荫，落鸟半知音。
日尽多余色，风平少客心。
猿啼天际远，浪静水光浔。
夜宿居无月，诗词作古今。

321. 自彭蠡湖初入江

月入彭蠡湖，舟平大丈夫。
江没空阔泛，噪鸟逐争凫。

水色波纹里，云光草木苏。
前程应不见，漠漠可通途。

322. 赴使泷峡

水路日幽深，溪流曲岭林。
寒空泷峡口，独木宿鸣禽。
百丈风花草，三春雪岭岑。
秋猿啼不住，落叶问知音。

323. 湖口望庐山瀑布泉

庐山瀑布泉，海会九江烟。
紫气东来顺，鄱阳日下悬。
虹霓天水洞，雨聚玉瑶田。
万丈洪流落，千年逐赣川。

324. 浈阳峡

一峡半浈阳，千溪万隙光。
林深应不觉，竹影满山荒。
石涧临峰立，晴空储水塘。
千寻灵气秀，万木属花芳。
越国王台问，秦川已柳杨。
长安回首见，造化是人乡。

325. 使至广州

社稷五羊城，天涯镇海平。
山川斯秀木，橐郡越王声。
御使三元里，公台九脉英。
珠江流日月，粤雨逐阴晴。

326. 春江晚景

风花满越船，雪月半秦川。
役路前程许，微程继日宣。
人生凭处是，世界问何年。
暮色惊回首，黄昏月色悬。

327. 与王六履震广州津亭晓望

晓色明池屿，寒光净远空。
波纹千耀目，水气半龙宫。
越秀珠江岸，三元社稷风。
驱羊成世界，镇海论英雄。

328. 初发曲江溪中

不可曲江滨，溪流客日春。

无须知进士，尽是探花人。
欲破长风里，方呈景物真。
深潜东省冻，濯浴状元中。

329. 旅宿淮阳亭口号

日暮荒亭外，云收古驿中。
悠悠情不定，楚楚客无衷。
旅宿淮阳岸，居心问大风。
津亭闻雁翼，已忘向西东。

330. 望月怀远

海上生明月，心中望远时。
天涯空不尽，地角阔无持。
烛灭寒光近，波摇玉色姿。
相思天地界，回顾去来迟。

331. 秋夕望月

寒宫桂树明，玉兔俏无声。
跬步移身影，心思几不平。
婵娟多不隔，落叶已难鸣。
可待圆时见，空虚一远城。

332. 咏燕

海燕一骄飞，波浮半日晖。
潮来千顷浪，鼓翼万宏微。
附着银光面，穿梭涌淦归。
倾巢常不语，目向雨霏霏。

333. 故刑部李尚书荆谷山集会

结宇望青天，寻溪逐古泉。
山光随鹤老，碧叶任时年。
退道常巡迹，吟诗几度仙。
云飞何集会，石立杜城边。

334. 戏题春意

一去两三春，千辛五半秦。
江南江北客，座上座中邻。
及鸟飞翔是，相鸣暮宿亲。
淮阳淮水岸，石屹石天津。

335. 庭梅咏

庭梅一度香，日色半冬藏。
雪雪风霜覆，寒寒著素妆。

心中知暖气，岁末泛春章。
但唤屠苏色，群芳对柳杨。

336. 听筝

端居应正绪，客月可秦筝。
远近传新意，声鸣问道明。
轻弹多自在，重指少怜情。
掩柳枯荣问，张扬自不平。

337. 初秋忆金钩两弟

乡家一弟兄，道路半天平。
谈尽书香色，寻来日月耕。
三生何不见，一叶几秋惊。
白首同根问，红颜共度情。

338. 秋怀

一望半云飞，三生五不归。
思悬随鸟尽，忆学任心扉。
八月鸿鸽翼，重阳九日晖。
荣黄香已至，竹泪间湘妃。

339. 故刑部李尚书挽词二首

之一：
赵北一先生，山东半相名。
嘉得成世界，礼颂作行刑。
白虎堂中见，甘泉液里荣。
苍生凭所度，与善筑冠缨。
之二：
茫茫原上草，落落世中名。
叹叹同盟盟，声声杜陵城。

340. 望天

去飞去落云，日暮日归来。
锦绣天河闭，芒兰夜自开。

341. 七截

余年七十兮半成家，卖字三千兮二月花。
暮鼓辰钟兮灵隐寺，心经世界兮浪淘沙。

342. 耿隐卖字

半卖无名字送名，千年未了百年情。
乾隆已去如来坐，十万诗词格律城。

343.故徐州刺史赠吏部侍郎苏公挽歌词三首

之一：

徐州一侍郎，相府半书香。
知贤知士子，纳德纷天章。
苟爽齐名见，来去继世长。
卿闻金马诏，贵见玉人堂。

之二：

相如曾谢病，子敬忽云亡。
莫以瑶台问，何当玉树伤。
分雕成异界，草议旧时肠。
本谓山公主，封章土地光。

之三：

一云长安陌，千眠不望乡。
风张杨柳树，木落逐年凉。

344.故荥阳君苏氏挽歌词三首

之一：

荥阳君子去，列绪帝王台。
礼纪公侯路，诗词凤阁才。
成蹊桃李下，策剑向天开。
别鹤方无语，新桥待旧来。.

之二：

一叹半留芳，千言九断肠。
归期礼不頫，去日已天章。
草露珍珠散，公台草木乡。
悉客随客住，落已扬长。

之三：

一送去何乡，三声各断肠。
公侯常不勉，弟子可轻飏。
种树常留泽，方圆作柏梁。
潘琪从岳岭，岁月作秋香。

345.眉州康司马挽歌

专门一学人，教受半天津。
入室书香继，离门日月春。
长沙王子去，管辂帝王春。
叶落天涯去，归魂向晋秦。

346.奉和圣制早发三乡山行

羽已森森自向秦，山川历历已知春。
晴云不卷舒和见，晓露珠明草木新。

347.奉和圣制龙池篇

但启龙池一碧泉，何须日月半经天。
方圆自在乾坤大，禝纳成渊济雨田。

348.句

点滴一方圆，纵横半地天。

349.奉和圣制南郊礼毕酺宴

休和酺宴凤，赴节旧康庄。
北陆阳昭沐，南郊御建章。
分曹呈玉宇，厚泽庆晖光。
武舞由天地，文思入柏梁。

350.奉和圣制早渡蒲津关

早渡蒲津关，清河十八弯。
挥鞭知魏武，砥柱立岐山。
仗役军行路，凭堤日月还。
中流元首在，万象致天颜。

351.奉和圣制同二相南出雀鼠谷

雀鼠谷边去，旌旗翼展君。
东君荣二月，圣相入三分。
设险王侯问，承平陕晋汾。
思华泛举制，供奉柏梁文。

352.奉和圣制经河上公庙

上庙一河边，经流半酒泉。
谁知仙隐者，不以姓名传。
足迹临风扫，文章处地天。
精灵诠祠宇，晦日住当先。

353.奉和圣制送尚书燕国公赴朔方

宗臣赴朔方，庙算在徵疆。
九脉同声气，三台共气张。
长城千万段，改革意来强。
锡宠山川远，光华策略扬。

354.奉和圣制途经华山

灵居礼窅密，睿览自玄同。
日月苍山木，乾坤小大风。
川临天俯仰，水逐各西东。
魏武三家国，华容一义雄。

355.奉和圣制早登太行山率尔言志

晓色太行山，君临万乘班。
汾河流不尽，草木自梁关。
孟月封冰雪，龙旗化地颜。
遥遥惊所问，列列致朝攀。

356.奉和圣制登封礼毕洛城酺宴

登封一国风，造极半臣功。
独峙千灵秀，端云万乘红。
高明呈紫气，泰祝洛河东。
草木知天地，乾坤日月中。

357.恩赐乐游园宴应制

赐命乐游园，群公奉侍天。
春仪成四顾，建理慰千年。
物胜光华色，花明二月泉。
丝桐弦管奏，汉晋陕秦筵。

358.奉和圣制过王浚墓

成王思巨鹿，战将力天边。
汉楚谁无欲，弘农致陌阡。
吴江三世界，蜀道九江悬。
不向沉船问，应闻一墓然。

359.奉和吏部崔尚书雨后大明朝堂望南山

南山迢递见，北岭陌阡团。
汉帝离宫殿，商君驻驿泉。
晴川秦晋望，草甸渭泾延。
济济金门路，洋洋玉树篇。

360.和崔尚书喜雨

一雨满南山，三春碧玉湾。
黄河齐鲁去，渭水逐潼关。
惠泽曲原水，恩施任列潜。
年年先主见，处处客家还。

361.和许给事中直夜简诸公

夜直未央宫，钟声玉宇空。
千庐闻紫禁，万户待西东。
武卫巡城镇，文昌颂雁风。
金章随漏积，凤夜任方红。

362. 和苏侍郎小园夕霁寄诸弟

人间一弟兄，世上半枯荣。
树晴清风许，窗前晓色明。
中霄钦所见，退步可闻莺。
共与文棠棣，同心日月城。

363. 酬宋使君见赠之作

枢衡何自得，意念几心成。
昔谬朝君子，时来向运倾。
荆门南水阔，郢阙北云生。
役苦荷仁政，僚情废秪更。

364. 酬宋使君见诒

献策幸逢时，邻朝客已知。
云云君子度，楚楚暮朝迟。
谈尽耕耘去，呼来日月诗。
由心由自己，跬步跬程斯。

365. 酬通事舍人寓直见示篇中兼起居陆舍人景献

漏箭一分钧，膏瀛半世津。
才华清秘固，洒泽惠同人。
管鲍知彼此，景霙自秋春。
此夜兼施问，红晨玉树新。

366. 送赵都护赴安西

将相赴安西，昆山序鸟啼。
何须听远近，只以望高低。
北海亡羊牧，南江宿月齐。
封侯礼不同，落下作香泥。

367. 奉使自蓝田玉山南行

此去自蓝田，南行向陌阡。
冠中朝日上，玉佩紫云烟。
忆步多思旧，徽骖少止边。
衡湘飞不得，碛石却山泉。

368. 贺给事尝诣蔡起居郊馆有诗因命同作

直史记言闻，江河两岸分。
川流川谷去，日上日天熏。
意境从心见，思情任雨云。
中林含湿气，远岭纳文君。

369. 南山下旧居闲放

独木入高云，修篁向日曛。
闲心闲不住，望远望河汾。
旨酒临流问，衔杯醉后闻。
山川川不了，逐水水无垠。

370. 高斋闲望言怀

取路寻高望，随波逐下流。
江河东去尽，入海始无休。
物象归思引，阴晴共九州。
平生多少问，莫以去来愁。

371. 别乡人南还

无言作古今，但记别离心。
橘柚屏南芷，桑榆宿北禽。
浮云浮不定，落叶落难寻。
渭水秦川色，长安汉柏荫。

372. 初发江陵有怀

一望到涔阳，江陵半故乡。
轻舟从此去，白鹭待天堂。
浦口斯文岸，中年日月长。
天云何不止，草木适炎凉。

373. 同綦毋学士月夜离雁

衡阳无远近，青海有湖津。
比翼量南北，居巢困曲中。
人天飞一字，俯仰问千辛。
莫以家乡论，春秋自任娠。

374. 登总持寺阁

寺阁起崔嵬，峰云济路来。
山从函谷断，版纳洛城隈。
独近商君陌，从林汉后台。
千年千主持，万宇万形开。

375. 晚憩王少府东阁

少府临东阁，三清入北宫。
林烟浓渐晚，隐迹远苍空。
洞府分峰色，天光列水泮。
参差乔灌木，俯仰夜云终。

376. 登城楼望西山作

西山顶上明，浦口月中清。
宛宛分天地，悠悠逐暮更。
城楼楼底暗，木榭榭无楹。
欲下和孤罢，由衷不自行。

377. 祠紫盖山经玉泉山寺

紫盖玉泉山，荆岑楚郢颜。
松篁风叶响，涧谷水流还。
历历幽瑛按，泠泠曲折弯。
天音礼不断，道路守云关。

378. 洪州西山祈雨是辄应因赋诗言事

祈雨一洪州，盱心半羿求。
丘祷良望久，藻荐夕迟留。
羁束灵蕴济，申张义济收。
萧条终可治，牧吏始同忧。

379. 登襄阳岘山

蜀相吟谁安，羊公碣石寒。
江流何不止，两岸几波澜。
汉水西东去，樊城上下宽。
烟云烟寞寞，雨迹雨漫漫。

380. 登荆州城楼

荆门望魏都，楚水下东吴。
野旷天低树，郊荒草木苏。
江楼云构日，阙要险雄图。
枕石清流色，夷邦大丈夫。

381. 经江宁览旧迹至玄武湖

扬州一玉箫，甪直五湖遥。
八月黄天荡，三春问六朝。
江宁江水色，白下白云霄。
贡院儒生问，秦淮日月昭。
初晨扬晓影，暮暗莫愁桥。
玄武城门镇，荷芰玉叶娇。
千人歌不尽，万象景阳雕。
白鹭风流立，石头不过潮。

382. 登乐游原春望书怀

十里乐游原，三春意气萱。

皇州云雨色，魏阙苑宫轩。

鸟鹭丝弦起，黄柔笛管繁。

龙门天下子，进士曲江源。

383. 候使登石头驿楼作

川光驿石头，翠羽覆江楼。

浦渚明晖渡，渔商社日舟。

田桑多雨水，愚谷少王侯。

迹守陈蕃榻，王粲越羿忧。

384. 登临沮楼

高深不可求，缓慢自思谋。

绝况兹韶景，无端作止休。

清潭临俯仰，故迹问春秋。

古木股周色，浮云汉魏浮。

385. 陪王司马登薛公逍遥台

逍遥台上望，古迹步中吟。

豫府雍门色，薛公自在音。

招寻人事久，目胜蔽幽襟。

有复荆林浅，空余蔓草深。

386. 郡内闲斋

凤矗落中庭，枣木日上青。

叶叶藏天宇，枝枝挂月星。

江湖我意气，士宦少明经。

草有千姿色，人无半水萍。

387. 赏与大理寺丞袁公太储丞田公偶诣一所林沼尤胜因并坐其次相得甚欢逐赋诗焉以咏其事

江湖心上客，日月客中音。

色满林沼水，云倾古木荫。

芳洲闲未定，沽酒对鸣琴。

不可寻梁父，空余世界吟。

388. 与弟游家园

积善家方庆，行深处事忧。

归来寻旧迹，定省弟兄游。

凉水千泉淌，西关五队酬。

书生砍柴去，困苦自秋收。

六零年华间，江山世事愁。

人间回首见，故土已淹留。

389. 西江夜行

客色去中渡，西江月里行。

悠悠云雾重，切切故乡情。

寂寂中流水，迷迷渚浦惊。

吟口虫鸟宿，偶偶鹭鸶声。

390. 南还湘水言怀

何平一不平，逐世半世声。

历历天涯路，重重海角荣。

乡家知岭外，士子问精英。

日月天街路，阴晴草木生。

391. 高洛山行怀古

四皓一山中，千林半木雄。

樵渔何不同，隐逸度深宫。

避世桃源外，逢时附着虫。

藤萝源直曲，独木误西东。

392. 南还以诗代书赠京师旧僚

书生一世游，士子半春秋。

十载斯儒客，千年逐国忧。

朝思飞越鸟，暮宿落京州。

远迹乡山外，梁山帝王侯。

人间伯乐顾，贡举叔公谋。

海上天涯问，云中日月浮。

芳林多草木，雨渚少船舟。

北陆从豪爽，南望镇海楼。

阳疏天石籁，地隔竹林筹。

寂寞由心起，参差以意留。

风鸣何可叹，叶落莫知愁。

上下知霄汉，枯荣向九州。

393. 城南隅山池春中田袁二公盛称其美夏首获赏果会夙言故有此咏

入话武陵溪，山池忧首齐。

荷香初秀果，芡实半浮泥。

物变春秋易，心思日月稽。

田园公美盛，草木共高低。

394. 初发道中赠王司马兼寄诸公

浮云一瞬舒，落叶半相如。

事简人繁故，亭长驿短居。

人生礼代谢，世路可初当。

步步天街道，心心可自书。

395. 自始兴溪夜上赴岭

孰谓一名山，何须半独颜。

名山名士迹，列祖列宗班。

草草泉泉浥，峰峰岭岭环。

相同相异见，各自各天关。

396. 当涂界寄裴宣州

如何分虎行，水色纳山川。

渡口江南岸，宣域阙北船。

含情君子问，牧政故人贤。

委曲风波见，当涂暮雨烟。

397. 郡中每晨兴见群鹤东飞至暮又行列而返咔唳云路甚和乐焉予愧独处江城常目送此意有所羡遂赋以诗

晓日东飞去，无违暮复来。

烟霄云济济，子寿望回回。

众鸟高翔少，相依逐渚隈。

江城仙子驭，可慕上天台。

398. 和裴侍中承恩拜扫旋辔途中有怀寄州县官僚乡国亲故

长安天地问，魏晋去来终。

代继汾川鼎，人承瑞抱雄。

才贤徒佐国，绶带已三公。

户扈河东牧，甘霖露陕中。

399. 和姚令公哭李尚书乂

海纳一成公，云齐半去翁。

登龙翻吊鹤，托剑话苍穹。

北斗何开口，南宫几策穷。

琴诗礼不断，国士可嘉躬。

400. 奉和圣制经函谷关作

黄河万里一源清，洛邑千年半故城。

渭水咸阳函谷问，蓝流引镇灞桥坪。

401. 奉和圣制度潼关口号

自古潼关垒，如今故地游。

荒凉多草木，日月仍春秋。

402. 答太常靳博士见赠一绝

上苑春光早，中书玉树香。
黄门余晓旭，紫禁御高堂。

403. 登荆州城望江二首

之一：
荆门百里一江陵，两岸长江半水徵。
不止层楼云不定，君山只向岳阳应。
之二：
北水南流去，荆门暮色空。
长江应不问，百汇一西东。

404. 赋得自君之出矣

一自群之去，三生客不来。
清晖明月色，苦苦望青苔。

405. 答陆澧

松枝熏旧酒，古酿胜新杯。
不可荒原去，长亭可再来。

第一函　第十册

---

1. 杨炯

神童十一校书郎，学士崇文自在狂。
左转梓州司法直，庐前王后四诗堂。
悬河注水盈川涌，不竭优庐不减王。
但以文思传教授，华阴至此一留芳。

2. 奉和上元酺宴应礼诏

楚国一巴人，荆门半水津。
文才惊日月，百折著秋春。
五伐周王运，三章汉武钧。
参胡昭宇宙，圣泽沐经沦。
武镇潼关险，文扬八水新。
江流流不止，日色色相秦。
立斩楼兰将，平冠上掖臣。
明堂明彼此，正朔正环循。
百？重贤度，千门客主仁。
华勋功不没，博学志天申。
魏阙从三国，龙门任五民。
瑶台呈景致，渭水绕城濒。
十代山河见，符封御策陈。
鱼龙深浅至，草木暮朝臻。

3. 广溪峡

天云锁广溪，百色运情低。
世上分邪正，人间自鲁齐。
无为无所以，苦事苦东西。
自古英雄路，辛辛苦苦犁。

4. 长江三峡

之一：瞿塘峡
瞿塘一峡开，白帝半城台。
奉节刘禅问，何言蜀相来。
之二：巫峡
巫山半雨云，宋玉五蕴分。
峡口知神女，襄王作楚君。
之三：西陵峡
一水过巴东，西陵峡口空。
江流官渡去，鄂郢黄陵风。

5. 从军行

塞北连烽火，心中自不平。
牙璋辞凤阁，铁马举旗旌。
策杖黄金印，从军玉宇荣。
难铭千里志，不忘一书生。

6. 刘生

身家由六郡，志气过三秦。
易水东流语，金台北陆遵。
长安扬白马，渭水息红尘。
举剑交河去，英雄不惜身。

7. 骢马

世上青骢马，人间玉佩畿。
黄花开宇宙，日月著旌旗。
伏枥同思路，婵娟共缁衣。
英雄常举步，驿舍自依依。

8. 出塞

一半河魁将，三千太乙军。
楼兰风景异，渭邑帝王云。
日月何南北，阴晴几离分。
江山须努力，草木不功勋。

9. 有所思

一夜楚留香，三边旧梦长。
秋风衣薄冷，燕北雪冰霜。
小妾知寒暖，徵夫问玉堂。
相思相乙罢，戍守成家乡。

10. 梅花落

二月梅花落，三春不断香。
红泥封紫路，独领一群芳。

11. 折杨柳

杨杨柳柳青，折折攀攀亭。
去去来来问，离离合合萍。

12. 战城南

塞北一辽东，燕幽半始终。
渔阳天水远，甲胄月弯弓。
苦战经风雨，徵夫役马同。
何须楚汉外，只向大风中。

13. **紫骝马　数马辽东忆恩媛**

一马自飞天，三生向北边。
弓张耕日月，箭羽射方圆。
足迹浑江岸，相思五女田。
交河应不远，塞外共婵娟。
少妇何牵引，书生冻水泉。
童翁原所异，老小忆残年。

14. **送临津房少府**

别路三秋尽，江津一水乡。
云烟千草木，玉树半低昂。
晓日平舟色，红霞映早妆。
言从杨柳岸，路以去来长。

15. **送丰城王少府**

北斗问张华，丰城半客家。
行身何社稷，落日向山斜。

16. **送郑州周司空**

司空一郑州，汉水半清流。
望及关山近，寻来日月忧。
云云三界路，处处九江头。
已得千秋见，何须万里愁。

17. **送梓州周司功**

司功一梓州，御水半东流。
蜀叶垂天路，泾河砥石头。
盘桓行不得，踟蹰坐难留。
肆酒衔杯望，相逢本岁秋。

18. **送杨处士反初卜居曲江**

门前一水斜，卜反半袈裟。
不必童翁见，何须问我家。
书坛成隐映，处士曲江花。
古刹三钟鼓，曹溪二月花。

19. **途中**

鼎邑半春秋，金塘一纪留。
途穷千里目，日淡十三州。
木槿扬朝暮，红黄满阁楼。
绿蚁长亭断，萧萧唱莫愁。

20. **送刘校书从军**

三公一校书，五虎半当初。
赤土流星剑，苍缨槊铲舆。
弓弦连箭羽，橄策逐云舒。
武勇文雄将，挥军比自如。

21. **游废观**

不可问神仙，应闻玉女泉。
峰峦凭草木，岁月任云烟。
火藏丹炉在，苔青日月悬。
三春溪石砥，九脉落荒田。

22. **和石侍御山庄**

侍御一山庄，幽居半暖凉。
罗天三世界，密树九州塘。
竹节生云雨，莲房化日光。
平堤溪水响，阔涧暗留芳。

23. **送李庶子臻士还洛**

云中李广箭，月下邵平花。
塞漠风云易，关河日不斜。
人荣知御史，帐令御民家。
洛水东流水，扶阳正士衙。

24. **早行**

栏杆北斗斜，玉宇晓江花。
淑气烟云重，霓虹草木华。
泾流清已许，渭水注人家。
止止行行去，朝朝暮暮遮。

25. **和崔司空伤姬人**

别鹤一琴弦，姬人半月娟。
东方天欲晓，北斗酒杯悬。
脂粉红妆色，姿身舞影烟。
佳人金不换，玉树几何年。

26. **和骞右丞省中暮望**

年光摇树影，紫气度兰心。
复道青阳蔼，枢门故事深。
南宫台阁道，日晓苑花荫。
漏箭臻雅音，冠巾正朝朝。

27. **和酬虢州李司法**

唇齿互相形，关河彼此生。
长洲鸿雁过，北斗口开城。
八月黄花色，三秋御帝京。
芒兰终所以，日月可平生。
注：虎高山别有机，众人眼下尚猜玑。
黄花遍地开青草地，此际声名达帝畿。

28. **和郑雠校内省眺瞩思乡怀友**

铜门和氏璧，上苑御源泉。
渭水楼台色，京都玉宇田。
霞光平落照，物象待云烟。
阙馆瑶房客，关山汉墨贤。
青天相隔远，白雪化秦川。
酌羽如流水，声名似古弦。

29. **和旻上人伤果禅师**

净土初中日，浮生大小年。
无人无本我，是是是非田。
暮鼓晨钟继，蛇龙日月悬。
禅门应有意，觉海可舟船。
直映秦王镇，经文宋同传。
声华周百度，正果列千年。

30. **和刘侍郎入隆唐观**

山川凭四险，隐逸任三台。
彼此阴阳济，参差草木来。
群峰谁独立，白果祝蓬莱。
瀑布悬萝碧，天池落地回。
求仙汉帝树，作赋相如才。
不可浮尘里，当然自主催。

31. **和辅先入昊天观星瞻**

遁甲皇天易，奇门玉帝宫。
三千佳气望，九脉昊星空。
北斗高魁口，南轲始元戎。
河图曾地理，十易可才雄。

32. **夜送赵纵**

玉璧天津色，文章草木宣。
三光随赵纵，一月满前川。

33. 和刘长史答十九兄

祖列一三秦，天平半五津。
衣冠分子弟，日月共秋春。
宝剑丰城气，明珠上掖邻。
千门凭玉阙，万里任王臣。
俯仰长安路，高低渭水滨。
天台何役重，玉树几明频。
四海恩波岸，三荆蜀道钧。
阳春成气节，白雪逐红尘。
善政驰金马，嘉声许玉轮。
宫徵谐紫禁，角羽晋绅麟。
弟弟兄兄在，卿卿我我臻。

34. 宋之问

延清宋少连，坐附易之船。
弱小知名度，三思用事宣。
鸿胪丞转考，学士修文宣。
睿赐钦州死，诗歌集卷传。

35. 息夫人

楚断息夫人，心随阶下身。
功成何迹败，女子以男邻。

36. 初到陆浑山庄

北阜一山庄，东山半陆梁。
伊关归逸趣，觉慧复炎凉。
鸟逐黄云散，琴余日月乡。
弦音知内外，客意久低昂。

37. 夜饮东亭

春泉鸣壑谷，皓月挂层林。
素色藏幽气，寒光入远岑。
栖巢栖未定，不宿不多音。
夜夜听山曲，时时慰木心。

38. 芳树

一树有芳菲，三春向日晖。
长门宫外见，鸟雀翼中微。
不向群花艳，枝干碧玉闱。
红黄颜色好，但望久无归。

39. 送赵六贞固

东交无柳怨，洛浦有行心。

一别何时见，三春有树荫。
群芳明日月，众目瞩君林。
驿站非居里，长亭是古今。

40. 题张老松树

直直一孤梁，苍苍日尺光。
山峰千仞立，绝壁万声扬。

41. 别之望后独宿蓝田山庄

常嗟兄弟老，自叹别离多。
驾鹤飞天去，孤居易水河。
群生五女岭，独唱北京歌。
凉水泉前问，乡家几奈何。

42. 浣纱篇赠陆上人

春秋多霸主，越女作吴娃。
守胆卧薪问，耶溪不综纱。
夫差夫子误，木渎木江涯。
勾践可须见，范蠡自莫家。

43. 初至崖口

群山断口崖，万仞壁生花。
屹石临川峙，春潭挂木斜。

44. 雨从箕山来

箕山一垭？，渭水半波开。
碧缘南溪木，重新北石苔。
僧寻云里寺，鸟落叶中材。
共尽花方寂，同情草色瑰。

45. 自湘原至潭州衡山县

湘源半水至潭江，落雁三冬望北游。
豆浦浮萍竹笔密，排空一字十三州。

46. 入崖口五渡寄李适

怀情登绝顶，伐木取新音。
远谷川声近，山林草木琴。
云微烟露湿，落照日方深。
向背风流响，应接花韵吟。

47. 洞庭湖

一望洞庭湖，三生自独孤。
姑苏听木渎，不必问东吴。
海若波光渺，沙晴岸口凫。

片苗夏禹望，五岳轩皇渝。

48. 景龙四年春祠海

世隔半仙人，情随一念真。
沄沄天上望，楚楚地中麟。
海屿回云路，川流去日循。
安期方丈问，物象易秋春。

49. 温泉庄卧病寄杨七炯

寥寥一倦情，寂寂半人生。
甲乙华朋客，周随独赖明。
嵩丘高万仞，枕日近千荣。
夜雨空蒙色，朝云回顾平。

50. 答田微君

情溪逐日流，物色任春秋。
夏邑回乡见，文华向藻浮。
藤萝牵老树，岸芷渚新洲。
远近当天际，微君对所忧。

51. 自衡阳至韶州谒能禅师

一水无形两岸明，千流百转半无清。
衡阳韶岭禅师慧，大觉难成小事横。

52. 见南山夕阳召监师不至

南山一夕阳，北阙半苍桑。
欲待监师至，余心寄独杨。

53. 游法华寺

古寺法华铭，新生念古经。
昭陵分陛下，御道向零丁。
物象由天子，忠言自魏徵。
凌烟何所见，大觉几长亭。

54. 宿云门寺

鹿化云门寺，去成彼岸舟。
禅房殷若渡，际月客春秋。
处士多嘉尔，真人少欲求。
开山开自在，行身行去留。

55. 春湖古意

圆梅腊月半春心，院鸟三冬一古琴。
俯仰潭湖寻底岸，无知水浅是天深。

56. 游陆浑南山自歇马岭到枫香林以诗代书答李舍人适

歇马岭前岑，伏中晓色荫。
枫香林上意，太白石中音。
雾霭浮云堂，崔嵬草木深。
南山茫苍里，楚竹叶鸣禽。

57. 早发大庾岭

大庾岭前人，长安渭水尘。
沦居兄弟问，异域去来亲。
臆感皇明策，莘萋巩拟春。
回阳重回顾，鸟翼展斯秦。

58. 自洪府舟行直书其事

一路国门辞，三春日月知。
重堂言忆诚，聚吻玉壶斯。
物外扬明迹，心中揣瑞时。
千金余念子，万域可求兹。
谬辱书生问，冠名草木枝。
泥书封紫禁，百越问灵芒。
济须同行者，幽幽各独姿。
梅花开岭外，剑履度相思。

59. 下桂江县黎壁

桂水波澜涌，连山草木滩。
敧离急浪落，逶迤曲漩盘。
旷竹浮烟泪，香洲驻月寒。
人生人苦度，世界世声桓。
议策谁易之，行舟入云端。
诗词成日月，可得一心宽。

60. 奉使嵩山途经缑岭

奉使经缑岭，嵩山万仞荣。
烟霞高处止，谷水远方鸣。
已去何年月，归来不退耕。
山川应易变，草木可重生。

61. 伤王七秘书监寄呈扬州陆长史通简府僚广陵以广好事

贵民一先公，衡门半道风。
心传天子路，意会化无穷。
秉化丘中鹤，机玄墨场翁。

承明宫上殿，月落广陵空。

62. 使至嵩山寻杜四不遇慨然复伤田洗马韩观主因以题壁赠杜侯杜四

洛水一桥东，嵩山半日红。
云烟寻杜四，大室坐天空。
屹石韩观主，成林谢履风。
笙歌来去后，不可对田公。
逝者斯对逝，东西水向东。

63. 玩郡斋海榴

葳蕤斋海榴，熠熠列暎羞。
缘佩丹青色，红齐日月楼。
逢荣天下子，祖济世中侯。
自贵终南赏，群別已见愁。
丰楢多可映，俗鄙暮朝求。
欲点金龟子，何须惧九流。

64. 长安路

一路半秦川，千门万户泉。
红尘风雨色，绿树梓桑田。
百巷停事马，三台问岁年。
周公齐鲁见，宋玉楚襄天。
蜀道难元尽，学士曲江船。

65. 折杨柳

别别离离去，杨杨柳柳枝。
连连还断断，折折逐丝丝。

66. 有所思

阴晴有所思，宇宙自空奇。
苦役行身切，人生可不知。

67. 军中人日登高赠房明府

春风一夜杜陵东，细雨三秦渭水蒙。
水暖天寒人日度，劳中只问魏相公。

68. 寒食还陆浑别业

风花雪月洛阳城，别业新荣紫气生。
醉卧伊川听鸟语，芳菲渭甸任升平。

69. 绿竹引

何无一日此君风，有奈三光彼地鸿。

北北南南不止，朝朝暮暮皆心空。

70. 寒食江州满塘驿

年年上巳洛桥边，岁岁兰亭序水前。
池瘦鹅肥王不语，庐山杜宇唤吴船。
花洲草浦猿声远，绿蚁葡萄话酒泉。
不必思归归不得，何言驿路路天悬。

71. 至瑞州驿见杜五审言沈三佺期阎五朝隐王二无竞题壁慨然成咏

端州五子一人非，不得三千半士归。
歧路南中多路岐，心扉驿外见心扉。

72. 明河篇

> 纪事云武后时之问求为北门学士不许乃作此篇观意后见之谓崔融曰非不知之问有奇才但恨有口过耳之问终生耻之

七夕明河鸟鹊桥，千门万户乞人消。
南楼竹影婆娑见，北陌桑麻紫玉箫。
洛邑精帘垂不卷，成都十卦问遥迢。
萤光一闪天边去，织女三生锦羽昭。

73. 龙门应制

> 武后游龙门命群官赋诗成者赐以锦袍，左史纪事云：东方虹成，拜赐坐，坐未安，之问诗成，文理兼美，左右顾善，乃就夺锦袍衣之。

龙门宿雨一流云，魏阙河堤两岸分。
翠羽丹霞天子路，台瑛紫气殿中君。
伊川历历江山稷，雁塔慈慈白日曛。
云车奕奕作氛氲。
先王定鼎周秦晋，日月当空临宇闻。
万物更新文武付，千年独后是功勋。

74. 初宿淮口

孤舟过运河，去国锁风波。
但见残塘水，天堂唱九歌。
云烟和细雨，木叶碧藤萝。
洛水东西见，开封富贵多。

75. 王子乔

子子乔乔二大仙，年年七月半青天。
白虎龙旗摇不止，金笙玉微远天边。
三清殿，九龙泉，人生彼此共方圆。

76. 放白鹇篇

白鹇兼赠绿绮琴，鸟以吴溪伴峰音。
物情灵情相似去，天空自是故人心。

77. 桂州三月三日

上巳难晴上巳荫，音琴未了有琴音。
昆明天下水，夏邑故人心。
二纪皇干晏，三朝问古今。
龙媒魏阙伊川望，幞被文昌直省钦。
曲水流觞吴越客，山阴刺海载儒林。
南宫玉漏流不尽，锦字无书汉使寻。

78. 下山歌

嵩山路下兮自多思，步履舍人兮可寓迟。
清风远近兮曾无许，月色林中兮几猜疑。

79. 冬霄引赠司马承祯

盈盈缺缺一寒宫，水水冰冰半雪风。
夏夏冬冬何不见，空空洞洞是英雄。

80. 高山引

一路窈窕兮上石山，千嘘力汉兮望天颜。
何从此去兮何求欲，过往峰前兮作一般。

81. 嵩山天门歌

嵩山屹石作天门，岫转峰回见木根。
桂日风林层色染，盘桓曲道步乾坤。
磷磷分纵纵，漠漠合寒温。
入入分叠荡，寻寻兮五蕴。
鲲鹏展翅高天远，鸟雀栖巢寸尺恩。
有道高低无跬步，无分远近是黄昏。

82. 有所思

年年岁岁花相似，岁岁年年叶又非。
夏夏春春应继续，桃桃李李入人扉。
儿儿女女风华了，叟叟童童日月归。
雀雀鹰鹰飞已去，翁翁子子共天晖。

83. 宋之问　奉和立春日侍宴内出剪彩花应制

已是剪刀催，池寒映晓梅。
人心花欲彩，艳粉玉波眉。

84. 春日芙蓉园侍宴应制

八水芙蓉苑，三春碧叶生。
黄黄初变绿，淡淡一心萌。
谷转流川色，沼回曲渚横。
瑶池台上色，酒满御中情。

85. 夏日仙萼亭应制

神仙一萼亭，世宇半丹青。
日过天云淡，去含木露棂。
汾流成润雨，睿藻化浮萍。
辇舆行香径，笙歌到洞庭。

86. 奉和九月九日登慈恩寺浮屠应制

日月一浮屠，慈恩九界都。
云侵天地过，雨润北南苏。
汉列花如三，兰香玉色尧。
心经传玉宇，胜似半士儒。

87. 麟趾殿侍宴应制

北阙层城路，西宫处所明。
长生麟趾殿，万历玉华京。
道复山河尽，云重日月荣。
川花留玉树，范宇寄精英。

88. 奉和九日幸临渭亭登高应制得欢字

九日渭亭寒，重阳八水澜。
波摇时令暖，玉宇由歌欢。
紫禁南宫照，黄花满杏坛。
茱萸天下子，夏邑是长安。

89. 奉和圣制闰九月九日登庄严总持二寺阁

重阳日色满长安，闰月黄花百岭冠。
总持庄严天下望，高风亮节玉云端。

90. 上阳宫侍宴应制得林字

荣旒一圣心，广乐半知音。
砌切瑶池近，丹青草木深。
上阳宫外侍，玉树殿中林。
汉苑无朝夕，天台有古今。

91. 幸少林寺应制

淑气抱沉浮，天光浴豫州。
云晴天室木，寺满少林丘。
古刹心经颂，香烟正宇楼。
从明千万见，面壁十三流。

92. 幸岳寺应制

殊筵一幸游，绀宇半神州。
石濑清溪水，泉源浅薄流。
红霞从晓起，紫玉任春秋。
雁调龙城曲，芳圆乘月楼。

93. 扈从登封途中作

登封壮哉游，晓日映春秋。
帐殿崔嵬色，云霞一路畴。
山呼千岭外，草幕万人裘。
列队从旗语，行明任我求。

94. 扈从登封告成赋

钩陈列禁兵，复道治宸英。
鼓角音琴路，风云草木生。
千门朝暮颂，万户去来迎。
紫气东来处，天光彼此荣。

95. 松山岭应制

松山岭上云，蹼路色中分。
羽翼崇高去，旌旗白日曛。
天营由地理，翠木任氛氲。
古壑从川逐，今流作雨雯。

96. 缑山庙

飘飘笙鹤远，意念主人遥。
木雨从宾路，仙云问子乔。
人间曾易变，岁月已风雕。
徒徒相思处，微微望玉霄。

97. 奉和梁王宴龙泓应教得微字

梁王一紫微，水府半窗扉。
绿蚁三杯醉，葡萄百步归。
当留当醉醒，不饮不言挥。
举坐朝天颂，花明主客衣。

98. 寿阳王花烛图

花花烛烛寿阳王，雨雨云云宝扇香。
合合欢欢壶口水，桃桃李李故从乡。

99. 江南曲

妾住越城南，媛恩采目眈。
桑桑丝彼此，叶叶育春蚕。
玟珺封云挂，金簪戴紫龛。
经心留玉影，尽日照清潭。

100. 牛女

银河一曲长，两岸半鱼梁。
七夕人间问，千牛作故乡。
含羞应不语，乞巧问牛郎。
鸟雀成桥路，私情不必藏。

101. 冬夜寓直麟阁

直事三边省，重关九脉萱。
炉温千卷谏，漏箭一低昂。
牧政公台玉，麒麟阁道梁。
金瑛匡紫禁，晓旭正冠妆。

102. 登禅定寺阁

问宇达三天，寻临望八川。
开襟霄汉近，纳意际云烟。
函谷潼关道，长安渭水田。
辽东杨柳树，越北女儿妍。

103. 陆浑山庄

山庄物外情，付象意中耕。
水上扬花色，流前问月明。
森林封寸尺，策杖待天经。
野草年年盛，圆花岁岁荣。

104. 蓝田山庄

士隐一蓝田，农耕半地天。
官心何不就，驿宦问秦边。

伐木山庄近，观桃水辋川。
人家林沃土，暮酒野山泉。

105. 春日山家

山家一日春，采药半川津。
紫玉灵芒草，峰峦贝母珍。
人闲云起落，叶密日波粼。
俗世分天下，山泉自浥尘。

106. 江亭晚望

远远一云根，遥遥半子孙。
难山山不语，问水水无痕。
晚望江村际，行舟问五蕴。
人心分日月，草木任黄昏。

107. 春日宴宋主簿山亭得寒字

春亭半水寒，秀木一青丹。
足迹留天印，流泉逐涧宽。
风光依旧是，瀑布落长安。
暖暖垂杨柳，重重日月观。

108. 秋晚游普耀寺

薄暮曲江头，峦烟直日秋。
山形留隐迹，草木致神州。
野色荒泉水，香炉古鼎留。
平生尘事忘，不欲自无求。

109. 答香司户夔

辎轩一使臣，客舍半天津。
岸柳浮阳远，晴沙草木濒。
双鱼相赠与，独舆互思邻。
帝路分南北，扬澄可寄春。

110. 寄天台司马道士

天台道士成，石径峰山明。
尚日僚缩寄，疏微白发倾。
西山回照远，北岭去人情。
镜里应已见，汉乐不重生。

111. 使往天平军马约与陈子昂新乡为期及还而不相遇

天平一子昂，不遇半新乡。
入巳呈嗟问，君心许国章。

封侯封事业，继续继兴亡。
淇水幽幽色，青云处处扬。

112. 过函谷关

五百年中间，三千路上寻。
春秋函谷客，战国势英钦。
合纵分天地，连横逐古今。
秦王先主顾，吕氏已知音。

113. 送朔方何侍郎

一日入萧关，三军问旧班。
河兵曾锁岸，塞虏忘阴山。
送使闻君子，兼程待子还。
渔阳先落月，渭水已潮湾。

114. 送田道士使蜀投龙

云台路几千，道士蜀天悬。
隔水巴山间，成龙洞府宣。
层峦三世界，此彼一山川。
远望江门去，壶中玉液怜。

115. 送许州宋司马赴任

君行一许州，司马半英酬。
郡水东流去，情名北豫舟。
非份非已力，别业别无求。
路远何须问，人康自在侯。

116. 送赵司马赴蜀州

但向巴中望，烟云剑阁酬。
西南多蜀道，职政客春秋。
气曙成川逐，山林落古州。
桥扬三丈石，栈隐一江流。

117. 送永昌萧赞府

一柳曲江洲，三春渭水头。
闻君函谷客，别意感阳楼。
自古英雄见，如今赞府游。
琴音余久远，足履谢公留。

118. 送李侍御

此陆一秦畿，南江半故衣。
吴晋应不应，夏邑始相依。
大雁春秋易，功臣日月稀。

年年何彼此，岁岁自回归。

119. 饯湖州薛司马

交深秀友情，义重伯为兄。
别驾前程远，离筵祝愿行。
三杯分彼此，百斗醉无声。
以此从名牧，蜩言一世卿。

120. 送杜审言

嗟君万里行，别意百年轻。
灞水桥前路，长安月下城。
河桥应不断，日月复重明。
楚蜀泉源水，龙泉剑上荣。

121. 送武进郑明府

北谢苍龙日，南寻武进城。
屈平成楚就，贾子赋湘英。
夏邑弦歌载，吴山越雨倾。
微甿和氏璧，不可徒枯荣。

122. 送姚侍御出使江东

侍御使江东，秦王问世雄。
山中藏虎跃，水下隐龙宫。
朔郡南来度，金陵北去风。
三杯行驿路，一路祝飞鸿。

123. 留别之望舍弟

同胞共六人，手足自千钧。
故里成梦臆，家乡作友亲。
诗词耕日月，老少逐秋春。
莫以童翁是，桓仁草木邻。

124. 汉江宴别

汉广不分天，乾坤共度年。
移舟何不止，逐水问源泉。
世事浮冠盖，风云落羽宣。
三秋闻雁字，一别望秦川。

125. 初发荆府赠长史

荆门一水流，楚客半春秋。
有谪何年望，无明几载忧。
群公天下策，诸子世中游。
上下东西问，阴晴彼此愁。

126. 晚泊湘江

三湘一日流，九脉半天州。
五岭恓惶客，行山只度舟。
心依随雁字，目望故人留。
别泪成行流，离情不可愁。

127. 过蛮洞

珠流十万松，越岭千重容。
竹影婆娑摆，围楼左右逢。
渔樵非是隐，斫钓已成宗。
客社当家子，邕江彼此从。

128. 经梧州

年年是物华，处处少人家。
桂粤无霜雪，澜沧西浪花。
群峰立壁屹，独木成林崖。
一鸟惊飞去，三江落岸沙。

129. 渡吴江别王长史

靠椅别离船，书成雁不传。
江连天地阔，水满去来川。
举剑茫茫问，弯弓处处弦。
云遮邈际树，月隐夜时圆。

130. 泛镜湖南溪

十八折中音，三千弟子琴。
南溪溪水响，玉镜镜湖禽。
若惹胡笳曲，天台越女吟。
丛篁花色浅，玉树木林深。

131. 游韶州广界寺

影殿落丹霞，香炉铸玉纱。
莲房衔象鸟，砌蹋雨云花。
广界摇金铎，慈恩遍布华。
何愁前路远，一度两天涯。

132. 途中寒食题黄梅临江驿寄崔融

谪处逢寒食，迁中遏暮春。
黄花江驿渡，渭水洛阳人。
北国怀明主，南极逐旧臣。
举步长亭问，行程日月频。

133. 宿清远峡山寺

古刹寥寥半谷川，深山寂寂一流泉。
空空荡荡香烟近，静静闻闻夜月悬。
清远峡，性天年，无喧点石木相传。
晨钟自是遥遥序，暮鼓应时处处怜。

134. 题大庾岭北驿

不见陇头梅，还闻大庾台。
潮升江上水，日落夕边岚。
月上家乡梦，心中草木恢。
当知南飞雁，已从洛阳来。

135. 度大庾岭

度岭方辞国，思乡去来回。
停心停不止，举步举无猜。
北陆长安望，南洋木槿开。
朝朝还暮暮，色色又开开。

136. 端州别袁侍郎

合浦一端溪，临流半玉堤。
殷殷南北岸，水水沿东西。
宿鸟栖栖问，孤猿静夜啼。
时时无彼此，处处有高低。

137. 梁宣王挽词三首

之一：
功高盖世人，善永不防身。
报国英雄志，衣冠士子邻。
之二：
邦家一国忧，日月半心游。
土地乾坤客，江山社稷舟。
之三：
一迹足千年，三生作万泉。
黄云曛草木，白鹤逐秦川。

138. 过史正议宅

剑几自成传，池台可墨宣。
新尘亡问迹，故语旧交年。
正议香兰芷，吴中越客怜。
芙蓉沧海见，杜若可桑田。

139. 鲁忠王挽词三首

之一：

五月同盟会，三春共地天。
千年从此去，百岁已源泉。

之二：

贤良一故乡，苦役半凋肠。
父子成田地，山河作柳杨。

之三：

树羽已成春，枝干作故人。
年年阴土地，处处共乡邻。

140. 范阳王挽词二首

举代范阳王，贤良一相堂。
河图龟洛易，社稷世人昌。

141. 故赵王属赠黄门侍郎上官公挽词三首

之一：

谪去因丞相，归来属帝虚。
周原寻越岭，旧业赵王居。

之二：

松门印绶荣，晓露自圆明。
伯起杨不语，衣冠逐世倾。

之三：

不可一朝歌，难成半玉珂。
宸机方别去，曲薤露珠多。

142. 药

采药一神仙，寻芒半壁悬。
神农知百草，苦口可千年。

143. 奉和九日登慈恩寺浮图应制

九日慈恩寺，三秋瑞塔台。
重阳重宝气，菊色菊花开。
凤乐余音远，金霄肃宇裁。
茱萸同令忆，老少共徘徊。

144. 送沙门弘景道俊玄奘还荆州应制

慈恩道俊一玄奘，杖钵沙门半柳杨。
日近弥天弘景致，荆州渭北以津梁。

145. 春日芙蓉园侍宴应制

春光小杏红，竹叶半东风。
院隔飞花色，墙邻玉女裹。
莺啼声小小，妾步履轻轻。
不尽相思意，无言夕照中。

146. 咏笛

短笛梅花落，长吟六七声。
阳关三叠弄，唱晚五湖情。
下里东流水，关山月色明。
胡笳相伴侣，子赋互邻盟。

147. 咏钟

磬语一留行，钟音半鼎鸣。
晨时惊过客，律节向空盟。
渭邑乱天地，平陵序玉缨。
完完呈世界，落落有余声。

148. 花落

一曲梅花落，三春草木荣。
群芳知吐艳，百秀已倾城。
小叶尖圆色，中枝简色平。
东风云雨后，世界久无声。

149. 旅宿淮阳亭口号

淮南一暮亭，夕日半山屏。
桂水东流去，黄河曲折青。
潇湘客落雁，沐泗纳心灵。
屹石山峰列，江华座右铭。

150. 内题赋得巫山雨

暮下知行雨，朝来可逐云。
高唐神女梦，楚客作襄君。
十二峰光色，三千草木裙。
荆门开口渡，白帝峡流分。

151. 王昭君

无情不画师，有望已知迟。
汉地葡萄酒，胡营月月姿。
琵琶声曲曲，甲帐舞移移。
赤子应天地，单于可世仪。

152. 铜雀台

一旦雄图尽，千声霸主回。
孤鸣铜雀在，草木锁残台。
旧日曾分鼎，今风已肃哀。
谁随三国去，过客半徘徊。

153. 巫山高

巫山十二峰，白帝三千客。
宋玉高台赋，襄王峡口踪。
江流神女问，栈道蜀人封。
水日何朝暮，云浮雨落重。

154. 望月有怀

月月年年上下弦，圆圆缺缺去来烟。
钩钩半半寒宫桂，暮暮朝朝挂荚悬。

155. 驾出长安

八水绕长安，千年御玉盘。
时时承雪月，日日挽波澜。

156. 饯中书侍郎来济

灞岸一辰昏，南山半阙门。
河梁回万象，六郡侍千恩。

157. 奉和春初幸太平公主南庄应制

青门一路凤凰台，浐水三丰御驾来。
紫气东城杨柳色，南庄玉液百花开。

158. 三阳宫侍宴应制得幽字

离宫别院一瀛州，洞府仙人半壑幽。
树色含烟去不定，泉光映壁水轻流。

159. 奉和晦日幸昆明池应制

节晦瑶池客，沧波玉液杯。
周王三乐至，汉武一天才。
渭水长安色，河梁帐殿台。
何须箴荚易，自有夜珠来。

纪事云：中宗正月晦日，幸昆明池，赋诗，群臣应制百余篇，结彩楼，上命上官昭荣选一乎当上作御曲。

群臣须臾纸落，唯沈宋二诗居首，工力番当，然宋"自有未来"当末句，高于沈末句。去"微臣雕朽"才气尽矣不及

宋诗。群臣皆服。

紫气尤荣成淑瑞，阳春白雪作中堂。

160. 奉和幸大荐福寺

不负六铢衣，应闻宝剑稀。
中天逢驾象，法殿正王归。
玉女凭窗影，金童对柴扉。
钟声遥四面，磬语达千闱。

161. 奉和幸三会寺应制（传是仓颉造字台）

中华一字来，夏邑半章台。
证果禅心智，思心久慧开。
浮图成睿想，塔寺雅书才。
日上千峰定，人中万步催。

162. 奉和荐福寺应制

荐福一灵光，知音半世扬。
如来如自己，普渡普心章。
涌塔中庭问，香炉烟彼此。
朝朝归去见，处处向天堂。

163. 奉和幸神皋亭应制

秦川一半云，渭水三千君。
古道遥遥见，新丰处处闻。
神皋亭外望，汉泽浔难分。
水水天口合，空空色色曛。

164. 奉和幸长安故城未央宫应制

汉帝未承秦，萧何已造民。
新宫成宇宙，故步作秋春。
殿阁凭天起，楼宫任地钧。
山河依道路，社稷可臣民。

165. 扈从登封告成颂应制

登封颂告成，万国使驱明。
岳踌清幽浃，川途凤辇荣。
喧喧夷夏果，泽泽会阴晴。
愚愿随天地，衣冠正玉瑛。

166. 奉和幸韦嗣立山庄侍宴应制

琴书未尽一山庄，日月还来半豫章。
芒槿初平荣剑履，枢庭俱与国南光。
东方地隐花心酒，北陆天明草木长。

167. 宴安乐公主宅得空字

外馆半苍空，中庭一新丰。
星槎先后客，仙来月日同。
秦台闻弄玉，魏阙问曹公。
酒坞三千子，兰缨一大风。

168. 春日郑协律山亭陪宴饯郑卿同用郊字

潘圆近郭郊，爱客似归巢。
酒醉方知己，文成似解庖。
平分阡陌畦，独立异同胞。
暗竹侵山径，垂杨色满梢。

169. 和姚给事寓直之作

玉漏对朝阳，高才拜豫章。
英文天地客，谏论去来纲。
白简天台客，红霞晓旭光。
芳兰香又满，刻箭唤中堂。

170. 酬李丹徒见赠之作

遥闻近把一惊雷，博广精深半玉杯。
小小由去成大大，冬梅未了换春梅。

171. 和库部李员外秋夜寓直之作

肃肃一秋明，遥遥半玉瑛。
高高天地色，寂寂殿宫行。
节律春秋见，思谋侣省清。
阳和由玉漏，寓直任阴晴。

172. 使过襄阳登凤林寺阁

莲舟泊钓矶，寺阁隐天机。
汉道平明见，秦川渭水依。
山云浮又落，宿鸟夜还飞。
有欲何须止，无图不可归。

173. 宋公宅送宁谏议

宁公论宅茅，谏议向心毫。
爱创分阡陌，更诛合订刀。
三光平楚汉，九脉逐波涛。
魏帝文姬问，荆州蜀国旄。
秋荷承白露，结子作战友。

174. 送合宫苏明府颐

击南一径疏，汉水半音余。
秉烛闻鸡舞，悬梁自读书。
皇池明府策，玉掖国人初。
不隐商山老，樵渔自在居。

175. 送杨六望赴金水

借问梁山路，无闻绝壁城。
遥州力作字，屹石剑为盟。
月缺君先去，重圆六望英。
临邛寻酒肆，蜀道向人生。

176. 下桂江龙目滩

三龙一目滩，九桂两青丹。
石柱惊天立，轻舟逐水澜。
江峰从日浇，瀑雨逐云残。
只向苍梧去，何愁蜀道难。

177. 入泷州江

孤舟泛泛入泷州，瘴疠江舟过木楼。
热火朝天蒸天地，浮云遍地大江流。
文身报国成恩早，乖俗求名慕玉优。
外域鱼鲸曾跳跃，披荒斩棘几思愁。

178. 始安秋日

桂粤只秋春，江流可木林。
云平烟水近，露重洛阳濑。
两岸青峰壁，千泉逐石茵。
何须黄龙问，渭水自径沦。

179. 桂州黄潭舜祠

丰越舜来巡，三湘竹泪频。
无言千水路，不尽二妃亲。
古祠黄潭静，新流逐世津。
归心初到此，鸟别复惊人。

180. 登粤王台

步上苏王台，人中镇海才。
天涯天际远，地角地无回。
谪客听潮起，移臣任日催。
珠江千水去，越秀五羊来。

181. 早发始兴江口至虚氏村作

远去越王台，虚村晓旭开。
浮云江口落，水气蚌中来。
薜荔青红色，槟榔直竖才。
溪泉流不住，日月署蒸催。

182. 发藤州

苔藓步迹行，石画向心明。
问馆玄猿目，离舟宿鸟惊。
千花芳草地，万籁月无声。
渚浦三界静，芒兰一夜明。

183. 游称心寺

释事纳千城，禅房解万情。
江潮鸣不定，宿鸟月来惊。
贝叶书天意，金沙纳雨萌。
轻轻闻界定，静静读心经。

184. 游法华寺

禅音一法华，贝叶半金沙。
舍利行深子，菩提二月花。
如来般若智，释子度人家。
塔影灵心姓，炉香主持娑。

185. 夜渡吴淞江怀古

震泽一帆云，淞江半雨氲。
何言谋策远，不必问吴君。
历剑悲风近，潮声正地闻。
江流千万里，自古一芳芬。

186. 谒禹庙

一雨见苍梧，三湘作水都。
千流随谷去，万壑任江苏。
夏帝金符力，玄夷自独孤。
衣冠成北陆，玉帛作南虞。
不昧笙竽乐，传承治牧躯。
梅梁天下事，殿宇世中隅。
郡职家邦见，山河剩士衢。
昭昭应导引，处处可江湖。

187. 游禹穴回出若邪

禹穴若耶溪，樵风落玉堤。
黄昏颜色好，远近又高低。

太史山翁问，云帆独鸟栖。
朝来何处去，自在向东西。

188. 灵隐寺

纪事云，之问贬归游灵隐寺，夜月极明。长廊行吟曰："鹫岭郁岧峣，龙宫锁寂寥。"久不能续，有老僧点长明灯问曰：少年夜久不寐何耶；之问答曰：偶欲题此寺而兴思不属，即曰：何不云"楼观沧海日，门对浙江潮。"之问愕然，讶其道丽。迟明更访之则不复见，寺僧有知者曰此骆宾王也。

之一：

咫尺一天涯，千年半客家。
天堂灵隐寺，鹫岭主桑麻。

之二：

水调运河家，钱塘汴水华。
长城何铠甲，六合作天涯。

之三：

何求一路来，越女半天台。
日月三皇去，春秋五霸回。
鹫岭一心遥，钱塘八月潮。
楼观山海月，寺对雨云霄。
桂树婆娑影，婵娟玉兔娇。
禅房灵隐去，凤愿渡天桥。

189. 游云门寺

探静云门寺，寻幽礼域城。
心经般若渡，禹穴牧阴晴。
雁塔微云迹，虹桥集太成。
天霄龙不语，但觉慧音鸣。

190. 早发韶州

步步向乡遥，孤孤过小桥。
珠江天外群，洛水北原消。
铁柱标界界，南云谪客潮。
含沙凭射影，直御任文雕。

191. 早入清远峡

山间一线天，峡口半行船。
旭日初红色，清流月半弦。
东西相对照，彼此互含烟。

宿鸟曾先去，惊禽客不宣。

192. 发端州初入西江

宿雨满西江，晴霓半滞窗。
船帆初上举，不忍望家邦。
木寨端州水，男儿女子腔。
头头无是独，步步不成双。

193. 渡汉江

之一：

岭外音书断，寒中雪雨梅。
三冬终自去，二月早春回。

之二：

回乡关古今，过水一鸣禽。
远近曾相许，挂念文母心。

之三：

一世半秋春，三生不近邻。
急急寻旧物，切切问来人。

之四：

南洋木槿红，北国雪花戎。
读子幽燕客，词诗作始终。

之五：

无闻六弟兄，有意一书平。
自此原非是，回头几围城。

194. 嵩山夜还

不住嵩山下，何言此寺中。
流泉鸣自得，晓月挂当空。

195. 湖中别鉴上人

逍遥览上人，律节守中秦。
意在阴晴间，言听日月邻。

196. 题鉴上人房二首

之一：

自在一幽人，何须半壁春。
花开花落去，日上日西秦。

之二

月缺月圆闻，群芳草木分。
禅房应不语，慧觉可鉴君。

197. 答田徵君

凌波伊洛水，逐路晋秦山。

不可长安望，方知帚子还。

198. 伤曹娘二首

之一：

凤落一曹娘，音余半帝乡。

红妆空镜挂，不见对花黄。

之二：

怜娇河伯见，百态向冯夷。

莫弄黄河北，寻姿洛邑迟。

199. 河阳 又作伤曹娘

昔日一河阳，氤氲半故乡。

芳姿千百态，玉树作曹娘。

200. 燕巢军幕

翠幕一春秋，燕巢半九流。

姝娘三界里，日月欲封侯。

201. 苑中遇雪应制

紫苑一神州，霜明半玉流。

飘飘天下具，白雪半红楼。

202. 送司马道士游天台

羽客三清道士行，天台一望满歌笙。

黄云处处游无定，雨雾重重步履盟。

203. 登逍遥楼

逍遥十丈楼，极目一城秋。

雁去衡阳渚，留书一岁休。

204. 奉和春日玩雪应制

东风吹雪万甲城，一片梨花半色倾。

贝叶红楼衣被暖，深楼秀女见春莺。

205. 伤曹娘二首

之一：

一半黄泉路上闻，三千绝色中分。

余音去去还来序，羽袖纷纷又是君。

之二：

楼前玉树半黄昏，曲后仙姿一子孙。

舞尽南朝三百女，声回北国五千村。

206. 以下集不载 郡宅中斋

郡宅藏群岭，春湖饮百泉。

鱼梁云成雨，草甸色移船。

博望明光殿，天台浙越蚕。

丝绸从此路，绡女逐娇妍。

207. 称心寺

菩提船若木，古寺纳清寒。

万壑惊涛远，千流涣逐阔。

沧洲何事近，九署几人宽。

且隐云烟里，诗文向杏坛。

208. 新年作

乡心临岁切，故土入梦田。

老至诗词客，童心日月眠。

羊城知越秀，镇海望洋边。

已作长沙传，何须叹晚年。

209. 剪彩

驻想持金刀，繁花剪李桃。

丝绮纤手绣，彩绣制心袍。

绿藻丛丛色，兰芒叶叶高。

京都三重乐，渭水半波涛。

210. 七夕

彼此聚桥边，相思逐酒前。

婵娟应不在，醒醉但愁眠。

望止银河岸，停梭独叹天。

牛郎南北问，织女去来圆。

211. 桂州陪王都督晦日宴逍遥楼

晦日在溪流，山川问桂州。

逍遥楼上望，莫叶闭中忧。

节律随天令，龙鱼任海浮。

春先风雨是，忘我彼何求。

212. 和赵员外桂阳桥遇佳人

之一：

纷纷细雨桂阳桥，随随佳人佩玉箫。

不上秦楼闻柳岸，红尘白马任天娇。

之二：

柳岸雨云频，杨花一半春。

含情多不语，暗待少来人。

213. 函谷关

人关函谷问，零霭渭泾行。

紫气东来见，青华北陆城。

周牛祥瑞宝，士子客精英。

洛水书先至，河图镇枯荣。

214. 咏省壁画鹤

壁鹤何飞去，浮云几处多。

江连昂首翼，细雨满山河。

215. 广州朱长史座观伎

舞后何来去，人前自是非。

歌中留恋处，路上湿人衣。

216. 谒二妃庙

娥皇付女英，鼓瑟待琴鸣。

舜禹川流水，苍梧日月盟。

何闻斑竹泪，不尽二妃情。

世上无难事，心中有意生。

217. 赠严侍御

侍御一边衣，勋名半世稀。

龙城飞将在，雁寨向京畿。

218. 在荆州重赴岭南

梦泽一秋潮，潇湘一水遥。

荆门初渡口，浥尘岭南桥。

219. 则天皇后挽歌

象物成周曌，衣冠著汉京。

虞闻惊舜去，有里是无平。

220. 邓国太夫人挽歌

邓国太夫人，春秋执耳尘。

何须沧海去，只弃君一身。

221. 杨将军挽歌

阴山一将军，渭水半衣裙。

苦月楼兰战，勋光日月分。

222. 崔湜

崔湜进士字澄澜，三教珠英附武端。

骊转中书门下相，江城司马累劾弹。

襄州刺史华州客，预逆明皇赐死残。

暮与端门诗赋缓，文名张说杏坛观。

223. 塞垣行

书生提笔岘，壮士自东西。
石砾砂风雨，天光大漠鳌。
中军挥将令，探马处阵犀。
位固金汤帐，行营暗壁低。
黄河应勒燕，北海牧人齐。
不待经朝弃，交河映晓霓。

224. 送梁卿王郎中使东蕃吊册

东蕃吊册一梁卿，御使郎中半杰名。
绥靖三边天子路，侯王九夏渭邑城。
旌旗展翼中台望，道路成荣历载盟。
皇家日月同南北，大漠沙风共纵横。

225. 饯唐州高使君赴任

芳春桃李色，物象律荣城。
杖节佩刀赠，唐州制牧行。
高君何不语，日月已倾平。
草木知天地，阴晴共忆情。

226. 冀北春望

冀北一辽田，燕南半汉年。
三河秦晋水，六国赵桑干。
逐鹿中原问，轩辕立鼎天。
英雄应不止，易水可风烟。

227. 景龙二年余自门下平章事削阶授江州员外司马寻拜襄州刺史春日赴襄州途中言志

余生燕赵人，东性晋秦身。
寓直衷心致，孤真籍备辛。
奉禄期耕代，逢休雨荐茵。
明时朝野牧，岁月暮朝臣。
固笔诗词咏，瑶墀草木珍。
中书门下令，凤阙御前巾。
负鼎丝缕系，含章豫鲁邻。
冰壶明始佐，自持楚郢纯。
顾景庐陵郡，襄阳汉水津。
蒙荣江上客，不辱近天钧。
自远何知力，行遥向已尘。
青宫昆弟见，暮日可相亲。

228. 大漠行

秦皇自古筑长城，汉武威风赐北平。
郑吉驱旌幽朔漠，单于帐节养营兵。
萧条北陆成青海，铠甲烟尘挂玉缨。
隐士南山萧索望，东流渭水雪云惊。
木叶飞扬天地界，风云变换去来盟。
兰皋缘尽山川旷，塞谷荒沙动地鸣。
磷石翻沉凝异域，鲲鹏展翼社瑶瀛。
蜃楼海市由人琨，古往今来日月生。

229. 奉和登骊山高顶寓目应制

小高何日近，木翠几林开。
绝顶临川堑，风云自在来。
蓬壶应不学，玉石可天裁。
望远知遥步，经年去不回。

230. 侍宴长宁公主东庄应制

山楼日月一天台，玉宇阴晴半水回。
侍宴长宁公主客，东庄草木自然来。

231. 奉和送金城公主适西蕃应制

西蕃玉树一城楼，日月江源半不休。
念切金城公主去，书生勇士几何求。

232. 幸白鹿观应制

紫箓一灵芒，丹丘半玉池。
香烟香远近，白鹿白观师。
鹤舞秦皇令，臣随汉武姿。
春秋仙不语，日月自相迟。

233. 幸梨园观打球应制

梨园打球声，弟子问疏荣。
净旦生文丑，王侯晋豫平。

234. 慈恩寺九日应制

九日重阳节，三公万寿来。
慈恩天下寺，令律菊花杯。
采集荣英草，登临渭水开。
年年由此望，处处故乡催。

235. 折杨柳

门前杨柳色，枕上去来情。
莫折柔条叶，秋深可独荣。

春风无不止，碧浪涨长缨。
不见音书至，殷殷妾女声。

236. 边愁

故土惹边愁，前程自不休。
蓬恨生旧色，落叶几飘流。
大雪封天地，寒光照宿楼。
回头思梦里，记得十三州。

237. 婕妤怨

怨恨自心中，舒和各不同。
人间由已去，世上有情衷。
望远知遥力，求生向大风。
扬扬垂可域，郁郁独当雄。

238. 酬杜麟台春思

五月洛阳城，千家闭户荣。
红花侵绿叶，碧玉觅群英。
上苑浮香远，瑶池溢水清。
春思应序律，晓镜牡丹明。

239. 寄天台司马先生

不见三元客，还寻九转亭。
天台山水色，缥岭暮朝宁。
雨雨云云盛，天天地地青。
鱼龙何虎豹，草木向汀萍。

240. 唐都尉山池

山池一小舟，曲渚半沧洲。
欲钓高峰木，波平玉树头。
深深深不远，浅浅浅春秋。
俯仰观天府，高低挂月楼。

241. 江楼夕望

江楼不断问江流，故国还寻故国休。
逐鹿中原谁逐鹿，春秋未尽又春秋。

242. 襄城即事

澄澜一步碧襄城，进士三台武后英。
楚鄂天门北北折，池台落照玉烟轻。

243. 秦州薛都督挽词

千年汾水色，十里绛山幽。
一剑留天下，三生付九州。

碑中谁可记，月下不容愁。
草木扶苏处，灵魂日月浮。

244. 奉和春日幸望春宫（一立春内出彩花应制）

逍遥玉辇入离宫，掩绿堆红过大风。
彩剪春风夫尺寸，参差草木有？丛。

245. 春和幸韦嗣立山庄侍宴应制

丞相尚书半故林，山庄睿主一君心。
窗纱纳秀高云露，小径含云俯泽浔。
万籁兰芒香左石，千般玉树作音琴。
秦川养马周天子，渭水东流自古今。

246. 同李员外春闺

一问满长城，三生半帝京。
隋炀修汴水，自及运河瀛。
越女吴儿见，苏杭八月情。
钱塘谁不得，世上几阴晴。

247. 襄阳早秋寄岑侍郎

清霜湿旅衣，汉水渡人稀。
大雁潇湘望，迁臣问帝畿。
襄阳惊落叶，渭邑待珠玑。
始昧终心智，如今已悟机。

248. 赠苏少府赴任江南余时还京

只作一生儒，何言大丈夫。
衔杯空作客，问道复扶苏。
别路流云见，归途草木孤。
行舟秦晋少，立足越寻吴。

249. 登总持寺阁

宿雨一池晴，辰晖木寺明。
秦川龙界净，总持寺天城。
玉石丹炉炼，香烟殿阁生。
何言三界故，不忍五陵平。

250. 早春边城怀归

归人归不去，日落日还升。
故土辽东望，新乡渭邑冰。
寻寻寻末了，达达达香凝。
大漠江南客，平生世界承。

251. 至桃林塞作

之一：

世上桃林塞，人间小杏红。
丹心由世界，白首任苍雄。
柳柳寻天路，昂昂唱大风。
梅花三弄去，下里巴人中。

之二：

白首独相亲，红颜自在人。
由秦由所以，任力任天津。
固见山河水，浮谋日月臣。
终知亭伯去，只是作秋春。

252. 襄阳作

解绶付襄阳，腰章对水乡。
鸣锣开道问，纳郡守黄粱。
好学羊公岘，深谋楚子肠。
鱼龙潜七泽，日月照三湘。

253. 喜入长安

中书一日明，晓旭半天晴。
客尽徵人道，心从古道平。

254. 奉和幸韦嗣立山庄应制

桃源秦汉水，竹径去来人。
尽是山庄路，应间不弃春。

255. 崔液

润甫澄润自弟兄，崔湜液涤著诗城。
龟龙海子东封紫，智善明皇御史荣。

256. 踏歌词二首

之一：

仙姬一画堂，彩女半留香。
艳色分花草，鸳鸯比翼长。

之二：

榭外一花明，楼前半玉英。
金台春已暖，上苑西初晴。

257. 代春闺二首

之一：

柳叶初生色未来，飞鸣未至草先开。
茵茵十月梅花落，楚楚春尺可裁。

之二：

青楼晓镜半霓红，彩帐罗衣一玉宫。
不到渔阳心又梦，朝朝暮暮忆无穷。

258. 上元夜六首

之一：

玉漏银壶一箭裁，金关铁锁半天台。
谁家独女寻何欲，赏月孤情夜梦来。

之二：

空中不散玉壶光，月下徘徊独步凉。
去日音书从漠北，如今却悔到渔阳。

之三：

草色新发似去年，冬梅又落问今天。
飞鸿隔岁思南北，妾女经春问戍边。

之四：

潼关一路问青牛，老子千章对九州。
但以文华成日月，何须武勇作春秋。

之五：

公子王孙意气骄，鸡声店月取逍遥。
城中市上怜长袖，碧玉姑苏问小桥。

之六：

星移北斗口常开，物律南山石满台。
望望观观天意在，荣荣辱辱不徘徊。

259. 冀北春望

北望半家乡，南闻一柳杨。
辽东兄弟问，燕赵近渔阳。
易水知君子，河间向豫章。
无须寻旧迹，不可忘黄粱。

260. 拟古神女宛转歌二首

之一：

风清月朗一琴声，石阴溪流半谷鸣。
宛转循环非本意，春秋直正是枯荣。

之二：

曲曲湾湾一水城，扶扶直直半林英。
忠忠正正成天下，缺缺圆圆作女情。

261. 崔涤

三崔一弟兄，六郡半诗名。
共事明皇州，同朝各死生。

262. 望韩公堆

韩公堆上望秦川，帝子朝中问旧年。

独去荆州谁不见，明皇渭水作梨园。

唐·李思训
江帆楼阁图

读写全唐诗五万首
第二函

第二函　第一册

1. 王勃

王勃字子安，六岁绛州冠。

及第龙门客，高宗土木残。

参军行客剑，交趾海波澜。

四杰名天下，滕王一阁观。

2. 上巳浮江宴韵得址字

四顾金台址，三河一咫尺。

知山从此落，万水以流美。

色得源泉始，情随日月里。

山峰因石立，雨露雾云里。

3. 春日宴乐游园赋韵得接字

一路东风雨，三春见小叶。

晴明多色丽，碧玉少黄楼。

柳甸随阳煦，长亭任五叠。

关山何万里，独月不明妾。

4. 倬彼我系

勃兄励序曰：倬彼我系舍弟虢州参军勃所作也仿迫乎家贫道未成而受禄不得如古之君子四十强而仕也。故体其情性原其事业因陈先人之迹以议书处致天爵之艰难也。

公侯社别一分疆，晋厉周王半豫章。

有器思逢其主就，衣冠宋卫士秦皇。

东西四顾黄河曲，若此三生各柳杨。

岂顾屈申田宇下，伊流魏阙太原乡。

人贫有志攀高望，力士无才莫未央。

地利天时君子道，行前断后梦黄粱。

咸诗礼乐孙谋客，卒代余音问废昌。

四十成名行而立，高山仰止逐其芳。

忧心切切翻愁祖，岁养殷殷付役装。

友哺其声应所见，参卿实存凤求凰。

尊尊惜惜卑卑问，辱辱荣荣怯怯尝。

去去来来何以士，成成败败自由郎。

5. 山亭夜宴

山亭桂宇一幽襟，夜气凉风半宿禽。

醒醉何无分六界，汀荷竹影玉满浔。

6. 咏风

疏疏一叶摇，起起半天霄。

不见还闻动，无形有力消。

江流驱未止，草木受波潮。

雨迹从天落，非云净日昭。

7. 怀仙

序：

客有自幽山来者起予以林壑之事，而烟霞在焉。思解缨绂永咏山水，神与道超迹为形滞，故书其事焉。

诗：

缨绂未解一幽山，谷壑松林半壁关。

但以烟霞仙界定，蓬莱海日几回还。

8. 忽梦游仙

成山头上望，海日客中长。

玉石何分定，扶桑渡口泱。

徐福无本木，秦皇有帝王。

谁求谁不止，可欲可黄粱。

9. 杂曲

文君始约琴音，酒市临邛自斟。

曲韵长门赋继，相如彼此如今。

10. 秋夜长

月夜长，纺织娘，

望尽寒宫桂影藏，崇兰委质雁南翔。

雁南翔，落衡阳，秦川渭水又炎凉。

四顾长安见吕梁。见吕梁，回故乡。

晋冀幽州问柳杨，楼兰宿夜短衣裳。

短衣裳，雪加雪，音书已绝徵夫望。

月夜相思又断肠。

11. 采莲曲

秋风欲起采莲来，暮色荷塘五色开。

绿水芙蓉红粉半，成心结子著巢台。

罗裙未解瑶池岸，莫以牛郎取去回。

自顾丰姿颜色好，吴姬越女楚人才。

12. 临高台

一目半长亭，三生十地青。

长安千万客，渭津两三萍。

不上高台顶，何言帝子灵。

旗风铜雀去，酒市柏梁龄。

13. 圣泉宴

列籍饮春泉，披襟俯望天。

云深深似海，岸石石如烟。

影落瑶台色，波摇玉兔悬。

星何移北斗，旷物易桑田。

14. 散关晨度

一旦散关开，千山故步来。

风尘清西浥，日晓色天台。

白马心经在，青牛古道回。

春秋藏日月，老子望崔嵬。

15. 寻道观（即昌利观　张天师居也）

天师一道观，桂国半天澜。

石阙蓬勃立，丹炉玉石盘。

枢笈分玉宇，吾岳著顶坛。

洞府封云雨，金箱锁佩峦。

16. 滕王阁

滕王一阁九江来，赣水千波一路开。

故郡南昌南粤望，浔阳北斗北楚回。
层楼步步朝云醉，芷岸重重暮雨杯。
但以清风明月问，诗词曲赋古人才。

17. 别薛华

遑遑一路遥，水水半无桥。
别别还回首，凄凄折柳条。
朝朝寻旧履，夜夜问津潮。
梦梦何难醒，亭亭谢玉霄。

18. 重别薛华

一去半秦川，三秋九别年。
楼台风雨色，驿道暮云烟。
旅泊应回首，栖遑隔陌阡。
长安明月照，渭邑作君田。

19. 游梵宇三觉寺

雕台三觉寺，贝叶一人心。
古道青峰序，天竺已古今。
禅云浮峡口，石壁木成林。
两岸知般若，十般问世音。

20. 麻平晚行

高低寻戍道，彼此问天庭。
远近从新履，西东任旧铭。
麻平平复曲，暮晚晚长亭。
独草寄榠角，零丁对日宁。

21. 送卢主簿

途穷非主簿，路短是长亭。
独步循天意，孤身对日星。
阴晴三世界，草木一丹青。
苦苦从前步，因因座右铭。

22. 饯韦兵曹

别袂一飘摇，冠中半玉霄。
江流明两岸，日暮隔知寥。
野次非来去，山村见柳条。
无为多少问，不想去回遥。

23. 白下驿饯唐少府

白下驿交情，昌序少府名。
相知相见许，独去独来盟。

晚照临时宿，辰光上路程。
年年行未止，处处作人生。

24. 杜少府之任蜀州

三秦望蜀州，九脉任江流。
辅阙风烟路，天津日月舟。
知人知自己，问道问春秋。
海角同天地，长安共莫愁。

25. 仲春郊外

一路垂杨柳，三春碧晋秦。
桃花初问李，石径满红尘。
八水明京照，长岁润物新。
风光从日月，律令向天津。

26. 郊兴

人生步步半围城，事事重重一世英。
细雨幽幽知润物，疾风处处扫阴晴。
郊兴自以闲心赋，鸟语花香左石营。
山径芒兰三月早，荒云日月五湖明。

27. 郊园纪事

竹仵一书人，烟霞半雨新。
云光浮未尽，草木满知春。
北院红芍药，南亭杏李匀。
梨花初铺就，五月满红尘。

28. 观佛迹寺

佛迹寺边闻，如来日月分。
观音观自己，二月始芳芬。
水浅明天地，莲花普渡曛。
方圆般若慧，大觉苦耕耘。

29. 山居晚眺赠王道士

俗宇一金坛，群仙半比干。
姜公封百位，道士炼青丹。
洞府文琴引，晴云石玉盘。
曛风连日月，竹木自天宽。

30. 八仙迳

松森已九仙，独木入三圆。
但向钟离拜，成林洞府天。
阴晴由自己，雾木任方圆。

弃俗除尘见，芒兰半亩田。

31. 春日还郊

步履探云泉，云烟访雾边。
青苔深已厚，石柱自重川。
映照寒宫月，耶溪浣女莲。
还赴平子赋，玉树范蠡眠。

32. 对酒春园作

狭水一河梁，川云半曲肠。
高花香未远，玉宇度天光。
对酒春园醉，听莺五月长。
千杯何必醒，百念月宫凰。

33. 观内怀仙

金坛旧迹一仙观，玉架周书半页残。
乳石溪流成羽翼，咸阳渭水久波澜。

34. 秋日别王长史

别路茫茫几短长，相思郁郁自离伤。
苍烟落照终回首，梦里由衷是故乡。

35. 上巳浮江宴韵得遥字

上巳一初朝，中川半不遥。
梅花心已动，玉树碧新条。
涧谷泉声远，浮云逐日辽。
香山成紫气，翠鸟上云霄。

36. 长柳

然然一柳长，处处半天光。
小路适天地，中川逐石梁。
渔歌常唱晚，牧笛曲还扬。
跬步知前后，枯荣自故乡。

37. 铜雀伎二首

之一：

漳河铜雀伎，邺邑妾炎凉。
曲榭平生色，台亭任女香。
西陵荒土地，槊影旷君王。
野草残花少，求凰凤不乡。

之二：

妾已弃清宫，心重守故红。
英雄如有意，弱女逐英雄。

邺建铜台伎，漳流颂大风。
罗衣由自解，释意客西东。

38. 羁游饯别

陇路长长短，思情继继长。
离离还别别，柳柳又扬扬。
木槿知朝暮，芙蓉去来塘。
山川随日月，草木逐炎凉。

39. 易阳早发

辛勤逐晓星，苦历向丹青。
一路长亭近，三生日月灵。
耕耘田亩上，跬步探泉冷。
直道通天宇，回梁作翠屏。

40. 焦岸早行和陆四

暗重未黎明，星移等映英。
猿声侵湿露，宿鸟隐栖惊。
暖叶巢温故，流萤不忍情。
乡关应未顾，步下是平生。

41. 深湾夜宿

堰绝滩声隐，深湾月色明。
栖栖归鸟尽，驿社女儿声。
步步临阶石，丁丁木履横。
随身何不济，木砧捣衣轻。

42. 伤裴录事丧子

人间一事孙，世上半黄昏。
日日耕耘处，时时父母恩。

43. 泥溪

泥溪一石泉，沼泽半云天。
石子成缝屹，晴沙作草田。
流流清不止，逐逐岸涛宣。
浦口浮萍动，东流作雨烟。

44. 三月曲水宴得烟字

长安三月早，曲水五湖烟。
进士诗词赋，状元草木泉。
文章惊日月，海阔对桑田。
地厚成龙泽，天高富紫烟。

45. 秋日仙游观赠道士

河图分帝宇，洛水合云烟。
道士青牛问，灵宫洞府年。
仙游观未止，客度对苍天。
石谷川溪尘，源流远近泉。

46. 晚留凤州

情留一凤州，月送半村牛。
不向潼关去，何言道情修。

47. 羁春

处处落花飞，年年客不归。
回顾长亭外，三生问是非。

48. 林塘怀友

何如山水路，一路岸林塘。
雪月风云静，梅花落后香。

49. 山扉夜坐

山扉问古今，旷野待鸣禽。
沽酒丝弦见，林塘草木音。

50. 春庄

山前香径狭，雨后润乔林。
碧色催新绿，春庄未附荫。

51. 春游

纷纷细雨新，处处嗅云亲。
树下初春笋，林中岸草津。

52. 春园

春园百草扬，旷野半花香。
可醉何言醉，行吟向故乡。

53. 林泉独饮

独饮一林泉，荒丘半醉眠。
相思明月下，故约雨中莲。

54. 登城春望

物外一山川，春中半露泉。
新芳成紫气，旧木作天年。

55. 他乡叙兴

缀叶已成烟，流花作色泉。

红泥香不语，玉酒对心田。

56. 夜兴

暮垂一云烟，池明半陌阡。
巢深栖隐鸟，水浅宿舟眠。

57. 临江二首

之一：

木影半临江，无根一独双。
清宫何玉树，酒醉问家邦。

之二：

别路一山秋，新寒半九州。
苍山何不语，落日付江流。

58. 江亭夜月送别二首

之一：

一水过巴南，三川塞北谙。
长安应可问，别意落深潭。

之二：

巴南一水流，塞北半春秋。
别云江山阔，归来问九州。

59. 别人四首

之一：

不尽一余情，还寻半断声。
遥遥知马力，远远是生平。

之二：

水阔积云烟，急流不载船。
随波沧海去，化作易桑田。

之三：

不见帮人来，唯知月色开。
推窗酒气望，闭目楚文才。

之四：

净末一霜华，天穷半雪花。
千山封玉气，十里见人家。

60. 赠李十四四首

之一：

野客问茅山，江苏半玉颜。
三清多少路，九鼎列仙班。

之二：

小径有人家，孤云问晓霞。
山青林木里，野色牡丹花。

之三：

竹影婆娑舞，林塘日月升。

朦胧云雾里，草木露香凝。

之四：

孤身一玉杯，月影半徘徊。

醒醉何因果，枯荣日月催。

61. 早春野望

旷野一云霄，横江半小桥。

移舟山水渡，逐色上春潮。

62. 山中

暮叶一山中，明池半壁东。

风轻时已晚，霜明老木红。

63. 冬郊行望

行行作日程，步步逐霜城。

木木秋风肃，冬冬腊月情。

64. 寒夜思友三首

之一：

久别半侵心，相思一梦寻。

无曾相约定，百岁木成林。

之二：

日月一音琴，江河半水浔。

平生何所以，草木自甘霖。

之三：

夜夜暮江边，朝朝晓日船。

人生曾彼此，隔岸去留年。

65. 始平晚息

蜀道巴中栈，陈仓二月花。

幽幽云雨岸，处处是人家。

66. 扶风昼届离京浸远

扶风近帝乡，渭水逐鱼梁。

秦川千里望，养马一泉傍。

67. 普安建阴题壁

楚汉一鸿沟，鸿门半滇刘。

吴门分子弟，未了是春秋。

68. 九日

九日一重阳，三秋半吕梁。

何听三叠远，不见葡花香。

69. 秋江送别二首

之一：

山山水水一东流，互互相相半九州。

别别离离分合共，形形影影作春秋。

之二：

不是归舟是去州，乡情已远付江流。

秋明肃肃秦川谷，落叶幽幽渭水头。

70. 蜀中九日

大雁何从北国来，衡阳已作故乡台。

来来去去人生路，苦苦辛辛理醉杯。

71. 寒夜怀友杂体二首

之一：

一度微鸿半度乡，三湘草木两湘黄。

茫茫浦芷云烟雨，岁岁衡阳路短长。

之二：

步步层楼望远天，遥遥暮色纳离舟。

江陵白下红妆卸，白帝巫山自莫愁。

72. 落花落

幽幽一落花，处处半天涯。

比比红尘近，邻邻日月遮。

冬梅寒月色，杏李晓红霞。

不见香泥晚，秋来作豆瓜。

73. 九日怀封元寂

九日花香落别衣，三秋木叶去人稀。

人行远道文章在，虎踞高山别有机。

74. 出境游山二首

之一：

海陆已成尘，元龟作化身。

临朝明露见，洞府道君邻。

有路逢源水，无为逐世尊。

人生如此道，济泽始秋春。

之二：

俗影一风尘，乡思半苦津。

无为无自己，有道有秋春。

事事三清净，人人九鼎钧。

江山应物外，日月可经纶。

75. 河阳桥代窦郎中佳人答杨中舍

织女天河岸，牛郎世俗心。

人间应所愿，七夕鹊桥音。

76. 王勔　王勃兄，累官泾州刺史（晦日宴高氏林亭同用华字）

上序林亭晚，中天物象华。

清光明宇宙，竹影静人家。

旧渚侵沙径，新萍左石斛。

三声呼弟子，一风入窗纱。

77. 李峤

李峤字巨山，大手笔天颜。

凤阁知周武，鸾台自曲弯。

王扬名未就，复以崔苏还。

老子文章宿，才思列祖班。

78. 奉教追赴九成宫途中口号

奉教九成宫，唯闻一大风。

梁游从委质，阜眺任苍空。

策事秦淮客，扶苏塞北雄。

军中蒙恬治，笔上制天功。

79. 秋山望月酬李骑曹

亭中月影明，水上玉峰清。

数雁分人字，轮回自北行

80. 和同府李祭酒休沐田居

列位序簪缨，里居寄隐情。

人人奇想志，客客俗心成。

地利屋前水，开扉后岭晴。

葡萄何以醉，尽是玉壶英。

81. 扈从还洛呈侍从群官

赴洛正冠巾，从秦付石钧。

千秋呈玉宇，万岁瞩秋春。

虎豹由天起，鱼龙自水溅。

层层三界石，步步一天津。

82. 奉使筑朔方六州城率尔而作

三边一朔方，九鼎半无疆。

北海无草木，秦川可牧羊。

何须行仞石，但筑六州墙。
以此分南北，由来一战伤。

83. 早发苦竹馆

苦竹同根叶，婆娑共影长。
枯荣云雨色，早晚露冰霜。
合沓峰下，朦胧日月光。
含烟杨柳岸，纳世素丹芳。

84. 安辑岭表事平罢归

不持雄心宝剑还，昆仑莽莽共天山。
白简朱方云一半，九曲黄河十八弯。

85. 鹧鸪

不可闻鹧鸪，田耕一半声。
朝来阡陌力，暮去雨云情。
女女由心问，姑姑向日鸣。
夫夫何不语，丈丈儿阴晴。

86. 清明日龙门游泛

日上一龙门，云中半子孙。
京都天子邑，汉魏古人村。
洛邑封王界，伊川著木根。
林光含淑气，草色纳乾坤。

87. 云

去飞一吕梁，雨落半家乡。
置腹行天地，推心上太行。
农功阳道至，土木日色扬。
六合凌朝暮，千津纳夏凉。

88. 拟古东飞伯劳西飞燕

东来青鸟又西飞，凤岛凰楼独自稀。
玉佩罗裙当陌舞，传书又云几时归。

89. 宝剑篇

宝锷藏锋一剑英，吴海纳淬半池明。
红云五彩三金冶，绿水丹炉九脉荣。
瑞鸡翔飞分腹背，文龟静寂易纵横。

90. 汾阴行

汾流一路行，日月半阴晴。
二叶秦家尽，三珠筑晋英。

河东扬紫气，陆北待江瀛。
夜宿华山月，朝辞渭水明。
西凉全盛间，魏阙几何城。
法驾临河畔，诏书挂帐筵。
南山藏隐子，羽扇去来荣。
意气豪雄在，殊帘界世倾。

91. 中宗降诞日长宁公主满月侍宴应制

神龙见象英，日月养英鸣。
满月高堂祝，金筐玉韵平。
长宁长寿语，方寿万岁夸。
六合方圆阔，三光彼此明。

92. 奉和送金城公主适西蕃应制

汉童始戎亲，西蕃已泯尘。
金城公主适，玉树自新春。
日月山中去，乾坤路上频。
长安青海客，松赞千部邻。

93. 侍宴长宁公主东庄应制

纪事云长宁公主韦庶人所生，降杨慎，造第东都府财几竭，又取西京高士廉第左金吾卫废营合为宅，作三重楼筑山浚池，帝及后数临幸置酒赋诗，峤等属和即东庄也。

长宁公主一东庄，帝后金营半豫章。
别业重楼三筑滩，池台北渚五湖乡。

94. 立春日侍宴内殿出剪彩花应制

春风剪彩花，碧玉向梅斜。
草木应齐雨，茵茵身帝家。

95. 奉和人日清晖阁宴群臣遇雪应制

三阳一阁新，七日半灵宸。
雪色天光就，云平覆万瀛。
传芳扬绿蚁，谢玉待天津。
彩刀东风剪，梨花铺地均。

96. 奉和春日游苑喜雨应制

香留万寿杯，雨滞半花台。
二月红泥湿，三公玉酒回。
含烟云不定，纳露雾难猜。

陌里阡前是，耕耘日月来。

97. 春日侍宴幸芙蓉园应制

芙蓉园里色，上掖苑中花。
小杏临墙立，东风未过崖。
龙门天子客，甘露殿上华。
竹影摇摇落，云光处处斜。

98. 甘露殿侍宴应制

露满一甘泉，云含半雾天。
桥浮浪浪水，雨落比邻船。
玉液银杯注，瑶池侍八仙。
烟霞相互闪，草木碧连筵。

99. 奉和七夕两仪殿会宴应制

天机一玉梭，雀鹊半银河。
织女如何度，牛郎唱九歌。

100. 奉和九月九日登慈恩寺浮图应制

茱萸作玉堂，九日自重阳。
小草初生晚，秋花故不香。
慈恩千仞垒，寺塔万家梁。
梵乐闻天地，浮图致像章。

101. 闰九月九日幸总持寺登浮图应制

总持寺浮图，洞庭一五湖。
三秋知渭水，九日已江苏。
租界观音水，如来以世衢。
何闻朝暮事，不误大千途。

102. 奉和骊山高顶寓目应制

日照一山高，云移半志豪。
山河纵陌见，骊顶驿风袍。
不远闻陵树，回闻渭水涛。
西秦天山岸，炼石女娲陶。

103. 幸白鹿观应制

旌旗白鹿观，围辇逐金銮。
洞府藏仙气，丹炉玉石坛。
三清溪自洁，五鼎列天安。
举目寻千里，青云付百冠。

104. 游禁苑陪幸临渭亭遇雪应制

雨雪雾云烟，霁濑霰露泉。
梨花霜覆辣，禁苑径流川。
渭水临亭去，长安比岁年。
江山秦晋树，日月暮朝田。

105. 送沙门弘景道俊玄奘还荆州应制

道俊一沙门，玄奘半子孙。
荆州弘景客，净域自乾坤。
杖钵津梁度，阴晴日月恨。
天竺多少路，雁塔著慈恩。

106. 晚景怅然简二三子

若赋半梁台，梧桐一叶开。
池华天下水，白马去还来。

107. 酬杜五弟晴朝独坐见赠

平明虚馆坐，独望日西来。
竹影分先后，朝光逐隙开。
高低平树色，左右共徘徊。
但与山阳会，知音对楚才。

108. 同赋山居七夕

山居同七夕，白露共三清。
石壁寒泉落，川流玉谷鸣。
银河分两岸，乞巧会心英。
织女牛郎月，云桥鹊不声。

109. 送崔主簿赴沧州

紫陌赴沧州，青门逐九流。
期年方酒醉，主簿已无忧。
独木成林见，幽兰弃野秋。
同圆千里月，共度五湖舟。

110. 寒食清明日早赴王门率成

清明龙井碧，虎跑二泉清。
鹫岭飞来见，钱塘六合晴。
湖心风雪月，柳浪客闻莺。
一塔三潭色，孤山半水平。

111. 和周记室从驾晓发合璧宫

潜龙渊寂寂，玉凤羽丰丰。
晓驾鸣天宇，辰霞慰大风。
旗舒云日色，仗幄御人夷。
粉树芳衢路，花先合璧宫。

112. 和杜侍御太清台宿直旦有怀

辰光一片云，晓色半天分。
旦鸟初离木，梁巢日上曛。
田家禾露润，直客谏朝君。
宿梦惊何醒，飞凫自组群。

113. 和杜学士江南初霁羁怀

宿雨大江开，江南逐棹来。
春流流不尽，诸草渚青苔。
水树分晴岸，风云合璧裁。
沙洲川鸟落，雾重卷香梅。

114. 送李邕

黄昏一远郊，大雁不归巢。
塞北风霜至，衡阳咫尺茅。

115. 又送别

一路方成客，三芳未作情。
千程行止见，万里作书生。
上掖瑶池水，蓬莱日月明。
黄河流去水，曲折到东营。

116. 饯骆四二首

之一：
平生故步封，斗酒不愁容。
醒醉何求问，行程作足踪。
风云钟鼓继，日月几相逢。
别绪长亭望，秋山又几重。

之二：
甲第一长灯，冠巾半茂陵。
良宵常秉烛，月夜玉香凝。
远道三千里，寒冬百丈冰。
春秋年岁见，老少去去承。

117. 春日游苑喜雨应诏

上苑问芳菲，春风向翠微。
红颜珠玉落，细雨带花归。

118. 九日应制得欢字

重阳一日欢，令律半芒兰。
肃穆天街路，高风亮节宽。
苍空天际见，玉宇曲中弹。
御酒金杯满，茱萸万山夕。

119. 一月作

柳陌一莺鸣，林塘四岸明。
云烟含紫若，二月属阴晴。
草碧生新叶，花蛤集玉英。
芳菲寒又暖，易变向春萌。

120. 二月奉教作

桐花半市飞，野旷半芳扉。
水色明华宇，莺啼入翠微。
川肥流柳絮，日宇暖时归。
小女寻青路，芳春向闺闱。

121. 三月奉教作

四月晚三春，红泥早百尘。
风轻芍药色，雨露牡丹秦。
九夏开头问，千枝万叶新。
生生多力量，处处猿天津。

122. 四月奉教作

杨梅鲜末了，闽色正枇杷。
夏景云中雨，莲塘满雨花。
芙蓉初出水，木槿暮朝华。
半旬头伏曙，三江泛豆瓜。

123. 五月奉教作

汨罗一九歌，碧玉半田螺。
楚客文才去，长沙贾学多。
朱楼红日早，数曙问莲荷。
一片芙蓉色，千声采女娥。

124. 六月奉教作

六月杨梅雨，三江曙气多。
姑苏湖上雨，湿气滞绮罗。
养日阴晴半，烟云带雨荷。
洞庭山里去，越女作吴娥。

125. 七月奉教作

七夕鹊桥横，三河乞巧声。
牛郎牛不语，织女织阴晴。

126. 八月奉教作

一雁作群声，三边向独情。
潇湘寻故地，塞外已霜明。
序露呈天地，寒光弃古城。
冠缨含冷觉，尺寸纳冰瑛。

127. 九月奉教作

向北一重阳，秋春半日光。
东西原不似，柳肃复炎凉。
苦厦何因果，黄花暗问方。
流莺含苦草，落叶纳鱼梁。

128. 十月奉教作

玄藏节律霜，白象覆山梁。
洁洁生南北，幽幽问夜娘。
枯荣分日月，草木对炎凉。
水色重明里，天光入柳杨。

129. 十一月奉教作

步步暖貂裘，心心向九州。
江南经碧色，塞北纳荒丘。
只有山川绪，无绪四顾头。
扬扬天地外，楚楚帝王侯。

130. 十二月奉教作

腊月寒心动，冰霜玉洁清。
梨花原不似，换作一芳情。
独影纱窗外，孤香妙界萌。
东风云雨至，入土去无声。

131. 和麹典设扈从东郊忆弟使往安西冬至日恨不得同申拜庆

桂苑一君情，安西半弟兄。
心心相印纪，处处正英明。

132. 马武骑挽歌二首

之一：
七日一鸿飞，三泉两独归。
池台凭酒沐，鹤羽任情徽。

之二：
天津帝子家，玉树五侯华。
独饮行程酒，应红二月花。

133. 武三思挽歌

唐周一半武三思，玉匣三千驻百辞。
上下丹青分色立，阴晴岁月世人知。

134. 天官崔侍郎夫人吴氏挽歌

佳音一半吴，妙续五千株。
黄粱应不远，渭水是旧都。

135. 日

一日半扶桑，三光九脉乡。
唯尊何远近，独步作炎凉。
若木枯荣见，江山彼此扬。
苍龙潜海底，玉凤展衷肠。
世上由其主，人间有故乡。

136. 月

单行三五莫，复列二成双。
后羿从阳去，嫦娥以独邦。

137. 星

夜夜开口待，辰辰闭所梁。
幽幽文曲问，处处不炎凉。

138. 风

徐徐天未来，荡荡一瞬开。
海角扬涛浪，天涯自去回。

139. 云

去去一雨来，寞寞半天台。
朝朝三峡口，池池五色开。

140. 烟

瑞气四方开，轻去八面来。
姑苏多雨色，玉带小桥台。

141. 露

荷珠玉欲圆，点滴色流泉。
濛濛翻然寄，风风逐大千。

142. 雾

鸣沟一界平，楚汉半无情。
谷壑随云满，洪湖任雨生。

143. 雨

巫山神女色，暮水与云平。
宋玉应何问，襄王一半声。

144. 雪

一夜梨花开，三春玉色来。
龙鳞龟甲落，淑气满楼台。

145. 山

自立有无中，耸天壁屹红。
风林成秀木，土石作峰雄。

146. 石

天空星欲陨，地阔逐磨工。
汉帝长城筑，秦皇三世空。

147. 原

日满乐游原，川明渭水萱。
黄河流两岸，稻谷九湾繁。
魏晋秦齐鲁，潼关燕赵垣。
英雄谁逐鹿，社稷向轩辕。

148. 野

秦川养马泉，汉地种禾田。
市里城中界，原前塞后年。
无疆无政治，是域且苍天。
广大非王土，枯荣作自怜。

149. 田

人生半亩田，日月一桑泉。
草木禾苗治，乾坤子弟弦。

150. 道

铜驼分汉漠，剑阁道巴中。
蜀栈陈仓路，长亭驿外终。
潼关应驻步，老子向玄宫。
是是非非辩，青牛百岁翁。

151. 海

千川流入海，万顷碧波田。

积纳成客瀚，风涛月上弦。
鹏飞知大小，湍涌可沧烟。
远近含天际，归舟载岁年。

152. 江

三江一半休，九脉两千洲。
滴水方圆见，随波入海沟。
天天成涌动，日日逐潮流。
点点乾坤上，幽幽不到头。

153. 河

青海近流源，黄河一路喧。
三江分上下，北陆自西鼋。

154. 洛

洛水自凌波，陈王向大歌。
三生杨独纳，七步一诗多。

155. 城

四塞一围垣，九门半阙喧。
相逢相锁守，此去此难言。

156. 流

楼兰汉武一葡萄，二月东风半剪刀。
日照经天成世界，江流入海作波涛。

157. 门

出入一心田，乾坤半地天。
行行行自主，止止止何怜。

158. 市

一市半旗亭，三流九渭泾。
从商千角逐，作事万心灵。

159. 井

一井半流泉，千家万水川。
床前明月色，五味故乡传。

160. 宅

咫尺一苍天，方圆半亩田。
书生由远近，步履近桑田。

161. 池

池明纳浅深，水秀积峰岑。

太液烟霞注，天涯一寸心。
长空沉石底，玉树落瑶荫。
贝叶鱼龙舞，乾坤草木林。

162. 楼

弄玉一秦楼，绿珠半九州。
婵娟三界外，浣女几吴愁。

163. 桥

碧玉半轻声，姑苏一夜城。
银河应鹊语，两岸共倾情。

164. 经

鸿儒半杏坛，世界一人宽。
北斗方圆见，魁星彼此安。

165. 史

上下五千年，班图一半悬。
人人舒已见，事事各方圆。
汉武藏娇屋，秦皇三世迁。
隋炀修汴水，六国女儿妍。

166. 日日十五诗

陈王七步吟，楚子九歌心。
扇扇昭阳路，关关雎鸠禽。
回文梭织锦，独月静无音。
日月耕耘尽，诗词作古今。

167. 赋

相如弦未尽，宋玉意无尘。
掷地声情重，凌云体物钧。
铜台初下笔，枚乘七发秦。
子曰还文理，夫成化教尊。

168. 书

龙文鸟迹临，作卦洛书寻。
九脉河图易，三江日月心。
春秋经地载，世界木成林。
彼此同声语，乾坤共读音。
方圆龟背演，进退世中浮。

169. 橄

一字十宣明，千夫半世惊。
文章昭日月，意念锁精英。

羽客苏秦阁，张仪六国城。
纵横今可致，楚汉古人平。

170. 纸

如何一蔡侯，造纸十三州。
玉帛回文简，文章字迹留。

171. 笔

扶苏以管弦，小大自方圆。
左右深还浅，阴晴上下天。
心身应直正，锦绣可桑田。
侧隐成天地，含毫一二年。

172. 岘

雨色一池平，云光半墨生。
深深何浅浅，暗暗落明明。

173. 剑

独剑付龙图，孤身大丈夫。
英雄成世界，利刃驭洪湖。

174. 墨

一色正松烟，三光纳古泉。
千章同度量，石岸共深研。

175. 刀

春风一剪刀，草木半战友。
列碎鸣銮至，含云利尔曹。

176. 箭

汉甸羽燕毛，围城客志高。
余音先射折，九日去时豪。

177. 弹

一九过去霄，三光逐地遥。
猿惊天地响，鸟落去来寥。

178. 弩

举质作轩皇，申威向帝乡。
群雄争市野，逐鹿悦韩王。

179. 旗

三军一举名，八阵半苍生。
勇智蛟龙影，蟠神日月营。

180. 旌
麾分彩鸡形，列举虎龙声。
持节天山雪，君王赋律名。

181. 戈
温侯一日行，董卓半汉名。
射戟辕门外，三英一夂情。

182. 鼓
舜日一声明，尧年半未平。
金门朝不振，列阵以军营。

183. 弓
弯弯似月弦，力力以穿川。
引忕桃文砕，行鸣谷壑猿。

184. 琴
知音一竹林，纳士半桐音。
绝岸临河间，山山水水吟。

185. 瑟
伏羲自日留，素女以音修。
竹泪千行尽，潇湘万里流。

186. 琵琶
朱丝玉柱悬，岱谷以方圆。
舞背朝天语，周郎久不传。

187. 筝
四面埋伏阵，千音净理弦。
三才蒙恬没，六律八方全。

188. 钟
南临一磬音，北寺半清心。
暮鼓经常响，晨钟自古今。

189. 箫
七洞一音来，千层半竹开。
参差横凤翼，比较镜湖台。

190. 笛
纵横一曲声，左右半声响。
牧晚牛羊路，童翁下括晴。

191. 笙
群音一曲和，独秦半天歌。
腹里声声去，圆蓬外洞多。

192. 歌
一曲大风歌，三生故里河。
千君千牧冶，万里万家梭。

193. 舞
佳人一曲姿，勇士半歌适。
阵上宫中乐，英雄美女时。

194. 珠
瑶池一月明，合浦半珍荣。
玉殿玲珑色，甘泉露水瀛。

195. 玉
到此一门关，和田半石颜。
荒丘移绝域，大漠响沙山。

196. 金
西秦一日城，北楚半才英。
但以黄金著，高台拜将名。

197. 银
十八女儿红，三千弟子声。
霜平天下色，以此作枯荣。

198. 钱
金门汉五铢，玉井市千奴。
九府流通制，三台牧鼎湖。
姬年成斧开，汉代室泉苏。
燕赵曾相铸，商周已先图。

199. 锦
织女锦新云，西施著彩裙。
昭君曾缅色，石日巧回文。
汉武藏娇处，河阳待仗勋。
银河南北间，晓作暮朝君。

200. 罗
*丝丝*一寸罗，细为半千梭。
角角边边色，轻轻重重歌。

201. 绫
缕缕一风轻，重重半夜情。
绫罗绸缎玉，妾女自心城。

202. 素
鲛绡一月明，白雪半霜轻。
淑气天街岸，才人以钯萌。

203. 布
羲皇赐众生，缁服组冠明。
但取春丝茧，千年草木荣。

204. 舟
一水自浮舟，三江向九流。
人间知可度，世上系红楼。

205. 车
代步一圆方，居心半柳杨。
精工成巧将，至此以轮扬。

206. 床
世上象牙床，宫中榻落方。
何闻天外水，泰越过南洋。

207. 席
一席共书房，三生自暖凉。
苏秦曾不语，六国李斯毫。

208. 帷
玉辇一帷红，先生半户空。
车罗千瞩闭，决胜万书雄。

209. 帘
隔岸藏娇处，轻风问太平。
长宁公主坐，欲卷待春莺。

210. 屏
丹青共四屏，碧玉独千伶。
节仗开山见，云云雨雨情。

211. 被
素玉自含芳，梨花著锦床。
闲情朝宇问，历练一王章。

212. 鉴

一鉴断尘埃，三明闭路开。
冰凝霜雪净，伯乐荐人才。

213. 扇

花蛤一面前，细雨半桑田。
陌陌阡阡色，宫宫殿殿宣。
秋来秋不见，夏去夏还连。
不可寻常见，何言又复年。

214. 烛

一烛序天英，三光济夜生。
幽幽明暗见，闪闪去来城。

215. 酒

一酒半方圆，三生半岁年。
知时知不得，醉去醉人眠。

216. 兰

春风一芷兰，若木半青丹。
楚楚幽幽见，香香色色桓。

217. 菊

令律序三秋，寒霜半九流。
黄花黄世界，九日九重谋。

218. 竹

一节半心高，三春十丈豪。
耸耸耸此意，色色色同胞。

219. 藤

绕绕一根生，欣欣半附荣。
依心依自己，任直任枯荣。

220. 萱

邻群自结从，结萼已云封。
养性黄英里，争妍少女容。

221. 茅

吴山一丈茅，楚甸半贡蒿。
尧帝成花色，殷汤作文豪。

222. 荷

圆圆一玉珠，荡荡半洪湖。

碧碧团团叶，侵侵润润濡。

223. 萍

屡屡逐无根，移移问子孙。
群群游四季，落落玉黄昏。

224. 菱

两角一心田，双尖半宇扁。
婵娟知彩女，积玉馆娃悬。

225. 瓜

人间一豆瓜，世上半桑麻。
宝殿三春色，青门二月花。

226. 松

郁郁一苍空，森森半大风。
英雄孤直见，集结对西东。

227. 桂

未值一寒宫，秋来半子雄。
含香天下落，月满色方隆。

228. 槐

古木未成林，孤身水近浔。
苍苍春夏叶，郁郁作家荫。

229. 柳

东风一叶新，细雨半枝春。
欲折难平欲，还寻灞水滨。

230. 桃

独自成蹊二月花，泉林作西一秋华。
红颜碧袖门中见，滞步寻芳故里家。

231. 李

桃桃李李一人家，子子孙孙半世华。
果果花花何律令，秋秋夏夏自参差。

232. 桐

黄河绝岸声，日月暮朝明。
壁巇临流曲，梧桐未了情。

233. 梨

梅香未了作梨花，坛美玄光二月斜。
汉主瑶池开不尽，阳春雪月入人家。

234. 梅

大庾领寒光，衡阳告雁乡。
群芳应晓色，独秀作红塘。

235. 橘

一色自经冬，千根可换容。
含霜成紫气，纳雨作云踪。

236. 凤

一曲凤求凰，千文启豫章。
灵苞呈九瑞，渭洛对侯王。

237. 鹤

独立自清空，飞翔翼羽丰。
江楼江不尽，鹤舞鹤无穷。

238. 鸟

小小翼朝天，飞飞羽毛怜。
天高随所欲，地厚任方圆。

239. 鹊

人间一鹊声，世上半心平。
七夕银河去，牛郎织女情。
荆山甘石印，白日宿巢盟。
启迪男儿女，天街以翼鸣。

240. 雁

春来秋复去，塞北又衡阳。
北北南南问，飞飞落落乡。

241. 凫

等等一杨长，幽幽半水乡。
飞翔垂足履，独立影无梁。

242. 鹭

白鹭一飞翔，天云半雨光。
知人知世界，举足举炎凉。

243. 雉

一尾彩云归，三生近地飞。
含情多子女，不入故人扉。

244. 燕

燕子筑巢梁，南飞几故乡。

潇潇江水岸，落落草涯塘。

245. 雀

一羽人间雀，三鸣木上飞。
杨杨寻上下，翼翼彩云归。

246. 龙

天章一会城，玉律半河明。
上下乾坤付，阴晴日月平。
潜渊成宇宙，跃雨化图腾。
但以人间雀，洪湖与国英。

247. 麟

世上问麒麟，人间有至尊。
心中无是有，界外是非钧。

248. 象

百草象为王，三音客主肠。
千章知纪旧，四足国家乡。

249. 马

养马一秦川，周王半吕田。
声声呼万里，汉血自方圆。

250. 牛

乡家半亩田，水草一方圆。
只作牛郎顾，齐军一阵先。

251. 豹

管豹一先生，飞腾半吼鸣。
南山争足下，北陆一斑横。

252. 熊

落落问英雄，嘶嘶对宇空。
轻移天下步，慢待世中同。

253. 虎

高山一有机，远涧半峰依。
处世临高下，声名达帝畿。

254. 鹿

逐鹿中原去，秦王六国田。
书坑灰已冷，顾羽霸人鞭。

255. 羊

三羊一泰开，王马万军来。
九鼎桑田里，千川一谷回。

256. 兔

寒宫玉影来，白兔主人回。
桂子何年落，婵娟几度催。

257. 人日侍宴大明宫恩赐彩缕人胜应制

天开七叶一良宵，彩女三心半玉桥。
特剪东风初入户，春情正月渭泾潮。

258. 太平公主山亭侍宴应制

白马金銮一太平，山亭碧玉半云英。
雕楼画栋龙舟岸，羽节鲛人凤女城。

259. 奉和初春幸太平公主南庄应制

太平公主凤凰台，御辇金銮幸次来。
羽驾参差荣彼此，南庄日月曲琴开。

260. 奉和拜洛应制

七萃帝王台，千年瑞栓裁。
河图龟背付，洛水御书来。
汉幄文章客，周旗易卜开。
乾坤同日月，世界共天才。

261. 奉和幸大荐福寺应制

一路跃龙川，三禅付玉泉。
兰宫含紫气，宝鼎纳香烟。
沛泽慈恩寺，扶苏广济田。
浮图重日色，荐福独当莲。

262. 奉和幸长安故城未央宫应制

小篆未央宫，秦皇乞大风。
宸心来去见，睿律暮朝同。
后殿龙潭草，前庭草木丰。
英雄保不问，楚汉各西东。

263. 奉和幸三会寺应制

苍颉三会寺，造字一乾坤。
故里泉居色，图腾小子孙。

云形多启迪，鸟迹亦天问。
草木纵横见，阴阳左右蕴。

264. 奉和幸望春宫送朔方总管张仁亶

春宫一酒悬，玉塞半胡泉。
猛气呈骄子，文风肃淑干。
崇恩玄朔去，降紫客云边。
策杖三军士，方销五寸田。

265. 奉和天枢成宴夷夏群僚应制

（天下铜铁于定鼎门，铸八棱铜柱，高九十尺，径一丈二尺，曰大周万国述德天枢，纪事命之功贬唐家之怯，天枢下置铁山铁龙负载狮子麒麟围绕，上有云盖，盖上有施盘龙以托火珠，高一丈围三尺，全角辉煌，光并日月。武王思为文，朝士献诗者不可胜纪，唯峤诗冠当时）
一柱自了天，三河可帝年。
迢迢黄道吉，灼灼鼎铜宣。
八棱方圆见，天枢日月烟。
云浮周汉付，业就古今田。

266. 皇帝上礼抚事述怀

上礼御西东，恭臣左右同。
雄图唐铁柱，帝纪易周公。
自逸恭身去，还念念大风。
高天寻古迹，玉宇望飞鸿。

267. 奉和幸韦嗣立山庄侍宴应制

午林一柱天，灞水半悬泉。
洛岸南回色，嵩峰北柱田。
松门含紫气，石巷泡云烟。
曲舞丝桐醉，诗词日月边。

268. 倡妇行

十载一倡家，三军半月斜。
胡兵长不去，弟子误桑麻。
夜夜相思苦，时时望客崖。
回文应已尽，汉使落京华。

269. 饯薛大夫护边

士举半辽东，心承一大风。

犀牛常望月，象齿著雕弓。
十万诗词作，三生日月同。
千年同格律，百岁共由衷。
作业阴睡雨，耕耘土地丛。
何须名利逐，不必论成功。

270. 和杜学士旅次淮口阻风

清淮上晚潮，浦溯下云霄。
举棹迎风去，波澜近复遥。
烟花浮不定，驿岸石当桥。
隐隐沙鸥宿，迢迢月寂寥。

271. 送光禄刘主簿之洛

伊川函谷间，渭邑洛桥中。
酒尽徘徊步，余歌唱大风。
文房朋笔墨，旧友客西东。
聚首重言醉，分洲作去鸿。

272. 送骆奉礼从军

玉塞一边峰，金坛半策封。
从戎天子将，举剑付青龙。
万里徵尘净，三军对垒逢。
行文勋未止，勒石已从容。

273. 王屋山第之侧杂构小亭暇日与群公同游

兰香依绝巇，桂影容流泉。
榭俯浮云浅，鱼游玉石边。
溪临多少树，路转去来川。
钓渚晴霓色，荫桐碧叶宣。

274. 奉和杜员外扈从教阅

越剑一挥扬，吴钩半月乡。
三农晴晓月，百阵战无疆。
旷野分千队，胡营列万方。
旌旗飘兽罟，羽翼敞天狼。

275. 军师铠旋自邕州顺流舟中

军师铠路过邕州，羌管江陵下濑舟。
桂影幽篁苍隼落，山东寄谢楚词楼。

276. 夏晚九成宫呈同僚

同僚夏晚九成宫，共事春秋一宇空。

碣馆分裹英信烨，瑶台架射竹沼通。
兰琴鼓瑟宵烟早，桂酒浮云远近中。
柳润重重曲委，黄昏处处晚霞红。

277. 田假限疾不获还庄载想田园兼思亲友率成短韵用写长怀赠杜幽素

一宦作天游，三生半春秋。
灵台曾晓祝，禁苑可泉流。
缘陌红阡见，花光草色幽。
清濠千百涧，落照十三州。
素淑文房曲，田园苦菜留。
农家应自在，汉政可兼求。

278. 刘侍读见和山邸十篇重申此赠

石镜一人心，松梦半古今。
瑶池深亦浅，绝巇壁峰浔。
玉树丛中立，天梁墅岩岑。
山花多彩色，岁月木成林。
雉翳随云去，鱼钩向浦沉。
仁人同就事，驿客共知音。

279. 晚秋喜雨

序：

咸亨元年自四月不雨至于九月，王畿之内嘉谷不滋君子小人惶惶如也，天子虑深术癨念在责躬避寝损膳，遍于神祇，钟庾之贷周于穷乏。

诗：

歊景落神州，皇服释子囚。
阳重阳不止，望雨望无休。
睿感天诚意，商涛地拟愁。
途喧成谷雨，念景纪通流。

280. 中秋月二首

之一：

缺缺盈盈十五天，清清玉玉万千年。
寒宫桂影婵娟后，后羿驱弓一日悬。

之二：

寒宫一日圆，桂子半天悬。
不解嫦娥问，幽幽一色妍。

---

281. 侍宴桃花园咏桃花应制

皇家永庆殿中寰，乐府讴歌苑里关。
四顾桃花园上草，三春碧色映红颜。

282. 奉和圣制幸韦嗣立山庄应制

水色一山庄，田光半路香。
云扬天地阔，酒注故宫酿。

283. 游苑遇雪应制

纷纷玉色开，洒洒散天台。
覆覆寒光照，扬扬盖地来。

284. 送司马先生

一日琴声百岁平，千章旧步五湖情。
桃源不尽蓬莱尽，海上人意世外名。

285. 风

一隙半穿林，三秋入木深。
重阳重旧肃，雨水雨花寻。

286. 上清晖阁遇雪

清晖阁上云，四望色中分。
白雪平楼宇，琼英白日曛。

287. 石淙

羽盖龙庭一石淙，冷流碧玉半开封。
千锅洞府金龟子，百濑丹丘作幄容。

288. 杜审言

襄阳必简易之流，四友文章一半侯。
屈宋羲之书瀚墨，修文馆里忆峰州。

289. 南海乱石山作

一柱自擎天，千波逐旧年。
天高容海阔，地远纳坤干。
额触云霄殿，危峰壁巇田。
回头天下望，补石女娲前。

290. 送和西蕃使

御使凤凰池，阳春静百师。
边光天地近，景域已荣时。
揖手明光殿，风云上苑旗。
关山同日月，远近共兰苓。

291. 蓬莱三殿侍宴奉敕咏终南山应制

蓬莱三蓼上，紫气一朝中。
北斗宫墙挂，南山万岁翁。

292. 望春亭侍游应诏

步度明光殿，寻思太液池。
三春天地色，万里百荣时。

293. 宿羽亭侍宴应制

青云宿羽亭，笔墨作丹青。
三月风光好，千门好画屏。

294. 岁夜安乐公主满月侍宴应制

日上一春风，花来半世红。
人间梁国柱，岁夜始无终。

295. 奉和七夕侍宴两仪殿应制

三秋当已近，七夕始还归。
鸟鹊桥边望，天街隔岸飞。

296. 大酺（永昌元年）

紫禁启初春，梅花圣付人。
干明争此人，大酺慰群臣。

297. 和韦承庆过义阳公主山池三首

之一：
山池满义阳，物象易田庄，
海弱巢书阁，飞鸿作故乡。
之二：
桥回渡岸梁，色满水渔乡。
夏雨倾云间，清泉换曲舸。
之三：
晴沙一半光，碧水两叁塘。
竹影三千叶，溪流五百章。

298. 赋得妾薄命三首

之一：
长门一叶幽，永巷半情愁。
绿色年年盛，红花处处休。
红颜多薄命，别засеة客难求。
雨落云飞去，高阳一半秋。

之二：
紫陌散清香，红楼纳竹篁。
芙蓉初出水，杜若覆斜塘。
之三：
转岭白云深，回峰柏木林。
瑶池非对客，只以等鸣禽。

299. 和晋陵陆丞早春游望

不是去来人，难寻日月身。
耕耘诗赋政，处理治秋春。
细雨无声润，东风有色新。
隋炀留水调，楚汉弃三秦。

300. 秋夜宴临津郑明府宅

杯中无世界，日下有黄昏。
世里先成就，田家小子孙。

301. 登襄阳城

三秋一日问襄阳，回顾知波汉水光。
但见楼空黄鹤去，习池玉树久低昂。

302. 施寓安南

安南交趾虫，木槿暮朝红。
日日风和时，时时玉宇空。
常言闻海角，不可见飞鸿。
但以薄酒客，何须问大风。

303. 春日怀归

莫以一心情，春秋半纵横。
望尽江河水，形成日月荣。
秦川千百里，渭水两尽盟。
但以泾流去，明言作至英。

304. 代张侍御伤美人

三八一泉流，三千半九州。
年年无泪见，处处有春秋。
曲舞从心意，声歌自莫愁。
花香从鸟语，粉脂可涂忧。

305. 送高郎中北使

北使一郎中，南君半大风。
和亲求未止，异国应殊同。
岁月分南北，年华可始终。

三边催月色，九鼎正西东。

306. 都尉山亭

池边半翠微，阁上五云飞。
紫蕊蔷薇木，红颜杜若帏。
芰荷珠露滚，采女玉菱晖。
曲后黄昏尽，山亭一月归。

307. 夏日过郑七山斋

咸阳一鼓钟，谷口半芙蓉。
郑七新颜色，君三古柏松。
浮云应不尽，细雾可成龙。
水浅源泉涌，山深故步封。

308. 送崔融

一役作东徼，三军古北平。
幽州天子客，朔漠问京城。
祖帐边疆守，麾旌长安营。
河关应所往，魏阙已成名。

309. 经行岚州

北地雪花残，岚州驿道盘。
山峰从岭起，暮日始从宽。
水作琴中语，云成色外端。
艰难知步履，昼夜问霜寒。

310. 和康五庭芝望月有怀

月月一弓弯，寒寒半缺关。
婵娟应荚数，九日可循班。

311. 重九日宴江阴

茱萸九日新，一木半亲亲。
集采重阳色，相思故里人。
黄昏深暮暗，蟋蟀净风尘。
不可声声促，秋霜处处邻。

312. 除夜有怀

年年把烛寻，处处问乡昨。
岁岁财洋雨，独独北国心。
声声闻灯竹，日月木成林。
格律三唐宋，诗词一古今。

313. 晦日宴游

月去问桃荚，星来换杏花。

131

桃源秦汉间，晦日醉鸟纱。

节律知天地，阴晴向梓麻。

何言金谷色，不向石崇家。

314. 七夕

七夕鹊桥声，葡萄架下盟。

牛郎和织女，各自独阴晴。

白露含霜降，秋风玉宇明。

相思留枕上，苦度待心平。

315. 守岁侍宴应制

星河半挂南山木，魏阙三光北斗天。

奏节梅香从岁月，弦音雪色任春前。

316. 大酺

春风细雨九州同，震泽惊雷一国虹。

士女如花歌舞色，梅花似雪满新丰。

317. 春日京中有怀

八百里秦川，三千载汉年。

周虞唐晋士，养马脉王权。

北巷长安道，南山万岁泉。

春思春不止，日上日方圆。

318. 扈从出长安应制

六郡柳杨新，三光草木春。

阡花颜色好，陌叶碧如茵。

国阜风淳道，尧樽禹使钧。

天行吉景象，地载物候彬。

319. 春日江津游望

烟消杨柳岸，雾卷落花津。

鸟语晴方好，禽鸣夜西春。

辰光杨淑气，露水浥芳尘。

小径通山里，轻风送玉林。

320. 泛舟送郑卿入京

玉帝蓬莱殿，中枢社稷臣。

三台重紫气，七品宰相巾。

渭水泾流问，南山上苑秦。

文章天子路，日月照天津。

321. 度石门山

步度石门山，悬崖万仞斑。

遥空千木竞，绝涧一渊潺。

仰隙天云断，沉峰玉宇弯。

泥拥清进水，草芷浅洲湾。

独柱瑶台殿，丛林上苑删。

风惊鸣谷壑，不可在其间。

322. 赠崔融二十韵

三千日月长，五百去来扬。

岁岁常亭望，年年各四方。

蓬莱寻紫气，社稷付龙翔。

代鼓敲钟继，风云驿道旁。

东门凤玉漏，北巷问朝梁。

魏阙龙池水，金銮白鸟凰。

劳心怀叔度，刻意纳炎凉。

怯忘家乡路，应思国存亡。

相臣从海外，国使法兰王。

岁宿飞机上，辰晖旅客光。

功勋和宠辱，进退与河觞。

草木阴晴见，乾坤岁月藏。

江流江不止，谷落谷难梁。

竹节枝枝举，青峰石石章。

琴樽心上静，颂雅大风郎。

鹤立知天地，鸣飞向豫阳。

秦川应养马，渭水可敦煌。

汉子莫邪剑，英雄醉杜康。

逢难逢自己，别友别哀肠。

玉振听昏恋，猿啼问雨裳。

323. 赠苏味道

雨雪关山暗，风霜草木称。

昆仑天水岸，大漠响沙玑。

北地寒冰寨，南庭月捣衣。

昂鸣君子道，俯首帝王旗。

雁塔慈恩寺，龙城上苑圻。

文章成四友，跬步自相依。

324. 和李大夫嗣真奉使存抚河东

六位乾坤见，三微日月悬。

讴歌君子路，历数世云烟。

子月开阶统，中枢付代迁。

祯符龙马岁，宝篆凤凰年。

十涧周秦士，司空见惯天。

河东梁半亩，圣制策千川。

缅邈边关路，周流客陌阡。

龙泉发俊气，朔寨待明指。

磊落澄清渍，崇列坐儒宣。

巴渝闻蜀质，魏晋向陶甄。

井邑知沧海，汾阳问渭干。

325. 赠苏绾书记

燕支山下已经年，故土辽东五女泉。

读得人生天地阔，诗来六万自方圆。

326. 渡湘江

湘江不断问江楼，两岸长沙一岸秋。

北北南南飞雁落，衡阳草木作沙洲。

327. 董思恭

思恭坐事考功求，右史中书岭表休。

所著诗词三界域，吴人自古一苏州。

328. 三妇艳

大大中中小小妍，红红绿绿朝暮鲜。

明珰纳素千姿态，日见流光月见眠。

329. 感怀

河桥一步宽，灞柳半截残。

别道长亭外，离情自杏坛。

书生书自己，日色日盘桓。

十里应回首，三生作比干。

330. 守岁二首

之一：

子夜烛台红，新春灯竹风。

年光方落户，北斗斗西东。

腊月梅花色，寒心暖意中。

群芳应伴侣，守岁作新丰。

之二：

暮纪一年丰，新梅半色红。

冰消排玉镜，破刃济晴空。

守岁春春望，观音世世隆。

邻邻恭彼此，处处是香风。

331. 昭君怨二首

之一：

异域一人心，同城半古今。
琵琶声曲曲，不必画师荫。
汉帝深宫惑，单于渭邑寻。
乾坤分彼此，远近已知音。

之二：

不怨到如今，阴山满木林。
琵琶声犹在，汉马自知音。
刺勒川中望，长安月下吟。
单于同日月，自是女儿心。

332. 十四咏

咏日

九日一当初，千光半有余。
多多多不善，秒秒秒知书。
世上分三界，人生画地居。
平衡知度量，自古暮朝如。

咏星

北斗口常开，三星一字来。
辰明天子路，隐晦向天埃。
历历东西易，昭昭暮夜台。
魁元文曲见，太白曲江才。

咏月

日月不同明，阴晴隐晦生。
炎凉生两异，冷暖各纵横。
后羿寒宫望，嫦娥故里情。
回头应未尽，共度可心平。

咏风

萧萧一去声，索索半无情。
夏而随云去，秋光扫叶鸣。
冰霜冬雪至，雨露带春生。
士子听天道，英雄唱大风。

咏云

沉浮一白云，日月半珠曛。
隐隐明明外，形形影影分。
绮罗赁织女，妇色任衣袑。
只在巫山上，高台细雨氲。

咏雪

色色一风遥，飘飘半世谬。
凌龙鳞甲落，决断律天条。

素粉天花女，河山净洁潮。
寻来成水影，坐见玉华消。

咏露

露作一珍球，人行半太湖。
凝时天上水，散掉世中无。
自作方圆窟，阴晴彼此殊。
芙蓉荷叶玉，渚芷付江苏。

咏雾

水气半洪湖，天光一片无。
苍山含谷雨，景晦纳京都。
欲解难明色，何成可就途。
阳澄阳可散，万里万人奴。

咏虹

七色雨云乡，千山一道光。
狐弦连地域，市进逐低昂。
不尽余天地，天桥度未央。
观颜何持久，望遍作黄粱。

咏李

杏李自盘根，春华可子孙。
花中分世界，果下可黄昏。

咏桃

独秀一枝繁，丛花半碧萱。
成蹊天下士，独木是轩辕。
向日分千色，迎风嫁百翻。
瑶台仙不语，玉果过三元。

咏弓

弦弦上下弓，莢莢去来半。
莫以人意事，当言世界虫。

咏琵琶

月半五弦平，圆圆一曲城。
推藏含掩抑，弹妆纳阴晴。
四面埋伏阵，千军万马声。
昭君离汉去，敕勒一川鸣。

咏琴

文王付二弦，不尽帝王天。
挑玉推弹指，羲皇自付泉。
高山流水去，一曲广陵悬。
七子龙门侧，嵇康不可圆。

333. 刘允济　集十卷　存诗四首

一勃少故名，进士绛州生。

著作昵张犯，修文馆作城。

334. 经庐岳回望江州想洛川有作

龙门大禹修，抽籙逐东流。
八水长安逐，三江粤闽舟。
浔阳千百路，渭水去来谋。
鼓瑟薄酒问，鸣金水不休。
乾坤成易十，日月作春秋。
跬步良图见，成都问武侯。

335. 怨情

念切半含矍，相思一玉津。
信断半芳近，牖虚竹影春。
空床空所欲，宴枕复无亲。
无听窗外唤，只见柳圆新。

336. 见道边死人

一见可伤身，三生付去人。
英雄何不见，尽是暮朝尘。

337. 邵大震　九日登玄武山旅眺

王勃令远一安阳，玄武荣黄半故乡。
北雁南飞南不止，滕王阁上问鸡肠。

338. 辛常伯　军中行路难，与骆宾王同作

行路蜀，修路难。兴兴废废几时观，应从湍险任波澜。
剑阁嘉陵山峻树，续续停停日月残。
跬步徐通明月峡，暗道陈仓楚汉端。
行路难，修路难。蜀国分兵玉玺寒，
三吴列阵作青丹。邛关九曲江流转，
太白三明著石盘。杏杏云天何不尽，
苍苍古木满峰峦。芒兰渚浦香湾水，
杜若春光碧叶宽。行路蜀，修路难。
从无到有问坤干，以是论非作杏坛。
北草阴山半见客，南荒玉树十源滩。
滇池四望江山社，岁月三光彼此单。
因结封疆成大史，公侯守岁暮朝冠。
重陈何弃止，独直付尘翰。
庙略承先后，沉谋启凤銮。
英雄非正统，士子莫轻弹。

自固金汤色，书生作比干。

千心坐土地，一路到长安。

第二函　第二册

1. 姚崇

贞观下笔一成章，凤阁则天半令堂。

刺史中宗兵部付，三司宋璟荐明皇。

2. 奉和圣制夏日游石宗山

三涂夏日石淙山，二室溪流玉磊湾。

久问周王何所谢，何须汉帝去瑶泉。

3. 故洛阳城侍宴应制

上苑群芳曲，长安满晚晴。

千波流渭色，八水洛阳城。

落日高山照，黄昏远木明。

云沉三界静，落鸟一虚声。

4. 春日洛阳城侍宴

日到洛阳城，云归曲太平。

南山明宝历，渭水付新荣。

处渚瑶池酒，临樽舜乐英。

桃花含欲放，小叹似红缨。

5. 送苏尚书奉益州

灞上见离衣，云中问鸟稀。

长安何落落，渭水最依依。

6. 秋夜望月

一月半寒明，三秋九脉清。

云低高落叶，仿静寂无声。

桂影婆娑色，婵娟玉兔盟。

人意相似处，后羿不知情。

7. 夜渡江

一渚半浮烟，三舟两岸边。

船娘如可问，解缆手相牵。

四顾无桥引，孤行有意连。

舱灯昏欲间，对坐不成眠。

8. 奉和圣制龙池篇

纪事云龙池兴庆宫也，明皇潜龙之地。

会要云，开元元年，内出祭龙池乐章，

十六年筑坛于兴庆宫以仲春月祭之

帝里一龙池，生灵半圣兹。

君明天地理，士释暮朝时。

日日耕耘力，辛辛跬步迟。

天元开世纪，鼎业鼎先知。

禹水东西下，尧河左右斯。

天津天子岸，玉水玉人姿。

灌灌潜潜去，鳞鳞翼翼司。

先生先不语，后继后诗词。

9. 宋璟

宋璟姚崇举，南河进士人，

贤才贤子荐，相储相逢春。

秋介黄门事，中书三品钧。

朝权屡逆忤，大节卒操臣。

10. 奉和御制璟与张说源干曜同日上官命宴都堂赐诗应制

（本传云开元十七年璟为尚书右丞相，

张说为左丞相，源干曜为太子少傅，同

日拜。有诏太官设馔。太常奏乐，会百

官尚书省东堂，帝赋三杰诗，自写以赐）

厚帙一心虚，崇班半责余。

冯谖应自老，郭隗可空居。

幸主周勃剑，何知四皓书。

江山图社稷，隐约等樵渔。

11. 句（见海录碎事，张昌宗太平公主山亭侍宴诗）

母后天公曲，承恩谢久诗。

12. 奉和圣制同二相已下群官乐游园宴

一日乐游园，三台半奉天。

群僚同礼乐，诸属共桑田。

魏阙临朝暮，龙池日月泉。

韶弦兴庆殿，士子曲江边。

13. 奉和圣制送张说巡边

不战一朝声，阳山半晋名。

秦川承影剑，独树帜和平。

宰相临家国，鸣金战士生。

三边成九陇，万里数千荣。

14. 奉和圣制答张说扈从南出雀鼠谷

雀鼠谷中鸣，秦川陆上荣。

鲜插辽始祖，魏晋峤山惊。

社稷江山客，轩辕舜禹耕。

深思知细理，独步对尊明。

15. 蒲津迎驾

回銮一蒲津，俯首半秋春。
紫气东来顺，朝霞就晋澌。
桥连长板树，水润古河珍。
白马天龙色，威风盛驾尊。

16. 苏味道

遗笔李峤乡，咸阳尉策扬。
天官丞凤阁，相位赵州郎。
莫以神龙误，易之一党狂。
知人知自己，世欲世难当。

17. 初春行宫侍宴应制得天字

一曲艳阳天，千波涌跃泉。
歌歌云似雨，舞舞色如年。
圣酒三杯醉，宸章七曜悬。
文心从此阔，手笔到天边。

18. 单于川对雨二首

之一：

崇朝云雨露，盛世曲方圆。
上夜龙门色，新丰渭水田。
单于川上望，李广将中天。
但向三边见，东风化润烟。

之二：

浮云已入春，细雨泽三秦。
柳叶黄中绿，花丛色下钧。
田家知节令，草木可相新。
一夜深眠去，三更作醉人。

19. 正月十五夜

火树银花月色开，灯红酒绿玉人来。
星桥市设成连理，凤阁梅花落不催。

20. 咏露

夜色水珠凝，辰云细雾凌。
疑翻叶上雨，却是玉如冰。

21. 咏虹

七彩半圆桥，千明一玉霄。
窈窕天地色，远近暮朝遥。

22. 咏霜

金秋隋律至，玉女带寒来。
孕冷随钟沏，贞筠素质才。

23. 咏井

深深井架床，漾漾月明光。
户户应无尽，源源自久长。

24. 咏石

江流滟滪堆，屹壁聚云回。
石磊峦峰立，平畴子细催。

25. 奉和受图河洛应制

黄河一授图，洛水半书符。
十易双仪化，乾坤日月孤。
何虞龟背语，几度暮朝殊。
四象谁天地，千年两丈夫。

26. 使岭南闻崔马二御史并拜台郎

振鹭无齐去，迁莺有独来。
宸星同待漏，暮色共天台。
柏悦兰曛色，羊城岭外开。
天涯文曲照，海角雨云回。

27. 赠封御史入台

御史入銮台，殊章作谏开。
衣冠金剑肃，盛府简书裁。
独列朝班左，从行御驾回。
言言无止境，处处国家恢。

28. 始背洛城秋郊瞩目奉怀台中诸侍御

台中多侍御，府外少知音。
瞩目炎凉阁，直指谢冰心。
荔浦参差海，蘅皋彼此荫。
田家同日月，晚露共鸣禽。

29. 九江口南济北接蕲春南与浔阳岸

九脉一江开，千水万马来。
鄱阳云雨色，海会暮朝催。
楚北庐山岸，安徽马垱台。
莲塘荷月色，石口待潮回。

30. 嵩山石淙侍宴应制

源花隐暖去心迷，碧玉丛生秀色低。
石石淙石溪水浅，嵩嵩寺寺可东西。

31. 和武三思于天中寺寻复礼上人之作

三思一武人，三屋半知新。
敏学花台坐，求深日月春。
云飞何远近，鹤立几沼津。
桂苑香烟久，禅房复礼邻。

32. 郭震

文章宝剑篇，武后责嘉悬。
太仆安西护，新州不整迁。

注：十八举进士，士通泉尉，任侠使气弃小节，尝盗铸及掠卖部中口千余以饷宾客，武后诏欲诘，既古语奇之，"宝剑篇"览佳授武卫郎参军，凉州都督，中宗神龙安西大都护，睿宗太仆卿，中书门下三品，朔方军大总管，兵部尚书，代国公，明皇骊山讲武，以军纪不整流新州。

33. 古剑篇

炎烟吾铁冶龙泉，紫气锋来俱赫然。
君不见，映红天，钢院书生南北炼。
雕凿字句暮朝田。琉璃佩玉莲花锻。
错镂金环侠子渲。君已见，过秦川。
远近英雄交结广，龙鳞黯甲直坤干。

34. 塞上

频频出武威，处处是非非。
塞外风尘远，军中一将飞。
纯钧（古名剑名）飞影（古名剑名）弃，
受降虏尘归。饮马交河水，楼兰七寸微。

35. 寄刘校书

荣荣辱辱半风尘，正正邪邪一世钧。
败败成成何足论，功功业业渡天津。

36. 同徐员外除太子舍人寓直之作

除荣闻会府，寓直总书房。
太子知下下，伟命牧元良。

芒兰香不语，杜芳纳含芳。
日色沉池底，云移晋祠郎。

37. 春江曲

织女一春江，牛郎半不双。
声声歌曲间，处处作家邦。

38. 王昭君三首

之一：
自嫁单于子，长衔汉帝非。
阴山图画少，蜀女莫思归。

之二：
一望冰霜雪，三思蜀女妃。
楷杷方上市，塞北始鸿飞。

之三：
不信南河使，传言杀画师。
无须君子念，敕勒一川师。

39. 子夜四时歌六首

春
东风白日曛，柳叶摆如君。
妾似春池回，清波自有纹。

夏
芙蓉出水珍，日色纳浮濑。
采女图藏叶，羞头自露身。

秋
一果有方圆，三林草木天。
莲莲藏子粒，淑气肃云烟。

冬
梅花腊月心，雪色误鸣琴。
岁里无离别，云中是雨音。

春夏
温温一日长，纳纳半炎凉。
草木年年色，人情岁岁凰。

秋冬
肃肃一风光，扬扬半菊黄。
心中含暖意，共坐话冬藏。

40. 二月乐游诗

人心不可猜，二月草花开。
始见东风陌，浮云去不回。
红尘歌又起，酒市舞还来。

谷雨三千籽，清明一两杯。

41. 四月东城院中枣树开花结果

中旬四月枣花红，十五前庭处处香。
一树云中多少叶，诗词十万数文章。

42. 十月乐游诗

罗衣羞自解，暖帐待君来。
漏箭初装渡，金炉玉烛开。

43. 萤

渚岸一流明，婵娟半不声。
依依飞掠去，落落失心情。

44. 蛩

人前一两声，榻后五三鸣。
节令分温暖，衷肠纳旧情。

45. 云

舒舒卷卷一浮云，暮暮朝朝半短裙。
有影无根形不定，青天白日雨纷纷。

46. 野井

野井无声自流元，前人有意客思源。
清澄倒影翻天地，默默平均不简繁。

47. 米囊花

草草米囊花，丛丛五月涯。
田禾知日月，管瑟帝王家。

48. 惜花

瑶台处处一桃花，汉帝秦皇半不遮。
渡海扶桑徐福去，蓬莱不是故人家。

49. 莲花

如来坐下一莲花，纳子观音半礼家。
般若心中三藏法，心经自在浪淘沙。

50. 韩法昭善

三元大学许由东，养道高宗石水风。
调露长春山筑室，崇文馆士误雕虫。

51. 弘农清岩曲有盘石可坐宋十一每拂拭待余寄诗赠之

山山石石一居然，木木林林半徇天。
翠巘苍溪流不止，虹霓彼岸色当年。

52. 王无竞

下笔一成章，东荼半气扬。
珠英三教预，坐贬易之堂。

53. 和宋之问下山歌

不唱下山歌，何为谷口多。
崇山高不道，未致易之河。

54. 北使长城

万里一长城，千年半纵横。
无非微战地，楚汉问秦营。

55. 凤台曲

妾曲凤求凰，天台举玉觞。
男儿南北去，女子客中肠。
不得知音至，何为学此章。
人意应吹止，莫以弃红妆。

56. 铜雀台

一雀作铜台，三生自紫恢。
人意漳水色，世上玉姿来。
袖短袑长舞，歌鸣曲细回。
乾坤兴百岁，日月玉壶杯。

57. 巫山

峡口在高唐，巫山云雨光。
襄王神女问，宋玉赋千肠。
细雨茫茫色，轻云落落乡。
朝来初见水，暮去又思郎。

58. 贾曾

明皇一孝郎，启谏半成章。
中书门下省，同心制书乡。

59. 和宋之问下山歌

崇山歌下兮叶飞扬，月色东升兮水静光。
不见佳人兮天子路，王孙自在兮作衷肠。

60. 孝和皇帝挽歌

天行潜跃道，地载去来程。
帝受图书册，鸾游故里明。

61. 奉和春日出苑瞩目应令（时为太子舍人）

太子东都一舍人，铜龙晓辟半天津。
终南紫气春秋日，渭北断流泡旧尘。

62. 有所思

女去还来客意空，花开又落自无穷。
年年岁岁花依旧，岁岁年年女不同。

63. 祭汾阴乐章

一昧三生几奏章，千年乞雨向汾阳。
桑麻黍豆农家本，雨露甘林客太仓。

64. 李夔使至汴州喜逢宋之问

阮籍蓬池一音琴，竹下孤鸣七子箴。
吏道当之杯酒问，自此长歌唱古今。
崔云童

65. 祭汾阴乐章

汾阴礼备一天公，？事崇明半世丰。
宝鼎黄琮修配与，祥符景福自无穷。
何鸾

66. 祭汾阴乐章

礼备一汾阴，耕耘增古今。
天台知介子，世界是人心。
蒋挺

67. 祭汾阴乐章

绂冕汾阴一乐章，甘霖雨露半田庄。
斯张礼备无疆域，肃穆天光有故乡。

68. 崔融

全节一安成，崇文半馆英。
袁州之问坐，四友九州名。

69. 关山月

气逐关山月，云含草木霜。
秋风天未尽，朔雪漠飞扬。

敕勒阴山谷，胡笳夜半乡。
片人青海岸，铁甲汉兵凉。

70. 拟古

举剑对苍空，弯弓射日雄。
雕玲飞将在，干将莫邪风。
卫霍安西见，和平塞北虹。
琵琶声犹尽，不记画师终。

71. 西徵军行遇风

西徵一大风，楚汉半英雄。
五百年中战，三千月下红。
沙尘赁朔漠，上苑未央宫。
解甲和天下，由来一战空。

72. 塞垣行

万里塞垣行，三边日月明。
沙鸣千佛洞，大漠月芽惊。
踏实安西望，瓜州隶汉荣。
渊泉甜水井，七里镇风情。

73. 登东阳沈隐侯八咏楼

东阳十丈楼，隐约半封候。
俯望三江口，扬眉百逐舟。
千浔湖岛石，四顾浙江流。
水水山山见，行行止止求。

74. 从军行

穿庐四野半牛羊，玉宇三边一草堂。
月落胡杨天下树，云凝大漠世中光。
寻河不见中郎将，从军处处自低昂。

75. 和宋之问寒食题黄梅临江驿

不到清明一两天，黄梅乞火去来年。
昨江驿外遥相望，此去桃源作小仙。

76. 则天皇后挽歌二首

之一：
金銮龙凤女，日月去来人。
蜀翠空天下，乾陵子女亲。
之二：
物是人非见，生前故去闻。
碑中无字句，月下有新君。

77. 留别杜审言并呈洛中旧游

一别西桥外，三生北陆鸣。
江滩天下水，渭洛客中明。
处处文章寄，重重四友情。
冠巾桃李下，日月暮朝萌。

78. 咏宝剑

纯钩承影剑，干将莫邪名。
泰阿鱼肠利，轩辕赤湛成。
龟龙开匣锁，炼木守阴晴。
举刃裁云锦，行身契五更。

79. 吴中好风景

八月一吴潮，三秋半玉霄。
千波扬天去，万水逐风雕。
洛渚华清色，盘门碧玉桥。
姑苏杨柳岸，水月五湖遥。

80. 户部尚书崔公挽歌

日落桑榆色，天开草木光。
三台章奏折，作座御书房。

81. 韦长史挽词

寒明松柏路，野旷独孤情。
鹤翼飞天去，清名逐地生。

82. 和梁王众传张光禄是王子晋后身

子晋一回归，中郎柱史晖。
层楼光禄客，汉主是还非。
凤阁书中客，蓬莱海外扉。
无须京帝问，只向洛城飞。

83. 哭蒋詹事俨

贤臣良将客，进士值江郎。
镇国留碑口，陈平之谏堂。
中天呈桂石，载物易沧桑。
黍谷桑农里，人知窥子良。

84. 嵩山石淙侍宴应制

嵩山一半少林城，洞口三千帝子生。
凤管秦箫弦自语，中天豫府石淙鸣。

85. 塞上寄内

塞北一三边，安西半九泉。
千沙鸣不止，一枕对月圆。

86. 阎朝隐

进士孝帘扬，诡奇武后香。
麟台才子去，惜坐易之堂。

87. 侍从途中口号应制

祖籍一山东，平生半大风。
秦皇临海望，汉武未央宫。
读得春秋卷，闻来日月空。
音知由造化，律令自天公。

88. 奉和圣制夏日游石淙山

夏日石淙山，清风玉辇颜。
黄河流不尽，客子到天班。
五晨年前见，三千弟子还。
嵩山封土地，渭邑玉门关。

89. 鹦鹉猫儿篇

慧鸟笼中走兽房，红颜碧色羽毛妆。
流苏斗帐香烟市，玉宇形容各短长。
贤子贤臣同殿阁，良谋远虑共朝堂。
难分辩辨居心正，别馆殊庄就业梁。
律象天机随易变，冠衣束缚任昭章。
飞翔自得瑶台阁，卧睡何须七寸乡。
且伏霄行终无止，天地阔意转藏。
东宫太子咸阳见，万岁当朝收四方。

90. 三日曲水侍宴应制

三春三日色，一水一臣心。
碧叶珍珠亮，莲荷碧玉侵。
瑶池承曲水，上苑惹鸣禽。
绿蚁三杯醉，天台半古今。

91. 奉和送金城公主适西蕃应制

厚嫁樗檀王，长行帝子妆。
西蕃源水出，日出自东方。
卤盹山河纪，琵琶曲舞乡。
金城公主国，远近共炎凉。

92. 奉和九日幸临渭亭登高应制得筵字

九日幸君筵，三秋望客天。
重阳重自顾，责已责桑田。

93. 奉和立春游苑迎春应制

管钥周移一岁春，笙歌遍地半云新。
花开叶放群芳色，鹊落莺啼静月邻。

94. 奉和圣制春日幸望春宫应制

东风一曲望春宫，日色三重唱大风。
楚汉鸿沟分不定，长安半月牡丹红。

95. 夜宴安乐公主新宅

烛炬开花一管弦，瑶池玉树半云烟。
灯红酒绿珊瑚宅，竹影灯光月上弦。

96. 饯唐永昌

囊锥不破不生疑，写字无成可自师。
万里千年千读尽，三生一顾一相思。

97. 明月歌

梅花雪白柳丝黄，月色寒光主免霜。
玉指红妆长复短，烟笼桂影久低昂。

98. 采莲女

采莲女，采莲舟，出水芙蓉自不愁。
玉玉婷婷羞已止，香风处处上沙洲。

99. 奉和登骊山应制

洪荒一半分，日落两三云。
炼石承天补，沧桑化地闻。

100. 韦元旦

属嫁易之新，东阿客尉臣。
中书何感义，复进共秋春。

101. 奉和九日幸临渭亭登高应制得月字

象律千年日，天行万载月。
江山关守镇，域地汉秦阙。
九日重阳望，三秋上莫勃。
黄花天下色，世上从头越。

102. 奉和送金城公主适西蕃应制

柔道安夷俗，和亲汉地歌。
旌旗迎送嫁，玉帛化干戈。

103. 公治私读

序：
饶唐州高使君赴任　读者序曰，人生二路，公治私读
诗：
赴命淮源去，闻声瀰水流。
芒兰怀旧友，日月照唐州。
已近人生路，曾须独国忧。
耕耘田半亩，治外所何求。

104. 早朝

鸣珂过九门，箭漏度千恩。
尽职公堂上，余时自己根。
耕耘知日月，奋勉刻雪垠。
十万诗词著，三皇一子孙。

105. 奉和立春游逸迎春应制

突见烟藏绿，堆云碧色频。
冠黄丝柳叶，细觅草芽新。

106. 奉和圣制春日幸望春宫应制

洛水玉兰花，东风西不赊。
春宫春早致，上苑上山霞。

107. 奉和人日宴大明宫恩赐彩缕人胜应制

彩女大明宫，东风剪缕红。
梅花香落定，杏李色新丰。
圣藻凌云付，天机纳宇空。
何须寻细雨，不必问飞鸣。

108. 奉和幸安乐公主山庄应制

山庄桂邸一溪流，帝辇平明半跸休。
石作莲壶琼影壁，箫声弄玉上秦楼。

109. 兴庆池侍宴应制

不问昆明凿汉年，瑶池帝宇洛城边。
楼船幄水鱼龙曲，圣藻云峰八水泉。

110. 夜宴安乐公主宅

织女停梭东月游，银河喜鹊问无休。
人间自是山庄色，世上壶觞已九州。
邵升

111. 奉和初春幸太平公主南庄应制

太平公主一南庄，侍丽沁圆半润芳。
翠壁蓬瀛秦汉玉，八仙过海帝王乡。
唐远惹

112. 奉和送金城公主适西蕃应制

玉树一唐家，西蕃二月花。
和亲和事业，主治主人华。

113. 李适

子至教珠英，修书学士成。
侍郎诗一卷，工部事千明。

114. 汾阴后土祠作

修书学士史纷纭，汉武秦皇业治曛。
鼎气中原谁逐鹿，天光渭水客臣君。
南巡始得雄图治，北镇汾阴塞漠分。
揽历英声垂宇宙，秦川养马志凌云。

115. 答宋十一崖口五渡见赠

十一约新书，三生闻旧舆。
幽幽天地外，易易意念余。
渡口舟桥间，山峰跬步舒。
梅花开岭外，已是故人初。

116. 饯许州宋司马赴任

箕山竭许州，颍水复东流。
路远无旧步，云深有许由

117. 奉和圣制九日侍宴应制得高字

步步自登高，人人竞远豪。
秋光明净水，禁苑陷云涛。
紫菊呈天意，茱萸奉日旆。
扬扬共主什，切切念同胞。

118. 游禁苑幸临渭亭遇雪应制

渭邑雪霏霏，江亭色翠微。
春中春不住，禁苑禁无归。

素女寻寻觅，扬花处处飞。
江山呈一统，四野顾明晖。

119. 奉和九日登兹恩寺浮图应制

浮图自古一慈恩，译上心中半慧根。
世世经文经卷改，人人意愿愿王孙。

120. 侍宴长宁公主东庄应制

凤阁一音琴，鸾台半古今。
长宁公主策，上苑帝王心。

121. 奉和送金城公主适西蕃应制

日月一山中，京畿半大风。
金城公主去，玉树九源洋。
一路闻青海，西蕃渭邑东。
和平和自己，战事战殊穷。

122. 安乐公主移入新宅

星桥一水连，铺垾半山泉。
鼓瑟弹琴坐，葡萄绿蚁筵。
长卿弦外赋，卫叔美人迁。
取石闻天籁，风云驻晓年。

123. 奉和幸望春宫送朔方军大总管张仁亶

朝臣受降城，晓寄曲江英。
地限江南北，天临大漠微。
房谋合杜断，豹略瞩龙荆。
膜拜宏威树，旋回久不鸣。

124. 奉和春日幸望春宫应制

春风化雨望春宫，禁苑龙池半日红。
玉辇金銮先后继，梅花似雪自西东。

125. 奉和立春游园迎春

东风半度柳条新，细雨千云御苑濒。
玉舆衔梅花色满，天杯淑气酒中春。

126. 人日宴大明宫恩赐彩缕人胜应制

龙城一凤剪，彩缕半东风。
细雨由天赐，浮云胜翠中。

127. 帝幸兴庆池戏竟渡应制

鷫帐碧池开，银帷晓玉来。
南山呈万木，北涧近天台。
泻谷流溪语，摇光侍石回。
汾阳歌舞庆，杜若奉金杯。

128. 侍宴安乐公主庄应制

平阳一里凤凰楼，沁水三春锦石流。
岭后香炉烟复起，池前碧野玉亭幽。
瑶台汉武非是客，王母盘桃对酒酬。
杜若千重丛翠色，莲花一片满汀洲。

129. 侍宴安乐公主新宅应制

银河一九州，凤阁半京楼。
玉酒千杯醉，仙槎万里舟。

130. 饯唐永昌赴任东都　自尚书郎为令

一令尚书郎，三朝向洛阳。
东都天子路，寄谢故文昌。
少室千前过，嵩山十岁庄。
人生应不止，牧世可黄粱。

131. 刘宪

凤阁舍人臣，童冠进士身。
修文成学馆，武后敕糊巡。

132. 奉和圣制立春日侍宴内殿出剪彩花应制

剪彩上林宫，繁花树鸟虫。
东风初殿意，楚苑又移红。
别馆梅香尽，新枝叶不穷。
人间多戈女，万物皆精工。

133. 奉和人日清晖阁宴群臣遇雪应制

白雪清晖阁，红妆碧玉扬。
梨花层次铺，淑气素天堂。
渭水青流色，南山著甲装。
长安如此望，魏阙似雕梁。

134. 奉和九月九日圣制登慈恩寺浮图应制

浮图塔立十三重，世界苍龙五百踪。
广纳慈恩天下愿，包容劣辱客中庸。

135. 闰九月九日幸总持寺登浮图应制

季月上仲秋，浮图望九流。
天花陈瑞气，刹柱立春秋。

136. 侍宴长宁公主东庄

长宁公主宴，地厚载东庄。
渡水金佳驾，林亭玉辇祥。
虹桥连日月，榭阁曲池光。
玉树临流岸，晴云满客堂。

137. 奉和送金城公主入西蕃应制

轩车随汉路，玉辇任蕃西。
日月山中纪，江源自作溪。
迢迢青海呼，远远帝王黎。
曲曲声声去，莺莺鸟鸟啼。

138. 奉和七夕宴两仪殿应制

一殿两仪台，三星七夕来。
银河无岸渡，只等鹊桥开。

139. 奉和圣制登骊山高顶寓目应制

骊阜近京都，华清暖水衢。
潼关天下路，渭邑世中图。
斗柄城如市，星罗巷陌苏。
秦川千百里，六国一通途。

140. 奉和幸白鹿观应制

步步白鹿观，人人玉源滩。
芒童呈瑞液，羽鹤敬仙丹。
玉宇三清色，鱼梁一久安。
鳞游天上水，木立世中坛。

141. 折杨柳

一曲折杨柳，三声问别天。
风花扬雪色，露叶湿秦川。
妾女黄粱梦，君公日月圆。
穿梭应不止，夜半上归船。

142. 奉如立春日出彩花树应制

鸳鸯已落下池塘，九瓣梅花作雪妆。
喜鹊登枝天上客，小妾剪彩凤求凰。

143. 奉和春日幸望春宫应制

商小积翠临城起，沪水浮光共暮连。
御酒银杯金不换，笙歌玉舞醉皇筵。

144. 奉和幸安乐公主山庄应制

山庄十里帝城边，玉水千流上掖泉。
别馆蓬莱天水岸，红楼积翠陌桑田。

145. 兴庆池侍晏应制

苍龙阙下一天池，御驾云中半辇迟。
画里花中闻鸟语，兴庆池外七言诗。

146. 奉和三会寺应制

岩峣一字刻天台，戒旦千章向地开。
不济壶人何不解，须从正笔直人来。
人间竹简书张意，玉宇苍空正莫猜。
世态炎凉成弃止，羲和玉制解尘埃。

147. 奉和幸长安故城未央宫应制

林汉未央宫，秦皇六国雄。
鸿沟分两界，孔壁读书虫。
治业应无止，熏风自不穷。
千年何所问，百岁牧苍穹。

148. 奉和幸礼部尚窦希玠宅应制

北斗枢机一帝城，西京礼部半精英。
观津夏鸟莺啼早，晓色初明雨后晴。

149. 奉和圣制望春宫送朔方大总管张仁亶

图形一朔方，取胜半炎凉。
鼓角鸣金见，功勋正栋梁。
中衢迎斗帐，野旷送边疆。
雁苑南飞去，分呈奏豫章。

150. 奉和幸大荐福寺应制

大觉一王孙，禅心半慧根。
鱼山分岸渡，白日无艰垠。

151. 奉和幸韦嗣立山庄侍宴应制

东山一谢安，渭水半冯欢。
夜露从珠落，朝云纵晓寒。
明池文曲去，北斗口开冠。
玉辇行初定，莺啼一树丹。

152. 人日玩雪应制

浮云作玉衣，白云覆枝稀。
一帆朝天素，三明向帝畿。

153. 上巳日祓禊渭滨应制

桃花未尽柳丝长，曲水年年祓禊觞。
幸得东风初化雨，兰亭一序已成章。

154. 苑中遇雪应制

龙鳞凤角望春踪，素影玉形半淑浓。
上苑丛中藏秀色，中庭树下著冰容。

155. 奉和圣制幸韦嗣立山庄

隐隐官宦晋尚书，丘丘垫垫故人居。
天天地地山飞约，去去来来草木余。

156. 高正臣

自得石军书，襄州一笔居。
经心臣始正，卫尉睿宗余。

157. 夜宴安乐公主新宅

窗前竹影动，月下草巡风。
宅里含仙舆，门中玉宇蒙。

158. 晦日置酒林亭

三春万物华，一月百梅花。
晦日林亭酒，瑶池上柳芽。

159. 晦日重宴

之一：
芳宅复衍一清池，白雪梅花半玉枝。
只任东风桃李问，班荆旧识暮色迟。
之二：
不问玉壶池，还闻百度枝。
东风杨柳叶，正月腊梅师。
有酒何须醉，无文已去迟。
山亭高远瞩，凤苑玉皇司。

之三：

年华一序来，草木半天开。
丽景由天友，移风任九裁。
林亭多竹影，雅逸少繁猜。
皎镜龙沙照，瑶池日月台。

之四：

梅花香独在，白雪覆晴暎。
正月东风始，初春雨太平。
葡萄红胜火，绿蚁酒倾城。
醒醉臣心净，银杯透玉晶。

之五：

闻君入乡半酷名，待士儒书一文倾。
盖引高门含玉气，冠招藻霭亦生平。

之六：

日日上林新，时时问雅人。
班荆逢旧识，凤侣遘天钧。
紫禁皇城近，瑶池玉液濒。
丝弦声不止，夜烛照山邻。

之七：

阳池晦日开，濯雨复青苔。
草碧茵茵举，乔林处处魁。
轻红流水色，玉液逐银杯。
莫以林亭路，莱叶去还来。

之八：

晦色上天萌，梅香散玉城。
重归三英后，复得半新英。
竹密丝弦奏，云疏管瑟倾。
山公何不语，碧玉翟池生。

160. 饯唐永昌

始拜一郎官，咸阳半比干。
雕章三界外，序秩五蕴堂。

161. 席元明　三月三日宴王明府山亭得郊字

山亭渭水半城郊，三月群芳一鸟洲。
禊笔鹅池流曲水，壶觞醒醉共同胞。

162. 周彦昭　晦日宴高氏林亭

林亭御柳自杨斜，月掩灯明晏玉家。
白影飞天成泛影，梅花落下是梨花。

163. 三月三日宴王府山亭

之一：

祓褉山亭半雨烟，芳华三月一流泉。
笙弦管瑟瑶池曲，玉液金杯映并莲。

之二：得鱼字

渭邑作皇居，瑶池百水鱼。
兰亭三月祓，越客五湖疏。
上巳春光绪，元宸媚翠余。
山亭含玉露，万古纳君书。

之三：得哉字

山亭三日宴，碧水半水来。
上掖龙沙岸，莺啼巩树开。
河阳半泽苑，曲水自悠哉。
祓褉诗词赋，花繁洛水杯。

之四：得花字

三月自流花，兰亭可越涯。
鹅肥池瘦见，尽在右军家。

164. 弓嗣初　晦日宴高氏林亭

序上一春晖，风中半翠微。
云前初化雨，暮后望鸿飞。
物雅凭才就，龙沙逸冕挥。
应知金谷色，但见石崇归。

165. 晦日宴高氏林亭

之一：

正月日朝华，元宸玉树斜。
红楼高世界，白雪作梨花。

之二：

半入季伦家，三重正月花。
梅香曾暗度，雪色寄朝霞。
物象知来去，人情礼豆瓜。
归途何远近，柳叶直还斜。

之三：

步入林亭望，心从日月开。
风光珠绿女，正季石崇台。
别界惊天籁，新洲玉树裁。
梅花桃杏李，继续去还回。

之四：

正月一皇洲，天云半九流。
林亭山水木，晦日石阶楼。

望尽溪川隐，寻来竹影羞。
银杯藏古酿，客意玉壶浮。

之五：

岁岁一年华，春春二月花。
林亭霞日早，石径到仙家。
木叶初含露，溪堤已纳涯。
悠悠流不止，处处浪淘沙。

之六：

晦晚落烟霞，林亭正月花。
梅香歌舞地，曲响满山家。
水涨池边岸，溪流石玉沙。
金杯交错少，木著小桥余。

之七：

啸侣入山家，扬明问客华。
临弦音不住，触觉意天涯。
咫尺心思远，千年日月斜。
丹青当彼此，草木共参差。

之八：

盛会以良朋，林亭坐香凝。
华年天子宴，正月彩银灯。
木槿丛林色，溪泉独石凌。
参差多少照，隐约去来丞。

之九：

晦节复年荣，春秋共时明。
三川扬气上，九谷抑云平。
竹叶常生碧，清溪可再横。
林亭前后路，曲曲一江英。

之十：

嘉言酷吏半林亭，百里秦川一木青。
晦日当明天子烛，平阳落木不成铭。

之十一：

天高可望春，地厚自从人。
俯仰知天地，彼此问周秦。
石坐晴汀近，歌声玉芷新。
应闻珠绿女，不向石崇邻。

之十二：

晦日半空天，年华一纪川。
文章明日色，草木客方圆。
步步长街路，时时玉照宣。
无须三五菱，自以共婵娟。

之十三：

二十一人作赋华，三千弟子问桑麻。

林亭草木参差像，似是还非主客家。

166. 上元夜效小庾体

之一：

年初一上元，岁末半知源。

巷口巷桑见，人中日月言。

之二：

三元半入春，九谷一红尘。

风光扬日月，土木载千茵。

洛浦凌波步，河阳照水濒。

行吟听酒令，赐坐正冠巾。

之三：

暮落可怜春，桥明莫去人。

香车停洛岸，丽女彩灯新。

七步咏诗尽，陈王已自珍。

凌波玉帐卷，不可宓妃邻。

之四：游凡六人皆以春字韵

一夜上元春，千灯下玉宸。

花林香不语，望影是新秦。

之五：

十里半灯轮，千花一晋秦。

含情多不语，纳会少亲邻。

独目非寻故，群呼是效颦。

三心成二意，半似洛城春。

167. 周彦晖

林亭收晦魄，砌莫正新生。

舞袖何长短，弦音久太平。

平阳公主第，柳叶作精英。

正月梅花落，三春晓岸莺。

168. 周思钧

思钧思茂见，学士学声名。

太子三宫子，中书一大成。

169. 苏颋

敏悟揽千言，修文学士宣。

明皇亲望略，颋义紫微轩。

170. 祭汾阴乐章

礼乐斯陈，象律维新。

主做皇考，仆对天钩。

物业汾濒，盛佐无尘。

立政司业，厚泽如春。

171. 奉和圣制行次成皋途经光圣擒建德之所感而成诗应制

建德共隋名，秦王作世英。

成皋分世界，渭邑作皇城。

执象河川即，群雄逐鹿声。

唐虞方子路，成世在龙鲸。

172. 奉和圣制登蒲州逍遥楼应制

三皇尧舜禹，五帝牧民生。

典漠成尘遗，巡功化晓明。

逍遥楼上望，缅对祖宗情。

尚德观风止，汾流水色清。

173. 奉和圣制过晋阳宫应制

唐依隋旧制，晋得帝王兴。

典礼旌旗展，开元振玉膺。

登庸曲四望，指导任千承。

自古从今略，前朝有魏徵。

174. 奉和姚令公温汤旧馆永怀故人卢公之作

荣荣辱辱一生名，苦苦辛辛半典情。

略略谋谋千古策，成成就就万家英。

175. 和杜主簿春日有所思

人生维久客，世界奈何歌。

彼此同知事，春秋共日和。

176. 饯郢州李使君

章结台上望，楚客士中歌。

伯乐相承见，麒麟作玉科。

荆门云梦泽，汉水伯牙多。

177. 饯唐州高使君赴任

东风一路长，水日半昭阳。

复客山河逐，孤情赋柏梁。

淮山山不举，楚水水方扬。

揽镜方知醉，唐州作故乡。

178. 晓济胶川南入密界

胶川晓济南，密界问家淦。

隐隐桑麻陌，明明日月潭。

林森林鸟伴，水色水云岚。

四顾寻蹊径，三生作茧蚕。

179. 夜发三泉即事

幽幽一径近长天，隐隐三泉汇古田。

石道盘回峰山路，沙溪折曲逐流川。

瑶台若现黄粱梦，地势高唐斗绝悬。

不怠山河终不改，无须自语始为年。

180. 小园纳凉

东城一夜雨兰天，夏日千章枣叶眠。

玉树鱼池天上色，清风朗月静婵娟。

诗词格律和音韵，四方乾隆以御宣。

十万长春长不止，三生日月自耕年。

181. 昆明池晏坐答王兵部珣三韵见示

昆明池上一楼船，汉武朝中半远天。

铁柱云南云不断，边疆地北地方圆。

182. 奉和圣制春台望应制

春台一望瑶，四顾半云霄。

即持维新业，皇家使吏辽。

鹏飞千万里，雀羽两三条。

世上华阳聚，人间水月潮。

183. 长相思

君不见，天津桥下水东流，南向龙门北向楼，李白桃红墙外杏，梨花一片月沉浮。

184. 蜀城哭台州乐安少府

望远一天台，思君半楚才。

孤心悬蜀道，剑阁久无开。

乡书未藉藉，故步去回回。

八月钱塘水，三秋委曲来。

义举寒梅影，心生古木催。

姑苏台上问，木渎水中哀。

蹉跎南北易，彼此暮朝杯。

劈壤穷儒对，陈云玉树埃。

易断高乔木，常闻鸟雀恢。

文章成世界，正直以人魁。
江东何所以，渭水寄崔嵬。

185. 立春日侍宴内出剪彩花应制

民间剪彩花，世上悦人空。
鸟鸟虫虫活，春春夏夏华。
耕田芳土地，付苦种桑麻。
社酒君人正，重阳对菊斜。
三光平后稷，四序入天涯。
万物以天道，千情任意赊。

186. 春日芙蓉园侍宴应制

出水一芙蓉，花开半玉封。
芳圆芳四野，水殿水千踪。
御辇旌帏翼，茶芰翠叶雍。
云红天子穆，贝碧舞鱼龙。

187. 奉和圣制人日清晖阁宴群臣遇雪应制

清晖阁上覆清晖，瑞雪楼前瑞雪归。
上宴观花花作角，中书淑素素朝微。

188. 奉和七夕宴两仪殿应制

银河隔两仪，织女独孤姿。
四象乾坤易，牛郎已不知。
人间桥鹊喜，月英应疑迟。
乞巧相思寄，儿童树下奇。

189. 奉和九日幸临渭亭登高应制得时字

晓色西山一叶时，晴光北陌万家迟。
登高九日茱萸采，步榭三秋杜若枝。
望鹤南山松不志，延龄魏阙古人诗。
皇城八水明天地，渭邑千秋向两仪。

190. 游禁苑幸临渭亭遇雪应制

含珠玉液开，纳素百花来。
帝子瑶池醉，凌虚覆榭台。
清冠重付与，薄易又重裁。
沛泽潇湘岸，风光禁苑梅。

191. 奉和送金天公主适西蕃应制

帝女别天津，和亲至涅尘。

秦风青海去，晋语伴人伦。
玉树江源近，澜沧日月频。
西蕃松紫馆，自古以疆邻。

192. 奉和圣制登骊山高顶寓目应制

遥遥望远天，路路尽苍然。
渭水东流去，潼关老子宣。
含云分四野，积翠纳千田。
崤谷河山绪，南山日月悬。

193. 幸白鹿观应制

云云一碧虚，霭霭半浮余。
白鹿仙宫近，丹炉帝子居。
天符灵气久，羽使慰当初。
八卦阴晴易，三清日月疏。

194. 题寿安王主簿池馆

莺啼半竹声，别馆一心情。
夜雨当辰露，朝霓晓淑明。
芙蓉明岸色，杜若与芒平。
细草花香径，潭池濯吾缨。

195. 扈从温泉奉和姚令公喜雪

淑淑一新丰，明明半玉丛。
温泉扬紫气，汉主覆西东。
漠漠同天地，蒙蒙共宇穹。
莫以冯伯见，当云一乃翁。

196. 秋社日崇让圆宴得新字

秋园见早春，果硕对花因。
累累重阳见，繁繁夏满滨。
三农耕日月，百代问天津。
殷殷三界律，黎民四季新。

197. 奉和魏仆射秋日还乡有怀之作

仆射半还乡，重阳一豫章。
南宫杨柳色，禁苑去来匡。
故步邯郸市，文思渭水扬。
江山相护佐，社稷可无疆。

198. 武檐山寺

一寺半方圆，千灵九脉泉。

溪流从此净，汉柏向天然。
石镜明天理，高僧知慧禅。
苍苍龙女问，寂寂法轮传。

199. 饯潞州陆长史再守汾州

莺迟半月余，将令一王书。
再守汾州水，东流不可淤。
三河天子域，敕勒近辽居。
别以田民愿，公臣帝子疏。

200. 饯荆州崔司马

荆州南海岸，上拢北宸居。
茂礼雕龙客，明朝牧政余。
天清多日月，八戒自当初。
引以禅晋在，当宣孔子书。

201. 送吏部李侍郎东归得归字

吏部侍郎归，长安大雁飞。
光晖朝玉宇，陌路柳杨辉。
东方流水聚，北陆逐云微。
风尘扬驿道，只读问心扉。

202. 春晚送瑕丘田少府还任因寄洛中镜上人

不可问分飞，何言别旧归。
风扬风不止，路智路囊巍。
镜上花黄见，书中日月微。
寻诗同酒市，指日共心扉。

203. 送光禄姚卿还都

汉室一英台，荀家半楚才。
三卿朝已入，九鼎帝王恢。
渭邑黎民道，京畿不醉杯。
王侯公子舜，市井巷里梅。

204. 送贾起居奉使入洛取图书因便拜觐

旧国因才策，新朝果命田。
芳兰芒色近，阙简邑方圆。
入洛东都路，图书奉使传。
侯门公拜觐，士笔久闻宣。

205. 送常侍舒公归觐

朝闻讲艺余，暮得日月书。
训胄羊公泪，荣亲子胥墟。
清华呈再气，永庆向京舒。
放线连天地，垂钩不钓鱼。

206. 兴州出行

珠珠花露水，滴滴欲先流。
月挂天山树，星移阙阁楼。
兴州行又止，吐纳逐春秋。
步步前行路，处处国家忧。

207. 边秋薄暮

三边霜已落，九鼎客无休。
逐鹿中原见，思归大雁侯。
人生何不见，草木自春秋。
薄暮辽东日，苍山塞北楼。

208. 晓发方骞驿

龙钟一涧泥，逶迤半流滚。
晓路随川曲，辰光对玉堤。
江山千里望，社稷万年黎。
日月由来去，草木自高低。

209. 经三泉路作

一语半年华，三生半客家。
松林风扫叶，雨露润开花。
鸟雀飞时逝，鹰隼独立霞。
藤萝环绕上，玉磊石梁斜。

210. 故高安大长公主挽词

礼备孟孙家，承师腊月花。
寒心先世界，玉影落窗纱。

211. 故右散骑常侍舒国公诸公挽词

一世半公门，三朝两子孙。
乾陵灵自在，只入法华村。

212. 奉和初春幸太平公主南庄应制

主第山门半灞川，南庄野陌一桑田。
皇楼玉凤花间许，彩石清泉敞御筵。
乌鹊桥头红色满，平阳馆上楼云边。
相逢不是人前问，此际心声作客年。

213. 赠司徒豆卢府君挽词

存殃一忠臣，疏丰半贝新。
江山成伴侣，日月共秋春。

214. 奉和春日幸望春宫应制

莫望春宫望陌阡，相逢永日客逢年。
南山岁岁寻杨柳，草木风声入管弦。

215. 人日重宴大明宫恩赐彩缕人胜应制

七叶仙花一叶开，三宫六院半天台。
飞龙落凤心灵巧，彩缕人情自在来。

216. 侍宴安乐公主山庄应制

古木南山万岁荫，清池上掖万年音。
当轩半落天河水，任雨千声淑女琴。

217. 兴庆池侍宴应制

日暮楼船一半风，天光玉液两三丛。
红霓不尽天涯远，碧水无言地角东。

218. 广达楼下夜侍酺宴应制

广达楼中酺宴情，群臣坐上御杯明。
忽闻广厦丝弦响，今君一醉是平生。

219. 龙池乐章

西京凤邸一龙泉，玉树东都半陌阡。
塞北巡疆成域土，云南划界筑楼船。

220. 扈从鄠杜间奉呈刑部尚书舅雀黄门马常侍

红旗出帝京，鄠杜简长缨。
——云山见，三三九界荣。
娘娘知舅舅，弟弟待兄兄。
千年连节里，万古结乡城。

221. 景龙观送裴士曹

树下寻人扫落花，云中见色问天涯。
分明不是天台叶，只作人间一半家。

222. 春晚紫微省直寄内

直省新华一建章，无情永日半衷肠。
花间燕子巢梁上，月下书生十万章。

223. 赠彭州权别驾

双流脉脉九州头，独锦年年半不休。
一夜风云巴蜀去，三江楚楚到荆州。

224. 寒食宴于中舍别驾兄弟宅

山中介子推，晋下奉王恢。
定国同生死，交人共去回。
清明寒食节，乞火读书魁。
但以声名见，心思腊月梅。

225. 九月九日望蜀台

重阳望蜀台，栈道向天开。
剑阁陈仓寄，蚕丛杜宇来。
嘉陵明月峡，九日菊花杯。
北致秦川邑，南寻醉酒杯。

226. 奉和晦日幸昆明池应制

边陲万里问云南，季历千年月海涵。
大理风花扬雪月，滇池岸帻映天潭。

227. 奉和圣制幸礼部尚书窦希玠宅应制

列第尚书家，威新帝子花。
飞天临四海，落户待晨霞。
石屹溪流岸，楼崇玉树斜。
晴光多鼓瑟，翠羽自鸣笳。

228. 奉和幸韦嗣立山庄应制

步履半山幽，从心一许由。
尧年无隐子，社稷自春秋。
石径通深远，清溪逐岸流。
光浮天籁静，足湿望班鸠。

229. 奉和圣制送张说上集贤学士赐宴得兹字

纳楚集贤兹，招贤广运时。
文成天子院，圣制相人诗。
玉漏含朝气，开元帝赋词。
儒家多弟子，学士自如斯。

230. 奉和圣制途经华岳应制

一望莲华岳，三光逐日来。
晴观千仞壁，涧水百川开。

贝叶出天道，金符就地台。
残碑留归迹，独路向云回。

231. 奉和圣制经河上公庙应制

河流元日月，草木有枯荣。
善物空烟色，禅音绕远清。
原因周史问，道得汉王城。

232. 奉和圣制答张说出鼠雀谷

雨落巡方罢，云浮逐日游。
汾河从岸壁，鼠雀谷风流。
晋土南泉润，秦川北陆洲。
三边从此静，九鼎作春秋。

233. 奉和恩赐乐游园宴应制

一宴乐游原，三光上苑轩。
天明君子坐，地载士臣辕。
剑履歌钟筑，花芳玉树繁。
天高恩不尽，日晚自方圆。

234. 恩制尚书省僚宴昆明池同用尧字

日上一歌尧，云中半玉霄。
天官僚属宴，御酒雅方潮。
露雾承空阔，游鲸逐海潮。
江河山水色，帝子广招摇。

235. 奉和圣制幸望春宫送方朔大总管张二亶

潇湘一北风，大雁半长空。
魏晋三边色，霜明一降虫。
堂机从主宰，铠甲朔方穹。
渭水听天意，长安颂解戎。

236. 奉和圣制漕桥东送新除岳牧

新除岳牧观，务本政言宽。
有令漕桥治，无分颂雅翰。
天诏三台阁，律象九州安。
寮札殊赴冕，贤冠检玉坛。

237. 奉和圣制登太行山中言志应制

夷关一险滩，渚藻半天安。
山河从此望，日月可重观。

汉后萧河计，周王令典残。
芳年夫子指，古道達前冠。

238. 奉和圣制途次旧居应制

南阳一旧居，洛国半新余。
小往知来大，从天任地舒。
天机由意切，睿智洛图书。
与道由朝暮，一公帝业如。

239. 奉和圣制至长春宫登楼望稼穑之作

万国取田桑，千年食稻粱。
徵战徵库存，牧政牧粮仓。
西顺风调舜，天和地载皇。
三朝阡陌富，十代士侯王。

240. 利州北佛龛前重于去岁题处作

浮屠塔路十三天，蜀延庐山四百旋。
石径千辛过楚水，巴人一举到秦川。

241. 闲园即事寄韦侍郎

无心不结庐，有意寄屠苏。
欲隐何为隐，从虞世俗虞。
闲园芳草地，故舍野花芜。
以酒寻天地，凭书作仆奴。

242. 扈从温泉同紫微黄门群公泛渭川得齐字

水镜川平举棹齐，扬帆汲落自高低。
诸子还来成鼎力，群公不误任莺啼。

243. 饯赵尚书摄御史大夫朔逆方军

扬兵护朔方，仗策易麟堂。
御史分麾去，近陲邓禹忙。
挥戈闻箭雨，苦降待天良。
塞外风云日，京中报玉章。

244. 晓发兴州入陈平路

一路付陈平，三江水白清。
忠臣良策许，汉稷不留名。
下里巴人唱，阳春白雪生。
兴州何所事，进退以心荣。

245. 同饯阳将军兼源州都督御史中丞

一马过三边，千年踏九泉。
风扬沙扑面，漠落色包天。
源州都督将，御史即丞筵。
汉鼓从今古，胡笳任岁年。

246. 扈从凤泉和崔黄门喜恩旨解严罢围之作

自下一芳师，如今半不迟。
君心知日月，旨解罢围时。

247. 秋夜寓直中书呈黄门舅

帘枕上月钩，挂影挂寒楼。
寓直黄门客，中书玉漏筹。
初名紫绂带，复府笏冠修。
已是江山客，何言逐吾求。

248. 新昌小园

不独好清楼，先期月似钩。
婵娟初润色，斗角挂王侯。

249. 慈恩寺二月半寓言

梅花已尽作香泥，二月三空一古湾。
彼岸今生由续继，慈恩不了致高低。

250. 饯泽州卢使君赴任

一日见纶书，三生对事余。
循章凭据典，牧律任秦墟。
五岳从天立，千年任帝居。
良臣谋世俗，苦吏取知如。

251. 奉和马常侍寺中之作

一寺半月明，三清九鼎城。
千千千世界，万万万心平。

252. 陈仓别陇州司户李维深

同途一路行，共事半嘉英。
携手雕戎去，旋勋解愿名。
吴门听韵语，蜀道问京城。
百草临天地，千花作子荣。

253. 奉和崔尚书赠大理陆卿鸿胪刘卿见示之作

俊政前先见，稀才扫第钧。
参差行所以，上下祖天伦。

254. 御箭连中双兔

影射含霜草，宸游上苑田。
惊弓连两兔，百步猎三田。
乐府从音响，陈王赋弟篇。
江山寥阔处，日月照方圆。

255. 敬和崔尚书大明朝堂雨后望终南山见示之作

一路视咸阳，三更上未央。
星明天子道，气淑大明堂。
霸国从今古，箫相以禹汤。
终南新雨后，渭邑故人梁。

256. 夜闻故梓州韦使君明当引绋感而成章

明当伯仲游，感序逝川流。
禹迹留江岸，尧琴颂九州。
暮落朝升日，南江北陆舟。
治牧三千子，居闲一百忧。

257. 奉和圣制过潼津关

潼津关外见，洛渭陷中生。
善闭常开守，英夷自不明。

258. 山鹧鸪词二首

之一：
早早一鹧鸪，迟迟半五湖。
杨梅初结果，立夏百飞凫。
之二：
细细一莺鸣，幽幽半渎明。
盘门多少柱，子胥有潮声。

259. 汾上惊秋

晋北白日曛，汾南夏晚云。
惊时从一叶，入木已三分。

260. 山驿闲卧即事

懒鸟栖栖久，闲花落手烦。

愁愁愁不定，静静静思源。

261. 将赴益州题小园壁

雨水锦江流，惊春栈道修。
鱼凫留一路，蜀相著千秋。

262. 咏礼部尚书厅后鹊

居鸣自不飞，蜀道三回归。
四顾平生路，千章逐紫微。

263. 咏死兔

寒宫有缺圆，桂影短长天。
玉兔藏何处，嫦娥共岁年。

264. 夜宴安乐公主新宅

车如泼水马如龙，吏似朝衙士似钟。
十二重天初彩映，三千弟子豫章村。

265. 侍宴桃花园咏桃花应制

桃花色色向阳红，嫩叶羞差对玉空。
但向桃花源里见，秦溪巷陌汉溪夷。

266. 奉和圣制幸韦嗣立山庄应制

树影重重一石流，孤峰独独半林头。
山庄处处笙歌里，御酒杯杯醒醉休。

267. 重送舒公

桃花一日逐春归，主宰三生断是非。
夏日池塘先着色，秋光普照白梨肥。

268. 句 明皇赏嘉宾以御花插其中

年年一御花，处处半天家。

269. 昆仑奴

昆仑十挺奴，日月半屠苏。

270. 苏颋咏尹字

丑必无身有足行，嘉则见义可枯荣。

271. 姜晞 龙池篇

金城郡里一龙池，邸第公家半始兹。
凤阙应如霄汉起，灵沼却似帝王诗。

272. 姜皎 龙池篇

一弟姜晞楚国公，明皇旧拜殿监中。

龙池自在龙山上，日月经天日宇风。
夏水芙蓉明彩照，秋云子粒待雕虫。
尧坛宝厘乾坤数，禹迹潇湘竹木丰。

273. 蔡孚 奉和圣制龙池篇

龙池玉液半桑田，帝宇去宗一鼎泉。
逝水成川天道历，含云纳露自方圆。

274. 打球篇

（臣谨按打球者，往之蹴踘古戏也。黄帝所做兵势以练武士，知有材也。窃美奏事谨奏打球诗一章，凡七言九韵）

半打英雄一打球，千金重地万金楼。
銮平辇逐流星去，勒马扬竿作帝州。
一士三恭融窦主，频封万户冀梁侯。
风驰电制行云闪，耀动环飞过九州。
任守凭攻曾努力，当须策略预谋酬。
声名自在文章外，你我何言彼此优。
鼓振高台先后竞，兵戎不战也春秋。
白马常鸣天下去，望天落暮挂冕旄。

275. 徐昌 阮公体

秦王扬剑去，建德落军来。
成战中原逐，黄金拜将台。
长城何所见，越国运河开。
白日雄图起，风云立世催。

276. 同蔡孚五亭咏

柳叶挂林扉，流泉映碧微。
浮云三界竟，但见五亭飞。
翡翠中京色，鸳鸯上掖依。
应知书日月，不得故乡归。

277. 蔡起居山亭

蔷薇一面长，石竹半云乡。
别业流泉色，留心客豫章。
何言文史策，只学起居郎。
莫以山河怠，应知草木光。

278. 送友人尉蜀中

巴山一尉萌，下里半人心。
大夏云中望，昆明雨上深。
龙沙明彼岸，别业远天浔。

俯视三千界，登高四目临。

279. 赠温附马汝阳王

文章一韵余，日月半知书。
达识三千字，耕耘百万锄。
田家兴世界，士子帝王居。
夏水扬扬满，秋风肃肃徐。
南山天下色，北里市中墟。
曲水流觞赋，相如意气舒。

280. 张敬忠　边词

三边草色碧未迟，二月霜花雪色斯。
待到冰开河水见，江南落尽杏花枝。

281. 戏咏

介意半长空，怀心半考功。
谁知何步步，只得雨蒙蒙。

282. 史俊　巴州光福寺楠木

刺史一巴州，楠山半木楼。
禅林光福寺，翠色岁天幽。
独秀嘉陵岸，丛乔日月头。
黄花从北陆，法水向东流。

283. 徐彦伯

河东三绝伯，永寿一第扬。
七岁知文对，修文学士梁。

284. 仪坤庙乐章

永和
皇明一乐章，庙肃半神乡。
荐祀三朝祝，灵台七鼎梁。

285. 金奏

皇英一祀天，效祉半桑田。
淑气江山岸，雕桐日月宣。

286. 拟古三首

之一：
一路望飞鸿，三湘半落东，
霜前由塞北，雪后向辽东。
之二：
攻书三十载，步路五千年。
十万诗词客，春秋日月天。
之三：
人怜一莫愁，日暮半心秋。
桂影重阳色，婵娟作玉钩。

287. 赠刘舍人古意

孤英一凤鸣，独秀半桐荣。
翩月参差叶，流光彼此明。
巢栖灵鸟树，翼展舞荆城。
郁郁朝天去，幽幽对地萌。

288. 和李适答宋十一入崖口五渡见赠

单来独往人，旧念问今尘。
十一何之间，三千几度邻。
居心崖路狭，秉愿海洋洵。
念以沧洲水，行成日月春。
琴中辛读简，月下苦清真。
桂里婵娟色，宫前玉影新。

289. 雪

雪暗半天云，风扬半野纷。
山光明日落，草木著衣裙。

290. 题东山李适碑阴二首　噫嘻李公生自号东山子

死葬东山，岂其谶哉！神交者歌薤露以送子归东山为诗镌于碑阴云。
自号东山子，修文学士荫。
遥含天地气，近纳古人音。
三教殊英预，两朝弟子心。
当留工部业，月夜侍郎琴。

291. 比干墓

千年一比干，百世半虞安。
纠武文王叹，周公彼此坛。
三朝成败见，九鼎去来观。
墓上何知处，秦皇已子残。

292. 淮亭吟

水水平今草草洲，淮亭曲榭一芳楼。
幽怜日月鸣禽立，矧鹤栖兮客独愁。
鼓瑟听兮扬楚色，闻声不住自春秋。
琴台石上知音许，汉水波兮逝者流。
寂历何兮君不见，楼中四顾一飞舟。

293. 芳树

玉树芳花岸，金杯绿蚁眠。
春风多得意，夜月自空悬。
夜月婵娟守，春风弄玉泉。
秦楼秦晋问，后羿后时年。

294. 游禁苑幸临渭亭遇雪应制

玉津藏霜色，冰绫落角斜。
轻风轻自舞，素甲素窗纱。
漫宇凭空见，经天任客家。
梅香由此远，二月作梨花。

295. 幸白鹿观应制

金童白鹿观，玉女素仙丹。
九鼎高空阔，三清大道宽。
青莲菩萨坐，宝箓长仙坛。
日月天地色，音琴去来安。

296. 胡无人行

一箭玉门西，十军步束藜。
楼兰沉没夕，日色洒泉低。
十月寒霜落，三光石碛齐。
沙鸣沙自语，客守客无栖。

297. 奉和送金城公主适西蕃应制

金城公主去，汉稷日边来。
玉树江源地，西蕃草木开。
银河同色带，逝水共东回。
远近秦川藏，枯荣咫尺台。

298. 倢伃

启恩无断绝，奉扫有高低，嫁娶农家子，
生儿育女啼，罗衣粗布里，足履步牛犁。
不见昭阳日，田桑草萋萋。

299. 采莲曲

邻家越女边，日色满荷田。
妾小心思重，牛郎不用船。
同心同水岸，共意共方圆。
叶下衣裳解，云中树上悬。

300. 孤烛叹

切切一辉然，微微半独天。
幽幽红泪落，点点玉流虔。
夜月明无色，相思未续弦。
寒宫疑桂影，不向锦屏眠。

301. 闺怨

相思莫掩扉，别地雁当归。
褪暖蚕房静，花芳弄玉畿。
年年南北见，岁岁去来依。
屋后传音信，窗前蟢子飞。

302. 饯唐州高使君赴任

一日万家师，三生半世迟。
情人瑶袂结，施社住兰芷。
鸟雀鹰隼异，人君赖子疑。
留芳千百里，就业去来兹。

303. 奉和幸新丰温泉宫应制

温汤处处一新丰，水色洋洋半彩虹。
玉影天光含紫，阳和孕璧纳炎凉。

304. 同韦舍人元旦早朝

玉箭一圆方，天光半短长。
中书门下省，紫梦舍人梁。
晓色京畿望，宸明上掖堂。
三台同日月，九殿共舒章。

305. 夜宴安乐公主新宅应制

明光一凤楼，帝女半瑶洲。
玉树金枝色，连天逐夜舟。

306. 侍宴韦嗣立山庄应制

三光圣藻萱，五等御冠源。
别业从天地，遥情任坦垣。
溪琴声互与，豫乐篏轩辕。
墅策方圆域，山庄日月元。

307. 送特进李峤入都祔庙

三公一阙城，百揆半精英。
北斗魁元口，东山手笔名。
红茎商角羽，客奉宫徵情。
渭洛咸阳来，京畿紫橐荣。

308. 春闺

之一：

戍客戍长城，徵丁问月明。
同光同世界，共色共枯荣。
只是人无在，何言独叹清。
蹉跎知觉晚，辗转向思情。

之二：

黄河壶口水，晋祠杏花村。
涿鹿三千里，驱车一子孙。

309. 奉和兴庆池戏竞渡应制

爽道翙传呼，芳洲泽五湖。

青潭沉晓气，瑞霭紫云衢。
竞渡天池岸，争先陆屿壶。
应从花伎舞，庆祝百飞凫。

310. 苑中遇雪应制

玉覆琼瑶四野苍，层楼角羽九门扬。
纷纷洒洒天津甲，色色飘飘大宇乡。

311. 上巳日祓禊渭滨应制

上巳日当春，芳洲柳色新。
黄中黄已定，缘里缘无匀。
灞水从京御，汾流过晋邻。
兰亭祓禊酒，渭水逐波粼。

312. 饯唐永昌

金溪碧叶玉潭光，落日黄昏色远扬。
已到昆仑天水岸，天台月桂影石梁。

313. 侍宴桃花园

桃花园里路，峡口小舟来。
五百年罗汉，三千弟子才。
秦时秦已去，魏世魏无猜。
五柳书生问，双鱼寄不回。

314. 石淙

清流濠溪涧，壁磊石淙泉。
嵌伏旋乔木，湾滩渚芷田。
兰芒呈玉叶，杜若展香妍。
百影多交汇，千光尽水川。

第二函　第三册

---

1. 骆宾王

绝唱帝京篇，长安主簿宣，
难为武后命，敬业檄文天。
独见三台客，何言媚主怜。
中宗诏集卷，世与五言员。

2. 夏日游德州赠高四

夫在心为志，发言任为诗。
诗有不尽言，言有不尽意。
问鼎逐雄图，封疆作丈夫。
秦人知剑匣，汉客问京都。

地轴通南北，天枢主仆奴。
风烟长远近，世俗去来无。
学府文成就，平章易水濡。
廉颇应未老，完璧自归途。
禹穴吴门外，舜耕鲁地株。

玄明潘岳寄，古道孟光茶。
但以梁鸿问，桃源魏晋兔。
枯荣三世界，日月五洪湖。

3. 在江南赠宋五之问

一目到浔阳，三秋扫叶篁。
千年铁索守，万里九江扬。
汉水东吴去，荆门蜀汉梁。
嘉陵随日月，楚客问潇湘。
子胥姑苏将，西施木读乡。
夫差勾践剑，尝胆卧薪房。
草木阴晴翠，春秋帝子肠。
连洲多积润，淑气五湖肠。
子别金山寺，云浮越闽塘。
邯郸留旧步，汴水运河长。
汉武秦皇去，蛮夷社稷康。
阳关三迭唱，水调纪隋炀。
涿鹿中原见，安垣久死伤。
阴山飞将在，霍卫酒泉张。
节落由苏武，天朝李夫娘。
身名当所以，利禄可低昂。
世事成今古，人生作豫章。

4. 晚憩田家

一路到田家，三生二月花。
梅香心动早，世事半桑麻。
远役山形似，相思水势哗。
溪流流不尽，夜月月如纱。

5. 出石门

清溪汉晓色，岸草挂晨烟。
石坂霜层色，青苔铸铁钱。
门前寻石路，步后问桑田。
十里长亭见，三生日月悬。

6. 至分陕

召南列树周，陕晋帝王侯。
水水分南北，班班问雎鸠。
甘棠曾不剪，杜若满沧洲。
渭邑咸阳近，秦川养马牛。

7. 寓居洛滨对雪忆谢二

大雪飘飘积彩来，楼台处处玉花开。

知音但在和弦外，一韵应余去复回。

8. 陵春北眺

且过封泥谷，还登避雨陵。
何如牛马力，似作宦游僧。
夏路长亭外，秋程带叶膺。
浮云随暮散，晓带佩霜凝。

9. 夏日游目聊作

幽幽沧浪水，处处沐冠缨。
夏日荷塘色，芙蓉映玉明。
芙蓉应结子，碧叶有浮荣。
欲止珍珠动，相思一念倾。

10. 同崔附马晓初登楼思京

四望一长安，三生半玉兰。
开花无覆叶，傲气有心丹。
远路黄昏近，云端白日翰。
舒舒还卷卷，岭岭复峦峦。

11. 月夜有怀简诸同病

相思一始终，日月半萤虫。
玉宇三千界，苍天五百雄。
文人多诸病，笔吏少由衷。
可望高楼上，银河北斗宫。

12. 叙寄员半千　自叙

自负一生年，诗成半地天。
干性名四方，立此一竿悬。
而我耕耘日，百岁格律田。
三千重弟子，十万定方圆。
隐迹京畿路，逍遥别业泉。
翁童相处，步跬以心宣。
士宦中南海，闻禅古刹边。
由来逢子女，以去作去烟。
地角苍茫逝，天涯玉宇干。
青莲应所以，独得莫非怜。

13. 从军中行路难

君不见，不见军中李广寻，
阴山草木到如今。
单于牧马中原岸，敕勒川前日月侵。
庙略难平天水路，金坛拜将老臣心。

三巴剑阁丘邛道，一马当先玉玺箴。
君莫问，莫问长城铠甲深，
桑干塞北木成林。
琵琶画像何相似，象律铜梁徒有音。
一箭燕山飞将去，三光照旧向边禽。
关河只限无疆域，白羽丹心纵汉钦。
君记取，记取长城作寸金。
何闻霍已战衣襟。
旌旆未了英雄志，阻塞风云战马暗。
八水长安天子路，千功上掖虞城岑。
楼船铁柱云南远，武帝秦皇不再临，
俱往矣，社稷江河作紫禁。

14. 咏怀古意上裴侍郎

八百里秦川，三十载岁船。
邯郸曾学步，易水已流烟。
委辙枯鳞涸，穷径润泽泉。
风尘多似旧，世俗少乡田。

15. 畴昔篇

白首回头已半生，前程度量有三荣。
知书跬步儒家道，少小离家读北京。
易水东流今已尽，商山隐迹未功名。
楼兰一诺中州老，渭邑千年塞北城。
受降匈奴帐，清宫成授声。
蚕丛修蜀道，杜宇纵声情。
剑阁陈仓路，长安月色轻。
修文修自己，悟道悟枯荣。
格律诗词今古句，乾隆四万已清英。
由来十万成先后，老作文翁自纵横。
只记辽东乡里故，南洋木槿复红萌。
巴新赤道森林木，日月耕耘记录生。
辞严科直挂，邹衍系燕行。
小缘承相论，春秋吕氏成。
成皇秦二世，指鹿李斯惊。
史记三千载，行吟五百情。
还余三十岁，旦暮以心盟。

16. 春夜韦明府宅宴得春字

桂影一芳人，寒光半泡尘。
琴声弹不止，舞袂几摇频。
玉兔宫墙外，婵娟彼此轮。

何如天山月，恰似故乡春。

17. 易

日落交河半未圆，云封易水一桑干。
长城不记英雄甲，阙隘艰难日月天。
战士纵横千古尽，元戎进退一人宣。
楼兰殒没残垣在，大漠荒沙独酒泉。

18. 帝京篇

万里山河一帝京，千军故事半纵横。
三呼不尽胸中气，八水长安五百英。
渭邑东都望，咸阳九阙转。
秦皇应不问，汉武著垣城。
蜀女和亲去，单于解帐卿。
琵琶声不止，玉树嫁金城。
敕勒川南望，胡笳逐北鸣。
剑履南宫天子路，簪缨凤阙去来名。
隋炀汴水钱塘去，百尺楼船国色倾。
英望秦皇吞六国，千妍秀女饿姿薏。
谁知古古今今论，是是非非百万兵。
宝盖兰窗竹，青楼十二层。
红妆招醉客，绿蚁楚腰迎。
赵李留宾色，黄粱忆梦生。
同心何结缕，共意尽空盟。
帝京篇，帝京声。
铁柱云南大理旌，唐虞子律夏夷生。
千门复道遮南北，万户冠巾倾太平。
喜鹊登枝春色早，凤凰玉佩过云英。
交衢市里通天下，别墅离宫五百荆。
但向罗敷问，魏晋七步成。
洛宓凌波色，陈王赋旧情。
芙蓉园里见，不可向凫惊。
上披瑶池客，銮台映目琼。
自古身家贵贱论，如今胜败辱还荣。
乾坤彼此阴阳易，日月风云土木萦。

19. 过张平子墓

风来古树吟，暮没故人心。
鲁雉何无驯，湘禽自有音。
南阳平子问，楚皋木成林。
日落丰碑见，君鸣到此寻。

20. 代女道士王灵妃赠道士李荣

灵妃道士一心情，三清古刹半李荣。
人间世俗何曾断，寺井浮光咫尺晴。
乌翼飞翔云不定，轻花妄破复无生。
幽玄日暮孤情影，独木申天客自平。
鹜水竿轮香不静，春梅似雪似芒城。
邛关九曲青牛杖，紫检千光尺素缥。
化石成心难寡守，参差草木风楼声。
空床望月寒宫问，玉兔婵娟桂影萌。

21. 艳情代郭氏答卢照邻

莫向卢家问莫愁，罗敷已告代夫忧。
知君有意难重功，不弃相思不弃留。
蜀道陈仓曾暗度，秦川渭邑已春秋。
铜驼路上知条柳，金谷园中石崇楼。
藏娇一赋相如问，奉帚三更落叶休。
锦字回文情切切，天机十里意幽幽。
河阳市取风光石，织女银河望白头。
覆水难收无日月，金盆洗手有吴钩。
西施娃馆步，木渎五湖舟。
越女知情问，夫差向九州。
王朝分不尽，也俗自风流。
玉宇非生死，人间是马牛。

22. 从军行

从军万里行，士诺百年轻。
渭水一素色，长城两界兵。
弓弦弯似月，剑刃利如瑛。
受降城中虏，分戈享太平。

23. 王昭君

王昭君不语，汉帝画师闻。
怨者文人咏，单于白日曛。
阴山多草木，蜀女汉衣裙。
敕勒川前月，婵娟色未分。

24. 渡瓜步江

惊涛似火牛，积气作春秋。
渡口苍茫见，人生一叶舟。
寒宫望玉影，浊浪逐风流。
两岸晴沙月，三波半梦休。

25. 于紫云观赠道士并序

余乡国一辞，江山万里。昔年离别还同塞北之凫，今日归来即似辽东之鹤。先生情均得兔忘筌之契已深，路是亡羊分歧之恨逾切。不题什何汰衷襟。
辽东玉鹤来，越国义乌开。
塞北三清色，玄门九鼎裁。
云天风月老，羽盖凤丹台。
碧叶红花在，人轻日色回。

26. 途中有怀

蜀道楚云天，秦川晋人田。
长安八水见，越女五湖边。
渭邑慈恩客，潼关戍守宣。
红颜凤凰羽，皓齿曲江船。

27. 至分水戍

鸿沟分水界，楚汉未央宫。
曲涧丛林隐，阴山结晦崇。
霜明南北岸，戍役去来空。
别云闻三叠，归来唱大风。

28. 望乡夕泛

三生一念宽，九鼎半波澜。
日月耕耘历，诗词十万端。
知音知格律，会意会邯郸。
北鹊高枝树，应无觅叶难。

29. 同辛簿简仰酬思玄上人林泉

隐约一林泉，招摇半地天。
丹炉丹石玉，炼道炼心田。

30. 久客临海有怀

天涯一日观，地圮半山盘。
海纳千川水，山容十脉冠。
风中洪泽浪，叶下洞庭寒。
练紧常不定，波光久不安。

31. 游宛部逢孔君自卫来欣然相遇若旧

金兰一日交，背客半归巢。
碧叶秦淮岸，红花魏孔胞。
风云舒卷望，渚芷苇芰茅。

玉柳明年寄，心怀不可抛。

32. 西京守岁四首

之一：

岁夜落红尘，除年灯竹春。
孤心曾自问，独语正冠巾。
腊月梅心暖，春光唤草茵。
方知群欲放，自守个人新。

之二：

幽幽沧浪水，隐隐上人田。
闭谷三思戒，玄门一线天。

之三：

招招一隐田，楚楚半林泉。
落落三清界，莺莺不可怜。

之四：

红尘不隔春，世俗是东邻。
日月从朝暮，经纶向上人。

33. 秋日饯陆道士陈文林二首

之一：

青女司晨半淑霜，芦花落雁一秋塘。
寒蝉欲尽声鸣远，柳带含凉却太行。
小道羊肠南北去，青牛挂角去来乡。
川流逝水东吴色，术道炼丹日月长。

之二：

青年华岳路，白马五湖乡。
木渎夫差水，西施越女肠。
周公十易见，八卦两仪庄。
玉柱玄门见，嵇陵近洛阳。

34. 送郑少府入辽共赋侠客远从戎

读客读桑干，书生书陌阡。
幽州飞将箭，敕勒万年川。
李广李家宣，天兵天水泉。
今日寻止见，未得作方圆。
但以关东问，黄河鲁国烟。

35. 送费六还蜀

星楼剑阁一江东，雪浪烟花半色空。
望蜀嘉陵明月峡，陈仓暗道未央宫。
云含紫气鱼凫闾，栈纳高峰壁垒穷。
叶落飞天天不尽，川流玉带带蚕丛。

36. 秋日送侯四得弹字

风云促膝难，峡谷大漠宽。
豹隐无心念，樵渔有意安。
山河同日月，别聚共波澜。
落叶知音在，如今久见弹。

37. 秋夜送阎五还润州

金陵一润州，夜月半江流。
别云无知去，重游有愚游。
烟花情女色，淑气曲先愁。
竹影婆娑见，余音不可留。

38. 秋日送尹大赴京

之一：

达官三冬而指兰台，道畅九鼎可点青恢。
四海情深而致微远，千流川越可逐逝摧。
落叶达天而尽飘遥，清江带地可济吴杯。
旭日垂清而扬草木，金辉铺就可事莲梅。

之二：

负鼎千竿竹，扬长万里恢。
尊前天子酒，月下御人回。
杜断当依旧，房谋可无猜。
江河桃李度，社稷去来催。

39. 送王明府参选赋得鹤

鹤影自凌烟，维桑已陌阡。
虚堂含紫府，释义纳秦川。
别曲阳关叠，离歌入酒泉。
从留成宇宙，尚与彼此田。

40. 秋日送别

四顾去还留，三秋叶不收。
江流流不断，逝水逝无休。
一目随川远，双舟各自游。
明年寻此地，共叙作沉浮。

41. 别李峤得胜字

大手笔香凝，中庸客臂膺。
芳樽无自满，瞩意致东陵。
渭水陈王赋，东都八水胜。
秋澄明日月，律象玉壶冰。

42. 在兖州饯宋五之问

泗水一流明，淮阴半玉瑛。
文章梁甫赋，别路弟兄鸣。
密绿枝干结，疏红蕊柱萌。
云浮成寄意，叶落作琴声。

43. 游灵公观

洞府跨通川，灵公过境虔。
飞来峰上度，落下玉中天。
别有青门外，唯闻古殿宣。
香烟知杳杳，磬语自莲莲。

44. 夏日游山家同夏少府

返照逐层岑，重明上顶林。
乔峰天上近，独峙夕中琴。
夏日连秋色，风云济会侵。
樊笼蒸水气，热雨洒山浔。

45. 初秋登王司马楼宴得同字

俯瞰崇墉雅叶红，昂观玉宇白云东。
三清不尽端居客，六义从容纳积丰。

46. 初秋于窦六郎宅宴

惊寒一叶下陈柯，嘱世三湘唱九歌。
只以兰心天下问，何言卷翠付江河。

47. 冬日宴

年年一岁冬，雪雪半梅踪。
独木冰霜见，寒心日月封。
袁公情不尽，玉树序春容。
日下黄昏远，山前不老松。

48. 咏美人在天津桥

天津桥上见，美女色中分。
百态招摇过，千姿扭摆裙。
衣香沉跬步，佩玉落花云。
洛宓凌波去，陈王日日曛。

49. 镂鸡子

清明寒食近，乞火镂慈恩。
刻鼎留金石，涂鸦作乾坤。
竿高三丈叶，远路一黄昏。

50. 送宋五之问得凉字

叶落客池凉，鸿飞觅故乡。
漳滚之问色，泗水满波光。
竹叶侵寒碧，芙蓉受雪黄。
书生应四顾，济世可千章。

51. 送郭少府探得忧字

别曲半离忧，新词一度愁。
青门杨柳岸，贝阙去来游。
少府知天地，相思日月舟。
云浮云不定，客坐客无休。

52. 冬日过故人任处士书斋

一斋纳书香，三清处士肠。
霜明窗雪色，足迹印西厢。

53. 送刘少府游越州

枕石半余丘，流溪一细流。
离亭分水岸，翼雁逐云浮。
玉宇成人字，潇湘作度舟。
年年南北去，岁岁暮朝侯。

54. 赋得白云抱幽石

云平一涧浮，壁磊半溪流。
水响分清静，隼旋化羽留。
乔林连玉宇，岭路曲折求。
鸟影飞还落，空峰独且幽。

55. 乐大夫挽词

磋磋乐大夫，自有任安儒。
此路何应此，天涯共五湖。

56. 赋得春云处处生

二月东风雨，春云处处生。
烟花烟彼此，草色草阴晴。
柳暗江河水，花明日月城。
江南江水润，塞北塞光荣。

57. 在狱咏蝉

南冠一楚囚，北陆半天忧。
翘首苍空见，鸣蝉九日休。
知音知世界，问道问春秋。
易水东流去，兰亭一逝舟。

58. 咏水

心经一水生，列地半清明。
九脉天津阔，千流日月平。
波澜秦晋岸，律令李斯情。
积纳成洋海，容涵作枯荣。

59. 同张二咏雁

衔芦水渚霜，唼藻苇洲荒。
落得人形伍，飞时一字扬。
衡阳归木老，青海寄秋乡。
北去春花早，南来竹叶凉。
晴空分世界，玉宇问鱼梁。

咏雪

玉叶作龙云，梨花作具裙。
霜鳞层杏杏，鹤羽覆纷纷。
素篆明辉跃，祥轮隐迹勤。
幽幽何不止，落落作春氲。

咏云酒

凭空一酒泉，纪实半云田。
不复中山界，何须楚汉边。
鸿门王不语，垓下项庄筵。
左右张良济，阴晴一线天。

60. 尘灰

雅韵曲江头，秦川渭邑楼。
尘灰年岁垒，日月积纳留。
聚得风云涌，扬飞八面流。
惊时迷不得，息去不声侯。

61. 秋晨同淄川毛司马秋九咏

秋风

一叶落红楼，三杯对影休。
千山寻境界，万里觅封侯。
日月交河水，乾坤渭水浮。
阴阳分八卦，草木两仪头。

秋云

浮浮万里空，落落半山穷。
北魏江河浅，南秦日月穹。
流时风不定，聚会雾由衷。
莫以心思逐，何西又复东。

秋蝉

声声鸣远调，曲曲逐枝高。

暮色知音致，孤清列志谊。
悲潘悲所以，谏楚谏歌旄。
择羽重阳柳，疏冠免紫袍。

秋露

明明一滴圆，点点半河州。
玉气凝寒素，珠光逐落悬。
芙蓉荷叶晚，芷草岸边怜。
泛泛扬光跃，流流不作泉。

秋月

楚楚一婵娟，遥遥半玉田。
寒光寒彼此，桂树桂方圆。
后羿应知晚，嫦娥可自弦。
年年三白日，岁岁半天弦。

秋水

一色半寒凉，千波九派荒。
舟行舟不语，客纳客风光。
具阙沧流去，天轮济地方。
东西何不止，以北到钱塘。

秋萤

闪闪一流明，兔兔半叶星。
茫茫何不顾，落落自声轻。
楚楚还无界，群群又独生。
扬扬成夜宇，隐隐作天城。

秋菊

旷世一金黄，丝心半曲张。
迎风孤自秀，古色独香藏。
展翼收枝淑，凌云付叶霜。
虚牖千百态，隔岸两三行。

秋雁

衡阳万水凫，朶海（青海湖岸）半霜洲。
排天人字去，落地一飞舟。
月冷南林色，光寒北陆丘。
相思青海岸，顾影二妃愁。

62. 端午

端午三兄弟，燕京半九歌。
恒耘澜李丽，兴酒向汨罗。

63. 乐大夫挽词五首

之一：
磋磋乐大夫，自有任安儒。
此路何应此，天涯共五湖。

152

之二：

松门一代丘，别路半春秋。

不顾江山路，何从故国忧。

之三：

四顾无形影，三呼有客寻。

千年双促悟，十里一人心。

之四：

千秋一夜台，百岁两天猜。

万里无青鸟，三生有去回。

之五：

咫尺泉台路，天涯鹤影来。

离心长久远，别意曲徘徊。

64. 丹阳刺史挽词三首

之一：

三生一倏间，一世半人寰。

曲蔗沉清露，浮云自在闲。

之二：

羽驾一浮云，苍山半日曛。

丘陵天下客，岸水色中君。

之三：

莫入九泉台，应回半客梅。

春风还自在，隔岸有惊雷。

65. 称心寺

一寺自称心，三堂可古今。

蘅薄兰滞澳，净土独清林。

66. 陪润州薛司空丹徒桂明府游招隐寺

同寻招隐寺，共渡镇江花。

古壑泉声响，长林白日斜。

瓜洲江水色，冻壁六圩家。

不得千山影，应留一岭霞。

67. 棹歌行

凌波一翠通，俯首半丹红。

妾女妆颜色，摇摇不向中。

阳关三叠间，下里巴人终。

岸芷汀兰曲，芰荷唱大风。

68. 海曲书情

耕耘付百明，日月守三生。

十万诗词作，三千弟子情。

劳辛劳苦积，逐客逐章成。

格律音平仄，兴情对仗荣。

隋唐平水韵，典籍佩文盟。

五女山前客，乾隆作弟兄。

69. 蓬莱镇

蓬莱一望遥，玉宇半萧条。

庙凫砣矶北，龙口屺姆潮。

烟台威海市，白鹭逐云霄。

不尽成山角，扶桑以日桥。

70. 和李明府

傅离贝叶鸣，履向洛阳城。

驿道临亭路，津门对小平。

同行天下去，不必解冠缨。

斗气横牛角，江河逐日明。

71. 春晚从李长史游开道林故山

寻幽寻未止，问道问仙台。

树影晴光少，乔林独峙嵬。

春莺满地来，秀色迈风舞。

尘埃尘落定，溪清溪不回。

72. 冬日野望

冬寒东岭木，落叶半云霄。

雪暗天公墅，云扬涧壁摇。

辰明东岭木，晓籁逐绫绡。

古道长何远，乡魂不必招。

晚渡黄河

九曲黄河十八湾，千滩两岸五三关。

涛扬晋陕惊壶口，海纳东营去不还。

73. 宿山庄

燕子矶头问，栖霞镇里楼。

云扬曾露水，雾断渐清流。

小驿空帆近，长江月色游。

吴台谁入梦，越女已平舟。

74. 晚度天山有怀京邑

交河浮绝塞，弱水浸流沙。

达坂城中望，天山雪上哑。

楼兰惊远客，上苑问疆华。

百岁长鸣久，千年短洛嗟。

75. 夕次蒲类津

河源青海湿，汉国豫鲁盟。

朔气连天路，江云逐太平。

南冠无解带，北甲有戎兵。

社稷江山路，英雄日月耕。

76. 远使海曲春夜多怀

啸尽三春晚，还吟半月明。

端居端所望，客价客思情。

故里乡人远，京中海曲盟。

常安蝴蝶梦，切鲁别禽鸣。

77. 早发诸暨

南冠一御袍，凤驾半旌旄。

晓雾迷途望，山峦对日高。

兰亭被禊酒，禹穴枕江涛。

越女溪纱色，吴宫满艾蒿。

78. 望月有所思

三秋半大风，万里一苍空。

望断英雄路，无非日月虫。

嫦娥何所感，后羿入寒宫。

玉砌霜冰筑，婆娑桂影中。

79. 送吴七游蜀

日照分齐界，星移划蜀门。

荆流吴楚色，栈道暮黄昏。

竹隐桃源路，江明汉武村。

高唐应不远，宋玉赋乾坤。

80. 西行别东台详正学士

西行一云东台别，学士千章上苑春。

辩玉明轮天水岸，寻源蜀道剑门茵。

荆江月色孤明早，上苑梅花独自新。

关河万里连襟带，日月千年逐汉秦。

81. 和王纪室从赵王春日游陀山寺

鹫岭一来音，陀山半野禽。

星河连磊涧，草木济人心。

八戒禅房路，三空古寺深。

玄津多雅曲，妙理荡春荫。

82. 夏日夜忆张二

促织两三声，青蛙一半鸣。
非疑人所至，是静鸟栖惊。
夏日荷风暖，虚光隐约平。
无心无所欲，有意有深情。

83. 寒夜独坐游子多怀简知己

知音知已见，问道问长天。
读卷书生老，行程道士禅。
文圆风声早，市井久思迁。
秀草三春色，幽兰一自然。

84. 在军中赠先还知己

望断玉门关，扬程漠北山。
风尘催白首，岁夜问红颜。
铠甲长城没，功勋上苑还。
沙鸣天地动，水净月芽湾。

85. 秋日山行简梁大官

宿雾一山川，临峰半挂泉。
玄虚浮垒巘，翠叶自含烟。
偏地心思远，分天秉性圆。
弹冠君子道，结绶丈夫贤。

86. 晚泊江镇

荷香晚夏舟，菊气洞庭楼。
夜鸟寻栖木，归人别路愁。
离乡千渚岸，大雁半芦洲。
落叶惊琴响，微途云自浮。

87. 浮槎

浮槎有远根，俱实作乾坤。
自在浮沉去，轮辕栋楠恩。
封霜含积质，逝水逐晨昏。
盛务山河气，鹏高得近鲲。
千寻积质栋高临，万仞扶疏俯仰吟。
逝水泥沙流有尽，方圆玉斧作知音。

88. 晚泊河曲

三秋望远霄，两岸泛归潮。
逝船逝水泊，南冠度渭桥。
星飞寻五志，水净见千瑶。
柳色应难改，浮槎自可雕。

89. 早发淮口望盱眙

盱眙淮口望，老子近维桥。
洪泽花园嘴，金湖马灞潮。
高邮湖水渚，邵伯镇江遥。
四渎蒙蒙雨，三荆楚楚瑶。

90. 边城落日

紫塞响沙山，黄图帝子颜。
寻源空凿石，问地色夷蛮。
落日边城色，风尘古道弯。
雌雄双刃剑，胜负独归还。

91. 宿温城望军营

雪素天山路，沙明八水春。
温城军帐牧，渭邑帝城钧。
卷客辛耘老，英雄苦日臻。
应知疆有界，不必净胡尘。
白羽文章筑，青山草木珍。
桑田耕岁月，尺寸正天津。

92. 过故宋

故宋一荒城，浮云半日平。
川禽鸣秀草，野雉逐丛莺。
束水文池藻，吴台月色清。
梁园应不定，魏阙可悲生。

93. 边夜有怀

荒城留遗迹，断碣尚铭功。
玉兔丛芳里，婵娟独桂宫。
边尘烽火尽，戍斗士人空。
易水东流逝，咸阳二世穷。

94. 四月八日题七级

香城分鸟蝶，玉阁俯龙川。
壁画梁年正，铭书晋代传。
三卿公胜迹，三帝子云烟。
荡荡经行处，悠悠妙曲宣。

95. 和孙长史秋日卧病

志短得天才，思长上帝台。
轩辕尝百药，社稷始重来。
玉帐三弦妇，金坛一将回。
鲸波霍第府，节变潘圆开。

紫陌茄繁曲，腾谋复烛恢。
居然中雅跃，雪后见新梅。

96. 咏镜

面对一花黄，形成半玉妆。
红颜常顾照，粉彩可新娘。

97. 伤祝阿王明府

百岁一春秋，千年半九流。
兴端三绪定，感世十章侯。
孟尝高楼去，宣尼旧馆留。
交掺成律历，毓德化王忧。
渐陆鸿飞舆，峰源济世求。
黄泉何远近，鹤羽去来酬。
贝阙销轮色，陈星列祖愁。
荃蹄司叶契，共渡夜台舟。
一路泉清过洛川，三生惠政牧方圆。
翔凫化履含章陆，列帐荒阶纳旧年。
晦也灯红高照去，浮尘已净俯平干。
孤身陇外应相顾，独向黄门静夜田。

98. 饯郑安阳入蜀

安阳蜀道来，井络剑门开。
百里千川谷，三巴半楚才。
遥遥分凤野，步步转龙媒。
海客鱼凫问，陈仓没将回。

99. 咏怀

舆去景山岚，紫气宽一街。
人知交道口，管舆景山岚。
都门风云会，宽街紫气南。
诗词天下客，格律世中谙。
十万耕耘记，三生日月潭。
阮籍长鸣作竹琴，刘琨叹问知音。
寒宫桂树从天地，月月阴晴向古今。

100. 春日离长安客中言怀

生涯无岁月，岐路有枯荣。
四望春秋色，千巡日月明。
长城南北见，汴水运河生。
自纪燕山去，天堂以此成。
钱塘吴越润，养马洞庭平。
水调隋炀帝，苏杭有霸石。

101. 夕次旧吴

不入黄天荡，船平木渎台。
西施娃馆舞，子胥海潮开。
水浒盘门闸，姑苏用直梅。
还闻勾践去，不谢买臣来。
梦里隋炀帝，南适汴水杯。

102. 早秋出塞寄东台详正学士

东台问九天，学士向三边。
步履江山路，思谋日月然。
楼兰风化土，福海缩流川。
苦役封疆塞，功勋饮酒泉。

103. 幽絷书情通简知己

岐路几徘徊，人生一楚才。
春蚕丝未尽，夏茧缚难裁。
落叶秋风扫，冬寒腊月梅。
应闻知己见，莫作不然灰。

104. 久戍边城有怀京邑

扰扰功名路，遑遑利欲催。
虚虚成舛舛，去去复回回。
学步邯郸市，行程赤壁恢。
轮台天山外，孔雀河边隈。
宝剑扬双刃，刁斗夜独台。
凤阙同日月，阳关共尘埃。
鸿扬闻学士，大理楚人才。
四顾楼船去，三朝铁柱来。
冠巾衣佩带，笏玉漏辰开。
紫陌迎天色，臣书对御哉。
童翁何不与，老少玉壶杯。
解甲文章在，重弹草木媒。

105. 在军登城楼

城上一风行，军中半令生。
戎衣扬斗志，铠甲御天平。

106. 于易水送人

易水一燕丹，张良半报韩。
中冠人已去，斗士逐波寒。

107. 挑灯杖

灯明一杖成，影暗半枯荣。

不忍焦心处，何言处事成。

108. 咏尘

红尘一夜情，故落半苍生。
积纳成原界，枯荣作太平。

109. 玩初月

弦中一日圆，夜下半婵娟。
上下无情挂，勾连有意悬。

110. 送别

取道一无应，折花半香凝。
何非岐路远，自结玉壶冰。

111. 忆蜀地佳人

巫山一片云，峡口半知君。
十二峰中见，三千弟子文。

112. 咏鹅

兰亭一字初，曲水半文余。
瘦瘦肥肥见，先先后后书。

113. 武三思

右卫累梁王，天官内史昌。
李峤苏味道，安乐公主扬。
革命则天赐，长安第子乡。
佺期之间赋，节愍乏诛肠。

114. 武三思　奉和圣制夏日游石淙山

晴晴堑堑数千重，隐隐折折石百淙。
掩映花光含紫气，参差玉影纳芙蓉。

115. 自育柳柽花开

三枝独秀一花开，百叶丛生半玉台。
隔岁芳香沉远近，如今碧色衬冬梅。

116. 仙鹤篇

天空一白鹤，紫顶半青田。
七月缑山望，三清玉水年。
丹丘曾驻步，羽客已知缘。
独泪方切切，孤飞可舞旋。
云翔吴越国，夜宿去来川。
月色常相照，风声不语泉。

三神由所寄，二客莫倾宣。
鹊雀纵横问，瑶池七八仙。

117. 宴龙泓

胜托一龙泓，清流半玉空。
澄潭天色落，桂子月寒宫。

118. 奉和宴小山池赋得溪字应制

山池金色作流溪，岸屿明波灌玉堤。
两面晴沙瞩上下，悬泉石镜量高低。

119. 凝碧池侍宴应制得出水槎

一木半无根，三浮雨露痕。
瑶池风浪少，上下问辰昏。
纳丘清池雾，凝香作玉琨。
精雕成就作，独作栋梁魂。

120. 奉和过梁王宅即目应制

凤竹初垂岸，龟池已纳烟。
云中三石径，月下半荷莲。
上掖临王公，瑶池落九天。
林前禽百岁，壁上附千泉。

121. 奉和春日游龙门应制

龙门一曲江，渭邑半家邦。
读卷应知独，书生不足双。

122. 秋日于天中寺寻复礼上人

复礼上人心，天中寺外音。
香严严界满，妙城五湖深。
不二知归一，成千上万箴。
禅房藏日月，喻筏续灯临。

123. 句

飞天一足鸣，万里半心倾。

124. 张易之（宋之问　阎朝隐代作）

鹤府弟兄城，则天司卫卿。
唐人唐世界，凤鸟凤成龙。

125. 奉和圣制夏日游石淙山

山丘一水作鸣琴，圣御三光陪古今。
日上幽严轩集颖，云中翠幕色人心。

126. 侍从过公主南宅侍宴探得风字应制

平阳一第认鸣筑，上苑三光竹影斜。
咫尺昌宗兄弟色，梁宫跬步易之花。
平阳不大风，上苑有深宫。
日暮天街色，胡笳一第红。

127. 出塞

令橄羽林郎，秦箫易之堂。
三边应咫尺，九鼎寄人乡。
小妇长城望，男儿夜月长。
青丝何不改，粉面可思扬。

128. 泛舟侍宴应制

王舟一白鱼，芷浦半裙裾。
御柳扬风月，芙蓉自有余。
弹弦声不举，作伴帝王书。

129. 张宗昌注

三教珠英一教成，宗昌作弟易之兄。
男儿小妾红颜色，驾驿龙骧白帝城。

130. 奉和圣制夏日游石淙山

阵列三珠树，交阴八桂丛。
泉声浮白璧，水色映芙蓉。
十步平桥岸，千情落宇封。
英雄何所以，上掖只知功。

131. 少年行

市义孟尝君，中山醉直曛。
高台毛遂荐，易水刺秦猜。
白璧和穰苴，黄金霍已军。
应疑飞将在，李广独燕勋。

132. 太平公主山亭侍宴

山亭一小泉，主女半居然。
扇曲情无限，秦箫洛有边。
三台平颂颂，八水绕王田。
日照明千纳，溪流别一天。

133. 薛曜

知名文学士，自尚主城阳。
故事由来慎，太平正谏堂。

134. 奉和圣制夏日游石淙山

山泉一石淙，白璧半冰封。
夏日丰凉坐，琨池四面松。
朱霞虹雨落，玉洞内藏龙。
景致纯花锦，桑田不事农。

135. 子夜冬歌

严霜一木凋，逆雪半天骄。
百草枯荣见，千山日月谣。

136. 舞马篇

三吴谁养马，九鼎立耕田。
六字龙骧步，千山一日然。
衔图天子路，伏皂事苍年。
吾道余名嫌，何人隔代宣。
成家周武殿，立国逐秦川。
夜饮交河水，晨扬到酒泉。
长鸣闻汉血，远啸作尘烟。
伏枥思依旧，昂头任面前。

137. 正夜侍宴应诏

步入凤凰宫，心中唱大风。
千门和玉立，万岁意由衷。
魏阙随天意，南山始不终。
咸臣应未醉，日月玉壶中。

138. 送道士入天台

道士入天台，洛水半滞开。
碧海桑田易，止此不蓬莱。
杨敬述

139. 奉和圣制夏日游石淙山

幽荫俱在石淙山，碧涧无从日月湾。
夏日清风放莫醉，笙歌一曲待君还。
于季子

140. 奉和圣制夏日游石淙山

山中一石淙，水上半芙蓉。
瑞液天津雨，祥云日月封。
虞弦由此响，鼓瑟作天钟。
夏叶垂杨柳，扬虹似玉龙。

141. 咏云

四望半浮云，三生一世君。
何应裁剪布，不可作衣裙。

142. 咏萤

飞飞一线明，落落半无声。
流光天下问，羽色夜中英。

143. 早春洛阳答杜审言

寒心腊月作春梅，自以秦箫伴凤台。
梓泽年光天下路，长安道上洛阳来。

144. 咏项羽

何必一东归，英雄半是非。
项羽乌江岸，楚客落鸿飞。

145. 咏汉高祖

鸿沟南北问，垓下去来谋。
日月功成败，江山社稷忧。

146. 南行别弟

雁到潇湘芷，人行海角南。
巴新连赤道，俯首不儿男。

147. 乔知之

知之侃备一词文，补阙则天半俊君。
武力承嗣承武力，书生右左作衣裙。

148. 长信宫中树

芳菲应自见，艳色隔墙观。
镜里繁荣碧，空中可独丹。

149. 下山逢故友

何言大丈夫，自在小家奴。
采叶山中晚，归家月下孤。
相逢相别路，故友故离途。
竹影婆娑照，谁人对玉壶。

150. 巫山高

巫山十二峰，峡水一千淙。
白帝荆门客，仙姿玉女容。

151. 弃妾篇

缕带结成情，青丝作枕盟。

平生应记取，日月复相惊。

152. 苦寒行

日落雁门关，衡阳岳麓山。
鸣沙天地动，大漠月芽湾。

153. 从军行

行军行大漠，苦役问交河。
武勇知飞将，书生唱九歌。

154. 拟古赠陈子昂

一蜀半陈仓，三河九鼎梁。
千年何所以，百岁度青黄。

155. 定情篇

之一：
鸳鸯独亦双，大雁亦家邦。
妾女相思尽，男儿问大江。
风声惊草木，月影入纱窗。
意是三千欲，情非一两桩。
之二：
红颜只奉君，碧玉绿珠裙。
结带连心去，从情逐白云。

156. 绿珠篇

（知之有婢曰窈娘，美艳善歌舞，为武
承嗣所夺，知之作此篇以寄情，密送与
婢婢，结带衣带投井而死，承嗣大恨，
讽酷吏罗织杀乔知之）
知之窈娘一知之，结带诗篇堕井迟。
谷谷石崇君不保，绿珠篇里寄情诗。

157. 和李侍郎古意

巫山一妾家，白帝五湖花。
宋玉怆然寄，王昌淑女郎。
渔阳徵战苦，渭邑舞歌华。
北斗常开口，南山自垒沙。

158. 倡女行

百岁一年芳，三生半玉堂。
葡萄美酒葡萄女，一醉红颜一醉床。
自解罗襦衫不整，横波艳色久低扬。
潘郎应记取，月色是萧娘。

159. 羸骏篇

长鸣喷玉一秦川，凤舆龙媒百世年。
上苑桃花春自在，阳关铁锁暮朝然。
遥遥汉血扬长去，落落瑶珂逐日田。
足顿楼兰千里骏，频嘶山河雨云烟。
远近天街成彼此，盘旋素节作方圆。

160. 铜雀伎

年华不必妆，艳色可当堂。
曲舞流朝夕，漳河入大荒。
西陵多草木，易水故炎凉。
鹊雀成桥渡，黄粱作洞房。

161. 侍宴应制得分字

上苑半香云，朱楼一曲分。
知音知世界，问道问芳芬。
紫禁阴晴序，金銮日月君。
花亭花不语，草地草丛群。

162. 梨园亭子侍宴

草绿鸳鸯殿，花红翡翠楼。
梨园仙子色，曲舞应无休。
四壁封今古，三生帝子侯。
千声由彼此，五尺自风流。

163. 和苏员外寓直

伊人一国章，弟子半书房。
漏箭分朝度，辰风比栋梁。
三旬登建礼，五夜问天光。
竹节时时直，鸣钟上未央。

164. 哭故人

孤禽一别居，独鹤半身虚。
得意黄泉路，思情日月余。

165. 折杨柳

一日折杨柳，三生日月求。
相思由此物，感念去来舟。
乔侃

166. 人日登高

登高游目断，低首问无休。
流清流不尽，石岸石还留。

167. 出塞

沙鸣三百里，鼓振一千军。
李广燕支客，阳关将令分。

168. 长门怨

一怨别长门，千情向子孙。
藏娇藏不住，有欲有黄昏。

169. 刘希夷

庭庭少小文，落魄不成君。
苦善从军词，闺情致女莘。

170. 将军行

帐令一辕门，中原半子孙。
弯弓飞将在，举箭对黄昏。
受降城中酒，渔阳月下恩。
闺情应所问，世界是乾坤。

171. 从军行

一妇问从军，三光覆厚云。
寒宫空自守，独望挂衣裙。
暮帐黄河岸，长兵受降闻。
秋风何扫叶，桂子几无分。

172. 孤松篇

绝壁一孤松，浮云半涧踪。
风惊山下石，雨打顶中庸。
鼓瑟临天地，知音彼此客。
黄河壶口才，大海一蛟龙。

173. 嵩岳闻笙

一夜满山空，三星半宇穷。
辰光含晓雾，紫气纳西东。
步履耿花路，笙鸣小草虫。
风尘多少问，水月去来风。

174. 春女行

一曲半阳春，三生两晋秦。
巫山神女色，白帝楚江津。
柳絮杨花见，桃红杏粉匀。
东风常带雨，落叶作红尘。
艳冶娇姿纵，纱妆玉带筠。
纤纤腰逐细，楚楚目西睪。

舞袖露心思，声情解近姻。
高唐应有梦，峡口女儿邻。

175. 秋日题汝阳潭壁

秋阴生石上，落叶挂云中。
水曲潭青净，峰明木草同。
幽人寻不得，咫尺过天风。
损易荣华处，东山月色空。

176. 采桑

东风唤采桑，细雨改炎凉。
灞水杨花落，吴江落梅香。
蚕丝凭自锁，茧壳对萧娘。
层层情不尽，个个一心肠。

177. 谒汉世祖庙

鸿沟十八年，垓下两三天。
持国朱旗分，亡象日月悬。
长驱围北赵，短剑未央圆。
雀跃求贤相，拜金树陌阡。
江东闻霸主，汉界佩公宣。
独道成千古，同盟问九泉。

178. 巫山怀古

襄王神女梦，水月峡口船。
暮雨天天落，朝云处处悬。
猿鸣啼所见，鹤立独吟宣。
白帝随流色，高唐问逝川。

179. 归山

崇山归不去，面壁作方圆。
寺磊禅房净，心成日月年。
烟花天下道，弟子少林田。
逐鹿僧无语，秦王一代怜。

180. 代闺人春日

珠帘一色天，白日增方圆。
彩艳庭前落，姿腰玉影旋。
巢间莺俗语，密叶雀情宣。
但得相思处，栖栖不意全。

181. 蜀城怀古

蜀国读书堂，蚕丛筑道梁。

苍苍天地色，莽莽楚吴乡。
寂历弹琴地，风流水月忙。
何须寻古道，不必问陈仓。

182. 洛川怀古

萋萋一洛川，月月半隋年。
晋代多臣近，估时少客年。
谁何何曲舞，不堕绿珠船。
北邙遥相问，长安不耕田。

183. 春日行歌

天台一路落梅花，化作香泥著草芽。
唤娶东风桃李下，阳春半月醉人家。

184. 江南曲八首

之一：

暮色五湖楼，黄昏半宿舟。
云连同里岸，水隔洞庭舟。

之二：

潮来一翡翠，汐去半芳菲。
四顾洪湖水，三吴草木晖。

之三：

君为客陇南，妾作一春蚕。
叶叶从心满，丝丝以意含。

之四：

楚月照三江，鸳鸯作一双。
长空飞雁阵，竹影入纱窗。

之五：

潮平连楚甸，雨细逐淮扬。
浦树含烟阵，孤舟纳水乡。

之六：

东西一水洞庭山，上下三吴十八弯。
碧玉天堂同里去，姑苏木渎小桥还。

之七：

碧玉一芙蓉，寒山半寺镜。
姑苏云雨度，暮色小桥封。

之八：

一路长洲曲，三吴雨雾浓。
云烟浮不定，日月落无踪。

185. 捣衣篇

瑟瑟一秋风，幽幽半草虫。

征人遥月冷，妇妾寄情衷。
苦役年年续，风霜处处同。
秦衣应厚重，楚练必丝丛。
百岁逾花甲，三边受降终。
乡间应不改，怯是白头翁。

186. 公子行

桂树参差影，嫦娥一半霜。
天津桥上月，洛水色中郎。
细细腰姿曲，纤纤素手扬。
藏娇寻汉武，楚客问襄王。
十三峰中见，三千日月光。
朝云巫峡口，暮雨郁金香。
腊月梅花雪，春风燕穴梁。
芙蓉何沐浴，木槿已红妆。

187. 代悲白头翁

闻君但觅落花风，只见梨花小杏红。
洛水相思留旧忆，长城苦役白头翁。
红颜易老心何在，建业功成事复空。
北邙陵尘荒十里，南山古木寄飞鸿。

188. 代秦女赠行人

晓镜半含春，双眸四顾频。
红颜红素手，碧玉碧姿身。
喜鹊声声问，男儿处处怜。
桃花方起色，小杏已婚姻。

189. 洛中晴月送殷四入关

洛水浮桥一渡头，潼关欲去半行舟。
云微点点朝霞散，石濑残残独自留。
曙色扬平三万里，晴波跃目两心忧。
秦川此去天山近，指点轮台渭邑楼。

190. 入塞

大雪半交河，汨罗一九歌。
江山千万里，日月去来多。
古塞分南北，新丰问战和。
无疆无自己，有界有田禾。

191. 览镜

青楼明镜里，碧玉一春中。
曲曲从君欲，姿姿览白红。

知之窈女尽，色色绿珠逢。
但以情云寄，何辞意念同。

192. 送友人之新丰

日暮下新丰，辰辞唱大风。
关山千万里，日月有无中。

193. 饯李秀才赴举

万里一龙门，千年半子孙。
鸣鹄飞羽翼，孔落落书根。

194. 夜集张諲所居

盘门知久客，楚馆问虫雕。
但以图书见，何辞日月潮。
渔樵凭约见，草木可逍遥。
莫以沧洲问，春楼玉箫箫。

195. 故园置酒

酒热到心边，春风问故园。
平生三万日，醒醉半桑田。
卒卒周姬旦，栖栖孔子宣。
云光花草碧，雨色玉壶烟。

196. 晚憩南阳旅馆

平生大丈夫，旅馆对空壶。
万里阳关去，千年简卷奴。
池篁空旷阔，日暮瞩扶苏。
野草连茵碧，庭花逐角孤。

197. 寄陈子昂

伯玉一胡琴，知人半古今。
宣阳文百轴，玉碎举三心。

198. 庆云章

紫气天山来，氤氲五色开。
丛芳熏日暖，独秀豫章台。
郁郁去飞落，纷纷雨雾催。
巫山神女在，宋玉久徘徊。

199. 感遇诗三十八首

之一：
晦日生西海，明阳上渭城。
龙门鱼跳跃，弟子曲江英。

之二：
芒兰杜若春，紫茎玉心。
细细微微色，扬扬抑抑秦。

之三：
丁零一塞孤，汉甲半匈奴。
白日长城北，无疆一丈夫。

之四：
军功一乐羊，食子半心肠。
骨肉中山弃，忠君旷野荒。

之五：
巧智一童翁，英雄半大风。
玄真玄子问，处道处无穷。

之六：
潜龙一入渊，蓄纳半坤干。
盛象知天地，行云济海田。

之七：
但问巢居子，何闻日月归。
朝朝还暮暮，是是亦非非。

之八：
仲尼一子居，老聃半玄虚。
以道非言道，知书亦可书。

之九：
真真假假闻，去去来来分。
暮暮朝朝度，成成败败君。

之十：
刀锥商贾客，笔墨士子尘。
利禄成今债，功名作古人。

之十一：
鬼谷子溪清，纵横世界明。
襄锥终不止，玉宇始光荣。

之十二：
南山半鹿鸣，泾水一流清。
呦呦寻其友，波波尽以明。

之十三：
一念作林居，三生苦读书。
千山山不止，万木木心虚。

之十四：
上苑金銮舆，瑶台汉武情。
吟行何不止，感叹自无平。

之十五：
临途知世道，读史见荒丘。

北邙无先业，东陵有故侯。

之十六：
弱王尊乐毅，遗祖客邯郸。
大禹家天下，姑苏御伯寒。

之十七：
幽幽天运在，郁郁客心开。
易水图穷见，秦嬴吕相来。

之十八：
徘徊成久势，逶迤曲长公。
骨鲠斯穷道，参差意见中。

之十九：
贤人无利已，日月有东西。
隐隐乔木去，扬扬远鸟啼。

之二十：
玄天幽寞寞，古道远行行。
跬步时时去，前前处处明。

之二十一：
圣哲一先人，渭水半东流。
北邙荒陵没，南山落叶秋。

之二十二：
咸阳一故侯，渭水半东流。
北邙荒陵没，南山落叶秋。

之二十三：
微霜浮岁宴，玉斧斫柯楼。
宇宙浮云少，桑田自古忧。

之二十四：
妾羽玉堂萌，屈平客人心。
招摇无贵女，远旷有珍禽。

之二十五：
不入玉壶尝，何知帝子梁。
生时生感念，自得自书香。

之二十六：
玄蝉寻白露，暮目逐云生。
落叶应相伴，秋风送远鸣。

之二十七：
云期半穆公，子问一深宫。
地载无先后，天然有始终。

之二十八：
可问楚襄王，何言一故乡。
巫山流水去，已到五湖塘。

之二十九：

草木半高唐，浮云一雨光。

巫山神女色，宋玉楚襄王。

之三十：

势力祸之门，辛勤守致根。

贤良成固业，憨厚教儿孙。

之三十一：

攀登四望寻，霸主一秦吟。

垓下江东问，人中作古今。

之三十二：

攀折柳叶作青春，曲舞青楼问美人。

岁岁红尘何不尽，年年水月可相邻。

之三十三：

萧条一塞边，朔汉半居延。

举剑英雄见，行营帐令悬。

之三十四：

举目一春秋，行身半九州。

英雄天下去，白首不封侯。

之三十五：

单于台上望，渭水邑前开。

拔剑朝天问，横行历润恢。

之三十六：

峨鼎一蜀泉，楚客半茫然。

汉水知音水，嘉陵半四川。

之三十七：

不入云中郡，还寻蜀上人。

琴音琴不是，弃木弃风尘。

之三十八：

仲尼七同一儒元，老子三生半哲言。

是是非非是是，繁繁简简繁繁。

200. 鸳鸯篇

鸳鸯眷恋游，羽融蔽春秋。

逶迤池塘水，阴晴草木洲。

萍沙巢渚岸，塞雁去来留。

共穴无离别，问心世俗求。

201. 观荆玉篇

之一：

齐公一北微，补阙半风情。

草木仙人掌，荒沙暮日鸣。

东莱王不解，采玉令篇名。

伪伪真真处，非非是是城。

之二：

何悲不见一开人，采玉谁明半石真。

但见侯门非假是，仙人掌里有秋春。

202. 与东方左史虬修竹篇

之一：

五百年中史，三千日月修。

齐梁诗彩丽，魏晋汉书侯。

骨气孤桐见，翔音顿挫求。

光英金石咏，敬祖比春秋。

之二：

碧玉丛丛自比高，孤扬节节逐逶旐。

寒霜处处澄青色，翠羽繁繁志气豪。

203. 蓟丘览古赠卢居士藏用七首

幽燕一蓟门，魏晋半黄昏。

霸迹轩辕见，微人戍斗村。

204. 轩辕台

轩辕台上望，五帝一乡来。

李广龙城去，阴山牧马回。

205. 燕昭王

燕昭王已去，碣石拜金台。

五百年中问，千呼马上来。

206. 乐生

沦亡问乐生，仗义下齐城。

战国贪兵战，雄图寄遗衡。

207. 弱太子

但作田光义，扶苏三世音。

秦主燕太子，七首作人心。

208. 田光先生

田光燕太子，自古死忠贞。

仗剑诚良勇，潇潇对世尘。

209. 邹衍

大运沧三代，天机作十分。

兴亡成贤子，义勇作邹君。

210. 郭隗

黄金台上见，独立蓟门开。

有价无才去，隗君帝子来。

211. 西还至散关答乔补阙知之

西还到散关，补阙问河湾。

白露寒霜色，风声鹤泪潜。

支台功业少，日徂屡平山。

代水秦川色，巴江玉佩潺。

乔知之

知之落魄不知之，武嗣窈娘斥武嗣。

落井还寻官场罪，王侯竟是假人慈。

212. 度峡口山赠乔补阙知之王二无竞

峡口南横大漠沙，孤去北断牧人家。

荒丘绝界风尘复，堑谷成川日月斜。

五岳中原齐鲁问，长城险隘汉秦嗟。

分明不见楼兰域，四月钱塘处处花。

213. 题居延古城赠乔十二知之

居延一古城，草木半枯荣。

薏苡东山色，沧洲几度明。

儒坛千万里，弟子一平生。

仗剑秦王问，声鸣汉武情。

214. 赠赵六贞固二首

之一：

回中烽火塞，月下朔寒兵。

陇上思君子，边前寄汉英。

之二：

但问琅琊子，躬耕自慨然。

览良田亩上，苦役汉疆边。

白日流连落，风沙大漠川。

轮台应自治，古塞有方圆。

215. 答韩使同在边

月色自同边，秦风岁共年。

兵片南北城，妾老去来迁。

付剑荆门望，良图渭邑天。

何言烽火塞，莫见野狼烟。

216. 徵东至淇门答宋十一参军之问

徵东一路到淇门，战士三生几子孙。

十一参军之问寄，新兵老将正乾坤。

217. 答洛阳主人

平生一志心，历练半寒林。

不拒前程远，应从作古今。

218. 酬晖上人秋夜山亭有赠

山亭一上人，夜月半清珍。

物变开轩问，星移守帐筠。

219. 酬李参军崇嗣旅馆见赠

北海忆孙宾，南山问晋秦。

星河由夜满，汉界已遥翚。

白璧从天子，鸟裘任塞巡。

摧藏多古意，历览已秋春。

220. 酬晖上人夏日林泉

林泉一日幽，夏水半云留。

古木崇天意，青莲一叶舟。

221. 同宋参军之问梦赵六赠卢陈二子之作

嵩丘一望乡，洛水半扬长。

断续幽琴曲，涵潭日影光。

巢夷苍古色，管乐几辽阳。

白露秋分见，瀛台问未央。

222. 送别出塞

一义对平生，千夫半指盟。

三河南北问，九鼎去韦英。

蜀客由天下，秦川可不明。

长城烽火举，宝剑佩苍缨。

223. 登蓟丘楼送贾兵曹入都

暮上蓟丘楼，云中独不休。

兵曹都府使，佩剑寄南忧。

白日惊西落，弱山故叶留。

辽阳知不远，易水有春秋。

224. 夏日晖上人房别李参军崇嗣

之一：

考历上人房，阴阳一半藏。

乾坤乾万易，世界一禅香。

之二：

琉璃宝地香林，慧赏青莲古今。

咫尺乾坤地界，玄黄不二法门心。

225. 秋园卧病呈晖上人

寂寂一遥林，悠悠七寸心。

孤情天地望，独忆上人音。

百岁分朝暮，千章断古今。

绵绵多滞念，故故少甘霖。

226. 登泽州城北楼晏

变经自无穷，英雄有大风。

登临应不止，寄揽可由衷。

世上重巡复，人间几始终。

玄云浮又落，玉酒白头翁。

227. 山水粉图

水色山光一粉图，云烟雨雾半江苏。

三帆百尺迎风日，四顾千舟过五湖。

228. 彩树歌

昆仑琪树独，易水李桃孤。

错彩知长短，氤氲可有无。

朝云浮不定，暮雨落还苏。

坐看桑榆晚，行吟大丈夫。

229. 春台引　寒食集毕录事宅作

咸阳乞火一书香，宇宙昭然半栋梁。

蕙色星台崇秀士，歌钟绿水色荣光。

幽兰未叶先花放，宝剑青锋仗义扬。

瞩目高低乔木立，青春自得不还乡。

230. 登幽州台歌

幽州台上望，十里一亭长。

念念知天地，苍苍问四方。

231. 喜马参军相遇醉歌

之一：

云中半不分，进退一浮云。

义律何思道，平生几不君。

之二：

守望天分一深林，孤寻地理半鸣禽。

潜居岁尽何心隐，宇宙阴晴丈夫心。

232. 度荆门望楚

蜀国山川尽，荆门水色开。

狂歌今日起，望楚下章台。

233. 晚次乐乡县

日暮半孤鸣，黄昏一晚城。

川原行不止，道路远云倾。

水曲不流去，山高独峙横。

荒烟苍木老，野径古无平。

234. 同王员外雨后登开元寺南楼因酬晖上人独坐山亭有赠

西后开元寺，楼前鹤影弦。

香林禅即定，石濑泻鸣泉。

水月方圆见，心经日月年。

玄思人有异，释解客耕田。

235. 东微答朝臣相送

平生作白云，历练向文君。

举剑何须问，惊谣以塞分。

236. 咏主人壁上画鹤寄乔主簿崔著作

无飞独立作悬梁，展翼成云问故乡。

欲舞如今成旧迹，丹青自古散余香。

237. 居延海树闻莺同作

蔡女一胡笳，明妃半汉华。

边城多野旷，秀草逐林花。

238. 题李三书斋崇嗣

十卷半人心，三生七地荫。

江河千里外，草木一知音。

239. 送魏大从军

好汉自从军，良驹不入群。

三河杨柳岸，九鼎几人君。

240. 送殷大入蜀

入蜀一乡情，离人半别惊。
蚕丛天府路，栈道剑门横。
隐隐云中雨，悠悠去后盟。
青青山水月，约约故交城。

241. 落第西还别刘祭酒高明府

方圆方不定，落第落还鸣。
日月江山久，阴晴草木乐。
高明天下路，智慧世中成。
羽翼勤丰泽，文章刺骨耕。

242. 送客

匡庐一洞庭，桂树半丹青。
客送余香远，心从富水萍。

243. 春夜别友人二首

之一：

长河落晚天，月色待愁眠。
别去三千里，心成五百年。
高情应不断，别意可云烟。
洛不陈王赋，凌波宓女船。

之二：

紫塞白云曛，芳林赤水分。
青春明月色，寂寞独知君。
玉宇长河落，高空玉女裀。
婵娟应可问，万里寄芳芬。

244. 遂州南江别乡曲故人

不满玉壶情，还添故客明。
何须天下问，别路去中行。

245. 送东莱王学士无竞

东莱王学士，别路子昂鸣。
宝剑千金买，平生万里行。
如今君子仗，自可作精英。
白首相回顾，红尘可付情。

246. 送梁李二明府

楚汉未闻庸，鸿沟两岸尘。
书玩灰已冷，霸主未央人。

247. 送魏兵曹使巂州得登字

兵曹一路登，玉酒半香凝。
帐令应前进，英雄展臂膺。
阴山飞将在，不必望昭陵。

248. 送著作左郎崔融等从梁王东徵

之一：

北道一长驱，东方半玉奴。
王师中夏将，训甲四方符。
白日交河照，楼兰旷物隅。
辽东临碣石，紫塞作殊途。

之二：

白露秋分一北徵，单于霍卫半汉情。
无疆有域江山界，肃气沙鸣草木平。
冀蓟燕山南北望，长城白骨去来生。
千年自是弯弓处，百岁应知几战争。

249. 春晦饯陶七于江南同用风字

别望蜀江风，还寻竹节丛。
青青天所见，隐隐始无终。
楚鹤楼前舞，巴人里下衷。
芙蓉生夏浦，碧玉在吴东。

250. 喜遇冀侍御珪崔司议泰之二使

洪湖一客耳，魏阙半冠巾。
五橐孤愤寄，三生独问秦。
巴山同忆旧，渭邑故交亲，
谢隅南山卧，不作宠辱人。

251. 登蓟城西北楼送崔著作融入都

崔融著作郎，伯玉倦游伤。
仆醉城楼望，文章问子昂。
天书谁读取，洛水一图梁。
大漠胡风起，辽东远四方。
云台荒未没，碣石海潮光。
剑戟常相望，衣冠忘蜀乡。
苍茫无处问，彼此有炎凉。
渭邑王侯客，长城作柳杨。

252. 月夜有怀

赵琴夜微明，秦箫弄玉情。
婵娟颜色好，蜀客醉壶倾。

253. 夏日游晖上人房

夏日上人房，青莲下蜀乡。
胡琴应不醉，伯玉一圆方。
梵列池光序，禅音慧觉昂。
香林精舍近，竹影月中长。

254. 春日登金华观

白玉一仙台，金华半日开。
观前观天地，鹤舞鹤仙来。

255. 宴胡楚真禁所

天机一道明，命迄半无声。
青绳相点卷，白璧自精英。
寄此韩安所，昂言彼世生。
何惊微吏道，铜钱一半情。

256. 群公集毕氏林亭

林亭逢世界，鼎实作农邦。
魏阙三台独，金门一不双。

257. 魏氏园林人赋一物得秋亭萱草

秋亭萱草色，一岁一枯荣。
百日成因果，三生独不鸣。
东风谁唤起，白露对霜倾。
物载天机在，逢春碧玉城。

258. 晦日宴高氏林亭（以华为韵）

之一：

良辰玉半花，美景色千华。
启旦琅玕奏，伊川浦晴纱。
平阳何宠事，上苑几侯家。
主第著缨色，皇州满彩霞。

之二：

晦日一林亭，辰明半渭泾。
弦张成世界，国色作丹青。

259. 上元夜效小庾体

十五月华新，三元夜玉珍。

春风初起落，白雪净梅尘。
曲舞芳秦女，琴笙竹管邻。
情姿从伯仲，素手抚平津。

260. 洛城观醑应制

惠泽畅三才，垂衣待九杯。
昭从云梦问，运以洞庭来。
玉帛徽章缛，鱼龙秘境台。
瑶池天水近，拜洛玉人催。

261. 白帝城怀古

怆江白帝城，蜀国子规鸣。
滟滪中流水，巫山峡口倾。
蚕丛勤杜宇，栈道剑门生。
大禹功流畅，鱼凫自吞声。

262. 奉和皇帝上礼抚事述怀应制

天和玉帛陈，地载万家珍。
岁让东堂会，迁呈北巷春。
承平王业盛，待制玉人邻。
驻跸三宫殿，居君一紫宸。
銮鸣行令止，牧政始维新。

263. 酬田逸人游岩寻不遇题隐居里壁

不遇半文章，游所一子昂。
灵台天下客，暮色隐中黄。
卖十青囊算，求签八封乡。
莺啼春已到，题字作书房。

264. 岘山怀古

堕泪碣前书，荒云落石嬉。
羊公知野树，草木岘山余。
楚邑襄阳问，吴江子胥居。
桑榆多少岁，不得古年初。

265. 宿空舲峡青树村浦

嘉陵明月峡，村浦楚人家。
蜀客潼关过，长安二月花。
南冠朱绶带，北国玉窗纱。

266. 宿襄河驿浦

随流辞北渚，结缆宿南洲。

月落清塘水，人寻古木舟。
船娘应不睡，驿客逐清愁。
两岸猿声里，平生几度求。

267. 赠严仓曹乞推命录

少学纵横术，两仪四象田。
青囊藏八卦，易卜问千年。
辩证分还合，阴阳对立全。
乾坤同日月，宇宙共方圆。

268. 和陆明府赠将军重出塞

一将挂新缨，三边逐北平。
关中应节令，塞外自横行。
白羽雕翎箭，金弓御佩鲸。
行军成武勇，读卷作书生。

269. 江上暂别萧四刘三旋欣接遇

解缆逐江流，衔杯对客愁。
三生多少送，一曲玉壶休。
野渚苍茫远，云天岸际游。
难寻知己友，不问去人舟。

270. 秋日遇荆州府崔兵曹使宴

之一：
远树断苍烟，荆州逐陌阡。
三边知使节，九鼎主方圆。
凤绰皇天客，銮台紫宇宣。
羲和留顾晚，记事叙桑田。
之二：
轺轩甲骨问三边，未许洪湖过九天。
释道安林今古见，墟亭岁物去来年。

271. 卧病家园

世上无名子，人间有豆瓜。
青黄由日月，草木共桑麻。
白社朱门客，红楼玉女花。
年年歌舞乐，岁岁曲姿斜。

272. 于长史山池三日曲水宴

兰亭三日醉，曲水半浮明。
白芷生新绿，青萝逐旧荣。
吴弦随赵瑟，越管伴秦筝。
玉指从心意，烟花付酒平。

273. 合州津口别舍弟至东阳峡步趁不及眷然有忆作以示之

江潭同作客，浦溆共阴晴。
楚越东流水，吴秦北塞横。
金陵金未止，进士进声名。
步趁何相继，东阳可序情。

274. 万州晓发放舟乘涨还寄蜀中亲朋

苍茫不见大江流，举目重寻竞独舟。
雾锁云工叁百路，涛飞水落半九州。

275. 入峭峡安居溪伐木溪源幽邃林岭相映有奇致焉

百岁一山丘，三生半九流。
幽幽邃岭树，远远寄河州。
伐木应不尽，安居可白头。
清溪清净地，鸟落鸟鸣啾。
一朵分沙渚，三光映不休。
猿惊声未至，蜀客大风舟。

276. 入东阳峡与李明府舟前后不相及

首尾相寻及，风烟各自分。
青山回水岸，野树独离群。
积色巫山雨，东阳峡口云。
猿鸣啼不住，逝练问双纹。

277. 同旻上人伤寿安傅少府

金兰何约契，玉树纳红尘。
舜日衣冠带，尧风士宦巾。
幽幽相问询，落落独寻真。
相如琴不尽，莫以望麒麟。

278. 南山家园林木交映盛夏五月幽然清凉独坐思远率成十韵

寥寥寒巷里，寂寂木林村。
白芷浮云薄，红芝积水根。
幽幽空旷色，郁郁纳黄昏。
独坐相思见，孤身望五蕴。
仙人三叠曲，素女半云门。
弄玉箫声近，秦楼帝子恩。
清凉泉石静，夏日隙无痕。

163

万象含潜易，千层物化坤。
长吟何未尽，短木几成琨。
世上天街望，人间一子孙。

279. 还至张掖古城闻东军告捷赠韦五虚己

东军先告捷，北路后行营，
阵列关山战，鸣金暮罢兵。
云平微卢降，夜帐印红缨。
铠甲重霜雪，功勋几太平。

280. 题祀山烽树赠乔十二侍御

日薄一边功，云杨半大风。

挥旄先主阵，举剑作英雄。

281. 初入峡苦风寄故乡亲友

巴山峡苦风，蜀道谢蚕丛。
故友青丝少，乡亲白首翁。

282. 题田洗马游之橘棓

商山常作客，上苑独成名。
未息天街步，当知御道英。

283. 古意题徐令璧

苍梧云不落，鼓瑟曲难开。
玉璧方圆问，潇湘竹泪催。

284. 赠别冀侍御崔司议

巴山自可寻，蜀水已川临。
白鹭飞天际，浮云木已林。

285. 三月在平日宴王明府山亭

山亭明府禊，洛水曲江明。
绿草茵茵色，红梅色色盟。
群芳应令节，褚子赋春情。
独木欣欣立，孤云慢慢生。

第二函　第四册

---

1. 张说

贤良方正说，第一后时名。
道济修文馆，钦州竹旨行。
中宗知政事，左相集贤成。
手和惊朝野，开元燕国荣。

2. 唐封泰山乐章

迎送皇帝启太和，登歌玉帛缀肃和。
迎俎太雍和，献饮祝寿和。
文武舞舒和，终献呈豫和。
开元一泰山，岳丈半皇颜。
左相升三品，天街独峙还。

3. 豫和六首

之一：
泰岳天明，宸光紫荆。
皇心颂致，受命封荣。
达志思瀑，笙声祝盟。
之二：
抱泰斗，天街清。
皇心笃，百鸟鸣。

上帝忆，桑田生。
王家稷，列主情。
之三：
望九脉，顾八荒。
朝天问，俯云翔。
肃振振，地皇皇。
贡欣欣，福堂堂。
之四：
承眷命，牧苍生。
自天街，始枯荣。
独峙石，泰阶平。
鲁府士，齐桓名。
之五：
山川万里，日月千年。
草木丰劢，阴晴宇宣。
玉帛明惠，维新方圆。
之六：
天街上下，玉帛行缨。
百辟制德，维斯唯荣。
明灵降至，以敬衷诚。

4. 太和

泰岳独峙，紫气朝阳。
天空遥瞩，孔府书香。
玄灵具举，礼乐豫章。

5. 肃和

玉帛行歌，奠祖士和。
咸灵感运，承天御河。
礼乐俱起，日上田荷。

6. 雍和

俎豆思亲，顾客期人。
即此即彼，亦秋亦春。
承先接地，斯友斯邻。

7. 寿和

酌饮酌献，泰山比邻。
渭邑东来，酒醉秋春。
城隍城恐，始肃冠巾。

8. 舒和

文文武武，就就功功。

先先后后，简简丰丰。
歌歌舞舞，始终终终。

9. 铠和

列祀列宗，潜渊潜龙。
天地唯大，独峙有容。
开元始致，鲁子泰封。

10. 豫和

应乐香烟，祈祝斯年。
开元盛世，封泰斯传。
夫子俱地，神灵载天。

11. 唐享太庙乐章

迎神用永和，皇帝行太和。
歌赞肃和，迎俎用雍和。皇帝酌礼武文舞献宣先大舞，太宗志崇德高，高宗以钧天舞中宗作大和舞，睿宗用景云舞。

12. 永和三首

之一：
祖考永盛和平，玄依玉几天声。
九室谐音恭祝，千门彼此光荣。
之二：
百辟斯明，三台维英。
灵心介许，颂礼相倾。
九韶周旗，千音共鸣。
音歌启奏，天下太平。
之三：
五岳一天，千门半烟。
天街十步，土地百年。
神灵预祝，日月方圆。

13. 太和

肃肃五钟鸣，悠悠十地声。
祥云天际永，玉节地北明。

14. 肃和

阳天一奉明，社稷半苍生。
裸郁行歌舞，平时待百荣。

15. 雍和二首

之一：
牝色一纯阳，阳晶百辟乡。
嘉音成上下，穆气作圆方。
之二：
俎豆念雕梁，相思作故乡。
丰修三顾彼，祖部万年长。

16. 文舞

九德一文章，三光半柳扬。
千宗从日月，万物纳炎凉。

17. 光大舞

涌涌一源长，涛涛万里光。
东流东海去，作始作终扬。

18. 长发舞

礼德一崇光，风流半柳杨。
周公司百惠，魏主可宗堂。

19. 大政舞

八柱擎天地，三分庙宇堂。
笙镛勖政治，大舜自封唐。

20. 大成舞

圣主一生昌，炎皇半柳杨。
天光分四野，玉宇自千祥。

21. 大明舞

祭念苍生，罢回礼明。
三灵会济，四海涛平。
春云淑淑，夏雨平平。

22. 崇德舞

一德半朝宗，三明十地容。
天街崇德衍，世界化云龙。

23. 钧天舞

古道祖人修，维新世教留。
伏羲开世界，炼石女娲猷。

24. 大和舞

龙图一友干，凤舆半苍天。
礼物成心界，思成念上元。

25. 景云舞

春秋一可见，因果一千成。
天工天所赐，地富地枯荣。

26. 福和

崇亲至尊，待友仁钧。
问道玄黄，行程晋秦。
天光惠济，献致公伦。

27. 舒和

三钟六鼓八修成，一介千生九鼎明。
去去来来天地界，朝朝暮暮古今声。

28. 铠安三首

之一：
鼓瑟一瑶台，声鸣半玉开。
幽幽天地济，处处暮朝来。
之二：
献乐九成宫，弹琴一始终。
行明天主在，处世故西东。
之三：
总总千家惠，林林万户情。
钟声扬世界，鼓语问枯荣。

29. 登歌

登封一九歌，问世半山河。
牧宥蓬廊外，观邕日月多。

30. 永和

灵灵一盛生，授授半天平。
往往风云雨，悠悠草木萌。

31. 奉和圣制赐诸州刺史应制以题坐右

三时农不夺，五夜大无音。
刺史州衙牧，天街御道临。
文明传舜德，武勇颂人心。
日月千年光照，春秋一古今。

32. 奉和圣制送宇文融安辑户口应制

以德昭天下，劳心制御前。
兹人兹户本，治政治农田。

戍守和平望，攻徵苦战怜。
三军恩令止，九鼎向良贤。

33. 奉和圣制过晋阳宫应制

尚志晋阳宫，鹏飞万里雄。
先王先世界，后世后无穷。
继业星轩奋，尧封六合丰。
汾流明白日，晓色太原红。

34. 奉和圣制行次成皋 太宗擒窦建德处应制

成皋擒建德，王师鼎业明。
随人随水调，李密李家城。
谷水流天色，山东振臂英。
河图高祖制，复得洛书情。

35. 奉和圣制温汤对雪应制

温汤纳雪花，紫气罩窗纱。
覆亚瑶林色，梅香落素华。

36. 奉和圣制义成校猎喜雪应制

万里一梨花，千川半壁瑕。
恩威惊宇宙，勇爵向天华。
角力知弓劲，飞驰对影斜。
回头应自得，渭邑满人家。

37. 清明日诏宴宁王山池赋得飞字

细雨半沾衣，浮云一落稀。
红桥春色早，绿水玉晖微。
乞火书香夜，清明寒食归。
啼莺应守舍，莫向落鸿飞。

38. 四月十三日诏宴宁王亭子赋得好字

莫道人行早，山亭日色好。
皇洲风水地，碧玉白芳葆。

39. 药园宴武辂沙将军赋得洛字

阴山飞将略，渭邑付伊洛。
霍卫轮台守，南园采种药。
歌钟风月约，塞漠暮烟薄。
战域三千里，平生九鼎诺。

40. 修书院学士奉勅宴梁王宅赋得树字

虎殿英雄步，凌烟学士赋。
恩崇天后树，凤舆御凰度。
竹木扶苏路，琴声彼此顾。
花开时节露，醒醉酒臣暮。

41. 夕宴房主簿舍

岁宴关雍酒满堂，行明主约序天光。
云思起落人知醉，月间伊人客问乡。

42. 别平一师

林中别一蚰，月下半天知。
浩浩红尘路，清清净土时。

43. 行从方秀川与刘评事文同宿

水月共伊川，风云与渭田。
咸阳周驿社，洛邑汉汤泉。
谷远琴声近，霜寒木落船。
行从方秀色，宿旅已封烟。
竹暗孤形影，星移独帐天。
情思何不尽，坦意几方圆。

44. 送李侍郎迥秀薛长史季泉同赋得水字

木槿正含蕊，群芳纳露水。
汉族胡帐接，日色共披靡。
晋并汾流岸，桑干冀赵篱。
行成功显著，制胜比榆枠。

45. 送郭大夫元振再使吐蕃

汉使吐蕃城，拉萨故客英。
行文天下译，释子世中明。
总统开门许，献第茜渠成。
地铁通华夏，十年彼此赢。
金方金土地，小历小欧盟。
白朗长春业，西安酷热行。
河图河依旧，洛水洛书？
异域方圆共，同心结玉缨。
分形妻子问，聚首老翁情。

46. 送王光庭

同居共处洛阳邻，日独无求巷陌秦。

此去江湖成旧忆，还寻月色作秋春。

47. 新都南亭送郭元振卢崇道

一路作长亭，三生问渭泾。
秋风杨落叶，细雨问浮萍。
竹径幽幽见，莲洲处处青。
猿啼猿不近，鸟去鸟还停。

48. 赠崔公

四老商山隐，三台汉社空。
长歌长不解，会意会苍穹。
太子何天地，高皇几度雄。
相求相自己，未了未时终。

49. 赠赵公

行湘问二妃，鼓瑟见三晖。
守正从天意，昭君对紫扉。
由权精业迹，徂翼客成徽。
牧马董声见，天师帝子归。

50. 赠赵侍御

群芳一早春，风月半相邻。
苟志红尘色，难成泊渚濒。
长沙鹏作赋，渭水鹭寻津。
独善何为独，秦晋几度秦。

51. 答李伯鱼桐竹

茅庐桐竹下，石径玉溪中。
壁垒浮云落，垣分骤雨空。
龙吟龙已去，虎啸虎成风。
凤舞新花色，莺鸣古木东。

52. 寄姚司马

春来共种瓜，夏云话桑麻。
叶落千根远，冰封二月花。
田园多少事，客主去来家。
鄂渚知音问，东吴待日华。

53. 代书答姜七崔九

深林一小虫，草广半西东。
月色同来去，阴晴共始终。
声声时令见，处处有无中。
独见风流在，孤行玉宇空。

54. 代书寄吉十一

不必问衡阳，年年半故乡。
春秋相似处，别缺复圆方。

55. 代书寄薛四

大雁不孤飞，闻声未独依。
知情生死约，结意暮朝归。

56. 过蜀道山

三春五月百花开，一蜀千川万里来。
此去陈仓何远近，从今栈道不徘徊。

57. 蜀路二首

之一：

秋风一未然，白露半霜天。
幕幕林中客，孤孤月土眠。
谁闻川路险，但见敛门全。
一曲巴人唱，三江下里船。

之二：

东风半木荣，蜀道一身轻。
魏阙儒生老，潼关勇士声。
重阳今又是，落叶付霜明。
梦臆和明月，苍汀满紫缨。
须知成败故，尽是去来情。

58. 再使蜀道

苍苍古木林，渺渺蜀川音。
号子临江渚，风波卷浪侵。
青春曾寄语，白首问如今。
再使应知道，人人一寸心。

59. 江路忆郡

雾敛一江声，霞开半郡城。
天移云吞树，水逐雨含情。
峡口猿啼止，东流载客行。
船公呼未尽，滟滪两相倾。

60. 过汉南城叹古坟

古墓汉南城，荒陵野草平。
年芜谁不语，岁月逐耕耘。
归国贤才在，新冢故土横。
人心依旧是，世事有枯荣。

61. 至尉氏

夕次阮公台，倾听草木哀。
高名安可顿，晦日楚人才。
一雉翻飞去，三江逐浪来。
桑田诚可赖，鲁卫宰臣开。

62. 襄州景空寺题上人兰若

古刹一人心，禅房半古今。
香林香火量，暮鼓暮润琴。
晚色同灯火，梵音共木林。
悠悠流逝语，落落望山岑。

63. 巡边在河北作

独占人心独向边，孤闻古塞自孤然。
黄河北岸朝鲜祖，半在辽东半在天。

64. 入海二首

之一：

入海作波涛，东流逐浪高。
同形由点滴，共色可滔滔。

之二：

入海汇汪洋，苍流取道荒。
相随相不弃，独得独波扬。

65. 相州山池作

山池问谢公，古木一名空。
日月由晴晦，江河逐大风。
观鱼观自己，问道问苍穹。
汉祖鸿沟岸，秦王六国穷。

66. 岳州作

东吴一半洞庭山，北楚三千弟子颜。
汉水知音黄鹤去，潇湘竹泪二妃潜。

67. 岳州行郡竹篱

山前上步句垂碑，竹后居心付腊梅。
陌外阡中田亩色，官衙郡府两仪司。

68. 游洞庭湖湘

一半洞庭湖楚鄂，潇湘三千岳麓儒。
不断天门南北水，鄱阳玉色满京都。

69. 澄湖山寺

一日得逍遥，千波映小桥。
粼粼光自许，望望水无潮。
古刹临湖岸，香林待柳条。
扬扬何得意，步步见渔樵。

70. 出湖寄赵冬曦

东瞻百里岳阳城，北顾千年汉魏名。
楚尾吴头湖水济，荆门浦口紫金荣。

71. 岳阳早霁南楼

百里一长沙，三生半豆瓜。
农夫田亩上，日月付人家。
细雨三更露，东风二月花。
南楼湘岸口，镜水照乌纱。

72. 岳阳石门墨山二山相连有禅堂观天下绝境

无心观天下，有意上禅堂。
首望巴丘涧，华容近岳阳。
风烟台殿满，雨雾浪波扬。
绝境桃源外，陶公五柳乡。

73. 和尹懋秋夜游澄湖

明湖十万波，织女半天河。
一月当空落，三帆唱九歌。

74. 五君咏

人心一达知，事业半维时。
感悟天机物，行明载义师。

75. 魏齐公元忠

齐公一相明，大漠半唐城。
鹤泪中堂客，善主纪陈平。

76. 苏许公环

百事一当朝，三章半坂桥。
高心临节处，相府庆余瑶。

77. 李赵公峤

手笔一天桥，文思半玉霄。
云台成宇宙，九鼎作当朝。

78. 郭代公元振

东平一树高，北海半波涛。
役士天街巷，唯民主脂膏。

79. 赵耿公彦昭

浔阳一九江，隐约半千艟。
水色低流去，思酬自无双。

80. 游龙山静胜寺

静胜寺中寻，龙山草上深。
千年尊佛地，百岁木成林。

81. 登九里台是樊姬墓

樊姬九里台，影去一情来。
入梦应相守，功成可楚才。
阳行闻秀禄，叔敖霸君恢。
漠漠何无见，苍苍去世开。

82. 一柱观

江陵一柱观，日上半云丹。
旧迹风云色，新潮浦渚宽。

83. 过怀王墓

小狐猎野霜，可信败怀王。
是是非非过，成成败败荒。

84. 闻雨

雨浥事尘多，心平欲望河。
寥寥闻不已，滴滴似九歌。

85. 夜坐

四壁一空堂，三光半守梁。
千年成格律，百岁古今芳。

86. 山夜闻钟

山中夜色自闻钟，月下空林鸟去踪。
岸渚汀兰三秀木，荷塘镜水一芙蓉。

87. 冬日见牧牛人担青草归

蓄草牧牛人，经冬待早春。
梅花疏影报，日月客红尘。

88. 咏镜

宝镜自秦宫，天机意不穷。

梅花妆上色，玉女粉中红。
不见相思影，唯留一念空。
应知藏日月，但愿陪西东。

89. 咏瓢

瓜瓜一半瓢，酒酒两三潮。
鹤颈孤狐柄，双空独可雕。
虚心虚饮醉，硬壳硬难消。
秉性春秋致，由情日月昭。

90. 杂诗四首

之一：
利欲一熏心，江山半古今。
西陵荒草木，北巷木成林。
之二：
木落有悲鸣，鸿飞半不声。
衡阳青海路，岁岁见生平。
之三：
簪缨非宿好，史吏是耕田。
岁岁辛耘苦，年年役守泉。
之四：
玄疑一士贤，尝废半云天。
百虑保无失，千谋一古全。

91. 和张监游终南

终南山上路，渭邑水中天。
竹涧溪前雾，尖峰雨后泉。
春烟生草木，碧玉小桥悬。
鸟落知栖树，云飞向月弦。

92. 古泉驿

曾闻陈仲子，守义退三公。
织履篇衣著，夫妻共负穷。
身名常可鉴，世业已无空。
太白临河上，农桑隐乐中。
阴晴今跬步，子子古泉空。

93. 河上公

冷落半无成，炎凉一气生。
阴晴同土地，草木共枯荣。

94. 奉和圣制初入秦川路寒食应制

秦川柳色新，渭邑去来人。

草地初茵覆，群芳如展频。
光晖先入主，领略后成春。
圣制江山赋，臣明社稷钧。

95. 时乐鸟篇

之一：
异域闻鹦鹉，当朝待巧音。
应声虫自语，物性作笼禽。
之二：
万里南洋时乐鸟，千年异城共鸣琴。
灵彰瑞羽红冠顶，驾凤銮皇颂古今。

96. 安乐郡主花烛行

玉叶琼瑶月殿明，姬姜紫炬凤凰城。
龙楼火树平台树，节鼓梁园吉日情。
锦帐珠帘红粉女，珊瑚挂户翠微生。
高楼水渚垂天色，湘妃鼓瑟玉箫鸣。

97. 离会曲

何人送客送何人，十度离思十度亲。
洛水波光终洛水，川秦养马始川秦。

98. 邺都行

魏武挥鞭赤壁兵，华容小道两精英。
生生死死三兄弟，义义情情一诺盟。
举椠闻风何楚汉，星稀铜雀杜康情。
漳河不尽千波起，三国难言半太平。

99. 城南亭作

葡萄玉酒帝王乡，比翼侯家曲舞扬。
缓缓清商宫欲语，悠悠日色满城光。

100. 同赵侍御干湖作

江南水色半山川，塞北城垣一地天。
清清湖湖坤付衍，关关陆陆险中干。
长城好汉知和战，汴水隋炀万里船。
记取鳞宗应府洞，何言大漠可秦川。

101. 巡边在河北作

长安绶令列朝班，渭水泾流日月山。
一路巡边河北岸，三台良策雁门关。

102. 赠崔二安平公乐世词

十五红妆一玉楼，三千弟子半蒙羞。

168

书生已意金门宠，弟弟兄兄舞视游。
受降城中公乐世，潇湘竹下泪还流。
箜篌不响京畿望，莫待南寻五马留。

103. 送尹补阙元铠琴歌（公善琴）

长沙不远一汨罗，楚水流长半九歌。
凤凤凰凰羲会水，知音处处将相和。

104. 送考功武员外学士使嵩山署舍利塔

菩提一树闻，普渡半超群。
舍利崇山署，经纶学士分。
莲花清净地，贝叶佛心熏。
了了无无了，君君子子君。

105. 遥同蔡起居偃松篇

遥同蔡起居，忆共偃松书。
木总付芳远，溪流纳日余。
孤孤难直曲，独独可扶疏。
郁郁青青色，年年岁岁初。

106. 奉和圣制登骊山瞩眺应制

天光半骊山，渭水一江湾。
水色温泉日，华清沐浴颜。
新丰应不远，瞩目是潼关。
四顾苍茫茫，三台上掖还。

107. 奉和圣制白鹿观应制

灵宫白鹿观，洞府玉炉丹。
石镜明天地，金台慕云端。
松庭风不语，鹤舞羽杏坛。
曲水环流见，香林馨磬安。

108. 奉和圣制送金城公主适西蕃应制

西蕃至此入唐年，玉树如今作客天。
日月山前青海路，江河别后是源原。

109. 奉和同皇太子过慈恩寺应制二首

之一：
宸恩翼翼小心扬，玉宇煌煌故步量。
宝殿灵光从久远，慈恩永济寺边梁。

之二：
朗朗乾坤界，明明日月尝。
君君知子了，路路问钱粮。

110. 侍宴武三思山第应制赋得风字

梁王池馆色，上苑百花丛。
武后千军令，三思一大风。
山楼连竹涧，古木纳群雄。
妙舞芳花国，人情故友丰。

111. 奉和圣制过宁王宅应制

一曲尽千金，三宫问九禽。
春芳初碧羽，夏日木知萌。
竹叶秋风扫，冬霜大雪临。
并并风月好，处处付鸣琴。

112. 奉和圣制同玉真公主过大哥山池题石壁应制

寒光一浦深，日色半丹林。
绿苑丛仙气，真人可点金。

113. 奉和圣制赐王公千秋镜应制

千秋镜里一千秋，万岁臣中万岁舟。
共济江山天地业，同心日月帝王侯。

114. 奉和圣制经邹鲁祭孔子应制

书玩一杏坛，孔壁半秦端。
子曰如斯夫，王昭似天安。
文风君主质，士气帝王冠。
古古今今见，儒儒雁雁传。

115. 侍宴襄荷亭应制

襄荷亭外塔，侍宴御中情。
紫帐云峰落，金銮玉舆明。
天光依水色，草木可丛英。
临陌桑田路，冠臣致太平。

116. 侍宴浐水赋得浓字

京都紫气浓，八水绕城渟。
地柳垂条望，天杨故直封。
人心须净正，笔岘始成龙。
一叶知天下，三生问始从。

117. 奉和圣制同刘晃喜雨应制

喜雨一田家，秋收半桑麻。
耕耘辛苦力，牧冶著乌纱。

118. 奉和圣制观拔河俗戏应制

长绳一半求，劲力十三牛。
彼此难分舍，英雄志不休。
扬扬非得意，俯俯是无留。
进退声鸣里，红兰两队游。

119. 奉和圣制途次陕州应制

周召分晋陕，万乘合州年。
设郡巡启守，成规著自然。
诗书传业久，道路逐方圆。
带绶乾坤律，山川日月悬。

120. 奉和圣制野次喜雪应制

瑞雪兆丰年，玉漏点山川。
素甲平街苍，梨花铺设全。
氤氲成紫府，积纳逐寒烟。
半亩桑榆客，三生七寸田。

121. 奉和圣制温泉言志应制

雾谷半新丰，温泉一大风。
华清多少色，日煦去来红。
合璧难秦晋，承明可始终。
龙门龙口下，骊翠骊山中。

122. 皇帝降诞日集贤殿赐宴

五日金秋土地昭，三台一殿集贤朝。
深宫上掖花千树，御水瑶池玉半霄。
甲子天街寻凤舆，华阳古木作秦箫。
南山日月南山寿，大路风光大路桥。

123. 晦日诏宴永穆公主亭子赋得流字

之一：
淑气一园亭，天光半秀伶。
中流由石径，上苑付丹青。

之二：
八水围城一水流，五蕴逐业五蕴楼。
天街玉露珍珠色，竹树恩深印帝州。

124. 恩制赐食于丽正殿书院宴赋得林字

百岁木成林，千根密叶深。
天津恩润泽，物象本时心。
东壁图书府，西园上掖荫。
机缘随日月，节令自鸣琴。

125. 羽林恩召观御书王太尉碑

陇首一碑铭，长安半遗丁。
公名分大雅，高业立丹青。

126. 东都酺宴并四首

东都一古城，创业半新生。
奉守韦公宴，河伊五省英。
先王先日月，后主后声名。
六乐皇家曲，三台晋并明。
千年从此序，万国已昌平。
德泽江山客，灵垂社稷荣。

之一：
四海主恩余，三江付碧疏。
波涛由滴水，潮夕月闲居。

之二：
舞凤东都巷，雕龙上掖回。
臣心天子路，御道暮中杯。

之三：
承恩过洛桥，负泽问天潮。
暮鸟归栖木，冠臣望路遥。

之四：
从丛竹木生，袅袅水波明。
镜里知天地，人中问古城。

127. 道家四首敕撰

之一：
曙色启金坛，仙街对日丹。
香林衣羽色，肃气鹤云盘。

之二：
上下一精观，枯荣半杏坛。
蓬莱仙岛上，岁始已心宽。

之三：
金炉承道诀，玉牒启玄机。
紫气笙歌落，三清鹤羽飞。

之四：
直官一上清，月色半中明。
十六弦来去，三千日暮成。

128. 凤楼寻胜地

开轩四望寻，守户半封林。
凤舞楼中曲，兰芬月上荫。

129. 幽州夜饮

夜雨半幽州，清风半九流。
高堂边北问，剑阁士难休。

130. 崔礼部园亭得深字

园亭半木深，曲径一池浔。
镜里苍天色，山前月色荫。

131. 送郑大夫惟忠从公主入蕃

远近一辞班，枯荣半御颜。
阴山飞将在，白马玉门关。

132. 送崔二长史日知赴潞州

思归一梦中，日暮半孤翁。
驿路何风雨，前程已大风。

133. 同贺八送兖公赴荆州

一蜀半荆州，三吴两楚流。
风云南北见，日月去来求。
后曾何知处，前亭几度秋。
参差花草色，彼此共南楼。

134. 饯唐州高使君

独自一唐州，孤身半教流。
居心淮水岸，牧治岁年筹。
旧历半生练，宣风日月休。
童翁相似阁，少小老个头。

135. 送王晙自羽林赴永昌令

北洛一星移，东京半帝师。
刚阳误项令，羽奋自相思。
叶落昆明肃，云飞上掖迟。
弦歌从八水，暮鼓致千词。

136. 同王仆射山亭饯岑广武义得言字

奋翼宰天门，鸣声主古村。
长安东陌碧，八水玉乾坤。
广武长岑令，山池别会言。
朱轩三界唱，一路九歌村。

137. 送任御史江南发粮以赈河北百姓

九鼎一皇粮，三河半故乡。
南南还北北，柳柳亦杨杨。
楚楚吴臾见，幽幽冀冀光。
同居六子岸，共处济中堂。

138. 送王尚一严嶷二侍御赴司马都督军

汉苑边沙塞，京都接大荒。
旌旗明帐令，节羽逐风光。
铁甲冠缨正，黄尘柳柳杨。
阴山飞将在，侍御奉天章。

139. 送李问政河北简兵

简简繁繁问，兴兴废废尝。
今今何古古，政政复昌昌。
北塞三军牧，幽州半雪霜。
江山应记取，社稷共炎凉。

140. 送薛植入京

京城一陌阡，组合半当前。
结纳青丝短，行为白岁年。
鸿归南北络，驿社去来延。
宛在平生愿，慈恩寺塔边。

141. 相州前池别许郑二判官景先神力

双鸿一水塘，独翼半圆方。
戢羽乔木上，回鸣故泊梁。
分扬相互问，共得陌阡光。
暮日三台鉴，云天一未央。

142. 岳州宴别潭州王熊二首

之一：
杯杯酒酒平，曲曲歌歌声。

第二函　第四册

管管丝丝奏，倾倾注注荣。
潭州明是客，岳父隐时荣。
向友开芳杜，为寻建章名。
之二：
省阁半麟台，中书一豫才。
荣华心照旧，牧岳事方裁。
楚塞临流水，吴门改路回。
东西应不见，彼此共金杯。

143. 广州萧都督入朝过岳州宴饯得冬字

伊伊水上逢，节节使中冬。
仗牧都督过，三台叙客踪。
孤城环水绕，渭邑日方容。
果是朝廷将，江山故步封。

144. 岳州别姚司马绍之制许归侍

长沙一桂冠，楚客半湘澜。
山光从扇枕，水欲解云端。
方圆天地界，日月暮朝桓。
但忆江东事，泊处鹤猿丹。

145. 送岳州李十从军桂州

送客一家乡，闻风半柳杨。
波涛江上见，白首日中章。
角逐蛟龙力，弓张虎豹强。
男儿摧鸟翼，海阔问船梁。

146. 岳州别赵国公王十一琚入朝

一叶洞庭舟，三江逐岳楼。
同承天地岸，共渡汐潮头。
浦口秋风早，桥书雨雾稠。
微帆应自主，日色帝王侯。

147. 岳州别子钧

别酒不消愁，离情已九州。
燕支飞将问，魏晋几王侯。
路远风云见，天高日月舟。
津亭何不见，浦岸一潮头。

148. 端州别高六戬

异王共周游，同程独客舟。
孺嗟南北问，别酒去来酬。

夜下婵娟色，途前隐约流。
年中应不见，月下忆瑞州。

149. 南中别蒋五岑向青州

南中蒋五问青州，渡口扬帆去不留。
北海龙庭由子鉴，鱼书寄存洛阳楼。

150. 南中别陈七李十

年年南北去，处处暮朝情。
一旦离程绪，三心两意萌。
知君吴越问，逝驿晋齐荣。
驻步微蓬系，行鸣一两声。

151. 南中别王陵成崇

客鸟一飞鸣，成崇半不声。
曹卿言外意，楚媪弃私荣。
别路长亭近，离情古客行。
王孙应不见，意惠可无盟。

152. 岭南送使

去日逝无回，如来自在知。
春秋分郢楚，旧国画新梅。
岭雁双比翼，荆门控随宜。
空空何不问，路路故人催。

153. 幽州别阴长河行先

幽州一别问先河，故国千川逐九歌。
蓟北云中藏日月，江南水上纳汨罗。

154. 和朱使欣道峡似巫山之作

一峡增黄昏，千流两岸浑。
高唐神女问，蜀水几君思。
似者如斯去，来求故客根。
寻寻何不止，觅觅作乾坤。

155. 和朱使欣二首
之一：
江南一五湖，越北半东吴。
水色盘门净，云光似有无。
空传人赠剑，不得笏朝都。
竹蒲应相问，同？一丈夫。
之二：
一月带江流，三山问夜楼。

方圆由水色，远近共行舟。
落叶秋风肃，春花日色留。
回头应四顾，不许十三州。

156. 过庾信宅

兰成一草茵，楚会半麒麟。
鲍序江山客，长沙日月新。
羊公碑泪见，宋玉不知秦。
独有宋阳守，参差北树春。

157. 庐巴驿闻张御史张判官欲到不得待留赠之

日日旅南方，悠悠度北梁。
年年来去问，处处暮朝堂。
玉隅三千界，天涯一豫章。
丹心愁不改，志气自咸阳。

158. 南中赠高六戬

北海一鹏飞，南滨半月归。
白发阡程远，炎州义尽非。
平生歌舞宴，结纳儒书帏。
莫以田家误，皇恩草木微。

159. 岳州山城

山城半岳州，巷陌一江椴。
望尽天涯水，扬帆海角舟。
云飞开玉宇，闭户作春秋。
静悟南风语，琴弦响自由。

160. 和尹懋秋夜游滠湖

云湖一夜游，岭树半循秋。
月冷幽林叶，栖巢鸟宿愁。
猿鸣精舍远，气旷故人舟。
异域乡思语，何时忘白头。

161. 与赵冬曦尹懋子均登南楼

四面半湖洲，三光一九流。
还原千水岸，积羽万珍楼。
月落观渔火，禽鸣问岳州。
东风初入草，碧玉始春秋。

162. 游滠湖上寺

奇峰积翠半云湖，古刹含元一旧都。

171

训虎山前溪涧响，观天石上法成无。

163. 晦日

晦日知春晚，江流问帝畿。
花开花色见，客去客由稀。
水落波涛少，云浮草木依。
迁人登岳麓，大雁洛阳飞。

164. 湘州九日城北亭子

沅水茱萸节，湘州九日开。
登高天地间，俯首菊花杯。
楚角南淮岸，城亭碧水来。
遥知兄弟老，落叶鬓毛催。

165. 翻着葛巾呈赵尹

醒醒武陵源，桃花色曲轩。
陶公形骸元，正葛倒离言。
宿酒闲门简，天光客意繁。
阴晴由序令，草木自然萱。

166. 戏题草树

一色石榴红，三春碧玉风。
江城流玉水，古镇守云空。
木槿朝朝望，芙蓉处处荣。
千茵成旷野，一柱到天宫。

167. 右丞相苏公挽歌

主宰半丹青，从朝一渭泾。
春卿春自主，旧路旧英灵。

168. 岳州赠广平公宋大夫

丞相一时英，归来付故荣。
朝儒推雅奏，野隐介声名。
汉节皇华部，潇湘竹木情。
江中留日月，逝水倍嘉明。

169. 和魏仆射还乡

仆射半还乡，天街一柳扬。
中书门下省，指令御前梁。
白首常悬剑，儒家自遗香。
思心从日月，独俱盛朝堂。

170. 和张监观赦

天街建寅春，草木宿红尘。

雨露甘霖泽，风光日月新。
雷声含润气，落叶纳根亲。
岁复人心市，年华守正邻。

171. 寄天台司马道士

世界一真人，天台半国祯。
瑶堂明月色，道士古风循。
独鹤三清翼，殊荣九脉频。
笙歌钟鼓继，紫气贯神津。

172. 下江南向豢州

青山相对去，绿树互丛来。
岸芷汀兰色，波涛日月开。
巫山神女在，白帝蜀吴台。
水月荆州借，国志尚香回。

173. 还至端州驿前台与高六别处

日落分江口，云沉岸渚平。
微衣侵水雾，远树遗余明。
旧馆曾题壁，新墙不再生。
相逢相忆处，共睹共枯荣。

174. 四月一日过江赴荆州

谁闻羊叔子，可上故荆门。
一日江流北，三年日色恩。
潇湘屈子客，郢路楚才根。
渡岸扬帆去，归乡望古村。

175. 湘州北亭

南亭一草虫，北院半归鸿。
夜月连江色，星河落木空。
藤萝缠古树，竹影客梧桐。
宿鸟栖巢老，云烟作大风。

176. 荆州亭入朝

巫山云雨峡，岳麓洞庭波。
九辩人明易，千鸣士楚歌。
三秋吴越过，九鼎晋秦河。
韩信三军少，萧何一相多。

177. 岳州守岁

三更对玉壶，五夜问河图。
逐鹿中原客，寻雄大丈夫。

沉浮平不定，旧酒味方苏。
沅水连云梦，湘州接楚吴。

178. 咏尘

两步一新尘，三生半苦辛。
风烟长短路，日月暮朝沦。
积纳成今古，清除作界邻。
无非寻草木，有是著秋春。

179. 阙题

梁门挂旧衣，月色在星稀。
暮想寻泾渭，朝思到帝畿。
浮萍随水岸，落雁故乡沂。
解甲千阡陌，亭长不可依。

180. 深渡驿

之一：

夜泊荒津渡，心寻古驿泉。
山村同小路，故土共方圆。
跬步情无尽，相思咫尺天。
源流应不断，枕上望婵娟。

之二：

南行问小泉，驻步见轻烟。
日日知源处，生生可自然。
清清千万里，曲曲隐明涎。
独独流无尽，悠悠逐岁年。

181. 惠文太子挽歌二首

之一：

瑶山闻落叶，碣馆待灵心。
日月河山共，朝衣驿道临。
千年三两问，百岁一半林。
夜静知天度，天明复古今。

之二：

淮王一半仙，古道五千缘。
日暮风声小，朝朝喷鹤宣。
文成儒雅者，道德易仪全。
野宿图天近，山川共枕眠。

182. 节义太子杨妃挽歌二首

之一：

不得三公望，还闻一袂裁。
东闱花已落，桂殿月明来。

172

受庆无成业，朝歌有未来。
英名才未就，暮雨对云催。
之二：
一日三生路，千呼万岁来。
王家王自立，帝位帝三台。
四望群臣首，巡图日道开。
终须明世界，始得一心哀。

183. 韦谯公挽歌二首
之一：
五瑞分王国，双珠合后家。
文成章上豫，武举塞中衙。
帐令天街旨，行程玉殿涯。
无须三界事，不勉九泉花。
之二：
闻歌半野田，柳曲一清川。
绥带冠官去，白日逐穷泉。

184. 后主
星连相位差，地接御天街。
国骋庭义骥，金乡玉帝偕。
光华前驿站，后主玉人佳。
绊羁侯家永，黄泉筑远阶。

185. 崔尚书挽词
文生一绝弦，相宅半云烟。
倒挂乾坤剑，庭封日月田。
龙吟天下海，虎啸岭中天。
两省王公议，三台旧事全。

186. 右侍郎集贤院学士徐公挽词二首
之一：
学士一文章，徐公半共堂。
书香余散步，玉苑集贤良。
鹤唳惊阡陌，人呼右侍郎。
珠英依旧训，桂殿著炎凉。
之二：
书林一友梁，汉赋半天章。
宝剑阶前演，雕龙豫上章。
三阳宫外步，九鼎集贤堂，
叹息从新断，余音与露乡。

187. 崔司业挽歌二首
之一：
海岱藏灵气，山青秀玉香。
风流天下士，水月世中光。
谢客诗方好，邻天意已长。
京师余洛水，遗嘱问咸阳。
之二：
象设文华馆，仪生日月光。
新花初谢落，故院已炎凉。
遗道编青史，留文著草堂。
麟台书笔在，滞步奈何长。

188. 李工部挽歌三首
之一：
锦帐作留乡，黄泉种柳杨。
金门工部令，柏殿赋诗堂。
瞬息成天别，孤行作地梁。
京师藏巷陌，世代继余芳。
之二：
西陵一宅乡，雅志半留黄。
不望人间治，何言世上光。
之三：
当时问客堂，满坐举齐觞。
未挽悲歌起，应知已异乡。

189. 赠工部尚书冯公挽歌三首
之一：
忠绠难治事，秀木可扬天。
自直崇久里，孤遥过御宣。
南陵多草木，北斗少方圆。
石道秋风扫，枢门滴水穿。
之二：
爵位半龙庭，威仪一世铭。
门前车舆送，泡后雨云青。
万事非前后，千年是旧萍。
何言辛苦治，但睡梦中灵。
之三：
窅窅夜台长，遥遥故土乡。
松林相伴暮，露水陪天光。
百岁辽东鹤，三台御坐堂。
千年先后问，万古去来扬。

190. 徐高御挽歌
九鼎一言铭，三光半榭亭。
零丁何自己，独影作浮萍。
不续山河水，常眠日月灵。
文章留寸尺，义德著丹青。

191. 奉和圣制春日幸望春宫应制
春宫春日满，玉蓊玉人香。
别馆芳菲色，南山草木梁。
天河沉渭水，上苑醉花黄。
玉树临溪影，啼莺问客长。

192. 侍宴隆庆池
兴隆庆祝池，直木独无枝。
戴帐临亭宴，东沼付酒滋。
灵光波满月，御道曲还奇。
绕岭流莺落，藏杯醒醉知。

193. 奉和圣制春日出苑应制
禁苑一香城，青阳半玉英。
逍遥津里望，草木色天明。
百亩亭皋绿，千氛曲水平。
梅花桃李度，小杏满红情。

194. 扈从温泉宫诗
温泉启垫一芳氲，渭水潼关两地分。
顼雨朱云沉水底，芙蓉彩色玉香熏。

195. 三月三日诏宴定昆池宫庄赋得筵字
百亩昆池一宾筵，千年汉武半挥鞭。
云南大理楼船去，铁杵三江岁月年。
上巳春光天地色，丝弦管瑟玉人妍。
苍山洱海蝴蝶梦，十里婵娟十里泉。

196. 先天应令
三阳时令律，四序象乾坤。
腊月梅花色，群芳杏李村。
芙蓉莲子结，落叶满黄昏。
逝者东流去，当潮滴水恩。

197. 舞马千秋万岁乐府词三首

之一：

黄衫万岁一千秋，白马三重半御楼。
圣诞明皇天子醮，鱼龙蹙蝶逐潜流。
年年岁岁重阳日，舞舞歌歌八月头。
人间主宰丰收节，世上和平帝王州。

之二：

行空天马去，踏陆奋蹄来。
渭水三千界，秦川一路开。

之三：

伯乐千名一马才，龙媒玉影百花开。
高苍玉宇重天际，主宰人间子女来。

198. 同赵侍御巴陵早春作

巴陵水色半余寒，二月江花两岸宽。
湿岭苔青浸栈道，陈仓不度过云端。

199. 澄湖山寺

空山寂寂道心生，是是非非半意平。
寺寺湖湖禅房静，林林木木直中英。

200. 幽州新岁作

幽州新岁始，灯竹旧声闻。
五味初香入，三更子夜分。
巢由知此意，遣使作仁君。
但以重清寄，当心独自耘。

201. 扈从幸韦嗣立山庄应制

之一：

岚光野气，紫陌红阡。
谷壑云浮，潭深影天。
苍松翠柏，竹影虹泉。
石径遥遥，溪流曲涓。
衣冠巢许，忘已由连。
日色榛荆，山庄涧烟。

之二：

悬泉贯下串珍珠，玉影飞云仙有无。
锦帐红屏陈白壁，虚烟古木御家殊。
凤舞禽音问六合，琴弦瑟柱似京都。
声声不尽人间曲，处处还闻世上图。

202. 奉和圣制喜雪应制

一路半行宫，三山十地同。
天涯封玉气，地角化鳞戎。
纳淑霜明结，含花月色中。
茫茫天下土，不必问西东。

203. 奉和圣制寒食作应制

皇家寒食后，赐火问书生。
禁日言何禁，清明始水清。
冠缨垂绶带，玉漏复天平。
上苑群芳色，田桑处处荣。

204. 奉和圣制赐崔日知往潞州应制

圣诣半垂芳，斯文一柳杨。
京都呈紫气，上祝祝天绸。
古驿扬南道，高车转太常。
川横明八水，岭阔豫千章。

205. 春晚侍宴丽正殿探得开字

丽正集贤来，棂星殿前开。
人间文曲问，世上柏梁台。
百草连茵色，千章御宴杯。
龙庭多少客，韶藻暮朝回。

206. 奉和圣制度蒲关应制

一路扼天津，三关半纵秦。
华兹天晓色，晋坂水含春。
宝鼎从朝气，泉堤与旧濑。
西观周汉吏，芴顶始良臣。

207. 奉和圣制途经华岳应制

中峰一壁空，侧岭半高崇。
四望天云覆，千林宇宙圉。
王城何处见，驾舆何新丰。
独峙三前路，回观八太清。

208. 奉和圣制过王浚墓应制

汉尽三分国，龙成一地天。
文章千论定，智慧万人年。
制策高低见，红尘日月偏。
功勋由可误，旧迹自寻宣。

209. 奉和圣制经河上公庙应制

古老一无名，河公半太清。
辰玄天下妙，谷化气和生。
共象同仪在，风尘草木荣。
仙歌人乃唱，古道马牛行。

210. 奉和圣制幸凤汤泉应制

水气暖温汤，源泉沏柏梁。
慈恩天下沐，圣洁世中光。
腊月梅花色，冬阳纳照厢。
乾平含紫屿，物象积虞唐。

211. 恩赐乐游园宴

日上乐游园，庭中玉色宣。
群芳春斗艳，百草碧连天。
汉苑池台幕，隋轩曲榭烟。
遥遥原不尽，处处好桑田。

212. 三月三日诏乐游园宴赋得风字

兰亭颂雅风，八水碧清宫。
北阙连天地，南山日月中。
春莺啼晓色，柳叶翠藏红。
隐隐芙蓉问，芳芳御驾东。

213. 赴集贤院学士上赐宴应制得辉字

学士日光辉，贤才月色微。
书生知草木，鸟雀著儒衣。
列位皇筵赐，从循赐赋归。
方圆天地见，远近见鸿飞。

214. 端午三殿侍宴应制探得鱼字

又饮雄黄酒，方知五月初。
汨罗知贾客，渭水问龙鱼。
艾草门庭色，长沙帝子虚。
何言横纵说，不教楚辞余。

215. 奉和圣制春中兴庆宫酺宴应制

春中兴庆宴，日上翠薇宫。
道固千龄域，金华万岁虹。
农田阡陌碧，上苑草花红。
牧治归天下，慈恩顺帝衷。

216. 奉和圣制千秋节宴应制

圣启千秋节，闻铭百岁吟。
慈恩成五德，道杖作千金。
磬管丝弦合，笙琴羯鼓音。
和谐生日月，彼此共人心。

217. 奉和圣制花萼楼下宴应制

呈芸谢色百花香，玉蕊红心十萼扬。
鼓瑟钟琴和阵舞，宫商角羽配徵章。
未歇芳林岸，分杯客凤堂。
三光摇曳影，十地散余芳。

218. 奉和圣制太行山中言志应制

步进太行山，行程万里颜。
心成天地界，志过玉门关。
虎啸中原逐，龙吟帝子还。
功勋随御驾，左右列朝班。

219. 奉和御制与宋璟源干曜同日上官命宴东堂赐诗应制

三台一九歌，万里半三河。
事命乾坤序，文章晋豫戈。
寒梅心早动，玉漏客先和。
旧祀垂成见，新词致玉科。

220. 奉和圣制暇日与兄弟同游兴庆宫作应制

兄兄弟弟城，父父母母生。
宿可同床枕，行言共纵横。
天街寻旧步，玉宇觅琼英。
五教珠英问，三台彼此明。

221. 奉和圣制送王晙巡边应制

六月歌周雅，三边曲夏卿。
先寻攻战法，后以音秸行。
将蚰应知己，春秋可用兵。
关山同晓色，义德共枯荣。

222. 将赴朔方军应制

剑舞辞离别，行军虏敌营。
阴山飞将至，渭水浴红缨。
令帐恩荣旨，山川日月明。
长城南北问，略寨去来荣。

受降城中月，功勋战士生。
京都神武志，铠甲丈夫情。

223. 奉和圣制爰因巡省途次旧居应制

郁郁兴王郡，殷殷夏禹图。
周成西土会，汉武幸南都。
岁卜中原鹿，年司玉叶苏。
龙庭鸣凤舞，合鼎向灵符。

224. 宿直温泉宫羽林献诗

温泉正殿明，侧壁羽林营。
上掖冬巡猎，潼垆圣水情。
新丰从御驾，渭邑可荣城。
守备皇家事，臣心不用名。

225. 玄武门侍射并序

开元末圣明，御阙羽林城。
六事黄门客，三弦问九卿。
冬初霜雪冽，射驭驾精英。
箭箭连珠贯，人人望的荣。
何言观射技，万庆武功宣。
阙的明加斗，灵王踏似船。
雕弓应直取，羽箭可开弦。
后羿知长叹，榇星已逐年。

226. 扈从南出雀鼠谷

雀鼠谷前花，南关扈驿华。
春光先到此，岭北半霜洼。
曙色穿林带，辰风过草芽。
三灵巡四海，十日五湖家。

227. 洛桥北亭诏饯诸刺史

刺史半心忧，丞相一治求。
离亭浮玉液，由榭系船留。
五稔灵符纪，三台牧九州。
臣冠应直正，主道可春秋。

228. 东都酺宴

同心尧舜禹，共治国家平。
八水长安色，东都酺宴情。
道畅通途近，天机上下荣。
年成年岁诞，日上日河清。

229. 奉韦祭酒嗣立偶游龙门北溪忽怀骊山别业呈诸留守之作

石涧泉声落，林林曲径来。
君闻溪不语，暮见鸟无回。
别业思乡别，开心异地开。
春秋分两处，日月共徘徊。

230. 奉酬韦祭酒嗣立自汤还都经龙门北溪庄见贻之作

龙门一路北溪庄，祭酒三泉半柳杨。
四望归心成府道，千钟慢步过温汤。
皇恩浩荡沙禽唱，陆宇垂光万木梁。
小杏红红墙外色，桃花片片逐天光。

231. 酬崔光禄冬日述怀赠答

之一：

太极殿群君，分司洛邑文。
韦公离去后，废乐复今闻。
探道求精冶，寻芒觅处勖。
崔冠名又起，表泽以衣裙。

之二：

上上三竿一九州，人中半组五湖留。
冠中紫绶同朝代，顶笏天街问玉漏酬。
紫气东来呼万岁，君臣北望问王侯。
群群会萃吟私所，诸岛连城独赋牛。

232. 同刘给事城南宴集

水月一塘春，风光半养鳞。
瑶池沉竹影，雀鸟逐红尘。
宴集南城醉，年暇北巷新。
何言朝暮客，尽是去来人。

233. 温泉冯刘二监客舍观伎

妒宠倾新意，衔恩贯旧情。
身姿千曲态，秀色百妍生。
雾气芙蓉水，丰光玉女萌。
琴弦凭所弄，柱腹任殊荣。

234. 寄许八

平生向老行，日月半无声。
历练雕龙句，工精化宇城。
蜂巢千万孔，兔窟两三层。
刻意应寻止，曲然自在情。

235. 送苏合宫颐

一步半新歌，三生十地河。
行行无止止，落落有蹉跎。
省阃珪璋见，冠缨玉宇轲。
离情归似箭，别意少如多。

236. 送乔安邑备

外尹方为政，高明自不欺。
行身无诈计，治牧莫成私。
子曰西河俗，君观北陆诗。
文朋天地外，府友暮朝迟。

237. 送赵二尚书彦昭北伐

北伐一兵营，南冠半帅缨。
边城多紫气，虏塞少精英。
举剑杨天子，挥鞭降输赢。
横横还纵纵，败败复成成。

238. 石门别杨六钦望

燕支同赵冀，粤秀共羊城。
影响无期会，身名有浴缨。
江山朝暮易，日月去来明。
北陆浮云少，南潮十五生。

239. 南中送北使二首

之一：
六合一浦明，三江三水清。
金陵千芷渚，建邺半孤荣。
北使南臣问，京都外邑城。
清歌朝渭邑，白首帝王名。
之二：
借酒不消愁，寻朋逐客舟。
彼此同心意，醒醉合浦楼。
瘴雾迷天地，清江隐约流。
廉颇应未老，六国已知羞。
白首居深驿，乡县客九州。
生涯如幻觉，纳世可春秋。
继往开来日，寻天逐地求。
冯唐应记取，老将自王侯。

240. 送赵顺直郎中赴安西副大都督

都督一路到安西，虏将三千筑御堤。
不过长城非好汉，天山日上踏云低。

241. 送宋休远之蜀任

日日蜀江流，辛辛客九州。
书儒文四海，治吏牧千牛。
剑阁凌烟色，鱼凫栈道修。
长安知外埠，故友白翁头。

242. 岳州别梁六入朝

不尽故人杯，何闻楚客来。
天从屈子赋，日近贾谊才。
远苍长沙水，晴江雨雾开。
东吴云已定，北岳望天台。

243. 相州冬日早衙

玄心一笔端，独断半盘桓。
隐里情难定，明中意不单。
儒书何所以，道德释人宽。
图圄非当治，天街日月观。

244. 岳州西城

水国一长沙，江波二月花。
浮涟三世界，影照半船家。
晓色千竿竞，朝阳万里斜。
男儿图自立，小女掷窗纱。

245. 岳州观竞渡

鼓瑟二妃闻，江传贾子启。
杨侯惊楚尚，孟姥九歌熏。
士尚三闾客，情从竹泪分。
舟舸光竞去，呐喊奋人群。

246. 对酒行巴陵作

巴陵一掷金，独木半成林。
楚汉何秦易，留侯已古今。
挥冠成白首，举酒向吟吟。
别意惊空对，离情怯有心。

247. 岳州宴姚绍之

骨鲠姚司马，荒服偶得官。
幽深行胜去，令弟复心宽。
札梓滞江边，风华运日年。
秋兴含善界，酒醉纳林泉。

248. 岳州九日宴道观西阁

半道十人心，三生两古今。
千章双日月，百释一观音。
孔孟儒书久，重阳九日金。
凌烟挥斥见，折首自英饮。

249. 岳州作

日日望长沙，年年问豆瓜。
乡乡留土色，处处水天涯。
怪鸟惊飞去，鱼龙弄朝霞。
南州风月在，北陆故人家。

250. 游洞庭湖

百里洞庭湖，千年岳麓苏。
船行天北岸，立世暮朝吴。
举目寻云梦，空虚对玉壶。
波光摇玉渚，翠竹映浮屠。

251. 巴丘春作

晓日洞庭来，春云岳麓开。
巴丘樵唱早，沅水楚人才。
卉木湘华色，江船风月催。
何寻观滟滪，不见望夫台。

252. 岳州夜坐

丘山一岳州，水月半江楼。
夜色孤城静，潇湘逐逝流。
猿鸣啼不住，竹影挂春秋。
太息无名誉，居思不可愁。

253. 清远江峡山寺

逍遥月下一清宫，石寺云中半古风。
宝塔灵仙群峰立，天香造化独心同。
飞花竹影猿声近，谷壑川流淑气空。
贝叶宣章呈辩护，雕梁玉柱入江红。

254. 别滃湖

别念一江湖，离明半独孤。
浮舟千百度，载岁万家苏。
浪险群峰壁，风波逝水吴。

176

东山心宿恋，石枕带京都。

255. 伯奴边见归田赋因投赵侍御

边家飞鸟影，吾族赋归田。
莫道荣枯异，同行日月迁。
潇湘南北路，水木暮朝年。
去回三年外，回乡一瞬延。

256. 春雨早雷

遥遥欲至一雷声，雨雨成先半隐情。
柳色由黄应变绿，梅花落里作精英。
凌烟阁上英雄在，上掖云中玉树荣。
谷木逢春多润泽，江山纳积水天成。

257. 闻雨

一雨增闻天，三光九鼎年。
春风施润泽，社稷待云泉。
苦夏荷塘满，隆冬雪霰烟。
四季中原易，千章北陆田。

258. 赦归在道中作

焦心无息尽，死意有余生。
是是非非问，来来去去行。
江山朝暮在，日月自然明。
雨断云方见，天开地始荣。

259. 奉宇文黄门融酒

天章旭日红，玉宇志英雄。
阁下黄门酒，心中唱大风。

260. 喜度岭

逢花应独笑，遇事可群求。
草木心中长，枯荣日月洲。
川源流不尽，简卷著春秋。
郡外春先到，天中九鼎谋。
山河秦岭间，学士洛城忧。

261. 奉和圣制潼关口号应制

天街无内外，渭水有东西。
御跸华阴市，潼关矗彩霓。

262. 奉萧令嵩酒并诗

三台一玉壶，相国半京都。
殿前中书笔，杯中颂雅儒。

263. 奉裴中书光庭酒

西液中书令，南宫府策城。
杯中观世界，酒里现精英。

264. 清夜酌

沉浮一玉壶，冷暖半书儒。
乞火清明晚，红尘似有无。

265. 醉中作

醒醉皆无知，杯中尽有诗。
人情人不在，涉世涉行迟。

266. 送梁知微渡海东

知微渡海东，送别不由衷。
俯首连衣袂，明年此地同。

267. 寄刘道士舄

紫气降真人，丹田一万钧。
成行知日月，道士悟秋春。

268. 书香能和尚塔

书香一塔余，释语半禅居。
色色形形在，终终始始舒。

269. 被使在蜀

蜀地寒中暖，浮云雨里残。
巫山流峡窄，白帝大江宽。

270. 正朝摘梅

五月云中霉雨平，三江水上雾重生。
楷杷叶下寻梅子，蜀道山前曲折行。

271. 蜀道后期

剑阁成关险，巴中问蜀荣。
秋风相待与，不到洛阳城。

272. 广州江中作

镇海五羊城，珠江一海平。
离人三俯首，去路半身明。

273. 江中诵经

实实虚虚见，空空色色明。
江中明月夜，岸上草虫声。

274. 江中遇黄领子刘隆

得意一相逢，江中半水踪。
明年何处见，大海有蛟龙。

275. 钦州守岁

故岁守三更，新年问百荣。
天公分子夜，斗柄已开明。

276. 岳州守岁二首

之一：

三年一岳州，九脉半潇流。
岁末风云少，春初日月留。

之二：

灯竹不惊眠，宸星误咏天。
杯中知醒醉，夜下问坤干。

277. 元朝　一作元日

三元一日志，九鼎万年盟。
守岁乾坤守，衡心逐日衡。

278. 耗磨日饮三首

之一：

何言何有立，不是不无为。
醉乐三更尽，耗磨几度非。

之二：

月月今朝末，宸宸去色空。
杯杯应过满，历历已成风。

之三：

春来半月颜，俗去一人闲。
他乡知客异，故友问天山。

279. 九日进茱萸山诗五首

之一：

家居洛水颜，举目望崇山。
九月匝萸节，三秋造化间。

之二：

黄花一玉壶，落叶半姑苏。
渭水匝萸草，天山大雪敷。

之三：

茱萸一半香，落叶两三黄。
莫以登高问，须凭足下扬。

之四：

九日重阳问，三秋落叶寻。

霜明成世界，雪覆净人心。

之五：

晚节一重阳，前程半故乡。

身名何不足，济世自扬长。

280. 岳州看黄叶

白首寻黄叶，重阳问故乡。

书生书不尽，曲意曲衷肠。

281. 岭南送使二首 自度

之一：

平生成白首，渡岭过南洋。

海外中丞客，人中特使梁。

之二：

万里一南洋，三生百故乡。

扬扬何得意，楚楚是衷肠。

282. 伤伎人董氏四首

之一：

董氏娇娆性，伎人态度情。

千姿杨柳岸，百解去来行。

之二：

娇娇一玉条，楚楚两波潮。

夜夜台前问，幽幽百态消。

之三：

宿处白云关，飞时去独还。

双双知不问，语语各无闲。

之四：

歌梁妾旧尘，曲舞断新春。

升平从日月，独得帐中人。

283. 三月闺怨

春风三月末，独妾一情多。

结发青丝集，相思问九歌。

284. 破阵乐词二首

乐苑曰：商调曲也。唐太宗所创，明皇
又作小破阵乐，亦舞曲也

之一：

单于著铁衣，白马向云稀。

汉界金微紫，阴山略世机。

长城千万里，八阵两三旗。

鼓噪燕支伍，勋名动帝畿。

之二：

凌烟一少年，鼓角半长天。

胆气千声壮，雄风万马前。

勋名知报国，铁甲问边业。

白首何须见，平生以箭悬。

285. 舞马词六首

之一：

白马秦口，龙媒宇宣。

飞天踏地，虏将耕田。

足下方圆，云中问天。

之二：

日上羲和，阳中九歌。

天街慢步，卫叔山河。

草木穿梭，神龙玉科。

之三：

万寿无疆，千年柳杨。

衔缨赴节，列阵炎黄。

五色三光，纵横八方。

之四：

骥骏飞扬，星兰配章。

骧骄逐鹿，节迹天堂。

胜负成途，勋名豫芳。

之五：

千程万里，百度乾坤。

顾步前程，苍龙以鲲。

封尘列卫，楚汉儿孙。

之六：

天庭驻足，凡界行吟。

洛水知书，河图古今。

龙潜虎跃，走兽飞禽。

286. 奉和三日祓禊渭滨应制

祓禊艳阳春，东风细雨频。

兰亭应作序，渭水满红尘。

上巳梅花落，皇城草木钧。

何须朝暮醉，尽是去来人。

287. 桃花园马上应制

岁岁含情半醉人，悠悠吐色一红身。

情中四顾怜花雨，马上回头自沾巾。

288. 奉和圣制韦嗣立山庄应制

西京上相一扶阳，别业东郊半水乡。

翠乙山庄同谷雨，安居日月共天光。

289. 奉和圣制同玉真公主游大哥山池题石壁

三清十地凤凰来，九鼎千金日月开。

石壁大哥山岭赋，天光共度玉真台。

290. 十五日夜御前口号踏歌词二首

之一：

花萼楼前露漱新，集贤殿上豫章陈。

长安月下方圆见，歌舞升平玉树珍。

之二：

一路金华玉半开，三宫竹影色千台。

风流淑气行天下，远处琴声向近来。

291. 和尹从事懋泛洞庭

波光一洞庭，水色半丹青。

岛屿浮沉问，平湖作彩屏。

292. 苏摩遮五首

之一：

摩遮本自海西都，宝氅琉瑞紫髭胡。

双峰半露腰肩舞，娇情已去问三吴。

之二：

红妆帕额佩花冠，短袖薄衣自玉珊。

比目移头环顾望，留余不尽步邯郸。

之三：

手鼓单弦反背弹，眉清目秀女儿欢。

蹲蹲立立旋风舞，抑抑伸伸玉带繁。

之四：

淑气宜人最可怜，明眸白齿已生春。

新丰百态千姿曲，渭邑三身万户新。

之五：

葡萄小杏玉人遥，雪野琴弦暖帐嚣。

简简单单心直快，风风光光上云霄。

178

293. 三月三日定昆池奉和萧令得潭字韵

细雨东风被禊潭，兰亭曲水日月涵。
流觞不止鹅肥问，瘦里含肥两字眈。

294. 送梁六自洞庭山作

巴陵一叶洞庭秋，岳麓孤峰沉水流。
雁落衡阳南北路，人行驿宦暮朝游。

295. 同赵侍御望归舟

不可望归舟，同心问逝流。
源头应有继，大海入潮浮。

296. 襄阳路逢寒食

处处清明雪介山，年年客驿作归颜。
皇家赐火分邻院，苦读书生去不还。

297. 咏方圆动静示李泌

方如棋格局，动似静成天。
摆布筹谋见，子路运时圆。

298. 张均

张均张说子，大理大卿官。
伪命胡旋扣，合浦免死叹。

299. 和尹懋登南楼

一望洛阳城，三边卫紫？。
千年沧海易，百岁作平生。

300. 江上逢春

未了一离忧，还从半九流。
山川江上色，日月水中浮。
柳岸平湖碧，杨花驿站休。
纷纷云雨处，郁郁去来留。

301. 九日巴丘登高

九日一巴丘，三秋半独楼。
高瞻高不尽，望止望还忧。
木序成先后，时伦律令修。
重阳重自己，故土故家求。

302. 和尹懋秋夜游澧湖二首

之一：
夜草一沧洲，寒沙半聚鸥。

璚湖波不止，月色四边流。
滟滟浮光散，幽渠落芷头。
星移随浪逐，岸落竞归舟。
之二：
舟归一港湾，雾霭半青山。
欲望应无止，心收可有还。

303. 岳阳晚景

秋风旅雁归，一字逐天飞。
玉宇排云去，当空首领徽。

304. 流合浦岭外作

伪政中书令，开元大理卿。
南穷天地角，北望合浦城。

305. 张埱

次子宁亲附马郎，丞相省事作文章。
何从伪职军中死，庐溪司马太常香。

306. 奉和岳州山城

观天竹日曙，问岳西纷纭。
郡馆从公主，山城任白云。
门含天地界，户曙暮朝文。
学礼学邯郸，成名成大君。

307. 韦嗣立

嗣立鸾台凤阁名，修文学士弟兄成。
逍遥公第中书令，刺史辰州别驾倾。

308. 偶游龙门北溪忽怀骊山别业因以言志示弟淑奉呈诸大僚

中天别业骊山荣，偶上龙门示弟兄。
取道风烟伊水岸，芳湎日色洛阳城。
微泉曲曲溪光绿，玉竹丛丛叶碧明。
谷壑幽幽南渭邑，缨冠处处杜陵荣。

309. 奉和九日幸临渭亭登高应制得深字

三秋水色渭亭深，一片天云半木林。
俯仰波平沉石底，层流叠翠屹鸣禽。

310. 奉和张岳州王潭州别诗二首

之一：
省阁共官游，州衙可宦修。

过程多少别，驿旅阅千秋。
风阁二贤才，平章一令台。
修文书院士，旧曲遗余衷。
之二
冠缨高阁挂，日月历鸾台。
四序沧桑故，三朝旧秩来。

311. 奉和初春幸太平公主南庄应制

主第星河一鹊桥，天门独树半云霄。
参差曲榭荷塘碧，沁水平阳静不潮。
道士茅山仙气紫，闻闻弄玉上人箫。
南庄处处啼莺晓，公主荣荣东髻髻。

312. 自汤还经龙门北溪赠张左丞崔礼部崔光禄

龙门一北溪，渭水半江堤。
此路还都去，温阳寄紫泥。
愚谷沿秦川，朝轩驾驱弦。
拥军峰壁垒，植杖木梨田。
怯世莺无语，行夫吏不鞭。
天然成一线，日色倾千年。

313. 酬崔光禄冬日述怀赠答

之一：
善与人交甫，诚知待客缘。
公公求草木，籤籤爱林泉。
仆集平阳赏，云游半亩田。
琴声应不断，月色序余弦。
之二：
汉水忆黄琼，咸阳问贾生。
长沙王不赋，楚客九歌鸣。
荥戟门罗雀，宫闱列众卿。
雕虫何忘道，白凤理难情。
瑞守西河窃，呈陲北陆平。
漳浦无渡口，杜社有闻更。
月下寒光冷，云中暮色倾。
年年观玉漏，历历对君倾。
继续由知永，殷勤敬受情。

314. 上巳日被禊渭滨应制

渭水序兰亭，春光付泽汀。
流觞天子岸，学士曲江青。

315. 魏奉古

擢第雍丘尉，讽人强记名。
聪明兵部侍，但以一诗成。

316. 奉酬韦祭酒偶游龙门北溪忽怀骊山别业因以言志示弟淑奉呈诸大僚之作

别业有心思，龙门北水迟。
溪流天下注，日照骊山兹。
讷想临伊渭，幽寻待竹枝。
王机僚吏望，济实寂相辞。

317. 崔日知

子骏太常卿，长年历任名。
尚书同列里，行诗二首名。

318. 奉酬韦祭酒偶遇游龙门北溪忽怀骊业因以言志示弟淑并呈诸大僚之作

昌龄东宿勤，灞水遍春茵。
别业平心地，伊浦逐碧邻。
芳原连冀野，石镜照苏秦。
胜躅千秋志，龙门万里新。

319. 冬日述怀奉呈韦祭酒张左丞兰台名贤

经韦自弱龄，历世以丹青。
日日耕耘笔，时时孔孟星。
袁公优剑术，孙子论兵铭。
鲁史君臣道，姬书石壁屏。
山川横列阵，草木作灵星。
止止三边路，行行十里亭。
南江流逝水，北海纳零丁。
匠物玄应早，中宣令律经。
兰台贤子集，客驿苦辛浮。

善诱思微处，成勋见渭泾。
枢衣冠冕束，跬步亦趋廷。
净地开函丈，方圆自在形。

320. 崔泰之

郎中诛二张，预立设三堂。
正直开元治，尚书工部光。

321. 奉酬韦嗣立祭酒偶遇龙门北溪忽怀骊山别业因以言志示弟淑奉承诸大僚之作

灞水骊山川，伊流渭邑船。
龙门不别业，隐约胜云天。
北阙麓关问，南山待春田。
遥闻溪石近，咫尺帝城边。
尚志登高望，勤省俯朕悬。
恢恢扬令律，处处对方圆。
寂寂林泉去，幽幽淑弟年。
朝阳冠顶立，逐世月弓弦。

322. 同光禄弟冬日述怀

之一：
祭酒张丞两相公，伟才廊庙御人翁。
春深似锦方圆秀，致意咸光上下同。
之二：
三生一洛阳，百里半书香。
祭酒相公辅，欣闻张子房。
流萤何白首，凤阁几文章。
广陌高楼业，山庄甲第乡。
临流知逝水，隔岸问炎凉。
列馆春秋继，疏亭草木长。
冠簪无束止，暧曃有圆方。
省郡当然属，中枢主渭光。
恩华从升下，酒水任流觞。
上巳兰亭序，会试曲江郎。

古道扬程远，鸾台种柳杨。
唐虞天下幸，日月世中堂。

323. 奉和圣制张尚书巡边

塞边三在长城北，铁柱桥疆来水南。
献策成谋公主去，三台御赐尚书眈。
金微又犯胡烽火，玉帐分成蹀躞岚。
仝勒燕然回首处，功勋可纪本朝参。

324. 魏知古

方方一正仁，直直九才遵。
举荐闻人士，丞相向古伦。
长安冠进士，凤阁侍郎臣。
史拜黄门客，平章处治钧。

325. 春夜寓直凤阁怀群公

玉漏安士赋，黄门伯主诗。
鸾池常满水，碧玉已知兹。
凤夜星移见，辰虹紫气时。
清风由许步，举笏寓朝迟。

326. 奉和春日途中喜雨应制

带雨天光入洛城，行云驾舆各春萌。
桃花欲展蓓蕾许，小杏墙头问客明。

327. 从猎渭川献诗

谁闻夏太康，五弟驯禽荒。
误世三驱狩，成亡半载堂。
文名当日月，武勇济黄粱。
楚汉鸿沟界，陈仓一路长。

328. 玄元观寻李先生不遇

玄元羽客观，独道半神坛。
渭洛三清水，茅山九脉宽。
寻寻成旧迹，觅觅问天丹。
此去此何闻，应知应日难。

第二函　第五册

1. 李义

学士修文馆，黄门作侍郎。
苏颋同李义，味道李峤梁。
尚一冈兄弟，开元共豫章。
御史中书令，宰相济天光。

2. 招谕有怀赠同行人

远道一行人，新闻半宦宦。
东风千碧浪，夏果论家珍。
节序由先后，循环始本因。
同天同日月，共治共秋春。

3. 春日侍宴芙蓉园应制

芙蓉园里水，上苑玉中濒。
渚芷芒兰色，青莲碧叶新。
山楼重岸影，榭殿映天津。
处处光辉满，杯杯祝玉尊。

4. 奉和登骊山高顶寓目应制

骊巘万寻悬，峰云半壁天。
风行三界远，驻日九桑田。
谬岱崇山志，关河慰祖泉。
轩辕方正域，驾舆顶亭宣。

5. 奉和七夕两仪殿会宴应制

婵娟一月望，牛郎半心同。
万鹊河桥渡，三更水漠风。
织女人间望，牛郎玉宇空。
应知天下事，处处莫由衷。

6. 奉和春日游苑喜雨应诏

细雨纷纷落，浮云处处烟。
成台芳草色，寿殿杏花妍。
宿注含甘露，辰光纳晓田。
承天多俯仰，泽地可坤干。

7. 奉和人日清晖阁宴群臣遇雪应制

垂衣人胜节，上日赏清晖。
遇雪群臣制，从天可翠微。
楼中杯盏济，陌里雪霜飞。
瑞羽当空落，苍茫必玉闱。

8. 陪幸临渭亭遇雪应制

白雪一苍茫，天朝半玉光。
阳春云雨化，魏阙紫微霜。
素羽彼楼宇，班鳞挂树藏。
桑田多淑气，浃壤可银梁。

9. 奉和九日侍宴应制得浓字

九日一阳重，三秋半玉封。
西风枫叶洛，北塞菊香浓。
幸屿昆明岛，茱萸上苑容。
楼台深殿巷，水月易潜龙。

10. 送沙门弘景道俊玄奘还荆州应制

不二法门边，禅房独一田。
人间杨柳岸，世上去来烟。
但以沙僧问，何如蜀道悬。
玄奘还不去，道俊可观天。

11. 奉和九月九日登慈恩寺浮图应制

慈恩日上十三重，独揽云中五百迹。
瞩目行僧罗汉果，秋阳易仆宇文封。

12. 闰九月九日幸总持寺登浮图应制

总持寺浮图，慈恩塔院都，
重阳重日月，独步独高孤。
紫禁青门苑，前驱亿载苏。

芳香延庆路，笔正市飞凫。

13. 侍宴长宁公主东庄应制

紫禁浮云落，山庄驻步寻。
东流波水色，翠竹影林深。
序集簪绅坐，云霄露雾浔。
青门开宇宙，馆幸御家荫。

14. 幸白鹿观应制

三清白鹿观，九皋紫微盘。
四皓南山外，千章玉凤坛。
蓬瀛何必问，赤岳炼仙丹。
列象循回见，童翁自久安。

15. 次苏州

洛水入吴潮，清波逐浪高。
盘门应不锁，木渎自淄淄。
北斗临开口，南音可二毛。
千年文回许，万里作战友。

16. 寄胡皓时在南中

遥遥流役苦，滞滞领风情。
落鸟寻栖处，行人驿舍更。
南中胡皓寄，北海尚真盟。
闭楚荆门外，开言渭水明。

17. 饯唐州高使君赴任

淮源一水清，浴濯半知明。
仁政由冠束，才贤著太平。
寒畴田亩富，晓旭谷源耕。
远道临今古，拥传递俗荣。

18. 饯许州宋司马赴任

闻鸡知起舞，举剑可阴晴。
友事咸阳旧，郊筵渭水鸣。
书生书不已，治事治殊城。
掖务由司马，金商可再萦。

19. 哭仆射杨再思鄂公

冷落一山丘，寒光半月留。
端邦成国迹，白日客方猷。
大厦惊倾覆，台阶毕滞忧。
荣才天下去，仆射帝王州。

20. 故赵王属赠黄门侍郎上官公挽词

暮色皇城隔，黄门帝业虚。
瑶池方作客，羽鹤已临居。
百木荒郊远，千云故友疏。
清风依旧是，月色再思余。

21. 淮阳公主挽歌

汉主玉人生，淮阳主第情。
秦陵应不远，渭水曲江明。
作伴成蹊处，花黄贴镜情。
麒麟和石马，少女凤凰城。

22. 故西台侍郎上官公挽歌

西台一侍郎，鹤羽半回乡。
启活今名在，谋猷古迹梁。
荒丘安不语，古木落雕章。
顾目知音去，琴弦已不张。
文儒惊寓所，久仰误天光。

23. 高安公主挽歌两首

之一：
沐浴三千赋，书文一万章。
银杯倾绿蚁，玉辇待雕梁。
百岁平阳后，孤行种柳杨。
高安公主客，贵幸挽歌堂。
之二：
玉树自相依，横门独鸟稀。
应闻仙影鹤，不是嫁时衣。
一水春秋隔，三生日月畿。
从头门启曙，已渡挂瑶旗。

24. 兴庆池侍宴应制

瑶池一宴六，庆典半香凝。
地厚承远道，天高望玉膺。
徐徐何不易，处处尽高登。
四顾千年去，三朝万载承。

25. 奉和初春幸太平公主南庄应制

平阳馆外一仙家，沁水园中好物华。
日月庄前南北色，乾坤世上杏桃花。
林泉自曲成蹊路，水草新丰渚岸洼。
碧玉还言三界晚，春光已得九重赊。

26. 赐宴安乐公主山庄应制

金銮玉辇背三条，水阁山楼入九霄。
渭水千波公主岸，长安一路半天遥。

27. 奉和春日幸望春宫应制

百巷东城敞，千寻北阙开。
祥烟含晓旭，弱草籍天台。
雾鳌云平壁，河桥水色来。
秦川多紫气，灞水客人回。

28. 人日重宴大明宫恩赐彩缕人胜应制

玉剪裁春彩缕人，深宫日胜赐恩邻。
东风上苞花依旧，凤邸欢志草木亲。

29. 享龙池乐

星分一宇余，邑合万人居。
水洊源流去，龙池静享初。
青浦滋甃砥，绿藻集口墟。
究究三千界，关关一史书。

30. 奉和晦日幸昆明池应制

玉辂寻春尝，金钟过继周。
扶桑庭外色，杞树社中楼。
瑟鼓汀兰岸，汾鸥羽渚洲。
昆明池上水，上掖御前舟。

31. 奉和幸礼部尚书窦希玠宅应制

礼部千门倾，三台九鼎傍。
诗惧成北阙，日月满西乡。
曳履平中谷，摇琴落柏粱。
鸣丝凝壁响，住饮赋雕章。

32. 奉和幸长安故城未央宫应制

楚汉未央宫，陈秦二世空。
长安龙陌相，北斗启群雄。
肆览宸星晚，倾觞醒醉同。
君恩知御液，颂雅大风东。

33. 陪幸韦嗣立山庄应制

春梅三百树，木槿一千红。
剑履成知己，文精作大风。
中枢中掖古，地隐地天丰。
北斗应何止，南山寿乃翁。

34. 奉和幸望春宫送朔方军大总管张仁亶

三边草木菲，九鼎日月晖，
上宰十军帐，中庸万马归。
桑干南北岸，晋朔去来微。
勿谓公孙老，鹰隼夜度飞。

35. 奉和幸三会寺应制

睿德自无边，神皋可胜年。
仪齐三会寺，法驾一门田。
汉阙中黄近，秦川太白连。
秋风弦叶响，日色葆鲸泉。

36. 奉和幸大荐福寺 （寺即中宗旧宅）

龙潜一旧居，象易半当初。
宇纳千家宿，云观十地书。
龙潜一旧居，象易半当初。
宇纳千家宿，云观十地书。
周星围社稷，国度刻秦予。
日典真如故，王城肆六虚。

37. 夏日都门送司马员外逸客孙员外佺北徵

羽檄邻双凫，都门客独苏。
天威南北肃，戡翦去来俘。
持印分旌阵，营兵合成驱。
旗旋龙剑寨，节仗虎符图。

38. 元日恩赐柏叶应制

梅花元日影，柏叶赐书香。
唤取群芳色，凌烟阁上妆。

39. 侍宴桃花园咏桃花应制

下自成蹊遍地红，群英会萃有无中。
浮云处处朝天地，细雨纷纷唱大风。

40. 奉和三日祓禊渭滨

鸟入上林花，杯行渭水涯。
兰亭肥瘦间，祓禊曲觞华。

41. 奉和幸韦嗣立山庄侍宴应制

逍遥公子见，曲榭回廊斜。
泉幽天地路，跬步入仙家。

42. 饯唐永昌

田郎品貌一都京，帝子文才半洛城。
但以留心深善政，高人自取谢芳名。

43. 侍宴安乐公主新宅应制

帝女一天涯，王宫半客家。
同呼天子岸，共度御庭花。

44. 卢藏用

幽州一子潜，学士半才占。
莫隐终南谷，黄门不静廉。

45. 九日幸临渭亭登高应制得开字

九日重阳开，三秋御辇来。
登高天下望，瞩目雁飞回。
物象平分色，乾坤两界催。
经纬南北易，草木暮朝裁。

46. 奉和九月九日登慈恩寺浮图应制

贝叶三千座，金英五百铭。
灯明罗汉果，藻圣一黄庭。
九日慈恩寺，重阳半彩屏。
如今双子塔，自古一丹青。

47. 答宋兼贻平昔游旧

琴诗一故人，草木半新春。
赵卫鸣皋近，先嗟魏晋秦。
崇丘埋没处，旧赋付流尘。
世改情依near，传闻可无新。
西州悲访客，北邙问烟茵。

默默从原路，幽幽已促辔。

48. 饯唐州高使君赴任

祖逖镇方城，安期护别英。
兰春半树寨，蕙芷渭边荣。
一路唐州使，三官御赴名。
良图云已致，不没去来行。

49. 饯许州宋司马赴任

一国休徵制，三台牧客情。
秦川千百里，渭水曲江明。
别路风尘没，离亭醒醉行。
西徵西北望，北阙北人鲸。

50. 奉和立春游苑迎春应制

上苑半当春，云天十地新。
瑶台三月晚，越秀五湖津。
玉槛黄山路，格香日月尘。
南山应万岁，北阙已夏邻。

51. 奉和幸安乐公主山庄应制

星桥月桂凤凰台，瀑布泉林玉酒杯。
曲殿箫楼神女间，瑶池竹影壁徘徊。

52. 夜宴公主宅

王家第一葡萄酒，帝女重双绿蚁寻。
何言不见山庄月，只有天街玉砌深。

53. 岑羲

居官坐太平，进士未成名。
进侍南阳郡，中书令不行。

54. 九月九日幸临渭亭登高应制得湀字

（上声四纸韵）

九日一芳芷，千龄半上巳。
重阳重日色，豫杞像章砥。
瀍水千波甋，长安万户史。
春先秦晋纪，夏未渭泾湀。

55. 奉和九月九日登慈恩寺浮屠应制

慈恩一寺悬，宝塔九重天。
玉辇重阳丽，浮屠万岁年。

风摇铃自语，目瞩帝京田。
雁集成人字，臣群比客贤。

56. 饯唐州高使君

苍茫半寨南，郁抑一清潭。
不可高深问，重昂日月含。
无穷千里路，有道万人淦。
别路人情寄，前程客自裁。

57. 奉和春日幸望春宫应制

日上望春宫，风引问始终。
东君东不止，律节律无穷。
帝辇彼云至，皇川载物丰。
仙楼藏隐处，曲舞各由衷。

58. 奉和幸安乐公主山庄应制

月色重楼一雾开，山庄竹木半天台。
无声自得瑶池酒，已是婵娟桂影来。

59. 夜宴安乐公主新宅

重楼开夜扉，酒醉已无归。
玉树随天影，山庄逐月微。

60. 薛稷

魏徵之外甥，中书半玉凝。
汾阴通进士，太子保公丞。

61. 仪坤庙乐章二首

之一：

阳灵配德，阴德魂宗。
汉室龙兴，乾坤乃容。
西陵集灌，北斗神封。
孝感磬凝，疏繁祖钟。

之二：

乾坤仪庙殿，日月凤凰城。
淑气阳光侧，金章玉宇明。
生生成紫禁，九九作王英。
百百休荣致，千口忆福情。

62. 九日幸临渭亭登高应制得历字

（入声十二，入甥韵）

九日重阳历，三秋藻色橄。
登高临渭水，俯首问流泪。

暮节宣原绩，玄华寄石壁。
山崖含淑气，古邑纳寻觅。

63. 慈恩寺九日应制

日宇一慈恩，天空半子孙。
人机知已问，旷物入无垠。

64. 早春鱼亭山

鱼亭山下色，百草碧中分。
涧壑溪流响，峙石半春君。
细雨清明近，浮云谷雨闻。
书生应乞火，结集可图文。

65. 秋日还京陕西十里作

十里一长亭，三生半渭泾。
黄河流九曲，玉树九源汀。
北顾单于帐，南寻大理铭。
京都才子宿，进士采微青。

66. 奉和送金城公主适西蕃应制

南辞日月山，举婺暮朝颜。
玉树江源渚，西蕃去不还。
和和知战战，曲曲亦弯弯。
草木无心意，江河有列班。

67. 春日登楼野望

野望一登楼，知春半不休。
荣华争日月，运命自当头。
碧色连天远，青茵铺九州。
无名无所谓，有道有沉浮。

68. 饯许州宋司马赴任

人弟与名兄，书生复序卿。
冈行六子路，共待御昭明。
不得飞鸿问，还言赴任城。
离情离不尽，别道别荣生。

69. 奉和奉制春日幸望春宫应制

林泉一路烟，草木半源田。
四面茵茵色，三川玉玉泉。
黄山何未隐，灞水几张宣。
日上千钟酒，云中万岁贤。

70. 奉和幸安乐公主山庄应制

山庄主第半园林，百步清潭一月深。
玉宇苍空凭色入，繁花似锦任鸣禽。

71. 秋朝揽镜

生涯一镜中，落叶半梧桐。
斗士闻周易，英雄唱大风。

72. 夜宴安乐公主新宅

清流一路新，石径半花茵。
上掖瑶池水，春宫玉树春。
秦楼听弄玉，故国穆公鼙。
帝女知天地，闻寻作近邻。

73. 饯唐永昌

风烟河洛远，草木满天津。
日月阴晴见，功勋朔漠尘。
飞凫遥领土，使令逐唐臣。
别去三千日，归来五百秦。

74. 马怀素

进士昭文馆，明皇守正臣。
长安知御史，户部侍郎仁。

75. 九日幸临渭亭登高应制得酒字

九日重阳酒，三秋复聚苫。
桑榆成果哺，睿赏作城阜。
户庆南山寿，臣拥弟子友。
长安萸草艾，渭水菊花西。

76. 奉和九月九日登慈恩寺浮图应制

浮图足下十三城，雁塔云中五百英。
不问三藏西域路，玄应固语一音明。

77. 奉和送金城公主适西蕃应制

金城公主路，玉树帝王乡。
日月山中望，西蕃故土肠。
关梁青海外，陌上藏牛羊。
百岁留天地，千年作柳杨。

78. 饯许州宋司马赴任

郡邑颍川开，贤才角宿来。

分蹯君子任，合作著云台。
路上悠上唱，驿中宽寞催。
相思知我处，但对玉壶杯。

79. 奉和立春游苑迎春应制

东风一夜欲舒黄，细雨三更过豫乡。
露露沾花蕾已许，茵茵草地肇初阳。

80. 奉和圣制春日幸望春宫应制

含云带雨望春宫，一舆三门向宇空。
彩仗天光东帝女，绿藻深津白粉红。

81. 夜宴安乐公主宅

翠幌半玲珑，纱窗一薄空。
千灯含玉影，百酒韵其中。

82. 奉和人日宴大明宫恩赐彩缕人胜应制

玉影千门开，娇容万象来。
春和人日宴，彩缕马卿才。
腊月梅花瓣，莲蓬碧叶台。
群芳怜自玉，九日逐尘埃。

83. 奉和幸安乐公主山庄应制

参差曲榭绕回塘，已误瑶池入未央。
酒气芬芳三十里，泉声自作一千章。

84. 兴庆池侍宴应制

八水流明绕帝京，三台律象正英鸣。
瑶池已满盘桃会，瑟鼓琴弦玉色倾。

85. 饯唐永昌

一步洛阳城，三台牧宰声。
闻君观渭水，别色问难清。

86. 富嘉谟

三教珠英进士来，孤峰绝岸独云开。
东台御史雍州台，典本诗词玉宇雷。

87. 明冰篇

黄河腊月一冰川，天水悬壶半玉泉。
岁岁凝寒冬不尽，春春不解破排天。
明晖映象云光满，素彩纷纭漫汉边。
涸冱阴房沙漠壁，东营未了海滩田。

88. 吴少微

富谟吴微尉晋阳，东西御史共书香。
经经典典文求本，庙庙堂堂廊柱扬。

89. 长门怨

月色满层楼，孤圆独自幽。
藏娇金屋外，扫叶不知秋。
掌上飞燕舞，歌中姊妹留。
长门应不解，赵女共消愁。

90. 和崔侍御日用游开化寺阁

云游寂寞一僧门，左宪晴明半子孙。
署正衙清高照镜，星移月落数宸昏。

91. 哭嘉谟

之一：
共尉同官一晋阳，文经体本半书香。
呼天存步夫情颂，中书刺史可倾肠。

之二：
人人生死别，处处去来行。
鹤羽排空尽，金音主精英。
皇穹无皂吏，社稷有纵横。
异域同观赏，文章共朽名。

92. 过汉故城

秦川汉故城，魏北晋家英。
帝坐刘邦易，天朝吕后盟。
中原谁逐鹿，社稷未央惊。
定鼎城隍意，铜盘土地情。
茫房金屋许，霍卫九泉平。
虎豹关山外，鲸龙御海生。
高门年百废，北邙岁千更。
莫问英雄去，应知草木荣。

93. 古意

群花满洛阳，百草各芳香。
小女三春早，男儿五津傍。
鸳鸯浦上戏，玉叶凤求凰。
粉泽君前色，红颜子可狂。

94. 怨歌行

谁知一怨歌，织女半天河。
自可天间见，何言世俗多。

年年人渐老，处处别时磨。
四季春秋易，三生日月梭。

95. 员半千

五百年中一半千，三朝日上九州员。
弘文学士崇文馆，性乐山川水乐天。

96. 陇头水

一路秦川水，三光渭水浪。
桑田草木少，日月阴晴多。
洛邑闻天子，长安祝九歌。
尘消朝暮泡，淑气向嫦娥。

97. 陇右途中遭非语

赵有两毛遂，鲁闻二曾参。
冈名同姓氏，异性异真人。
逝水东流去，文成北魏潭。
人非人是见，日隐日明函。

98. 仪坤庙乐章

仪坤庙乐章，孝享殿高堂。
羽化青云里，维微玉宇光。
遑遑神感器，应应悟虞唐。

99. 王适

吏部一糊名，求才考选生。
参军司二名，俱在则天城。

100. 铜雀伎

日暮闻铜雀，黄昏对树鸣。
呼来群舞去，但以谢君情。

101. 蜀中言怀

含情一语中，纳妾半心衷。
积翠春光积，红花百念红。
嘉陵江上水，剑阁雨中风。
但见陈仓道，何言蜀道空。

102. 古别离

桃桃李李自成蹊，别别离离鸟独啼。
草草花花相恋色，扬扬柳柳几高低。

103. 江上有怀

云中雾气五湖平，雨后山光半岭明。

水上荷花莲子色，人中别业客心成。
迢迢望远方圆一，寂寂寻声日月倾。

104. 江滨梅

岸渚一梅花，红颜半水华。
群芳知欲落，独影入人家。

105. 闾丘均

文章已著名，安乐主公倾。
坐贬循州去，司仓一败成。

106. 临水亭

临亭一水深，叠落半天林。
郁郁鱼龙舞，幽幽草木荫。
层层分已定，灏灏合先涔。
积积繁相纳，含含垒古今。

107. 齐澣

御史中书一舍人，苏颋宋璟半重臣。
江南采访平阳守，四库群书杜断新。

108. 长门怨

自古长门怨，如今短日春。
东风云雨覆，草木本心均。
妾妒相思久，妃重玉色新。
千姿还百态，一语付天津。

109. 长门怨

一路到长门，三生不狝昏。
云浮非得雨，日落是黄昏。

110. 祝钦明

春宫侍读一文思，据地旋风舞顾迟。
太子中书门下省，饶州刺史一首诗。

111. 仪坤庙乐章

坤仪一凤鸣，物象半和荣。
四牡成天律，六郡自升平。

112. 刘知几

知名词史客，四事切中昭。
凤阁当才子，忠言汉青雕。

185

113. 仪坤庙乐章

之一：

帏酬一凤毛，醉市半葡萄。
妙算人间易，神谋世上芬。
文功仪庙乐，武卫庆天高。
铠献单于帐，营歌正战袍。

之二：

胡雄一乐章，四海半天堂。
武递三边成，文迎九州扬。
参差终始就，逶迤去来梁。
抑抑扬扬许，成成就就觞。

之三：

读议丈夫贤，仪坤七尺田。
黄河醇玉酒，献酌帝王乡。

之四：

善玉牲牷献，簋簋静器营。
鱼留丰盛酒，馐腊阔金阳。

之五：

先先后后承，水水山山兴。
武武文文续，成成就就膺。
人人以集集，日日可徽徽。
露露珍珍储，云云玉玉凝。

114. 沈佺期

佺期一字累云卿，进士七言善属声。
三教殊英何坐事，台州贬坐易云城。
神龙学士修文馆，沈宋诗词格律题。
约信沈庾成韵体，文章锦绣赐袍荣。

115. 芳树

十地已芳菲，三春有绿帏。
茵茵成沃野，独独立乔晖。
旷达红颜色，寻求玉树微。
苍苍含淑气，郁郁纳云归。

116. 长安道

秦川一望平，渭水万波明。
汉漫风云远，长安日月城。
红尘依绿畦，碧玉绣朱缨。
陌陌阡阡见，花花草草轻。

117. 有所思

婵娟有所思，桂影落无迟。
役苦长城垒，夫情妾已知。
中袍藏婚里，候鸟送青丝。
但向云中望，同心共月时。

118. 临高台

高台一望遥，暮日半云霄。
鸟雀寻栖木，游僧逐寺鹩。
临空何不止，俯首柳杨条。
夏晚凉风至，人生向野桥。

119. 凤笙曲

凤笙王子晋，白日弄歌来。
能恋青宫女，婵娟结念回。
挥空知贵色，处世问天开。
夏晚丛荫响，人间独不催。

120. 拟古别离

白水去难留，青阳客九州。
离离分别去，异异各春秋。
独忧空明穴，同心共结忧。
何时生子女，替作米粮筹。

121. 辛丑岁十月上幸长安时扈从出西岳作

穷崇西镇岳，壮岭造灵楼。
石秀峰中色，云浸古涧流。
悬泉声满壑，壁峙谷风浮。
石东重阳隔，洪源下九州。
巍巍千仞立，郁郁万呼休。
历载从皇道，丰镐策乃猷。

122. 和杜麟台元志春情

月桂杜麟台，婵娟玉影来。
氛氲罗秀色，太息凤笙催。
子晋秦楼问，春情久不回。
琴声余未尽，已是故人怀。

123. 别侍御严凝

七泽一云梦，三湘半岳风。
严凝从帝子，使侧侍君功。
自古鄱阳水，如当汉水中。
荷荽兰芷北，芰积洞庭东。

124. 送乔随州侃

相交三十载，共宦万千天。
海角山崖路，中原镇远船。
情心生契阔，路达陌阡田。
此别明珠断，如斯日月连。
注：镇远桥在兰州黄河上。

125. 送友人任括州

草草念行期，幽幽寄语迟。
茫茫天子路，处处去来时。
渭水波光澁，括州白日兹。
盈觞非是酒，此泪两行诗。

126. 饯远

任子一离情，青春半不明。
长亭谁叙旧，驻驿可题名。
壁上前人赋，心中后者平。
书生书自己，刻志刻精英。

127. 同工部李侍郎适访司马子微

瑶池不远一云间，白日重来不等闲。
蕙气山中由彼此，观清道上敌红颜。
秦皇二世知徐福，汉武千舟向鹤还。
四皓三申何志隐，昆仑九脉是天山。

128. 过蜀龙门

龙门非禹凿，巇嶪是天功。
五里西南望，千年蜀鄂国。
巴山三峡水，瀑布一潜雄。
季月当行止，烟云玉宇空。

129. 自昌乐郡泝流至白石岭下行入郴州

独见群峰太史非，孤寻古壑百溪飞。
波扬日色争先后，古木盘根逐壁微。
涧蓄神农留百草，云平素女作春闱。
三皇五帝藏天意，以我书章敬紫晖。

130. 入卫作

风云淇上好，日月卫中明。
百草神农试，群芳季岁荣。

荆歌当木郁，旷世可成英。
昼夜黄粱近，阴晴易水情。

131. 绍隆寺

寺在骧州城，施香浥邑英。
文成公主路，坐系易之名。
平生一释迦，历世半桑麻。
放弃成天地，殊方作袈裟。
窗国含紫气，秀木纳云霞。
渡岸航帆落，天涯自在家。

132. 神龙初废逐南荒途出彬口北望苏耽山

孤山云岸北，不与众峰群。
少读苏君觥，依然以此闻。
情名知就就，羽迹落纷纷。
北客南来望，从君对地熏。

133. 初达骧州

北斗口常开，南荒泪未来。
文章流子命，日月世情才。
十六成圆缺，三千代士台。
冠官从政治，坐系衣带哀。

134. 夜泊越州逢北使

中书一舍人，宦得易之亲。
坐视文章客，云卿学士辛。
湛湛一江流，清清半不休。
莲荷应未子，采女已秋收。
只是为时晚，何须逐日舟。
污泥先自柒，出水未知愁。

135. 被弹

知人不易之，问道问时迟。
直逐扶摇去，平生守沈诗。
非非非是是，蕙蕙蕙芒芒。
泾泾渭渭见，正正邪邪疑。

136. 枉系二首

之一：
不解姬公旦，非无鸥鸦诗。
忠臣何孝迹，骨肉几灵知。
莫以曾家子，投杼客于迟。

谁闻明暗处，隐患暮朝时。
之二：
一草半春扬，三光十地疆。
千年闻孔孟，百岁可炎凉。
独秀群芳妒，孤文诸士伤。
山高登不得，水远未知长。

137. 黄鹤

白鹤十三州，平生半九流。
千年才子问，万岁国家忧。
四海潮头水，三江浪涌舟。
天池天水岸，地角地春秋。

138. 伤王学士

少小离家客洛阳，贫才佐道议豪乡。
无端物仪身先去，有序成名落暮苍。
未了去年除岁尽，余文未赏领书香。
灵枢已去天街短，子女还闻不短长。

139. 古镜

古镜半天光，方圆一尺长。
含人应不语，纳秀可炎凉。
暮去重阳去，朝来独彩扬。
身形何不似，意彩自无疆。

140. 凤箫曲

昭阳飞燕舞，长信落班姬。
奉扫秋风至，藏娇少女痴。
秦楼萧史去，弄玉凤鸣时。
此曲人间尽，相思世俗期。

141. 古歌

风流落叶向天媒，水月扬波逐夜台。
少女临汾情不尽，男儿养马志难回。
殷殷弄玉秦楼凤，郁郁箫声去复来。
北斗星移开口问，人情只见穆公哀。

142. 七夕曝衣篇

序：
王子阳圆苑疏，太液池边有武帝阁帝至七月七日宫女出后衣曝之。
诗：
银河已到曝衣楼，上掖宫娥半不羞。

织女应辞天水岸，牛郎可望玉人头。
藏藏躲躲寻衫袄，怯怯从从觅所由。
暮日黄昏男女色，何人不作帝王侯。

143. 入少密溪

雪岭少密溪，苔藓玉石堤。
香风南北岸，温雾暮朝低。
始觉鸡鸣少，当然草木黎。
儿童何所钓，饵篓各东西。

144. 霹雳行

宫商角羽微，霹雳电雷凌。
七月成焱火，龙吟卷凤应。
长鲸函忧雨，会雅纳鲲鹏。
上下惊天地，纵横望五陵。

145. 立春日内出彩花应制

合殿春光到，梅花落去迟。
疏香余素色，叶展万年枝。
一剪东风雨，三宫观彩时。
群芳应待序，百草蕙兰芝。

146. 晦日八水应制

晦日以宸居，明堂紫气余。
长安龙苑秀，八水凤凰出。
上掖含天宇，青门纳帝舒。
当朝可治宰，盛世莫樵渔。

147. 奉和洛阳玩雪应制

周王甲子风，汉后德阳宫。
互瑞天庭色，梨花满地丰。
氤氲生淑气，漠寞凤凰东。
沓沓飞来去，扬扬御城中。

148. 在平日梨园侍宴

上巳兰亭序，梨园被禊台。
流觞停即酒，曲水沿天杯。
玉女东风雨，青龙帝苑来。
笙铺余尽舞，御柳自徘徊。

149. 幸梨园亭观打球应制

一局两边球，三军半九州。
行营多玉垒，列阵比王侯。

跃武英雄去，驱文学士忧。

胡人胡马至，汉主汉家谋。

150.九日临渭亭侍宴应制得长字

金庭御气一圆方，御柳胡杨半短长。

汉武茱萸天下赐，铜池色变易潇湘。

衡阳故岸人先落，一字三边客羽乡。

九日临亭青海雁，千声祝愿胜黄粱。

151.岁夜安乐公主满月侍宴

除夜子星回，天孙满月杯。

婵娟天下色，桂影世中帷。

152.安乐公主移入新宅

宅近帝城隈，人临洛水梅。

琼筵芳四座，弄玉劝千杯。

153.仙萼亭初成侍宴应制

山前气色赏和宸，第上门当户对新。

玉宇天街相铺序，人间世界已秋春。

154.送金城公主适西蕃应制

乌孙弹子问银河，凤女西蕃息挼戈。

一路金城公主去，三疆日月颂和歌。

江源玉树东西水，骏马牛羊似草波。

携带中原青海杼，成林独木百岁多。

155.幸白鹿观应制

紫凤一真人，班龙半道尊。

三清三世界，十地十秋春。

太上天流转，云中木漲尘。

盘桃王母会，但醉此杯醇。

156.洛阳道

洛邑九门开，长亭一树台。

河桥双阙路，日月独无回。

复得星兴度，阴晴自在来。

前程应举步，腊月雪寒梅。

157.骢马

秦川养马五花骢，汉血千年四蹄风。

一路长安朝暮见，三生玉宇去来鸿。

158.铜雀台

雀去一铜台，图穷半魏才。

漳河东逝水，櫑令北人来。

妾女红颜命，英雄白日哀。

华容应记取，仗义自天开。

159.长门怨

长门怨里一昭阳，奉帚宫中年柳杨。

金屋藏娇羊肇曲，相如有赋蜀人章。

160.巫山高二首

之一：

巫山十二峰，暮雨五千淙。

白帝平江岸，荆王逝水淞。

高唐神女客，宋玉赋从容。

玉影云中落，琵琶峡外重。

之二：

苍苍巫峡口，楚楚古槎台。

暮雨何曾问，朝云自在来。

高唐神女在，白帝水月开。

两岸分南北，三江逐不回。

161.巫山高

一峡万年成，三江百世清。

黄河源湿净，滟滪阻纵横。

水落千重浪，风扬万木声。

高唐朝暮去，白帝大江平。

162.七夕

排空一字成，雁落半人情。

七夕银河岸，星桥鹊不鸣。

衡阳飞可至，织女叹天明。

岁月何无见，牛郎几度萌。

163.春闺

一梦到阳关，三春向苦颜。

衣衫应遗却，信字待君还。

164.奉和圣制同皇太子游慈恩寺应制

莲花三界外，贝叶一心中。

白马慈恩寺，浮图古刹隆。

天歌春钥遍，释塔鹤边砻。

日月非来去，平生是始终。

165.和洛州康士曹庭芝望月有怀

羿使一西楼，银光半帝州。

黄河流水月，桂影寄春秋。

万象明镜里，千章比目求。

庭芝香夜继，唱遍九歌头。

166.寿阳王花烛

乘龙快婿寿阳王，花烛天孙共洞房。

宝扇仙媛桃李色，香风瑞气凤求凰。

167.陇头水

陇水一东流，千波半渚洲。

留心东海纳，化合大潮头。

点点方圆阔，明明彼此游。

秦川荣草木，冀鲁日月浮。

168.关山月

万里关山月，千年草木洲。

辽东生海市，夏国有蜃楼。

社稷应王帝，江河可自流。

方圆应主宰，寸尺度量酬。

169.折杨柳

欲折寻杨柳，还思色正黄。

人心应不止，黄断可牛郎。

月下应无见，情中可有狂。

藏羞藏不住，一臆一新娘。

170.梅花落

一曲梅花落，三边受降城。

寒从金甲战，阵列挂红缨。

暖日徐徐至，君心处处盟。

明年春腊月，对镜贴黄荣。

171.紫骝马

青青玉玉紫骝英，啸啸扬扬白日鸣。

自在飞天骄傲去，归来伏枥念纵横。

172.上之回

中书门下晋，御笔上之回。

远近坛壝问，君臣上下恢。

龙山青幌议，制牧日倾催。

汉马应劳顿，甘泉饮露杯。

173. 王昭君

情中一画师，蓼上半无知。
万木阴山蔽，三花百草滋。
宫深遮日月，路远见兰芝。
但作琵琶曲，昭君汉女词。

174. 被试出塞

千年通大漠，万里出长平。
举剑阴山北，闻缨塞外声。
霜晨侵跬步，朔雪没军营。
但过皋兰去，英雄作汉兵。

175. 牛女

牛郎织女河，七夕鹊桥波。
苦对千般锦，难穿万月梭。

176. 朵诗三首

之一：
一妇早惊秋，三儿误役留。
年年衣短弃，处处不封侯。
帐望长城石，沙沉铠甲舟。
孤灯明欲暗，忆念上心头。
之二：
新丰一妾家，渭水半桑麻。
役苦朝鲜北，辽东五月花。
年的相望尽，处处互咨嗟。
日月应同度，乾坤可共遮。
之三：
黄龙一月明，渭邑半天声。
少妇婵娟色，男儿塞外兵。
非非非独已，是是是孤城。
国国家家事，夫夫丈丈情。

177. 剪彩

一剪断东风，千刀切彩红。
花光成早色，锦色著天空。
素结浮云侧，香蕤弱草中。
纤枝纤女见，叶碧叶新丰。

178. 和常州崔使君寒食夜

三日清明近，千茵玉女情。

书生知乞火，物象自循更。
不厌梅花落，还寻素雪明。
阳春巡渐近，小杏作精英。

179. 和中书侍郎杨再思春夜宿直

中书一侍郎，玉漏再思乡。
北斗横开口，银河玉带长。
千门灯火暗，万户入黄粱。
五夜钟稀晓，三更露柳杨。

180. 和崔正谏登秋日早朝

正谏一重阳，河呼半洛乡。
朝暎旒冕色，建祀豫天章。

181. 答宁处州书

自古一明君，如今万里寻。
成时成所就，入北败何箴。
九鼎江山铸，千音日月荫。
孤趋孤败业，独木独成林。

182. 李舍人山园送庞邵

山园一日晖，水石半宸扉。
屹立临云侧，从明建翠微。
东窗邻喜鹊，北屋落禽归。
缓步寻泉去，徐行问雀飞。

183. 送陆侍御余庆北使

北使一千杯，南山半木媒。
连天承日月，逐地不徘徊。
折柳留欢宴，辎轩待马催。
红颜辽海醉，白日洛阳限。

184. 洛州萧司兵谒兄还赴洛成礼

一望半芳菲，三春十翠微。
千波光日跃，百里洛河晖。
青海湖池满，衡阳木叶帏。
南冠由此挂，已是雁鸿归。

185. 饯高唐州询

相知一弱冠，士宦半观澜。
客迹生涯远，中和牧治坛。
龙城分岳守，魏阙比干难。
此去黄河见，东流渭邑滩。

186. 饯唐郎中洛阳令

芒阑一聚丛，日月半西东。
洛水阳城令，郎中主宰风。
三台嘉使御，九鼎客文雄。
落景杯前色，弦歌雉少穷。

187. 乐城白鹤寺

白鹤寺中云，青龙殿上君。
天香潮水响，法鼓暮空闻。
雁塔天竺界，慈恩日月分。
溪清流玉宇，草碧结衣裙。

188. 游少林寺

先王半少林，后主一文心。
古刹青云近，慈恩碧海深。
龙池闻岁月，塔影作霜岑。
暮色回光照，蝉声有远音。

189. 岳馆

独瞰仙人馆，孤峰玉女台。
蒙蒙云雨气，日日暮朝来。
涧水川流去，悬泉壁石开。
丹田承宇宙，闭谷问尘埃。

190. 早发平昌岛

解缆一春风，扬帆半玉空。
何须回首问，世界各西东。
魏阙文章久，龙城日月丰。
平昌如岛见，立石纪英雄。

191. 夜宿七盘岭

夜月临床近，天河入户低。
牛郎何不语，织女已轻啼。
仔细栖林鸟，东西各不齐。
听来公冶问，不是叙端霓。

192. 十三四时尝从巫峡过他日偶然有思

不度巫山峡，何闻剑阁天。
荆门乡蜀楚，沲湖作溪泉。
两岸猿声住，三江一水田。
高唐神女客，白帝故人年。

189

193. 初达骊州

可自寻铜柱，何须问别泉。

东流非逝水，北海是潮烟。

雾湿蚕丛路，嘉陵大禹船。

思君思不足，问日问茫然。

194. 岭表逢寒食骊州风俗不知寒食

绵山介子推，晋耳问徘徊。

乞火幽燕赵，王城读卷魁。

平生何不解，腊月著寒梅。

只是天涯远，宾毛日月催。

195. 骊州南亭夜望

一夜南亭梦，三更北渭中。

何人离别问，九度暮朝红。

少妇惊杨柳，书生唱大风。

黄粱应是梦，莫道始无终。

196. 少游荆湘因有是题

岘履一山碑，襄阳半泪垂。

荆湘因水带，楚瑟寄思眉。

有是青春逐，无非日月维。

如今来去见，老小徒伤悲。

197. 咸阳揽古

千年揽古一咸阳，百岁寻知半故乡。

二世秦皇天子尽，三朝逐客焚书香。

空闻厚葬坑儒岸，板筑扶桑海外光。

不见蓬莱徐福使，心中未了上天堂。

198. 览镜

一镜自方圆，三光向地天。

千年今古色，万里暮朝田。

199. 题椰子树

天涯一玉房，海角半扬长。

绿绿圆装液，橙橙古色香。

霄灵藏宇宙，素甲裹云浆。

岁岁年年见，无分四季光。

200. 同狱者叹狱中无燕

何须问冶长，匡迪上房梁。

自在非由已，风云是巢堂。

衔泥辛苦垒，口液朝暮将。

旦堕方圆困，无言图圄忙。

201. 则天门赦改年——武则天

王朝一则天，女婴半方圆。

日月当空继，阴晴作自然。

成成成所致，败败败非全。

酷骨良臣共，纵情纳比干。

江山儿女弃，社稷暮朝悬。

武李周唐论，承光断后宣。

知时知不尽，达可达芜田。

智以随当进，心无尺寸年。

干陵干早去，太子太凌烟。

赐锦丝袍带，原来历陌阡。

龙蛇虫虎豹，蕙芷芡芨莲。

诸诸群群会，明明暗暗穿。

千年何彼此，万岁去来船。

202. 喜赦

一赦以天宣，三生可旧年。

文章形草木，岁月字方圆。

去可来无见，今从古达全。

云消图图圄，日上洛城田。

203. 泰州薛都督挽词

自古一蒿丘，如今半故留。

都督应早去，铁甲正军楼。

十里荒山木，千年磊石舟。

从君从百岁，任重作春秋。

204. 天官崔侍郎夫人卢氏挽歌

隔岸凤先飞，邻窗共月归。

梦中天妇见，世上影香闱。

独鹤应相待，黄泉可翠微。

天官由事毕，揽镜可心扉。

205. 章怀太子靖妃挽词

青宫一范留，太子半春秋。

羽鹤先飞去，新楼后主修。

扬扬由得意，史史载王侯。

但令黄泉水，从今向九州。

206. 奉和立春游苑迎春

东郊一日春，上苑半时新。

淑气阴晴比，群芳日月勤。

臣冠端正许，赐锦上官钧。

七句应之问，三章对天津。

207. 人日重宴大明宫赐彩缕人胜应制

百草千心一日春，三光十地半人新。

东风细雨花先就，玉剪裁思彩缕人。

业业行行优劣鉴，人人事事废兴轮。

成成败败分来去，巧巧勤勤比色珍。

208. 奉和春初幸太平公主南庄应制

主第南庄一岁春，离宫御辇半天人。

千花欲绽分千色，万叶丞芳纳万新。

209. 奉和春日幸望春宫应制

人心已暖望春宫，草色由花映玉红。

细雨轻风琺陌碧，春莺不语入深丛。

210. 侍宴安乐公主新宅应制

妆楼翠幌半云烟，曲榭流明一细泉。

舞阁依花争艳色，瑶池映日逐高天。

211. 龙池篇

龙池日月一干光，上掖阴晴半玉塘。

只向天门扬紫气，无为世界赐炎凉。

212. 兴庆池侍宴应制

玉宇天空一日红，重楼叠影半池中。

皇家直上天街步，只可回头唱大风。

213. 从幸香山寺应制

醍醐贯顶一香山，古寺新钟半玉颜。

御酒醇醇魂已去，岛云杳杳已不还。

214. 红楼院应制

红楼古寺院回翔，泛海天波水故乡。

不逝东流常聚集，重生浪涌逐扬洋。

215. 再入道场纪事应制

一路东流半路长，三千世界五千乡。

寻来日月成潮汐，已去乾坤作海洋。

216. 嵩山石寺宴应制

嵩山一石淙，彩殿半云龙。
碧涧鸣溪水，风林落古松。
丹炉仙气盛，隔坐御天容。
太室真图贡，汾阳故鼓钟。

217. 古意呈补阙齐知之

卢家少妇色金堂，玟琱男儿琥珀光。
十月寒风摧木叶，三春细雨纳炎凉。
燕支远近阴山间，弱草晴阴对玉皇。
大雪纷飞谁解甲，清风不尽忆辽阳。

218. 遥同杜员外审言过岭

天高地阔岭头分，去国还家日上云。
洛水天涯千万里，君心客意暮朝闻。

219. 和上巳连寒食有怀京洛

天津御柳杨，细雨半春光。
洛水陈王问，凌波魏阙艭。
遥遥青草色，近近女儿妆。
十日分南北，千云浇柳杨。

220. 陪幸太平公主南庄诗

帝第山门启，天街御步量。
秦川秦晋亲，渭水渭朝乡。
彩石风流水，梧桐落凤凰。
平阳公主馆，扈跸客余香。

221. 守岁应制

南尘未断紫云乡，北国方荣渭水长。
子夜三更礼改制，钟声九响序年光。

222. 陪幸韦嗣立山庄

逍遥公嗣立，别业主山庄。
相国台阶路，中书令律堂。
尧钟丞阜府，禹膳继潇湘。
秀木銮台色，花源学士芳。

223. 扈从出长安应制

汉室鸿沟一大风，周宣景命半殊同。
西宾法驾东方占，北国南天赐帛红。
太史观星藏日月，春官问道过新丰。

賽旒老少慈恩致，格礼崇臣幸律中。

224. 初冬从幸汉故青门应制

青门汉殿半炎凉，遗堞烟陵九鼎荒。
世上何言三千界，人间几代一兴亡。

225. 昆明池侍宴应制

昆明汉武一楼船，大理云南半古天。
水调歌头吴越色，秦王铁柱不挥鞭。
苍山万木繁花锦，洱海千川逐简泉。
石磊长城南北隔，天堂只在运河边。

226. 白莲花亭侍宴应制

水殿莲花色，山亭落叶深。
孤鸿飞去尽，独木已成林。
远近重阳客，乾坤九日琴。
三秋观菊早，十月始知音。

227. 仙萼池亭侍宴应制

鸟去一川鸣，风来半谷清。
云浮仙萼水，石屹映池平。
户启闲花落，亭开古道行。
离宫天子酒，纪守玉壶情。

228. 奉和晦日驾幸昆明池应制

晦日幸昆明，天光落太平。
瑶池承淑气，法驾令红缨。
晋魏秦川巷，横汾渭水城。
金杯重启序，玉赋豫章情。

229. 奉和圣制幸礼部尚书窦然玠宅

榴花一御杯，上苑半天七。
北阙临翔凤，南山映月台。
兰香扬淑气，竹影落新梅。
礼乐原相似，垂旒自去来。

230. 钓竿篇

垂垂垂钓问，影影影徘徊。
镜里人鱼见，钩中饵食猜。
情情何彼此，意意是非开。
欲得求生物，何言共与哉。

231. 和户部岑尚书参迹枢掾

万里一鲲鹏，千声半御膺。
三台承紫禁，六合以香凝。
郑武缁衣断，周公鲁子兴。
黄河流不尽，玉漏点宫灯。

232. 同李舍人龥集安乐公主山池

公主山池太液泉，寒梅上苑大明天。
梨花一片真如雪，朔气三冬土地眠。
但以冰封鹜界色，玲珑玉树叶垂烟。
明图紫禁红楼曲，杏杏香炉玉宇船。

233. 酬苏员外味道夏晚寓直省中见赠

并寓侍三台，分曹问九才。
朝衣颜色异，谏议共难猜。
汉柱承天地，臣心侧翼来。
天河连两岸，奏本逐千恢。

234. 和韦舍人早朝

闾阖紫气一迥廊，晓雾连章半御香。
长乐宵钟巡巷起，大明淑气落中堂。
南山雪顶千峰玉，北阙崇文万里乡。
凤辇传芳天下去，龙銮属令继还扬。

235. 自考功员外授给事中

推丹南省问，安陕拜东曹。
琐惠临书笔，文言七字祢。
长城应石磊，上掖可天高。
汴水三春色，钱塘八月涛。

236. 和元舍人万顷临池玩月戏为新体

瑶池待月来，碎玉久无猜。
疑显疑水色，静影静天台。
北斗常开口，银河束带开。
婵娟初露面，但落自徘徊。

237. 酬杨给事兼见赠以中

辩博子云推，陈词向楚才。
成文三界事，赋得九歌来。
积茵千章碧，含源万里开。
行身公正理，律笔琐闱台。

238. 九贞山净居寺谒无碍上人

伽兰一虎溪，石岸半香泥。
不二天门客，三千玉树低。
因缘因所以，纳果纳东西。
大士云中语，刁虫草下啼。

239. 夜游

窗含尺寸半星光，宇纳银河一带长。
月挂天门悬桂影，心随玉兔逐黄粱。
青丝曲定弦音序，舞态方兴比目扬。
影影落落梦不舍，幽幽杏杏夜兰香。

240. 登瀛州南城楼寄远

层楼不尽一瀛州，望远承怀半九流。
鹤鹤争飞争所以，江河逐世逐春秋。
百拱秦川观不止，千年养马柳杨洲。
三台社稷君子鉴，六郡天街寄不休。

241. 塞北二首

之一：

长城自古两三军，虏塞如今五百云。
汉武秦皇烽火继，交河渭水独斯闻。
旌旗阵，箭戟群，白骨成沙大漠勋。
敕勒桑干何永定，阴山百里近秦汾。

之二：

紫塞金河色，长城易水雄。
秦皇摧六国，士女一千官。
不待图穷匕，何言大漠风。
书生投笔去，一诺筑天功。

242. 李员外秦援宅观伎

盈盈粉府郎，楚楚媚人娘。
百态从君舞，千姿愿客肠。
罗妆藏白羽，贴艳郁金香。
曲断相如去，音余弄玉乡。

243. 送韦商州弼

会府一文昌，商山四皓囊。
闻君知郡吏，暨意尚书郎。
参嗟王事久，画省累年光。
但忆蔷薇紫，何须木槿扬。

244. 夏日梁王席送张岐州

夏日梁王席，轻风玉液低。
婵娟移桂影，北斗自东西。
七豹斯家贵，捌龙会府齐。
岐州杨柳岸，上苑曲江霓。

245. 夏日都门送司马员外逸客孙员外佺北微

三军追虏帐，六月举周旗。
六郡功勋著，三台日月依。
相王元帅令，持国护京畿。
划省连徵举，方徵解甲衣。

246. 送卢管记仙客北伐

羽檄交河去，风云北阙来。
徵戎成戎客，选伐向天开。
虏将单于帐，平祥管纪催。
金徽函谷外，铁甲已天台。

247. 移禁司刑

邯郸曾学步，白首苦吟诗。
截句长城断，成心四句师。
今今知格律，古古仄平迟。
困兽尤从远，平原虎大欺。
成儒成自己，问道问天仪。
诱语明言事，偷生报举宜。
黄枢从别纪，划省以良基。
始望非夫子，终寻是所期。
司刑承继续，解禁亦维之。
委答多难少，推芝易象时。
流迁凭跬步，沥瞩可恩慈。
一路长亭外，三生十地滋。
荣枯门外客，日月客中疑。
草木阴晴见，乾坤共异持。
牵强何附会，静气意平熙。
子子孤形寄，虫鱼独物饴。
非非何是是，靖靖亦绥绥。
不必回头见，当应以目思。

248. 三日独作骓州思忆归游

巴山一骓州，渭水半江楼。
逝者如斯去，来思似旧留。

兰亭曾不二，上巳已寒舟。
日丽心思厌，风和自在求。
春服更换色，草履易时忧。
不作江山忆，还闻故友猷。
相如炉上酒，弄玉怯秦楼。
日落鹅池瘦，桥横上独舟。

249. 入鬼门关

一步鬼门关，三生去不还。
牛头应可见，马面自人间。
恨别京畿路，委曲瘴江蛮。
黄河疑九曲，渌水积千湾。

250. 从骓州廨宅移往山间水亭赠苏使君

坎坷一长程，波澜半水声。
阴晴知岁月，弃置历平生。
辱辱荣荣见，崇崇落落情。
山亭由伯玉，曲尽任骓城。

251. 赦到不得归题江上石

江楼独见一流明，落水嘉陵半有声。
少女男儿妻子望，班苗斗象土家城。
波平翰墨游犀去，白圭承言铜柱名。
万里风烟京洛路，千川谷壑自无平。

252. 答魑魅代书寄家人

世代一农民，冰河二月春。
高堂知父母，苦读过乡邻。
大学幽州客，书生帝国钧。
天街文化革，四海泽东亲。
毕业鞍山去，十年译作珍。
秋技拥抱士，子女共京人。
钢铁摇篮老，诗词润济新。
圆区蛇口市，苦役作萍濑。
老少夫妻问，乾坤日月循。
鸳鸯曾自许，大雁一人陈。
五载丞相侧，十年国务臣。
观中南海岸，步下西洋滨。
地铁孤长使，欧州碎体真。
俄罗斯武解，老莫挂冠巾。
全国中编处，沈阳付市身。

苏州工业别，西亚马来鳞。
离岸银行设，开发纳闽津。
猖獗因担保，百色仿施鞻。
两载无非是，三年有巴新。
心中秀智慧，意下可麒麟。
独上西洋岛，从呈木槿茵。
圆区承玉宇，别业作经沦。
北阙龙钟问，南山日月甄。
诗词严格律，字句佩文询。
仄仄平平属，音音韵韵真。
终生应十万，卷集可千垠。
治政从心底，为官守欲纯。
精英承相府，历练老庄荀。
孔子周游易，恭闻李耳筠。
崇山堂古粟，涨海色深潭。
计纪传家久，天机自可因。
回眸何注目，跬步可移臻。
海角观涛起，天涯望木輸。
蓬莱还我土，独得作芬氲。

253. 度安海入龙篇

四气难分别，三光可直悬。
阴晴成瞬息，雨旱两天年。
北海南洋岸，崇山越岭泉。
王风交趾郡，俗语故臣迁。

254. 从崇山向越常

之一：
崇山一谷越常孤，四十里程竹昧苏。
三十峰中溪水路，仙居窟洞九真图。
之二：
崇山朝日旭，暮坐越常林。
桂叶藤花树，差池造化浔。
分去杉谷昧，合水竹溪荫。
道迹留仙屿，人心问古今。

255. 哭苏眉州崔司业三公　并序

神龙八月已三年，牧赦佺期奉九天。
故旧途中惊白首，崔融味道二公仙。
相旋逝影音容在，日月诗词入忆宣。
凤阁夯通移给事，恩承追齿寄幽泉。

256. 哭道士刘无得

玄都十里一桃田，缩地黄泉半得仙。
白日衔符天地卜，刘郎可记去观前？

257. 寒食

坑灰已冷断秦烟，孔壁藏书乞火天。
只赐公侯传蜡烛，儒家学士杏坛边。

258. 上巳日袚禊渭滨应制

上巳春香半渭滨，群芳嬉水一酒醇。
垂钩欲钓山川色，日影波光外外新。

259. 奉和幸韦嗣立山庄应制

东山旭日紫微开，北阙城关彩仗来。
俯仰三台文曲客，天光九鼎翠庄恢。
逍遥自得中书令，凤阁平章学士才。
别业中宗临幸赋，龙门不远骊山隈。

260. 回波词

回波尔尔，进退忧忧。
成成败败，欲欲求求。
生生死死，止止流流。
荣荣集集，马马牛牛。
名名利利，放放收收。
山山水水，谷谷丘丘。
年年岁岁，世世悠悠。
非非是是，去去留留。
形形影影，治治修修。
先先后后，郡郡州州。

261. 夜宴安乐公主宅

龙门一水主人家，濯沐三光五月花。
月下清流明烛色，杯中玉酒透窗纱。

262. 苑中遇雪应制

春枝雪满作梨花，欲露藏羞小杏斜。
素目红颜心不止，随君土苑客人家。

263. 饯唐永昌

因君一道四方同，注目三台半大风。
主宰燕山飞将客，由天玉漏未央宫。

264. 狱中闻驾幸长安

驾幸长安过洛城，传闻玉辇问秦京。
欲盖囚服书格律，何须忘却七言英。

265. 邙山

十里北邙山，三光列石般。
千秋人已去，十木墓荒颜。

266. 周宣已得俊臣名道士难成帝子声

谁言酷吏难闻瓮，解浇囚衣作甲缨。

267. 句

秦川千稼穑，渭水万波光。
但见零陵燕，长随洛柳杨。

268. 寄赵冬曦

文才六弟兄，韦赵季昆名。
杞梓中书客，冬曦拾遗生。
开元进士第，张说岳州城。
赋唱诗合句，人生七丈英。

269. 陪张燕公登南楼

南楼半岳州，刺史一春秋。
独岛江中坐，孤舟逐水流。
波扬千尺雾，日没万云浮。
白鹭穿天去，丹心寄九州。

270. 酬燕公出湖见寄

一目半湘潭，三光五岳岚。
弹冠来去见，济世暮朝眈。
历世何成府，平生自作蚕。
镜湖千万水，学士赋诗谙。

271. 奉和张燕公早霁南楼

南楼一望目难收，楚水千波势九州。
汉寿君山横岭色，潇湘不尽洞庭舟。
吴儿季伯江苏岸，越女西施伍子休。
缛列山川凌壁立，芳林淑气浸重楼。

272. 镜湖并序

镜湖自沅一余波，渚草纵生半九歌。
水雨盈虚云雾色，清生列世到汩罗。

193

三湖照样群峰木，四面沧洲岸埕多。
税赋何须承牧治，桑田自古共莲荷。

273. 和燕公岳州山城

吏吏官宦半友求，冠冠冕冕一衙谋。
经纶义理山城岸，泗尚长沙气况浮。
沅水潇湘流不尽，孤帆远影洞庭舟。
江风一扫千波浪，记取回头忆岳州。

274. 和尹君秋夜镜湖报复陷害二首

之一：

政理一方舟，行身半旧游。
镜湖千渚岸，激襄万草洲。
月落幽幽色，风平郁郁沟。
溪明重竹影，曲尽复春秋。

之二：

幽湾一草平，曲岸半沙明。
月色粼粼闪，舟横处处轻。
东山渔火暗，促织三两声。
不在弦歌里，留心桂影情。

275. 陪燕公游镜湖上寺

山山水水多，鸟鸟虫虫佗。
去去来来问，朝朝暮暮坷。
镜湖千汇泽，上寺百僧歌。
咒语禅音释，人生几度河。

276. 答张燕公翻著葛巾见呈之作

且醉半芳春，弹琴一故人。
歌时由倒履，舞罢偶翻巾。
正反何知己，诗心已致臻。
豪然荒野见，傲气玉壶秦。

277. 奉答燕公

零陵一水乡，雁渚半衡阳。
别意长沙岸，离津汉寿塘。
猿鸣惊渭邑，旧馆待时光。
仗节怀君鉴，中书著豫章。

278. 奉和圣制同二相以下群官乐游园宴

群僚二相乐游园，日月三秦兴地天。

草木芳菲由泽雨，朝冠玉佩饮甘泉。
新梅两月花如锦，古酒千香醉八仙。
举首中书门下客，回归凤阁御中贤。

279. 奉和圣制答张说扈从南公雀鼠谷

崔鼠谷中川，汾流水色宣。
金銮挥斥令，白马奋驱旋。
地理拥王土，天文宿帝田。
轩辕思稼穑，舜禹教桑干。

280. 奉和圣制送张说上集贤学士赐宴赋得莲字

上掖一幕莲，皇家自集贤。
千门学士望，万卷曲江边。
笈杞宸书久，衣冠礼尚天。
春余天地远，历治陌阡田。

281. 奉答燕公

只道零陵守，何间日月舟。
荆州沅弟问，渭邑著春秋。
我逐衡阳雁，君行上掖楼。
阳台重紫气，别驾不淹留。

282. 陪张燕公行郡竹篱

中和一曲声，郡守半天明。
楚蜀三湘岸，巴丘五岳清。
行行重鼓琴，步步竹篱情。
日落明天起，乾坤独自耕。

283. 和燕公别江湖

跬步别河图，风云问帝都。
阴晴无水浅，日月去来孤。
岸芷汀兰渚，天光寸草苏。
清湾藏玉宇，广阔纳江湖。

284. 奉酬燕公见归田赋垂赠之作

英雄百志不归田，日月千章寄仲宣。
独木成林根叶茂，双峰兀起水源泉。
兰芝秀草芳菲色，木雁高飞南北迁。
渭水流明天子水，南楼寄望岳州贤。

285. 和张燕公耗磨日饮

朝晖半楚山，暮酒一湘颜。
日历耗磨尽，风扬十八湾。
流传天地外，事治去来还。
沅水波光远，长沙俗忌闲。

286. 尹公

燕公从事官，补阙岳州坛。
渭水三张说，河间一月宽。

287. 奉陪张燕公登南楼

君心西北望，尺寸岳州田。
暮上南楼问，云中渭邑在。
江流山外尽，月夜竹中悬。
子曰荆门逝，春台万水泉。

288. 秋夜陪张丞相赵侍御游镜湖二首

之一：

人生揽月一镜湖，宦场行程半帝都。
御史相丞临岳水，巴陵蜀道远如无。
潇湘沅色山河见，聿理幽奇探访图。
旭晓千光闻竹泪，江天一片洞庭凫。

之二：

一步半登峰，千波万水封。
长沙谁瞩目，汉寿洞庭容。
渭邑南山望，潇湘沅水淙。
江湖深浅见，木影作鱼龙。

289. 同燕公泛洞庭

燕公泛洞庭，司马作丹青。
日月凭无地，江山有渭泾。
风光云雨色，俗土墓碑铭。
不问长沙主，孤山一月零。

290. 王琚

神龙附马郎，预刺武家肠。
元振燕公集，幽求共济量。
力劝明皇主，时名内宰相。

291. 奉答燕公

郡远一悲凉，心知半故乡。
巴城浦口渡，岳水木帆扬。

翰墨丹青色，云山草木塘。
衡峰登不得，沅水洞庭舷。

292. 美女篇

喜喜悲悲半女肠，娇娇掩掩一颜光。
传情注目鸣琴晨，弄玉流波意短长。
曲态纤姿舶摆色，柔声稚气问红娘。
兰堂解带堂皇舞，象阁屏风卸素妆。
记得甚崇金台地，还闻竹泪二妃湘。
浓浓溃溃客华见，暮暮朝朝有比方。
闺独同声回异域，春心共枕作黄粱。
三千日去寻无得，二八原来作洞房。

293. 自荆湖入朝自岳阳奉别张燕公

五载朝天子，三湘别旧僚。
船临公岸泽，瞩目岳州潮。
木叶春秋继，群鸥日月霄。
还闻天地近，不见帝城遥。

294. 游镜湖上寺

上寺一禅房，镜湖半水张。
闻名成草木，得道作圆方。

295. 阴行先二首

之一：

湘州从事见，九日已阳开。
启节茱萸早，桓公紫气来。
衡阳归雁晚，渭水曲徘徊。
叶下南山北，心从上掖台。

之二：

远望一帆平，挥手半袖横。
君心如可问，沅水岳州清。

296. 奉别张岳州说二首

之一：

长沙辞旧国，刺史洞庭回。
上寺潭湖暮，潇湘客主猜。

之二：

潭州水月都督别，渭水风云相府开。

297. 梁知微

知微进士守潭州，竹郡承明被德留。
莫以风云闻所以，当寻日月十三楼。

298. 入朝别张燕公

蜀道一巴丘，浮云半岳州。

飞凫天上去，月下洞庭楼。
计吏三年治，潭湖藻岸流。
辛勤多少夜，远鹜曲江酉。

299. 李伯鱼

文登李伯鱼，及第帝王书。
擢校文章善，青州进士居。

300. 桐竹赠张燕公

北竹青桐北，南桐绿竹财。
君循桐志节，我爱竹从岚。
雨落同声响，云浮共气涵。
清风明月色，夜半凤凰谐。

301. 正朝上左相张燕公

凤阁几时开，中书月色来。
枢门听玉漏，渭水满余杯。

302. 道峡似巫山

道峡似巫山，燕公是去还。
高唐由宋玉，白帝可江湾。
驿路长亭继，微帆不得闲。
南行巴蜀客，北望玉门关。

第二函　第六册

1. 张循之

循之已不循，竹旨则天钧。
学业兼优弟，周王未许臣。

2. 巫山高

峡谷一流鄰，高唐半蜀津。
襄王神女梦，宋玉赋红尘。
十二峰云雨，三千岁月均。
潮波白帝晓，汐满九江春。

3. 送泉州李使君之任

傍海十州人，泉州一任新。
波扬千里目，季节半如春。
汉玉分符色，龙珠进贡珍。
荒服明百越，执意敬三神。

4. 长门怨

一路半长门，三生两子孙。
男儿应自立，小女作乾坤。
不必分今古，何言作怨恩。

藏娇藏晓色，奉扫奉黄昏。

5. 送王汶宰江阴

五斗一渊明，三生半玉瑛。
江阴潮满市，北海客临清。
郡北花间月，城南宿鸟鸣。
琴音应未断，浪涌似余声。

6. 婺州留别邓使君

东阳一使君，北陆半豫文。
婺女江山色，离情水月分。

别意双溪满，相思独日熏。

回舟帆不落，不止去来闻。

7. 巫山

巫山三峡口，白帝一水城。

十二峰中雨，千云月上明。

8. 王睃

开元一战过临洮，擢第明径胜利豪。

节度银青光禄史，中书门下三品袍。

9. 祭汾阴乐章　太和

都督一并州，牧宰上和楼。

六叶重光舆，三朝九鼎献。

10. 张柬之

进士贤良策，姚崇凤阁郎。

二张诛未已，孟将尚书王。

武后三思力，天官一构亡。

11. 大堤曲

曲曲大江堤，丛丛碧草藜。

池塘藏织女，玉树鸟空啼。

水国娇娆色，佳人未免笄。

迢迢心自许，楚楚细腰霓。

12. 东飞伯劳歌

青田丹顶鹤，凤娶素姮娥。

绝世窈窕女，清商一半歌。

红颜涂玉脂，艳粉付情多。

莫以独相思，当心两目波。

13. 出塞

一诺下三边，千声上九天。

荒城三界谷，落日半溪川。

楚剑如霜利，吴钩似月弦。

流黄涂小妇，太白淑云烟。

14. 与国贤良夜歌二首

之一：

与国一贤良，闻琴半女倡。

知音知所以，问色问空床。

之二：

小杏过墙红，桃花问大风。

英雄居色府，子女未来中。

15. 袁恕己

恕己一沧州，司刑半九流。

诛张从王统，欲进郡王忧。

16. 咏屏风

半掩天光半掩风，千藏日月千藏红。

梅兰竹菊三光外，春夏秋冬四季中。

17. 刘幽求

幽求制刺百余章，大策诛韦半废王。

坐怨丞相仆射去，兴亡羽檄世人当。

18. 书怀

所去一归来，关门半不开。

明时何处暗，隐约几高台。

19. 流所赠张锡相

卢陵王上坐，贬所客中乡。

帝子甘从见，因风日月扬。

20. 卢僎

吏部尚书郎，从之自喜良。

诗词三百首，学士一文章。

21. 初出京邑有怀旧林

独去几时还，孤来月亮湾。

风平青海岸，月照玉门关。

素叶天涯海，浮云地角班。

潮生由日月，客梦故林山。

22. 临高台

汉主一高台，临风半闭开。

空关空旷去，日落日还来。

23. 稍愁晓坐阁遇舟东下扬州即事上族父江阳令

吴王不寐一春秋，勾践何言半越囚。

族父江阳天子令，红林落照过千舟。

扬州即事江东问，虎啸猿啼太白丘。

独善仙台巴蜀水，怀群略气甸清猷。

24. 让帝挽歌词

（开元二十九年宁王宪故，帝失声哭曰天下兄之天下也，追谥让皇帝）

泰伯一玄风，延州半世空。

皇兄皇弟见，让弟让臣恭。

大节鸿名册，王阶羽檄红。

唐家留日月，汉主遗苍穹。

25. 十月梅花书赠二首

之一：

巴山十月满梅花，上苑三春御柳斜。

一色群芳相似比，千心独影入人家。

红颜欲吐含情住，玉叶寻生纳蜀华。

五帝轩辕巡世界，三皇稼穑作桑麻。

之二：

万化一朝空，千门半宇穷。

英雄当此见，历世处由衷。

26. 岁晚还京台望城阙成口号先赠父亲

紫陌开京树，朱城照晚霞。

春风归古木，去国误回家。

岁岁何无止，年年日月斜。

双亲双不语，独去独生娃。

白首重相问，青丝半不遮。

云中行万里，马上挂乌纱。

27. 送苏八给事出牧徐州用芳韵

给事一圆方，徐州半短长。

维良辞远近，牧治向贤良。

弟子三千问，江帆一半扬。

何成天地羽，自在咏芬芳。

28. 上幸皇太子新院礼制

太子千行一震宫，前星少海半飞鸿。

南南北北知相问，暮暮朝朝历治同。

义正辞严天直道，风行雷雾玉苍穹。

乾坤作易周公旦，父子成剑禹启隆。

29. 奉和李令岊从温京宫赐游韦侍郎骊山别业

骊山别业一温泉，李令岊从半淑烟。

自在城畿岩雾豹，逍遥王它近高天。
伊皋八水长安绕，魏丙千服鹿雪边。
卷卷舒舒云不止，杨杨柳柳客桑田。

30. 季冬送户部郎中使黔府选补

握镜均荒界，分衡处大同。
微贤台上色，历练宇中空。
五谷桑田本，三江日月红。
霜鸿南北见，苦役去来中。

31. 途中口号

抱玉三朝楚，怀书九鼎秦。
年年天地问，日日作秋春。

32. 南望楼

去国三巴路，登楼百里尘。
舟行帆自举，首举洛阳春。

33. 临川送别

送别莫临川，离心满谷烟。
浮云浮不定，寄语寄幽泉。

34. 题殿前桂叶

桂叶落寒宫，婵娟问宇空。
红颜依影视，白玉对心衷。

35. 牛凤及

奉和受图温洛礼制
六羽一谣溪，三河半玉堤。
唐书编撰史，汉志节删齐。
戒道伊川北，通津涧水西。
仙禽鸣白羽，贝叶问高低。

36. 雅琴篇

亭亭阳泽树，落落自圆方。
楚楚临河望，高高玉宇扬。
风声藏大理，月色润檀香。
雨雾肌肤浸，雾云沐浴昌。
知音由匠制，问律待炎凉。
角羽空惊昕，商宫实凤凰。
离鹍鸣别鹤，陇水绕秦梁。
许季天天响，公孙舞大娘。
汾河流不尽，晋魏已无疆。

逐鹿中原士，轩辕奏豫章。
幽幽君子岸，郁郁客难昂。
阮籍弹琴久，秦皇瞩未央。
平阳歌舞尽，雅颂大风乡。
欲抚空前位，从心筑易昌。
文王天地付，赵佶不称皇。
韵韵音音叙，桃桃李李姜。

37. 王绍宗

嗜学一江都，书径半自奴。
逼辞徐敬业，草隶可飞凫。

38. 三妇艳

春来三妇艳，各自一心孤。
鼓琵潇湘泪，弹弦对二姑。
花庭辞日暮，远水问江苏。

39. 别离怨

戍役一辽东，徵人半世空。
风尘千万里，格律岁年工。
不怨红颜改，南洋木槿红。
阴晴和月下，早晚致云中。

40. 寒食

绵山寒食问，晋耳帝王城。
乞火传官烛，书生二日清。

41. 览镜

一镜半天空，三声两乃翁。
红颜何处去，白首作雕虫。

42. 独愁

不道成都酒，文君意外求。
相如知己否，一世一弦留。

43. 东方虹

左史西门豹，孤桐傲宇天。
子昂修竹论，顿挫抑扬悬。

44. 昭君怨三首

之一：
强权卵翼问宗亲，画匠成图谷晋秦。
马上琵琶留汉律，云中牧帐自秋春。

之二：
琵琶三两声，蜀道去来鸣。
且向阴山去，何须汉女情。

之三：
年来衣带缓，岁去忘腰身。
草木牛羊牧，阴晴日月春。

45. 春雪

大雪满天街，梅花玉色钗。
香风应不止，淑气欲平阶。

46. 张楚金

逸人歌赠李山人
山人一曲逸沧州，上下寻闻彼此修。
水月风波千古去，红尘草木百花楼。
三清不止河江水，五味难酬日月求。
谷壑流泉山色在，峰光树影顾春秋。

47. 广胜寺

序：
谪南海过始兴广胜寺果上人房一作过韶
州广界寺
诗：
广界寺中闻，则天相上文。
潇潇云雨夜，色色暮朝裙。
六欲千情过，功成业就分。
高州因贬死，易野未知君。

48. 吕太一

四俊景云中，张嘉太一同。
吕苗员训始，六郡落飞鸣。

49. 咏院中丛竹

节节一尖尖，春春半纤纤。
云中和雨露，日上对凉炎。

50. 寄张弘和吕御史咏院中丛竹

一竹自青庭，三光可世灵。
欣欣千节仗，耸耸万枝扁。

51. 闺怨

闺中一月明，夜上半心声。
织女天河岸，牛郎望断情。

52. 行路难

大路朝天草两边，江河逝水易千年。
朝朝暮暮何无尽，水水桥桥几渡船。
止止行行前所顾，修修整整后方圆。
夜垂草木山河色，处处风云社稷烟。
逝水自入汪洋阔，波涛起落可连天。
栈道北，蜀人安，陈仓望，楚汉峦。
赤壁周郎闻诸葛，火烧连营卷战残。
俱往矣，半亩田，耕耘日月作侍仙。

53. 别亲朋

万里可知途，千年未有无。
平生何自得，立意作读儒。

54. 宋务光

西河一子昂，进士半河觞。
御史河南道，参军直谏堂。

55. 海上行

滴水作潮乡，行云向阔洋。
苍苍连碧海，郁郁逐无疆。
浩口天波涌，汹汹地角荒。
鱼鲸潜跃处，岛岸鸟飞翔。
四面纵横去，三光左右彰。
乾坤由自己，日月可分王。
莫以蓬莱梦，当思上下狂。
人间藏宇宙，世上试兴亡。

56. 李景伯

中宗千宴诗，景伯独相知。
谏议真臣正，回波不诣词。

57. 回波诗

酒色回波醉，微形去隐辞。
喧哗三界空，切宜近双仪。

58. 李行言

称帝步虚歌，称臣挂玉珂。
群僚临道士，给事望天河。

59. 秋晚度废关

行言杨伯起，反复过关西。
杂草丛生路，荒原野旷低。

秦郊明月色，夜柝许封泥。
静待津途问，兴兴废废斋。

60. 上元

绝唱上元诗，梅花落玉枝。
千门苏味道，崔液共吟时。
九陌连灯影，三台月色迟。
周游何往返，巷户几相思。

61. 元希声

七岁能吟诗，千文半瞩时。
豫修三教珠英进，博士河南累进知。

62. 赠皇甫侍御赴都十首

之一：
梧桐不树凤无栖，淑气昆溪玉鸟啼。
子美东南牛斗望，君思侍御命文题。
之二：
利器莫长材，珍禽有羽开。
温仪长峻峙，青甲成人来。
之三：
十易两仪前，推思一地天。
乾坤三界定，宇宙九歌田。
之四：
分官列位一朝阳，处治量贤半御梁。
孔孟书坑老子道，书香世外有余香。
之五：
几颂三千界，何闻四十州。
重阳应日短，季露可封候。
大雁三湘色，茱萸半白头。
文人早立秋，学士问南楼。
之六：
云云雅雅立朝堂，颂颂风风问柳杨。
子子君君非草木，唯唯诺诺是天章。
之七：
绰绰夫君问栋梁，金金石玉作圆方。
亲朋好友应相济，共道同行跬步量。
之八：
一叶半秋风，三光十地明。
春秋相继续，日月自耘耕。
之九：
关山万里穷，岁月百年中。

世上千书序，人间一大风。
之十：
君心金石见，子质对微名。
旷远芝兰色，居临跬步行。

63. 秋庭夜月有怀

蹉跌不过一参军，六十澄之八句分。
竹影倾斜千陌望，当庭月色五言闻。

64. 明月

婵娟半对逐臣明，玉树千枝向夜倾。
望月寻圆全缺顺，思妻念子宦途横。
昭君画匠单于帐，马上琵琶草木生。
后羿无心空惆怅，嫦娥不语已生情。

65. 洪子舆

御史正宗时，中丞劾讽石。
无从偏此议，子舆赋严诗。

66. 严陵祠

汉主子陵冠，垂钩钓柳条。
何从天地改，不度洛阳桥。
八水长安绕，千山草木萧。
风云淹没久，水月祠边遥。

67. 度涂山

从戎投笔度涂山，刺史从军帝王颂。
铁马金戈兵部宰，皋兰朔漠墨文闲。
荒服铠甲冰霜见，日暮鸣金斗志颜。
智慧书章礼共理，秦皇汉武玉门关。

68. 吴兢修史

直史修文两馆藏，恒王一世半书香。
则天实录经才器，承庆崔融共媚娘。
别撰伤疏新五代，吴家纪历著全唐。
千章百卷西齐目，父子三生北豫章。

69. 永泰公主挽歌二首

之一：
妇道一王家，侯亭半帝华。
天孙河汉岸，厘降奈何嗟。
凤鸟黄泉训，关雎各独苴。
凌波寻宓子，付迹到天涯。

198

之二：

北魏一秦楼，南宸半风游。
萧声知己见，弄玉寄春秋。
淑女求凰去，穆公问宇留。
长安当此夜，怯步帝王州。

70. 武平一诗一卷

嵩山一事人浮屠，博学多闻自独孤。
以令金坛名不遂，修文学士过三吴。

71. 妾薄命

兰花杜苍洲，暮色月光楼。
浩齿明双目，丰姿色独献。
轻盈谁不持，绰约玉肌留。
素影千回曲，纤身半欲求。
谁知飞燕舞，可见宓妃眸。
奉扫昭阳色，相如赋汉愁。
藏娇团扇曲，解佩帝王侯。
此意应金谷，何心问绿珠。

72. 奉和登骊山高顶寓目礼制

一望灞桥边，三春渭水田。
临潼汤浴雾，玉色满芝田。
固市高陵口，新丰鹿苑泉。
龙城云起落，御树雨含烟。

73. 幸梨园观打球礼制

人群逐一球，士独十三州。
逐鹿重开战，梨园绿色游。
红尘随白马，立目作千秋。
自以英雄见，当知彼此楼。

74. 奉和幸白鹿观礼制

人间白鹿观，世上赤县坛。
羽盖三清色，青莲一玉安。
乔松朝天立，上掖对瑶端。
舜渥沾浓采，尧封宇宙宽。

75. 侍宴安乐公主新宅礼制

紫汉秦楼曲，黄山鲁馆琴。
裙分飞燕舞，酒列八仙霖。
似凤求凰木，如龙入海深。
三池半鸟羽，十步一鸣禽。

76. 送金城公主适西蕃

直史三边迹，苍生四海田。
西蕃求汉女，北朔问华娟。
女女儿儿事，家家国国传。
江源何仰止，玉树可高天。

77. 奉和幸新丰温泉宫礼制

碣石问秦王，昆仑向夏商。
新丰泉水暖，渭邑灞桥杨。
万寓藏天象，千明数地光。
参差修水殿，碧翠落温汤。
造化乾坤主，高低宇宙堂。
兰亭文曲赋，曲水溢流觞。

78. 奉和韦嗣立山庄侍宴礼制

汾流千泻镜，渭邑半山庄。
斗柄钩陈挂，风清十里塘。
逍遥公地寓，直史则天皇。
共笔经文字，同修学士章。

79. 兴庆池侍宴礼制

之一：

波光殿影玉池开，羽驾金銮帐列来。
碧水楼台绿蚁酒，葡萄美酒帝王杯。

之二：

荷香移步近，淑气已徘徊。
醒醉应不沉，笙歌曲榭台。

80. 奉和立春内出彩花树礼制

柳叶先黄半未开，东风一夜十里梅。
疏香落下红颜色，玉剪初裁绶缕来。
凤求凰，鸳鸯催，黄莺影，绿藻苔。
少女知春月枕梦，深宫寄意帝王猜。
长城戍士藏服字，御水清流寄影回。

81. 奉和正旦赐宰臣指叶礼制

柏叶宰臣梁，寒枝著豫章。
迎春寻地理，奉赐作天香。

82. 游泾州琴溪

泾川自得一清流，晓色琴溪半九州。
木影澄潭深宇纳，花光草影各春秋。

83. 夜宴安乐公主宅

王孙子女半天台，玉辇金銮一路开。
水殿珠帘垂淑宇，琼筵御酒落千杯。

84. 奉和圣制幸韦嗣立山庄礼制

逍遥公宅羽，直史则天台。
牧笔垂周武，行名则御裁。
唐年应继续，玉辇可銮恢。
上掖瑶池水，山庄草木开。

85. 钱唐永昌

闻君墨绶作丹墀，制令铜街折柳辞。
粉署中书门下客，挥鸣羽盖八行诗。

86. 赵彦昭

秀爽甘州进士人，平章宰事帝王臣。
睿宗刺史尚书令，耿国公台自度身。

87. 奉和圣制立春日侍宴内殿出剪采花礼制

剪彩梅花半立春，新衣短袍一宫新。
贴黄比柳红芳色，问燕惊莺碧水邻。

88. 奉和人日清晖阁宴群臣遇雪礼制

清晖阁上臣，瑞雪殿前新。
片片梨花落，纷纷剪采珍。
阶瑶知七叶，素甲没于尘。
百树重重雾，千门处处春。

89. 奉和七夕两仪殿会宴礼制

淑女三秋节，黄姑七日桥。
星河分两岸，鹊羽筑云霄。
跂首常相望，经年隔水廖。
牛郎和织女，岁月共萧条。

90. 奉和九日幸临渭亭登高礼制

紫菊一重阳，茱萸半艾香。
高亭临渭水，玉宇贴花黄。
鸟翼飞云近，龙沙岸日扬。
人间行止处，律令碎邪猖。

91. 奉和九月九日登慈恩寺浮屠礼制

之一：

浮屠步步十三重，斗角连连五百钟。

佛迹幽幽千界度，慈恩处处一心封。

商蠡尺寸千帆色，学子诗书一杏坛。

事在天维天水岸，心从慧智慧根安。

日月成潮天地宽，方圆点滴光辉色。

东流大海方波澜，堕入人间百姓难。

之二：

退休从商，着古今诗格律七万首。

点滴之水，入海合涛。

92. 安乐公主移入新宅侍宴礼制同得开字

中京云物晓，外馆家天开。

草木花荣茂，溪泉石榭台。

飞桥河汉架，曲径柏梁才。

绿蚁葡萄酒，恭臣谢玉杯。

93. 奉和送金城公主适西蕃礼制

经纶千万里，计划两三谋。

降虏何平尽，功曹几度留。

牛羊稼稻籽，帐牧半春秋。

玉树江源近，西蕃日月楼。

94. 奉和圣制登骊山高顶寓目礼制

九垓一王情，千川半禹生。

东流成海水，日月作潮鲸。

滴水方圆色，峰山草木荣。

人间由顺达，世界自然萌。

95. 奉和幸白鹿观礼制

心清白鹿观，道德玉渊坛。

碧落瑶池水，云浮明月滩。

中天仙步舆，蹲坐圣王冠。

宝帐从玄教，銮宗自在宽。

96. 哭仆射郭公杨再思

两揆承天秩，三朝帝宰旗。

当空飞大鸟，对地落恩慈。

辅设舟桥路，元龟渡越时。

公台今已去，但以济川期。

97. 人日侍谦大明宫礼制

宝契自为人，平楼已入春。

南山云雾里，北阙去来尘。

百树鸣莺早，千门淑女珍。

大明人日宴，夹道雨花新。

98. 奉和初春幸太平公主南庄礼制

南庄岩扃驾，北第主人荣。

沁水天门色，霄云上掖城。

平阳花彩历，弄玉凤箫鸣。

曲附仙台远，茅山石谷清。

99. 奉和安乐公主山庄礼制

浮桥入海中，草树向西东。

北里观云起，南街向落鸿。

灵泉浦渚远，帝女晓天红。

俯仰山河问，乾坤日月同。

100. 奉和幸大慧寺（寺乃中宗旧宅）

慧福自王宗，金身著玉龙。

千花飞佛殿，万客镀云封。

101. 奉和幸长安故城未央宫礼制

故步未央宫，新云已大同。

秦皇承二世，六国已三空。

紫紫符王汉，黄图史道穷。

寒烟收又放，草木始还终。

102. 奉和幸韦嗣立山庄侍谦礼制

儒门一冷香，宦客半朝阳。

嗣立山庄宴，逍遥日月王。

东山杨柳树，北斗七星光。

豹隐池亭气，肮贤蹑鹞行。

103. 奉和元日赐群臣柏叶礼制

贝叶半鹏梁，天光一集祥。

群臣元日赐，万岁圣心长。

104. 苑中人日遇雪礼制

梅花著素妆，柳絮律时扬。

阳春今日雪，上苑白云乡。

105. 奉和圣制幸韦嗣立山庄礼制

逍遥三界外，豹隐半城中。

俯邑闻天色，高堂唱大风。

106. 秋朝木芙蓉

水面木芙蓉，波光暮朝封。

平明花露色，冶艳带寒踪。

107. 侍宴桃花园咏桃花礼制

桃花盛艳五蕴红，百态千姿半色中。

树树繁繁丰锦绣，春春夏夏欲情同。

108. 萧至忠

复得中书令，居心坐太平。

伏诛三百卷，姓族录编名。

109. 北海落日四首

之一：

北海一黄昏，南洋半子孙。

丛林多少木，故国去来根。

之二：

北海五龙亭，南洋四季青。

年年朝暮问，岁岁古今灵。

之三：

白塔十三重，浮屠千万钟。

黄昏多少色，北海隐蛟龙。

之四：

北海玉香凝，南洋木槎微。

黄昏红万里，日落满千绫。

110. 奉和九日幸临渭亭登高礼制得余字

山河一目余，日月半天书。

九夏初知晓，三秋见果疏。

111. 奉和九月九日登慈恩寺浮图礼制

重阳九日一慈恩，独木成林老树根。

汉苑秦墟凌宝刹，茱萸艾草帝王村。

112. 奉和幸安乐公主山庄礼制

西郊十里凤凰台，北渚三朝玉帐开。

曲度金声闻驾舆，窈窕淑女御门来。

113. 送张暄直朔方礼制

律命老年余，功途少壮书。
中衢横鼓角，朔漠帝王墟。
受降和平使，鸣金战策誉。
光辉同日月，草木共人居。

114. 陪幸长宁公主林亭

主宰一林亭，辰明四季青。
横桥飞渡口，水阁跨浮萍。
玉宇临仙径，芙蓉似画屏。
瑶池随舆辇，曲转谢桱星。

115. 陪幸五王宅

北斗寓枢机，天河渡帝畿。
无闻天子驾，只教帝王旗。
问道三清见，临朝九鼎祈。
观澜从日月，待世任龙衣。

116. 三会寺礼制

岩峣三会寺，敞朗一绀台。
戒旦番霜近，壶人羽骑来。
昆明池上色，禁苑树中杯。
碧落千门色，花开万里梅。

117. 荐福寺礼制

景福以香凝，灵枢待先承。
钩陈佳砥气，大觉智重徵。
曲径千踪迹，禅堂八戒礼。
三江从滴水，四海有鲲鹏。

118. 陪游上苑遇雪

梨花上苑半寒明，素淑云霄万树荣。
欲暖东风春报到，行壶御酒对天倾。

119. 李迥秀

凤阁舍人名，泾阳水色生。

平章同事宰，未了茂之情。

120. 奉和九日幸临渭亭登高礼制得风字

茱萸叶已丰，九日宇苍穹。
俯就临亭水，登高唱大风。
重阳天地界，渭水自西东。
点滴川流去，成潮慰始终。

121. 奉和九月九日登慈恩寺浮图礼制

高高再上十三层，步步重生五百朋。
汉武秦皇陈胜去，孙吴魏主蜀人礼。

122. 奉和幸安乐公主山庄礼制

别业山庄百姓家，苍天日月共昏霞。
千门子女三天意，万户儿男半亩麻。

123. 夜宴安乐公主宅

平阳歌舞尽，上苑曲琴平。
弄玉秦楼女，箫声作凤鸣。

124. 奉和九日幸临渭亭登高礼制得亭字

登高上渭亭，俯就向丹青。
百里东流见，千年作独泾。
重阳明日月，八水守心灵。

125. 奉和九月九日登慈恩寺浮图礼制

大雁塔中铭，天竺寺上灵。
人间多少望，世上去来停。

126. 韦安石

折辱二张鸣，三思客主生。
唐人何自语，不附太平名。

127. 奉和九日幸临渭亭登高礼制得枝字

贝叶祛高枝，茱萸茂盛时。
蝉鸣声自远，九日肃风辞。
七曜天文易，三光地理迟。
春秋相似处，渡色以黄思。
侍宴旋师喜捷礼制
胡人牧帐汉朝宫，蝼蚁浮生渚草虫。
百战千死三生老，忘躯解甲半生穷。

128. 梁王宅侍宴礼制同用风字

梁园半草风，上苑一花宫。
渭水三千浪，长安五百虫。
曛风钟石久，藻览御仙丰。
胜景酣歌曲，归壶解甲丰。

129. 奉和九日幸临渭亭登高礼制得明字

凤舆俯层城，金銮向远明。
丹鸟重渭水，白鹤羽云生。
桂叶逢天意，秋香落甲英。
风流千透谷，世俗万家情。

130. 陆景初

陆景半苏州，崔湜一相谋。
同知参政事，共制赐名流。

131. 奉和九日幸临渭亭登高礼制得臣字

渭水一先臣，长安半五津。
秦川多少谷，上苑暮朝春。
美景重阳丽，良宸九日纯。
长洲鸿渐去，大雁一人陈。

第二函 第七册

1. 奉和九日幸临渭亭登高礼制得日字

登高临渭日，令节入秋秋。
玉律重阳序，天街贝叶吉。
云开天地阔，木简暮朝逸。
圣酒杯盘富，知恩满果实。

2. 奉和九日幸临渭亭登高礼制得有字

重阳时令色，九日渭亭敕。
四序分南北，三秋立木直。
冠官醇酒赐，菊国正黄翼。
旷野萧然肃，中堂扫叶力。

3. 奉和九日幸临渭亭登高礼制得花字

九日半人家，三秋一岁华。
阴阳分界色，日月见桑麻。
渭岸层云宇，亭边满菊花。
登高临俯仰，顾目浪淘沙。

4. 从宴桃花园咏桃花礼制

东风一度问桃花，细露三春半雾纱。
雨果由心成子女，天根老树作人家。

5. 苑中遇雪礼制

四面群英一色衣，千重素甲半树依。
山河雾里朦胧色，草木云中寓帝畿。

6. 奉和九日幸临渭亭登高礼制得樽字

九日临亭一玉樽，三秋渭水半泾瀚。
千波竞逐风流色，万里黄河入海沧。

7. 卢怀慎

黄门一侍郎，进士半书香。

御史平章事，开元紫禁梁。

8. 奉和九日幸临渭亭登高礼制得还字

渭水东流半不还，黄河北上一云间。
中原直下临北海，滴水成潮万里山。

9. 奉和圣制龙池篇

舜海龟书度岁年，龙池曲岸共苍天。
三恩半济由情意，一德千心自细涓。

10. 奉和九月九日登慈恩寺浮图礼制

慈恩遍布见茱萸，九九重阳自帝都。
豫晋秦川三德致，秋原日月一河桴。

11. 奉和九月九日登慈恩寺浮图礼制

步上十三层，云中五百僧。
慈恩知世界，报德以香凝。

12. 奉和九月九日登慈恩寺浮图礼制

鹤影半天空，浮图一大风。
重阳枝叶见，菊桂对秋虫。
妙法慈恩续，禅心日月同。
金台承宇宙，凤驾纪新丰。

13. 奉和九月九日登慈恩寺浮图礼制

扈跸一玄心，慈恩半古今。
浮图禅世界，菊序木成林。

14. 奉和九月九日登慈恩寺浮图礼制

净土一重阳，茱萸九日香。
登高王四顾，俯就日千祥。

15. 奉和九月九日登慈恩寺浮图礼制

茱萸香气满，菊圃日晖扬。
龙旗千帜色，凤驾万丝炀。

16. 奉和九月九日登慈恩寺浮图礼制

九日一如来，重阳半世开。
慈恩天地阔，远近作心台。

17. 奉和九月九日登慈恩寺浮图礼制

豫象一金辉，茱萸半翠微。
秋香秋结果，普照普心扉。

18. 奉和九月九日登慈恩寺浮图礼制

雁塔自凌霄，天竺思尺遥。
浮图心所寄，九日作秋桥。

19. 奉和九月九日登慈恩寺浮图礼制

幽香十地遥，大雁半云霄。
一家人行去，三秋日色潮。

20. 奉和九月九日登慈恩寺浮图礼制

凤阁一平章，文琼子侍郎。
庐陵王帝请，循州半相肠。
秋风半净云，贝叶一芳芬。
菊色寒霜劲，茱萸九日君。

21. 晦日宴高文学林亭同用华字

铜驼路雪石崇家，柳色池光碧玉华。
浊酒熏中知莫醉，高楼落下绿珠花。

第二函　第七册

22. 奉和九月九日登慈恩寺浮图礼制

二十年中一朔方，行军总管半边疆。
同州刺史开元坐，御史景龙作柳杨。

23. 奉和九月九日登慈恩寺浮图礼制

方圆守一心，觉慧悟三音。
不二禅房序，三千界净荫。

24. 晦日宴高氏要亭同用华字

林亭晦日半烟霞，主第珍藏二月花。
独影孤香天地界，黄河万里一中华。

25. 郑惜

十七沧州进士身，三思复寄易元人。
居心不正燕王尽，世道平分自万钧。

26. 侍宴长宁公主东庄礼制

公门一御酒，主第半天云。
凤曲丝弦奏，平阳妙舞裙。
东庄池水色，醒醉玉壶芬。
短笛扬高颂，长宁日月君。

27. 采莲曲

不见著罗裙，还从玉带分。
牛郎和织女，暮浴作香君。
但觉芳洲暗，荷支碧叶殷。
船邦身未露，岸渚莫贪闻。

28. 夜游曲

星河一夜游，史迹半王州。
世上阴晴继，人间日月留。
秦王谁指鹿，汉武可封侯。
北里陵圆草，漳南鸟雀楼。

29. 少年行

白日一天山，黄河九地湾。
中原南北逐，小子去无还。
万里楼兰色，千年渭水颜。
拜金台上问，大漠玉门关。

30. 中宗降诞日长宁公主满月侍宴礼制

中宗降诞帝王情，御酒群臣共祝声。
满月长宁公主客，南山玉树献皇明。

31. 奉和幸上官昭容院献诗四首

之一：
天台近万家，上掖武陵花。
帝宅昭客院，秦川汉水沙。

之二：
汉苑建章泉，嫦娥十六圆。
鹍弦蓂荚落，玉女以才年。

之三：
十地接庐田，三台济浤筌。
文章之问见，日月御袍前。

之四：
绿蓐一庭花，寒梅半雪斜。
群芳呼不得，独树作窗纱。

32. 送金城公主适西蕃礼制

金城公主路，玉树一江开。
汉地秦楼远，西蕃塞曲来。
戎庭同日月，牧帐共徘徊。
眷忆徵人役，怀柔顾望台。

33. 奉和幸望春宫送朔方大总管张仁亶

总管望春宫，都门守大风。
军麾挥刀剑，细柳斥苍穹。
鼓吹行营远，明恩将士雄。
心知前进步，理智退思鸿。

34. 铜雀伎

漳浦铜雀影，邺伎色秦淮。
玉座金陵水，金尊绿蚁杯。
松烟陵草碧，舞影月天街。
曲尽荒凉在，情余故宝钗。

35. 奉和九月九日登慈恩寺浮图礼制

宝塔半云霄，心思一瞬遥。
长亭多少路，咫尺暮朝桥。
望远临何难，望潮几度潮。
浮图浮日月，玉树玉琼瑶。

36. 胡笳曲

一曲自胡笳，三源任朔沙。
长鸣天下尽，大漠近天涯。
牧马荒云色，行边草木花。
关山秦汉界，日月共人家。

37. 折杨柳

春心杨柳折，未断碧丝连。
灞水长桥岸，风花逐日悬。
去天同远近，月色共婵娟。
受降城中见，临洮寨石边。

38. 秋闺

秋风昨夜过长安，大雁排空问渭澜。
十日衡阳湘水渚，三边受降戍衣寒。
机杼短线穿横纵，促织长鸣过夜叹。
大雪交河冰欲冻，棉丝到否细观看。

39. 人日重宴大明宫恩赐采缕人胜礼制

含光琼殿采，纳玉映珠帘。
禁苑呈花色，龙池现草芊。
群芳争早艳，独树斗明瞻。
淑气成云雨，佳人作女衾。

40. 奉和春日幸望春宫

月日望春宫，坤干问大风。
阴晴何不止，草木已苍穹。
禁外芳香至，云中色彩虹。
香心留未住，执意莫成空。

41. 奉和三会寺礼制（传苍颉造书台）

龙旗三会寺，凤阁造书台。
字迹天机近，观文日月来。
千林藏草木，百草纳蓬莱。
自是坑灰冷，文章孔壁开。

42. 奉和幸大慧福寺

旧邸慈恩来，良宸晓日开。

芝兰花色永，宝地域金台。
国会龙图阁，鹦林睿藻枚。
心径天地界，揭谛不徘徊。

43. 同韦舍人早朝

瑞阙三千步，龙庭一古今。
星辰朝北斗，进士向知音。
洞户书香气，重轩客旧林。
谁闻科第后，已见落花深。

44. 塞外三首

之一：

徵人一路遥，古寨半萧条。
岁岁春秋短，年年日月辽。
冰霜冬日半，草木四时雕。
雁断飞人字，心丞故水桥。

之二：

荒原十步平，野草一年生。
故垒长城外，新城酒市荣。
楼兰应暮色，渭水逐波明。
边书儿女寄，落叶几无声。

之三：

阴山飞将去，汉马成天庭。
朔雪三边处，冰霜半草青。
年年天水问，处处见浮萍。
世上千条路，人间一铁丁。

45. 春怨

一露半花鲜，三边十地妍。
男儿多历阅，妾女少心眠。
不及随箫史，何言弄玉怜。
胡姬朝舞地，未入穆公天。

46. 贬降至汝州广城驿

野菊黄花晓，山梨贝叶丹。
倾车无共辙，熟路有同宽。
异曲长亭外，同流独驿难。
西徵潘不学，北问塞霜寒。
巩洛燕王戴，长安玉佩冠。
平生三就序，驾舆半天坛。

47. 哭郎著作

琴声入夜台，著作向天开。

草奈行书楷，平生去不来。

48. 咏黄莺儿

黄莺一曲终，白鹤半飞空。
日月由天水，江山唱大风。

49. 百舌

高枝百舌鸣，远谷一音清。
借问春秋日，何须草木荣。

50. 源干曜

黄门一侍郎，进士史邻王。
政事张嘉说，太子傅师堂。

51. 奉和圣制送张说上集贤学士赐宴赋得迎字

学士集贤城，徵人共国英。
丝纶群俊杰，睿藻大成迎。
宠命崇恩赐，熏风禁御荣。
龙庭书府就，盛业殿文明。

52. 奉和御制干曜与张说宁璟同日上官命宴都堂赐诗

睿作客千古，慈悲纳万人。
升迁荷泽岸，进退理臣钧。
宁璟同张说，皇明共世尊。
都堂中正坐，绥带上官伦。

53. 奉和圣制送张尚书巡边

单于牧草平，汉将役天兵。
大漠风霜早，交河厚雪营。
从戎悬绶令，扫叶尚书城。
宝剑由天子，三边受降声。

54. 禅社守乐章

禅房守乐章，智社向天堂。
杏杏当空问，熙熙对地扬。

55. 徐坚

徐坚进士一湖州，留守东都丽正楼。
凤阁同修三教敦，殊英构意十风流。
集贤典故文词撰，词学书章父子献。
九鼎中原宗祖侍，三朝汉世似班讴。

56. 奉和圣制送张说赴集贤院学士赐宴赋得虚字

帝子一天书，阳明半太虚。
殊弘光辅弱，翠羽近池鱼。
两列冠簪坐，千本醒醉余。
晴空云卷净，学士集贤殊。

57. 三台唐制

尚书省中台，中书省西台。
门下省东台，政务一三台。
皇城半九开，中书门下省。
主宰尚书来。

58. 奉和圣制送张说巡边

营兵一朔方，苦役半炎凉。
草落三千里，云飞五百乡。
深思萧相第，远虑见张良。
雨濯默林润，风清晋豫章。
三边元帅望，九鼎免戎装。
桥鼓荒原月，相承济世堂。
文成公主教，牧帐故家梁。
汉社从天下，燕山任宜昌。

59. 奉和送金城公主适西蕃礼制

万里一河源，千年半简繁。
西蕃三界外，北陆九鼎轩。
御道天涯远，和平地角喧。
金城公主去，玉树作方圆。

60. 钱许州宋司马赴任

一步半回头，三台九鼎州。
平生应旧许，进退有沉浮。
独驿长亭外，孤行草木秋。
星车何不问，祖帐对风流。

61. 钱唐永昌

新丰过去一郎官，孔府文章半杏坛。
主宰人心人不语，长安八水八千澜。

62. 送考功武员外学士使嵩山置舍利塔歌

舍利几千秋，天竺可万流。
禅心客纳阔，智慧字文留。

63. 棹歌行

棹女采菱歌，莲心满碧螺。
桃花香谷岸，杜若绿江河。
渚岛明沙色，湖洲玉树娥。
三秋天水岸，八月望潮波。

64. 送武进郑明府

此去可轻心，无为问古今。
吴江山水色，越女去来音。

65. 仪坤庙乐章

一庙半仪坤，三生两世恩。
丈天应不止，淑女可儿孙。

66. 祭汾阴乐章

晓日半城红，汾阴一水泮。
方丘三界定，秀质五湖东。

67. 李元纮

一断作南山，三生向独颜。
太平公主碾，国峻宰相关。

68. 奉和圣制送张说上集贤学士赐宴

硕儒扬凤阁，学士赋文明。
鼓舞群书致，贤良集大成。
延鸿私禁笈，馔玉紫墀英。
酒宴平阳客，媿词上正名。

69. 绿墀怨

一夜半清风，三边两草虫。
鸣时同不止，月落共西东。
莫以文心客，当思斗士雄。
千年何所见，万里是苍空。

70. 相思怨

一怨半无穷，三生十地风。
相思相见忆，别去时时空。
翡翠多颜色，阴晴少始终。
乾坤皆异共，日月各西东。

71. 裴漼

中书一舍人，吏部半郎臻。
太子宾王客，裴漼相善邻。

72. 奉和圣制送张说上集贤学士赐宴

问道日界界，闻儒盛礼兴。
献谋成上下，远近富鲲鹏。
宠命殷勤客，贤良可继承。
朝阳由晓度，紫气自东升。

73. 奉和圣制旋师喜捷

王师一伐徵，北陆半晴明。
受降城中月，长安渭邑兵。
三军飞将在，九漠帅唐赢。
捷报先喜卷，京都祝东缨。

74. 奉和圣制平胡

山河一大风，日月半苍空。
草木三千界，阴晴五百雄。
胡姬歌舞色，白项玉姿同。
受降单于辱，和亲李广戎。

75. 奉和圣制龙池篇

龙池一酒泉，北海半长天。
利得飞云厚，名扬落水烟。
楼台客紫气，曲榭纳洲川。
直寓乾坤意，阴晴供稼田。

76. 奉和圣制送张说上集贤学士赐宴赋得宾字

图书明主府，庙策宰佳宾。
象迹天人与，谋房断杜新。
千钟传圣酒，万岁数家珍。
律系陈成桥，罗穷著述春。

77. 萧嵩

萧郎陆象先，位极十年悬。
相者知天地，三台共子筌。

78. 奉和圣制送张说上集贤学士赐宴得登字

书儒一路登，学士半香凝。
体例须思易，纵横可继承。
人中成大器，世上集贤徵。
志士三千绪，英华十地兴。

79. 都堂

序：
奉和御制左丞相说右丞相璟太子少傅干曜同日上官命宴都堂赐诗
诗：
历选台庭柱，来熙渭业昌。
朝师千百策，庙论去来良。
九鼎垂天屹，三光付柳杨。
崇庸元老事，雅颂大风扬。

80. 奉和圣制送张说上集贤学士赐宴赋得西字

日月一东西，文章两御泥。
诗词千世界，草木半高低。
广纳精英坐，从含士子齐。
儒书成宇宙，业迹杏坛笄。

81. 李日高有感

东都留守使，受绶奉天王。
玉树封唐域，西蕃定界疆。
金城公主节，太子少师扬。
赤岭分秦汉，黄门作故乡。

82. 奉和圣制送张说上集贤学士赐宴赋得催字

崇文一道恢，偃武半邦催。
佐命中台令，留候楚汉碑。
天华客蜀栈，物博集贤回。
九让千万度，三巡二百杯。

83. 韦述

家书卷二千，国史续编年。
进士从之问，中台相集贤。

84. 奉和圣制送张说上集贤学士赐宴赋得笔字

修文中苑启，改字撰书笔。
临香木禅房，四壁处百花。
云平深浅至，罄断去来崖。
泰斗千年绩，黄河万里沙。

85. 晚渡伊水

春深草碧水无华，色重风轻叶有家。

岸芷汀兰伊洛渡，云飞鸟落暮西斜。

86. 春日山庄

山庄一野情，旷草半芜平。
远岭含烟色，近渚纳云行。
废路连溪石，重峦落花荣。
田家知山月，隐士问人生。

87. 广陵送别宋员外佐越郑舍人还京

皇州一洛桥，渭水半波潮。
望尽江天外，扬州芷岸遥。
临川临旷野，步道步云霄。
秘阁藏天意，风光对地寥。

88. 陆坚

友悌刚坚一赐名，明皇说相半书生。
中书舍下贤良院，直正私偏各异成。

89. 奉和圣制送张说上集贤学士赐宴赋得今字

文昌一古今，圣德半知音。
慧泽贤良院，儒门觉悟深。
阴阳分地舆，草木秀天荫。
迈象临疏顾，群生逐木林。

90. 千秋节应制

节令一千秋，群章半九流。

91. 程行谌

行谌一子余，异显半祥居。
葡法三千界，儒兰世代书。

92. 奉和圣制送张说上集贤学士赐宴赋得回字

崇文日色自东来，集道开元可去回。
异取同承天地纳，尧风舜颂曲瑶台。

93. 奉和圣制送张说上集贤学士赐宴赋得风字

但得留候唱大风，齐声鲁意问周公。
成贤宠士尧琴曲，集纳文思舜酒红。

94. 裹光庭

麟之手下口光庭，主事弘文馆学丁。
女婿三思司马贬，开元吏部尚丹青。

95. 奉和

序：
奉和圣制左丞相说石丞相璟太子少傅干曜同是上官命宴都堂赐诗
诗：
岁月自秋春，常闻雨露均。
房谋兼杜断，太子可师秦。
粉署通城礼，龙庭可谏臻。
垣垣藏紫气，处处满华茵。

96. 宇文荣

开耕水稻天，户口劝人先。
宋璟裹曜受，平章举才元。

97. 奉和

序：
奉和圣制左丞相说石丞相璟太子少傅干曜同是上官命宴都堂赐诗
诗：
都堂亚里多士德宣，舜禹半耕年，誉培一月弦。
蜜职元良任，枢机位礼泉。
三台门下省，九鼎世中笙。
六郡南宫直，千门十地田。

98. 崔沔

对策工文第一名，则天复令教三英。
中书太子成贤客，刺史诠明正直清。

99. 奉和圣制同二相以下群官乐游园宴

千年一未央，百岁半都堂。
五日曛风集，三台直事扬。
郊园觞左递，二相酒泉香。
宰辅繁花絮，倾杯简豫章。

100. 奉和圣制同二相以下群官乐游园宴

酒宴乐游园，春花五日天。
流杯恩宠庶，相府玉壶泉。
道易周公旦，儒坛孔孟田。
文华琴作序，列绶瑟成干。

101. 胡皓

开元一柳杨，皓帐孝崇光。
塞外杜书寄，崔沔贺知章。
朝英诗集送，六郡九龄香。
大漠风尘扑，长安故月光。

102. 奉和圣制送张尚书巡办

燕公巡汉将，大漠白云生。
塞日风沙落，单于甲帐缨。
三边长远策，六郡列王情。
九鼎朝天立，千军立地横。

103. 奉和圣制同二相以下群官乐游园宴

南山顶雪明，渭水碧波清。
高原仙阜志，顾揽乐游情。
郊衢连律列，蚁酒逐昌平。
相府文天迹，风光向帝京。

104. 和宋之问寒食题临江驿

途中一路问山阴，足下三生向古今。
介子寒灰终不冷，丹青入石始人心。

105. 出峡

巴东三峡尽，赣北九江开。
牯岭鄱阳岸，黄梅大渡来。
天门天水色，汉口汉阳台。
但有知音在，江都水调回。

106. 同蔡孚起居咏鹦鹉

贾子长沙一夜回，杨雄未老半天开。
言中字字多相似，日上声声少口才。

107. 大漠行

秦皇汉武筑长城，大漠楼兰草不荣。
野岭沙鸣惊远近，荒湾萎缩月芽城。

单于甲帐移南北，白马飞天作北平。
郑吉驱旄连载剑，韩昌并节系红缨。
潮源湿地三江水，朔雪冰霜九脉明。
塞外千军同苦役，长安一日共精英。
边疆苦守崆崆峒，市井常眠醒醉名。
但是东园桃李子，沧桑海角久阴晴。

108. 李适之

承干一子孙，刺史半王根。
太子师生保，宜春相守尊。

109. 罢相作

（过客冷遇，日饮醇酣。作此诗，李林
甫益怒。门客纷纭，李林甫构罢，人知
无罪，谒问甚稀，本事云适之疏有担责
左相牛仙之，时誉甚美。）

从贤初罢相，少保宜闲心。
资政门前客，常妆过野禽。

110. 房管

则天次律事平章，岱岳封禅御史皇。
幸蜀同行文部尚，邠州刺史有衷肠。

111. 赴汉州西湖

高流缠峻隔，细缅独丘墟。
浩荡江湖色，舟桥日月书。
封禅天地守，岱岳彼此余。
结宇枢机致，平章草木疏。

112. 李泌

李泌长源七岁文，明皇供奉东宫君。
银青光禄归隐去，历代平章事业耘。

113. 朝阙

朱门应不闭，玉漏可长流。
百岁知天地，千年日月留。

114. 咏方圆动静

（日圣代佳瑞也，明皇大赦赐果饵衣物
采数十。圆如碁子动如碁生，静如碁死。
泌咏此说贺即今方圆动静。泌曰顾闻其
壮，说曰方知碁局明皇召见方舆张说谨
恭命谣命说试之诗。）

宰相方圆地，君王动静天。
贤才英济世，牧道逐凌烟。

115. 长歌行

行行止止一长歌，丈丈夫夫半几何。
树树林林崇石岭，星星点点满天河。
江湖水，日月梭，草木枯荣稻米禾。
岁岁年年青海岸，明明朗朗五湖波。

116. 奉和圣制中和节曲江宴百寮

中和节令曲江窗，宴会群臣渭邑春。
感物慈恩云雨济，簪缨顶带酒泉珍。

117. 奉和圣制重阳赐会聊示所怀

令节一重阳，茱萸半务香。
秦川高会宴，渭水自流长。
所揽江山阔，凭怀草木梁。
文英成贝叶，御酒作华章。

118. 句

东门一柳新，北里半人春。
龙韬成旧剑，大漠可新春。
瑶池千日色，碧玉百年春。

119. 郭子仪

武举平安史，中书尚父王。
三台师郑谥，一子玉汾阳。

120. 享太庙乐章广运舞

皇皇列祖昭，正正轨车雕。
武武功成就，文文义德谣。

121. 保大舞

圣考以袖昭，箫彰向物遥。
皇天音德义，茂遂九夷朝。

122. 张谔

进士陈王掾，岐王雅士名。
庭琦朝隐赋，郑谔酒诗平。

123. 百子池

汉苑容华百子池，身前影后半无知。
声名彼此差文字，著业文功故武迟。

124. 东封山下宴群臣

霜冰一月寒，贝叶半秋残。
酒醉红颜少，臣明扫地宽。

125. 三日岐王宅

日落岐王宅，妃生玉女来。
芳华雕贝缛，翡翠逐天开。

126. 满月

天光满月来，玉芙继时开。
八子朝阳祝，三台嘱日台。

127. 岐王山亭

醒醉半人生，耕耘一士名。
岐王兄弟问，御酒暮朝倾。

128. 岐王席上咏美人

酒色一青娥，深情半九歌。
人生何不得，逝水似江河。
艳女姿身曲，轻音就近多。
文章曾笔就，日月近田禾。

129. 还京

皇华一洛桥，渭水半波潮。
贝阙天竺色，章文草木雕。
风云千变换，日月五年遥。
细雨重杨叶，春烟满柳条。

130. 赠吏部孙员外济

国里一贤才，郎中半御台。
行明千吏治，建礼万家恢。
纳曲巡由进，含香著作催。
书房行步望，启树玉人回。

131. 送李著作停杭州

水陆一云烟，阴晴半雨泉。
杭州停暮色，著作运河船。
二水分还合，三潭印月悬。
春莺鸣柳岸，保俶塔重天。

132. 九日

茱萸叶下开黄花，醒醉山中望夕霞。
酒后无知寻旧路，逢人问道误回家。

133. 九日宴

九日茱萸叶自新，重阳绿蚁醉风尘。
生平望远天涯路，步步登高五津人。

134. 延平门高斋亭子应岐王教

平门木斋一书香，几案文经半帝王。
鸟落云浮君似语，天光水色客诗章。
花明草碧窗前屿，翠积芳含隐红娘。
燕子衔泥应共语，中台滴漏可同梁。

135. 从军

大漠净胡沙，敦煌浸月芽。
丘鸣千里动，士诺故人家。
拨剑苍茫问，从军帝子嗟。
长城南北见，草木去来斜。

136. 奉和圣制瑞雪篇

大雪半封门，飞花一野村。
浮云多解甲，落素暗黄昏。
宇宙浑然色，阴阳一气痕。
苍绫笼草木，玉帛满乾坤。

137. 咏木槿树赴武进文明府厅

朝明一世人，暮谢半秋春。
木槿红方艳，生当日日新。

138. 铜雀台

一雀落铜台，千年不去来。
留名留自处，举椠举余杯。

139. 失白鹰

岐王长史半云凝，素锦丹霄一白鹰。
陈仓野雪分难定，独月栖栖鸷不兴。

140. 经慈涧题

一涧岸边深，三秋石上荫。
相客无日月，只似不流心。

141. 韩休

黄门鲠直共萧嵩，秉正开元事东宫。
太子师文陈治道，贤良举累自清风。

142. 奉和御制平胡

南南北北半人家，战战和和一世衙。

汉女音平闻则已，胡姬舞尽任鸣沙。

143. 奉和圣制张说巡边

三军统领钧，九鼎独君陈。
组甲金铖将，宸章朔雪尘。
归屠明四野，颂纪覆千民。
祖宴平崇辱，天声正铠贞。

144. 祭汾阴乐章

浚哲汾阴，维清古今。
嘉声肃事，涤濯知音。
福厘思听，慈恩孝箴。
昭君感物，用受天霖。

145. 许景光

中书一舍人，制书四冠臣。
刺史开元帝，神龙拾遗新。
王丘文俱客，御笔九龄珍。
尺寸韩休主，景光半虢珍。

146. 微君宅

微君旧迹新，古寺净风尘。
了了心无止，空空意有臻。
秦陵丘渐小，汉墓鸟居邻。
暮鼓从声启，晨钟可继因。

147. 折柳篇

年年折柳灞桥边，岁岁东风玉管悬。
处处长条垂碧色，摇摇小叶还秦川。
行行止止回头望，水水波波日色烟。
小小成思心未定，门门立影缺还圆。

148. 柳杨

日短柳丝长，花明草暗香。
临流风影动，对镜自轻狂。

149. 春禾御制春台望

春台一望满青阳，凤阁三宫玉殿香。
八水城边杨柳岸，千门苑里染花黄。
京畿晋冀齐鲁间，北下东流去水扬。
逐鹿千年曾不止，中原砥柱作潮乡。

150. 阳春怨

一日共辽西，三春独鹍啼。
千声何不止，百色柳丝低。
杜若新芽秀，菖蒲故叶齐。
蔷薇呈紫府，芍药作红泥。

151. 奉和圣制送张尚书巡边

旌旆令帐向三边，武略文谋冶百年。
大漠连天疆彼此，君心逐马过居延。
秦王六国书同轨，介胄千军月缺圆。
报捷龙城功业迹，鸣金降虏铠门旋。

152. 王丘

主簿举科扬，萧嵩引舆芳。
韩休知秉政，礼部尚书郎。

153. 咏史

养正一清名，居书半世平。
东山听伎语，谢履任纵横。
不必牵强去，何言造作情。
当知天地阔，可问范蠡城。

154. 奉和圣制张说扈从南出鼠雀谷之作

一带接三秦，千光入五津。
黄河分陕晋，鼠雀谷川灏。
淑气荒原覆，清流壁涧沦。
汾河波浪叠，晋岭作东邻。

155. 奉和圣制送张尚书巡边

律令总元戎，军营唱大风。
巡边呈德业，物象问云中。
塞表谋猷致，长城体恤公。
三台宗正计，九鼎纪英雄。

156. 苏晋

数岁属文章，中书舍上郎。
崇文生八卦，太子庶明皇。

157. 过贾六

一酒半东西，三呼两犬鸡。
人生谁彼此，苦致可高低。

158. 奉和圣制送张说巡边

胡杨独木两千年，叶茂根深一半泉。
牧草连天连牧草，方圆比阔比方圆。
牛羊牛稷牛羊帐，子粒中原子粒田。
莫以无疆求远近，辽西有界镇三边。

159. 奉和圣制送张说巡边

圣主降离章，寮筵送巡方。
咸阳岐禁苑，卧鼓塞边梁。
朔漠连疆界，阴晴匀四方。
旌旗平虏帐，风尘制宇扬。

160. 张嘉贞

蒲州举补则天名，御史开元刺北平。
御钱河东候第在，中书令上颂斯隆。

161. 恩敕尚书省寮宴昆明池应制同用尧字

昆明池上宴，两列殿中寮。
汉武灵沼水，天恩此圣尧。
桑田凭雨露，鸟雀可云霄。
社稷君臣酒，江山道路桥。

162. 奉和早登太行山中言志应制

不让古人先，耕耘熟野田。
知书知识验，历练历经年。
佛道儒家子，周公六国诠。
昆仑鬼谷子，养马牧秦川。

163. 奉和圣制送张说巡边

元戎付夏卿，将相可天盟。
九鼎思谋策，三边不用兵。
文章惊日月，武略问苍荣。
帐令单于梦，云中颂太平。

164. 梦隋炀

南南北北两通州，水调歌头逐世由。
但得隋炀吴越济，天堂自有运河流。

165. 句

日月径天由上下，河鱼逐水不西东。

166. 庐从愿

拾遗明经历，精修典选城。
开元书吏部，未了舍人情。

167. 奉和圣制送张说巡边

江山一地天，社稷半方圆。
草木单于牧，桑田日月泉。
中军闻静朔，上将待戎边。
泽露和平济，王威免战宣。

168. 祭汾阴乐章

坤宁载物承，日照律行应。
始品咸亨道，神烟土地兴。

169. 长门怨

有怨到长门，崇情向子孙。
知天知乐乐，问地问乾坤。
奉帚田家步，飞燕草木恩。
朝升客世界，日落满黄昏。

170. 铜雀伎

自古一漳河，如今半九歌。
无非秦楚问，有道汉萧和。
魏主群英坐，陈王七步多。
千姿呈百态，万古织梭罗。
草木随风舞，英雄爱美娥。
山川铜雀在，日月女人多。

171. 正月闺情

正月暗香来，梅花独自开。
君心应所动，素影自心猜。
看蕾无须折，观苞夜梦回。
留情当记忆，慰籍已幽哉。

172. 袁晖

刑州司户名，校正籍君荣。
预立开元曲，袁晖以日明。

173. 二月闺情

小叶作初芽，中枝遗后花。
浮香先入主，日照落红霞。

174. 三月闺情

春莺唤百花，牡丹两三芽。
芍药争先后，红泥玉影斜。

175. 七月闺情

七夕一银波，千年半鹊河。
桥边应不问，夜语正当多。

176. 奉和圣制答张说扈从南出雀鼠谷之作

魏国一山河，秦川半草深。
王公雀鼠谷，回顾问中歌。

177. 奉和圣制送张尚书巡边

师宣九命分，阃用一台君。
草结单于带，河流牧马裾。
谁家分地武，列帐画天文。
虏策惊南北，书雄止日曛。

178. 王光庭

同居洛陌阳，相说客京梁。
善属亲子日，光庭坐故乡。

179. 奉和圣制张说扈从南出雀鼠谷

雀鼠谷南来，汾横日中开。
寒随川水静，律令晋春梅。
花香随圣路，鸟语任君裁。
云平呈紫气，色满灞陵台。

180. 奉和圣制送张说巡边

草木自随风，阴晴日始终。
巡边疆界静，画地战和穷。
凤勒金阳朔，金鸣敕勒弓。
旌旗何覆盖，玉律颂仁忠。

181. 徐知仁

奉和圣制送张说巡边
一令勒燕然，三军肃朔边。
君主疆域静，庙略正方圆。
北阙惊雷动，南山御酒泉。
交河应紫禁，渭水可桑田。

182. 席豫

中书一舍人，进士举阶身。
及第开元客，三迁省上钩。

注：（韩）休（许景）先继。续（徐安）贞逊书。赋举明皇，礼部臣。

183. 奉和勅赐公主镜

令节随明镜，光晖满玉台。
含灵天地气，纳象暮朝开。
史记曾先后，形身可自裁。
方圆相昭历，日月照徘徊。

184. 江行纪事二首

之一：

江津水滞留，浅渚苦行舟。
水草烟波色，婵娟夜梦休。
寒光连曲岸，树影落荒洲。
石鼓湾平露，滩头白鹭收。

之二：

滩头一大风，渚岸半苍穹。
曙月千波起，山楼百影逢。
沙明云水界，渡口客由衷。
远阿无空陆，深洲有小虫。

185. 奉和圣制答张说南出雀鼠谷

雀鼠谷中云，横汾日上君。
千旗分羽帐，五校御前军。
主宰文盐礼，风扬曲乐曛。
秦川连魏陕，渭水守城文。

186. 奉和圣制送张说巡边

庙略息狼烟，皇明问界连。
帐令三台檄，符公六郡传。
国约单于牧，邦交汉社天。
功成寻甲胄，相府赐王筵。

187. 韩思复

中书一舍人，谏议半秋春。
太子书宾客，明皇墓上珍。

188. 祭汾阴乐章

休徵怡人，止敬成身。
礼乐神明，器宇千钧。
崇威且盛，曲化仪臻。
八变幽扬，千灵俱真。

189. 祭汾阴乐章

宝籙一明神，天灵半地因。
含章客草木，纳礼客王津。

190. 贺知章

明皇婉约贺知章，八十六年道士扬。
丽正修书张说请，同成六典秘书郎。
四明狂客剡川赐，放旷三生是故乡。
草隶诗词太白酒，山川学士镜湖光。

191. 唐禅社首乐章

（唐书乐志曰，玄宗开元十三年，禅社首山祭地，祇乐迎神用顺和皇帝行太和，登歌莫玉帛用肃和迎送入用雍和，初献用寿和，饮福用福和，还宫用太和，送神用灵具，醉以代顺和）

咸亨万物通，载厚半新丰。
广阙诚煌庙，柔函泰济隆。
仙机之界定，福址一神功。
社首雍和奏，祈祷寿祉东。

192. 顺和

迎神一向东，广增半不穷。
德顺流谦致，乾坤纳始终。

193. 太和

皇元一步中，帝辅万家隆。
念念从天地，悠悠自聿丰。

194. 肃和

玉帛一乾坤，和平五子孙。
登歌歌不尽，取道道家恩。

195. 雍和

两列一神明，三光半祖生。
千山飞鸟集，万物聚成英。

196. 寿和

188. 祭汾阴乐章

殷殷载乐盈，处处自枯荣。
浊浊沉池水，清清逐则明。

197. 福和

饮宴穆天光，惟明辅柳杨。
上帝临宗岱，濡平积念堂。

198. 太和

昭昭一大唐，念念半天光。
回回知世界，道道向王昌。

199. 晓发

江流作海潮，晓旭上云霄。
驿客新途远，离心故土遥。

200. 奉和御制春台望

春台一望半青阳，紫禁千门九建章。
独揽明皇天下色，玄群类赏世中王。
陶真魏阙神皋帝，贝壁岩峣麒峙光。
宝瑞还微金玉客，汉武六秦度陈仓。
临荆四顾悬高镜，楚地三呼几柳杨。
五丈旗回龙虎令，昆仑九脉海洋乡。

201. 望人家桃李花

声声夜雨问仙家，滴滴三清影不斜。
灭烛倾听观所暗，辰来已是李桃花。
还知小杏临墙色，误读书生种豆瓜。
利利名名何别业，摇摇曳曳问桑麻。

202. 送人之军

好铁不魁钉，男儿可独灵。
三边当立业，九鼎作长亭。

203. 得谟字

序：

奉和圣制送张说上集贤学士赐宴赋得谟字，七虞韵

诗：

治学垂去览，行章作玉谟。
天光谋独武，学士宰鸿都。
大漠三千字，京城五百儒。
三边巡自主，六郡静匈奴。

204. 奉和圣制送张说巡边

无疆一大荒，有海半汪洋。
望尽天边草，巡来野马羊。
三春花万里，九夏帐重霜。
受降城中月，功御曲上梁。

205. 赴袁氏别业

别业一人公，林泉半大风。
壶中明月落，袋里酒残空。

206. 咏柳

二月春风作剪刀，千波醉酒似葡萄。
凌烟阁上梅花色，渭水云中捉放曹。

207. 采莲曲

雾里会稽山，云中越女颜。
牛郎藏树后，采浴迷人湾。

208. 回乡偶书二首

之一：
少在辽东老未回，爷娘已去自去来。
黄泉路上谁知客，日月书中已存灰。
之二：
山川日日镜湖中，笛管声声故里情。
岁岁当然思老小，年年不改旧时明。

209. 答朝士

少小半知书，童翁一世余。
家乡应是客，玉笛镜湖舒。

210. 句

无风一落花，有欲半横斜。

211. 裴耀卿

转运使中长，三门险外当。
开元东仆射，刺史逐平章。

212. 敬酬张九龄当涂界留赠之作

举信闻王佐，鸿沟识沛公。
珪符明巷里，达俎策飞熊。
水同当涂界，江天旷别同。
扬帆挥手去，影入望云中。

213. 酬张九龄使风见示（时为宣州刺使）

宣州北望五湖邻，纸笔南官万里人。
浪举帆扬风向正，船行水载誉明臣。

214. 赠张丞相

之一：
刺史襄州举孝廉，汉阳校理致凉炎。
荆门欲渡思前忆，宰相心中意纤谦。
之二：
汉水闻黄鹤，荆门渡别舟。
帆扬风正满，宰去独襄州。
水阔凭鱼跃，天高任鸟求。
朝堂文六郡，橘色正三秋。

215. 酬故人还山

山边一水涯，岭上半明霞。
木槿朝红色，鱼游试浅沙。
依微含稳径，肃穆纳新芽。
阔涧浮云满，幽亭独日斜。

216. 和张荆州九龄晨出郡舍林下

洛叶问秋成，归根已少荣。
明阳清楚见，古月云来行。
表政方圆治，桑麻雨露生。
王城真主客，水郡不为名。

217. 奉酬张洪州九龄江上见赠

御史使洪州，荆门水北流。
同州来去问，共事著春秋。
苪复封疆史，江阴问道由。
归思归未至，客驿客行舟。

218. 古意赠孙翃

一望误封疆，三光共豫章。
溪流清自许，浅阔任鱼塘。
广厦莺鸣久，孤琴柳叶扬。
声中多细语，调里少思乡。

219. 奉和姚令公驾幸温汤喜雪应制（与杜审言同书记）

汉主新丰邑，周王尚父城。
温汤天下雪，雨雾雪花荣。
十里潼关水，千波渭邑明。
纷纷应不觉，厚厚素家瑛。

220. 咏月

西楼夜半一层霜，陌暗阡明一路妆。
素色嫦娥衣带短，圆离缺别去来长。

221. 山行见孤松成咏

孤松一直扬，截木半凋梁。
尺寸应从短，方圆就所长。
山中风不止，月下自寒凉。
日日涛声起，时时积翠光。

222. 使至三姓咽面

山川半九州，日月一千流。
笔岘文章就，班家子弟献。
东都云宧宧，北姓字悠悠。
莫以三夫指，谁封万户侯。

223. 新都南亭别郭大元振

新都十里一南亭，竹径千枝半北青。
坐败乡还求纳侣，惊猿落魄寄乡灵。

224. 包融

吴中四士一知章，张旭若虚半融光。
子集书儒司直比，开元伲虚像文昌。

225. 登翅头山赴严公石

东西两岸洞庭山，上下苏州十八湾。
望尽嘉兴南北路，三吴自在五湖颜。

226. 阮公啸台

啸啸阮公台，扬扬大路开。
声鸣天地阔，独唱大风来。
逝水灵光远，荒垣杞树哀。
荆森笼古迹，举目纳云恢。

227. 酬忠公林亭

一木半成林，三生两古今。
千年知隐士，咫尺隔鸣禽。
采菊寻秋色，逍遥逐草荫。
公亭留两侧，四顾有知音。

228. 送国子张主簿

解缆未舟平，闻莺已不声。
移心行未定，别意已深情。

229. 和陈校书省中玩雪

落落由风起，飘飘已满空。
观鳞成素羽，见甲作雕虫。
玉覆层池厚，云留旷野丰。
梨花千百树，地角两三红。

230. 和崔会稽咏王兵曹厅前涌泉势城中字

庭前茂盛涌泉歌，上善含灵志士多。
冒冒突突龙虎势，清清白白表中和。

231. 赋得岸花临水发

落落一溪边，斜斜半水田。
晴云临岸问，雨细共如烟。
岁岁知时节，年年守日鲜。
朝霞迎自笑，夕照送归怜。

232. 武陵桃源送人

桃源一脉武陵溪，送客三声鸟不啼。
但以秦花呈汉道，其中草木也高低。

233. 和荐福寺英公新构禅堂

七寸上人心，千年古刹荫。
禅堂应荐福，绿径有鸣禽。
世道清明见，中庸处纳深。
青莲因果证，百岁木成林。

234. 赠朱中书

草下鱼禾一五湖，田中泽润半江都。
岁岁耕耘社日醉，年年赋税剩还无。
田农似水浮舟艇，土地如家作隶奴。
旱涝险晴朝暮力，儿孙父母苦辛苏。
中书尺素方圆定，世子倾囊奉玉壶。

235. 戏赠姚侍御

晓幕一繁霜，金门半兽扬。
明光炉已暖，柏鸟换新妆。
昨日争球好，明辰猎虎猖。
威威天子路，处处子云堂。

236. 余杭醉歌赠吴山人

余杭十八女儿红，醒醉山人酒色中。
白项乌乌迎晓暮，城头坎坎落东风。
江花二月倾囊去，小杏三春过陌东。
夜月临窗明不语，青楼曲尽意无穷。

237. 京中守岁

守岁一京中，人生百岁通。
开扉心不掩，举烛照西东。
玉斗巡轮色，天河挂太空。
无心无所以，有始有年终。

238. 渡扬子江

江城一润州，桂楫半中流。
两岸风云雨，三山紫禁楼。
金陵金二世，寺水寺千秋。
法老应会意，青蛇已白头。

239. 长亭公主旧山池

平原旧馆一荒塘，寂寞天云半草光。
涧水空流成逝曲，长亭主第尽余香。

240. 剡溪馆闻笛

同室笛声城，夜月半余鸣。
涧响留溪水，剡湖静不平。
知章知故里，太白太多情。
此曲人间去，随梦世上行。

241. 越裳贡白雉

白雉不高飞，随荒入草菲。
山城常自主，雨日避辛围。
羽贡纯花色，头天顶玉晖。
朝中多不见，世里上人威。

242. 江南曲五首

之一：

长干一路斜，白下半奴家。
二巷原邻比，三春共浣纱。

之二：

曲岸一斜塘，春风半柳杨。
青青芳草地，落落好儿郎。

之三：

入夜未归家，寒光映水华。

江波流影在，莫照女儿瓜。

之四：

晓著短衣裳，丰光划楫梁。
扬眉三足立，俯首两波扬。

之五：

水色一芙蓉，天光半日封。
婀娜荷叶下，扭捏露双邕。

243. 句

秋城一片捣衣声，月色三边宿夜明。
春花常闭户，夏雨久开萍。

244. 石桥琪树

天高一丈遥，顶降半云潮。
独峙灵霄殿，风光渡石桥。

245. 句

扬冠可弃封，曳履不留踪。

246. 奉和扈从温泉承恩赐浴

洛日天云一骊宫，华清采殿半春风。
氤氲淑气温乡梦，惠泽拥香过翠宫。

247. 同家兄赴渭南别业

希周一长兄，别业半家城。
退迹何须远，由心渭南倾。
诗书成所癖，笔墨著耘耕。
钓玉沽名见，孤当自杰行。

248. 登福光寺上方然公禅室

一寺半云天，三生两岸田。
禅堂经佛语，梵刹塔边船。
欲渡凭心渡，方圆守一圆。
名师名自在，硕果硕青莲。

249. 陕中作

黄河古八湾，晋魏太行山。
一路秦川土，三门峡水关。
云从夫子路，足濯入汾潺。
驿社离情去，林篁叶不还。

250. 洛阳客舍逢祖咏留宴

十里行行五里行，千年纵纵万年横。
阴晴不见亭前路，醒醉方知世上情。

兄祖咏，弟希名。

贫书客舍洛阳城。

逢君只可倾壶见，彼此人生作臆盟。

251. 赠张敬微

北望一河东，南闻半大风。

山川何不改，日月易其中。

杏杏神仙路，悠悠隐士翁。

书生书癖守，日道日行空。

252. 江风行（一作长干行）

贫时同努力，富贵独心关。

变有金衣缕，无为劝子颜。

千金从不足，万里作商班。

暮有巫山女，真然不肯还。

253. 襄阳行

商家儿女贱，子粒不当钱。

醒醉长千里，挥金父母田。

襄阳流汗水，不近岘山怜。

但以楼兰寄，交河过酒泉。

想思相忆处，有望有云烟。

但学机杼织，丝丝结月弦。

254. 采莲词

日落沙河暮色红，萍浮芡实子心中。

船平水涨莲蓬女，素影红颜沐水风。

255. 江南行

菱菱茨实一莲蓬，落日浮光半玉宫。

念妾思夫江岸望，心情尽在有无中。

256. 长干行

长干一月宫，妾女半临空。

仰首嫦娥问，低头孟夏虫。

离心君已去，采购下巴东。

莫嫁商人妇，思波复有风。

257. 句

寒林叶上霜，独木柳中扬。

258. 进栖霞寺

仰首栖霞寺，平生屯悟田。

方圆应守一，慧觉可居禅。

海纳三江水，潮连六郡船。

尘心尘不尽，欲望欲难全。

259. 绝句

湖前多落叶，渚上暮云稀。

步下寻流水，船中女捣衣。

260. 潘司马别业

户对青山色，门当绿水东。

樵夫惊木斫，钓叟问鱼虫。

别业含心章，天章纳晚童。

寻常天地阔，偶见一飞鸿。

261. 送潘三入京

周庄周水色，渭邑渭城明。

把手双桥过，孤舟独暮行。

262. 临川山行

临川行不止，抚水抚难平。

一路长亭外，三生日月明。

263. 清溪馆作

清溪流石涧，谷木密森林。

雪岭阳阴隙，荒原曲百禽。

264. 句

清清逝水见，处处有心思。

265. 塞上

塞上闻天宝，军中对地遥。

辽东辽北戍，受降受徵潮。

六郡行声傲，三边守战消。

旌旄符令在，剑戟帐中骄。

266. 送友人下第归省

龙门独木桥，弄玉穆公箫。

引凤求凰去，秦楼万丈遥。

人生从百业，历世可千雕。

父母唯唯近，天光一两条。

267. 送杜士瞻楚江觐省

怜君孝养亲，奉楚木成钧。

柳岸船平待，江花逐日新。

风流风自语，客酒客沾巾。

主宰无牵挂，微官有苦辛。

268. 友人山亭

薄宦一山亭，居心九脉馨。

凭文三世界，历世半丹青。

静日天波府，清流涧石灵。

千泉双岛屿，十里满浮萍。

269. 春晚山行

寂寂青山晚，悠悠涧水声。

香香花不远，阵阵小虫鸣。

月色穿空照，林枝挂冕横。

江鸥雏羽短，母引试飞平。

270. 寄张微古

历历远山闻，遥遥近水分。

溪溪流不尽，石石阻芳芬。

子海奇才见，罗枝序继君。

春冬常绿色，四壁作衣裙。

271. 闺怨二首

之一：

雁尽闻声远，霜明玉色层。

思君梦里见，成夜共私情。

之二：

一月缺圆分，三边彼此闻。

随君梦里去，可意解衣裙。

272. 寄天台马道士

天台道士乡，越国客隋炀。

八月钱塘水，天堂自此昌。

273. 句

北雁南飞去，春天继又来。

渔阳燕旧市，美女妾身奴。

274. 孙处玄

拾遗则天朝，神龙论事消。

开元初水注，自作柳杨条。

275. 咏黄莺

黄莺日日鸣，绿柳时时荣。

不合难相继，成飞一两声。

276. 失赴

拜金台上望，百万士吕兵。
汉相应无主，留侯自有荣。

277. 句

残花留露水，落叶寄黄昏。
日侧风云合，天边玉石分。

278. 折杨柳

柳柳杨杨路，来来去去行。
南南还北北，落落复荣荣。
但见长亭酒，何须再日明。
三生六郡市，一曲九州城。
妾好婀娜色，君英壮士盟。
轮台空不守，妇枕可纵横。
莫以秦皇界，当知律象生。
人中成败事，月里女儿情。

279. 南州行

金钏越女半罗衣，堕柳垂杨一帝畿。
北国南州千万里，胡裙玉项两三玑。

280. 人日剪采

妇女以刀裁，男儿竞色猜。
杨明初草碧，柳绿涧溪开。
对镜花黄著，寻春踏步催。
留当成剪采，小样自然来。

281. 南中感怀

一呼蹉跎去又来，三生事业守还开。
年年叶落生春草，处处长亭五里台。

282. 句

巧画双眉引女妒，盘梳独髻教蜂来。

283. 李憕

清河太守尚书郎，张说咸阳幕下芳。
安禄山时忠烈去，开元御史一名长。

284. 和户部杨员外伯成宿直

寓直杨员外，公才画省郎。
行文惊起草，坐引护衣香。
万户千门近，三台半御粱。
东南来紫气，玉漏去时长。

285. 同望幸新亭赐钱公宴

覃恩降紫宸，汉府问亭新。
玉帛明千色，皇城总是春。
钱公巡御酒，醉客各分身。
十洛流波去，京都浥旧尘。

286. 春雨

序：
奉和圣制从蓬莱向兴庆阁道中留春雨中春望之作应制
诗：
别馆春花一半开，蓬莱夹道两三台。
烟云慢落成新雨，淑气初盟碧色催。
北阙藏娇兴庆阁，南山隐秘凤凰来。
天光积翠龙城色，露水含华一苑梅。

287. 李邕

兰台善子早文名，宋璟非张抗后行。
北海碑铭太守著，三生鬻积六公倾。

288. 铜雀伎二首

之一：
漳河逝水问西陵，铜雀无飞槊臂膺。
百态千姿声犹在，琴弦已尽变香凝。
之二：
举槊胡笳一建安，男儿有志半边残。
英雄爱美乾坤对，曲舞琴笙日月坛。
颍水许由流有色，西山颂木伯夷寒。
留心小女当铜雀，不计人间易象单。

289. 咏云

有欲一沉浮，无形半九州。
方圆由界定，尺寸任王侯。
涧谷随斯满，山峰任顶留。
当知常化雨，物象作春秋。

290. 登历下古城员外孙新亭

（亭对鹊河时李之芳自尚书郎出为齐州制此亭）
四大半含弘，三光一紫英。
新亭员外鹊，古迹沿河明。
北海含流逐，东营纳逝横。
黄河天水岸，咏物以云倾。

291. 奉和初春幸太平公主南庄应制

半碧南庄半碧都，一花上苑一花奴。
太平公主太平水，喜鹊桥边喜鹊湖。

292. 寄王湾

先天进士第开元，海日生残夜月圆。
张说题词墙壁上，江春入简旧年繁。

293. 晚夏马嵬卿叔池亭即事寄京都一二知己

子贵慈恩在，宗贤别业楼。
知人知己见，问道问春秋。
日月东西问，池亭草木留。
生平千百路，丽正十三州。

294. 奉使登终南山

南山一半游，雪顶万千秋。
独映长河北，长明晋魏州。
峰林扬紫气，雨雾化津洲。
泽润京都邑，章华物象求。
勤劳观子弟，苦力见羊牛。
社稷朝天地，日月对河流。
叶密藏神秀，潭深望撰修。
弘文英岘殿，丽正院书楼。

295. 丽正殿赐宴同勒天前烟年四韵应制

咸阳宫外月，丽正殿中天。
九鼎江山后，三台日月前。
草木桑田界，社稷雨云烟。
紫气皇城岁，宸光付御年。

296. 大历

万户辞弦月，千门对晓天。
长安风雨后，渭水旭光前。
海日生残夜，江春作雾烟。
天台多御酒，上苑寄华年。

297. 奉和贺监林月清酌

别缺一方圆，相逢半酒泉。
云前多醒醉，雨后少寒宣。
小院婵娟色，中庭处女妍。
琴声因所住，曲意果声传。

298. 次北固山下

客路镇江关，舟停北固山。
江流天地远，日月去来还。
海纳千波色，云含一水湾。
生平多少故，逝者若斯闲。

299. 观搊筝

秦筝五七弦，汉乐百千年。
委曲拨弹序，迂回抚弄边。
分明调玉柱，古调地加天。
美女凭音色，知音已可传。

300. 晚春诣苏州敬赠武员外

东西只隔洞庭山，上下姑苏伍子关。
殊方陋学云烟重，水国群芳碧玉颜。
细雨绵绵人不觉，文心处处客南蛮。

301. 南省

序：
秋夜寓直即事怀赠箫令公裴侍郎兼通简
南省诸友人
诗：
月照三边静，农安律象徵。
文心明子弟，史略驭中丞。
子种应先后，冠臣顺继升。
山中多鸟雀，目上一苍鹰。

302. 哭补阙亡友綦毋学士

儒林有异才，独木易相摧。
构厚成梁柱，分书作仲裁。
张平词尝去，拾遗致彦回。
旧业无成就，新音过夜衷。
玄经朝暮在，勉励去蓬莱。
月下还寻迹，山中已湿苔。
文心雕鹤羽，石室建泉台。
草木萌新叶，华章问岭梅。

303. 闰月七日织女

织女牛郎问，银川两岸星。
神仙假日短，七夕注湘灵。

304. 史青

明皇五步诗，子建一情迟。
已将监门吏，史青自荐时。

305. 应诏赋得除夜

今年今立始，去岁去形终。
腊月新梅色，新春唱大风。
京畿燃爆竹，故国拜西东。
渭邑华阳晓，朝霞满玉宫。

306. 王泠然

王丘典吏郎，上任促急苍。
宰相书呈就，开元一第乡。

307. 汴堤柳

隋炀一水到扬州，八月三潮一线流。
美女当然天子色，天堂已在运河头。

308. 夜光篇

一夜游人问汝阳，连天大火自风光。
群星玉碎流飞爆，铸剑丹炉月黑藏。

309. 古木臣平沙

古木卧平沙，黄河一路家。
扬长多少岁，俯落暮朝霞。
叶脉随流水，枝干自不斜。
知人非表里，识者是灵槎。

310. 淮南寄舍弟

人间一弟兄，世上半纵横。
处处同胞忆，时时独客情。
寻行寻望欲，别业别名声。
老小无分寸，回归是弟兄。

311. 句

山林一老僧，古寺半钟承。
镇海珠江水不流，羊城越秀十三州。
群龙多不首，独木已成林。

312. 张子容

先天进士名，及第浩然兄。
友善襄阳客，诗文尉乐城。

313. 春江花月夜二首

之一：
春江花月夜，岸口渡船横。
客望流星雨，云随草木平。
之二：
春灌花月夜，桂影玉宫明。
蕙芷常相伴，婵娟不可倾。

314. 云阳驿陪崔使君邵道士夜宴

黄冠一客猜，紫绶半天开。
皇盖王侯驿，星明月夜台。
灯花须不剪，绿蚁可重杯。
国土飞觞敬，云阳劝再来。

315. 除夜乐城逢孟浩然

襄阳孟浩然，月满乐城天。
柏叶东山酒，诗词海岸泉。
婵娟庭外色，舞曲桂中悬。
醒醉非三界，瑶池问八仙。

316. 送苏倩游天台

莫怪阮郎归，天台筑柴扉。
人中多子女，但与白鸥飞。
琪树含仙果，琼楼纳翠微。
观棋何不语，对弈是还非。

317. 泛永嘉江日暮回舟

舟回与岸平，鹭立待鱼声。
泼剌闻声响，波连碎水明。
沙明山木色，影落暮云轻。
竹径伸繁岭，江流逐地倾。

318. 永嘉即事寄赣县袁少府瑾

客郡逐臣家，闲观二月花。
汨罗知楚士，贾谊在长沙。
海气潮生雨，江天暮作霞。
书文成世界，日月向天涯。

215

319. 句

揭岛一寒宫，嫦娥半夜空。

320. 乐城岁日赠孟浩然

瓯越一风光，嘉城半柳杨。
吴年山海日，楚岁竹云乡。
独屿连云际，孤帆逐雾长。
桃符天地界，凿齿待文章。

321. 永嘉作

官荒半永嘉，宦拙一江华。
孤山连日海，独屿逐潮花。
湿气生梅雨，溪潮乱故家。
瘴疠平无息，阶墀误署衙。

322. 送孟八浩然归襄阳二首

之一：
西亭作别津，故酒醉离人。
解缆风潮起，扬帆日月邻。
船波连汉水，手足乐城臣。
不到襄阳醒，相逢梦里春。

之二：
故友一情余，新光半独居。
当寻知己事，笑读古人书。

323. 贬乐城尉日作

尉谪海边穷，扬眉唱大风。
行程多少路，业迹迹无终。
海日连潮逐，洋波浩荡空。
龙吟从越粤，虎啸过江东。

324. 自乐城赴永嘉枉路泛白湖寄松阳李少府

枉路白湖桥，松阳赤日霄。
闻君飞雪问，泛曲过江遥。
有意常无度，从心可有寥。
闲情生所以，少府寄天潮。

325. 九日陪润州邵使君登北固山

九日一金山，重阳半菊颜。
徐州苏北岸，汉口楚南湾。
暮落连江树，筵开镇海关。
新丰新酒色，渭邑渭朝班。

326. 璧池望秋月

弦明作玉钩，水月可倾留。
璧洁悲三献，珠帘却两投。
莲蓬应结子，茭食可沧洲。
蟹脚湖边痒，阳澄已入秋。

327. 长安早春

城池起北宸，月色满东津。
雪覆南山顶，云沉魏阙秦。
咸歌山水色，曲舞未央濒。
梅落百花起，莺鸣已是春。

328. 赠司名萧郎中

郎中奏赤墀，凤阁兰台兹。
水镜悬明假，司名宰吏词。
丹青应日月，草木可如斯。
感遇凭知己，贤良已献期。

329. 巫山

巫山云雨见，白帝暮朝封。
莫以闻神女，居心十二峰。

330. 除日

年年一始终，夜放两分红。
烛烛三更换，岁岁半大风。
腊月梅心动，元辰瑞雪中。
春山春水色，草碧草西东。

331. 张旭

旭酒半苏州，吴人一草留。
张颠何醒醉，呼号墨濡头。
太白诗仙赋，公孙剑舞修。
倾书三绝迹，但以大江流。

332. 清溪泛舟

横舟钓月明，独卧捞溪清。
已近婵娟色，无伤桂月情。

333. 桃花溪

桃花一片半含烟，岸渚千波两渡船。
已是红颜留眼色，身边此係彼溪边。

334. 春游置雨

微微细雨入黄昏，淡淡云烟落古村。
处处江南分不定，花花草色共乾坤。

335. 春草

草色青青半映天，离情处处一无眠。
应知月色冈坡上，以纸文书共岁年。

336. 柳

细柳条条自已垂，轻风处处不住吹。
三边月色同相照，两地心声上寸眉。

337. 孤兴

远色一兴遥，春风半柳条。
孤行芳草地，独步踏青桥。
同里无舟渡，镜湖有竹箫。
心平寻碧玉，日落上江潮。

338. 南山

越止山阴尉，南湖雨色微。
阴晴分不得，草木自无归。
咫尺天涯路，心思彼此非。
茅山知道长，异录纪残扉。

339. 读史·隋炀正传

水调歌头一运河，长沙贾谊半汨罗。
苏杭已是天堂路，胜似人间唱九歌。

340. 从军行

自古一军行，如今半柳当。
晋耳曾称霸，齐桓已动兵。
三边疆有界，九鼎镇君赢。
牧马长城北，横舟赤壁情。
单于知蜀女，汉主未央明。
敕勒川水静，燕支作北平。
苦役桑干外，河湟玉塞横。
金河流不尽，雁翼北南成。
世界应当时，四时草木荣。

341. 赋得游人久不归

游人久不归，物色屡芳菲。
意尽山花早，情来惹是非。

342. 宿香山阁

月宿香山阁，云行古刹荷。
寒光寒水色，独卧独清波。
寺闭云天少，轩开玉兔多。
纱灯笼不住，半枕一情多。

343. 赠酒店胡姬

一曲到黄粱，千姿作玉娘。
维音维自步，塞女塞红妆。
丰波传两岸，独臂展双皇。
起落风旋舞，肩移左右湘。
袖短裙长解，肤明发秀不。
胡琴弦已动，羌笛族人觞。

344. 赋得春莺送友人二首

之一：
因君问所思，有意上春枝。
引领群芳色，轻啼已不迟。
之二：
振羽半啼声，登高一阵鸣。
扬长春已晓，引颈向天盟。

345. 万齐融

（融与贺朝、张若虚、邢巨、包融、贺知章、
神龙吴越文士）

三吴一越州，六士半文流。
贺万张包邢，知音岁镜侯。

346. 三日绿潭篇

春潭上巳李桃红，袯禊无须唱大风。
曲水鹅池肥瘦现，风轻色艳有无中。
菱垂藻启苹苔嫩，草绿莺啼树影丰。

347. 仗剑行

一诺星光仗剑行，三呼塞上作平生。
应知易水流无尽，不必秦皇作玉英。
忘却身名分世界，寻来自得划阴晴。
高明此举扬天下，独秀乾坤彼事城。

348. 赠别江头

江头一别小舟行，渡口三滩藻色平。
楫点千波光万碎，云飞半渚序芜荣。

349. 送陈七还广陵

风流到广陵，水调迷河兴。
莫以隋炀论，当今世界承。
三春逢物令，二月以香凝。
创业谁天子，观潮自向应。

350. 春江花月夜

春江一浪半潮平，北海千波百月生。
望尽天云风不定，巡回地角雨云惊。
黄河九曲分秦晋，草木三光彼此荣。
东流源泉青海渚，北国冰霜大雪城。
戈壁沙鸣丘似语，交河落日月芽明。
年年日月轩辕始，岁岁江山舜禹倾。
社稷桑田天下事，秦皇汉武各闻耕。
人人代何无已，事事时时几世情。
逝道如斯应所见，昆仑屹立易峥嵘。
峰山石粒同相聚，滴水方圆作心瀛。
水调歌头留物象，长城解甲孟姜鸣。
苏杭已是天堂路，莫道人间雨复晴。
落雁沉鱼谁可见，羞花闭月与人菁。
儿男自可承阿载，倩女机杼织锦英。
暮暮朝朝成就致，来来去去步前程。

351. 游春

大雪封天地，梅花腊月香。
春风三月断，小杏过东墙。
四序分先后，千村种柳杨。
书生书不尽，一路一黄粱。

352. 游宣州琴溪同武平一作

琴溪一路声，曲岸半花明。
玉树随流水，峰光逐石平。

353. 张若虚

吴中四士一名曹，月夜春江半海涛。
代答闺梦闺自己，行当九脉九州豪。

354. 代答闺梦还

闺梦一夜半无边，解甲三疆九鼎前。
只有君主宫院舞，明灯执仗忘桑干。
长城万里英雄少，汴水苏杭货物船。
射虎幽州飞将去，夕阳遍地似狼烟。

355. 洪州客舍寄柳博士芳

别别离离一古心，分分合合半无寻。
朝朝暮暮寻知己，去去来来落叶音。

356. 晚秋赠张折衡

三清半闭关，五味一仙山。
处士知何见，灵霄亦列班。

357. 孙逖

三擅甲科扬，千章典话良。
中书天宝尽，太子事詹郎。

358. 立春日

序：
和左司张员外自洛入京中路先赴长安
逢立春日赠书侍御等诸公
诗：
省闼拜郎登，京中侍御丞。
三秦知洛使，二陕已春徵。
益友时相许，贤才纪序应。
中途逢物徵，上日寄诗兴。

359. 和登会稽山

稽山入碧湖，越女秀江都。
野老听啼鸟，山童问小姑。
春明桃李树，水映两三吴。
竹涧溪流唱，松涛隐落兔。
何闻天下事，但作灌缨儒。
海日生云雾，潮头作丈夫。

360. 送杨法曹按括州

天台山外海，越秀水中兔。
白露浮莲叶，平湖净玉奴。
潭深天地浅，木暗去来无。
足去寻琪树，心来问幼鸰。

361. 葛山潭

方圆百步葛山潭，草木千年隐水涵。
一辅三承成彼此，青枫白露共峰岚。

362. 丹阳行

金陵半断一丹阳，建邺千承十地乡。
古郡云沉青海泽，天光水色洞庭扬。

江都远近风尘度，玉树阴晴草木长。
一马成龙冠甲子，三江化雨弱炎凉。
青枫渡口辰钟起，杜若洲前暮鼓梁。
六合车书从舜日，双图路舆可文昌。
阡阡陌陌桑麻种，暮暮朝朝锦绣塘。
独有农夫田亩上，秋收社日月西厢。

363. 山阴县西楼

山阴日月一西楼，吏治阴晴半郡州。
暮落江云公署晚，晨风旭起问停舟。

364. 夜宿浙江

平生日月半寒窗，一国家乡一国邦。
望尽苍空天际水，婵娟玉色富春江。

365. 春日留别

欲别还留一两声，春风细雨夜难平。
竹叶垂时先近水，浮波起处滴珠横。

366. 奉和四月三日上阳水窗赐宴应制得春字

久久觅潜鳞，时时望五津。
天街寻独峙，泰岳日初宸。
地厚承高见，江流入海申。
年年萌细雨，岁岁向阳春。

367. 奉和登会昌山应制

一道会昌山，三清守闭关。
开时重日色，望尽月芽湾。

368. 正月十五日夜应制

十五洛阳天，嫦娥继日圆。
琼筵承祝启，采仗序辰先。
曲响笙箫合，灯明曲舞宣。
寻文苍颉字，望子玉轮船。

369. 奉和圣制登鸳鸯楼即日应制

鸳鸯楼上望，晓日宇中风。
社稷安尧业，江山正禹功。

370. 进船泛洛水应制

洛岸凤凰楼，凌波舴艋舟。
陈王文彩赋，云张宓妃眸。

芝兰香草芷，蕙若色芳洲。
天光云水度，魏帝建安舟。

371. 和常州崔使君寒食夜

梅香暗里残，烛影落中宽。
二日清明晚，三更乞火难。
春寒心犹冷，雨细草珠端。
斗柄初朝转，书生久自安。

372. 和韦兄春日南亭宴兄弟

兰台一阁扬，禁省半家乡。
隔壁中书客，邻人制御章。
琼芳门下色，棣萼宜前芳。
位举千门近，文昌万岁梁。

373. 奉和崔司马游云门寺

谷涧山中日，云门寺外松。
香炉浮紫气，讲坐落禅宗。
觉悟天光早，行经意念客。
更言穷寂灭，跬步上南峰。

374. 酬万八贺九云门下归溪中作

云门日下半溪归，夕照云中一翠微。
古刹钟声余去路，孤权独步望云飞。

375. 春初送吕补阙往西岳勒碑得云字

刻石记天文，垂碑奉故君。
行经方始定，勒序一青云。
圣扎梅香尽，朝堂百草曛。
春来春去日，字取字芳芬。

376. 送越州裴参军充使入京

日落满秦川，离情半暮天。
浮云浮未定，谷水谷源泉。
越使江南客，参军塞北宣。
单于应道谢，汉将莫思边。

377. 送周判官往台州

水陆半台州，阴晴一故楼。
栖栖飞鸟静，历历暗苔留。
草木无人境，山川有净流。
冠缨新沐浴，手足濯鸿沟。

378. 送魏骑曹充宇文侍御判官分接山南

楼高黄鹤去，恤隐白苹人。
一路勤农劝，三光照五津。
山南分土地，汉北合秋春。
驿舍题天字，乡程待帝臣。

379. 送苏郎中缩出佐荆州

借国半荆州，还吴一鹤游。
郎中苏汉水，郢上正春秋。
省阆中书问，河梁郡守求。
空销云雨路，独牧对王侯。

380. 冬末送魏起居赴京

梅香问起居，战将史风余。
贝阙巡良吏，关亭草木舒。
东观齐鲁士，北顾晋秦书。
读卷寻公旦，挥毫问相如。

381. 送李补阙摄御史充河西节度判官

京都问五津，洛邑见三秦。
解甲长城北，鸣金第令臣。
阴山飞将去，射虎牧幽春。
独有和亲顾，常清界域尘。

382. 送赵评事摄御史监军岭南

羊城镇海楼，越秀岭南楼。
御史监军事，梅花早暮秋。
年年分旱雨，处处水横流。
四季原无异，三光共九州。

383. 送靳十五侍御使蜀

江由栈道开，使以陈仓来。
白帝嘉陵水，巴中张飞台。
离人随暮色，别意夕阳催。
使蜀蚕丛忆，鱼凫去不回。

384. 送给事归徐州觐省（自语）

离乡读国书，列位帝京居。
觐省爷娘路，倾心意切余。
名微人老见，水逝鸟飞初。

五女山中去，桓仁月上如。

385. 送杜侍御赴上都

飞鸿岭上遥，白鹭粤中霄。
日过商山路，今来镇海桥。
巡安交趾地，抚省北洋潮。
海角珍珠贡，天涯满柳条。

386. 送张环摄御史监南选

一使作张网，三明摄选扬。
天恩荣柱下，御史客曹郎。
水带黔前阔，山连日中长。
炎凉分不定，列位久芳香。

387. 宴越府陈法曹西亭

西亭一玉壶，水调半江都。
竹影迎宾酒，梅香腊月孤。
梨花相似问，随月互扶苏。
可赏归鸿贡，行情大丈夫。

388. 同刑判官寻龙湍观归湖中

北斗一升明，群星半自荣。
同寻龙湍洞，步步凤凰城。
曲尽吟声起，诗荣赋汉卿。
天光宸紫禁，水月夜虚清。

389. 寻龙湍

源泉龙湍洞，遗迹凤天光。
雾罩云光暗，林深水色茫。
溪流寒凛凛，荡养浪苍苍。
葛老歌天下，江妃曲玉房。

390. 宿云门寺阁

寺阁东山得，香烟五岳收。
云光多普渡，舍利自心留。
一月当空照，三禅玉宇修。
经堂书处处，远径已悠悠。

391. 扬子江楼

水过八公山，云沉一楚关。
风流扬子去，日暮两江湾。
渚上潇湘望，楼中太白闲。
知音黄鹤舞，汉客故人还。

392. 淮阴夜宿二首

之一：

小女织杼机，吴门挂酒旗。
淮阴三五月，草木五湖沂。
一水连天下，三桥嫁女稀。
还寻同里路，不著洛阳衣。

之二：

江天各一方，醒醉已千觞。
日月东西过，阴晴上下塘。
荷风惊水府，蟹脚试炎凉。
只有莼鲈脍，当然是水乡。

393. 下京埭夜行

离帆已不分，折柳挂衣裙。
日暮瓜洲岸，船由草木曛。
金山明月照，逝水满波纹。
客意随天色，心情入雁群。

394. 山行遇雨

山行遇雨来，竹履两边猜。
草浅泥溪重，林深草石苔。
青云浮不定，绿叶已摇开。
海阔生雷电，天高化日恢。

395. 夜到润州

独月入丹阳，轻舟问水乡。
秋风知落叶，畔火试清霜。
渡口纵横见，桥头日月长。
江南三百寺，武帝三千梁。

396. 和常州崔使君咏后庭梅二首

之一：

梨花不似后庭梅，未以余香带色催。
越女吴儿原互解，疏枝细影独徘徊。

之二：

曲尽梅花落，歌头百草开。
群芳呼不得，诸秀换天台。
一醉春风至，三壶玉酒猜。
寒心余淑气，但以暗香来。

397. 同和咏楼前海石榴二首

之一：

一树石榴花，三春五月华。
红颜红艳色，小叶小人家。
硕果分心界，秋风画裂瓜。
千宫千子粒，一国一乌纱。

之二：

楼前海石榴，域外界春秋。
色艳新丰酒，红黄两相羞。
蓬莱多少路，岛国暮朝由。
但作中原客，无须四十州。

398. 故右丞相赠太师燕文贞公挽词二首

之一：

一去济群生，三台润泽明。
光留天地上，宰主御时英。

之二：

甲第去时声，高门在自荣。
生涯由路外，界世任空行。

399. 故陈州刺史赠兵部尚书韦公挽词

去去来来问，朝朝暮暮情。
先先先主宰，后后后思行。
汉马单于塞，陈州刺史缨。
今人何自去，足迹旧时盟。

400. 故程将军妻南阳郡夫人樊氏挽歌

结发程休甫，襟连季鲁姜。
空堂凭独守，去路共南阳。
老羽黄泉落，新衣换柳杨。
重寻前侣夫，复守将军傍。

401. 和上巳连寒食有怀京洛

天津桥上望，玉佩可三明。
漏断临朝间，云青国太平。

402. 立春日

序：

和左司张员外自洛使入京中路先赴长安

逢立春日赠韦侍御等诸公

诗：

飞空一字雁声来，洛渚千波碧玉开。

半是天光芳草地，三台凤阁诸生才。

403. 和崔司马登称心山寺

郡府三清日，王城一道开。

称心山寺步，寄意觉心来。

禹迹藏空瞩，舜耕二女瑰。

人间知所以，世上问时才。

404. 奉和李右相中书壁画山水

一低江山万里城，千年古树半枯荣。

方圆八面梅花落，笔墨云烟草木生。

小杏墙头隔岸问，红桃岭上结精英。

溪流不逝留天地，日月常来约隐情。

405. 奉和李右相堂会昌林亭

林亭半会昌，玉阁一天梁。

宴堂贤才相，平津日月长。

风烟邻远近，草木致炎凉。

渭叟知情见，童翁牧故乡。

406. 和左卫武仓曹卫中对雨创韵赠右卫李骑曹

江流作海潮，逝水逐云遥。

点滴方圆见，波涛上下霄。

宣尼书卷在，仲父杏坛雕。

北阙兵曹演，南山万岁瑶。

407. 送新罗法师还国

一钵千年断，三生半寂余。

新罗师法序，别藻旷时疏。

海阔鱼龙渡，天高鸟翼虚。

虔祈当所以，意守作云居。

408. 送赵大夫护边

域外分都护，京中列九门。

王家安定郡，庙略守晨昏。

渭邑阴晴水，安西草木根。

行功高祖列，寄语小儿孙。

409. 立秋日赴安昌寺北山亭

安昌寺北一山亭，气象秋中半渭泾。

禹庙江潮鸣不尽，秋风扫叶落零丁。

410. 登越州城

一揽越州城，千情海日生。

云边流逝水，岭外落梅倾。

万象风云起，三清日月明。

英灵潮自起，古刹启钟声。

411. 江行有怀

江行一路遥，水逐半波潮。

逝者如斯问，形成可玉霄。

412. 长洲苑

羽猎长洲苑，吴王鼎立摧。

雄才东海岸，辇道北虞梅。

鹿角旌旄射，盘门闸口开。

徵戎尝胆去，润泽运河来。

413. 和咏廨署有樱桃

廨署有樱桃，飞禽望海涛。

邻天成异域，比色作衣袍。

鸟道传良种，芳蹊落北皋。

吴姬身自采，国树以人高。

414. 同洛阳李少府观永乐公主入蕃

战战和和见，成成败败闻。

来来还去去，合合又分分。

415. 途中口号

周城北望见陵台，建邺南寻问寺灰。

不遗梁园成早市，空余故垒满青苔。

416. 晦日湖塘

湖塘晦日以波明，二月春风作草荣。

欲展群芳三五寸，花明柳暗万千情。

417. 句

野水流难尽，山花落自如。

418. 从军行

军行一列兵，将令半冠缨。

牧薄连天色，单于逐帐横。

围城围自己，放马放云英。

内外长城见，英雄彼此明。

419. 杂诗

一战到桑干，三军问戍边。

长城分南北，沽酒话怡年。

汉甲由今古，胡笳任酒泉。

河图天水后，读卷洛书前。

420. 古意

婷婷玉立一荷花，楚楚闻风半北斜。

色满红楼红不尽，朝阳似锦似娇娃。

421. 崔国辅

吴人崔国辅，荐举令文昌。

直学贤才士，诗词礼部郎。

422. 宿法华寺

不二法门中，支三独证公。

象四由朝暮，守一任西东。

423. 题豫章馆

春江一豫章，雾雨半苏杭。

越女兰亭序，吴儿铸剑藏。

阴晴同里住，日月运河忙。

客驿天堂市，行程古道帝。

424. 石头滩作

一片石头滩，三光作水澜。

辽辽千百度，处处暮朝冠。

阔口无边际，茫茫有界湍。

荷衣连彩带，茶叶上云端。

425. 漂母岸

泗水半淮河，秦时一曲歌。

漂母普饭食，楚子帝王多。

未遇英雄尽，乌骓独立戈。

相逢年五百，逝水几千波。

426. 对酒吟

何人对酒吟，玉树误知音。

但以婵娟色，孤清独影寻。

行行还止止，古古又今今。
只有书生问，当知醒醉心。

427. 奉和华清宫观行香应制

行香一玉观，纳世半青丹。
斋戒华清沐，无穷定历端。
灵光千百度，道长两三冠。
树木承天立，楼台逐汉漫。

428. 七夕

王母青鸟意，汉武帝王盟。
但醉瑶台酒，何须醒后明。
留心闻七夕，李下女儿情。
玉漏云天水，朝来暮去生。

429. 宿范浦

茫茫一浦平，落落半沙明。
月色移湖镜，渔舟卧不横。
江波何处起，水草有谁荣。
岁岁长亭意，年年渡口情。

430. 奉和圣制上卫祓禊应制

灞上一芳洲，云中半帝楼。
寻春寻水色，上巳上春秋。
曲水流觞住，鹅池奉王侯。
文章三百载，历别一千舟。

431. 九日侍宴应制

九九一重阳，悠悠半柏粱。
山山含紫瑞，处处散萸香。
五老巡筵醉，三台赋豫章。
尧樽钟鼓帝，汉阙酒泉王。

432. 杭州北郭戴氏荷池送侯愉

藕序一丝长，荷莲半日塘。
晴光同岸屿，水色共千章。
别去离心重，逢来会意觞。
蝉鸣高处望，道远瞩天扬。

433. 怨词二首

之一：
妾有嫁衣裳，何须问帝王。
长城应弃去，塞北女儿乡。

之二：
楼前桃李树，月下女儿书。
促织声声问，孤心夜夜余。

434. 古意二首

之一：
红衣入洞房，盖顶覆衣裳。
夜半熏香尽，身边熏醉郎。
之二：
江湖一丈夫，日月半殊途。
但以夫妻约，当心举案孤。

435. 襄阳曲二首

之一：
蕙草申红萼，芝兰委玉堤。
湖光明芷岸，合璧一高低。
之二：
襄阳一水年，楚汉半无边。
吕后刘邦国，虞姬霸主鞭。

436. 魏宫词

雀去铜还在，漳流魏主扬。
筝鸣姿色去，百岁一红妆。

437. 长信草

长信宫中草不荣，江村雨里草争明。
同科异子同天下，绝处逢生久未平。

438. 长乐少年行

但见少年行，须闻折柳声。
丝皮连不断，隔日逐重生。

439. 湖南曲

湖南一芷草，岸北半苇蒿。
碧里波明色，鸳鸯戏水濠。

440. 中流曲

滟滪半中流，长江一九州。
西东源逝水，远近自春秋。

441. 王孙游

王孙游不尽，日月苦行舟。
读遍千年史，人生万岁求。

442. 采莲曲

并著采莲舟，孤蓬百子留。
芙蓉方出水，叶下未藏羞。

443. 子夜冬歌

子夜问梅心，冬寒育岁音。
灯前凭所顾，日后唤英钦。

444. 丽人曲

绝代一红颜，双眉半月弯。
新丰天下欲，古羽谢瑶环。

445. 小长干曲

月暗一潮来，风扬两岸开。
波涛成海涌，雨雾浪花回。

446. 王昭君

碧草自连天，黄云到酒泉。
单于毡帐暖，汉女已无眠。

447. 秦女卷衣（一作妾薄命）

小女秦宫久，年年铺玉床。
无须闻鹊语，只可挂衣裳。

448. 今别离

送别不须回，分离莫久猜。
随君随夜枕，梦里梦方催。

449. 卫艳词

淇桑一叶青，豫杞半零丁。
白日遥相照，新君北斗星。

450. 渭水西别李仑

陇上一长亭，嵕山半渭泾。
江流清浊去，日月照浮萍。

451. 古意

一月挂天空，三心夜不穷。
思时思隐密，约会约妆红。

452. 送韩十四被鲁王推递往济南府

莫问狱中书，须知净自余。
人人唯恐事，世世误禾锄。

453. 白纻词二首

之一：

洛邑梨花与叶齐，河阳小杏各东西。

春楼欲雨香先至，粉絮方扬鸟不啼。

之二：

女弟红妆一淑风，窈窕曲舞半无同。

丰姿短袖榴裙外，玉带金钗翡翠中。

454. 九日（自叙）

百岁幽州半故乡，一年九日两重阳。

途中客驿茱萸节，路上诗词润断肠。

455. 王昭君

步步窈窕问画师，声声细语对清姿。

单于帐里琵琶曲，敕勒阴山草木诗。

456. 崔珪

崔家三祖世，太子半师生。

弟列卿瑶禄，中书舍上兄。

457. 孤寝怨

自觉捣衣声，空庭月不明。

辽阳烽火断，几度是回盟。

玉厢春弦绪，纱窗锦色迎。

床中方入梦，不可忍孤情。

458. 题武陵草堂

仙楼一草堂，碧树半天光。

隔岸观桃李，随溪入柳杨。

高低由水去，彼此各扬长。

曲折流无止，东西也不妨。

千年修典籍，正直校书郎。

诣谀应君鉴，贤良可未内。

459. 广武怀古

一步虎牢关，参年项氏颜。

龙门无旧场，遗垒有河湾。

广武风云去，英雄日月还。

谁人谁不见，汉社汉家颁。

460. 赠李郎中

郎中退早朝，直省卧云霄。

竹影逍遥曳，池光隐约摇。

天街千百度，市井两三谣。

塞上观烽火，姑苏问小桥。

461. 刘晏

七岁一神童，三州刺史公。

颜真卿得举，转运平章穷。

俭约传家久，渠津遗迹雄。

杨炎客不得，不减相名翁。

462. 享太庙乐章

汉祚尤兴，神明益承。

驱氛列祖，庶迹呈膺。

景命香凝，三光再徵。

熙祥永照，宇纳鲲鹏。

463. 咏王大娘戴竿

（太平御揽载，明皇御勤政楼大张乐，罗列百技，时教坊有王大娘者，戴百尺竿，竿上施木山状瀛洲方丈，令小儿持绛节出入于其间，歌舞不辍，时宴以神童为秘书正字方十岁，帝召之贵妃，置之膝上，为施粉黛，与之中节，令咏王大娘戴竿实，应声而作，因命牙笏及黄文袍赐之）

百戏一楼前，参明半大千。

神童应会意，御政可长竿。

464. 鸿门行

不尽少年心，生平问古今。

咸阳秦二世，剧孟魏千浔。

一诺楼兰去，回头汉水琴。

孤身沾臆气，独木自宣林。

楚汉何相问，鸿沟几度阴。

胸中藏紫禁，膝下付黄金。

剑阁陈仓道，单于敕勒深。

长城南北见，未及运河涔。

十八湾前路，黄天荡里暗。

盘门同里客，月色广陵音。

部曲红缨挂，云台白日钦。

阳关三叠尽，上苑夜沉沉。

465. 惠文太子挽歌二首

之一：

太子半皇家，江山一日斜。

灯明明物象，影暗暗新花。

乳燕衔泥土，淮王驾羽娃。

英雄垂泪处，只见故桑麻。

之二：

隋炀已过燕支山，汉武闻风塞上湾。

漠雪飞扬石磨北，春风不度玉门关。

云中不闭渔阳日，羽檄幽陵练士还。

陇上田畴青海问，交流月静帝王颜。

466. 从军行

独忆阴山李将军，幽州射虎帝王君。

黄河南下分晋冀，天水中原已不分。

467. 赋戚夫人楚舞歌

男儿不在此城中，妾女无人唱大风。

楚舞声渐闻吕后，虞姬方成储世雄。

举袂扬眉寻自在，闺心不作定陶虫。

468. 句

龙门一纸书，上苑九州余。

469. 库狄履温

库狄履温乡，尚书员外郎。

开元司节度，御史分田光。

470. 夏晚初霁南省寓直用余字

小雨一天书，三更半漏余。

明曹良策予，幕府正冠初。

陌上升云气，阡中落湿舒。

田家同此夜，上苑共樵渔。

471. 同皇甫兵曹天官寺浴室新成招友人赏会

有水风尘去，无私有界绅。

清心多善友，沐德有邻人。

472. 夏晚

序：

同张少府和库狄员外夏晚初霁南省寓直时兼充节度判官之作

诗：

曹谋半展堂，幕志一书香。

万象应天济，千门满日光。

群芳明雨露，独唱对琴觞。
待漏多思想，临朝有豫章。

473. 咏铜柱（武后建铜柱谓之天枢）

柱国一天枢，行营半丈夫。
诡言丝为系，不倒正江湖。

474. 李林甫

黄门一侍郎，侧目半平章。
二十年中府，九龄已代赏。

475. 送贺监归四明应制

知音桂挂冠，止足镜湖澜。
独汉贤才了，三清故道坛。

476. 奉和圣制次琼岳应制

十月农初罢，三驱礼复开。
西巡青海岸，北上雁门台。
幸与相如赋，旗明四象裁。
东张琼岳见，故国物天回。

477. 秋夜望月忆韩席等诸侍郎因以投赠

星河不尽一长空，月色悬明半独宫。
揽镜江山应度共，衡分草木可殊同。

478. 杨炎

蒙杨掌书堂，节度贬嘉扬。
有诲雅正雅，平章二侍郎。

479. 流崖州至鬼门关作

崖州步入鬼门关，大海无边石斧山。
一柱承天天不语，千波载雾雾云环。

480. 赠无载歌伎

香肌玉质一瑶英，素面红颜半动情。
皓齿明眸腰细柳，千姿百态舞歌倾。

481. 元载

嗜学半岐山，平章辅国颜。
排忠贪猥败，赐死鬼门关。

482. 别妻王韫秀

（王忠嗣镇太原以女韫秀妻之，见轻韫秀劝学以此诗入秦）

年年不厌望龙钟，处处还寻作成容。
草木三春知日月，冰霜一片见秦封。

483. 陈希烈

老易半人生，文书一撰明。
胡陈中书令，晋魏后难平。

484. 赋得云生栋梁开

氤氲一栋梁，润泽半天光。
雨露禾苗壮，风云草木乡。
白帝闻楚子，巫山梦荆王。
苍梧斑竹泪，滟滪九歌扬。

485. 奉和圣制三月三日

袚禊一文堂，三春半水光。
群芳争艳色，百草竞昂扬。
一酒龙筵醉，千杯太子觞。
冠臣方解缆，日照渭津梁。

486. 省试白云起封中

白云独峙起封中，泰岳垂天颂大风。
汉主奇峰晨接日，灵光普照任西东。

487. 张渐

翰林学士虫，政治自分风。
幕佐循之子，杨家系国忠。

488. 朗月行

复叶半梨花，萱枝百数芽。
茫茫明月里，处处近人家。
息息孤鸢鸟，圆圆柱影斜。
婵娟窥独枕，不可挂窗纱。

489. 宋日立　晓次荆江

孤舟知逐潮，独意上云霄。
但作东洋水，秦楼有玉箫。

490. 题石窟寺（魏文帝所置）

石窟半云中，佛心一色空。
人间莲坐里，梵宇士生红。

寺塔留禅意，香炉化世风。
灵光由超渡，俗气任雕虫。

491. 樟亭观涛

波涛渐转雄，涌浪已排空。
震震扬飞雪，恢恢落彩虹。
平闻三界色，仰望一龙宫。
俯首蛟鲸劲，刘邦唱大风。
乾坤幽委质，日月纳虚隆。
勇勇惊俘虏，惶惶问始终。
苍天相接济，地角共西东。
决胜千军战，侵沾万里蒙。
天涯何不见，远近几云中。

492. 卢象

开元一进士，器重九龄深。
伪府州司户，纬卿作史令。

493. 赠程秘书

一意声鸣半马融，千年旧亦五湖风。
岐阳客庶黎民感，渭邑麒麟勿薄空。
谁寂寞，贾谊崇。
图书未尽问秦宫。
鸿沟两岸知刘项，楚汉难平是始终。

494. 家叔微君东溪草堂二首（自记）

之一：
东溪一草堂，草木半天光。
涧影龙蛇在，云端桫梓扬。
龟言生理摄，鹤羡少年藏。
六甲开初岁，三生序书香。

之二：
已到先人家，天伦二月花。
池前严子钓，木下日明霞。
谢履山深迹，巢父种豆瓜。
三桥同里巷，淑气草堂遮。

495. 乡试后自巩还田家因谢邻友见过之作

自读一田家，从冠半署衙。
天街生碧草，腊月著梅花。
刺骨千书卷，囊锥万里涯。

鸡鸣知起舞，举案弃乌纱。
俯首寻思去，平生莫斥嗟。

496. 青雀歌

鲲鹏同展翼，鼠雀共行踪。
但以心胸度，何须日月封。

497. 杂诗二首

之一：

长城孰论功，渭邑著英雄。
社日闻知醉，田家不大风。

之二：

御柳一丝垂，天街半去回。
人间何所以，世上玉壶催。

498. 赠广川马先生（自述）

经纶一腹中，日月半心红。
草木知天地，阴晴向世风。
名声甘自俊，过往忆辽东。
子女千声唤，诗词一介雄。

499. 峡中作

十二峰中色，三千帝子来。
云从三峡起，雨到一江开。
百里高唐水，双流滟滪台。
谁知神女问，暮尽向朝回。

500. 竹里馆

竹里一金陵，云中半寺僧。
江南三百刹，塞北两游僧。
白下长干里，秦淮建邺承。
潮头连海上，巷尾挂渔灯。

501. 永城使风

长风秋色起，落叶几时归。
夕鸟寻栖木，江帆近翠微。
虫声鸣细草，月暗影闺闺。
夜臆平还乱，人间是亦非。

502. 和徐侍郎丛筱咏

幽篁半作林，隐约一知音。
树影连流动，池光逐色深。
凌霜寒不止，覆雪独鸣禽。

节物分南北，丛筱可甘霖。

503. 驾幸温泉

温泉处处满新丰，幸驾幽纲入禁宫。
驻跸华清池水暖，冠臣献赋落飞鸿。

504. 奉和张使君宴加朝散

佐理星宸使，分曹列祖宗。
君心朝暮政，幸宰主嘉容。
麦秀杯歌竟，棠阴爽气封。
杨雄几汉付，四子谢龙钟。

505. 赠张均员外

世序一公门，仁光半子孙。
平津张吏部，气象列乾坤。
北禁朝驱骛，南宫静漏痕。
微才微所积，宰治宰天恩。

506. 送祖咏

祖咏问田家，朝衣紫绶花。
荒村鸡犬竟，陌上剪麻麻。
社酒回香醉，归人误豆瓜。
书房三界域，影壁半乌纱。

507. 送綦毋潜

才人谁得意，苦力可尘埃。
不觉成方寸，无为作腊梅。
龙门天水岸，玉树曲江开。
上已流觞去，兰亭笔砚来。

508. 送赵都护赴安西

一策定安西，三边静鸟啼。
无疆天子路，有界海云低。
羽将张良曲，谋臣李广稽。
胡笳声远近，汴水运河堤。

509. 追凉历下古城西北隅此地有清泉齐木

清泉齐木见，独步丈夫新。
野旷无人路，群山有鸟亲。
流声应不响，树影可天津。
谢履曾无至，渔父误富春。

510. 戏赠邵使君张郎

少妇石榴裙，红妆白玉分。
牛郎藏树后，织女误人君。

511. 同王维过崔处士林序

处士林亭自读书，蜘蛛结网可多余。
方圆不定恢恢见，竹影溪流不定居。

512. 寄河上段十六

别路咸阳过五津，离情孟渡误三邻。
河湾蕙芷千夫指，但问君中一洛人。

513. 寒食

绵山介之推，晋耳意徘徊。
避世非天子，王侯是腊梅。
千年成独客，万姓作孤恢。
从此书生误，龙城乞火隈。

514. 自叙

序：

八月十五日象自江东止田园移庄庆会未几归汶上小弟幼妹尤嗟其别兼赋是诗三首（自叙与四弟五弟寻凉水泉）

诗：

休前半挂冠，退后一波澜。
跬步千山狭，心思万里宽。
衡门乡里误，故屋去无观。
五女桓仨变，烟峰八卦坛。
寒泉多凉水，伐木弟兄寒。
记取冬深雪，还寻旧日峦。
父母斧奶忆，列祖山东叹。
百岁应回首，三生不可盘。
从荣当自主，学步莫邯郸。

515. 叹白发

人生白发叹，寸步故心安。
日暮无限晚，天长有界丹。
黄昏峰远照，色彩上高峦。
近处垂低影，终时未见残。

516. 早秋宴张郎中海亭即事

郎中事海亭，邑宰即丹青。
狎野鸾鸥落，芳云近蕙萍。

文书藏宇阔，武挚几雕翎。
漏尽门华省，天街鉴渭泾。

517. 句

云中烟雨路，水上雾江苏。
吴儿同里客，越女会稽客。

518. 卢鸿（隐于嵩山不士）

卢鸿字浩然，学业篆金宣。
隐云王无止，开元士可贤。

519. 草堂

野草一芝兰，流泉两岸滩。
萝蕨芜四壁，石木垒营盘。
著作藏书案，书香寄杏坛。
知音人不语，读日客心宽。

520. 倒景台

太室一仙台，天门半右恢。
三休穷屹崒，九脉客尘埃。
不可观山间，还须问道开。
昆仑扬倒景，独立抑云回。

521. 樾馆

樾馆流溪侧，林边取木裁。
云烟千古色，秀茑一风来。
颢气平阳近，荣繁日上开。
宾嘉何尚鄙，四壁映天台。

522. 枕烟亭

杨雄会即枕烟亭，世外云霓绝处青。
一枕黄粱终可见，三光毕业始浮灵。

523. 云锦淙

锦雾含云一细淙，清流绕寺半青龙。
幽灵濑浅浮日月，石叠修心十三重。

524. 期仙磴

一步登天半步明，三清问世两清荣。
神仙自在神仙客，铸鼎丹炉炼不成。

525. 涤烦矶

飞流激石一烟浮，漱玉泉光半独幽。
处处琴鸣琴石问，汤汤唤曲唤春秋。

526. 幂翠亭

积翠林罗一色亭，汩清隐日半天灵。
嵩山易象青崖树，隐谷张帆挂壁屏。

527. 洞元室

虚空邸气气，洞室正元元。
吉返天然自，幽真道泽垣。

528. 金碧潭

水碧从深潭，金光作海涵。
出人应不见，洁气可三淦。

529. 徐安贞

中书一舍人，学士半贤身。
一岁三登甲，中冠若谷邻。

530. 书殿侍宴应制

文章天日近，侍宴酒杯悬。
校改寻知否，诗书举案前。
熏香千百载，决事两三鞭。
一滴方圆饮，三台草木田。

531. 从驾温泉宫

少女半华清，温汤一日倾。
阳澄烟水殿，雾气湿香城。
浃近灵泉液，臣平赐驾情。
春风千古沐，圣瞩万朱荣。

532. 送吕向补阙西岳勒碑

一史复相逢，千言客独工。
碑文三界定，勒礼五蕴隆。
载历江山志，驱传日月风。
春归随洛水，逝者逐飞鸿。

533. 送丹阳采访

国以郡县分，家由祖长君。
丹阳何采访，道使近天云。
九鼎河图志，三江禹迹勤。
新歌传曲唱，旧俗自芳芬。

534. 送王判官

巴东三峡岸，滟滪一流开。
壁立千峰雨，云平五女来。

川流楚汉水，日隐阴晴回。
知音知所以，夜臆夜难猜。

535. 题襄阳图

襄阳一郡图，汉水半知音。
咫尺山河色，丹青日月林。
幽幽垂泪石，处处岘山禽。
谷壑浮云隐，峰回落叶深。

536. 程将军夫人挽词

瑟瑟一人来，和和半凤台。
悠悠应自许，处处奈何回。
不捣秋衣在，重闻落叶陪。
难求天地与，未了将军哀。

537. 奉和喜雪应制

纷纷大雪来，处处玉花开。
寂寂连天地，悠悠二月梅。
空空临上苑，玉玉筑蓬莱。
陌陌三农喜，村村一色台。

538. 闻邻家理筝

邻家少女弄琴弦，北斗星空渡月船。
千姿百态由筝理，三心二意共无眠。

539. 奉和圣制早度蒲津关

蒲津关外度，晋绥险天关。
地异分都立，心同共宇还。
虹桥连驿路，渭甸接河湾。
草木阴晴列，长安日月班。

540. 奉和圣制答二相出雀鼠谷

雀鼠谷中云，旌旗日上曤。
巡边三二月，奏御万千文。
塞甸寒霜色，秦川暖水芬。
汾阳新草色，戍令故功勋。

541. 句

细雨人先醉，春风帆不开。

542. 崔翘

崔融二子一中书，历练文章十地余。
赐予荆州督御府，开元舍令侍郎居。

543. 奉和圣制答张说南出雀鼠谷

砑路绕河汾，天光照谷裙。
笳声迎岭树，令帐策功文。
坝上荒原草，云中守戍军。
阴山飞将在，紫禁豫章闻。

544. 送友人使夷陵

峡外一夷陵，峰中半驿灯。
高唐朝暮客，逝水淑香凝。
小叶抽芽早，江流逐气冰。
巫山神女在，一脉自相承。

545. 郑郎中山亭

山亭半旧游，古木一千秋。
榭角飞猿至，对酒可相求。
鸟逐盘中米，云浮岭上楼。
清泉流欲尽，密树自藏幽。

546. 梁升卿

昇卿与九龄，善学字丹青。
笔绝东封制，都督广粤宁。

547. 奉和圣制答张说扈从南出鼠雀谷

日色青云上，天光鼠雀中。

千年故汉城，万岁自西东。
国佐同云雨，君臣唱大风。
王旌仗令策，甲帐自成功。

548. 白云溪

石径入修篁，泉林逐日光。
浮明生淑气，汉柏散余香。
逝水含荣秀，留潭纳宇梁。
天街连古道，积翠白云乡。

549. 陆海

才思共子昂，纳举贺知章。
性峻寻知己，潮州牧省郎。

550. 题奉国寺

奉国千钟寺，孤房一磬音。
炉香无静止，广惠有禅林。

551. 题龙门寺

守舍龙门寺，放生日月池。
游鱼游自在，月色月先知。

552. 句

一曲向君心，三生自古今。

553. 白牡丹

长安少小白牡丹，雁塔慈恩方寸宽。
渭水凌波千百度，王城日月去来安。

554. 和从叔禄愔元日早朝

铜浑变节秋，玉律列年流。
巷里宸云起，宫庭上掖谋。
中书门下省，诏令尚书修。
奏折呈黄帝，冠缨续冕筹。

555. 昭君怨

半怨一心肠，三生两地伤。
深宫谁画像，敕勒谷川香。
蜀女琵琶响，单于牧女妆。
相思相互见，汉问汉家乡。

556. 陶岘

（开元与孟彦学、孟云卿、焦遂制三舟主客曲，水仙也）

三舟主客曲东吴，一日开元颂帝儒。
秀女弹琴天色近，清商已可水仙苏。

557. 西塞山下回舟

一片枫林已入秋，三湘竹泪自成流。
穆公独上秦楼月，弄玉方知少女愁。

第二函　第八册

1. 王维四卷

诗诗画画已千秋，雅雅清清序九州。
别墅辋川山水色，菩提凝碧误官楼。
禅房索笔平生尽，弟缙应中王诸侯。
舍笔右丞文十卷，珍珠似玉雅才歇。

2. 酬诸公见过

一子生平半在途，三光日月五湖儒。

耕耘方寸劳心苦，处治正邪意念孤。
画里有诗诗触景，诗中有画画自无。
荒村野草闻鸡犬，落叶新花满帝都。
玉在蓝田如似石，人行海角念家奴。
东皋拾翠南山碧，北海观涛上苑苏。
少室常开应面壁，荆扉未闭可飞凫。
浮屠未了情思在，目过人间作丈夫。

3. 奉和圣制登降圣观与宰臣等同望应制

龙图朝碧近，凤曲对天疏。
八校山川静，三农日月锄。
君臣知望短，宰牧念心余。
万姓成天下，千牛作米渔。

4. 奉和圣制御春明楼临右相园亭赋乐贤诗应制

复道御春明，青门右相荣。

贤人诗自咏，汉树色精英。

浐水临流渡，商山四皓鸣。

园亭多草木，上苑可平生。

5. 奉和圣制送不蒙都护兼鸿胪卿归安西应制

河源日上到安西，海曲鸣笳鸟未啼。

虏尽阳和都护在，鸿胪六合寄高低。

6. 扶南曲歌词五首（隋九部乐，四日扶南）

之一：

扶南四曲声，翠羽一流明。

帐署天街境，昭阳上掖荣。

君王临所布，帝业处饮英。

之二：

丝弦调所成，鼓瑟理胡筝。

独奏分异域，和调势可荣。

宁知亲已近，可拓帝业情。

之三：

曲舞一天街，歌琴半玉钗。

金銮同庆祝，帐殿共和谐。

世上从君子，人间帝王怀。

之四：

一女敬三宫，千门向大风。

扶南扶部乐，启户启天红。

旭日烟霞至，江山日月中。

之五：

窗含万卷书，户纳百儒初。

世上多君子，人间自在余。

千年明镜在，万岁可樵渔。

7. 陇西行

三边烽火至，九鼎护都天。

帐令宣张掖，飞书致酒泉。

楼兰应落日，上掖不扬鞭。

上策和平势，英明国自全。

8. 从军行

从军行不尽，列队阵难平。

大漠荒沙起，楼兰落日城。

金河容水日，渭水纳阴晴。

不可书生见，何言客业生。

9. 早春行

冰融三两日，水暖岁年情。

雪乱梅花色，风平野积荣。

闺房藏不住，镜里隐私情。

小草初抽叶，山前暗自萌。

10. 早朝

明星一寸高，岭暗万山袍。

夜冷浸凌旭，心潮复道豪。

苍茫知日近，陌巷挂旗旄。

酒市晨声早，京都织略韬。

11. 献始兴公（时拜右拾遗）

宁栖野树林，独卧待鸣禽。

不必因朝暮，书中自古今。

春秋成岁月，草木作知音。

本是同根客，何须问异心。

12. 赠从弟司库员外絿

打虎亲弟兄，军前父子兵。

同心连血肉，共存逐殊荣。

少小无谐事，童翁有志情。

江山原自屹，水月互相明。

13. 座上走笔赠薛璩慕荣损

胜世无高节，三星近五更。

长亭应举步，绝迹有精英。

14. 赠李颀

三清世界好丹砂，一味红颜二月花。

以此知君？上见，无闻海角近天涯。

15. 赠刘蓝田

蓝田半玉烟，犬吠一树眠。

月夜归家晚，星明入户前。

荆扉开不闭，社酒自流泉。

税赋官家渡，农夫望陌阡。

16. 赠房卢氏馆

世有达人情，天无蔽日明。

浮云飘不定，弱草色枯荣。

陌上桑榆早，阡中鸟雀营。

农夫耕自足，少小束簪缨。

海岳苍山远，平生积累城。

17. 赠祖三咏

闲门闭又开，月色隐还来。

契阔知残岭，清凉向寺台。

蝉鸣高树顶，雨沃野云催。

会讵孤难望，河关自得裁。

18. 春夜竹亭赠钱少府归蓝田

春风入夜雨云生，少府闻香左右情。

隔岸花多留彼此，清流不语近阴晴。

19. 戏赠张五弟烟三首（自嘲）

之一：

五弟作农流，三兄自谓尤。

诗词十万首，格律信天游。

日月耕耘致，阴晴草木收。

心思源所以，结果积春秋。

之二：

读遍五车书，樵渔一自余。

上古城外去，浑江水田渠。

桓仁同故里，五女共禾锄。

以此知兄弟，回头向独居。

之三：

西关五队家，柳树半桑麻。

大院王家坎，南头访舅妈。

年年春节日，处处对联斜。

木柱衡门立，田园满豆瓜。

20. 胡居士卧病遗米因赠

一病近天堂，三天断米汤。

人根何所寄，苦痛自肝肠。

莫咏知章句，应寻子美浆。

行闻还俗与，积善遗黄粱。

21. 赠裴十迪

风流裴十迪，道士遣三清。

步履云岩净，歌声草木荣。

新诗同逐韵，绝句共吟行。

笔墨方兴晤，田家月正明。

22. 与胡居士皆病寄此诗兼示学人二首

之一：

书生一病邻，道士半秋春。

悟道方圆见，迷津彼此人。

千殊何越渡，四达几风尘。

幻影非因果，贪心始得贫。

甘霖成露化，妙语作真身。

鹤羽黄泉岸，胡生负转轮。

之二：

苍空一气浮，玉宇半神州。

续积寻迦叶，求仁问孔丘。

人间因皆病，世上果同舟。

三吴三逝水，一蜀一江流。

23. 奉寄韦太守陟

荒城日暮红，一字雁当空。

塞上寒霜早，湖中竹叶风。

东西南北去，彼此作飞鸿。

24. 林圆即事寄舍弟统波

一水下荆州，千波独自流。

无风自是因追逐，有继承先果不休。

难平形不定，泄欲势争游。

此路高低平不得，方圆左右渚沧洲。

前程应向见，逝去作潮头。

25. 至滑州隔河望黎阳忆丁三寓

人生半隔河，历治一日罗。

视顾闻千陌，行程唱九歌。

孤声难自力，众力可潮波。

26. 秋夜独坐怀内弟崔兴宗

秋高树顶一蝉鸣，日暮长亭半路程。

落叶无声相顾惜，沧洲有蕙可浮生。

27. 和使君五郎西楼望远思归

远近一家乡，阴晴半柳杨。

思归梦不尽，望顾此道长。

28. 酬黎居士淅川作

草木一人中，莲花半碧蓬。

无心杨柳岸，有意去来同。

药石辱紫叶，丹砂炼玉宫。

川流天下在，气味共西东。

29. 送魏郡李太守赴任

昨暮言天小，今晨话子风。

阴山飞将入，魏郡落鹄鸿。

洛水扬长见，淇门太守中。

黄河官渡岸，古木夕阳红。

30. 送陆员外

商山不问翁，七国蓟门中。

部署南官近，三河北塞东。

胡风扬万里，太漠草千丰。

古塞周秦汉，风云日月空。

31. 送于文于守赴宣城

宣城太守一舟扬，宇属衙门半故乡。

一镜高悬明日月，三声吏鼓冶朝纲。

32. 送綦毋秘书弃官还江东

不可望江东，乌雅递大风。

霸主当雄见，龙门作始终。

僻陋疏人事，幽然蕙草蓬。

独月清明芷，兼葭淡水丛。

行当知自主，步道以西东。

海角天云远，天山落日红。

33. 奉送六舅归陆浑

自古一人情，如今半世生。

东皋田亩绿，泗鲁退思耕。

落叶秋风扫，池明日月更。

阴阳分两际，世界合庸中。

34. 送别

酒市一言中，长亭半大风。

人生应不止，道亦道非同。

35. 送张五归山

一叶入荆扉，三生半是非。

山中无所见，鸟雀有何归。

36. 齐州送祖三

步步望齐州，凄凄对九流。

相逢当一笑，送别可千愁。

祖帐伤离见，荒郊草木休。

天寒山水净，日暮苦行舟。

37. 送缙云苗太守

腰章苗太守，手令缙三吴。

接牧清江吏，松阳节制孤。

遥遥相望及，远远互当儒。

38. 送从弟蕃游淮南

不忘鲈鱼脍，方成四海心。

沧洲天地岸，泗水一淮阴。

陆岛成千屿，夷荒已七擒。

三吴英才地，五霸项家音。

莫以新丰远，长安作古今。

39. 送高适弟耽归临淮作

下邳一英雄，淮阴半世空。

鸿沟分楚汉，项羽念江东。

燕赵临淄客，陶唐晋魏公。

苍天缫组寄，戍阙念飞鸿。

捡字都门案，行名塞北弓。

参差人事مل, 进退有无中。

荡涤知何问，维威几度风。

江河天外去，日月九州同。

40. 送綦毋潜落弟还乡

孤村一远天，独客半江船。

读士当桥过，同程有后先。

江淮寒食雨，乞火望桑田。

草草年年绿，书生岁岁研。

41. 送张舍人佐江州同薛琚十韵（走笔成）

束带一心明，维心半自清。

江州多少士，范屠暮朝耕。

雅颂风流客，浔阳易诺横。

百旅两湘外，千流九脉荣。

陶潜何五柳，四皓几人名。

远见香炉树，回眸大江英。

铸剑春秋继，吴山越国情。
何当天子问，但记范蠡声。

42. 送韦大夫东京留守

云中可古今，月下有龙吟。
举案闻巢许，行行束旦簪。
黄门曾省府，画角可衣襟。
北阙新丰物，东都继守心。

43. 资圣寺送甘二

一酒过朝阳，三呼问别乡。
禅音应未了，驿乏自扬长。
不觉京城外，无言客道伤。
明年知此处，莫再画黄粱。

44. 留别山中温古上人兄并示舍弟缙

问月一松间，寻心十步闲。
泉流声自远，影落色幽还。
舍弟同宗谱，山兄共列班。
荆扉何不守，牧治玉门关。

45. 观别者

切切问三亲，依依向四邻。
都门风水岸，故土暮朝春。
此别何来去，相逢几晋秦。
人生原自在，苦事苦蚕身。

46. 另弟缙后登青龙寺望蓝田山

青龙寺外望蓝田，素玉心中间陌阡。
弟弟兄兄问此界，思思念念共长天。
官从杨柳岸，士作苦辛贤。
树蔽行人路，云平古道年。

47. 别綦毋潜

莫问未央宫，无言唱大风。
平津事议尽，凤阁玉书同。
绝句闻江左，长文对日红。
都成留彼此，渭水去西东。

48. 晦日游大理韦卿城南别业四声依次用各六韵

六韵四声鸣，平平仄仄平。

仄仄平平平，仄仄仄平平。
八病三曹绪，稽康七子情。
燕歌行七体，沈约永明城。
庾信炀帝律，徐陵之问声。
初唐名四杰，辨味品诗英。
适履诗词客，修身格律成。
唐诗荣五万，日月始三盟。

49. 北京东四十条素直馆与杨灵

罗汉娃娃半过堂，桃胶五谷豆花香。
空空色色三千卷，有有无无碧绿乡。

50. 冬日游览

河东函谷阙，渭北晋秦川。
问尽邯郸步，修平贝叶宣。
相如归老病，投宿茂陵田。
左见曹凝碧，右丞一宰悬。

51. 华岳

浮云作太清，积雪色华荣。
白日寒光远，青林夺目明。
华阴城外素，渭邑禁中生。
上帝成西峤，华阳作客轻。

52. 蓝田山石门精舍

蓝田一石门，远木半黄昏。
落日高山顶，天光彩照恩。
遥遥残霞渐寂，近近暗乡村。
古寺钟三界，游僧主五蕴。

53. 别业

序：
同卢拾遗过韦给事东山别业二十韵，给事自春休沐，维已陪游及呼是行，亦予开命会无车马不果斯诺
诗：
别业东山见，居心渭水流。
高阳多故客，五岳十三州。
信义桃圆里，行为载物由。
文昌宫给事，左掖殿郎酬。
凤阁共明举，开元向德候。
延乡村采集，顶盖树扬丘。

顺祈春秋颂，诚崇日月楼。
冠缨光影坐，束甲对华猷。
是对阳和节，时逢玉井游。
群峰天壁立，诸石柱苍洲。

54. 青溪

黄花川上水，荡漾石中浔。
澄澄溪影色，青青逐老林。
明明天地界，浅浅近闲心。
澹泊流无后，悠长作古今。

55. 催濮阳兄季重前山兴

黛色一林田，峰光半水鲜。
云中藏雨气，树下湿人烟。
夏末秋先至，风来叶去悬。
分明佳色界，合沓著秦川。

56. 李处士山居

处士一山居，香林半自余。
花开三界色，不见小人书。
独木乔天立，群翔逐尾舒。
同思无自主，异想有樵渔。

57. 丁寓田家有赠

微明一渭川，隐逸半桑田。
解带宽衣卧，开轩枣月圆。
春秋多日月，草木任云烟。
自以芳菲度，农夫社日眠。

58. 渭川田家

田家日落半牛羊，野老荆扉一柳杨。
雉鸲眠蚕桑叶老，莺鸣两语去声长。

59. 春中田园作

鸠鸠上尾鸣，白白杏花荣。
乳燕归巢筑，农夫旧历更。
田园云雨色，客舍逸人情。
远道连天际，邻家隔壁筝。

60. 过李楫宅

但见夕阳斜，闲居故宅花。
由心情色近，散发自然家。
尚把醇香酒，无籥问豆瓜。

秋风门启闭，社日挂乌纱。

61. 韦侍郎山居

山居一客心，谷涧半知音。
鸟落寻松子，溪流作水琴。
峰光云不抱，古迹木成林。
此道非朝暮，明潭日月深。

62. 饭覆釜山僧

山僧半入门，鼓磬一黄昏。
净理三清继，禅宗十地村。
蓬蒿居士客，草饭上人蕴。
道亦非成道，根移是定根。

63. 谒璇上人并序

望碍自无心，菩提渡若侵。
玄关空色尽，不物一知音。
不二法门旁，重三故事扬。
天然居一室，地主焚千香。
柳暗花明色，莺啼雉尾长。
嵇康笻竹杖，步履阮家郎。

64. 瓜园诗并序（以圆为韵，圆，十三元韵）

之一：
王维一脉半瓜园，十韵三光两雨轩。
太子司郎薛璩见，留心命视作诗言。
之二：
一目尽乾坤，三生自在门。
开时关不住，闭则守黄昏。
蔼蔼王州里，田田养子孙。
瓜瓜和果果，育育亦恩恩。
木槿同朝暮，农夫共此村。

65. 路

序：
自大散以往深林密竹磴道盘曲四五十里至黄牛岭见黄花川
诗：
万曲盘流百里头，千波净石一山丘。
黄花川上黄花岭，大散森林密竹幽。
磴道重重环抱壁，南山蔼蔼碧云浮。
清溪啸尽消人郁，翠谷青皋聚神眸。

66. 新晴野望

新晴原野旷，淑气任氤氲。
净垢无尘序，欣然有欲曛。
田明山水色，雨润泽苗芬。
牧养无行止，耕耘自在文。

67. 宿郑州

朝辞辞故乡，暮宿半黄粱。
北斗何开口，东皋莫染霜。
商山从四皓，不食郑州粮。
黍米震天磉，机杼织女忙。

68. 早入荥阳界

方言不似半河东，俗气风流一豫中。
市井渔喧人先入，黄河水逝掉头东。

69. 渡河外清河作

水国半天涯，轻舟两岸花。
天波开郡府，邑户万人家。
望尽桑麻去，还随日月斜。
年年应彼此，岁岁误乌纱。

70. 苦热

苦热一人心，清凉半古今。
云阴浮不定，雨断未相临。
竭涸池塘水，沧流土地深。
天公公未语，土地地成林。

71. 纳凉

清心自在凉，苦意可知香。
海纳三江水，云含半两沧。
长风天未至，豁达过横塘。
濯足躬身漱，凭流仰望茫。

72. 西施咏

效颦一可稀，越女半吴衣。
目对夫差舞，人从故浣沂。
耶溪纱不尽，暮色伴依依。
独馆娃娘曲，孤身颂玉肌。

73. 李陵咏　时年十九

胡风一李陵，汉志半孤灯。
结发千军去，长驱万马膺。
英雄何战死，列将垒无应。
独以迁公论，孤身北国承。

74. 崔录士

解印归田里，贤人一丈夫。
东山知少侠，狎鸟是书儒。

75. 成文学

宝剑成文学，千金白玉堂。
平原当自客，得意可游梁。

76. 郑霍二山人

郑霍二山人，门窗半隔邻。
非清泉不饮，是卷读秋春。
怨木无居去，芳花有自身。
华轩含紫气，隐舍纳贤津。

77. 过太乙过贾生房

太乙紫阳宾，烟霞道上人。
多才多东累，少举少秋春。
百虑无新解，千寻有路陈。
闻明闻简卷，谢过谢冠巾。

78. 燕子龛禅师

鸟道半羊肠，龙门一石墙。
山中云雨色，伯禹五丁梁。
紫阁禅音至，慈悲救世乡。
猿啼当逝响，暮鼓以声扬。

79. 羽林骑闺人

高城一月秋，扫叶半心愁。
羽士闺人问，丝弦未上楼。
幽幽思不得，步步忆难休。
去岁当今别，今年复又忧。

80. 偶然作六首

之一：
儒书一孔丘，老道半清流。
楚国狂夫客，吴人未语谋。
丹炉何处见，六国读春秋。
之二：
田翁白首亲，斗酒唤东邻。
醒醉何须问，春秋可日臻。

平平安乐在，楚楚去来新。

之三：

秦川始太行，渭水泛天光。

故少男儿问，童翁两豫章。

兄兄还弟弟，父父母母堂。

此去无来见，终生可甚伤。

之四：

陶潜五柳旁，谢履半山光。

任性狂呼号，天真作菊郎。

重阳当九日，硕果作秋香。

之五：

赵女一箜篌，邯郸半曲休。

千金来复去，万岁水浮舟。

邹鲁书生在，儒书自九州。

之六：

老子赋新诗，平生自不知。

庸庸何碌碌，早早亦迟迟。

81. 寓言二首

之一：

射雉上林圆，斗鸡太乐喧。

何须知俯首，不与布衣言。

之二：

列鼎家邦健，鸣珂帝子门。

三生多富贵，两代可先尊。

82. 冬夜书怀

永夜过冬宵，三更星欲遥。

中书门下觐，两省奏前朝。

顾影文昌漏，寻章玉帝昭。

朱灯华发照，细步奉秦箫。

83. 送唐太守

楼中黄鹤去，水上一飞舟。

夏口沧江岸，庐洲日色浮。

临川临郡府，太守太平侯。

84. 送权二

一见是高人，三生问至臻。

儒书天地界，路道序秋春。

佛语禅宗慧，回径世界钧。

玉皇仙岳顶，上帝助相邻。

85. 休假还旧业便使

微微一陌桑，九九半重阳。

日路茱萸色，归思日月长。

故园田亩在，陌置几沧桑。

未改山河色，何寻少老肠。

86. 叹白发自述

白发一苍然，布衣半地天。

童翁寻父母，老少问乡田。

四品难回首，诗词六万篇。

但觉黄粱梦，远近夕阳边。

87. 别弟娣两首自语

之一：

少小误疏亲，童翁各独人。

殷勤相询问，日月已分邻。

刺骨悬梁事，龙门进土津。

回头何所尽，遗弃故家珍。

之二：

弟弟妹兄兄，父娘祖父生。

家家天地上，户户暮朝情。

创业关东草，胶州故土萌。

千辛三代苦，百亩作家荣。

88. 哭段遥

人生能几何，历世不三多。

阔土黄泉水，苍空唱九歌。

89. 故南阳夫人樊氏挽歌

石上两三行，云中一半光。

乾坤干犹在，永别永离伤。

90. 夷门歌

七国雌雄已未分，攻杀守虏战营军。

魏舍平原君自去，秦嬴驹马子难闻。

夷门亥下鸿沟见，四皓商山白日曛。

意气良谋何楚汉，江东一语半惊垠。

91. 陇头吟

英雄但在陇头吟，供士何须太白寻。

北国旌旄曾落尽，关西老将作精钦。

身经百战阴山去，受虏三金问古今。

李广千军谁射虎，单于万马可知音。

92. 老将行

少小三边一诺行，童翁半世九州名。

阴山敕勒川前去，受降交河日后荣。

射虎幽燕飞将箭，轮台雪月酒泉横。

千山节使黄河外，万卒争先羽橄情。

几代风云天水岸，何年草木不枯荣。

神龙解甲江河在，白马行空五柳城。

越矢吴弓谁弃掷，单于楚客自难成。

云中太守鸣金始，百战余生一诺行。

93. 燕支行　时年二十一岁

燕支射虎一青年，破卷天书半天先。

胆略雄才曾进学，耕耘日月苦辛贤。

单于卫霍金门间，甲第宫庭上掖宣。

魏赵燕韩秦晋步，长城玉寨楼兰烟。

雕戈白日天山外，昼角寒霜过酒泉。

劲卒平生前进去，胡笳曲尽对青莲。

麒麟锦带吴钩弃，骊濯沙鸣剑羽悬。

回头垒鼓千声致，释道机枢十地田。

94. 桃源行

桃源两岸半桃津，玉树千株十地春。

汉姓仙居秀境竹，秦服古巷武陵人。

避世蓬莱成阁著，闻乡奉客作天邻。

纯醇百度成芳酿，水木三光向酒濒。

95. 洛阳女儿行　时年十六

洛水朝阳一女儿，深楼细步半青媚。

罗闱玉帐三春色，玉佩桃花九舞姿。

两度东风云雨暗，千枝万叶竞先迟。

微微不觉空茫处，去去来来可向谁。

96. 同崔傅答贤弟

姑苏不负洛阳才，桂苑方成玉阁开。

白下秦淮吴国镇，兰陵美酒石头回。

周郎赤壁衣冠在，綦赌山阴小史梅。

勾践还应多尝胆，夫差莫著范蠡台。

97. 赠吴官

河东不似大江东，渭水同形泗水蒙。

富渚春江花月夜，龙门进士玉壶空。

英官乞火青团色，越脍莼鲈促织虫。
小女三桥同里过，飞鸿一字共天工。

98. 丹麦

序：
故人张谭工诗善易兼丹青草隶顷以诗见
赠聊获酬之
诗：
月下书生自咏诗，云中大旻已相知。
衡门八卦樵渔误，四象机枢日月师。
内史成章司马客，文王演易武周迟。
丹青画诏迟江山色，社稷词明著两仪。

99. 送崔五太守

但问江东父老书，双流剑阁一天余。
荆门不锁成潮水，八月钱塘六合初。

100. 寒食城东即事

清明三两日，上巳去来时。
七色桃林早，千村小杏迟。
山溪流碧玉，古道梁花枝。
鸟落秋千上，人闻淑气淄。

101. 不遇咏

楼兰不可一儿童，阮笔山中半白翁。
踏步应寻非彼此，回头莫问是西东。

102. 赠裴迪

日落水知深，云行客问琴。
双音何鉴赏，独木可成林。
处处应相见，时时问古今。

103. 青雀歌

羽短青公雀，翅扬远远行。
年年无止境，处处有平生。

104. 黄雀痴

小小痴黄雀，声声对世鸣。
衔禾儿女养，展翼暮朝行。
自在凌云志，无求草木生。
传宗还代代，不问凤凰城。

105. 榆林郡歌

黄龙戍上一榆林，汉使云中半古今。
不息东流河九曲，无形两岸水千浔。

106. 问薛校书双溪

买得双溪半向东，还寻独木一云中。
君家少室藏书卷，客步中山问始终。

107. 新泰郡松树歌

青山一片松，石涧半清容。
暮色涛声起，浮云绕白龙。

108. 寄崇梵寺寺近东阿覆釜村

空云山上望，石峡水中悬。
古寺东阿近，禅音覆釜宣。
花开花落去，草暮草云烟。
寂寂思深静，悠悠作寸田。

109. 同比部杨员外十五夜游有怀静者季

静者一心中，行人半始终。
文书经月夜，玉漏可平虹。
万户繁朝暮，千门简柳桐。
甘藜沾露润，谷雨夏收丰。

110. 答张五弟

终南一屋明，石室半心清。
守舍含元气，开关自在行。
樵渔多望止，士宦少门衡。
独钓寒江雪，随从草木荣。

111. 送李睢阳

斗酒君情一世长，千歌别绪半睢阳。
潼关贾谷游丝在，渭水齐人络绣肠。
上济朝京诸子弟，中寻何道几黄粱。
东厢诏令天书系，北国三边策五羊。
东淮织练江苏岸，西域大漠久鸣扬。
平生自在平生去，一路前行一路乡。

112. 奉和圣制天长节赐宰臣歌应制

一寸朝阳己万方，三光济世自千张。
阊闾德合唐尧布，金旒绥合紫阔八荒。

113. 登楼歌

登楼一九歌，夕望半山河。
远近三光至，乾坤几少多。

114. 双黄鹄歌送别时为节度判官作于凉州

一路凉州半故乡，三生少室九州杨。
分飞楚汉无河界，宿夜周秦有客肠。
振羽航天天不语，长鸣玉宇宇齐梁。
鸿鹄自在潇湘岸，鸟雀生平岁月章。

115. 赠徐中书望终南山歌

终南山上望，玉雪顶中晖。
约隐从何返，樵渔自待归。

116. 送友人归山歌

石上流泉一线明，山中磊玉半书生。
林前独木风光问，日后天光色早生。

117. 竹泪

白鹭山中自在鸣，篘缕月下照弦清。
东皋白竹连峰岭，北屋泉溪接门衡。
独木云衣猿不语，兰花抱色草芜平。
思君未了弹琴问，旧忆还来鼓瑟情。

118. 鱼山神女祠歌

一作渔山神女琼智祠二首。张茂先神女
赋序曰：魏济北从事弦超，嘉平中，夜
梦神女来。自称天上玉女，姓成公字智琼，
东郡人，早失父母，天地哀其孤苦，令
得下嫁后。三四日，一来即乘辎軿衣罗绮。
智琼能隐其形，不能藏其声，且芬香达
于室宇，颇为人知。一旦神女别去，留
赠裙衫裤裆。述徵记曰：魏嘉平中有神女，
成公智琼，降弦超。同室疑其有奸。智
琼乃绝。后五年，超使将之洛西，至济
北渔山下陌上，遥望曲道头有车马似智
琼。果是。至洛克复旧好。唐王勃杂曲
曰：智琼神女，来访文君：按十道志云：
渔山一名吾山汉武帝过渔山作瓠子歌云
吾山平兮臣野溢是也。
渔山臣野一情真，玉女神琼半世春。
魏济嘉平中夜梦，文君十道衲衫人。

119. 迎神

坎坎之声一渔山，悠悠玉女半琼颜。

纷纷细雨云中济，巍巍嘉平向洛还。

120. 送神

眷眷情情一智琼，心心意意半角声。

人间但得真云雨，世上弦神五女萌。

121. 守进马哀词

之一：

一子慰中书，三台问自如。

悲哀何倏逝，文成自可余。

之二：

一木成林自提年，三江逝水作潮天。

今今古古谁人继，去去来来可序弦。

猎子弓弦如射虎，侯门继事似云烟。

西河管豹今惊永，委蜕延陵学渭川。

122. 王维奉和圣制赐史供奉曲江晏应制

琼筵志相梁，进士曲江舫。

故国状元晏，新才筑建章。

123. 从岐王过杨士别业应教

岐王杨子业，过遇古径堂。

鸟雀争先噪，笙歌过后庄。

禅房应不远，塔院已余香。

载酒同今古，听琴共柳杨。

124. 从岐王夜晏卫家山池应教

山池半卫家，夜月一筵华。

座客香风满，宫娃绮幔花。

流泉烟雾色，竹影挂宿纱。

积翠栖啼鸟，含云酒力加。

125. 早朝

王城半大风，玉帝一瑶宫。

柳暗天街路，花明复道丛。

金门方朔晓，上掖凤凰桐。

诏令东来紫，班姬玉辇红。

126. 同崔员外秋宵寓直

巷陌一鸣珂，承明半玉河。

秋宵寒早度，渭邑鼓钟多。

漏断平衡器，冠荣付九歌。

云烟珠着岸，井曙绛裁磨。

127. 辋川闲居赠裴秀才迪

闲居过辋川，秀才遇云烟。

日月天年老，风光水木鲜。

黄昏连远岭，暮色挂帆船。

问道当光近，听蝉树顶宣。

128. 寄荆州张丞相

因由寄一言，历练记三元。

楚鄂关天水，荆门逐蜀喧。

园林花木圃，社稷忆轩辕。

已故寻非是，如今致简繁。

129. 冬晚对雪忆胡居士家

开门雪满川，闭户玉空田。

杏杏银妆裹，茫茫素羽烟。

千山同色志，万水共方圆。

一笔纵横过，千光日月边。

130. 奉和杨驸马六郎秋夜即事

一夜半秋霜，三清十地光。

高楼扬月色，小玉郁金香。

陌巷从君吾，侯门自建章。

131. 和尹谏议史馆山池

山池馆上？空墟，道士香銮故议余。

世上三清五情建，人间九陌十阡书。

132. 酬虞部苏员外过蓝田别业不见留之作

谷口一居人，乔林半野津。

荒村胶冻浦，古渡锁舟濒。

石径寒山细，渔樵钓伐珍。

侯门何冷雪，别业不知贫。

133. 酬比部杨员外暮宿琴台朝跻书阁率尔见赠之作

琴台自在有余声，月色无音有桂情。

汉姓桃源秦市酒，和弦叶抚木争鸣。

134. 酬严少尹徐舍人见过不遇

不遇一余情，相逢半有声。

荆扉藏旧酒，古径步新鸣。

日月何相似，朝朝暮暮明。

留心留所望，纳意纳其兄。

135. 酬张少府

人人唯自在，事事已关心。

旷达知天地，思谋可古今。

三千生子弟，半百木成林。

岁岁耕耘逐，年年道路寻。

136. 送丘为落第归江东

源流不止一江东，壮士何为半大风。

两亩田园耕未尽，三光日月刻雕虫。

迎迎送送天朝吏，朝朝暮暮漏衡中。

相如赋罢谁飞燕，金屋藏娇此世空。

137. 酬贺四赠葛巾之作

幽栖一葛巾，惠赠半秋春。

隐吏齐心愿，公门却旧尘。

簪幽常挂冕，竹履已风尘。

涧阔凭云满，山深问晋秦。

138. 送李判官赴江东

潮声一富春，辨璧半封臣。

左语平齐鲁，吴音晋魏津。

何闻三百寺，不问泣珠人。

楚汉鸿沟界，张良不效颦。

139. 送严秀才还蜀

还乡一锦城，问蜀半君鸣。

令子花县西，江云白色平。

宁亲贤叔侄，杜宇去来声。

旧步蚕丛路，新芭剑阁荣。

140. 送张判官赴河西

高歌一送君，去塞半功勋。

白雪沙鸣道，黄昏霍卫军。

张微平虏降，报国献身闻。

口北寻夫迹，河西望白云。

141. 送岐州源长史归

自此问河源，慈悲贝叶幡。
中原君子驿，未解孟堂轩。
古道从天意，今声彼此言。
长亭应不尽，几步作方圆。

142. 送张道士归

道士半归山，三清一闭关。
丹炉香石炼，鹤羽玉仙颜。
别妇留情诀，驱云筑百般。
仙歌闻所止，玉帝不须还。

143. 同崔兴宗送衡山岳瑗公南归并序

瑗公衡岳道，学凤上人心。
海内房君介，天波论古今。
曾同三虎豹，朵处五峰荫。
扣舍求相别，曹溪牧野禽。
且向石门开，黄昏玉斧藏。
池阳云起落，月影竹徘徊。
界定三生域，行成九陌来。
松间风雪夜，谷涧闭关台。

144. 送钱少府还蓝田

篮田还少府，绿草满黄烟。
子赋茱衣老，猴山海日悬。
清明寒食酒，气火问方圆。
燕子新巢筑，文章故客贤。

145. 送丘为往唐州

宛洛有风尘，长安尽苦辛。
殷勤连汉水，侍奉待天津。
柳叶初开放，杨花近暮春。
朝云相送罢，绣带逐沾巾。

146. 送元中丞转运江淮

转运江淮使，中丞草木春。
天朝轻赋税，地载众心人。
石蛙径年垒，珠官寄薄臣。
江流多泽润，日月少风尘。

147. 送崔九兴宗游蜀

剑阁嘉陵万里寻，兴宗去客半人心。

蚕丛栈道连蜀汉，杜宇声中寄问音。

148. 送崔兴宗自忆

已怯亲人远，还愁故客稀。
浑江流水岸，玉女自相依。

149. 送平澹然判官

一路阳关道，三生岁月舟。
楼兰多海市，楚水少留侯。
画角交河岸，鸣金日未休。
黄花呈国使，月色不知忧。

150. 送刘司直赴安西

绝域过安西，沙鸣鸟不啼。
葡萄由彩色，苜蓿可昌藜。
汉使单于坐，旌旗帐节低。
和亲和所欲，日月日天霓。

151. 送赵都督代州得青字

人生自古一丹青，点将天朝半志铭。
刁斗三军辞渭水，龙庭九阙御乡宁。

152. 送方城韦明府

兼葭一草萍，渚芷半浮丁。
郢客荆门色，淮波白下灵。
方城方泽济，雉乳雉县形。
凤阙何曾问，人行百里亭。

153. 送李员外贤郎

英雄一少年，岁月半长天。
戍父知为子，铜梁寄客贤。

154. 送梓州李使君

山中云雨夜，树上叶枝泉。
晓湿巴人梓，阳澄汉女妍。
蚕丛留栈道，剑阁依天悬。
号子江天唱，文翁自在贤。

155. 送张五諲归宣城

江湖千万里，日月去来年。
淼淼关陵问，萋萋马迹泉。
宣城杨柳铺，四面富榆钱。
逝水成潮集，浮云化雨田。

156. 送友人南归

但解老茱衣，何求白发稀。
南归南雁水，北国北人依。

157. 送贺遂员外外甥

归舟一外甥，沂水半中明。
一带连江岸，千帆逐楚平。

158. 送杨长史赴梁州

闻来一子规，梦去半胡维。
鸟道三千里，猿声五百窥。
官桥谁祭酒，驿市可边陲。
别怯同明月，相思独立绥。

159. 送邢桂州

赤岸姑山外，风波过洞庭。
杨舲环岛水，落雁桂州莛。
渚草浮萍伴，江楼客酒青。
天云天末尽，不解玉壶灵。

160. 送宇文三赴河西充行军司马

文三司马过河西，蒲类秦川向日低。
国使戎妆边塞色，昆邪聘学御金题。

161. 送孙二

郊边一玉壶，道外半扶苏。
柳柳杨杨见，年年岁岁趋。
车行朝暮术，鸟落去来儒。
百翌当知友，三生可望凫。

162. 送崔三往密州觐见

悠悠南陌去，子子北人留。
同情同扇枕，共意共消愁。
独念依门望，相思寄梦求。
山川何寂寞，日月几沉浮。

163. 送孟六归襄阳

襄阳孟六归，汉水鹤千飞。
杜宇惊春晚，东流入楚扉。
何须闻诸葛，不可觇山微。
笑读春秋史，闲听落叶晖。

164. 初公济州别城中故人

不得一官微，居功半是非。
方圆知执政，日月可同晖。
井邑纵横读，桑田彼此肥。
归来归未了，此去此门扉。

165. 与卢象集朱家

人间主客人，世上去来春。
沽得新丰酒，寻声鼓瑟频。
秦楼秦女去，弄玉弄箫臻。
但以平生笑，何须一语邻。

166. 登裴秀才迪小台自比

端居问子虚，颂读自多余。
望尽山川色，耕耘日月书。
诗词逾十万，格律过千渠。
独木成林域，群生逐客居。

167. 游李山人所居因题屋壁

世上一山人，城中书草茵。
云浮阡陌影，日落暮朝春。
尚子翻嫌枕，韩康卖竹津。
松间吟咏处，月下照明濑。

168. 过崔驸马山池

青松一大夫，驸马半书儒。
伎女弹琴曲，山池小色苏。
贯桂脱貂羽，高阳解带奴。
云楼凫欲落，醋酿汤江湖。

169. 过福禅师兰若

壑谷藏云寺，山林隐法堂。
禅师兰若静，玉女祈天香。
竹外峰光许，溪中草色荒。
长春长日月，古刹古炎凉。

170. 过香积寺

溪清香积寺，鸟寂石云峰。
古木无闻止，山深有鼓钟。
禅房荫百里，磬语界千封。
日色分朝暮，潭明领虎龙。

171. 过感化寺昙兴上人山院与裴迪共作

谷鸟一声幽，林涛半不休。
溪泉流石色，夕照暮山头。
感化安禅觉，昙兴虎涧由。
花季明独径，共度上人舟。

172. 夏日过青龙寺谒操禅师与裴迪共作

龙钟一老翁，踱步九龄童。
欲问山中色，还闻月下空。
知心知所以，见地见天宫。
慧觉阴晴早，禅师草木风。

173. 登辨觉寺

辨觉一莲峰，禅心半制龙。
窗中三楚色，目上九江淙。
趺坐空居久，敲钟独步封。
松涛声不止，晚课磬音容。

174. 黎拾遗昕裴秀才迪见过秋夜对雨之作

秋云秋雨夜，促织促人情。
白发去言界，安禅慧觉平。
窗前风已落，叶下小泉声。
四象由天易，三更自在明。

175. 慕容承携素馔见过·纪杨灵素直馆

素直桃胶半过堂，香菇碧绿豆花香。
空空色色三禅卷，有有无无五谷粱。

176. 郑果州相遇

莫问阮家贫，须知日月新。
窗前磨镜客，别后忆邻人。

177. 喜祖三至留宿

一宿过千秋，三生问九州。
风尘何事面，积雪入丝头。
早岁相离路，迟年互怯留。
战友同异见，共语共分忧。

178. 晚春严少尹与诸公见过

莺啼问落花，竹影伴流霞。
草色窗前路，图书案后茶。
阴晴三世界，草木一年华。
淑气重香气，春光遍诸家。

179. 山居秋溟

山居一日秋，静气半书楼。
贝叶随风摆，天光共九州。
弹琴凭自语，举步望沉浮。
明月窗前落，清泉石上留。

180. 终南别业

别业一终南，樵渔半蚕苗。
书生书不尽，壮士壮难淦。

181. 归嵩山作

归来一水束嵩山，问道三清向佛颜。
古渡临川风雨路，开心守舍闭天关。

182. 归辋川作

归途入辋川，问道自茫然。
谷口东皋缩，心扉半亩田。
居闲居不得，闭卷闭难眠。
白日浮云里，葡萄木架前。

183. 韦给事山居

给事一山居，山川半木余。
峰随阶石路，谷沿洞云书。
隔岸天街近，临流玉宇舒。
藤萝孤竹径，日色满樵渔。

184. 山居即事

山居一柴扉，落照半余晖。
寂寞天山远，苍茫大地微。

185. 终南山

终南山上草，太乙峪中牛。
引镇蓝田路，潼关古道留。
无非秦岭断，已是灞桥头。
莫以冠官逐，当知日月舟。

186. 辋川闲居

闲居一辋川，问月半婵娟。
桂影窗前挂，寒宫树上悬。
青门青色暗，白社白光宣。
落色成心意，流溪作酒泉。

187. 春园即事

宿雨一春园，浮云半润天。
耕夫初下种，湿气已成田。
布谷辛勤劝，啼莺独自眠。
花开花不语，草碧草先宣。

188. 淇上田园即事

之一：

孤居淇水上，野旷上人间。
日隐田园客，荆扉不闭关。
村童寻日落，牧笛引牛还。
莫待樵夫问，东邻玉树湾。

之二：

枣叶深深秀鸟藏，朝辞暮宿筑巢忙。
红红绿绿分不见，晓镜初明玉女妆。

189. 凉州郊外游望（时为节度判官，凉州作）

凉州节度判官愁，女舞巫婆拜木头。
树影婆娑非是断，笙箫起落帝王侯。

190. 观猎

江山一大风，草木半无穷。
射虎英雄力，驱雕劲角弓。

191. 春日上方即事

好读高僧传，争闻古刹香。
禅房多觉悟，塔院少炎凉。
刻杖龟形见，临眠贝叶光。
梨花初素净，细柳复中堂。

192. 汉江临泛

三湘楚寨一舟通，九脉荆门半水丰。
有有无无天色远，弯弯曲曲唱大风。

193. 泛前陂

明明白白一秋城，去去来来半世英。

暮暮朝朝潮汐渡，成成败败有无名。

194. 登河北城楼作

城楼河北望，井邑巷南声。
日落千山远，灯红万户明。
三边何汉事，九鼎几精英。
逐鹿中原迹，封禅泰岳盟。

195. 千塔主人

微帆半主人，夕泊一明濑。
月色三清净，天光十地邻。

196. 使至塞上

一使问三边，千鸣上九天。
王朝王不定，国事国无全。
塞纳河船去，男儿法帝缘。
东西原彼此，老小可桑田。

197. 晚春归思

新妆明七色，古镜换三黄。
步步思相忆，心心挂老娘。
身辞身所顾，去路去还望。
十五由情许，鸳鸯向凤凰。
随行无隐约，故土有衷肠。

198. 戏题示萧氏甥

格律半诗词，童翁一日辞。
相承相继续，不解不文知。

199. 秋夜独坐

独坐到三更，寒宫已半明。
婵娟应闭目，雨色入云城。

200. 待储光羲不至

起坐问人声，开关待至情。
心思心不定，待客待时生。

201. 听宫莺

御柳过宫墙，春莺唱远光。
风云烟雨日，草木约花香。
细语寻知遇，轻姿向未央。
声声无目的，处处有黄粱。

202. 杂诗

王昌寻北舍，宋玉次西家。
汉武藏娇筑，西施作馆娃。
昭昭君蜀意，小小腊梅花。

203. 留别钱起

栖居非得性，独立是行成。
作别寻来日，分离问去盟。
何言朝暮露，每与白平平。
自可知音作，高山小路明。

204. 留别丘为

日日复年更，悠悠对岁盟。
知音知彼此，步道步苍生。
笔笔惊辰暮，诗诗问止行。
人间应不止，世上有枯荣。

205. 愚公谷三道

之一：

愚谷一云平，荒山半草荣。
清溪流曲曲，玉叶自声声。

之二：

遇谷一川流，东西半不休。
随风惊日月，壁壑可春秋。

之三：

隅谷一泉生，清流自向东。
何言曾逝水，入海作潮鸣。

206. 酬慕客十一

来人道姓名，去客带山情。
二月三春早，冬梅换柳明。
兰花光破色，杜宇后鸣声。
布谷清寒叫，耕耘土地萌。

207. 过始皇墓

古木自成林，幽宫已古今。
坑灰应去尽，示子读书心。

208. 恭懿太子挽歌五首

之一：

太子藏环早，王朝拜苑迟。
天街应所记，厚地以情知。

之二：

但向青山问，何须陇上听。

乾陵乾自在，子曰子丹青。

之三：

岭上一凌霜，云中半晓阳。

黄泉三界外，旧忆五津扬。

之四：

此去成骄子，重行作丈夫。

天光还照旧，鹤羽带扶苏。

之五：

步沿昆池岸，心随杜断情。

鸣金藏六阵，垒鼓宿千营。

209. 故太子太师徐公挽歌四首

之一：

日月经纶见，阴晴易十明。

功名功所记，太子太师行。

之二：

遗老半当朝，先知一路桥。

书生应记取，日月可云霄。

之三：

留侯一曲高，相国半春刀。

汉室临朝政，群英不二毛。

之四：

久践一中台，新临十将来。

咸阳空日月，洛水自徘徊。

210. 故西河郡杜太守挽歌三首

之一：

暮照西河郡，微云落北山。

平生沧海济，戍守地藏关。

之二：

一令金符守，三光待旧宣。

明城君子忆，落土自安然。

之三：

陇上忆微西，京中赐御题。

由因成进退，自此不高低。

211. 寄故南阳夫人樊氏挽歌

不可返戟门，应闻小子孙。

212. 遂溪侍郎夫人寇氏挽词二首

之一：

寇氏一夫人，溪郎半故邻。

之二：

溪郎一故人，寇氏半秋春。

213. 送孙秀才

孙家一秀才，五祖半天台。

214. 奉和圣制庆玄元皇帝玉像之作应制

玄元皇帝玉君明，宝箓周王露水生。

御酒炉烟成紫气，瑶台殿阁道先荣。

215. 奉和圣制与太子诸王三月三日龙池春禊应制

双仢三世界，四象一皇州。

八卦重新易，千门照旧尤。

文章呈日月，格律八春秋。

仄仄平平仄，朝朝暮暮酬。

216. 奉和圣制上巳于望春亭观禊饮应制

上巳一春亭，清明半渭泾。

醒醉千杯酒，被禊万丹青。

217. 奉和圣制暮春送朝集使归郡应制

万里一宗周，千冠半冕旒。

金声三殿使，玉国十沧州。

218. 奉和圣制重阳节宰臣及群官上寿应制

寿共一南山，情同半北关。

三光天地在，九鼎柏梁还。

彩帐茱萸草，神皋日月湾。

重阳千岁节，百度五朝班。

219. 三月三日曲江侍宴应制

被禊曲江楼，君臣四十州。

千觞流不尽，万里共春游。

220. 三月三日勤政楼侍宴应制

琼楼勤政殿，采帐宴臣宣。

洛水凌波问，陈王被禊前。

春风初化雨，御酒付荷莲。

赐水三官辅，成章一玉田。

221. 奉和圣制十五夜燃灯继以酺晏应制

燃明一盏灯，指令万家丞。

十五元宵夜，三千弟子徵。

新妆初绽放，画眉半香凝。

上苑行光令，婵娟作玉冰。

222. 奉和圣制幸玉真公主山庄因题石径韵之作应制

石径山庄半，风云竹影斜。

瑶台连上苑，别业逐仙家。

鼓瑟观湘水，弹琴问楚花。

千章同五绝，地角共天涯。

白玉龙蛇舞，丹炉日月砂。

蓬莱连海域，鹤羽振朝霞。

但作阴阳客，乾坤彼此遮。

溪流清许色，涧落逐川哗。

凤驾离宫府，天街近女娲。

皇銮情意重，御酒醉乌纱。

223. 春日直门下省早朝（时为右补缺）

补缺半文章，中书一玉堂。

天街门下省，上掖九中梁。

漏断平阳殿，銮平劝未央。

宫庭臣早致，紫气百华香。

224. 和仆射晋公扈从温汤（时为右补遗）

君臣由上下，渭水自西东。

沐浴新丰液，香曛太乙宫。

温汤温仆射，晋宰晋冠翁。

匠哲三台主，儒书一大风。

225. 天长寺

序：

和宋中丞夏日游福贤观天长寺寺即陈左相宅所施之作

诗：

已相殷王国，空余尚父溪。

丹飞三界寺，墨迹九州泥。

月殿浮香色，中丞夏日题。

天长观福地，忆旧著高低。

226. 和陈监四郎秋雨中思从弟据

袅袅一秋风，凄凄半草丛。

孤身思今弟，独守茂陵东。

木直乔冠顶，林深隐小虫。

相如应不老，一赋可童翁。

227. 上张令公

一笔半天书，三生九鼎如。

横径重日月，谏奏世当初。

问道寻儒论，从流善佛活。

楼兰风雨止，渭邑白云舒。

228. 赠焦道士

道士一三清，江山九五名。

遥知天下事，近待世中情。

指点玄机外，挥毫草木生。

无言关闭守，自在玉壶城。

229. 赠东岳焦炼师

先生千岁立，五岳百年居。

处处行身影，悠悠足迹余。

齐侯新鼎立，汉武故人书。

孔墨铜盘色，樵渔隐约锄。

230. 送秘书晁监还日东国

广域而群生，元元则独明。

琅琊连仄海，始夏逐沧平。

乐散辞燕赵，信陵对魏盟。

扶桑由上国，舜禹有华瀛。

九牧龙门改，三山五味荣。

同乎成汉制。太学故人情。

鸟逝鲸鱼浪，人随玉宇平。

宗同宗正本，玉帛玉先成。

积水海洋中，波涛自不穷。

潮风同日本，四岛共苍空。

禹夏迁移客，秦皇乞药东。

扶桑归去得，异域息相通。

231. 送祢郎中

郎中一去留，草色半春秋。

六郡知迎送，三湘自独舟。

孤莺吟远墅，野杏挂山邮。

且以南中见，江湖可白头。

232. 送李太守赴上洛

楚邑行船晚，关门落照深。

商山连鄂北，蜀道接南禽。

古戍应相问，丹泉有响音。

红莺鸣已住，拆穿虢英钦。

233. 送熊九赴任安阳　忆祖

一担下关东，三生上日红。

桓仁城八卦，五女半山中。

虎骨成良药，人参补救丰。

浑江流不尽，落叶故乡红。

234. 山中示弟

不解一山中，嵇康半大风。

弦琴应所寄，道学可虚空。

巷叶曾知北，邻音只向东。

冠中凭自挂，进退始无终。

235. 寄曹孟德

魏国半铜台，漳河一水开。

三军寻蔡女，七子建安来。

236. 青龙寺昙芝上人兄院集

青龙寺上人，悟彻慧中钧。

贝叶文章纪，莲花世界新。

招提开领悟，普渡予空濑。

八极端霓见，三光草木珍。

节节生玉树，楚楚作秋春。

渭水东流色，南山著日臻。

应观三界水，不忘五陵尘。

237. 济州过赵叟家晏（七十四自述）

关门一隐居，敞案半知书。

十万诗词赋，三千弟子余。

平平平仄仄，格律韵耕锄。

日月应不止，风云自卷舒。

238. 春过贺遂员外菜园

东风轻闭户，细雨落云虚。

履迹由溪湿，圆光可问鱼。

长卿花不语，木槿读人居。

酱果同珍味，桑麻日月书。

239. 过卢四员外宅看饭僧共题七韵

三生一七贤，九脉出千川。

趺坐青莲隔，居禅次第悬。

焚香施善语，净土化真缘。

乞饭何温饱，游僧尺寸田。

240. 河南严尹弟见宿庐敞访别人赋十韵

贫交知上客，论道有余天。

学养蒙心雨，方簪可独圆。

焚香凭地坐，画咒任书田。

草木阴晴卜，乾坤日月禅。

东侯寻归迹，北子逐云烟。

竹影婆娑语，青莲彼此传。

苍苔涂石壁，步履画牵连。

月色寒光灯，灯光旧苦眠。

声声应不尽，处处可相怜。

但以长亭路，当须续缺弦。

241. 投道一师兰若宿

道一师兰若，栖公太白仙。

梵流南北间，雨落暮朝田。

咫尺天涯路，方圆世界泉。

松涛清远近，月色正婵娟。

242. 游化感寺

化感寺中成，龙宫水下明。

秦川云外路，郢汉雨前荣。

鹿女行花径，琼峰屹立晴。
寻心知有界，趺坐学无生。

243. 游悟真寺

意守方圆道，心开白玉田。
移山移自己，过岭过云烟。
灞水长安路，皇城日月天。
应寻三界色，不记五陵年。

244. 与苏卢二员外期游方丈寺而苏不至因有是作

期游方丈寺，共仰佛陀城。
净土青莲近，黄云白日情。
寻禅知所境，趺坐以无生。
莫问谁来往，应闻自在行。

245. 晓行巴峡

巴山一晓行，水国半忆京。
女浣嘉陵岸，船平树顶瀛。
莺声同故里，蜀语异乡城。
不问双流去，还听杜宇鸣。

246. 清如玉壶冰（京兆府试时年十九）

清清一玉壶，淡淡半冰珠。
水水寒凝结，生生苦作儒。
深深明日月，浅浅待天衢。
别去谁知醉，呼来大丈夫。

247. 赋得秋日悬清光

方圆含万象，季节纳千书。
贝叶三清著，禅房一太虚。
秋高分两界，日垒划寒渠。
扬明成洞府，进退以情余。

248. 东溪玩月

宋玉登高问，张衡仰望喧。
东溪流柱影，北屋对轩辕。
白练婵娟静，青林玉叶繁。
琴声应不远，素洁是恩媛。

249. 田家

家居愚谷中，不作是非虫。

少小知耕种，童翁自始终。
桑麻田社简，土豆谷瓜红。
暮见山光远，朝来复望东。

250. 沈十四拾遗新竹生读经处同诸公之作

雨后云中一竹新，粗枝细笋半逢春。
尖尖锐锐芽声起，命命生生自比邻。

251. 杂诗（自语）

十万杂诗城，三千弟子声。
书儒收不尽，舍笔舍人生。

252. 哭褚司马

文臣修史记，莫蔽褚生才。
夜月空明赴，龙媒已不开。

253. 过沈居士山居哭之

故榻满尘埃，新林半碧开。
三年应未老，百岁旧阳台。
鸟鹊鸣飞去，溪泉落石苔。
人生何所以，彼此不还来。

254. 哭祖六自虚（时年十八）

祖六自虚田，三千草木眠。
公卿闻左右，士子择才贤。
曲阜儒坛客，长沙贾子宣。
文章惊日月，稚齿挂桑田。
属目京都赋，流明渭水船。
花时金谷醉，宿夜竹林眠。
雪顶南山寿，晴彻魏阙泉。
知音非类比，未断是悲弦。

255. 奉和圣制蓬莱向兴庆阁道中留春雨春望之作应制

小雨蓬莱兴庆阁，微风渭邑曲江涯。
长安一路东都色，凤阙千荣玉树花。

256. 大同殿

序：
大同殿柱产玉芝龙上有庆云神光照殿百官共觇圣恩便赐晏乐敢书即事
诗：

铜池见五云，凤阙对三文。
汉武横汾诏，秦川致储君。
尧樽倾北斗，舜乐颂南勋。
殿柱神光现，芝龙共觊闻。

257. 敕赐百官樱桃

凤阙樱桃赐百官，芙蓉御苑会千丹。
红颜柄上芊姿曲，紫禁宫中白玉盘。

258. 敕借歧王九成宫避暑应教

天书半壁九成宫，楚汉三军一大风。
雨露沾衣甘尚久，帝子云龙运苍空。

259. 和贾舍人早朝大明宫之作

辰光断漏大明宫，紫气东来尚彩虹。
万国朝书臣启秦，千年史记帝王风。
香烟涌动衣冠色，绛帻熊袍玉笏忠。
日色初浮天子岸，文章令诏过新丰。

260. 和太常韦主簿五郎温汤之作

秦川一路夕阳开，渭水千流五色来。
小苑温汤华玉树，潼关不远五郎裁。

261. 苑舍人能书梵字兼达梵音皆曲尽其妙戏为之赠

儒心译释半天书，佛道知章一太虚。
字里经文成世界，行间格律帝王居。

262. 酬郭给事

桃桃李李自成蹊，落落飞飞鸟不啼。
禁里疏钟官不已，朝中政见有高低。

263. 重酬苑郎中

之一：
十八同罗汉，三千异佛声。
儒台儒不得，道亦道未明。
之二：
一幸含香奉至尊，千音未报作秋春。
荣枯但易乾坤象，日月当空草木新。
自遗冯唐何已老，何难宋玉贱红尘。
仙郎有意同丞相，此去秦川过五津。

264. 出塞（时为御使监察塞上作）

居延塞外一天高，草碧羊肥半世涛。
但以龙城飞将在，胡姬曲奉玉葡萄。

265. 殊感

序：

既蒙有罪旋复拜官，殊感圣恩窃书鄙意兼奉简除使君等诸公

诗：

殊来凤阁共鸣珂，不罢熊服意气多。
始觉股王罗辋去，清清浊浊是黄河。

266. 送方尊师归嵩山

红尘不入九龙潭，杖节丝罗一夏蚕。
瀑布飞扬应带雨，嵩山暮色满峰岚。

267. 送扬少府贬郴州

不到衡山问洞庭，匡庐雾雨沐峰青。
长沙有赋三湘色，汉口知音半右铭。

268. 过乘如禅师萧居士嵩丘兰若

禅房一夜路灯明，欲念千章客守城。
十里嵩丘兰若地，三生草木自枯荣。

269. 春日与裴迪过新昌里访吕逸人不遇

桃源四面有风尘，挂冕蓬头学隐沦。
岁月年中繁草木，苍松老便作龙鳞。

270. 酌酒与裴迪

未达书生诚狭宽，先成臆语自弹冠。
相如拔剑昭阳赋，不比东江一日澜。

271. 辋川别业

不了东山一日眠，何寻杜若半江边。
桃花未落春莺晚，别业无成莫隐田。

272. 早秋山中作

山林独寂白云空，雨露清泉未始终。
贝叶天雕黄色尽，蝉鸣远树唱高风。

273. 积雨辋川庄作

积雨山庄半步迟，行云沼泽一心知。
深深浅浅何难预，去去来来试可时。

274. 听百舌鸟

一鸟不轻啼，三宫有木栖。
应来无上下，未去亦东西。

275. 息夫人

（一作息妫怨，时年二十，本子云：宁王宅右有卖饼者，卖纤白明媚，王见属意后遗其取之宠惜逾等。岁余因问曰汝复意饼师否，使见之其妻，注视双泪垂颊，若不胜情，王坐客十余人，皆为当时文士，无不凄异，王命赋诗，维待先成，座客无敢继者，王乃归饼诗以终其志。）

纤纤自不轻，楚楚客先荣。
一日东窗色，三生楚国情。

276. 班婕妤三首

之一：

玉窗人双影，昭阳帝独行。
相如何所赋，藏娇自无声。

之二：

栅城一秋风，宫中半叶穷。
花开花落去，柳暗柳思红。

之三：

莫以学宫妆，平生作素娘。
羊车应已晚，妾自梦黄粱。

277. 辋川集

别业作文章，心思辋川扬。
章章章不尽，意意意山庄。

278. 孟城坳

新家坳孟城，古木对邻生。
草木年年盛，阴晴处处荣。

279. 华子冈

鸟去鸟还来，花明草色开。
春似相似处，日月异同裁。

280. 文杏馆

一杏向高天，千枝共色烟。
三春成子粒，半宇共桑田。

281. 斤竹岭

不问商山路，樵人斤竹闻。
精英精不得，曲径曲时分。

282. 鹿柴

空山不见人，鹿柴草花香。
足迹苍苔上，浮云一柱梁。

283. 木兰柴

柴东木兰花，岩篱半里斜。
分明朝暮色，有壁附人家。

284. 茱萸沂

沂里满茱萸，重阳挂百株。
秋高从此见，气爽作江湖。

285. 宫槐陌

仄迳荫宫槐，平潭落照明。
山前阡陌见，雨后暮朝清。

286. 临湖亭

临湖亭上望，柳叶树中听。
水面平如白，深潭影似青。

287. 南垞

轻舟南垞港，隔岸北路城。
淼淼芙蓉水，悠悠采女情。

288. 欹湖

日暮问夫君，湖中落白云。
船行波又起，两岸者衣裙。

289. 柳浪

柳浪一闻莺，清潭半不鸣。
春风来去问，不忍别离声。

290. 栾家濑

一濑半栾家，三春五月花。
林中齐木直，月下玉兰斜。

291. 金屑果

一果半千年，三秋五色天。
泉清留白日，木秀作鸣蝉。

292. 白石滩

波沉白石滩，日落浣纱湾。
采女荷莲子，舟倾沐浴还。

293. 北垞

北北南南垞，朝朝暮暮还。
川明天下水，木举云中颜。

294. 竹里馆

竹里馆中琴，幽篁月下音。
山深长啸去，百岁木成林。

295. 辛夷坞

辛夷坞上色，北垞雾中花。
白石滩湾芷，栾家濑水洼。

296. 漆园

傲吏一非人，东风半是春。
微官应自举，独木可成荫。

297. 椒园

杜若赠佳人，瑶台问晋秦。
云中君不见，月下自明珍。

298. 鸟鸣涧

一涧鸟鸣声，千花百草荣。
人闲花不落，月照曲溪明。

299. 莲花坞

莲花坞里水，落日彩中红。
小女倾舟下，浮云夕照红。

300. 鸬鹚堰

鸬鹚一仰鸣，涧水半流清。
独立长天近，观鱼举足惊。

301. 上平田

独步上平田，耕耘客岁年。
借问闻君去，宁自阻滞贤。

302. 萍池

春池广不深，旷野阔鸣禽．
淼淼云烟古，悠悠直木今。

303. 答裴迪辋口遇雨终南山之作

南山一雨声，渭水半波平。
晦日阴晴色，黄昏远近情。

304. 山中寄诸弟妹

山中思弟妹，路上问阴晴。
杳杳前程远，苍苍古道平。

305. 闻裴秀才迪吟诗因戏赠

一字作千金，三章问古今。
平平平仄仄，处处女儿心。

306. 赠韦穆十八

四顾青莲客，三清白云心。
群芳何自在，独木已成林。

307. 送别

王孙去不归，木槿暮朝晖。
但以红颜色，春秋自莫违。

308. 临高台送黎拾遗

送别上高台，临川问玉杯。
何须知醒醉，竹影已徘徊。

309. 别辋川别业

闲心留别业，去路作长亭。
不怯松梦径，川流水色青。

310. 崔九弟侭往南山马上口号与别（三兄五弟一桓仁）

五弟上南山，三兄下玉关。
浑江流已去，五女白云还。

311. 题友人云母障子（时年十五，我今七十四）

十五无成七十名，诗词格律仄平声。
朝朝暮暮千车卷，古古今今九万城。

312. 红牡丹

红红一牡丹，艳艳半心宽。

色色非千万，悠悠是木兰。

313. 左掖梨花（与丘为皇甫冉同作）

左掖半梨花，昭阳一帝家。
春莺鸣不住，小杏过墙华。

314. 菩提寺禁口号又示裴迪

桃源半晋秦，渭水一秋春。
寺鼓传今古，僧钟待转轮。

315. 杂诗三首

之一：
不见孟津河，何闻唱九歌。
三湘由舜意，六合贾生蹉。
之二：
不问故乡梅，冬寒独自开。
窗前三两朵，月下暗香来。
之三：
小雨鸟鸣心，东风日月琴。
云沉云不见，百岁百成林。

316. 崔兴宗写真意

兴宗半写真，老少一情人。
画画诗诗界，去去来来辛。

317. 山茱萸

九日一重阳，茱萸半自香。
黄花黄帝色，桂影桂宫凉。

318. 相思

江南红豆国，塞北雪霜乡。
但以人情结，相思念柳杨。

319. 书事

月色上书台，清光付几来。
儒生知自立，桂影可徘徊。

320. 哭孟浩然（时为殿中侍御史至南巡至襄阳作）

诗中明主弃，水上故春秋。
汉水襄阳客，南山日不浮。

321. 关题二首

之一：

荆溪白石流，贝叶雨云头。
翠湿行人路，峰回远际舟。

之二：

暮色一潮平，苍茫半水生。
遥连天地路，不尽是人生。

322. 田家乐七首（一人辋川六言，以家乡桓仁五女应制）

之一：

自得千山万水，应知北里东邻。
八卦桓仁易象，双仪五女秋春。

之二：

老少浑江两岸，童翁五女三春。
姥舅南头父母，东山北岭娘亲。

之三：

土豆黄瓜茄子，芋头玉米桃花。
节令西关五队，杨毛一路桑麻。

之四：

弟弟兄兄妹妹，爷爷奶奶爹娘。
一代三生草木，幽燕世界天光。

之五：

米米油油菜菜，瓜瓜果果花花。
粒粒颗颗子子，丰丰富富家家。

之六：

土土乡乡读去，京京路路回家。
自以欧州起步，南洋地角天涯。

之七：

日月耕耘著作，诗词千万中华。
四顾山东故土，胶州创业田家。

323. 北海

一语三生万户侯，千山万水半东流。
闲依小杏桃花雨，客坐西洋作马牛。
五女山前云起落，幽燕月下尽思谋。
耕耘百岁平生律，九万诗词四十州。

324. 少年行四首

之一：

不问少年行，应为一语生。
楼兰多美酒，易水少枯荣。

之二：

汉武羽林郎，渔阳射虎乡。
幽燕飞将去，意气冲天扬。

之三：

身轻能射雕，诺重作骠姚。
渭水成离志，秦楼向玉箫。

之四：

白羽射天高，单于断甲袍。
英雄相惜处，隔岸问河涛。

325. 赠裴日文将军

军中七寸刀，月下一旌旄。
百战终成胜，千修一念高。

326. 九月九日忆山东兄弟（时年十七）

独在家乡问异新，重阳域外作秋春。
兄兄弟弟相忆取，夜夜辰辰互不邻。

327. 送王尊师归蜀中拜扫

神仙一道锦江春，蜀道千回剑阁尘。
未使蚕丛修栈道，还驱白鹤告乡人。

328. 渭城曲（一作送元二使安西渭城一日阳关）

一路阳关两路尘，三生客舍半生邻。
相逢但醉凝无主，别去前头已是春。

329. 齐州送祖二

此去娄州半是非，平生路上一鸣飞。
别道还言无别道，归时又去不回归。

330. 送韦评事

三边一马过居延，九鼎千钧问酒泉。
斩取楼兰天下事，交河落日自方圆。

331. 灵云池送从弟寄四弟

凉水泉中一日闲，南边哈达半江湾。
兄兄弟弟曾同度，苦苦辛辛可共艰。

332. 送沈子归江东

江东不必问江东，举世何言举世雄。
历史无须成败见，人生只可始无终。

333. 与卢员外象过崔处士兴宗林亭

林亭不尽一兴宗，诸尾盐深半故封。
木下无尘泥土浅，云中有色日天重。

334. 寒食汜上作

广武城边一暮春，汶阳水岸半新人。
春莺落下无啼语，少女情中有晋秦。

335. 戏题辋川别业

别业无心别业长，冠官有意冠官乡。
回头尽得知无有，是是非非问柳杨。

336. 戏题盘石

盘盘石石一流泉，岁岁年年半欲穿。

337. 寄河上段十六

相逢一见自相亲，醒醉三生作醉人。
鹿柴何须寻旧迹，君家已在孟津邻。

338. 相国

凝碧池头一管弦，长安月下半云烟。
秋官桂影婵娟静，七尺人生七寸田。
一世平生作主田，千年故事去来烟。
清清正正诗词客，古古今今日月年。
友友朋朋名义许，兄兄弟弟胆肝悬。
丞丞相相官非举，暮暮朝朝自在天。

339. 凉州赛神（时为节度判官凉州作）

凉州一赛神，大漠半无新。
受降城中望，旷域不行人。

340. 戏嘲史寰

垓下鸿沟汉史修，张良不问客留侯。
萧何月下追韩信，百万雄兵一女流。

341. 叹白发

白发千丝一白头，书翁万卷半春秋。
闲心只在无闲处，舍笔应闻日月流。

342. 伊州歌

清风明月一心头，古道长亭半不休。
草木乾坤成世界，阴晴日月到伊州。

343. 送殷四葬

此去一殷遥，行来半树凋。

石楼山上客，暮色作云潮。

344. 凝梦

宠辱有无惊，文章亦有情。

黄粱应未止，小米去还生。

345. 句

玉树一人家，春风二月花。

第二函　第九册

1. 王缙有感

连应草泽一文辞，累授清科半晋知。

持节平章元载误，东都太子太原时。

2. 古别离

只可同明月，不能共床盟。

3. 青雀歌

朝离青雀去，暮待宿栖归。

日日何如此，年年不是非。

4. 同王昌龄裴迪游青龙寺昙慧上人兄院集和兄维

终南山上隐，渭水钓中闲。

六合云飞落，三生日月攀。

商丘知四老，五柳种千关。

不得风云里，难成列慧班。

5. 别辋川别业

人中一别难，雨下百花残。

但望前行路，回头道不宽。

6. 与卢员外象过崔处士兴宗林亭（自述）

十万诗词七十年，三生日月百三田。

林亭有木齐冠列，渭水凌波独自前。

7. 九日作

三边不似半京都，一叶经霜十树枯。

但以枫林红胜火，谁知能见菊花无。

8. 送孙秀才

京都风日好，况是建平家。

鲁酒胡麻别，桑田不作华。

9. 游悟真寺

一寺悟真游，三生不可休。

禅房经世界，鼓磬共钟楼。

月上松涛岸，云沉四十州。

王城穷百故，岁月始千秋。

10. 裴迪

鹿柴终南久不开，关中刺史蜀州台。

王维未去兴宗在，杜甫童声李顾来。

11. 青龙寺昙慧上人院集

青龙寺上云，世界悲中氛。

列岫参差见，群峰彼此皴。

灵光封初步，境遇化红尘。

村顶轻风过，林端白日曛。

12. 青雀歌

飞飞落落半朝天，隐隐栖栖一隔宣。

只只群群相逐竞，孤孤独独自成年。

13. 游感化寺昙兴上人山院

感化寺栖禅，辰钟暮鼓宣。

前门谁足迹，后院上人田。

竹径通幽远，山溪逐石泉。

居安居自得，领镜领云烟。

14. 夏日过青龙寺谒操禅师

一语半安禅，三光六合年。

成千上万计，不二法门天。

夏日青龙寺，操师净土泉。

清凉无所欲，自在有方圆。

15. 春日与王右丞过新昌里访吕逸人不遇

新昌吕逸人，石屋启中春。

已见荷莲角，尖尖坐中申。

桃源迷故客，五柳问陶津。

石上清流净，云中草色茵。

16. 辋川集二十首　孟城坳

居安一孟城，问道半枯荣。

土润成丘垄，春芳二日明。

17. 华子冈

落日起松风，还家见草虫。

丘林乔木直，翠羽色无终。

18. 文杏馆

迢迢文杏馆，跻跻过墙红。

不见邻人问，何人唱大风。

19. 斤竹岭

节节一清高，枝枝半令陶。

明流堂下色，竹岭暮中涛。

20. 鹿柴

一步寒山里，三声鹿柴遥。

243

诗成无旧序，墨染石丞袍。

21. 木兰柴

柴上木兰花，溪中五色华。
山前飞鸟尽，木后小人家。

22. 茱萸沜

九日遍茱萸，三秋帏叶孤。
风云高远见，草木畔扶苏。

23. 宫槐陌

一望宫槐陌，三生草木阡。
门前多雨水，日后欹湖边。

24. 临湖亭

潮声入户来，水岸雨云开。
望尽湖亭路，猿啼久不回。

25. 南垞

水泊一孤舟，云行半草洲。
摇摇波不止，夜夜有沉浮。

26. 欹湖

天涯同是水，地角共非荣。
北北南南极，湖湖岸岸城。

27. 柳浪

柳浪一波生，陶家半不倾。
青青连白色，翠翠逐莺鸣。

28. 栾家濑

横波一濑濑，沿步半南津。
白鹭低头问，苍鸥欲近人。

29. 金屑泉

泉流一路金，日照半天林。
拾遗从朝暮，淘沙自古今。

30. 白石滩

云浮白石滩，雨落月芽湾。
水涌潮平岸，涛声不闭关。

31. 北垞

北垞近南山，欹湖照玉颜。
轻舟从此去，弄月不须还。

32. 竹里馆

竹里馆中人，清风月下春。
高低枝节见，路道每相亲。

33. 辛夷坞

辛夷坞上色，杜若渚中花。
蕙草呈天态，芙蓉积素华。

34. 漆园

性好自成闲，漆园已可关。
盘桃应所取，拾取必登攀。

35. 椒园

一树刺方成，千枝椒味生。
芳香留客步，鼎味粒辛荣。

36. 忆中秋

乙未年中秋
月饼圆圆切几方，沙糖蜜蜜问炎凉。
何闻鞑靼分天地，最忆儿时是故乡。

37. 辋口遇雨忆终南山因献王维

积雨满空川，行云过辋田。
终南山上望，北垞陌中烟。

38. 崔九欲往南山马上口号与别

莫学武陵人，桃源是汉秦。
东风天下雨，日月去来春。

39. 与卢员外象过崔处士兴宗林亭

乔柯户里自成荫，卷曲伸张问古今。
但以纵横天下去，宠辱从来试人心。

40. 西塔寺陆羽茶泉

（统签云：杨慎以为见之石刻，然陆羽
在大历后故非迪诗）
草木人中一味茶，禅房月下半人家。
支公独俱新芽早，陆羽寻来西塔花。

41. 崔兴宗

同王右丞送瑗公南归
瑗公来自祝融峰，竹杖石溪步履踪。
采药人参寻长老，南归何问玉芙蓉。

42. 青雀歌

雀跃自轻歌，人生可几何。
飞天成自在，逐食有蹉跎。

43. 和王维敕赐百官樱桃

潘家大谷世人期，晏子淮南枳橘枝。
已见樱桃非汉土，神农本草是相知。

44. 留别王维

人辞不语马徘徊，路狭天长去不猜。
欲止还行何不定，前程独步去无来。

45. 酬王维卢象见过林亭

林亭俱酒杯，但醉不言回。
倒履何无入，嵇康复又来。

46. 苑咸

梵字梵音余，成都进士书。
知音林甫记，曲尽帝王虚。

47. 送大理正摄御史判凉州别驾

御史羊凉州，西疆持马牛。
荒原千万里，大漠去来秋。
白雪封天地，霜含草木休。
非从冠冕论，但以柏梁谋。

48. 酬王维

自得一天书，何言半子虚。
其人其妙尽，梵字梵音余。
拜体诗匠韵，精禅日月疏。
天竺知别域，异想有耕锄。

49. 丘为

以孝半苏州，灵芝继母酬。
韩滉成致士，百岁自无求。

50. 寻西山隐者不遇

西山隐者闻，旷野大风云。
楚汉张良故，周秦指鹿分。
茅庐藏草木，绝顶著衣裙。
自足江山客，何须日不曛。

51. 题农父庐舍

田家日不闲，草绿客人还。

雨水今朝至，云平舍后湾。

52. 泛若耶溪

左右若耶溪，天光秀鸟啼。
清流藏浣女，暮浴各高低。
旧是西施水，新来问范蠡。
如今吴越见，五霸误夫妻。

53. 湖中寄王侍御

悠悠独往来，处处百花开。
日日东风早，云云小雨媒。
莲舟南浦信，脍鲤北津台。
傲吏沧洲外，孤兴尽十杯。

54. 登润州城

春潮过岛广陵西，雨雾烟花两岸低。
独树云帆天未去，狂风不过润州堤。

55. 寻庐山崔微君

窗含百亩半寒塘，夜纳三光十地乡。
雨里庐山多面目，云中竹泪九江肠。

56. 留别王维

步步回头去，迟迟向近关。
何时何日见，欲送欲无还。

57. 竹下残雪

竹下雪无残，云中玉宇宽。
晴光先夺目，碧色过天端。

58. 送汝校书之越

当知一镜湖，玉笛九天苏。
越女千姿浣，知章半帝都。

59. 省试夏日可畏

夏日炎风省试书，朝耕幕倦自耘渠。
湘灵鼓瑟龙门客，乞火清明两日余。

60. 左掖梨花

冷艳雪梅花，余香素玉斜。
春风初定止，左掖色王家。

61. 渡汉江

晓日映孤城，晨风启独徵。

扬帆挥手去，欲解旧冠缨。
汉水波平早，芦洲一片明。
轻舟心已远，不记广陵荣。

62. 冬至下寄舍弟时应付入京（杂言自答）

去去知何远，来来问所明。
依依情不尽，舍舍意难平。
读卷千辛苦，成章万字荣。
兄兄弟弟别，父父母母城。

63. 送晁补阙归日本国

东洋一故林，日本半知音。
子学曾归岛，禅宗可古今。
休栖同草木，处事共阴晴。
海曙应回首，天涯有近心。

64. 崔颢

进士汴州乡，司官员外郎。
开元登第俊，黄鹤一楼扬。

65. 古游侠呈军中诸将

仗剑少年游，孤身射诸侯。
蒙茸金甲锁，挂角虎狼愁。
大漠沙鸣远，交河落日舟。
弯弓成日月，逐鹿作春秋。
易水燕丹诺，渔阳魏北楼。
三台知所以，一马过幽州。

66. 赠轻车

轻车熟路行，雨重草花平。
渭邑春蚕老，三边色未荣。
悠悠戎马见，寂寂对长生。
步步前程早，心心锁旧城。

67. 赠王威古（自述）

报国一当先，精忠半自然。
诗词逾十万，老子自三边。
八卦桓仁市，浑江四象天。
南山分水岭，五女合凉泉。

68. 中秋团圆纪

中庭枣叶一团圆，小小同思仿膳甜。

柚子柠檬心雨见，清茶九品话婵娟。

69. 赠怀一上人

群蒙一上人，法世半天津。
杖锡金銮殿，传灯魏阙尘。
三台倾下坐，百吏拜金身。
减度悲恩在，江湖落鸟濑。
东南多紫气，西北少珠珍。
但以卿君子，胡杨树不邻。

70. 游天竺寺

晨钟一两声，暮鼓万千鸣。
印度西方远，天竺寺近荣。
南州何彼此，北国几生平。
翠满藤萝树，猿啼草木情。
山泉流不住，磬语颂灯明。

71. 入若耶溪

轻舟分水影，落翠合围城。
进进出出见，风风火火荣。
云浮云不定，鸟落鸟长鸣。
事令应无止，人心可有平。

72. 杂诗

一半青铜镜，三千弟子情。
行身相照旧，立足举人盟。
美女惊时艳，新妆嫁所明。
含情含积纳，处处生平。

73. 结定襄郡狱效陶体

树大一根深，山中半野禽。
人情城市老，俗就故人心。
野少童翁恶，横行世界擒。
由于由序秩，理事理知音。

74. 长安道（一作霍将军）

长安甲第入高云，日晚朝回挂角文。
前呼后继千人仰，谁人不问霍将军。
功成战士交河水，富贵贫穷莫定分。
李广阴山非射虎，英雄莫向酒泉闻。

75. 行路难

君不见，建章宫。

宫中少女艳花红，玉辇金銮映日穷。
二月春花明几许，三秋落叶满飞虫。
君不见，建昌宫。
一曲三重唱大风，千门玉树向天穹。
朝云暮雨巫山赋，宋玉襄王莫始终。
居不见，建昌宫。
昭阳奉帚竟无同，金屋藏娇有无中。
不待羊车先问询，黄昏日下不西东。
人间因果去，世界误由衷。

76. 孟门行

一雀邻黄花，千门御柳斜。
葡萄多美酒，壮士少回家。
北阙红桃李，南山素豆瓜。
无言空独对，已醉到天涯。

77. 渭城少年行

渭邑三春一少年，秦川九陌半桑田。
楼兰已作交河岸，白马雕弓羽箭弦。
斗倒雄鸡谁比下，风扬意气可惊天。
相如赋罢班姬客，蜀女琵琶自不怜。
不问阴山飞将去，何须汉武史如烟。
封侯百战穿金甲，大漠沉沙过祖先。
日照章台知旧酒，单于不认问桑干。
长安魏阙藏娇屋，小妇知情媚色全。

78. 卢姬篇

卢姬少小魏王家，百态千姿五月花。
出水芙蓉鲜艳水，沉鱼落雁目无瑕。
红楼碧玉宫灯晚，白玉栏杆月影斜。
鼓瑟弹琴身曲舞，无遮有意挂窗纱。

79. 江畔老人愁

少小离家去不回，青年有志已无猜。
榆关内外三边界，冀赵幽燕易水催。
已近中庸蛇口岸，无须改革换新台。
三潮世界农工信，社稷江山日月来。
海口天涯云水阔，黑龙江岸白山梅。
南洋木槿红颜色，北雪纷飞净玉鬼。
凛冽寒风冰冻土，初春解甲故河开。
官官吏吏三生尽，贾贾商商继世才。
去去来来终所所，成成就就始徘徊。

80. 邯郸宫人怨

愁愁怨怨一风流，暮暮朝朝半九州。
妇妇夫夫天地客，山山水水问江楼。
翁翁少少经年岁，高高人人可不休。
是是非非非所是，成成败败何由。
城池应换守，御柳尽春秋。
太子初王座，三台易帝侯。
千门垂拱改，万岁另酬谋。
印绶重封纪，平章付去留。
昭阳已去飞燕影，五岁阿娇已白头。
女子男儿三十载，英雄傲吏万千舟。
心思随草木，高业任秦周。
巷里观来去，江边作鹭鸥。

81. 月饼·杀达

圆圆月饼约元元，自此明明彼此喧。
鞑靼元璋朱国立，幽州二世祭轩辕。

82. 川上女

川上女儿一小船，云中细雨半江烟。
竹枝不尽纤夫尽，花落沧流近月弦。
浪打风吹心未老，朝来暮去自桑田。
夫辛妇苦东邻见，此曲余音独未眠。

83. 雁门胡人歌

山头野火一烽烟，曲舞胡人半国边。
不问瑶池天上水，王母晏后穆公前。
辽东代郡鲜卑纪，大满沙风箭上弦。
自以长城南北界，隋炀指令运河田。

84. 代闺人答轻薄少年

轻轻薄薄少年郎，妾妾夫夫一诺尝。
误得长安应立志，功名利禄不还乡。
望夫石上长流水，探凡裹中九死伤。
陌上东风杨柳岸，心中异念久低昂。

85. 七夕

七夕望河边，三心乞巧缘。
家家儿女事，处处是神仙。

86. 长门怨

自以长门怨，何知奉扫寒。
昭阳飞燕老，紫殿玉阶宽。

87. 王家少妇

十五嫁王昌，三千玳瑁床。
盈盈姿色好，最小半依郎。
东风云雨夜，曲舞暮朝香。
露水应无尽，红缨可柏梁。

88. 岐王席观伎

春来二月玉宫中，夜雨三更烛炬红。
酒醉倾姿谁醒目，裙衣未解猥墙东。

89. 上巳

上已王城一玉壶，东风细雨半皇都。
文章但改兰亭序，日月重来九鼎儒。

90. 赠梁州张都督

闻边勋降虏，汉将主恩深。
苦节天朝志，知君报国心。

91. 赠卢八象

巴山一脉过荆州，蜀道三江问扁舟。
八象嘉陵川水色，男儿不解几忧愁。

92. 题潼关楼

潼关扼九州，险地锁千楼。
陕路秦川驿，华阴渭水流。
黄河应直下，晋祠可春秋。
望尽中原目，长安问五侯。

93. 题沈隐侯八咏楼

东阳梁日色，水秀越中楼。
遗迹江河去，丹青古史留。
川长鸣鸟久，塞草碧荒丘。
寂静谁天下，飞鸿八咏秋。

94. 晚入汴水咏隋炀

自造一潮波，天堂半运河。
君行君子健，帝主帝长歌。

95. 发锦沙府

未到子陵滩，曾闻建德澜。
新安山海树，夜泊水舟寒。
越秀天台色，英清子胥冠。
春秋谁五霸，孔孟树千坛。

96. 送单于裴都护赴西河

白马去翩翩，城秋月正圆。
西河新雨色，汉驿古沙烟。
草满单于寨，都督问酒泉。
居延居日月，渭水渭桑田。

97. 黄鹤楼

楼中黄鹤去，汉水上江流。
历历晴川树，悠悠楚客留。
知音知所以，问世问春秋。
草木无生处，阴晴有渚洲。

98. 行经华阴

岩嵘北岳俯咸京，草色南峰已削成。
武帝堂前云早落，仙人掌上玉珠情。
河山半枕秦川路，日月三光渭水明。
汉時平章名利尽，行径彼此学长生。

99. 相逢行

二八妾初年，三千日月边。
朱门开御柳，渭水系帆船。
假问夫君去，回头是陌阡。
婵娟应已见，月色共方圆。

100. 辽西作

一诺到辽西，三边牧草齐。
夫君徵戍塞，汉将守湖堤。
阵列单于北，金鸣鸟雀栖。
云飞青海岸，马逐北平溪。

101. 奉和许给事夜直简许公

上掖黄枢边，东曹紫禁田。
平章才子拜，建邺志鸣传。
万户天朝仰，千门玉树边。
垂冠闻绶印，启奏建章宣。

102. 舟行入剡

舟行入剡乡，气谢问东阳。
绿水青山外，浮云似白霜。
秋初多湿雨，草木已苍黄。
越国人无语，溪流日月长。

103. 八月十六日小雪致与小雨饮

小雪明明小雨圆，婵娟已露半苍天。
三千弟子如今始，十五燕京夜语烟。

104. 澄水如鉴

世上水无平，风中激滟生。
明明如鉴沏，远远静枯荣。
上善清流见，中庸处俗城。
贤良贤客问，立喻立身名。

105. 长干曲四首

之一：
君家何处宿，妾女住斜塘。
近有阳澄水，临流多柳杨。
之二：
家临一九江，日去影无双。
暮泊凭船住，黄昏雨敲窗。
之三：
去去不回归，心心各是非。
星稀居不定，旭日落鸿飞。
之四：
花花年岁老，月月缺难圆。
水水千波动，轻轻独上船。

106. 维扬送友还苏州

维扬一路下姑苏，十八湾中上五湖。
锁住盘门同里客，鲈鱼闸蟹共三吴。

107. 古意二首

之一：
夫差五霸闻，勾践半日分。
子胥三吴楚，江湖半是君。
之二：
谁人唱九歌，日色照泪罗。
楚客长沙赋，高堂正玉珂。

108. 渡淮河寄平一

野旷一淮河，轻舟半溅波。
潮推千尺浪，日送两天河。

109. 归汝坟山庄留别卢象

刘麦东葡陌，行身北陆亭。
山庄留客酒，弃路醉前青。

110. 夕次圃田店

前程入郑郊，举目问重茅。
暮渡泾流水，舟横望鸟巢。

111. 田家即事

上下东皋路，阴晴左右村。
牛羊从稚子，田家处对门。
桑蚕丝未尽，稼穑已初根。
上巳文人客，樵人自醉昏。

112. 扈从御宿池

辇道过秦川，长亭逐客田。
郊原巡狩猎，紫禁羽林宣。
射虎英雄箭，弓雕壮士鞭。
林深重阙雾，夜幕挂云烟。

113. 赠苗发员外

朝来宿雨湿空山，叶重流珠玉翠还。
隔水烟云依不散，凭峰壁峙洞门关。

114. 答王维留宿

一夜满兄情，千杯载弟盟。
相思相忆旧，四载四年惊。
此醉同行止，尤言共斯城。
前程还举步，日后又鸣声。

115. 长乐驿留别卢象裴总

灞水谁人渡，商山独木终。
长亭千百里，驿站百年空。
去去来来见，朝朝暮暮同。
书生何自主，日月可由衷。

116. 送别高邮税使入都

高数使入都，落叶不离吴。
独醉闻千水，孤舟过五湖。
潮声随幕上，两岸落飞凫。
灞水桥中望，相思大丈夫。

117. 宴吴王宅

吴王承国统，列第禁城东。
百态敁新碧，千姿舞女红。
西园明月早，凤语虎丘空。
古寺寒山夜，盘门酒未终。

118. 观华岳

百里风陵渡，三呼老潼关。
黄河天水岸，北下转东弯。
欲望华山路，临峰不可攀。
陈仓明栈道，逶迤自然还。

119. 泗上冯使君南楼作

井邑连淮泗，长亭接五湖。
金陵秦二世，建邺自东吴。
北水通州去，南流泽舅姑。
难寻三国地，不尽六朝都。

120. 苏氏别业

不可樵渔误，常闻老少音。
幽人幽自己，别业别居心。
大雪封门巷，秋风锁古今。
天明同草木，日暮共鸣禽。

121. 汝坟别业

农家一日长，别业半离乡。
不合群人意，应离废卷肠。
阴晴成醒醉，日月筑天堂。
涧水无平去，浮云有自扬。

122. 陆浑水亭

陆驿三生路，伊川几处平。
亭高风已远，水浅自多声。

123. 过郑曲

郑曲路无平，萦川谷涧生。
云烟生水上，月色满舟明。
两岸闻禅尽，三秋叶不荣。
相思相互问，独见独居行。

124. 宿陈留李少府揆行

烛影半摇明，窗前一月生。
名儒无歇卷，夜草有虫鸣。

125. 题韩少府水亭

且问幽栖处，佳期已不返。
鸟鸣斑竹泪，花落满空山。
淑气凉台湿，林荫水榭关。
桃源秦汉问，大隐市田间。

126. 题远公径台

山蝉自上一高枝，兰若无人半迹迟。
远道声名求四象，苔青石径卜双仪。

127. 中峰居喜见苗发

山林不闭关，草叶作瑶环。
客到心声早，中峰月满山。
泉流如不语，宿雀似居闲。
且记虚空处，江湖十八弯。

128. 江南旅情

江南晴似雨，蜀北雾如烟。
北斗开口问，东山旭日眠。

129. 晚泊金陵水亭

晚泊金陵水，惊心一夜潮。
高亭三丈许，涨落半云霄。
月涌千波暗，舟随万木摇。
船娘无计叙，秉烛寄情娇。

130. 泊扬子津

云津扬子岸，日晚泊高桥。
隔浦观流动，寒流逐上潮。

131. 七夕

莫以牛郎问，何言织女情。
应知谁得巧，但寄少儿情。

132. 望蓟门

燕台一望蓟门城，百里三边细柳营。
暮鼓喧喧生积雪，寒光阵阵落旄旌。
云中自古从戎史，月下如今白首生。
受降阴山多少战，辽东易诺作纵横。

133. 家园夜坐寄郭微

雨歇见云浮，花开叶展芜。
心清天下望，月照一飞凫。

134. 酬边州李别驾赠（自言）

别洛非才子，游梁是主人。
文章多日月，契托少殊邻。
叹四逢三演，知千距万真。
行身端直立，自在正冠巾。

135. 清明宴司分刘郎中别业（自语）

清明续火宴司分，别业郎中作大君。
洛水邻居知隔界，桃源近处隐沧芬。
杯香药味神农草，会友吟诗主客文。
世上儒生天地作，人中智日始耕耘。

136. 汝坟秋同仙州王长史翰闻百舌鸟

百舌千音巧，三生九脉林。
仙州王长史，秀鸟比鸣禽。
力接高飞远，心承近日吟。
苍空遥可寄，旷世已知音。

137. 送丘为下第

人生独木桥，寓志半云霄。
十载寒窗许，千章日月遥。
沧流常是客，玉宇已非鹏。
驾旅旋天地，长江入海潮。

138. 赠田发员外

门当户对高，玉树驾葡萄。
白鹤仙人语，瑶池静水涛。
弹琴知日月，抚瑟问旌旄。
帐绶行戎旅，莱衣作御袍。

139. 寄王长史

篱边生蕙草，月下蔚芝兰。
长史文章客，青云主客端。

140. 别怨

别怨古时多，今离唱九歌。
阴晴荣草木，日月付江河。

141. 终南望余雪

终南山顶见，雪唱大风歌。
渭水流东去，咸阳旧日多。
终南余雪望，渭邑大风歌。
汴水天堂路，长城作玉帛。

142. 句

叠嶂重重夜雨来，花明楚楚水中开。

143. 湘夫人

三湘竹泪流，九脉水无休。
鼓瑟闻君子，云浮雨落愁。

144. 塞下曲

日暮雁门关，沙鸣月亮湾。
荒云飞即逝，牧草满阴山。

145. 古塞下曲

百战长城北，千军渭水南。
阴山烽火照，越女养丝蚕。

146. 渔父歌

白首老人何，沧洲唱九歌。
渔夫曾不钓，濯足浊清河。
但以栖塘米，无须伎女娥。
青荷色芡实，煮得月婆婆。

147. 东京寄万楚

楚林一芳菲，悠悠半采薇。
官冠何所就，布履几何非。
白虎堂中客，青龙坐上归。
同门同世界，共话共鸿飞。

148. 寄焦炼师

举手浥风尘，躬身问五津。
千年丹炉炼，百岁故颜新。
独步三清界，孤身九脉春。
山中仙境许，月下自尊人。

149. 望鸣皋山白云寄洛阳卢主簿

鸣皋四壁山，白日一天颜。
渭水千波阔，伊川万木般。
秋风扬暮去，贝叶落阳还。
故访今应望，清举已闭关。

150. 寄万齐融

人高不择名，士子只三清。
把萄东山暮，观兰隐市情。
田畴应自主，政日可阴晴。
对酒当歌曰，闻琴已谢盟。

151. 赠张旭

嗜酒一张公，挥毫半落鸿。
江湖三界笔，草隶九天空。
瞪目千升献，流星百斗空。
丹径赢左手，醒醉问天穹。

152. 赠苏明府

苏君年几许，状貌玉如童。
采药秦梁宋，辞县令用翁。
东山东复去，北陆北还衷。
子子孙孙去，先先后后终。
知寻素女液，但采野花丛。
步步人间迹，身之自洁融。
龙飞中凡泛，凤舞上梧桐。
自在闻天地，逍遥向葛洪。

153. 登首阳山谒夷山庙

步上首阳山，乔林第二关。
苍苔浸石径，履即落登攀。
古庙夷齐在，晴和日色还。
黄河东逝水，皓首列仙班。

154. 谒张果先生

浪迹一希夷，云游半不期。
逢时舟不系，别怯故人离。
白雪三清志，青松九鼎奇。
精疏身骨易，养世肤肌移。
汉帝王母问，瑶池穆子宜。
千山何不尽，六合几灵芝。
感蔽玄元老，闻笙受箓辞。
严？多羽帐，祈袄广昌维。

155. 光上座廊下众山五韵

金炉香上日，百谷翠中光。
五岳名师座，三山瑞雪藏。
楞枷经里咒，古壁影炎凉。
薛叶侵台印，师居守一堂。
禅音应不止，此道共天长。

156. 九月九日刘十八堂集

十八一东堂，千秋半日光。
分明分两色，合则合阴阳。

九九茱萸插，三三草菊黄。
微风寒已至，旧酒色先尝。

157. 宋少府东溪舟

渡口一轻舟，东溪半草流。
惊禽惊水色，落足落沉浮。
莫醉还知醉，情歌不怯羞。

158. 与诸公游济渎泛舟

济渎一舟横，公游半岁情。
沈河宫上日，百谷壑中明。
白鹭惊鱼跃，松篁静不声。
三光悬古镜，六合聚精英。
洒酒天坛祭，微蒙玉雨城。
霜凝香界净，月照渡边清。
偃仰晴虚问，高低待故荣。
渔樵何不问，草木以天盟。

159. 送綦毋三谒房给事

书生不尽半吹虚，老子何言一道余。
此去潼关应不远，黄河北下帝王初。

160. 送刘四

九岁一神童，三生半御宫。
农桑当主步，应物可西东。
腊酒藏年岁，山河寄大风。
秦川多逶迤，渭邑有梧桐。

161. 送裴腾

公然一丈夫，舍上半书儒。
布纳长亭外，兼程古道苏。
如今谁得意，过去可京都。
孟夏生雏鸟，荒凉旧案芜。

162. 送司农崔丞

官官独木桥，步步路途遥。
进退升迁事，阴晴草木润。
司农农亦举，问政问天朝。
省省郎郎致，公公子子昭。

163. 送崔侍御赴京

一醉到京都，千章问客儒。
龙门前后客，草色有还无。

柱史承明见，冠臣吏傲朱。
鹰隼姿九叩，三科望飞凫。

164. 赠别高三十五（自嘲）

一意入京师，三光照未迟。
诗词曾上路，十万路人知。
睢水栖霞寺，金陵建邺姿。
秦淮寻八艳，贡院万千枝。

165. 崔五宅送刘跂入京

寸景一春晖，方华半翠微。
长安多少客，小沛去来归。
霸洛沧流水，关山岁月扉。
云天呈宿籍，楚道白马飞。

166. 送马录事赴永阳（一作嘉）

事主印淮边，从客子郡前。
芳洲行尺令，海树带山烟。
野鹤溪湖岸，蒹葭蟹螯泉。
鲈鱼纯脍济，太守自耕田。
治政留天下，当闻鲁旦悬。
声明曾可寄，录道永嘉前。

167. 春送从叔游襄阳

襄阳一岘山，有泪半天关。
刺史京都客，羊公去不还。
白鹭莲花界，朱门蕙草环。
悠悠天地外，处处列朝班。

168. 临川送张谭入蜀

离门身是客，牧野自耕田。
四海无骄子，三山有遗泉。
梁州知剑阁，栈道去秦川。
蜀水嘉陵逐，长安渭水边。

169. 送王昌龄

向背一孤山，阴阳半列班。
秋风成肃治，白下作城关。
白鹭莲花界，朱门蕙草环。
悠悠天地外，处处列朝班。

170. 留别王卢二拾遗

桃花一半开，日月万千来。
拾遗春风至，长安去可回。
当知醒醉酒，莫以阴晴催。

孟夏听鹛飞，寒冬一腊梅。

171. 赠别穆元林（自白）

藏名诗十万，著作五千年。
老子三生短，文章自涌泉。
子粒阴晴种，耕耘日月田。

172. 不调归东川别业

前贤一我师，别业半不知。
濯足清泉水，垂帷尺令迟。
樵渔应隔岸，绶冕可闻滋。
但以东川见，辛劳夜宿时。

173. 晚归东园

月上一东园，人心半涌泉。
星稀离宇近，木密研桑田。
采绿浮塘色，垂杆钓者船。
年年何日日，处处夜难眠。

174. 龙门西峰晓望刘十八不至

龙门晓望对西峰，永路春台见故客。
鸟渡丛林君似去，山花水榭不留踪。

175. 裴尹东溪别业

别业近都门，东溪客近村。
樵渔成就见，解带对黄昏。
吏隐天才子，夫农老少恩。
非经三界世，正道一乾坤。

176. 无尽上人东林禅居

禅居百衲一东林，独问千泉半古今。
隔世猿鸣前岭屋，寒喧夜鸟后峰禽。
成因云雨渚，积素雪霜浔。

177. 题綦毋校书别业

一日半沧洲，三台九鼎求。
冠官纵进退，士子逐春秋。
别业寻天地，樵渔自独幽。
人心人不止，校著校难休。

178. 题卢道士房

一步上人房，三清下客肠。
天台应锁岳，渭水易昭阳。

179. 题神力师院

世上一奇人，天中半曲伸。
琉璃堂下见，草花病前身。

180. 题僧房双桐

僧房直应见双桐，拂日凌霄问太空。
凤舞凰吟天下韵，香炉润井蔡邕崇。

181. 粲公院各赋一物得初荷

江南二月半云烟，蓟菜三公陌天。
孟夏方圆成月月，初荷小角自尖尖。

182. 李兵曹壁画山水各赋得桂水帆

天涯桂水帆，海角御衣衫。
社稷楼船近，江山牧治缄。

183. 题合欢

二字女儿心，千情万语深。
三生凭合愿，百岁木成林。

184. 古从军行

楼兰月大漠，胡姬舞尽。
但见葡萄入汉家，交河落日向西斜。
夕照蜃楼色，苍桑海市花。

185. 行路难

汉帝名臣杨德祖，茱萸锦带玉盘符。
单衣火浣金方领，父子银黄共丈夫。
沥胆忠心天子御，鸣河大漠似江湖。
临朝谢病家乡去，四顾青云独木孤。
车马门前应已尽，鲁连芬后落飞凫。
长城白骨空沉寂，落叶秋风满玉壶。

186. 缓歌行

草草花花色，林林木木荫。
翁言翁自主，少壮少年心。
友友朋朋见，朝朝暮暮寻。
阴晴有日月，彼此不知音。

187. 琴歌

琴歌一曲玉壶倾，月照千门玉树明。
暮雨巫山流溪水，朝云白帝楚妃情。

188. 放歌行答从弟墨卿

寸禄一官名，千寻半壁生。
朝歌鸣主宰，帝主柏梁城。
斗酒知人间，三更月益明。
江流江不尽，岸草岸枯荣。

189. 王母歌

汉武瑶台一梦中，王母酒液半天宫。
歌钟复道香烟色，白雪海花映日红。
玉女神童青鸟在，蟠蜗吐火满苍穹。
麒麟守舍三凰曲，孔屏开屏五凤衣。

190. 鲛人歌

织人鲛人一自如，珠珍海府半潜居。
翻翻侧侧深深去，落落浮浮念念鱼。
日色明明龙不语，澄波荡荡族心舒。
青云万里风云雨，白浪千年白首余。

191. 夏宴张兵曹东堂

东堂一醉半天眠，射虎幽州一酒泉。
飞将阴山天水岸，明朝葛巾封堂前。

192. 同张员外諲酬答之作

耕圆自带经，十易寄丹青。
葛履朝天向，官冠济世铭。

193. 欲之新乡答崔颢綦毋潜

小史半家乡，中庸一世忙。
千年文史客，万里彩花黄。
老少童翁岁，江山草木扬。
孤城舒不闭，猎户守牛羊。

194. 答高三十五留别便呈于十一　自书

老对一床书，翁成半世居。
诗词十万首，日月两无余。
壁挂乌纱帽，南洋帝子初。
巴新和大马，不解问樵渔。
进退曾知已，红尘世外舒。

195. 送刘十

冬阳夏雨误秋春，旷野源泉净角巾。
渭邑冠官从始弃，长安别业已风尘。

少小寻儒天下去，中年不娶隐经沦。
孤翁格律华人溶，十万诗词自在身。

196. 送王道士还山

声名赫赫似皇侯，道士声声过九州。
口诵淮王成万闭，嵩阳石室佩香游。
黄裳竹杖朝堂上，木履丹砂白日求。
不老长生何所寄，青云漫步问江流。

197. 送康洽入京进乐府歌

乐府朝歌一京都，长安幕府两天衢。
相如未尽佳人见，左氏文章玉女姝。
柳色方成黄绿色，春莺未落早声凫。
东风不止云加雨，物象还荣赵胜吴。

198. 别梁锽

穷途末路一翻然，水曲峰遥半隔天。
木槿朝明由暮谢，辰霞旭日任桑田。
昂藏不羁飞鸣子，挂剑无为落雨泉。
寸禄何须令昔问，琅玕蹀若丈秦川。

199. 送从弟游江淮兼谒鄱阳刘太守

都门柳色半如新，灞水江舟一去人。
气盖长安听晓雁，彭蠡雨雾泡风尘。
浔阳北望西林寺，岳麓南猿洞庭邻。
太守贤良应荐与，鄱阳圣代自秋春。

200. 双笋歌送李回兼呈刘四

尺寸一秋毫，方圆半自高。
胡姬舞酒醉，汉地有葡萄。
草叶盛圆翠，珠痕弄玉骚。
孤生何远近，进退共巾袍。

201. 送刘四赴夏县

五辟三微一讼堂，千门万柳半朝梁。
少小天机扬故土，神童九岁试未央。
匡庐隐士常相问，咫尺巫咸颂暮光。
女织男耕桑柘事，伊川不远到汾阳。

202. 少室雪晴送王宁——忆王晴，中泰办

王晴不语送王宁，少室何言问少铭。

一揽群峰成泰月，平生忆取作生平。

203. 送陈章甫——北京东城养春堂

五月南风大麦黄，枣花欲落满庭香。
东城小院游鱼蛇，万事心轻有柳扬。

204. 听安万善吹觱篥歌

龟兹觱篥一凉州，汉曲长安半故愁。
虎啸龙吟天地客，思乡望远柳杨洲。
渔阳万籁黄云落，受降千军白日休。
上掖繁花如是锦，交河夕照入春秋。

205. 魏仓曹东堂桎树　自述

东堂玉树半云烟，紫气东来七尺田。
十万诗词成此著，三生格律作源泉。

206. 照公院双橙　自述

小院池台玉树芽，春莺处处故人家。
欲跃池鱼高下见，东风不落是枣花。

207. 受敬寺古藤歌　自述

万叶千枝老树根，龙鳞虎骨自天恩。
年年茁壮如天地，岁岁朝旭是我村。

208. 崔五六图屏风各赋一物得乌孙佩刀

一物乌孙自佩刀，三生锦带与战友。
阴山上下熊猿老，渭水阴晴日月高。
马上弯弓飞将在，云中射虎逐云涛。
沉金只在江湖上，玉洗天朝纵二毛。

209. 古意

男儿一世作长徵，少妇三生断女情。
半枕空床谁共梦，千军独战李陵名。
辽东汉子榆关北，汉帝秦皇塞外盟。
白骨桑干流逝水，隋炀但记运河行。

210. 采莲

小女无心共采莲，牛郎有意独湖边。
齐蓬滟滟芙蓉净，束带宽宽却两肩。
挂向低枝应不顾，鸳鸯小睡叶荷船。
清波漫映婵娟色，已恐裙衣不见天。

251

211. 杂兴国泰机上

深深一水藏，滟滟半天光。
地府蛟龙洞，荒云鬼怪乡。
传言传自远，见惯见无群。
不得知情理，猜疑已四方。
人心何莫助，纳久几知扬。
艾草三春抽，茱萸挂祇囊。

212. 郑樱桃歌

序：

石季龙宠惑郑樱桃而杀妻郭氏，更纳清
河崔氏，樱桃又谮而杀之，樱桃美丽善宠，
宫掖乐府由是有郑樱桃歌。

诗：

宫庭乐府郑樱桃，小口细腰一尺袍。
百态千姿龙石李，杀妻减妾弄风骚。
娥娥侍寝珠衣窈，泽泽腹丰素色膏。
斗帐盘龙床猇珀，朝云暮雨尽波涛。
香风不似三生度，邺城花红怨二毛。

213. 绝缨歌香港机场

楚王宴客绝缨歌，醉解罗衣欲几何。
赦过功臣今古将，寒宫后羿寄嫦娥。

214. 送刘日立

八月衡阳半雁乡，南栖北宿一生长。
谁知去去来来见，只寄朝朝暮暮扬。

215. 送郑判官

夏口青山水驿边，荆州木叶客云天。
行人不送离人去，楚雁湘鸿寻雁川。

216. 送刘方平

殷勤寻魏武，斗酒问西陵。
醉卧漳桥岸，琼瑶而氏徵。
何须观草色，但可望飞鹏。

217. 听董大弹胡笳声兼寄语弄房给事

蔡女胡笳十八声，商弦角羽一千鸣。
单于勒足思天下，汉使扬鸣动地情。
百鸟朝阳群会萃，三山小女恋母盟。

乌孙部落和平祝，舞遍阴山草木生。
野鹿幽幽相聚合，浮云楚楚结新明。
凤凰玉辇琵琶配，青琐高门大路城。

218. 弹棋歌

崔侯弹棋善，巧妙过蓝田。
美玉清如砥，青云鸟翼全。
风花和雪月，六博五湖船。

219. 送山阴姚丞携伎之任兼寄苏少府

山阴竹里会稽峰，伯玉情中白皙容。
素伎浸红姿色纵，风流偶傥影云踪。
鲈鱼脍萃吴莼叶，越女婀娜十八封。
但以相如弦外赋，诗词日月浣纱逢。

220. 塞下曲

男儿一并州，少小半留侯。
塞下风沙劲，云中月白头。

221. 寄镜湖朱处士

东山一梦人，北陆半相亲。
镜月湖中落，嫦娥水上邻。

222. 宴陈十六楼楼枕金谷

西楼金谷枕，石陆缘珠珍。
白日庭前落，黄花逐地亲。

223. 送相里造入京

子月满秦川，春风逐雨烟。
先生知五柳，纳世治三泉。

224. 送钱子入京

龙门一跃鱼，滴水状元居。
居里遥相望，千年近得书。

225. 送綦毋三寺中赋得纱灯

纱灯半透见红明，素影千垂待月轻。
百步莲花成佛界，三清竹节势生情。

226. 送人尉闽中

驿路是王程，长亭有草荣。
行行无止止，处处见人生。

227. 送人归河南

但见梅花凋，还知二月情。
阳关三叠唱，落雁武陵声。

228. 送卢逸人

人间何以见，海上几长风。
白首玲珑塔，茅庐日月红。

229. 送顾朝阳还吴

莫踏柳花尘，停舟灞水滨。
盘门帆已落，木槿五湖邻。

230. 送窦参军

只送窦参军，知扬塞外勋。
桃花开不尽，战士鼓角闻。

231. 望秦川

八百是秦川，三千岁月年。
山河多逶迤，草木逐桑干。
渭水黄河岸，泾流入陌阡。
潼关应不守，养马可飞天。

232. 晚归东园

荆扉半闭开，石路一青苔。
野果红颜色，东园落叶来。
秋风何不止，暮鸟几徘徊。
欲宿双栖木，霜从月上催。

233. 觉公院施鸟石台

大觉一生门，中庸半古根。
飞禽台上食，聚合共黄昏。

234. 篱笋

向背两山林，阴阳半日深。
春秋同不似，草木共人心。

235. 达溪吏部夫人寇氏挽歌

咫尺两人分，天涯半落云。
夫人先妇道，吏部有先君。

236. 寄司空员外郎

草色新春翠建章，秦川太史忆仙郎。
归鸿复落千门树，侍女妆红万柳旁。

237. 寄綦毋三

大邑一花黄，中庸半故乡。
南山观顶雪，渭水问芳塘。
步过三台府，身从九豫章。
何知天下路，几载作才郎。

238. 送魏万之京

长亭半路一离歌，月色千重九渡河。
落叶飘摇何处落，灵犀不定客心多。
城关夕照黄昏远，驿舍霜寒梦几罗。
但问皇家谁守夜，空虚度物易蹉跎。

239. 送李回

桑田不认大司农，课税皇家小事雄。
逐鹿中原自当宰，黄河此去剑关东。

240. 宿莹公禅房闻梵

莹公一世半禅房，大觉三生两世光。
有界浮明浮不定，无心慧悟慧天梁。

241. 题璇公山池

幽居老树林，落鸟作知音。
皓月清风许，风尘已不侵。

242. 题卢五旧居

卢家一旧居，草色半当初。
已问先人墓，乡情自此余。

243. 赠别张兵曹

沧波一白鸥，渭水半东流。
楚汉鸿沟岸，周秦魏晋侯。
文成鹦鹉赋，荀令日春秋。
万物应时序，千年作逝舟。

244. 宿香山寺石楼

香山一寺泉，石磬半天边。
远火渔舟岸，明灯古刹悬。
松门风不语，住持手扶天。
世界禅音序，人间净自然。

245. 圣善阁送裴迪入京

云华高阁满，月色半钩栏。
圣善伊川水，梧桐玉树盘。

皇城原不远，八水绕长安。
旧日含香署，新程纳十难。

246. 奉送漪叔游颍川兼谒淮阳太守

嵩阳归梦近，颍水逝波行。
政日乡情远，寒砧石上盟。
东南闻太守，岭雪素孤城。
拜手临川路，观鸣自主耕。

247. 二妃庙送裴侍御使桂阳

鼓瑟二妃灵，潇湘一竹青。
衡阳归雁鸟，桂水借乡宁。
赤豹回云岭，文精骤雨汀。
香消猿未尽，椒降鸟聆听。

248. 送暨道士还玉清观

道士玉清观，仙人驻永安。
心诚三界水，事迹九云端。

249. 送刘主簿归金坛

高高一步多，别别半心河。
缺缺圆圆月，天天地地歌。
金坛曾主簿，越秀可蹉跎。
二水三山岸，茅山几野莎。

250. 送卢少府赴延陵

金陵二水半行舟，北国三山一去留。
泛泛春江关不住，泠泠蒲口难为洲。

251. 送皇甫曾游襄阳山水兼谒韦太守

襄阳枕岘山，汉水刁家颜。
白雁三湘宿，芦花半九湾。
青林云漫漫，雎鸠曲关关。
渭邑朝梁见，荆南太守还。

252. 龙门送裴侍御监五岭还

五岭半梅花，千川一路斜。
羊城临海角，侍御到天涯。
木槿红朝暮，槟榔直立华。
心清无杂念，革事作人家。

253. 送乔琳

陶公五柳不羞贫，阮令三生问帝春。
得意屈伸金帛度，风流杜色玉冠巾。

254. 题少府监李丞山池

独以木成林，孤身草树心。
? 由朝岭秀，积水背浮荫。
御柳莺啼曲，山池少府禽。
从君非彼此，仰慕作知音。

255. 长寿寺粲公院新甃井

白石抱云端，苍苔护木栏。
池塘青鸟落，古刹着灵坛。
露井同观院，僧房境界宽。
人心清净后，日杲待汗漫。

256. 魏仓曹宅各赋一物得当轩石竹

当轩石竹荣，对院木兰生。
众色殊明艳，群芳独自倾。
池鱼南北界，白鹤去来行。
四象红桃李，双仪碧叶城。

257. 奉送五叔入京兼寄綦毋三

一路望京都，三光自有元。
阴晴应不止，进退可扶苏。

258. 寄韩鹏

冶政不心闲，观涛有玉关。
空天扬逝水，暮鸟已知还。

259. 百花原

黄河南北去，陕晋暮朝垣。
旷野天低树，风流落日圆。
君来伊水岸，草碧百花原。
京师三界岸，以此谢轩辕。

260. 遇刘五

一别半梨花，三春十地家。
知君应似我，不语到天涯。

261. 送崔婴赴汉阳

二十年中一弟兄，三千弟子半书荣。

知音汉水东流去，莫以弦歌北陆生。

262. 送五叔入京兼寄綦毋三

吏部年年半自新，春莺处处一啼邻。
东华路路冠官步，玉漏声声正笏巾。

263. 一野老曝背

近日望长天，伸张问自然。
平生无撼事，彼此共时年。

264. 送东阳王太守

太守一星郎，江皋半太仓。
寻流风俗志，问访雨农桑。
采月佳期柱，巡津旷野梁。
歌清非未道，乐此是东阳。

265. 咏张諲山水

日落半方圆，梨花一素天。
黄昏空旷照，暮落暗桑田。

266. 失题巴新——巴布还新几内亚

平生半故乡，十载一南洋。
港澳开发区，苏州作嫁娘。

267. 期綦毋潜

荆南一季通，进士半由衷。
拾遗终书作，开元寿尉风。

268. 冬夜寓居寄储太祝

知音知下士，对己对人心。
宿鸟归栖隐，前途瞩目寻。

269. 春泛若耶溪

浣女一溪纱，春红二月花。
姑娘惊水色，腼腆不回家。

270. 题鹤林寺

一寺隐风波，千山落月娥。
清溪流不尽，磬语入藤萝。

271. 题栖霞寺

境界栖霞寺，灵心扫叶僧。
群峰乔木直，万壑谷云凝。
道场莲花坐，禅音普渡应。

松林三十里，水月半孤灯。

272. 送储十二还庄城

青林一子家，十二半庄花。
野雀飞无尽，荒原种豆瓜。
人心应自在，草木挂乌纱。

273. 送章寻下第

长安一谓桥，独木五津遥。
魏阙千儒客，龙门万念消。

274. 送崔员外黔中监选

黔中一路遥，岭外半云霄。
指点千书客，形成九脉潮。

275. 送贾恒明府兼寄温张二司户

不忆二毛生，还寻一月盟。
明城千水色，勾践九州鸣。
越客新安去，秦人旧国情。
轻舟浮不定，玉影与潮平。

276. 送宋秀才

子系五侯孙，长亭一草根。
连天成碧色，逐鹿作乾坤。

277. 送平判官入秦

同章半入秦，共念一秋春。
执手云门路，相挥紫绶巾。
长安曾是客，渭水莫非人。

278. 送郑务拜伯父

大路一风尘，朝天半自尊。
劳歌三界北，旧念九州邻。
独木成林岭，群芳可秀春。
秦川千百里，郢水万家津。

279. 题招隐寺绚公房

情性一归根，禅音半子孙。
为心兰若寺，处世蕙慈恩。

280. 宿太平观

月宿太平观，云平磬语坛。
清冷泉水细，滴沥露声宽。
一隐天街岸，三清北斗安。

群星金锁岳，独目玉京冠。

281. 题灵隐寺山顶禅院

招提一山曛，下界半天闻。
塔影天竺近，钟声汉寺云。

282. 若耶溪逢孔九

相逢溪曲处，别意满烟霞。
竹影池光净，西施已浣纱。
从来五柳客，此去武陵家。

283. 宿龙兴寺

一寺宿无归，三潭印月晖。
灯明方丈室，磬语比丘微。
净土青莲坐，传心喻法闱。
扉前花不落，岭后鸟高飞。

284. 题沈东美员外山池

好道筑瀛洲，传心可自由。
情随天地界，性伴暮朝修。

285. 茅山洞口

华阳仙洞口，拂雪净茅山。
大觉三清界，差池九脉还。

286. 过方尊师院

羽客半山寻，尊师一道深。
千年流逝水，百岁木成林。

287. 经陆补阙隐居

琴尘一指对微霜，月色千重入草堂。
尧日巢由相识旧，乔木叶落独天光。

288. 登天竺寺

松门当涧口，石径上峰心。
月落清潭水，花明草木深。
禅房方丈语，佛法鸟知音。
物觉成异界，重生作羽禽。

289. 满公房

世界一莲花，禅房半慧华。
寻心闻梵语，普渡见袈裟。

290. 过融上人兰若

小头石室挂禅衣，守一成元与世稀。
悟道重重行界域，钟声杳杳到京畿。

291. 早发上东门

早发过东门，朝阳问子孙。
阴晴同世界，老少共黄昏。

292. 祇园寺

雁塔王身十界音，天竺往迹九天荫。
步履从客随性悟，禅房慧觉以心寻。

293. 送集贤学士伊阙史少府放归江东觐省

墨客一文章，江东半曲肠。
千门未谒地，万里别离乡。
雾雨云烟邑，溪光竹影藏。
浮萍归渚静，白雁净天光。

294. 储光羲

开元中进士，坐陷禄山堂。
御史明皇尽，官朝客豫章。

295. 述韦昭应画犀牛

陛阁河昆甲，鳞盔柱腿林。
时时扬角望，日日作龙吟。

296. 献王威仪

威仪真主在，素淑自门开。
不见寻何物，应当作玉台。

297. 野田黄雀行

无人无世界，有雀有桑田。
互存相依附，同承一脉传。

298. 樵父词

山山水水横，去去来来情。
是是非非是，成成就就成。
樵夫樵不隐，野旷野无声。
濯足清溪见，乔林岭石荣。

299. 渔父词

但得一舟平，无须半水清。
游鱼争逆上，钓雪只钩名。

何依同日月，不可共潮生。

300. 牧童词

十里牧童心，方圆自古今。
皇城皇帝近，旷野旷林深。
草木阴晴长，牛羊日月寻。
田间飞小雀，月上有鸣禽。

301. 采莲词

自有一方圆，何须半地天。
莲蓬多少籽，茨实两头尖。
小女知羞问，胸中玉水泉。
船横船未去，浴后浴生烟。

302. 采菱词

浊水菱肥叶自清，溪流曲折色应明。
渔家浦口常藏网，觅食贪心忘所生。

303. 射雉词

姑姑一两声，莺莺暮朝行。
不远离巢穴，应知子女情。
低飞人近与，振羽对空鸣。
妇妇夫夫问，生生死死盟。

304. 猛虎词

上虎高山别有机，三鸣古洞猎人稀。
居心不忍人生兽，太室威浮问帝畿。

305. 渭桥北亭作

水月渭桥亭，风尘暮色宁。
秦京途已近，雀鸟渐离町。

306. 述华清宫五首（天宝六年冬皇帝名曰华清宫）

之一：
十月一华清，三冬半水城。
温汤温帝子，玉女玉人情。
之二：
一步入蓬莱，三生过道台。
开元天宝冶，盛世可徘徊。
之三：
温莎半透明，宇宙一华清。
十二轩辕客，三千百辟生。

之四：
正月始阳和，文章可玉珂。
时承天下意，日作大风歌。
之五：
芙蓉出水明，五色映华清。
十步龙泉夜，三光集丈瀛。

307. 石子松

盘根石子松，错结壁峰重。
不异春秋色，心同日月踪。

308. 驾橹藤

子叶可同荫，根枝是共林。
无孤成曲直，独立有丝心。

309. 池边鹤

直立望天边，扬鸣问宇前。
心明天下路，客守世中田。

310. 钓鱼湾

情人不在钓鱼湾，暮色黄昏满远山。
莫以倾舟捞月色，应知古木几登攀。

311. 幽人居

幽人居下去，月色夜中来。
竹影婆娑舞，溪流曲折回。

312. 题太玄观

十里太玄观，三清道士坛。
千年修正果，百岁向云端。

313. 至嵩阳观观即天皇故宅

逍遥玉井一真人，净世春秋半壁新。
翠柏苍松多少道，龙鳞铁甲古今邻。

314. 贻韦炼师

精思知日短，意净自空虚。
炼道丹炉望，浮云卷又舒。

315. 霁后贻马十二巽

雨散云开后，花明草碧新。
溪流青鸟去，净土暮天春。
玉宇千澄近，山阴五色亲。

316. 题陆山人楼

山人楼上暮，落叶月中秋。
独见清风早，何须一道忧。
鸿飞青鸟寄，白首半生游。

317. 献八舅东归

东归问水田，北上运河船。
越秀天堂路，江苏载岁年。
隋炀何帝子，磊石护秦川。
二世应知道，三光有酒泉。

318. 泛茅山东溪

贞心一直天，贝叶半云田。
远近茅山路，东溪曲折延。
乡情应继此，泛月见婵娟。

319. 吃茗粥作

鸟雀已无飞，神庭可独依。
淹留茶饭膳，暮日紫阳归。

320. 游茅山五首

之一：
百岁别乡县，三生问地天。
京都观世界，旷远问桑田。
水利苍州济，皇州治酒泉。
之二：
世业一儒城，传心半帝英。
华阳云洞口，独善问苍生。
石路难倾复，溪光可自轻。
之三：
远势一山峰，深渊半玉龙。
形分千界木，境遇万流踪。
道济重新路，邯郸故步封。
之四：
柱下一居贤，峰中半望天。
登高寻落日，好学雨云田。
浪迹到天涯，成形问羽华。
山门开世界，守一误人家。
之五：
浪迹半天涯，成形问羽华。
山门开世界，守一误人家。

321. 述降圣观

（天宝七载十二月二日玄元皇帝降于此名）
降圣一天观，玄元半地端。
夹道千门闭，羽已万心宽。

322. 题瞑上人禅居

结宇邻天邑，禅居处净名。
丹青山鸟旷，草树上人情。
秀色惊方丈，朱门大觉倾。

323. 过新丰道中

一路新丰两岸荫，群言桃李御京林。
三年结果花明木，十载悠悠满野禽。

324. 夜到洛口入黄河

月落满黄河，风流唱几歌。
湾湾生草木，曲曲逐潮波。

325. 使过弹筝峡作

一峡自弹筝，双峰对谷鸣。
惊心灵早慰，违世业天成。
鄙俗何知着，忧人鸟雀平。
王程应进退，苦节逐平生。

326. 泊舟贻潘少府

四泽兼葭漫，中洲烛火明。
霄分南北路，月合暮朝城。
楚越三吴水，秦周十地情。
穿梭如日月，望尽似阴晴。

327. 仲夏入园中东陂

方塘多隐逸，广水阔清津。
水陆连天地，樵渔每独身。
幽人居岸渚，暑雨涨池濒。
但望浮萍上，何人不问邻。

328. 效古二首

之一：
小子一从军，乡家半去云。
田桑无雨水，社稷短衣裙。
之二：
北陆水无流，南江客有舟。
黄河壶口落，广泽赫高丘。

329. 杂诗二首

之一：
混沌无本象，世界有神州。
达士春秋继，贤才日月留。
耕耘多子粒，格泽少因由。
虎豹高山势，龙蛇大海游。
之二：
阳台暮雨一襄王，峡口朝云半梦乡。
素女纤纤箫起步，高唐处处管萧娘。

330. 陆著作挽歌

陆著起居郎，今成逝去章。
田园无旧草，道路有新杨。
学士声名在，乌纱日月乡。
生涯朝暮事，令情弃人肠。
月独三界水，松门一豫堂。

331. 山居贻裴十二迪

一望到衡阳，千鸿问故乡。
声声人一字，肃肃客荒塘。
叶落寻根生，苍烟作度霜。
年年由此见，处处待衷肠。

332. 秦中岁宴马舍人宅宴集

一酒半长安，三冬十地寒。
霜明池上月，竹影接云端。

333. 荐玄德公庙

一道半神仙，三公六合天。
灵山新邑府，结义玉华泉。

334. 上长史王公责躬

桃桃李李自成蹊，水水津津漫不堤。
子建成公黄雀报，仲尼不覆伯夷西。

335. 至岳寺即大通大照禅塔上温上人

半岭一朝阳，三生两故乡。
飞时人一字，落后守寒塘。
恻隐仁慈地，风流芷蕙香。
何时离塞北，几日到潇湘。

336. 终南幽居献苏侍郎三首时拜太祝未上

之一：

临朝君帝哲，达士复悬衡。

四象应时守，双仪可予英。

天书天子道，玉帝玉成明。

之二：

低低一水深，直直半成林。

木木乔高比，明明玉石金。

之三：

水木自相亲，山河可五津。

千崖成谷壑，四季作秋春。

雪暗昆仑石，霜明越秀濒。

337. 赴应圣观

天书玉节半云霄，白羽垂玄圣道西。

穆帝成宫留汉武，王母复签仰高低。

338. 至闲居精舍呈正上人

招提三太室，阁道九成宫。

宝坊芳香积，闲居静素功。

339. 酬綦毋校书梦耶溪见赠之作

曲曲溪流晚向低，平平草岸早成蒌。

温温玉女纤纤语，扭扭身姿轻轻提。

340. 田家即事

小杏过邻墙，桃花自溢光。

田家常即事，雀鸟逐禾梁。

种子初芽短，春芒付四乡。

牛羊知苦碌，岁月几辛黄。

341. 同王十三维偶然作十首

之一：

夏日十三维，田家五百杯。

东皋云雨覆，鹿柴柳杨催。

夜暗无归路，孤灯有陌隈。

幽幽何不顾，处处涉青苔。

之二：

老子好无为，仲尼自在规。

若虚儒道实，觉悟是非时。

之三：

野老一心田，荷锄半度船。

桑麻天下事，伙粒主人年。

之四：

浮云有卷舒，上下自空虚。

积散阴晴士，山川谷壑居。

之五：

时时一念真，处处半秋春。

是是非非易，先先后后陈。

之六：

草草木木色，云云雨雨家。

山山山不止，水水水无涯。

之七：

黄河只向东，弱水北西终。

大海荒沙漠，人间造化同。

之八：

妾本邯郸女，从台子晋清。

鸳鸯何聚散，百鸟凤凰城。

宠宠娇娇色，荣荣辱辱名。

春春春已去，夏夏夏秋行。

之九：

念及一书生，闻何半道名。

皇宫曾所赐，不得一纵横。

之十：

人间半四邻，世上一三亲。

父母和兄弟，爷娘养育身。

春秋冬夏演，日月岁年陈。

旧史何翻故，书生简易新。

342. 升开行贻虚六健

瑶台四座满真人，王母三千世界春。

琴瑟清商游子问，蓬莱日月穆公邻。

343. 田家杂兴八首

之一：

鹧鸪一声名，田禾半已耕。

春田三五月，籽粒万千萌。

之二：

农家贫贱去，草木自枯荣。

日月千年继，阴晴万古倾。

之三：

楚国一夫人，吴宫半效颦。

桑榆春夏色，网罟绕轻身。

之四：

田家一亩田，子女半方圆。

陌里桑麻木，阡中稻米川。

春秋相继序，收种复重旋。

社日倾壶酒，守岁度新年。

之五：

平生养性情，历世对时耕。

子粒常年备，辛勤自在盟。

当春播半亩，过夏序秋荣。

储米经冬见，新年一岁荣。

之六：

田边一道同，去向半无穷。

楚客梁园老，桑蚕羽蚕终。

年年交税赋，处处顺民躬。

土地何人与，皇家瞩国城。

之七：

梧桐多子叶，薜荔少躬耕。

自以阴晴种，何言帝主情。

贫贫成富富，贵贵作名名。

旧史谁相继，新年子女荣。

之八：

山田百棵桑，旷野万株粱。

酿酒千壶瓮，梅花十里香。

年年春节至，处处叙衷肠。

爆竹声声响，财神拜拜祥。

童翁同异趣，老少共天堂。

344. 题辨觉精舍

清溪有响似龙吟，竹影婆娑问古今。

辨觉林林精舍外，方池映日草云深。

345. 题慎言法师故房

精庐结舍有生年，道法重贞雁子天。

故岭浮云今已易，西方至此异香然。

346. 石瓮寺

一寺满花林，三天庇护音。

香期遥世界，自得一人心。

347. 题崔山人别业

山人别业一居心，逸士衡门隐遁浔。

野岭云烟从所以，皇城步履试如今。

348. 行次田家澳梁作

田家一道新，古木半山春。
小径荒花叶，乡音辨不纯。
牛羊奇见客，子女告亲邻。
有酒陈梁板，芳醇待人身。

349. 昭圣观

一路观玄元，三清草自萱。
苍苔溪石径，翠竹满花源。
独柏丞天象，丛林各简繁。
昭然知净土，直木是人言。

350. 题辛道士房

门开一带江河水，目望千山草木丘。
玉立居玄清纪智，垂华问象令蜉蝣。

351. 登秦岭作时　陷贼归国

回头泾渭路，力士柳杨红。
九达苍芜界，五陵望太空。
云浮勤政殿，鹿指大明宫。
岭木分南北，心随唱大风。
行程应自主，立世不居功。
社稷江山在，披荆斩棘翁。

352. 晦日任桥池亭

温泉天邑水，晦日水池亭。
木影垂天意，飞凫任草青。
流中知世界，岸上问浮萍。
石壁峰云立，清溪作碧灵。

353. 望幸亭

惠政作君王，周公待帝昌。
高楼非一木，草色自三光。
宿栋千门佐，青堆万石梁。
江山如大厦，社稷似天堂。
旧史成君子，书生作柳杨。

354. 哥舒大夫颂德

文昌成世纪，武德作天英。
渭水东流去，南山草色明。
丰镐戎又复，陇路将军城。
魏朔重霜雪，昆仑牧马行。
嘉谋盟伐列，锐士云风轻。

上第晖光继，天邦自挂缨。
扬长翔自在，踟蹰望长鸣。

355. 安宜园林献高使君

大隐在心中，知书问大风。
英雄成世界，古道入苍穹。

356. 秋庭贻（并序）

扶风马挺余之元伯也，舍人诸昆知己之
日挺充郑乡之赋，予乃贻此诗
扶风观帝网，渭邑问邦家。
直木乔林竞，群芳众草花。
秦川谁养马，八水浪淘沙。
世哲西巡陆，明程北魏衙。
风流石委伦，白首著秋春。
圣主深心重，延才客道钧。
夫君嘉德义，郑里宴虚宾。
独峙临峰顶，霜明处世祯。

357. 河中望鸟滩作吕四郎中

江河浅浅深深流，水岸湾湾曲曲游。
屿屿洲洲繁草木，南南北北各临楼。
千川汇集归沧海，万里蒸发付逝留。
楚楚光明东不止，潮潮汐汐共春秋。
四郎中，半白头，参差远近见行舟。

358. 秦中初霁献给事二首

之一：
暮雨收无晴，秦中纵草平。
云深何复去，翠色积中明。
之二：
雨净文昌阁，云浮日月平。
西都天下子，擢第寸心盟。

359. 巩城东庄道中作

晓日上西山，南阳照北关。
城东庄道远，进士曲江湾。
晋祠阳朱水，长安八水环。
明经途世界，耄耋老翁攀。

360. 晚次东亭献郑州宋使君文

上国列封疆，中庸注郑乡。
丝纶逢圣主，铁柱励成梁。

籍籍弘羊计，祁祁雁颂厢。
嘉谋呈锦帛，历史治农桑。
广武文昌济，成皋鸟雀昌。
西京长井邑，郑伯辅周王。
淑慝常潜跃，昭彰岁月堂。
平心可抚慰，物撑自原荒。

361. 秋次灞亭寄申大

一步可经年，三生对暮天。
文章随日月，草木任风烟。
灞水长安曲，东都旧史全。
周王初著苑，汉言复青莲。
橘柚寒霜覆，芙蓉夏水鲜。
何言无得意，自得已心宣。
十里长亭外，千山朔漠前。
途程应不尽，守一对方圆。

362. 舟中别武金坛

高歌一曲信陵门，皎洁三光向子孙。
月色中原君子客，群芳会萃自寒温。
混元见，问乾坤。道路无平是古村。
止止行行应不尽，朝朝暮暮有黄昏。

363. 赴冯翊作（自述）

本自一农家，书身九脉瓜。
生平千百路，出吏半公衙。
北陆辽东客，南洋粤澳华。
天机非误失，宝剑不容喳。
溙溙泱泱水，苍苍郁郁花。
中庸知己量，大路到天涯。

364. 晚霁中园喜赦作

五月黄梅雨，江湖一丈麻。
时时生晴雾，处处卖枇杷。
小径姑苏路，洞庭两岸花。
轻风生凉气，暮日尽明霞。

365. 观范阳递俘

人间一丈夫，北陆半匈奴。
世界长城断，江山衣带裔。
应知泾渭易，不谓范阳俘。
四海封疆外，千山划地孤。

366. 次天元十载华阴发兵作时有郎官点发

令使华阴木，咸林正魏旌。
单于胡牧帐，阏氏帝王城。
勇武天兵戍，庐龙猃狁情。
中锋成虎子，大将自书明。
李广今何见，幽州射虎营。
重寻天水岸，汉誉酒泉平。

367. 送丘健至州衙放作时任下邽县

太史观台望，天街问虎符。
旌旂扬将令，宝剑爵军侯。
凛凛威风肃，堂堂九阵头。
乾坤交泰日，德应颂神州。
战战和和路，生生死死由。
元戎同异域，守镇共畎讴。
已见长城雪，何闻闽越舟。
封疆天下土，济世雨云浮。

368. 登商丘

宋国一商丘，长缨半故楼。
状心多国列，纳意少风流。
太息梁王苑，飞鸿北陆洲。
衡阳南草芷，岁岁一重游。

369. 群鸦咏

群鸦逐食自争鸣，达路当先比翼倾。
遗腐陈藏明目取，赠缴取守瞩纵横。
皇家一路余粱散，狭道千鸟短羽缭。
洛水扬波分列士，新丰不远是京城。

370. 尚书省受誓诫贻太庙裴丞

受誓文昌里，严车伊洛间。
崇明祀祭庙，尚献御皇还。
晓色衣冠正，虚庭亚肃关。
沉云阁老笏，点翰对南山。

371. 夏日寻蓝田唐丞登高宴集

紫气一皇州，蓝田半玉楼。
春明门接径，闾里对林幽。
咫尺天涯见，东陵启世侯。

鸳鸯传命始，出罢六安头。

372. 田家即事答崔二东皋作四首

之一：
犁锄玄马去，小杏已开花。
柳树枝条叶，农夫日月家。

之二：
有客山中至，言传玉石华。
东皋云雨后，暮色入桑麻。

之三：
老树养新芽，耕耘种豆瓜。
春先发子粒，岁后得棉纱。

之四：
依依亲陇亩，落落近邻庶。
闻鸡应下陇，告犬可看家。

373. 敬酬陈掾亲家翁秋夜有赠

平生自得一儒臣，遣谪升阳半晋秦。
帝闵齐卿姬女嫁，书房学士正冠巾。
伊皋永以承殷夏，稷苦须当著草茵。
蜀楚江流东逝水，荆吴别以各秋春。
门当户对文章客，玉漏皇都位恪宾。
妾女儿男成宇宙，梧桐凤鸟久相邻。
天池羽翼生鳞角，惠觉慈悲莫富贫。
爵土珪璋封宰辅，亲翁共济隔音尘。

374. 苏十三瞻登玉泉寺峰入寺中见赠作

鸿蒙十里去，列缺五湖裙。
枕上当宵晚，胸中理义文。
山峰峦苍翠，玉水逐芳芬。
绝赏原缨弁，丹青白日曛。

375. 酬李处士山中见赠

处士一山中，人生半始终。
赢来天地誉，吐纳作归鸿。
太学周旋处，陈仓栈道崇。
高山流水去，绿竹柳杨风。

376. 同诸公秋日游昆明池思古
（汉月楼船，始定昆明）

昆明汉帝立春秋，一省填名作九州。
百里松涛惊日月，千年伟业大观楼。

长安日上天池水，獑獭游中不尽头。
空阔无边芦苇落，萍云芷露御王舟。
挥鞭不及南瀼岸，遣使还从大理谋。
轩辕远近中原志，稼穑阴晴派湄流。
坎垆莓苔明月共，沧洲共渡豫章牧。

377. 同诸公登慈恩寺塔

一塔上青云，千恩待大君。
清秋千里目，白日万家曛。
百艳昆明水，三公宰辅文。
楼船从此去，大理久芳芬。

378. 同诸公送李云南伐蛮

云南自得一昆明，渭水楼船大理城。
敢递滇池千里望，元戎帅帐九州横。
泸阳斩伐谁就成，恶薄书香吏史瀛。
越鸟封疆须设制，穿苍巨象虎符行。

379. 奉和韦判官，献侍郎叔除河东采访使

丑正在权臣，中庸向子尘。
衡平衡所与，道制道秋春。
燕雀飞天去，鱼鲸误广濒。
河东文化域，采访共天津。

380. 同王十三维哭殷遥

生生无不尽，念念有殷遥。
直木风先朽，高山树早凋。
精英伦咫尺，雨雪柳杨条。
晋祠藏泉淑，秦楼寄玉箫。

381. 同诸公秋霁曲江俯见南山

南山下曲江，进士上家邦。
石道瑶琼路，书生雨打窗。

382. 贻丁主簿仙芝别

骅骝多逸气，广宇响琳琅。
主簿分南北，仙芝画豫章。
长亭挥手去，别意野花香。
处处何寻此，心心作柳杨。
阴晴三界路，醒醉一壶肠。
历世经伦语，人生作栋梁。

383. 京口送别王四谊

枫林红一半，暮夕逐三秋。
落叶浮池水，倾荷枕驿舟。
千章分袂影，八月菊花洲。
别路连南北，皇城望阙楼。

384. 同房献部应旋

衡山慧见明，息苦觉心清。
养正南州界，涵虚北国情。
文昌归献部，晦补济精英。
了性逍遥去，长风沐围城。

385. 奉别长史庾公太守徐公应召

太守杞人天，徐公别陌田。
丰镐倾雾霾，渭水逐云边。
静濑鱼光少，艅艎芷蕙悬。
西天灵湍屿，北宇济崇川。
涿鹿中原客，王朝代永年。

386. 狱中贻姚张薛李郑柳诸公

一镜已高悬，三光对地宣。
羞人非怪子，诬善是邪鞯。
直道亲疏见，书词误寸田。
伤君维左右，思鸟独飞天。

387. 贻鼓吹李丞时信安王北伐李公王之所器者也

帝室命荣英，王家北伐兵。
边城霜早致，北寨虎符城。
武勇文儒策，旌旗帐令鸣。
嬛姚因陌志，折节度君卿。

388. 贻王侍御书台掾丹阳

琅琊台上路，养晦少微儒。
太素丹阳望，乡亭广运吴。
天街常蹴蹦，北固可姑苏。
上掾荣黄者，东皋氾日凫。
南华濠上色，魏主瓠中殊。
壁立千章达，溪流万里湖。
秦川丰泽远，八月脍莼鲈。
远近三清士，高低一丈夫。

389. 贻刘高士别

凤驾高人别，东城族士眈。
朝阳龙阙北，耳目五湖南。
俯仰天街路，行身御道涵。
飞鸿何不见，暮日照春蚕。

390. 山中贻崔六琪华

闭门半敞开，落叶九州来。
羁绊长亭起，扬长日月来。
回头山石问，心居草木台。
平生知此月，静待胜徘徊。

391. 贻余处士

人生路几条，处士向天遥。
历世经纶见，江流彼此涓。
长城谁好汉，但见运河潮。
莫以兴亡论，千年一度桥。

392. 刘先生闲居

闲居不可闲，存在一人间。
草木田禾竞，冠巾日月攀。
昆仑崆峒客，渭邑近华山。
步步平生问，黄河十八弯。

393. 京口题崇上人山亭

香岩一上人，古刹半经纶。
宿雾封窗户，山川锁绿茵。
清宵谁秉羽，玉树散天尊。
静待晨啼鸟，留心草木珍。

394. 朝邑蔡主簿期不会二首

之一：

秋云满太虚，自主帝王居。
下位宾朋少，知音一世余。

之二：

清风明月近，古木水流湾。
曲曲溪泉色，幽幽川谷潜。
逍遥津渡口，石径上峰攀。
步履成霜迹，空来独自还。

395. 巩城南河作寄徐三景晖

莫道南鸿少，何闻北陆鸣。
春山青翠色，巩洛景晖荣。

湍潋阳光满，峰林草木萌。
乡川舟楫在，不渡水光城。

396. 贻阎处士防卜居终南

终南不远一长安，左液桃花半坫坛。
杂树春风生旧路，樵渔古道问波澜。
悬情兆梦唯颜色，历史清言玉趾叹。
莫问商山知帝辇，文华拾韵过邯郸。

397. 新丰作贻殷四校书

旧邑汉王宫，新丰古道风。
华阳南去路，晋魏北来鸿。
一半衡阳问，三千子弟同。
纵横应所见，六国校书中。

398. 华阳作贻祖王咏

朝辞敷水边，暮宿渭泾田。
一望华山树，三呼晋魏泉。
闲人闲不住，步履步前川。
此道霜风重，行程日月连。

399. 贻袁三拾遗谪作

含章文陛约，盖洛好词人。
物令儒生笔，公卿毅紫宸。
皇城多谪子，上掖诸冠臣。
历练荣枯道，江山拾遗亲。

400. 洛中贻朝校书衡（朝即日丕人也）

朝衡一校书，日本半唐居。
万国中华故，千年海瀛初。
蓬山高殿上，太学度相如。
汉字生天下，人言举岛渔。

401. 贻崔太祝

天都分礼阁，上掖对千门。
两省平章事，三台制牧尊。
贤才知廪禄，肃穆敬慈恩。
日月当空照，风流满五蕴。

402. 贻王处士子文

春风入上林，处士度人心。
渭水东流去，伊川北陆涔。

千吟三叠曲，九乐一知音。

403. 闲居

所媿一闲居，中园半读书。
春圹生夏草，夜雨可云舒。
枕上黄粱梦，窗前木影余。

404. 献华阴罗丞别

尊卑一丈人，道德半人身。
进退阴晴事，枯荣日月因。
京城连驿路，渭水泽王臣。
两省文昌客，三台白玉珍。

405. 送恂上人还吴

皇城一古都，法子半三吴。
八水长安绕，三光洛邑苏。
来仪芳草色，远去故江湖。

406. 送周士

秋风西陆尽，鸟道古今扬。
落叶三天短，严霜一路长。
皇城千万道，故舍两三乡。

407. 新丰主人

新丰主客一酒尝，古道重来半家乡。
醒醉应知日月少，东邻可问去来裳。
秦楼弄玉箫声尽，楚汉鸿沟已柳杨。
玉女窈窕窥镜里，男儿壮汉问天梁。

408. 登戏马台作

自古英雄半少年，如今老汉一当年。
耕耘两亩农桑食，霸业千军不事田。
养马秦川天子肃，东徵北讨伐三边。
丰功伟绩长城石，落照苍烟照酒泉。

409. 贻从军行

一马自当先，三生已百年。
从军从甲午，立志立桑田。
举剑扬长去，弯弓日月悬。
回头知白首，四顾问居延。

410. 酬李壶关奉使行县忆诸公

江河沧浪水，日月地天人。
汉水知音问，秦人养马邻。

411. 蔷薇

从丛独秀半成林，袅袅分枝一处荫。
早早花明新世界，迟迟落叶作黄金。
当庭翠绿藏虫鸟，过夜含云纳露淋。
岁岁无争颜色好，年年有影玉人心。

412. 同张侍御宴北楼

一半吟声上北楼，三千弟子续春秋。
秦宫指鹿纵横见，古往今来作诸侯。
太守红缨行令帐，周王白羽正酬谋。
单于退去牛羊牧，李广幽燕望九州。

413. 临江亭七咏

之一：
建业归都城，秦淮二水明。
兴亡因国论，晋主六朝平。
之二：
龙城虎踞关，北固大江湾。
晋主南称帝，金陵日不还。
之三：
二水兴王业，三山向帝颜。
文昌陈后主，玉树始云班。
之四：
何言别有天，一水广陵烟。
紫禁成王气，秦皇镇脉残。
之五：
梁园多翠柳，楚岸寄吴天。
但锁空流险，金陵望海船。
之六：
武帝一心禅，南朝半佛田。
吴王台上问，古道望中烟。
之七：
钱张弋踞任，宗城即环之。
季也同八人，俱以才名知。

414. 留别安庆李太守

一牧明行子，三台劝慰田。
民生民自主，治理治当先。
国以兴亡见，家由子女延。
溪流源所至，积纳富人怜。

415. 洛阳东门送别

东门别洛阳，北陆问梅香。
腊月迟芳在，春莺上柳杨。
孤舟行不止，独望任衷肠。

416. 泊江潭贻马校书

画阁一云边，诗坛半古田。
逢今修校处，却别纳源泉。
落日连江远，江潭自采莲。

417. 送沈校书吴中授书

吴中多遗典，阁上寄书城。
五霸春秋事，千年草木生。
荒藏天地界，迹隐虎龙声。
可问年年馆，西施日日情。

418. 汉阳即事

楚国有知音，长江自古今。
高山流水见，步履九歌寻。

419. 寒夜江口泊舟

寒潮逐小舟，海月付江流。
楚火逍遥望，吴门隐约愁。
知音何不见，净土似可求。
浪里船娘问，云中有去留。

420. 苑外至龙兴院作

朝游天苑外，已见法云开。
草色凭晨露，山光日复来。

421. 题虬上人房

释子一人心，神宫半古今。
千年成信仰，万古寄余荫。

422. 咏山泉

山中一水流，月下半清秋。
不见泉源约，无名涧谷留。
分支明石上，聚合纳池洲。
岁岁常言语，年年不到头。

423. 贻主客吕郎中

一著上林篙，三台左省贤。
中书朝笏敬，上掖故桑田。

羽翼方丰满，青云已奏天。
余香诗客久，纳士委苍烟。

424. 京口留别徐大补阙赵二零陵

一月满皇州，三川八水流。
蓬莱多少客，上拨鼓钟楼。

425. 答王十三维

画眉一文章，青云半上阳。
天光应不尽，日照十三郎。

426. 奉和中书徐侍郎中书省玩白云寄颍阳赵大

中书一白云，上拨两台分。
左右天光远，沉浮日月君。

427. 和张太祝冬祭马步

大宛马飞天，秦川草木田。
英雄常不见，胜败取盘旋。

428. 祭风伯坛应张太祝作

太祝自青春，经纶已使臣。
坛高明日月，俯仰敬天津。

429. 寻徐山人遇马舍人

伊川一泊舟，渭水半泾流。
野旷春山树，心清绿草洲。
金门来客少，柳岸去人留。
水气连云雾，天光逐九州。

430. 夜观伎

白雪自纷飞，红波已却闻。
千姿呈百态，万语一言归。

431. 洛桥送别

河桥一客舟，怯别半清流。
早雁先飞去，寒霜在北洲。

432. 秦中送人觐省

一日别章台，三生觐省催。
亲朋多祝福，士子少尘埃。
北陌藏云色，南山顶雪开。
遥遥相问询，步步可家回。

433. 洛中送人还江东

洛客下江东，天光上彩虹。
江村长直望，北陆去飞鸿。
楚汉原相似，春秋五霸同。

434. 送姚六昆客任会嵇何大蹇任孟县

江东临越水，晋国沿河汾。
绥雨青郊路，扬澄任楚君。
才思秦汉寨，领略运河去。
暮鸟寻栖木，人生日日曛。

435. 洛潭送人觐省

洛水带芝田，伊流旷远天。
潭明知觐省，雨色泽云烟。
父母生身付，爷娘祝泰泉。
回头天地问，日照礼仪宣。

436. 送人随大夫和蕃

战战和和问，来来去去连。
秦秦承汉汉，岁岁亦年年。
六国纵横见，三边日月悬。
阴晴多草木，律令少方圆。

437. 仲夏钱魏四河北觐叔

黄河下北流，渭邑上南楼。
去路分朝暮，回程六合秋。
闻天随古道，问地任商丘。
晋冀桑干望，爷娘父母忧。

438. 送人寻裴斐

柱史回清宪，君居问汉川。
云泉千里目，隔岸百花田。
不必分颜色，当然七色妍。

439. 陇头水送别

东西陇水流，俯仰问江楼。
送别留情绪，离心去意休。
寒云寒袂衲，影落影孤游。

440. 送王上人还襄阳

汉水一襄阳，知音半柳杨。
琴台流水去，楚国客心肠。

法界香林雨，清心古道旁。
中庸前路远，大觉上人房。

441. 官庄池观竞渡

清波一日长，竞渡半舟光。
鸟隐山林密，人争水手扬。
官庄观末了，玉女十三香。

442. 重寄虬上人

释子一知音，寒宫半桂荫。
三清三界净，独木独成林。

443. 篮上茅茨期王维补阙

篮田一十三，鹿柴半千谙。
画里诗成画，坛诗画作坛。
思君思酒熟，玉洁玉珂岚。

444. 大酺得长字韵时任安宜尉

天朝一道长，大酺百臣香。
太守安宜尉，淮夷颂栋梁。

445. 古

床前明月光，疑是地上霜。
举头望明月，低头思故乡。

446. 今

床前明月色，地上一层霜。
俯仰婵娟问，阴晴故土乡。

447. 同张侍御鼎和京兆萧兵曹华岁晚南园

大隐一人心，幽情半木林。
忠贞临阙魏，直正处山阴。
北陆黄云晚，南园孝友深。
钟期流水付，汉水作鸣琴。

448. 奉酬张五丈垂赠

云生一大梁，水去半沧桑。
异色江湖岸，同工草木塘。
长沙应贾赋，郢路九歌乡。

449. 秦中守岁

守岁待春风，年轮序不穷。
人生分老少，日月划天工。

262

爆竹惊户户，明灯照雪丰。
桑榆逢甲子，感念作童翁。

450. 献高使君大酺作

热酒耳边红，垂为社稷风。
花明云下色，曲舞世中雄。
共渡何朝暮，知音问始终。

451. 荥阳马氏二子

二子半伊川，三生一渭船。
无为寻日月，自得是方圆。

452. 观竞渡

迎神雨雾开，仿古伎天来。
楚水吴江岸，官衙旷野栽。

453. 太学贻张筠

园林一建业，日月半咸阳。
太室分天地，嵩山界岭梁。
书生由刻苦，学士自芬芳。

454. 田家即事

田家半亩桑，筑茧万丝长。
岁岁缫无尽，年年断米粮。
官衙知课税，巷里问饥荒。
草木耕耘事，阴晴日月光。

455. 洛阳道五首献吕四郎中

之一：
洛水解春冰，咸阳近五陵。
春风初始令，二月杏花承。
之二：
戏孟不知名，千金买五更。
平津扬宝剑，塞北自枯荣。
之三：
扬名扬世界，立腕立江河。
独独闻君子，双双正玉珂。
之四：
春风二月迟，柳色碧千枝。
俱得风云雨，何须日月知。
之五：
洛水色千门，南山木万根。
时时风雨客，处处少年恩。

456. 同武平一员外游湖

莲香入舞衣，藕色似天机。
委委千珠泪，婷婷一玉旗。

457. 长安道

一道自长安，千波映渭澜。
当潮当进退，有浪有青丹。

458. 江南曲四首

之一：
高潮上半空，巨浪问天公。
楚汉争天下，江东唱大风。
之二：
但见鸳鸯鸟，何寻鸟雀飞。
芦笛藏戏水，芷叶见无归。
之三：
日暮女莲舟，牛郎见所求。
悬衣藏叶后，但待月如钩。
之四：
隔岸一歌声，风波半不平。
人心随所动，小路寄私情。

459. 关山月

一月上关山，三边问玉颜。
胡笳胡女舞，眼色眼循环。

460. 玉真公主山居

十八女儿红，三千弟子衷。
山居公主问，独得武陵东。

461. 沧浪峡

平生沧浪峡，剑阁故人家。
栈道陈仓见，鸿沟两岸花。

462. 奉真观

一道奉真观，三清对日端。
千年成世界，万里作心宽。

463. 明妃曲四首

之一：
西行汉主边，北上玉人妍。
蜀女知情意，单于牧马天。

之二：
琵琶一两声，敕勒万千荣。
不到阴山侧，何闻妾女盟。
之三：
日暮不惊鸦，古风净漠沙。
葡萄西域外，蜀国是谁家。
之四：
不画宫中玉树花，荒沙月下反琵琶。
单于帐外清风月，只作明妃一主家。

464. 同武平一员外游湖五首（时武贬金坛令）

之一：
舟平泛泛令金坛，草色如如皂盖滩。
对舞邯郸曾学步，孤鸣渭水满波澜。
之二：
河高月落五更时，醒醉人声半酒移。
水暗幽幽尤不定，荷香阵阵赋新诗。
之三：
月下轻弹处女弦，云中顾望去来船。
花亭酒热熏风醉，竹影飘浮雨雾烟。
之四：
荷风不断弄衣裙，月色还来作楚君。
千声水泊千声岸，半见莲蓬半见云。
之五：
花潭芷影不停舟，屿岛孤山水月浮。
曲舞留人应已醉，靶荷送客上江楼。

465. 题茅山华阳洞

三清不尽一茅山，九曲黄河十八湾。
雨落云飞兄弟去，华阳洞口玉门关。

466. 寄孙山人

东风二月一舟还，细雨千章只等闲。
水满清江花满岸，山人隐约半人间。

467. 王昌龄

王昌龄少伯，进士秘书郎，
绪密江宁赋，龙标尉卒乡。
之涣高适赏，酒市旗亭扬。
一带东吴水，寒江到洛阳。

468. 变行路难

一战不封侯，三边四十州。
阴山沙石岭，刺敕骆驼舟。
李广幽燕射，将军霍卫酬。
前驱前举指，马步马先眸。
扫叶秋风劲，苍空自不休。

469. 塞下曲四首

之一：

清蝉塞下鸣，落叶岭前生。
八月阳关道，三边草木平。
单于知养马，汉将系红缨。
已见幽燕客，何言晋魏名。

之二：

塞下半风沙，寒霜二月花。
冬梅常覆色，猎狩遂天涯。

之三：

甘泉宫上问，郡国士中荣。
养马秦川外，边疆半见城。

之四：

部曲曾相吊，边头可共生。
苍鹰飞又落，鸟雀复栖惊。

470. 塞上曲

塞上一风高，塞光半似刀。
霜浮明大漠，雪盖素战友。

471. 从军行二首

之一：

黄昏落大荒，牧草满牛羊。
朔雪明千里，鸣金正三光。
长原长远阔，傍水傍边疆。
定远江山问，桑干是故乡。

之二：

草上马蹄轻，云中铁甲明。
弯弓常射虎，举剑仗红缨。
百战先驱士，三军后令情。
阴山飞将在，独向雁门生。

472. 少年行二首

之一：

西陵一少年，北晋半三边。

白马飞天去，扬名过酒泉。
单于曾过手，李广射居延。
夹道苍空望，孤身瞩大千。

之二：

远近自相寻，高低见古今。
何言千道路，不负百年心。

473. 长歌行二首

之一：

旷野满悲风，荒原接玉穹。
苍天连牧草，汉地落南鸿。
青海三湾色，衡阳一水空。

之二：

有酒一长歌，无言半玉珂。
西楼明月色，北陆落天河。
望尽长安里，行程逐少多。
阴山知李广，后羿问嫦娥。

474. 悲哉行

一半白头吟，三千弟子心。
儒风儒所见，问道问知音。
积纳阴晴少，舒张草木深。
千根应结果，百岁可成林。

475. 古意

四面一桃花，千方七色华。
春莺啼节令，柳叶入人家。

476. 越女

越女采莲舟，吴儿竞色流。
芙蓉初出水，浦口五湖头。
归来何所得，不问已知羞。

477. 放歌行

光明十二楼，草木两三秋。
抱日寻天地，闻风水月洲。
星罗冠冕列，斗禄每丰羞。
济泽微诚事，金膏显若俦。

478. 郑县宿陶太公馆中赠冯六元二

玉石篮田分未定，桑榆鹿柴对溪流。
躬耕半亩逢山问，苦业三生上掖由。

绶带如丝蚕茧束，冠巾似铁宰君忧。

479. 听弹风入松阁赠杨补阙

松林一大风，石壁半苍穹。
古木临流响，空山雨露蒙。
听琴听彼此，饮酒饮无终。

480. 缑氏尉沈兴宗置酒南溪留赠

一酒醉南溪，三呼对鸟啼。
鸣琴鸣自己，草木各高低。
足迹经纶见，人声彼此齐。
风云曾左右，水月任东西。

481. 为张偾赠阎使君

幽幽献文人，郁郁问秦津。
楚国同辛苦，咸阳共角巾。
尘埃方落定，醒醉未陈邻。
继续乾坤习，风流日月珍。

482. 赠史昭

一史自然昭，三生可问遥。
人间多少路，世上去来消。
落叶秋风扫，浮云暮日霄。
箫声谁弄玉，牧笛过村桥。

483. 秋山寄陈谠言

秋山叶满霜，直木色苍黄。
石路溪流浅，峰山小道长。
思君思不及，所事所应当。

484. 出郴山口至垒石湾野人室中寄张十一

半出郴山垒石湾，野人室里养鸥鹇。
无冬有夏春秋少，沅水潇湘日月还。
雁落衡阳因故水，楮柟峰稠木脉攀。
羁绊幽幽多自缚，扬长处处有曲弯。
云中楚鄂荆门镇，壁上苍烟五百关。
岳麓书香岳麓院，洞庭水色洞庭山。
巴陵自古长江岸，一空长烟竹泪斑。

485. 宿灞上寄侍御玙弟

东来紫气明，北去御官兵。
朔塞谁知虞，长安几帝城。

264

书生安得论，壮士不怀缨。
道契非全璞，茅山是素清。
戎夷徼夜宿，柏署肴朝情。
物理瑈琳绪，桑榆晦寂荣。
黄金应不价，白璧可倾名。
积纳川流水，扬潮落汐声。

486. 次汝中寄河南陈赞府

相思一魏阙，独饮半皇城。
楚馆伊川色，长安灞水中。

487. 同从弟销南斋玩月忆山阴崔少府

此月到山阴，清晖自古今。
婵娟应已见，鼓瑟问知音。
绝句由秦赋，微风向越吟。
同从兰杜色，共语忆人心。

488. 代扶风主人答

扶风知沽酒，灞水向心宽。
足迹黄尘重，浮云塞上寒。
三生何路道，十五问波澜。
积日楼兰役，行军解甲难。
匈奴家国事，汉帝琵琶弹。
帐令单于客，阴山画女冠。
桑干河岸此，大漠草天峦。
夜宿空明月，长城苦战单。
千军飞将去，独自一人叹。
伏枥知途马，行程日月安。
封禅天子记，刷羽列三坛。
渭邑三千士，黄河玉百滩。

489. 酬鸿胪裴主簿雨后北楼见赠

地久封微子，台余孝帝王。
登眺天际远，四顾雨云乡。
列戟乔林许，公门静寂堂。
鸿胪裴主簿，上掖北平章。

490. 送任五之桂林

孤舟下桂林，越水见鸣禽。
苦节知音在，乡家七寸心。

491. 山中别庞十

月出惊栖鸟，风清扫叶城。
山中何处去，巷里几无明。
小径幽幽影，流溪石石平。
呼来呼醒醉，问客问纵横。

492. 留别伊阙张少府郭大都尉

一醉知迁客，三呼问去回。
何须明月送，十里玉壶杯。
日晚伊川见，寒光渭水开。
音书相报告，去后有惊雷。

493. 送韦十二兵曹

职责一长缨，兵曹半甲明。
江湖谁是客，郡府共秦荣。
富贵尘埃系，冠巾绶带情。
天台松子落，宿将塞边城。

494. 东京府县诸公与綦毋潜李颀相送至白马寺宿

白马寺中云，天竺月下君。
东京同桂影，北魏共清汾。
六合孤舟岸，三分蜀国曛。
东吴流楚水，渭邑苦耕耘。

495. 送东林廉上人归庐山

溪流分已乱，石阻影无深。
道性东林老，庐峰寂寞荫。
还闻三界语，不付九江音。
是是非非去，山山水水寻。

496. 留别武陵袁丞

皇恩有谪迁，驿社可居眠。
十里长亭后，三生魏阙边。
孤舟知远近，独步问婵娟。
但锁桃源洞，秦川满陇烟。

497. 别刘谞

千杯楚汉酒，十载广陵心。
易得风尘月，难辞别道吟。
江湖原不遇，业迹客知音。

498. 丝绸之路

一路一带寄雪儿

一路葡萄一道桥，千程雨露万家霄。
儿儿女女天山雪，此水长流作海潮。

499. 岳阳别李十七越宾

一别岳阳城，千舟逐水平。
相逢闻逝水，举酒待辞鸣。
不异潇湘客，何同淡芷明。
寻来沧浪液，寄向洞庭荣。

500. 留别岑参兄弟

望尽海东头，何闻建业秋。
秦淮多少水，日月暮朝楼。
后主三千树，金陵四十洲。

501. 送刘昚虚归取宏词解

海鹤太清闻，宏词上掖芬。
江流归大海，草木逐浮云。
驿道忧心重，长亭白日曛。

502. 巴陵别刘处士

刘生隐岳阳，处士过潇湘。
远近天津水，阴晴宿雁乡。
孤舟猿不问，楚道一情长。

503. 宿裴氏小庄

苍苍一竹林，郁郁半山阴。
静静溪流去，幽幽积石浔。
山庄山水月，晓露晓空涔。
雨色方沉寂，云光已点金。

504. 淇上酬薛据兼寄郭微

逸气自超群，京华可诺分。
渔阳南北问，渭邑去来文。
直木乔林近，山田半亩云。
耕耘同日月，积纳共衣裙。

505. 咏史

楚汉鸿沟界，咸阳子女村。
长城分内外，汴水逐晨昏。
渭水波光许，嵩山易老门。
由来由所顾，不可不闻尊。

506. 杂兴

不必问荆轲，燕丹泗水波。
亡秦亡汉社，匕首匕天罗。
匹勇千夫指，堂谋万江河。

507. 秋兴

日暮上高山，天云下水湾。
秋兴秋叶旷，雁别雁门关。

508. 斋心

石辟一真心，溪流半古今。
云英云不落，水荡水知音。

509. 独游

独步一云闲，孤身半玉湾。
黄河天下水，渭邑列中班。
有志何寻念，无成自不还。

510. 香积寺礼拜万回平等二圣僧塔

主持方平等，神音遗万回。
人心香积寺，圣塔著寒梅。
一礼清冷水，千僧日月催。

511. 就道士问周易参同契

道士问稽康，丹经过若梁。
嵩阳周易演，白鹿两仪昌。
是是非非掩，真真假假藏。

512. 诸官游招隐寺

故馆上人空，青罗起大风。
应真松柏树，锡杖暮朝虹。
道场鸣金鼓，龙泉逐彩红。
心清招隐寺，遣取友僚翁。

513. 宴南亭

彼此渔樵问，江山日月开。
乔林由木直，莠草可连苔。
渭水东流去，南山北阙催。
何寻才子弃，目放玉壶杯。

514. 何九于客舍集

漓江半桂阳，栖鸟一林塘。
夜宿三山木，巢林五岭旁。

流明功业去，晓旭彩虹扬。
举首沧波问，书田是故乡。

515. 洛阳尉刘晏与府上诸公茶集天宫寺岸道上人房

露入晓阳光，珠连碧叶浃。
人心中草木，岸道上人房。
宿友云林界，风尘旧柳杨。
三湘三载事，九脉九思梁。

516. 观江淮名胜图

云山一意分，隐逸半香君。
遗照荒烟落，荆门楚水醺。
江淮舟泊岸，瀍渭五湖闻。
纸上匡庐近，峰中草木裙。

517. 灞上闲居

鸿都一客归，偃卧半开扉。
矮木轩冠挂，乔林宿鸟飞。
窗前栖白鹤，榭后小虫微。
灞上闲居日，心思久自违。

518. 风凉原上作

风凉原上木，曲直旷中城。
雾湿苍苔晦，松烟暮晓生。
兰台云水岸，涧谷石峰横。
举目遥遥问，幽寻处处盟。

519. 裴六画堂

门前一竹林，案上几人心。
细雨阴晴色，轻云上下阴。
溪流成墨迹，石影入天浔。
独木乔林玉，芳丛有野禽。

520. 江上闻笛

一笛沿江来，千舟静不催。
张良酬楚汉，八面埋伏才。
牧子思乡切，游僧向寺回。
应声知故水，此曲镜湖台。

521. 太湖秋夕

一叶黄天荡，三秋子胥门。
夫差千水差，勾践五湖孙。

522. 赵十四兄见访

清风不似有弦琴，故友寻来叙古今。
但以莼鲈张翰见，稽康寡识酒知音。

523. 过华阴

一步太华山，三生不出关。
东峰明灭远，老子著书还。

524. 九江口作

浔阳一路九江开，赣水千波万里来。
景德三光凝土地，鄱阳四面作天台。

525. 大梁途中作

声声近大梁，步步望天荒。
暮日苍茫见，途中酒市香。
身行谁自主，意断已炎凉。

526. 途中作

北雁向南飞，衡阳问去归。
家乡何处是，忆念在心扉。

527. 山行入泾州

一水作泾流，三光照九州。
清清何浊浊，隐隐复幽幽。
晦晦千波映，晴晴万里求。
苍烟同魏晋，逝雨共江楼。

528. 小敷谷龙潭祠作

泉源不尽水流长，敷谷难平木叶梁。
一柱擎天连玉宇，千波逐海作潮扬。

529. 段宥庞孤桐

段宥庞孤桐，寒槁独大风。
音来天地界，著得凤凰宫。
月晦空珂木，星明古调工。
阳澄湖上色，大雪夜中蒙。
但以成音域，琴声作始终。

530. 琴

孤桐作木鸣，朴素向幽声。
纳古文王由，行今进士名。
稽康曾乞断，曲尽几人成。
流水高山意，阳春白雪情。

531. 初日

一日且初升，红光满五陵。
祥云方铺就，渭水以波凝。
上掖千门雪，黄河结玉冰。
长安天地见，魏阙望飞鹰。

532. 夫题

千年谁得意，万里见萧条。
步步长亭近，心心隔壁遥。

533. 赠宇文中丞

远远一飞鸿，人人半宇空。
衡阳青海度，草木渚洲同。
郁郁年来去，鸣鸣不始终。
春秋分翼正，日月结天穷。

534. 箜篌引

庐溪夜泊一孤舟，月色随波半自流。
柳岸丛丛无雀宿，高楼遥遥有箜篌。
无言不寐谁弹指，细雨成烟湿气浮。
铁券方承天子梦，家书莫寄国门忧。
山川万里明光纪，逝水千年纳潮头。
洞晓怀柔多男力，渔阳鼎立以酬谋。
班超自以成西域，美酒葡萄换楚囚。
汉武楼船今犹在，丝绸之路十三州。

535. 乌栖曲

乌啼一夜分，夜梦半知君。
有成方成武，无谋可绪文。
弯弓闻妇劝，逐马记功勋。

536. 城傍曲

小妇问秋风，衣衫寄大同。
长城南北见，白骨各西东。
但愿男儿冷，平生以此终。

537. 战

一帜男儿一面旗，三生女子两相依。
长城战后桑干问，八水思萌绕帝畿。

538. 行路难

行行一路难，处处半心宽。
蜀道陈仓度，鸿沟楚汉残。

江东霸主虞姬舞，宴罢调筝转盼安。
拜将金台高几许，丞相袴辱问挂冠。
成成败败何故问，去去来来几度观。
汉后箫何终赐予，淮阴有道黄侯韩。
黄昏依旧是，百度自汗漫。

539. 奉赠张荆州

一水过荆州，三吴未断流。
钱塘潮有信，但见运河舟。

540. 驾出长安

十里一方城，三宫半玉英。
天径明万象，地理可千情。
驾云长安路，銮回渭水平。
皇都黄道吉，御水遇辉晴。

541. 乙未重阳

景山顶上一重阳，七十京中半故乡。
但以长春相许诺，平生自得雪儿肠。

542. 驾幸河东

晋水千庐合，汾桥万国分。
双仪三界雨，四象五蕴云。
举步闻天子，回头敬储君。

543. 胡笳曲

塞外一胡笳，声中半牧家。
关山明月色，草色到天涯。
白马飞天现，疏香腊月花。

544. 潞府客亭寄崔凤童

萧条落叶城，闭塞馆亭明。
潞府孤钟响，高楼曲艺情。
高山流水去，玉树后庭鸣。
下里巴人唱，阳春白雪声。

545. 和振上人秋夜怀士会

白露寒光草木霜，秋风扫荡已买凉。
轻烟积散含云雨，斗酒重阳对故乡。

546. 景山乙未重阳

景山脚下品菊花，望止人中九月家。
记得茱檐上挂，幽州独步御前纱。

547. 送李擢游江东

不必问江东，应闻一大风。
鸿沟分界去，垓下合天空。

548. 沙苑南渡头

一梦几何年，三生百岁天。
孤舟逢渡口，独目故乡田。
古道无休止，长亭有路连。
冠巾应举正，土木可家然。

549. 客广陵

九月楼前九日明，广陵水外广陵城。
茱萸采断茱萸色，抽入房门忆弟兄。

550. 静法师东斋

东西静法师，启闭自居奇。
上下三清界，乾坤五味移。
浮云随所欲，朗月可慈悲。

551. 素上人塔影

夷明素上人，物化自精神。
减减明明道，来来去去真。

552. 遇薛明府谒聪上人

聪会一上人，密室析梁邻。
虎啸龙吟处，泉源涧谷津。
浮云浮日月，石屹石秋春。

553. 谒焦炼师

一味长生药，千年炼石心。
清风明月色，玉影度知音。

554. 宿京江口期刘眘虚不至

夜宿京江口，星明云驿头。
霜天无足迹，落叶有浮丘。
寂宽风潮望，婵娟隐远舟。

555. 寒食即事

晋祠一南泉，清流半水烟。
乞火书生见，飞鸿逐日天。
知情知所道，问事问桑田。

556. 九日登高

登高一目遥，落叶半云霄。

柿子幽州色，核桃渭水涧。
茱萸兄弟纪，旧忆故乡潮。
举步应不止，皇州大路桥。

557. 万岁楼

日日江中万岁楼，幽幽月下万行舟。
流流不尽山川见，处处相逢不聚头。

558. 夏月花萼楼酺宴应制

花花萼萼楼，玉玉色羞羞。
楚楚吴吴客，秦秦晋晋洲。
文章今古比，水期日朝流。

559. 送欧阳会稽之任

记得一兰亭，山川四季青。
曲折成流水，直正有丹青。
绶带东吴近，渔舟返秀屏。
行衙行律迹，去事主心灵。
雨雾分明见，云烟界渭泾。

560. 同王维集青龙寺昙上人兄院五韵

竹下一清阴，山中半古今。
圆通圆守一，世外世人心。
境界应兄弟，天机可木林。
禅房成世界，净土作知音。

561. 东溪玩月

婵娟一色休，景色半红楼。
夜夜常相伴，幽幽共白头。
东溪相照顾，北屋各王侯。
铺淑千波许，温情万里流。

562. 朝来曲

镜里画眉人，春中半惜身。
辰明花紫气，旭晓著衣巾。

563. 从军行

白日问榆关，黄云落万山。
渔阳飞将去，射虎北平还。

564. 答武陵田太守

微躯一武陵，仗剑半丹青。
北赵黄粱客，平原自九龄。

565. 题灞池二首

之一：
刈韭一层层，重生半复兴。
东园凭此色，老叟子孙承。
之二：
开门一远川，守舍半苍天。
灞水沉池岸，重纶彼此田。

566. 题僧房

曲径到僧房，繁花清寺堂。
芬香无远近，慧觉各低昂。

567. 击磬老人

一磬老人肠，三生寺故乡。
天光千里见，秀岭百花香。

568. 送胡大

荆门一别流，楚水半孤舟。
但以潇湘客，吴门怯酒楼。

569. 送郭司仓

逝水年年去，春潮夜夜深。
江流沧海汇，日月暮朝霖。

570. 送李十五

月影一浮云，江流半色分。
山川成锡杖，草木作衣裙。

571. 送张四

枫林已透红，暮色满苍空。
楚水潇湘下，吴门唱大风。

572. 武陵田太守席送司马庐溪

太守信陵君，中原客望云。
人臣天下逐，楚水注吴浔。

573. 送潭八之桂林

山光一桂林，水色半如今。
净土苍空望，桃源自在禽。

574. 从军行七首

之一：
长城烽火色，勇士少年头。
大漠千年雪，皇城百尺楼。

之二：
一月问长城，三军莫独营。
鸣金平大漠，佩剑度余生。
之三：
一路长城外，千钧万古情。
年年多磊石，处处少天兵。
之四：
大雪长城白，严霜草木冰。
英雄当壁立，百战作飞鹰。
之五：
塞外长城北，苏杭汴水南。
千村同里富，一月印三潭。
之六：
长城南北见，百战去来难。
白骨沉沙外，功勋日月残。
之七：
万里运河情，千年草木荣。
应须知汴水，不必问长城。

575. 出塞三首

之一：
秦时明月在，汉将射阴山。
但向龙城问，难言李广还。
之二：
城关铁鼓声，塞外南金鸣。
一马当先去，千军自北平。
之三：
一望玉门关，三军百战还。
何言留白骨，万里响沙山。

576. 采莲曲二首

之一：
罗裙解却采莲舟，艳女芙蓉比玉尤。
浦口人来惊不已，蓬房碧叶俱藏羞。
之二：
未采莲蓬远渡头，牛郎解系近情忧。
吴门越语千声细，楚燕呢喃万户侯。

577. 殿前曲二首

之一：
芳香一殿前，水墨半心田。
昨夜梅疏落，花黄贴额边。

之二：

细墨两眉边，花黄半玉田。

盘丝龙似起，结羽凤凰妍。

578. 春宫曲

一夜云开柳叶高，三更雨住玉葡萄。

梨园弟子佳人色，竹影婆娑捉放曹。

579. 西宫春怨

流州一曲凤凰来，玉影参姬孔雀开。

树色蒙胧春色落，珠帘弄月绵帘催。

580. 西宫秋怨

昭阳一帚半团香，掌上藏娇几未央。

落叶秋风谁可赋，飞燕依镜弄红妆。

581. 长信秋词五首

之一：

露井梧桐一叶黄，珠帘卷放半疏狂。

银河两岸无桥渡，玉枕三更敷月霜。

之二：

长安月半寒，渭水卷千澜。

竹影徘徊色，珠帘左右观。

之三：

一屋藏娇半屋城，三声玉影五声情。

昭阳曲舞西宫月，奉帚秋风扫叶轻。

之四：

已去不寻思，还来有莫知。

昭阳情似旧，夜饮换人姿。

白露轻霜色，羊车暮色迟。

回头何所见，日影始疑迟。

之五：

长信宫中月，昭阳月下声。

秋风知落叶，细草可舒平。

582. 青楼曲二首

之一：

白马作天王，楼头小妇娟。

笙歌应已弄，不待谢红妆。

之二：

红尘一建章，御柳半低昂。

酒色原相近，花明作嫁妆。

583. 青楼怨

一曲关山月，三杯草木洲。

胡姬何不见，醉里上青楼。

584. 浣纱女

钱塘小女家，十八一枝花。

昨日吴王去，公然自浣纱。

585. 闺怨二首

之一：

十八女儿红，三千弟子风。

商船今古胜，尽在运河中。

之二：

少妇不曾愁，三边挂玉钩。

阡头杨柳色，箭尾自封侯。

586. 甘泉歌

甘泉绕石流，古木伴春秋。

有始无终去，苍江大海头。

587. 萧驸马宅花烛

紫凤衔花月，青鸾玉树台。

千门今夜舞，万巷去年开。

588. 观猎

飞鹰逐下盘，猎犬似弹丸。

一箭千钧射，三弓万羽团。

589. 寄穆侍御出幽州

侍御千门客，幽州半故乡。

三边音信少，一雁到衡阳。

590. 寄陶副使

崇明木槿村，远使小儿孙。

此渡潇湘岸，还君紫绶恩。

591. 至南陵答皇甫岳

共舆复濡沧，同城客故人。

明臣贤可寄，苦雨济溪滨。

592. 西江寄越弟

蓬君岭外还，别道洞庭山。

越秀吴门韵，黄流共入关。

593. 李四仓曹宅夜饮

夜饮李仓曹，倾杯半月高。

吴儿弓不觉，越女弄葡萄。

594. 宴春源

春源几处踪，石路曲水逢。

翠引清明色，花招玉影重。

595. 龙标野宴

清风明月在，贬谪客人中。

有酒方知醉，无意可西东。

596. 听流人水调子

水调子流人，闻声客路春。

原来相似处，但以共冠巾。

597. 梁苑

梁园小苑古时田，小月轻风自在天。

竹影如今依旧色，浮云似雨已成烟。

598. 武陵龙兴观黄道士房问易因题

道士山房一玉清，龙兴四象两仪明。

因题问易应知己，纳卦成形可予生。

599. 送魏二

江南多橘柚，别酒有炎凉。

月色山中晚，猿声梦里长。

600. 别李浦之京

一望瀣陵西，三声鸟不啼。

邻庄邻别酒，寄羽寄虹霓。

601. 送狄宗言

秋山一暮蝉，洛树半皋烟。

别道长亭近，凉风古道边。

602. 送薛大赴安陆

何人去不还，望尽穆陵关。

雨是云中见，潇湘楚鄂颜。

603. 芙蓉楼送辛渐二首

之一：

寒舟夜入吴，独月镜中孤。

洛水应相接，姑苏在五湖。

之二：

一醉不知休，三声唱别忧。

丹阳应是客，渭水自东流。

604. 重别李评事

一别半离忧，重逢复去愁。

吴姬还记取，但醉上孤舟。

605. 别陶副使归南海

天光随逝水，海月逐潮流。

别意龙泉剑，离心万户侯。

606. 送人归江夏

两岸楚云深，三光夏雨霖。

归人何复去，但向梦中寻。

607. 送李五

玉盏但倾君，江西寄白芬。

轻舟轻水色，楚客楚鄂云。

608. 别

序：

送十五舅忆娘舅贫居马圈寄书于我，子女残无能力，空恓于我。

诗：

山林一目空，马圈半朦胧。

野兽成飞下，文书意乃同。

回头山谷木，子女有无中。

百岁何难尽，桓仁唱大风。

609. 留别郭八

长亭不能前，井邑可同泉。

不语含情去，留心逐日烟。

610. 送窦七

月色傍林丘，波光照色楼。

三呼天下去，一醉上离舟。

611. 巴陵送李十二

日上岳阳楼，云中送独舟。

巴陵多少水，不胜对君留。

612. 送裴图南

黄河一渡头，九日十三洲。

但采菜萸草，行人莫不愁。

613. 留别司马太守

太守问王孙，青云小子村。

三湘斑竹泪，一寺寄慈恩。

614. 庐溪主人

一口武陵溪，三春草木堤。

桃花源里水，楚汉望荆霓。

615. 送程六

冬梅寄五溪，白雪覆千堤。

独月离舟北，清流只向氐。

616. 送朱越

举首问江东，低头取大同。

君行千里目，月隐万家空。

617. 别辛渐

别馆一萧条，离情半小桥。

东吴明月色，八月大江潮。

618. 送柴侍御

一月是同乡，三光有暖凉。

书生书不尽，驿路驿鱼梁。

619. 送万大归长沙

不必望长沙，何闻二月花。

巴陵流碧水，岳麓挂乌纱。

620. 送吴十九往沅陵

沅水到辰阳，吴君问路长。

潇湘溪口岸，自去客还乡。

621. 别皇甫五

溆浦一泽阳，离尊半客肠。

相思从此见，别道已扬长。

622. 送崔参军往龙溪

龙标上面一龙溪，遭谪中心半谴泥。

独月孤山相像见，风云草木各高低。

623. 送郑判官

自带新丰酒，吴门白马归。

荆门林木色，已入五湖扉。

624. 送姚司法归吴

东西两岸洞庭山，海雨盘门济淑关。

但今姑苏同里苑，剑池一道虎丘还。

625. 送高三之桂林

夜饮过潇湘，归舟客梦长。

梅花香岭外，雪覆桂林墙。

626. 旅望

一路望京师，三星问道迟。

穷秋连旷野，白马不知谁。

627. 题朱炼师山房

山房拂世尘，磬语落清真。

步独去虚殿，胡麻度苦春。

628. 武陵开元观黄炼师院三首

之一：

白发一尊师，苍然半道夷。

桃源秦汉外，日照武陵时。

之二：

桃花源里路，渡口武陵人。

禹步寻溪径，秦人自古邻。

之三：

空虚一静门，落日半黄昏。

道境真因见，玉玄老树根。

629. 河上老人歌

远远老人歌，悠悠织女河。

三千成月数，七十岁年多。

630. 春怨

杜绝白狼西，闻听赤鸟啼。

春莺鸣不止，柳叶已重低。

631. 句

三边一良策，九脉半因由。

金陵邑水舟，建邺楚门楼。

龙标万里一龙溪，渭邑千谋半谪齐。

长亭一醉长空望，古驿三更问草低。

632. 常建

旨远一诗成，闻心半尉名。

开元中进士，绝句表沧情。

633. 送陆擢

直木自成林，黄河曲折深。

湾湾多少水，处处暮朝浔。

634. 送李十一尉临溪

十一赵临溪，三千弟子齐。

离心离所去，别意别东西。

635. 江上琴典

江中一玉琴，月上半知音。

桂影婆娑见，婵娟彼此心。

636. 湖中晚霁

蒙蒙一片云，杳杳半湖纹。

晚晚霁光暗，波波雾雨分。

迟回渔父问，杜宇作天闻。

草木阴晴度，江湖白日曛。

637. 宿王昌龄隐居

清溪深不测，隐木各东西。

独月寒光照，孤云向草低。

茅亭花影动，药舍露台泥。

榭曲回音壁，枝繁翠鸟栖。

638. 送楚十少府

莫送玉葡萄，何闻别鹤操。

居心双鲤赠，寄意独音高。

639. 张山人弹琴

约约一琴音，丘丘半鹤禽。

长长谁引颈，处处落花深。

下里巴人曲，隔春白雪心。

飞龙吟不止，虎啸跃山林。

640. 白湖寺后溪宿云门

寺后宿云门，溪中老丈恩。

淙淙流不尽，落落问王孙。

古道千杨柳，皇程一路村。

悠悠心未定，处处有黄昏。

641. 闲斋卧病行东至山馆稍次湖亭二首

之一：

白日林中落，春莺木上音。

战友谁形及，共属几人心。

之二：

菩提石点头，卧病药师修。

夏草冬虫易，人参虎骨留。

年年半日月，岁岁一春秋。

642. 塞上曲

白骨半云中，渔阳一大风。

长城南北战，渭水暮朝早。

不以寻成败，何须望太空。

643. 仙谷遇毛女意知是秦宫人

水石清溪口，双峰右左横。

秦宫毛女至，汉镜玉皇城。

五百年前事，三生岁月平。

童贞神隐逸，羽鹤驾人荣。

以此青云里，黄仙遇乃生。

天街临近处，白首作翁盟。

644. 梦太白西峰

太白一西峰，元君半遣逢。

廖廖星汉坐，结结客飞龙。

石濑清霞恬，松林泰岳踪。

孤亭溪水映，宿鸟木栖封。

645. 鄂渚招王昌龄张侯

世上一纷纷，人中半大君。

青云溪又落，宿鸟隐还闻。

楚水湘流去，皇城鄂渚分。

耕耘寻旷野，苦史像章文。

646. 春词二首

之一：

宛宛柳丝黄，蒙蒙雨露光。

云烟花草色，旭日染红妆。

之二：

翳翳陌上桑，叶叶柳中长。

京手栋佳人，新芽未满筐。

647. 晦日马镫曲稍次中流作

纤翳烟色淡，旷野雾无深。

雨雨云云唱，沧沧浪浪吟。

中流何砥柱，晦日见人心。

648. 古意

牧马单于草，中原产稻粱。

长城分内外，汴水合苏杭。

一道应如此，三边是故乡。

649. 宿五度溪仙人得道处

人中一道欲成仙，陌上千年自种田。

不见农夫求隐逸，王孙士子向桃源。

650. 西山

渚日共西山，帆云已宇颜。

荆门流碧水，宿雁待归还。

鸟落衡阳岸，舟轻月亮湾。

651. 春词

小草上泥墙，梨花有色香。

佳人多情意，不可问牛郎。

652. 赠三侍御

高山临大泽，屹石对波澜。

日月经天地，冠官自在宽。

扬帆千里逐，宿驿万谋盘。

一叹三鸣去，孤贞不付难。

653. 第三峰

玉宇第三峰，西山五百踪。

松涛惊世界，白日落云封。

处处成天地，遥遥有鼓钟。

行身知枫节，立鼎祝天龙。

654. 古兴

自古一童翁，如今半富穷。

者者知白骨，少小竟英雄。

隐逸求冠冕，樵渔欲望名。

书生书自己，列志列苍穹。

655. 高楼夜弹筝

高楼余百尺，直上水三重。
浪里波涛见，云中宇宙宏。
知音知日月，问路问阴晴。
闭目思天地，闻筝对久鸣。

656. 客有白燕而归哀其老而赠之

之一：
白燕自由飞，苍天与去归。
朝鲜曾北部，大理已城围。
袅袅交河水，扬扬渭邑扉。
渔阳千万易，落日去来晖。

之二：
人间一吉言，古意半当轩。
大雁雌雄度，鸳鸯共水源。
麒麟朝北斗，百鸟凤凰圆。
拆穿常孤立，云鹏可独喧。

之三：
峡口问巫山，高唐有玉颜。
朝云神女见，暮雨楚王关。
十二峰中见，江流作佩环。

657. 渔浦

玉锦织长缕，缊袍著北平。
胡杨乔木色，碧柳土乡城。
浦口渔舟静，芙蓉水上明。
沧沧浮浪浪，世世济荣荣。

658. 空灵山应田叟

丛林白日明，百草自枯荣。
四季无分别，三光有共生。
三千沧海鸟，五万木森城。
大宇南洋阔，轮船北国横。
新西蔚外岸，近守澳洲卿。
首相欧尼尔，高夫以省名。
中华群荟萃，共渡一家盟。
一带丝绸路，金枪钓海平。
空灵山上见，慢纳努斯鲸。
港口巴新建，航天此线迎。
当今成宇宙，现代筑世衡。
太古巢居穴，鱼鲛贝叶耕。
同天同世界，异域异风情。

659. 太公哀晚遇

无钩钓水人，击案鼓刀符。
文王非以意，吕尚是师儒。
四壮灵龟智，三周帝主图。
咸阳轩盖致，治牧客桑榆。
万古应何记，千军两世诛。

660. 昭君墓

异域一昭君，同心半世文。
琵琶留后代，共续汉衣裙。
塞雪寒光见，皇城白日曛。
阴山飞将去，渭水画师云。

661. 吊王将军墓

北伐一将军，南朝半截云。
留名留白骨，继业继书文。
牧马单于帐，嫖姚汉界分。
千兵成旧迹，百战不功勋。

662. 古意

晓色青楼十二望，方休曲舞玉芙蓉。
珍珠琥珀脑前解，醒醉朦胧月上容。

663. 古兴

百鸟凤求凰，千流一水长。
江东花草色，露雨雾烟光。
隐隐三吴韵，明明半故乡。

664. 张公子行

边笳落日几声闻，帐令鸣金十将分。
不入行营谁解甲，英雄夜战胜三军。

665. 题破山寺后禅院

清晨明古寺，日照木成林。
竹影婆娑浅，禅房草木深。
潭光含玉宇，鸟性觉人心。
仰望三千界，山高一磬音。

666. 送李大都护

自古一边疆，楼船半启航。
昆明池上令，大理吐蕃王。
特使扬都护，专臣守天梁。

667. 潭州留别

潭州留别去，夜月宿交逢。
郡佐禅林院，湘江楚水踪。
知音知一见，待友待千重。

668. 听琴秋夜赠寇尊师

琴声一月听，净土半神灵。
十指三生界，千音万物宁。
尊师尊彼此，客坐客零丁。

669. 泊舟盱眙

汀舟无岸口，夜泊月空明。
雁落衡阳渚，云浮鹝施情。
潮平何进退，枕曲几阴晴。

670. 江行

江行一叶舟，月落半江楼。
越秀船娘问，吴门玉女羞。
潮来帆正觉，岸口渡东流。

671. 燕居

渺渺湖途岛，葱葱日色林。
青苔常满路，直木有要心。
楚楚径来去，寥寥问古今。

672. 送宇文六

江南有莫愁，祖国士先忧。
汉水飞黄鹤，荆门草木洲。
离情还别意，醉后送孤舟。

673. 落第长安

龙门一鲤鱼，十载半天书。
渭水波澜阔，乡塘日月初。

674. 塞下

塞下苦风霜，营中役未央。
长城凭石固，何处左贤王。

675. 题法院

林深竹影半含烟，寺老僧游一故天。
大觉禅音方丈客，晨钟暮鼓磬心田。

676. 岭猿

山行一岭猿，古木半苍天。

杏杏清音远，幽幽栈道悬。

677. 三日寻李九庄

杨花露雨月西头，酒醉庄云客不休。
水色溪流寻北斗，桃源渡口汉秦舟。

678. 塞下曲四首

之一：

玉帛一王城，乌孙半解兵。
三边无战事，九脉有枯荣。

之二：

北海一阴风，渔阳半太空。
长城徵战后，渭水不流清。

之三：

龙城一志明，铠甲半弟兄。
白骨长城外，单于汉将英。

之四：

一战三边雪，千和万里昌。
阴山飞将去，不问左贤王。

679. 戏题湖上

江湖一老人，日月半天津。
水色游鱼数，鱼竿钓草滨。

680. 吴故宫

东吴一故宫，越女半由衷。
木渎西施馆，夫差作累熊。

681. 故绛行

数里一铜鞮，千钟半玉啼。
长城沉白骨，铁甲各东西。

682. 李嵩

开元进士登，武卫股璠称。
侠气行年少，新词玉露凝。

683. 少年行三首

之一：

十八羽林郎，三千弟子肠。
戎衣高跷首，御臂汉家王。
挟弹弯弓射，扬鞭过建章。

之二：

水月一长车，风花半卷舒。

三年骄自主，十载似云居。
独立千门阵，观天望太虚。
遁枪荷镇锁，列戟守天书。

之三：

域吏赐葡萄，仓官寄羽曹。
胡姬眉目盼，汉帝驾銮高。
意气何天子，风情自领骚。

684. 淮南秋夜呈周侃

月夜半倾城，秋风万里行。
轻舟帆不举，别却岸云平。
但见沧洲草，萋萋委委荣。

685. 小园秋夜作

风声一细泉，竹影半遮天。
石径通凉意，溪清过北圆。
云沉云起落，叶逐叶飞旋。

686. 读前汉外戚传

自古一兴亡，无成半世昌。
宫庭连渭水，上掖逐亲光。
子拜崇郎将，姑承帝子乡。
遥闻天地主，近待以炎凉。

687. 从军行

草上马蹄轻，云中受降城。
渔阳多战士，魏北去来兵。
暮色鸣金罢，衔军七步行。
单于方入帐，铁甲月偷营。

688. 春怨

妾有分朝望，夫无去日行。
春莺啼已止，柳叶自倾平。

689. 古歌二首

之一：

佳人问柳杨，独步何炎凉。
岁岁春秋望，年年自却妆。

之二：

佳人两面红，玉影半寒宫。
霸主乌江去，虞姬舞大风。

690. 春夜裁缝

素手但抽丝，红颜怯夜迟。
蚕蚕重茧茧，处处绕相思。

691. 春女怨

叶叶一桑蚕，丝丝半地天。
春春春不住，怨怨怨心田。
小女初相见，男儿不可眠。

692. 怨歌

梅花一树开，玉叶半未来。
独树群芳外，孤香去不回。

693. 小山歌

淮南一小山，马犬半仙颜。
但与王公去，瑶台列诸班。
盱眙余土地，共笑共天关。
白骨千年久，童翁不见还。

694. 题江潮庄壁

渔家不忘一江潮，稻谷三秋半念消。
犬吠官呼收税赋，牛归牧笛近还遥。

695. 咏帘

何当分内外，自己作人家。
玟瑁玲珑继，珠珍透玉纱。
垂斜应在意，闪去可成衙。
若闭难承若，花开作壁花。

696. 茱萸女

小女采茱萸，男儿上五湖。
吴门千旧俗，越秀半姑苏。
九日重阳照，三秋独玉奴。

697. 五日观伎

耶溪玉影浣轻纱，木渎夫差宿馆娃。
曲舞曲今从日月，千恣百态作人家。

698. 骢马

暮到河源路，朝辞渭水边。
飞天飞万里，伏枥伏思田。
老马知途返，村翁可处年。

699. 闱

情人一茯栏，百草半天宽。
秀女生心润，神农济世安。
春光常向背，渭水久波澜。

700. 河上逢落花

河流满落花，逝水向天涯。
两岸青峰色，千波白日华。

701. 宁王山池

山形水势一池光，路转峰回半壁梁。
闭石开槎天上道，祥花瑞草色中芬。

702. 题石瓮寺

一寺自藏幽，三光客水流。
钟声传远近，磬语许春秋。
五谷厚云满，千川落鸟啾。
长眉方丈问，四象菩提舟。

703. 田家

青黄多不济，日月少来愁。
草木禾田继，耕耘自不休。
农夫知自立，子女作王侯。

704. 后庭怨

羊车不住半藏娇，奉帚难平一路遥。
但赋相如长信路，昭阳日上槿花消。

705. 夜坐看灯华

夜坐望灯花，维帷玉影斜。
丝弦由素指，玉柱对乌纱。
碧玉谁金谷，崇真自石家。
新词凭进士，故调曲江涯。

706. 长信怨

何当长信怨，不可石崇闻。
奉扫昭阳望，文章历史云。
藏娇金屋外，本色怯衣裙。

707. 闺情

一梦到长城，三春问草荣。
偻中空雨后，月上独寒明。

708. 十五夜观灯

十五夜观灯，三千弟子绫。
书中书画继，月上月宫凝。
火树银花串，飞天走马微。
红尘红世界，玉夜玉壶冰。

709. 除夜

今年今夜尽，去岁去人如。
气色空中易，春寒雪上余。
当分新案几，皆入故时书。
腊月梅花信，东风草木初。

710. 闻漏

闻漏声声一液平，含光处处半冠缨。
徐闻凤诏催唱晓，甲箭铜壶向五更。
水露冷冷明曙色，晨钟杳杳落酬城。
中书纳策天子殿，御顶含香紫气生。

711. 送沈芳谒李观察求士进

往去长安路，今来渭水楼。
龙门天子度，未了曲江游。
直钓文王济，香钱许莫愁。
沈郎庐女付，自度国家忧。

712. 陶翰

陶翰一润州，进士半宏楼。
礼部冰壶赋，词科擢策优。

713. 古塞下曲

一马飞孤战，三弓塞下寒。
沙尘惊日没，落羽似波澜。
受降城中月，功勋白骨残。
新兵天子役，老将铠旋难。

714. 燕歌行

辽东不远一交河，白马榆关意气多。
越女吴门谁汉将，楼兰大漠几齐娥。
封侯百战沙尘没，羽箭千枝射九歌。
议罢和亲天子去，功勋未了竟蹉跎。

715. 望太华赠卢司仓

司仓望太华，厥迹向人家。
一气三峰尽，千川万谷花。

行程明减道，羁族浪淘沙。

716. 赠郑员外

中堂明御史，遣道尚书郎。
绣令雄谋策，千军万马扬。
儒冠传将令，战剑过辽阳。
马到交河北，功成谢帝王。

717. 赠房侍御

志士周旋尘道前，英雄仗剑一三边。
辽阳自古安东见，莫以隋炀北伐天。
执简南台高丽问，中书逸气逐朝鲜。
迢遥北府新安渚，汉武昆明大理船。

718. 晚出伊阙寄河南裴中丞

进退中丞路，阴晴日月明。
周南自阙堑，特立向嘉英。
秉志微言奉，交朋远近盟。
河图河岸上，豫客豫章荣。

719. 送朱大出关

楚客上书西，平生不向低。
闻天地晚节，英雄化香泥。
斗酒逢知已，高歌问鲁齐。

720. 宿天竺寺

生公石点头，月宿剑池幽。
笋外寻娃馆，姑苏见虎丘。
天竺知一梦，白马寺千洲。
普渡禅房客，同僧寺里留。

721. 出关怀古

一马过萧关，千章问天颜。
扬长由此去，俯仰任归还。
汉帝嫖姚问，秦皇李赵奸。
何须天下见，但以向河湾。

722. 南楚怀古

百岁一离骚，千年半逝涛。
江东才俊士，楚客自言高。
霸主从名字，乌江挂战袍。

723. 经刹子谷

扶苏帝子秦，百万大军陈。

274

一剑从今古，三边二世邻。
辽东藏遗迹，渭水弃秋春。
指鹿丞相问，荒原自此循。
同文同轨在，汉楚汉人筠。

724. 乘潮至渔浦作

江明半隐一来潮，逝水千流万聚消。
大海高低成异域，泉源陆近宇云霄。
一日经天十日遥，英雄历志不渔樵。
千年尽百岁昭昭，步上天街是小桥。
弄玉难承和父母，秦楼不尽玉人箫。

725. 早过临淮

早过临淮岛，晨明上小桥。
鳞鳞鱼浦口，漭漭草洲霄。
渚岸连芝草，芦洲范占遥。
湖波青海近，屡志遽公迢。

726. 秋山夕兴

夕照一秋山，黄昏半色斑。
天光峰顶见，远对玉门关。

727. 送集贤学士伊阙史少府敕放归江东觐省

学士江东少府归，钟张墨客俊才晖。
千门谒帝荣亲吏，万里萧山越秀扉。

728. 送金卿归新四维

新罗木鸟一珠人，落日孤舟半省亲。
汉剑衣冠风俗没，乡心渡海去来春。

729. 柳陌听早莺

柳陌早闻莺，东风晚不行。
云中沾细雨，日上草光荣。
万井呈阳气，千门紫玉明。
香花袭步履，绿地已董平。

730. 刘长卿五卷五言长城

长卿进士字文房，御史开元员外郎。
转运淮南留鄂岳，隋州刺史以诗扬。

731. 逢雪宿芙蓉山主人

芙蓉山上雪，皓月玉中人。
枕际婵娟色，空梦白璧春。

732. 送张起崔载华之闽中

逢君去闽中，达士望飞鸿。
故客千章语，江东一大风。

733. 赠秦系微君

五柳不知贫，三光共存人。
青云多惆怅，日月自秋春。

734. 流寓

序：
秦系顷以家事获谤因出旧山每荷观察崔公见知欲归未遂感其流寓诗以赠之
诗：
莫以武陵溪，桃花总不齐。
无须天左右，已得孟尝题。

735. 夜中对雪赠秦系时秦初与谢氏离婚，谢氏在越

夫妻同是鸟，别苦各知飞。
莫向山阴问，红尘百是非。

736. 湘妃

帝子下潇湘，苍梧上竹霜。
娥皇常梦久，但入女英乡。

737. 斑竹

湘妃不怨天，舜子有疏泉。
自古相思处，播耕七尺田。

738. 春草宫怀古

君王如可见，草色似罗裙。
楚客荒宫里，春花野旷芬。

739. 王朝览镜作

鸟雀鸣吟久，心扉草木新。
朝来春色镜，但照白头人。

740. 瓜洲道中送李端公南渡后归扬州道中寄

十里一瓜洲，三生半九流。
青山南北暮，但作广陵侯。

741. 送张十八归桐庐

西湖应不远，带月过姑苏。
不渡桐庐水，潮平似念奴。

742. 过拆穿观寻岑秀才不遇

方圆白鹤观，守一自云端。
阮肇桃源里，寻岑自心宽。

743. 听弹琴误隋炀

泠泠七柱弦，切切半云天。
水调钱塘去，今人几度传。

744. 游南园偶见在阴墙下葵因以成咏

青青独在荫，郁郁不成林。
土厚三春色，阳倾万里心。

745. 入百丈涧见桃花晚开

十日桃花晚，三春日不眠。
千川云雨谷，百丈涧边妍。

746. 送子垿崔真甫李穆往扬州四首

之一：
渡口一梅花，航船半水涯。
扬州春色早，已入女儿家。
之二：
茱萸湾里水，二月独沧沧。
柳叶欣欣绿，春莺处处忙。
之三：
雁去一潮村，人归半柴门。
斜阳方可入，独向小儿孙。
之四：
涌涌一潮翻，声声万浪喧。
扬扬成世界，郁郁自无言。

747. 寄龙山道士许法棱

龙山道士心，白日独知音。
寂寂三清客，悠悠一古今。

748. 送方外上人

野鹤一孤云，山青半日曛。
知人方外士，净土沃洲芬。

749. 送灵澈上人

苍苍寺竹林，杳杳磬钟音。

澈澈灵灵觉，人人上上心。

750. 茱萸湾北答崔载华问

茱萸湾北问，野道岭南寻。
古木由今古，清溪自润侵。

751. 赴楚州次自田途中阻浅问张南史

田途浅水舟，楚客自无由。
积渚生荒草，淮潮不久留。

752. 江中对月

江中月自流，水上泊行舟。
但向婵娟问，香陵有莫愁？

753. 碧涧别墅喜皇甫侍御相访

返照入荒村，知君问独门。
同怜阶后影，未见小儿孙。

754. 初到碧涧招明契上人

碧涧一溪泉，荒村半岭田。
山坡阳早暖，永日上人先。

755. 送少微上人游天台

天台天已近，石径石生寒。
共隐林钱误，同鸣落叶残。

756. 却归睦州至七里滩作

云沉七里滩，石浅半波澜。
草渚和烟色，沙禽立水寒。

757. 对酒寄严维

谁情对酒歌，不可望云多。
列国应邦度，英雄有几何？

758. 新年作

不似长沙传，何言日月残。
风云依旧是，智策上云端。

759. 制文

序：
朱放自杭州与故里相使君立碑回因以奉简吏部杨侍郎制文

诗：
羊公一石碑，刻篆半辞绥。
四顾苍茫望，由心以泪垂。

760. 送宣尊师醮毕归越

茅君一怅别，夜磬半声扬。
踏火飞霜雪，桐溪两路长。

761. 送裴使君赴荆南充行军司马

明溪流夏口，古月挂巴东。
盛府成江郡，寒笳许大风。

762. 送裴郎中贬吉州

江帆一逐臣，汉节半冠巾。
吉雪冬先尽，梅花二月春。

763. 酬皇甫侍御见寄时前相国姑臧公初临郡

年衰忆故乡，汉法问倾肠。
水月江南北，汀洲草木黄。

764. 月下呈章秀才

向老三年谪，当秋百感多。
家中明月好，事外度天河。

765. 酬张夏

剑阁木成林，天机不可寻。
孤舟应莫去，一路水云深。

766. 送李使君贬连州

萧何问故侯，吕后寄连州。
汉帝应光去，张良已不留。

767. 秋夜北山精舍观体如师梵

贝叶一清香，北山半月光。
三清观世界，九鼎问禅堂。

768. 酬张夏雪夜赴州访别途中苦寒作

雪夜一山明，离情半素倾。
寒中寒苦里，道苦道无情。

769. 寻洪尊师不遇

但去无人迹，来寻羽客家。

梅花开满地，玉案道生华。

770. 喜鲍禅师自龙山至

应听石上泉，月上木中天。
锡杖龙山至，禅师一意传。

771. 送方外上人之常州依萧使君

常州一使君，普渡半祥云。
鸟雀知群逐，同翻贝叶文。

772. 宿北山禅寺兰若

月下一僧还，林中半水湾。
泉声分细磬，手鼓问猿攀。

773. 赴新安别梁侍郎

新安一路云，水府半芳芬。
白月无行迹，孤舟有别纹。

774. 江州留别薛六柳八二员外

日日向浔阳，潮潮问故乡。
茫茫千语短，郁郁九江长。

775. 和州留别穆郎中

远道一郎中，和州半大风。
明年春雨后，日满大江东。

776. 和州送人归复郢

赤壁不归人，浔阳已入春。
临川明汉水，郢道洞庭津。

777. 送金昌宗归钱塘

五柳半先生，三吴十地荣。
钱塘惊八月，一线海潮盟。

778. 酬张夏别后道中见寄

离群方独见，聚后可知情。
别道天涯别，盟同海角盟。

779. 新安奉送穆谕德归朝赋得行字

万里建溪行，新安赋别声。
皇天常有眼，白发已无情。

276

780. 偶然作

野寺一佛堂，虔诚半月光。
空明当世界，继日作天良。

781. 送州人孙沅自东州却归句章新营所居

七尺一身田，三生半日眠。
诗书诗不已，读句读方圆。

782. 袁州即员外之从兄

从兄日月长，问弟去来乡。
水月寒山寺，江湖意气扬。

783. 酬李员外从崔录事载华宿三河戍先见寄

寒江分石濑，夜月落浮云。
九鼎同行轨，三河共语言。

784. 见秦系离婚后出山居作

耕男耕日月，织女织秋春。
木落无三界，山空有一人。

785. 酬秦系

平生一路秦，创业半秋春。
嫁娶婚姻故，文房可济贫。

786. 岁日作

稚小春衣试，新年岁酒丰。
沧桑由律历，子女问家翁。

787. 题元录事开元所居

新安郡水城，野寺草花荣。
鸟落知归处，人居是暮鸣。

788. 送崔载华张起之闽中

鸟道闽中深，猿鸣越语浔。
方言无客调，郡府有陈琳。

789. 送张司直赴岭南谒张尚书

镇海五羊城，梅香一岭盟。
炎城分两季，越国有枯荣。

790. 寄会稽公徐侍郎

高松有本心，秀水色山阴。

但读兰亭序，羲之一古今。

791. 送朱山人放越州贼退后归山阴别业

空城垂故柳，暮日照西陵。
百战桑田废，三春草木兴。

792. 秋夜肃公房喜普门上人自阳羡山至

早晚沉香积，阴晴问沃洲。
孤云飞复落，古木直高秋。

793. 送李秘书却赴南中

光流岭外梅，后继弟兄哀。
故国乡家尽，南中日月摧。

794. 过前安宜张明府郊居

东郊白首居，北巷七弦余。
解印孤琴响，移家五柳书。

795. 使回次杨柳过元八所居

牛郎千草木，织女一江河。
少妇年年洗，渔翁日日歌。

796. 送李侍御贬彬州

渺渺洞庭波，悠悠唱九歌。
长沙王子赋，楚客下汨罗。

797. 寄普门上人

山前故念禅，岭上上人田。
寂寂春千草，青青又一年。

798. 逢郴州使因寄郑协律

协调楚猿吟，琴台汉水浮。
知音鹦鹉赋，草色已成荫。

799. 岳阳馆中望洞庭湖

一望洞庭湖，三生岳麓孤。
扬帆从此去，落日到东吴。

800. 留别

序：
巡去岳阳却归鄂州使院留别郑淘侍御郑先谪居此州

诗：
别去长沙谪，相来楚水秋。
云浮淘使院，两满岳阳楼。

801. 夏口送屈突司直使湖南

夏口向南徵，潇湘一水城。
云中藏雨色，木里有啼莺。

802. 代边将有怀

阴山飞将去，魏阙落霜来。
晓甲云中郡，胡笳月下哀。

803. 雨中过员稷巴陵山居赠别

细雨满巴陵，闻君下臂膺。
云山知不尽，积水玉珠凝。

804. 送李中丞之襄州

驻楚徵南将，驱胡十万军。
归来曾叹息，问剑可分云。

805. 奉使至申州伤经陷没

老将守孤城，青年战场兵。
田随荒乱没，水逐可流清。

806. 穆陵关逢人归渔阳

匹马穆陵关，桑干故水颜。
渔阳徵战地，白日暮朝还。

807. 安州道中经浐水有怀

浐水绕长安，秦川积纳滩。
天津南北岸，溅溅古今宽。

808. 步登夏口古城作

荒芜连古堞，旷野接秋城。
汉水平流色，琴台远近名。

809. 赠别卢司直之闽中

白首同今日，留芳共闽中。
平生何所见，子日九飞鸿。

810. 赴巴南书情寄故人

岳麓三湘色，巴人一曲中。
沉浮知进退，远近问罢熊。

277

811. 酬郭夏人日长沙感怀见赠

新年流国泪，归岁逐家风。

岳麓山中客，长沙月下鸿。

812. 余千旅舍

落叶暮天回，青枫色已恢。

孤城空不闭，水鸟背人隈。

813. 登思禅寺上方题修竹茂松

思禅一念终，向寺百心同。

竹没末颜者，松成白首翁。

814. 恩敕重推使牒追赴苏州次前溪馆作

前溪馆月楼，使牒赴苏州。

万念重恩敕，千思各驿休。

815. 北归次秋浦界清溪馆

月落一清溪，枝栖两乌啼。

云浮千岛岸，雁过半彭蠡。

816. 谪官后却归故村将过虎丘怅然有作

姑苏一虎丘，巷北剑池留。

啸啸天机问，悠悠日月楼。

817. 重推后却赴岭外侍进止寄元侍郎

梅花岭外香，进止寄衷肠。

叶落非根树，巴山是客乡。

818. 秋杪江亭有作

寂寞江亭下，徘徊月色中。

孤舟何不锁，去路只朝东。

819. 送郑司直归上都

岁月相离别，山河草木中。

蹉跎江海路，逶迤路途风。

820. 送灵澈人归嵩阳兰若

客地随缘久，乐林问道空。

嵩阳兰若定，是在有无中。

821. 却赴南邑留别苏台知己

年年梅岭问，处处古枝蹇。

二月群芳色，三春叶始宽。

822. 和灵一上人新泉

东林一小泉，石木半自然。

细细长长远，年年岁岁连。

823. 送李挚赴延陵令

季子一云峰，清风半大同。

弹琴行策令，牧冶延陵踪。

824. 奉送裴员外赴上都

裴公江上去，弟子暮中来。

不见浔阳令，孤行赣水开。

825. 长沙桓王墓下别李纾张南史

墓外生新草，云中有旧恩。

年年由彼此，处处有儿孙。

826. 送侯侍御赴黔中元判官

黔中一判官，遣使一邯郸。

学步何儒道，悬梁几挂冠。

827. 秋日登吴公台上寺远眺寺即陈将吴明彻战场

野寺人来少，浮云水去平。

斜阳依旧磊，落日远山明。

828. 淮上送梁二恩命追赴上都

淼淼秦淮水，悠悠草木邻。

闻舟停北岸，已净上都尘。

829. 送崔升归上都

俱是上都人，无为下国春。

莺啼花柳树，草碧自效颦。

830. 过李将军南郑林圆观伎

小妇秦家女，天兵魏北人。

胡姬旋舞色，百舌弄红尘。

831. 送严造物充东畿观察判官

战后满凋残，官前已判寒。

东畿观不尽，徒有一心宽。

832. 送王端公入秦上都

端公入上都，百战过三吴。

旧国生新木，秦川洛水苏。

833. 送营田判官郑侍御赴上都

上国三千里，南山万岁田。

归秦风雪月，向渭楚吴天。

834. 送李校书赴东浙幕府

幕府一文章，儒书半石梁。

天台应可上，浙水入钱塘。

835. 清明后登城眺望

清明一雨烟，细柳半云田。

黄昏吴水暗，洛色夕阳边。

836. 陪王明府泛舟

江流水不平，酒醉客无声。

草碧山荣照，湖光色自生。

837. 送度支留后若侍御之歙州便赴信州省觐

国度一乡钱，书生半岁年。

山林群木色，草地逐云天。

838. 余干夜宴奉饯前苏州韦使君新除婺州作

但怯姑苏去，何寻婺女音。

东阳曾与寄，向夜有猿吟。

839. 晚次苦竹馆却忆干越旧游

一路风尘面，千峰草木深。

荒林花自茂，苦竹色湾浔。

840. 送李二十四移家之江州

满目一烟尘，孤舟半浅津。

沾衣南渡客，隐约北江春。

841. 送卢判官南湖

载酒一舟平，寻光半月生。

南湖风水岸，北屿醉人声。

842. 送栩扶侍之睦州

水石旧新安，云山草木栏。

风光何不止，学步上邯郸。

843. 集梁耿开元寺所居院

晴天花雨落，五月水云烟。
竹径山深去，苔莓足迹田。

844. 赠西邻卢少府

互访竹林东，同言古色桐。
两邻东客色，北屋共琴风。

845. 游休禅师双峰寺

岁岁双峰寺，心心独目封。
禅师禅慧觉，济世济人容。

846. 解中见桃花南枝已开北枝未发因寄杜副端

一树北南枝，同根彼此迟。
朝阳花早色，结果背阴知。

847. 奉送卢员外之饶州

日上鄱阳近，云中水气流。
浔风吴岫远，楚客九江楼。

848. 送处士归州因寄林山人

陵阳何不见，处士故山河。
古寺钟声继，江湖草木多。

849. 移使鄂州次岘阳馆怀旧居

不问路何长，平生几故乡。
千程飞雁见，万里去来量。

850. 送齐郎中赴海州

郎中望海潮，洛水入云霄。
两省三更近，中书一念遥。

851. 重阳日鄂城楼送屈突司直

送远莫登高，秋风万里刀。
寻根寻不得，叶落叶成涛。

852. 更被奏曲淮南送从弟罢使江东

罢使一江东，从游半大风。
乌江舟上问，垓下度云空。

853. 经漂母墓

一饭半人贤，三生两霸树。
鸿沟分不定，楚汉画秦天。

854. 送李端公赴东都

龙城十帝乡，渭水万家梁。
古巷三千界，琼枝一度量。

855. 送王员外归朝

天涯一近心，海角半知音。
玉漏中书阁，朝堂两省签。

856. 送薛侍御归秦

造物一归秦，天光半入春。
芳菲花百巷，草色碧千钧。

857. 洞庭驿逢彬州使还寄李汤司马

旷阔半丹青，苍茫一洞庭。
衡阳四雁宿，竹泪满湘灵。

858. 送舍弟之鄱阳居

鄱阳方止步，赣水几何归。
北雁辞南渚，应怜向背飞。

859. 送裴二十端公使岭南

梅花开岭外，镇海抑云中。
落木无分季，天年雨早风。

860. 过桃花夫人庙（即息夫人）

男儿无战马，楚客有桃花。
受降城中女，婵娟向别家。

861. 鄂渚送池州程使君

五马一辞车，三生半使衔。
临川临鄂渚，日暮日西斜。

862. 送友人西上

十年径转均，三光照缁衣。
芳菲春草色，西陆羁人稀。

863. 送梁郎中赴吉州

爱国知天下，忧民唱九歌。
庐陵闻上象，叔度向中和。

864. 送河南元判官赴河南句当苗税充百官俸钱

土地芜田亩，天官没俸钱。
徵战天下苦，几处有人烟。

865. 过湖南杨处士别业

春竹经霜少，闻猿落叶多。
湖南杨处士，别业度天河。

866. 夏中崔中丞宅见海红摇落一花独开

独秀一花开，孤承十日梅。
群芳群落去，自主自由来。

867. 使还至菱陂驿渡渭水作

一鸟向空山，千云落渚湾。
孤舟狮水渡，广泽驿门关。

868. 送齐郎中典括州

耕耘沧海畔，典讼白云空。
四象分仪属，三光八卦公。

869. 过隐空和尚故居

锡杖已无寻，松林自有荫。
悠悠归塔院，寂寂隐空箴。

870. 过萧尚书故居见李花感而成咏

群芳一杏花，独移半风华。
隔壁新姿色，成荣故客家。

871. 送袁处士

闲田一北川，处士半南泉。
静者思天地，禅音待渡船。

872. 酬李侍御登岳阳见寄

但见孤舟去，何须独步寻。
帆平天际水，日照木成林。

873. 夏口送徐郎中归朝

夏口知音久，杨花柳絮稀。
天光应楚楚，水岸更依依。

874. 喜晴

七月雨成烟，千霜雾晦田。

沾沾和水露，叶叶滴云泉。

875. 鄂渚听杜别驾弹胡琴

文姬传此曲，十八拍中音。

不解胡人语，须听作古今。

876. 过鹦鹉洲王处士别业

洲中鹦鹉草，鼓上故人鸣。

别业山川色，楼前拆穿盟。

877. 寄万州崔使君

巴山多雨色，剑阁少云门。

栈道陈仓迹，鸿沟楚汉痕。

唐·阎立德
职贡图

读写全唐诗五万首

第三函

第三函　第一册

1. 唐诗宋词

之一：

梦中格律思，世上宋唐词。

乾隆四万余诗，我今十二万余诗。

全唐诗诗十二万余格律诗词。

之二：

乾隆四万古今名，我赋诗词格律城。

两万三千三百日，

2. 送马秀才移家京洛赴举

荆扉一秀才，楚客半天开。

举子龙门问，皇城白马来。

3. 送南特进赴归行营

一道军书至，三边成客行。

轻车何结束，将令几人生。

4. 送道标上人归南岳

禅房一径深，独道半花荫。

湘流湘水岸，上岳上人心。

5. 送梁侍御巡永州

潇潇江雨暮，旷旷野山丘。

岳水连云际，零陵落木秋。

6. 岁夜喜魏万成郭夏雪中相寻

年年子夜分，岁岁半春云。

大雪洋洋落，东风处处闻。

7. 送蔡侍御赴上都

迟迟五马催，久久一东都。

昨伥潇湘月，今鸣洛渭凫。

8. 晦日陪辛大夫宴南亭

晦日上南亭，东风问渭泾。

黄河天下水，一路半丹青。

9. 送独孤判官赴岭

但见文身国，无闻岭海门。

天涯应不尽，一柱满黄昏。

10. 长沙馆中与郭夏对雨

积雨半湘洲，成烟一阮流。

苍梧斑竹泪，不尽二妃愁。

11. 陪辛大夫西亭宴观伎

千姿一日春，百态半临亲。

醉浅听君意，恩深忘此身。

12. 题魏万成江亭

暮雪莲花府，江明白鸟洲。

潇湘归雁早，鄂楚逐沧流。

13. 春过裴虬郊园

一片杏桃花，三春五月华。

纷纷飞雨色，稍稍入裴家。

14. 送韦赞善使岭南

番禺一岭南，岁贡半橘柑。

海上楼船界，云中善使函。

15. 送乔判官赴福州

人烟百越中，雨水一江东。

鸟路王程尽，风云判岳同。

16. 送李补阙之上都

一日龙城客，三生十二楼。

朝天天不语，问世世春秋。

17. 送袁明府之任

独见家乡月，中庸试吏年。

平章何上掖，相府自闻天。

18. 海盐官舍早春

晓使沧洲驿，除年白首翁。

三生书笔历，一日满春风。

19. 南湖送徐二十七西上

横塘细雨中，柳色烟云同。

北陆乌纱帽，南湖唱大风。

20. 曲阿对月别岑况徐说

南朝明月去，上国故人来。

别对言函谷，荒芜浙水台。

21. 送李侍御贬鄱阳

百里一鄱阳，三生半水乡。

书房文墨老，吏案稻花香。

22. 送陆少府使东京便应制举

一战天南北，三军将去来。

纷纷均不定，夜夜守营台。

23. 松江独宿

衣冠成白首，客驿著春秋。

月色淞江宿，沧洲一海鸥。

24. 寻白石山真禅师旧草堂

白石山中闭，闲门月下开。

禅音何处在，觉慧鸟重来。

25. 送行军张司马罢使回

进退一帆扬，阴晴半故乡。

江南烟雨色，日月四时光。

26. 喜李翰自越至

南江沧海近，北陆客云长。

万里吴台见，三生越秀乡。

27. 罪所留寄张十四

不见一君来，难言半宇开。
高堂明镜在，地狱鬼寻隈。

28. 送勤照和尚往睢阳赴太守请

燃灯传七祖，杖锡作三光。
白日公侯客，梁园弟子堂。

29. 长门怨

不以长门扫，何知掌上天。
昭阳飞燕舞，莫续相如篇。

30. 秋夜雨中诸公过灵光寺所居

雨夜旧梦多，灵光寺隐萝。
钟沉般若静，斗粟度婆娑。

31. 西庭夜宴喜评兄拜会读全唐诗

已去却垂纶，无心对厄尘。
诗书无止境，日月有时珍。

32. 过横山顾山人草堂

山人半草堂，犬吠百花香。
石径通幽去，樵声向远扬。

33. 送李校书适越调杜中丞

云山雨夜多，越水济天河。
谢客耶溪净，行人唱楚歌。

34. 寻南溪常山道人隐居

一意取闲门，三春向木村。
寻心寻自己，隐逸隐原蕴。

35. 扬州雨中张十宅观伎

一曲半人心，三重五叠音。
琴台琴已住，汉水汉江浔。

36. 赴宜州使院夜宴寂上人房留辞前苏州韦使州

使院向苏州，香城却九流。
三郎三界域，九脉九春秋。

37. 送薛承矩秩满北游

寒云自北秋，雪日向南州。

大雁衡阳去，严霜晋水求。

38. 饯别王十一南游

水阔一南州，云重半北舟。
烟花由地满，雨色任风流。

39. 送严维尉诸暨

一日文章远，三春草木荣。
千溪流不住，万马未鸣声。

40. 送李十七之祚水谒张相公

周怅春秋早，殷勤醒醉垆。
梁园儒子迹，酒肆忆江湖。

41. 送崔处士先适越

越鸟已声鸣，山阴客雨轻。
曹娥流水去，子胥作吴盟。

42. 奉陪使君西庭送淮西魏判官得山字

羽檄入公山，春风满御颜。
淮西淮水岸，醉别醉时还。

43. 狱中见壁画佛

地狭青莲在，人微四壁城。
身轻含冤狱，志佛自枯荣。

44. 送徐拾遗还京

金陵一旧居，贡院半樵渔。
拾遗还京去，文星集部书。

45. 送张七判官还京觐省

春兰初见色，蕙草叶参差。
觐省慈恩树，乡亲父母家。

46. 送孙莹京尘卓第归蜀觐省

独树万枝新，莺鸣一晓人。
长安旋太学，蜀道客云亲。

47. 送史九赴任宁陵兼呈单父史八时监察五兄初入台

梁园草木新，弟府以兄邻。
凤阙中书令，平章上掖钩。

48. 卧病喜田九见寄

一日半秋春，三声五味贫。
身翻谁见卧，仰叹友相邻。

49. 重过宣峰寺山房寄灵一上人

又过宣峰寺，灵新一上人。
中流风水见，暮雪净沧尘。

50. 云门寺访灵一上人

一步半西东，禅音上下同。
云门僧寺在，独得上人中。

51. 别陆羽

陆羽一延陵，茅山半路青。
新家彭泽宰，无名旧国萍。

52. 寄灵一上人初还云门

飞来峰上人，法侣客中春。
竹径通禅坐，松浔向隐沧。

53. 寄灵一上人

竺姓一高僧，灵人半玉凝。
禅音传世界，锡杖相呼应。

54. 送韩司直

一越半三吴，千波万水湖。
王孙归不得，玉笛在江都。

55. 酬李郎中夜登苏州城楼见寄

千年一古城，万步半吴英。
望尽江湖路，还来问越声。

56. 送人游越

长安不易居，浙水半樵渔。
月照西湖岸，云平诸子书。

57. 赠普门上人

支公一点头，百石半禅修。
渡口通僧岸，人心上沃洲。

58. 送康判官往新安

湖中千岛色，月下万波澜。
旅泊船家问，新安草叶宽。

284

59. 送顾长往新安

一水过新安，三秋向木残。
应知人不钓，莫问子陵滩。

60. 九日登李明府北楼

九是上高楼，三秋问九州。
千山重九见，九脉大江流。

61. 同诸公登楼

登楼一客惊，望远半行程。
北雁南飞尽，长安渭水明。

62. 送友人南游

旅逸同飞鸟，行身自去还。
山川云水月，草木玉人关。

63. 送裴二十一

行愁帆带雨，旅梦客思亲。
不见离群雁，何须问路人。

64. 送张判官罢使东归

自古一东归，英雄半是非。
青衣知日落，白首望鸿飞。

65. 早春

东风细雨微，草色绿黄晖。
菱叶连根润，新生几玉菲。

66. 送青苗郑判官归江西

三苗余古地，五柳客奋田。
税取周公旦，归输汉俸钱。
民依民不主，吏懒吏无权。

67. 过包尊师山院

卖药曾相识，吟诗可互闻。
江山应是客，草木可同君。

68. 故女道士婉仪木原郭氏挽歌词

归真道艺宣，作范宫闱妍。
日殿同回眸，淮王共载天。
神仙应自在，草木可相眠。

69. 少年行

射猎少年行，寻飞待月盟。

青云千万里，白马暮朝鸣。

70. 归弋阳山居留别庐邵二侍御

天机七尺田，地理半林田。
日月三界岸，山居一酒泉。

71. 赴江西湖上赠皇甫曾之宣州

离途云渺渺，别道雨潇潇。
月隐千山影，霜沉一坂桥。

72. 湘妃庙

荒祠古木凋，竹泪二妃潮。
不尽苍梧问，何言治水遥。

73. 斑竹岩

苍梧斑竹泪，点滴二妃心。
但得岸中君，留成月下吟。

74. 洞山阳浮丘公旧隐处

旧迹洞山乡，成仙客故乡。
天台何远近，羽鹤问潇湘。

75. 云母溪

云母一石溪，碎月半高低。
皎镜粼粼水，清光济济齐。

76. 赤沙湖

水色连天阔，湖光照楚衣。
涔阳何处是，泊钓玉人矶。

77. 秋云岭

步上秋云岭，烟移木色轻。
孤峰何不见，翠叶闪中明。

78. 花石潭

石岸一潭花，天云半彩霞。
深深深不见，遥遥遥玉华。

79. 石围峰

渡口一渔家，桃源十里花。
何须秦汉水，不问武陵洼。

80. 浮石濑

水落岸寒沙，云浮石濑衙。

潇湘秋叶晚，暮色满船家。

81. 横龙渡

古迹横龙渡，秋波石濑寒。
声声云洞响，日日暮朝宽。

82. 幽琴

古调曾中断，今人已复弹。
知音应自在，一曲可云端。

83. 晚桃

涧底一桃花，群芳半谢华。
三春风雨末，九谷五蕴遮。

84. 废马

伏枥望天涯，知途向故家。
楼兰应不弃，渭水照乌纱。

85. 春镜

晓镜一红颜，含虚半玉环。
秦台风雨色，魏阙十三关。

86. 古剑

自古龙泉剑，如今玉匣中。
藏锋藏利刃，储秀储寒宫。

87. 旧井

一井自成泉，千波与水连。
君恩如此见，妾女以心延。

88. 白鹭

白鹭亭亭立，清江处处流。
青山如影动，木叶似鱼游。

89. 寒缸

夕照一缸寒，黄昏半日安。
常闻风雨向，偶尔作波澜。

90. 寄李侍郎

归国未归人，芳洲有五津。
关西年岁月，渭北色秋春。

91. 晚泊湘江怀故人

天涯一叶舟，晚泊九江流。

此水何成海，波涛已不休。

92. 过邨三湖上书斋

碌碌东南客，云云雨雨游。
烟花成水雾，月色作春秋。

93. 从军六首

之一：
受降城中月，交河岸上红。
黄昏知万里，白骨作勋功。
之二：
长城南北见，汴水暮朝荣。
水调歌头曲，渔舟唱晚情。
之三：
关山一月楼，羌笛半边州。
莫以封疆界，人心共白头。
之四：
万里一沙鸣，千年半草荣。
无人怜报国，有专不知明。
之五：
落日一萧条，风行半战刀。
欲解三边刃，当知战未消。
之六：
汉马过渔阳，三边作故乡。
英雄天地界，令帐去来昌。

94. 阙口

阙口水潮扬，秋风木叶黄。
鱼龙何不见，石壁两横张。

95. 水东渡

归人不渡河，草渚有余波。
月色初刀岸，寒光复冷坡。

96. 福公塔

寂寞听伊水，经纬不断流。
无心洲诸间，有塔许千秋。

97. 远公龛

林深一远公，石径半云红。
夕照龛花色，僧游此世空。

98. 石楼

隐隐一花田，幽幽半人仙。
秋阳山寺暖，五叠石楼泉。

99. 下山

林中不下山，雨里木中间。
叶上清泉落，峰前石径关。

100. 水西渡

归人自渡河，镜水不扬波。
古道龙门上，扬名作几何。

101. 渡水

一暮下山来，千山上云开。
群峰明色晚，诸子客天台。

102. 月下听砧

月下听秋砧，云中望戍边。
衣单何自给，附寄一心泉。

103. 送丘为付上都

丘为丘上都，帝国帝家儒。
楚客江山释，南山一丈夫。

104. 题大理黄主簿湖上高斋

莫与白鸥亲，应寻在理人。
楼船应此去，只作汉秦臣。

105. 平蕃曲三首

之一：
兵营青海外，鼓角雁门中。
已落交河日，何闻汉将弓。
之二：
万里一沙鸣，千年半雪明。
天山扬木色，大漠月芽城。
之三：
平沙一戍边，种柳半沧田。
战战和和见，成成败败传。

106. 送郑说之歙州谒薛侍郎

春伤白首情，道别故人声。
水暗风云重，流清草木平。

107. 题独孤使君湖上林亭

四面一朱阑，三杯半酒安。
林亭湖上月，谢履木中滩。

108. 酬滁州李十六使君见赠李父子共别墅以营居

父子其同志，成蹊共济天。
山空人自足，厚土有生泉。

109. 送严维赴河南充严中丞幕府

耶溪镜水天，幕府客源泉。
足履留山寨，中丞豫道田。

110. 栖霞寺东峰寻南齐明微君故居

南齐一老松，建业半辰钟。
但见栖霞寺，台城筑遗容。

111. 酬包谏议佶见寄之什

佐郡一方舒，贫家半旧书。
无须飞燕问，但可作相如。

112. 别驾

序：
奉和赵给事使君留赠李婺州舍人兼谢舍人别驾之什
诗：
别驾一辞人，同程半故身。
沧洲知近吏，绛阙主明臣。

113. 水火之中

序：
行营酬吕侍御时尚书问罪襄阳军次汉柬境上侍御以州邻寇贼复有水火迫于徵税诗以见谕
诗：
井税减壶浆，行营宿米粮。
襄阳流汉水，百姓付衷肠。
不敢淮南卧，虔诚作故乡。

114. 登迁仁楼酬子胥李穆

几处有渔樵，姑苏过小桥。
迁仁楼上望，万里柳杨条。

115. 别李氏女子

一别有倾心，三光各独荫。

梁鸿君子读，孟尝女知音。

116. 长沙早春雪后临湘水呈同游诸子

长沙雪似烟，岳麓雾中天。

杏杏云沉色，潇湘似客船。

117. 自道林寺西入石路至麓山寺过法崇禅师故居

独木已成林，群芳自古今。

禅师禅觉悟，一寺一僧心。

118. 和袁郎中破贼后军行过剡中山水谨上太尉李光弼

王师徽鼓静，太白收兵低。

镜水天台映，荆扉淑玉溪。

119. 送郑十二还庐山别业

浔阳半亩田，赣水大江船。

别业庐山客，南昌十二贤。

120. 至饶州寻桃十七不在寄赠

五柳半开门，千帆一古村。

桃源秦汉间，落雁已黄昏。

121. 奉陪郑中丞自宣州解印与诸侄晏余干后溪

欲望武陵溪，长安渭水低。

黄昏分向背，子女各东西。

122. 刘长卿

同诸公袁郎中宴筵嘉章服

宴上加章服，郎中喜自居。

沧洲稀此会，白社诸儒书。

123. 昆陵送邹结先赴河南充判官

轻徭一世和，重赋半家跎。

客路乡心近，冠官楚九歌。

124. 送徐大夫赴广州

上将五羊城，三朝一品清。

龙都闻百越，镇海角千缨。

125. 九日题蔡国公主楼

主策重阳日，茱萸挂晓檐。

门深新菊色，燕去岂无炎。

126. 送荀八过阴旧县兼寄剡中诸官

访旧山阴路，寻溪百越流。

曹娥碑上记，夏禹水中修。

127. 奉饯元侍郎加豫章采访兼赐章服

江寒一豫章，岭暗半浔阳。

豹服新袍色，猿鸣楚客乡。

128.

序：

奉钱郎中四兄罢余杭太守承恩加侍御史充分军司马赴汝南行营

诗：

太守罢余杭，从军御史梁。

行营司马令，羽檄帐君王。

129. 送贾侍御克服后入京

以酒劝君舟，凭江问日流，池塘云雨满，白发映春秋。

130. 会稽王处士草堂壁画衡霍诸山

群峰不可攀，渚水已成湾。

一丈飞泉布，千章主客眠。

131. 惠福寺与陈留诸官茶会得西字

天机一寺西，玉水半云齐。

万法禅房客，千松摆石溪。

132. 香陵西泊舟临江楼

水泊帝王洲，云飞过石头。

香陵应古迹，不问六朝休。

133. 题灵佑上人法华院木兰花自岭南移此地

岭上木兰花，云中二月华。

春园枝叶满，记取浣溪纱。

134. 宿严维宅送包佶

阴晴同苦役，日月共贫扉。

大雁经年岁，汀洲向背飞。

135. 送从弟贬袁州

一事成迁客，三生作吏游。

霜重霜世界，读著读春秋。

136. 无锡东郭送友人游越

曹娥一水城，百越半枯荣。

不见余杭道，何言是弟兄。

137. 送邵州判官往南

始罢沧江令，还随粉署郎。

应知行送远，不望隔维长。

138. 出丰县界寄韩明府

西风收暮雨，邑舍已苍茫。

隐隐凝霜处，空空尺素肠。

139. 别陈留诸官

徘徊明月下，惆怅水云中。

楚酒吴楼曲，陈留豫晋风。

140. 观李凑所画美人障子

丹青一慧殊，瀚墨半书儒。

美女含姿态，双蛾一丈夫。

141. 送史判官奏事之灵武兼寄巴西亲故

巴西秦友问，奏事自朝天。

一日骋灵武，千官百意函。

142. 自鄱阳还道中寄褚微君

百里洞庭波，千帆岳麓禾。

浮云无子女，七夕渡天河。

143. 石梁湖有寄

夜月石梁湖，波明楚水都。

潇潇成阔岸，漷漷向东吴。

144. 送沈少府之任淮南

淮南半豫章，楚北一鱼梁。
有月惊云梦，无私对帝王。

145. 严子濑东送马处直归苏州

十里一清滩，千竿半玉兰。
姑苏同里岸，铸剑虎丘观。

146. 宿怀仁县南湖寄东海荀处士

微微半雨晴，楚楚一云明。
背里婵娟色，湖中岸水平。

147. 初至洞庭怀灞陵别业

极目洞庭湖，孤山大小姑。
三生南北共，一月灞陵儒。

148. 题萧郎中开元寺新构幽寂亭

寂寂一幽亭，遥遥半水青。
山山香积寺，处处隐天灵。

149. 同姜濬题裴式微余干东斋

一斋养千珂，三生唱九歌。
生涯先后继，不断洞庭波。

150. 赠元容州

避世歌芝草，休官问菊花。
重阳重日九，载物载人家。

151. 夏口送长宁杨明府归荆南因寄幕府诸公

云烟何渺渺，水叶几纷纷。
夏口杨明府，荆南太尉君。
功勋应不减，祖遗制朝裙。
但寄东流月，同明幕府文。

152. 奉和杜相公新移长兴宅呈元相公

功勋移北第，主宰坐南轩。
问世生贤客，裁衣济托元。
乾坤经渭水，日月杜陵源。

153. 湖南史还留辞辛大夫

王师劳近甸，戍役取桑田。
羽扇酬谋战，亲和世界边。

154. 泛曲阿后湖简同游诸公

深深沉积水，泽泽阔难流。
楚楚明天目，波波可浮舟。

155. 北游道孟云仰见寄

善道居贫贱，功名问去来。
红尘多世界，洁素少高台。

156. 冬夜宿扬州开元寺烈公房送李侍御之江东

不必问江东，英雄唱大风。
扬州何所忆，晓日运河红。

157. 南楚怀古

中原闻困兽，北国见饥鹰。
举剑淮南岸，挥鞭白马兴。
行身由自己，羽箭望鲲鹏。

158. 上湖田馆南樱忆朱晏

桂水欲香凝，湘阴已结冰。
当今知汉寿，不必问金陵。

159. 送姚八之句容旧任便归江南

水国桃花路，金陵问石头。
空城空旧迹，故客故人留。
北陆平安史，南楼寄独忧。

160. 杪秋洞庭中怀亡道士谢太虚

樵渔谢太虚，道士问儒书。
日月江山易，声名草木余。
农夫田亩上，吏贾不荷锄。
阔水知流浅，浮云自卷舒。

161. 睢阳赠李司仓

砧杵令人愁，秋声已九州。
司仓司国粹，计尔计相忧。

162. 同郭参谋咏崔仆射淮南节度使厅前竹

竹影上门斜，书声对汉家。
婵娟应不问，抱节以霜华。
鼓角三军肃，梁王一苑花。
萧萧连郡宇，翠翠对寒衙。

163. 硖石遇雨晏主簿从兄子英宅

声名一楚才，硖石半天开。
方圆秦汉界，尺寸度尘埃。

164. 江中晚钓寄荆南一二相识

江中晚钓船，暮色上鱼钩。
楚楚荆南水，悠悠到石头。

165. 九日岳阳待黄遂张涣

九日一黄花，重阳半菊遮。
江流吴楚逐，日色共人家。

166. 题王少府尧山隐处简陆鄱阳

故作沧洲吏，深知草木人。
田家三百日，隐处半秋春。
以做樵渔客，成当帝子频。
如今如子女，老少老冠巾。

167. 晚次湖口有怀

孤舟何处落，闯荡洞庭洼。
岳麓无隐士，江湖有人家。

168. 陪元侍御游支硎山寺

一寺半山林，三光九脉荫。
千钟无界域，万象有禅音。

169. 桂阳西州晚泊古桥村主人

晚泊古桥津，西州谢主人。
平生何不止，读世几经纶。

170. 夕次檐石湖梦洛阳亲故

天涯不到头，日暮十三州。
梦里亲朋聚，朝乡洛水流。

171. 按覆后归睦州赠苗侍郎

地远达心难，秋风木叶寒。
孤行舟不定，夜泊宿衣单。
建德江东路，长江入海宽。

172. 奉寄婺州李使君舍人

一路罢鸣珂，千流作玉河。
江青峰自落，翠羽满鳏波。
婺女天清色，渔樵欲几何。

173. 哭魏兼遂（公及孀妻幼子僮仆相次七殃葬于丹阳）

同门同逝水，共步共儿孀。
莫劝琴弦带，何须复返乡。
黄昏应止路，夜久宿丹阳。

174. 负谪后登千越亭作

秦台悲白首，楚泽逐春秋。
落日山光远，孤舟水逝流。
来来寻谪道，去去问江楼。

175. 留题李明府霅溪水堂

霅溪一水堂，晓竹半天光。
日上青山早，云从钓者塘。
春苔双履迹，越秀独荷香。

176. 入白沙渚貴缘二十五里至石窟山下怀天台陆山人

大海一穷鳞，天台半古津。
浮云浮越色，客鸟客烟亲。
远屿黄昏近，时明细雨新。
还闻樵子斧，不见陆山人。

177. 禅智寺上方怀演和尚寺即和尚所创

绝巘东林寺，高僧惠远公。
隋圆禅智寺，持钵制虚空。
万井崇真意，千灯谢宇虹。
沧洲竿积客，创业大成宫。

178. 因书数事

序：
贾侍郎自会稽使回篇什盈卷兼蒙见寄一首与余友桂冠之期因书数率成十韵
诗：
上国荒芜色，中原角鼓鼙。
天长闻百越，细雨逐寒溪。
一叶惊秋木，三边磊石低。
京城荒草草，柏树故萋萋。
鸟渡渔阳外，风云闽粤西。
桃源秦汉间，物象杳梅泥。
渭水从东去，天台向会稽。

云峰飞不住，咫尺对冠题。
路路通南北，休休遇棘藜。
群情应未尽，不可对猿啼。

179. 秋日夏口涉汉阳献李相公

夏口一衡门，琴台半子孙。
知音知自己，汉水汉人根。
草渚千洲色，烟波万里村。
耕耘耕日月，故献故慈恩。

180. 归沛县道中晚泊留侯城

留侯唱大风，祠庙已巷空。
四面楚歌起，三军尽望东。

181. 关门望华山

俯仰一华山，阴晴半雨颜。
昭阳云杳杳，紫气把门关。

182. 奉陪萧使君入鲍达洞寻灵山寺

同寻鲍达洞，共饮灵山泉。
一鸟飞天去，千云落雨烟

183. 孙权故城下怀古兼送友人归建业

割据石头城，金陵建业声。
江潮回岸打，虎阜逐雄英。
赤壁周郎将，秦淮白下情。
乐吴三国志，寄此六朝明。

184. 宿双峰寺寄卢七李十六

苍苍一寺深，杳杳半松林。
陋室蛛丝网，双峰作古今。

185. 京口怀洛阳旧居兼寄广陵二三知己

天涯飞一鸟，海角问千声。
独步双峰寺，相思半雨情。

186. 登扬州栖灵寺塔

一寺纳栖灵，扬州玉笛宁。
江流南北见，日月纪丹青。

187. 湖上遇郑田

白首布衣行，红颜独步鸣。
龙门曾是客，海角筑新城。

188. 雨中登沛县楼赠表兄少府

云中一沛公，雨下半苍空。
莫问鸿沟外，君英垓下雄。

189. 灞中晚晴简同行薛弃朱训

云烟半杜陵，草色一天丞。
造化沧洲客，穷主柱钵僧。
序：
对雨赠济荫马少府考城蒋少府兼献成武五兄南华二兄
诗：
寒松一直枝，古道百花迟。
十里长亭始，终时必已斯。

190. 李侍御河北使回至东京相访

侍御访贫法，应留一日书。

191. 吴中闻潼关失守因奉寄淮南萧判官

啸啸一潼关，形形半御颜。
书生从此去，举剑断阴山。

192. 哭张员外继　公及夫人相继殁于洪州

乌啼江落月，白简各东西。
莫向钟陵去，霜寒木独低。

193. 登东海龙兴寺高顶望海简演公

海口一云平，江潮半逝者。
龙兴龙寺水，羽客羽从鲸。

194. 落第赠杨侍御兼拜员外仍充安大夫判官赴范阳

长安有肃扬，粉议和戎。
含香思侍漏，举简笏生风。
旧道连茹致，新书此札穷。

旌旃缦节杖，别去范阳宫。

195. 初贬南巴至鄱阳题李嘉佑江亭

一月上高枝，三更入夜迟。
男儿吴语梦，小女蜀人诗。
白首应无望，归乡已无期。

196. 奉送从兄罢官之淮南

淮南一罢官，渭水半波澜。
不足衣冠弃，江县彼此安。
烟云曾不定，治守本无端。

197. 自紫阳观至华阳洞宿侯尊师草堂简同游李延年

一道紫阳观，三清五殿宽。
丹炉仙鹤立，八卦石门盘。
草木巡章别，乾坤守理坛。

198. 寄刘长卿

奉使新安自桐庐至经严陵钓台宿七里滩下寄使院诸公

严陵七里滩，钓色百年澜。
古木新安水，烟波桂楫寒。
应怜常羁束，不教旷野宽。

199. 奉饯郑中丞罢浙西节度还京

主宇将星移，元戎罢节低。
三军拥戴久，独树令东西。
怅怅桑麻束，依依化茧栖。
冬梅花万木，入夏作香泥。

200. 送裴四判官赴河西军试

鲍叔相知易，田苏彼此游。
皇华明试取，持简宪台酬。
洮水同明月，阳关共日流。
文成行北陆，武勇忆南楼。

201. 旅次丹阳郡遇康侍御宣慰招募兼别岑单父

汉马一宣王，秦川半帝乡。
沧洲臣四海，上国穆公肠。
绣服衣冠带，中军忆纳梁。

风云心已正，战虏志刚强。

202. 题虎丘寺

姑苏半虎丘，拙政一泉流。
宝剑清池溅，生公石点头。

203. 觐亲

序：

客舍赠别韦九建赴任河南韦十七造赴任郑县就便觐亲

诗：

白首一知亲，生儿半谢邻。
桃花明彩服，猛虎绣衣臣。
夜宿天涯路，晨行海角春。
平生保所以，日月自勤辛。

204. 送元八游汝南

人生一纵横，遇迈半阴晴。
趺宕君子路，锋芒小子行。
都门常不见，洛水几清明。
笔劲文章老，弓弯日月生。

205. 寄吕评事

序：

奉和李大夫同吕评事太行苦热行兼寄院中诸公乃呈王员外

诗：

云中出太行，马上半戎装。
石险轩事恶，猿惊草木慌。
常山潼水涧，白雪玉轻霜。
辗转回峰路，羊肠坂壁梁。
楼兰从此望，魏晋故家乡。

206. 洛阳主簿叔知和驿承恩赴选伏辞一首

器宇一轩昂，文锋半栋梁。
青袍拥汉马，彩服著銮堂。
洛水皇华近，交河落日光。
南山知叠石，魏阙势高扬。

207. 题冤句宋少府厅留别

三春始落花，九夏雨如麻。
道别何留意，临途驿作家。

人生谁彼此，去水浪淘沙。
洞漱昂藏节，龙城问永嘉。

208. 罢摄官后将还旧居留辞李侍郎

江湖今一客，日月已三冬。
笔吏耕心久，冠臣逐逝踪。
莳菲原西水，玉石自雕龙。
羽檄东吴秀，桃蹊五柳容。

209. 赠别于群投笔赴安西

投笔赴安西，人生志不齐。
阴晴同逐鹿，草木各高低。
日暮交河落，城红渭水霓。
风流何所济，闭月自栖栖。

210. 送薛据宰涉县

谢过风尘吏，寻来日月堤。
河山当几案，主宰李桃蹊。
晋魏多名士，琼瑶苦？藜
县前漳水碧，斧正客高低。

211. 早春赠别赵居士还江左时长卿下第归崇阳旧居

滴水半苍空，风尘一始终。
何言天地间，自是有东西。
下第归乡里，中名问沛公。
思三成世界，守一是英雄。

212. 幕府

序：

瓜洲驿奉饯张侍御公拜膳部郎中却复宪台充贺兰大夫留后使云岭时侍御先在淮南幕府

诗：

是是非非见，荣荣辱辱天。
同声同进退，异议异桑田。
百越湖千岛，三吴水雨烟。
茅茹相引介，粉署至流传。
学步邯郸市，陈仓栈道迁。
风霜寒古木，律象始经年。
伯禹沧江路，严陵钓月船。
沧江潮不止，幕府有归鞍。

213. 天台

序：

夜晏洛阳程九主簿宅送杨三山人往天台
寻智者禅师隐居

诗：

遣客东林问，经纶满腹悬。
形骸如弃载，独秀作周旋。
远结天台几，曾交醒醉眠。
琼枝连简叶，竹影逐流泉。

214. 寻张逸人山居

山空一逸人，水细半秋春。
鸟道飞云尽，桃花静石津。

215. 发越州题润州使院留别鲍侍御

水去一山留，云浮半日酬。
舟孤帆莫举，慢待赴沧洲。

216. 送陆沣还吴中

吴中水陆盘门，细雨轻云子孙。
碧玉钱塘八月，姑苏十里江村。

217. 苕溪酬梁耿别后见寄

江潭碧草萋萋，落日孤舟影齐。
永路天光落落，台梁水色苕溪。

218. 蛇浦桥下重送严维

严维步步东西，浦浦迟迟来黄。
但见孤帆欲起，君心与水高低。

219. 七里滩重返

滩头落日虹霓，七里严陵钓溪。
水月风花相似，梅香化作新泥。

220. 行营

序：

至德三年春正月时谬蒙羞摄海盐今闻王
师收二京因书事寄为浙西节度李侍郎中
丞行营五十韵

诗：

阴山闻汉马，洛水逆长鲸。

自得杨家将，何须作反声。
胡儿旋舞尽，力士苦枯荣。
太白瑶妃赋，东都暮日情。
华清池上色，玉树客中萌。
已著梨园曲，霓裳羽檄更。
渔阳鼙鼓响，阙北史思明。
万里兵戎见，三军弃甲行。
明皇曾赏赐，小女太真行。
莫以深宫许，当闻过誉盟。
风尘多世界，列阵少红缨。
九殿荒人迹，三宫野免惊。
王师崇北陆，蜀道独难名。
草木云浮落，霖铃雨不晴。
弯弓何以射，逐马几身平。
帐令潼关守，朝堂太子英。
虫鱼非常宁，鸟兽是官兵。
战事桑田废，和亲始不成。
芜芜中土道，处处聊穷轻。
凤驾曾驱使，金銮已侧倾。
秦川分碎界，八水向东营。
一切御常旧，人间未了衡。
龙楼藏雀鼠，帝座隐宿徵。
破竹鸣金暮，青风处剑赢。
功成名未京，远戍近孤迎。
将遇人求事，三台九鼎甍。
刀枪谁解带，箭矢也争萦。
故土知新宇，玄穹学吹笙。
春秋原来遇，日月已勤耕。
暮去黄金甲，朝来晓旭晴。
文章谋远近，武勇斗时英。
友复遭沦陷，关山进退争。
唐农安史乱，酷吏武周鸣。
又问凌烟阁，楼船铁柱宏。
今人应所见，古迹已苍鲸。
再造山河外，谋运御使泓。
风云由子色，鬼魅负南荆。
困骥艰难星，飞天伏枥嘤。
三年盟志节，十载树旗旌。
但做英雄步，伤元气主赓。
南联同祖业，北战共家醒。
受降心中日，巴人上国琼。

驱驰疆已定，印绶慰乡京。
白首回天处，红颜似有卿。
千门依旧是，万井已纵横。
月上长生殿，应怜太上丁。
三边双鲤寄，九脉独重生。
岁去新人老，年来故土彭。
沧洲兰蕙芷，海陆帝王城。
滞水终流逝，乔林自主名。

221. 家园瓜熟是故萧相公所遗瓜种凄然感旧因赋此诗

一籽作春秋，三生自去留。
黄花牵缘蔓，粒粒尽封侯。

222. 重送裴郎中贬吉州

郎中贬九洲，暮色十三州。
俯仰知天地，阴晴问石头。

223. 寻感禅师兰若

但以寒松问少年，禅房继序通周天。
观音隔岸荷莲坐，自在山僧老石泉。

224. 寄许尊师

远近一人烟，阴晴半亩田。
山河多石子，日月少方圆。

225. 酬李穆见寄

访客到天涯，寻情问故家。
春风千木缘，腊月一梅花。

226. 送王司马秩满西归

汉主江边一逐臣，江边半风尘。
何年知贬尽，几路作归人。

227. 寄别朱拾遗

一去下金陵，三书问废兴。
天机同日月，地厚共丹青。

228. 会赦后酬主簿所问

桃源无远近，日月有阴晴。
草木春秋易，洪湖彼此城。

229. 赠秦系

啸啸佩纱中，拥拥带冠臣。

东归何所以，北陆作邻人。

230. 酬灵彻公相招

石涧有泉声，禅房待月明。
灵公心自在，彻悟尽人情。

231. 赠崔九载华

一见半悲歌，千章万语何。
无须来去问，恰似大江河。

232. 同崔载华赠日本聘使

大海半连天，君情十岁年。
东邻朝日本，汉主向桑田。

233. 送建州陆使君

日冕建安侯，云封四十州。
南行千百里，北陆两三楼。

234. 行色

序：
送秦侍御外甥张篆之福州谒鲍大夫秦侍
御与大夫有旧
诗：
万里行程一邈然，千章序继半苍天。
辕门拜首儒衣色，貌似相如自闽怜。

235. 闻奉迎皇太后使沈判官至因有此作

长乐官人扫落花，未央女色入人家。
秦皇六国三千妾，莫以隋炀汴水注。

236. 送刘萱之道州谒崔大夫

悠悠沅水流，色色入湘洲。
泽泽天机近，沾沾谒王侯。
三千多帝子，一半信陵酋。

237. 过郑山人所居

山人半闭门，日色一黄昏。
寂寂无声语，悠悠有木村。

238. 奉送贺若郎中贼退后之杭州

万井如今有几人，三春已是帝王津。
莺啼不解山河旧，曲以千声日月新。

239. 瓜洲驿重送梁郎中赴吉州

渺渺半瓜洲，依依一独舟。
君行君子路，别道别人愁。

240. 奉使鄂渚至乌江道中作

鄂渚满芦花，乌江霸主家。
鸿沟分界定，垓下静秦沙。

241. 新息道中作

萧条客路汝南行，暮色王师北伐营。
战乱余声惊落叶，相连独寨作孤城。

242. 春日晏魏万成湘水亭

亭亭湘水岸，渚渚阮流滨。
白首惊离乱，黄莺忘两春。

243. 重送道标上人

路道上人心，衡阳古木荫。
浮云何远近，青草有鸣禽。

244. 送李判官之润州行营

四望金陵半鼓鼙，三军镇润五湖低。
东吴楚水瓜洲岸，草色茵茵待马蹄。

245. 将赴南巴至余干别李十二

万里青山一逐臣，三台两省半秋春。
人间自是山河客，世道应唯日月新。

246. 时平后春日思归

布谷声中一籽扬，春风雨里半家乡。
秋收已是黄金果，读尽儒生自断肠。

247. 送陶十赴杭州摄掾

百里钱塘一线潮，千涛逐浪半云霄。
杭州八月江潭月，桂子三秋摄掾瑶。

248. 使还七里濑上逢薛承规赴江西贬官

归人迁客见，醉酒贬官行。
暂泊严陵濑，相怜渡此生。

249. 使回赴苏州道中作

春风一日开，水色半吴台。
楚问天平岭，孤舟落月催。

250. 柳如是与钱谦益

如如是是作人生，败败成成翰林盟。
雅雅温温抽政水，谦谦益益各明清。

251. 昭阳曲

承恩半未央，御带一衣香。
奉帚昭阳路，秋莲水渐凉。

252. 罪所留系每夜闻长洲军笛声

白日青门久未开，黄沙百战去无回。
长洲不断关山月，笛曲悠悠夜里来。

253. 赠微上人

浙水一浮云，天台半日曛。
禅门禅自在，古道古人君。

254. 东湖送朱逸人归

东湖一逸人，故土半秋春。
不可闻樵斧，当渔钓水滨。

255. 舟中送李十八　一作送僧

释子一心身，儒生半楚臣。
僧行衣钵净，读尽百家臻。

256. 送李穆归山居题窗前竹

辛夷色尽杜鹃飞，隔问行人且慢归。
竹影婆婆常有意，留心月下独开扉。

257. 送卢侍御赴河北

廷官一别情，驿站半离盟。
万井应不忘，千章可守衡。

258. 送子壻崔贞父归长城

南南北北忆长城，古古今今逐鹿营。
柳柳杨杨杨花不静，春春夏夏女儿行。
秦皇只得王师战，汉主重忧帝子倾。
国父何言天子路，田单不愧取聊城。

259. 送陆沣仓曹西上

谁当荐陆机，欲达两陵稀。
此去仓曹治，劳君有赠衣。

260. 送柳使君题袁州

五柳半开门，三光一子孙。

玄晖空对谢，郡府牧黄昏。

261. 戏题赠二小男

迁程一子孙，异土半慈恩。
雨后新苗绿，门前老树根。

262. 谪官后卧病官舍简贺兰侍郎

青春一绵衣，白首半疏稀。
几岁春江月，何年学子畿。
南邦曾处处，北国已依依。

263. 岁日见新历因寄都官裴郎中

长沙一贾生，楚客九歌行。
俱是潇湘夜，东流自不平。

264. 江洲重别薛六柳八二员外

青年老子半负波，楚客湘灵一九歌。
竹泪斑斑潇水岸，沧洲处处故山河。

265. 青溪口送人归岳州

衡阳近洞庭，岳麓已丹青。
北雁南飞落，春来复去听。

266. 送灵流上人还越中

木叶苍苍自闭关，禅音淡淡上群山。
无为锡杖方圆客，有道青溪日月还。

267. 送耿拾遗归上都

北望一风尘，南行半水津。
从客天下去，拾遗不归秦。
建德寒江寄，长安八水春。
金陵三百寺，孔府五千人。

268. 和樊使君登润州城楼

碧草连天一蒋州，黄昏水逐半江流。
秦皇未了东南岸，汉武楼船大理休。

269. 钱王相公出牧括州

谁人又到翟公门，缙别长沙过水村。
淼淼江潮连远际，斜阳未了作黄昏。

270. 题灵佑和尚故居

寺外一轻尘，禅中半日臻。
风花和雪月，下里付巴人。

暮鼓晨钟继，残经序纬沦。

271. 寻龙井杨老

浙水成龙井，明前小叶生。
枪旗分未定，色味已成名。
细采云中味，刹青日上萌。
丘陵朝露重，小女手中轻。
五两去千叶，三杯三界平。

272. 古镜

序：
见故人李均所借古镜恨其未获归府斯人
已亡怆然有书
诗：
但见陇头枝，何言岁月迟。
人生应有尽，古镜未归斯。
一诺当如是，三生恨此时。

273. 闻虞沔州有替将归上都登汉东城寄赠

身留一剑报君恩，老将三军百战门。
涢水悠悠乡不远，风云处处几王孙。

274. 献淮宁军节度使李相公

渔阳一鼓带千军，绶带三金向万群。
吹角荒原秋草客，单于帐令换衣裙。

275. 观校猎上淮西相公

龙骧校猎邵陵东，野火云光唱大风。
白马飞天弓箭射，婵娟泪下有无中。

276. 送李录事兄归襄郊

别恨共君情，相逢问弟兄。
移家同转客，乱后与新徵。
汉水沉西月，南山渭水归。

277. 送皇甫曾赴上都

独向五陵归，孤身一雁飞。
人形成一字，日日共晨晖。

278. 汉阳献李相公

一曲知音过汉阳，三台两省问炎凉。
高低日月成朝暮，进退梁园作豫章。

279. 长沙过贾谊宅

三年谪宦半长沙，一代楚辞二月花。
草木沧洲何所谓，江山但借故人家。

280. 奉酬辛大夫喜湖南腊月连日降雪见示之作

大雪自纷飞，风云以素归。
疑同扬柳絮，且以作明晖。
瑞气寒先至，梅香入翠微。

281. 登余干古县城

孤城上下白云低，芷蕙潮流水岸齐。
叶茂枝繁宿鸟啼，朝飞暮落弋阳西。

282. 将赴岭外留题萧寺远公院寺即梁朝萧内史建

南朝古木各春秋，贝叶经文已壁留。
内史应心今古见，方圆守一去来由。

283. 初闻贬谪续喜量移登干越亭赠郑校书

草色一江洲，伤心半自流。
江花何向北，郁气但从舟。
举足沧洲岸，扬帆作去留。

284. 北归入至德州界偶逢洛阳邻家李光宰

岸渚年年水自波，邻家处处大风歌。
秦淮曲折阴晴雨，渭浐分明落叶多。

285. 自江西归至旧任官舍赠袁赞府

怯见同僚喜复悲，重离旧舍柳杨垂。
长安渭水南山木，玉漏中书省靖绥。

286. 赴南中题褚少府湖上亭子

沧桑何所见，动乱几无知。
少府南中竹，湖亭客醉姿。
弹琴长啸去，却话贾谊时。

287. 上巳日越中与鲍侍郎泛舟耶溪

山光木影若耶溪，柳岸兰桡绕竹堤。

细雨烟花三二月，江村曲水去来齐。

288. 双峰下哭故人李宥

一世寄双峰，三生已独踪。
书贫妻子去，日暗不相逢。
白露寒霜降，何须复夏冬。

289. 使次安陆寄友人

春风已到穆陵西，草色茵茵陪马蹄。
五柳门前谁弟子，孤城日上柳高低。

290. 哭陈歙州

清风一子孙，朗月半慈恩。
几案经纶在，山川自闭门。
知留乔木立，但去问乾坤。

291. 酬屈突陕

叶到邻家作净尘，风临巷口问书人。
重阳酒醉黄花客，落尽蓬蒿不没身。

292. 送惠法师游天台因怀智大师故居

石涧曾流水，东林可颂经。
猿啼因果道，日落小桥亭。
瀑布千悬带，云溪百丈屏。
禅音传世界，草木作丹青。

293. 自夏口到鹦鹉洲夕望岳阳寄源中丞

长江一带舟，夏口半烟洲。
不见何鹦鹉，唯余黄鹤楼。
高山流水唱，未及九歌头。

294. 送侯中丞流康州

画角一关山，三闾半楚颜。
孤寻湘竹直，独寄泪斑斑。

295. 别严士元

阊阖城下水，细雨雾中烟。
碧玉桥前立，青袍佩带悬。
江南多少岸，草木暮朝田。

296. 避地江东留别淮南使院诸公

平生一等闲，世上半人间。

自在由天下，行身可援攀。
淮南留别处，啸啸玉门关。

297. 罪所上御史惟则

罪奏一潘州，何曾五柳侯。
南昌千老表，赣水九江流。
玉带从天子，青袍任马牛。
乾坤成百姓，日月自春秋。

298. 送台州李使君兼寄题国清寺

天台一国清，古寺半神明。
汉柏庭前立，隋槐拾阶生。
千峰门侧立，万径鸟飞行。

299. 狱中闻收东京有赦

方圆半九流，尺寸一潘州。
厚土留人处，高天任鸟游。
关东盟减虏，自首志春秋。
持法丝纶继，泡尘日月酬。

300. 温汤客舍

温汤献赋声，大雪客心惊。
雾气迷无见，水暖足先倾。
井巷寒霜色，君门喜悦情。
天涯何不觉，海角问鱼鲸。

301. 送孙逸归庐山得帆字

庐山一脉九江帆，赣水千波一日衔。
寻来西雾成湘泪，送去浔阳作布衫。

302. 送马秀才落第归江南

江南落弟人，土木成才身。
斗酒成来去，耕田作士民。
山河风雨色，彼此作经纶。

303. 送常十九归嵩少故林

嵩山一少林，古寺半禅音。
别路惊天地，从商废古今。
东门方丈客，豫陆放生禽。
贝叶曾书就，钟声十地箴。

304. 送于文迁明府赴洪州张观察追摄丰城令

谪宦三边近，丰城一令音。

何须人后赋，但作白头吟。

305. 送李将军

徵西李将军，扫北立功勋。
塞雁飞南北，胡笳自纷纭。
幽州应忆旧，射虎可闻君。

306. 西陵寄一上人

西陵一上人，访道半秋春。
但以隋炀帝，扬州草木新。
贫兵天水岸，富甲运河滨。

307. 赋得

一语过三边，千山待万田。
诗词天下客，日月色中天。
马邑龙堆就，王城汉苑悬。
花光临露照，叶脉作雨泉。
剑匣应开见，书箱可独眠。
元戎应守宪，立帜勒居延。

308. 三月李明府后亭泛月

日日水增波，萋萋籍草多。
亭亭兰芷浦，泛泛楚人歌。
柳柳陶彭泽，章章晋永和。
舲舲随曲岸，步步采新萝。

309. 喜朱拾遗承恩拜命赴任上都

诏令拜荷裳，东山闭草堂。
闾阖听楚奏，鹤立羽天章。
且向沧洲老，风烟刻漏忙。
幽幽青琐近，处处见高翔。

310. 郧上送韦司士归上都旧业

旧业半前朝，东充一水消。
红尘应不尽，拾遗杜陵桥。
白露生三径，秋霜覆万条。
关河应换取，望去路遥遥。

311. 感怀

一叶作惊愁，千山似九流。
红尘相似去，逐势各沉浮。
日月天藏阔，江河水载舟。

312. 送杨于陵归宋汴州别业

不及雁南飞，秋风一叶微。
年年同草木，处处共心归。
动乱人情重，离歌客舍扉。
闻猿啼楚楚，怅望雨霏霏。

313. 送崔使君赴寿州

皇城一国忧，列郡半朝谋。
皂盖周公旦，秦川穆诸侯。
淮南将落叶，渭水已先秋。

314. 上阳宫望幸

望幸上阳宫，西巡蜀道穷。
蚕丛修栈道，玉辇问苍穹。
万井荒芜市，千门日月空。
春花依旧色，旧殿羽衣红。
御道闲庭过，楼台怯老翁。

315. 过裴舍人故居

秋霜一草虫，落叶半无空。
独独生涯尽，孤孤异域工。
留侯依自己，楚霸楚王风。

316. 秋夜有怀高三十五适兼呈空上人

晚节扩松林，禅房颂古今。
南山曾灌顶，北渚上人吟。

317. 送孔巢父赴河南军

别送隔烟波，离辞唱九歌。
陈琳何奏纪，玉帛几蹉跎。
冉冉乡人断，幽幽草木多。

318. 登松江驿楼北望故园

一介儒生伴翠微，三台旧论硗山非。
杨家力士曾相劝，不见胡儿不可归。

319. 登润州万岁楼

北望一飞鸿，南来半岛空。
衡阳青海岸，岁岁去来中。
翼翼无先后，年年有始终。

320. 江楼送太康郭主簿赴岭南

一酒半江楼，三杯一九州。
平原君子士，士子致公侯。
驿路曾驱马，长亭问所求。

321. 客舍喜郑三见寄

儒生已有余，不求求名疏。
隐逸半勤作，樵渔自读书。

322. 送贾三北游

弱马过幽州，南生问易流。
邯郸应学步，赵女莫相求。
斗酒边城暮，长缨牧马牛。
阴山多草木，日月逐风头。

323. 齐一和尚影堂

虚空如过客，夜影作灯明。
寂寂恒河水，微微世界城。
禅扉开不闭，阒院守枯荣。

324. 颍川留别司仓李万

姑苏千将剑，颍水别东流。
落日微蓬色，浮云李万楼。
司仓司器利，守物守王侯。

325. 听笛歌　留别郑协律

一笛闻杨柳，三声入谪深。
宫商徵羽角，顿错柳扬音。
点点垂垂意，悠悠即即吟。
长长孤月色，短短故人心。
暗暗应余气，明明寄积浔。
梅花三弄曲，腊月九冬琛。
北去阳关道，南来水草深。
平湖沙岸净，白首木成林。

326. 时平后送范伦归安州

战罢图麟阁，鸣金破房城。
时平空令帐，蜀幸始回营。
不忘霖铃雨，还知颍水情。
开元天宝去，杞奏忆真卿。

327. 小鸟篇上裴尹

小鸟自飞扬，繁枝作故乡。

栖栖寻秀木，奋羽向天光。
衔花藏宇舍，择木筑雕梁。
独处孤行止，青云雨露塘。
鹰隼图务务，弹夹小儿强。
世世谁传继，年年序豫章。
原来生命始，自古有炎黄。
束羁由人制，苍空任翼昌。
青袍应努力，小子可当强。

328. 登吴城歌

古姑苏兮一五湖，今鹿角兮半江苏。
女西施兮浣木渎，吴咸泽兮运河途。
钱塘八月一潮来，六合三秋半日开。
水陆盘门句践客，夫差子胥虎丘台。

329. 疲兵篇

秦皇自以一长城，二世无休半代兵。
束手扶苏非刃战，阴山徒有李陵名。
三军疲力单于牧，十战残刀苦戍营。
领赏功勋朝阙命，荒沙野骨对京荣。
元戎帐令鸣金晚，折剑衔霜受降城。
解甲思归身近死，闻笳夜戍月难明。
榆关叶落南飞雁，大雪飘扬塞北情。
白首还家余不已，当先报国已吞声。
秋冬老妇寒衣少，半百余温弃铠横。
羌何须杨柳怨，江山社稷作人生。

330. 新安送陆澧归江阴

新安一去人，水色百般新。
不到江阴何不问，扬州笛落是红尘。
风光千岛上，翠鸟自相邻。
莫以潮来潮去见，年年岁岁有秋春。

331. 弄白鸥歌

天云一白鸥，碧水半东流。
独立寒江客，毛衣素沧洲。

332. 长沙赠衡岳祝融峰般若禅师

但上祝融峰，云中有雨踪。
衡阳般若渡，岳麓上人封。

333. 赠湘南渔父

潇湘渔父钓，岁月暮朝归。

日日应如此，云云可雨霏。
轻舟疑不动，白鹭似翔飞。
木影沧江色，鱼竿泣目微。

334. 明月湾寻驾九不遇

楚水月明湾，春江色玉颜。
青青遥满目，坦坦静无还。
逝去平平云雨易，归来处处地天间。
何言大海彼浪涌，但见沧桑作一斑。

335. 题曲阿三昧王佛殿前孤石

飞来峰下石，鹭岭雨中云。
日月三身佛，阴晴两不分。

336. 送友人东归

举酒长安市，行身驿站空。
东归归来去，故友友人衷。
寂寂乌江江不语，迢迢垓下下沟鸿。
年年献策江山见，处处回身日月中。

337. 作桂渚次砂牛石穴

桂渚宿月舟，枫林问石中。
湘江波不起，岳木色难留。
楚水无心东逝去，归人有意自回头。

338. 严陵钓台送李康成赴江东使

谁人一沛公，垓下半飞鸿。
浪子英雄客，回乡唱大风。
严陵七里滩台钓，只见千波一浪空。

339. 送姨子弟往南郊

三生七尺身，十载半成人。
逐阔双童子，离辞独自尊。
灞水江亭观不尽，南山木色问秋春。

340. 铜雀台

高台共几层，独受玉香凝。
百草漳河色，千花辇路兴。

清楼月色曹蛮女，挟令天王作宰丞。
一将华容成北魏，如今不忍问西陵。

341. 王昭君歌

丹青居下笔，粉黛色中人。
只付单于帐，应寻蜀女春。
阴山不远琵琶近，汉主藏娇秀色邻。
大雁南飞知北陆，黄河两岸有经纶。

342. 送杜越江佐觐省往新安江

但赋谢公诗，应寻杜越辞。
新安江上色，白石洞庭知。
水远相随千岛碧，天长觐省故人时。
宁期一客山林径，独见流中有隐姿。

343. 湘中忆归

湘中忆二妃，渭上有三晖。
共是婵娟色，同行不独飞。
乡鸿南北寄，雀鼠暮朝肥。
楚客江村是，冠巾异土非。

344. 送郭六侍从之武陵郡

桃源半汉秦，世外一秋春。
不付河梁岸，应知白首人。
荆门吴楚水，澧浦岳阳津。
自以诗兴寄，随君日月新。

345. 山鹦鸰歌

山鹦鸰，长在深山自在鸣，飞离古木复
来营，巴人峡里听成曲，十二峰中送客情。
逐客飞云落，迁臣水月惊。
空闻空谷响，百鸟百夫盟。

346. 望龙山怀道士许法棱

龙山顶，道士房，青云古木久低昂。
悬崖绝壁迢迢日，石巇溪流叠叠梁。
关闭守，飨琼浆，独坐熏香白玉堂。

列待经纶苍翠晚，霓裳倒挂数炎凉。
桃花洞，五柳乡，陶公只解半牛羊。
桑田只以耕耘序，吏禄何须日月尝。
遥相望，逐炎凉，暮暮朝朝坐竹床。
世上常闻天子路，人生不可自黄粱。

347. 游四窗

一望四明山，三台五木攀。
箕星南野列，北斗口开环。
寄傲冠巾挂，呼声石陆闲。
春秋谁不误，但问雁门关。

348. 和中丞书使恩命过终南别墅

林圆常寂寂，贬谪已年年。
旧阁凌烟远，松萝石径悬。
樵声应不断，古钓可渔船。
梅花三弄晚，下里不更弦。

349. 戏赠干越尼子歌

天香未散半行径，女子云居一玉城。
寂寂难茗精舍路，亭亭独立楚人倾。
青莲云雨色，落发暮朝情。
夜磬常无语，辰钟水月鸣。
袈裟披左翼，未却嫁妆荣。
郁郁禅音继，幽幽夜雨声。

350. 岳阳楼

潇湘半在岳阳楼，楚水千波岳麓流。
独坐巴陵云雨见，孤高自赏白帆舟。

351. 春望寄王涔阳

清明雨后云，乞火客中君。
莫问书生路，何言日月文。

352. 留辞

汉口一知音，西江半古今。
扬州应不远，但记运河深。

296

第三函　第二册

1. 寄颜真卿

真卿一字作清臣，博学千章自孝新。
鲁国公勋希烈尽，文忠杞奏太师秦。
身身正正心心正，笔笔精精字字臻。
忤宰刚方来去事，平原太守始终人。

2. 题杼山癸亭得暮字　亭由陆鸿渐所创

杼山亭日暮，夕照慢跬步。
绝胜留心意，疏菑自有度。
溪流从石涧，岫旷可明树。
彼此台楷直，方圆是所路。

3. 谢陆处士杼山折青桂花见寄之什

诸子步杼山，秋阳覆桂环，黄花呈素萼，
越蠹谢东关，郡府何辛苦，天街只等闲。

4. 赠裴将军

六合一功名，三台半御声。
千军传将令，万产虏胡营。
射虎阴山石，勋荣受降城。

5. 赠僧皎然

龙池百丈深，虎节万人荫。
砌隐鳞台外，西山帝子寻。
名成名不京，道亦道非箴。

6. 咏陶渊明

滴水一渊明，孤身半自清。
张良韩未报，五柳教书城。
晋国宗臣继，诗题山海经。
冠中悬市井，漉酒载人行。

7. 三言拟五朵组

一朝暮，三生路。
千万里，去来渡。
是禅悟，一帆树。
半如故，三界事。
十地遇，百千度。

8. 使过瑶台寺有怀园寂上人

千年寂寂上人丘，百岁愁愁故世留。
谒拜昭陵天子驾，瑶台寺上有春秋。

9. 登平望桥下作

一望际云平，三生对地荣。
风尘弥孔隙，石柱直天名。

10. 刻清远道士诗因而继作

道士一秋春，东西半自珍。
文成清远峡，武继斗牛津。
石点头前悟，剑池以刃邻。
虎丘孙子令，妾女正人身。
勾践兰亭酒，夫差木渎濑。
耶溪纱水色，用直汉家尘。

11. 李华

进士开元一李华，农耕不士作贫家。
安朝伪署知邪正，腊月寒冬作雪花。

12. 杂诗六首

之一：
黄钟律吕一元班，正气循声半天山。
角羽宫商徵不乱，甘心自得闭闲关。
之二：
玄黄素白一丹青，八水长安半渭泾。
娥帝漳流铜雀镜，齐侯紫服满宫庭。
之三：
霜明一水清，木落半枯荣。
广纳深根寄，邻年泽润生。
之四：
天时寒暑降，地利花草荣。
角斗贫穷市，平和自在城。
之五：
熏贤半孔光，李固一书得。
仆受身名锁，甘成帝侯王。
之六：
六国一纵横，千年半渭泾。
书生书自己，立世立零丁。

13. 咏史十一首

之一：
昂藏獬豸太平年，动毛潜龙祸恣天。
进士书生书日月，穷贫自得自云烟。
之二：
万国一和平，千家半祝声。
王宫修雅颂，太学大风情。
武库锁兵甲，文房著笔荣。
秦皇多少梦，汉武暮朝盟。
之三：
丘中一隐沦，月下半邻人。
雨后浮云过，行前驿社频。
单于青草牧，敕勒隔川秦。
之四：
百粤一楼船，三朝半远天。
陶唐臣自济，巢许颖崇田。
魏阙心何致，旗门意首悬。
文才成良吏，尺寸试方圆。
之五
厌战好林泉，南山遗老眠。

无谋三十载，四皓半成仙。
太子贤士义，商居羽翼全。
束宫威武致，历代自专权。

之六：
汉武帝精思，王母殿上迟。
瑶池多少日，逐鹿去来时。

之七：
党锢一衔时，天机半世知。
贤良谁持主，暴恶可微慈。
司隶当昏乱，雍熙可谓之。
茅莎有子遗，旷野有芳芒。

之八：
书生上杏坛，对镜正衣冠。
郑卫文侯客，吴姬越女寒。
西施娃馆舞，勾践卧薪残。
玉漏三更尽，钟声问百官。

之九：
南阳一卧龙，蜀国五蕴封。
魏主三吴迹，荆州半得踪。
歧山应伐战，孟获可秋冬。
赤壁东风与，华容有鼓钟。

之十：
二世一亡秦，千军百战尘。
咸阳车轨迹，楚汉未央人。
利物分原社，赏情逐近令。
韩谋知弱小，郑子待为臣。

之十一：
荷塘月色明，淑气玉楼声。
日暮莲蓬采，珠宫有仔生。
归人求共枕，但寄女儿情。
襄妪商人色，淫云对雨平。

14. 苏杭

钱塘一大江，浙江半家邦。
日月三千勒，江湖五百窗。
百里半钱塘，千年万水乡。
船中商贾客，世上一天堂。
汴水清明色，苏杭织女妆。
三桥同里富，水调见隋炀。

15. 去母泉诗　并序

东陵一玉英，古寺半泉明。
癖痼无兹济，清冷逐石平。
陈公天宝道，守挂桂冠倾。
岱谷浮云满，峰巅日上盈。
匡山猿不语，下里众人声。

16. 寄赵七侍御　并序

千溪半弋阳，上饶一幽塘。
极浦凌滩色，天池旷若光。
沙平金石岸，鸟问水鱼梁。
白日经纶继，灵山草木荒。
云卿同跬步，贬谪备边疆。
直正应守守，司丹散聚堂。
衣冠禽兽服，楷草大中狂。
小里藏天宇，人间作柳杨。

17. 仙游寺

远近一樵声，高低半玉瑛。
群花香满寺，独木色林成。
石壁垂云立，龙潭逐叶清。
箫鸣和羽化，界木助人明。

18. 春游吟

春芳千甸草，雨润百花城。
越秀钱塘岸，吴鸣水调声。
佳人寻旧迹，情心各自倾。

19. 长门怨

一怨过长门，三声问木根。
羊车何处见，秀色草黄昏。

20. 奉使朔方赠郭都护

一路望旗旌，三军铠甲明。
边疆都护令，绝塞虎狼兵。
朔雪寒霜野，阴山受虏城。
关山依旧是，渭水向东营。

21. 尚书都堂瓦松

两省秘神踪，都堂露瓦松。
因春枝叶重，客雨色花浓。
影乱鸳鸯色，光含翡翠容。
天然地势坦，洞谷雪霜封。

22. 海上升明月　科试

海上升明月，云中入渭城。
龙门科甲著，楚汉未央声。
莫以张良计，何一相萧名。
鸿沟分未定，垓下列秦轻。

23. 晚日湖上寄所思

天光一日苏，水色半山吴。
越女西施舞，夫差泛五湖。

24. 寄从弟

人间一弟兄，世上半同盟。
是是非非尽，成成败败行。

25. 奉寄彭城公

鼓城公子客，三千弟子恩。
应知关索定，抱病老夷门。

26. 春行寄兴

上暮林中一鸟啼，黄昏叶下半栖栖。
花开只付东流水，草碧应茵玉石低。

27. 萧颍士

对策开元每一名，文元李宰已三倾。
推扬举善身难保，引荐知人志无成。

28. 江有枫一篇十章

之一：
江枫二友情，郑陆半维荣。
谗佞三千界，诗章五百城。

之二：
一叶似红枫，三生求异同。
人间诚友贵，世上苦纯隆。
彼此常相勉，阴晴共富穷。
诗书斯守互，牧沼换勋功。
别见天涯路，长亭唱大风。
江东寻霜主，楚客九歌雄。
静致成书法，非非是是工。
居心居止境，楷笔楷童翁。
直立苍松见，佛行顿悟融。
兴成何所止，萎败复飞鸿。

会岸观流水，江河滴水洋。
年年问岁岁，实实亦空空。

29. 菊荣一篇五章

之一：

竹菊各身形，梅兰独自荣。
春化秋实见，夏满暑冬情。

之二：

黄英紫萼萌，暑气雨秋生。
恺悌丹墀灼，旧叶新根衡。
一叶惊霜雪，重阳日色明。
乾坤分易象，草木可枯荣。
落落开开物，繁繁简简城。
何须凭此色，但以岁年更。

30. 凉雨一章

凉雨一侯章，冷冷半冷藏。
娇娇新女色，曲曲问萧郎。

31. 有竹一篇

翠竹空心一立宣，贞操直正半云天。
丛丛蔚蔚林林许，雨雨潇潇露露泉。
三界色，半如烟。
苍苍郁郁逐桑田。
风霜日月寻常见，草木阴晴共岁年。

32. 江有归舟

江流不尽有归舟，日月无穷见欲求。
读遍儒书书自己，行身路道道难谋。

33. 过河滨和文学张志尹

瑟瑟半秋风，寒寒半草虫。
河滨冰冷湿，跬步岸宇空。
石坂明霜迹，衣中不禁穷。
黄虞丞斗酒，晓义忆周公。

34. 故日

序：

舟中过陆棣兄西归故日得广陵二三子书
知晚次沙垫西口作

诗：

江中一叶舟，壁上十春秋。
晤语维扬问，神心楚汉州。

佳期应酒醉，别次尺书留。

35. 重阳日陪元鲁山德秀登北城瞩对新霁因以赠别

元兄屡桂冠，德秀誉云端。
古堞悠悠立，秋风处处寒。
重阳重日月，数九数坤乾。
傲叶黄花竟，残枝意含宽。
长江前浪尽，渭水静波澜。

36. 留别二三子得韵字

一纪尚新韵，三光照子训。
平生贤所取，彼此任天问。
尔尔英英远，离离别别近。
家传文法道，日月历勤奋。

37. 仰答韦司业垂访五首

之一：

悠首小鹿边，伤悲害自然。
饮饮逐山泉，猎手枪弓箭。

之二：

神龟历古今，水国木成林。
缅邈山川志，嘉灵日月心。
荷莲出水色，素质慰鸣琴。

之三：

不贫贤不已，举案割巾袍。
晋代儒臣老，殷商直道牢。
辛勤多苦乐，草木翠江皋。

之四：

彭阳一夕游，晋叔半知谋。
抱士贫交友，亲疏士不侯。

之五：

关西公子客，渭北下黄河。
不得闻三界，何须唱九歌。
无人无进退，有木有藤萝。

38. 答邹象先

英雄不二毛，列祖有三高。
岁月明宠辱，津梁自魏淘。

39. 蒙山作

蒙山正海潮，沂沓满云霄。
静气虹霓衬，长空领域遥。

真人神领寻，弥旷古情消。
白鹿黄精卫，桃源外渡桥。

40. 早春过七岭寄题硖石裴丞厅壁

俗累不难分，溪云已忆君。
丹青三界色，硖石九州文。
二月群芳问，千山独树曛。

41. 送张萚下第归江东

彩服五湖多，青袍半玉科。
龙门闻甲乙，逝水汇东河。
此去长亭路，高声唱九歌。

42. 越江秋曙

江东一路遥，越北半烟霄。
水气连天宇，江花过小桥。
应知无隐逸，不可问渔樵。
一日青云上，千年逐浪潮。

43. 山庄月夜作

山庄月夜明，社酒醉三更。
献策千言少，寻归万里程。
桑榆谁自本，吏禄可经营。
野旷求原始，田园可话耕。

44. 古意

红花成结子，缘笋竹方荣。
夜夜幽周梦，年年古井明。
深深谁得见，隐隐独相迎。

45. 宿大通和尚塔敬赠如上人兼呈长孙二山人

身心可自观，色相已成安。
漠漠松间月，森森塔上寒。
燃灯明四面，信鼓响千端。
净土之宗纪，禅音八戒坛。

46. 送薛据之宋州

风尘过宋州，古道沿江流。
逝者如斯水，今人半白头。
山河迁易少，日月照峰丘。
记取真朋友，盟言以诺留。

47. 山下晚晴

晚雨半云靖，霓虹两山明。
黄昏无限近，日影有枯荣。
谷底沉阳晦，溪流落彩英。
天开扬隐遁，瞬息作空城。

48. 颍阳东溪怀古

白鹭一玄关，孤云半自闲。
东溪王不语，北寺上人还。
皎镜清心对，秋声草木间。

49. 早发交崖山还太室作

交崖雪上霜，太室壁中梁。
野火枯桑起，林泉绕草堂。
幽然何不问，世上各炎凉。

50. 奉试明堂火珠

明堂一火珠，玉漏半东都。
正位凌烟阁，公孙帝业疏。
天高光不减，地厚雨云苏。
朗朗乾坤照，扬扬国宝枢。

51. 途中晚发

三星未上升，月亮挂山承。
露气沾衣角，寒雾罩独灯。
同行同不语，各奔各攀登。
笔吏成君子，神音付老僧。

52. 同诸公谒启母祠

湘灵入紫微，泪竹敞心扉。
草闭苍梧路，云开舜二妃。
江流从此去，社稷已先晖。
古庙留人处，飞鸿可自归。

53. 九日登望仙台呈刘明府客

重阳九日望仙台，漠帝文皇自主开。
一半茱萸三晋色，两千弟子五湖梅。
潼关令尹闻牛至，老子经心道学来。
五柳书光彭泽宰，桃源渡口菊花杯。

54. 缑山庙

缑山庙宿荫，独木已成林，步上求仙路，
行中见古今。

55. 集贤院

序：
奉酬中书相公至日闓丘摄事合于中书后
阁宿斋移止于集贤院叙怀见寄之作
诗：
典籍成书府，中书策令来。
闓丘司鼎著，戒守致銮台。
乙夜经逢进，明divert刻运催。
周公齐鲁寄，尧舜带熙回。

56. 登水门楼见亡友张贞期题望黄河诗因以感兴

独上水门楼，孤闻去九州。
黄河流不尽，遗赋逝人留。
谢履登山迹，严滩隐钓舟。
苍生谁不问，近日始王侯。

57. 对雨送郑陵

一雨作云愁，三生问九州。
江河流不住，日月照难留。

58. 嵩山寻冯炼师不遇

青溪一道深林去，石水三湾九折语。
已入嵩山谁虎踞，云沉雨落自归絮。

59. 王翰

子羽晋阳人，才交别驾濒。
道州司马侠，进士直言新。

60. 赠唐祖二子

飞鸿未见一衡阳，白鹿思群半故乡。
宝瑟多弦弦已定，瑶觞客酒酒余肠。

61. 飞燕篇

帝本孝成王，藏娇汉主乡。
平阳公主客，曲舞榭轩堂。
赵女双飞燕，昭阳独色香。
相如长信赋，酒市客君尝。
玉佩银簧锁，琼箫宝瑟梁。
君王君子度，彩女彩云娘。
褒姒殷周易，貂蝉董卓凰。
江山何所以，不误女儿郎。

62. 饮马长城窟行

胡人自古不亡秦，饮马长城断北邻。
记得运河天下水，人情未了有红尘。

63. 赋得明星玉女坛送廉察尉华阴

明星玉女坛，三十六云端。
逶迤华阴道，洪河八九盘。
途殊仙俗赏，路异曲山峦。
望尽群山顶，心从玉宇宽。

64. 春女行

小女一春行，群芳半自明。
菲香邻不语，艳色已倾城。
独步临天下，天光待世惊。
长安应所见，洛水宓妃声。

65. 古蛾眉怨

蛾眉玉宇一梅花，落影东风半帝家。
可见深宫相比与，葡萄欲显双峰遮。

66. 子夜春歌

子夜一春歌，东风半茧萝。
隋炀传水调，小女运河波。

67. 奉和圣制同二相以下群官乐游园晏

二宰乐游原，三台陆海言。
平和天子穆，御制国家暄。
百子从朝暮，群官可成桓。
同声和五帝，共度白轩辕。

68. 奉和圣制送张说上集贤学士赐晏得筵字

东堂自集贤，学士寄由天。
玉液巡樽酒，琼浆赐贵筵。
明皇行自命，阁老驻潮泉。
磊落江南郡，耕耘塞北田。

69. 奉和圣制送张尚书巡边

紫绶尚书家，朱批御帝华。
行军闻誓卒，许国向营嘉。
步历河南树，旌明塞北沙。
三边战路，九脉石榴花。

70. 凉州词二首

之一：

葡萄玉树汉家晖，蜀女琵琶塞北徽。

易觉单于君子路，三边自古是还非。

之二：

花花草草满秦中，雪雪霜霜伴塞风。

一曲胡笳杨柳折，三边日月共飞鸿。

71. 春日归思

春风已过若耶溪，二月梅花小杏低。

粉色墙头窥望去，红心带露鸟无啼。

72. 观变童为伎之作

黄昏未及解长裙，落日余光向楚君。

可色当年金谷谷，何言雨雾自纷纷。

73. 孟云卿

进士校书郎，云卿杜甫扬。

诗词元结唱，楚像半家乡。

74. 古别离

离离别别难，去去来来安。

路路途途远，心心意意寒。

情人何不止，渭水有波澜。

吏吏商商事，辛辛苦苦单。

长城谁磊石，白骨筑高官。

解甲归田少，王师作弹丸。

75. 今别离

离离别别川，去去来来船。

路路途途望，心心意意宣。

相思相守问，历世历桑田。

柳柳杨杨折，牵牵挂挂眠。

人人还故故，梦梦又怜怜。

白鹭孤身影，鸳鸯在外边。

76. 悲哉行

举目一悲哉，行身半自哀。

鸣人先地主，逝者上天台。

了结应无悔，成交可去来。

年年何不尽，岁岁有徘徊。

77. 行行目游猎篇

射虎一幽州，擒王半马头。

平原谁逐鹿，草木满沧洲。

止止非居住，行行是猎游。

父成书卷收，史记帝王侯。

78. 古挽歌

平生一挽歌，历世半长河。

路上谁无可，桥中几奈何。

方圆行两界，咫尺误天罗。

79. 放歌行

一日放歌行，三年不止声。

周公齐鲁见，孔孟四海明。

故友惊华语，轩皇动地情。

江河多少水，日月去来生。

80. 伤怀赠故人

书生一世自伤怀，读者三生可玉阶。

七十方知人事永，天地未了作饮差。

81. 邺城怀古

三山陈遗迹，三水落悲风。

古谷龙蛇隐，金陵草木中。

建邺东吴去，台城六朝空。

雄图多寂寞，斗酒已朦胧。

82. 作情　忆桓仁古今诗二十一韵

七十梦归乡，三间楷草房。

如今城市道，一见九情伤。

读遍千年史，行身四大洋。

桓仁家已逝，不忍再思量。

格律诗词赋，乾隆四万章。

予生逾十万，日月可炎凉。

两万三千日，重归甲子堂。

天天均五首，笔正已心康。

汉水知音在，长安八水梁。

秦皇经石磊，水调见隋炀。

帝子藏娇屋，湘灵竹泪光。

匡庐天下问，赣水半南昌。

大雁衡阳北，鸿沟久未央。

苏蒿吴越女，富甲运河娘。

古古今今事，朝朝暮暮昂。

胡杨成大漠，素茧作蚕桑。

寸尺方圆度，耕耘字句芳。

书生书已就，客舍客重阳。

五石经雕凿，江湖积纳长。

潮头收逝水，八月上钱塘。

83. 作时二首

之一：

悲风一孟津，独步半秋春。

共渡阴晴客，何闻日月人。

之二：

朝朝暮暮尽，去去来来生。

事事无穷止，人人有志萌。

84. 田园观雨兼晴后作

田园雨后晴，树木云前平。

朵草何其盛，禾苗独不荣。

施肥施所护，培土培新生。

有欲杂兴废，无私未作城。

85. 行路难

行路难，难路行，行行路路一生平。

蚕丛始筑鱼凫路，栈道临江剑阁名。

君无见，见无君，君君见见半纷纭。

长江滟滪中流石，汴水长城白骨分。

古今诗，诗古今，今今古古有知音。

乾隆四万成今古，十万予章作吾心。

行路难，难路行，耕耘日月自耕耘。

年年岁岁承相继，笔笔身身正序芬。

86. 汴河阻风

平生自有无，历世可扶苏。

磊石长城外，隋炀水调吴。

何须儿女问，但立运河都。

语重三光志，身轻一丈夫。

87. 途中寄友人

人生半旅途，跬步半行孤。

苦力成骄子，耕耘作丈夫。

应知无所欲，可以有姑苏。

301

88. 寒食

二月半江南，三生一杏坛。
兰亭多少序，孔孟去来谙。
独傲千峰雪，儒香四海函。
丝丝成束缚，茧茧作春蚕。

89. 新安江上寄处士

新安江上水，处士日中寒。
诸岛临天色，儒生问桂冠。
滩平沙岸芷，渚浅雨汀兰。

90. 句

世界三边外，人生五味中。
千年知自己，六合问飞鸿。

91. 张巡

白日一河东，开元半大风。
群书成博览，笔伐禄山虫。
拔萃开元来，真源图守穷。
人生谁无死，以此谢英雄。

92. 闻笛

一千八百战余生，四十七天保寿名。
有笛扬天随日月，峇峣虏降作臣英。

93. 守睢阳作

孤城大丈夫，万战襄儿奴。
不记胡篱舞，平生半有无。
睢阳安史乱，八水绕京都。
饮血成家国，江山作至儒。

94. 张抃

固守一睢阳，张巡作庙乡。
人亡城亦尽，正义立碑梁。

95. 题衡阳泗州寺

点点渔灯没苇蓬，悠悠水色问归鸿。
衡阳已是家乡岸，雨细云轻橘叶风。

96. 贺兰进明

节度使临准，张巡被妨怀。
齐云求不得，北海守难借。

97. 古意二首

之一：
指鹿问秦庭，长安有渭泾。
夷宫兵来刃，误道废丹青。

之二：
不可问同心，应知向古今。
亡秦非六国，指鹿是谁人。

98. 行路难五首

之一：
君不见，井下一沙泉，流流半不宣。
遥遥连水线，积积可成渊。

之二：
君不见，五柳一门前，三明半自然。
居心居所以，处事处桑田。

之三：
君不见，二月一春花，三光半草芽。
猿鸣惊树木，不肯入人家。

之四：
君不见，云中一月明，地上半无声。
后羿何思忖，嫦娥守荚城。

之五：
君不见，东流万里清，曲折一湾明。
逝水归云雾，径天复再生。

99. 夜渡江

舟人夜渡江，大雁自成双。
水畔沧洲野，濠州客济邦。

100. 奉和刘采访缙云南岭作

百越一城池，千花半旧枝。
根心同运命，水土共相知。
雪月云南岭，星稀塞北师。
冠悬安史伪，令数树王旗。

101. 思归寄东林流上人　并序

之一：
匡庐七咏余，胜侣半新书。
万物应陶铸，千灵可自如。
东林曾一望，法友未三虚。

之二：
五老峰前九派分，三泉叠下半天云。
匡庐未济浔阳岸，但以东林作道君。

102. 韦丹

孤从外祖颜真卿，学攉明径让旗兄。
紫阁身名高第举，新罗特使弃私名。
客州故事东川代，直正言康卓立情。
子世碑铭寻子嗣，元和宝录度支英。

103. 答澈公

天空有一心，万籁任千音。
寺老客三界，潭深纳百浔。

104. 萧昕

中书七世孙，子弟半天门。
但从明皇蜀，鄱阳王后根。

105. 洛出书

龟灵一洛书，浮滟半天舒。
地牧三光序，河图九鼎余。
江山分易象，社稷合家居。

106. 临风舒锦

舒锦唱大风，覆翠盛花红。
楚楚相参照，澄澄各始终。
扬扬多得意，落落已无穷。
早早还乡彩，亨亨此路通。

107. 李希仲

东皇太一词，吉日唱三诗。
穆上灵巫曲，神中百布施。
清歌舒缓奏，慢舞展深姿。

108. 蓟北行二首

之一：
老将过榆关，青年去来还。
三边三世界，一路一千山。
大雪扬长色，严霜足迹斑。
幽州今古路，易水十八湾。

之二：
一马过三边，呼声三万天。
乾隆诗四万，互比汉唐传。

109. 送妻

真卿直立问贫司，内史孤情宿简枝。

历治荆钗布衣旧，平生志业在词诗。

倾临覆水难收取，别路相逢意竟迟。

守诺三生书万卷，纵横六国几人时。

110. 孟浩然

少隐鹿门山，襄阳四十间。

京师诗太学，坐嗟远高天。

内曙明皇至，无维撼岳闲。

朝宗复怒酒，疽卒九龄泉。

111. 从张丞相游南纪城猎戏赠裴迪张参军

衣冠禽兽服，逐鹿乐游园。

羽箭飞标去，单于忘此天。

思乡唯我愿，驾驭苦盘旋。

子女田田亩，公卿日日年。

112. 晚春卧病寄张八

南窗含草木，北苑种桃花。

卧病方观细，居心问豆瓜。

风光寻野趣，碧玉在田家。

羽落飞鸥去，黄昏日已斜。

113. 秋登兰山寄张五　一曰岘山　一曰万山

隐者在鹿门，兰山有泪痕。

羊公何所去，贾谊问湘村。

但以重阳见，人间有子孙。

114. 登江中孤屿赠白云先生王迥

清江独屿城，石凫鸟群鸣。

不是人间迹，何须到此行。

荒烟沧海济，涌浪野潮平。

湿气礁月许，飞鹰冲天横。

115. 入峡寄弟

书生自闭门，读者嗜黄昏。

竹简丝绢帛，文房笔墨魂。

川流知滴水，逝石积乡思。

日月成千瑞，江湖自五蕴。

116. 湖中旅泊寄阎九司户防

一月落湘流，千波逐小舟。

湖中多淑气，水上少乡愁。

百越荆门重，三巴下里留。

襄王云雨在，楚客望无休。

117. 大堤行寄万七

年年春草色，处处女儿声。

只是求知己，鸳鸯别是情。

118. 仲夏归汉南园寄京邑耆旧

赏析春秋客，桃源草木津。

田园多少汉，日月去来秦。

上国归时夏，中华问旧尘。

应知明主弃，不谓有才人。

第三函　第三册

1. 题云门山

一作寺，一作游，龙门寺　寄越府包户曹徐起居

梦寐一云端，天台半路盘。

耶溪纱浣女，水色镜湖宽。

古寺龙门客，檀香八界坛。

良朋天未问，大海卷涛澜。

2. 宿扬子津寄润州长山刘隐士

长山刘隐士，建业蜀吴观。

物象知京口，乾坤对易坛。

茅山应道履，夜泊少微寒。

莫以樵渔问，沧洲日月冠。

3. 书怀贻京邑同好

儒风一鲁邹，易士半留侯。

好友知天地，同情话郡州。

慈亲嬴见见，大海客仙舟。

莫以秦皇问，蓬莱过望求。

4. 还山贻湛法师

身心一事观，跬步半邯郸。

石迹支公度，云台法界宽。

词华天下岘，句妙世中兰。

足履商山问，衣巾不蔽寒。

5. 夏日南亭怀辛大

夏日暮南亭，荷香近水灵。

莲蓬初结籽，夕照色丹青。

老子潼关路，黄河近渭泾。

6. 秋宵月下有怀

秋宵一月明，石杵半邻声。

戍子三边外，行商九脉行。
何知来去路，未解女儿情。

7. 将造天台留别临安李主簿

逝者一天人，江流半水津。
山川依旧石，日月作秋春。
枳棘何栖宿，丹丘几界新。
行行舻枻故，泛泛涸风尘。

8. 送丁大凤进士赴举呈张九龄

一举龙门路，三生上国来。
儒香君子岘，笔墨伺天台。
羽翼知丰满，田园已不回。

9. 送吴悦游韶阳

一湘不尽一韶阳，九派难承半故乡。
望遍洞庭波水月，平生见此止低昂。

10. 造越留别谯县张主簿中屠少府

谯县张主簿，少府越人书。
汴水东流去，钱塘八月初。
西风寻蟹脚，岭北脍鲈鱼。
别后相思处，江南醒醉余。

11. 送陈七赴西军

蹉跎一剑书，逶迤半山居。
莫以樵渔少，何须对卷舒。
三边烽火路，九派帝王墟。

12. 送从弟邕下第后寻会稽

落羽自纷飞，鸿鹄十月归。
阴晴非日月，草木是春晖。
塞北单于牧，江南桂子扉。
婵娟同所望，后羿共情违。

13. 送辛大之鄂楚不及

石径向天边，江湖问去船。
荆门东逝水，鄂楚越吴弦。
一月同光被，千波共雨烟。
人生何不见，故友可前口。

14. 江上别流人

吴人半越乡，楚客一荆娘。

斑竹湘妃泪，苍梧鼓瑟章。
微帆从此去，蛤以大江长。

15. 宴包二融宅

对酒向闲居，吟诗寄岁余。
庭前花柳色，雨后客樵渔。
白社归翁老，黄昏去不如。

16. 与王昌龄宴王道士房

傲吏清都一漆园，江村不入五湖天。
河图未释灵龟背，道士诠成日月川。

17. 襄阳公宅饮

但饮三杯酒，襄阳六合泉。
南池含玉树，北岛纳云烟。
狭道通幽竹，新茸草木纤。
莲塘荷月色，醉里望苍天。

18. 寻香山湛上人

香山湛上人，隐逸忘秋春。
法侣相逢误，三清化俗尘。
钟声何杳杳，野老去频频。

19. 云门寺西六七里闻符公兰若最幽与薛八同往

同求一处幽，共问半山头。
寺在云门顶，心从故道由。
仙中无隐逸，境外有春秋。

20. 宿天台桐柏观

日上半云涛，林中一树桃。
仙人曾住此，石径对天高。
海信潮声远，天台木叶高。
香烟何杳杳，古刹共衣袍。

21. 岘潭作

襄阳望岘潭，汉水问荆涵。
夏口寻黄鹤，知音待楚岚。
含同天水岸，别路以心眈。

22. 题终南翠微寺空上人房

终南一翠微，古寺半僧归。
返照松林晚，山光草木菲。

高门连野径，细竹落霞晖。
杖策遥遥望，和风处处依。

23. 初春汉中漾舟

秉煜暗苍天，船娘半客怜。
轻舟径夜泊，雨露结深烟。
一月随心渡，千波逐漾边。

24. 忆桓仁

日月半炎凉，春秋一故乡。
浑江千里水，五女万年梁。
踩叶沙沙响，闻冬处处霜。
枫林红艳艳，大雪白茫茫。

25. 宿业师山房期丁大不至

樵人归已尽，夕照落无声。
有约黄昏早，如当暮色生。
嫦娥羞不见，桂子作秋情。
叶影寻灯煜，弹琴付旧盟。

26. 耶溪泛舟

脉脉一耶溪，幽幽半草齐。
舟舟相接尾，客客各东西。
水路平船问，谁疑是范蠡。
西施纱浣尽，越北馆娃啼。

27. 彭蠡湖中望庐山

香庐日上初，瀑布九江余。
但向浔阳问，东林阜势居。
何须天地问，只以豫章书。

28. 登鹿门山

四十鹿门山，三千弟子颜。
何言明主弃，撼岳济朝班。
隐迹苔藓路，留踪去莫还。

29. 游明禅师西山兰若

西山兰若静，彩翠秀分明。
嵌窟田园外，禅师日冶城。
山精闻授法，野雉待云平。
石径通幽处，支公已不鸣。

30. 登望楚山最高顶

何人问楚才，撼岳故人催。
鄂顶嘉陵岸，登高闭目哀。
群山西北望，诸水向东来。
但以人中问，何知界外开。

31. 疾愈过龙泉寺精舍呈易业二公

山钟问虎溪，古木各高低。
采药巡精舍，流泉石水齐。
心平知静气，云病似抽丝。
百草尝医道，神农以密笄。

32. 万山潭作

山潭一目深，独木半成林。
莫以天空落，当心对日荫。
浮云沉石底，玉宇刻虚心。
问易非天子，观澜是古今。

33. 与黄侍御北津泛舟

津滩一泛舟，夜月半明浮。
莫以琴中鹤，应随水上鸥。
蛟龙曾不问，管乐可春秋。
草泽鱼虫济，苍空鸟雀优。

34. 洗然弟竹亭

风清一竹林，月朗半人心。
弟弟兄兄志，天天地地荫。
鸿鹄飞万里，并雀噪千音。
上掖龙门水，沧洲证古今。

35. 山中逢道士云公

山中逢道士，径上问云公。
北谷樵声近，西溪钓水翁。
扶桑轻举正，六翮奈何风。
榛路谁归客，余春草色中。

36. 越中逢天台太乙子

太乙子天台，相逢独步开。
逍遥天外外，守约日边来。
瀑布流清漱，苺苔作迹回。
人间如此界，世上自无猜。

37. 家园卧疾毕太祝曜见寻

殷勤伐木诗，醒醉问故知。
卧病观天地，行身像楚时。
云中常望月，枕上有猜疑。
禀物葵园色，兴明缘酒辞。

38. 白云先生王迥见访

洗耳待闭归，巢居见雀飞。
先生先见足，后主后心扉。
白扇云中羽，青芒石上徽。
书徵天地论，日照鹿门晖。

39. 田园作

一曲无知己，三生有楚才。
田园参草木，旷野望禽来。
暮日杨雄见，甘泉以赋开。
鸿鹄飞不落，莫是故人回。

40. 采樵作

林深可采樵，诸浅有浮桥。
隐逸求官士，无须对市遥。
商山知四皓，汉帝问三朝。
但以书文就，襄阳汉水潮。

41. 自浔阳泛舟经明海

九派一浔阳，三湘半水乡。
金门诏不至，魏阙有心恒。
淼淼分流泛，悠悠逐柳杨。
书生南北去，大雁自回翔。

42. 早发渔浦潭

江湖天地阔，草木夏秋长。
诸岸无深水，浦潭纳日光。
舟行观色动，影落待鱼梁。
气象分波见，船娘作女妆。

43. 经七里滩

五岳峰重向子名，三湘独吊问屈平。
君心水色山光叠，七里滩洲钓石情。
冇屿岛，草枯荣，江湖日月自阴晴。
舟横不动居心静，莫以汨罗逐楚明。

44. 南归阻雪

平生字句寻，历世诗词箴。
大雪和天下，轻云逐古今。
悠悠千林木，远远一鸣禽。

45. 听郑五愔弹琴

嵇康意属琴，阮籍客知音。
竹下贤人毕，云中问古今。
阴晴难自主，远近可倾心。

46. 同张明府清镜叹

一镜半云天，三光九派田。
高悬明自远，俯就照心弦。
莫以尘埃覆，当闻过酒泉。

47. 庭橘

淮南一橘庭，楚国半丹青。
妾采由心觉，君心任意铭。
明年明此地，对月对泉冷。

48. 岁暮海上作

海上一风云，书中半帝君。
南洋南不尽，北国北斯文。
雨露三千界，霜冰两不分。
沧洲明月早，草岸绣衣裙。

49. 早梅

园中一早梅，月下半花开。
岁尽群芳直，春初百草来。
攀栽疏影问，剪切镜前猜。

50. 清明即事

乞火过清明，绵山百草倾。
江山由晋耳，介子自推名。
隐逸非心意，冠官是约盟。
樵渔生命本，日月共枯荣。

51. 和卢明府送郑十三还京兼寄之什

日日衣冠布带城，朝朝别路洞庭情。
舟舟但以扬帆去，处处倾心彭宰声。
云雨细，木枯荣。年年楚客问生平。
长安路上闻车马，不是襄阳撼岳行。

52. 高阳池送朱二

高阳一醉习家池，钓女千波碧玉诗。
谢却红妆清影见，芙蓉出水顾身姿。
豪华意气何时在，草露空余四面枝。
此去桃源应已晚，为人记忆不须迟。

53. 鹦鹉洲送王九之江左

黄鹤楼前鹦鹉洲，知音台上古今愁。
长江日日东方逐，汉口舟舟去不休。
闻逝水，见江流，凤凰已去各春秋。
金陵浣女秦淮岸，滟滪风波问石头。

54. 忆父母居

北岭故人家，东山二月花。
清明思切切，梦断雨斜斜。

55. 送王七尉松滋得阳台云

朝云暮雨一巫山，古峡高唐半楚颜。
宋玉襄王神女梦，江流已去几时还。

56. 夜归鹿门山歌

月夜归人到鹿门，农夫晓暮问儿孙。
书生读遍千年卷，不及江村老树根。

57. 长乐宫

长长乐乐汉秦宫，古古今今唱大风。
指鹿何须知二世，鸿沟两岸几英雄。

58. 示孟郊

但见孟郊寒，何闻古道宽。
兰芒根叶色，杜若渚波澜。
汉水琴台在，知音夏口弹。

59. 和张丞相春朝对雪

大雪漫天来，龙鳞动地开。
寒衣封四顾，朴素覆庭台。
一望重新界，千章已尽才。
梅花初定色，淑气已徘徊。

60. 和张明府登鹿门作

登临上鹿门，揽物问江村。
旅寓多情致，文情入五蕴。
虹成因水气，雨雾作黄昏。

61. 和张二自穰县还途中遇雪

漠漠雪如花，枝枝挂万家。
平平铺四野，白白静官衙。
素素江流暗，悠悠草木遮。
深宫豪气淑，玉女望胡笳。

62. 和贾主簿弁九日登岘山

九日菊花杯，三秋落叶来。
羊公垂泪去，主簿岘山回。
但采茱萸茎，重阳约楚才。

63. 望洞庭湖赠张丞相

八月洞庭明，三烽岳麓轻。
波摇云梦泽，气蒸五湖平。
夏口琴台问，荆门楚客行。
东吴三国志，蜀汉宰相名。

64. 赠道士参寥

方闻五七弦，未解万千怜。
有意相如弃，知音宋玉篇。
高山流水在，汉口雨云烟。

65. 京还赠张维

三生应跬步，五斗不成男。
幕士应千见，游鱼只一潭。
春丝抽已尽，入夏有春蚕。

66. 题李十四庄兼赠綦毋校书

寻源君始见，问道试方圆。
以醉求知己，因书校岁年。
听琴听不厌，执筑执苍天。

67. 寄赵正字

正字芸香阁，幽人竹叶轩。
红妆轻自简，玉影顾姿繁。
格律词诗赋，风华曲舞喧。
云中开雨路，日下入桃源。

68. 九日龙沙作寄刘大睿虚

九日一龙沙，重阳半汉家。
涵虚涵蓄水，逐流逐江花。
抱木求根本，登临向直斜。

69. 洞庭湖寄阎九

日上洞庭湖，云沉楚越吴。
汨罗原子赋，汉寿鼎城孤。
水阔连天色，帆扬大丈夫。
江陵曾不顾，但作豫章奴。

70. 秦中感秋寄远上人

北土非君愿，东林是上人。
闻禅天地外，闭目自春春。
已足匡庐水，何闻渭邑尘。
秦川秦养马，九水九江津。

71. 宿永嘉江寄山阴崔少府国辅

国辅入京华，山阴二月花。
孤帆天际远，独客日边家。
水落潮先涌，何时问永嘉。

72. 上巳洛中寄王九迥

上巳一兰亭，长安半渭泾。
书生闻八水，逸少著三铭。
记得流觞去，何须带意听。

73. 闻裴侍御朏自襄州司户除豫州司户因以投寄

乡圆欲不归，泽国问鸿飞。
塞北衡阳岸，相寻故紫扉。
湘灵云沓沓，渭邑雨微微。

74. 夜泊庐江寄广陵旧游

建德一孤舟，维扬半故楼。
庐江今夜泊，千岛去人愁。
吾土襄州岸，沧波付九流。
猿鸣随月远，帐望亡王侯。

75. 江上寄山阴崔少府国辅

记得兰亭会，还吟祓禊诗。
山阴肥瘦见，曲水玉觞迟。
约醉成知己，行书作别思。

76. 夜泊庐江闻故人在东林寺以诗寄之

石径经庐阜，松桥入虎溪。
闻君寻寂寞，月夜问招提。

面壁禅音在，燃灯觉悟低。
东林多少慧，具叶暮朝黄。

77. 南还舟中寄袁太祝

朝闻迁谷鸟，暮报五陵溪。
沿沂移舟渚，随曦向日低。
桃源秦汉水，小洑远近堤。
八百僧罗汉，千年客社齐。

78. 东陂遇雨率尔贻谢南池

一雨过东坡，三湘唱九歌。
田家春日早，社稷谢黄河。
水润中原陆，风云逐鹿多。
耕耘桑柘社，土宜共嫦娥。

79. 行至汝坟寄卢征君

秦川方罢雪，渭水有残云。
漠漠浮不定，悠悠聚散分。
天经何地义，老子寄征君。

80. 寄天台道士

海上蓬莱客，天台白鹤仙。
瀛洲修古道，汁汗寄云田。
二水莓苔厚，三山草木然。
灵芒生命少，雨露是甘泉。

81. 唐城馆中早发寄使君

长空人雁声，晓露早人行。
旅馆开门晚，归心去已成。
唐城逾十里，驾驭过朝月。
信策荒村路，前途一步程。

82. 涧南即事贻皎上人

樵渔皎上人，素造隔邻亲。
野钓寻山影，登峰顶级新。
当朝天子问，断代涧边濑。
所欲非知己，赁祥是苦辛。

83. 重酬李少府见赠

由来一浩然，正气半高天。
十载春秋路，三生日月泉。
何当桑梓务，但以鹿门田。

84. 九日怀襄阳

人间一岘山，世上半乡颜。
自有当如是，匠英待客还。
衡阳应不问，却寄雁门关。

85. 初出关旅亭夜坐怀王大校书

老子到潼关，书生奉子颜。
青牛非是问，拆穿驾仙班。
信事平平淡，工心处处闲。
无修无日月，有道有天山。

86. 人日登南阳驿门亭子怀汉川诸友

梅花岭上香，大雁落衡阳。
信使逾春暖，还疑北国霜。
风裁南北路，柳叶已初黄。
百草发芽问，群芳待秀娘。

87. 早寒江上有怀

江流密早寒，水色泛波澜。
物象先知觉，人情后始残。
襄阳襄水阔，楚日楚云端。
异驿相思尽，心居一半宽。

88. 闲园怀苏子

人生在世日耕田，立意经年可大千。
草木禾苗同土地，阴晴日月共方圆。
书坑未冷秦皇去，楚汉鸿沟垓下眠。
自得林园三五亩，何须历练过前川。

89. 同卢明府饯张郎中除义王府司马海园作

柱国山河列，王侯邸第开。
贤人分职守，坐客去还来。
逐鹿中原道，潇湘问楚才。
行身天下路，望月只徘徊。

90. 送张子荣进士赴举

殷勤一路言，苦役半当轩。
话语依时简，文章不可繁。
龙门龙水岸，渭水渭泾宣。
进士书生举，山河草木萱。

91. 送张参明经举兼向泾州觐省

明经进举一泾州，觐省慈恩半白头。
渭水源头明自许，黄河万里始清流。

92. 送张祥之房陵

渡口野人舟，随波任自流。
房陵房子路，日上日江楼。
逝者如斯见，何必问白头。

93. 送吴宣从事

男儿半世君，女子一衣裙。
似有书坑论，曾无塞上勋。
平生依剑立，匕首对秦分。

94. 送桓子之郢成礼

男儿一半生，嫁娶去来荣。
此夜神仙女，应来感梦情。
荆门开不闭，楚道暮朝明。

95. 留别王侍御维

但敞故园扉，房情自不归。
留心留日月，纳意纳春晖。
慧觉知摩诘，诗中有画徽。
王维王自在，侍御侍芳菲。

96. 早春润州送从弟还乡

子弟一还乡，风云半柳杨。
三桥同里富，九派共炎凉。
北固山头望，金山楚水塘。
西江离此去，步上岘山梁。

97. 岘山饯房琯崔宗之

贵贱隔平生，冠宦奉独名。
青云谁可见，白马上天行。
祖道常开朗，方期作故城。
人心应不测，处世行纵横。

98. 送谢录士赴越

初闻禹穴奇，得探故人思。
只见耶溪浣，天台道士知。
苏杭今古水，可颂运河词。
越会三千子，归来一百诗。

99. 洛中送奚三还扬州

不可下扬州，隋炀教九流。
长城留白骨，水调送商舟。
养女如云彩，男儿志未休。
天堂今古见，莫以问江流。

100. 送告八从军

好汉一军丁，英雄半不铭。
勋功生者获，白骨误丹青。
以诸行天下，男儿是渭泾。

101. 送元公之鄂渚寻观主张骖鸾

相期江漫游，独约故人舟。
鄂渚寻观主，骖鸾斥岘楼。
羊公垂泪处，草木自春秋。
竹杖轻穿越，风云过九州。

102. 送王五昆李觐省

军前一弟兄，驿外半公卿。
海涯寻知己，冠官落古城。
慈恩应所纪，俯仰待纵横。
觐省归心地，蓬莱向此生。

103. 送崔过

不念卧漳滨，应思对晋秦。
何须天地间，日月自秋春。
片玉文山石，离情别馆陈。
当途从所遇，返朴亦归真。

104. 送卢少府使入秦

楚北一秦川，皇都半汉田。
长安流八水，少府使千贤。
别断咸阳路，寻来渭邑烟。
山河王河水，二月任莺怜。

105. 送袁十岭南寻弟

嗟零一故林，别羽半家荫。
岭上梅花落，云中唱古今。
如今兄弟见，彼此共情深。

106. 永嘉别张子容

楚国无归去，汀洲水未平。
向时杯酒伱，但一李膺倾。

子去秦川北，余当岘尾情。
温州临海问，渭邑待天鸣。

107. 东京留别诸公

一道过新丰，三春见草虫。
云遮花日色，树盖玉汤红。
旧馆温泉液，归情热水中。
前程多雨雾，咫尺少群雄。

108. 送袁太祝尉豫章

荆南尉豫章，晋北帝侯王。
太祝长安客，浔阳作柳杨。
相逢知己醉，别道独炎凉。
不见桃源渡，轻舟问故乡。

109. 都下送辛大之鄂

鄂客过襄阳，皇都对故乡。
南行居士路，旧苑已青黄。
调鼎无逢已，天机有子房。
三军明月色，四面楚歌扬。

110. 送席大

草木阴晴在，江山日月留。
同心同有渡，共病共无忧。
此去逢知己，何言向问求。
应寻三世界，静定一沧洲。

111. 送贾升主簿之荆府

主簿半荆州，知音一楚楼。
观风随案已，纳俗任江流。
岗首临分野，羊公以石留。
高低相似处，宠辱有王侯。

112. 送王大校书

不望鲤鱼传，何寻滴水穿。
知时知所以，悟道悟心宣。
解释维桑校，成书岁月年。
蟠冢谁导漾，逝者可斯川。

113. 广陵别薛八

得志一千山，收情半玉关。
栖栖吴楚士，息息自登攀。
树自连天宇，云轻落渚湾。

孤舟帆可降，独意云无还。

114. 游江西留别富阳裴刘二少府

一客到江西，千章草未齐。
荆南分水府，楚北合流溪。
逝者如斯见，高临已逐低。

115. 送洗然弟进士举

明经一路过金门，鼓瑟千声待竹痕。
献策鱼梁沧海易，桑田至此仍乾坤。

116. 崔明府宅夜观伎

一曲平阳客，三声子夜歌。
文君弦外问，桂影月中多。
但以轻姿舞，牛郎可过河。

117. 同卢明府早秋宴张郎中海亭

竹影近皇都，弦歌有似无。
婵娟明月色，露水漫成珠。
夜饮方知酒，何须问玉壶。

118. 卢明府早秋宴张郎中海园即事得秋字

曲舞歌千史，乾坤颂九州。
天光来日月，物象自春秋。
但以江楼在，何须问水流。

119. 宴荣二山池

但养右军鹅，何知楚九歌。
山池流曲水，甲第故人多。
载酒琴声断，寻花竹影姿。
昨夜珧稀落，月色满天河。

120. 夏日与崔二十一同集卫明府宅

相逢金马客，共饮玉人杯。
白鹤亭中舞，青云雨后来。
池前轩榭色，夹道淑香来。

121. 清明日宴梅道士房

开轩揽物华，守舍问兰花。
厚叶初尖洞，群芳已露芽。
清明寒食后，乞火问天涯。

122. 寒夜张明府宅宴

瑞雪初铺就，扬明已淑华。
楼台从素裹，苑草树披纱。
炭暖金杯酒，弦轻玉树花。
初盈寒近尺，一色到官衙。

123. 晏张别驾新斋

继世传珪组，先生问栋梁。
文房书四宝，几案纳千章。
学问高朋坐，儒坛化暖凉。

124. 与诸子登岘山

人人一古今，世世半知音。
岘顶羊公见，襄阳诸子吟。
云浮斑竹泪，水落石碑深。
往往来来客，朝朝暮暮心。

125. 与杭州薛司户登樟亭楼作

水色一楼遥，天光半小桥。
江含知伯禹，伍子胥狂潮。
越国西施云，吴人木渎雕。
姑苏同里富，月在馆娃霄。

126. 寻天台山

遥遥半石梁，郁郁一口香。
太乙君先步，天台涧谷尝。
寻峰云渺渺，过海目沧沧。
一揽江湖水，三秋日月光。

127. 同曹三御史行泛湖归越

白简著文章，沧洲问未央。
梅花三弄曲，下里巴人乡。
御史扬帆望，诗人苦别肠。
吴歌舟不泛，越语举离觞。

128. 晚泊浔阳望庐山

东林精舍路，暮色客闻钟。
月泊浔阳渡，香炉万仞峰。
何辞三界去，会约九江逢。

129. 陪张丞相登嵩阳楼

嵩阳一步楼，跬步半春秋。
寒窗知者老，行踪问诸流。

江湖知已见，不复故乡忧。

130. 武陵泛舟

泛泛武陵舟，层层世界楼。
桃花源里色，渡口汉秦忧。
狭谷听猿近，湘川逐九流。

131. 与颜钱塘登樟亭望潮作

八月钱塘一线潮，三星落散五湖霄。
风惊雨雪涛天卷，浊浪排空玉宇桥。

132. 姚开府小池

山池九叠泉，邸第半云烟。
纳士招贤酒，龙门上掖田。
文才惊坐客，曲舞玉人篇。
醒醉观天下，笙歌问月弦。

133. 夏日浮舟过陈大水亭

夏日一浮舟，芰荷半色流。
莲蓬初结子，碧叶已珠球。
水榭多凉气，亭轩作酒楼。
潭光应聚散，涧谷可王侯。

134. 与白明府游江

远邑一江游，婵娟半独舟。
明明羞色见，楚楚待君求。
但向船娘问，何须自白头。
人间人自主，世上世沉浮。

135. 游凤林寺西岭

涧谷浮云落，清溪逐不闲。
从流随岭色，揽月伴人还。
水石天光与，禅房草木班。
三清三世界，九品九阳关。

136. 秋日陪李侍御渡淞滋江

侍御渡松江，秋风入竹窗。
书生书不尽，逐客逐家邦。

137. 陪独孤使君同与萧员外证登万山亭

独步半江舟，空传一隐侯。
君游神女问，佩玉谢郎求。
自受江流去，临楼逝水鸥。

东南形胜处，故国著春秋。

138. 秋登张明府海亭

歌逢彭泽令，曲作洞庭湖。
一望江山阔，三生日月舟。
风云多少变，草木去来秋。
但见沧洲色，何须问九州。

139. 临涣裴明府度遇张十一房六

解带上河桥，闻风逝水遥。
文才经日月，字迹可云霄。
洛韵吴音释，官僚邸第雕。
河边州不见，处处柳杨条。

140. 梅道士水亭

敦是一名流，春秋半九州。
纵横非是道，隐逸作王侯。
道士潼关见，江湖老子牛。

141. 游景空寺兰若

居心半闭关，物象一天山。
阔论渔樵远，高谈隐逸闲。
三清三世界，九派九河湾。
处处青云客，寥寥几傲班。

142. 陪李侍御访聪上人禅居 一作陪柏台友访聪上人

欣逢友柏台，共谒上人来。
石室无尘迹，绳床有徘徊。
琴弦应自赏，虎啸野花开。
抱雪重山色，雨涧复泉裁。

143. 游精思观回王白云在后

一谷白云平，三思客路行。
牛羊樵子度，草木日曛成。
伫立观精舍，衡门尺寸城。
方圆应静定，彼此有无声。

144. 夏日辨玉法师茅斋

开轩含淑气，闭目纳炎凉。
竹屿从溪石，藤萝架玉乡。
琴声三两曲，汉赋晋秦章。
辟挂兰亭序，庭悬小篆扬。

145. 与张折冲游耆阇寺

释子秀天章，三边武库梁。
山楼重启步，贝叶付禅房。
楚客传金口，周琴度老庄。
因君由自得，独步问苏杭。

146. 庭院精思题观主山房

误入桃源界，秦人汉俗衣。
鸿鹄未去见，羽鹤岁年飞。
屋经通天路，泉溪付刹畿。
山房观主止，世坐理玄机。

147. 宿支公房

支公初得道，度苍复天机。
夜月随流水，猿啼逐露衣。
春泉滩草色，夏雨木当旗。
静定秋风起，冬梅腊雪玑。

148. 寻陈逸人故居

不见逸人求，还寻逝者舟。
形同留自在，影色已春秋。
洗墨成烟树，铺萱化百洲。
漳浦含石坐，草木岱宗谋。

149. 寻梅道士

上巳兰亭序，山阴道士鹅。
肥肥还瘦瘦，水水付歌歌。
草碧春风许，梅香腊月多。
千年成直木，万里自清波。

150. 陪姚使君题惠上人房 得青字

带雪一梅亭，含香兰壁屏。
三冬初尽色，二月预丹青。
大觉心中意，东林故念丁。
禅房新宇宙，共坐语天灵。

151. 晚春题远上人南亭

南亭远上人，北木近逢春。
石水分流浅，泉溪合五津。
鹅池肥瘦问，竹苑暮朝茵。
觉悟由同坐，心根以玉贞。

152. 题大禹寺义公禅房

门前一壑深，寺后两峰临。
大禹禅房客，莲花净世心。
空林空结构，独秀独松林。
慧觉由天地，江流自古今。

153. 寻白鹤见张子容隐居

白鹤青云壁，幽人逸隐居。
门前藏壑谷，屋后挂耕锄。
百步桑田种，三春子粒余。
秋来收果圃，大雪一年书。

154. 题融公兰若

一意半天台，三光十地开。
天花杨柳岸，法雨暮朝来。
汉柏秦槐木，天竺魏晋才。
西方东玉树，北陆佛家梅。

155. 过景空寺故融公兰若

池中青莲社，林间白马泉。
经音天地阔，法语暮朝天。
过客留禅解，融公去坦然。
平生如意念，石塔共沧泉。

156. 题张野人园庐

寻公庞德去，问道世人来。
钓逸渔钩直，樵声斧木摧。
先贤知厚土，俗士自徘徊。
莫以壶觞趣，园庐已不开。

157. 李少府与杨九再来

弱岁过龙门，方闻老木根。
何须天地阔，不必问王孙。
曙色晨钟响，黄昏暮鼓蕴。
青春曾逐鹿，白首始慈恩。

158. 寻张五回夜圆作

但见庞公隐，何寻近洞湖。
兴来壶里酒，意去卧荒芜。
寂寂听山语，寥寥问独孤。
诗书曾不顾，旷野作娇奴。

159. 南山下与老圃期种瓜

桑田隔垄一邻家，草色荒芜半亩洼。
无意丰收稻米储，有心冠官不开花。
南山逸隐成年禄，种豆何言不种瓜。
远望襄阳岘尾钓，黄昏白首夕阳斜。

160. 裴司士员司户见寻

府第半无裁，家温一主栽。
凭轩明月色，落坐对天开。
举酒曾知醉，吟诗已道台。
三秋寻桂子，五月问杨梅。

161. 春中喜王九相寻

江南二月花，草色五湖家。
十八湾山路，三千弟子裟。
姑苏同里富，越会运河涯。
甪里西山岸，东山鹿巷华。

162. 李氏园式卧疾

李氏园林趣，牛郎草木情。
春雷惊百卉，谷雨净禾明。
洗尽心中积，曛含药味生。
时时听白社，处处洛阳城。

163. 过故人庄

夜过故人庄，灯明四面墙。
田家鸡黍米，窖酒玉琼浆。
稚子藏堂壁，夫妻劝饮尝。
桑麻求自足，对月话炎凉。

164. 张七及辛大见寻南亭醉作

一醉过千年，三生问马眠。
惺牛观世界，跬步度青莲。
世(«)成知己，挚友可源泉。
他成他尺寸，自以自方圆。

165. 岁暮归南山

终南山上客，夏口水中眠。
隐逸求官显，倾情解旧贤。
玄宗明主弃，撼岳不知年。
但作耕耘子，莫废鹿门田。

166. 沂江至武昌

夏口洞庭家，襄阳日夕斜。
江楼黄鹤舞，隐约鹿门花。
汉水知音水，琴台楚客夸。
何须杨柳色，但见浪淘沙。

167. 舟是晓望

舟中待晓潮，水上满云霄。
汉口扬帆路，天台过石桥。
触舻寻利涉，岛国净湖礁。
浙会春江月，耶溪有玉箫。

168. 自洛至越

风尘厌洛京，水月秀吴城。
练剑三千日，知书五百英。
功名应不就，不忘鹿门情。
泛泛江湖上，皇皇草木荣。

169. 途中遇晴

一雨满巴陵，三江已玉泳。
云低杨柳树，水浸汉阳城。
湿气沾衣角，残泉路雾承。
求名三界客，持钵一游僧。

170. 归至郢中

一步郢中归，千鸿月下飞。
衡阳应岁止，楚客可心扉。
莫问声鸣去，何求是与非。
桑田须不误，利禄已垂微。

171. 夕次蔡阳馆

客路往来多，声言楚地歌。
门宽车马见，夕次蔡阳河。
鲁堰如归问，田畴已稻禾。
微明垂足下，但以老人和。

172. 他乡七夕

乞巧问牛郎，天河隔玉乡。
人间应彼此，织女有衷肠。
锦绣霞云缎，王母断高堂。
何须千喜鹊，但望一红娘。

173. 夜泊牛渚趁薛八船不及

夜泊月当头，船停故客留。
听歌听自己，问水问江楼。
异去同行约，烟波浦漱洲。
潮来潮去見，共渡共难休。

174. 晓入南山

晓气淑氛氲，江天落雨云。
长沙沙水岸，贾谊谊屈君。
楚客汨罗去，湘妃竹泪纷。
南山何止步，直木几区分。

175. 夜渡湘水

舟行贪利涉，夜渡过湘川。
淑气沉芳桂，青莲水月田。
渔歌相互问，岸火对愁眠。
独有寻前路，孤身望小船。

176. 赴京途中遇雪

大雪半如烟，纷纭一漠田。
秦京迢递路，岁暮去来年。
落雁迷洲渚，饥鸟噪盘旋。
聚散常无定，行飞不见怜。

177. 途次望乡

高歌一曲喧，望止半轩辕。
莫以乡思断，应寻百事元。
凄惶知郢道，逐禄问泉源。
但得纵横处，铭文但简繁。

178. 宿武阳即事　一作宿武阳川

夜宿武阳川，猿鸣泊岸边。
孤舟浮动久，枕梦自难全。
煜暗船娘剪，声轻未入眠。
妻儿何不见，月色挂窗前。

179. 永嘉上浦馆逢张八子容

相逢酒一杯，去路已三催。
别望千舟逝，重寻岭上梅。
疏香随暗影，腊月可寒催。
许是群芳色，乡心未必回。

180. 渡扬子江

江潮京口望，石岸对流平。
两畔明沙净，三山逐色倾。
波摇扬子驿，浪涌润州城。
一叶惊逝水，千林共此声。

181. 田家元日

田家元日庆，子夜除年声。
灯竹千门外，灯花万户明。
儿童欢喜跃，妇女剪红缨。
鉴赏诗词对，寻闻日月情。

182. 九日得新字

茱萸叶正新，九日去来人。
载酒重阳醉，吟诗日月频。
风鸣西山木，不尽菊花尘。
此际枯荣见，明年又一春。

183. 除夜乐城逢张少府

我去槎流客，君来失路人。
平生当几见，一别十余春。
岁夜分年度，元辰换历新。
风潮惊酒梦，隔日问东邻。

184. 寒夜

夜半静寒声，佳人独枕明。
嫦娥空色照，后羿待裙缨。
锦被曾先暖，熏笼已作城。
芳杏来未久，却是客梦生。

185. 赋得盈盈楼上女

盈盈楼上女，处处守中情。
妇婿初离别，愁恩久别盟。
家家巢燕子，穴穴妾儿生。
独有三边戍，空床两不成。

186. 春意

佳人独上楼，淑女尚无愁。
百草成新碧，群芳逐蝶求。
花心滋滋采，柱蕊粉沾头。
但见春情晚，相思自顾羞。

187. 露珠

一滴水，太阳城。

露露珠珠点滴生，渐渐沥沥去来明。

分分合合方圆在，事事人人久不平。

188. 闺情

一别忘炎凉，三生问短长。

诗书知进退，剑诺可思量。

意重嫦娥见，衣宽玉带藏。

相思相白首，早去早回乡。

189. 美人分香

艳女婵娟色，分香独付情。

心随眉目寄，意与手中盟。

但以平阳舞，还从子夜情。

春风滋润处，万物自枯荣。

190. 伤岘山云表观主

少小知书剑，阴晴问岁年。

耕耘天下志，处纳吸云泉。

隐逸襄阳水，樵渔岘首田。

观深藏道义，把臂几人全。

191. 题梧州陈司马山斋

水国无霜雪，山川有谷田。

青林华物象，雨壑润源泉。

北海潮风卷，南槎逐岸船。

漓江天色净，桂岭自方圆。

192. 岁除夜有怀

细雨三巴夜，轻云半岁年。

孤灯寻自影，独剑挂难眠。

转道亲诗友，寻华逐客船。

分更除夕暗，六合一桑田。

193. 登安阳城楼

四顾城前汉水舟，三江晓色楚才楼。

晴川远近安阳树，草木阴晴岘岭丘。

不向高山流水问，应知下里巴人留。

夕苍苍山南北物，何尝不解鹿门秋。

194. 登万岁楼

万岁楼中一帝王，书生笔下百千章。

当求格律平平仄，却喜诗词又八行。

195. 除夜有怀

金杯竹叶青，玉帛系香宁。

子夜分年岁，财神合福屏。

童心翁已拜，灯破响零玎。

守祝家宗志，恭天颂地灵。

196. 泊

序：

陪张丞相登荆城城楼因寄蓟州张使君及浪泊成主刘家

诗：

荆州一古城，虎渡半流平。

蔡庙天门去，渔阳蓟北行。

青莲心作志，白壁士重生。

玉阁三台策，天街九鼎明。

卿家明彼志，国重此身轻。

197. 春晴

晓日一春晴，晨光百草荣。

花开明世界，女色采丝荣。

池台梅已落，水榭柳杨城。

裙裾分已定，素手弄琴声。

198. 长安早春

雪尽南山树，冰开灞水波。

黄酒流玉寨，魏阙锁嫦娥。

柳叶成黄绿，梅枝暮朝多。

何听泾渭许，但得曲江歌。

199. 荆门上张丞相

召南一国风，体道太清宫。

肃肃招贤士，煌煌纳世雄。

相丞相继续，努力努无穷。

羽翼归根见，星班玉宇空。

200. 陪张丞相祠紫盖山途经玉泉寺

望秩宣王命，青衿青子盟。

参卿由五马，照胆顾双荣。

旷野含新露，天宫集大城。

三台君子略，九鼎柱苍生。

201. 陪张丞相自松滋江东泊渚宫

松滋河上水，牙渡藕中流。

普济江陵岸，荆州石首洲。

华容云梦泽，赤壁岳阳楼。

九派三吴去，千帆半越舟。

渔歌相结唱，岸火照孤愁。

月泊婵娟问，寒波闪烁留。

君心应老子，易象有源由。

圣德无为朴，微明忘诸侯。

202. 和宋太史北楼新亭

丘圆一竖儒，幕府半飞凫。

竹拘长云色，轩槛大丈夫。

归真成子弟，返朴作农奴。

半亩耕耘力，三生读有无。

203. 和张判官登万山亭因赠洪府都督韩公

方圆牧豫章，日月致炎凉。

结构兴潭郡，皇华旧经梁。

梅花三弄色，碧玉百花香。

下里巴人唱，桃源五柳杨。

山亭临逝水，物贵远离乡。

俊杰应求客，山河可永昌。

官行沙石驿，士读楚辞堂。

史记轩辕传，春秋著帝王。

204. 赠萧少府

直直斜斜完，邪邪正正还。

高堂明镜鉴，月色照澄湾。

上德如流水，中庸列两班。

闲君耕半亩，策略玉门关。

205. 秦中苦雨思归赠袁左丞贺侍郎

秦中一路长，汉水半襄阳。

鄂渚知音近，皇城结友良。

权中何是客，势里几衷肠。

岘首羊公泪，巴陵一帆扬。

206. 同张明府碧溪赠答

不慕绿珠歌，阳台五色多。

何知天地小，已度石崇河。
曲岛回潭水，池平两岸荷。
莲蓬初举起，后羿问嫦娥。

207. 久滞越中贻谢南池会稽贺少府

陈平无产业，孔子有东西。
魏阙空名滞，南山惰鸟栖。
秦稽人不禁，草木楚才齐。
日月云梦泽，乾坤岳麓低。

208. 送韩使启除洪州都曹　韩公父常为襄州使

荆衡分职述，岘首列羊公。
但以风云颂，尝回唱大风。
衣冠常者旧，束带已宽穷。
夜火江陵渡，潇湘竹泪衷。

209. 送莫甥兼诸昆弟从韩司马入西军

知书常达理，问道易行身。
从弃三生养，观摩八阵钧。
遥心随驿旅，壮志可天津。
武勇楼兰赋，文名魏晋秦。

210. 岘山送萧员外之荆州

岘岸江流曲，襄阳郢水濒。
登临垂泪处，独黯勿碑亲。
涧竹云烟落，亭楼井邑新。
荆州帆顶望，伫立送秋春。

211. 送王昌龄之岭南

羊公望洞庭，贾谊著丹青。
岭上梅花满，诗中历志铭。
年华同笔岘，远近共零丁。
此去天涯间，归来濯渭泾。

212. 岘山送张去非游巴东

蹉跎游子意，眷恋故人心。
岘尾登临望，巴东去水深。
微程云梦泽，泊渡雨繁林。
壮觉千朝暮，书生一古今。

213. 奉先张明府休沐还乡海亭宴集

秋虫夜鸣阶，休沐问江淮。
月色守光冷，流萤每忆杯。
沧洲来去易，草甸夏冬霾。
驿社千金步，家乡一木钗。

214. 宴张记室宅

甲第小青娥，门庭两市禾。
呼前弦不断，酒后曲方多。
贾谊长沙赋，汨罗唱九歌。
谁知书剑客，岁月独蹉跎。

215. 宴崔明府宅夜观伎

梅花玉宇春，艳粉抹珠身。
酒醉千姿态，人寻八句珍。
弹筝纤手指，曲舞伴红尘。
不得陈王赋，应闻洛浦神。

216. 小雪

小雪无垠大雪寒，千峰淑气百峰冠。
高低一片高低玉，腊月三梅腊月端。

217. 庐明府九日岘山宴袁使君张郎中崔员外

重阳九日开，但饮菊花杯。
落叶巡大理，秋风不必来。
郎中员外客，刺史省华台。
但挂衣冠醉，襄阳见楚才。

218. 登龙兴寺阁

苍苍皆草木，处处故楼台。
寺阁藏经卷，禅房问道来。
还寻今古迹，步履旧新苔。
石忠生公在，低头去不回。

219. 与崔二十一游镜湖寄包贺二公

一醉有同声，千杯已共鸣。
平湖知夏禹，细雨越王城。
意气幽幽阔，乡音处处明。
鸟蓬藏采女，玉笛露人情。

220. 登总持寺浮图

宝塔半凌空，浮图一大雄。

京华三世界，四海九州同。
磐语传香火，钟声济始终。
慈恩由此去，佛法自西东。

221. 夜登孔伯昭南楼时沈太清朱升在坐

水月在谁家，天华五里花。
南楼琴不断，北坐醉人斜。
孔氏门生客，儒风自主娃。
春蚕丝越女，茧细会稽纱。

222. 陪卢明府泛舟回作

谁怜才子少，白首未登科。
早尽行新雨，田桑细叶多。
文章先后继，笔岘渡黄酒。
北上还南下，东流十万波。

223. 腊月八日于剡县石城寺礼拜

一寺净红尘，三生佛法邻。
禅音经卷在，释子鼓钟钧。
竹柏香庭案，楼堂日月新。
回回心意远，处处寄秋春。

224. 同独孤使君东斋作

郎官华省策，上披解君忧。
岁月无分别，三年有莫留。
东周田水牧，北魏重春秋。
不以三千士，何如八咏楼。

225. 同王九题就师山房

山中有斧音，月下问鸣禽。
隐逸山房近，樵渔试古今。
云随泉石近，雨落岭峰林。
墨竹青光鉴，支公以木荫。

226. 冬至后过吴张二子檀溪别业

一马跃檀溪，襄樊直木低。
幽居知自己，别业有东西。
腊月梅花色，群芳叶未齐。
无言兴所致，不忍子猷栖。

227. 韩大使东斋会岳上人诸学士

不必问蓬莱，沧州满水苔。

山川新雨毕，故土百花开。
郡守衡章鉴，山川步楚材。
临流临照水，一滴一天台。

228. 上巳日涧南园期王山人陈七诸公不至

南园曲水流，北渚泛轻舟。
上巳兰亭序，鹅池竹石幽。
文章藏日月，笔墨右军侯。
聚散成知己，群公笑白头。
琴音从涧渡，酒色入中游。
姹女蚕歌去，姿情壁影留。

229. 齿坐呈山南诸隐

遗坐习象公，池清未隐虹。
山南何逸约，塞北几飞鸿。
竹滴方圆露，松摇日月风。
苍生生所欲，念欲欲无穷。

230. 来阇黎新亭作

石迳通幽处，山花入再开。
新亭新世界，直树直天台。
八戒禅林客，三明上苍才。
千鱼闻法度，一鸟诵经来。

231. 醉后赠马四

一醉到天涯，三生不问家。
清明思故土，腊月问梅花。

232. 西山寻辛谔

石上自心居，云中苦读书。
西山寻不尽，泛水已多余。
洞沏深潭镜，溪流暮色如。
风前应独坐，西后慢葆锄。

233. 题长安壁

一壁满南山，三泉泻玉环。
蝉鸣初响落，夕照复潼关。
老子青牛问，儒生客道班。
江流曾不见，草木可繁删。

234. 行出东山望汉川

东山望汉川，竹苑对苍泉。

谷壑云中雨，关山路上烟。
藤间闻玉滴，渡口对停船。
不远巴乡路，回眸莫以还。

235. 夜泊宣城界

江心一岛浮，草岸半沧洲。
渡口留明月，宣城泊独舟。
听来罗刹响，望尽敬亭幽。
止客风帆落，湖平宿白鸥。

236. 下赣石

赣石落星湾，鱼龙跃水还。
垂藤连阔岸，渚蕙接孤山。
五百铜甸汉，三千弟子关。
登舻行止见，百里暮朝颜。

237. 初年乐城馆中卧疾怀归作

卧疾半怀归，行思十止微。
长亭千里是，久滞一心非。
水暖惊虫蛰，风熏待日晖。
帆扬应不落，异客作鸿飞。

238. 赠王九

五柳半田家，三冬二月花。
千年云雨问，九日话桑麻。

239. 登岘山亭寄晋陵张少府

步上岘山亭，云中寄晋灵。
张翰归不得，回顾作丹青。

240. 送朱大人入秦

冠官半入秦，宝剑一秋春。
万里长亭路，千金一诺人。

241. 送友人之京

渭上一清云，长安半子君。
离情多溅泪，聚散几时分。

242. 送张郎中迁京

但得一迁荣，何言半不声。
相思明月下，远近有琴声。

243. 同张将蓟门观灯

火树蓟门灯，冰霜玉气凝。

龙燃成世界，大雪作飞鹰。

244. 张郎中梅园中

不见梅花落，还闻潇水声。
芰荷承晓露，杜若玉珠平。

245. 北涧泛舟

北涧泛舟行，南溪玉鸟鸣。
平湖秋月下，莫问五湖明。

246. 春晓

春眠一日好，夏困半天早。
秋实藏谷雨，冬梅岁日少。

247. 洛中访袁拾遗不遇

已著洛阳才，迁流岭上来。
梅花先落去，引度早芳开。

248. 寻菊花潭主人不遇

九月菊花潭，三秋草木甘。
登高何不问，未遇似春蚕。

249. 檀溪寻故人

不问罢公水，应闻跃马溪。
谁应三国志，故友五湖栖。

250. 杨子津望京口

北固亭前水，金山寺外人。
江津京口望，白浪满荒濒。

251. 同储十二洛阳道中作

岁岁一秋春，年年半晋秦。
行身天下路，走马地红尘。

252. 初下浙江舟中口号

八月半吴桥，三江一线潮。
钱塘天上水，楚向运河消。

253. 宿建德江

月下三千岛，湖中十万波。
春江吴韵曲，建德楚人歌。

254. 问舟子

前程复几多，暮后半天河。
水泊淮山渡，风扬满水波。

255. 戏题

天明醉客眠，犬吠柳如烟。

主劝鸡粱黍，多余绿蚁泉。

256. 凉州词

此去一凉州，阳明半不愁。

君心如大漠，以剑字春秋。

257. 送新安张少府归秦中

一步逾秦岭，三生过渭城。

京门风雨多，古月去来明。

258. 送杜十四之江南

十四下江南，三千弟子甘。

吴门多女韵，不见小儿男。

259. 渡浙江问舟中人

浙水一江平，同舟共语声。

倾情天末望，两岸尽家英。

260. 初秋

初秋夜已长，旧梦客心伤。

遗暑凄凉见，丛莎有露光。

261. 过融上人兰若

山头挂衲衣，洞壁远京畿。

落鸟黄昏密，僧房月色稀。

262. 句

微云河汉外，澹雨有无中。

逐逐中原鹿，扬扬鹤兽禽。

第三函　第四册
一卷至八卷

---

1. 李白有感

太白一青莲，皇城半醉眠。

苏颋知异子，少志逸才泉。

长史相如论，知章谓滴仙。

明皇闻殿颂，帝赐调羹怜。

供奉翰林成，沉香力士迁。

还山应去止，浪迹五湖田。

幕佐王璘乱，江陵夜郎边。

当涂明月捞，一酒半天年。

2. 古风

大雅逸狂秦，王风六国钧。

龙城三颂止，共运正声鳞。

指鹿扶苏问，蓬莱二世臣。

纵横天下尽，日月半秋春。

海外楼船去，人中五马轮。

琅琊台上望，徐福近天津。

太白苍苍见，星辰列列陈。

真人真不语，宝诀宝无真。

炼药丹砂堕，成仙玉齿臻。

龙庭当左右，海市可麒麟。

楚汉千军战，安期九界春。

庄周蝴蝶梦，复以种瓜人。

白日依山尽，黄酒入海濒。

沧桑应自易，物象可冠巾。

直木朝天举，流觞曲水新。

童翁桃李路，老少自相邻。

六合严陵钓，千川逝水滨。

天台谁隐逸，古寺度经伦。

太白由无醉，当行以月珍。

高名悬诸鲁，俗客落君臣。

白骨长城外，红缨将蚰亲。

功勋留征路，苦役寄关尘。

射虎幽州北，徵兵塞蓟身。

青云天末尽，弃伐单衣辛。

大漠胡杨木，沙风筑切彬。

蛟龙深水域，虎豹古林氤。

越舞清琴瑟，齐讴济世因。

蒿丘藏古墓，列鼎逐金银。

素手芙蓉色，明星北斗辰。

仙人曾蜀道，剑阁路难士。

逐鹿中原问，登高望未垠。

青龙含笑举，赤兔帝王纯。

下里巴人曲，阳关七叠瞋。

高山流水去，唱晚小舟纯。

八月鲈鱼脍，三吴越女筠。

归情谁不见，去路已溱洇。

夏夏冬冬淡，沧沧浪浪淳。

民间三鼎立，世上一屈伸。

秉烛书生志，悬梁不济苹。

投戎边北志，举案丈夫贫。

露水秋霜继，冬梅腊月姻。

群芳从此欲，百草自苏洵。

叶闭花开竟，沧洲岸渚滨。

春风无力许，细雨有林薪。
北海鲲鹏赋，南洋日月畋。
三公权术策，九派禹舜遂。
有道长流水，潼关老子寅。
炎黄华夏序，子弟去来珉。
学步邯郸客，卧薪尝胆瞋。
莫邪干将铸，自尽古山屯。
抱玉廉颇付，相如避宜宾。
清芬延市里，直正士心醇。
石上幽兰意，霜前牧草茵。
单于寻汉女，画匠始眉鼙。
不射阴山将，幽州李广斌。
何知天下市，不见故人甄。
猛虎穷鱼比，昆丘角巷均。
人呈王子晋，赤贬诸儒袖。
蔓草藤萝绿，瑶池宿月御。
王母宫约坐，汉帝入瑶遵。
羽旗三清致，儒坛弟子绅。
书生书自己，老子老君矜。
比干重心谏，屈平楚客呻。
长沙留贾谊，帝业可思谆。
何人歌大风，百世古今同。
达者常言志，王城隐逸中。
成士成玉宇，败俗败由衷。
利利名名逐，朝朝野野空。
家当勤俭事，国以亩桑丰。
士可贤良谏，民源帝业躬。
春秋先史记，白骨不勋功。
汉马知飞将，冠官畿进宫。
长城分内外，箭戟论英雄。
但见钱塘水，运河济民穷。
深谋心策略，牧冶问童翁。
直钓文王辇，鼓刀吕尚公。
商周秦汉去，楚霸大江东。
莫以鸿沟界，咸阳一路隆。
蓬莱成愿眷，二世本无家。
白首惊回首，飞鸿对落鸿。
南南还北北，始复终终。
武britain几枪臻，文成雅颂风。
乾坤三界界，草木一伍伍。

3. 远别离

娥皇与女英，舜禹继尧缨。
夏以家私序，苍梧竹泪生。
轩辕天地上，治水始枯荣。
鼓瑟湘灵慰，生离死别情。
魂幽幽，魄盟盟，九派东流一纵横。
江流归大海，逝水作涛声。
业业功功迹，王王帝帝更。
秦皇何以续，白骨过长城。
汴水钱塘去，天堂自此名。
隋炀应运济，史论魏徵成。
户晓无真伪，皇朝不独评。
千头还万绪，百草复群莺。
且以民之本，公平似不平。
已缺缺，又盈盈，十地圆通一领耕。
孤冢连故里，独步洞庭徵。
觅觅寻寻苦，妻妻妾妾鸣。
山依千岭色，水自二妃清。
郁郁知今古，潇潇寄玉京。
人切切，事惊惊，岁岁年年万里城。

4. 公无渡河

不可流黄酒，何须问九歌。
源头清自许，万里浊涛波。
北去中原色，南来逐鹿多。
东营齐鲁见，九曲一婆娑。

5. 蜀道难

蜀道之难上苦天，蚕丛创国万经年。
秦皇隔绝鱼凫地，剑阁雄关野瘴烟。
阻断峨眉横鸟道，通流百水逐千川。
天崩地裂惊猿吼，虎跳龙吟逸月弦。
蜀道之难度似年，当关一子定方圆。
空山古木雄雌落，湍瀑穿扬百丈泉。
壮士长呼今古尽，精英短叹去来贤。
蓉城月下男儿锦，气势成都女子船。
暗渡陈仓成楚汉，明修栈道壁峰悬。
二水源头皆海岸，千山岭树自分鞭。
中原逐鹿黄河域，闽越长江草木涟。
独以长风驱日月，孤高自赏是当年。

6. 梁甫吟

梁公一甫吟，济士半仁心。
白首三千子，高阳九古今。
经纶何所以，日月任去荫。
鼓案平力臻，垂钩渭水浔。
文王精彼此，吕尚问知音。
杞国人无力，天津纠武寻。
吴桃无戏孟，泰岳有鸣禽。
莫以瑶台许，王母与其林。

7. 乌夜啼

暮落城边鸟欲栖，归巢木叶上枝啼。
机中织锦秦川女，月下停梭锦不齐。

8. 乌栖曲

姑苏月色五湖西，越舞吴歌半鸟栖，
木渎夫差娃馆外，西施曲里尽高低。

9. 战城南

桑干一战半阴山，羯羌三军两汉关。
白骨长城南北见，黄沙白马去谁还。
楼兰不在交河畔，渭邑功勋上掖颜。
剩者归级归苦役，英雄解甲解朝班。

10. 将进酒

君不见，九曲黄河十八湾，
东流到海去无还。源清百里东营阔。
浊浪涛天壶口关。君不见，
逐鹿中原天水岸，天堂八月运河颜。
长城内外英雄汉，上掖阴晴列帝班。
君不见，蜀道之难谁暗渡，
蚕丛创国过千般。陈仓壁栈嘉陵峡，
霸主刘邦垓下营。将进酒，
不列鸿门分界度，何须一醉作刁蛮。
如今慧者耕耘致，自古贤人志不闲。
将进酒，问心间，一呼去，上天山。

11. 行行游且猎篇

边城白马飞，玉宇猎从归。
不读儒书志，扬程雉兔围。
行行行不止，草草草无靡。
令帐由朝暮，年年待紫微。

12. 飞龙引二首

之一：

荆山黄帝鼎，铸造炼丹城。

彩女如花色，烟霞似淑清。

登銮由四顾，束带致千荣。

之二：

清清一鼎湖，处处半扶苏。

淑女长云驾，轩辕古道虞。

飞龙天上雨，白兔逐机枢。

辖达三清路，倾扬十玉壶。

13. 天马歌

穆公养马一秦川，月只西来半翼天。

瘦骨凌凌矫首望，风行四足日成千。

长空虎背龙云去，驿路荒原步履烟。

伯乐所闻成自主，檀溪赤兔蜀荆年。

河图伏枥知天下，马踏飞燕几御边。

逸景瘟阖门外路，相逢弃愿子方圆。

14. 行路难三首

之一：

斗酒清樽过大千，行程万里问方圆。

黄河九曲流天水，蜀道三盘寸步悬。

呼来醒醉不知泉，阴晴不动兵侯动。

散尽银金玉液田，绿蚁浮成何岁月。

沧洲饮纳越吴船，长风破浪人间去。

不必茫茫已自然。

之二：

一路难行一路来，千辛万苦万辛开。

昭王白骨陵丘色，乐毅分办兵节回。

彼此黄金台上望，长安社下御中催。

淮阴不得漂母问，楚汉鸿沟项剑猜。

之三：

功成不退弃身名，士老无华有遗声。

子胥吴江潮革具，屈原楚志过湘情。

陆机岂自雄才论，上葵苍鹰足道生。

五马丞相斯有定，华亭鹤泪可闻鸣。

张翰八月莼鲈脍，酒色千杯一世平。

15. 长相思

长相思断在长安，洛水凌波半不漾。

落叶凄凄枫色暖，微霜澹澹牡丹寒。

孤灯暗暗床双枕，月色幽幽影独难。

砧杵无声人短叹，长城脚下莫谁安。

长相思尽在长安，万里黄河十八滩。

遗梦回香情未了，鱼书远近是云端。

16. 上留田行

跬步上留田，坟丘入野天。

峥嵘何以见，古老似无眠。

恨诺燕丹子，悲风易水泉。

蓬棵杨柳木，鸟兽虎豺鸢。

死死生生处，兄兄弟弟迁。

留田留不住，奋战杏狼烟。

兔走狐哀断，亡惊日月年。

参商勋白首，弃骨满三边。

17. 春日行

三宫六院一蛟龙，九派千川半鼓钟。

手语佳人筝瑟起，春风玉女帝王封。

18. 前有一樽酒行二首

之一：

未醉一蹉跎，金樽半九歌。

春风桃李色，曲舞美人多。

之二：

美酒一杯多，佳人半渡河。

朱颜羞色艳，绿蚁泛微波

19. 夜坐吟

嫦娥夜桂吟，后羿问人心。

水月风花色，情声草木荫。

香凝书案影，妾泪弃知音。

20. 箜篌谣

周公半世封，管蔡一相容。

鼓案垂钓钓，文王百步踪。

严陵光武结，贾谊九歌庸。

贵贱交心处，阴晴有鼓钟。

21. 雉朝飞

白雉一朝飞，红缨半翠微。

和家儿女去，竞食不知归。

两翼张天见，三生忘是非。

弓弹鹰所向，目误网重围。

22. 野田黄雀行

一雀野田飞，三生问翠微。

弓鹰非自许，远近去无归。

23. 上云乐

白日没西方，东林满柳杨。

胡雏生彼月，大道亦文康。

造化神仪成，红华碧玉皇。

颜容风骨昊，谲多老亲梁。

铸冶源元古，陶洪凿地塘。

轩辕成世纪，水岸女娲乡。

叱咤仙真道，龙蛟引凤凰。

麒麟惊逐鹿，七圣问炎凉。

万岁学倾颂，千年五百堂。

朝歌歌一曲，雅韵雅风长。

九九重阳鼎，南山独木光。

天关天主子，地域地无疆。

汉酒胡歌唱，咸丰祝豫章。

乾坤依旧序，草木久低昂。

24. 白鸠辞

白鸠纯分白鸠身，红翎独树红翎珍。

飞翔殿翼呈黄羽，闭目休闲色清淳。

雪服霜衣孤掷迹，昂头俯首字经纶。

为人驯导知人性，举足前程向天津。

25. 日出行

朝朝暮暮自东西，暗暗明明各不齐。

有有无无成昼夜，升升降降可高低。

26. 胡无人

寒风凛冽一冰霜，四面茫原半芥苍。

牧草烟云平远阔，无人雪野见胡杨。

长城苦战单于令，虏箭阴山作故乡。

战士行营金甲新，嫖姚白羽玉门梁。

功勋不尽朝廷赏，弃骨桑干入孟姜。

太白幽燕飞将问，沙鸣古道慰边邙。

天兵八月交河望，紫塞楼兰报未央。

减履虏头摧受降，千年以此作圆方。

27. 北风行

阴山大雪漫天，腊月寒风动地开。

一瞬轩辕台上满，三军弃甲指难裁。
棉衣不暖弓刀冻，贯顶冰花入领隈。
梦妇襟边僵手救，英雄一诺去无回。

28. 侠客行

赵士缦胡缨，吴钩挂雪琼。
银弓如射虎，白马似流明。
击筑图穷匕，平原坐上鸣。
侯嬴三诺去，但释信陵城。
剑戟声名弃，身功利禄轻。
千年何步止，万古不留行。
冀鲁儒文客，邯郸学大成。
青莲巴解见，举首太玄经。

29. 关山月

一月出天山，苍茫素宇间。
胡风青海岸，汉道玉门关。
苦役高楼望，行营塞外艰。
思归思战地，问尽问天还。

30. 浊漉篇

浊漉一源清，流沙半不明。
千年黄土色，万里济枯荣。
北渡中原牧，南行大量城。
扬鸣天下客，剑阁出关平。
有志重文史，无心此世名。

31. 登高丘而望远

白日在天边，高丘望陌田。
桑田沧海见，自古有云烟。
俯仰炎黄极，轩辕启太玄。
蛮芒精卫石，以此作方圆。

32. 阳春歌

东风白日一阳春，柳色黄明半晋秦。
上掖宫中歌舞尽，披香殿里曲红尘。
身轻掌上飞燕色，绝世夫人花蕊珍。
三万六千成百岁，瑶台月下有亲邻。

33. 杨叛儿

杨花成叛儿，劝酒对关人。
洛水陈王赋，新丰醉里新。
炉中香火烬，晓里彩霞频。

紫气凌云妾，夫家妇女邻。

34. 双燕离

牙上慕成双，云中雨打窗。
孤居离异域，独傲自家邦。
落落飞飞去，辛辛苦苦逢。
南南还北北，水水亦江江。

35. 山人劝酒

意气可相倾，清歌已不鸣。
扬扬天地上，磊磊暮朝城。
洗耳巢由许，轻心易水明。
戚夫人不问，麋鹿志生荣。
一醉千年去，三生万里行。

36. 于阗采花

花翁半世采花香，色外三千一色扬。
本本原原根叶识，繁繁简简去来黄。
明妃塞外琵琶曲，玉树文成种故乡。
汉女中州知杞树，胡姬十八折中凰。

37. 鞠歌行

年年万里有飞鸿，岁岁风云唱大风。
处处荆山出骨在，人人集结共英雄。
连城白璧相如立，狭路相逢将始终。
百里奚家收复水，五羊皮价一秦穷。

38. 幽涧泉

幽幽一涧泉，细细半鸣天。
聚聚深潭色，青青作石渊。
琴声林叶落，水色岭峰前。
汇海成涛浪，流星似远涓。

39. 王昭君二首

之一：

汉女画师妆，秦衣五色藏。
单于知己见，蜀妾凤求凰。
一路阴山雪，三生敕勒扬。
琵琶今古问，大漠有胡杨。

之二：

大雪净胡沙，严冰覆草芽。
年年春雨至，处处草原花。
敕勒川中色，阴山月下娃。

红颜留日月，草木莫咨嗟。

40. 中山孺子妾歌

小妾阳光艳，姿身耀眼亲。
春来桃李树，夏待百花新。
贵贱芙蓉色，中山孺子邻。
慈心同日月，世美共悲辛。

41. 荆州歌

下里巴人唱，荆州楚客吟。
嘉陵江石岸，白帝古人心。
滟滪分流水，瞿塘峡口林。
巫山云雨后，鄂渚九歌禽。

42. 雉子斑 一作设辟邪伎鼓吹雉子斑曲辞

正正邪邪辟鼓惊，唧唧喔喔曲扬鸣。
飞飞落落寻天地，祖祖先先各自荣。
扇锦雄风生羽翼，双雌善卷共同盟。
斑斑雉子高低就，旷世郎郎合太清。

43. 相逢行

十里一相逢，三生半鼓钟。
千年如此去，百草似花容。

44. 有所思

天书一寄问麻姑，碧海千涛作玉奴。
但谢仙人山石柱，长鲸喷涌似蓬壶。
风云尽处瑶台母，四望扶桑满府都。
有所思兮有所问，于元际亦是非无。

45. 久别离

离人两地分，锦字一飞云。
五月樱花落，三冬夜梦君。
阳春情不尽，白雪素纷纭。
但见梅香近，应知是旧闻。

46. 白头吟

文君一曲白头吟，两意三心半丈人。
金屋藏娇飞燕去，相如作赋似知音。
鸳鸯戏水何长久，大雁期磨九度浔。
独坐长门听落叶，黄河九曲有鸣禽。
非来去，是古今。三千界，一人心。

东流不作西归水，日落清潭似海深。
孤行无所意，独作白头吟。

47. 采莲曲

青莲采女若耶溪，笑入芙蓉半雨霓。
岸上男儿狂注目，无言所谓误东西。

48. 临江王节士歌

百里洞庭波，三秋木叶河。
鸿归湘浦岸，节士唱悲歌。
白日当天暮，长鲸背向多。
风声斑竹瑟，且以问汨罗。

49. 司马将军歌　以代陇上健儿陈安

一诺过轮台，三秋志气开。
北去交河徵讨战，南徵大理落尘埃。
龙骧三蜀正，虎翼五湖催。
举剑阴山间，弯弓羌笛来。
长鲸何不斩，独步复崔嵬。
令帐临河逆，军功老将回。
丹青应自语，献铠可明魁。
画像麒麟阁，平生二月梅。

50. 君道曲

宣宣问大君，道道筑衣裙。
厚地应何见，高六不可闻。
飞鸿一度飞南北，草木三秋日月分。

51. 结袜子

燕山一隅见鸿毛，石筑千声对曲高。
壮士吴门听越语，英雄感念暗藏刀。

52. 结客少年场行

平明驰逐北，结客洛门东。
学剑邯郸步，羞藏易水难。
吴钩从剧孟，俯首醉新丰。
不望千夫指，尝闻万里空。
燕丹韩不报，徒智白猿公。
独道无终止，何求半世功。

53. 长干行二首

之一：

祁骑竹马来，两小不嫌猜。

十四为君妇，羞颜未及开。
低头藏玉色，百哕未三回。
愿比同生死，情心共骨灰。
笄盟期抱柱，携手凤凰台。
滟滪瞿塘峡，巫山宋玉才。
三生何启止，两载以军推。
八月秋风叶，千军白骨哀。
猿声听已住，战报久难裁。
敕勒川中雪，萌圆满绿苔。
心肠谁所问，妾意莫须酶。
剪发青丝去，红颜腊月梅。

之二：

二水逐千波，三山寄木柯。
清扬商贾来，浊政剧黄河。
不免衣冠正，秦淮唱楚歌。
桃源花末尽，五柳隐时多。

54. 古朗月行

经纶白玉盘，左右隐云端。
夏日清凉色，三冬落凛寒。
东西朝暮见，独莫半天残。
月月分明暗，年年隐绚观。

55. 上之回

行行止止一离官，辇辇鸾鸾半万通。
阁道佳人藏粉面，回眸以笑作东风。
长生殿上留心影，细柳营中寄妾衷。
令帐军前成八阵，瑶台宴后忆无穷。

56. 独不见

白马一黄龙，黄河半玉踪。
天山千木雪，海涯万雕蛩。
逝者如斯去，慈悲彼此彤。
何须今古问，独不见君容。

57. 白词三首

之一：

吴儿一馆娃，越女半春花。
木渎姑苏水，天平雨露纱。
红颜歌舞曲，白纻薄丝麻。
百态千姿尽，春秋五霸嗟。

之二：

阳春白雪一千金，子夜吴歌五百心。
下里巴人三世界，高山流水半知音。

之三：

吴刀一半作东风，越剪三千断大风。
十万男儿谁独立，阴晴尽在五湖中。

58. 鸣雁行

年年一度北南飞，岁岁千声问去归。
远近楼兰青海岸，衡阳草木岳翠微。
如家处处何乡是，塞北江南是亦非。
但以鸿鹄千里志，应悬日月作心扉。

59. 妾薄命

汉帝一阿娇，长门半步遥。
相如因此赋，覆水可阳昭。
碧玉藏私路，姑苏有小桥。

60. 幽州胡马客歌

幽州门外去，报国死何难。
北海冰霜雪，燕支鸟兽鸾。
楼兰母子问，敕勒谷口寒。
朔漠胡姬舞，流沙白刃丹。
天狼应可射，虎豹以群观。
一醉弯弓去，千山朽木澜。

61. 门有车马客行　自述

门前车马客，酒后客断文。
紫绶常无济，心怀以大君。
平生谋策路，历事筑衣裙。
举剑楼兰诺，应声白骨勋。
阴晴辛努力，日月苦耕耘。
醒醉苍穹问，身行万里云。
人生逾七十，立世久离分。
北海南洋苦，丹青笔墨勤。

62. 君子有所思行　自述　赠北京大学王东君三首

之一：

紫阁主新华，中南海里花。
燕京飞将去，天水问人家。

之二：

北大一光华，燕门二月花。

皇城丰泽路，自在故人家。

之三：

霍卫何成一世勋，长城内外半纷纭。

谁知彼此兴亡客，自古几度见白云。

63. 东海有勇妇

城中作女儿，剑下是男师。

白刃梁山客，精诚杞国思。

三呼应斩首，一意树先旗。

列女沧瀛记，扬名勇妇知。

64. 黄葛篇

野葛有长丝，初秋取未迟。

幂幂绵绵细，编编织织司。

无非山里意，有道妇中思。

结连连心语，衣衣挂壁时。

65. 白马篇

白马自飞天，龙城有酒泉。

燕山曾射虎，剧孟已巡年。

窀室蓬蒿见，临洮受降川。

萧曹谁肯拜，李广五陵宣。

66. 凤吹笙曲

一曲昆丘彩凤鸣，三清炼气玉京笙。

函关别道青莲调，紫气东来旦学成。

指点天山王子晋，扶苏草木各纵横。

浮丘不断沧桑见，两极滨易八卦城。

67. 怨歌行 长安见内人出嫁友人令代词之

十五入皇宫，三千妾女同。

红颜藏不庆，父不死其功。

玉色承王待，花开对王衷。

美酒君主醉，佳人解甲空。

丝桐由已去，躲入嫁衣中。

68. 塞下曲六首

之一：

云中闻折柳，剑下斩楼兰。

酒后交河问，行前渭水丹。

阳关三叠寄，唱晚五湖漾。

晓战单于北，功勋白骨寒。

之二：

边功一帅名，白骨半无生。

老将身先死，三军百战荣。

风云沙场上，社稷莫兴兵。

之三：

沙鸣日波月芽湾，大漠云移白塔山。

海市蜃楼应不语，英雄不问玉门关。

之四：

百战一天娇，千军半汉朝。

由来兵将尽，彼此奈何桥。

大漠风云去，长城白骨销。

功勋今古见，独有霍嫖姚。

之五：

独不见，泪空流，秋风落叶寄消愁。

百日月，风马牛，鸳鸯戏水夜梦羞。

渔阳北，辽河楼，单衣寄换戍沧洲。

情切切，望不休，但等回家共白头。

之六：

军官分虎竹，战士卧荒沙。

汉将单于见，英雄少妇嗟。

离离原上草，苦苦牧中芽。

日月千年野，阴晴一片花。

69. 来日大难

乾坤一始终，地尽半天穷。

日月三光尽，混沌九派蒙。

无粮人自尽，有道虎狼虫。

足食当生醉，精英填海城。

原来忧杞国，世界是非空。

70. 塞上曲

胡杨生大漠，羌笛曲声高。

四角方圆帽，双眉带葡萄。

肢姬摇摆舞，带意脱衣袍。

敕勒川中草，阴山雪上涛。

71. 玉阶怨

白露玉阶生，胸衣对月明。

久伫罗袜湿，玲珑望尽情。

72. 襄阳曲四首

之一：

襄阳行乐处，曲舞白铜鞮。

楚鄂多妖女，千姿百草低。

之二：

酩酊知醉酒，汉水近襄阳。

檀溪三国志，郢渚五湖光。

之三：

苔青堕泪碑，岘顶木冠垂。

太白山前肃，羊公去后悲。

之四：

一醉习家池，三呼岘顶知。

千章应此著，万节可慈悲。

73. 大堤曲

汉水近襄阳，山公半故乡。

堤高流已浅，雨色作钱塘。

74. 宫中行乐词九首

之一：

（奉诏作。明皇坐沉香亭意有所感，欲得白为乐章，召入而白已醉，左右以水颟面，稍解援笔成文，宛丽情切。）

明皇亭上坐，太白醉中狂。

执笔书文曲，诗诗作豫章。

之二：

小小藏金屋，盈盈过紫微。

梅花眉上色，宝髻束中晖。

石竹罗衣绣，纱衫透玉扉。

深宫花月早，逐步彩云飞。

之三：

柳叶绿中黄，梨花白里香。

红楼藏翡翠，碧水戏鸳鸯。

之四：

葡萄入汉宫，绿蚁过东风。

醒醉呈天子，诗词向地衷。

之五：

玉树一春柯，皇城半九歌。

娇来停竹影，笑去伫酒娥。

之六：

绣户一香风，江东半大风。

纤姿肌曲舞，小草碧深宫。

之七：

日上半当春，琴中一玉人。

纤纤柔手指，错错已亡秦。

之八：

春莺一两声，细雨万千荣。

东风无边远，玉树有先萌。

之九：

水映南葱殿，花明北阙楼。

皇城藏太液，淑女未央游。

75. 清平调词

天宝中，白供奉翰林，禁中初重木芍药，木红紫浅，红通白者移栀于兴庆池东沉香亭会花开。

上取照夜白，太真妃以步辇以昭还梨园中，弟子优者得一十六邑。

李龟年以歌檀一时，手捧檀板狎从乐前欲歌之，上曰，赏名花对妃子焉用是乐词，遂命龟年捧金花笺，宣赐可白，立进清平调三章，自承昭宿醒未解，因掾笔赋之，龟年歌之，太真持颇梨七宝杯酌西凉州葡萄，笑领歌词意甚厚，上圆而高地玉笛以倚曲，第曲偏采换则迟，其声以媚之太真，饮罢，敛绣中重拜止，自是顾李翰林尤异于学士。

清平调里半秋春，太白龟年一太真。

七宝杯中诗世界，三章曲上赋红尘。

梨园自此西凉调，玉笛由来羯鼓钧。

学士翰林优异问，葡萄不谢不冠巾。

76. 北京汪魏新巷九号枣树

之一：

老树露新芽，新枝育绿纱。

东风裁不定，五月满庭花。

之二：

昭阳上掖一芙蓉，魏阙咸阳半帝踪。

玉树临风天下色，婵娟持酒月中逢。

之三：

华清一水玉香凝，十二峰中云雨承。

五百年前司马赋，三千学士著壶冰。

之四：

红花绿叶一天颜，社稷黄河半雁关。

曲榭沉香亭北水，千呼万岁玉南山。

77. 入朝曲

玉漏问公卿，辰钟已九鸣。

趋趋承紫绶，惶惶对御城。

严妆由伐鼓，玉几帝王平。

两列琼台策，千潮祖业萌。

78. 秦女休行

西门秦氏女，白刃断雠家。

秀气成豪来，燕王子弟遮。

千年同异论，万古共容嗟。

79. 秦女卷衣

天皇半未央，淑女卷衣裳。

子夜龙床试，成明着帝妆。

金銮呼起驾，玉枕共温凉。

不作昭阳妒，倾心作故乡。

80. 东武吟　留别金门知己

自古一风流，千年几逝舟。

人轻才不尽，对酒叙春秋。

太白星辰照，青莲泗水流。

应平明主虑，蜀道解君臧。

81. 邯郸才人嫁为厮养卒妇

侧视凤凰昭，新丰帝子桥。

崇台曾莫旧，卒妇未花消。

对酒丝桐响，听宣御史遥。

情终人莫尽，曲复柳杨潮。

82. 出自蓟北门行

燕支蓟北门，敕勒谷川蕴。

渭水男儿出，阴山有子孙。

咸阳闻战鼓，紫塞作乾坤。

画角弯弓射，皇城共远村。

楼兰连牧场，世界共慈恩。

83. 北上行

苦苦辛辛过太行，成成败败问咸阳。

黄河九曲人间道，虎行幽州逐朔方。

鼓角连营烽火照，英雄斗志剑弓扬。

千年自古三边策，万古家邦是故乡。

84. 知歌行

日月暮朝光，春秋各柳杨。

天公闻玉女，北斗对颜觞。

可揽天龙驾，麻姑木已黄。

成年娲石补，自古是沧桑。

85. 空城雀

但见空城雀，糟糠未足生。

飞鹰常逐却，子女弹弓惊。

小小高低翼，扬扬彼此情。

鸣鸣鸣所迹，世世世精英。

86. 发白马

一将飞扬去，三边逐草波。

燕然烽火路，蜀道树金戈。

百战谁非沙场，功勋士不多。

千军挥蓟北，九曲问黄河。

大漠楼兰外，轮台日月歌。

87. 陌上桑

春蚕陌上桑，碧叶一丝长。

美女纤纤手，男儿欲欲狂。

罗敷曾学我，淑玉嫁时妆。

且问情夫答，应知织女郎。

88. 枯鱼过河

但见一枯鱼，滩边半太虚。

青龙无水域，虾蟹亦无余。

莫似山中虎，何如岭上居。

先生先自主，问必问当初。

89. 丁都护歌

云阳一丈夫，大漠半书无。

牧场牛羊见，阴山草木苏。

江湖盘石路，紫塞暮朝孤。

羌笛闻杨柳，梅花落尽吴。

90. 相逢行

相逢半不声，别去一孤行。

九鼎当天下，三青鸟雀城。

楼兰无斩剑，魏阙有书生。
隔岸谁观火，同程异路鸣。

91. 千里思
胡沙没李陵，古刹有青灯。
北海留苏式，京都逐落鹏。

92. 树中草
独草树中生，相依各自荣。
无伤来去客，有欲暮朝萌。
异叶同根见，双心共寄情。

93. 君马黄
一路可同行，三生各自荣。
江南水泽阴晴雨，塞北风尘草木情。
虎落平原何不力，沙扬草籽待有萌。
前程应跬步，蜀道可纵横。

94. 拟古
荣荣白玉晖，碧碧牡丹肥。
隔叶佳人色，攗枝不去归。
三春情不尽，一石若鸿飞。

95. 折杨柳
杨杨柳柳一春边，折折垂垂半雨烟。
有意元心成彼此，牛郎织女作云田。

96. 少年子
青云一少年，壮语半天边。
十载英雄劝，千年杜若烟。
成名应小小，作事可涓涓。
独木成林处，群芳百草妍。

97. 紫骝马
一马半飞天，三边九鼎田。
辽东千里目，蓟北万山川。
但以男儿见，何须女子怜。
应呼天下路，有诺上居然。

98. 少年行二首
之一：
当歌易水滨，举目渭泾秦。
不语燕丹子，无言匕首频。

三生千万里，五霸一秋春。
之二：
笑入吴姬酒肆中，纵横朔漠自由衷。
楼兰一见胡杨木，渭水千波白马风。

99. 白鼻彰
天行一路四蹄风，海角天涯百度翁。
草木如今千世界，英雄自古五湖东。

100. 豫章行
英雄一语豫章行，栈道千重剑阁盟。
斩房胡风沙扑面，辽河北月苦寒生。
楼船已去昆明浅，石羽幽燕蓟北城。
射虎阴山飞将去，和亲玉树已枯荣。

101. 沐浴子
沐浴挂冠巾，东风草木新。
兰香幽郁隐，杜若苣花春。
异域知天地，同归以此邻。

102. 高句丽　桓士高句丽京城，世界文化遗产
桓士高句丽，五女古都城。
百草人参密，群芳五味荣。
三边今古见，一汉去来鸣。
八卦乡城易，千年土地情。

103. 舍得弗
宝地一金钟，苍生半玉封。
禅音成觉慧，舍利弗中庸。

104. 静夜思
床前一月光，地上半层霜。
俯仰寻三界，高低见故乡。

105. 绿水曲
绿水明秋月，澄湖映白苹。
蓬蓬低首问，莫待来年春。

106. 凤凰曲
秦楼一曲箫，弄玉半心遥。
独处徘徊步，相思上小桥。

107. 凤台曲
一曲凤凰台，千波春影闲。
秦公三界去，弄玉半名来。

108. 从军行
从军一路玉门关，逐日千营大漠湾。
但以沙鸣听世语，梅花落尽曲终还。

109. 秋思
木叶作秋声，寒波映水明。
群峰应落下，诸界可枯荣。

110. 春思
一草半柔黄，三边五味香。
千山青色变，万里柳杨乡。

111. 秋思
燕支半故乡，塞北一扬长。
扫尽千山叶，枫红万里娘。

112. 子夜吴歌
春歌
秦川罗敷去，素手采春桑。
白日红妆色，青丝向背扬。
情私当织女，但见是牛郎。
夏歌
小女镜湖西，红莺夏日啼。
西施留玉水，浣影若耶溪。
雨下荷塘满，云沉柳叶低。
秋歌
出水一芙蓉，荷塘半玉封。
莲蓬初结子，隔岁作新宗。
采女停舟望，羞情不见侬。
冬歌
腊月一寒梅，群芳半不开。
疏香随暗影，但醉玉壶杯。
雪覆苍天色，东风海角来。

113. 对酒行
三冬霜雪野，一夜絮微袍。
素手缝衣冷，裁襟误剪刀。
千情随针线，几日到临洮。

114. 估客行

天声估客行，地语虎丘鸣。
勾践夫差去，姑苏木渎情。
盘门吴越问，孔府鲁齐生。
易水东流断，燕丹士不平。

115. 捣衣篇

愿作阳台一段云，巫山暮雨半随君。
三千日下相思梦，十二峰中子子分。
尺素云沉方落定，交河战报已成勋。
归来解甲千桑亩，怯见戎衣十载勤。

116. 少年行

君不见，少年行，
淮南子弟系红缨，易水东流一诺盟。
白日呼风云雨至，朝霞万里西山明。
无渚沧洲立，兰山九鼎城。
君不见，少年行，
后顾无忧一帜生，前程不量九州声。
楼兰未斩交河水，渭邑何辞帝子名。
沽酒阳关镇，挥鞭救勒惊。
弯弓飞将问，未了李陵兵。
君不见，少年行，
容颜焕发对亿瀛，剑阁雄关栈道徵。
暗度陈仓先楚汉，丞相八团蜀人平。
男儿如此是，独得去来情。
日日前行者，年年跬步轻。
拜金台上望，了此作平生。

117. 长歌行

冰霜无久质，竹帛有长情。
涵水生源渚，东风自主荣。
枯枝年岁易，小叶暮朝萌。
白日留形迹，凭君草木生。

118. 长相思

之一：
黄昏日尽色含烟，赵瑟音停月待眠。
枕上鸳鸯双戏水，心中比翼独弹弦。
迢迢路断长亭望，处处横波尺素悬。
之二：
蜀道难行难止步，秦川养马养心田。

春秋春不尽，妾忆妾知年。
共守寻朝暮，同情待酒泉。
三桥同美梦，莫与凤凰怜。
但得婵娟问，如今是渡船。

119. 猛虎行

止步淮阴博浪沙，鸿沟两岸故人家。
陈仓暗度秦皇去，栈道蚕丛蜀道花。
霸主江东客，刘邦楚汉嗟。
行吟成猛虎，尺寸得天涯。
去去来来今古事，成成败败帝王衙。
英雄闻世界，少女剪窗纱。

120. 去妇词

去妇有言词，人情几度知。
男儿徵塞早，女妾织机迟。
十六倾君嫁，三千问日施。
春蚕丝不尽，夏雨细游丝。
落叶秋风凛，冬冰凛冽时。
胡姬歌舞竟，玉貌白颈姿。
玳瑁垂项结，风流左右师。
千军谁解甲，百战可天池。
不惑年方断，家乡老树枝。
杯虚应一醉，月悔可明疵。
陪嫁阿姑待，兄夫隔待持。
如斯如自己，弃者弃荠蘊。
草碧灵芒见，云浮暮色滋。
同情同所属，异得异人之。

121. 襄阳歌

江边落日岘山西，夏口浮云汉水低。
水子栏街天下唱，襄樊起伏白铜鞮。
羊公晋泪挥令处，太白金杯醒醉犀。
力士舒州黄大问，清风朗月酒端霓。
同生同死去，共话共昌黎。
十二峰中见，三千帝子啼。
行吟天下句，提笔玉壶题。

122. 江上吟

仙人半在入云舟，海客千声九曲讴。
酒醉豪言三世界，读成笑傲一沧洲。
功名富贵咸阳市，侠诺楼兰四十州。

尺寸何须向日月，方圆自得自春秋。

123. 南都行

文都佳丽色，武阙古人关。
白水真人去，商罗故客还。
高楼连远巷，甲第落川山。
汉女娇声早，男儿列玉湾。
红阳城上帜，五羖卧龙颜。

124. 侍从宜春苑奉诏赋龙池柳色初青听新莺百转歌

柳色初青半过黄，春莺欲暖一歌乡。
东风已洒瀛洲露，紫殿重荣上掖梁。
仗列金銮凭日转，天回玉辇任词章。
千门玉树求春雨，百鸟朝鸣待凤凰。

125. 玉壶吟

太白三清半古今，千杯一仰玉壶吟。
春秋未尽春秋事，易水难平易水浔。
大隐金门何是客，谪仙上掖醉人心。
君王不解东方朔，独木成林相如荫。

126. 幽歌行上新平长史粲

赵女长歌司马云，燕姬醉舞卓文君。
黄河九曲成湾渚，渭邑千章作帝文。
浊酒三杯今古事，泾流百里以清分。
余来太白谁天地，剩却娇红是嫁裙。

127. 西岳云台歌送丹丘子

此去丹丘子，云台已隐身。
峥嵘悬阁道，草木覆秋春。
白帝金精运，莲花石壁邻。
麻姑生玉女，五岳作天津。
但得蓬莱液，黄河万里瀕。

128. 元丹丘歌

元丹丘，一神游。
辰明饮露过春秋。三千月下常行止。
十二峰中自占留。驾白鹤，问江流。
逝者如斯去，无穷似所求。
驱龙飞万里，指点十三州。

第三函　第五册
李白　一——八卷

1. 扶风豪士歌

西安二月雾霾沙，洛水东流不见哗。

塞北兵营飞将去，长城白骨乱如麻。

葡萄美酒徵人醉，尺素分书满雪花。

六国同声秦二世，三宫共语帝王家。

扶风豪士语，举剑不嗟。

一诺平原客，千金逐鹿笳。

雕盘绮食会，白石玉乌纱。

岂顾阴山勇，吴歌赵女娃。

开门开扫叶，仰首问天涯。

2. 同族弟金城尉叔卿烛照山水壁画歌

丹丘一壁生，白水半无声。

紫气蓬莱岛，洪波日月明。

秋猿啼不语，海客望涛情。

但以人前见，汪洋已踏平。

3. 白毫子歌

淮南岭上白毫子，夜卧林中玉石英。

白日黄云静，青峰古木生。

流霞溪水岸，隐隙草丛耕。

以酌金杯醉，从听日月声。

音琴相佐醒，逸趣对三清。

十里松涛风自断，千军涌动似孤城。

4. 梁园吟

梁园吟不尽，自古阮公台。

平台忧客酒，绿水没青苔。

却忆蓬莱岛，还寻达命梅。

群芳由此唤，世上百花开。

莫学夷齐致，梁王皎洁来。

分曹谁赌醉，六博寄行才。

但鼓湘灵瑟，苍梧二女陪。

冢蒿凭吊泪，可寄信陵哀。

渭水如斯逝，楼兰去不回。

5. 鸣皋歌奉饯从翁清归五厓小居

麒麟阁上望秦关，翠羽云中问豫山。

梦里鸣皋歌未曲，翁前草圣绝世颜。

烟花逢草碧，石玉对河湾。

水阻樵渔路，滩横日月还。

6. 鸣皋歌送岑微君　时梁园三尺雪，在清泠池作

清泠池上雪，三尺树前明。

积积扬扬分万物，纷纷覆覆亦千明。

鸣振阻滞葡萄酒，玉盏金杯美女倾。

十里龙鳞甲，三琴素手鸣。

梁园君子饮，百谷白云平。

越巇居幽处，丝弦问世情。

巢由遮桎梏，虎啸逐虫声。

社稷风尘何楚汉，人生似雪净身名。

7. 芬芬亭歌

（在江宁县南十五里，古送别之所，一名临沧观）

芬芬亭上望，蔓蔓草中情。

送别江宁客，金陵醒醉盟。

临沧观世界，白下问枯荣。

剪煜红光暗，城空独月明。

8. 横江词六首

之一：

横江一日晴，水浪半天生。

落下涛惊岸，潮扬逐宇明。

之二：

横江一日阴，渡口半波林。

但向天门望，浔阳渚草深。

之三：

横江一日平，逝者作斯生。

到海扬涛济，天津逐世鸣。

之四：

横江一日流，紫色十三州。

不必相闻问，须当载覆舟。

之五：

横江一日来，碧水半波台。

石擘三惊雨，天门两断开。

之六：

横江一日波，水色半黄河。

百曲千湾渚，津人唱九歌。

9. 金陵城西楼月下吟

金陵郁郁石头城，月色幽幽碧草明。

但卡西楼听鼓瑟，苍梧二女共潮倾。

乌衣巷口澄淮渡，谢履玄晖净练生。

几处沉吟词令许，千情话语有阴晴。

10. 东山吟

悲风一谢安，水色半波澜。

浩荡洪流去，清明逐泽滩。

倾杯成醒醉，弄影扑弹冠。

五百年中间，三千弟子观。

11. 僧伽歌

僧伽一法名，迭坐半苍生。

八戒天竺客，恒河百度请。

江淮轻垢色，净土寺观荣。

五百真罗汉，三千世界城。

12. 白云歌送刘十六归山

山山满白云，处处已知君。

楚水秦山望，巢由尧日分。

13. 金陵歌送别范宣

龙盘虎踞石头城，玉树金樽百媚明。
宋女齐娥梁寺庙，钟山建邺六朝荣。
秦皇何断脉，舍得紫金名。
去问前程远，还来醒醉情。
三山分彼此，二水逐江声。

14. 笑歌行

苏秦不得张仪道，纵纵横横半身名。
自古江山何论定，如今日月仍阴晴。
千杯未醉何人问，一笑无须醉后荣。
了未巢由天地序，英雄举步自成城。

15. 悲歌行

自古一儒生，如今半醉名。
千杯君子酒，五尺我弦鸣。
伯乐应知马，周公可待卿。
文王钓案见，伍子楚吴情。
一剑楼兰斩，三躬渭邑行。
河图分四象，卜易西仪英。
范子江湖岸，西施木盟。
三公秦六国，二世李斯轻。
不可微箕子，悲歌作纵横。

16. 秋浦歌十七首

之一：
秋风一浦洲，渡客半船楼。
此去江陵望，离心日月忧。
之二：
一水半清秋，千波万里流。
猿声啼不住，两岸磅帆舟。
之三：
浦口小桥横，孤舟有别情。
声声声不止，去去去人鸣。
之四：
一客半无声，三秋十地晴。
阴阳分两界，木叶待霜明。
之五：
浦泽暮朝濑，滩涂渚芷津。
年年浮绿水，处处过秋春。
之六：
浦浅青峰色，何人唱九歌。

汨罗非此地，楚客是蹉跎。
之七：
浦岸归心切，风声卷叶横。
归根归不得，蜀道蜀人情。
之八：
天倾柱石空，地炼女娲功。
浦口东流日，刘邦始大风。
之九：
青峰一画屏，浦水半丹青。
举笔题诗壁，何须问武丁。
之十：
浦岸猿啼苦，贞林白鹭吟。
归心空不得，渚草满青荫。
之十一：
浦祖一鱼梁，宿客半故乡。
水去归无得，花开指面香。
之十二：
浦水四万滩，辰光八面桓。
天平如彩练，晓雾似波澜。
之十三：
浦月半连天，江风一水田。
荷莲生绿甲，夜泊近婵娟。
之十四：
千千楠木石，万万女儿红。
白白鸥飞云，幽幽一浦空。
之十五：
白发三千丈，青丝五百年。
长亭长不尽，蜀道蜀人川。
之十六：
浦面一秋风，鄰波万镜红。
枫林枫叶落，碧水碧云中。
之十七：
彩女浦荷丛，莲莲子未丰。
芙蓉方出水，夕照女儿红。

17. 当涂赵炎少府粉图山水歌

孤舟一去自归年，晓月三星可挂天。
直与罗浮争彼此，方成岁月比桑田。
三江渺渺云帆静，七泽荒荒沾酒泉。
粉壁应成天下图，桃源未了武陵烟。

18. 永王东巡歌十一首

序：
（永王璘，明皇子也，天宝十五年，安禄反诏璘领山南岭南黔中江西四道节度史，十一月璘至江陵募士得数万，遂有窥江左意十二月引舟师东巡。）
之一：
东徵一永王，节度使龙乡。
数万江陵士，天台半石梁。
之二：
四道净胡沙，三军地永嘉。
东山安石谢，北固正人家。
之三：
喧喧一武昌，列列半浔阳。
猎猎三吴帆，微微九鼎光。
之四：
虎踞帝王州，龙盘建业楼。
金陵兴紫气，二水运河流。
之五：
二帝自巡游，千山立九州。
兵行三鼓罢，酒洒五陵丘。
之六：
北固一吴关，丹阳半帝颜。
桑田沧海岸，白马自飞还。
之七：
王师二水边，节度五湖船。
虎士眈眈望，龙骧处处宣。
之八：
蓬莱问祖龙，汉武制胡踪。
日月王侯许，江山帝国封。
之九：
贤王入楚关，运物过河湾。
建业秦淮水，金陵紫禁山。
之十：
借取君王一纸宣，扬程万里半王田。
洛水东流重日月，楼兰斩断过酒泉。
之十一：
皇城天下望，帝业两仪宣。
渭水三光里，长安一日边。

19. 上皇西行南京歌十首

（天宝十五载六月己亥，禄山占京师，七月庚辰次蜀郡，八月癸巳皇太子即皇帝位于灵武，十二月丁未上皇归，自蜀大赦以蜀郡为南京。）

之一：

湖沙上建章，圣主？渔阳。

蜀道霖铃雨，南京有断梁。

之二：

栈道一成都，陈仓半有无。

南京安史乱，蜀郡挂起河图。

之三：

不必问新丰，何言蜀道丛。

宫中褓褓在，塞上小儿聪。

之四：

天王蜀道难，郡府雨声残。

玉垒长安市，南京驿舍寒。

之五：

莫忆曲江池，华清太白诗。

芙蓉应出水，侍奉翰林迟。

之六：

天云半锦江，骊树两成双。

独步军行止，霖铃雨打窗。

之七：

锦水东流去，星桥北望休。

扬州明月色，上苑史安楼。

之八：

始祖蚕丛栈，秦开蜀道愁。

何言天宝市，不是帝王州。

之九：

蜀道净无尘，成都客有邻。

寒心由九鼎，暖草胜三秦。

之十：

剑阁一雄关，成都半帝颜。

长安应可见，北阙对南山。

20. 峨眉山月歌

峨嵋山上月，栈道蜀中愁。

十二峰前雾，三千曲后忧。

21. 峨眉山月歌送蜀僧晏入中京

峨嵋一月满翁东，照遍三吴唱大风。

半付霜城清自许，千重栈道待玄空。

秦川明不尽，锦水潋波丰。

魏阙慈恩近，长安古刹鸿。

高名京澒客，瞩目曲江逢。

22. 赤壁歌送别

赤壁一江东，周瑜半世雄。

连营三百里，逐火万船风。

羽箭曹公借，荆州蜀主隆。

君心应寄我，尺素对天公。

23. 江夏行

婚前意始迟。嫁后得相思。

妇以闺房密，夫商去别时。

曾言三两月，已过岁年期。

暮色长长影，奈何梦梦痴。

24. 怀仙歌

有志未闻仙，无暇不度年。

三清成所序，六欲已归天。

荒帝知贤与，巢由许汉田。

山河藏日月，社稷如源泉。

25. 玉真仙人词

仙人一玉真，少室半云神。

击鼓成天意，鸣钟作世邻。

王母逢客至，彼此序秋春。

26. 清溪行　一作宣州清溪

宣州水色一清溪，远子行舟半鸟啼。

镜里江青峰叠翠，空中岛上树高低。

27. 酬殷明佐见赠五云裘歌

殷公粉饰五云裘，谢履青山一叶秋。

玉女娥眉花不落，王恭鹤立逐日流。

兰芒二月春风雨，白鹿相思逝水舟。

子曰谁夫子，州头一九州。

28. 临路歌

大海一鹏飞，鲲鲸半不归。

汪洋成世界，宇宙作心扉。

逝水回涛色，苍山见翠微。

29. 古意

君为杨柳树，妾作菟丝花。

雨雨云云济，枝枝叶叶华。

缠绵相互绕，上下暮朝斜。

彼此阴晴度，双根独茎遮。

30. 历阳壮士勤将军名思齐歌　并序

游击将军一世名，则天皇后半皇荣。

锦袍玉带京都赐，结义横南十友情。

洪川一历阳，壮士半家乡。

结义横南友，驱尊报帝王。

风云天子路，铠甲父母章。

虎踞楼兰北。思齐正未央。

31. 山鹧鸪词

谷雨鹧鸪鸣，清明半去声。

呼人芒种地，唤夏雨云平。

处处听时节，年岁待春荣。

32. 草书歌行

醉后颠狂一草书，花前月下半江湖。

龙飞凤舞公孙剑，足蹴心盘晖念奴。

运笔岷山狼不语，行云上掖尚皇都。

宣州岷墨苍烟润，楚汉鸿沟大丈夫。

云梦泽，大小姑。

泾渭水，作玉壶。

千年流五色，万里一河图。

33. 和虞侍御通塘曲

通塘胜似半耶溪，远得浔阳一鸟啼。

桂树生香枝叶密，黄云落幕水沙堤。

金潭纳雨浮云上，采女荷莲玉手低。

百鸟求凰朝凤曲，阳春白雪色东西。

34. 赠孟浩然

襄阳夫子见，撼岳洞庭闻。

醉卧檀溪岸，书章岷首君。

羊公留足迹，渭水曲江云。

俯仰江山阔，阴晴日月芬。

35. 赠从兄襄阳少府皓

八百里秦川，三千载汉年。
苍天飞白马，阔宇种桑田。
少府襄阳牧，中庸夏口船。
知音知渡口，问道问先贤。
产业非生事，功名是达泉。
耕耘经子午，日月作方圆。

36. 淮南对雪赠傅霭

剡溪雪似烟，铺就玉梁园。
越女弦琴续，吴音颂管弦。
春江明皓月，海树故人干。

37. 赠徐安宜

麦陇一春先，长安半水边。
成蹊桃李晚，染色陌阡田。
制锦中书省，安宜四象川。
苍苍秦晋见，路路去来贤。

38. 赠任城卢主簿

海鸟一天风，苍溟半宇穷。
人间何以食，鲁府自西东。
羽翼鲲鹏比，汪洋紫塞逢。
同心知万里，异路问飞鸿。

39. 早秋赠斐十七仲堪

远海一朝霞，平云二月花。
梅香南岭木，朔雪北边涯。
大泽龙蛟隐，深山草木遮。
平原知坐客，鲁叟愧匏瓜。
日月明乡国，风云忘故家。
三清关不闭，五味炼丹砂。

40. 赠范金卿二首

之一：

梅花落里作香泥，柳叶条中已日西。
暮色茫茫云雨近，黄昏处处叶枝低。
功成未解围房意，逐鹿方知楚汉妻。
渭水东流泾不语，长安北上献芹荑。

之二：

黄昏不尽献芹心，落日难承作古今。
日月风云三世界，千年万里一知音。

41. 赠瑕丘王少府

但作南昌尉，何言玉石分，
挥毫评鲁邑，目断九州云。
寂寞琴音响，击扬白日曛，
瑕丘王少府，俯邻正人君。

42. 东鲁见狄博通

年前一别下江东，仰首三鸣唱大风。
垓下鸣门谁剑舞，英雄帐令央宫。

43. 见京兆韦参军量移东阳二首

之一：

汐水还归海，流人误入吴。
相逢相互问，独步独扶苏。

之二：

浙北一金华，吴东二月花。
何闻滩水岸，但入若耶家。

44. 赠丹阳横山周处士惟长

方壶？白词，咫尺隐心诗。
水色丹阳客，川光处士滋。
沉泉珠玉采，仰首问悲慈。
羽化清都赋，如斯对两仪。

45. 玉真公主别馆苦雨赠卫尉张卿二首

之一：

别馆繁荫苦雨来，苍空碧色暮云开。
清秋处处寒光早，小酌冰壶热酒台。

之二：

醒醉半沧洲，春秋一水楼。
阴阳分两界，草木序千愁。
十斛葡萄酒，三生日月流。
功成应自去，独步进无休。

46. 赠韦秘书子春二首

之一：

躬耕郑子真，谷口运河濒。
日晓云中卧，风波月下珍。
弹冠惊举剑，问俗正衣巾。
秘秘苍生倾，云云魏阙民。

之二：

楚楚一风尘，幽幽半壁邻。
琴音由外入，扫叶问秋春。

47. 赠韦侍御黄裳二首

之一：

林风自太华，朗月净尘沙。
石玉凌霜雪，冰天覆玉花。
春秋何草木，冷暖是人家。

之二：

左手太行山，中心故国颜。
经纶经不易，释者释年颁。
假假真真译，来来去去还。

48. 赠薛校书

江流不住问江楼，八月观涛二月忧。
越曲吴音闻周直，梅花落里校春秋。

49. 赠何七判官昌浩

阴山一将军，渭水半书文。
拔剑惊天语，功成白日勋。
英才冠救勒，武勇镇煌云。
大漠胡姬酒，王城傲独芬。

50. 读诸葛武侯付书怀赠长安崔少府叔封昆季

江流八阵图，日照五湖芜。
割据分三国，蛮夷获七奴。
岐山从此尽，六去出师孤。
九鼎秦皇尽，千川几帝都。

51. 赠郭将军

欲斩楼兰过武威，东风不度玉门晖。
平明没羽交河岸，蒲暮胡姬曲舞归。
少小离家天水将，沙鸣大漠紫宸微。
童翁不辨长城北，但见鸿鹄岁岁飞。

52. 驾云温泉复赠杨山人

少小风云楚汉间，中年管葛竞谁闲。
天山未了昆仑雪，驾去混泉日月湾。
紫绶弹冠坐，金璋纳士班。
皇都多结土，垓下鸿沟还。
莫以平生许，黄河曲曲弯。

53. 温泉侍从归逢故人

汉帝工扬苑，胡姬曲舞飞。

逢君明主奏，御赐侍人归。

54. 赠裴十四

黄河天水岸，九曲泽瀛洲。

万里中原去，千年大海流。

湾湾成富土，处处共春秋。

55. 赠崔侍郎

黄河三尺鲤，本在孟津居。

点额成龙见，飞天作雨余。

成门知故客，上掭帝王书。

56. 述德兼陈情上哥舒大夫

哥舒一大夫，白起半飞凫。

霍卫师关见，潼关振臂呼。

纵横逸气灵台去，倒海翻江正虎符。

漫卷旌旗明主志，长安指日尽扶苏。

57. 雪谗诗赠友人

相如一诺白璧明，赵府三车志难倾。

皓首千军应得意，请罪当街自负荆。

贝锦泥沙成宝玉，殷商妲已问殊城。

周公指令封神榜，诸子春秋六国生。

褒女天维柱，文王易卜生。

秦皇从吕氏，汉帝筑长城。

自古千年尽，如今灵武名。

君平安史乱，大势自纵横。

58. 赠清漳明府侄聿

李姓中州百万人，平生不尽一秋春。

牛羊野阔纵横论，上掭中书玉苑钧。

小邑唐尧吟诵罢，皇城道帙宰相邻。

机杼织女牛郎问，白玉冰壶醒醉津。

燕南高士见，赵北子房民。

晋水流天下，秦川绿蚁醇。

樵渔谁不得，隐逸入红尘。

古往今来事，巢由已至臻。

59. 赠参寥子

白鹤一天书，南荆半客居。

襄阳玄妙子，岘尾隐樵渔。

著作分朝暮，归来划地余。

林峦溪水细，曲曲绕山墟。

60. 赠饶阳张司户燧

苍梧一石泉，竹泪半湘烟。

日落中山元，云沉物象天。

寻源知始祖，问道见桑田。

蚁酒丞心醉，冰壶以玉悬。

61. 赠临洺县令皓弟　时停官

五柳一书生，三光半太平。

冠巾行净止，草木自枯荣。

小路通长远，中庸可达英。

陶公彭泽令，太古沿耕耘。

62. 赠郭季鹰

自以凤为群，长鸣客大君。

阴晴常瞩目，草木有芳芬。

百鸟惊天下，千山社稷闻。

63. 幽居

序：

邺中赠王大　一作邺中王大劝入高凤石门山幽居

诗：

平生不断献芹心，读遍儒书作古今。

隐逸樵渔非吾愿，南山草木是知音。

同行三子弟，异客两筝琴。

*丝丝*悬杜寄，落落故人寻。

群山由石磊，独木可成林。

高峰年岁久，大海谷渊深。

64. 赠华州王司士

一水半风波，千鲸两岸磨。

知群一去华州路，不向长沙唱九歌。

群英淮泗聚，大海浪潮多。

65. 赠卢微君昆弟

贤才明主得，子弟对天歌。

携手同行止，相知共玉戈。

壶中无醒客，月下有黄河。

66. 赠新平少年

新平一少年，易水半桑干。

楚汉淮阴客，荆轲匕首悬。

萧何明月下，吕后逼宫前。

一步人间路，三生卜易田。

67. 赠崔侍郎

剑影三千尺，男儿七尺身。

咸阳多少士，剧孟去来频。

命驾扶摇客，功名日色均。

张仪成六国，合纵过苏秦。

68. 走笔赠独孤驸马

天街驸马归，政市望鸿飞。

紫禁皇城路，香花玉辇闱。

知人知自己，国士国家成。

汉致三千剑，周臻一翠微。

69. 赠嵩山焦炼师

嵩丘一妇人，太室半青春。

已是齐梁女，蓬莱道士神。

三十六峰中，千年一道同。

麻姑仙足迹，九垓补天土。

静魄西王母，丹成八极宫。

霓裳云幄顶，白鹤舞清风。

70. 口号赠徵君鸿

五柳陶公令，梁鸿入会稽。

知君高士见，独道日东西。

霸主争春秋易，天书问范蠡。

71. 上李邕

一日鹏飞十万滩，三生子子半丝残。

人间自得英雄见，下得天台上杏坛。

72. 赠张公洲革处士

张公洲上隐，列子岛中君。

汉水瓜田早，南蒲草木云。

狼虫知道理，鸟兽作序群。

九垓巡天意，三清自慕芬。

第三函　第六册
李白　九卷至十七卷

1. 赠元六兄

木落上云端，沉霜逐日寒。
飞鸿南去尽，逝水北明滩。
乐毅方造赵，苏秦早说韩。
纵横知六国，渭水万千澜。

2. 书情赠蔡舍人雄

离亭回首望，百里一长歌。
但进兴亡策，梁园彼此何。
胡沙安石少，约定武陵多。
太白凌滩钓，云台阁上和。

3. 忆襄阳归游赠马少府巨

朱颜君未老，白发我先秋。
挂剑沧江望，临波日月流。
羊公曾步履，岘尾忆修楼。
夏口扬长去，荆门碧水舟。

4. 对雪献从兄虞城宰

一夜梁园月，三更弟不知。
庭中高玉树，叶下结连枝。

5. 访道安陵遇盖还为余造真箓临别留赠

白石炼丹青，沧流见渭泾。
黄河千万里，道法去来灵。
北海安陵子，平原客坐铭。
山东真箓论，八角寄心经。

6. 赠崔郎中宗之　时谪官金陵

三山一旧游，二水半新秋。
北雁南飞去，潇湘沉泽流。
金陵王谢问，白下帝王侯。
建邺龙虎地，秦淮梦石头。

7. 赠崔咨议

绿骥自飞天，知途独不传。
嘶鸣无伏枥，悟道始望年。
北北南南域，云云雨雨田。
河图龙马见，社稷此方圆。

8. 赠升州王使君忠臣

应须成赵策，未肯弃侯嬴。
士以忠臣寄，名扬济国声。
三吴佳丽地，六代帝王城。
建邺千官里，长江五柳营。

9. 赠别从甥高五

天门一掷明，策对半精英。
耳目混珠鉴，鱼龙共水生。
桃花源不见，草木五陵平。
鼓瑟湘灵赋，平番细柳营。

10. 赠裴司马

浅歌著舞衣，玉宇阔云稀。
伎女身姿态，琴弦素手机。
相思相寄取，顾此顾旌旗。
世整多彼此，人生望帝畿。

11. 叙旧赠江阳宰陆调

泰伯容天下，仲雍寄水流。
千年三子弟，万古一春秋。
玉带明珠嵌，延陵古剑楼。
江南梅子熟，塞北碧荷洲。
但沽新丰酒，剡溪不去留。

12. 赠从孙义兴宰铭

蠹政除邪气，倾巢有去禽。
川流鳞不止，濑渚草濒荫。

举邑谁循老，吴台已古今。
何言彭泽宰，五柳告知音。

13. 草创大还赠柳官迪

序秋半中间，周流一大还。
绵衣无孔隙，剑匣有机关。
橐钥从天地，循环可曲弯。
纵横由织女，日月可苍山。

14. 赠崔司户文昆季

双珠海底价连城，四目天边特达明。
惠渥才英磷缁著，丹墀列岁勿草萌。
关门子弟丝纶继，白露秋霜序令营。
散尽千金今古望，微知万里暮朝行。

15. 赠溧阳宋少府涉

宋玉事襄王，巫山白帝乡。
朝云神女在，草坪满高唐。
绿水行歌曲，梅花落里肠。
寻才明主望，逐客李斯尝。

16. 戏赠郑溧阳

陶公一日醉，五柳半新春。
栗里平生见，羲皇谓得人。
无弦琴自语，漉酒不沾巾。

17. 赠僧崖公

一醉半蓬瀛，三生十地明。
僧禅多启闭，了镜毛精英。
说法轮台转，游方海岳城。
公卿成弟子，信徒以心盟。
鼓历天台路，钟鸣远近声。
何时应携手，白日满皇京。

18. 游溧阳北湖亭望互屋山怀古赠同游

步上北湖亭，云中互屋冷。
泉清流壁色，子胥乞佳玲。
小女壶浆许，平王楚客丁。
昭关曾不语，莫以寄丹青。

19. 醉后赠从甥高镇

醉里相逢一问君，书中见路半知文。
悲歌十曲苍山响，啸傲千声日月分。
进士成名久，园林白日曛。
江东风景老，上掖布衣裙。
置酒重无醒，天长付暮云。

20. 赠秋浦柳少府

浦柳一秋风，埧明半大同。
阴晴分界定，日月两仪工。
酒醉无知己，惺松有月弓。
杯中颜似玉，眼下不贫穷。

21. 赠崔秋浦二首

之一：
门前五柳弓，井上两梧桐。
小鸟寻虫米，黄花逐叶红。
之二：
但学自无弦，曾知五柳边。
书生书少小，客语客先眠。

22. 望九华赠青阳韦仲堪

独步九江边，孤行一意船。
浔阳何不望，水秀豫章天。
不可轻挥手，离情有七弦。

23. 赠王判官时余归隐居庐山屏风叠

庐山隐约屏风叠，但学巢由共豫章。
十载荆门水，三生越柳杨。
当涂非故里，蜀鄂是他乡。
宋玉屈原赋，江油太白肠。

24. 在水军宴赠幕府诸侍御

龙营半水天，北海一云边。
虏箭胡沙静，楼兰共酒泉。
幽燕飞将射，敕勒古木川。
受降成霜月，勋功作鲁连。

25. 赠武十七谔

武鄂一门人，中原半义钧。
潜渊分未定，子伯望苏秦。
一马半乾坤，三生十地恩。
冠官分进退，绶带系黄昏。
匕首开燕士，龙泉斩蓟门。
天涯何远近，不愧远游魂。

26. 赠闾丘宿松

阮籍东平坐驴行，红尘化俗待人情。
渊明五柳惊风雨，宓子江湖待太平。
太守松林外，迁巢日月盟。
从良成苦后，以力自躬耕。

27. 狱中上崔相涣

胡尘留洛水，太白入朝霜。
北伐谁明主，东巡没永王。
三台谋日月，九鼎待无疆。
万姓千门望，长安娥阙梁。

28. 幕府

序：
中洱宋公以吴兵三千赴河南军次浔阳脱余之囚参谋幕府因赠之
诗：
独坐观天下，孤行问丈夫。
専徵明海隅，渡虎范蠡吴。
剧孟非今比，周公是大儒。
书生千诺尽，将士一良图。

29. 流夜郎赠辛判官

一醉天街太白行，三坛老酒问平生。
清平乐里梨园客，献纳文章上苑英。
玉漏初平天子岸，麒麟阁上夜朗鸣。
章台未断红门宴，静了胡沙是太平。

30. 赠刘都使

东平净玉堂，北洛散余芳。
渭邑戎衣少，铜官储米粮。
行文珠玑字，束笔卷冰霜。
短叹精英客，长鸣一夜郎。

31. 赠常侍御

贤才有卷舒，季叶少去虚。
但以龙泉剑，长鸣帝业余。
应当明主弃，不肯夜郎居。
北渭千军战，东山一部书。

32. 赠易秀才

独望一松姿，孤高半直师。
分离长剑赠，别断夜郎迟。
龙泉应不挂，太白可清诗。
醒醉何难尽，阴晴几度时。

33.

序：
经乱离后天恩流夜郎忆旧游书怀赠江夏韦太守良宰下平八庚二十五韵。
诗：
学剑始长生，仙家抚顶萌。
青莲承遂志，太白逐三清。
世上多离乱，人间足战争。
昆明池水暗，洛水宓忆倾。
北海铤戈弃，燕然肃穆城。
昭王啤落日，乐毅取长缨。
供帐歌舒寄，咸阳祖列横。
弯弧飞将射，蔽叶聚苍鲸。
万姓书生误，千门蜀道行。
文章谁救国，尺寸系天京。
远徂渔阳北，才标试诸英。
诗吟天地阔，面对雪霜更。
主令由灵武，驱旗结社荣。
山河曾似旧，扫境试公卿。
虎士凌烟阁，荆山列戟徵。
华堂东白壁，节度曲江名。
不望云间雀，雄鹰羽作旌。
中流儒砥柱，上掖帝王盟。
九鼎桑田误，歌钟日月轻。
蓬莱须建设，善斗故人甍。
八阵江流水，难为细柳营。
长安应百度，渭水寄亿瀛。
旦以春秋笔，星当史记衡。

山川多草木，土地久耕耘。

34. 赠王汉阳

王乔半汉阳，太白一杯尝。
客见麻姑酒，云飞蜀石梁。
青莲常学道，玉佩久低昂。
复得仙人面，蓬莱作醉乡。

35. 赠汉阳圃录二首

之一：

天清江月白，水净木山明。
莫以辞冠挂，天街问太清。

之二：

楼中黄鹤去，水上白云生。
酒后无真迹，洲前有鼓声。

36. 江夏赠韦南陵冰

胡人饮马天津水，汉将长缨蜀驿城。
我在三巴张掖问，回头十叹夜郎惊。
沧流栈道嘉陵岸，长安上苑久枯荣。
侯门赖遇阳春客，赤壁争雄历史名。

37. 赠卢司户

秋风无远近，落叶有阴晴。
白露和霜雪，红枫逐日明。

38. 赠从弟南平太守之遥二首

之一：

空山一翰林，太白半知音。
得意千杯酒，无心万木禽。
云舒云卷尽，日暮日朝寻。
玉石青莲炼，沉论没古今。
黄金台上望，上掖苑中萌。
太守南平牧，书生未了心。

之二：

醉客长安市，南平太守亲。
秦人如旧识，洛水似秋春。

39. 赠潘侍御论钱少阳

柱史一昂藏，冠官半少阳。
齐眉逾四皓，澹目似三光。
引纳三军论，含虚九鼎梁。
相如明白璧，宋玉赋襄王。

40. 赠柳圆

东风一柳圆，细雨半天边。
日暮求安驿，三更待吏船。
难晴黔水湿，渐近夜郎涓。
草木阴晴色，山河沼泽烟。

41. 流夜郎半道承恩放还兼欣克复之美书怀示息秀才

似是半人生，如非一世名。
前人成败见，后者逐枯荣。
国有三皇位，家无九派盟。
王城兴废去，鸟雀去来争。
学剑江山客，书儒社稷英。
君雄何止生，六合莫纵横。
适者求先进，谋思易改行。
东徼东不得，洛水洛阳明。

42. 赠张相镐二首　时逃难在宿松山作

之一：

天狼窥紫辰，日月运秋春。
已约随明主，应分帝业钧。
吟诗千巷酒，举剑永王璘。
莫以言安史，清平乐不循。
扬长扬醒醉，白首自经纶。
背卧松山阁，昆阳远四邻。
东巡应望路，老气汉江滨。
但净胡沙毫，恩荣彼此新。

之二：

太白陇西人，江油蜀道邻。
家先名寒将，勇略著秋春。
十五奇书读，三千弟子巾。
相如常比赋，宋玉汉天津。
渭邑街中醉，清平乐里彬。
雄心谋石勒，谗毁夜郎尘。
灭虏鲸鲵斩，蓬壶安子筠。
良图良所驭，六合六分臣。

43. 闻谢杨儿吟猛虎词因此有赠

千音猛虎词，一首帝王诗。
啸啸高山响，皇皇百兽知。
杨儿扬所纵，跳涧眺其时。

44. 宿清溪主人

月落一清溪，猿鸣半苦啼。
窗含林木叶，竹枕独霜栖。

45. 此浔阳上崔相涣三首

之一：

独梦邯郸步，孤行造化城。
可闻三世界，但冀一人生。

之二：

白璧生明月，廉颇问路中。
桴荆天地阔，持主玉真城。

之三：

浮云一阵雨，落叶半慈恩。
十二峰中见，巫山水峡坤。

46. 句

东西南北事，彼此去来人。
古古今今见，朝朝暮暮珍。

47. 巴陵赠贾舍人

潇湘自古浪淘沙，不禁冬寒二月花。
汉主恩深文帝论，怜君自遣慰长沙。

48. 赠别舍人弟台卿之江南

行当千日月，立论半兴亡。
尺寸量一下，耕耘种米粮。
还来金井问，复去度沧桑。
举首龙泉剑，文章对玉皇。

49. 醉后赠王历阳

诗书问历阳，醒醉对沧桑。
人生应学剑，达世可炎凉。

50. 赠历阳褚司马　时此公为稚子舞故作是诗

稚子舞难终，儿啼不止穷。
为寻成父母，以此乐由衷。

51. 对雪醉后赠王历阳

醉后问天狼，樽前满地霜。
龙鳞飞莫触，虎跃砥山岗。
对雪苍茫问，婵娟隐故乡。

52. 赠宣城宇文友谊赛兼呈崔侍御

沽酒敬亭山，宣城去又还。
平生多少路，跬步夜郎关。
面帛如烟幕，良图似列蛮。
扶风谁市井，谢朓可天班。
古道东林去，新诗日月环。
青莲精自许，太白泰河湾。
蜀道难中付，清平乐里颜。
飞鸿湘水岸，翼过雁门关。
士可行诗见，弓当射虎弯。

53. 赢政，吕不韦

芈月问张仪，秦王致据奇。
苏秦横六国，小篆纵李斯。

54. 戏孟

剧孟何尝严夫情，功勋七国诸侯名。
清因闭食成西汉，独狭居闻宰相城。

55. 赠宣城赵太守悦

宣城功业存，太守宝符分。
持斧三军正，兰台九鼎闻。
羲皇为照覆，柱下史圆君。
鹤庙夔龙邑，平原直木耘。
樵声渔钓者，不是隐沧殷。

56. 赠从弟宣州长史昭

淮南江左岸，越北水云前。
郁郁苍林木，繁繁雨石泉。
何当分直曲，小大可由年。
太白须先退，宗英自积渊。
前途无量望，跬步有流川。

57. 于五松山赠南陵常赞府

旷野作芒兰，苍松立直丹。
临崖声所纳，处地采云端。
赞府田横客，南陵剧孟安。
知君行所望，问试一邯郸。

58. 山水

序：
自梁园至敬亭山见会公谈陵阳山水兼期
同游有此赠

诗：
梁园莫望敬亭山，草木风云渭水湾。
惬素江城闻老子，青牛不可过潼关。

59. 赠友人三首

之一：
野草自生兰，幽香满杏坛。
庭中君子养，月下凤凰冠。
两两相差异，人人以色观。

之二：
燕雪一沙尘，夫人半匕秦。
荆卿何所去，壮士几经纶。
不谈金钱成易水，当须自主作秋春。
中锋一刃分南北，骏马知途万里人。

之三：
蜀帝一声宣，丞相半日边。
刘禅刘自己，太白太平怜。
救赵齐燕将，功成鲁仲连。

60. 鲁连子

救赵鲁仲连，孤秦白起宣。
田单燕将守，燕国聊城贤。

61. 陈情赠友人

延陵寻宝剑，上国问贤人。
达节青衿士，观风谏论频。
舒文应振颊，秉德可秋春。
遗豹轻尘管，芳兰重色纯。
忧心忧自醉，纳世纳经纶。

62. 赠从弟冽

桃源布谷啼，杖策误蓬藜。
剧孟成西汉，公输作阵梯。
春蚕丝不尽，夏雨洒东西。
报国功勋在，精忠白首低。

63. 赠闾丘处士

闲人何素业，竹影半摇明。
月色居间隙，秋风落夜平。
云舒云卷去，读史读丹清。
尺寸量天下，方圆度海经。

64. 赠钱徵君少阳　一作送赵云卿

白玉酒千杯，绿杨拂半回。
东风摇百草，腊月释寒梅。
醒醉从天地，阴晴任寄催。

65. 赠宣州灵源寺仲浚公

灵源仲浚公，水月镜湖东。
古寺明支循，双溪独秀枫。
文章江右寄，音效海南衷。
四象龙泉剑，宣州八卦工。

66. 赠僧朝美

水国一洪波，长鲸半露戈。
深渊深不已，吸纳吸天河。
海隈藏珍珠，汨罗唱九歌。
人间知此者，世俗自难多。

67. 赠僧行融

鱼梁汤惠休，鲍照侍从游。
正已知音隐，陈公独上楼。
真人真约定，立论立春秋。
古刹游檀阁，江流载客舟。

68. 赠黄山胡公有双白鹇　并序

黄山有白鹇，石壁闭天关。
自小应知驯，吟诗取自还。
闻君赠白鹇，陪我逐乡还。
醉醒相孤立，平生自不弯。
丹冠杨道傲，雪羽化龙颜。
太白读其得，胡公以赋闲。

69. 登敬亭山南望怀古赠窦主簿

举首敬亭山，陵阳白鹤关。
溪流沧浪水，石立壁峰班。
汰绝黄云色，麻姑引日颜。
天南天玉柱，目望目无还。

70. 经离乱后将避地剡中留赠崔宣城

荡覆一王城，沧桑半太平。
天津多落叶，墨绶少英明。
水石剡中色，身名洛渭情。
胡床常醉卧，紫笛玉音横。

71. 献从叔当涂宰阳冰

当涂叔宰阳冰邑，六国兴亡一玉京。
羽翼曹安霓耿覆，天经季父鲁连生。
黄山望尽徽音寄，广汉归人惜就耕。
五百年中同群本，三千月下共阴晴。
金陵白下秦淮月，客鸟栖飞不定惊，
斗水长鲸牛渚岸，天台贝叶几枯荣。
临川一路常流水。俯仰苍穹八九声。
寸木春晖芳草地，终身自得献芹鸣。

72. 书怀赠南陵常赞府

凌歌台上酒，上苑月中歌。
特达麒麟阁，天门五斗多。
瑶台明织女，太白问星河。
自顾辞家愿，何须照洛波。

73. 赠汪伦

（白游泾县桃花潭，村人汪伦常酝美酒
以待白）

汪伦送我情，太白醉平生。
醒间桃花水，离酣寄酒酪。

74. 安陆白兆山桃花岩寄刘侍御绾

桃花一半春，白兆两三津。
构石含烟雨，苍林纳雾濒。
罗浧巅岭色，朵树隐红尘。
不忘霜台客，应知自主人。

75. 淮南卧病书怀寄蜀中赵徵君蕤

误会异乡云，良图共事君。
钟仪期子弟，捐弃故人芹。
隔道离犀久，从谋日月文。
相如何所赋，宋玉楚才分。

76. 寄弄月溪吴山人

襄阳庞德妾，岘尾鹿门山。
隐此宣明月，云舒草木还。

77. 秋山寄卫尉张卿及王徵君

剡溪不断问山阴，隐逸招作木林。
二子空吟成就业，霜华雪色入阳浔。

78. 望终南山寄紫阁隐者

南山远处是巢由，社稷相传尧所忧。
自有心知天下事，江山日月各春秋。

79. 夕霁杜陵登楼寄韦繇

夕霁杜陵楼，浮景物象秋。
群山随野旷，竹日逐清流。
暮色苍茫起，思情抑郁留。
关河朝暮望，草木去来休。

80. 香山寺

序：
秋夜宿龙门香山寺奉寄王方城十七丈奉
国莹上人从第幼成会问

诗：
香山寺外一龙门，读释书中半子孙。
木落秋山空自语，霄云谷壑净苍根。
身心植入山峰壁，老树生花作日恩。
虎跳溪流形不见，禅音石屋远公门。

81. 春日独坐寄郑明府

青青柳树自风流，弱弱春光有去留。
尽日飘扬何定序，终生曲折结春秋。

82. 寄淮南友人

红颜悲旧国，岁月歇芳洲。
不待金门诏，古应持剑游。
浮云遮蜀道，落日隐乡楼。
复作淮南客，因逢去国忧。

83. 沙丘城下寄杜甫

沙丘城下寄，太白暮中鸣。
古树多斜影，秋风满别情。
思君齐酒市，一醉鲁边生。

84. 隐

序：
闻丹丘子于城北营石门幽居中有高凤遗
迹仆离群远怀亦有栖遁之意因叙旧以寄
之

诗：
春华江月早，碧浪水天津。
楚步寻黄鹤，淮流问泗濒。

崇阳同饮酒，醒醉共红尘。
笑卧羲皇枕，心思帝业钧。
名成天下士，隐作石门人。
我亦幽居意，君琴贯顶巾。
东风随托势，细雨逐象新。
旷野原花木，人生日至臻。

85. 淮阴书怀寄王宗成

淮阴漂母见，二十五长亭。
斗酒王乔醉，梁园太白行。
黄金台上客，一女半丹青。
败败成成问，王王将将明。

86. 闻王昌龄左迁龙标遥有此寄

陌色子规啼，龙标过五溪。
愁心明月落，梦断夜郎西。

87. 寄王屋山人孟太融

山人四海家，故步五湖涯。
汉主知归去，隋炀问紫霞。
安期公子路，绿液酒中花。
白发三千丈，朱颜五百遮。

88. 忆旧游寄谯郡元参军

太白长安一醉眠，清平乐里半高天。
长杨赋尽离群雁。北阙云平逐客船。
蓟北渔阳何岁月，凉州总寨几云烟。
阴山记得幽州将，忆旧应君共酒泉。

89. 月夜江行寄崔员外宗之

飘飘一叶舟，寂寂半江流。
水碧千峰色，云霞万木幽。
源泉源湿地，海纳海汪浮。
望远离思近，怀君太日忧。

90. 宿白鹭洲寄杨江宁

鼓瑟问羲皇，弹琴入尧乡。
江宁杨守宰，白鹭自飞扬。
北固金陵岸，秦淮建邺昌。
乌衣宣武问，玉树六朝樑。

91. 新林浦阻风寄友人

空吟谢眺诗，独问故林枝。

浦口新潮涨，归舟去复迟。
风扬涛岸去，水落木桥持。
岁阳随天地，相思大雪知。

92. 寄韦南陵冰余江上乘兴访之遇寻颜尚书笑有此寄

南陵百斛一冰余，五柳千章半帝居。
访楚相承彭泽令，闻君携伎著情书。
山花色醉无须酒，百草芳茵绕水渠。
世俗难成天下事，浮云不尽卷还舒。

93. 题情深树寄象公

物象情深树，猿啼意念云。
愁心应不止，趺步带衣裙。

94. 北山独酌寄韦六

巢由尧舜解，隐逸自经纶。
迹存山川里，心思日月人。

95. 寄当涂赵少府炎

木落楚云飞，江流蜀客微。
高楼凭所望，夕照寄情归。

96. 寄东鲁二稚子

稚子家东鲁，吴蚕宿此眠，
平阳娇女长，次子伯禽牵。
不及归乡省，双行次第怜。
三年桃李木，结果自蹊年。

97. 独酌清溪江石上寄权昭夷

独酌清溪上，横流向岸行。
三杯无可笑，一掷浪花鸣。
莫学严陵钓，樵渔徒有名。

98. 时南游罗浮兼泛桂海自春徂秋不返仆旅江外书情寄之

罗浮桂海一青楼，百粤三湘半滇洲。
水阔行舟离岸近，天高独往客心忧。
禅房钟鼓磬，玉树水云秋。
草木阴晴色，循环日月舟。

99. 庐山遥寄卢侍御虚舟

一路楚才人，三生孔孟邻。

儒书分子客，道法自秋春。
步探名山奇几年，虚舟水色映天津。
香炉瀑布流千丈，翠影红霞九叠瀕。
影落明湖净，云飞古木新。
中峰晴黛色，雪沃九江洵。
仗剑三清行蜀道，青莲自古与仙伦。
金囊易取应挥尽，太白星辰可慰民。

100. 下浔阳城泛彭蠡寄黄判官

香炉挂彩明，石镜照天清。
赣水临川渚，浔阳忆灌婴。
浮云舒卷亭。落日暮朝行。
蜀客彭蠡问，双人羊若情。

101. 书情寄从弟邠州长史昭

自笑久长行，无须客短盟。
咸阳离渭水，折柳弱枝情。
隔日春晖月，新芽带叶横。
平生诗酒去，仗剑去来鸣。

102. 寄王汉阳

婵娟半小桥，碧玉十波潮，
独醉三千梦，相思一夜遥。

103. 春日归山寄孟浩然

磬语千山静，钟声万壑连。
高山流水韵，草木伯牙弦。
岘首羊公迹，襄阳孟浩然。
何须明主弃，但见鹿门泉。

104. 流夜郎永华寺寄浔阳群官

一寺九江流，三生半酒游。
浔阳天地阔，醒醉作春秋。

105. 流夜郎至西塞驿寄裴隐

水驿天风向夜郎，山村古木问衷肠。
群峰不断听猿啸，万壑重音水石乡。
暮暗长斜影，辰明短旭扬。
黔阳邻贵水，泽畔近炎凉。

106. 自汉阳病酒归寄王明府

千金一掷买春芳，万里三鸣问汉阳。
病酒知因无醒醉，相如赋尽久低昂。

三湘听雁语，七泽问炎凉。
笔翰清平乐，文章返夜郎。

107. 江夏寄汉阳辅录事

匹水江流白练长，陈琳檄断鲁连杨。
楼前不见飞黄鹤，鼓后三声净石梁。
历历晴川鹦鹉岛，幽幽草木去无乡。
悲鸣只及咸阳邑，举剑鸿沟向未央。

108. 望汉阳柳色寄王宰

东风到汉阳，柳色已扬长。
树树花光照，纷纷素羽藏。
知君应主宰，问水见鱼梁。

109. 早春寄王汉阳

举剑短还长，吟诗晋豫章。
年年争侠士，日日醉壶乡。
腊月梅香换，群芳十月扬。

110. 江上寄巴东故人

白帝近巫山，巴东望云还。
高唐神女客，宋玉楚王颜。
峡雨由天落，峰光十二关。

111. 江上寄元六林宗

兴成一酒杯，望月半徘徊。
独步江楼去，孤高自赏来。
无情天水岸，已尽夜郎才。

112. 寄从弟宣州长史昭

宣州岁月好，邀我敬亭山。
一叶鄱阳岸，千声去不还。

113. 泾溪东亭寄郑少府谔

泾溪水色一东亭，白鹭江青半水萍。
望去陵阳如雪练，寻来虎眼似丹青。
龙门云水泊，少府杜鹃庭。
此醉应诗意，天街太白星。

114. 太守文章

序：

宣州九日闻催四侍郎与宇文太守游敬亭
余时登响山不同此赏，醉后寄山佳侍御
两首

诗：

之一：

匠黄九日香，玉菊一重阳。

载酒何知醉，闻君过豫章。

朱颜君子颂，白鹿客双梁。

两地良宸见，三光共故乡。

之二：

渭邑三千士，朱门列九卿。

英才冠紫绶，玉漏自清平。

采菊知天地，寻阳两界明。

年年君子望，岁岁有枯荣。

115. 寄崔侍御

去国长为不系舟，还听叶落敬亭秋。

双涙月色寒霜覆，独步天街水北流。

屡解陈蕃榻，难登谢朓楼，

应闻崔侍御，学问十三州。

116. 泊舟

序：

泾溪南兰山下有落星潭可以卜筑余泊舟
石上寄何判官昌浩

诗：

石落作星潭，桑丝束茧蚕。

泾溪清自许，举剑好儿男。

日月穿留继，江流见海涵。

117. 早过漆林渡寄万巨

去路大兰山，西南各不还。

行径天地客，渡口漆林湾。

素积阴晴水，陈焦墓色颜。

同吟今古见，共赴玉门关。

118. 游敬亭寄崔侍御

一剑是龙泉，三生可醉眠。

人间谁自主，世上客云船。

岁月无南北，耕耘有陌阡。

乾坤成彼此，日月作方圆。

119. 三山望金陵寄殷淑

三山怀谢朓，二水问秦皇。

建邺吴宫市，金陵紫禁王。

长城应所望，醉客梦黄粱。

耿耿隋炀忆，天堂是故乡。

120. 自金陵溯流过白壁山玩月达天门寄句容王主簿

金陵白壁山，运涉楚吴关。

北望天门水，南行十八弯。

朝辞牛渚岸，过达大江潜。

寄上江湖色，当涂日月还。

121. 寄上吴王三首

之一：

吴王有八公，准水自三同。

小子加枝叶，英雄唱大风。

之二：

啸啸一庐江，悠悠半女窗。

鸳鸯何不独，白鹭不成双。

之三：

襄王怜宋玉，楚客一辞中。

寄上庐江守，扬长一大风。

122. 秋日鲁郡尧祠亭上宴别杜补阙范侍御

云飞何处尽，雁过几时归。

卷卷舒舒是，人人一一非。

南南还北北，显显复微微。

客客家家异，来来去去违。

123. 别鲁颂

孔子一文章，张仪六国亡。

苏秦千举措，芈月半侯王。

斗乱和平始，和平斗乱昌。

人间无九鼎，世上有三光。

124. 别中都明府兄

中都五柳问陶君，暮色东楼醒醉闻。

沽酒挥金如土去，归田解甲弃衣裙。

婵娟留月色，桂影落纷纭。

荚叶嫦娥合，寒宫玉兔分。

125. 梦游天姥吟留别　一作别东鲁诸公

一客过瀛洲，千泉入海流。

烟波万里自春秋。

三生问欲求，百草任羊牛。

五岳天台有去留。

越女吴儿兮谢履，青崖白鹿亦秦周。

霓裳卫著东南色，淑气须成素玉羞。

霸主乌江岸，虞姬仗剑修。

夫差娃馆步，汴水运河舟。

自得天堂贾，何言别业休。

隋炀应此问，不论帝王侯。

但以剡溪浣，峰岩半壁丘。

长城由此望，玉笛镜湖楼。

古古今今流水去，朝朝暮暮风年忧。

名山访遍江川探，直木松涛日月浮。

渭水无清中砥柱，黄河不浊在源头。

126. 留别王司马嵩

一剑试知音，三鸣诸子心。

陶朱相越本，遗汉鲁连吟。

上蔡李斯篆，文王渭水琴。

弦弦天地补，澹澹谷高岑。

127. 留别曹南群官之江南

屈平一日去怀王，楚国三生问建章。

六里张仪分而战，汨罗水色满潇湘。

献纳何成事，归休未补羊。

楼台临海色，帝子待炎凉。

128. 留别于十一兄逖裴十三游寒垣

黄河易水各流芳，楚国秦皇自建章。

渭水垂钩乩鼓亲，商鞅五马李斯伤。

秦来小篆同书轨，钓得文王共世梁。

上蔡门前天子路，中原逐鹿纵横扬。

129. 夜别张五

别酌怯高堂，离情五味尝。

琵琶弹落月，玉笛纵横扬。

束带辞歌舞，辞杯陌上桑。

130. 魏郡别苏明府因北游

魏郡赵燕连，佳人舞蹁跹。

千姿形百态，六印解三悬。

白壁由君子，黄金一掷钱。

荆轲人不忘，易水至今怜。

131. 留别西河刘少府

一世几无成，三生自久鸣。
千年知纾策，万里献芹声。
笔力刀锋刃，瑶章玉树明。
青莲非草木，隐逸是浮名。

132. 颍阳别元丹丘之淮阳

吾别元夫子，天伦异姓亲。
烟霞同步履，石玉共丹纯。
万事难齐立，千情可至臻。
三清应自主，五味可人身。

133. 留别广陵诸公

丝袍过赵燕，锦带挂龙泉。
壮士由来去，英雄自少年。
行去还太古，蒲俗弃高贤。
采药丹心炼，孤杯谢葛田。

134. 广陵赠别

美酒一千杯，葡萄五百枚。
胡杨成古木，汉剑作今回。

135. 感时留别从兄徐王延年从弟延陵

参差天籁远，橐钥紫光城。
七叶明皇运，千铃本性名。
三台同领袖，九鼎共云英。
凤阙楼船待，龙池鼓乐鸣。
丹墀扬列祖，帝郊坐皇京。
贝锦延陵佐，骄阳馆苑荣。
神仙临九界，采石炼丹生。
眷眷离情抑，迟迟客子情。

136. 别储邕之剡中

鹅池随岸曲，水色会稽长。
但以兰亭序，何须竹叶乡。
东南天姥问，汉柏顶台梁。
踏石留霜迹，枯荣作柳杨。

137. 留别金陵诸公

云烟沉雨细，色彩莫愁莺。
竹掩荷花径，秦淮映石梁。
佳人移秀步，玉笛镜湖乡。

白下亭中见，金陵太上皇。

138. 口号

二水别金陵，三山问玉鹰。
风光依旧度，但望石头冰。

139. 金陵酒市留别

梅花酒市香，绿蚁女儿尝。
子弟来相送，金陵去别黄。
西东流水见，远近海无疆。

140. 金陵白下亭留别

金陵白下亭，汉口两中青。
驿站悬帆去，归根作落丁。
回头寻所以，举步客声铭。

141. 别东林寺僧

猿鸣一虎溪，别意九江堤。
莫望匡庐木，东林直影低。

142. 迁夜郎于乌江留别宗十六璟

巴中明月峡，白下莫愁湖。
但过乌江口，虞姬舞剑孤。
娲皇天水岸，世末夜郎途。
炼石青门度，京都楚梦吴。

143. 留别龚处士

已过黄牛峡，何闻白帝城。
疆圆归处士，隐逸市都鸣。
雨到巫山暮，云来神女盟。

144. 黄鹤楼送孟浩然之广陵

江流日问江楼，暮色悠悠待暮秋。
远近山峰应可见，黄昏已满广陵舟。

145. 将游衡岳过汉阳双松亭别族弟浮屠谈皓

赵氏璧前秦，廉颇玉后纯。
屈平湘水赋，芈月楚才人。
六国纵横论，三朝七代人。
同书同轨制，异客异经纶。

146. 赠别郑判官

浮云无本意，落叶有归情。

一别长亭暗，三生跬步明。
前程前莫止，举步举精英。

147. 留别贾舍人至二首

之一：
十度罗浮水，三亭故步游。
支公常竹节，面壁可居幽。
洪流难所止，石柱立昆丘。
直直天街树，明明载德留。

之二：
一度长沙客，三秋望夜郎。
东微东已止，北度北炎凉。
但以长安夜，何闻著豫章。
相思儿女见，且醉作衷肠。

148. 渡荆门送别

一路荆门问，三生楚国游。
东吴平野阔，北蜀大荒丘。
百里成天镜，千年逐九州。
屈平辞未尽，芈月继春秋。

149. 留别金陵

序：
闻李太尉大举秦兵百万出徵东南懦夫请缨冀申一割之用半道病还留别金陵崔侍御十二韵

诗：
黄河当饮马，北海寓长鲸。
太尉云旗举，号令东苍缨。
周亚夫子策，刷孟鲁连生。
赤羽连天帜，旄铖逐寨城。
长江惊巨浪，渭水任潮声。
壮士龙泉剑，精英弃笔横。
金陵迎倒履，白帝送君行。
旧国秋霜月，群公序贯鸣。
同文同轨迹，度子度量衡。
久久长长治，朝朝代代盟。
秦川天子望，汉道弃阴晴。
有酒寻知己，无才问太平。

150. 别韦少府

北上龙门市，南登白鹿圆。

商山谁四皓，魏阙可三年。
闭户心无语，关门净不宣。
寻仙千道士，养马一秦川。

151. 南陵别儿童入京

不可别儿童，三年一步中。
声声应不止，处处可无终。
百里奚何谓，羊皮五卷丰。
回头君子路，伯乐是雕虫。

152. 别山僧

一别问山僧，千丹待玉凝。
泾溪明月近，古寺点孤灯。

153. 赠别王山人归布山

小人一布山，古道半天颜。
步步循杨柳，欣欣自去还。
无须开谷雨，自得闭门关。
鹤羽呈天色，笙歌列祖颁。

154. 江夏别宋子悌

楚不净清空，天门问宇风。
人分朝暮见，草木逐青红。
士得龙泉剑，夫闻酒不穷。
杯如三百色，醉似一飞鸿。

155. 南阳送客

斗酒一衷肠，千程半柳杨。
前程知己问，别意寸心伤。
跬步长安市，挥鞭瀍水旁。
何须闻醒醉，不忍玉壶浆。

156. 送张舍人之江东

一目大江东，三吴木渎风。
天清云已将，地阔雁未穷。
自得莼鲈脍，何言芰实丰。
青莲千子粒，螃蟹女儿红。

157.送王屋山人魏万还王屋　并序

魏万自嵩行，三吴访越城。
天涯方外客，浪迹逐平生。
栈道陈仓问，天台玉女明。
黄河清浊水，大海共阴晴。

鬼谷龙潭壑，樟梁辨哲英。
曹娥碑镜秀，羽客镜湖缨。
瀑布天泉落，灵溪石岸横。
无穷端水色，北斗永嘉营。
汉武楼船习，愧柏国文清。
梅花桥望月，范子浣经情。
七十滩湾芷，三千弟子名。
金华杨子练，沈约著诗城。
旷望风尘幕，昂藏日本瀛。
严光垂濑钓，谢竹问猿声。
汴水钱塘去，姑苏日下平。
天堂今古见，草木自枯荣。

158. 送当涂赵少府赴长芦

之一：
送客赴长芦，知音问五湖。
淞江流逝水，日暮望当涂。
之二：
秦王百里奚，列国楚才齐。
破釜沉舟见，羊皮卜易蠡。

159. 送友人寻越中山水

稽山不断半云烟，白雪阳春一壑泉。
细雨绵曾不断，天台澹澹越台川。
枚乘八月张翰问，谢客莼鲈脍水解。
醉后钱塘潮未去，隋炀植柏国清禅。

160. 送族弟凝之滁求婚崔氏

人生百岁余，世上一天书。
女嫁男婚事，王侯帝业居。
志气由来少，风云自在疏。

161. 送友游梅湖

金陵一色半梅花，十月千香七彩霞。
浦口云帆书雁至，音容笑貌满全家。

162. 送崔十二游天竺寺

一寺半春秋，三光十地流。
禅音东越储，桂子月宫猷。

163. 送杨山人归天台

天台一望浙江潮，六合三秋碧水桥。
鼻触云烟云雨细，眉连玉露玉人娇。

164. 送温处士归黄山白鹅峰旧居

看尽黄山五百峰，松姿玉影一千容。
群峰屹立云中断，谷水烟流月下封。
白雪泉流悬万丈，奇崖怪石桂天逢。
回溪十六金丹炼，羽化芳丛有鼓钟。

165. 送方士赵叟之东平

麟台吊孔丘，异域作春秋。
洞晓桑条晚，方知日可留。

166. 送韩准裴政孔巢父还山

兔窟猎云龙，英彦虎石松。
清真同二履，牧伯共三冬。
社稷呈天下，尧传九鼎容。
东门衣可挂，雪月士难重。

167. 送杨少府赴选

大国度量衡，贤士历紫缨。
南风君子咏，郑曲准精英。
自是弹冠者，应非尺寸营。
球琳司主见，弃务化纵横。

168. 对雪奉饯任城六父秩满归京

虎虎龙龙见，鸾鸾凤凤闻。
司成成秩职，主主作夫君。
郢曲英风近，吴音墨客芬。
西秦多养马，渭水浣衣裙。

169. 鲁郡尧祠送吴五之琅琊

鲁郡琅琊一帝尧，巢由隐逸半天娇。
青松自直成林许，逝水东韦作海潮。

170. 鲁郡尧祠送窦明府薄华还西京　时久病初起作

西秦一路近长安，北晋千川渭水萌。
九鼎三杯呈此笑，仙人百岁自云端。
瀛洲太白酩酊见，魏武群精铜雀难。
八极尧前琴似语，兰亭序里心心宽。
文章七子牧乘赋，大海波涛日月观。
宰牧人心闻政治，扶苏草木上山峦。

171. 金乡送韦八之西京

客去一西京，归心半不明。

皇城风俗重，渭水几枯荣。

172. 送薛九被谗去鲁

黄金销众口，白璧竟难投。
宋玉人何辨，梧桐谗鸟呦。
春申谁愚士，楚赵孟尝侯。
狡兔曾三窟，冯谖一诺由。

173. 单父东楼秋夜送族弟沈之秦

咸阳一路到长安，洛水千波逐鲁丹。
北斗丝桐弦未尽，兰亭曲岸玉栏干。
山阴雪月灯红照，上苑风花满杏坛。
太白青莲心不改，京都旧步似邯郸。

174. 送族弟凝至晏堌

晏调半齐讴，长河一逝流。
东音曾不改，醉酒已白头。

175. 鲁城北郭曲腰桑下送张子还嵩阳

别鲁桑丝茧，嵩阳唱大风。
何时杯酒见，不与李膺同。

176. 送鲁郡刘工史迁弘农长史

鲁国仲尼见，弘农草木深。
攀龙臣道笔，惠爱致齐琴。
结社三兄弟，贪交一古今。

177. 鲁郡尧祠送张十四游河北

河南河北去，鲁郡鲁人才。
猛虎高山上，龙蛇草木开。
燕燕歌易水，阜阜杏坛台。
但以东邻近，无须隔壁猜。

178. 送别

序：
送族弟单父主簿凝摄宋城主簿至郭南月桥回栖霞山留饮赠之
诗：
举目青萍剑，余心割据悬。
栖霞山上酒，二邑醉中眠。
但望龙泉尺，何须起舞迁。
群芳群色比，独傲独婵娟。

179. 鲁郡东石门送杜二甫

鲁郡一池台，蓬莱半玉杯。
黄河流不尽，泗水几徘徊。

180. 杭州送裴大泽赴卢州长史

一片梅门深，三生报国心。
西江天柱石，落日洒黄金。

181. 灞陵行送别

柳叶灞陵桥，微枝玉色消。
秦人歧路去，不忍断肠遥。

182. 送贺监归四明应制

不阻洞庭归，潇湘大雁飞。
真言茅氏鉴，浙水晖隐尧。

183. 送窦司马贬宜春

歌钟曾不断，指剑寄高天。
射猎谁先箭，徵营士卒前。
隋珠隋自得，赵璧赵人贤。
雨露王朝泣，中退进退悬。

184. 送羽林陶将军

三杯拢剑舞龙泉，一绫行云指紫烟。
此去昆明池水岸，云南羽色正楼船。

185. 送贺宾客归越

清清一镜湖，漾漾半珍珠。
道士山阴见，鹅池曲岸芜。

186. 送程刘二侍郎兼独孤判官赴幕府

安西幕府满才雄，走檄飞书颂大风。
绶带禽衣朋主赐，胡尘日后肃云空。

187. 送侄良携二伎赴会稽戏有此赠

但见东山伎，何言杏李春。
春风应不尽，落下是红尘。

188. 送张遥之寿阳幕府

符坚一战八公山，未假长城去不还。
虎豹熊罴皆役阵，寿阳险要半荆关。

189. 送襄十八图南临嵩山二首

之一：
胡姬招素手，蜀客醉金樽。
绿盷春风酒，芳兰净履尘。
人生多过往，世俗以翻新。
鸟雀知栖树，龙蛟以水邻。

之二：
嵩岑知面壁，渭岸渡长安。
颍水泉源近，秋风卷巨澜。

190. 同王昌龄送族弟襄归桂阳二首

之一：
秦川望桂阳，楚客问贡粱。
酒隐罗浮醉，心根一士乡。

之二：
湘楼白石一长沙，贾子屈平半客家。
桂水连云烟百度，秦川草碧色人家。

191. 送外甥郑灌从军三首

之一：
争雄一诺来，财掷半天开。
此去天街令，飞鸿以岁回。

之二：
丈八蛇矛举，闻千以百裁。
胡杨沙断壁，铠甲将军开。

之三：
黄河两岸秋，北魏半云楼。
逝者如斯去，鸿飞白鹊洲。

192. 送于十八应四子举落地还嵩山

归根信太和，渭水逐千波。
举剑斩庭树，行吟作楚歌。
寻音知必久，逐客不蹉跎。
踊跃嵩丘步，黄河一路多。

193. 送别

瞿塘直入巫山里，八月芦花暮雨愁。
望尽浔阳想见晚，寻来别意苦行舟。

194. 送族弟绾从军安西

从军挂角一安西，汉将飞戈半箭低。

受降城中归战勇，功勋日比按剑齐。

195. 送白利从金吾董将军西微

寒风入铁衣，白起问天机。
决战风云动，龙鳞草木稀。

196. 送张秀才从军

秀才一军丁，齐珪半肯宁。
凌烟周粟问，达略魏城铭。

197. 送梁公昌从信安北微

龙泉大丈夫，易水作江湖。
事达英雄志，人韦地阁都。
寒垣明月色，白霜素皇都。
已见胡云尽，应来北战俘。

198. 送崔度还吴

幽燕白雪沙，魏晋古人家。
去影三吴问，梅香十月花。

199. 送祝八之江东赋得浣纱石

耶溪一浣纱，越女半羞花。
石上西施影，宫中作馆娃。
山青临木浃，碧玉漾云霞。
应知谁五霸，未了范蠡家。

200. 送侯十一

朱亥晋方陈，侯赢未隐身。
潼关分两界，魏晋雁门沦。
独任湛卢剑，交闻日月亲。
空余天下路，苦役尽秋春。

201. 鲁中送二从弟赴举之西京

儒家二弟来，赴举一名开。
鲁客诗惧济，英华胜楚才。
明光宫殿上，上袱左云台。
足逸龙门岸，冠凌伯乐回。

202. 奉饯高尊师如遗道士传道录毕归北海

道隐灵书见，尊师万刧回。
风行歌历世，别杖紫黎开。
竹竹青光绶，云云卷又裁。
相传如此是，逝者如斯来。

203. 金陵送张十一再游东吴

张翰四句满黄花，十一三吴半水涯。
八月建功夫子世，风华雪月故人家。

204. 送纪秀才游越

八月观涛海水开，三吴水色上天台。
蓬莱岛上千峰动，越岸云中万浪来。

205. 送长沙陈太守二首

之一：

庆守一长沙，潇湘半水涯。
凌云英主步，禹穴泽桑麻。
按节天池赐，行名保正衙。
高悬明镜鉴，武勇图人家。

之二：

七郡一长沙，三湘半楚家。
千流东逝水，十月岭梅花。
莫小二千石，方成十地华。
苍醒非鼓瑟，海角不天涯。

206. 送杨燕之东鲁

关西杨伯起，汉日旧王贤。
四代侯门户，三公十地天。
衡霍何事历，释罢对青莲。
三子门东鲁，千般水自泉。

207. 送蔡山人

弃世问山人，轮回可上真。
三清三界域，九品九天津。

208. 送杨山人归嵩山

嵩山不可归，渭水三鸿飞。
隐逸巢由问，冠官几是非。
东林松月挂，面壁敞心扉。
岁晚高僧守，高阳玉女闱。

209. 送殷淑

海水暮朝潮，青云彼此摇。
江流连起落，进退逐云霄。

210. 送萧三十一之鲁中兼问稚子伯禽

之一：

稚子伯禽名，知君鲁道行。
应随君子虽，记取是离情。
六月南风远，三吴北火惊。
泉蒸城未老，水气已清平。

之二：

青龙白鹭洲，建邺大江流。
俯仰千杯酒，金陵一石头。

之三：

酒醉自长鸣，君歌已短声。
何惊栖白鹭，月色离滩情。

211. 送岑微君归鸣皋山

尧传社稷问巢由，鲁府山河向去留。
得以天机无以道，听其自在任其流。

212. 送范山人归泰山

天街一步白云间，独峙三光古木山。
十八盘中知岁月，封禅路上问仙还。

213. 送韩侍御之广德

一日绣衣荣，三台侍御声。
今宵凭酒醉，广协牧人情。

214. 送友人　别桓仁

青山重北岭，白水绕西关。
五女峰云枕，三生读未还。
桓仁家不在，越秀客天班。
七十南洋去，诗词格律颜。

215. 送通禅师还南陵隐静寺

隐静居心寺，南陵问道声。
孤峰天目色，独月自阴晴。

216. 送别　自赏

百酒一诗篇，三生半晋燕。
梅花天划曲，下里九重泉。
雅雅卿卿梦，乡乡土土连。
南洋重旧步，七十始新年。

217. 江上送女道士褚三清游南岳

吴江女道人，自带羽花巾。
湿遍梅花雨，寻仙水月春。
青莲头上束，指伐将红尘。

八戒南台岳，三清魏妇邻。

218. 送友人入蜀

草木蚕丛路，崎岖曲折行。
陈仓修暗道，剑阁筑天城。
白帝横江水，巴山逐雨平。
嘉陵江上色，蜀道挂苍缫。

219. 送李青归南叶阳川

世上一仙人，心中半布巾。
阳川云雨济，养化可秋春。

220. 送舍弟

舍地一书生，求贤增士荣。
相思一梦辽东客，仗剑三鸣上渭城。

221. 送别得书字

舟行作子虚，远际一天书。
且读云帆济，何言日月余。

222. 送鞠十少府

我有延陵剑，君无陆贾金。
艰难凭此别，日月共知音。

223. 送张秀才谒高中丞

浔阳东狱中，秀才孟熊戎。
自该留侯传，余嘉共大风。
秀才逸千军，朝廷上万文。
留侯斯客在，六国逐秦分。
自以商鞅策，何言太子勋。
成功成国主，胜迹胜氤氲。

224. 浔阳送弟昌峒鄱阳司马作

水逢九江来，云飞石镜回。
鄱阳帆不落，晓月满船台。

225. 饯校书叔云

无人自守颜，暮日满群山。
饮酒听歌令，黄昏不闭关。
当心桃李报，以意望河湾。
醒醉何分别，枯荣是去还。

226. 送王孝廉觐省

彭蠡一日上天台，客子三吴木渎开。

觐省姑苏廉洁士，商船自条运河来。

227. 同吴主送杜秀芒赴举入京

赴举入京城，庐江作水明。
秋山林色净，但持秀才名。
未起寒烟兆，云高落叶横。
长安京兆守，渭水只东行。

228. 洞庭醉后送绛州吕使君果流澧州

一梦不相蓬，三秋作别容。
延平雕剑字，持诺雁回峰。

229. 与诸公送陈郎将归衡阳

之一：
雁在衡阳半故乡，南来北去一衷肠。
曹城不榻贤才子，抚掌声名击案扬。
之二：
衡阳日已曛，岳秀著衡云。
序惭名贤客，星回白璧分。
谁当闻剧孟，自比孟尝君。
孔子周游去，文王渭水闻。

230. 送赵判官赴黔府中丞叔幕

廓落一青岑，交游半子寻。
黄金非富贵，文才是古今。
平原君上坐，鲁道驿中禽。
鸣时鸣自己，宿木宿林深。

231. 送陆判官往琵琶峡

水国琵琶峡，江流日月斜。
长安应别梦，楚蜀是一家。

232. 送梁四归东平

美酒玉壶倾，佳人劝醉横。
疑应知渭水，不误去东平。

233. 江夏送友人

楼前黄鹤舞，月下汉江流。
夏口知音在，琴台草木洲。

234. 送郗昂谪巴中

蜀将一张飞，成名半翠微。
巴中非落魄，挥手敬君归。

235. 江夏送张丞

高山流水去，汉口大江来。
欲别千杯酒，风扬一夏开。
攀花难不折，指鹿可徘徊。
远远知君路，丞丞玉案台。

236. 赋得白鹭鸶送宋少府入三峡

高唐三峡雨，白帝一江去。
暮到巴陵月，朝从汉口分。
襄王神女会，宋玉赋先闻。
鹭鸟洲前立，行舟载日曛。

237. 送二季炎江东

江东一梦连，禹穴半书牵。
西塞山月晚，匡庐洞口仙。
云峰如远海，落日似悬天。
此去何寻醉，归来可种田。

238. 江西送友人之罗浮

桂水分流五岭西，衡山独立九巍低。
安西一足罗浮北，蜀道千重楚鸟啼。

239. 宣州谢脁楼饯别校书叔公

宣州谢脁楼，但系校书舟。
断水抽刀问，倾杯客更愁。
芳枝生古树，古叶待春秋。
散发清风许，扬头任自流。

240. 宣城送刘副使入秦

副使入秦州，宣城以酒留。
长安当自主，魏阙雁门楼。
感激纵横论，伤悲日月舟。
三吴应望尽，一语似江流。

241. 泾川送族弟錞

泾川三百里，渭水一千堤。
浙岸耶溪短，东吴木渎低。
蓬山多少路，锦石去来斋。
置酒杯中见，行囊月下齐。

242. 五松山送殷淑

秀色明江左，风流奈几何。
仲文还不了，独得楚人歌。

古木三千载，溪泉十万波。

松山槛满岭，绿蚁绿珠多。

243. 送崔氏昆季之金陵　一作秋夜崔八丈水亭送别

但系敬亭舟，何须问酒楼。

秋风不水榭，雪月入杯留。

主客知音醉，金陵问石头。

河梁应一笑，不谬十三州。

244. 次韵

序：

登黄山凌歊台送族弟溧阳尉济充泛舟赴华阴得齐字

诗：

日上观牛渚，云中问草低。

朱曦河溯见，五月筑加堤。

凤以依鸾族，虹当雨色霓。

长风帆自举，努力向天齐。

245. 送储邕之武昌

江流沧浪西，鹤舞大江东。

谢朓东山饮，羊公岘尾风。

襄阳知太白，夏口武昌城。

楚客谁才子，宣州可忆空。

246. 文牍覃少府

一诺半沧洲，三军九鼎牛。

梅生仙骨去，浪迹岗荆楼。

绶带屈心志，文章汉魏留。

千声呼日月，万国作春秋。

247. 酬宇文少府见赠桃竹书筒

一筒半文房，仙桃木竹乡。

方圆同世界，尺寸共炎凉。

五色耕耘土，三光彼此藏。

心灵相照顾，感触互挥扬。

248. 五月东鲁行答汶上君

一士两人生，三光半暗明。

无成无半世，有界有重萌。

七十从零起，三千弟子英。

山东新学剑，鲁府老冠缨。

249. 早秋单父南楼酬窦公衡

太白南楼看道书，东巡一念半多余。

书生达志寻明主，壮士平生卷似舒。

250. 山中问答

林中一日闲，目上半云间。

但见桃花水，还闻鸟雀山。

251. 答友人赠乌纱帽

书生一半念乌纱，弹子三千忘故家。

隐逸山人观世界，群芳首自腊梅花。

252. 酬张司马赠墨

上党一松烟，夷陵半色研。

兰香凝麝锦，彩玉落珠田。

列瞩丹青笔，兰亭日月年。

黄头奴子润，太白酒文泉。

253. 答湖州迦叶司马问白是何人

太白是何人，青莲酒市春。

如来居士客，北斗七星宸。

254. 翠微寺

序：

答长安崔少府叔封游终南翠微寺太宗皇帝金沙泉见寄

诗：

金沙泉上见，太白石中闻。

澹澹清青色，幽幽落落云。

苍林藏日隐，古塞掩松氲。

滴滴泉潭积，波波水月分。

255. 酬崔五郎中

壮士志飞扬，郎中杖策长。

良图应细邈，造化已高堂。

濯还流沧浪，清缨逐水泱。

蓬壶凌倒影，汗漫祇神乡。

256. 以诗代书答元丹丘

一鸟来秦川，诗书半锦田。

丹丘丹紫禁，信字信思泉。

忆旧难情尽，从新可弃怜。

咸阳三见绿，客子又经年。

257. 金门答苏秀才

水火木秋春，金门土五津。

人心应一见，物象可三秦。

墼谷去微妙，山峰草木新。

闲居山鸟静，海纳百川邻。

拙薄良辰望，琼筵醒醉醇。

青莲疑太白，举剑作经纶。

258. 酬坊州王司马与阎正字对雪见赠

积雪一峰明，东风半自倾。

冰霜同物象，草木共枯荣。

正字寻稽得，高门作故衡。

铜龙楼上赋，馆社驿中鸣。

岭北梅花色，江南芷渚明。

由君常指点，客子寄皇城。

259. 酬张卿夜宿南陵见赠

夜宿南陵月，城东鲁雪明。

长河惊鸟落，古木叶枝萌。

下邳身为客，圮桥已二更。

云龙相见处，举首太微行。

260. 酬中都小吏携斗酒双鱼于道旅见赠

鲁酒银杯琥珀光，汶鳞紫锦远人尝。

双鱼斗酒红肌雪，泼救开扉利刃张。

一餐君何去，千杯任自扬。

相倾应可醉，此望试圆方。

261. 酬岑勋见寻就元丹丘对酒相待以诗见招

断续半思潮，东吴一小桥。

元丘丹子酒，命驾客相招。

月影穷途树，天书自碧霄。

千金轻一醉，万里步何遥。

262. 答从弟幼成过西园见赠

拙薄一西园，栖闲半水源。

邻家三十步，隔杖草花繁。

野性牵牛紫，朝来碧叶萱。

黄昏翁祝酒，醉后谢轩辕。

263. 酬王补阙惠翼庄庙宋丞泚赠别

学道三千载，羲和五百津。
溪荒流石渡，石白素秋春。
隐客何居洞，仙人自可邻。
经纶非炯诫，朴散尚冠巾。

264. 酬裴侍御对雨感时见赠

秦王太傅一商鞅，变法朝堂半不常。
鄂楚申包谁逐客，平生所见问隋炀。

265. 酬崔侍御成甫

水阔一严滩，舟平半钓澜。
空山归玉宇，太白醉青丹。

266. 石头城

序：
玩月金陵城西孙楚酒楼达曙歌日晚乘醉着紫绮裘乌纱巾与酒客数人棹歌秦淮往石头访崔四侍御
诗：
夜半西城月，浮云挂玉钩。
金陵轻沽酒，海客傲阳侯。
白下一杯醉，秦淮忘子猷。
吴姬招手劝，百字楚歌楼。

267. 江上答崔宣城

明明玉女峰，岳岳水芙蓉。
季子孤鸣久，王恭独傲封。
云云烟里雨，雾雾露中浓。
玉宇飞龙影，苍天一直松。

268. 答族侄僧中孚赠玉泉仙人掌茶　并序

荆州石乱玉泉明，八十真公饮水瑛。
正古还童颜似少，中孚太白逐隐情。
石洞玉泉山，茗茶养子颜。
青莲逢佛意，掌上叶仙班。
白鼠仙经纪，清溪乳液湾。
宗僧诚拍岸，举世向何还。

269. 訓裴侍御留岫师弹琴见寄

白雪一琴音，阳春半古今。
相思明月落，竹泪作人心。

270. 醉后答丁十八以诗讥余搥碎黄鹤楼

太白醉平生，翰林醒未名。
无须黄鹤舞，但记凤凰城。
逸笔在丹青，从情日月晴。
高山流水去，下里蜀人情。

271. 互答

序：
张相公出镇荆州寻徐太子詹事余时流夜郎行至江夏与张公去千里公因太府丞王昔使车寄罗衣二事及五月五日赠余诗余答于此诗
诗：
但以四愁诗，文成一忆时，
罗章已赠友，意念久相思。
百鸟朝鸣凤，三羊古泰辞。
何无吟醉酒，草木理连枝。

272. 酬中国书籍出版社向鸿兄

万卷一书楼，千章半子猷。
三路今址迹，五百帝王侯。

273. 答裴侍御先行至石头驿以书见招期月满泛洞庭

月满洞庭秋，风清驿石头。
君书黄鹤至，意远问南舟。
夏口悬明镜，巴陵傍子猷。
平湖连彼此，独步岳阳楼。

274. 答高山人兼呈权顾二侯

夔龙一运生，蛰后启虹明。
扫荡开元气，清遐帝子城。
青云莲子献，谗惑佞恩荣。
贾客长沙赋，屈原楚鄂平。
苍醒湘水岸，竹泪二妃情。
独鹤思凌厉，双萍易转明。
江流沧浪济，执袂望舻行。
顾达衣冠远，扬帆逐此琼。

275. 答杜秀才五松见赠　五松山在南陵铜坑西五六里

铜坑四里五松山，铸鼎千年一帝颜。
但见长杨天子赋，云开敕赐虎龙关。
陶公采秀行歌咏，四皓须眉降问还。
谢尚高名彦伯异，桃花水色武陵湾。

276. 至陵阳山登天柱石酬韩侍御见招隐黄山

白鹿过陵阳，华山自帝王。
飞鸿南北逐，岁月去来乡。
避狄辽东客，行云玉女妆。
黄山松待客，崿巘子乔扬。
但以笙歌起，青莲石柱梁。
浮丘因碧叶，秘诀度仙章。
凤羽成鸾驾，金杯盛酒浆。
樊笼一笑翠，隐逸待龙骧。

277. 酬崔十五见招

鸟迹一天书，相招半帝墟。
溪琴原可误，尺素自心余。

278. 答王十二寒夜独酌有怀

雪夜吴中问子猷，秦淮岸后有孤舟。
哥舒一仗谁荣辱，石堡三军滞九州。
北斗星宸开口问，南阳草木卧龙留。
巴人下里阳春唱，楚璞高山白璧优。
贝锦曾参当一笑，祢衡击鼓半沧洲。
严陵只钓山河水，北海英风日月忧。

279. 游南阳白水登石激作

朝寻白水源，石浩勇流喧。
浅澹涵晴色，深林子叶繁。
黄河清浊见，万里逐中原。
岛屿川分界，长歌醉竹轩。

280. 游南阳清泠泉

落日半南阳，泠泉一路光。
清清分水色，岸木合杨长。

281. 寻鲁城北范居士失道落苍耳见范置酒摘苍耳作

一客自东西，三秋有刺黎。

云裘苍耳捉，酸枣代霜梨。
有酒方成客，无琴不语齐。
南阳吟猛虎，醒醉共高低。

282. 东鲁门泛

两岸沙明碧水来，三春玉树百花开。
轻流泛月横舟止，大雪纷纷作浪催。

283. 秋猎孟诸夜归置酒单父东楼观伎

微生不就半浮烟，狡兔行踪两窟田。
颓事倾晖遮耳目，圆丘速短巧雕年。
东楼酒醉吴姬伎，独月寒光孟诸弦。
鲁草枯荣歌舞尽，来帆未定是去船。

284. 游泰山七首

之一：

春明上泰山，石径十三弯。
独峙君峰顶，双云百木颜。
天街谁漫步，绝巘临仙关。
九垓清风影，蓬瀛玉女环。
流霞杯里酒，弃世醉中攀。
太白星辰照，青莲不可闲。

之二：

水色一青龙，桃花半粉踪。
剡溪云雨细，鲁泛暮朝容。

之三：

白鹿上天门，表云向石根。
仙人应此去，鸟迹入荒村。

之四：

黄河不尽一南边，鲁府何言半国田。
八极长空空未止，三光照就高仙。

之五：

九日泰山明，群峰雾色轻。
层峦层界定，诸顶道云平。
绝巘苍茫远，天街雨露城。
蓬瀛蓬海岛，独峙独风情。

之六：

夜半过三更，云前破晓行。
东方初出日，八面满红晴。
手上浮霞紫，心中落玉英。
长鸣呼世界，久储对天生。

之七：

绝顶一云飞，群峰半翠微。
黄河天际去，鲁府杏坛晖。
王母池前饮，仙桃待客归。
应知太白醉，俯仰敞心扉。

285. 秋夜与刘砀山泛宴喜亭池

宰令一明舟，婵娟半泛游。
清光清酒宴，玉影玉人羞。
客伎芳音近，琴声自主流。
亭池梁苍赋，海色逐深幽。

286. 携伎登梁王栖霞山孟氏桃园中

梁王自有东山伎，孟氏桃圆绿蚁猜。
去日如斯今日去，明辰未可复辰明。
栖霞已得栖霞色，醒醉何须醒醉荣。
主客东西南北论，英雄彼此暮朝情。

287. 与从侄杭州刺史良游天竺寺

刺史天竺寺，游僧桂月秋。
观涛沧海岸，八月逐天流。
不测云烟水，当空泊浪酬。
龙蛟鲸隔岸，一线满吴洲。

288. 同友人舟行游台越作

远远望天台，遥遥浙水来。
江枫红海月，茨叶顶尖开。
独迹寻隋柏，蓬壶饮玉杯。
长安相问久，魏阙不疑猜。

289. 朝下过卢郎中叙旧游

越北一金华，吴南二月花。
银台门外客，浣女沐溪涯。
酒自商田酿，衣由织女娲。
人间山海不，世上话桑麻。

290. 侍从看游宿温泉宫作

十二羽林军，三千弟子云。
金銮明色远，玉辇彩人裙。
圣主清平乐，梨园曲舞闻。
温泉汤渐暖，百步溢香熏。

291. 邯郸南亭观伎

平原君子问，赵魏伎逢春。
五百年中客，三千月上秦。
清筝分列祖，度曲合天津。
把酒当时醉，何须醒美人。

292. 下终南山过斛期山人宿置酒

暮色南山晚，归人去已稀。
田家童稚邀，美酒客荆扉。
绿竹婆娑影，嫦娥问二妃。
潇湘留此去，独醉主客依。

293. 春日游罗敷潭

谷口一潭清，山峰半落明。
曾思罗敷女，异曲共声情。
意马心猿见，朝云暮雨生。
人心人不止，举步举平生。

294. 春陪商州裴使君游石娥溪

共步石娥溪，东人影各西，
同声何彼此，草木自高低。
政宰由心念，文章自鲁齐。
商州闲可牧，世表满苍黎。
垦壁藏云储，峰峰屹立稽。
红泉流目细，石径鸟无啼。

295. 和氏璧

两腿无成玉，三生有璞荣。
相如和氏璧，卞楚赵秦名。

296. 积

无风一水平，有色半花荣。
此去三千橹，还来五百明。

297. 春日陪杨江宁及诸官宴北湖感古作

江宁百宴余，鲁府一天书，
海味山珍富，莼鲈芡实疏。
钟山多紫气，建邺少当初。
九品成天地，三清问太虚。

298. 陪从祖济南太守泛鹊小山湖二首

之一：

湖源一水遥，夕照半波潮。

访戴归人晚，寻舟问小桥。

之二：

湖光十里遥，月色半云霄。

醉里风中问，杨花逐柳条。

299. 宴郑参卿山池

本醉郑山池，三声宴上诗。

参卿参御道，宴客宴人迟。

蜀道蚕丛栈，陈仓暗度时。

为无为有牧，以是以非知。

300. 游谢氏山亭

谢氏一山亭，经纶半未铭。

清闲心病去，岁物客丹青。

扫雪天街近，扬眉跬步丁。

何闻何不止，自在自心灵。

301. 把酒问月

嫦娥独独与谁邻，桂树明明独自新。

可见天间明月在，相随夜里影连人。

一荣化红尘，三生待可怜。

寒宫寒不已，菜叶菜秋春。

302. 同族侄评事黯游昌禅师山池三首

禅师共远公，自在异心空。

不染风尘水，无闻唱大风。

303. 句

花花雨雨时，水水云云斯。

石石泉泉顺，山山月月知。

304. 金陵凤凰台置酒

金陵一半凤凰台，建业千年楚客开。

六帝兴亡谁醒醉，三光日月入银杯。

葡萄美酒楼兰剑，鼓瑟湘灵竹疾哀。

自古苍梧尧舜治，秦皇紫气去还来。

305. 秋浦清溪雪夜对酒客有唱山鹧鸪者

一曲山鹧鸪，三杯大丈夫。

清溪融雪月，举酒向天呼。

桂影原倾落，嫦娥入玉壶。

炎凉何缺半，醒醉在江都。

306. 与周刚清溪玉镜潭宴别潭在秋浦桃树陂下

弃务永嘉游，寻津太白楼。

桃花坡下见，石屿镜中留。

万壑猿声止，千峰积雪裘。

江亭连水酒，月色挂沧洲。

一醉何须醒，三生步九州。

诗词传日月，草木作春秋。

307. 游秋浦白笴坡二首

之一：

雪月挂山光，清波济浦塘。

秋风微欲止，苇荡半低昂。

之二：

鱼游白笴生波澜，月落沧洲照浅滩。

借得嫦娥怜水岸，倾杯醉去上云端。

308. 宴陶家亭

曲巷幽人宅，高门大户家。

池亭平静水，夕照玉人华。

芷岸鸳鸯戏，轩垣日已斜。

红颜金谷女，碧玉绿珠家。

309. 在水军宴韦司马楼船观伎

酒作剑歌雄，琴由伎女衷。

姿身随醒醉，管笛任苍空。

锦彩楼船舞，知音上苑风。

何闻吴越渎，但入楚王宫。

310. 流夜郎至江夏陪长史薛明府宴兴德寺南阁

叶落一江青，风摇半木丁。

沙明回岸水，月照渚浮萍。

311. 泛沔州城南郎官湖

乾元八月秋，太白夜郎囚。

水月湖光练，张公以酒酬。

一逸尚书郎，三台半故乡。

贤良由此记，夏口牧文章。

主宰江流水，行明治武昌。

郎官湖上望，四坐醉清光。

312. 陪侍郎叔游洞庭醉后二首

之一：

读卷儒书子，当朝作侍郎。

三杯容小阮，一醉慰轻狂。

之二：

一醉卧浮舟，三秋逐叶流。

江鸥飞来问，却是向筵求。

313. 夜泛洞庭寻裴侍郎清酌

之一：

日晚洞庭西，江明月色低。

舟横先自醉，水泛玉波齐。

逸客弹琴久，青莲太白泥。

巴陵谁不见，楚酒对猿啼。

之二：

泥人行乐尽，组珪酒泉深。

醉得巴陵郡，潇湘问古今。

314. 陪族叔刑部侍郎晔及中书贾舍人至游洞庭五首

之一：

中书贾舍人，叔族侍郎巾。

望尽长沙竹，潇湘鼓瑟邻。

之二：

楚水洞庭分，荆门百里云。

长沙斑竹泪，处处吊湘君。

之三：

但向洞庭来，何须楚客才。

风清千里目，水月万家回。

之四：

塞北早鸿归，衡阳落不飞。

秋霜应未许，酒客月明晖。

之五：

月扫明湖玉镜开，舟移酒客两徘徊。

人生一醉知成就，帝子千章问楚才。

谈笑君山君子醉，行吟古道古人来。

315. 楚江黄龙矶南宴杨执戟治楼

黄龙矶上宴，执戟治楼头。
故友临清见，风云自不休。
高枝攀不取，逝者似斯舟。
太白青莲剑，如今断水流。

316. 铜官山醉后绝句

铜官山上醉，蜀道客中还。

壶倾三界水，笔架五松山。

317. 五松山

序：
与南陵赏赞府游五松山　山在南陵铜井西五里有古精舍

诗：
三清一半五松山，八韵千章十阙关。

置酒倾壶徵古绝，精修剪竹作心斑。
听泉流不尽，百里储河湾。
已止何无止，由因几度还。

318. 宣城清溪

清溪百堆问桐庐，水木千章作古书。
落鸟还飞知所去，怀人未了问情余。

第三函　第七册

1. 与谢良辅游泾河陵源寺

泾川一路陵源寺，半对云门石破天。
中以山山明水水，保须再上会稽船。

2. 游水西简郑明府

云林水月门，锦彩简黄昏。
石郭回溪绕，清凉古寺昆。
如霜曾似雪，岸树老天棣。
净土临宗际，相思入古村。

3. 九日登山

黄花九月九重阳，越女三歌三故乡。
五柳门前桃李度，千川日上水流长。
冯夷灵已在，吕尚钓钩藏。
击案屠山水，齐歌自可扬。

4. 九日

九日一分明，三生半色清。
阴晴何界定，尺寸以秋衡。

5. 九日龙山饮

水月不留人，黄花百色新。
有酒当先醉，无冠已逐臣。

6. 九月十日即事

昨日重阳醉，今人复酒肠。
黄花依旧色，苦菊作天香。

7. 陪族叔当涂宰游化城寺升公清风亭

古刹一升公，当涂半济融。
三清知彼比，四顾息清风。
季父鸣琴辅，陶潜五柳穷。
青莲何所以，太白自由衷。

8. 登锦城散花楼

朝霞一片散花楼，日锦千门聚色留。
瞩目山河多独立，春江曲折绕双流。

9. 大庭库

莫辨一山东，重云半大风。
寻观齐鲁地，物化五弦工。
阔地黄河水，寥天北海穿。
山川终所改，日月始元终。

10. 登单父陶少府半月台

陶公半月台，五柳一书回。
置酒秋山外，重阳九日来。

11. 登峨眉山

峨眉五百峰，石壁一千容。
宝瑟平生寄，琼箫十丈松。
龙泉循太极，卜易武当封。
八卦三清步，双仪九派宗。
红尘应凡俗，世界可鸣钟。
物象何先后，心思自古逢。

12. 天台晓望

天台近四明，百越客三清。
好道求仙术，寻心对古精。
琴弦知五七，玉笛镜湖平。
但以青莲士，当然太白行。

13. 早望海霞边

早望海霞边，红表晓色船。
波涛天地阔，白浪接高天。
虎跳瑶台岸，龙吟上掖宣。
青莲当士子，举剑画方圆。

14. 焦山望寥山

石壁一焦山，江流半玉颜。
神仙招我去，举手不应还。

15. 杜陵绝句

南登问杜陵，北望向鲲鹏。

日月经天运，唐家几魏徵。

16. 登太白峰

太白峰中太白鸣，开天举手向天行。

扶云直上三千里，顿足扬长五百声。

17. 登邯郸洪波台置酒观发兵

洪波台上望，置酒对邯郸。

举剑燕山斩，天狼已赵残。

龙旗挥虎斗，赤羽上云端。

洒酒扬天地，苍缪百万澜。

18. 登新平楼

去国几春秋，新平独上楼。

黄昏天日远，镜水逐寒流。

大雁飞南北，秦云散九州。

家乡应所见，草木满沧洲。

19. 谒老君庙

灵丹一老君，古庙半天文。

独旷燕原见，流尘已不分。

20. 秋日登扬州西灵塔

宝刹西灵塔，扬眉镇四方。

三千三世界，五万五炎凉。

日月重天过，风云草木长。

勾心连斗角，柱表画雕梁。

纳海行僧久，含章问远堂。

秋霜黄橘色，瞩目地藏王。

21. 登金陵冶城西北谢安墩

（北墩即晋太傅谢安与右军王羲之同登 有超然高世之感志）

东山半右军，组练一旌文。

折匠青龙志，风云丑虏闻。

弃甲苍天问，寻章厚地氲。

桃源应世外，跬步可量分。

22. 登互官阁

一阁半含云，三山九派氲。

金陵龙虎踞，建邺雨花芬。

北户钟山对，南城二水曛。

平门余太白，只读凤凰文。

23. 登梅岗望金陵赠族侄高卒寺僧中孚

钟山霸气抱金陵，建邺王风紫禁徵。

海色连天从练组，群峰逐鹿以香凝。

吴门半敞观潮雨，太白三清问寺僧。

古古今今何不止，梅花腊月唤春承。

24. 登金陵凤凰台

凤凤凰凰一故台，朝朝暮暮半天开。

吴吴越越三山见，晋晋梁梁二水来。

阴晴常换日，草木已年催。

谢履兰亭序，寻今问古回。

25. 望庐山瀑布水二首

之一：

飞珠一片作轻霞，淑女千云五月花。

俯仰欸如霓隐若，琼浆玉液依天斜。

之二：

香炉炼紫烟，瀑布挂前川。

直下三千尺，银河落九天。（此诗不及太白，仅以炼仄代其生平而律也。）

26. 登庐山五老峰

庐山五老峰，瀑布万行踪。

远近阴晴见，云光雨色逢。

27. 江上望皖公山

奇峰皖公山，秀木玉人颜。

炼石三清后，从心半此还。

28. 望黄鹤楼

黄鹤飞来黄鹤楼，山中石室列仙游。

长生不老彤炉木，鹦鹉声平鹦鹉洲。

29. 鹦鹉洲

鹦鹉来吴鹦鹉洲，长江草木楚人舟。

飞天自得瑶池酒，黄鹤仙成黄鹤楼。

30. 九日登巴陵置酒望洞庭水军时贼逼华容县

巴陵一洞庭，太白半丹青。

楚汉分早定，龙文界石铭。

鲸鲵应取讨，白羽射营萍。

剑舞渔阳问，弓弯射渭泾。

秋云天上扫，列士战中灵。

击鼓三通罢，催军将令听。

长安灵武问，上掀复731霆。

造化成天下，人心北斗星。

31. 秋登巴陵望洞庭

巴陵不尽洞庭云，一水东流楚汉文。

草色含烟藏远树，孤帆去鸟隐鹭群。

阳春白雪吴门界，下里巴人郢客分。

越女溪纱莲水岸，男儿一诺策三军。

32. 与夏十二登岳阳楼

一揽岳阳城，三江楚客声。

千波摇海瀚，万木撼天明。

雨水盘门锁，风云浙水平。

山河今古鉴，日月去来荣。

33. 登巴陵开元寺西阁赠衡岳僧方外

古刹一巴陵，开元半玉灯。

香烟衡岳满，阁酒问游僧。

问道三清步，行身五味丞。

青云方外见，白羽玉冰凝。

34. 与贾至舍人于龙兴寺剪落梧桐枝望泾湖

泾湖水色天光满。

太白方闻古寺诗。

35. 挂度江上待月有怀

待月欲东升，舒云作玉凝。

婵娟多少色，玉兔去来承。

36. 金陵望汉江

沧流一钓竿，直意半严滩。

六帝成今古，三吴问汗漫。

金陵收楚水，汉口逐波澜。

海纳千川逝，天含万木冠。

37. 秋登宣城谢朓北楼

宣城谢朓楼，一目半飞舟。
逝者成潮涌，如斯大海流。
双桥虹色挂，独镜帝王侯。
太白怀天地，临光向九州。

38. 望天门山

楚水过天门，吴江木渎村。
西施娃馆舞，璞玉卞和琨。

39. 望木瓜山

一望木瓜山，三吴楚水颜。
呈文天下策，举剑玉门关。

40. 登敬亭北二小山余时送客逢崔侍御并登此地

送自敬亭边，逢君绿蚁前。
屈盘闻太白，逸笑对长天。
北望长安路，南从广粤田。
秦川谁养马，酒液穆公泉。

41. 过崔八丈水亭

水色敬亭云，天光八丈君。
飞檐泉石挂，木榭宛溪分。
白鹭渔歌等，江鸥遂合群。
闲情生逸趣，置酒醉衣裙。

42. 登广武古战场怀古

只要八千兵，亡秦五百营。
江东曾盖世，广武已精英。
楚汉关中将，咸阳七国城。
英雄由此去，自古一纵横。

43. 玉女

序：
安州应城玉女汤作　荆州记云常有玉女乘车投此泉

诗：
玉女作芙蓉，温汤已造淙。
灵泉由地底，宋玉以桃封。
濯濯清心浴，湲湲解病松。
珍珠流不止，逸气付秋冬。

44. 之广陵宿常二南郭幽居

曲水绕幽居，桃花对户余。
萝丛萱满院，竹影月明墟。
细雨如甘露，微风帝子舒。
南轩茅草碧，醉酒读天书。

45. 丹阳记亭是晋太安中微虏将军谢安所立为名

丹阳微虏记，晋守谢安亭。
岁月山花易，英雄古迹铭。

46. 下途归石门旧居

吴门窄，越水长，蜀国男儿问故乡。
剑阁江流悬栈道，蚕丛补石筑黄粱。
壶中明月在，醉后可扬长。
绿蚁桃源外，葡萄汉帝王。
王侯客，一钱塘。
汴水南流草木决。
但记隋炀头首好，苏杭自此作天堂。
秦人家不尽，岁物易沧桑。
怅别归途路，辞人弃子房。

47. 客中行

兰陵美酒郁金香，玉碗金杯琥珀光。
但以倾杯无主客，原来此处故人乡。

48. 太原早秋

风和日丽一潇湘，落叶飘零半晋阳。
故国边城汾水色，朝明复忆帝城霜。

49. 奔亡道中五首

之一：
天山苏武子，海岛客田横。
万里关山问，千思一客情。
之二：
何人问李陵，霍卫御王冰。
汉帝王师弃，胡衣汉血凝。
之三：
谈笑三军将，交游七国书。
千功何剧孟，一帅鲁连余。
之四：
五岳作燕山，千门储旧颜。

黄河流不尽，曲折著寒湾。
易水中原色，渔阳洛水班。
江山幽谷统，日月玉门关。
之五：
啼声一子规，渭邑半慈悲。
雁塔朝天见，八水去还回。

50. 郢门秋怀

暮色茫茫一郢门，云光渺渺半荆村。
衡阳雁落沧洲渚，楚客怀天日月昏。

51. 至鸭栏驿上白马矶赠裴侍御

侧身巫山石，横为白马矶。
凭珠扬水色，借月独相依。

52. 荆门浮舟望蜀山

水色荆门自蜀山，浮舟楚客已准颜。
巴中夜雨三江满，月下东吴十八湾。

53. 上三峡

巫山十二峰，白帝一千容。
宋玉高唐赋，襄王玉女封。
江流三峡水，栈道九州踪。
日月非朝暮，江山是鼓钟。

54. 自巴东行经瞿塘峡登巫山岩高峰晚还题壁

蜀水瞿塘峡，巴山滟滪中。
群峰如浪涌，诸顶似飞鸿。
历历苍梧见，垂垂栈道风。
周游先预贤，纪览望天穿。

55. 早发白帝城

白帝彩云门，江陵一日还。
猿啼千里水，客醉万重山。

56. 秋下荆门

蜀客荆门唱大风，云帆下下五湖中。
当鲜一味莼鲈脍，自得三山二水东。

57. 江行寄远

刳木三吴楚，危槎百尺余。
高山流水见，日暮酒去舒。

下里巴人曲，阳春白雪好。
江行何所去，醒醉读天书。

58. 宿五松山下荀媪家

我宿五松山，荀媪半老颜。
田家漂母食，苛税定衙关。
夜断邻从苦，辰明乞役班。
菰米当稷饭，谢毕不安闲。

59. 下泾县陵阳溪至涩滩

泾县一涩滩，渡口半云端。
雨雾陵阳湿，溪流卷雪湍。
舟人应不顾，彼此共三竿。

60. 下陵阳峡高溪三门六刺滩

三门六刺滩，一水万波澜。
石阻高溪去，陵阳峡断残。
严公天濑钓，七里挂衣冠。
我学邯郸步，山河草木观。

61. 夜泊黄山闻殷十四吴吟

夜泊黄山十四吟，猿声已断一千林。
沧洲沽酒醺盘醉，半酣方知是古今。
虎啸龙吟惊夜月，扬扬抑抑客思深。
峰颠谷壑非知论，醒醉当忧是我心。

62. 宿鰕湖

辰鸡唤上途，暮暗宿鰕湖，
水雨分难辨，倾杯待玉壶。
黄山松不老，夜木满珍珠。
采客磨刀斧，樵翁大丈夫。

63. 西施

闭月半羞花，况鱼一雁斜。
苎萝山上色，绝滟浣溪纱。
句践知吴越，夫差客馆娃。
何闻夫子胥，不问范蠡家。

64. 王右军

御使半身名，兰亭一世轻，
清真平古刹，不以辨才声。
羽客山阴致，风尘道德经。
鹅肥池瘦间，曲水逐觞行。

65. 上元夫人

未见西王母，夫人座上娇。
嵯峨三角髻，散发五湖潮。
岭著裘毛锦，身披少女貂。
秦楼同弄玉，穆帝凤凰箫。

66. 苏台揽古

吴王一运河，水国半湖歌。
且与隋炀继，苏杭霸主多。

67. 越中揽古

越女吴儿问，钱塘木渎河。
姑苏多少雾，浙雨会稽多。
一路江湖岸，三潭印月波，
云烟沧浪水，但唱虎丘歌。

68. 商山四皓

商山四老人，古木百秋春。
暮色方知汉，辰光未问秦。
龙争成虎斗，帝业作侯钩。
自古樵渔事，何言一日臣？

69. 过四皓墓

四皓暮相连，三生客九泉。
去萝荒古迹，月色独轻烟。
草木昆仑色，樵渔不可怜。
风尘商洛去，帝业去来悬。

70. 岘山怀古

岘首一羊公，襄阳半大风。
檀溪流水间，蜀相古城空。
万里淘沙尽，千年八阵同。
英雄庞德见，白帝几归鸿。

71. 苏武

北海一儿男，书生关杏坛。
应承苏武子，留下李陵谙。

72. 经下邳圯桥张子房

鸿门一子房，楚汉半开张。
虎啸龙吟处，功成是帝王。
三军何挂帅，四面郢歌扬。
隐退无忧患，微山作去乡。

73. 金陵三首

之一：

江东一石头，水色半天楼。
紫气赢王见，秦淮二水流。
三千金石波，五百帝皇休。
六帝金陵邑，龙盘虎踞州。

之二：

一目六朝休，三江半自流。
金隆龙虎地，建业石头秋。

之三：

吴宫花草色。蜀客去来闻。
太白应舒志，金陵六代君。

74. 秋夜板桥浦泛月独酌怀谢朓

一月挂长桥，三生问碧霄。
霜江如练去，汉水自遥遥。
独酌应鸣尽，孤行可绪寥。
天书书有笔，酒醉醉无箫。

75. 庐江主人妇

孔雀东南去，庐江小吏归。
仲卿知已见，小妇以何依？

76. 入彭蠡经松门观石镜缅怀谢康乐题诗书游贤之志

石镜一松门，彭蠡半古村。
风云怀谢朓，草木客黄昏。
碧水新茵浅，沧洲老渚根。
阴晴成世界，日月著乾坤。

77. 陪宋中丞武昌夜饮怀古

风流一武昌，雅颂半侯王，
六国苏秦相，孤秦一子扬。
中丞清景酒，太白纵横尝。
月色由霜染，春光以饮量。

78. 望鹦鹉洲怀祢衡

九派一祢衡，三光半水清。
吴江鹦鹉赋，夏口自纵横。
超英脱俗春秋笔，蕙草兰花不忍生。

79. 宿巫山下

月独巫山短，猿啼梦里长。

桃花三月色，碧水五湖乡。

滟滪江中阻，瞿塘雨后扬。

风流天下去，宋玉赋高唐。

80. 金陵白杨十字巷

十字金陵一白杨，秦淮点口半秋霜。

六帝荒丘在，三山古木傍。

湖沟吴国土，十字巷城梁。

不见前朝士，何须问败亡。

81. 谢公亭　盖谢朓范云之所游

一上谢公亭，三闻自古铭，

千山从日月，万木自丹青。

水草年年继，天光处处经。

由人由自己，此世此流萤。

82. 纪南陵题五松山

南陵五棵松，直立一隆冬。

太甲桐宫问，指庖佐帝封。

仲尼行六国，北海纳千淙。

但以鱼龙见，渊深浅渚中。

83. 夜泊牛渚怀古　此地即谢尚闻袁宏咏史处

西江牛渚夜，北岸月天分。

咏史袁宏志，空怀谢将军。

余当高见第，太白傲清芬。

扫叶清风语，经纶白日曛。

84. 姑执溪

净色一渭流，惊鸥半不休。

鱼朝天上去，影向水中留。

犀叠清溪响，波摇古木洲。

春光初满地，日色已沉浮。

85. 丹阳湖

丹阳湖上色，日影水中流。

万木沉浮客，千波去来舟。

86. 谢公宅

荒庭半草衰，废井一苍台。

月色依明白，疑人不再来。

87. 陵歊台

碑中无字迹，月下独徘徊。

竹径封公石，清风四面来。

88. 桓公井

已废桓公井，苍台碣石铭。

寒泉齐鲁客，古月照丹青。

89. 慈姥竹

含烟慈姥竹，野性故心空。

直节朝天竞，春来以地从。

90. 望夫山

万丈望夫山，千恩待女颜。

当妻曾一夜，育子十三关。

木立依河水，船行泊渚湾。

相思相顾惜，共处共归还。

91. 牛渚矶

绝壁半临川，高峰一柱天。

江流三界外，石屹两云田。

怪状精灵势，奇形列祖连。

风扬无草木，浪打有源泉。

92. 灵墟山

丁令辞世界，羽鹤向西南。

隐隐灵墟在，遥遥记晓岚。

神仙山外客，土地夏中甘。

玉石彤炉炼，三清太白谭。

93. 天门山

天门半断一江开，楚水千流半壁来。

独石中分三国尽，双峰自立望春台。

94. 与元丹丘方城寺谈玄作

天天地地一玄元，草草花花半简繁。

古古今今谁醒悟，来来去去苦鸣喧。

虚空明月见，酌玉对仙言。

领略天机近，江河有远源。

95. 寻高凤石门山中元丹丘

山中石屋一丹丘，月下深溪半不流。

路远人近呼谷壑，门当户对白云浮。

黄昏日尽迥峰晚，古雪寒光饰渚洲。

水得山高滋草木，人寻绝顶近天游。

96. 安州般若寺水阁纳凉喜遇薛员外义

水阁纳天凉，安州作寺乡。

幽幽含积气，杏杏散余香。

喜遇青云士，重温共柳杨。

青莲三界剑，太白半禅房。

97. 鲁中都东楼起作

有酒醉东楼，无心问九州。

青莲仙子结，太白自春秋。

98. 月下独酌四首

之一：

花间酒一壶，月下醉三吴。

独酌呼邻子，何言我影孤。

宫中谁指鹿，塞外问扶苏。

未醒须先问，应知近渭都。

之二：

万里人间一酒泉，千年太白半诗仙。

文章醒醉原无界，日月阴晴已缺圆。

之三：

三春酒一杯，五月客千催。

醉后何知醒，花前月后回。

楼兰谁已斩，渭水去无回。

只有青莲云，应寻太白来。

之四：

美酒一千杯，侍从五百梅。

香风先已醉，太白到蓬莱。

蜀道成天意，龙泉剑阁开。

年年非主客，处处是瑶台。

99. 春归终南山松龛旧隐

退者一南山，行名半渭湾。

樵渔分魏晋，不到雁门关。

草木年三尺，阴晴月半颜。

江河终已去，隐逸自不还。

100. 冬夜醉宿龙门觉起言志

龙门已醉心，渭邑不知音。

独望天机远，孤行作古今。

殷忧成版筑，社稷问弦琴。
莫以商鞅见，秦王太子擒。

101. 寻山僧不遇作

石径松门半缘台，青莲太白一徘徊。
应循鸟迹禅房去，莫以浮云指案埃。
猿鸣啼不住，鹤唳口难开。
草碧花红处，辰钟暮鼓催。

102. 过汪氏别业二首

之一：

白石清风扫，寒池月色归。
秋云初净尽，大雁向湘飞。

之二：

随山成馆宇，凿石著池台。
十里荷花岸，三秋一百杯。
莲蓬头已重，碧叶玉珠来。
酒醉琼浆尽，寒宫玉兔回。

103. 待酒不至

青丝系玉壶，待酒问娘姑。
已醉红颜老，莺鸣大丈夫。

104. 独酌

凭轩疑独酌，对影成三人。
以月婵娟叙，由情太白春。
花间琴不语，石上瑟还邻。
再续千杯少，当知百醉频。

105. 友人会宿

同城一友人，共宿半秋春。
会社应思晋，当途劝道秦。
倾壶谁不醉，举剑舞疑邻。
此夜鸿门酒，何言楚汉津。

106. 春日独酌二首

之一：

一醉卧芳菲，三春入紫微。
东风由雨润，蕙草任光晖。

之二：

扬扬谁得意，醉醉可春秋。
太白青莲在，云山碧水流。

107. 遇蓬池隐者

序：

金陵江上遇蓬池隐者　时于落星石上以
紫绮裘换酒为饮

诗：

弃以紫绮裘，琼浆换客酬。
龙山初蔽日，白石满沧洲。
一醉罗浮路，三呼故友忧。
麻姑台上见，莫醒雁门秋。

108. 月夜听卢子顺弹琴

子顺自弹琴，寒宫入广音。
婵娟应独问，角羽动人心。

109. 清溪半夜闻笛

一笛梅花弄，三更玉水流。
溪清明月落，夜静系归舟。

110. 日夕山中忽然有怀

黄昏日夕一山中，故步峰前半止风。
此见三清丹石术，无疑九派一西东。

111. 夏日山中

亭台非山下，羽扇已西东。
夏日三孚水，松林一大风。

112. 山中与幽人对酌

杯杯酒酒一琴来，楚楚幽幽半意开。
隐隐栖栖何醒醉，朝朝暮暮酒徘徊。

113. 春日醉起言志

一醉从头来，三生问楚才。
春秋春不止，步履步重催。
处世临惊梦，为人放解恢。
琼浆重举剑，日月复天台。

114. 庐山东林寺夜怀

东林古刹一青莲，朗月清风半寺天。
白石香炉钟鼓继，弹音自在虎蹊泉。

115. 寻雍尊师隐居

万木直摩天，千松不记年。
流溪浸古道，朗月挂悬泉。

白鹤庭前立，青牛隐后眠。
舒云浮石径，暮色纳寒烟。

116. 与史朗中钦听黄鹤楼上吹笛

江城五月落桃花，玉笛三春问汉家。
过客仙人黄鹤去，长安不近过长沙。

117. 对酒

以酒对人生，寻缆问太平。
瑶台琼浆水，渭水玉壶倾。
白虎堂中节，龙门石上名。
枯荣春夏继，醒醉曲江横。

118. 醉题王汉阳厅

二月鹧鸪鸟，三春左右鸣。
南迁知北序，故醉汉阳名。

119. 嘲王历阳不肯饮酒

斗酒入衷肠，扬眉别故乡。
无弦琴自在，有意作隋炀。
玉液酲酲醉，兰亭曲水觞。
鹅池肥瘦见，王君半历阳。

120. 独坐敬亭山

独坐敬亭山，孤峰带璞环。
浮云终不尽，直到玉门关。

121. 自遣

自酒一神仙，由情半岁年。
诗词知太白，醒醉是青莲。

122. 访戴天山道士不遇

五月半桃花，天山一道家。
先生钟不语，暮鼓影知斜。
白鹤空庭立，松林陪豆瓜。
云平青竹石，色满鹿溪涯。

123. 秋日与张少府楚城韦公藏书高斋作

跷首意何如？天机一卷书。
庭深藏古籍，壁厚储樵渔。
宋玉巫山赋，巢由谢朓余。
山光凭所寄，水色大江虚。

124. 秋夜独坐怀故山

一月对谁明，三清问自生。
庄周青史见，墨翟耻营兵。
半亩方圆度，千年尺寸耕。
屈平辞楚赋，谢朓晋秦赢。

125. 忆崔郎中宗之游南阳遗吾孔子琴抚之怆然感旧

郎中孔子琴，玉树故知音。
鲁府今何代，儒书作古今。
梅花三弄尽，拘易七弦寻。
不预嵇康问，广陵散客心。

126. 忆东山二首

之一：

但忆东山路，谁知二月花。
云舒云卷去，日暮日朝霞。

之二：

谢伎相思忆，东山独步寻。
天长知客意，日久见人心。

127. 望月有怀

古月挂高天，晴空对客怜。
苍苍千万载，楚楚暮朝悬。
云中成玉树，梦里作婵娟。
独守寒宫色，孤身有缺圆。

128. 对酒忆贺监

之一：

金龟换酒谪仙人，世界风流贺委真。
紫报宫中惊去客，长安月下泪沾巾。

之二：

山阴半四明，道士一三清。
敕赐江山释，乡音日月声。
闻言知老大，望尽镜湖平。
水色随君去，青莲任此生。

129. 重忆一首

百里镜湖波，千杯醉酒歌。
稽山君自在，太白寄山河。

130. 春滞沅湘有怀山中

东山一寸心，谢朓半知音。
草绿潇湘岸，云平序古今。

131. 越中秋怀

越水逝东流，观涛八月秋。
钱塘潮海涌，禹穴暮荒丘。
岁晚晴天镜，晨烟雨雾浮。
应疑云落尽，不见一归舟。

132. 落日忆山中

学道炼丹砂，寻仙乱水涯。
人人求所欲，处处作乌纱。

133. 忆秋浦桃花旧游时窜夜郎

几载夜郎还，三生对酒颜。
东巡成就问，未向雁门关。

134. 效古二首

之一：

早达无声晚遇成，春风夏雨自枯荣。
新丰美酒长安醉，古屿蓬莱道士城。
平仄仄，仄平平，人生转逝一人生。
行云流水应无尽，下里巴中蜀栈明。

之二：

西施已去见东邻，秀色何须众口嗔。
丑美何当无善恶，人间比比正斜人。

135. 拟古十二首

之一：

历历一苍天，星星半闪悬。
黄姑和织女，咫尺望河边。
有鹊无桥渡，浮云落雨泉。
人间相约定，七夕可诚虔。

之二：

含情陌上桑，灞岸柳中杨。
欲折垂青少，无言路知长。
佳人闻竹泪，剑客待秋霜。
踟蹰楼兰望，交河醉酒乡。

之三：

一醉酒中真，千音客里尘。
城前无小路，月下有秦津。
八水分三界，官都少四邻。
仙人仙语悟，白石白萍濒。

之四：

日日暮朝临，年年岁月寻。
春光由草木，夏雨似甘霖。
叶落秋风扫，大雪冬沏民。
扶桑知取掇，乐达问银金。

之五：

太白山东方，群星逐宇堂。
瑶台仙酒客，弄玉共炎凉。
大雁飞南北，银狐穴石梁。
同居同各异，处世处时光。

之六：

长城多白骨，汴水少炎凉。
涸辙无鱼止，荒原有兔藏。
鸳鸯双戏水，百鸟凤求凰。
自古乾坤物，如今亦柳杨。

之七：

草暗见流萤，人轻问世明。
君行天子道，士达自心成。

之八：

生生死死一归人，来来去去半独身。
年年岁岁争何事，碌碌庸庸看晋秦。

之九：

饮者一秋春，归途半怯秦。
荣华随水逝，禄奉士官珍。
醒醉何须问，勋功几弃身。
楼兰荒旷去，不及故人邻。

之十：

海水三清浊，天云半卷舒。
仙人凌彩凤，玉液酒壶余。
帝瑟闻弦数，周琴以柱誉。
天公天地补，日济日樵渔。

之十一：

水上一青莲，云中半八仙。
珍珠依叶欲，点滴作流圆。

之十二：

去去来来见，成成败败还。
东巡东不止，玉寨玉门关。
楚汉鸿沟界，周秦七国梦。
纵横分世界，日月合无颜。

136. 感兴六首

之一：

瑶姬天帝女，暮彩作朝云。
锦缎明秋月，无心对楚君。

之二：

凌波洛宓妃，驾辇楚云飞。
汗漫香尘溢，陈王下翠微。

之三：

宴宴一辞归，扬扬半落飞。
鸿鹄湘水岸，鸟准寨边扉。
处处无终始，时时有是非。
衡阳居暖地，弱水待春晖。

之四：

十五学神仙，丹炉半石边。
三清三界问，五味五湖田。
六甲知人事，千山问自然。
平生何所以，太白问前川。

之五：

美女半云端，书生一杏坛。
青莲池水岸，太白步汗漫。
淑玉娥眉艳，金梁驾凤銮。
倾城倾国色，彩槛彩雕栏。

之六：

弱草隐深田，农夫误陌阡。
秋来皆结子，社稷共苍天。
谷雨同耕种，寒霜共岭川。
真真何假假，岁岁复年年。

137. 寓言三则

之一：

鼓案商山弃，屠刀废市扬。
但以江山宰，殷周牧治乡。

之二：

直钓以无钩，形藏渭水流。
樵渔非是客，日月著春秋。

之三：

文王行八百，吕尚问三千。
卜易应天子，乾坤四象田。

138. 赵雪儿助我打字十万诗

温文尔雅一谦和，白雪阳春半赵歌。
枣树东城根叶茂，诗词格律百千多。

139. 秋夕旅怀

长亭落叶秋风扫，古驿停舟滞月明。
浅岸深津藏鹭鸟，栖巢未暖自轻鸣。

140. 感遇四首

之一：

仙成王子晋，得道洛伊滨。
复见浮丘鹤，分明谢日春。
三清三世界，九鼎九周秦。
玉液瑶台酒，蓬莱醒醉人。

之二：

但见东篱菊，何闻诸蕙芬。
秋高秋自得，九日九阳曛。
夏水千川净，清霜一大君。
诗经由苦役，卷释自殷勤。

之三：

万户一嫦娥，千年半楚歌。
婵娟何不问，后羿暮朝多。

之四：

宋玉楚王名，张仪客九卿。
苏秦寻六国，芈月几声情。
蜀道蚕丛路，都江沼堰平。
巫山神女赋，白帝秭归天。

141. 翰林读书言怀呈集贤院诸学士

翰林不得翰林院，学士知书学士名。
紫禁宫前言紫禁，三清晨上语三清。
青莲举剑青莲志，太白丹炉太白情。
醒醉云中仙子问，乾坤月下自思成。

142. 寻阳紫极宫感秋作

田家百岁书，日月半扶疏。
醒醉琼浆少，晨昏客酒余。
南窗含竹影，北岭纳樵渔。
觅觅寻寻去，天天地地初。

143. 江上秋怀

一叹十三州，三呼半百楼。
千流千水岸，万木万春秋。
飒飒风扫叶，茫茫月落秋。
婵娟应不问，宋玉不知愁。

144. 秋夕书怀

桃花源里水，汉客待秦人。
五柳当依此，陶公自作邻。
诗书今古传，醒醉去来醇。
草木枯荣见，人生日月津。

145. 避地司空原言怀

司空原卜易，皖水物津滨。
太白青莲寄，王乔帝子真。
经纶见祖逖，日月对刘琨。
此道天机近，长仙地语频。

146. 上崔相百忧章

书生一百忧，道士半无求。
此术山中炼，云仙玉作舟。
斯文天地客，霸主帝王侯。
牧治江山稷，酬冠日月流。

147. 万愤词投魏郎中

鲸鲵海水远天风，四塞胡沙白日红。
旷野三光多草木，朝堂四象一郎中。
秦九鼎，汉千弓，一路英雄十地鸿。
忠忠潇湘常作客，年年玉宇北南空。

148. 荆州赋平临洞庭言怀作

修蛇吞象洞庭湖，楚水巴陵郢路孤。
去国思归乡已故，丘墟野草似东吴。
闻子胥，见匈奴，禹伯耕犁作舜都。
下邳张良黄石去，荆州诸葛蜀相图。

149. 览镜书怀

得道古无今，红颜紫气深。
如霜如白发，似老似知音。

150. 田园言怀

贾谊长沙谪，昌龄贬夜郎。
田园阡陌路，四季豆瓜香。

151. 江南春怀

四面闻黄鸟，三江不歇流。
东风无主见，白日有春秋。
雨细阴晴润，云轻草木头。
荷塘荷尖脚，水色水沧洲。

152. 听蜀僧浚弹琴

闻僧缘绮声，对竹十三鸣。
朗朗乾坤势，扬扬日月晴。
霜钟千里远，碧水万波清。
鸟雀栖听动，松涛久不平。

153. 鲁东门观刈蒲

鲁国早经霜，镰刀似月长。
变变弓刈蒲，织织着编床。
月夜轻如水，珍珠滴玉光。
龙须柔虎跳，素手有圆方。

154. 咏邻女东窗海石榴

鲁女石榴裙，东窗壹万云。
深深红透色，叶叶细微勤。

155. 南轩松

枝枝叶叶一孤松，直直弯弯半古龙。
节节鳞鳞班驳束，云云雨雨客无踪。

156. 咏山樽二首

之一：
山樽一木余，古色半含虚。
岳势风云涌，玖珃海筵居。
从明寻载物，以醉著天书。
之二：
曲直一山樽，高低半酒村。
江河流不尽，醒醉自辰昏。

157. 初出金门寻王侍御不遇咏壁上鹦鹉

访戴过金门，寻仙问玉根。
孤身鹦鹉赋，落羽侍黄昏。

158. 紫藤树

蔓蔓紫藤花，幽幽古殿斜。
天生攀附质，但入帝王家。

159. 观放白鹰二首

之一：
八月一风高，三边半白袍。
孤飞成俯仰，雪羽作秋毫。
之二：

严冬一雪山，白羽半天产。
燕雀栖栖早，苍鹰去不还。

160. 观博平王志安少府山水粉图

壁上一丹青，秦中半魏铭。
江河湖海色，草木石山灵。
白鹭飞翔误，红鸥落后庭。
溪流溪不语，日照日村町。

161. 题雍丘崔明府丹丹

佳人一政为，务本两心违。
大圣千来去，丹丹半是非。
千亭南北路，万里望鸿飞。

162. 观元丹丘坐巫山屏风

云中十二峰，水下两三龙。
宋王高唐赋，襄王白帝封。
朝云神女见，暮雨去无踪。
一幅山河画，千年草木容。

163. 求崔山人百丈崖瀑布图

山人百丈崖，瀑布万千差。
昼夜龙潭水，风云待女娲。

164. 见野草中有曰白头翁者

野草白头翁，荒原自不丛。
幽幽天地色，历历有香风。

165. 流夜郎题葵叶

葵叶夜郎求，移根子粒修。
阴晴同日月，彼此共春秋。

166. 莹禅师房观山海图

真僧一达观，几案半狂澜。
壁上涂一海，云中减迹残。
沧洲云起落，列岛鸟盘桓。
杳杳书香卷，蓬蓬石玉冠。

167. 白鹭鸶

独自立沙洲，孤身不远游。
鱼虫应照顾，羽翼已豪秋。

168. 咏槿

木槿一花红，朝开暮榭宫。

心中多玉蕊，露水满情衷。
国色南洋立，天香北海丰。
婵娟含百态，彼此纳童羽。

169. 咏桂

秋风一桂花，八月半天涯。
色满千山路，香余万里家。

170. 白胡桃

胡儿越女白胡桃，玉皮红心古北缫。
大脑依形成智慧，登高节节向旌旄。

171. 南奔书怀

楚汉问咸阳，鸿沟断豫章。
王师谁鼓噪，太白可扬长。
北檄寻天意，东巡过夜郎。
长虹连草木，剑舞济衷肠。

172. 题随州紫阳先生壁

中州一紫阳，九鼎半城乡。
卜易文王客，农夫物象尝。
先生先自语，后主后黄粱。
海鹤天台立，云峰玉树杨。

173. 巫山枕障

朝云一枕横，暮雨半天倾。
白帝城边水，巫山月下情。

174. 题元丹丘山居

一卧半东山，三春五色颜。
花开花落去，日暮日朝还。
耳净悬泉细，心夷草木湾。
谁言谁有志，自得自清闲。

175. 题元丹丘颍阳山居　并序

丹丘卜颍阳，马岭故家乡。
别业嵩山北，云峰汝海光。
太白以之故土游，清芬汝海逸丹丘。
元君晦迹嵩岳北，跬步洪崖极目州。

176. 题瓜洲新河饯族叔舍人贲

新河一水济瓜洲，季父千呼溃九流。
不断丰功成伟迹，金陵北固作春秋。

177. 洗脚亭

沧沧浪浪亭，水水客山青。
白道洪姑熟，芦花素足泠。
樵渔由此得，隐逸逐此铭。
合濯冠缨净，分流见渭泾。

178. 劳劳亭

历历长亭路，劳劳送客亭。
相思亭上见，但记柳亭青。

179. 题金陵王处士水亭

金陵半水亭，处士一丹青。
竹径通天去，黄鹂曲颈汀。
银杯倾酒醉，洗蚬净心灵。

180. 题嵩山逸人元丹丘小居

嵩山逸人一丹丘，主客欣然共筑楼。
彼此家居相问讯，春秋日月不分流。
彼此一神仙，春秋半亩田。
夫妻从禹凿，子女采桑莲。
隐逸樵渔事，声名利禄悬。
三清三世界，五品五湖船。

181. 题江夏修静寺　此寺是李北海旧居

江滨修静寺，北海故人楼。
十载分先后，三年日本秋。
平生桃李树，酷吏去来忧。
笔力羲之迹，相官以杖酬。
文工今古见，字墨帝王侯。

182. 题宛溪馆

新安一宛溪，百鸟半高低。
水色苍天落，云光玉树齐。
平平明镜照，历历碧江堤。
百里分流见，千年问范蠡。

183. 题东溪公幽居

东溪卜筑杜陵人，谢朓陶潜故隔邻。
隐逸幽居非作客，樵渔只是度秋春。

184. 嘲鲁儒

春秋一鲁书，隐逸半樵渔。

四皓商山老，三生以志余。

185. 惧谗

一谗成三炉，千年作万藏。
君君问子子，合合待分扬。
贾谊眈神鬼，屈平赋楚王。
秦嬴秦指鹿，太子太商鞅。

186. 观猎

一猎逐云飞，千弓射雉归。
山深先日断，水浅后光晖。
狡兔三藏窟，啼猿半翠微。
黄昏斜日远，暮色对行围。

187. 听胡人吹笛

胡人玉笛鸣，一半是秦声。
不得阳关道，何闻逐客名。

188. 军行

骝马一军行，飞天十柳营。
王师三将令，白日半红缨。

189. 从军行

金戈铁马一戎衣，白骨长城半令稀。
合数重围飞将去，功勋不见李陵归。

190. 平虏将军妻

平虏一将半夫妻，二十年华鸟不啼。
未斩楼兰君子诺，英雄不可比人低。

191. 春夜洛城闻笛

谁家玉笛半飞声，散落东风一洛城。
下里巴人天许诺，阳白白雪不争鸣。

192. 嵩山采菖蒲者

一望茂陵田，三清已道连。
鄱阳千水岸，岳麓九疑仙。
采蒲嵩山下，逢人汉武眠。
天光藏紫禁，竹影满云烟。

193. 金　陵听韩侍御吹笛

师襄教五音，玉笛颂三琴。
一管钟山木，千声虎啸吟。
非求闻者欲，似我觅知音。

海角知云问，天涯不必寻。

194. 流夜郎闻酺不预

魏阙八歌一太阳，长安士语半君乡。
胡儿旋舞尽，骊树禄小娘，
楼兰未押又渔阳。
南巡应已了，北国自苍茫。
太白文章是，青莲向夜郎。

195. 放羁遇恩不沾

一树半归根，三春十雨村。
东风何不语，太白小儿孙。
夜夜郎郎路，天天地地恩。
双仪三世界，八卦一乾坤。

196. 宣城见杜鹃花

东风细雨入田家，太白青莲问故巴，
蜀国三春啼子规，宣城一片杜鹃花。

197. 白田马上闻莺

行行太白复行行，处处青莲处处荣。
抑抑扬扬天下路，成成败败夜郎城。

198. 三五七言

一秋清，半月明，千凫屿，五湖平。
落叶寻根去，天风聚散城。
相思相见问，去路去还惊。
白日连天连玉宇，江流逐地逐枯荣。
青莲寄以三清道，太白丹炉玉石明。

199. 杂诗

日月山川静，河流草木闲。
悠悠天地客，楚楚暮朝班。

200. 寄远十一首

之一：
宫商一指纤，角羽半微弦。
奏曲由王母，闻声任女怜。
相思相互问，独枕独无眠，
梦里当青鸟，人前似自然。
之二：
罗衣一带宽，日落半窗寒。
独枕空明月，孤心望远近。

青楼深子夜，宝镜对无端。
后羿何先问，嫦娥已自观。

之三：

日作一行书，天和半壁如。
殷勤青鸟问，短褐露华裾。
夜夜怀中兔，情情桂下余。

之四：

东风一半在邻家，细雨三春向客斜。
暮色苍茫天水岸，牛郎织女望荷花。

之五：

巫山十二峰，暮雨两三重，
但见阳台上，朝云石峡踪。

之六：

黄河百里一清流，浊水中原半海休。
浊浊清清何不定，源源汇汇是春秋。

之七：

妾在五陵东，君居一大风。
皇城皇帝见，八水八仙翁。
不得夫妻问，相思日月中。
无求无自己，有凤有梧桐。

之八：

寂寂一青楼，红红半不休。
年年桃李色，处处惹风流。
待女寻衣袂，闻君问去舟。

之九：

长长春草绿，落落雨烟浮。
物物应无尽，心心可去留。
佳人弹一曲，子韵问三流。
万里相思短，千年苦役侯。

之十：

小女夫妻结，男儿尺寸心。
英雄应不止，度日待春荫。
暮暮朝朝觅，年年岁岁寻，
三生超万里，一字已千金。

之十一：

朝云暮雨半阳台，小女男儿一去来。
别别离离何聚散，恩恩宠宠自徘徊。
洛水凌波子，陈王七步才。
相思相继续，互得互无猜。
日月应知道，阴晴可自裁。

201. 长信宫

昭阳长信殿，玉辇去来宫，
独坐观团扇，轻姿共舞同。
君王应未老，赵女秀颜红。
掌上双飞燕，依然唱大风。

202. 长门怨二首

之一：

奉帚扫长门，藏娇小子孙。
年年无怨恨，日日有黄昏。

之二：

北斗挂西楼，长门落叶秋。
昭阳多日尽，渭水自东流。

203. 春怨

哀哀怨怨一春愁，去去来来半不休。
暮朝朝观雨雾，寻寻觅觅望枝头。

204. 代赠远

妾本洛阳人，狂夫燕赵绅。
由来寻易水，击筑正冠巾。
一去回文结，三生织锦陈。
相思相互梦，独宿独秋春。

205. 陌上赠美人

白马飞天散彩霞，佳人隅坐聚仙花。
三清世界青莲客，一指红楼是酒家。

206. 闺情

草草一思心，斑斑半月岑。
浮云沉旧隅，雪月向津浔。
绝国楼兰界，衷肠夜枕阴。
原来年岁少，六合始知音。

207. 代别情人

离离别别一情人，草草花花半五津。
水水鱼鱼分不得，桃桃李李作溪尘。

208. 代秋情

秋风向草间流萤，葵藿归根自再生。
桂影寒宫空旷照，婵娟始得独人情。

209. 对酒

葡萄一酒泉，越女半天边。

雪月风花色，吴姬曲舞妍。
芙蓉由醉立，玳瑁宴中仙。
太白东微唱。交河落日圆。

210. 怨情

新人独见半如花，故里重逢一似家。
寂寂相思不止，遥遥互望望天涯。

211. 湖边采莲妇

莫问采莲妇，蓬头几子成。
婷婷何自立，叶叶玉珠明。

212. 怨情

相思问小姑，是否有江湖。
不得吴姬酒，谁言醒醉无?

213. 代寄情楚词体

楚汉雄兮一大风，屈平去矣九歌穷。
怀王六里张仪误，垓下鸿沟三世空。
霸主吴兮知项羽，汉界刘邦未央宫。
帐下虞姬终舞剑，王侯吕后过新丰。
人情何不定，世绩几人工。
亚父三军劝，张良六楚终。
微山湖水溃，邹子筑书崇。
鲁国文章济，桓公五子虫。
飞去落，木叶红。
十月霜，九阳枫。
知少小，见童翁，对醒醉，问苍穹。
古古今今一始终，来来去去半西东。
成成败败何论定，废废兴兴几异同。

214. 学古思边

衔悲问陇西，雪雁自高低。
已晚衡阳宿，秋风过三溪。
楼兰沙日断，渭水浊流萋。
八月边衣冷，重阳问玉妻。

215. 梦中得舒字

青云一卷舒，地主半荷锄。
日月耕耘客，天机自读书。

216. 思边　自述

五女山中一白云，桓仁月下半辽君。

鲜卑已立王朝故，汉武三边未始文。
红日照，紫烟曛。今今古古史芳芬。
兴兴废废重新设，去去来来寄献芹。

217. 口号吴王美人半醉

木渎荷花水殿香，姑苏月色馆娃藏。
西施越女娇无主，已近吴王白玉床。

218. 代美人愁镜二首

之一：
平生何镜见，一目半天然。
岁月经朝暮，年华彼此田。
之二：
红颜红女见，白日白长眠。
婵娟天下色，桂影玉中悬。

219. 赠段七娘

一卸红汝半念人，千思旧物万思春。
壶杯不醉怀空绪，隔壁应声对酒频。

220. 别内怀徽三首

之一：
一去三徽几日还，相思但上望夫山。
十呼万里红颜梦，释卷天书自闭关。
之二：
一日长安百日吴，三生蜀客半生孤。
张仪不误苏秦误，莫谈英雄大丈夫。
之三：
一日夫妻百日恩，三生日月半生婚。
青莲太白谁儿女，楚水吴门老树根。

221. 秋浦寄内 自述

一念曲江边，三生日月田。
耕耘千万里，跬步两万天。
未解夫妻路，何成共渡年。
林中飞鸟去，月下问方圆。

222. 自代内赠

雌雄两鸟飞，彼此独回归。
老少同何守，青春共翠微。
江流随彼此，日月散光晖。
野草萋萋色，庭花处处绯。
男儿官贾客，妾女守心扉。

井底桃红水，云中彩暮晖。
衡阳乡一半，塞北客年违。
大雁呈一字，苍梧怅二妃。

223. 秋浦感主人归燕寄内

一去半归颜，三飞回顾还。
寥寥寻蜀客，婉婉问荆关。
赵国三千士，江油十八湾。
巴中离栈道，白帝近巫山。

224. 送内寻庐山女道士李腾空二首

之一：
女道腾空子，男儿作八仙。
苍山藏日月，古水著青莲。
之二：
学道爱神仙，寻天自种田。
罗衣谐素手，太白挂青莲。

225. 赠内

百岁三壶色，千杯一醉泥。
青莲成李白，不作太常妻。

226. 在浔阳非所寄内

浔阳非所寄，竹泪是牵肠。
石道山边驿，吴章月夜郎。
崎岖天近路，逶迤地边乡。
不向青云望，何须日月长。

227. 南流夜郎寄内

哭哭又行啼，忧忧复子妻。
无言名利北，只道夜郎西。

228. 越女词五首

之一：
十八女儿红，三千弟子东。
眉清湾日秀，百态玉姿丰。
之二：
吴儿知越女，木渎问西施。
一水连南北，三光共茧丝。
之三：
天台一石梁，木渎半吴塘。
八月盐官见，千朝一线扬。
之四：

素手一帆扬。轻姿半淑妆。
钱塘往来去，六合是天堂。
之五：
天堂一镜湖，木渎半东吴。
水月姑苏见，风花玉笛孤。

229. 浣纱石上女

两足白如霜，千姿水下藏。
耶溪红粉色，织女问牛郎。

230. 示金陵子

东邻一玉冰，隔壁增金陵。
雨雾何须定，香风不可凝。
琴声琴有意，笛曲笛心徵。
直到吴门月，私投赵彩绫。

231. 出伎金陵子呈卢六四首

之一：
东山安石问，独伎步红尘。
十七金陵子，三千日月春。
之二：
北国新丰酒，东山绿蚁醇。
吴儿同里月，越女会稽春。
之三：
北日一秦川，南风半陌田。
荷塘多少叶，点点去来圆。
之四：
金陵一楚歌，小伎半天河。
织女何须问，牛郎自作哥。

232. 巴女词

巴山巴水色，楚客楚才歌。
一箭江船去，三生日月梭。

233. 哭晁卿衡

日本一晁卿，天书半帝城。
瀛洲东海岸，二月满红樱。

234. 自溧水道哭王炎三首

之一：
茅小白马一去阳，溧水红颜半客乡。
晓月吴关呈玉堕，英图意气慰龙章。
一路兰芳和蕙草，三生万化尽衷肠。

风云渡口千帆去，雪月春花自柳阳。
之二：
王炎一代名，楚子半枯荣。
弃世三清志，青莲九派情。
之三：
王家玉树摇，海浪客倾潮。
白羽天涯吊，广陵散曲消。

235. 哭宣城善酿纪叟

黄泉一老人，善酿半秋春。
纪叟今何去，青莲怯酒频。

236. 宣城哭蒋徵君华

玉树敬亭前，临风问大千。
宣城君子客，碧草已齐田。

237. 鞠歌行

丽莫一汉宫名，妃嫌妒龟轻。
藏娇藏岁月，问道问长城。
蔡泽谗诡怪，商鞅太子横。
天庭分付去，地厚载苍生。

238. 胡无人

十万羽林军，三千弟子文。
牛羊芳草地。日月阔天云。
逶迤风光色，苍茫水月分。
胡无人不忘，汉有客衣裙。

239. 月夜金陵怀古

金陵一月舟，霸业半江流。
列宿天文宇，群星六代侯。
长亭千古树，驿道凤凰楼。
寂寂秦淮岸，三吴问石头。

240. 冬日归旧山

未尽一尘缕。归来半太平。
苍苔滋壁绿，懒叶色还轻。
北伐长安问，东徵渭水明。
潼关灵武见，楚子客平生。

241. 望夫石

一石江中间，千年水上舟。
帆扬舟不止。未必问王侯。

岁岁男儿逐，时时小女忧。
寻来天下路，寄上丈夫愁。

242. 对雨

草草湿丝纤，花花沐露泉。
绵绵沾细雾，叶叶织云烟。
滴滴珍珠落，幽幽水色悬。
方圆成玉闪，上下作天连。

243. 晓晴　一作晚晴

晓色何时晚色同，辰光直似夕光红。
由黄变绿经春易，变绿为黄落叶穷。
三世界，一苍穹。繁繁简简各西东。
朝朝暮暮相似见，岁岁年年见始终。

244. 初月

一月半如弦，三军十里烟。
长城南北见，太白望婵娟。

245. 雨后望月

泪尽一婵娟，潇湘半竹烟。
苍梧谁治水，望月二妃泉。

246. 赋得鹤送史司马赴崔相公幕

一幕久知君，三军檄令余。
瑶台闻鹤舞，玉笛义渠居。
角羽宫商绪，文章武勇初。
骄骄天子路，处处卷云舒。

247. 送客归吴

江村秋雨歇，酒客一帆飞。
此去三吴问，归来半醉扉。

248. 送友生游峡中

巴中明月峡，栈道蜀人家。
水色千流逝，梅香二月花。

249. 送袁明府任长沙

道上一长沙，城中半故家。
书生书卷读，四品四官衙。
别别离离任，卿卿我我华。
留心湘岳水，踏迹洞庭沙。

250. 邹衍谷

邹子一天心，桓公五子吟。
文章和日月，草木共晴荫。

251. 杂言用投丹阳知己兼奉宣慰判官

昆仑玉璞遗青莲，赵璧相如半道仙。
老子瑶台王母客，怀王卞氏楚国迁。
张仪不得屈平见，六国苏秦一相传。
举案齐眉应可见，三清太白寄先贤。

252. 观鱼潭

观鱼潭上月，问玉水中明。
木叶如舟近，清风似岸平。
金鳞常欲跃，竹影桂宫情。
寂寂随冷足，轻轻自濯缨。

253. 宣州长史弟昭赠余琴溪中双舞鹤诗以见寄

令弟佐宣城，琴溪舞鹤鸣。
知音相顾惜，互对两诗情。
白羽黄金足，红缨玉顶英。
迎风扬颈傲，博北月纵横。

254. 题舒州司空山瀑布

舒州瀑布挂山峰，一部天书问水踪。
半公云霄三界落，千年石路九苍龙。

255. 金陵新亭

金陵一客亭，建邺半丹青。
社稷方圆见，江山日月龄。

256. 自广平以醉走马六十里至邯郸登城楼览古书怀

相如完璧一归行，狭路相逢半负荆。
学步邯郸应是客，秦川养马寄赢名。
孤儿已就程婴赵，白刃深宫杵旧平。
不醉毫雄成赤子，平原坐上三千英。
潇潇风雨夜，磊磊冀燕京，
易水流今古，丛台俯仰横。
幽州飞将去，铜雀上无鸣。
只见漳河水，胡风逐日晴。

257. 上清宝鼎诗二首

之一：

玉尺量红尘，仙人以客邻。

三清三界域，五味五时珍。

之二：

明明一月光，磊磊半仙堂。

落落千年尽，幽幽万里乡。

258. 题许宣平庵壁

月下一真人，云中半石津。

沧洲齐白水，古道向川秦。

点点枯荣色，皱皱草木茵。

江山留日月，社稷寄秋春。

259. 戏赠杜甫

杜甫一心忧，青莲半苦愁。

贫诗藏戴笠，独步玉山头。

260. 春国诗

长长南北路，处处帝王州。

荚荚榆钱落，茫茫世叶游。

居居何隐隐，约约复由由。

磊磊城池界，悠悠墨子楼。

261. 小吏

序：

白微时募县小吏入令卧内尝驱牛经堂下令妻怒将加诘责白亟以诗谢云

诗：

素手挂帘钩，娇声对令酬。

如非真织女，切莫误牵牛。

262. 句

之一：

霞随红日散，水逐岸花流。

之二：

太白平生酒，青莲历世舟。

相逢闻伍子，独别误春秋。

之三：

脱袖柳杨条，弹琴玉手潮。

第三函　第八册
韦应物　十卷

---

1. 寄韦应物

明皇折节一郎中，扫地焚香半性空。

顾况长卿丹浩客，陶潜简远洛阳风。

2. 拟古诗十二首

之一：

辞君一远行，问道半南徵。

独子长亭外，孤身渭水城。

苏州闻刺史，滁涧谓云平。

赴阙应相济，秦源汉水明。

之二：

关关黄鸟差，楚楚玉兰花。

日日纱窗里，娟娟待夕斜。

年年桃李节，处处浪淘沙。

误误男儿许，幽幽不宿家。

之三：

北座夹城空，下接大明宫。

景跃芳林苑，皇城后女中。

长安方正市，启夏曲江风。

八水综流渭，一始不垂终。

之四：

树上一春莺，云中半不鸣。

楼前丛草色，雨后各欣荣。

妾女红楼坐，男儿沽酒声。

聪心何所致，耳目已心明。

之五：

行行大丈夫，望望市街衢。

草草争辉色，花花艳粉苏。

东风何不尽，细雨满京都。

踏步天津北，鸿飞一去兔。

之六：

三更一鸟惊，半夜五蕴晴。

雨后银河系，窗前晓月明。

南柯荡旧梦，北斗挂云横。

玉宇曾如此，人生以不平。

之七：

欲去久盘桓，生平渡虽难。

无心寻柳木，莫上灞桥端。

渭水长安绕，潇湘夜雨残。

三秋多落叶，一折不经寒。

之八：

江南不一女儿家，腊月梅香二月花。

晓色初临明镜照，黄昏未尽影身斜。

之九：

赵女半倾城，飞来掌上轻。

藏娇应不去，奉帚扫秋情。

落叶三秋去，重阳九日明。

昭阳歌舞地，不比作人生。

之十：

人生不是非，过客有心违。
鸟雀寻栖木，飞鸿去又归。
寒宫悬玉影，野草复垂微。
缺缺圆圆问，朝朝暮暮依。

之十一：

天方一夜潭，地角半春蚕。
有客丝弦寄，无音五柳谙。
声声留智慧，曲曲著家淦。
世历荆轲见，人生上杏坛。

之十二：

白日一春秋，绿茵半九州。
阴晴相易卜，冬夏去还留。
妻女徘徊问，男儿踟蹰游。
空闺何所见，独剑自成舟。

3. 杂体五首

之一：

镜垢何须未隐明，宁知玉碎不偷声。
楚香扫地闻知已，弹冠正坐著人生。

之二：

古宅一传神，幽居半隔亲。
狐娘情可许，野草碧深邻。
试子曾无忌，妖媚已入春。
黄昏人已近，夜月色明身。

之三：

水上一鸳鸯，人中半绣娘。
寒宫明月少，玉树影天长。
夜女徘徊见，书生彼此扬。
朝朝暮暮客，小米对黄粱。

之四：

角羽一音长，宫商半不扬。
和谐天地阔，独自历沧桑。
五柳垂弦响，千山有雪乡。
精英何以志，万里各牵强。

之五：

璞玉荆山一卞和，相如完璧赵臣多。
张仪士子苏秦见，但作人间唱九歌。

4. 与友生野饮效陶体

何言一贱贫，沽酒半秋春。
野旷天低树，云高日月邻。

无寻朝暮过，尽是去来人。
此醉非心意，当知五柳身。

5. 效何水部二首

之一：

玉宇含清露，姑苏散雨烟。
潇湘和禹穴，舜治二妃天。

之二：

相思反复闻，跬叔自孤分。
不作天街子，应当水大君。

6. 效陶彭泽

五柳一田家，千株百草花。
三闲寻子女，半醉问桑麻。

7. 大亭会李四栖梧作

梁王爱楚才，远集八方来。
一许蓬池客，三生日月开。
秦川曾养马，渭水久天台。
富贵良心取，孤亭广泽回。

8. 燕李录事

十五待皇闱，三生对是非。
灵犀闻玉漏，汉苑敌心扉。
大雪南山顶，飞花玉树微。
温汤天子夜，上掖帝王晖。

9. 淮上喜会梁川故人

梁川一故人，作别十秋春。
汉口知音见，琴台客语频。
重寻江夏酒，再踏曲江津。
此醉应无醒，瑶台可永邻。

10. 扬州偶会前洛阳卢耿主簿

楚塞故人稀，荆门旧别衣。
相逢千里目，复问帝王畿。
逐日连骑去，争晖晓色旗。
悠悠多草木，处处有天机。

11. 贾常侍林亭燕集

圆荷初出水，广厦映湖洲。
露雾都城阔，氤氲汉苑流。
大雁寻北魏，驿馆问东周。

蚁酒由情醉，轻云自在浮。

12. 月下会徐十一草堂

三千门第见，十一草堂游。
暂掇观书案，还题问月楼。
清风才起步，静水已知秋。
置酒诗词客，寻兴草木洲。

13. 移疾会诗客元生与释子法朗因贻诸司曹

元生释子曹，旷职遣人高。
意道从邻里，闲琴望远郊。
玄蝉佳木近，暮色两葡萄。
抱扣关关驿，行吟役苦劳。

14. 慈恩伽蓝清会

重门相洞达，上掖互阴晴。
道侣晨昏步，长城问柳营。
区区天址别，寂寂有无声，
夏雨湖齐岸，慈恩渡口平。

15. 夜偶诗客操公作

古寺鹤林城，操公远世情。
丛深人事浅，鼓响莫槌鸣。
夜偶诗词客，玄虚日月平。
禽音多叙旧，磬语寄人生。

16. 与韩库部会王祠曹宅作

酌酒琴弦舞，闲门草木平。
微风荷气近，朗月九歌声。
水色无先后，寒光有隐明。
城花知已阅，柳岸醉人生。

17. 晦日处士叔园林燕集

处士叔园林，吟诗作口箴。
芳华听天命，沽酒对天音。
岭木成高直，丘山作古今。

18. 忆

婕婕舅舅一娘亲，叔叔姑姑半父人。
暮暮朝朝非日月，男男女女是经纶。

19. 扈亭西陂燕赏

一酒对黄昏，三朗问木根。

千门曾不语，万岁作乾坤。
玉漏悠悠落，宫门处处恩。
焚香应扫地，客坐醉鹏鲲。

20. 西郊燕集

济济半兰芳，悠悠一草堂。
西郊君子宴，北阙状元郎。
泛羽湘灵瑟，冠缨待凤凰。
人从听渭邑，月入曲江香。

21. 春宵燕万年吉少府中孚南馆

不觉清觞满，疑当玉户低。
春宵春宴醉，酒色酒壶齐。
岁月朝辞去，年华暮草黄。
无须知醒北，但作醉人西。

22. 滁州园池燕元氏亲属

一步半流连，三生两雨烟。
滁州当刺史，持戟事皇天。
暮色黄昏远，晨光晓色全。
亲家亲自己，故事故家田。

23. 郡楼春燕

冠巾一郡楼，孔府半春秋。
坐上诗书客，官中日月忧。
桑田民自立，土地帝王侯。
射虎幽州问，功勋受降愁。

24. 南塘泛舟会元六昆季

南塘一泛舟，北岸两红楼。
水色千弦瑟，风轻万木洲。
云移觞不就，影落酒方愁。
气滞神行醉，香凝近白头。

25. 郡斋雨中与诸文士燕集

三桥知刺史，八月问钱塘。
腊末梅花色，姑苏水国乡。
逍遥天子客，苦役北清霜。
性达寻形迹，文彦作栋梁。

26. 军中冬燕

军中一岁冬，郡上半云龙。
画戟朝集立，连营对策封。

由申凭仰达，伐鼓任元凶。
帝子论横纵，皇家向列宗。

27. 司空主簿琴席

华烟方散薄，蕙露已清新。
子夜琴弦伎，诗词彼此邻。
何须知醒醉，不必问冠巾。
白雪阳春序，巴人下里春。

28. 与村老对饮

嗜酒一黄昏，文言五子孙。
相思千里目，跬步半乡村。

29. 城中卧疾知阎薛二子屡从邑令饮因以赠之

无求炎里火，有欲冷嫌冰。
卧疾知医主，行吟问主徵。
城中何一病，月下几天应。
以酒陶潜令，从君剧孟丞。

30. 听嘉陵江水声寄深上人

嘉陵一水声，栈道半云潮。
剑阁巴中问，山门古刹寥。
孤心禅丈近，独步上人遥。
禹迹通天路，尧心以舜消。

31. 高陵书情寄三原卢少府

高陵一寄书，少府半音予。
进退应时见，沉浮可虽居。
官衙知子弟，案牍弃樵渔。
别业随天意，心思向太虚。

32. 假中对雨呈县中僚友

闲中问杜陵，足小近禅僧。
意畅三千界，心明一盏灯。
春莺鸣夏浅，白雪覆冬冰。
水月流萤绚，梅香腊月凝。

33. 示从子河南尉班

序：
永泰洛阳丞，斯文子直承。
君子尉，宰政自清冰。

诗：
拙直守余公，斯文正务同。
天街星百万，北斗口天中。
魏北分帮晋，江东唱大风。
谁言泾渭见，岂旷御人工。

34. 赠肃河南

相思无一绪，继事有三桥。
厌剧辞京邑，知贤水月遥。
秦川千百里，北魏雁门宵。
木落秋风扫，云飞聚散潮。

35. 趋府侯晓呈两县僚友

天星初户满，近壁烛光残。
几案三更冷，诗书一半寒。
怜心邻部署，触类弃波澜。
只以平平治，何须事事峦。

36. 赠李儋

丝桐何质慄，草木共根生。
造化乾坤在，枯荣岁月城。
琴弦长短致，社稷去来英。
蕙芷临兰色，芙蓉自水生。

37. 赠卢嵩

海纳百川流，云浮万里舟。
苍茫无迫近，浩瀚有鲸游。
逝水成涛涌，洋晴逐白鸥。
山河知渺小，日月始无头。

38. 寄冯著

清明一叶舒，谷雨半春秋。
采摘旗枪弱，姑苏少女茹。
三山烟雨覆，二月碧螺初。
水泽年年绿，云天部部书。

39. 早春对雪寄前殿中元侍御

扫雪步新途，衣寒草叶苏。
梅香凝玉树，淑气散京都。
渭水长安北，南山白顶芜。
东风三两日，已到曲江儒。

40. 赠王侍御

野鹤一心同，江东半大风。
刘邦何佩吏，项羽几英雄。
垓下鸿沟界，咸阳二世宫。
千军曾一战，四面楚歌穷。

41. 同道不遇

序：
将往江淮寄李十九儋　余自西京至李去河洛同道不遇
诗：
君来我去各西东，异向同行自不穷。
日渐分头分道路，黄昏尽了夕阳红。

42. 兴亡

质子邯郸一始皇，流亡赵国半秦王。
春秋吕氏韦相令，奇货可居六国堂。

43. 自巩洛舟行入黄河即事寄府县僚友

夕夕霞霞一阵风，明明浊浊半流中。
山山水水何相问，友友朋朋洛渭东。

44. 寄卢庚

悠悠离别远，楚楚面秋寒。
对酒壶杯色，思君暮晓丹。
朝衣途尘垢，栉发路难现。
扫地焚香处，斯文共舒盘。

45. 发广陵留上家兄兼寄上长沙

薄宦各飘扬，家书独自芳。
长沙屈子赋，贾谊度炎凉。
禹穴潇湘治，苍梧竹泪乡。
亭亭相望尽，路路问圆方。

46. 初发杨子寄元大校书

残钟一广陵，晓雾半香凝。
洛水何无远，行舟几去鹰。
应闻天下路，不对玉壶冰。
互辅成君子，相承是永恒。

47. 淮上即事寄广陵亲故

不见广陵城，须闻淮上声。
悠悠舟上问，去去顾中情。
楚雨应相济，吴云可系缨。
人生人未语，达不达工英。

48. 寄洪州幕府卢二十一侍御

结拜南昌令，同宦渭邑京。
相趋相侍御，互勉互声名。
汉苑文章客，冰壶日月倾。
冠巾应正帜，府幕可陈情。

49. 经少林精舍寄都邑亲友

万籁两松烟，千流百石泉。
晨钟惊远道，暮鼓少林田。
面壁禅房坐，行踪衲古玄。
三光沉古寺，一叶渡江边。

50. 同长源归南徐寄子西子烈有道

一路分南北，三生呼去来。
君从君所见，子以子明裁。
洛水潇潇雨，鄱阳处处洄。
长源归已寄，短意已何开。

51. 雪中闻李儋过门不访聊以寄赠

之一：
闻君已过门，纳雪对黄昏。
抱玉迷金谷，怀华叙古村。
当天同日月，故友共乾坤。
玉树临风晚，明堂处事恩。
之二：
闲期谢绣衣，未约一相依。
阁上书香案，云中贝叶稀。

52. 同德精舍养疾寄兵曹东厅掾

逍遥一日鸣，逶迤半山行。
素抱云天望，长怀以疾生。
天台良宴久，子夜曲歌平。
已见沉年积，何须塞上兵。

53. 同德寺雨后寄元侍御李博士

心中同德寺，雨后净天台。
直木青莲界，檀香月色开。
川前风沙去，岭上玉华来。
夜霭成云落，辰钟可序催。

54. 同德阁期元侍御博士不至各投赠二首

玉树婆娑影，炉香远近浮。
期君相问道，博士入屠苏。

55. 使云阳寄府曹

百里次云阳，千川遇水乡。
洪波含万泽，土木浴三光。
府郡多来去，斯人各短长。
田家应持久，士子寄书香。

56. 过扶风精舍旧居简朝宗巨川兄弟

扶风精舍旧，渭水自流东。
寸约家慈简，前途故步穷。
回头应所问，四顾已成空。
不可如斯逝，谁人唱大风。

57. 赠令孤士曹

（自八月岁旦同使蓝田淹留涉季事前日而不相待故有戏赠）
秋霜一夜明，独月半天更。
不必幽幽问，东篱五步程。

58. 赠冯著

大雪一辽东，冬霜半世空。
江封天地阔，水结玉冰丛。
远望峦峰契，遥寻问始终。
山山含直木，谷谷有枫红。

59. 对雨寄韩库部协

潇潇一雾墙，漠漠半雨光。
漫漫云烟暗，蒙蒙露水凉。
氤氲迷散聚，叠荡结飘飏。
历世真如此，身名忘四方。

60. 寄子西

一士问东邻，三清待太贞。
思贤方求客，问道子西纯。
驿站长亭路，田家草木春。

应求风雨顺，胜似问天津。

61. 县内闲居赠温公

黄昏一日恩，散吏半重门。
立世天街远，行程跬步纯。

62. 对雪赠徐秀才

靡靡寒欲结，霭霭雾云分。
晓气连天地，甘霖雨露君。
明堂书已就，驿路客王曛。
海角无非木，天涯有献芹。

63. 西郊游宴寄赠邑僚李巽

西郊一暖秦，圣上半官人。
置酒天街饮，闻桑巷陌邻。
英名英寸泽，沼者沼秋春。
共事同心侧，耕耘土地津。

64. 对雨赠李主簿高秀才

小雨漫东风，中云阔宇空。
周秦商洛水，楚汉未央宫。
四野青青色，千山郁郁同。
春秋今古继，日月去来工。

65. 休沐东还胥贵里示端

书生半地天，士子一人田。
举剑楼兰问，行文受降年。
离乡离别阔，问巷问方圆。
九鼎呈周览，三吴待酒泉。

66. 朝请后还邑寄诸友生

邑宰一分明，朝堂半国英。
官行千万里，士结去来情。
日月多牵挂，山河诸友生。
凤驾风云色，端居俱践荣。

67. 沣上西斋寄诸友

绝岸临西野，居然处世遥。
红尘多雨露，逦迤半云霄。
楚汉云闻止，鸿沟可籍雕。
商山空四志，莫以问渔樵。

68. 独游西斋寄崔主簿

同心同已别，共事共天遥。
独径由常扫，书房任雨消。
天工呈日瑞，细雨待风潮。
俯砌瑶琴念，昂眉鼓瑟昭。

69. 尘侣

序：
紫阁东林居士叔缄赐松英凡捧对忻喜盖
非尘侣之所当服辙献诗代启
诗：
苍松五粒稀，碧涧一云衣。
暮启群仙路，东林道场祈。
腰间铜印铸，俗侣帝王畿。
觉悟岚峰木，侵沾八卦旗。

70. 闲居赠友

闲居一日长，苦役半时光。
待淑天街外，荷锄草木旁。
围城围自己，守约守鱼梁。
夕阳荒芜径，回头散古香。

71. 秋集罢还途中作谨献寿春公黎公

东带衡门九品官，东流渭水半波澜。
源泉自此含天雨，汇集川河聚浅滩。
千万里，去来湍，君侯杜若楚冠。
南山玉顶平明府，上掖途中致凤丹。

72. 四禅精舍登揽悲旧寄朝宗巨川兄弟

春风一雨生，晓色百花明。
缅邈禅房近，慈悲徂岁荣。
山河留旧迹，驿路寄昌平。
揽物非朝暮，巨川是弟兄。

73. 善福阁对雨寄李儋幼遐

雨净一天踪，云舒半岭松。
昂观何不尽，俯览玉皇封。
品物知机理，察颜问独容。
江山由阔别，社稷要中庸。

74. 寺居独夜寄崔主簿

幽人一寺居，读卷关心余。
寂寂闻风雨，纷纷落叶书。
田园耕土亩，里陌造农渠。
独夜思天地，官冠向帝初。

75. 晚出沣上赠崔都水

临流一石鸣，积水半山清。
隔岸风云落，邻川水月平。
京都沣上问，渭邑客中情。
岁月迁移昧，年华品物荣。

76. 沣上寄幼遐　自言

桓仁六弟兄，五女半久城。
老小无同比，童翁有旧情。
南洋回首望，北国帝王声。
不付留燕久，蹉跎滞北京。

77. 九日沣上作寄崔主簿倬二李端系

一酌对平生，三秋两半平。
阴阳分界定，直木北南清。
自省官衙役，无文属品卿。
陶然斯礼节，意念止苍生。

78. 西郊养疾闻畅校书有新什见赠文伫不至先寄此诗

闭户曲江沣，开窗直木隆。
群英文伫校，独见自工功。
晓暮天机寓，阴晴土木充。
文房藏四宝，玉宇纳三翁。

79. 善福精舍示诸生

人间善福情，世上苦难生。
舍里无丰富，禅中有弟兄。
单衾冬夏去，妙法象环明。
但以心思寄，应知日月平。

80. 寓居沣上精舍寄于张二舍人

竹涧石泉声，松林日色荣。
香炉烟杳杳，壁画影明明。
万木春秋易，千山草木生。

沣居精舍见，寓见客心平。

81. 开元观怀旧寄李二韩二裴四兼呈崔郎中严家令

开元忆旧一清风，跬步怀新半酒红。
刺史言明或品务，郎中不奈各西东。

82. 沣上醉题寄涤武

俗旧半天山，胡姬一玉颜。
无非杨柳岸，得是醉花间。

83. 春日

序：
春日郊居寄万年吉少府中孚三源少府伟夏侯校书审

诗：
布谷一新鸣，田桑半复荣。
耕耘三亩地，种植五柳城。
老简书文帛，重瘟旧史情。
闲居闲不住，独问独心萌。

84. 西郊期涤武不至书示

峰云成直木，涧雨作残花。
以此春风纪，田书已入家。

85. 沣上对月寄孔谏议

月下两知音，宫中半玉心。
高小流水见，共问广陵琴。

86. 将往滁城恋新竹简崔都水示端

停车绕竹丛，碧玉直云崇。
此去应留意，明年可大风。

87. 还阙首途寄精舍亲友

镜里正朝冠，官中客路难。
乡前辞父老，揖后各盘桓。
阙首长亭路，滁州一涧宽。
微途何不止，晓日逐衣宽。

88. 秋夜南宫寄沣上弟及诸生

离忧一弟兄，别弃半殊荣。
但以人间事，何须远路行。
书生书不尽，士子士家名。
仰首观天地，春蚕自锁盟。

89. 途中书情寄沣上两弟因送二甥却还

途前一路长，月后半家乡。
两弟同归去，甥还共断肠。

90. 雪夜下朝呈省中一绝

雪夜国公紫禁城，朝堂玉液尚书缨。
昆明汉苑楼船在，铁杵云南宇界明。

91. 寄柳州韩司户郎中

漓江半柳州，达识一书楼。
智迹郎中读，乡思付水流。
南迁寻桂子，北望待王侯。
四品天街酒，三生以国忧。

92. 寄令狐侍郎

南宫半复春，上掖一经纶。
宠辱何必定，升迁运命陈。
缁磷寒署易，雁雀集翔珍。
掌书中堂客，皇华帝宰钧。

93. 闲居寄端及重阳

山明野寺一辰钟，远海波涛半跃龙。
九月重阳分两界，秋风落叶逐千松。

94. 园林晏起寄昭应韩明府卢主簿

田家已作耕，井陌起烟明。
独宿三居室，闭眼觉正轻。
冠缨垂束带，简牍纪枯荣。
览物山川岭，舒情日月城。

95. 寄大梁诸友

夕宿符离集，晨辞鲁赵西。
梁池多诸友，饯晏柳杨堤。
日次睢阳岸，舟行月色低。
南谯分竹守，北路有猿啼。

96. 新秋夜寄诸弟

共望一星河，同行一路歌。
人间从彼此，世上历蹉跎。

97. 郊园闻蝉寄诸弟

远远一蝉声，幽幽半弟鸣。

知音从小问，学步久难行。
叶简郊园近，枝明客舍清。
同胞由此寄，不必问纵横。

98. 寄中书刘舍人

中书一舍人，上掖半秋春。
比翼丹陛殿，南宫玉叶钧。
经纶天子策，日月事工秦。
一一承昭示，明明对君臣。

99. 郡斋感秋寄诸弟

首夏兄辞旧国家，穷秋弟问水滁花。
云烟雨雾分无定，木叶霜林向北斜。

100. 郡中对雨赠元锡兼简杨凌

宿雨问嘉宾，空城待叶珍。
珠明圆欲滴，酒绿玉杯醇。
步步同思静，悠悠共晋秦。
茫茫天水岸，草草醉时人。

101. 冬至夜寄京师诸弟兼怀崔都水

郡理无闲事，官衙有役明。
京师多问望，远馆少人声。
夕照王城近，孤灯见弟兄，
书中寻旧忆，月下步新程。

102. 元日寄诸弟兼呈崔都水

之一：
故岁一淮滨，新年半布巾。
应当回首忆，不却对初春。
之二：
江南梅已展，二月唤芳邻。
细叶丛间草，青丝露土茵。

103. 寄职方刘郎中

相闻二十年，共事两三天。
一日南宫遇，三生上掖泉。
文章挥笔就，吐纳过桑干。
但以重逢叙，人间半酒钱。

104. 社日寄崔都水及诸弟群蜀

社日一春秋，风光半九流，

桑田应自足，税赋上官楼。
坐阁观朝暮，开扉望九州。

105. 寒食日寄诸弟

田花满杜陵，晋耳已陈兴。
乞火清明客，寒光读卷灯。

106. 三月三日寄诸弟兼怀崔都水

上巳曲江天，滁州一涧泉。
流觞随石岸，意气付春妍。
对酒兰亭序，怀人杜若宣，
明川寻碧叶，秀水见青莲。

107. 赠李儋侍郎

风光山水郡，五月广陵城，
草色花颜色，空杯问酒名。

108. 寄杨协律

吏散闭衙门，书香小儿孙。
灯明天子喻，客约夜黄昏。

109. 郡斋赠王卿

赏爱作山家，寒心二月花。
江华流木影，日暮浪淘沙。

110. 简恒璨

一简半虚多，三生九派河。
天机藏晓暮，楚汉问秦戈。

111. 闲居寄诸弟

秋霜付于菊花迟，白露凝珠杜茗枝。
步履高常常揖手，梧桐叶上已题诗。

112. 登楼寄王卿

攀林志不同，直木曲张弓。
砧杵惊秋月，冠中唱大风。

113. 寄畅当　闻以子弟被召入军

青袍未解一从军，白羽当弓半射云，
不以风霜多阻险，应声八阵少檄文。

114. 赠崔员外

一步半风尘，三生十地臣。
春秋知岁月，彼此共冠巾。

別去相逢少，重来渭水滨。
年华流水逝，养马自周秦。

115. 寄李儋元锡

望月五更圆，知风一水轩。
东山无晓色，北里鼓声喧。
卫术天街序，儒书孔府言，
寻衣知冷暖，饮水可思源。

116. 京师寄诸弟

世道弱冠难，王城巷陌宽。
长安长虎豹，远道远伤寒。
骨肉思情寄，同胞手足观。
忧人何自扰，继事步邯郸。

117. 赠琮公

山僧曾一语，吏案已三班。
异者应同见，未观是去还。

118. 寄诸弟

岁暮一兵戈，江东半楚歌。
相思安史问，守已度天河。

119. 寄恒璨

不绝一心田，应寻半夜眠。
孤灯明月暗，独阅古今禅。

120. 简郡中诸生

守郡一书山，寻知半闭关。
空庭空日月，读卷读天颜。
渭水波澜久，长安去又还。

121. 寄全椒山中道士

空山一履踪，竹径半青松。
白石归来煮，荆薪此去从。
行云流水约，道士上人封。
举酒荒原客，躬身土木容。

122. 寄释子良史酒

释子酒三杯，人生五百回。
僧游朝霞里，醉问寺前梅。

123. 重寄

释子一游僧，知书半玉凝。

阴晴千里路，醒醉一盏灯。

124. 答释子良史送酒瓢

释子一瓢空，人生半始终。
何日水酒见，吏路问童翁。

125. 简陟巡建三甥

榻上忽闻作后生，床前月色无情。
人生百岁疑朝暮，吏碌千灯夜夜明。

126. 览褒子卧病一绝聊以题示

一疾半余情，三光十地明。
人生关不住，历世有枯荣。

127. 寄璨师

玉璞千山石，松林半杜陵。
孤寻三界子，独从一山僧。

128. 寄卢陟

寂寞一寒塘，黄粱半故乡。
天光垂柳叶，月色满城霜。

129. 途中寄杨邈裴绪示褒子

上宰江淮左，中闻建邺诗。
霜竿寒玉手，净水冻身姿。
不忍惊明镜，何情赋旧词。
回头听泼剌，跳跃不逢时。

130. 宿永阳寄璨律师

遥知郡斋松，大雪已陈封。
雀鼠寻其子，斑鳞似古龙。

131. 雪行寄褒子

雪挂一山松，云麓半古龙。
飘飘行子路，古刹有辰钟。

132. 寄裴处士

一问清冷子，三春草木晖。
微泉流不尽，石影去无归。

133. 偶入西斋院示释子恒璨

一寺半山花，三春小地娃。
游僧千里目，释子五蕴家。

134. 示全真元常

余辞一郡符，客见半皇都。
水月风情子，西楼岁载无。

135. 寄刘尊师

岁岁一秋春，年年半晋秦。
三清三世界，八戒八风尘。

136. 寄庐山青衣居士

山行不可归，木叶彩云飞。
石壁擎天立，源泉对地微。

137. 因省风俗与从侄成绪游山水中道先归寄示

自省闻风俗，江南问舅姑。
三江流逝水，九派洞庭湖。
蓄者民心志，官文幕客儒。
千年风雅颂，一叶竹枝呼。

138. 寒食寄京师诸弟

禁火见流莺，观书晋耳鸣。
绵山何不见，草木杜陵生。

139. 岁日寄京师诸李端武等　自述

献岁一清心，深居半古今。
南洋逾七十，北国复知音。
格律佩文韵，诗词平仄吟。
江河流不尽，世纪木成林。

140. 简卢陟

白雪半阳春，淮南一浅濑。
何当同醒醉，莫以慰风尘。

141. 西涧即事示卢陟

碧涧洗冠缨，青林肃古城。
圆文生秀水，细雨致枯荣。
路上寻同道，山中伐木声。
前程应不见，跬步可纵横。

142. 登郡寄京师诸季淮南子弟

始罢京师守，重登鹳雀楼。
黄河从此去，望尽九江流。
渭水千门色，浔阳百尺舟。

淮南留子弟，简约帝王侯。

143. 寄黄尊师

扫雪楚竿一石坛，扪心自问半青丹。
尊师戒里尊师见，自在人中自在难。

144. 寄黄刘二尊师

自得无为药，当然白石居。
庐山分两界，道士和心余。
地厚千条路，天机一部书。
行身循古道，淡定守玄虚。

145. 秋夜寄丘二十二员外

怀君秋月夜，独步木霜寒。
天涯应不远，一念忆云端。

146. 赠丘员外二首

吴门一虎丘，月色五湖舟。
顿怯官衙讼，春茧自束求。

147. 寄皎然上人

野雪筑精庐，吴兴释子儒。
禅音明月色，步履帝王都。
击鼓黄昏外，鸣钟草木苏。
琴声方丈问，戒语上人途。

148. 能北讼岳阳楼记者可免费入岳阳楼

一目岳阳楼，千年日月秋。
如今怀古迹，应记国人忧。

149. 赠旧识

太学少年游，弯弓问五侯。
今日回首见，孔府读春秋。

150. 复理西斋寄丘员外

之一：
书香一斋同，笔墨半飞鸿。
启易囚心教，才师布馆宫。
江东寻霸主，楚汉唱大风。
复理思贤处，重怀向主公。

之二：
问迹一孤云，行踪半储君。
千花无艳色，百花有芳芬。

151. 赠李判官

佐幕方巡郡，恩威秦命施。
高文呈判属，决狱对严辞。
独守洪湖客，孤寻草木痴。
淹留应不易，至此可思之。

152. 和张舍人夜直中书寄吏部刘员外

中书一夜裁，上夜半銮开。
凤阙昆池水，南宫玉漏台。
云中兰殿笋，月下可徘徊。
独见江山策，群芳社稷魁。

153. 和李二主簿寄淮上綦毋三

傲吏不可怜，清官自种田。
荷锄知日月，赋税见坤干。

154. 李五席送李主簿归西台

主簿上西台，微官向月来。
寒光多少色，尽是去来催。
缺缺圆圆见，成成败败回。
平生知己处，彼此五冬梅。

155. 送崔押衙相州

千儒士大同，一代赵燕风。
白刃三边战，嫖姚十尺弓。
归心怜古道，顾献力精工。
魏主漳河岸，风台艳粉红。
逢时功业就，战后作飞鸿。

156. 送宣城路录事

宣城岸郡州，谢宅曲歌楼。
一醉登高望，三生任自流。
还寻天地策，不复敬亭留。
赋尽词兴达，文章上海舟。

157. 送李十四山东游

遗逸已千秋，江河过百流。
山东游可问，万岁帝王侯。
六国曾横纵，坑灰已谢周。
应龙齐鲁柱，卧虎暮干楼。

158. 送李二归楚州

风波半楚州，李二一归舟。
济世梁园客，浮云社稷猷。
荆门开闭久，蜀道去来修。
但以鱼凫栈，蚕丛剑阁楼。

159. 送阎宷赴东川壁

冷暖东川壁，阴晴太白山。
霜沉成皓野，叶落农归产。
豸角王书寄，冠官主宰班。
何言分魏晋，莫问雁门关。

160. 送令狐岫宰恩阳

大雪封天地，严霜付地生。
居家寒苦至，主宰令狐行。
追逐贤华路，前微暮日平。
朝官知父母，善政治田荣。

161. 送元仓曹归广陵

仓曹一广陵，泗水半归鹰。
楚国吴门外，孤舟十地僧。
无言相对饮，不尽玉壶冰。
隔岁如何约，相思以此凭。

162. 送冯著受李广州署为录事

辞辞李广州，郁郁上江楼。
寂寂三杯酒，悠悠万里舟。
丹墀门下客，域国士中酬。
遗所成邦建，如今寄白头。

163. 送唐明府赴溧水　三任县事

三为溧水清，九鼎一言名。
十载从今始，千章治宰平。
湖田由此正，草木自枯荣。
海利鱼盐富，桑麻俗节盈。

164. 喜于广陵拜觐家兄奉送发还池州

池州雨色杏花村，竹叶春烟杜若门。
弟续家兄和玉酒，家邦国务广陵恩。

165. 送章八元秀才擢第往上都应制

一跃龙门半壁天，三生上掖九州迁。
都门立语千家巷，未换春衣万里宣。

166. 送张侍御秘书江左觐省

但望都门路，行程万里余。
中柜天下事，总览帝王书。
沃野求禾米，江流钓白鱼。
三边和气贵，九鼎自当初。

167. 赋得鼎门送卢耿赴任

定鼎一名门，黄河半子孙。
凿龙山上望，仗策治乾坤。
静野生粮米，官衙抱犊村。
阴晴无隐若，仰俯有慈恩。

168. 赋得浮云起离色送郑述诚

但见浮云起，何言别色情。
离离亭外路，郁郁客中程。
卷卷舒舒去，先先后后行。
平生如此识，雨露著精英。

169. 寄二严

忆懒闻丝竹，当勤日月书。
耕耘天地上，历练去来余。

170. 饯雍聿之潞州谒李中丞

郁郁雨倾城，浓浓雾气生。
前程何远近，跬步著红缨。
俯仰金杯酒，阴晴驿道明。
人生当此道，历剑试精英。

171. 送洛阳韩丞东游

飘飘仙鸟去，翠羽碧衣开。
自爱佳音许。交游望日台。
同林同凤语，共月共徘徊。
北国秦川问，南山汉楚才。

172. 送郑长源

洛水一长源，清流半碧萱。
无疑天水岸，自是对轩辕。
耿介精王事，由心醒醉言。

河关多朔雪，塞北少鸾鸳。

173. 送李儋

别别离离问，来来去去难。
人生应守旧，待事可青丹。
逶迤无朝暮，崇墉自狭宽。
清川流涧水，俯仰见云端。

174. 赋得沙际路送从叔象

独树立沙边，孤人问浦前。
舟横舟待渡，叶落叶空悬。
绿蚁醇香远，楼兰近酒泉。

175. 赋得暮雨送李胄

荆门微雨细，建邺半成烟。
漠漠云帆溃，茫茫贝叶悬。
迷津含浦树，白鹭逐江船。
以翼寻温情，从心送客宣。

176. 上东门会送李幼举南游徐方

五府都门晏，三年客吏肠。
今辰游子醉，隔日问徐方。
易水荆轲匕，绵山过太行。
回头应不见，但以饮千觞。

177. 留别洛京亲友

日上一鸿飞，年中两度归。
衡阳青海岸，记取雨霏霏。
沅水洞庭客，楼兰玉笛微。
春来秋去见，北宿复南依。

178. 送榆次林明府

云飞一吕梁，叶落半衷肠。
晋魏重阳度，秦川遍柳杨。
轩辕男子汉，补石女娲乡。
独约闻天水，相思过太行。

179. 朵言送黎六郎

冰壶一醉生，字帻半诗名。
绿水荷莲色，嵩峰古寺城。
朱门成就业，傲吏古今情。
五柳应何论，无弦有国鸣。

180. 天长寺上方别子有道　时任京兆府功曹高陵宰

伊人一别心，有道增忧琴。
释子居禅室，天津独木林。
高陵高宰牧，弟子弟人阴。
净土香烟入，风尘不染侵。

181. 送黎六郎赴阳濯少府

以吏问嵩阳，逢春作故乡。
腰垂新绶带，佩玉著香囊。
直木乔天立，丛林碧叶长。
临流应自见，逝水有源塘。

182. 送别覃孝廉

送别孝君谦，思亲问暑炎。
波州年岁里，二月小荷尖。
百草门前色，群芳雨后纤。

183. 送开封卢少府

雄藩千万里，暮色去来归。
独夜梁园问，孤官少府依。
关河应所见，日月折丝稀。

184. 送槐广落第归扬州

下第常经一少年，飞云落雁半前川。
形成跬步邯郸市，逐日耕耘笔墨天。

185. 送汾城王主簿

带印少年初，汾城古月余。
孤行南志祠，独得晋泉书。

186. 送渑池崔主簿

邑带洛阳边，年华灞水田。
行程应不尽，落足寄桑者。
暮雨县人近，官灯对夜悬。
书生巡地久，不解抱关缘。

187. 送严司议使蜀访图书

使蜀访图书，闻鸣对帝居。
秋猿啼不住，谷牧问当初。
栈道蚕丛路，陈仓八阵余。
疑人天地外，莫以对樵渔。

188. 奉送从兄宰晋陵

从兄宰晋陵，立马望飞鹰。
夕照苍山远，唐明见魏徵。
天涯知鸟雀，瀚海有鲲鹏。
苑树风云少，松林日月凝。

189. 赠别河南李功曹　宏辞登科拜官

耿耿一宏辞，扬扬半帝枝。
寥寥年岁积，郁郁暮朝滋。
且拜功曹牧，当然履日时。
天街云雨岸，别赋帝王诗。

190. 送五经赵随登科授广德尉

登科一五经，策仗半千星。
广德宣城市，文名郡斋厅。
江源含远近，夕鸟宿津汀。
秩序应常守，方圆必渭泾。

191. 宴别幼遐与君觊兄弟

契阔华堂酒，高翔远翼扬。
春风多得意，夏屏少炎凉。
渭水无舟楫，天台有石梁。
黄昏千里目，日夕一彷徨。

192. 送宣州周录事

清明儒士正，纠郡属伊人。
始得长勤惰，风光令德尘。
芳圆曾已度，苦驿亦秋春。
草木呈晖雨，文章自献秦。

193. 谢栎阳令归西郊赠别诸友生

无为士事一州县，有道丹陛半物天。
黍稷唐陶君子路，排云羽翼列方圆。

194. 送端东行

子路如家子，儒风似玉泉。
从官应守道，举步可天年。

195. 送姚孙还河中

上国一风情，行人半野生。
风尘应未了，日暮可长鸣。

196. 始除尚书郎别善福精舍

世器尚书郎，华缨二品光。
昭明千古迹，简略一圆方。
日栉乘增篋，书门阔石梁。
天台冠正字，拘束牧中堂。

197. 送常侍御却使西蕃

半是沙尘一是乡，三军将士两兴亡。
文生守墨成邦使，马上关河对帝王。

198. 送郗詹事

印绶佐休明，冠巾佩文声。
寒窗寒自己，署治署官情。
旧德文章俱，新华日月生。
田荣家国振，省社学书城。

199. 送苏平事

季弟士谯都，元兄两省儒。
中书兰苑令，粉署暮云苏。

200. 送李侍御益赴幽州幕

侍御幽州幕，机枢五府余。
川途分代日，契阔著天书。
持斧儒生客，行程日月居，
功勋天地界，曲籍帝王墟。

201. 自尚书郎出为滁州刺史

秉笏尚书郎，滁州刺史乡。
徵行西涧水，契阁著六朝。
玉露华缨早，云台问柳杨。
风尘龙阙望，奉舆帝侯王。

202. 送元锡杨凌

水积五湖津，花明二月春。
端居思别友，望路问秦人。

203. 送杨氏女

楚楚过门楼，悠悠下去舟。
茫茫天地界，妄妄念慈柔。
少小由昆季，青春以妇求。
晨行回道见，暮日望难休。
节俭无贫女，辛勤契阔留。
姑娘今欲去，止步尽回头。

204. 送中弟

西楼多夜雨，北国少云烟。
渭水桑干客，江南日月田。
行囊藏简卷，定履代车船。
契阔知远近，心思可近贤。

205. 寄别李儋

但戴惠文冠，心余决胜宽。
丘山恩不付，契阔与君安。
一扎寻青鸟，三生问杏坛。
温乡妻子见，别道莫心残。

206. 送仓部萧员外院长存

草被蹉跎志，云浮日月空。
情随天地在，客以暮朝鸿。

207. 送王校书

同观星月色，共问暮朝灯。
书香书太白，校籍校炎凉。

208. 送丘员外还山

隐逸莫还山，樵渔可市关。
文章惊日月，鸳鹤待天颜。

209. 重送丘二十二还临平山居

楼兰近酒泉，大漠玉门烟。
浴水凌波问，陈王宓女妍。
平山居莫浅，伐木岭前川。
谷涧溪流急，况云落卷田。

210. 送郑端公弟移院常州

草木一常州，江湖半九流。
姑苏同里富，越女剑池留。
自幼端公责，清言咫尺楼。
思心应慎密，处世可春秋。

211. 送房杭州

专城七十余，咫尺一天书。
夜雨吴门暗，云烟越客舒。

212. 送陆侍御还越

文章一夜满英声，越女三吴绣色荣。
置榻知音同契阔，留诗悟道共阴晴。

213. 听江笛送陆侍御

和笛半波声，三吴五味荣。
唯闻君不语，但得曲江情。

214. 送崔叔清游越

但可上天台，潇湘半楚才。
钱塘寻六合，自主国清开。

215. 送豆卢策秀才

初黄上远林，久积入渊浮。
普渡三千界，春秋一古今。

216. 送王卿

胡光水远南泉晋，暮色山深自献秦。
别路归来花已尽，重研旧道日如新。

217. 送秦系赴润州

姑苏一虎丘，赣豫九江流。
地远千山屹，天书半润州。

218. 送刘评事

华声一丈夫，郡阁半姑苏。
翼守黄天荡，云烟碧玉吴。
蚬淞申沪海，雪堰垛江湖。
大浦宜兴市，东山近七都。

219. 送云阳邹儒立少府侍奉还京师

少府一归秦，京师半五津。
天街风雨泽，上掖省县钧。
巷陌春光近，长衢秀水新。
芳尘应继续，百草俊英伦。

220. 送雷监赴关庭

雷监赴关庭，别道著丹青。
秘府文儒诏，省署阁犀灵。
送爵无停足，列字柏梁丁。
方舟渔火岸，月色客长亭。

221. 送孙微赴云中

苍茫辟易入云中，夜火迷烟唱大风。
但见江东儿女客，吴门楚水自西东。

222. 期卢嵩枉书称日暮无马不赴以诗答

花前月下舫，暮下酒中扬。
有约衡门外，知君对帝王。
西林昏已重，北陆木沉香。
只有卢嵩问，中都玉壶香。

有感全唐诗

五万唐诗半不成，三光旧事一平生。
纵横自得三千界，格律音声百八名。

223. 任洛阳丞答前长安田少府问

相逢应对酒，别问玉壶香。
岁客书家吏，归程醒醉堂。
云云天下客，处处木成梁。
日待丹墀纪，人行驿道旁。

224. 假中枉卢二十二书亦称卧疾兼讶李二

以酒问徘徊，由情复去来。
知君知已疾，问地向天才。
释卷成书子，禅音自入裁。
相思从醒醉，物器不难开。

225. 酬卢嵩秋夜见寄五韵

直木一乔枝，沧洲半海池。
栖栖招隐道，秉素列吟诗。
咫尺分繁简，枯荣列先迟。
禅房方丈论，石竹少林师。

226. 酬郑户曹骊山感怀

明皇曾好道，上掖太真人。
李白清平乐，梨园曲剑春。
苍山何郁郁，蜀道雨潺潺。
八骏殷殷去，三龙楚楚邻。

227. 答李澣三首

之一：
天书一洛阳，海隅半龙乡。
暮日千山远，江流万里长。
之二：
无家渔父见，有道上人邻。
四壁三清隅，千流万谷春。

之三：

林中观易卜，月下问清真。

楚俗股周客，吴风汉魏尘。

228. 酬柳郎中春日归扬州南郭见别之作

郎中问广陵，日下酒当庭。

离情南郭见，别醉北人听。

229. 酬豆卢仓曹题库壁见示

掾局劳才子，吟诗动洛川。

分曹成彼此，列库作方圆。

230. 酬李儋

三江逝水共源泉，九脉苍山有万千。

旭旦同天由暮夕，艮坤不隔问桑田。

231. 酬元伟过洛阳夜燕

十载半关东，三生一始终。

耕耘应记日，聚散可童翁。

四隅诗词北，千书笔墨丰。

乾隆乾已去，五子五飞鸿。

232. 酬韩质舟行阻冻

方舟遇水凝，造化永无恒。

草浦成霜岸，凌柔反至冰。

荒衢寒泮广，简藻步难承。

醒醉应相待，殷勤劝吾明。

233. 寄酬李博士永宁主簿叔厅见等

公堂藏旧酒，款曲赋新诗。

落叶沾寒雨，行心净简枝。

长亭应不止，老马路途知。

234. 答令狐士曹独孤兵曹连骑暮归望山见寄

共步青山一水间，同心古朴半居闲。

君明大义横见，吏役长亭去不还。

235. 进退

（李博士弟以余罢官，居同德精舍共有伊陆名山之期，久而来去枉诗见问，中去宋生，昔登览未之，那能顾蓬莱直寄鄙怀，以为答。）

升迁进退一冠官，共济同舟半路端。

渭水泾流源不羿，芳兰紫藻水清寒。

幽人独步层深谷，逸句从去待夏残。

物役千峰多不语，禅心万象闭关坛。

236. 答李博士

书生一寸心，壮士半知音。

益友良师见，行程是古今。

237. 答刘西曹　时为京兆功曹

天盘吐绶一功曹，老者飞扬半羽毛。

鸟翼人神司吏独，同流日月以文膏。

238. 答贡士黎逢　时任京兆功曹

黎逢贡士一功曹，玉石昆山半日高。

楚璧相如曾完赵，公门尚密以战友。

239. 答韩库部

纯真良玉表，丽藻毛为工。

解组蒿遮守，南宫素士同。

清宵佳籍典，古道执新丰。

大命徵推度，骄翔试翼风。

240. 作崔主簿倬

叶落一离声，江流半水情。

茫茫天地界，郁郁去来惊。

渡口舟方解，船公束带明。

三竿扬蒲草，两岸磅辞行。

241. 答徐秀才

书思一武陵，秀器半玄冰。

白玉兰章客，清诗豫紫微。

情来心不定，醉去玉壶凝。

独道推文雅，孤莹对宾朋。

242. 答东林道士

紫阁第西边，东林位北天。

茅峰高万仞，道士路三千。

暮鼓黄昏近，晨钟启岁年。

山门流水月，古刹待青莲。

243. 答长宁令杨辙

宰邑长宁令，京县寸尺归。

244. 答冯鲁秀才

东山一秀才，北国半人开。

渭水东流去，南山雪顶来。

吴儿同里寺，越士上天台。

举目何阡陌，荷锄自不回。

245. 答崔主簿问兼温上人

兼温一上人，主簿半秋春。

众界香炉远，心余渭水秦。

寻禅知扫地，抱素问天津。

弃去三非子，忧来一国民。

246. 清都观答幼遐

遥遥仙子望，密密竹荫长。

缘简新章就，兰馥故未央。

泠泠泉似玉，露露酿琼浆。

谷涧由人意，清都任客堂。

247. 善福精舍答韩司录清都观会晏见忆

抱素寄精庐，时彦对故都。

驰驱高纵罢，厌众俯扶苏。

契阔知天意，平生步独孤。

闻风寻净土，泛月渡江湖。

248. 答长安丞裴说

幽人顽顿一荒居，采菊重阳半意余。

邂视亲邻山野去，冠官未就觅樵渔。

249. 奉酬处士叔见示

书贫一挂缨，守贱半倾城。

积雪临寒望，含虚待酒盟。

250. 答库部韩郎中

霸世问高明，殊荣向俗倾。

耕犁阡陌沮，笔墨暮朝营。

北寓乎门寄。南园佐省城。

郎中应四品，侍御可千声。

251. 共事畅校书当

何言一弃官，未道万波澜。
投迹荒圆酒，耕锄草木滩。
朝云晴晓气，暮雨校书坛。
莫以田家赋，轻为石玉观。

252. 答崔都水

孤灯案上书，独见笔中余。
碌事三千日，求闲一夜居。

253. 酬令狐司录善福精舍见赠

野寺望山光，松林待客堂。
行僧行路去，驻足驻荒凉。

254. 沣上精舍答赵氏外生伉（弟）

远迹半风尘，新闻一上人。
三清三世界，五味五湖濒。
性道成今古，箴言守隔邻。
招摇何俗昧，隐逸误秋春。

255. 答赵氏生伉

已别一云林，无言半古今。
幽人幽自得，谢世谢人心。

256. 答端

郊园夏雨停，贝叶露珠灵。
绿色盈盈积，鸣蝉远远听。

257. 学士

序：
答史馆张学士段柳庶子学士集贤院看花
见寄呈柳学士
诗：
班杨秉史文，学士自为君。
院阁群芳集，南宫独色云。

258. 答王郎中

守郡一郎中，归云半大风。
天清芳藻静，拙政故园穷。
野旷田园亩，京师市井宫。
经纶阡陌赋，物象暮朝丰。

259. 答崔都水

归途离岁序，别道继前川。
素扎庆青鸟，山河可酒泉。
园林含雨露，草木自生烟。
但在迷茫处，公门牧寸田。

260. 答王卿送别

元知离几天，月缺别方圆。
去道何无尽，来时入酒泉。

261. 答裴丞说归京所献

执事辛夷久，冠巾易盛衷。
阶前明序斥，仆吏问天台。
绶带斜正佩，旌旄仗节恢。
归来归所望，帝业帝方裁。

262. 答裴处士

处士爱深山，青莲净玉颜。
栖栖深洞穴，隐隐自无还。

263. 答杨奉礼

相思文墨客，守病问山林。
野寺钟声少，秋塘落叶深。

264. 答端

家乡人已老，远雁客无邻。
一字横飞去，长空比翼亲。
衡阳应止郡，北路来年春。
大雪明青海，何归是故濒。

265. 答倜奴重阳

守拙一荒田，耕耕半地天。
幽居烟火守，岁熟南洋圆。
挂冕登高望，冠缨问酒泉。
秋风清肃野，指点对秦川。
笔就中书省，文成上掖弦。
精英明主献，竹节直才延。
倜弟重阳见，潇湘沅水连。
红梅寒已绽，白雪素颜宣。

266. 答重阳

省札作书陈，幽居以病邻。
荒圆生碧草，北阙色天津。

鸟雀争鸣久，田家守果珍。
沟丛多灌木，极顶少池濒。

267. 酬刘侍郎使君

倩树凌霜雪，郎庭列郡邻。
英贤才子岸，得是玉阶人。
夏昼重门赋，冬梅故国新。
荆山珍木色，渭水五津濒。

268. 答令狐郎

凶凶吉吉一当真，是是非非半客频。
愠愠怒怒贤庶子，别别离离自秋春。
白玉蒙尘垢，清涪自净身。
吴门连海雾，渭邑正冠巾。

269. 酬张协

幽居七丈田，牧守半方圆。
简牍辰书罢，缄箴烦倦篇。
鸿毛斯道器，往事屡达折。
早晚无蕴举，何当有属延。

270. 答秦十四校书

知君五七言，问道两三喧。
百谷无曾界，千流自有源。

271. 答宾

三更日色斜，百草碧天涯。
俱是茵茵色，何非处处花。

272. 答郑奇曹青橘绝句

守病对君尝，初黄未入香。
含辛茹苦觉，只待满林霜。

273. 奉和圣制重阳日赐宴

万岁一重阳，三秋半署霜。
玄功明立晏，愚献菊花乡。

274. 和吴舍人早春沐西亭言志

门中双掌书，月下独英风。
北阙中书省，南山上掖宫。
文章惊日月，草木落飞鸿。

275. 奉和张大夫戏示青山郎

甘罗一小儿，古简半经时。

览卷重金饰，天生是逸姿。

276. 答河南李士巽题香山寺

独步香山寺，孤寻渭水城。
遥遥关塞路，落落数纵横。
十载同僧侣，三更共曙明。
千年闻古刹，百里成咸京。

277. 答故人见谕

人人半利名，事事一明清。
省已知非是，闻天对地情。
机杼经纬织，释卷自纵横。
岁月慵疏误，书章尚莫轻。

278. 酬阎员外陟

竹下已幽居，林中可读书。
笙歌凭自在，半亩已多余。

279. 酬秦微君徐少府春日见寄

清风过剡溪，夏日问河堤。
九曲黄河老，三湾草叶低。
衙门车马少，野径草花齐。
散步芳林里，居心宰杏梨。

280. 冬夜宿司空曙野居因寄酬赠

邻小一野居，夜色半天书。
大雪苍茫覆，耕人以笔余。

281. 长安遇冯著

客自霸陵来，君心已日开。
三春泾渭色，五月牡丹来。

282. 楚

序：
将过楚州经宝应县访李二忽于州馆相遇月夜书事因简李宝应

诗：
一意访情人，三更过五津。
停舟应酒醉，草木已回春。

283. 广陵遇孟九云卿

云卿一广陵，斗酒半壶冰。
众女西施问，翰林故院朋。
都门贤俊杰，爽道状元应。

四海连流水，三江逐永恒。

284. 淮上遇洛阳李主簿

茅庐临古渡，蒲口见舟横。
杜若垂枝叶，芝兰展花明。
长淮朝暮见，日色去来明。

285. 路逢崔元二侍御避马见招以诗见赠

相逢避马人，别道牧秋春。
奈可攀龙客，弹冠岂有因。

286. 逢杨开府

少事明皇帝，私恩恃赖衣。
身横截里弄，语肆迹人稀。
橗蒲东邻惧，藏亡避捕旗。
朝来安史乱，蜀道帝王畿。
北阙长阳策，南宫夜坊祈。
焚香应扫地，收足杏坛玑。
但遇杨开府，由来故人希。
从文诗虹寓，以命事天机。

287. 休闲日访王侍御不遇

重阳一日闲，访友半归还。
不遇诗兴在，秋风叶满山。

288. 因省风俗访道士侄不见题避

三春桃正艳，五月杏花明。
壁上无分别，溪流且不声。

289. 暮相思

朝明花一片，夕照色千门。
五月男儿少，三春小女恩。

290. 夏夜忆卢嵩

轻风明月夜，夏水泽浮萍。
岸草含云湿，禅房觉道灵。
幽林栖故鸟，独馆寄香玲。
玉石无分秀，溪流草木宁。

291. 有所思

东风堤上柳，细雨水中亲。
日隔茵茵色，云邻处处春。

292. 春思

江村遍野花，碧玉小桥斜。
拙政园中问，姑苏月下娃。

293. 春中忆元二

雨歇曲江平，云平灞柳萌。
条条枝叶碧，步步忆啼莺。

294. 怀素友子西

幽居怀素友，独木已成林。
百岁根枝茂，千重玉砌深。

295. 对韩少尹所赠岘有怀

明君一友闻，石岘半斯文。
白水浮香墨，青池满雨云。
成心良苦道，感物致真君。
扑笔孤情注，裁书独寄曛。

296. 月晦忆去年与亲友曲水游宴

步过宣平里，心平曲水流。
笙明琴瑟响，酒醉状元楼。
论策曾留荐，龙门可国忧。
芙蓉园外路，魏阙月中舟。

297. 池上怀王卿

水色问王卿，皇都正柳荣。
芳圆晴已好，碧草露杨明。
世事邻门侣，琴音隔岸鸣。
轻舟横不泛，举酒未波平。

298. 清明日忆诸弟

绵山一火烟，晋耳半桑田。
读卷寒衣束，分灯弟子传。

299. 立夏日忆京师诸弟

序改一芳辰，天明半雨春。
公门应夜短，夏木已荫秦。
诸弟京师聚，群英渭水滨。
闻非知怕议，俱是曲江人。

300. 晓至园中忆诸弟崔都水

一水净红莲，千珠碧玉研。
芙蓉荷叶水，点滴映方圆。

371

诸弟崔都水，神清隔岁田。

301. 怀琅琊深标二释子

云沉大壑川，木直向苍天。
释子禅房近，石室月当燃。

302. 雨夜感怀

尘埃应落定，细雨已成泉，
叶叶流珠玉，声声入夜眠。

303. 云阳馆怀谷口

谷口一流源，移明半石垣。
云泉清泄色，道子白衣言。
世性幽人静，荒原野草萱。
澄缨寻足濯，以此向轩辕。

304. 忆沣上幽居

由来当复去，借此却樊笼。
独问林栖子，新沣一水红。

305. 九日

序：
重九登滁城楼忆前岁九日归沣上赴崔都
水及诸弟燕栖然怀旧

诗：
九日醉滁州，年前渭邑酬。
京师沣水色，此晏客城楼。
载物何相序，周辰已自流。
明明无界域，岁岁有春秋。

306. 始夏南园思旧里

夏首池荷小叶圆，心中雨露足尖尖。
含情帖水听波语，一滴珍珠半不眠。

307. 登蒲塘驿见泉谷

忆旧骊山居，温汤碧水余。
皇家多气派，卫子羽林舒。
二纪咄嗟事，三生只读书。
无须头顶见，已是夕阳墟。

308. 经函谷关

当关函询问，绝望断洪河。
恃险秦皇治，咽喉六国戈。

金汤何峻守，独立挂嫦娥。
盛德凭天宝，藩屏满草莎。

309. 经武功旧宅

少小半离省，中年五纪华。
银翁怀旧宅，腊月雪冰花。
读子书香客，行程万里涯。
徘徊明月问，进退对桑麻。

310. 往云门郊居途经回流作

云门谷壑一回流，涧板溪桥半渡舟。
市酒孤瓢谁不醉，郊居邑志著春秋。

311. 乘月过西郊渡

月下西郊渡，云中北岸舟。
婵娟同道路，水色共沉浮。
邈以文章会，诚闻草木洲。
群英天子露，彼岸自悠悠。

312. 晚归沣川

落日满沣川，平门农水烟。
荷锄谁是客，携手自犁田。
稚女呼无止，童儿苦力牵。
农夫何不见，雨露正时年。

313. 授衣还田晨

公门悬甲令，瀚濯落田家。
草木明川里，阴晴五月花。
闾阖朝日晚，御柳对墙斜。
石磊高阶路，东笛气节差。

314. 夕次盱眙县

雁下一芦洲，烟中半渚流。
秦淮明月色，渡口泊孤舟。
后羿寻天日，嫦娥近白头。
惊声应未起，以字逐空游。

315. 春月观省属城始憩东西林精舍

东西林寺路，彼此石门音。
释子禅音序，香炉侧岭颜。
浔阳经省远，楚水九江还。
教化幽玄寄，风云满庐山。

316. 自蒲塘驿回驾经历山水

浔阳山水色，野杏九江多。
隔驿红颜盛，离塘蒲草科。
湘潇吴蜀见，垓下秦淮河。
项羽鸿沟界，留侯唱楚歌。

317. 山行积雨归途始霁

山行积雨一霁归，涧疾流云半壁飞。
虎迹猿啼花似雾，群芳百草夕阳微。

318. 伤逝

逝者逝如夫，来人未自儒。
尘埃尘所尽，净物净何无。
水去寻天海，洋涛作际鸟。
人行千万里，读子暮朝苏。

319. 往富平伤怀

白起一寒霜，红枫半柳杨。
严冬冰雪致，谷雨自炎凉。
跬步长亭少，寻思昼夜长。
公门公驿路，读子读圆方。

320. 出还

人生卜易中，世道暮朝同。
进退应不止，何如唱大风。
童翁相似语，少小是非空。
短见由家室，江湖待始终。

321. 冬夜

严冬一夜半梅花，腊月千霜十地斜。
但得寒香疏影在，群芳不语向人家。

322. 送终

晨迁暮就始还终，祖载玄庐异复同。
即事南门成败问，由心北陆去来工。

323. 除日

一日方除一日来，三光旧序三光开。
年年岁岁何相似，暮暮朝朝几度回。

324. 对芳树

玉树散余芳，阴晴共柳杨。
皆因天子近，各异自炎凉。

325. 过昭国里故第

故地一莺啼，重闻半士栖。
东厢书案去，北室旧香鹜。
步步无回首，移移忆鲁齐。
云前观宇宙，雨后现虹霓。

326. 月夜

皓月满春城，婵娟桂影清。
寒宫天下望，玉兔共枯荣。
小女朝云问，男儿暮雨行。

327. 叹杨花

不定一杨花，何闻半雨纱。
年年知落叶，处处近人家。

328. 夏日

夏日问池塘，云沉雨不扬。
含天深浅见，积水暮朝光。

329. 端居感怀

端居一古今，永日半人心。
夏木垂荫影，知音待野禽。

330. 悲纨扇

一扇半秋风，三光十地同。
炎凉应各异，日节已西东。

331. 闲斋对雨

往事半消条，新程一路遥。
前程前不止，后顾后思潮。

332. 林圆晚霁

雨歇一霓虹，林圆半色空。
同游同异见，共步共朦胧。

333. 秋夜二首

之一：

萧萧一叶低，幕幕半虫啼，
月色移天影，流萤落又栖。

之二：

悄悄一层霜，悠悠十地凉。
遥遥天下望，落落国家乡。

334. 感梦

岁月一黄粱，年华半豫章。
非非如此是，去去似来长。

335. 同德精舍旧居伤怀

已去又来归，还闻旧日扉。
年年南北问，岁岁以鸿飞。

336. 悲故友

故友各炎凉，长亭万里长。
春秋成日月，六国已兴亡。
白璧曾归赵，羊皮百里扬。
英雄何不论，献志自当强。

337. 叙事

序：

张彭州前与缑氏冯少府各惠一篇多故未
答张已去殁因追哀叙事兼远简冯生

诗：

昔日掌文翰，西园复石盘。
灵犀南省守，永简牍余桓。
远贶凭知往，关河泳见观。
方塘凉阁榭，回顾久波澜。

338. 因寄

序：

东林精舍见故殿中郑侍御题诗追旧书情
涕泗横集因寄阆澧州冯少府

诗：

东林精舍见，侍御旧书情。
百事方婴白，千思珪璧衡。
文风呈墨泽，独阙感流明。
世积泉源水，心平草木荣。

339. 同李二过亡友郑子故第　李兴之故，非予所识

故第自炎凉，荒丘几自芳。
年年风雨过，处处暮朝乡。

340. 石亭

序：

话旧石亭中兄妹话兰陵崇贤怀真已来故
事，泫然而作

诗：

兰陵故事一崇贤，隔世兴亡半雨泉。
独独孤孤何去往，殷殷切切望云烟。

341. 至开化里寿春公故宅

宁知无府吏，但见草荒苔。
不见门前客，阴膈石径哀。

342. 睢阳感怀

幽州射虎蓟门英，敕勒川流故将名。
壮士归乡三草舍，儒生独义一空城。

343. 广德中洛阳作

自幼太平年，观潮渭水天。
波澜从未止，日月任高悬。
草木枯荣继，阴晴易自然。
三军安石结，一令改桑田。

344. 阊门怀古

阊门一海涛，甲胄半逍遥。
却革风云去，姑苏伍子昭。

345. 感事

机杼谁所织，感觉有深思。
地理凭朝暮，天书以自知。

346. 感镜

镜里忘青丝，人中得自知。
平生由此鉴，揽物对诗词。

347. 叹白发

还同一叶惊，对比半天明。
岁岁枯荣见，年年不复生。

348. 登高望洛城作

登高望洛城，俯见曲江明。
雁塔慈恩寺，南宫玉树英。
中枢分两省，市井作千荣。
定鼎中原鹿，黄河魏晋盟。

349. 同德寺阁集眺

旭日满皇州，黄河八水流。
长安长日月，渭邑渭城楼。
九涧三川泣，千山万水舟。

时邑精舍望，自奋帝王侯。

350. 登宝意寺上方旧游 寺在武功，曾居此寺

翠岭一香炉，云山半雾都。
秦川三万木，渭水五千衢。

351. 登乐游庙作

一目乐游原，三光半汉垣。
咸阳杨柳色，渭水去来喧。
校对成今古，耕耘作简繁。
群情呼日月，自奋对轩辕。

352. 竹雾

序：

登西南岗十居遇雨寻竹浪至沣墉萦带数里清流茂树云雾

诗：

密竹一清幽，疏云半雨留。
松林听露水，石径任泉流。
纤曲分樵路，萧条逐涧秋。
沣墉萦带谷，物象十三州。

353. 沣上与幼遇月夜登西冈玩花

一酒醉一更，三春月半明。
繁花繁似锦，晓色晓新萌。

354. 台上迟客

高台一目春，细雨半行人。
悄悄花千树，幽幽色百茵。
珍珠初欲滴，隐蕊又藏身。
小女知如此，梨园有太真。

355. 登楼

登楼一望遥，远际半云霄。
大雁飞人字，衡阳渚岸遥。

356. 善福寺阁

残霞高阁上，独步问云中。
善福人心寺，鸣钟一色空。

357. 楼中月夜

楼中水月明，阁下草花英。
积翠苍烟色，含云玉影萌。

琴声应未止，舞曲已方盈。
坐见婵娟间，何须后羿情。

358. 寒食后北楼作

风花雪月中，翠竹色晴空。
岁岁清明雨，年年乞火虫。

359. 西楼

月色半西楼，乡圆一叶秋。
寻谋应自奋，献志帝王州。

360. 夜望

夜望一银河，观星半易多。
乾坤南北岸，宇宙去来梭。

361. 登重玄寺阁

玉阁重玄寺，农桑虎符藏。
吴都臻水陆，越市客芬芳。
雨顺禽鱼牧，风调日月康。
年年呈邑宰，岁岁误归乡。

362. 观早朝

伐鼓过城天，敲钟启晓烟。
朝衣方正肃，玉漏纪时迁。
六郡传天意，三台教岁年。
中书鸳鹭客，上掖宰坤乾。

363. 陪袁侍御春游

酒醉一东风，春游八水中。
宣平花正茂，下苑草吟虫。
柳絮应来去，杨花可始终。
长安临渭水，草木曲江丰。

364. 晚登郡阁

郡阁半春风，杨花半絮中。
梅香芳未尽，草色已西东。

365. 龙门游眺

步步上龙门，欣欣过古村。
皇都遥望去，涧水映晨昏。
苦读诗书客，寒窗孔府尊。
儒书知弟子，渭邑曲江琨。

366. 洛都游寓

罢守自园庐，登高上洛都。
良辰浮美影，弃舍有还无。
暮尽华林晏，嫦娥月色孤。
何为何所在，一醉一冰壶。

367. 再游龙门怀旧侣

龙门怀旧侣，共步饮香泉。
但望皇都路，留心弃物田。
清清流自许，霭霭宦城烟。
以此眺天际，人云有八仙。

368. 庄严精舍游集

庄严精舍路，炼石补天余。
壁立三千丈，潭深五百鱼。
云沉多起落，影照帝王墟。
旷野连荒草，当思自读书。

369. 府舍月游

一月自然游，三生逐九州。
弹冠应取正，挂冕读春秋。
玉兔宫中宿，嫦娥影色羞。
同当分府舍，莫以问封侯。

370. 任鄂令溪陂游眺

野水满方塘，山光作故乡。
峰林垂渚浅，蕙草作鱼梁。
日影粼波滟，濒萍小叶杨。
尖荷初帖水，独问未莲房。

371. 游龙门香山泉

香山泉下水，已滤作茗茶。
但见归泓处，幽清映野花。

372. 西郊游瞩

东风到五湖，草木半扶疏。
渭水冰初解，华舻醉洛都。
西郊游瞩见，北阙问飞凫。
隔岁衡阳去，如今到此无。

373. 再游西郊渡

渡口一横舟，江花半自流。
澄含山色碧，水纳客春秋。

木落沉渊底，禽飞比目游。
春芳花似霰，蕙芷满沧洲。

374. 月溪与幼遐君贻同游

暮雨满沧洲，江津独客舟。
回流疑水浅，不能到千秋。
石址应连岸，荒苔已逐留。
同游同所得，共忆共秦周。

375. 与幼遐君觊兄弟同游白家竹潭

渚水一深潭，高天半海涵。
峰光藏叶底，直木积山岚。
石柱临孤影，鸣禽竟独谙。
云云烟雨下，处处是江南。

376. 秋夕西斋与僧神静游

六夏有秋声，千川自正晴。
重阳重菊色，九日九分明。
释子经纶步，冠官日月城。
临风曾一见，静动已三生。

377. 观田家

半亩一田家，三春半豆瓜。
耕耘交赋税，日月换桑麻。
岁岁千声福，年年二月花。

378. 园亭揽物

玉笋半成筠，春风一度匀。
梅花先不语，小杏地墙频。

379. 观沣水涨

水涨新沣水落流，雨停瀍岸雨行舟。
泾泾渭渭分清浊，去去来来问九州。

380. 陪王卿郎中游南池

以侣步南池，郎中四品诗。
回塘溪水浅，石屿水浮迟。
草木晴阴齐，人心日月知。
华樽分老酒，玉帛作恩慈。

381. 南园陪王卿游瞩

形形迹迹一南园，世世人人半北天。
水水山山成世界，花花草草自方圆。

382. 游西山

寻泉一涧幽，采石半沧流。
水水山山见，来来去去留。

383. 再游西山

西山一释门，道子半天尊。
测测泉溪水，侯侯木老根。
茅庐依石结，种果对黄昏。
自食由天地，人间尺寸温。

384. 游灵山寺

绝巘灵山寺，闻天贝叶楼。
惊波临谷涧，直木对云秋。
楚甸荆门水，吴江碧虎丘。
松林涛覆止，六合望孤舟。

385. 春游南亭

川明一野禽，水色半林荫。
草碧淹留处，花光入我心。

386. 与庐陟同游永定寺北池僧舍

游蜂永定一花心，士子风云半古今。
密竹高枝山势在，春荫草色对地寻。

387. 游溪

溪源一寸泉，石径半朝天。
积水方远远，含云已岁年。
花开花逐月，草碧草连川。
欲坐谁同坐，何渊似此渊。

388. 襄武馆游眺

以逸四方游，从心半石头，
弹冠由束带，举足可春秋。
淡泊山池净，耕耘笔墨侯，
悠悠千载路，恻恻万年修。

389. 秋景诣琅琊精舍

步履风尘迹，云游远近楼。
琅琊精舍静，暮鼓磬声悠。
世上回心处，人间望止求。
中林听虎啸，谷涧任溪流。

390. 同韩郎中闲庭南望秋景

天高一字雁南飞，水草三光诸岸菲。
只以潇湘青海客，乡音不改去来归。

391. 慈恩精舍南池作

禅房一鼓一心留，雁塔千年万物舟。
但以慈恩精舍见，南池草木各春秋。

392. 雨夜宿清都观

清都观里雨，普渡坐中云。
旷岁心经在，天年诸法分。
鸣禽鸣远近，读子读耕耘。
绶带符笼束，忧人白日曛。

393. 善福精舍秋夜迟诸君

排云精舍外，月晗正天中。
玉竹含霜碧，鸣猿向斗宫。
苍林由直木，老衲任秋风。
扫叶清庭石，寒光宇宙空。

394. 东郊

东郊一日虫，万巷半清风。
弃宰桑田业，由然草木丰。
江山社稷问，禹夏周秦功。
不以商鞅见，今来古往空。

395. 秋郊作

禾林一陌阡，世界半方圆。
旭日天光远，人心近地贤。
江山天子路，社稷古今田。
沮溺回流见，萧条度旧年。

396. 行宽禅师院

禅师一觉宽，领悟半云端。
竹影成天语，幽僧化地坛。

397. 神静师院

青苔幽石暗，曲径子规鸣。
雨后茵茵草，川前处处萌。
听禽啼不住，古木已重生。

398. 精舍纳凉

野寺北轩凉，红荷故水塘。

莲蓬初结子，碧玉已高扬。

399. 蓝岭精舍

石壁半圆方，溪泉一柳杨。
山中精舍路，岭上野花香。

400. 道晏寺主字

邻家一竹幽，曲径半溪流。
院隙潜筠见，墙头小杏留。
轻条风柳近，草叶挂书楼。
不可多言语，人情已渡舟。

401. 义演法师西斋

隔岸闻钟鼓，临流问暮朝。
茅庐闲老衲，义演法师桥。
水旷成宽渚，林深小路遥。
纵情长啸去，不可过天骄。

402. 澄秀上座院

东南一鸟声，北院半钟鸣。
古道高僧语，长泉石煮茗。

403. 至西峰兰若受田妇馈

西峰兰若谷，北涧读天书。
一妇田家献，三官鳏寡余。
齐眉应所见，不必问相如。
莫以投钱饮，勤荷日月锄。

404. 昙智禅师院

野寺一禅师，天机半智知。
年高常不语，衲老可恩慈。
暮鼓曾无断，晨钟民不迟。
居心居自在，淡泊淡思奇。

405. 起度律师同居东斋院

同居同年异，释子释人幽。
石壁成心地，禅林化度秋。
喧哗应俱弃，默契共天由。
积纳神仙道，逍遥过九州。

406. 游琅琊山寺

琅琊山寺老，壁石涧川扬。
郡阁常年累，山河日月长。
疲盹终未忘，砌垒筑云房。

意尽千章豫，心余百草香。

407. 同越琅琊山　赵氏生薛疆

琅琊半石门，赵氏一儿孙。
众界香炉静，松林老衲村。

408. 诣西山深师

曹溪一旧流，战事半春秋。
酒晏寻常是，云关似已休。

409. 寻简寂观瀑布

涧壁一悬泉，天云半落烟。
相连相逐下，虎竹虎龙渊。

410. 简寂观西涧瀑布下作

绝壁散溪烟，深渊汇落泉。
云花云似霰，水雾水连天。

411. 游南斋

一客自蹉跎，三生唱九歌。
长安安史占，涧水涧成河。

412. 南园

南园花旧色，北国木难多。
大雪冰封久，鸣琴唱九歌。

413. 西亭

幽兰已结丛，宇榭自临风。
构石成心磊，抬头只向东。

414. 夏至避暑北池

公门徒有暇，草木入田家。
贴水圆荷色，方塘露野花。
孤行思忖久，独坐日西斜。

415. 题从侄成绪西林精舍书斋

玄猿一远吟，果药半鸣禽。
采栗芝兰见，闻松有诸荫。
栖身朝暮见，独慕去来音。
贡士朱轮载，龙门已古今。

416. 夏园庐

直木夏荫长，园庐水溪光。
云浮云落去，草碧草苍茫。

417. 题郑弘宪侍御遗爱草堂

依僧居士近，结屋竹庐邻。
夕照同茅顶，辰晖共鸟亲。
乔林形直木，杜若蕙香珍。
可读天书卷，还呈待月濒。

418. 同元锡题琅琊寺

南辕由北辙，古寺见今钟。
岭殿岚宫境，幽林白鹤封。
清风明月色，盛夏伏层松。
漫步临香界，听音待蔡邕。

419. 题郑拾遗草堂

朝衣挂草堂，对案作文章。
隐隐人心见，明明醉酒觞。

420. 咏玉

璞玉自无分，同岩白日曦。
精雕成器宇，完璧已归勋。

421. 咏露珠

秋荷一露珠，点滴半圆途。
欲去还留止，含光纳水浮。

422. 咏水精

含虚结水精，纳玉待风情。
色色形形见，朝朝暮暮生。

423. 咏珊瑚

窈窕一海花，玉洁半身瑕。
但以琼瑶色，生生岸底华。

424. 咏琉璃

一色半寒冰，千光百玉凝。
玲珑分璧璞，隔物似天凌。

425. 咏琥珀

班班一色情，郁郁半松明。
岁岁风云结，悠悠日月生。

426. 咏晓

旭日一东风，红霞半宇空。
西山峰顶见，海雾半天融。

427. 咏夜

日月？分匀，阴晴各独频。
明明还暗暗，夏夏复春春。

428. 咏声

万物一听明，千年半耳平。
观差观世界，觉悟沉夷情。

429. 任洛阳丞请告一首

千任洛阳丞，家园牧杜陵。
游鱼成族聚，野鸟逐群应。
直木东皋阔，黄河二月冰。
轮材方可取，夜静寄孤灯。

430. 县斋

公门半日休，细雨一泉流。
叶叶呈新碧，枝枝秀色幽。
读遍春秋志，寻来日月楼。
群芳延瞩目，百草阔沧洲。

431. 归里第

分曹共简同，里第未居功。
归来辞去路，岁月自西东。
广陌钟声远，青山直木红。
经霜经苦役，历世历流泓。

432. 休暇东斋

由来束带身，请谒正冠巾。
岸帻春秋晏，三清独上人。
怜香常惜玉，冒雨付云津。
竹叶青青许，桃花处处珍。

433. 夜直省中

北阙一秋凉，南宫半玉香。
银河分两岸，滴漏作三光。
杏杏香烟上，悠悠古意藏。
中书门下省，束带绶冠乡。

434. 郡内闲居

贤臣一国忧，屡钝半无由。
自取长安梦，何言岁月休。
南宫曾排戟，北涧已官酬。
社稷应同得，江山可再求。

435. 燕居即事

宠辱一时惊，勋功半不名。
胡儿安史乱，晏醉故人倾。
鸟去飞群翼，鱼游类聚情。
良臣栖直木，秀水注流清。

436. 幽居

贵贱一幽居，田桑半水渠。
桃源秦汉去，五斗柳杨书。
未了当前见，谁寻日月初。
何言天子少，不得丈夫余。

437. 野居书情

拙劣一当初，优良半不余。
公门安史问，里第寄天书。
隐逸公门间，樵渔赋税如。
知心知自己，野旷野田居。

438. 郊居言志

一志半冠官，三秋九日寒。
江山分玉碎，岁月逐云端。
仆役公门客，思天戍卫桓。
名成功未就，士继挽波澜。

439. 夏影端居即事

长安多少战，里弄暮朝残。
万里公门静，三思玉漏盘。
江南江北问，夏雨夏秋观。
永日垂门坐，如何即事宽。

440. 始至郡

溢城古郡雄，始至见江风。
不得官云少，还闻战乱同。
微官微治冶，简胰简繁公。
井邑效原牧，安居逃逸终。

441. 郡中西斋

风尘一郡中，岁月半无终。
十里山河近，三年水色洋。
桑干流未尽，魏阙屹云空。
但以慈恩在，非非是是同。

442. 新理西斋

江山日已斜，岁月误还家。
整理新西斋，庐廷已近衙。
孤行朝野郡，独宰邑风花。
历历如今户，书书至已嗟。

443. 晓坐西斋

东风半入春，晓坐一朝秦。
柳色无分地，官重有势钧。
高墙凭石磊，役杖任荒尘。
不与长安望，诗书自作瀕。

444. 郡斋卧疾绝句

香炉宿火微，竹影入心扉。
独卧兰灯下，长安旧疾韦。

445. 寓居永定精舍　苏州

拙政一身轻，长安半壁名。
中书门下客，吏部易迁行。
善守分田亩，成功自所荣。
居心天子远，作事刻耘耕。

446. 永定寺喜辟强夜至

年年一岁除，事事半当初。
古寺钟声远，书香子夜余。
天长天子寄，地主地官如。
小吏公门守，江山日月书。

447. 野居

罢守一田归，官堂半是非。
弹冠杨柳岸，赐坐草花菲。
半亩荷锄驾，三声鸟雀飞。
衡门居异等，雉兔窥人违。

448. 饵黄精

西山一药灵，印绶半丹青。
启妙南轩草，黄精以道莲。
根径香液久，藏众远清冷。
到止泓池色，人间有渭泾。

449. 昭国里第听元老师弹琴

竹叶一霜青，清泉半石冷。
朱弦微玉柱，别鹤鸟偷听。

450. 野次听元昌奏横吹

横吹半春秋，浔阳九派流。
梅花三弄尽，水调一歌头。

451. 楼中阅清管

横吹一长声，莲塘半色明。
听闻南子泪，曲奏北人惊。
落叫招摇去，秋风沿路生。
何非居不定，尽是故乡情。

452. 七夕

喜鹊知人情，天河渡不成，
飞桥由此架，织女两三声。

453. 寒食

清明三两日，细雨去还来。
乞火求寒食，绵山介子摧。
公门空几案，醒醉对残杯。
未瞩闻香处，丛中一腊梅。

454. 九日

九日杜陵乡，三秋日月堂。
分明分两界，岁度岁重阳。

455. 秋夜

秋风一夜长，落叶半飘扬。
独月枯枝挂，何人不望乡。

456. 秋月一绝

南宫夜直凉，北阙月残光。
玉漏平水韵，丘明左传乡。

457. 滁城对雪

江南半雪乡，粉素一花扬。
桂树云烟弥，丰年借鹭鸶。

458. 雪中

枝条一素汝，土地半冰霜。
淑气寒光跃，京华是雪乡。

459. 咏春雪

飘飘一雪花，落落半田家。
谷雨惊蛰见，农夫种豆瓜。

460. 对春雪

素素半天涯，飘飘一世华。
栖禽栖白羽，谷壑谷平菷。

461. 对芳尊

对芳尊，一醉三生不足卮，
千流百转东西涧。今来古往问人邻。
共秋春。

462. 对残灯

残灯一寸明，古卷半精英。
束带成今古，冠巾作纵横。

463. 夜对流萤作　马来西亚流萤岛

流萤岛上数流萤，闪闪忽忽闪闪明。
有有无无天还有，星星点点点星城。

464. 对新篁

连根共土一新篁，斫取同枝半筒光。
一夜春云和雨下，千丛百节满潇湘。

465. 夏花明

夏叶稠稠杜若明，荷莲处处碧圆城。
身姿帖水木芙蓉立，一帜含蓬有子生。

466. 对萱草

如何萱草色，物令役人思。
四象沉天迹，双仪易恩慈。

467. 见紫荆花

四望紫荆花，三生忆故家。
年年应可见，处处是天涯。

468. 玩萤火

夜草一流萤，寒窗半读城。
新秋虫已定，澹澹自飞行。

469. 对朵花

处处有新花，年年问入家。
山山色水水，直直影斜斜。

470. 种药

神农一部书，百草两生余。
自给耕田亩，华人自已锄。
当归夫妇见，半夏去来疏。
吸井多丰泽，扶倾可病除。

471. 西涧种柳

无心种柳已成行，宰邑重阳日月光。
所寄临流西涧岸，春荫夏影别离长。

472. 种瓜

隐逸一樵渔，耕耘半铲锄。
何闻朝暮雨，胜读古今书。
引水田间绕，蔓苗自在流。
甜瓜沙土地，子粒似当初。

473. 喜园中茶生

洁性百株茶，人居草木家。
旗枪惊谷雨，品味自天涯，
井上中流水，泉终始煮华。
三杯应起落，少女碧螺花。

474. 移海榴

娇娇滴滴石榴花，野野圆圆入我家。
结子风情偏一色，根深叶茂自乔华。

475. 郡斋移杉

杉杉一叶纤，野野半山田。
淑淑含朝露，苍苍纳雨烟。
幽姿高节见，湿气俯身泉。
月下垂枝叶，窗前带碧眠。

476. 花径

石径半连花，红尘一世家。
梅桃梨李杏，草药豆禾瓜。

477. 慈恩寺南池秋荷咏

独望一秋荷，何闻半九歌。
三闾三楚问，五味五湖多。

478. 题桐叶

雨敲一梧桐，云麾半竹丛。
知音知所木，问节问何终。

479. 题石桥　自述　忆卢明月

鞍山大石桥，营口远洋潮。
日本摇胡鲁，辽精海怪消。
中年知父母，老者问禾苗。
但以台丁见，卢明月色寥。
千山百鹤无梁展，学子文章有度雕。
人生一路遥，世上三千界，
但以成心经日月，英皇百万译音条。

480. 池上

清风池上过，郡病役中成。
一见垂杨柳，三春草木荣。

481. 滁州西涧二首

之一：

怜幽独草涧边生，古树春莺叶上鸣。
暮色东风黄鹂问，无人野渡一舟横。
之二：

滁州西涧雨，故国杜陵云。
渭邑南宫色，春蒙不合群。

482. 西塞山

湖州白鹭似鲲鹏，隐洞桃花以玉冰。
道士洑矶黄石塞，东吴铁索误金陵。

483. 山耕叟　自曰

萧萧无白发，默默有耕耘。
十万诗词客，知音格律城。

484. 上方僧

月问上方僧，君行下玉冰。
千年三界石，万里一孤灯。

485. 烟际钟

山僧一鼓钟，古寺半龙踪。
野火春秋见，枯荣日月容。

486. 始闻夏蝉

一曲半离群，三生两聚分。
阴晴知蜕变，羽翼已如云。

487. 射雉

山中雉鸟飞，草上对人归。

不远应知足，双双误柴扉。

488. 夜离独鸟啼

失侣？难栖，思情不独啼。
空林惊月色，夜半向高低。

489. 述园鹿

中原逐鹿闻，野性暮朝分。
俯首扬头见，飞驰驻足群。

490. 闻雁

行人一雁来，列字半天开。
首尾排云见，中心解徂猜。

491. 子规啼

远近子规啼，阴晴草木齐。
春荣应彼此，何必论高低。

492. 始见射侯

男儿志四方，虎竹节千杨。
鼓噪星飞见，熊侯鲁府堂。
丘明邹左传，战国五皮羊。
百里奚君子，相如完璧尝。

493. 仙人祠

仙人谋面少，故客对情多。
事事今如昔，人人彼此河。

494. 鹧鸪啼

但与鹧鸪啼，春耕夜不栖。
年年飞不远，岁岁唤牛犁。
物象从天地，江河雨水笄。
千山由草木，五谷各东西。

495. 长安道

长安道上去来行，八水流中左右城。
汉苑秦宫连彼此，隋炀响马两分明。
流苏百巷云烟序，甲第甘泉卫霍缨。
十里皇都含紫气，千门苑阙鼎衢荣。
春来草色茵茵秀，夏雨昆池点点平。
元阳万岁茱萸寄，腊月梅花淑雪萌。
启夏含光南北望，重玄里弄曲江泓。
三宫太后成今古，九庙江山社稷萦。

496. 行路难

荆山白玉一工雕，赵璧相如半将遥。
卜氏三生知璞石，秦皇二世误临朝。

497. 横塘行

横塘一岸平，夜月半无声。
妾女青莲约，郎儿碧叶萌。
寒光随影动，玉兔乱波横。
木槿非津物，芙蓉是水生。
君应相记取，草木也多情。

498. 贵游行

贵子一春游，红尘半九州。
青楼岁月色，鼓瑟二妃忧。
竹泪应无应，湘灵可问候。
年年情所望，岸岸问江流。

499. 酒肆行

酒肆长安一玉壶，红缨甲第半皇都。
玲珑玳瑁吴姬曲，胡旋舞女越虹姝。

500. 相逢行

路上一相逢，人中半大风。
枯荣由日月，远近有飞鸿。
别别离离去，朝朝暮暮空。
从行知万里，人醉问新丰。

501. 乌引雏

一日共东城，三光可纵横。
乌雏巢未定，古叶自相倾。
鸟雀鹰隼界，群雄比目生。
强人强以志，弱食弱闻生。

502. 莺引雏

羽翼一居巢，雄风半客茅。
强强欺弱弱，小小亦姣姣。

503. 莺衔泥

早早筑新巢，年年结旧茅。
衔泥成故垒，力治作战友。

504. 鼙鼓行

阵上三通鼓，军中一将鸣。
英雄从此见，胜败论输赢。

白骨长城磊，皇朝绶带缨。

功勋无死者，去矣自无明。

505. 古剑行

一剑千年两刃明，双分万事独纵横。

龙蛇鸟雀分天地，水月江风草木荣。

剑阁巴中守，嘉陵水上鸣。

春秋何五霸，战国已千盟。

举事应裁断，闻天以决倾。

阖闾吴越路，干将莫邪名。

506. 金谷园歌

晋武平吴石氏荣，东风吹雨洛阳城。

黄金谷水芳圆酒，绿珠委地尽纯情。

507. 温泉行

华清十步两温泉，御水千波一女妍。

羽卫平明玄阁仗，先皇羯鼓问梨园。

霓裳委地脱衣舞，半似芙蓉半似莲。

八水东流空自去，霖铃驿外向天年。

508. 学仙二首

之一：

道士半神仙，心灵七尺田。

千金成百炼，一诺作三缘。

之二：

神仙一弟兄，觉道半心成。

白鹿经天变，瑶池玉宴成。

509. 广陵行

一水广陵行，三秋竹叶明。

霜桥连两岸，古木直苍英。

列郡曾先后，钱塘已华荣。

风尘商贾事，物焕运河盈。

510. 萼绿华歌

萼绿华歌一紫霞，书名玉牒半人家。

瑶积绛佩风尘界，雨细云平草木花。

511. 王母歌 一作玉女歌

年年会八仙，岁岁已千年。

不可常回首，沧桑一海田。

512. 马明生遇神女歌

仙人玉女马明生，盛化精神素体英。

一立三天眠已尽，天书佩责入云城。

安期先启坐，姊妹共同盟。

水月呈知见，麻姑奉弟兄。

513. 石鼓歌

周宣一独过歧阳，刻石三功作鼓皇。

立碣李斯文字篆，行名九鼎祖龙乡。

风云雨草生，日月易阴晴。

八水长安绕，千年渭水横。

514. 白沙亭逢吴叟歌

罗衫宝带一皇宫，上苑龙池问大风。

执戟丹霄曲赏赐，欢游洽宴任西东。

开元盛世连天宝，蜀道霖铃玉漏空。

十二年前今不见，吴歌一酒醉时雄。

515. 宝观主白鸲鹆歌

天香青鸟见，楚国玉人来。

十巷无男子，三宫有女孩。

幽幽游汗漫，步步自难催。

掌上飞天地，云中符去回。

516. 弱綦歌

世界有圆方，乾坤见柳杨。

黄河槎古木，乐器洞槽梁。

霹雳惊天地，旋风入曲肠。

雷声穿贯迹，火焰尾焦黄。

断韵由孤见，知音客满堂。

517. 听莺曲

东风不断一莺鸣，柳岸花明半日平。

不到西湖应不问，三潭印月已方明。

秦楼弄玉箫声远，小小姿身六合情。

自古红尘儿女见，如今曲舞四时荣。

518. 送褚校书归旧山歌

宝石玉阴关，檀香不隐山。

先皇由自主，褚子可归还。

职汉兰台校，天书简道班。

当知安史避，只忆灞陵颜。

519. 骊山行

君不见，梨园弟子羽霓裳，

正坐金銮主万方。

太白清平词调赋，公孙剑舞对华章。

华池出水芙蓉帐，地热骊山沐浴汤。

访道三清灵所在，离宫积翠饮琼浆。

君不见，胡旋宫殿舞，筚篥曲悠扬。

小鸟传仙语，瑶池泛玉光。

丹墀明日月，列戟执封疆。

八水长安绕，南山寿帝王。

君不见，崔嵬环宇色，万井九衢梁。

妙管金丝祝，旌旗节仗堂。

经纶造化英豪宰，秩序兵戈楚汉阳。

六合驱妖除旧迹，千门旧路始娃娘。

君不见，自古一炎凉，如今半未央。

惊时惊所悟，梦晨梦黄粱。

不远潼关望，回头是故乡。

江山灵武在，社稷记三郎。

520. 五弦行

无天不地五弦琴，独凤孤凰半古今。

弄玉秦楼多少月，秦川养马穆公心。

521. 棕桐蝇拂歌

一拂千宗去，南洋北国风，

他山攻玉璞，动静对蝇虫。

四壁非原色，三光是晓红，

双仪分两界，八封算西东。

522. 汉武帝杂歌三首

之一：

汉武好神仙子缘，黄金铺路过秦川。

瑶台不远听王母，海水桑田几度迁。

穆满瑶池青鸟信，盘桃查岁半枝全。

西天邂逅华颜驻，世上核心以道传。

以此当言叙，人间万里烟。

之二：

玉殿孤兮满紫烟，天台近半露成泉。

珠珠似寿成君子，玉玉形身淡泊虔。

彩翠甘醲肠可腐，仙人绰约试坤干。

当承汉武西苑色，月到圆时月半弦。

之三：

汉帝浮舟索斗雄，蛟龙咤叱愕观空。
风波尽处听鼙鼓，斩断鲲鹏独式工。
贯田犀云临诸国，平田校猎射飞鸿。
威声未镇成天子，黩武由然唱大风。

523. 信州录事参军常曾古鼎歌

三年古鼎歌，一郡宰江河，
雕镂相篆刻，泰宝葛仙罗。
示世苍然沉土里，耕人不意乞天科。
青铜岁久成浮绿，铸器千年几玉戈。

524. 鼋头山神女歌

鼋头山上女，直是洞庭神。
水府鱼龙近，天池草木春。
吴宫空白首，楚鄂徒才人。
浪静风平处，波涛海宇钧。

525. 夏冰歌

一自玄泉之，杳杳洞幽天。
千岩远水矣，悠悠地含天。
无奇不有冰霜夏，贵贱贪寒彼此宣。
皓洁云清钟乳石，溪流冻水入前川。
截璐如琼织，销融似化烟。
玲珑成宝塔，玫瑀作壶田。

526. 寇季膺古刀歌

古刃一寒锋，平陵半国封。
吴钩分向背，木渎馆娃箫。
干将姑苏路，莫邪越地宗。
春秋应此见，首尾试神龙。

527. 凌雾行

秋深海雾重，职简郡人稀。
浩浩天元露，云云湿步衣。
鬓眉含白淀，领袖积光晖。
指甲尝清冷，冠巾纳紫微。

528. 乐燕行

宴乐半升平。尘埃一静清。
秦箫秦弄玉，赵瑟赵音鸣。
艳艳吴姬舞，悠悠芈月声。
瑶台青鸟见，楚璧对秦嬴。

529. 采玉行

一玉采蓝田，三台问酒泉。
春君官府役，璞石误秦川。

530. 难言

掬土移山作海田，疏流导谷向沧渊。
难言一语千年鉴，斫水何时见断涎。

531. 易言

一结千丝半火消，三杯旧酒一倾飘，
同舟共济齐心力，异曲成工对地遥。

532. 三台二首

之一：

年年老去情，日日少人成。
草色花颜在，长安渭水明。

之二：

玉树千门绿雨，公台半夜天津。
阊阖列戟幼鹤，玉漏宫闱似钧。

533. 上皇三台

三台不寐卿，九鼎有英名。
户对门档设，楼高殿阔兄。

534. 答畅参军

秉烛诗书一少年，闻鸡起舞半皇天。
参军立伍成霄汉，吏治官田作旷然。

535. 南池宴钱子辛赋得科斗

南池科斗见，美尔自峰余。
钓者观鱼止，明人顾所虚。

536. 咏徐正字画青蝇

一点误思成，千丝对茧荣。
山峰层石磊，逝水雨霁明。
物物由心匀，彼彼以草萌。
池池同墨墨，笔笔异人生。

537. 虞获子鹿　并序

子鹿何天性，圆围锁苑中。
虞机张捕获，独望郁邻同。
旷野开天地，城池守宇空。
呦呦鸣不止，郁郁对鸣虫。

538. 陪王郎中寻孔微君

俗吏闲情少，庸臣故事多。
江山何楚玉，社稷几秦歌。
汉武西王母，相如赋玉河。
朝霞垆酒市，暮影竹林轲。

539. 送宫人入道

入道半宫人，求仙一洁身。
从来妒所见，不得一秋春。

540. 和晋陵陆丞早春游望

独有客游人，偏惊物象新。
梅花烟雨色，蕙草欲成茵。
淑气春莺早，寒云暖片滨。
宫商徵角羽，水调运河鳞。

541. 九日

一日吴门守，三生渭吏身。
重阳娃馆步，已醉杜陵春。

542. 孟彦深

进士孟彦深，杯湖泛古今。
樊居元结见，退谷以名吟。

543. 元次山居武昌之樊山新春大雪以诗问之

樊山元结居，于进莫樵渔。
大雪封平谷，群峰玉色墟。
林莺封不语，野兽以踪余。
皓气凝霜路，君怀帝国书。

544. 刘湾

刘湾一蜀人，进士禄山辛。
侍御衡阳史，灵源元结邻。

545. 出塞曲

一诺并州儿，三声寒曲辞。
功勋归活将，百战死兵知。
岁岁桑干外，年年汉马时。
君王何不见，白骨已仙迟。

546. 云南曲

一曲过云南，三军误骅骝。

昆明鸡碧羽，大时石峰岚。

瘴雾夷蛮野，泸州积水涵。

和平和不解，战事战深潭。

547. 李陵别苏武

北海知苏武，咸阳问李陵。

单于何受辱，汉武帝王徵。

子女谁生死，夫妻可继肇。

江山分主界，日月共思兴。

胜败非君子，冠臣不股肱。

徵兵随将尽，但醉玉壶冰。

548. 虹县严孝子墓

黄泉一子声，故土半乡情。

以孝慈恩鉴。由身百岁倾。

何言荆棘墓，至性白溪明。

骨肉从心血，躯灵任死生。

549. 对雨愁闷寄钱大郎中

细雨倍思君。浮云独断文。

宽衣应见肘，束带可风云。

积水明天日，流溪争纷纭。

龙钟离别去，跬步去来分。

550. 即度赋雾中菊

篱边一菊花，艳色半山涯。

但对秋风举，群芳去后华。

浮霜成淑气，露水作甘霞。

采得黄龙绶，无心主仆家。

551. 孙昌胤

名成子举冠，应事遇诗观，

进士由天宝，宗元进士看。

552. 遇旅鹤

野性昂昂得，轻鸣处处休。

三清由道举，五味任无求。

北国冰丹顶，南洋海陆洲。

中原先后迹，步履帝王侯。

553. 清明

清明三两日，乞火去来休。

晋耳绵山问，儒生一石头。

寒中应已暖，草上可春留。

竹帛烟消后，莺鸣入九州。

554. 和司空曙刘睿虚九日送人

大雁不离群，兰花独自芬。

天高重九色，水净阔千纹。

此去扬长路，从来彼此君。

由心凭此寄，忆可望浮云。

555. 越裳献白翟

圣哲运符休，伊皋害九流。

南山峰顶雪，北阙客中楼。

渭水长安绕，南枝上苑留。

徘徊应独散，俯仰向神州。

556. 乔琳

乔琳一并州，进士半巴州。

郭子仪军记，平章帝御侯。

557. 绵州越王楼即事

绵州一笑过秦关，即事千声问客闲。

刺史天官朱玼伪，云边有影望天山。

558. 柳浑

中书门下省，进士襄州君。

大历郎中将，平章客上闻。

559. 牡丹

国色天香一牡丹，武氏东都半波澜。

此寄长安惊富贵，留荣渭水上云端。

560. 张谓

河南一正言，进士半干元。

贡举三千典，皇家万字宣。

561. 闽后汉逸人传二首

之一：

读史子陵滩，芝兰七里宽。

思贤应比日，济世望云端。

岸渚清流濑，儒生忘杏坛。

伊皋知俯仰，越水富春澜。

之二：

不见鹿门山，羊公落泪攀。

襄阳碑上见，庞德子中颜。

田家妻女守，职事已天关。

保闻家国济，碌碌不偷闲。

562. 代北州老翁答

三边一老翁，五子半娇童。

五子桑干尽，娇童付战穷。

耕耘原自力，弃宅作英雄。

老少同辽北，王师唱大风。

563. 湖上对酒行

湖中月色一峰青，岭上松涛半入萍。

醒醉难分山水影，舟波未了落群星。

564. 同孙构免官后登蓟楼

一望桑干永定流，三门冀赵半沧洲。

荆轲易水燕山客，质子秦瀛货自优。

临渭邑，蓟门楼。春秋已尽又春秋。

平原草场牛羊牧。社稷江山日月舟。

565. 赠乔琳

慕子无钱能不忧。从君有路可行舟。

楼兰大漠扬眉去，市井长安过五侯。

566. 邵陵作

邵水千川农百舟，由山至谷引东流。

苍梧帝子潇湘去，竹泪斑斑自此留。

旧岁零陵何望尽，今余北阙半荒丘。

娥皇但携女英问，国国家家几度忧。

567. 寄李侍御

柱下闻周史，书中问纠音。

儿男三岁字，百岁一人心。

但以裁桃李，群年对老禽。

连根千万帜，独木可成林。

568. 寄崔澧州

五马何求晚，双鱼未奉迟。

郎中乡月望，郡上守州头。

569. 送裴侍御归上都

楚水劳行役，秦川罢鼓鼙。

移舟吴越渚，口岸武陵溪。

鸟雀应寻觅，渔龙可不栖。

皇都天子路，八达自东西。

570. 送青龙一公

楚水青莲净，吴门白日闲。
姑苏同里富，渭邑共南山。

571. 送韦侍御赴上都

天朝一辟书，獬豸半冠余。
月夜霜明处，麒麟尚自居。

572. 钱

（田尚书还兖州）

步步三朝许，声声四海由。
勋功胡不尽，别路共神州。

573. 送杜侍御赴上都

路达商山外，云从渭邑中。
三台生紫气，九鼎座天公。

574. 道林寺送莫侍御 一作麓州精舍送莫侍御归宁

香林隔翠微，觉慧入心扉。
雁塔垂青处，禅茶胜酒归。

575. 别睢阳故人

少小半游梁，居然作故乡。
城池经战阵，物是客伤亡。
别寄睢阳故，离寻麦穗黄。
春花秋果见，夏雨付冬藏。

576. 郡南亭子宴

一酒半云烟，三茶十地圆。
僧游千万里，子达去来天。

577. 早春陪崔中丞浣花溪宴得暄字

江村一宴暄，柳岸半枝繁。
六郡中丞坐，三台后制言。
从君张子玉，主宰向轩辕。
绿蚁花溪酒，天街颂鹭鸾。

578. 燕郑伯玙宅

一酒半风光。
三生十宴尝。

花开花自在，月落月由香。
醒醉知天地，阴晴问暖凉。
诗书应读政，道路可扬长。

579. 夜同同人字

大雁一飞人，长空半去君。
衡阳冬日杳，北去是明春。

580. 过从弟帛疑官舍竹斋

疑官半竹斋，腊月一枝梅。
邑宰衡门酒，花间玉影来。

581. 扬州雨中张十七宅观伎

玉带半长烟，红颜一色妍。
千姿呈百态，万语对三泉。
白帝应无远，巫山可近田。

582. 登金陵临江驿楼

金陵一石头，建邺半吴州。
白下长干路，秦淮月色流。
江南谁养马，塞北少行舟。
自古临江驿，惊心误白头。

583. 同王徵君湘中有怀

八月洞庭秋，五更夜梦留。
潇湘明月色，束带上红楼。

584. 官舍早梅

腊月雪花开，官衙一早梅。
黄昏疏影近，夜色暗香来。

585. 玉清公主挽歌 代宗之女

秦楼问玉清，弄女穆公鸣。
晓凤从云去，黄泉挽故声。

586. 别韦郎中

计日赴岷峨，连天唱九歌。
潇湘秋落雁，滟滪石堆波。
主上三台少，郎中四品多。
无为知所奈，不渡别离河。

587. 送皇甫龄宰交河

楼兰欲斩下交河，一夜胡笳半九歌。
主宰弹琴秦妇问，和平月色照兵戈。

588. 杜侍御送贡物戏赠

朱崖蜀道难，贡物御心宽。
海底珊瑚树，何劳獬豸冠。

589. 春园家宴

大妇无心小妇香，春风得意夏风凉。
家园草碧花红湿，岁月温柔少女乡。

590. 西亭子言怀

禽声呼影吏，役皂杖衙门。
宰冶成桑柘，辛功苦力昏。

591. 辰阳即事

官衙平即事，九日怯心扉。
雪去辰阳雁，春来可北归。

592. 送僧

恒河两岸沙，贝叶一僧家。
叠坐思天际，重游万里涯。
辰明闻殿磬，夜月问袈裟。
岳麓寒湘水，东林二月花。

593. 同诸公游云公禅寺

共许寻天竺，同书问上都。
三清分易卜，九鼎树扶苏。
小径通遥去，中峰落雁凫。
听禅听世界，悟道悟匠英。

594. 哭护国上人

护国三清界，今传万劫长。
支公应不济，独作上人乡。
舍利千层塔，心径一草堂。
钟声留世界，磬语问西方。

595. 送卢举使河源

行人苦役半边州，独坐长亭驿站留，
古道千山凭跬步，关山一路使人忧。

596. 题长安壁主人

世交一黄金，人情半客心。
应凭多少见，莫信去来音。

597. 早梅

寒梅一树白梨花，素影三冬玉色华。

383

独立婷婷明草木，幽香独态客人家。

598. 赠越使君美人

青娥一楚人，素粉半新颦。
白雪阳春色，西施作美邻。

599. 岑参

孤贫进士一南阳，御史西川独秀芳。
太子参军中充幕，吴均已逊性居郎。

600. 句

少小一嵇山，童翁半玉关。
张颠曾不笔，太白玉浆泉。

601. 北庭西郊侯封大夫受降回军献上

西郊侯上文，受降已回军。
四十中年士，单于自愧君。
蛟龙应出海，猛虎逐功勋。
去岁楼兰斩，今年月支分。
中书门下省，六郡始风闻。
定远三边静，朝堂剑衽堇。

602. 初至西虢官舍南池呈左右省南宫诸故人

素以江湖意，尤崇社稷乡。
书生成败战，壮士久低昂。
案牍荷花简，行名进退量。
无心华省客，有志筑圆方。
一别应难忘，三生共草堂。

603. 过梁州奉赠张尚书大夫公

步上拜金台，营中五令开。
淮阴韩信纪，上将虎符裁。
鼓角初闻止，桑田已翠催。
东风方润雨，百草秀花来。
不以弹冠客，农夫子女恢。
安居同乐业，世俗见君回。

604. 登北庭北楼呈幕中诸公

赏目闻西域，怀情戍轮台。
阳关风雪夜，大漠酒泉杯。
旧国成天末，新疆作客限。

胡姬眉眼色，醒醉不徘徊。

605. 寄青龙溪奂道人

石壁一袈裟，龙溪半奂涯。
莲华兰若定，谢禄误还家。

606. 初过陇山途中呈宇文判官

风沙驿驿流，碛石去来浮。
扑面安西客，君封定远侯。
阳关凭紫塞，仗剑任边州。
但别妻儿女，分疆自不求。

607. 陪狄员外早秋登府西楼因呈院中诸公

一望张仪万里楼，千峰带雪十三州。
华阳节印成鸳鹭，幕下思谋代虏忧。

608. 冬夜宿仙游寺南凉堂呈谦道人

太乙连天太白峰，支公夜寺支龙钟。
秦楼弄玉秦箫颂，石刹山僧石寺封。

609. 潼关镇国军勾覆使院早春寄王同州

潼关使院寄同州，镇国春风已久流。
莫色钱塘连大漠，东来紫气逐王侯。
交河浇日楼兰影，斋器儒生朱斥猷。
受降城池多骨气，咸阳日月自春秋。

610. 青山峡口泊舟怀狄侍御

夜泊青山峡，浮云卷浪花。
停舟怀狄子，入梦故当家。
石壁惊涛响，芦塘隐岸沙。
凌云霄宇阔，鹭鸟误窗纱。

611. 梁州对雨怀麹二秀才便呈麹大判官对疾赠余新诗

一夜江云雨，三更未尽来。
常山波浪竞，本草似蓬莱。
甲第千居著，书生二秀才。
阶前佳句咏，日后几吟回。

612. 潼关使院怀王七季友

十峰一莲花，两门半太华。
潼关桃下镇，驾鹿渭南霞。
晓日王生影，文章季友家。
无心微禄竞，有意浪淘沙。

613. 至大梁却寄匡城主人

从天至大梁，蕙草已青黄。
自弃鱼钩去，平生半故乡。
扬扬长短路，处处逐沧桑。
闭户春秋著，开门日月光。

614. 宿华阴东郭客舍忆阎防

潼关十里一华阴，洛水千川半古今。
但入黄河分晋陕，园庐别逐是知音。

615. 宿东溪王屋李隐者

隐者半樵渔，行人一帝居。
寒塘飞鸟落，几案放天书。

616. 郊行寄杜位

峭崒一空夺，寒烟半雾明。
风归林下木，叶落客中行。
钟声传渭水，月色共纵横。
独影随君子，孤身杜位情。

617. 怀叶县关操姚旷韩涉李叔齐

数子共官门，文章齐古村。
寻来同觅处，别去问黄昏。

618. 西蜀游舍春叹寄朝中故人呈狄评事

南宫两省边，北阙半桑田。
苦战三年去，行营五载悬。
东西多是客，日月少乡怜。
咫尺寻家国，阴晴问陌阡。

619. 太白东溪张老舍即事寄舍弟侄等

一老太白不老松，三孙子弟二毛农。
东溪不尽琼浆酒，世上何劳醒醉踪。

620. 惠净上人

序：
上州青衣山中峰题惠净上人幽居寄兵部杨郎中

诗：

青衣山在大江中，惠净上人立宇穹。

竹杖莲花径石坐，十年面壁作翁童。

悠然一上方，处世半炎凉。

磬语钟声寄，莲花老衲乡。

峨眉峰谷色，惠净著青囊。

远望庐山岭，袈裟挂绳床。

沧沧沧浪水，济济济天香。

621. 入剑门作寄杜杨二郎中时二公并为杜元帅判官

两壁剑门关，三江净蜀山，

嘉陵明月峡，栈道石林弯。

杜母何迟至，公孙以迹班。

郎中华省客，故道玉皇颜。

622. 巩北秋兴寄崔明允

白露上梧桐，寒蝉下羽戎。

天高君子路，日暮小人丛。

广武知归鸟，成皋问始终。

同行同世界，自觉是英雄。

623. 春遇南使贻赵知音

一醉赵知音，三生问古今。

尘埃由草木，历治是人心。

624. 南楼

序：

冀州客舍酒酣贻王绮寄题南楼　时王子欲应制举西上

诗：

同君上北楼，望远问千秋。

旷野无山河，黄昏满草洲。

燕姬吟管瑟，赵女舞箜篌。

日月耕耘客，诗词忘白头。

625. 法澄上人

序：

终南云际精舍寻法澄上人不遇归高冠东潭石淙望秦岭微雨贻友人

诗：

终南云际舍，小雨湿猴台。

石鼓鸣无止，秦王不再来。

东潭淙冽冽，瀑布挂泉开。

旦以高冠起，衷心自在回。

626. 敬酬杜华淇上见赠兼呈熊曜

才名一杜侯，纪事半东流。

四十知天命，平生问九州。

江湖诗一首，岁月半千舟。

但醉何须醒，人心不可求。

627. 酬成少尹骆谷行见呈

蓬莱宫上绶，刺吏客中符。

主赐衣冠带，皇明草木苏。

文才从蜀道，俸禄饮成都。

沽酒知天地，行舟到越吴。

628. 虢中酬陕甄判官见赠

微才一弃巾，拙宦半秋春。

自负空先后，青云未晋秦。

相思天地久，道路过天津。

浪迹诗书客，风尘日月濒。

629. 送许子擢第归江宁拜亲因寄王大昌龄

建业石头城，金陵碧水清。

秦淮千古岸，北固六朝英。

楚子斯才豫，吴君蜀魏营。

江宁亲友问，渭邑故天径。

630. 武威送刘单判官赴安西行营呈高开府

热海玉门关，安西近火山。

天涯生白草，大漠月芽湾。

伐鼓楼兰斩，挥师上掖颜。

扬旗都护令，束甲业功颁。

策略文章赋，弯弓日月间。

长城谁好汗，太白去来还。

631. 送王大昌龄赴江宁

泽国一江宁，乡家半渭泾。

沧波同日月，白首共昌龄。

进退寻京口，方圆问芷萍。

群公天阙宇，诸子叹丹青。

632. 送祁乐归河东

造诣半河东，闻天一大风。

文成天地外，武举去来中。

画笔天台木，天涯帛幅空。

江河流咫尺，日月照童翁。

633. 北庭贻宗学士道别

书生不料一军中，未向江东唱大风。

万卷文章天子策。千营虎策胜胡戎。

轮台置酒英雄见，使命龟兹大碛同。

户第轻勋功甲胄，贤王帝主谓苍穹。

634. 送许拾遗恩归江宁拜亲

诏命一吴洲，恩波半石头。

金陵西掖绶，束帛北门楼。

五斗桃源外，南宫万户侯。

丹墀高驾论，谏议重神州。

635. 虢州郡斋南池幽兴因与阎二侍御道别

南池日浇满霞霓，北岸天明客玉堤。

故佐戎轩今所欲，樵声钓饵各东西。

红旗不尽阳关酒，帐令何从暮鸟栖。

京缨莫紧曾千束，春莺自数已三啼。

636. 青龙招提归一上人远报复陷害吴楚别诗

弃献一青莲，股行半古田，

殊戎兵战论，独杖令门悬。

浪迹香炉远，宣径白虎边。

吴江同里问，楚客共荆船。

637. 送李老羽游江外

相思知十载，过客问千年。

禹斋荆门水，严滩钓水竿。

沧洲莼莰煮，五月雨云烟。

雾湿三吴户，途穷一济船。

638. 送王著作赴淮西幕府

梁停燕子百劳飞，客驿鸿鹄一岁归。

将略王公谋幕府，良朋报将策朝扉。

家家国国边功尽，暮暮朝朝谏紫微。

苦战难承勋业色，天书未子始春晖。

639. 送张秘书充刘相公通汴河判官便赴江外觐省

刘公獬豸冠，却解汴河澜。
斗酒长安醉，行吟俯仰端。
泥蟠风搏过，论议丹墀观。
且省莼鲈脍，吴门水月宽。

640. 冬霄家会饯李郎司兵赴同州

关西一掾君，漠北半天云。
逸翮飞扬扈，南宫日月分。
书生何读尽，帛卷已香熏。
力政相思少，桑农子女勤。

641. 送颜平原（并序）

平原一上书，逐鹿半王车。
殿宴蓬莱阁，公明此世余。
平原圣泽一天章，正字形身半直唐。
但以丹青明社稷，沧洲策略帝侯王。
清臣自得宣皇命，里巷长安两省堂。
独立潮头分律沛，孤行导史正朝纲。

642. 送狄员外巡按西山军

西山幕府郎，损益策谋康。
巨细无功取，宽疏以寸量。
儒生兵马客，刺史牧衙堂。
代计桑田济，行军万石粮。

643. 虢州送郑兴宗弟归扶风别卢

佐郡已三年，扶风一半田。
皇家宗弟子，酒醉别卢泉。
赖汝常相侣，平生已结连。
沧洲无共济，此去可同怜。

644. 澧头送蒋候

澧水一东西，君心半晓霓。
黄昏先至我，彼此共高低。
沽酒邻墙酌，弹琴隔壁栖。
从今青鸟盼，但以故人齐。

645. 送永寿王赞府迳归县

官衙闲不住，懒得逐林泉。
百里清流许，三山直木田。
风惊蝉未语，露湿草花鲜。
待月同乡客，同君共酒眠。

646. 南池晏（辛子赋得蝌蚪子）

南池蝌蚪子，北岸作青蛙。
自在无天地，游灵水月家。

647. 登嘉州凌云寺作

峨眉木色入江流，水气凌云半寺州。
夏月澄波僧磬语，禅房夜话客春秋。

648. 与高适薛据登慈恩寺浮图

塔势半天工，慈恩十地同。
浮图连净理，四角五陵东。
了悟平生见，禅音渭水洋。
三人成世界，一道自无穷。

649. 过缑山王处士黑石谷隐居

巢由一隐居，石谷半知书。
处士非天子，军兵是战余。

650. 登千福寺楚金禅师法华院多宝塔

禅师多宝塔，自持法华经。
世见琉璃刹，心明一寸丁。
慈悲方证切，磨砺著丹青。
亿亿成蹊径，珊珊已隐灵。

651. 出关经华岳寺访华云公

野寺法华僧，临川结玉冰。
开门西岳木，闭谷草香凝。
一月经纶见，三光彼此丞。
张心成独献，合目作孤灯。

652. 春平与群公同游元处士别业

处士春平别业钟，皇都水色半芙蓉。
滩声万籁谁知惊，净土三清故步封。

653. 陪群公龙冈寺泛舟

汉水云天色，龙冈草木盘。
天机藏寺阁，卜易寄心宽。
隔岸江山阔，相邻日月观。
青峰含古道，老衲在云端。

654. 终南山双峰草堂作

敛迹半归田，收心一月弦。
双峰明草屋，独寺老僧仙。
偶得樵渔纵，时从解带天。
诗书由日月，步履漫云烟。

655. 左仆射相国冀公东斋幽居

当朝宰相百官王，一日幽居半未央。
且向东山琴未语，衡门自主豫文章。
冠巾束带停书案，跬步阴阳向水乡。
瀑布泉溪源所在，深潭见底可流长。

656. 缑山西峰草堂作

西峰一草堂，北水半天光。
斧柴应知立，垂钩可自量。
明蝉声必远，隐几得芬香。
翰墨孤峰影，形身独步赏。

657. 观楚国寺璋上人字一切径院南有曲池深竹

闭户写经书，开心万卷余。
知音四偈语，释译五天渠。
汲水桐花色，曛香夜竹疏。
阴晴耕日月，早晚蹑空虚。

658. 寻巩县南李处士别业

龙门龙水岸，别业别心长。
一叶寻根间，三光向地量。
芦花藏钓具，几案落鱼梁。
但可书房墨，宁人作豫章。

659. 闻崔十二侍御灌口夜宿报恩寺

闻君寻野寺，夜宿问禅房。
点石回头望，支公谟拜乡。
孤灯明彼岸，普渡报恩量。
月冷明流去，炉香杏远长。

660. 自潘陵尖还少室居止秋夕凭眺

潘陵十六峰，少室万千客。
面壁年年立，闻蝉处处钟。
天潭鱼鸟见，古刹暮朝重。

了却三光界，云涛十里松。

661. 南池夜宿思王屋青萝旧斋

夜宿思王屋，青梦旧斋锄。

东溪无旧迹，宰事有新居。

故署羲皇问，清风朗月余。

南池明玉宇，北国客天书。

662. 过王判官西津所居

举酒问江鸥，何须半白头。

巴山多夜雨，蜀道少沧洲。

隐者知天地，幽居可国忧。

阴阳分界定，日月满林丘。

663. 因假归白阁西草堂

过眼一烟云，归来半老君。

衡门三主见，太白半衣裙。

五亩桑田子，千株稻米芬。

垂纶闲钓处，傲吏有余曛。

664. 题华严寺环公禅房

绳床一寺居，羁束半天书。

锡仗禅房挂，华严妙法余。

流溪明日月，木直正当初。

夕照东林还，云沉老衲庐。

665. 东归留题太常徐卿草堂

徐卿一草堂，虏勇五千郎。

圣主明勋业，书香落四方。

身名如卫霍，影响似关张。

万里东归去，相思作竹篁。

666. 太一石鳖崖口潭旧庐招王学士

骤雨已初晴，从篁未及生。

新根新枝叶，仗节伏天萌。

绝岸潭庐士，层峦倏易荣。

严滩何所钓，尽是世人情。

667. 骊姬墓下作（夷吾重耳墓隔河相去十三里）

骊姬源北上，洺水日东流。

献惑蛾眉止，蝉鬓落古丘。

汾流千曲折，晋耳十三秋。

五霸春秋去，殷周日月留。

668. 林卧

何须鱼鸟趣，自得水川闲。

草木山河列，峰峦日月班。

林深林自立，木直木当关。

一宰知民意，三生傲吏还。

669. 东归晚次潼关怀古

津楼问伯夷，晚京首阳师。

老子骑牛去，潘生赋赫奇。

洪河流自主，洛水巨灵知。

汉镇华阴岳，东归驾鹿迟。

670. 古兴

独鹤一秋分，孤帆半楚云。

芦花秋瑟瑟，旅泊意纷纷。

岸渡南阳客，风扬百草群。

潇湘多夜雨，复忆九歌君。

671. 先主武侯祠

三分一武侯，九鼎半神州。

献帝何曾魏，曹孙几对刘。

672. 文公讲堂

文公一讲堂，蜀地半沉香。

不复高台上，丰碑树豫章。

673. 杨雄草玄台

杨雄一见草玄台，寂寞三江独自开。

吾子云居人已去，睢盱老树向天猜。

674. 司马相如琴台

琴台一月同，古迹半当空。

蜀卓文君酒，临邛一大风。

675. 严君平卜肆

君平学卜易，草木已荒芜。

挂杖风云岸，行鸣日月苏。

676. 张仪楼

六国一张仪，三秦百士奇。

江楼流水问，九派纵横时。

677. 升迁桥

升迁一小桥，进退半心遥。

吏禄寻人见，官衙作玉朝。

678. 万里桥

长亭万里桥，汴水越云霄。

鸟雀寻飞近，鸿鹄逐路遥。

679. 石犀

巴中一石犀，垓下半虞姬。

禹泊知无力，人心寄有时。

680. 龙女祠

柳毅自传书，龙王小女余。

人心知己处，海阔可君居。

681. 使交河郡在火山脚其地苦热无雨雪献封大夫

交河无雨雪，地热火山灰。

大漠烟尘远，楼兰白草枚。

安西安六郡，戍战戍轮台。

子汉军功立，封君玉石回。

682. 道中

序：

与鲜于庶子自梓州成都少尹自褒城同行

至利州道中作

诗：

汉水自幡冢，梁山近太空。

三巴连栈道，一蜀逐天工。

曙鸟蚕丛赋，江花羁旅雄。

京华应不近，北阙颂新丰。

683. 下外江舟怀终南归居

终南一旧居，道士半天书。

只诀平天下，公卿物象虚。

巴山听夜雨，蜀道问当初。

记得蚕丛栈，陈仓已所余。

684. 安西馆中思长安

安西馆里问长安，渭水东风待晓寒。

绝域沙尘天欲尽，轮台戍甲远云端。

咸阳自古周秦易，日月先升后落盘。

古塞参军如梦会，书生未解似弹冠。

685. 暮秋山行

山行一路秋，叶落半神州。
石坂霜桥迹，枫林蕙草幽。
千程由跬步，万籁任风流。
十里长亭逐，三生自苦求。

686. 赴犍为经龙阁道

侧径青云壁，危梁鸟道多。
沉云成骤雨，典郡嫌干戈。
玉碎闻胡笛，天平问九歌。
秦川应养马，一路到交河。

687. 江上阻风雨

江中风雨阻，岸上小楼灯。
酒醒波涛涌，川流积浪承。
停舟停所泊，问俗问难应。
抱信经人往，琼浆作玉凝。

688. 经火山

一目火燃山，三军逐客还。
弓弯驱虏路，志夺玉门关。
造化天公力，阴阳自列班。
严冬如盛夏，大漠月芽湾。

689. 题铁门关楼

小吏铁门关，荒原大漠湾。
登楼千里望，海市万家班。

690. 早上五盘岭

早上五盘山，何言栈道关。
应承君子诺，四顾草花间。

691. 峨眉东脚临江听猿怀二室旧庐

听猿一两声，待月去来明。
二室临江梦，三生旅泊情。

692. 东归发犍为至泥溪舟中作

解印逐泥溪，江平岸草齐。
东归舟不逝，夜泊莫闻鸡。
正笏南宫阵，辰观玉漏低。
冠官何志许，四顾有东西。

693. 阻戎泸间群盗

（戊申罢官东归江路阻断淹泊戎州作）

战乱南州盗贼横，刀枪剑戟结群攻。
男霞女彩偷邪恶，放火杀人窃狗行。
铁虎衔尸山野近，饥鹰依就骨苍生。
京关不解云南远，草木云烟断古城。

694. 郡帝闲坐

郡斋一日闲，书香半案间。
丹墀曾举笏，宠辱以冠般。
简牍何言献，棋琴几度还。
幽人幽所以，列治列君颜。

695. 衙役守还

世事何言反复行，冠官解带客家生。
衙中聚役成群罢，役守还平自在名。
但取沧洲浦，轻舟两岸横。

696. 从军诗二首

之一：

四十老人心，三千弟子浔。
长安灵武策，蜀道雨铃霖。
诸将声徵讨，公台帅印钦。
兵营丰镐见，列阵不鸣金。

之二：

须言一丈夫，不谓半江湖。
但学弯弓射，还当作故儒。
朝堂呈国策，举笏献微躯。

697. 秋夕听罗山人弹三峡流泉

山人一曲弹，白帝半波澜。
峡口高唐岸，流泉漫水滩。
湘妃斑竹泪，神女楚会端。
久以知音少，邯郸学步难。

698. 尹相公京兆府中棠树降甘露诗

甘棠玉露生，渭邑覆新萌。
府尹京都兆，铜盘以魏城。
祯灵呈瑞气，政化诸心精。
物象呈天理，千柯树万荣。

699. 刘相公中书江山画障

始见丹青笔，心怀造化工。
潇湘妃鼓瑟，岳麓洞庭鸿。
粉白云青黛，苍山洱海东。
香炉峰下雨，涧草壑中虹。
四季春秋色，三光壁挂丰。
挥毫成天地，日月始无终。

700. 精卫

东滨精卫鸟，补海济苍空。
力小成天助，西山以石丰。
溺水红颜在，飞天自在上。
应留山水界，桑田日月中。

701. 石上藤（得上字）

石里孤藤长，云中自得上。
高枝身以色，托础呈千丈。

702. 临河客舍呈秋明府兄留题县南楼

城南大雪满黎阳，渡口归人未及乡。
酒市河边闻少女，梅花落里久牵肠。

703. 客舍悲秋有怀两省旧游呈幕中诸公

中书门下省，上掖御庭香。
一世郎中客，三生风月忙。
鸣蝉声自远，独帜作留长。
直木齐林里，春秋见柳杨。

704. 白雪歌送武判官归京

白雪歌中武判归，中军酒上玉花飞。
胡琴伴奏琵琶曲，铁甲轮台满素晖。
云幂幂，晓雨霏。
无言复忆闾重围。
长安记取功勋处，一见男儿不是非。

705. 热海行送崔侍御还京

阴山热海在西头，敕勒川东马不休。
砾石荒沙曾不尽，炎波沸浪掠云流。
黄河玉带连秦晋，太白昆仑共九州。
此去长安君子路，春花可许帝王侯。

706. 轮台歌奉封大夫出师西徵

元戎一重臣，上将半秋春。
鼓角西徵战，轮台北净秦。
渠黎清虏塞，雪海镇千钧。
历史何无见，功名作古人。

707. 敷水歌送窦渐入京

罗敷一水至今流，两岸千花竟自羞。
但以红颜男子见，春蚕到老女儿愁。
闻君此去西徵战，水底游鱼尺素留。
敕勒川中花草色，应思月下有秦楼。

708. 天山雪歌送萧治归京

天山有雪日常开，绝域风云动地来。
万里冰封霜大漠，三军鼓送无催。
葡萄美酒君先醉，醒后长安大将回。
仰首皇都天子赋，回头一笑慰轮台。

709. 火山云歌送别

百里火山云，千岭烬土分。
天摇飞马断，地动赤亭闻。
此去应回首，交河可日曛。
西徵西远域，苦战苦功勋。

710. 青门歌送东台张判官

青门解锁送东台，晓日辰风酒市开。
但见胡姬衣未整，阳关尺素未应来。

711. 梁园歌送河南王说判官

梁园一孝王，竹影半修篁。
隐约娇娥梦，蔓萝故野荒。
春风时令改，夏雨满池塘。
落叶秋高爽，冬云半露霜。
人生如此见，责任似炎凉。

712. 走马川行奉送出师西徵

走马川行雪海边，平沙莽莽入黄天。
冰风扑面尖刀割，冻甲经霜凛冽烟。
闻将令，问长年。西徵士卒守桑田。
单于北去何南见，不醉楼兰衙酒泉。

713. 函谷关歌送刘评事使关西

一谷似函名，三军必百争。
公孙由白马，老子任中城。
不到关西见，应知故客情。
多书多评事，纪省纪天明。

714. 胡笳歌送颜真卿使赴河陇

楼兰处处有胡笳，大漠三春满雪花。
不到边城边不语，君行绝域域姬家。
秦川养马天子，汉使张骞万里沙。
草木昆仑今犹在，身心正直自中华。

715. 秦筝歌送外甥萧正归京

秦筝一曲怨声来，白纻千丝十柱开。
慢语黄钟云欲住，归京不必再听裁。

716. 与独孤渐道别长句兼呈严八侍御

轮台一日春，绝漠百沙尘。
石碛穷荒道，君心虏寨邻。
书生知读断，壮士问天津。
苦使三年御，行程十载臣。
葡萄新吐绿，鄯善火山频。
未了徵衣换，方成帝业申。
军中多置酒，月下少思人。
白骨长城见，英雄卸甲巾。

717. 送费子归武昌

且问武昌鱼，生闻汉口居。
高山流水见，黄鹤已飞余。
费子何思乎，天门一部书。
男儿应所向，未以帝王居。

718. 送李副使赴碛西官军

英雄一丈夫，六月火山余。
马上功名在，人中日月虚。

719. 送韩巽入都觐省便赴举

秋高柳叶黄，旭日十三章。
胆见明悬策，文才正洛阳。

720. 凉州馆中与诸判官夜集

平生大笑几回声，一日凉州半故城。
有酒何须知醒醉，长安市里见阴晴。
琵琶曲里胡笳伴，别去重来有故情。
十万人家儿女望，三千弟子去来行。

721. 酒泉太守席上醉后作

一醉过交河，三更月枕戈。
胡姬方入梦，束带可长歌。

722. 偃师东与韩樽同诣景云晖上人即事

游僧解楞伽，锡杖挂袈裟。
夜雨风云客，禅心日月家。

723. 敦煌太守俊庭歌

太守一才贤，清泉半溉田。
胡人知汉地，内陆客三边。
美女红颜宴，留君即事眠。
葡萄双结子，把手独垂鞭。

724. 喜韩樽相遇

桃花已满灞陵桥，处处春风渭水潮。
禄米新钱是酒市，虚名醉里共云霄。

725. 银山碛西馆

银山碛口有风刀，去却儒香换战袍。
而立年中三十五，丈夫绝域取葡萄。

726. 感遇

五花骢马七香车，九鼎平阳一世家。
万巷门前高树挂，千年古木叶枝斜。
三生渭邑云楼色，百里长城满野花。
汉帝藏娇何咫尺，秦楼弄玉在天涯。

727. 醉题匡城周少府厅壁

小雨妇姑城，云山半不清。
朦胧方见地，草木日殊荣。

728. 太白胡僧歌

之一：
太白中峰绝顶云，胡僧百岁已难分。
毒龙猛虎禅音降，赵叟茯苓一见君。
之二：
主持楞伽红，闻钟虎不行。
毒龙听戒律，草木自枯荣。
两耳垂肩上，双眉五寸缠。

千年何所见，百世以山盟。

729. 卫节度赤骠马歌

赤兔一当空，飞天半大风。
桃花旋色卷，玉足四蹄宫。
伏枥千年问，骄扬万里行。
银宅垂腹背，紫尾赛红缨。
短跃何先啸，长嘶可慰雄。
檀溪三国策，蜀国此天功。
战士朝云笑，男儿对宇隆。
胡尘应自序，帝子过新丰。

730. 田使君美人舞如莲花北鋋歌

一女半莲花，千姿百态娃。
回裾扬转袖，入破背身斜。
白草湖光色，胡杨叶不遮。
琵琶弹反顾，短笛曲未嗟。
慢脸旋风起，娇眉左右叉。
头肩分两岸，手指素人华。
淡淡传情语，纤纤作妄葩。
梅香方落定，暗影不回家。

731. 裴将军宅芦管歌

辽东九月苇芦稀，采管三支作笛依。
曲曲声声闻北塞，扬扬抑抑入京畿。
河北曲断皇城继，野渚深宫故贴衣。

732. 韦员外家花树歌

年年五月开，岁岁九卿来。
处处花香色，红红碧玉台。
倾城倾不语，落雨落徘徊。
曲舞由人醉，风光满酒杯。

733. 醉后戏与赵歌儿

秦川一曲歌儿苦，渭水千波竟自流。
曲曲湾湾常不定，扬扬抑抑是春秋。

734. 范公丛竹歌

之一：
侍御一郎中，公方职竹丛。
新清风雅颂，世态暮朝工。
之二：
玉竹丛丛半纳香，成荫处处一君乡。

琴书不尽无声笋，节节穿阶进隔墙。
守志高天枝叶茂，虚心蔽日比官郎。
南山雪顶樵渔客，未入江山试暖凉。

735. 玉门关盖将军歌

但以咸阳半酒徒，何闻渭水一罗敷。
阳关不远交河戌，白草黄沙大丈夫。
七尺男儿当自立，三台策立犬戎胡。
灯前挂角听三叠，帐上姬奴劝玉壶。
堪回首，望京都。

736. 赠酒泉韩太守

太守能清贫，官薪济客邻。
阳关三叠唱，白草共秋春。

737. 赠西岳山人李冈

隐处一山莲，峰头半客仙。
华阴山上见，道士药中田。

738. 送张献心充副使归河西杂句

副使河西将帅田，君子子弟成三边。
承恩白虎皇符赐，受命楼兰斩铁宣。
案上军书三十卷，营中大马五千员。
燕支月下澄湖草，大漠云前士卒先。

739. 送郭乂杂言

工诗工亦续，注译注时风。
岁月朝歌早，年华日月空。
春衣应换取，夏雨已清泓。
不计行程久，邯郸跬步雄。

740. 送魏升卿擢第归来东都因怀魏校书陆浑乔潭

紫绶朝冠御史城，乔泽玉佩陆浑荣。
梧桐夜雨青丝束，白璧壶中蚁酒平。
欲折楼兰先济士，从头跃马问苍生。
雄辞健树芙蓉水，举袂扬扬曲水情。

741. 西亭子送李司马

西亭一郡西，万井木昌黎。
点笔题书府，成龙向字低。

742. 送魏四落第还乡

腊酒半还乡，春衫一半凉。

书生初落定，胜载已邻梁。
但寄佳奇句，当寻别送囊。
何言曾举案，只向魏侯尝。

743. 送于文南金放归太原寓居因呈太原郝主簿

汾流一日问千家，晋祠三泉百万花。
未老城中人已去，先行渭邑向官衙。
门前酒肆何拳令，雨后风光夕照斜。
但向垆头吟八句，留音未了律中华。

744. 渔父

不得知渔父，轻舟尽日横。
游鱼方独信，近影有孤情。
自在逍遥去，无求草木荣。
相邻相乐适，各取各身名。

745. 登古邺城

英雄一邺城，魏武半台荣。
草木荒丘在，陵坛野兔生。
漳流铜雀老，水色已空明。
赤壁华容问，燕姬赵女倾。

746. 邯郸客舍歌

醉女数金线，狂郎客舍眠。
漳流铜雀色，夜酒赵姬妍。
蔓草柔柔细，青丝处处悬。
邯郸无学步，一曲到垆前。

747. 宿蒲关东店忆杜陵别业

一半杜陵花，三千日月斜。
关东归又止，子夜忆还家。
闭户听秦水，开门见渭哗。
衣衫应换取，中性已咨嗟。

748. 感遇

山寒二月花，地冻半人家。
暖气江湖水，川风小草芽。
天公由季节，律象任桑麻。
五色田农土，三光感遇它。

749. 友钵罗花歌

之一：

花开一佛家，印度半天涯。
御使伊西见，交河小吏衙。
芙蓉高誉止，富贵牡丹华。
有地皆生长，传芳对女娃。
之二：
白山南，赤山北，友钵罗花十里香。
六叶瓣，九花房，夜闭朝开一晓阳。
绝域中华天国色，交河小吏入公堂。
衙门种药移芳植，异草明株作故乡。

750. 蜀葵花歌

一花谢，一花开。
独自催，俱往矣，今还衣。
二月半春恢，芙蓉半绿苔。
重阳重数九，大雪一寒梅。
莫忘床头钱不足，丹心不尽醉时哉。

751. 题李氏曹厅壁画度雨云歌

大雪作云烟，狂风岸渚船。
回头书案上，暮日落庭前。

752. 长门怨

自古长门怨，如今妨女天。
藏娇藏不住，帝主帝方圆。
彼此乾坤客，君臣父母怜。
从宽从所欲，节制节人贤。

753. 入蒲关先寄秦中故人

归秦入蒲关，直不太行山。
举步无回首，乡心已早还。

754. 寄左省杜拾遗

玉漏催联步，分曹共紫微。
青云飞鸟去，圣制度朝扉。

755. 岁暮碛外寄元八

戍鼓付西徵，前军细柳营。
阳关沙碛息，帐令挂红缨。

756. 寄宇文判官

一去玉门关，三生十万山。
辞君三年后，别道两头斑。

757. 关西

序：
宿关西客舍寄东山严许二山人时六宝初七日初三日在内学见友高道举微
诗：
关西一雨云，渭北半秋分。
客梦孤灯暗，巢由独自居。

758. 丘中春卧寄王子

白室一天空，玄关半大风。
王孙应胜迹，醉卧百花中。

759. 江行夜宿龙吼滩临洮思山我若隐者兼寄幕中诸公

西阳半烧云，草木一衣裙。
色满沧滩静，临洮落照分。

760. 汉川山行呈成少尹

南宫一比肩，北舍半相怜。
羁旅长亭坐，寻风醒醉眠。

761. 奉和杜相公初发京城作

按节辞黄阁，登坛问赤墀。
衔思期报主，授律付车诗。

762. 敬酬李判官使院即事见呈

官衙似等闲，使院可卿还。
旷野开荒事，生平不闭关。

763. 虢州酬辛侍御见赠

时时一卷书，日日半樵渔。
客里巢由问，行中彼此余。

764. 酬崔十三侍御登玉垒山思故园见寄

山山一故园，水水半青莲。
处处家乡梦，悠悠度岁年。

765. 南楼送卫冯

不可解微衣，何言故乡希。
南楼应望远，北塞独相依。

766. 送王伯伦应制授正字归

正字一经纶，身名半晋秦。
高低人所望，日月自秋春。

767. 送宇文舍人出宰无城（得阳字）

双凫出未央，独宰过河阳。
东带新行色，冠官旧御香。
元城天地界，牧政有无疆。
渭水阴晴雨，淇波日月光。

768. 崔驸马山池重送宇文明府（得苗字）

竹里半红桥，花间一玉箫。
山池明府近，别酒故人遥。
渭邑千年政，元城万亩苗。
桑田唯主宰，五色十当朝。

769. 送李郎尉武康

潘郎新绶带，尉印故家邻。
邑小同山色，官低可济贫。

770. 碛西头送李判官入京

万里一安西，千军半马低。
胡沙乡泪没，汉月际天齐。
碛石浔河岸，家书醒醉题。
英雄如此是，大漠蚕楼霓。

771. 陪使君早春西亭送王赞府赴选（得归字）

西亭五马依，北阙一春衣。
客舍生新草，花间鸟欲飞。
书明天水岸，自度曲江晖。
渭邑东都苑，龙门士子归。

772. 送刘郎将归河东（同用边字）

幽州飞将在，敕勒马前川。
射虎知天水，轮台问守边。
河东归不去，受降过云天。

773. 浐水东店送唐子归嵩阳

野路长亭北，城关御道西。
君行泾渭问，鸟在杜陵啼。

391

774. 西亭送蒋侍御还京得来字

西亭骢马至，侍御故人来。

别酒曾狂醉，今逢玉壶开。

775. 水亭送刘颙使还归节度（得低字）

红亭杯酒少，白日柳阳低。

节度归来去，行程向马蹄。

776. 送杨录事充潼关判官（得江字）

潼关一晓窗，洛水半河江。

北岳垂开险，华阴醉玉缸。

777. 送陕县王主簿赴襄阳成亲

汉水凤求凰，知音佩豫章。

江城黄鹤舞，夏口访周郎。

778. 送裴判官自贼中再归河阳幕府

一岁胡尘没，三生汉节归。

嫖姚应幕府，再战马前飞。

779. 送李卿赋得孤岛石（得离字）

他山孤岛石，此水莫相离。

月色清明照，波光已影奇。

千年应独立，百鸟可栖滋。

一日苍天补，三千世界宜。

780. 送王录事却归华阴

（自华阴尉授虢州录事参军复此职）

华阴一望过黄河，此别三声问九歌。

解印还衣先后事，潼关老子马牛多。

781. 送二十二兄北游寻罗中

罗中已北游，丰柄向南留。

夜雪穿衣领，明霜落短裘。

无媒明主策，有志客未谋。

782. 送郑堪归东京氾水别业（得闲字）

东京归氾水，草色灞陵湾。

匹马成皋去，相思渭邑还。

闻君从别业，待客过潼关。

八水长安守，黄河不等闲。

783. 送孟孺卿落第归济阳

文章误献芹，草木雨还云。

日月应田亩，耕耘自在殷。

年年春夏易，处处可氤氲。

几案儒书见，衣衫见时闻。

784. 送崔全被放归都觐省

渭北草新生，关东水色荣。

黄河冰解冻，两岸各纵横。

785. 送裴校书从大夫淄川觐省

知君一客留，未守半青州。

此路通关外，余心向九流。

林红霜已重，橘熟阮湘头。

觐省乡邻问，山河日月舟。

786. 送杨千牛趁岁赴汝南郡觐省便成婚（得寒字）

渭水半波澜，长安一志宽。

徵人常不暖，壮志自苍寒。

问道知天意，寻吉待晓丹。

悠悠从别酒，处处可重欢。

787. 送胡象落第归王屋别业

三年一少年，十载半桑田。

献赋龙门客，青云七寸鞭。

788. 送颜韶（得飞字）

但见一鸿飞，天空半去归。

春秋分两度，岁令北南徽。

789. 送杜佐下第归陆浑别业

儒生独木桥，步履自官僚。

别业先成就，才名有玉雕。

790. 送张郎中赴陇石觐省卿公

（时张卿公亦充节度留后）

郎中一凤毛，世上半同曹。

陇石卿公印，冠前月桂高。

边书多旧友，戍霜锁葡萄。

节度留先后，昆仑挂战袍。

791. 送楚丘麹少府赴官

青云一少年，白日半长天。

鲁府闻微子，张良问汉泉。

鸿沟分两岸，不向楚歌眠。

醒醉诗词赋，何须饮酒钱。

792. 送蜀郡李掾

饮酒当先醉，诗词莫后吟。

巴中多栈道，剑阁少知音。

793. 送郑少府赴滏阳

魏帝一丘荒，漳流半暖凉。

铜台铜雀在，女色女儿妆。

舞尽山河在，歌头日月乡。

应心应少府，宰事宰帝王。

794. 还高冠潭口留别舍弟

高冠潭口路，舍弟别田乡。

独向东溪问，耕耘日月长。

田家辛苦岁，小吏去来忙。

步步人生见，年年有柳杨。

795. 醴泉东溪送程皓元镜微入蜀（得寒字）

梁州过七盘，蜀道十三桓。

夏水峰光暖，春初木纳寒。

东溪流似酒，北岸竞波澜。

夜宿嘉陵驿，明朝百里滩。

796. 送严洗擢第归蜀

谁言蜀道难，擢第著青丹。

渭水波澜阔，长安巷陌宽。

徵轮才子胜，十月对天官。

栈阁通南北，皇都问暖寒。

797. 夏初醴泉南楼送太康颜少府

南楼相饯别，北酒独朝天。

野果成新子，秋风已酒泉。

798. 送张直公归南郑拜省

七步一陈诗，三曹半豆萁。

明皇闻立马，口颂作唐词。

799. 送周子落第游荆南

一蜀借荆州，三军待将求。
文华成武勇，楚客入湘流。
十载寒窗尽，千年故事留。
江楼江水见，逝者逝春秋。

800. 送薛颜伟擢第东归

及第老青衣，行身卷书希。
还家何觐省，棣萼自光辉。

801. 送杨瑗尉南海

子尉南州郡，高堂北陆居。
鲛人深海玉，五岭腊梅疏。
玳瑁从言贵，珊瑚以价余。
波涛成宇宙，俯仰读天书。

802. 凤翔府行军送程使君赴成州

成州一使君，拜命半殷勤。
仗节红缨束，旌旗白日曛。
飞鹰微冀北，翼马路风云。
暮暮阴山戍，朝朝渭邑闻。

803. 送张升卿宰新淦

半对香炉峰，千云细雨淙。
浔阳城下渡，楚客九江？
柳叶初抽色，青门已达封。
江城何瞩物，俱是宰人松。

804. 送陈子归陆浑别业

青牛一半人，别业两三春。
相将知子弟，四野问秦津。
种药应时令，寻花五月茵。
当垆呼酒市，一诺作千钧。

805. 稠桑驿喜逢严河南中丞便别（得时字）

稠桑二月时，结茧半春枝。
驷马中丞驿，黄河去不迟。
青云天上客，紫禁御中滋。
律令由王诏，中枢八句诗。

806. 送蒲秀才擢第归蜀

郡选第中名，龙门客上荣。

书生如此是，列榜曲江行。
蜀道无难去，鱼凫有子情。
长安流八水，汉口近巴城。

807. 送郭司马赴伊吾郡请示李明府

安西一少年，永定半三边。
举剑交河岸，扬名古月弦。
弯弓曾射虎，逐鹿可惊天。
受降城中见，胡尘净酒泉。

808. 送任郎中出守明州

（自曰首辅报告草沈阳副市长十万词诗人）

自罢郎官草，还寻刺史肠。
重归知格律，十万首诗乡。
北国千书译，南洋十岁梁。
孤翁耕日月，独步问沈阳。

809. 临洮客舍留别祁四

临洮半故乡，祁四一扬长。
六月春衣老，三秋月铺霜。
孤城孤雁落，独目独云翔。

810. 送弘文李校书往汉南拜亲

请辞一不群，处世半裁军。
点校千年著，评纶百寿君。
巴山多夜雨，蜀道少阳曛。
但记蚕丛路，川流自雾云。

811. 送滕亢擢第归苏州拜亲

擢第三回首，江村一水乡。
姜公曾击案，不作捕鱼郎。

812. 送李别将摄伊吾令充使赴武威便寄崔员外

诗词入武威，汉字易回归。
大雁年南北，冠官望不飞。

813. 送四镇薛侍御东归

侍御一东归，天涯半柴扉。
楼兰荒漠久，大雁半年飞。

814. 送张都尉东归

君东我在西，羽远箭弓低。

古塞三千士，家乡一鸟啼。

815. 送樊侍御使丹阳便觐

知君京口去，借问几时回。
记取慈恩故，无成业迹来。
江风舟已便，岸草逐云催。
巷晚丹阳泊，西霜上夜台。

816. 送张卿郎君赴硖石尉

草共青袍色，花同绶带新。
县西函谷路，砑石不秋春。

817. 送颜少府投郑陈州

一尉青丝白，三生少府来。
君成君自己，酒醉酒钱催。

818. 赵少尹南亭送郑侍御归东台（得长字）

红亭一路长，尹一半书香。
砌冷东台饮，壶浆蚁酒王。
千杯诗赋子，醉卧绣衣郎。

819. 祁四再赴江南别诗

万里去还来，三湘百草开。
东西分别酒，彼此问冬梅。
旧忆江南水，新闻驾老莱。
舟帆低暮雨，足步向君回。

820. 成都

（"一年成邑，二年成聚，三年成都。"——周岐王秦改郡，设锦官。故称锦官城。蜀主孟昶令广种芙蓉，故称蓉城。）

三年邑聚一成都，杜宇蚕丛大丈夫。
栈道陈仓秦岭路，千川蜀岸五丁衢。

821. 送许员外江外置常平仓

诏置海陵仓，朝推画省郎。
还家冠服贵，御使绣衣香。
水驿风帆足，船楼济世堂。
承明天际远，待国侍皇粮。

822. 送秘省虞校书赴虞乡丞

关东一度春，魏阙半书人。
旧阁麒麟客，新台日月秦。

虞乡丞上下，坂舍故津濒。
古典知今意，条山坦腹亲。

823. 送江陵杜少府任便呈卫荆州

渭北草新生，江南已花明。
城边居宋玉，峡口楚王城。
孟昶芙蓉见，蚕丛栈道横。
荆州何不借，杜宇不轻鸣。

824. 奉送李太保兼御史大夫充渭北节度使

诏见未央宫，坛登太保戎。
三台从紫禁，九鼎相司空。
许国皆兄弟，循边尽角弓。
中州承日月，大漠自英雄。

825. 送江陵黎少府

王城非太远，汉水下荆州。
夏口闻黄鹤，江陵逐九流。
官衙新橘果，绶带故人愁。
但以生平见，沧桑直不休。

826. 虢州送天平何丞入京市马

知君京市马，不是学秦王。
别酒回风晚，胡尘没汉装。
秋原荒草色，晓树已枝长。
醒醉何须问，冠官几勉强。

827. 送扬州王司马

一水到扬州，千帆落岸楼。
青云淮碧色，海树雨烟流。

828. 陕州月城楼送辛判官入奏

扬程挽战袍，谒帝玉阶高。
月落辰风起，城开渭水涛。

829. 送王七录事赴虢州

白日一相知，青云半后迟。
金銮方溃迹，玉顶已稀丝。

830. 阌乡送上官秀才归关西别业

一梦渡黄河，三生唱九歌。
风尘应不止，战乱正干戈。

831. 送羽林长孙将军赴陆州

隼旗新刺史，虎将旧龙军。
别酒方知少，青门白日曛。

832. 送崔主簿赴夏阳

黄河过夏阳，白马落城乡。
酒债催人老，贫书问故肠。

833. 送梁州判官归女旧卢

应怜真傲吏，已忘女儿期。
老竹窗前影，惊心月中时。

834. 送怀州吴别驾

别驾一怀州，垆塘半酒流。
春风方起落，细雨湿洲头。
驿路长函谷，农田太行牛。
男儿当自立，跬步十三州。

835. 送人归江宁

江宁半故乡，楚客一扬长。
渌水金陵色，青山建邺梁。

836. 送襄州任别驾

别驾半襄州，秋风一酒楼。
黄公颜伯见，夏日岘山头。

837. 送李司谏归京（得长字）

归京一路长，步道半文昌。
渭水长安老，春官付正郎。

838. 送绵州李司马秩满归京因呈李兵部

剑北山居少，巴南鸟信稀。
归京应秩满，草木两相依。

839. 送崔员外入秦因访故园

谒帝明光殿，趋朝建礼门。
巴山花满地，汉水小儿孙。

840. 送柳录事赴梁州

别道柳家郎，离亭酒市香。
巴阳江树远，汉口水流长。

841. 送韦侍御先归京（得宽字）

侍御半心宽，朝堂半豸冠。
君平君子树，渭水渭波澜。

842. 送裴侍御岁入京（得阳字）

挥戈忆鲁阳，卸岁待文昌。
立处闻天语，高台惹御香。

843. 送颜评事入京

月满一巴川，江流半蜀天。
京华秋菊色，野草自方圆。

844. 送赵侍御归上都

一路半青云，三周末水分。
终南原不老，魏阙已昌文。

845. 送杨子

斗酒渭城边，凭垆灞桥眠。
梨花千树雪，柳叶万情天。

846. 送人赴安西

马上带吴钩，云中付白头。
安西思报国，不必帝王侯。

847. 发临洮将赴北庭留别（得飞字）

轮台大雪飞，守将北庭归。
一剑成冰迹，三军过武威。

848. 临洮泛舟赵仙舟自北庭罢使还京

胡风千万里，不负一书生。
白草兰天际，归心大漠行。

849. 春日醴泉杜明府承恩五品宴席上赋诗

青袍移草色，紫绶夺花冠。
束带天台佩，禽符玉佩宽。

850. 早春陪崔中丞同泛浣花溪宴

仗节临溪口，中丞泛浣舟。
西旋如此色，北越几春秋。
绿蚁酩酊见，葡萄误白头。

姑苏同里见，嫁娶三桥头。

851. 喜华阴王少府使到南池宴集

洛水半华阴，潼关一河浔。
知音知自己，作事作人心。

852. 行军雪后月夜宴王卿家

子夜雪华余，天光月色虚。
寒风封雪月，啸啸读军书。

853. 梁州陪赵行军龙冈寺北庭泛舟宴王侍御（得长字）

酒宴霜台使，行军粉署郎。
江歌芦笛晚，月色柳川扬。
宿鸟栖枝梦，滩声问故乡。

854. 奉陪封大夫宴得微字时封公兼鸿胪卿

安西一日徵，渭邑半城荣。
典客鸿胪寺，三台近郡卿。

855. 陪封大夫宴瀚海亭纳凉（得时字）

从君纳旧时，物象问新慈。
感遇由知己，归途见帜旗。

856. 虢州西亭陪端公宴集

骏马上云端，红亭下酒坛。
青丝参白发，步履久盘桓。

857. 陪使君早春东郊游眺（得春字）

东郊早入春，物象已呈新。
渭水知流暖，啼莺试未频。

858. 雪后与群公过慈恩寺

雁塔一慈恩，成林半老根。
千年榕树下，百岁有黄昏。

859. 与鄠县群官泛渼陂

岸阔水浮云，舟移影树纹。
天开惊鹭等，草锁诸洲芬。

860. 与鄠县源少府泛渼陂（得人字）

大雁一字人，秦川半入春。
寒中知暖意，水上有天津。

861. 终南东溪中作

东溪草色流，北阙日光楼。
濯足清缨见，文昌武勇忧。

862. 与鲜于庶子泛汉江

汉日一江流，知音半九州。
高山流水去，诸子付春秋。

863. 晦日陪侍御泛北池

琥珀杯中酒，琉璃月上秋。
金盘催獭豸，晦节复停舟。
水阔滩洲碧，云低岸渚流。
船平君已醉，舞曲客琴休。

864. 登凉州尹台寺

弯月胡风弱，梨花十地开。
凉州千百骨，老纳去还来。

865. 登总持阁

总持阁中天，秦楼渭上川。
千门三界雨，万井五陵烟。

866. 奉陪封大夫九日登高

九日衡阳问，三军受降城。
黄花凭日月，大雁忘阴晴。

867. 郡斋平望江山

驿路楚人怜，山光蜀客迁。
江山平望谷，日月照秦川。
陌色先黄黍，秋香满橘圆。
京华南见北，八水去来田。

868. 宿岐州北部严给事别业

不忘半沧洲，心随半九流。
三更出已定，一月上床头。

869. 暮秋会严京兆后厅竹斋

竹斋半清芬，书香一古文。

君王新赐笔，几案故飞云。

870. 省中即事（自述）

省上一郎中，江东半大风。
南洋寻木槿，北国向由衷。

871. 浔阳七郎中宅即事

鹜落向浔阳，霜催枯子黄。
云沉千草木，竹影九江乡。

872. 春寻河阳陶处士别业

药碗摇光影，鱼竿带水痕。
樵声因斧旧，问客可儿孙。

873. 晚过盘石寺应礼郑和尚

黄昏盘石寺，水远问高僧。
夜幕环天落，禅音一点灯。

874. 寻少室张山人闻与偃师周明府同入都

山人一半天，道士两三年。
少室丹炉客，京都日月宣。

875. 虢州卧疾喜刘判官相过水亭

一过水亭边，三声去疾船。
闻君何向药，过午有鸣蝉。

876. 武威春暮闻宇文判官西使还已到晋昌

北去凉州陆，西还到晋昌。
长安春已暖，不减武威凉。

877. 虢州南池候严中丞不至

岸上观杨柳，池中问豸游。
杯前何不醉，足下已离舟。

878. 春兴思南山旧庐招柳建正字

柳建半蒿莱，南山一雁回。
春兴思正字，去岁序天才。

879. 郡斋南池招杨辚

与子居邻近，同声共去回。
南池常醉酒，水榭可寻梅。

880. 高冠谷口招郑鄠

高冠寻谷竹，郑鄠问沉云。
水影孤心见，山光独步闻。

881. 题新乡王釜厅壁

怜君守尉贫，禄米与村人。
不是相知早，同心已自珍。

882. 题山寺僧房

一误半居官，三生十地寒。
云游同异己，举步共青丹。

883. 汉上题韦氏庄

波轻月向船，草湿渚闻边。
柳叶应黄绿，春蚕几度眠。

884. 题永乐韦少府厅壁

岭翠借厨烟，山青对小船。
村中牛马卧，树上不鸣蝉。

885. 题金城临河驿楼

暮色一船娘，金城半驿乡。
何微官吏傲，但作捕鱼郎。

886. 初授官题高冠草堂

高冠一草堂，笔误半书香。
不惑官微傲，鱼竿弃不藏。

887. 题虢州西楼

西楼半虢州，北陆一生求。
不弃丹心志，邯郸步不休。

888. 夜过盘石隔河望永乐寄闺中效齐梁体

盈盈一水余，寂寂半天书。
隔岸齐梁赋，桃花笑客居。

889. 河西春暮忆秦中

渭北春花老，河西细草芽。
边城湘雁到，客馆杏梨花。

890. 过酒泉忆杜陵别业

扬身过酒泉，俯首杜陵田。
旧梦黄沙路，新程白草烟。

891. 早发焉耆怀终南别业

终南山上望，受虏月中栖。
别业心中忘，微鼙足下低。

892. 宿铁关西馆

白草一高低，黄沙半石泥。
谁知故乡月，已到铁关西。

893. 首秋轮台

轮台一首秋，异域半王侯。
雪海天山岸，婵娟宿堞楼。

894. 北庭作

四十不封侯，三千弟子修。
龙堆青海岸，雁塞驿西头。
白草连天际，骆驼作小舟。
沙鸣沙不尽，石碛石刁楼。

895. 轮台即事

轮台风景异，月色去来同。
俗语单于古，殊音汉武宫。
葡萄应制酒，白草似弯弓。
夜舞姬裙举，胡杨唱大风。

896. 还东山洛上作

莫道东山远，衡门在梦边。
京中天子问，洛上酒家眠。

897. 杨固店

邻家已捣衣，战士可相依。
冷暖常无惧，孤单信使稀。

898. 巴南舟中思陆浑别业

巴南一叶舟，蜀水半沧流。
岭木秋风肃，江云暮色羞。

899. 晚发五渡

巴南一客身，剑北半澄江。
野寺荒山落，芦花五渡扬。

900. 巴南舟中夜市

渡口已黄昏，归人未入村。
钟声依旧响，古寺雁知恩。

901. 江上春叹

腊月梅心早，寒冬岁已知。
何言天下子，自笑小男儿。

902. 初至犍为作

渚色连天远，滩声落客船。
微衣应换洗，浣女已归迁。

903. 使院中新栽柏树子呈李十五栖筠

青青一色鲜，郁郁几经年。
但得苍苍志，何须叶叶尖。

904. 临洮龙兴寺至上人院同咏青木香丛

移根自远方，种子上禅房。
叶叶青青木，丛丛默默香。
三春含蕊色，六月结高粱。
矢植成天主，倾心作药王。

905. 咏郡斋壁画片云以归字

云来以雨归，雁去复回飞。
壁上应留住，门中有紫微。

906. 成王挽歌

旧桂一成王，新行半故乡。
幽居灯所指，独步鹤山梁。

907. 苗侍中挽歌二首

之一：
摄政朝章一持衡，相尊主国半精英。
天公造化黄枢客，故事留铭汉鹤行。
之二：
国子悲元老，君人忆主衡。
苍天优几杖，厚地辅人生。

908. 故仆射裴公挽歌三首

之一：
罢市秦人送，还乡绛老迎。
黄泉同里巷，异界共嘉英。
之二：
五府丞明主，三台处世风。
桑田成谷物，律历化雕虫。

之三：

留名一世公，主宰半天同。

帝业丞相就，龙城九鼎功。

909. 河西太守杜公挽歌四首

之一：

业就终生路，名英故事传。

船行泾水岸，只到杜陵边。

之二：

鼓角三军帐，英名九鼎官。

河西知太守，渭水久波澜。

之三：

昨晚明光殿，明晨花萼宫。

留心西内路，步履曲河东。

之四：

子女一人心，慈恩半古今。

阴阳分界定，事业合知音。

910. 故河南尹岐国公赠工部尚书苏公挽歌二首

之一：

河南尹国公，雅颂尚书风。

画戟门前列，黄泉古道中。

之二：

白日西山尽，黄河入海流。

无穷千里目，已至万人忧。

911. 韩员外大人清河县君崔氏挽歌二首

之一：

高门知令德，狭巷问街荣。

市井清河宠，花间日月城。

之二：

清灯明晦月，独卷对黄莲。

子子孤身影，春秋百古年。

912. 西河郡太原守张夫人挽歌

从夫元铠贵，教子已成名。

孟母知邻择，黄泉著柳城。

913. 南溪别业

结宇南溪岸，开轩对水田。

窗前停白鹭，竹后系江船。

石径花间没，滩头日下悬。

兰樽非所欲，得意是云烟。

914. 奉和中书舍人贾至早朝大明宫

中书一舍人，紫禁半秋春。

北阙明宫晓，南山上掖新。

皇州云雨露，玉漏水天津。

独以知音曲，山河日月亲。

915. 忆

序：

二〇一六年一月十九日乙未年大寒日，日有四弟电话及故居，子夜有梦祖父而呼父，惊醒而记之。

敬献祖父母吕洪尊刘氏夫妇大人

父母吕传德丛涌花夫妇大人

长兄吕长禄第桂珍夫妇大人

诗：

岁岁年年敬祖先，平平安安守方圆

年年岁岁源相继，子子孙孙忆祖泉。

寻宗迹，鲁胶县。

关东一路创家烟。

浑江不尽西关岸，独木成林百亩田。

916. 和祠部王员外雪后早朝即事

阳春白雪物天归，大雁江南向北飞。

积素云烟和雨露，凝华上掖作光晖。

917. 使君席夜送严河南赴长水（得时字）

娇歌子午时，艳舞万千姿。

地主应相送，春城不可辞。

河南长水去，驿舍故人知。

此去严公赴，山翁吕尔诗。

918. 秋夕读书幽兴献兵部顾侍郎

梧桐夜月自无长，柳叶惊蝉逐顶藏。

读案应陈千万卷，邻灯莫惜借余光。

919. 奉和相公发益昌

蜀国临戎别帝京，拥麾绥命远军行。

巴江夜雨云随马，剑阁陈仓栈道徵。

秦岭外，四川清，山花处处杜鹃鸣。

蚕丛石径鱼凫路，主客芙蓉主客兵。

920. 暮春虢州东亭送李司马归扶风别墅

不二山河一法门，扶风别墅半慈恩。

蟠溪梦里帘前月，杨陵太白武功村。

921. 九日使君席奉饯卫中丞赴长水

节使卫中丞，鸣弓泛菊兴。

霜明长水岸，羽甲向胡徵。

落帐闻金策，挥军梦杜陵。

同兵徵古碛，异域望苍鹰。

922. 西掖省即事

中枢西掖省，举笏北宫扉。

玉漏平明色，金銮晓紫微。

千门朝御柳，万井对明晖。

鹓列冠官策，朝衣重是非。

923. 首春渭西郊行呈蓝田张二主簿

文名一辋川，得玉半蓝田。

灞上桥头柳，临潼木色烟。

骊山秦岭路，渭水太和边。

石瓮红楼谷，华清玉女泉。

924. 奉送李宾客荆南迎亲

去日双鱼付，来时驷马归。

荆南多少客，大雁去来飞。

胜作东徵赋，应从板舆晖。

皇家莱子服，俯仰帝城闱。

925. 赴嘉州过城固县寻永安超禅师房

一寺满枇杷，三冬半着花。

巴川封大雪，老衲晒裂袈。

楚汉知韩信，登台你我他。

萧何追月下，报国是谁家。

926. 酬畅当嵩山寻麻道士见寄

不逐樵夫只逐棋，难言布局有言奇。

嵩山道士劳山问，四象乾坤列两仪。

927. 和刑部成员外秋夜寓直寄台省知己

粉署一仙郎，中枢半豫章。
黄门多赐服，玉漏溢御香。
击水翻沧浪，行吟逐夜长。
霜明仁寿殿，举笏共未央。

928. 送卢郎中除杭州赴任（自一九七〇年沈阳副市长）

首辅郎官草，初分刺史章。
还明欧州使，复治沈阳梁。
故国江山路，榆关里外乡。
书生从此去，日月笔南洋。

929. 送严维下第还江东

下第半江东，登楼一大风。
江皋才俊晚，鹊鸟翼苍空。
谢履天台迹，严滩渚钓翁。
龙门重已客，笔岘役惊鸿。

930. 饯王岑判官赴襄阳道

步入汉阳耕，心田夏口生。
荆南花草密，楚北子才倾。
自持衡平久，应还六国瀛。
夫人城上月，习宅水中明。

931. 六月三十日水亭送华阴王少府选县（得潭字）

玉宇半深潭，天章一目眈。
风云应所见，草木附山岚。
细雨催杨柳，春丝束茧蚕。

932. 送薛弁归河东

河东一弁侯，日上半沧洲。
五老峰西问，三江逝水舟。
无鸣闻剧孟，自得伯夷酬。
闭目应相忆，开门四百楼。

933. 送薛播擢第归河东

一酒曲江头，三生醉九州。
河东新笔正，渭水故人楼。

白日曈天宇，黄莺问已休。
龙门闻记取，上掖迹王侯。

934. 送陶铣弃举荆南觐省（自度）

知君忘五侯，断璧十三州。
浪迹江湖水，云浮日月舟。
耕耘辛苦见，笔墨积春秋。
岁岁年年见，诗词格律求。

935. 送史司马赴崔相公幕

一幕半相公，三生唱大风。
鸿沟分界定，但纵楚歌穷。

936. 送严黄门拜御史大夫再镇蜀川觐省

黄门严御史，觐省蜀川迟。
汉主曾分界，陈仓剑阁知。
刀州重入目，栈道复新枝。
但以苍茫见，江流雨雾时。

937. 送郭仆射节制剑南

铁马系红缨，金戈过御城。
皇朝明主宰，节制剑南旌。
蜀鸟惊军笛，啼猿带路行。
西徵戎战略，将帅胜回京。

938. 早秋与诸子登虢州西亭观眺

千云飞陕北，万雨落关西。
鸟尽长安树，波扬渭水堤。
西亭观所见，魏北雁门低。
酒醒瓜田李，人惊夜鸟啼。

939. 佐郡思归游并序

左右省边游，春秋日月修。
冠臣何进退，士子国家忧。
紫殿天书敬，丹墀吏笔留。
书生常自负，帝业十三州。

940. 灭胡曲

铁马一天山，王城半御颜。
鸣金收草木，锁定玉门关。

941. 尚书念旧垂赐袍衣率题绝句献上以申感谢

笏佩恩慈客，文章奉故怜。
皇袍三赐与，献上一心田。

942. 忆长安曲

一望半长安，三章八水澜。
南山封雪顶，北阙坐云端。
秀士成南北，天才以弱冠。
翰林书院老，进士曲江宽。

943. 寄韩樽

一梦闻夫子，三生问疾呼。
交河寒水域，十载未回吴。

944. 醉里送裴子赴镇西

一马上天山，三声问去还。
何须知醒醉，不过玉门关。

945. 题井陉双溪李道士所居

五粒松花酒，双溪道士居。
何须知进退，独见帝王墟。

946. 题云际南峰眼上人读经堂

（眼公不下此堂十五年矣）

三光十五年，一读百千篇。
日月耕耘纪，乾坤十尺田。

947. 题梁锽城中高居

高居多远望，退路少思乡。
井巷纵横见，人生进退忙。

948. 题三会寺苍颉造字台

苍公三会寺，造字一天台。
古木从今古，寒光足迹来。

949. 日没贺延碛作

黄昏挂贺延，石碛日连天。
没没升升见，平生是几年。

950. 西过渭州见渭水思秦川

渭水东流去，波涛两岸游。
一日到雍州，三竿丞竹筏。

951. 经陇头分水

分流半陇头，合水一东流。
岁岁由何始，年年自不休。

952. 秋思

一叶未归根，三秋有断魂。
狂风常不止，欲静小儿孙。

953. 戏题关门

开关一去来，老小半无猜。
小吏经常换，青衣始未裁。

954. 行军九日思长安故园（时长安未收复）

行军九日长，落草半黄粱。
击鼓京城望，鸣金作故乡。

955. 叹白发

白发两三丝，童儿少小时。
初生何老去，似是而非知。

956. 题平阳郡汾桥边柳树（参曾居此郡八九年）

家居八九年，过此二三天。
柳叶年年绿，人生去去船。

957. 失题

汉习一楼船，秦封九鼎天。
唐标成铁柱，彼此作方圆。

958. 献封大夫破播仙铠歌六首

之一：
播仙一铠歌，渭邑半山河。
捷报呈天子，京关静动戈。
之二：
夜雪覆楼兰，中军过碛滩。
冰封夫子路，鼓角到长安。
之三：
龙旗盖海云，大将点千军。
鹊印挥边月，鸣笳受降勋。
之四：
辕门鼓角鸣，帐令夜行兵。
铁甲平蕃战，龙堆战阵营。

之五：
男儿衔马去，浴血一空城。
万箭飞蝗射，千呼土遁兵。
之六：
暮雨暗行军，天边逐白云。
旌旗先隐落，击鼓作功勋。

959. 春兴戏题赠李侯

春莺一半声，柳叶两三荣。
细数分难定，东风已送情。

960. 过燕支寄杜位

燕支半酒泉，道北一沙天。
白草连云色，君心逐月圆。

961. 题苜蓿峰寄家人

相思苜蓿峰，子女各愁容。
远吏沙中梦，家人月里逢。

962. 玉关寄长安李主簿

长安万里余，白草一天书。
主簿关西望，明朝是岁除。

963. 武威送刘判官赴碛西行军

五月火山炎，三春碛石尖。
君行如鸟去，秣马虎狼歼。

964. 虢州后亭送李判官使赴晋绛（得秋字）

驿路挂城头，长亭雨未休。
君行汾水岸，汉使著春秋。

965. 原头送范侍御（得山字）

百尺原头酒，三生一万山。
扬长行不止，跬步到阳关。

966. 送李明府赴睦州便拜见郑太夫人

铜章着海云，古月向衣裙。
不以严滩训，夫人一府君。

967. 虢州西山亭子送范端公（得浓字）

水淡血方浓，邯郸故步封。

平明相送罢，望远一行踪。

968. 奉送贾侍御使江外

御使已承恩，金陵过海门。
荆南还渭北，客酒满衫痕。

969. 崔仓曹席上送殷寅充石相判官赴淮南

不尽故人心，何言问古今。
千杯君子酒，百岁木成林。

970. 送崔子还京

九月交河北，三秋渭邑来。
题诗天子驿，驻步菊花开。

971. 酒泉太守席上醉后作

胡笳一酒泉，剑舞半闻天。
太守三通鼓，轮台两度边。

972. 题观楼

荒楼荒井闭，大漠大云烟。
海市蜃城见，旌旗万里田。

973. 草堂村寻罗生不遇

大雪草堂村，扬长没足痕。
封门封所见，仰望仰人尊。

974. 山房春事二首

之一：
山花落竹突，鸟语唤春香。
百草茵茵色，千波一日光。
之二：
野旷一荒丘，村深半古楼。
听来儿女读，似是故春秋。

975. 逢入京使

马上一相逢，胡沙半不容。
长安应不解，水月已冰封。

976. 过碛

安西一路高，碛石半葡萄。
笛曲应明月，胡姬送木桃。

977. 碛中作

平沙万里烟，水月半方圆。
走马天山麓，轻鸣问酒泉。

978. 赴北庭度陇思家

家人数寄书，信日使无余。
俱在途程里，何言不定居。

979. 胡歌

关西老将军，漠北远黄云。
不必同声问，胡姬曲舞群。

980. 赵将军歌

轮台九月半风刀，老将三呼十地旄。

汗马争先千里逐，单于不赌一貂袍。

981. 醉戏窦子美人

一点桃花运，三生玉女潮。
姿身由所欲，曲舞近还遥。

982. 秋夜闻笛

秋风一笛声，木叶半倾城。
夜宿轮台守，霜明战士情。

983. 戏问花门酒家翁

道口有榆钱，春风酒市边。
花门应取此，七十醉当年。

984. 春梦

春光半洞房，玉女一空床。
但守轮台月，三年未故乡。

985. 句

初程从灞水，晚宿可长安。

986. 冬夕

大雪自飞扬，苍山积素光。
荒野含霭霭，古木已苍苍。

第三函　第九册

1. 武阳送别

大雁去还来，离情守又催。
衡阳青海半，渭水武阳回。

2. 捣衣

砧杵一夜生，轮台半战争。
衣单寒月冷，小女丈夫情。

3. 代闺人

已见代闺人，何言百草春。
相思相独梦，自以自心邻。

4. 江南遇雨

腊月雪花飞，冬梅作雨归。
香风江北岸，一岁入心扉。

5. 邺城引

紫陌一红尘，漳河半魏津。
铜台铜雀去，举櫂举秋春。

邺国留歌舞，陈王洛水滨。
华容和赤壁，晋帝不分秦。

6. 僧舍小池

一舍白云根，三生古水痕。
香炉香世界，贝叶贝慈恩。

7. 拟古

风云一古人，水月半红尘。
野寺钟声早，新诗问晋秦。

8. 和李起居秋夜之作

流萤一起居，百草半云舒。
月色苍烟照，天光半有余。

9. 吴声子夜歌

阿拉一两声，伯陇各伊情。
子夜长安月，姑苏恰恰荣。

10. 塞下曲

塞下一霜封，云中半雪容。
军衣寒欲冻，铁甲结冰松。

11. 云中行

云中千百里，塞上十三年。
沙尘陵下远，汗马将中前。
永定河边望，楼兰夜月悬。
歌钟胡帐似，木落似秦川。

12. 楚宫词二首

之一：

禁苑春莺早，珠帘日气寒。
梨花多似雪，淑色上云端。
翠鸟飞轻羽，东风问井澜。
君王长袖见，妾女舞衣宽。

之二：

舞女对黄昏，王侯问子孙。

平生相似处，与事见皇恩。

13. 杨谏
博学半华阴，宏词一竹林。
弘农丞永乐，御史客家音。

14. 长孙十一东山春夜见赠
长孙十一半东山，不是巢内一玉关。
莫以樵渔成上坐，同思隐处月芽湾。

15. 赠知己
江南芳草折，塞北女儿歌。
岁岁牛郎早，年年织女多。

16. 东溪待苏户曹不至
月色过流溪，灯明柳叶低。
婆娑花左右，影色各东西。

17. 登天月山下作
老少何须问，童翁几度年。
应知父母意，咫尺待身边。

18. 送裴少府
岭湿秦川雨，山寒渭水秋。
生平生所欲，继续继何求。

19. 旅次灞亭
灞水灞亭西，战乱战畜乩。
不望婵娟月，桂影亦高低。

20. 春旦歌
玉女半秦楼，箫声一曲休。
何求儿女在，老少各心忧。

21. 早发西山
西山游子去，北水客东流。
独壁悬泉挂，孤村阔草洲。
诗书多不宜，历乱少春秋。
只有冰霜雪，山川草木求。

22. 送人还吴
人心不忘乡，客意问炎凉。
塞北男儿老，江南女子鸯。
呢哝吴水见，伯弄运河长。

八月钱塘浪，盐官一线扬。

23. 天长节
一日天长节，千家玉笛鸣。
岁岁同相度，年年共互荣。
三朝三界泽，百郡百花荣。
寿达应声乐，才成帝子城。

24. 送金文学还日东
不谓一身躬，何言半壁穷。
蓬莱徐福海，日本未央宫。

25. 卫中作
榴花红一色，渭水碧三丰。
色色源头路，丰丰远道中。

26. 长门怨
莫怨一门宫，何闻半子孙。
藏娇知买赋，旦尽有黄昏。

27. 美人春卧
春光一美人，妾女半秋春。
草木无心愿，兰堂有意人。
巫山云雨岸，白帝日月津。
宋玉相如赋，高唐峡口邻。

28. 名姝咏
阿娇一女多，洛浦半凌波。
汉帝藏金屋，陈王唱楚歌。

29. 艳女词
嫦娥半月羞，后羿一生愁。
吕布沉鱼见，吴王落雁洲。

30. 狷氏子
梁园初暮月，碧玉后堂开。
别有佳期约，青楼月客来。

31. 戏赠歌者
白皙女儿琅，骚头二月花。
春莺啼已住，反背玉姿斜。
半着宽衣袖，无藏露透纱。
延年应曲舞，汉武帝王家。

32. 七夕泛舟
银河一鹊桥，玉帝半天娇。
织女牛郎事，秦楼弄玉箫。

33. 崔驸马宅咏画山水扇
一扇不春秋，三宫驸马楼。
吴洲山水画，越客浣纱舟。

34. 观王美人海图障子
宋王东家女，相如织女歌。
襄王神女客，女泪慰湘娥。
莫以男儿问，男儿已不多。
男儿城外见，战乱树男戈。

35. 闻百舌鸟
一鸟世人稀，三宫半旧几。
何须鹦鹉问，学舌八哥依。

36. 省试方士进恒春草
道士恒春草，人间远近遥。
南洋朝木槿，北海纳龙潮。
吐赞灵芒土，山参白水辽。
无知无所见，有土有方雕。

37. 代微人妻喜夫还
新天赴役上渔阳，少妇含情守洞房。
白骨长城南北债，千伤百战胜还乡。
高悬晓镜重双照，月里婵娟上独床。
贴满花黄儿女嫁，归来换取旧衣香。

38. 赠李中华
不向嵩山去，神仙可误人。
魏阙朝天子，江山问吏臣。

39. 咏木老人
刻木成丝一老翁，张弓捕鸟半儿童。
召章唤兽何相似，以梦须臾已见空。

40. 句（郭令公宅）
堂高何不见，树大可藏风。

41. 客中作
一剑千书客，三生半玉颜。
文章惊渭水，武术驻秦关。

42. 三月三日曲江侍宴

兰亭一水边，渭水曲江弦。
瀍浐东西抱，长安六爻田。
龙门池上客，上掖苑中船。
天街随步辇，文章向古贤。

43. 郑国夫人挽歌词

淑德国人心，贤良沿古今。
天庭应子子，地厚已安箴。

44. 郡中客舍

更人欲数筹，客舍郡中楼。
渭水吴江见，皇城似故洲。

45. 途中口号

抱玉三朝楚，怀书十上秦。
年年途不尽，处处共秋春。

46. 题李将军山亭

衣冠成隐逸，绶带故人家。
五柳商山问，无弦二月花。

47. 早行

星高一早行，路远半天明。
读尽山河水，人来渭水城。

48. 过故人旧宅

旧宅故人来，新花隔日开。
楼兰香已尽，曲舞似徘徊。

49. 关山月

直望关山月，嫦娥后羿迁。
遥心遥日月，战事战三边。

50. 战城南

一汉战城南，三胡问帝谙。
风沙分不定，白水苦甘潭。

51. 咏史

战国一纵横，春秋半诸英。
文章由此见，列阵以从荣。
老子青牛去，长安孔府明。
贤申黄石客，德慕赤松城。

52. 途中揽镜

草木千山水，江山一古今。
何缘明镜里，不见丈夫心。

53. 送部四镇人往单于别知故

江山今已定，云中独不宁。
单于惊塞马，汉将北边庭。
报国楼兰土，长城太白星。
同行同异己，共事共天灵。

54. 松滋江北阻风

江边一大风，树下半惊虫。
雨里听涛远，云中待始终。

55. 晓入宜都渚

舟行周楚楚可怜甸，水逝水湘浔。
独木成林见，千年两古今。

56. 古意

一草见枯荣，三边有败成。
辽东朝渤海，渭水洛阳明。
晋祠南泉老，鲜卑太白兵。
空歌南北路，岁末复葳蕤。

57. 春宵揽月

空虚太白心，桂影水天浔。
玉兔应相伴，嫦娥几古今。

58. 秋怀

高枝一苦蝉，远客半闻天。
但以争鸣见，秋风不来年。

59. 和中书侍郎院壁画云

粉壁一云明，天舒半太清。
甘霖成细雨，润物自不声。

60. 幽情

暮色一幽情，天光半隐生。
佳期云欲雨，折草待芳萌。

61. 怀鲁

曲阜问东游，周公向鲁丘。
天孙何不学，子弟著春秋。

62. 燕歌行

八月渔阳塞草肥，三秋射猎汉人归。
龙城瀚海军兵见，敕勒川中鼓角威。
昭君已去琵琶在，白马朝天自在飞。
细粉红颜胡曲舞，金戈玉帛序春晖。

63. 乌江女

一女过乌江，三关玉门窗。
云中何独待，月下自成双。

64. 昌年宫之作

但见一离宫，君王十岁空。
婵娟明月色，养女玉颜红。

65. 落第归乡留别长安主人

一日龙门客，三光客柳新。
黄莺啼不止，隔岁复秦春。

66. 奉试咏青

路阙一丹青，江河半渭泾。
君王天地阔，胄子付心灵。

67. 观汉水

嶓冢汉水源，夏口问轩辕。
海渤知沧浪，东流对石喧。

68. 游越溪

访泊随云雨，迷途见斗牛。
猿声啼断客，芷浦宿孤舟。

69. 登楼

白日向山斜，黄河过万家。
东流知大海，此去问天涯。

70. 感遇二首

之一：

上掖千门阙，昆仑万里山。
三生书剑练，一树叶枝攀。

之二：

水上一芙蓉，长安半步封。
皇城多日月，渭水少阴晴。

71. 咏谈容娘

曲舞谈客娘，歌吟六尺芳。

姿身绵玉锦，细语对花堂。

72. 览史

尧舜半巢由，樵渔一不休。
幽人隐逸处，感遇过神州。

73. 奉试冷井诗

仙闱冷井泉，液心渗前川。
两岸青苔石，寒凝紫绠边。
同原同注水，共涌共流传。
世界成朝暮，人间日月田。

74. 都中闲居

谁须贾谊才，月下拜金台。
但以萧何见，鸿沟楚曲来。

75. 江南弄

江南半水莲，秀女一荷船。
采色花香袖，寻蓬数子圆。

76. 少年行

侠气少年行，天街志已横。
青云舒卷问，白马暮朝情。

77. 伊水门

天光伊水色，地暖浦寒流。
柳叶初云雨，知青未九州。

78. 录事

序：
东郊纳凉忆左盛卫李录事收昆季太原崔
参军
诗：
通化门外伏，禁苑里中虚。
沁水空相续，陶然自独居。
幽亭方避暑，静足可知鱼。
竹色青门启，疆圆白石余。
桥边闻帝女，孔雀鸟怀书。
土地应珍木，神仙可结庐。

79. 西施石

浣女西施石，耶溪木渎村。
姑苏原是客，不负越人恩。

80. 寄李康成

二百九人诗，江东李杜时。
长青知国秀，十卷一千诗。
后主隋炀帝，王杨骆沈枝。
全唐多少首，只任后人词。

81. 江南行

春莺已早啼，绿水见萍齐。
日色秦淮岸，金陵酒市低。

82. 采莲曲

一片荷花一叶船，十分暮色十分妍。
婷婷玉玉婷婷色，沐浴幽波沐欲娟。
藏碧玉，采青莲。方圆点滴又方圆。
清心月色清心净，自顾身姿自顾天。

83. 玉华仙子歌

仙名一玉华，待露半丹砂。
碧玉芙蓉色，瀛台五彩花。
层城何解佩，傲吏故人家。
洛渚流风月，相思似朝霞。

84. 自君之出矣

知君之出矣，五柳自无弦。
莫问陶公意，听琴是问天。

85. 句

共色一秋春，同声半晋秦。
黄河黄土地，故国故人心。

86. 李康成

后主隋炀沈约英，唐初四杰雨云萌。
吴音陕语同声调，渭水长安绝句荣。
天宝士，李康成。隋唐二百九人名。
一千格律分今古，尘世文章自序情。

87. 时兴

未贵一寒微，成名半是非。
枢衡何不济，紫阁以心扉。

88. 咏石季伦

一日繁华石季伦，三生奢贵绿珠珍。
谁谋苑外非金谷，自古城中左右人。

89. 鹤警露

扶摇一势明，俯仰半精英。
进退知天地，阴晴草露清。

90. 湘灵鼓瑟

鼓瑟一湘灵，弦音半野亭。
从篁生竹泪，舜独宰丹青。
治水东流去，荆人古祠庭。
娥皇音秀色，复以女英玲。
帝子应回首，江华九派馨。

91. 湘灵鼓瑟

一瑟半宫商，二妃九断肠。
云山传逝水，杜若许留芳。
万籁听神韵，千山换女妆。
疏流成九派，竹泪满三湘。

92. 嵩山望幸

嵩山造化功，少室不相逢。
面壁方知立，禅心玉宇空。
灵岩非是外，紫气有无中。
圣主明鉴驾，皇城满御风。

93. 湘灵鼓瑟

（琴瑟始于伏羲，河南睢阳。
又琴始于舜五弦）
娥皇复女英，竹泪似湘明。
但与琴弦合，余音乃自清。
游鱼应已止，落鸟可倾城。
百水东流去，千年大陆荣。

94. 怀素上人草书歌

狂僧一墨精，格律半思成。
粉壁江山客，长廊字迹明。
公孙挥剑舞，莘篆断其声。
力士念奴唱，霓裳羽舞生。
吴兴张旭醉，渭水万波横。
郡守曾歌赋，今人始动情。
龙盘和虎踞，象坐对惊鲸。
五百年中见，千山一字平。

95. 湘灵鼓瑟

（伏羲造琴瑟，琴五弦，瑟五十弦，二

玉击音似珏而取定之）

二玉珏音声，湘妃鼓瑟情。
知音千古韵，共响万年名。
楚客闻天水，吴人任枯荣。
长安多日月，帝子富精英。

96. 怀素上人草书歌

一雁衡阳来，三湘草木开。
鱼龙虫鸟界，楚汉浙天台。
逝水东流去，峰山屹石裁。
秋毫挥洒尽，大漠雪花催。
统领江山客，纵横引导推。
心思方缜密，慧力上人魁。
日月纵天地，春秋以笔回。
胡夷今古得，幸见本州才。

97. 鱼收（怀素上人草书歌）

六芝一天书，三生半寺居。
云龙天子树，锡杖帝王墟。
草木纵横见，阴晴日月疏。
乾坤分已定，八封未知余。
大笑羲之笔，狂歌势力舒。
陈仓修暗道，楚客问三闾。
八阵图边水，千军壁上初。
琴声和瑟语，酒市见相如。

98. 怀素上人草书歌

士子出家寒，衡阳问道宽。
潇湘多水墨，寺庙有云端。
隐隐寻明鉴，疏疏问浅滩。
秋毫藏茧纸，字迹有无残。
一笔连天地，三光玉宇丹。
瑶池王母宴，弄玉八仙鸾。
怀状由来想，奇形照本桓。
开心应世界，闭目久波澜。

99. 题怀素上人草书

一幅上人书，三光不见余。
千年应此是，万载暮朝舒。

100. 吕长春题怀素上人书

无中无是有，有是有中无。
色色形形易，年年日日驱。

101. 祀风师乐章（迎神）

御气太皞明，苍龙正律盟。
祥和神感念，鼎俎礼崇荣。
肇庆青旗帜，芒功属大成。
通修花启致，祀念可疏英。

102. 奠爵登歌

旨酒洁清苹，陈瑶币太真。
琴弦多少仰，献舆已先秦。

103. 迎俎酌献

德盛昭临迎，馨香著启城。
干龙应上举，巽位候发生。

104. 亚献终献

玉帛动陈风，神明待献城。
三臻荣草木，五色土光明。

105. 送神

微华一玉章，肃穆半神堂。
敷节飘扬色，灵坛日月光。
云流芳草地，雨润故家乡。
跪拜丞天地，祈蒙太上皇。

106. 迎神

上下一方圆，阴晴半地天。
云飞当雨注，润泽奉桑田。
礼爱惟新色，崇声可岁年。
功成尤德就，事备正书贤。

107. 奠币登歌

岁正一期明，玄华半玉清。
惟心承曲乐，神和气乃荣。
灵招膏泽雨，庆稔待斯萌。

108. 迎俎酌献

震象一阳开，天灵一地来。
幽声开泰雨，礼备供天台。
允望时康气，惟神茂觃回。

109. 亚献终献

备献一神行，驱云四象情。
天端成瑞泽，地厚待乾英。

岁宴飞空备，年华落物生。

110. 送神

整驾望升车，陈诚对雨遮。
临坛垂宇宙，纳吉对笙笳。
曙气凝云结，朝华积露洼。
乾坤分四象，律令付千家。

111. 答窦拾遗卧病见寄

扶春问病一天涯，吏役承恩半误花。
枸杞芙蓉沧海渡，羞容薄领到君家。

112. 对酒赠故人

离亭灞岸梅，醉酒玉人杯。
客送人无尽，风吹浪不回。
春香心早动，不必问谁栽。

113. 同李吏部伏日口号呈元庶子路中丞

炎炎六月晴，火火一春生。
几度衣裳汗，何人以扇盟。
颁冰冬夏异，领水井泉瀛。
吏部知才子，江山自客荣。

114. 岭下卧疾寄刘长卿员外

贫贫何病病，爱爱复亲亲。
逐逐风风雨，客客官官人。
卜卦天书懒，空虚日月珍。
书生书不止，读卷读秋春。

115. 戏题诸判官厅壁

十载一天书，三生半日余。
堂中君子客，月下客人疏。

116. 酬兵部柳侍郎晚过东厅之作

（时自刑部侍郎拜祭酒）

酒礼一当先，刑书半御田。
纱姿成绛色，圣位已知贤。

117. 昭德皇后挽歌词

西汜驰晖住，东园别地多。
鸾车应未达，鹤影过天河。

118. 秋日过徐氏园林

池塘明越水，竹影纳吴烟。
扫叶清凉寺，垂萌木渎泉。

119. 双山过信公所居

双山一信公，独塔半苍空。
四祖禅房远，千钟别去翁。

120. 尚书宗兄使过诗以奉献

归闲意有余，问水向山居。
百草萌春色，千花故影疏。
朝阳闻晓气，俯地读天书。
大雁飞人字，南来北往如。

121. 抱疾谢李吏部赠诃黎勒叶

水府一天涯，龙门半吏家。
源官多役疾，脚足少桑麻。
异域中枢问，胡风净石沙。
禅房修百草，木直影无斜。

122. 奉和柳相公中书言怀

策略上天裁，经书向楚才。
关心牛马客，处迹净尘埃。
玉漏冠官早，金銮御驾来。
中书门下省，紫禁凤凰台。

123. 客自江南话过亡友朱司议故宅

交菲一故寻，问话半松荫。
竹简庭中几，狼毫案上林。
风流人自得，奉佛语禅深。
里巷原相似，人心各古今。

124. 酬于侍郎湖南见寄

潇湘独木林，已契过初春。
曲水流觞去，兰亭待上人。
苍梧惊竹泪，鼓瑟二妃邻。
贾谊长沙赋，三闾楚客臻。

125. 发襄阳后却寄公安人

公安一路人，暮晚半无亲。
欲宿襄阳驿，还闻汉水濒。
知音知所以，问易向秋春。

四象长安客，三生渭邑秦。

126. 立春后休沐

腊月半立春，东风一阔濒。
鸣鸭知水暖，落雁海青滨。
岁岁当如此，年年末视新。
河图河草木，傲史傲文津。

127. 朝拜元陵

石路一中峰，承盘半御封。
宫文无载佑，木斧伐陵松。

128. 宿庐山赠白鹤观刘尊师

庐山白鹤观，六艺未儒盘。
五老中峰雾，尊师直木丹。
须眉分两岸，峻岭列三班。
九派鄱波水，仙人洞里宽。

129. 观壁画九想图

荣枯一壁同，草木江山中。
日月阴晴色，金银半界空。

130. 送日本国聘贺使晁巨卿东归

东归东日本，北渭北天津。
八水长安绕，三帆贺使臣。
西邻西洛邑，白马白经纶。
此去沧瀛阔，同舟共度秦。

131. 顾著作宅赋诗

海上一烟霞，云中五月花。
窗前分彼此，月下合人家。

132. 近获风痹之疾题寄所怀

坐善坐难客，元戎元载封。
空门空日月，吏道吏无踪。
寓守芸台误，飘蓬望古松。
寻根寻所望，宿鸟宿根宗。

133. 奉和常阁老晚秋集贤院即事寄赠徐薛二侍郎

秘殿龙池西，书楼上苑题。
承明璇晓色，太液柳杨低。
务本多勤政，相辉花葶蘦。
瀛洲门外望，待漏百官齐。

134. 酬顾况见寄

月泊姑苏一小桥，寒山古寺半云霄。
江湖碧玉天平麓，木渎西施八月潮。

135. 岁日作（马来西亚，巴布亚新几内亚原始森林）

南洋老树一身花，四季无分半夏家。
绿白红黄多色彩，朝开暮谢向阳斜。

136. 元日观百僚朝会

三元一百僚，九派半云霄。
绣服花冠序，云韶玉佩瑶。
唐尧分兽炭，万国颂天骄。
晓日年新记，江山李大钊。

137. 再过金陵

玉树石头城，歌终雁有声。
兴亡天不管，胜败小人倾。

138. 寄杨侍御

何须与共话鬓丝，不得心同十载迟。
一幸无媒腰下绀，三光有约暮朝诗。

139. 李嘉佑

齐梁一阵风，擢第半儒工。
刺史台州客，严维反善中。
长卿和冷子，婉丽对朝空。
正字从天宝，中台赵国公。

140. 江上曲

蛾眉独浣纱，逝水一江花。
但是阳台女，无人不念家。
苍梧秋色早，竹泪客思娃。
未语先藏目，湘妃已玉瑕。

141. 伤吴中

草色馆娃宫，群芳木渎空。
阊阖同里老，揽镜剑池东。
陆巷西山对，东山庙港风。
枫桥南胥口，霸主虎丘中。

142. 夜闻江南人家赛神因题即事

楚客半神巫，凌人一世奴。

韩康应不问，扁鹊上江湖。
帝女由仙继，番君任隔儒。
回塘山月隐，杜若九歌孤。

143. 古兴

十五姑家女，双环直立梳。
眉间红痣在，玉趾帝王居。
懒睡君天子，蓬莱以卷舒。
漳河流不尽，铜雀自今余。

144. 杂兴

日上一黄鹂，鸣中五百姿。
青楼生别意，展翅向高枝。
举剑交河北，行营御帐师。
归来心已老，尺素记当时。

145. 送韦邕少府归钟山

少府一山人，钟山半问秦。
桃源今负屐，渭水故人亲。
万卷官冠弃，千年上下邻。
商山何所问，五柳几秋春。

146. 送卢员外往饶州

典郡一郎春，丹墀半晋秦。
经纶明锦帐，露冕节冠新。
十载寒窗客，三年作逐臣。
开门杨柳岸，闭户暮朝轮。

147. 送裴五归京口

家贫半尺冠，罢秩一生寒。
吏傲千章序，亭长万里端。
秋风霜带雪，驿路步沧滩。
水阔连天地，波潮逐远澜。

148. 送严维归越州

武勇一春秋，文华半水流。
功勋留寒寨，逝者逐东洲。
旷野山青旱，浮云净客楼。
剡中应有忆，渭上酒泉留。

149. 送杜士瞻楚州觐省

怜君孝养心，白日育鸣禽。
共道官微论，同行侍古今。

商山知汉阔，鄂泽楚才深。

150. 送裴宣城上元所居

宣城一叶稀，大雁半南飞。
水色槟榔暗，云高换旧衣。
金陵思酒肆，一曲暮天晖。

151. 留别昆陵诸公

阔别浔阳今，新辞泽国滩。
丹墀应忆久，上掖待云端。
北固昆陵去，南徐渭水丹。
乡山闻不尽，故国问天坛。

152. 送独孤拾遗先辈先赴上都

拾遗上都行，中书下令营。
东风春雨润，草木已繁荣。
献赋留芹意，封装致秦明。
先生先所望，泽水泽乡萌。

153. 常州韦郎中泛舟见饯

郎中一泛舟，何望半江流。
北固成天险，南陵作虎丘。
千波平水色，万木问春秋。
两岸江宽阔，三光逐九州。

154. 送崔侍御入朝

执宪一潘郎，归朝半御堂。
春风生白发，玉漏自炎凉。

155. 送岳州司马弟之任

一日伯劳飞，三生岳麓归。
潇湘多雁影，渭水换春衣。

156. 裴侍御见赠斑竹杖

骚人斑竹杖，贾谊汉家恩。
白首汨罗迹，湘妃满泪痕。
苍梧灵鼓émed，汉寿沅江村。
但忆伏羲氏，无弦五柳门。

157. 送张观归袁州

观君一宰州，问俗半风流。
夜雨湘东静，衙门木惊秋。

158. 冬夜饶州使堂饯相公五叔赴歙州

新安江上醉，百岛月中乡。
此去天台近，何须问羽觞。

159. 蒋山开善寺

寺殿山光里，香炉水月中。
游僧应背日，古道步长空。

160. 晚发江宁道中呈严维

江宁落暮晖，抱玉石头归。
白下长千里，求凰以凤飞。

161. 句容县东青阳馆作

句曲黄昏尽，青阳木叶长。
云沉山谷底，径远到故乡。

162. 晚春宴无锡蔡明府西亭

寂寂一春闲，寥寥半树天。
云云江北岸，雨雨水南田。
井近泉源远，枝低叶养蚕。
姑苏应不住，北固可停船。

163. 送王端赴朝

一令未央城，三台故院英。
丹墀东阁草，两省论纵横。
北阙千章序，南宫万卷衡。
平陵结紫气，九鼎系苍缪。

164. 送王正字山寺读书

主意闻支遁，儒书待世居。
新荷初卷叶，老树故枝余。
古寺藏经阁，香炉上远虚。
天天观子粒，日日问耕锄。

165. 送房明府罢长宁令湖州客舍

州衙客舍青，百里五湖灵。
震泽东山岸，桃源织里萍。
长宁明府令，万里宰香庭。
且读姑苏史，千年十里亭。

166. 咏萤

流萤一散群，映水半光曛。

聚结书灯致，虚凌奉客君。

167. 送李中丞杨判官

献策中丞故，闻风紫气明。
鲁连功迹见，季布诺身成。

168. 至七里滩

严陵七里滩，剧孟五湖单。
越水闻迁客，潮头一线澜。

169. 南浦渡口

东风潮信满，浦口渡鱼舟。
解印樵夫问，垂钩望水流。

170. 暮秋迁客增思寄京华

宋玉赋三秋，张化问九州。
思乡思自己，落叶落江流。

171. 送苏修往上饶

云山无羁束，水月有东流。
世事关心少，渔家酒自由。

172. 题王十九草堂

庭堂多种药，百草太阳花。
竹屿飞鸥影，江村净岸沙。

173. 送弘志上人归湖州

姑苏隔水一湖州，大浦吴江半渡舟。
但以东西山界，余杭旧馆莫千楼。

174. 送陆士伦宰义兴

但羡兰陵近，无闻水月闲。
春溪苔石径，野寺客花间。

175. 和张舍人中书宿直

主仆贤才子，京都直紫微。
中书门下客，玉漏待更衣。

176. 司勋王郎中宅送韦九郎中往濠州

碧水半寒花，濠州十月衙。
郎中衡制宰，静以浪淘沙。

177. 晚春送吉校书归楚州（吉曾为道士）

诗人一楚才，旧浦半天开。
柳絮开门客，杨花闲户来。
乡归乡曲向，故里故人回。
不可渔樵醉，应从日月台。

178. 送冷朝阳及北东归江宁

东归及第人，建业自秋春。
别问朝阳路，何辞阔五津。
含情寻旧宅，曲意问先秦。
客径邻人扫，篱花独自珍。

179. 送严二擢第东归

擢第一东归，高科半紫微。
儒声行不止，岁月向鸿飞。

180. 送越州辛曹之任

但以一官恩，何言半子孙。
应知千世纪，不羡五候尊。

181. 送樊兵曹潭州谒韦大夫

南鸿归北去，北塞入新春。
水下鸭知暖，云中问雨频。

182. 送兖州杜别驾之任

一路半山花，三春十水洼。
胡琴方起奏，别驾万有家。

183. 送杜御史还广陵

春莺一广陵，弱岁半香凝。
共事元戎久，同名帝业承。

184. 题裴十六少卿东亭

平津东阁旧，十六少卿秦。
北巷千户门，南山草木新。
岚烟沉不久，竹影色斜邻。
夕照开关隙，鸣禽顾自亲。

185. 同皇甫侍御题荐福寺一公房

荐福寺公房，禅音客士章。
燃灯连暮色，点磬散余香。
学步从方丈，寻心问玉堂。

新生三界路，老衲一绳床。

186. 送从侄端之东都

虏近人行少，怜君独过城。
东都安史见，北阙暮朝惊。
叶落飘零去，军营早晚缨。
皇华灵武立，逐徂未央名。

187. 送一谏议充东都留守判官

别事汉平津，时名谢宇邻。
寒关飞鸟尽，左掖上官人。
北雁南飞去，中军鼓角钧。
潼关闻北陆，受降过秋春。

188. 和都官苗员外秋夜省直对雨简诸知己

南宫淑雨多，上掖水流河。
仙郎凝目志，意气论干戈。

189. 送从弟归当朔

何人问布衣，学步未知稀。
旧泽天荒尽，新虫不可飞。

190. 送崔夷甫员外和蕃

半过湟中碛，寻源万里沙。
和蕃非战事，逐鹿是胡家。

191. 春日长安送从弟尉吴县

送别向吴台，飞莺问去来。
春风云雨见，水月几徘徊。

192. 元日无衣冠入朝寄皇甫拾遗冉从弟补阙纾

除日换新衣，元时对子希。
官冠贫所务，拾遗可相依。
一珏双音久，三声十客稀。
丹墀由此见，秉烛对玉玑。

193. 和韩郎中杨子津玩雪寄严维

大雪柳成梅，垂冰作玉杯。
堆人红鼻子，铸顶素崔嵬。
翠羽形冠戴，瑶化作上才。
江声潮已近，晓物以春来。

407

194. 送王牧往吉州谒王使君叔

细草一汀洲，王孙半旧游。

春塘方碧水，渡口已行舟。

195. 广陵送林宰

一宰半扬州，三官两政楼。

冠轻贫已定，碌薄富难求。

渭水何家色，皇城已国忧。

长江流不尽，但作郡潮头。

196. 赠卫南长官赴任

一任作长官，三台卫杏坛。

清贫成弟宅，茂宰以心宽。

白马津前路，文犀月下观。

西秦天子树，北阙故人端。

197. 自常州还江阴途中作

处处半凋残，人人一苦寒。

徵兵徵役苦，解甲解长安。

五柳无听众，陶潜不罢官。

楼兰呼未止，渭水静波澜。

198. 润州杨别驾宅送蒋九侍御收兵归扬州

冷雨清金虎，鸣金问铁冠。

旌缨跃朱色暖，鼓角正龙盘。

甬直三年月，江村一水寒。

扬州兵已去，不望伯门栏。

199. 仲夏江阴官舍寄裴明府

万室半江边，孤城一海田。

江阴天水截，仲夏雨船眠。

岸退潮头至，风扬浪涌烟。

天官非不解，苦吏是君贤。

200. 送夏侯审参军避江东

绝句一心中，乌骓半太空。

英雄应盖世，霸主大江东。

201. 送袁员外宣慰劝农毕赴济州使院

圣主劝殷忧，农桑付九州。

三年徵战土，一载可春秋。

草色莺声问，龙沙里道求。

相邻相互助，待客待天筹。

202. 送侍御史四叔归朝

淮南曾送别，水北已三春。

不折隋宫柳，淹留渭邑人。

含情归上国，纳旧论平津。

但得长安路，重寻六国秦。

203. 登楚州城望驿路十余里山村竹林交映

山村半竹林，驿路一人心。

草莽樵声近，渔家水雾深。

幽禽鸣两句，古木已知音。

俱是朝阳客，何须问古今。

204. 奉陪韦润州游鹤林寺

野寺鹤家乡，游僧木柳杨。

禅心先自主，普渡已低昂。

竹影婆娑问，黄昏日月疆。

钟声和鼓语，隔岸与炎凉。

205. 奉酬路五郎中院长新除二部员外见简

秘省一门英，郎中半赋名。

词锋偏凌敌，草奏过长城。

印带莲花府，扬旌细柳营。

文韬和武略，小谢问诗情。

206. 送韦司直西行（此公深入道门）

不问一秋春，萧尤半世秦。

非当司直客，貌是紫阳人。

207. 送上官侍御赴黔中

一路夜郎西，千流沿石堤。

黔中黔屋顶，月下月明溪。

有曲歌歌尽，无男剩女栖。

苗瑶分岭住，远近任猿啼。

208. 送上官侍御还荆南幕府

侍御荆南正，潇湘白日曛。

三生闻幕府，一路建功勋。

209. 登溢城浦望庐山初晴直省赍敕催赴江阴

望尽香庐雪，寻来自主心。

千峰城屹立，独木可成林。

210. 九日

九日茱萸草，三秋落叶去。

归根归不得，读卷读天君。

211. 九日送人

九日一重阳，三生半故乡。

思心思自己，别路别君肠。

212. 春日淇上作（一作汉口春，淇上，河南淇县）

姨女杏花稀，王孙紫绣衣。

红妆淇上色，不问帝王畿。

213. 送友人入湘

云平巫峡雨，木落洞庭波。

竹泪三千载，汩罗唱九歌。

飞鸿南北渚，过客去来多。

别意随朝暮，离情似戟戈。

214. 送裴员外往江南

江南一远天，陆北半霜田。

五色枫林晚，千荷叶独圆。

沙禽惊月落，泊渚草浮弦。

子夜潮声起，萧娘问系船。

215. 登秦岭

不可登秦岭，江南塞北分。

冠官何不定，束带列乡云。

216. 送张维徐秀才入举

童终一秀才，入举半天开。

但望龙门客，书生去复来。

217. 送韦侍御湖南幕府

衡阳知落雁，岁岁叹年还。

幕府酬南北，皇家执宪关。

沙鸣扬曙气，水缩月芽湾。

邸路扬长去，秋徵一万山。

218. 同皇甫冉赴官留别灵一上人

再见百花新，重闻五月春。
诗传三界水，影落竹房邻。
务实辞琴语，观空别上人。
留禅留所意，待物待经纶。

219. 送客游荆州

草色一茵秦，天光半楚邻。
云沉三峡雨，日泛洞庭春。
渭水波澜似，南山草木津。
青门分首望，汉水杜陵人。

220. 与郑锡游春

春来春草色，故土故乡杨。
借问同行者，今朝泪几行。

221. 故燕国相公挽歌二首

之一：
颂德半留侯，行文一世谋。
公名公所有，宰客宰春秋。
之二：
庙载以君衡，文华共器生。
何言今已去，但俱蜀侯名。

222. 故吏部郎中赠给事中韦公挽歌二首

之一：
仙郎给事中，德伯见韦公。
白首曾无见，青云月夜空。
之二：
共世月明来，同修七字催。
孤身何不语，独向夜台回。

223. 和袁郎中破贼后经剡县山水上太尉

受律一仙郎，长驱半贼王。
英雄应势立，壮士可文章。
破竹江山郡，回军日月乡。
元戎催献捷，巷陌始封疆。

224. 送评事十九叔入秦

王孙转忆秦，帝子作秋春。
北阙文章立，南台日月钧。

孤舟由此去，汉水已成津。
白露重阳节，茱萸独自珍。

225. 赠王八衢

一语不惊人，三生作小珍。
音声音近至，友客友相邻。
道理非喧哗，行程跬步秦。
成田成土地，论治论秋春。

226. 入睢州分水路忆刘长卿

新安江上客，建德市中潮。
谢履安文雨，严陵子濑遥。
洞滩洞草润，海鸟海云霄。
官冠湿雾水，蓑衣过小桥。

227. 奉和杜相公长兴新宅即事呈元相公

意有青门隐，心无甲第扬。
长兴新宅即，古木故余香。
法侣雕候柱，开圆待八荒。
荷锄田亩上，自主一鱼梁。

228. 江湖愁思

一目半江湖，三生十地儒。
闻风知草木，闯荡过姑苏。
叶落寒山寺，桥枫五色图。
夫差娃馆舞，勾践虎丘孤。

229. 送朱中舍游江东

江东十里百渔家，野寺三钟五鼓喳。
竹影青枫藏白鹭，吴洲水草满梅花。

230. 送窦拾遗赴朝因寄中书十七弟

自举一头巾，曾省半旧臣。
中书门下省，令弟可冠秦。
不叹闻黄纸，何闻绶带邻。
诗家凭笔守，阔论志余身。

231. 承恩量移宰江邑临鄱江怅然作之

江城谪四年，弟子未三年。
宰邑黎民庶，门前水色烟。
双鸥飞不断，独步问桑田。

但以农夫问，移官未解缘。

232. 题灵台县东山村主人

虏阵半灵台，微胡八界开。
嫖姚曾射箭，李广已相催。
用武行文臻，兵营御省裁。
贫妻凭白发，幼儿任尘埃。

233. 望亭驿

序：
自苏台至望亭驿人家尽空春物赠思怅然有作因寄从弟纾

诗：
浦口逐黄巾，吴门覆白苹。
棠梨花未满，淑气客河津。
乳燕初归木，春莺已半秦。
三边烽火暗，九鼎净胡尘。

234. 同皇甫冉登重玄阁

故步重玄阁，同吟白水流。
孤云浮不定，独鸟落江楼。
万井兼葭色，千门海气秋。
秦吴分别客，楚越共沧洲。

235. 宋州东登望题武陵驿

人稀一宋梁，地阔半荒乡。
白骨随流水，黄沙没草堂。
官衙行役短，路驿武陵长。
虎印移符令，黔黎向天王。

236. 晚登江楼有怀

独坐南楼晚，孤寻北陆秦。
青山常是客，绿水已东邻。
渡口横舟处，江鸥岸渚陈。
逍遥分隔浦，自在合天津。

237. 游徐城河忽见清淮因寄赵八

暮色忆沧洲，南河独水流。
重阳残雨渚，旧浦识群鸥。
落日同归处，摇风共石舟。
相逢分首去，掩泪莫回头。

238. 题游仙阁白公庙

仙冠自不轻，竹影可斜横。

日色行无止，天尊举自成。

青山空所物，逐客始多情。

甲子重新易，双鬓作玉英。

239. 送郑正则汉阳迎妇

锦字鸟相催，莱衣老去回。

双眉君可染，独妇已如期。

令秭归潮水，鸣真问所之。

江中舟已尽，不尽望夫时。

240. 送皇甫冉往安宜

江皋水日烟，楚地广陵田。

海岸沙鸥落，兼蔬故水延。

津楼邻旧市，别馆误秦川。

渭水应相记，方时问不圆。

241. 晚发咸阳寄同院遗补

战后未休兵，春前已草萌。

童翁何不见，布谷唤耕耘。

渭邑咸阳道，秦家汉代营。

回头应是岸，罢尾可闻莺。

242. 夕

寇逐自移家，行舟近水洼。

南徐江水色，北固秣陵沙。

万户千门闭，三边七夕斜。

穷书临尺牍，步履望天涯。

243. 秋晚招隐寺东峰茶宴送内弟阎泊钧归江州

熟稻半山村，松林一寺门。

浓茶留稷子，落草送王孙。

几案书香气，云烟淡墨痕。

萧条方滞后，隔岁已余恩。

244. 送严员外

闲花落地声，竹影有余明。

酒阁停歌舞，长亭定别情。

孤帆扬欲去，独得布衣荣。

以友青袍问，儒书误一生。

245. 赴南中留别褚七少府湖上林亭

东郊自种田，万籽亩方圆。

百日秋收获，千斤忆涌泉。

自注：一亩田梁万粒籽，经一百日收获千斤，五百万粒梁。

246. 与从弟正字从兄兵曹宴集林圆

布谷一声啼，东风半绿齐。

从兄从弟赋，以宴以诗题。

247. 酬皇甫十六侍御曾见寄（此公时贬舒州司马）

舒州司马郎，侍御水山昂。

但近长沙岸，铜鱼诏故乡。

248. 暮春宜阳郡斋愁坐忽枉刘七侍御新诗因以酬答

夜夜子规啼，宜阳郡斋西。

潇湘多竹泪，柱史字高低。

249. 送舍弟

令弟一清词，从兄半玉枝。

湘南终是客，许水杜陵时。

250. 一带一路

世界立方圆，经营改革田。

为谋为一路，一带一天边。

五大洲中秋，千年日月宣。

家邦基业固，祖国作源泉。

251. 送马将军奏事毕归滑州使幕

别后半沧洲，军前一白头。

滑州归使幕，李广未封侯。

细柳营前豹，棠梨殿上秋。

群芳依旧日，带病写春秋。

252. 送从弟永任饶州录事参军

百里远峰低，千年近鲁齐。

平生三世界，咫尺一东西。

253. 闻逝者自惊

休官何逝去，老死各东西。

苦苦相追逐，欣欣对鸟啼。

254. 伤歙州陈二使君

君辞半白头，逝水一江流。

子女陵丘望，妻母日月休。

江村怀故老，驿路驻沧洲。

斧断樵夫去，桑田共九州。

255. 白田两忆楚州使君弟

山阳一楚州，野水半清流。

白鹭洲中立，新桥岸浦修。

应承邗守路，不断秣陵舟。

绿竹萧萧色，归人处处忧。

256. 送陆澧还吴中

一绿远寒潮，三吴逐浪遥。

千秋东逝水，万里碧天霄。

257. 春日忆家（一作春日归山，桓仁）

七十故家乡，三千弟子肠。

桓仁常是客，五女旧山庄。

258. 远寺钟

幽幽远寺钟，处处近青松。

有雨云方定，无难故步封。

259. 白鹭

白鹭两三行，青山五万杨。

江流客所顾，草木不思乡。

260. 夜宴南陵留别

雪满月前庭，云开玉格棂。

南陵留别处，隔岁草难青。

261. 题前溪馆

谪宦两三年，居官一半迁。

云天云起落，雨点两方圆。

262. 过乌公山寄钱起员外

雨过一山青，云来半草灵。

天朝王事系，秩守点头听。

263. 寄王舍人竹楼

傲吏半乌纱，西江两客家。
三生千万路，二月一梅花。

264. 韦润州俊亭海榴

碧叶石榴红，山城肃岭丰。
春秋相似处，子粒始成宫。

265. 送崔十一弟归北京

潘郎一美诗，楚地半新词。
晋祠维泉老，江皋北南知。

266. 访韩司空不遇

司空一画乡，面壁半陈王。
但得蓬莱客，何须问柳杨。

267. 题道虔上人竹房

落日连江远，禅音逐客船。
虔心成觉悟，月色上人天。

268. 秋朝木芙蓉

漱玉木芙蓉，平明水色葑。
朝开红暮谢，一日不留踪。

269. 袁江口忆王司勋王吏部二郎中起居十七弟

宦道书生独，京华不音双。
相思多夜梦，竹泪入袁江。

270. 题张公洞

洞里一玄机，云中半布衣。
神仙门户闭，道法帝王畿。

271. 答泉州薛播使君重阳日赠酒

王弘送酒来，日暮问天台。
醉后无天地，重阳日已开。

272. 句

春田飞白鹭，夏木啭黄鹂。

273. 句

白马飞天去，泾流渭水歌。

274. 送泉州李使君之任

执玉半来遥，还珠一海消。
云山浮百越，曙日落千潮。

275. 和孟虔州闲斋即事

公庭半薜萝，斋月一天河。
笔吏三重奏，芰荷七月歌。

276. 同李郎中净律院梡子树

梡子树难栽，官衙事律裁。
沙门生碧叶，佛语净天台。

277. 同阎伯均宿道士观有述

修篁竹影开，道士夜观台。
雨住芭蕉叶，云行入梦来。

278. 送乌程王明府贬巴江

孤帆四不邻，独自万波粼。
两岸风光影，三江水色新。

279. 送王汶宰江阴

潮流一线明，海鸟半喧城。
五柳无弦唱，渊明有意情。

280. 和苗员外寓直中书

预置三台谏，中书两省兰。
分曹循绶带，雁序入鸳鸯。

281. 同舍弟佶班韦二员外秋苔对之成咏

夏水满秋苔，重阳日色开。
林间风扫荡，石上玉花开。

282. 阙下芙蓉

阙下玉芙蓉，云中故步封。
秋前留旧叶，日上望飞龙。

283. 江上田家

近海一渔家，荒原半豆瓜。
樵渔应是客，进退见桑麻。

284. 送韦侍御奉使江岭诸道催青苗钱

东风不尽有榆钱，万亩青苗一半田。

但以朝延催税赋，春耕夏作待秋弦。

285. 和程员外春日东郊即事

郎官一浣怜，野老半春蚕。
酒醉丝绸裹，东郊草木烟。
东风杨柳絮，小子数榆钱。
直到当街市，何知作嫁天。

286. 裴端公使院赋得隔帘见春雨

细雨一甘霖，东风产未浮。
垂帘观草木，点滴净无音。

287. 相里使君第七男生日

君生第七男，一月印三潭。
俱作儒书客，清江始赣淦。

288. 长安晓望寄崔补阙

晓望山河一帝京，霞光日色半倾城。
参差御柳径长乐，透迤金闺未姓名。

289. 同诸公寻李方直不遇

一日到扬，千箫向水流。
三生知月夜，十地问红楼。

290. 婺州留别邓使君

婺女分风月，双溪合水时。
东阳西掖话，不可剩相思。

291. 寄杨侍御

侍御一朝官，秋风半叶残。
南宫谁进退，解组问芝兰。

292. 赋得秤送孟孺卿

平衡钟所定，俯仰以星移。
势力由轻重，铢锱必相宜。

293. 送萧颖士赴东府

（得路字，刘太真撰序，卜算子）

十二门人天宝进士
子欲适东周，不尽门人路。
左氏公羊万卷书，著述贫民赋。
日月暮朝朝，草木朝朝暮。
处处文章一洞箫，木木原原故。

294. 送萧颍士赴东府得适字（点绛唇）

日月文章，诗词足履应相适。
纵横阡陌，俱是耕耘泽江山客。
已到骊山，不以潼关隔，
青牛帛，殿文堂策社稷。

295. 送萧颍士赴东府得离字

经纶不别离，表奏向王师。
策论呈天子，乾坤正字维。

296. 送萧颍士赴东府得还字

世迹与天还，时人不可攀。
青门方自主，灞水曲江颜。

297. 送萧颍士赴东府得引字（忆秦娥）

乾坤引，人间自得情难尽。
情难尽，疏疏淡淡，一明三隐。
成成败败江山允，朝朝暮暮书相近。
书相近，渭泾渭泾，雨云篁笋。

298. 送萧颍士赴东府得浅字（谒金门）

何经典，半问东州深浅。
半问人间天下辨，生平暮朝选。
子子君君友善，去去来来浮衍。
业业功功君子遣，中书门下展。

299. 送萧颍士赴东府得草字（鹊桥仙）

人生草草，人生草草，一半人生草草。
中书门下一文藻，律令上人人未老。
南南北弱，春春夏夏，九曲黄河万岛。
滩滩不尽又湾湾，又岂在，沧沧影影。

300. 送萧颍士赴东府得往字（如梦令）

暮暮朝朝如往，去去来来如往。
日月一平生，草木枯荣舒昶。
舒昶，舒昶，大海江河沧溿。

301. 送萧颍士赴东府得散字（苏幕遮）

一君平，三决断。
道义难平，幕府高人叹。
昨日东风今日冠，已入文华，自是鸿沟岸。
百江河，千水畔，处处桑田，已得云霄汉。
平步青云书卷案，字里行间，进退由天翰。

302. 送萧颍士赴东府得君字

门人十二生，策略万千英。
孔府三千子，儒文五百名。
先生十二君，日月一千曛。
独立常回首，登坛已自芬。
青云无远近，白石有天闻。
物象由然合，陶唐不可分。

303. 皇甫曾

奉陪韦中丞使君游鹤林寺
古寺自传灯，香炉问杜陵。
孤云常起落，法侣去来僧。

304. 奉送杜侍御还京

罢战颂回龙，朝天故步封。
怀恩知别泣，遗爱见中庸。

305. 酬郑侍御秋夜见寄

空林摇落叶，朗月向枝明。
尺素辞公府，乡心问客行。

306. 酬窦拾遗秋日见呈

菊色半陶家，茱萸一日斜。
重阳应拾遗，驿舍挂窗纱。

307. 韦使君宅海榴咏

榴花带雪红，义理有清风。
朗月丛中色，江湖目上穷。

308. 送普上人还阳羡

归山普渡僧，暗上人灯。
别道还阳羡，离情是大乘。

309. 送李中丞归本道

渭水绕三秦，长安过五津。

酬恩看玉剑，问道有烟尘。

310. 和谢舍人雪夜寓直

禁省一灯明，中书半诏生。
春风方起落，大雪已倾城。
淑气连天地，晴光接玉英。
沧洲青琐近，玉漏自无声。

311. 寻刘处士

独立一心间，孤身半玉颜。
千夫藏隔岸，咫尺隐人闲。

312. 哭陆处士

处士不人生，泉台有独荣。
阴阳何彼此，日月不常明。

313. 乌城水楼留别

乌城一水楼，楚雨半春秋。
细雾云烟湿，朦胧客酒求。
何须分醒醉，只见白黑头。
足下千波浪，杯前万里舟。

314. 送陆鸿渐山人采茶回

雾满半山峰，云浮一岭容。
新芽三两叶，少女碧螺踪。
野寺香茗早，烟霞纳夏冬。
人居中草木，品味待飞龙。

315. 寄刘员外长卿

一忆新安郡，三山旧夕阳。
啼猿声已短，落草续江长。
汉主知才子，青松自仰昂。
天高飞远鸟，夜久继书香。

316. 题赠吴门邕上人

吴门柳色低，返景乌空啼。
寂寂游行者，依依过虎溪。

317. 寄张仲甫

梅香腊末天，月色独空弦。
简影曾无叶，繁心已耐烟。
东田云岭雪，北陆水流泉。
过客居情意，离人莫渡年。

318. 送元侍御充使湖南

南行云梦泽，北忆故乡秋。
侍御三湘牧，王程一简州。

319. 晚至华阴

腊末一归心，行人半野禽。
冰封霜雪路，凛气捕衣襟。

320. 送孔微士

谷口多树木，归君不可寻。
家贫青史在，志老白云鬓。
扫雪通幽径，疏泉过石林。
余生微士见，送别是何音。

321. 秋兴

离人听落叶，独鹤已分群。
返照回光远，流莺待月弦。

322. 送归中丞使新罗

天遥辞上国，水尽抵孤城。
泛海东夷岸，衔恩北陆旌。
新罗新使命，宪宰宪时名。
梵界云涛见，鱼龙彼此鸣。

323. 送少微上人东南游

寻钟一少微，问鼓半春晖。
野寺东南盛，松门日月扉。
开心遥海目，闭户锁涛飞。
瀑布成云下，悬泉作雪归。

324. 送韦判官赴闽中

孤舟下闽中，独目望苍空。
汉主动勋地，闲猿日月风。

325. 送人不荆州

天光云梦晓，水色洞庭春。
不得荆州借，应言作蜀人。

326. 寄净虚上人初至云门

法侣一云门，沃洲半古村。
桃源知秦汉，世界满慈恩。

327. 春和杜相公移入长兴宅奉呈诸宰执

北阙玉宫垂，南宫向日葵。
秦川应养马，渭水已慈悲。
细雨桑田雨，东风唤子规。
冠从听玉漏，只与佩声随。

328. 路中口号

从官不见乡，所欲问衷肠。
路上长亭客，衙中宰事忙。

329. 山下泉

细细一山光，澄澄半玉凉。
喧喧林石上，隐隐水湾塘。

330. 早朝日寄所知

雪夜一鸿惊，天街半昧明。
梅花应落尽，草色付枯荣。

331. 秋夕寄怀素上人

孤峰问白云，独鹤作衣裙。
绝涧听流水，炉香雪夜分。

332. 张芬见访郊居作

雨后凉生早，霜前木叶温。
荒芜羞对客，促织纳虫昆。
木槿知朝夕，开颜谢闭门。
晨霞应有界，露水已无痕。

333. 赠鉴上人

门开一海潮，户闭半烟消。
白鹤临窗立，红颜待道桥。

334. 奉寄中书王舍人

笔谒呈明主，中书问舍人。
安禅曾问道，定域守边尘。
刻漏星河数，巡冠绶带巾。
红枫霜雪久，白首是经纶。

335. 送汤中丞和蕃

国域一天心，尧舜半古今。
和蕃和战事，使策使知音。
陇上河源远，云中赞布钦。

边城年岁少，属地主秦阴。

336. 送和西蕃使

罢战胜嫖姚，和戎似柳条。
年年春水岸，处处雨潇潇。
白简初分定，恩华已上朝。
关城关草木，雪域雪云消。

337. 送王相公赴幽州

但忆信陵君，何须李将军。
幽州曾射虎，鼓角酒泉闻。
羽箭阴山守，渔阳不可分。
勤王勤主宰，布节布龙勋。

338. 送徐大夫赴南海

天涯一水域，海角半乾坤。
羽檄成山石，风云自五蕴。

339. 赠沛禅师

禅师法沃洲，净教一门留。
不二支公客，天台九道猷。

340. 萼岭四望

一望北咸阳，千年作史乡。
东流泾渭水，野老帝侯王。

341. 过刘员外长卿别墅（一作碧润别业）

碧润一山庄，泉流半柳杨。
前川多积水，后谷少云梁。
夕照垂平野，啼猿自语长。
仁兄留别业，诸弟作诗乡。

342. 遇风雨作

天涯风雨见，海角水天闻。
薄禄深衙内，穷途浅日曛。
微缨求紫绶，组束弃芬芬。
北阙如熟省，南宫似旧云。

343. 送商州杜中丞赴任

中丞地理居，赴印紫泥书。
古驿辞青杖，清风朗月余。

344. 送著公归越

越雨云门寺，吴门汴水烟。
钱塘潮八月，六合运河船。
竹径去灵隐，清溪白鹤泉。
天台滩岭望，奉化著公贤。

345. 送郑秀才贡举

书生一路多，日月半山河。
古道寻知己，贤才唱九歌。

346. 锡杖歌送明楚上人归佛川

天台锡杖歌，护法自头陀。
贝叶天章卷，云溪古月多。

心传身教处，古寺纳清波。
历世无先后，平生已几何。

347. 玉山岭上作

悠悠一路长，寂寂半山梁。
岭岭山花色，峰峰雪断肠。
枫林霜渐染，谷水纳冰凉。
俯仰何须见，无心是故乡。

348. 国了柳博士兼领太常博士輙申贺赠

博士一秦官，人才六国坛。
临风观日月，积纳问汗漫。

349. 送裴秀才贡举

儒生常送别，简卷故人多。
贡举龙门客，公卿日月河。

350. 赠老将

幽州知老将，射虎一天歌。
霍卫天街近，阴山转战多。

第三函　第十册

1. 高适

五十学新诗，三千弟子知。
功名常自喜，节义客年时。
御史哥舒翰，西川节度辞。
淮南谮辅国，成都太子枝。

2. 铜雀伎

秋深铜雀伎，落叶万千姿。
但舞清风去，年年古木枝。

3. 塞下曲

万鼓一雷同，千军半大风。
从容天子令，得绶将军雄。
结束霜戈旦，扬缨满月弓。
鸣金收降虏，马到已成功。

4. 塞上

单于夜引弓，白马作飞雄。
敕勒川中望，阴山草木丰。
卢龙应一战，受降虏千虫。

李广何无此，孤军入后穷。

5. 蓟门行五首

之一：
故老蓟门行，新弓对古城。
幽州闻射虎，塞下系苍缨。
之二：
汉将一英雄，弯弓半大风。
单于应草木，李广已无功。
之三：
腊月一边境，冰霜半玉缨。
燕山谁号令，白马自无声。
之四：
榆关南北路，塞下去来微。
不向辽东望，谁知一世英。
之五：
积雪长城外，风云大漠中。
鲜卑曾此地，故国已成空。

6. 效古赠崔二

十月草河洲，归思付九流。
长城南北见，白骨去来收。
泪臆分心处，胡风逐月钩。
连年徵战地，武将几文谋。

7. 鉅鹿赠李少府

一诺十三州，千金五十侯。
神仙应是客，不向过人求。

8. 东平留赠狄司马

剑术举楼兰，丹墀十地安。
交河辛酸客，坎壈日幕寒。

9. 过卢明府有赠

一吏无徭役，三军有客田。
蚕农时令守，史汉作流泉。
大道通南北，黎庶自神仙。
安居方乐业，老幼雀巢眠。

10. 单父逢邓司仓覆仓库因而有赠

邂逅一相逢，相思半去踪。

青蝉归路远，白马向田冲。

11. 蓟门不遇王之焕郭密之因以留赠

幽州一蓟门，保定半王孙。

十载相逢晚，三年别泪痕。

12. 寄孟五少府

离情一暮蝉，俯仰半高天。

但在枝头上，遥吟逐远川。

13. 苦雨寄房四昆季

苦雨役心余，甘霖客舍居。

黄云舒卷去，白日暮朝书。

14. 和贺兰判官望北海作

海北一寒冰，江南半玉凝。

杭州灵隐寺，白马洛阳僧。

15. 和崔二少府登楚丘城作

少府楚丘城，芒儒已萑生。

虚声孤屿望，造化端倪行。

刘麦春秋见，辛勤草木耕。

晨眺丰俭事，夜宿女儿情。

16. 酬司空璁少府

飘飘何得意，感触几心灵。

昨日逢夫子，今晨序历形。

燕山临赵路，正定对陉亭。

雁去衡阳问，冬来是苇萍。

17. 酬李少府

出塞半辽东，燕山半大风。

鸿沟分不定，楚汉未央宫。

魏阙投天子，南山问故雄。

边疆边界石，守臆守天空。

18. 酬裴秀才

男儿应得意，女子可闻箫。

季妇文妻嫂，长卿别业寥。

蹉跎长短路，逶迤去来遥。

汉帝长城戍，钱塘八月潮。

19. 酬陆少府

朝临淇水岸，暮望雁门关。

卫邑徵途远，霜无渭瀍湾。

20. 奉酬北海李太守丈人夏日平阴亭

匡衡十地经，举翮一凌青。

太守丹墀待，雄词御史灵。

平阴亭上客，隐丽运中铭。

净谏冠官御，劝吏勿酷刑。

夏日重申辨，秋风已肃龄。

深衷天地灵，独意去来廷。

运否朝堂正，长安巷里宁。

开封千里念，辖峡万家星。

21. 酬马八效古见赠

贤才一竹林，旷野半人心。

隐者樵渔见，求明念古今。

22. 酬鸿胪裴主簿雨睢阳北楼见赠之作

雨后一新晴，云前半草荣。

清欣空气湿，淑玉水津平。

地谷封微子，天伦季子名。

公门乔不直，列仗故人英。

23. 酬裴员外以诗代书

燕王台上见，碣石馆中回。

乐毅邻齐扳，荆轲易水开。

图穷陈匕首，货储捐秦来。

剧孟成天下，巢由日月恢。

当惊邻坐近，莫望可尘埃。

已是黄沙没，何言白骨灰。

当行分四季，已易雪皑皑。

大愚由心动，长歌腊月梅。

24. 酬庞十兵曹

许国不成名，京华可再荣。

龙门曾跳跃，上苑复长鸣。

海鹤飞天远，山猿逐谷情。

梁城多古意，洛水雨云平。

---

25. 同吕员外酬田著作幕门军西宿盘山秋夜作

碛路一边城，关山半日倾。

盘门夕守锁，上将少行兵。

羽翮终难省，冰霜始柳营。

闻君闻所欲，忆旧忆红缨。

26. 酬秘书弟兼寄幕下诸公

六义一封丘，三生半旧谋。

寒生何异此，别俱共风流。

相思三十载，独步一半空。

节制精微献，平原硕学工。

司农才智好，论剑关西戍。

拜赐春丛御，甘泉广厦宫。

27. 洪上酬薛三据兼寄郭少府微

灵奇多逸气，謇谔少章条。

自别京华路，三生待石桥。

28. 酬岑二十主簿秋夜见赠之作

独有江河心，何须草木荫。

居然萧索见，夜色有鸣琴。

魏阙谁无恋，箕山久别音。

菡萏随月尽，碧玉小桥涔。

29. 答侯少府

羁束度咸秦，天街过五津。

风烟云水岸，富禄客秋春。

万象关山易，千年日月轮。

中年书卷释，晚暮学缙绅。

30. 宋中别周梁李三子

何知谁得意，不可对天云。

白雪苍山顶，青峰碧木群。

衣冠斯俱正，步履始难分。

感念绵山乞，偏名晋耳闻。

31. 宋中别李八

平台一月明，旧国半飘蓬。

世事分朝暮，人情易象荣。

32. 别王彻

思乡一北林，木渎半南浔。

载酒兰亭序，鹅池曲水深。
文章沉玉宇，字句赋人心。
十载知君子，三生一古今。

33. 送萧十八与房侍御回还

常思一古人，已见半冠巾。
澹泊周旋去，清名草木珍。
梁丘渔父酒，水浒采兰津。
岁月催离别，年华化果因。

34. 宋中送族侄式颜

部曲半公侯，胡尘一北州。
青云燕赵见，晋宋去来游。
以酒长亭醉，闻天玉帝忧。
家声知己问，故事误千秋。

35. 又送族侄式颜

人才一式颜，简卷半河湾。
鉴此龙门客，梁园渭邑还。

36. 赠别王十七管纪

相寻一蜕蝉，独得半云天。
羁滞风流晚，鸣声雨后川。
空空当世界，翼翼共秋悬。
水石何分别，当闻问酒泉。

37. 涟上别秀才

远道一飘飘，身前半柳条。
沧洲涟水岸，直木路边消。
读遍儒书问，行通楚鄂桥。
荆门江夏口，蔡甸洞庭遥。

38. 赠别沈四逸人

感念一孤琴，音弦半古今。
行身随逝去，隔世问知音。

39. 送韩九

一别半秋蝉，千音十地怜。
高枝各所就，自在以方圆。

40. 送崔录事赴宣城

芜湖一水开，易太半城台。
十字敬亭客，宣城故国裁。

41. 别张少府

一路半枯荣，三生两弟兄。
归心归自去，去意去难平。

42. 淇上别刘少府子英

一别不途穷，千音有大风。
人间由彼此，世上有英雄。
日月耕耘始，乾坤易辨工。
文王曾所以，妇好卜勋功。

43. 别耿都尉

四十知音学剑人，三千弟子误儒身。
当呼一诺春秋笔，社稷江山丈夫秦。

44. 酬别薛三蔡大留简韩十四主簿

肠一自束冠，十载对窗寒。
小路舟桥过，人心始觉宽。
薛侯知蔡子，作吏问韩官。
别事归情晚，琼瑶待醉丹。

45. 送虞城刘明府谒魏郡苗太守

皇皇一玺书，隐隐半天居。
命驾山河路，云归魏郡舒。
良谋成社稷，足论见樵渔。
故国耕耘土，苍生以吏锄。

46. 宋中遇林虑杨十七山人因而有别

漳河水色低，鸟雀已轻啼。
邺国留铜伎，陈王七步题。
垂梦繁隐谷，野草满清溪。
药畦耕耕晚，如观组珪齐。

47. 途中酬李少府酬别之作

州县一路田，节令半当先。
卧病君无语，行程不到边。
河梁何跬步，藻镜自应怜。
德泽樵渔度，东微草木然。

48. 睢阳酬别畅大判官

高才扬白雪，跬步志青云。
铁甲连营成，榆前矢石群。
声冠飞将士，大漠勇三军。

李牧成功业，当朝已建勋。

49. 宴韦司户山亭院

华池色有形，洞石隙山青。
曲曲中峰隔，遥遥北岸亭。
长廊方寸许，水榭转云屏。
共坐听琴瑟，同流故步町。

50. 同诸公登慈恩寺浮图

浮图香界泯，鹤塔五陵邻。
大觉身形去，秦川草木春。
慈恩同慧悟，普渡共天津。
望尽天涯路，长安上揽轮。

51. 同薛司直诸公秋霁曲江俯见南山作

芙蓉自在曲江边，俯仰南山下水田。
万水千岩云不语，三台九鼎吏官传。

52. 登广陵栖灵寺塔

吴门一广陵，楚塞半香凝。
十里栖灵寺，三光衲老僧。
淮南分岸渡，象北化恢弘。
世上三千界，人间一古灯。

53. 登百丈峰二首

之一：

攀登百丈峰，足踏半云龙。
汉磊渔阳塞，胡风敕勒松。
匈奴终不灭，李广始难封。
步步须回顾，思思可鼓钟。

之二：

晋武一心轻，惠皇半事明。
青阳门上见，四海浪涛生。
日月同天地，君臣共草城。
千年成旷野，百岁已枯荣。

54. 同群公秋登琴台

琴台已去有知音，汉水还来序古今。
白帝江流黄鹤在，青山屹立武昌寻。

55. 同群公出猎海上

一猎半天奴，千弓百射无。

鹰飞求远见，犬逐对机枢。

困兽尤殊斗，扬禽落伏途。

尘惊天水岸，胜者未全躯。

56. 同群公赴郑少府田家

（此公曾任白马尉，今寄住滑台）

白马尉田家，南昌日已斜。

闻天从日月，饮酒话桑麻。

57. 同群公赴中山寺

步步中山寺，心心古刹钟。

云岩石径远，净土水芙蓉。

58. 同群公宿开善寺赠陈十六所居

世外一袈裟，心中半寺家。

诗书经未及，酒水似茗茶。

持戒知清净，慈悲已不瑕。

徘徊龙象侧，左右是莲花。

59. 同韩四薛三东亭玩月

野火一人心，荒原半秀禽。

东亭明月色，北户水浔深。

60. 同敬八卢五泛河间清河

赵国一香河，幽州半蓟歌。

东流沧海路，永定共滹沱。

61. 同房侍御山园新亭与刑判官同游

山园十里一新亭，肃穆千缘半碧苓。

单父鸣琴应持久，芝兰远岸著丹青。

62. 同马太守听九思法师讲金刚经

山河世谛一途径，晋寺鸣钟半佛灵。

猛虎天龙知伏会，恒沙忆劫似浮萍。

63. 涟上赴樊氏水亭

菱芋半水亭，世务一丹青。

种稻长淮岸，行身捕草萍。

樵渔三界问，草木九派灵。

但以桑田仆，何须座右铭。

64. 哥舒

序：

同吕判官从哥舒大夫破洪济城回登积石军多福寺七级浮图

诗：

心中七级一浮图，四百慈恩半越吴。

但以南朝梁武帝，清凉寺里有天枢。

65. 三君咏

开元游魏郡，一地见三公。

郑馆郭别业，狄君邑外隆。

66. 魏郑公徵

经纶一魏徵，日月两中丞。

帝业千忠寓，隋唐半五陵。

67. 郭代公元振

武后一奇人，津涯半慰秦。

拥兵谁自重，世语几秋春。

68. 狄梁公仁杰

水土一杯中，周唐半壁空。

棉衣藏碎片，宰治以人同。

69. 宓云琴台诗四首

之一：

子贱一琴台，三生宓子来。

相承留遗迹，再继世人开。

之二：

宓子政鸣琴，闻今问古音。

谐和知治理，雅颂大风箴。

之三：

太守李公台，扬明颂雅来。

高山流水见，自有子期回。

之四：

崔君以子贱，邑宰治枯荣。

子夜无惊犬，晨星户苦耕。

70. 李云南徵蛮诗

诏伐一云南，徵蛮半家淦。

穿行多万里，李宓致臣谵。

天南节制伐，陆北又夫雄。

万里寄交址，三军过湿戎。

行程行不止，顾死顾无终。

苦迹闻龙虎，精诚纪庙功。

71. 题尉迟将军新庙

云南一尉迟，铁杵半天知。

一代凌烟阁，三生帝业时。

72. 观李九少府翥树宓子贱神祠碑

神碑祠庙同，宓子贱琴衷。

作者恢杨树，行人感遗风。

73. 同观陈十六史兴碑

之一：

同观陈十六，楚客沿毛诗。

著史重描述，兴碑以记之。

之二：

荆衡一楚才，史记半天开。

胜者王侯颂，阶因有去来。

朝堂随御笔，在野直人裁。

自古重书写，周唐再徘徊。

74. 宋中十首

之一：

梁王全盛日，幕客有奇才。

寂寂随秋草，悠悠已去回。

之二：

孟诸一朝临，芒砀半木林。

千年分两段，百岁作人心。

之三：

临三一景公，暮四半天空。

道变妖星隐，君心处世雄。

之四：

梁山梁苑草，竹节竹空心。

九月重阳日，三秋落叶林。

之五：

霜沉青海岸，枯色满衡阳。

岁岁飞南北，年年半故乡。

之六：

六国一纵横，千年半浊清。

周公周鲁治，鬼谷鬼书生。

之七：

逍遥津上问，楚子中寻。

结叶承枝色，连根独木林。

之八：

五霸逐徵兵，三军客宋城。

奇人扬易子，但见伐庐名。

之九：

子贱祠神碑，鸣琴邑井规。

精灵常不语，遗此作慈悲。

之十：

阙伯已留名，荒丘自不声。

参商终古迹，独作陪枯荣。

75. 蓟中作

望远一黄河，阴山半雪花。

渔阳知白骨，大漠没人家。

76. 自淇涉黄河途中作十三首

之一：

黄河两岸山，浩荡半云间。

咆哮归壶口，平流似等闲。

之二：

竹筏一皮舟，黄河半逐流。

风惊云月岸，浪打艄公头。

之三：

百岁钓鱼翁，三生羽旌虫。

青竿垂复举，世界有无中。

之四：

怯望一滑台，黄河半不开。

淇间川路阔，尺素俱无来。

之五：

北望太行山，南流晋宋颜。

相从相别去，逐岸逐河湾。

之六：

晋宋半萧条，滑台一望遥。

胡杨胡不尽，汉曲汉潮。

战略应无改，王师可宽寥。

乡人乡土地，界石界天朝。

之七：

龙蛇鄂汉城，屠宰未央名。

圣代休兵甲，贤才劝枯荣。

微山湖落日，四面楚歌声。

但向东营望，黄河自不平。

之八：

黄河半水堤，万里一东西。

百折争流去，千湾育昌黎。

源清三百谷，浊吞九沙泥。

莫等春水解，狂涛玉宇齐。

之九：

黄河一决堤，十省半辛荑。

自古疏流水，关东纳鲁齐。

兴安山岭垦，五女汉鲜栖。

古国由人立，冯唐任主题。

之十：

黄河一禹功，汉亦半疏通。

豁达从人性，冯夷以德风。

之十一：

苍流不隐沦，孟夏有蚕津。

两岸农桑子，三生养育人。

之十二：

一水入平川，三竿问去船。

中原随鹿鹿，晋宋自当先。

四面埋伏曲，张良未报韩。

萧何曾拜相，霸主楚人宣。

之十三：

七十黄河叟，三生晋宋间。

儿孙多少代，日月去来颜。

社稷轩辕足，江山草木湾。

年年争草木，岁岁玉门关。

接代应天水，传宗不等闲。

人间如此度，世上始循环。

77. 宋中遇陈二

鲍叔义良媒，周公苦节开。

才如王佐见，势得拜金台。

墨职寻官路，功成别业来。

男儿何命达，草尽手中杯。

78. 宋中遇刘书记有别

离根花草茂，废井满蒿莱。

一代知何主，三生可复裁。

从心寻九鼎，致力上云台。

小子朝还暮，男儿去又来。

79. 鲁郡途中遇徐十八录事（时此公学王书嗟别）

鲁郡半邹乡，儒书六国梁。

春秋今古记，左传以文扬。

少昊丘墟问，东蒙独古肠。

行身应卷简，持节自当强。

80. 遇冲和先生

自谓通方术，常言可汉青。

天游翔白鹤，入道已神灵。

日日瑶台酒，时时醉后庭。

三宫和六院，岁月逐聆听。

81. 鲁西至东平

鲁俗一东平，河湟两岸荣。

湾湾天水色，曲曲古流明。

82. 东平路作三首

之一：

南图适不成，北鲁沿河生。

但向东营去，文心几度平。

之二：

明时策划功，予立帝王公。

举目汶阳路，何人唱大风。

之三：

一路秋蝉问，三生向远鸣。

爬高枝顶唱，只寄此人声。

83. 东平路中遇大水

一水纵横流，千荒万泽愁。

农夫田亩废，野老叹无收。

子粒应无取，虫蛇附草游。

荒丘孤屿立，颟洞满蜉蝣。

圣主朝堂议，冠官四野修。

良谋成义举，政策渡春秋。

隔岁青黄济，随春夏米酬。

仓粮徵赋减，共运可同舟。

84. 登陇

行人问陇头，过客见春秋。

十里长亭外，平生百岁游。

85. 苦雪四首

之一：

飘飘一雪花，落落半官家。

税税成冰碛，思思问吏衙。

之二：

418

自适一天空，飞扬半玉穹。
纷纷成覆被，厚厚有封丰。
之三：
鸟雀适无飞，山梁素色晖。
层层楼木厚，落落似无归。
之四：
自古问清颜，如今自不还。
纷纷天下见，岁岁瑞年关。

86. 哭单父梁九少府

泪臆夜台余，灵前契阔书。
何言秦晋路，不是子云居。
白鹤空自在，青云色卷舒。
声名留不住，万事作当初。

87. 哭裴少府

但作一贫官，春明半叶残。
长安多道路，渭水满波澜。
适病田园直，君心日月宽。
何言先此去，不可共盘桓。

88. 行路难二首

之一：
长安一少年，骏马半居延。
且去侯王府，黄昏酒市旋。
黄金如斗散，美女似婵娟。
片语江山客，灵台不着边。
安知颜杂读，弃掷误书田。
去去来来尽，朝朝暮暮天。
之二：
不见诗书半老翁，方方正正一雕虫。
古古今今先后事，来来去去如无终。
贫贫贱贱冠官吏，子子孙孙成岘工。
世世生生成败去，文文武武作英雄。

89. 秋胡行

妾本邯郸女，容华赵宋人。
黄金曾弃客，小子寄情身。
结发从君鲁，春蚕束茧秦。
慈恩承所顾，契阔约文津。
咫尺天涯路，思心日月珍。
疑君知己晚，臆梦有新怜。

月夜寒宫冷，貂裘独自陈。
人人由己念，处处是红尘。

90. 古大梁行

自古大梁行，如今问旧城。
荆榛垂驿道，逐鹿信陵英。
带甲三军来，登台楚汉兵。
夷门由草侠，白璧帝主声。
故邺荒丘兔，曹公魏桨营。
无形铜雀伎，不废建安名。
万户封侯尽，千年再复盟。
河流尖不断，日月又阴晴。

91. 邯郸少年行

平原君子客，赵国少年行。
赌博何言习，弯弓几问鸣。
歌钟应案起，醒醉系红缨。
弃甲胡杨斗，飞身细柳营。
楼兰三箭射，不误一平生。

92. 古歌行

汉代古歌翁，如今唱大风。
飞扬云起落，日月始无终。
万里长城战，千年白骨空。
男儿应举鼎，小子作英雄。

93. 燕歌行

之一：
开元十六年，御史一千天。
出塞燕歌唱，和戎适已燕。
之二：
伐鼓榆关不受勋，微人碣石信陵君。
男儿一诺横行去，少妇千声李将军。
铁甲声鸣飞白马，孤城落日照衣裙。
狼山蓟北辽东客，大雪弓刀不必分。

94. 人日寄杜二拾遗

此日题诗寄草堂，遥怜故客忆家乡。
梅花半谢群芳映，五十余年作柳杨。

95. 九日酬颜少府

九日黄花十地香，三秋菊色一重阳。
苏秦束带茱萸客，蔡泽栖迟故客乡。

96. 留别郑三韦九兼洛下诸公

大笑前人身后价，何须此际误平生。
诗收利禄青云客，四十躬耕七十荣。

97. 送杨山人归嵩阳

山人百岁一嵩阳，臆道千金半柳杨。
叶叶枝枝繁简臻，春春夏夏梦黄梁。
夷门二月梅花岭，帝力三春草木香。
水色天光莺雀语，归来独见是田桑。

98. 送别

三更白露深，五岳绿森林。
郁郁天机储，苍苍纳古今。
西风蝉树顶，北陆客家音。
远近鸣无止，阴阳一世心。

99. 赠别晋三处士

知君知己易，问道问天难。
滟滪长江峡，高唐白帝宽。
河源清水注，万里逐梁滩。
晋宋鲜卑客，三清处士寒。

100. 送浑将军出塞

部曲燕支下，孙吴楚越兵。
城头应画角，李广可幽横。
塞下风霜重，关西草木轻。
黄云浮不定，白草野根生。

101. 送蔡山人

今今古古一山人，道道玄玄半玉真。
学剑功书常不尽，樵渔契阔已经纶。
东山酷似朝堂客，上掖何形坐上臻。
隔世重来观佛道，时人不换易秋春。

102. 封丘作

陶潜一去来，孟诸半天台。
杖挞黎庶芳，冠官税赋开。
公门公子客，野济野人催。
不道玄虚见，平生几度回。

103. 题李别驾壁

书生一去乡，客路半扬长。
草木江山色，阴晴日月光。

知君知己度，问道问炎凉。
鲁伯成先后，平原弟子肠。

104. 寄宿田家

岭下一田家，村中半豆瓜。
门前成柳巷，药后著桑麻。
平吟才子句，暮醉落西霞。
隔路呼来宿，邻人共酒夸。

105. 别韦参军（自述，闻袁庚去世，而记之）

二十书生剑，南游读北京。
幽州闻射虎，解释运河行。
钢铁儒字院，中南海岸兵。
鞍山上学子，译卷德俄英。
蛇口圆区建，专家组长名。
潘琪同志去，电脑助袁庚。
八〇惊华夏，扬言改革盟。
援蒙疆藏办，制书国家耕。
首辅新当任，中枢报告萌。
文章由日月，事业可龙鲸。
法国城轻铁，长春特使宏。
高层元首谈，玛蒂已商营。
利禄郎中客，沈阳市长评。
诗词诗不尽，道路道阳澄。

106. 送田少府贬苍梧

苍梧可见二妃心，七十人生一古今。
但得疏通流水路，潇洒竹泪落鸣禽。
冠官未得南归去，斗酒长沙鼓瑟音。
醒醉何须天子问，升迁只若木成林。

107. 平台夜遇李景参有别

平台夜遇寒，睢水独灯单。
孟诸凉风岸，相逢半弃冠。
携手同行南北去，吟诗共事去来桓。
如今已是江河渡，不解平生俯仰叹。

108. 送郭处士往莱芜兼寄苟山人

莱芜百岁问山人，日月三朝几果因。
去去来来今古尽，年年处处有秋春。
樵渔客，利禄津，五十年前客，
三千载后身。时人均已去，唯我独行秦。

109. 赋得还山吟送沈四山人

莫以问山人，冠官自作邻。
樵渔非得意，草木是亲邻。

110. 崔司录宅燕大理李卿

大理李卿闻，长安一大君。
山东解印相知早，洱海重温塔寺分。
辖达殷勤常作客，诗词日月苦耕耘。
剡溪寻浣女，俯仰玉壶醺。

111. 同解于洛阳于毕员外宅观画马歌

白马自飞天，红缨胜宇烟。
行程千万里，踏步过居延。
共属丹青迹，同踪日月年。

112. 同李九士曹观壁画云作

舒舒卷卷云，去去来来分。
落落浮浮见，南南北北曛。

113. 夜饮

序：
同河南李少尹毕员外宅夜饮时洛阳告捷遂作春酒歌

诗：
告捷一书行，春风半洛城。
郎官寻酒醉，武将床还鸣。
绿蚁易飞花，葡萄汉液生。
归家儿女见，不醒入和平。

114. 画马篇

塞上一寒毛，云中半雪刀。
何言燕雀飞天上，半入蓝空可升高。

115. 咏马鞭

好马不须鞭，由心自赵燕。
纵横南北去，日月始当前。

116. 渔父歌

曲岸深潭一钓舟，人生七十半无求。
樵渔只是冠官等，日暖风轻任自流。

117. 部落曲

部落水津洲，蕃西月白头。

天山飞雪域，渭邑帝王侯。

118. 赠杜二拾遗

文章半草堂，世界一炎凉。
拾遗书中客，天山雪上霜。

119. 醉后赠张九旭

一发半苍天，三生一墨烟。
人前何不觉，酒后始狂颠。
抛洒挥如是，行云卷止田。
盘龙群舞海，顿首作方圆。

120. 塞下曲（贺兰作）

君不见，半河湾，春风先不至，
落草去居闲。君不见，女儿颜，
婵娟当户问，只待丈夫还。
千呼一诺贺兰山，九鼎三生洛邑间。
雪暗沙明鸣水月，连天大漠玉门关。
交河落日留圆信，斩取楼兰挂耳环。
处女千年西域客，长城万里列朝班。

121. 途中寄徐录世

雁落衡阳岸，丹青录世余。
扶苏蒙恬笔，但见右军书。

122. 酬卫人雪中见寄

大雪留人迹，中年弃吏名。
无贫无利禄，有志有平生。

123. 送白少府送兵之陇右

陇首问天山，临洮见将颜。
青袍随百战，太白照千关。
赤羽军客变，红缨饮雪潜。
弯弓曾射虎，断臂向君还。

124. 河西送李十七

边城多阔别，一去少三年。
老子登科早，中途弃杜鹃。
河西看落日，洛北问桑干。
一举轻言志，千军七寸田。

125. 送张瑶贬五溪尉

一去维桢道，千回子女花。
辞行知己路，阔别误官衙。

草木河流水，江山日月家。
诗诗寻旧国，字字吊长沙。

126. 别韦五

汉口知音少，人生日月舟。
宁寻三峡岸，不问一漳流。

127. 别刘大校书

京华一校书，拾遗半多余。
自古君王事，冠官字句疏。

128. 宋中别司功叔各付一物得商丘

汴水过商丘，钱塘八月流。
雄修南北岸，创建运河舟。
自此天堂见，苏杭四十州。
开封炀帝去，酒尽五湖楼。

129. 送蔡十二之海上

海上过南洋，心中问故乡。
风云天子路，水月几黄粱。

130. 别韦兵曹

一别数多年，三生问短天。
常闻君子道，不语小人眠。

131. 独孤判官部送兵

一去问封侯，三生成九州。
英雄辞陇首，铁甲著春秋。

132. 别从甥万盈

四十半知名，人生九鼎轻。
嘉才千里逐，苦节万人平。

133. 别崔少府

知君多得意，绶带少明邻。
乞火知寒食，清明问入春。

134. 别冯判官

碣石半辽西，渔阳一日低。
榆关南北界，雨雪去来凄。
幕下知才子，云中守汉堤。
千年何草木，万里以心齐。

135. 淇上送韦司仓往滑台

辞行千百日，阔别五参秋。
醒醉滑台路，风波在渡头。
淇流知水浅，豫土问沧洲。
不远天涯道，应言思尺愁。

136. 送崔功曹赴越

功曹赴越吴，别意问江湖。
八月鲈莼脍，三秋客玉壶。

137. 送塞秀赴临洮

临洮白日曛，受降月城云。
怅望如何见，行身已事君。
曾思阳谷去，已厌渭泾分。
学剑文中舞，交河汉岸勋。

138. 广陵别郑处士

山中千百里，处士十三心。
但以樵渔望，朝堂隔代音。

139. 别孙圻

莫念无知己，何当有欲求。
离人离所去，别酒别行舟。

140. 送魏八

淇流细酒泉，驿宿枕明天。
月色空床照，风声到渭边。

141. 赠别褚山人

百里一山人，三年半渭秦。
樵渔原是客，士宦本冠巾。

142. 别王八

别处半萧条，离人一路遥。
乡心应不尽，北海隔天潮。

143. 送刘评事充朔方判官赋得徵马嘶

徵人一马嘶，虏客半儿知。
汉帝分胡草，秦皇断楚辞。
嬴宫求芈氏，质子待曦疵。
俱是江山客，墟空玉兔迟。

144. 送董判官

男儿不顾身，女子作春人。
自守君心成，何如故浥尘。

145. 送郑侍御谪闽中

别去一黄河，轻吟半九歌。
千流王土地，不可忘风波。

146. 送李侍御赴安西

安西一地半瓜州，万里功名太白侯。
一箭千年飞将酒，敦煌积碛玉门楼。

147. 送裴别将之安西

别将去安西，瓜州白日低。
敦煌高窟壁，万佛彩云霓。

148. 宴郭校书因之有别

采服分班族，芸香列郡书。
诗词南北俊，苦战暮朝如。
序列成禽兽，官冠品顶居。
临高从下属，小吏始当初。

149. 同李太守北池泛舟宴高平郑太守

太守一同舟，高平两诸侯。
人纵天地泛，水向四邻流。
酒满银杯色，琴弦玉乐柔。
周郎应不语，只顾女儿羞。

150. 同崔员外綦毋拾遗九日宴京兆府李士曹

九日一登高，重阳半二毛。
茱萸香气久，菊色贵葡萄。

151. 同群公十月朝宴李太守宅

武将鸿沟岸，儒夫拜杏坛。
官冠禽兽见，不以布衣看。
酒醉何分辨，鸣金几比干。
英雄三守舍，退避一盘桓。

152. 武威同诸公过杨七山人得藤字

千山万里满萝藤，缠绕清流徒自兴。
隔岸无知常借誉，田家有土慰黄陵。

153. 同群公登濮阳圣佛寺阁

天台四大空，佛祖五湖同。
圣地三清界，平生一念穷。
云来天地外，雁去慈悲中。
孤舟应注目，直木可西东。

154. 同魏八赴陆少府书斋

书中二界外，客上五湖中。
读尽天机见，观常误俗风。
州县应所见，吏碌有无空。
好静春秋野，明灯日月东。

155. 淇上别业

别业近桑田，居心有酒泉。
邻家呼不得，隔月独长眠。

156. 入昌松东界山行

王程应未尽，独步过三关。
鸟道人行远，京都客列班。

157. 使青夷军入居庸三首

之一：
居庸十里关，八达一人还。
落叶分南北，浮云一坐山。
之二：
蓟北一居延，山南十地田。
三军烽火起，九鼎望狼烟。
之三：
燕山一寸天，宝砥半蓟边。
玉石长城口，黄花九渡岩。
居庸关上问，古北口中川。
万里敦煌外，千峰过酒泉。

158. 自蓟北归

胡天辖达开，汉将俊军来。
受降城中剑，扬长蓟北回。

159. 东平别前卫县李寀少

东平一别柳杨垂，送客三春晓蓄葵。
却忆十年惊渭水，如今白首李陵碑。

160. 夜别韦司士得城字

四四方方一座城，来来去去半无声。

张灯结缘春风客，九曲黄河泛月明。
送送迎迎应所驿，君君子子各平生。
归鸿复起闻求侣，白马嘶鸣向日程。

161. 送李少府贬峡中王少府贬长沙

半见长沙白帝城，三生吏碌抑扬明。
衡阳雁落头朝北，大雪纷飞渭水情。

162. 同陈留崔司户早春宴蓬池

州县半国家，草木一桑麻。
载酒同官醉，芳菲二月花。
池边啼鸟近，水上冒尖芽。
但见荷莲色，蓬池醉无涯。

163. 金城北楼

城头晓月挂天边，驿路长亭问酒泉。
玉宇弯弓何射守，胡风坦荡彩云田。

164. 同颜六少府旅宦秋中之作

闻君一夜声，独坐半天明。
木落听羌笛，州县几太平。

165. 重阳

北陆惊心白首家，东篱隙草不开花。
田园半亩荒芜久，独木三秋落叶华。

166. 古乐府飞龙曲留上陈左相（陈希烈传略）

高山难易仰，大匠有无求。
辖达开明久，风尘误国忧。
云中承吉甫，月下范蠡舟。
宠辱何回首，沉浮水载舟。

167. 留上李右相（李林甫传略）

萧何独一人，汉将问三秦。
柱石朝堂正，钧衡宰国臣。
丹青应所以，白雪可天珍。
羽翼连风展，鹰隼逐远津。

168. 同李员外贺歌舒大夫破九曲之作

九曲一歌舒，三朝半宰余。
关河应报国，日月可天居。
万载平沙碛，千军踏旷墟。

西蕃知汉马，老将自当初。

169. 信安王幕府诗

开元二十年，有事国家天。
大举郎中考，司勋主客贤。
三公同御使，九鼎信安权。
幕府声名俱，诗词以韵篇。

170. 诗三十韵

纪历轩皇世，晖明太白年。
朝堂谋上策，幕府制衡权。
礼乐成台鼎，文章作日传。
冠官凭择选，印绶可题边。
圣祚雄图广，中书拓展宣。
贞监由六部，节令以州县。
北伐渔阳镇，东徵画旷天。
扬名书剑客，汉马守居延。
武德霜台冶，军威日上悬。
营兵知帐令，羽檄已鸣宣。
一战儒生老，三光勇士旋。
纵横千古论，以战复和弦。
善任从疏远，华威尚叔蓁。
君成天下赋，士可柏梁篇。
碣石临沧海，榆关过赵跰。
昆明池上坐，大理逐楼船。
气象环南北，胸怀着山川。
行宫朝夕路，枕木问先贤。
宠辱原惊止，枯荣济泽田。
丹墀承太谷，束带约华联。
海市蜃楼远，英雄过酒泉。
麒麟回首见，阁上自凌烟。
社稷传家久，江山待令牵。
阴晴草木易，谏察视池渊。
进士行皇榜，龙门九度研。
重阳攀顶望，上巳曲江妍。
取舍千年序，经纶万里芊。
双仪分八卦，四象方方圆。

171. 东平旅游奉赠薛太守

逸气一风流，郎官半日楼。
鹓鸾成序秩，粉署著春秋。
上策长河远，前筹逐鹿谋。

青州尧禹贡，郡国遗墟留。
晏子知齐使，奎娄问汉献。
禅房求方寸，子夜善嘉求。

172. 真空定即事奉赠韦使君

不是一穷途，难言半帝都。
群才齐毕力，诸木自扶苏。
粉署三台侧，中书一诏衢。
陶朱方寸定，季子李桃雏。
魏阙迤旄列，金銮大丈夫。
朝闻骞叔子，巷议管夷驱。
旷野侏儒早，长亭远近凫。
经纶明契阔，步蹑玉冰壶。

173. 和窦侍御登凉州七级浮图之作

阳春一半到凉州，七级浮图白鹤楼。
此去楼兰应不远，何言报国帝王侯。

174. 酬河南节度使贺兰大夫见赠之作

临戎一命轻，受降半惊城。
唇齿应相济，山河可互清。
中军前后帐，将帅细柳营。
伐鼓鸣金令，长城内外兵。

175. 奉酬睢阳路太守见赠之作

帝简登蓍路，人和问远思。
丹墀清净论，吏道郡县词。
逸气丘圆茂，琼瑶雨露滋。
优游诗赋客，拙政待先知。

176. 奉酬睢阳李太守

江山周柱史，气象晋阳秋。
两省中书客，三台上掖忧。
黄金君赐与，白璧赵相酬。
五岳知微子，千年问楚囚。

177. 送柴司户充刘卿判官之岭外

海阔珠江水，云浮肇庆楼。
羊城黄浦口，越秀佛山头。
古井金湾岸，江门顺德舟。
梅香三水市，水竹一连州。

178. 送蔡少府赴登州推事

崂山即墨半胶州，日照荣城一海头。
泰岳蓬莱长岛问，孤东曲阜集贤忧。
东营流水阔，北海纳千秋。
日月何须见，黄河不尽流。

179. 秦中送李九赴越

携手十年多，同行百岁河。
山阴三月巳，渭水半流波。
禹穴求知己，苍梧鼓瑟歌。
娥皇英女泪，自是有蹉跎。

180. 陪窦侍御泛灵云池

白露一飞鸿，秋霜半大风。
衡阳橙橘色，塞北雪枫红。
积水由边色，行营任宇空。
灵云池上客，侍御泛歌中。

181. 史

幕府多才俊，英雄救美来。
三边思故少，万里几徘徊。

182. 饯宋八充彭中丞判官之岭南

梅香一岭南，海阔半天涵。
日月凭章法，诗书讲杏坛。
潇湘三水色，大雁九低谙。
二月春先动，千丝束晚蚕。

183. 陪窦侍御灵云南亭宴诗得雷字

白简一边清，凉州半日明。
胡杨枝叶尽，幕府丈夫城。
寄傲阳关唱，纵姬羽舞情。
单于停虏战，汉将饮乡鸣。

184. 同熊少府赴庐主簿茅斋

少府武陵源，虚情对简繁。
幽人多赏趣，静界野心潘。
学者山河绪，官衙典杖喧。
高门才子见，跳踏小人言。

185. 同朱五赴卢使君义井

进退一何如，升迁半故居。

冠官禽兽服，士子布衣余。
象物源泉引，含虚草木疏。
中和中牧宰，自在自由书。

186. 同郭十赴杨主簿新厅

柱石朝天立，高台十丈林。
芝兰丛草色，枳椇暮朝临。
斗角钩心筑，飞檐弄所荫。
春秋由此议，醒醉话知音。

187. 秋日作

叶落自飞扬，秋声忆故乡。
临流临独影，一木一炎凉。

188. 辟阳城

荒城一日高，水域半淇洮。
不得英雄见，男儿一把刀。

189. 赴彭州山行之作

彭州一路半山行，翠叠千流两岸荣。
石径登攀泉似雨，云峰独峙谷川鸣。

190. 咏史

但以绨袍赠，应怜范叔凌。
何言天下事，只作布衣弘。

191. 送兵到蓟北

蓟北觅封侯，燕南望九州。
辽东徵战客，少妇已无愁。

192. 同群公赴张处士菜园

处士菜园中，樵渔几不同。
同应天子侧，共解各西东。

193. 逢谢偓

红颜曾作别，白发未相逢。
百岁应寻觅，三生未作风。

194. 田家春望

高阳一酒徒，沛市半江湖。
但以苍茫见，方知是有无。

195. 闲居

直立一当初，弯躬半自如。

方知千地客，只读万家书。

196. 封丘作

移山一愚公，不止半雕虫。
补吏州县郡，经年日月空。

197. 九曲词三首

之一：

御史台中不是王，天光日下已高唐。
巫山峡口知神女，白帝城前见海洋。

之二：

一见相看太平人，三朝未顾老臣亲。
麒麟阁上声名纪，受降城中问房邻。

之三：

铁甲冰河铁岭东，燕山饮马燕飞空。
封侯未取封王箭，不度黄河不作雄。

198. 营州歌

营州一少年，十岁半当先。
白马飞天去，男儿作地边。

199. 玉真公主歌

仙人不学仙，岁月可耕田。
指日寻王母，盘桃已千年。

200. 老子

大道一青牛，潼关半易求。
玄人玄自己，悟道悟春秋。

201. 和王七玉门关听吹笛

胡人羌笛尽，汉将玉门关。
海月沙鸣暗，梅花落里还。

202. 别董大二首

之一：

黄云白日曛，大雁雪纷纷。
指点衡阳去，谁人不问君。

之二：

阳关问故人，大雁有秋春。
渭水长安邑，楼兰上掖邻。

203. 天竺

千年三界问，万里一西天。
独别阳关路，相逢几酒钱。

204. 送桂阳孝廉

少小桂阳半入秦，龙门甲乙一秋春。
男儿不尽江湖迹，只云云霄万里人。

205. 送李少府时在客舍作

相逢客舍春，别酒去来人。
莫醉年前忆，衡阳问水津。

206. 听张立本女吟

广袖楚宫妆，低闱女子娘。
双峰初欲露，独步复心藏。

207. 初至封丘作

数日到官衙，封丘不是家。
离乡离老小，供事供西斜。

208. 除夜作三首

之一：

子夜一灯明，三更产纵横。
年来承岁去，又是作书生。

之二：

子夜一明灯，三更半北京。
年年加岁月，小小玉冰凌。

之三：

子夜分年岁，明灯照布衣。
回归原始臆，爆竹启心扉。

209. 李岘

米贱平章李岘余，衢州刺史宰中书。
长沙太守应无改，乐善东京按治舒。

210. 剑池

吴中一剑池，越上半西施。
五霸春秋客，千年草木诗。

211. 李栖筠

青光禄大夫，力抗致邪无。
奖善加银许，人归士子儒。

212. 张公洞

道士张公洞，天灵玉笋生。
虚空成石柱，白鹤不惊鸣。
我本三清子，仙光照步行。
人间天地界，世举赞皇英。

213. 投宋大夫

九处投人十处违，千山万里一心扉。
严霜一夜侵衣彻，克己三生去不归。

214. 徐浩

草隶半郎中，幽州幕府雄。
中书贤学士，太子少师翁。
抉石如云怒，飞泉渴骥洪。
千年书法正，万古以丹风。

215. 宣林寺作

飞来独秀峰，直落万千松。
宝刹灵犀便，禅房使鼓钟。
琅琊台上石，太白笔中庸。
北斗径开口，青莲玉帝封。

216. 谒禹庙

禹制半高低，源头四面泥。
山峰千石壁，水向一东西。
沿谷江流去，由川逐壑溪。
沧桑依此序，契约任猿啼。

217. 薛令之

长溪一令之，侍读半居迟。
弃吏从乡里，应昭已去时。

218. 自悼

（纪事云，开元中，令之为右庶子时，东宫官仍清淡，令之题诗自悼，明皇幸东宫揽之，索笔题其傍曰，"啄木口嘴长，凤皇毛羽短。若嫌松桂寒，任逐桑榆暖"。遂索病归。）

219. 灵岩寺

东宫日月一青丹，古瑟丝弦半不弹。
绾羹稀馏难著暖，龙门过后玉冠寒。

220. 湘夫人

潇湘见二妃，竹泪沥三晖。
鼓瑟瑶灵问，苍梧客不归。

221. 李穆寄妻父刘长卿（时刘在新安郡）

桐庐南望尽，建德许源深。
浪达湖千岛，新安子女心。
黄山朝夕雨，七里上方浔。
白马淳安令，兰溪一古今。

222. 短歌行

寂寂草中兰，婷婷月下滩。
春春先岁月，岸岸泛波澜。
露净云先淡，晨芳水色冠。
沾容华紫诞，节物带微寒。

223. 洛阳道

政道未央春，胡旋肆舞人。
天津桥上见，上掖御中新。
礼德门前政，含元殿里臣。
骊山兵变色，蜀雨幸人邻。

224. 行路难

男儿一诺半平生，沽酒千杯万里行。
市里权门多富贵，云中草木各枯荣。
楼兰欲断交河日，易水难成匕首英。
古古今今何不止，成成败败几身名。

225. 燕衔泥

碌碌燕衔泥，巢巢不自栖。
年年生子女，岁岁定居啼。
旦逐梁中雀，黄昏著草藜。
童翁相济助，落户共灵犀。

226. 同孟浩然宴赋

屈平宋玉一江河，汉赋唐诗半九歌。
壁上宫徽才子作，云中厥美鹿门多。

227. 尚书都堂瓦松

都堂露瓦松，节结制苍龙。
两省门前客，三台御主封。
春来麟积墨，夏去叶油棕。
岁岁无分别，年年有雪容。

228. 敬括

敬括故河东，登科字叔弓。

循良为近辅，御史大夫公。

229. 省试七月流火

七月应流火，三秋可叶酬。
分寒炎已去，变节以金收。
夜早生霜叶，宿明待景楼。
家邦成国立，日月著春秋。

230. 寄杜甫

子美襄阳不第人，功曹道阻未封仁。
京师不继参军绪，拾遗华州辅弃臣。
礼献明皇三大赋，成都竹影草堂邻。
江陵武卒知元稹，杜甫湘流太白均。

231. 奉赠韦左丞丈二十二韵
（韦济天宝十载为河南户迁尚书左丞，自吟）

草木生田野，儒冠读卷秦。
榆关南北望，故土去来春。
未解声名利，耕耘济富贫。
年年三百日，笔笔字文津。
进士幽州去，郎中北海滨。
诗诗千万句，格律纂朝臻。
赋令杨雄近，章华子建邻。
经纶仙岛客，历代状元亲。
国国家家问，先先后后循。
功功成业业，淡淡复醇醇。
坐视山河水，行歌不隐沧。
巢中知自己，剧孟客风尘。
改革吴天子，天事首辅陈。
中书门下省，玉漏夜中轮。
七十南洋去，银行苦自辛。
无残无见有，有欲有非真。
浪纵飞空力，江流尽善珍。
难甘原宪贼，创业自鲁薪。
祖上从爷路，关东父母茵。
瑶台鱼水梦，子女玉麒麟。
十万诗词客，知音格律彬。
洋洋天地路，日日付心辛。

232. 送高三十五收记
（高适渤海人，解碣为封丘尉不就客游

河西哥舒翰奇之，表为书记）

但就哥舒翰，河南一日游。
高生鞍马路，石堡汉家楼。
积石蕃人麦，从军定北酋。
云云书记史，幕幕府中忧。
各在参商曲，同思帝业秋。
鸿鹄飞万里，笔墨满沙洲。

233. 赠李白

二载客东都，三生事念奴。
文人文文己，举首举书儒。
巧合机枢路，应知侍倖高。
华清华富贵，太白太平途。

234. 游龙门奉先寺
（龙门即伊阙，一名阙口，在河南府北四十里阙。一作阅，一作阅，一作窥，一作开）

龙门伊阙口，阔阅寺窥开。
步以招提路，心从敬伟台。

235. 望岳

岱岳望如何，长江一路歌。
千川东逝水，万里北黄河。
独峙山头雨，群峰旭日波。
临天齐鱼小，绝顶近嫦娥。

236. 陪李北海宴历下亭
（时李邕为北海太守，历下亭在齐州）

历下舜耕山，名人北海颜。
山东闻太守，鱼北对齐关。
物役公难济，泉城史客还。
青莲初结子，古木直朝班。

237. 同李太守登历下古城员外新亭亭对鹊湖
（时李之劳自尚书郎出齐州蜀此亭）

新亭一古心，迹贯半云林。
海岳齐州见，黄河鲁郡荫。

238. 玄都坛歌寄元逸人

东蒙故客坛，子午谷云端。
太古玄都石，苍龙玉佩盘。

芝兰由所在，蕙芷任峰峦。

日锁琅玕岭，天开草木观。

239. 今夕行（原注自齐赵西归至咸阳作）

归来归不定，自赵自齐行。

一路咸阳问，三生太白英。

桓公尤未忘，孔子尚书明。

莫以鸿沟论，刘邦项羽横。

240. 贫交行

管鲍一贫交，苏秦半故巢。

羊皮奚百里，穆子牧秦茅。

241. 兵车行

三家一役百夫行，九鼎天枢作成英。

羽箭骹弓先射虏，阴山百战作勋名。

长安渭水潼关外，肃北瓜州大坂城。

且别妻儿嘉峪谷，黄昏草暗柳营兵。

祁连海晏敦煌道，永靖临洮麦积盟。

古浪交河张掖市，沙鸣大漠酒泉城。

沉云白骨高台子，解甲戎衣大马荣。

得胜鸣金今固定，安西报国不图缨。

242. 高都护骢马行（高仙芝开元末为安西付都护）

瓜州都护在，石坂柳圆东。

汗马飞天见，仙芝世代雄。

千军千业迹，一勇一天功。

伏枥思千里，长鸣玉字风。

243. 天育骠骑歌（天育厩名）

当闻天育厩，太仆性龙优。

景顺王良识，骅骝伯乐候。

双瞳呈紫焰，四足踏骄柔。

两耳风光色，千骢以骨周。

秦川因所养，渭水可东流。

但是胡杨木，单于志已休。

萧萧扬骏尾，一跃过檀流。

俱是英雄传，同声过九州。

244. 白丝行

白白长长几万丝，层层束系一人知。

春春夏夏身姿易，死死生生蜕变时。

素质温柔分内外，初桑细语久相思。

啼莺已惧群罗茸，涌动天音两万师。

245. 醉歌行

二十一文章，三生半草堂。

儒书儒所事，道学道方长。

汗血骅骝驰，青云鸳鸟乡。

千音应积纳，百岁自穿杨。

246. 秋雨叹三道

一雨半秋凉，三生一故乡。

寒心应已动，触目已苍苍。

247. 清净

风中一马牛，雨里半寒秋。

水色分泾渭，天工自在流。

248. 叹庭前甘菊花

十月菊花甘，三秋独占岚。

天工黄色艳，曲立纳霜函。

醒醉重阳问，阴晴五色坛。

篱边何彼此，岭顶白云含。

249. 醉时歌（赠广交馆博士郑度）

百岁人生一读书，千流万壑半无余。

龙阴甲第分高下，博士羲皇道子居。

沽酒无钱方可醉，儒风盗跖子云墟。

齐眉只著黄粱梦，学步稚渔不钓鱼。

250. 赠卫八处士

一见似参商，三生问柳杨。

年年应有色，处处可炎凉。

少壮曾辛苦，童翁误草堂。

问新由子女，访旧任中堂。

十载生儿小，千川记小康。

书儒书不尽，道路道家扬。

酒醉为知己，题诗对故肠。

从情随日月，以此梦黄粱。

251. 苦雨奉寄陇西公兼呈王徵士

涨落半东流，枯荣一九州。

徵鸿南北见，稚子去来留。

万象风云集，三光草木秋。

鹰隼天地阔，鸟雀暮朝求。

252. 及第

长安一布衣，渭水半京畿。

不叹才人少，唯闻弟子稀。

253. 同褚公登慈恩寺塔

（原注：时高适、薛据先有此作，寺乃高宗在东宫时为文德皇后立，故名慈恩）

一塔万慈恩，千松百老根。

羲和行白日，少昊制辰昏。

北户听河汉，西流问鲁村。

皇州回首望，舜禹夏乾坤。

254. 示从孙济（济字应物，官给事中，京兆尹）

懒惰小儿孙，辛勤大业根。

平明寻梦去，夕照问古村。

一姓何言祖，三名未独尊。

同生同不死，共处共黄昏。

255. 九日寄岑参

（岑参宜三代为相，杜甫荐为嘉州刺史，与高适齐名）

寸步曲江头，横行半九流。

黄花当十月，幕府过瓜州。

北陆长城外，南乡楚客楼。

君袍禽兽制，进士帝王侯。

256. 送孔巢父谢病归游江东兼呈李白

（巢父字弱翁，冀州人，与李白等隐徂徕，号竹溪六逸）

巢父一许由，百世半春秋。

太白樵渔客，龙蛇日月舟。

257. 饮中八仙歌

李白知章一酒泉，明皇不问半长眠。

汝阳李适宗之醉，玉树临风作八仙。

苏晋张苏焦遂暇，三杯未了墨无研。

千章吐玉成今古，百斗惊人御秀年。

258. 曲江三章五句

芙蓉生曲江，进士状元邦。
独得龙门客，天容自不双。
渡喊成天意，乌纱和晓窗。

259. 书文

古古今今读，朝朝暮暮书。
儒儒名子子，道道亦虚虚。
且以云居子，浮云处世余。

260. 武勇

杜曲一桑田，泾流半载船。
终南山上见，李广射中天。
猛虎居延待，天龙不入田

261. 丽人行

上巳一天新，中都半丽人。
每年由十月，五女各秋春。
虢国行香妇，杨家各色秦。
明肌娇淑淑，细腻骨均匀。
紫绽丰奇素，红颜玉佩亲。
黄门传络绎，白袖短衣身。
不避金銮驾，飞扬势绝伦。
箫声随羯鼓，凤目望麒麟。
相府生儿女，梅花满绿茵。
丞相丞御玺，九脉九天津。
四艳同妃共，华清共浴真。
芙蓉群出水，不忍问衣巾。

262. 渼陂行

岑参携我渼陂游，万顷波澜一叶舟。
白水琉璃帆正举，蓝田汉女舞歌酬。
冯夷击鼓鱼龙泛，渚澥湘灵咫尺留。
影落云光藏五色，神灵照护过千流。

263. 乐游园歌

（太平公主亭亭原上，每正月晦日三月三，九月九，士女毕集）

碧草乐游园，华亭帝子宣。
重阳堂已晦，宝御太平年。
夹路阊阖殿，青春谢凤栖。
慈中慈雁塔，月下月如弦。

264. 渼陂西南台

苍陂一扁舟，渼泛半清流。
两位鲛人问，蒹葭白阁收。
情寻天下水，世复见骅骝。
八月知菱芡，三秋草木洲。

265. 戏简郑广文虔兼呈苏司业源明

才名四十年，醉汉两三天，
不得司官见，源明寄酒钱。

266. 夏日李公见访

贫居暑气浮，借酒过墙头。
浊醪惊巢鸟，鸣蝉叶密休。
登高应唱远，客意可沧洲。
大醉应无语，尊中有旧谋。

267. 夜听许十损诵诗爱而有作

业白五台山，心经一佛颜。
禅音观世界，四定戒坛般。
石壁精微在，浑诗待闭关。
如来如彼此，达入达摩寰。

268. 奉同郭给事汤东灵湫作（骊山温汤之东有龙湫）

骊山地势一灵湫，十月温汤半腻柔。
百尺华清池水气，三宫浴液沐滑溜。
鲛人献玉悬泉注，擘石擎空带水流。
树羽临霓王母问，胡旋赤体纵天游。
瑶池旷迹珊瑚柱，五色云霞付九州。
澹滟泱蒙濡雾雨，浮鸿漭濞滂溏休。
琴弦管笛呈遥曲，羯鼓秦箫对地幽。
莫以人堂香异久，虚无幻渺数春秋。

269. 桥陵诗三十韵因呈县内诸官

（睿宗葬桥陵）二十韵

苍天空旷远，玉宇净无形。
象设崇山冈，鱼梁谢五丁。
蚕丛开蜀道，禹穴列罗龄。
八水邑循去，桥陵慰百灵。
神凝明孝理，草木满河庭。
蓄峻金城库，疏交岸渚汀。
群峰和岳淬，独石立丹青。
佛界神仙客，兰芝道德经。
儒家儒弟子，鬼谷鬼朝廷。
不以苏秦论，张仪自所聆。
千年知远近，五里设长亭。
驿固临流处，川原待水泠。
衡门裁上下，杖律是非听。
小吏求温饱，高冠问水萍。
琳琅何利物，辗转几停宁。
举笔诗词句，从心落野莛。
王乔藏御杖，孔子杏坛图。
合纵由君意，分横可渭泾。
人生常苦短，不可忘流萤。
一闪平光迹，三秋始画屏。

270. 沙苑行

周墙半壁马成龙，御厩三千白骏鬃。
汗血苑献秦穆养，华声伏枥以天封。
丹砂羽尾飞云去，四足成风万里冲。
逐鹿中原胡射猎，驱驰旷野自从容。

271. 骢马行

（太常梁卿敕赐马、李邓公爱而有之，命甫制诗）

青骢白马太常卿，汗血秦川大宛生。
逸态雄姿何峭崒，骄形顾影仰首鸣。
银毛白雪骐驎致，八骏真龙属邓名。
觉骥苍天云雾去，青萤瞩目自天城。

272. 自京赴奉先县咏怀五百字

（原注：天宝十四年十二月初作）

五百字中吟，三千子外寻。
居然成客落，白首顾人心。
契阔黎元豁，天衢独耻阴。
巢由何进退，父许对知音。
世上樵渔客，人前日月琛。
三皇传五帝，尧舜布衣衾。
百草先农试，朱门酒肉擒。
桑田贫病始，阙圣帝王钦。
慎密难成事，稀丝发落簪。
阳光葵藿照，俗客暮朝临。
里巷终南色，河梁伐抚深。
群芳春将至，独立不成林。

273. 去矣行

不问路何明，谁问去台行。
鹰求温羽翼，鸟逐少生虫。
吏禄三千子，冠官半亩情。
王侯今古见，胜败是输赢。

274. 奉先刘少府新画山水障歌

一障隔春秋，三江逐九流。
尺素挥毫成朵树，湘灵鼓瑟侧沧州。
云门寺里天机契，子女心中乞父忧。

275. 悲陈陶

（陈涛斜在咸阳县，一名陈陶泽，德元
年九月房绾守战于此）

一日官兵半虎狼，三军战士一成装。
胡人汗马千年见，五代周秦十地强。
四万同宗同日死，长城内外久低扬。
隋炀水调尤今唱，莫望钱塘汴水乡。

276. 悲青坡

铁甲山河一日悲，东门胜败半王师。
潼关太白山头见，留得英名不是碑。

277. 白水县崔少府十九翁高斋三十韵

端霓三十韵，杜甫半生诗。
句句皆辛苦，行行尽失时。
南县风雨至，北岭带衣迟。
旷野川流逐，天章草木师。
休明藜杖尉，顺逆甲平期。
咫尺寻先后，千年问驻驰。
华清闻羯鼓，白日玉真姿。
但有胡旋舞，哥舒翰将辞。
梨园留世界，弟子作丹墀。
一场方圆别，三声将相词。
同城闲彼此，共话共如斯。
俱是王侯客，何闻未了痴。

278. 哀江头

（汉宣帝葬杜陵，许后葬南园谓小陵，
后人呼为少陵，杜甫家焉）

江头哀少陵，野老付丹青。

细柳千门锁，深宫储旧灵。
昭阳谁守殿，太白暗辰星。
皓齿明眸去，胡姬汗马翎。

279. 哀王孙

（天宝十五载六月九日潼关不守，十二
日明皇自延秋幸蜀亲王妃主不及从）

潼关不守一明皇，幸蜀霖铃雨水塘。
不闭千门王孙散，骊山树上太真肠。
长安纳旧唐周子，渭水流新半死伤。
力士胡旋安史乱，杨家五女各行妆。

280. 三川观水涨二十韵

（原注：三川属鄜，以华池、黑水、洛
水同会得名）

浪色一山川，华原半逐船。
横流天水岸，纵屋已从渊。
四渎无源见，千湖有汇延。
惊雷应不定，碨溢漫桑田。
独木连根起，群涛八面传。
波中儿女哭，树上叶枝涓。
岭陆沉浮问，洪河猪犬悬。
蛟龙繁不在，石壁露坤干。
浦叉湾滩满，鱼梁左右跹。
苍天安得止，莫以得方圆。

281. 大云寺赞公房四首

（武后幸光明寺，沙门宣政进大云经，
中有女主之符，乃改为大云经寺）

之一：

黄鹂鸣不止，紫鸽落还啼。
寺刹云径殿，醍醐贯顶栖。
千钟惊世界，百谷逐川溪。
八水如斯去，三光鸟雀低。

之二：

竹井一天菡，禅房半古今。
交情何尚道，细软履踪寻。
惠远僧游至，龙鳞解甲深。
云中藏故事，月下有鸣禽。

之三：

一影对孤灯，三清问小陵。
春光常铺地，古寺已香凝。

之四：

白雪一秋冬，阳春半鼓钟。
听时常掩耳，震动几人从。
杖策思谋久，逍遥问柏松。
洋洋观止处，郁郁去来逢。

282. 苏端薛复筵简薛华醉歌

一醉半当歌，千杯九鼎酡。
文章生道德，酒水作江河。
楚越名人志，潇湘竹泪多。
忧心忧国去，别意别蹉跎。

283. 晦日寻崔戢李封

寻君一酒倾，晦日半成城。
浊醪淹留处，青苔半欲生。
陶公五柳醉，阮籍七弦声。
妙理应无误，长鲸志性情。

284. 雨过苏端

碧安半墙头，江流一扁舟。
苏侯应过望，竹影已无休。
需泽春泥晚，桑田细雨酬。
农夫轻易许，浊醪十三州。

285. 喜晴

不雨久皇天，晴光隔岸田。
青青陂上麦，夺夺李桃川。
黍稷春华满，蟠汲众口宣。
东门云不语，北阙露方圆。

286. 送率府程录事还乡

一醉半还乡，千杯两酒肠。
三生三自足，十地十炎凉。
录事定青史，行文落柳杨。
中书门下客，进退暮朝梁。

287. 述怀一首（此已下自贼中窜归凤翔作）

流离窜凤翔，拾遗见朝堂。
不知三川女，妻儿半别肠。
中兴初汉运，盗贼史文狂。
八水长安绕，千波渭水扬。

288. 送长孙九侍御赴武威判官

河西节度戎，族父领群雄。

遗麦凉州子，轮台有始终。

东郊烽火减，北塞战殊穷。

莫以瓜州近，阳关仍乃翁。

289. 送樊二十三侍赴汉中判官

威孤不能弦，独步射狼川。

一路寻天子，天朝问陌阡。

明皇灵武客，未免凤翔烟，

执袂胡衣短，回风汉月圆。

290. 送从弟亚赴安西判官

南风灵武近，北陆洒泉肠。

上殿朝天子，安西御客乡。

正器良君取，流沙逐日光。

杜亚校书郎，鹰隼飞不禁。

291. 送韦十六评事充同谷郡防御判官

武勇上瓜州，书生付白头。

成章天子谏，论剑十三州。

劫吏怀柔令，苍山格斗休。

黄河流不尽，渭邑汉春秋。

292. 塞芦子

芦关一舌喉，寒草半延州。

弱水黄河远，荆门楚蜀忧。

思明安禄反，两寇扼京幽。

甲子昆戎进，安西帝子侯。

293. 彭衙行

夜宿彭衙道，辰行太白星。

怀柔知弱水，契阔问浮萍。

子女应无食，妻儿寄心灵。

芦关孙宰义，永结弟昆宁。

豁达听君便，心肝岁月丁。

居安居所寄，处世处雕零。

294. 北微

狼虫虎豹游，晋魏赵燕愁。

鲁蓟渔阳乱，胡风大漠流。

乾坤谁饮马，日作苦行舟。

诣阙疮痍毕，罗生橡栗秋。

黄桑今古辙，野鼠暮朝求。

白骨长城远，山岩草木酬。

蒙尘泾渭水，练卒粉脂休。

勇决方成事，鹰腾箭镞留。

宣光周汉室，褒妲翠微楼。

树业凌烟阁，栖陵宿帝州。

西京明哲地，北战羯羌侯。

聚力终成过，凄凉豫鄂头。

藏精三两载，蓄锐去来谋。

旦晓千年史，成汤百岁忧。

灵思灵武立，李氏李难收。

寂寞长安问，丁酉已马牛。

295. 得舍弟消息

老者方知百岁头，中年未立十三州。

家家国国何忧已，子子孙孙不所求。

经战乱，得离愁，胡风未解债兵筹。

唐人日月周人继，李姓同天各已由。

296. 除夕

西瓜大枣小葡萄，柿饼香蕉杏李膏。

栗子香梨桃苹果，菠萝蜜橘弥猴桃。

297. 徒步归行

（原注：赠李特进，自凤翔赴鄜州途经汾州作）

不是汾州已白头，无非动乱未乡愁。

妻儿子女平生望，拾遗青袍作度舟。

298. 玉华宫

（贞观二十一年作玉华宫，改为寺，在宜君县北凤皇谷）

古寺玉华宫，贞观颂大风。

笙竽声不尽，万籁谷鸣空。

299. 九成宫（隋仁寿宫贞观改名，在麟游县西五里）

百里一苍山，千崖半断删。

隋宫如杵臼，太白守天关。

300. 羌村

老小入羌村，妻儿待古根。

邻家对黍酒，共话对黄昏。

岁晚何须醉，残灯几度魂。

三生擢战乱，一字误惊门。

301. 偪仄行赠毕曜

耳目辛夷一自然，街头酒价半无钱。

身行足步长中路，苦道神仙驿外眠。

302. 送李校书二十六韵（李舟）

十九校书郎，三千弟子堂。

家名书笔客，伏枥骐骥昂。

万姓初安宅，千元治米乡。

都冠云日著，绿野溢芬芳。

太太夫人会，家家国国梁。

荒原无远近，惠泽共炎凉。

303. 留花门

胡风胡不尽，汉血汉家英。

战士甘州北，居然海上生。

留花门后客，隐忍国前兵。

试以咽喉见，倾夷八阵盟。

何言成败论，莫以废亡名。

岂是难裁主，王师作自明。

304. 洗兵马（原注收京后作）

之一：

战后长安日月晴，城中草木又兴荣。

三年吹断关山月，一日功勋百将名。

联手朔方回纥阵，从容令帐子仪英。

京师列队王城肃，禁苑重升凤辇迎。

紫绶中书门下令，司徒鉴镜广王平。

关中自有萧何在，房绾转张故相倾。

附舆攀銮天地驻，青袍驾冕凤翔行。

之二：

杨炎灵武颂，李泌隐归情。

会济风云外，筹谋苦役盟。

天河成壮士，厚土待枯萌。

洗净黄金甲，兴华不用兵。

田家知雨贵，布谷已争鸣。

妇梦今初解，秋来陇始赢。

年年诚阜路，处处致耘耕。

拾遗沧洲问，农夫祝太平。

305. 病后遇王倚饮赠歌

苦苦难难有富豪，成成败败见民膏。

单于汉血秦川草，汉武葡萄战凤毛。

306. 湖城东遇孟云卿复归刘颍宅宿宴饮散因为醉歌

红炉四面玉壶杯，醒醉三更马上催。

十里来了长亭路，黄昏改易已心恢。

307. 阌乡姜七少府设脍戏赠长歌

脍宴半长歌，葡萄一碧螺。

排冰河伯客，浸泡暮朝埚。

上阵亲兄弟，归家守妒婆。

情深方意切，酒醉故人多。

308. 戏赠阌乡秦少公（唐人尉称少公）

秦君一少公，太白半情衷。

渭水泾流见，鲛人日月空。

309. 李鄠县丈人胡马行

胡骊一丈人，汗血半天津。

百里秦川养，神龙晋魏春。

凌烟四骏色，赤兔别对钧。

异日长风俱，侧翼隔经纶。

310. 义鹘行（一作义鹘）

苍鹰一翼天，养子半峰巅。

莫以雌雄见，高崖彼此悬。

西归黄口角，北国白霜田。

鸷鸟非知意，儒冠过酒泉。

311. 画鹘行（一作画鹘）

大漠月芽湾，鸣沙百里山。

雕雄扬首望，两目玉门关。

造化轩然见，青霄玉宇环。

翻飞齐鲁去，正足客乡班。

312. 瘦马行

瘦马荒原一故乡，参军六印半腾骧。

天寒地冻冰霜路，伯乐相知历练扬。

313. 新安吏

新安千岛屿，白水万山峰。

牧马昆仑北，华州日月踪。

男儿当自立，主妇可田农。

国国家家去，官官吏吏对。

314. 潼关吏

百战一歌舒，三军半守余。

思谋思未尽，胜算胜天书。

铁锁潼关吏，封云崤谷狙。

成功勋业继，阵仗彼当初。

315. 石壕吏

暮暗石壕村，徵兵守邺门。

河阳多战死，小吏掠儿孙。

子女平安吏，妪翁不暖温。

长城千石磊，白骨一黄昏。

316. 新婚别

新婚已别伤，故役败河阳。

结发徵夫去，孤飞不得梁。

贫家儿女问，守战死边疆。

百鸟成双对，三军弃梦乡。

317. 垂老别

老少半人端，童翁一战残。

渔阳曾不守，子女已伤寒。

死别当心劝，行营十尺宽。

人间烽火路，世上久难安。

唐·李昭道

明皇幸蜀图

读写全唐诗五万首

第四函

第四函　第一册
杜甫

1. 无家别

一战三年后，千村十里溪。
江流江不止，暮日暮山低。
战败无家室，邻人宿鸟啼。
求生求异地，顾己顾东西。
苦役从芜始，重徵过旧栖。
阡中皆野草，陌上满荒畦。
老弱残兵母，同孤故土泥。
孤身应我去，孑孓断牛犁。

2. 夏日叹

夏日一蒿莱，枯风半地开。
池鱼干涸尽，水草已荒苔。
一阵千人死，三军万户哀。
曾分回纥乱，复以朔方摧。

3. 夏夜叹

月色照空堂，清风扫独床。
年前留土积，此后满池塘。
物象依仪易，流萤不惧扬。
荷戈操铁甲，不得梦家乡。

4. 立秋后题

浩荡一秋风，清寒半大同。
前声方扫叶，后序逐梧桐。

5. 贻阮隐居

陈留风俗尽，阮籍世琴终。
五柳丝弦弃，千音日月同。
邻墙皆草木，羽翼作飞雄。
物性无贫贱，人知有隐虫。

6. 遣兴三首

之一：

胜败一三军，春秋半九云。
江山谁所致，社稷不闻君。
四顾茫然去，千山逐列群。
胡风扬大漠，汉土落尘分。

之二：

冀上一榆关，云中半蓟山。
辽东南北问，日月共天颜。
大雪封天地，霜冰结水湾。
鲜卑同子弟，汉夏共夷蛮。

之三：

瑞雪兆丰年，春风细雨田。
三边多日月，四海有方圆。
夏水荷莲色，秋云素远天。
冬藏家自守，岁冬一辰先。

7. 昔游

白日半当空，青林一大风。
王乔齐下子，阮肇杜若鸿。
凤愿天台月，寻踪五老翁。
瑶池新酒熟，孔府故人崇。
石阁丹砂炼，三清土地宫。
交河寻落日，海角问融工。
栈道陈征路，鸿沟汉界东。
归来归未止，去路去无终。

8. 幽人

孤人一谷幽，独隐半心求。
鼓枻蓬莱访，惊涛四海舟。
商山芝局促，李泌昧衡楼。
翠盖应峰岭，微知是尽头。

9. 佳人

绝代一佳人，幽居半晋秦。
琴弦歌舞竞，由管颂风尘。
旧客争先去，新君逐后春。
千姿同彼此，万意共天津。

10. 赤谷西崦人家

（赤谷在秦州西南七十里曹刘战谷水尽
赤而名）

曹刘一战亡，谷水半红光。
百里流兵血，源头已浊泱。
何言三国尽，不得武陵塘。
鸟雀应飞乱，人家再石梁。

11. 西枝村寻置草堂地夜宿赞公土室二首

之一：

一石凿微泉，三光付雨烟。
西枝村草木，土室种桑田。
足踏书堂籍，心寻四皓贤。
无争无世界，有静有方圆。

之二：

松门一草堂，石户半书香。
汲水清泉细，屈蟠卜树梁。
天机藏万卷，杖策对千章。
共步寻深远，同心作故乡。

12. 寄赞上人

西枝西谷雨，北崎北春秋。
石壁山峰照，龙泓玉影留。
蝉音三世界，锡杖半风流。
独见高鸣远，何言济水舟。

13. 太平寺泉眼（三江源）

源头九百泉，湿地一千年。
万里千流汇，三光十地天。
清清流不止，浊浊续周全。
莫以黄河见，疏通禹穴川。

14. 梦李白二首

之一：

闻君半夜郎，复忆一诗肠。
酒后闻闻误，词中五斗觞。
前程前未尽，后顾后炎皇。
月满知天地，人名作柳杨。

之二：

恢恢一檄文，网网半诗君。
逐客青莲剑，扬名太白云。
瑶池台上见，力士墨中闻。
夜梦平生志，京华蜀道分。

15. 遣兴五首

之一：

潜龙冬日卧，老马枥思程。
阮籍留竹管，嵇康不得声。
知音知彼此，历世历枯荣。
陇首秦川望，南山渭水明。

之二：

襄阳庞德见，岘首石碑闻。
处士何天地，州县始吏文。
谁知隐约士，但寄鹿门云。
借蜀寻刘表，三分一国君。

之三：

襄阳孟浩然，太白醉神仙。
四季分南北，三清化万千。
心扉何不敝，面壁已苍玄。
道路连长远，枯荣任岁年。

之四：

玄世创关中，成名唱大风。
三年门巷里，十载卷书翁。
无根非草木，有界是西东。
连连烽火起，处处去来同。

之五：

人间大丈夫，世上问京都。
树羽成皋见，长河似有无。

16. 遣兴五首

之一：

一雁飞南北，三年自去来。
衡阳冬日卧，朔北夏津开。
草木萋萋色，阴晴日日催。
云沉青海岸，月照潇湘梅。

之二：

月落一长陵，弓弯半玉冰。
云中无旧路，寺外有清灯。

之三：

兰催白露乡，桂问九重阳。
月落春风起，秋扬草木霜。

之四：

猛虎一山威，蛟龙半海微。
离时离所以，去后去何归。

之五：

千夫万死伤，百战半炎凉。
朔北三军斗，江南九脉扬。

17. 遣兴五首

之一：

一念半苍桑，三生十故乡。
行行行处处，路路路长长。

之二：

逍遥千里马，自在一家乡。
四顾茫然处，三生忆老娘。

之三：

五柳一书生，无弦半世鸣。
桃源桃李树，汉马汉秦名。

之四：

三生三世界，一日一方长。
道士茅山远，心经地角藏。

之五：

家邻孟浩然，路隔太宗田。
太后徐妃氏，唐诗五万全。

注：全唐诗首太宗，尾徐妃。

18. 前出塞九首

（前出塞为徵秦陇之兵赴交河而作后出塞为徵东都之兵赴蓟门而作）

之一：

忍气问交河，吞声对负戈。
三边谁弃绝，十地作天罗。

之二：

男儿万里行，妾女半吞声。
社稷无安定，江山有死生。

之三：

成家一丈夫，许国半扶苏。
奋勉桑田问，勋功似有无。

之四：

不谓一江山，何言半御颜。
农夫农土地，帝子帝弓弯。

之五：

立日建功勋，行时白日曦。
凌烟阁上望，捷报将中闻。

之六：

用箭用当长，弯弓弯可强。
擒人擒左右，射虎射豺狼。

之七：

和求一胜成，战得半徵兵。
失去田园土，赢来帝子名。

之八：

汉武一葡萄，单于半箭刀。
千年如此是，万里误同胞。

之九：

从军一战功，列将半罢雄。
击鼓听嘶杀，鸣金唱大风。

19. 后出塞五首

之一：

男儿一世觅封侯，妾女三生问自羞。
涿鹿还听元帅令，渔阳望尽下高楼。

之二：

部伍霍嫖姚，军兵李广飙。
平沙惊落雁，落日映天娇。

之三：

六合一家人，三边半近亲。
勋高成显位，禄厚满秋春。
李广无为帅，幽州射虎臣。
阴山飞将去，汗马逐千钧。

之四：

渔阳豪侠士，渭邑净风尘。

楚练吴蚕束，辽丝赵璧珍。

英雄何不见，万里共秋春。

牧马秦川里，儿孙汉朔人。

之五：

辽东二十年，朔北两三边。

古以鲜卑国，今成魏晋田。

沧桑千里见，易变百生迁。

本是良家子，应承父母天。

20. 别赞上人

东流一百川，海纳万千年。

上国浮云释，红尘化俗烟。

微衣何不解，敛戟可终迁。

故枥归天问，陶潜弃五弦。

21. 万丈潭（同谷县作潭于县东南七里）

东南七里潭，谷北一清湙。

积水湾湒净，藏龙石壁涵。

川涛临涌注，霭雨雾深澹。

闭久修鳞会，重阳入意岚。

22. 赤谷

赤谷一寒流，轻霜半古丘。

山深多草木，路远少车舟。

利禄封官语，升迁对诸侯。

高人何不解，束羁自蚕囚。

23. 两当县吴十侍御江上宅

书生半士途，贬谪半皇都。

水沱江中阔，寒烟月中无。

丘尼六国访，孟母择邻儒。

咫尺分天地，千年问玉壶。

24. 发秦川（干元二年自秦川赴同谷县纪行）

谷外一秦州，云中半九流。

无源求食暖，有道自非谋。

懒拙难成付，勤劳客不忧。

清泉流注积，日月作春秋。

25. 铁堂峡（铁堂山在天水县东五里，峡有铁堂庄）

五里铁堂山，三年险绝颜。

黄河天水断，炼石女娲还。

老子潼关阙，青牛渭水湾。

如今心不止，未了草堂闲。

26. 盐井（在成州长道县，设盐官而名）

卤渍一盐官，茫烟半白滩。

汲井曾无止，成州有足餐。

羊毛羊体取，吏禄吏衙摊。

靠水行舟事，临山草木安。

27. 寒峡

谷峡势多端，寒流聚瑞澜。

云门封壁立，阻碛拓盘桓。

雾雨难分定，阴云湿独单。

行身惊未暖，积岁振衣单。

28. 法镜寺

法镜寺中钟，山深月下逢。

婵娟应不语，细水待清淙。

竹杖游僧远，劳辛故步封。

多年由战乱，五载误秋冬。

29. 青阳峡

日落青阳峡，身栖塞外崖。

溪流弯岭阔，暮影直参差。

渡口桥板垒，悬梁晓雾霾。

吴山西岳改，蜀水近天街。

30. 龙门镇（在成县后改为府城镇）

细水龙门镇，轻冰沮滞行。

重山藏秀鸟，暮色近猿鸣。

虏将江山问，兵营日月横。

文章何不立，武勇自缨平。

31. 石龛

清溪绕石龛，积注作深潭。

虎豹熊罴记，悲歌自己谙。

多年经战乱，白首束丝蚕。

草木林中直，渔阳月下裁。

32. 积草岭（同谷县界）

积草岭中云，山根水色分。

溪流同谷界，倦十共衣裙。

有食无求酒，栖巢宿驾君。

茅床明日去，且望立功勋。

33. 泥功山（同谷县西，置行成州）

成州同谷见，拾遗共溪闻。

步下青泥水，山中草木熏。

夫妻儿女误，老小已难分。

不与啼猿语，泥泞竹杖勤。

34. 凤凰台

（同谷县东南十里，二石如阙，汉有凤皇来栖而名）

十里凤凰台，三生二石开。

东南多紫气，阙北见尘埃。

扫荡清风与，中兴待瑞裁。

西康州不远，竹实炯然来。

35. 干元中寓居同谷县作歌七首

之一：

子美白头翁，干元唱大风。

中原无尺素，寓宿有天空。

橡栗充饥饱，秫田拾遗虫。

呜呼歌已尽，玉碎一声终。

之二：

雪路半轻明，前途一道英。

何观天水岸，不见渭泾清。

布短难遮体，饥长已五更。

归途邻已尽，怅望以书城。

之三：

平生一弟兄，历世半枯荣。

各异胡尘里，同鸣仆影声。

东奔西跑路，客驿主夫盟。

一梦同乡见，三呼父母情。

之四：

兄兄妹妹情，父父母母生。

别别离离去，营营碌碌耕。

幽燕成学子，五队作家英。

少小西关路，童翁忆所萌。

之五：

人生半故乡，历世一炎凉。

少小同餐饮，童翁共草堂。

文章耕日月，草木待三光。

十万诗词立，农夫作石梁。

之六：

南洋一海舟，北国半春秋。

四季无分界，三光有合流。

巴新家国外，马六甲王侯。

足迹连天地，风云五大洲。

之七：

枚乘七发鸣，立步一天声。

晦海波涛涌，晴光世界荣。

围城围自己，守事守无成。

跬步须前进，心胸可向明。

36. 发同谷县

（千元二年十二月一日自陇右赴剑南纪行）

离情一愿违，别路半无归。

夏发华州去，冬来同谷扉。

龙潭云起落，陇右雁鸿飞。

注足贫愁苦，何须问是非。

37. 木皮岭（岭在同谷河池二县中，黄巢设关以扼秦陇）

河池同谷岭，蜀道木皮云。

辅佐千岩立，承扬万水分。

今来行首路，古往凤凰寻。

虎豹深山啸，狼虫跃跳闻。

应如山外壑，五岳不连群。

一国江山远，三光草木曛。

38. 白沙渡（属剑州）

嘉陵江上客，剑阁蜀中天。

渡口风云骤，洪涛日月烟。

巴山明月峡，栈道白沙船。

不可陈仓问，凌空一鸟悬。

39. 水会渡

水会渡波澜，山光入若宽。

崖倾行路险，石解不攀难。

浪急翻花色，霜浓直木寒。

微衣方布旧，积液湿衫单。

40. 飞仙阁

（在略阳东南，徐佐卿化鹤于此。上有官道百间，总名连云栈）

连云栈上飞仙阁，羽鹤山中问佐卿。

狭径秋毫惊百壑，翻涛复雨溅峰倾。

分饥苦禄叹逃路，共历妻儿始觉情。

41. 五盘

（七盘岭在广元县北，一名五盘，栈道盘曲有五重）

栈道盘桓有五逢，嘉陵争涌水千封。

巴中雨雾藏明月，石峡破天独峙淙。

仰望青峰连激浪，低头壑谷逐惊钟。

巢居野兽常邻客，不废人生忘苦容。

42. 龙门阁

（在利州绵谷县东北八十里，一名惠岭，有石穴，高数丈得名）

石穴一龙门，山峰万古根。

惊涛成绝壁，草木作乾坤。

大禹疏通久，瞿塘卷浪魂。

萦盘当此数，子美可慈恩。

43. 石柜阁

（石阑桥在绵谷县北一里，自北至大安军界营阑栏桥阁共一万五千三百一十六间，最名者石柜龙门）

石柜龙门万阁澜，云峰蜀道半心宽。

惊猿惧望临空谷，拾遗书生作算盘。

攀栈木，步邯郸，曾经战乱苦辛寒。

妻儿子女随天理，但以平生有饱歹。

44. 剑门

（大剑小剑二山在剑州北二十五里，蜀户、西崖陡关如门，有阁道三十里）

蜀户悬崖一剑门，蚕丛栈阁万儿孙。

崇墉石角成关口，栈道陈仓楚汉魂。

朝暮路，客辰昏。中原望去半乾坤。

临流只谢鱼凫险，职贡英雄主五蕴。

45. 橘柏渡（在昭化县）

橘柏寒江渡，妻儿驾竹桥。

长竿烟水温，短步量云霄。

绝岸荆门远，微衣阔会飘。

书生谁不解，道路莫逍遥。

46. 鹿头山（德阳县治北）

步上鹿头山，行程绪苦颜。

饥时儿女问，有路余妻攀。

柱石京华见，书香拾遗闲。

孤行栈道峡，不过剑门关。

47. 成都府

成都日半明，雨雾水三清。

树木苍青郁，双榆碧翠荣。

川梁茶马路，蜀道石无平。

俯仰天高处，中原已不声。

48. 石笋行

西门双石笋，陌上独风流。

立石波澜锁，苔藓半益州。

虚名成旧磊，化错连人忧。

大体倾危识，江楼顾所由。

49. 石犀行

（李冰作石犀五头镇水精，穿石犀溪于江南名犀牛里）

分精五石犀，合筑一流奇。

太宁秦时蜀，都江偃子夷。

先生何作法，鬼怪莫鱼龟。

两岸昂身宰，千波附壁思。

50. 杜鹃行

蜀上知音一杜鹃，川中问道半方圆。

芙蓉故道新城市，力士明皇幸驿宣。

修栈道，教桑田，蚕丛立世楚人天。

鱼凫自古三江宰，羽翩沧洲问岁年。

51. 赠蜀僧阁丘师兄（六朝以韵为文，无韵为笔）

铜梁秀大师，祖籍已名辞。

博士先生臻，精灵炳纳知。

青萤飞雾岭，碣石落尘迟。

祇树尼珠照，斯文笔韵时。

52. 泛溪

一路浣花溪，三秋已净泥。
群峰封雪顶，诸水化昌黎。
练练云霓色，纤纤草木低。
僧游渝道北，客问锦官西。

53. 题壁画马歌（韦偃画马）

韦侯一马飞，客逸半天归。
骅骝千里骥，赤兔万军机。

54. 戏题画水图歌

五日山中一石成，三天月下半水生。
年年直木苍松色，处处风流日月明。

55. 题李尊师松树障子歌

清晨镜白头，老子见春秋。
孔府三千士，玄都四十州。

56. 戏为双松图歌

直木一双松，参天半独踪。
青青颜色老，色色向秋冬。

57. 投简成华两县诸子

野老官曹一杜陵，黄河斛冻半天冰。
青门黍地瓜秧绿，诸子冠衙可股肱。

58. 徐卿二子歌

释氏一徐卿，麒麟二子荣。
童生儿女继，积纳善绿明。

59. 病柏

病柏一千姿，躯干五百旗。
青青常纳雪，挺挺可居奇。

60. 病橘

病橘早离枝，知根感受迟。
居先成不熟，落后作相思。

61. 枯棕

蜀地有枯棕，邯郸故步封。
常青常柳色，岁莙岁相逢。

62. 枯柟

枯柟百岁荣，十载一枝生。
四围三株阔，千根一木萌。

63. 丽春

藏娇桃李色，纳露玉珍明。
不怕人多问，居心自有情。

64. 丈人山（山在青城县北，黄帝封青城山为五岳丈人）

五岳丈人峰，三皇玉雪容。
黄精白发顶，素女以冰封。

65. 百忧集行

清臣一百忧，浊吏半千求。
八日收梨枣，三秋问白头。
妻儿怜古色，拾遗寄君酬。
小子门东（庖厨之门在东）易，何如似犊牛。

66. 戏作花卿歌

猛将一花卿，梁王半姓名。
东川何自立，草木几枯荣。
刺史元成客，绵州节度城。
京都应守成，不必误平生。

67. 入秦行赠西山检察使窦侍御

骨鲠凌青一茗如，西番斩本半玄虚。
猿呼绝壁逢惊处，刺史成郡政策余。
春社鼓，夏荷锄。秋冬续继见天书。
儒兵革甲宁人政，十里江花侍御舒。

68. 柟树为风雨所拔叹

柟棕半草堂，百岁一书香。
老树苍枝壮，鳞皮角甲梁。
风雷惊直木，骤雨落荒茫。
世事应难料，所性亦扬扬。

69. 茅屋为秋风所破歌

屋顶二重茅，秋风八月高。
扬长云远去，落地作衣袍。
战乱三年后，桑田十地蒿。
何言穷子美，汉使取葡萄。

70. 大雨

大雨一江涛，狂风半岭茅。
蓬蒿摇摆折，沛泽涌低高。
万线垂天地，千丝号战袍。
横流成水患，夜色逐煎熬。

71. 溪涨

水漫浣花桥，云沉雨未消。
浮烟书案湿，白石没江潮。
十丈新滩渚，三清一叶飘。
千流分百色，两岸逐瓜苗。

72. 戏赠友

一跃欲千年，三生读百篇。
春秋何所著，史记马司迁。

73. 元年行巳月（代宗改元，巳月为四月）

幸蜀雨霖铃，长安渭水萍。
明皇明己己，力士力丹青。
渭邑成灵武，唐家树北廷。

74. 遭田父泥饮美严中丞

田翁倾社酒，邀我醉无休。
步履随邻叶，辛夷任止流。
农夫三二月，拾遗客春秋。
共是朝天子，同声问九州。

75. 喜雨

农家雨似油，拾遗字成舟。
米栗同生世，春风共入秋。
巴人桑小叶，剑阁岭禾候。
润泽成天地，枯荣待去留。

76. 渔阳

节度一渔阳，封雍半鲁王。
河东回纥阵，诸道帝王扬。
猛虎盘龙聚，行营镇朔方。
朝书兵十万，直指禄山亡。

77. 天边行

河源水种田，老汉步天边。
日暮洪涛水，巴中万雨泉。

三江横贯去，四海纵焇烟。
子女无青鸟，长城有战怜。

78. 大麦行

大麦干枯小麦黄，男儿出徵女儿忙。
秋衣已备霜衣暖，梦在长城梦故乡。

79. 苦战行

苦战当初胜战行，如今未了古今明。
长城万里短城见，独女相思独妇情。

80. 去秋行

叶落涪陵一叶秋，云行八月半行愁。
长城白骨乡城没，渭水黄河灞水流。

81. 述古三首

之一：
山山一竹花，处处半无家。
但以根根见，应知节节华。
之二：
商鞅法令似牛毛，烈火锥尖足沸熬。
但以求生何不至，江山社稷水须刀。
之三：
四面楚歌声，三军汉将营。
英雄当霸主，佩子但求名。

82. 观打鱼歌

绵州水水半东津，捕网恢恢两岸钧。
赤鲤龙门曾一跃，鲂鱼日色白光银。
波涛咫尺深渊隐，草木浮风日月春。
霸道截流抽足取，潜河潭尤老龙鳞。

83. 又观打鱼

设网提网两岸张，千丝万目一舟藏。
游鱼离水争无力，跳跃凭生有四方。

84. 越王楼歌

（太宗子越王贞为绵州刺史作台楼置台上）
显庆年间一越王，绵州刺史半京肠。
台楼水上长江浪，碧瓦朱檐问四方。

85. 海棕行（类棕直元皮二三年一子，一云波斯枣木）

波斯枣木一油棕，节胄清纹半海龙。
直直朝天迎夕照，苍苍羽叶水秋冬。

86. 姜楚公画角鹰歌

（姜皓郢人善画鹰鸟，官至太常封楚国公）
鹰飞楚国公，以角博苍空。
但向胡风去，何须问霸雄。

87. 相逢歌赠严二别驾

氛氲水得古人求，欲渡河川木作舟。
但过山梁桥板架，成都弟子草堂忧。

88. 光禄坂行（在梓州铜山县）

铜山一坂梓州行，落日千山赤树萌。
鸟雀寻巢鸣不尽，无人落脚对平生。

89. 冬到金华山观因得拾遗陈公学堂遗迹

（陈子昂射洪人，少读书金华山，后节度使李淑名立旌德碑于侧）
金华山上读，北阙镇中来。
剑舞弹琴客，声名去复回。
琼台扬紫气，绝壁古今裁。
天地沧然问，独孤问楚才。

90. 陈拾遗故宅（宅在射洪县东七里东武山下）

拾遗一千年，悠然五百泉。
源头沼泽地，汇聚射洪涎。
碣石碑旌德，皇城七尺天。
扬名琴不立，共坐是先贤。

91. 扬抑

古者来人一子昂，金华拾遗半书香。
书琴论剑行天地，厚德明仁作柳杨。

92. 谒文公上房

山僧齐木直，野寺古高居。
猛虎溪边卧，文公石径余。
清明先介子，谷雨自荷锄。
厚德三千界，禅房一卷书。

93. 早发射洪县南途中作

平生一半行，客游五千更。
阮籍茫然邑，巢由处世惊。
樵渔原是必，莫以待官名。
老者知天意，身明七尺城。

94. 通泉驿南去通泉县十五里山水作

一半天光一半蓝，三千草色五千丹。
通泉驿外通泉路，水曲湾中水曲寒。

95. 过郭代公故宅（郭元振尉通泉居）

英名半故居，略迹一公余。
定策神龙后，戎兵代国书。
通泉元振尉，褒冕帝京墟。
宝剑篇章序，神交以世誉。

96. 观薛稷少保书画壁

（稷，汾阳人，工书画，至太子少保，晋国公，以太平公主坐乱知谋赐死）
通泉书画壁，少保著青莲。
虎啸龙吟玉，山光水色悬。
汾阳分水见，晋寺晋周天。
后继无人问，声名未入贤。

97. 通泉县四者屋壁后薛少保画鹤

（稷善鹤六屏自此始）
多形六扇屏，复画一丹青。
继续连长幅，相承有韵灵。
低昂重意境，磊落踏浮萍。
粉墨云霄鹤，盘旋日月廷。

98. 奉赠射洪李四文（明甫）

峡口溪流涨，骐驎猛虎扬。
英雄多意气，壮士感怀伤。

99. 短歌行送祁录事归合州因寄苏使君

江流不问一江楼，草色滩头半草洲。
落雁南来从北至，年年岁岁自无休。

100. 陪王侍御同登东山最高顶宴通泉晚携酒泛江

人生不必独登高，四顾风流一把刀。
夜月通泉无醒醉，楼兰绝域有葡萄。

清江白练东山挂，柱史佳人曲舞涛。
耳目辛夷温故旧，江烟雨雾湿衣袍。

101. 春日戏题恼郝使君兄

意气凌青锦妾游，藏娇纳秀越姬留。
明朝我醉吴娃馆，只待君兄上绣楼。

102. 短歌行赠王郎司直

王郎一夜问鲸鱼，拔剑三呼动地居。
不见蛟龙沧浪水，须寻猛虎意气余。

103. 陪章留后惠义寺饯嘉州崔都督赴州

惠义寺嘉州，都督饯客留。
前驱前不止，善后善无休。
祖帐成留守，中军幕府谋。
炎凉应莫许，草木可寻秋。

104. 将适吴楚留别章使君留后兼幕府诸公得柳字

雨后一杨柳，家中半足手。
章君留后府，诸幕向倾酒。
醒醉青丝少，炎凉著白首。
衣冠空自见，日月作耕友。

105. 棕拂子

棕榈万子成，十岁半重生。
物贱藏微用，当麻系断绳。
丛丛油品质，叶叶脉脉风。
白羽联秋扇，青丝逐柔荣。

106. 山寺（章留后同游得开字）

同游章留后，野寺木门开。
树羽西来直，江花北去回。
心中无一物，拂拭不尘埃。
锡杖游僧主，钟声附雨来。

107. 桃竹杖赠章留后

江心桃竹杖，岸渚草花生。
白帝波涛逐，巫山待峡荣。
浮云常鼓栧，落水已成鸣。
变化龙泉去，风尘自不清。

108. 寄题江外草堂

成都一草堂，直木半天光。
战事连年起，冠官逐不扬。
勋功何不望，达士几书香。
浣水花溪色，苍天向柳杨。

109. 韦讽录事宅观曹将军画马图（曹霸官武卫将军）

拳毛騧飞骏，照夜白重生。
武卫明皇许，新丰翠羽明。
江都王子画，四十始成名。
不在秦川里，何当万里行。

110. 送韦讽上阆州录事参军

录事一参军，韦讽半画文。
秦川胡服取，汗血帝王勋。

111. 丹青引赠曹将军霸

三千日月春秋志，廿四图中已立秦。
阁上凌烟阁立本，羲之出入卫夫人。
明皇复画知曹霸，照夜骅骝各有神。
子继韩干赤墀马，皇家富贵画工贫。

112. 阆州东楼宴奉送十一舅往青城县得昏字

秋冬一别半黄昏，鸟兽三鸣两子孙。
节令栖巢求暖意，童翁尚取自寒温。
青城百里临江岸，舅氏千巡客路奔。
自古冠臣王命在，无须着意此乾坤。

113. 严氏溪放歌行

溪歌一阆中，甲马半英雄。
战乱余兵肆，公卿短大风。
身名邻国富，粪土自贫穷。
东流终不止，日尽始西东。

114. 南池（池在汉高祖庙旁）

南池一细澜，北岸半山寒。
枕带巴江东，芰荷阆谷端。
冠官图自羁，汉祖庙青丹。
五百年前迹，如今岁后安。

115. 发阆中

巴山一阆中，楚水半西东。
猛虎行安史，豺狼回纥戎。
妻儿生病霍，避战不由衷。
子美何忧患，书生唱大风。

116. 寄韩谏议

相思一岳阳，水阔半潇湘。
鹤落知音曲，鸿飞日月光。
周南留滞古，拾遗付张良。
楚蜀巴陵客，文章寄玉堂。

117. 忆昔二首

之一：
先王问朔方，后世付咸阳。
魏邺漳流水，关中小子堂。
何非寻汉血，大宛尚书郎。
猛士胡旋舞，鸿沟远未央。

之二：
武德贞观永徽年，开元盛世米粮田。
男耕女织无豺虎，敞户开轩醒醉眠。
四十六年天宝尽，长生殿上问婵娟。
春荞力士何相见，但记胡儿过御圆。

118. 冬狩行

王招天下兵，治国御中营。
节度东川史，英雄射猎成。
群兵群自主，史立史孤荣。
计短终难守，鞭长始不平。

119. 自平

南海自难平，风云已纵横。
珍珠藏蚌腹，翡翠贮苍瀛。
刺史朝封客，珊瑚固地萌。
中原何你我，不是一门生。

120. 释闷

年年不解兵，岁岁见攻城。
令童中军帐，风轻细柳营。
交河曾落日，渭水自枯荣。
紫气东南至，云阳正北明。

121. 赠别贺兰铦

野雀一荆榛，飞鹰半雪岭。
鸿鹄南北问，老骥历秋春。
祖国初和正，乾坤已净尘。
高贤今别去，自得古冠秦。

122. 阆山歌

雪顶灵山半阆州，城东古巷一风流。
嘉陵雨色巴中碧，栈道春秋六国修。
一望谁回首，三江自泛舟。
人留心不止，水去岸停舟。

123. 阆水歌

鱼鹰阆水飞，石黛系舟归。
日色成波涌，天光逐翠微。
嘉陵明月峡，剑阁广元妃。
白帝巫山近，巴州猛将稀。

124. 草堂

蛮夷远近一成都，海誓山盟半有无。
逐鹿中原谁敢手，横戈待旦草堂凫。
三公一国朝廷将，九盗千猎小子辜。
剑阁重封巴阆水，嘉陵此去色东吴。
惊闻回纥语，力断史安奴。
久累和平债，重温上五湖。

125. 四松

初移问四松，弃废根万茸。
别地培新土，经年不拔封。
归来重见木，直立付秋冬。

敢对微霜傲，长安有鼓钟。

126. 别唐十五诫因寄礼部贾侍郎

胡尘九载一相逢，别路三官六郡封。
白鹤同林天子御，潜鱼共渎海王溶。
幽州始道渔阳治，剑阁重开蜀栈丛。
汉将平戈宣化北，南宫贾子有龙钟。

127. 水槛

水槛半临流，东西一纸舟。
循环无逝去，石影几春秋。
静静安安逸，朝朝暮暮侯。
归来常叹息，历世去还留。

128. 破船

平生江海见，继世创破船。
缅邈波涛去，怀情世界田。
苍皇安史乱，避战草堂宣。
一木朽雕尽，三光落故川。

129. 扬旗

（二年夏，成都尹严公置酒公堂观骑士
试新旗帜，高适三州节度使）

严公置酒一公堂，将士扬旗半柳杨。
后举前擎烽火见，声南击北马猖狂。
舒舒卷卷平平展，熠熠挥挥肃肃张。
节度三州平犬陷，天边九鼎试周郎。

130. 营屋

居离多六载，伐木已千竿。

白日曾衣暖，星光覆被寒。
营营儿女屋，处处狭无宽。
但作书心地，樵渔自在观。

131. 除草

百草一神农，千虫半土龙。
同科分利害，共域各秋冬。
水畦芝兰蕙，田间薇菽丰。
人间修正果，世上作真宗。

132. 太子张舍人遗织成褥段

一织已千编，三军正四川。
干戈应未止，褥段过桑干。
受降渔阳战，先驱渭水边。
成都严武阵，太子纪和年。

注：甫以武牍是也非也，草堂之幕）

133. 莫相疑行

路上莫相疑，云中已不知。
中书堂上笔，节度使前诗。
学士成贤院，明灯落日时。
悠悠行世界，肃肃步无迟。

134. 别蔡十四著作

长沙闻贾谊，渭水见知钧。
笔竭呈皇帝，形身志净尘。
章台街北第，武库丞咸秦。
汉帝三官殿，昆明九鼎臣。

第四函　第二册

1. 杜鹃

望帝西川一杜鹃，清明谷雨半桑田。

蚕从养茧先皇束，辅国鱼凫后蜀缘。

百鸟知朝凤，千花对草妍。

鸿鹄飞乳子，鸟雀羽盘旋。

但以人间是，冠臣礼自然。

长安回首见，渭水有源泉。

2. 客居

山根一含酗，足下浣溪流。

直木扬天下，苍涛对日头。

吴门荆雨色，蜀栈锦城楼。

百汇源泉水，三江逝九州。

3. 客堂

结群浣花溪，编书作草堂。

台郎员外献，万竹自苍苍。

序节巴莺唱，鸿鹄已北乡。

飞天还伏枥，正道是炎凉。

4. 石研诗

平公一石诗，巨璞半余知。

禹凿疏三峡，补天炼九时。

江流因不止，日月已恩慈。

隐现文章制，丹青十万师。

5. 水阁朝霁奉简严云安（一作云安严明府）

水阁一朝烟，云安半涌泉。

严明君府事，晚得草堂田。

陌草阡花见，江流石岸悬。

春莺鸣且住，落叶月明弦。

6. 赠郑十八贲（云安令）

高人明物理，瞩目问先知。

贾谊长沙客，屈平楚木枝。

唐虞应是主，剧孟亚夫时。

抱老金门外，殊荣岂不迟。

7. 三韵三篇

之一：

一马自飞天，三鱼可入渊。

扬鬃扬足下，摆尾摆鳞泉。

之二：

荡荡水帆天，云云雨木泉。

流声流自去，静物静来年。

之三：

最怕小人心，言何纵复擒。

知音知自己，处事处英钦。

8. 青丝（青丝白马用侯景事，比仆固怀恩）

青丝白马子谁家，汉主嫔妃放世花。

但以潼关长信殿，风尘未及种桑麻。

9. 近闻

（永泰元年郭子仪约回纥共击吐蕃，次年吐蕃来朝，吐蕃称王为赞普，相为大论小论）

赞普怯临洮，天皇待人高。

潼关回纥将，渭水吐蕃逃。

牧马苍山北，经年贡葡萄。

求亲由小论，玉树作和袍。

10. 蚕谷行

六郡一千城，三军百万兵。

兵兵须铸甲，甲甲弃农耕。

铁铁非犁具，儿儿细柳营。

蚕蚕无养叶，谷谷不枯荣。

11. 折槛行

青衿折槛问秦王，逊世娄公宋璟昌。

学士泥涂千载过，朱云白马忆先皇。

12. 引水

巴中明月峡，滟滪阻瞿塘。

乱石丛林野，云安竹管沧。

无流方引水，有井止方决。

白帝川原力，人心百忧忙。

13. 古柏行（夔州诸葛庙柏）

一柏十年枝，千师半读迟。

三分何不见，八阵列天时。

地利茅庐聘，人和借蜀知。

白帝先帝问，未得武侯思。

14. 缚鸡行

闻鸡应起舞，束缚宰无声。

沽酒成鲜哺，回头自不鸣。

15. 负薪行

夔州处女白鬓华，四十无夫独养家。

何知战乱平和蜀，但见秋霜腊雪花。

16. 最能行（蜀中呼柁主为长年三老）

长年三老在，白帝一朝行。

滟滪瞿塘峡，巫山官渡城。

西陵应莫问，楚鄂已苍缕。

学问因流慧，人生彼此情。

17. 寄裴施州（裴冕坐李辅国贬施州刺史）

廊庙器具一施州，府国悬衡半宰由。

锦袖冰珩东序遇，蟠银紫绶带春秋。

三江白帝瞿塘峡，五岳崇山少室忧。

蜀道行难行可达，长安帝业帝王侯。

18. 郑典设自施州归

一半侯门两部书，三春日月五年余。
刺史施州施号令，风光不减不退疏。

19. 紫门

万水一长蛇，千山半黍麻。
沧流归大海，直木影无斜。
太古混沌日，如今律吏衙。
清池余主宰，杖皂暮朝赊。
地僻生贫病，天荒故石牙。
风烟随日下，浊醪任人家。
粒粟吴门老，江湖越女花。
东流应不止，但见浪淘沙。

20. 贻华阳柳少府（夔州古梁信州）

少府一华阳，襄西半水乡。
孤舟行觉浅，旱土望夔梁。
白石求风雨，枯花问润浃。
秦人歌舞地，赵女瑟琴张。
世事常无主，天经已断章。
中原多老少，绝地客沧桑。
短策平江汉，长躯卧草堂。
余生非病尽，倒履是张狂。

21. 雷

旱久一惊雷，禾苗两急堆。
疮痍千土地，雨细半徘徊。
不见真龙在，何闻税役催。
神灵常许诺，舞女作巫回。

22. 火

风风火火自相邻，雨雨云云已不均。
旱旱干干常举火，淹淹涝涝渡秋春。
人间何计策，世上苦施均。
但见长蛇舞，鸿沟楚汉秦。

23. 乐事

序：
七月三日亭午已后较热退晚加小凉稳睡有诗，因论壮年乐事戏呈元二十一曹长诗：
十易无成散聚行，阴阳有道别离声。

24. 牵牛织女

一道天河带太空，牛郎织女各西东。
人间喜鹊成桥架，七夕情心乞巧衷。

25. 毒热寄简崔评事十六弟

但上一江楼，曛风半向秋。
烦炎何不减，热浪载风流。

26. 殿中杨监见张旭草书图（殿中监管天子服御事）

一目半凄凉，参书十地觞。
疯狂颠草圣，乱发字千行。
醒醉无章法，羲之顿错梁。
先书先自己，后字后低昂。

27. 杨监又出画鹰十二扇

十二扇中鹰，三千弟子丞。
姿姿形色俱，态态准雕鹏。
绍正冯工笔，含元御草徵。
观图观骨意，作画作神凝。

28. 西阁曝日

颛顼德泽帝王家，曝日常空世界涯。
后羿当留天下眢，羲和会赋圣贤华。

29. 送殿中杨监赴蜀见相公

（杜鸿渐镇蜀幕杨炎殿中为判官）
马马鹰鹰一殿中，皇城蜀地半由衷。
杨炎字画均无意，草圣何须问渐鸿。

30. 赠李十五丈别（李泌书文巘）

常闻八尺躯，比翼一江湖。
白帝巫山水，黔阳大丈夫。
临流千万里，坐问帝王都。
但以文章寄，丝弦作念奴。

31. 课伐木

之一：
晨微暮返代薪条，直正棍然作玉照。
予求锡杖方圆步，随龙附凤渡江桥。
之二：
夏谷一樵奴，山阴半伐株。

千年物象曾相似，百岁人生有异名。

当庭多透积，隔壁我情呼。
锡杖应无主，空荒有虎雏。
熊罴如乳兽，白屋近鹰凫。
欲讨枝干木，凭生作丈夫。
沧江由此渡，栈道籍其枢。
且以丁丁响，归来处处扶。
萧萧天地界，寸雨近天都。

32. 园人送瓜

园官送我瓜，镇守慰桑麻。
雨雾夔州温，天公物象华。
童翁时令见，将士守庶家。
两日骄阳满，千田一片花。

33. 信行远修水筒

疏水修水筒，竹导入人家。
洁净厨房具，清明府灶衙。
情同平禹凿，利福诸民挝。
直似儒坛教，成如二月花。

34. 槐叶冷淘

五月一槐花，三春半不瑕。
青黄无接济，草木入人家。
荐藻巨巨露，明程字字嘉。
心从天子路，寸表献芹华。

35. 行官张望补稻畦水归（行官是行田者）

六月稻秧青，三江一水汀。
方塘沉暖畦，灌溉者芜屏。
雨色家臣足，云光草木莛。
关山田里见，米饭玉中馨。

36. 催宗文树鸡栅

宗文主守树鸡栅。
赤帻（老雄鸡）雄呼是玉冠。
莫以黄狐寻不见，当惊子鼠助鹰餐。
平飞有险何须问，落地时长自木端。
莫以鲲鹏垂底久，扶摇羽翼入汗漫。

37. 园官送菜

之一：
园官送小人，苦苣作新辛。

力士朝天涯，应知遍数贫。

之二：

苦苣倾争蕙草根，辛辛苦苦一子孙。

虞丝罐器罗纨紫，马齿芝兰共晨昏。

38. 上俊园山脚

潜鳞知水浅，去翼望云深。

陇亘登临见，长安剑阁寻。

圆山朱夏尽，直木客成林。

挽葛循攀步，高空有古今。

39. 驱竖子摘苍耳（亦卷耳）

苍苍满刺身，鼓鼓作圆榛。

卷耳焦灰叶，温汤作除钧。

心心方可读，手手独相亲。

界物膏梁问，黎民自是陈。

40. 问归

（秋行官张望督促东渚耗稻向毕清晨遣女奴阿稽竖子阿段往问）

丰苗蒲稗种一吴牛，厚地高天半九州。

刈稻勤劳东渚陌，秋收向毕北衙酬。

田家自古官生少，蜀雨经年几妄求。

遗婢清朝多寄语，兼葭促织两悠愁。

41. 阻雨不得归瀼西甘林

怅怅望飞禽，悠悠问古今。

瑶琴依旧是，五柳不知音。

雨阻瀼西路，泥泞黔北心。

残舟停峻岸，隔道问云荫。

42. 雨

殷殷烟雨雾，息息淑云台。

自帝瞿塘峡，巫山宋玉来。

朝朝何所见，暮暮大江开。

记得谁神女，高唐独去回。

43. 雨二首

之一：

楚雨一江湖，吴云半小姑。

天开江水岸，地载稻粱瓠。

漠漠连长长，潇潇运河渠。

钱塘三百年，玉帛一扶苏。

之二：

荆州门不开，楚水自天来。

蜀道鱼凫子，姑苏雨雾回。

书吟梁父句，露湿玉泉台。

落落倾空暗，浑浑满玉杯。

44. 晚登瀼上堂

开襟上野堂，四壁半书香。

一笔连天地，千言逐字梁。

黎民知季节，冠官向税张。

黄昏何所见，草木自炎凉。

45. 又上后园山脚

谁吟梁父句，挽葛直扶桑。

逝水东流去，龟蒙不复乡。

耕田凭雨水，匣剑任雕扬。

祖父边疆戍，男儿可自强。

46. 雨

云沉一草扬，日暗半山乡。

旷野牛羊尽，庞公岘尾堂。

襄阳临白水，奉节巫山梁。

汉奉君山阔，长江下武昌。

47. 甘林

甘林日暮作青衣，战乱桃圆问客稀。

但以残红春草碧，鄱阳未雨洞庭祈。

48. 雨

粿粒无收一雨迟，成河骤雨半日短。

兵兵卒卒军粮少，帅帅戎戎将战时。

49. 种莴苣

之一：

青青莴笋畦，处处隔阡梁。

色色无时节，微微补旧塘。

之二：

悠离战乱无时节，夏种秋收有补田。

十日农家莴笋绿，三秋雪雨渡饥延。

50. 八哀诗

平生半太平，历乱一群英。

至此何人见，如今几客荣。

51. 赠司空王公恩礼（东夷，高丽也）

东夷劲翮一司空，节度哥舒半世雄。

癖智春秋从帝业，清河镇朔慰新丰。

精干短小田横突，帐殿兴朝魏晋宫。

但以廉颇光弼见，河阳未免北平弓。

52. 故司徒李公光弼（已封王赠太保称司徒）

河阳一战名，地道万军兵。

册府元龟一，思明庆绪生。

军中谁拭父，晋垒太原平。

故帐司徒负，英姿少胜赢。

蛟龙成牧马，布阵苟严微。

易首闻奇将，清河正定城。

平章惊雅计，策略契丹行。

异姓封王郡，临淮节度声。

53. 赠左仆射郑国公严公武

瑚琏一郑公，仆射半英雄。

霍卫楼兰印，凌烟阁上恭。

黄门三掌制，节度一司空。

光弼渔阳胜，兵临收京东。

云台书阁尽，宠武力人风。

剑阁成都镇，东川不鼓兵。

华阳微感激，壮士献生平。

谒帝贞观迹，才贤诸葛名。

54. 暇日小园散病将种秋菜督勤耕牛兼书触目

拘束一平生，辛勤半日明。

荆巫非恶土，伴侣是枯荣。

不待鸾皇奉，何欣草木城。

江村归不晚，但以玉壶倾。

55. 赠太子太师汝阳郡王琎

汝阳让帝明皇谥，礼异群臣谨洁身。

塞翮胡风惊日久，长安郡守太师钧。

书绅壮已天津巷，射虎回颜渭水邻。

广沂平平无咫尺，深怀处处有秋春。

56. 故秘书少监武功苏公源明

李斯黄大忆，范晔顾其儿。
束发东堂结，囊锥始可葵。
三朝儒策早，八骏路秦驰。
社稷乾元复，江山战伐师。
犀山咒剿独，百岁结交时。
举落芙蓉剑，行名铠献词。
阊阖黄屋绶，房遗朔风弥。
只以平生志，中兴一盏时。

57. 故著作郎贬台州司户荥阳郑公虔

虔公著作郎，本草鲁门乡。
夏上神农阙，秋来孔翠肠。
明皇三绝叹，玉阁晓芸香。
但以书图制，当殊药国王。
台州迁地远，伐战近河梁。
秀叶胡尘坠，芝兰指足赏。
侯门应奖许，士卒可炎凉。
物集方知萃，天坯自未央。

58. 故右仆射相国张公九龄

上国曲江郎，相名白玉堂。
金华君省会，碣石客碑扬。
紫缓荆州史，蝉冠乞故乡。
千秋知养母，万岁向朝梁。
赤帝南宫鸟，黄云北陆央。
儒臣天易变，霸镇乃哲囊。
仆射丞家国，诗文继豫章。
君心随天列，诸子念余光。

59. 写怀二首

之一：

羁束一乾坤，原因半叶根。
贵贱侯门外，宠辱问黄昏。
达士成先后，朝班暮齿痕。
鼠肚鸡肠子，曲曲小人村。

之二：

春初一片半花丛，夏末三秋百小虫。
曲曲钩钩无直势，畏畏缩缩有惊风。

60. 可叹

季友知书万卷赍，无瑕妇弃半客乡。
江湖积善南吕舞，太守羲和读豫章。

61. 赠秘书监江夏李公邕

词林日月一华声，宋璟昌宗半对鸣。
武后崇文谁辅国，崔（融）苏（味道）
指尽列成名。
文侯宿愿张桓继，链接关钟旧和倾。
但以幽燕兵将论，青州相国几书城。

62. 观公孙大娘弟子舞剑器行

之一：

公孙十二娘，剑器万千扬。
草帖闻张旭，风流见此长。

之二：

公孙玉貌一佳人，剑器扬明半雪津。
射日低昂挥后羿，朝天俯仰满苏秦。
梨园弟子八千坐，第一芬菲五百春。
白帝如今传代见，瞿塘逝水隔风尘。

第四函　第三册

1. 往在

往在胡来满彤红，朝堂解瓦一天空。
悲鸣叹止嫔妃辱，玉座金銮散锦风。
涕泗微驱儿子壮，梧桐帝力半始终。
群冠互角铜钟响，诸子扬缨晋地宫。
翠羽丹霞光弱战，潼关主将属戎。
中兴复正长安道，魏阙灵犀渭水东。
塞下风云安史去，关前逆顺帅时功。
思明庆绪亡臣子，拱瑞天章济世雄。
箭镞成堆藏白骨，锄犁未铁垦童翁。
泾流渭水耕田亩，老子夫妻与地工。
一载春秋成百日，三年草木富新丰。

元元立庙如初定，步步贞观纳谏隆。

2. 昔游

太近达夫（高适字）来，同行音像台。
风云千里望，日月万家开。
洞达胡尘静，吴门粟帛裁。
商山何得失，白帝几疑猜。
驾驭英雄势，驱驰楚豫才。
溪流归大海，几度问蓬莱。
射虎幽州府，阴山敕勒梅。
楼兰终斩破，渭邑玉壶杯。

3. 壮游

青春翰墨香，魏豫似班杨。
业性斯文客，苍交妒恶赏。
姑苏台上坐，石壁剑池张。
八极阊门闻，三吴太伯梁。
风流王谢去，越女白肤芳。
匕首图秦尽，曹刘楚汉光。
江湖千百里，草木暮朝长。
贾谊屈平问，朱门赤族堂。
芜荒丘末土，逶迤路扶桑。
圣哲惊先后，行身达步昌。
呼鹰飞鸟兽，逐鹿向兴亡。

剡镜何天姥，尘埃几度苍。
之推曾避赏，晋耳致微茫。
熊罴何努力，鸿鹄不羁翔。
樵声渔父近，剧孟亚夫匡。
扬名天下道，回头论未央。

4. 遣怀

陈留一宋中，白适半诗翁。
主客倾金醉，蝉冠弃掷空。
红尘须置酒，俗气女儿红。
尺寸千夫勇，文章万水东。

5. 李潮八分小篆歌

秦皇篆李斯，汉武蔡邕时。
石鼓陈仓字，宣王快剑迟。
巴东苍颉字，二子李潮知。
并济刚柔笔，观潮望叹痴。

6. 同元使君春陵行（并序）

览道半分忧，同情一九州。
良官天下事，顿挫比兴酬。
战乱之中盗贼横，初兴未已故人情。
华星致道黎民意，博采长缨作成名。
贾谊臣衡沧浪客，屈平薄敛近休明。
丹青咫尺唐虞颂，不必呻吟澹欷倾。

7. 四美

序：
览柏中允兼子侄数人除官制词因述父子
兄弟四美栽歌丝纶

诗：
丝纶具载恩，子弟共乾坤。
戮力深诚寄，芝兰十尺根。
王垒云台主，朱旗绂冕昏。
柏氏知天地，纷然见路昆。

8. 听杨氏歌

佳人绝代歌，玉树待兵戈。
战乱中兴近，秦青寂寞多。
江城明月峡，白帝楚人娥。
智愚宫微里，声鸣志蹉跎。

9. 荆南兵马使太常卿赵公大食力歌

大食一胡刀，长江半怒涛。
荆南兵马使，塞北伐葡萄。
白帝瞿塘峡，英雄锁二毛。
丹青临府帐，蜀水待云高。

10. 王兵马使二角鹰

一路胡尘二角鹰，千山古寺半游僧。
安西护使功勋在，戍战轮台使伐徵。
六合都军天水外，三边草木杜陵冰。
荆南白羽凫翔见，海内苍山落顾鹏。

11. 狄明府

泥泥水水李周分，子子孙孙武罢君。
废立中宗唐室定，丞相社稷论衣裙。
卢陵太子三思村，叔伯分亲族列闻。
弟子师承先后列，王侯祖辈姓名曛。

12. 秋风二首

之一：
秋风肃肃过巫山，上下牢牢对水关。
楚楚吴吴帆欲举，巴巴雨雨成戎还。

之二：
秋风肃肃水东流，落菊黄黄一叶舟。
此去吴门合楚越，应留鄂语问春秋。

13. 久雨期王将军不至

十月荆南大雨摧，三边战事朔方雷。
开门问客风先至，闭户思君久徘徊。

14. 别李秘书始兴寺所居

一寺始中兴，三军已杜陵。
观经由古刹，问止可香凝。

15. 锦树行

今天苦短昨天休，锦树修长玉树愁。
万壑东流应曲折，三吴不尽越人钩。

16. 虎牙行（虎牙在荆门之北，江水急峻）

胡旋十二天，庆绪两三年。
未止玄宗策，潼关失守迁。
涛峰三峡口，激浪虎牙涟。

但以荆门锁，巫山白帝烟。

17. 赤霄行

孔雀不知牛，苍松自得秋。
风霜寒叶落，旧忆故人休。
直木乔林许，河湾映日流。
王孙应自己，过客问江楼。

18. 前苦寒行二首

之一：
秦川一路自新丰，炼石三千问祝融。
白羽荆扬天水岸，惊倾始见女娲宫。

之二：
白帝一江流，巫山半峡收。
高唐神女问，宋玉莫回头。

19. 后苦寒行二首

之一：
大雪自纷飞，严霜覆羽归。
苍茫寒色肃，二月始春晖。

之二：
天兵青海岸，虏将不知羞。
但唱胡旋舞，何须节度忧。

20. 晚晴

人间一晚晴，世上半云明。
但向天山照，何须咫尺荣。
尘埃应落定，远影已无横。
异己分离见，同城合作情。

21. 复阳

玄阴入晚晴，苦暮问云平。
子夜分春夏，三更化雨声。
双仪生十易，八卦对均衡。
百岁千年类，今来古往萌。

22. 夜归

明天明月峡，太古太人家。
白帝今流水，巴中旧虎牙。
孤心孤梦枕，北斗北桑麻。
杖策昌黎问，行程作雪花。

23. 寄柏学士林居

胡风问干戈，学士自昕磨。
反持幽栖去，萧然曲籍多。
今人成败见，古往帝王河。
日月沧桑易，草木盼平和。

24. 寄从孙崇简

云浮白帝城，雨落楚王情。
十二峰中客，三千蜀上鸣。
庞公时隐去，宋玉已文倾。
携酒应无问，何须论太平。

25. 奉酬薛十二丈判官见赠

文王一渭泾，易十半分庭。
俭德成今古，龙蛇作井陉。
销兵盔甲胄，铸器作犁钉。
但望麒麟阁，农桑座石铭。
相如才调逸，剧孟亚夫灵。
汉苑生行迹，秦川养马汀。
囊锥寸省目，积火扑流萤。
粉黛谁知己，倾城可肃听。
阳春由白雪，下里可巴伶。
过客何千语，儒人自六经。

26. 醉为马坠诸公携酒相看

甫也王侯少府宾，长歌酒肉傲红尘。
江流白帝瞿塘峡，紫陌巫山皓首春。
宠辱无惊贫病故，方圆有醉老臣新。
泉溪九曲清明许，石玉千堆屹立钩。

27. 别李义

神尧十八子王孙，一半唐城道国门。
玉叶宗卿亲古制，金枝谏纳世人尊。
淮扬小绣邻儿女，子建文章继羲恩。
肃穆昆中谁聚集，成都久别共乾坤。

28. 送高司直寻封阆州

跬步一长程，思明半阆情。
冗官冗自己，借道借枯荣。
尺素丹青鸟，骈骊万里明。
邑中应寄语，法度可公卿。

29. 君不见简苏徯

君不见，人间四面邻。
君不见，世上一秋春。
君不见，风花雪月乾坤易，
古往今来日月频。旧酒新觞醇自得，
朝阳暮色远山亲。
君不见，独马飞天去，孤舟靠水滨。

30. 赠苏四徯

别意与君同，淮扬唱大风。
英雄由自在，富贵可童翁。
成都诸葛见，江东项羽终。
鸿沟分不定，入主未央宫。

31. 寄薛三郎中（据）

人生有愚贤，道路见邪偏。
远近成天下，尘埃作坤干。
三边戍马付，九鼎鹿谁边。
卧病神农叹，行身禹穴前。
瞿塘空峡雨，蜀道挂云烟。
嗜酒曾无醉，相扶弃羽鞭。
君山应避署，岳麓洞庭船。
束带江东去，扬光鲁府田。

32. 大觉高僧兰老

长江一路到东山，剑阁三巴问玉湾。
但见香炉峰上色，层峦叠障有仙班。

33. 宿青溪驿奉怀张员外十五兄之绪

夜宿青溪驿，晨流曲水红。
荆门开楚道，独见满归鸿。
路上春秋笔，云中日月空。
诗翁回首见，不在草堂东。

34. 敬寄族弟唐十八使君

（甫著万年县杜墓志言杜出于唐）

彼此共陶唐，生途各四方。
伊岐分杜谱，厥土万年乡。
磊落成先志，书章立草堂。
中流应砥柱，省柁可忠良。

35. 魏将军歌

一诺从军铁布衫，三生宝校魏将衔。

吴钩越剑金盘夜，夏草秋隼待雪岩。
泰岳群山由虎子，云旗盖朔自封缄。
盘桓路上无朝暮，直立云中是柏杉。

36. 北风

江东一大风，塞北半苍穹。
野草平青海，黄花覆夏宫。
飞鸿南岸望，易水朔天蒙。
六合钓陈静，三边复老翁。

37. 客从

客自一方来，情由半梦开。
无知成世界，有欲作徘徊。
壮士承天意，珠人继海催。
回头皆不是，俯仰尽天台。

38. 白马

白马寺过行，天竺月下明。
禅房知世界，智慧问人生。
九鼎中原见，三边著石城。
英雄从此见，不及运河荣。

39. 白凫行

黄鹄化作白凫鸿，故畦成田似水翁。
淑素清心饥苦耐，低头傲首独苍空。

40. 忆昔行

么么（不长为么，细小日么）一水明，
曲逝半流清。
自有源津在，何言湿草荣。
青犀方可定，浅静亦倾城。
跬步余香问，愿果已斯衡。

41. 朱凤行

潇湘夜雨满衡阳，白凤朱颜墨尾梁。
百鸟成群朝聚会，千虫独散各低昂。

42. 夜闻觱篥

觱篥汉家惊，阴山牧马情。
诗人分国色，夜暗宿听鸣。
远远飞霜雪，声声积草城。
江湖难古道，敕勒一川平。

43. 惜别行送向何卿进奉端午御衣之上都

不秃汨罗唱九歌，英雄指北肃黄河。
麒麟阁上谁图画，紫极宫中印绶戈。
御统王师灵武帐，长安渭水久斯磨。
潼关一战哥舒翰，地道连营少胜多。
国继公卿制，臣行弟子科。
荆州思祖敬，异姓待唐柯。

44. 醉歌行赠公安颜少府请顾八题壁

不易作神仙，公安少府田。
孤标才子壁，渊独固方圆。
七泽鸟蛮照，三江蜀汉烟。
留赴从醒醉，顾八可秦川。

45. 发刘郎浦（浦在石首县照烈纳吴女处）

浦口一刘郎，孤舟半故乡。
沙尘延草岸，石首纳吴娘。
日落平滩色，帆沉水泽塘。
渔人谁不问，宿客见鸳鸯。

46. 别董颋

南阳别路端，莫道小长安。
旨阙衣冠束，门庐布履单。
襄樊临江岸，岘首泊波澜。
宁静谁从战，和平可带宽。

47. 送重表侄王砅评事使南海

房谋杜断名，祖显客游行。
大业隋朝末，秦王立世荣。
王珪承续继，俊后序先生。
叔嫂均王事，贞观聚散盟。
青袍今已定，白首古天成。
利器功勋建，谋人济武衡。

48. 咏怀二首

之一：
自作男儿一丈夫，天机已赋半身吴。
蒙尘未达凭时日，跬步行身事有无。
万姓奸雄致，千家主仆奴。
三生先自主，九脉后成殊。

之二：
潜鱼不问钩，走鹿见东周。
九鼎瀛秦误，三边晋汉忧。
桃源生拙见，五柳望公侯。
朔北何人忘，苍梧几度舟。

49. 送顾八分文学适洪吉州

龁厨八分龙，韩书蔡顾宗。
明皇传父子，不二一门锋。
省寺飞梁字，天台落地钟。
江山基座鼎，社稷立中庸。
异列成行顺，同流作虎容。
夫人应所见，草奈故人封。

50. 上水遗怀

上水四方流，孤舟一九州。
潇湘闻屈贾，不二帝王侯。
善导常寻禹，疏通过远丘。
黄罴高树顶，达者未知忧。

51. 遣遇

江行求利涉，遭遇待青袍。
百役长城城，千军白骨蒿。
桑干南北道，朔北去来胧。
败败成成尽，功功业业高。

52. 遣忧

共济一同舟，孤行半九流。
家家从国见，处处以天忧。
百虑三明治，千呼万里愁。
成都朝蜀相，浣水白溪头。

53. 宿凿石浦（浦在湘潭西）

凿石浦湘潭，长沙贾屈谙。
斯文曾落地，一梦作丝蚕。

54. 早行

举步一程程，行时半别声。
孤舟同昨日，独影共潮平。
白帝瞿塘峡，成都广汉城。
寻来千万目，寄以草堂情。

55. 过津口

岳麓一湘流，巴陵半草洲。
鱼游深浅水，鸟落去来舟。
恻隐天地岸，兴亡日月浮。
茫茫无所见，处处有春秋。

56. 次空灵岸（湘水县有空泛峡，又有空舲滩）

滩滩峡峡半空灵，水水山山一渭泾。
浊浊清清流日月，涛涛浪浪颂丹青。
沄沄风浪起，落落水云冷。
慢慢应多望，悠悠作羽萍。
兵戈声已远，白袖束零丁。
仰首枫林问，怜鱼峻石汀。

57. 宿花石戍（长沙有渌口花石二戍）

船依花石戍，渌口宿长沙。
四序平分色，千门纳雨斜。
清泉流寨岸，暮日散红霞。
野草繁荣久，应思减赋家。

58. 早发

百虑一斯文，三生半雅君。
终未无所弃，步履有氤氲。
早早离今去，迟迟待夜云。
时时赏草木，日日苦耕耘。

59. 次晚州

停舟次晚州，度鸟上红楼。
但向余明望，风涛净白头。
前行前不止，后顾后心忧。
岁岁相思处，年年似所求。

60. 望岳

得道魏夫人，司徒向所亲。
刘文生自妇，岳岭祝融陈。
祀典南朱鸟，修途绝壁尘。
归来何比誉，沐浴草堂春。

61. 湘江宴饯裴二端公赴道州

湘江一宴饯端公，解袂三杯敬祝融。
炼石君临南岳府，成无济地化贫穷。
高贤白日舟师广，拾遗朱批弟子丰。
计抽应平兵甲税，功勋自在井田中。

62. 清明

一日清明半被除，三湘采女九荼蔬。
同心合力旗枪净，岁碧年华子弟书。
雨雨云云天下色，成成败败几哥舒。
干戈未息潼关问，十万王师帝国虚。

63. 风雨看舟前落花戏为新句

岸渚一桃花，千红半水涯。
含情船上影，艳色客中佳。

64. 岳麓山道林二寺行

岳麓道林僧，莲花向杜陵。
寻河无有颂，赤鸟去来朋。
细学童翁异，桃源老少承。
逢三多易卜，不二橘洲登。

65. 别张十三建封

刘（文静）裴（寂）首羲著隋唐，
李密秦王一剑当。
力挽王朝玄武变，英雄汗血统华章。
云台管葛天衢策，拨乱宗臣大厦堂。
乐毅回书师主将，贾谊旧付寄潇湘。

66. 奉送魏六丈佑少府之交广

经纶一世功，日月半成空。
磊落行人事，身名朴直风。
长卿无久病，武帝有飞鸿。
逸迈三千界，呜呼一别终。

67. 暮秋枉裴道州手札率尔遣兴寄近呈苏涣侍御

虚名但问一寒温，浪迹天涯半户门。
泛爱邻家成近第，诚巡故友复悲恩。
潭州百斛葡萄酒，渭水千章醒醉论。
绶印军符今可见，功劳汗马好儿孙。

68. 奉赠李八丈判官（曛）

少小一心明，青春半纵横。
中年三界证，家翁事不清。
区区天地大，炯炯去来程。
朝堂应拾遗，旷野可扬缨。
独守官曹正，群工雅士英。

荆衡垂柳色，泛渚待舟平。
秉赋陈钧判，清机历治赢。
南翁随所欲，北叟可微鸣。

69. 岁晏行

处处官家晏岁行，时时老小待春耕。
天寒网罟潇湘冻，白雪严霜草木萌。
羽雁衡阳南北望，湘鱼楚鸟（湘人爱鱼，楚人弃鸟）有无惊。
岳麓山光汉寿济，鄱阳水色洞庭生。

70. 追酬故高蜀州人日见寄

之一：
成都高适蜀，刺史故余居。
得意亡形处，开文著此书。
之二：
自叹高君一蜀州，兰亭旧序半江楼。
瑶墀待御潇湘水，鄂杜乾坤楚鄂洲。
郁郁知君人日赋，凄凄问友已春秋。
昭思鼓瑟衣冠渡，暮对陈王忆曲愁。

71. 寄子美

浪里一庞公，云中半岘雄。
苏侯知自主，子美拜余恭。
镜后湘妃问，卒前意未终。
苍梧留禹穴，岳麓寄新丰。

72. 苏大侍御访江浦赋八韵纪异

侍御苏君涣静名，州官不见渭江清。
忽闻拾遗新诗酒，不住行舟石玉声。

73. 题衡山县文宣王庙新学堂呈陆宰

旄旌会紫微，俎豆入心扉。
学者儒冠事，青衿子弟非。
心根县尹见，木树立春晖。
不必三千子，波澜壮阔归。

74. 入衡州

胜败观兵将，兴衰看帝王。
秦皇传二世，汉武付双梁。
善福明微理，迁延隐忍乡。
悠悠昂左郴，郁郁主衡阳。

柱石才冠客，苏生四赋良。
何须还缠绕，已是定苍黄。
七国三秦志，周公半鲁肠。
观鹏翔阔宇，择木著鸾堂。

75. 舟中苦热遣怀奉呈杨中丞通简台省诸台

中丞连帅职，两省释兵权。
北拱天都籍，南图贾谊船。
玄机公子伐，士卒李端旋。
战伐中兴乱，朝章尺寸田。
涪夔针价反，卫伯玉声宣。
过问潼关守，重督晋朔边。
宗英褐裸表，白刃契丹员。
北陆行回纥，西蕃问酒泉。
舟中多苦热，水下少方圆。
祖国分疆治，河山列杜鹃。

76. 思量

尺素一来阳，公人半栋梁。
风流贤绍杏，僻地各牛羊。
鹤鹤惊涛岸，危湍浩水扬。
方田应宿客，酒肉误饥肠。

77. 杜甫遗踪

子美出瞿塘，江陵半水洋。
岳阳楼上客，杜甫没来阳。
遗靴惊湍泄，苔溪酒肉肠。
诗当元稹志，一墓作他乡。
上薄风骚赋，曹刘扬气吞。
兼人才子学，野老独高芳。

78. 冬日洛城北谒玄元皇帝庙

（庙有吴道子五圣图，高宗封老子为玄元皇帝）

玄元皇帝庙，老子任青牛。
道德明皇敬，唐家以李猷。
雕梁仙日月，禁苑太徵楼。
五圣图方见，三朝玉佛修。

79. 上韦左相十一韵

一代得麒麟，三朝老大臣。
开元天宝士，风历御皇春。

寿域南山下，丹青北阙秦。
东方司紫气，北斗向明辰。
子夏居耕所，长卿病后邻。
陈遵池下物，管辂尺牍薪。
鼎鼎韦贤相，范叔客经纶。
巫咸谁不问，邹鲁莫客身。
庙宇玄虚实，朝堂客意真。
云云书太古，处处湿衣巾。

80. 赠卫左丞文

天伦左辖归，草凤逐原飞。
甲子重回序，儒门已紫微。
踟蹰温老骥，进退慰心扉。
汉列方圆鉴，黎洪尺寸晖。

81. 投赠歌舒开府（翰）十二韵

哥舒开府翰，百胜过河湟。
魏绛和戎使，廉颇付赵王。
轩墀同节度，畋猎共雕梁。
代政驱安史，当朝伐朔方。
潼关知闭守，十万士难当。
大宛良驹久，蓍人自驾良。
胡人愁北逐，汉将善南乡。
受命边沙战，功成塞卒扬。
平西侯帝许，镇重守封疆。
一令分天地，三军作柳杨。
成何败败，短短亦长长。
将将兵兵卒，师师阵阵张。
胡人旋歌殿，晋冀北渔阳。
力士忠心劝，中丞列己旁。
开元天宝岁，幸蜀过苍荒。
至德朝灵武，东都近未央。
秦宫应契合，讨伐以鸿翔。
帐令金鸢外，鸣金制御章。
三年元始尽，百疲复官秩。
且待中兴统，和平自乃昌。

82. 奉赠太常张卿十一韵

万国太常卿，三朝老志名。
儒成千万里，道得去来情。
诣绝琳琅笔，身形日月明。
班谐和两省，弱序对枯荣。

画虎难归去，谋酬故意倾。
侯王应所欲，子弟可书生。
月下听鹦鹉，人前学舌成。
应当多教诲，切瞩可心盟。
暮笛黄昏远，辰鸡丈尺鸣。
轩辕由所领，小大自中衡。

83. 敬赠郭谏议十韵

谏议官冠敬，诗名已纵横。
颜回知所教，弟子不身鸣。
子夏居贫索，弥衡必自清。
休儒生久病，向道可殊萌。
厚物承先见，浮云启后成。
中锋三帐令，破的一矢惊。
遗恨由来易，穷途必虝倾。
王朝多士患，帝业少耘耡。
寸步观天下，三生对一生。
私情私自己，不达不旗庭。

84. 赠特进汝阳王

特进汝阳王，儒居孝义扬。
辞华精哲匠，学富业方长。
甲子重开步，耄者复举张。
诗惊曹植笔，笑指亚夫梁。

85. 奉赠鲜于京兆（鲜于仲通，天宝京兆尹）二十韵

诸子一天津，群生半序伦。
龙门才跳跃，凤穴养秋春。
等级王宫追，京都作近臣。
秦人秦土地，汉土汉规绅。
道路骅骝见，乾坤日月邻。
王朝归大器，尹府属风尘。
晓日金銮殿，华冠玉辇辛。
无私亲纷细，岂是一王亲。
帐下听呼遍，衙中独作真。
平衡平所治，处事处麒麟。
僻径通何去，阳明渭水滨。
朱批儒子客，榜眼曲江人。
六郡孤行止，三台独自钧。
成谋应守己，政迹草花茵。
地产呈丰富，山奇真海珍。

清正廉洁处，礼教育贫民。
共念同青琐，无须刻官巾。
阳澄分御典，紫禁付氛恂。
翰墨诗词著，文章贯古邻。
书生书所致，客愚客心循。

86. 郑驸马宅宴洞中

（明皇女晋公主下嫁郑潜曜，郑故居有莲花洞）

郑谷莲花洞，天光细雨烟。
簟清春酒雾，玉佩色方圆。
琥珀茅堂饮，云端玛瑙泉。
琅玕芳渭水，八百里秦川。

87. 李监宅

贵富一王孙，豪情半第门。
芙蓉珍绣被，孔雀褥皇恩。
暮望咸阳邑，朝寻渭水坤。
南山登不老，北阙试泉温。

88. 重题郑氏东亭

东亭半翠微，北壁一光晖。
石树三重叠，溪泉九折飞。
苍隼归不晚，鸟雀自应稀。
素雪融春水，朱门掩寸扉。

89. 题张氏隐居二首

之一：

不日何知一隐居，山光晦暗半丘墟。
樵渔未以求贫富，赏目行吟事莫初。
伐木丁丁回响近，弯钩处处待游鱼。
辛辛苦苦知温饱，业业功功向自锄。

之二：

樵渔莫读书，日月已多余。
农夫何如致，儒家不隐居。

90. 开元天宝

一匮天千尺，三峰叠九泉。
云烟沉竹影，紫气覆婵娟。
朽木经雕凿，香炉向日旋。
东林听虎啸，北阙八秦川。

91. 龙门（即伊阙）

龙门横野断，渭水纵流开。
紫气由东至，南山自北催。
皇居殷进取，佛寺劝心来。
自在观音势，氤氲日色回。

92. 奉寄河南韦尹丈人

不得忆途穷，应听唱大风。
青囊由隐逸，纳士任西东。
携酒寻陶令，求仙访葛洪。
同舟风雨渡，共济谢君公。

93. 赠李白

顾谓各飘蓬，吟歌任大风。
飞扬天下路，跅弛客中雄。

94. 与任城许主簿游南池（在济宁州）

南池一小船，北鲁半云烟。
水水常相似，人人问月弦。

95. 登兖州城楼（时甫父闲为兖州司马）

独上一城楼，心中半九州。
闲臣天下望，岱岳易春秋。

96. 刘九法曹郑瑕丘石门宴集

清秋一水深，落叶半知音。
下里巴人曲，渔舟唱晚浔。

97. 暂如临邑至鹊山湖亭奉怀李员外率尔成兴

野色鹊山湖，天光竹影凫。
青关云雾锁，水浒历城芜。

98. 对雨书怀走邀许十一簿公

云峰东岳起，古木北天都。
骤雨翻天地，惊雷肆五湖。

99. 巳上人茅斋

白羽摇支遁，江莲水色新。
新诗茅屋古，旧酒味方醇。

100. 房兵曹胡马诗

大宛胡名马，锋棱傲骨英。
嘶鸣城外去，耳目万军城。
汗血秦川迹，当知托死生。
三生飞玉宇，万里可横行。

101. 画鹰

鹰隼独石居，注目四方余。
一举成天下，三山草木疏。

102. 与李十二白同寻范十隐居

青莲太白堂，石酒却天皇。
我亦青蒙客，幽栖隐逸梁。
同吟来去路，共步暮朝霜。
一日樵渔客，三生草木乡。

103. 过宋员外之问旧庄

六合问钱塘，杭州水故乡。
衣袍先锦绣，咫尺运河商。

104. 黄河

序：
临邑舍弟书至苦雨黄河泛滥堤防之患簿领所忧因寄此诗以宽其意
诗：
黄河百里宽，入海万波澜。
蔽日惊壶口，清明半始涓。
九曲横流十八滩，三江禹顺一云端。
中原逐鹿分南北，不到东营势不川。
冀鲁关东去，燕齐蓟北寒。
齐家临碑石，立足白山安。
四野重耕凿，千山再造干。

105. 夜宴左氏庄

林梢挂月弦，夜宴左家筵。
烛影琴声细，灯红醉不眠。

106. 送蔡希曾都尉还陇因寄高三十五书记

男儿一将作先驱，勇瘠三军半问儒。
远战凉州青海岸，秦皇未了一扶苏。

107. 春日忆李白

一意立乾坤，千章出古门。
三生何醒醉，九鼎自黄昏。

108. 赠陈二补阙

献纳一东观，书儒半杏坛。
长卿君自得，补阙寄心丹。

109. 寄高三十五书记（适）

歌舒一战守潼关，十万三军不等闲。
莫令黄忠飞将老，何言戏孟亚夫还。

110. 送裴二虬作尉永嘉

孤亭向永嘉，独酒共天涯。
断壁撑天举，游兴二月花。
梅香疏影短，竹笋雨中芽。
自在由云雾，书香可品茶。

111. 城西陂泛舟

蛾眉半泛天，舞曲一楼船。
短笛胡风近，长箫到酒泉。
波摇歌不尽，日照玉壶边。
系缆城西岸，天书一宇田。

112. 赠田九判官

（梁丘，歌舒翰讨安禄山以田梁丘为行军司马）

使节一青霄，河湟半圣朝。
陈留成阮瑀，帅将数嬺姚。
汉帝田郎许，歌舒司马昭。
行军成令帐，著作大江潮。

113. 赠献纳史起居田舍人（澄）

献纳分清浊，才贤雨露边。
收封天地论，闾暮朝篇。
检点河东赋，重催御策田。
杨雄多少智，贾谊去来宣。

114. 送韦书记赴安西

安西一丈夫，朔北半匈奴。
六郡和平近，三边静玉壶。
飞鸿青海岸，八水已皇都。
但向轮台去，无空白首儒。

115. 陪郑广文游何将军山林十首

之一：

大将一山林，儒书一古今。
濠梁藏谷水，武勇向知音。

之二：

碧涧献香芹，楼台成国勋。
春风和细雨，夏木付塘云。

之三：

神农向月支，百草未相知。
晓刺承甘露，花开向四时。

之四：

一案走龙蛇，三秋满菊花。
婵娟同望色，只可问邻家。

之五：

云门一酒泉，露水半山川。
返朴归真处，河鱼上小船。

之六：

但以鲈鱼脍，苔莼自五湖。
明月藏石影，不醉上三吴。

之七：

一半是昆池，三千作月支。
群芳谁比色，汉使已无辞。

之八：

英雄一丈夫，壮士半江湖。
勇武三边静，安邦九鼎苏。

之九：

跬步南塘路，闻香第五桥。
吟诗吟朔漠，问月问云霄。

之十：

百亩一风潭，三生半虎眈。
终寻书甲戌，始见好儿男。

116. 重过何氏五首

之一：

但作野人居，三杯读醉书。
溪喧花色笔，岘静草堂余。

之二：

醉里翠微宫，歌前颂大风。
长安县上路，渭水曲中东。

之三：

日落平芜草，风行一路波。

江流应不止，举剑定干戈。

之四：

山河野趣多，草木自婆娑。
直线无钩钓，居心是几何?

之五：

怅望一林泉，还心一寸田。
君行君子道，日落日居延。

117. 冬日有怀李白

诗书一角弓，讨檄半苍穹。
日月当空照，阴晴逝水东。
无言王永定，不作夜郎翁。
醒醉当涂客，成都唱大风。

118. 杜位宅守岁

岁月一年差，房官半许差。
冠缨非吏守，醒醉是生涯。

119. 与鄠县源大少府宴渼陂得寒字

无须一酒钱，渭水半波寒。
主仆人情厚，琅玕日月滩。
人间多雨雾，井上少加餐。
莫向农夫问，冠官不种田。

120. 崔驸马山亭宴集（京城东有崔惠童驸马山池）

壁石一门高，流泉半案毫。
羲之书卫草，墨迹满葡萄。

121. 九日杨奉先会白水崔明府

一酒半黄金，三清九脉华。
青山生淑气，白水逐鱼虾。
以醉难承谢，吟诗向故嘉。
葡萄杯里色，玉液自参差。

122. 赠翰林张四学士洎

悲歌只可听，楚客不须铭。
贾谊长沙赋，屈平杜若灵。
黄麻金绶带，紫书绾书庭。
学士泊罗岸，襄王一水萍。

123. 送张二十参军赴蜀州因呈杨五侍御

参军赴蜀州，栈道附江流。
别意成都见，青年觅戍侯。

124. 陪诸贵公子丈八沟携伎纳凉晚际遇雨二首

（下杜城南有第五桥丈八沟）

之一：

佳人丈八沟，曲舞五桥头。
雨意初方至，藕丝有粉流。

之二：

越女红裙湿，吴姬露粉头。
丰姿流滟水，妾曲莫愁愁。

125. 泉明府舅宅喜雨得过字

喜雨一桥过，吟诗半九歌。
青山颜色好，绿水万千波。
竹笋兴先出，松篁节后多。
平生天地气，庙宇将相和。

126. 陪李金吾花下饮

不怕李金吾，千杯问玉壶。
群芳花草醉，但见杜江湖。

127. 赠高颜

昔别人何处，相逢见老夫。
高颜文字寄，意见酒香垆。
不醉非兄弟，无言是有无。
金钱成美色，不及问皇都。

128. 赠比部萧郎中十兄

宿老一乾坤，行程十子孙。
深谋千历练，哲匠半黄昏。
读尽人生路，书成日月门。
耕耘凭自己，胜负亦慈根。

129. 九日曲江

流中一曲江，日上半家邦。
九脉同天地，三元向晓窗。
重阳重目独，望道望无双。
莫以龙门客，嵩山站木桩。

130. 承沈八丈东美除善部员外阻雨未遂驰贺奉寄此诗

谒帝作冯唐，沉谋问省郎。
清秋维寓直，列宿俯低昂。
旧史儒书叙，今人慰激扬。
霖潦成诸礼，事略自圆方。

131. 奉刘赠集贤院崔干二学士

观鱼千丈一龙门，问道千年半子孙。
不可儒书儒术究，方知集士集贤村。
桃源秦汉序，五柳去来尊。
禁掖知天地，世界是乾坤。

132. 故武卫将军挽歌三首

之一：
武卫一生灵，行营半勒铭。
天机因此去，契阔作丹青。
之二：
舞剑一人鸣，吟诗半世生。
西徵西北路，射兽射勋名。
之三：
归陌青门去，新阡绛水平。
千夫应所向，万里可营兵。

133. 官定后戏赠

免作河西尉，楼兰不折腰。
兵曹应率府，沽酒且逍遥。

134. 九日蓝田崔氏庄

且把茱萸子细观，蓝田玉色著波澜。
云纹自古沉风水，隐约天光半带寒。

135. 崔氏东山草堂（王给事维舍辋川别业作清源寺）

东山一草堂，磬语半禅房。
日色书近静，天光满栋梁。
西庄王给事，北阙献芹香。
舍得清源寺，心经跬步扬。

136. 对雪

如今一老翁，昨日半行空。
但向楼兰望，应闻唱大风。

137. 月夜

清晖到鄜州，月色问闺楼。
独得长步步，妻儿共同忧。
婵娟无自照，世乱尽离愁。
湿雾云鬢泪，倾心俯仰流。

138. 遣兴

骥子（宗武小子）一男儿（读 ni），童音半语师。
知人名与姓，解道亦新奇。
仰母慈恩济，吟诗七步施。
飞天朝暮去，雁羽北南时。

139. 忆幼子（字骥，时隔在鄜州）

骥子一春行，黄莺半隔鸣。
东风应不止，草木共花生。
路远知心意，天长似钓鲸。
应求三界慧，莫以五湖平。

140. 元日寄韦氏妹

知闻韦氏妹，已向汉钟离。
旧国京华镇，春城北斗枝。
鸣莺鸣不止，雨露雨难期。
老树新芽委，东风杏李时。

141. 春望

国破山河在，家移日月生。
长安灵武见，渭水史安城。
别鸟飞南北，离人自纵横。
何当烽火尽，只叙女儿情。

142. 一百五日夜对月

一零五天生，三千六百明。
行程行趾步，数日数阴晴。
筷子火绵山间，耕耘草木萌。
由心由自己，任道任枯荣。

143. 喜达行在所三首（自京窜至凤翔）

之一：
长安至凤翔，十地故人乡。
玉树千门外，莲峰万岁旁。
心寒心未死，易卜易难赏。

步步寻南北，人人可栋梁。
之二：
一日胡笳响，三声汉苑平。
梨园梨百树，弟子弟千声。
但向长安望，何言日月晴。
南山多紫气，北阙已春萌。
之三：
且以潼关守，还徵朔北鹰。
应平安史乱，上掖玉香凝。
渭水千波逐，长安半杜陵。
江山重复建，社稷一中兴。

144. 得家书

宗文骥子一家书，月色妻儿半独居。
但以相思期自己，何尝故道有情余。

145. 奉赠严八阁老

（唐两省相称阁老，时严武为给事中属黄门省）

中书户对黄门雀，给事门当上掖梁。
日理平章天子绶，三台阁老共侯王。

146. 奉寄

序：
奉送郭中丞兼太仆卿充陇右节度使（英义）三十韵

诗：
夏点山西将，秋发陇右兵。
部曲瓜州士，秦川仆射城。
矢箭昭阳殿，刀枪细柳营。
上策应和贵，中谋可共赢。
老骥都督镇，骅骝故主鸣。
但望轮台戎，渔阳不易轻。
野火连燃息，烽台莫误鲸。
异域雕翎客，唐家自证明。
汉笛三新语，胡笳一旧情。
大漠曾沙净，冰山已自倾。
赤兔辞朝暮，单于寄纵横。
朔北千花艳，山南百草萌。
紫绶封泥印，朱批玉所明。
两省从衙事，元戎主独徵。
受降城中见，中原问弟兄。

降虏闻天水，幽州射虎惊。
得迹前程足，期名宰列卿。
共语曾飞将，阴山敕勒缨。
戮力交河岸，从军塞外声。
击鼓犀牛角，鸣金夜战盟。
诸葛张飞帐，刘禅八阵琼。
六公祁山去，千官蜀锦赓。
处处疮痍始，时时白骨生。
战事谁行成败，桑田自朽荣。
武勇文书墨，碑林庙宇更。
作茧成蚕缚，深宫远道评。
公主赴青海，乌孙汉帝迎。
海岸东流浊，河源自色清。
社稷江山在，轩辕不用争。
继业和人贵，勋功莫有衡。

147. 月

寒宫清一色，捣药兔长生。
战乱应平定，婵娟可共明。

148. 送杨六判官使西蕃

远送半苍穹，高秋一漠空。
西蕃千里色，玉树百花红。
战乱桑田朽，和亲帝王隆。
天平青海岸，日满洛西东。

149. 留别贾（至）严（武）二阁老西院补阙（得云字）

西院半风云，三台一日曛。
桑干平战事，朔漠定勋勋。
阁老麒麟殿，英名树玉群。
呈文天地酒，至武贾严君。

150. 晚行口号

秦川千百里，蜀道暮朝游。
逐客青丝少，还家误白头。

151. 行次昭陵

群雄作独夫，壮士上江湖。
禹谟高衢路，苍生俯仰图。
昭陵天子问，籍典向扶苏。
落落风云木，幽幽拜鼎芜。

152. 独酌成诗

醉里一诗成，词中半战争。
平生平不已，立世立枯荣。

153. 重经昭陵

草昧群雄起，金乌玉兔来。
桑榆临杞梓，社稷向天台。
雀鸟鹰隼见，熊罴虎豹才。
风尘三尺剑，日月五湖开。

154. 喜闻官军已临贼境二十韵

绥带龙吟久，辕门虎啸曹。
秦川千里逐，渭水万波涛。
雉尾云横济，羊肠险峻刀。
官军临贼境，汉帝取葡萄。
草木山川证，青田赤壁高。
皇城三月柳，玉井五湖旄。
灞墟长安绕，风光渭水蒿。
丹墀明远近，羽卫镇临洮。
雪域昆山箭，中原朔漠韬。
须当呈税赋，不可犯秋毫。
蜀道尧天继，吴云舜日皋。
天机藏城�，柘羯度风骚。
大宛挥戈去，交河持管操。
胡尘胡语净，汉苑汉家褒。
九鼎鸣争战，千军数怒号。
精兵先阵仗，犬子捕羊羔。
百语东都客，楼兰种李桃。
青丝藏朔漠，白首洗徵袍。
鲁稳真君子，齐桓故笔毫。
江山重制造，日月伴鸿翔。

155. 收京三首

之一：
北阙作皇都，南山问念奴。
霖铃听蜀雨，北斗照扶苏。
之二：
长生殿上台，七夕玉真来。
蜀道霖铃雨，华清半弃苔。
之三：
开元天宝去，力士念奴来。
太白清平乐，芙蓉玉步开。

156. 腊日

腊日暖还遥，冬冰雪未消。
战后应修复，人前已舜尧。
东风三十日，细雨两三桥。
四象呈阳近，三光向天朝。

157. 紫宸殿退朝口号

夔龙一凤池，玉树半天枝。
御坐朝仪引，照容紫袖垂。
春风花淑气，上苑草荫丝。
两省归墀晚，三台赋阁词。

158. 曲江二首

之一：
一水曲江春，千芳北阙人。
浮名应忘尽，马上状元秦。
之二：
人生七十古来稀，弟子三千故客依。
读卷吟诗吟所历，闻天问道问京畿。
龙门应一跃，魏阙可夷希。
进士同朝榜，花冠配玉玑。

159. 曲江对酒

寒窗十载一生明，进士龙门半酒英。
白鸟飞来黄鸟去，探花榜眼状元城。

160. 曲江对雨

一醉佳人锦瑟扬，三春细雨曲江肠。
龙门御点诗词句，上掖昆池奏豫章。

161. 奉和贾大舍人早朝大明宫

朝堂步慢大明宫，玉漏先闻燕雀隆。
袖里香烟余几案，廷前阁老凤毛鸿。

162. 宣政殿退朝晚出左掖

中书门下省，上掖御前宫。
赤羽青云殿，香炉玉漏风。
蓬莱均五色，紫禁落千鸿。
魏镜公孙鉴，房谋杜断雄。

163. 题省中院壁

左掖上臣心，中书下寸荫。
千呼呈万岁，一字值千金。

164. 春宿左省

风因一玉珂，月暗半天河。

万户争朝夕，千门树泰和。

165. 送翰林张司马南海勤碑

学士一文章，碑林半柳杨。

天涯凭此鉴，海角树王疆。

166. 晚出左掖

朝明晓色齐，日旭各东西。

玉漏三星晚，宫云一殿低。

167. 曲江陪郑八丈南史饮

青门学种瓜，左掖问梅花。

饮酒朝冠谢，吟诗故步夸。

莺鸣八水近，雀啄曲江涯。

浪迹行身少，长安一半家。

168. 送贾阁老公汝州

上掖梧桐树，中书凤鸟音。

平章平阁老，侍御侍天荫。

不以鬓斑白，何言老去心。

山河山水阔，日月日光深。

169. 郑驸马池台喜遇郑广文同饮

何知一酒杯，百岁半来回。

志国千年步，丹心十地灰。

170. 别缺

序：

送郑十八虔贬台州司户伤其临老陷贼之故阙为面别情见于诗

诗：

陷贼是还非，冠官复吏微。

中兴中正始，酒后酒人归。

白发成霜雪，丹心作日晖。

长途应自重，历数可来扉。

171. 题郑十八著作虔

世界贫如贵，人生富亦穷。

弥衡江夏鼓，剧孟亚夫雄。

逐客秦王问，巢由隐逸空。

无须长短见，不作读书虫。

172. 端午日赐衣

宫衣一赐名，五日半恩荣。

莫以汨罗水，潇湘日月霜。

长沙闻贾谊，楚客问屈平。

俱是文才子，为何不可行。

173. 赠毕四曜

主仆平生各象形，贫穷富贵共丹青。

家猫狗犬随人逐，自古文章十里亭。

174. 酬孟云卿

更深爱烛红，月暗挂山空。

但以匆匆去，应知处处雄。

175. 奉赠王中允维

似去声名久，如今契阔深。

谁传庾信故，不可谓陈琳。

幸蜀霖铃雨，骊山作古今。

江山灵武客，社稷已知音。

176. 奉陪郑驸马韦曲二首

之一：

但载小鸟巾，何寻百草春。

群芳争艳色，主仆近天津。

欲展成无赖，还扬作晋秦。

丛丛藏不住，露露好经纶。

之二：

远寺深山里，新春近眼前。

鸭鸣争水暖，草色自扬天。

着意寻花露，留心问酒泉。

丛丛无赖见，处处有香烟。

177. 奉答岑参补阙见赠

紫气一东来，朱门两省开。

君行随阁老，我去问文催。

几句惊人处，多闻补阙才。

西微西域阔，守将守天台。

178. 省

序：

送许八拾遗归江宁觐省甫昔时尝客游此县于许生处乞瓦官寺维摩图样志诸篇末

诗：

寺里一慈颜，香中半玉山。

淮阴新孝理，夜驿旧宁关。

锦帛垂方丈，宫衣肃列班。

江春随父老，乞祭任心还。

179. 因许八奉寄江宁旻上人

三年一上人，百岁半秋春。

古寺今还在，袈裟见俗尘。

江湖来去久，日月暮朝新。

道义如清酒，禅心似古醇。

180. 寄怀

序：

寄高三十五詹事适以淮南节度为李辅国所短除太子詹事

诗：

稳健高詹事，房谋杜断人。

维和兵将路，辅国甲戈钧。

但望飞鸿翼，何求壮士秦。

天高由鸟竟，水阔任鱼频。

181. 逢杨少府

序：问首

路逢襄阳杨少府入城戏呈杨员外绾（许员外求茯苓）

诗：

天寒一茯苓，去老半丹青。

不必相求待，生平座右铭。

182. 题郑县亭子（郑县游春亭在西溪上，一名西溪亭）

西溪亭上见，郑国士中闻。

故雀丛中问，新鸣竹下分。

长春巢里隐，百草树前曛。

有志平和意，无须树卓勋。

183. 往事如烟

序：

至德二载，甫自京金光门出向沿归凤翔，干元初从左拾遗移华州掾，与亲故别，因此出门，有悲往事

诗：

一日半秋春，三生两地人。

妻儿夫妇问，国破落浮萍。

此道潼关望，华州掾史津。

金光门外去，拾遗左心陈。

184. 早秋苦热堆案相仍

束带半青天，朝衣一岁年。

官冠拥戴正，靴履足维旋。

苦热应何减，炎风已醉眠。

文王周易断，渭水钓竿悬。

185. 望岳

少室峻嶒武帝登，峰罗玉女豁香凝。

回归九节通天杖，诸问真源白帝应。

186. 至日遗兴奉寄此省旧阁老两院故人二首

之一：

阁老五更扬，天街半路香。

低头随步履，木纳陪笑忙。

国语三生短，家情一线长。

回归重立步，满眼自炎凉。

之二：

草木春秋界，阴晴自在铭。

从新观日月，以此作丹青。

187. 得弟消息二首

之一：

上阵亲兄弟，回家父母身。

平阴音讯至，白首苦经纶。

之二：

平生一老家，历世半天涯。

白首应何见，田桑是豆瓜。

188. 忆弟二首

之一：

白首见根音，红颜问古今。

兄兄何弟弟，续续是宗荫。

之二：

平生一故乡，历世半炎凉。

夜夜惊心梦，时时望八荒。

189. 得舍弟消息

乱后一苍桑，生前半柳杨。

乡家乡所忆，舍弟舍爹娘。

190. 秦州杂诗二十首

之一：

满目一秦州，平生半九州。

鱼龙由水见，鸟雀以风流。

之二：

秦州北寺山，晋豫老潼关。

野殿觅丹青，清风月半闲。

之三：

少小临洮子，童翁不顾家。

长城南北见，不及运河花。

之四：

鼓角乱军来，川源依旧开。

秋风霜雪至，落叶久徘徊。

之五：

真龙天马骧，阔地踏浮云。

战斗曾无止，干戈汉血勋。

之六：

胡笳近古城，汉节远边英。

鸟兽何形骸，军兵细柳营。

之七：

莽莽万重山，幽幽一谷关。

王师由此去，汗马纵天颜。

之八：

一望幽燕隔，三军朔漠分。

辽东辽水净，易水易仁君。

之九：

独月上层楼，孤军下朔头。

云霄千万里，战士纵横收。

之十：

军前一老夫，战后半江湖。

世乱知和贵，霜平问故都。

之十一：

萧萧古塞宽，漠漠旧沙滩。

九曲黄河水，三军大漠寒。

之十二：

南头北水流，故国独军楼。

落日交河见，闻风扫叶秋。

之十三：

秦州半草堂，侄佐一书香。

竹影知天水，风光向柳杨。

之十四：

拾遗长安客，华州杜甫天。

何时茅屋见，送老旧蓬边。

之十五：

阮籍行多令，庞公隐少颜。

东柯扬谷水，北陌守夷蛮。

之十六：

门前百草长，月下半花香。

案上书千卷，心中著九肠。

之十七：

辽东近朔边，北魏共胡天。

王侯分土地，将帅画云烟。

之十八：

不日一桑干，何言半朔边。

楼兰先不斩，渭水凤翔渊。

之十九：

长城烽火照，渭水守兵营。

宿将应当守，哥舒不点兵。

之二十：

唐尧一圣君，草木半衣裙。

日月阴晴至，社稷江山曛。

191. 月夜忆舍弟

天边一雁声，人字半北鸣。

鼓角忧安史，乡关几死生。

192. 宿赞公房

锡杖一袈裟，禅房二月花。

春来群鸟宿，四海故人家。

193. 东楼

西微出北门，渭水见儿孙。

万里河源涨，千年草木根。

194. 雨晴（秋霁）

秋云天水岸，菊露寺前松。

久雨胡笳静，长梨始变客。

195. 寓目

关云已不多，塞雨未成河。

大漠千移棘，沙丘一骆驼。

196. 山寺

野寺一归僧，山梁半落鹰。
高阳眠不醒，月色照青灯。

197. 即事

序：

干元二年回纥从郭子仪战相州不利，奔还西京，四月回纥死以宁国公主葬殉因无子得归

诗：

莫道花门破，和亲是又非。
秋云飞去后，汉女欲何归。

198. 遣怀

朽木一霜花，胡杨半漠斜。
笳声惊汉境，战事误人家。

199. 天河

天河半不声，织女一心情。
隔岸牛郎见，人间几度明。

200. 初月

显晦分明白，阴晴见徘徊。
寒宫朝暮见，桂影去还来。

201. 归燕

小燕待归巢，初春采朽茅。
春风常带雨，筑穴与人交。

202. 捣衣

婵娟与捣衣，穴燕自相依。
渭水风流少，长城水月稀。

203. 促织

促织两三声，人间一半情。
同怜孤独夜，不以问心平。

204. 萤火

腐草一流莺，低空半闪明。
临书初不见，欲去带霜情。

205. 兼葭

秦风白露半兼葭，苇叶芦竿一向斜。
荡荡飞花天水去，扬扬自得伊人家。

206. 苦竹

苦竹一丛根，枝长半自尊。
青青杨柳色，节节暮朝恩。

207. 除架

自立一天章，行身半栋梁。
秋虫鸣不止，暮雀觅巢乡。

208. 废畦

废畦一芜平，荒圆半水明。
春来春战役，夏去夏繁萌。

209. 夕烽

长城烽火点，渭水将兵行。
不议和亲事，王师回纥营。

210. 秋笛

清商秋笛响，角羽菊花明。
但向重阳见，寒光北塞生。

211. 送远

一路到安西，三生问鲁齐。
桓公周旦济，老道自成蹊。

212. 观兵

壮士自当兵，英雄已斩鲸。
雕戈辽海战，八阵列殊荣。

213. 不归

河间微伐去，朔漠苦兵来。
总角聪明战，终身俊边赢。

214. 天末怀李白

李白清平乐，华清玉影开。
芙蓉池上舞，白马状元来。

215. 独立

独立望天空，飞凫静大风。
河中鳞不动，水上草花红。

216. 日暮

日暮半天空，霞光一岭红。
胡儿遥不见，白水远新丰。

217. 空囊

囊空留一钱，苦雨战三年。
壮士轮台戍，英雄到酒泉。

218. 病

一病半修人，三身十地春。
重生重塑造，弃旧弃夷辛。

219. 蕃剑

弯刀如半弓，剑刃似千砻。
虎气明腾踔，罴身奉汝隆。

220. 铜瓶

但以玉壶清，铜瓶净水瀛。
金鱼方可定，未了乱时声。

221. 观安西兵过赴关中待命二首

之一：

精兵良将帅，足以静风尘。
士卒摧锋箭，英雄扫降臣。

之二：

制胜一奇兵，中原半柳营。
河南河北镇，朔北朔南徵。

222. 送人从军

郑以武公成，周因巷伯衫。
临洮由将勇，受降立书缄。

223. 野望

归巢问故林，觅路已云深。
野望封侯地，人寻战将心。

224. 示侄佐（草堂在东柯谷）

日日草堂眠，年年故水泉。
溪流山谷石，木落叶榆钱。

225. 佐还山后寄三首

之一：

长安问契丹，渭水有波澜。
朔北应光弱，渔阳子仪安。

之二：

白露半分章，黄云一菽粱。

长安回纥士，渭水契丹扬。

之三：

溪流过草堂，日落满书香。

远远山峰顶，遥遥木叶扬。

226. 从人觅小胡孙许寄

叶密南州路，猿群北岭啼。

朝三成暮四，十指两分齐。

227. 秋日阮隐民致尺三十束

露水见初秋，溪泉向旧流。

何须寻隐者，自得问无忧。

228. 许迁

序：

秦州见赐目薛三据授司议郎毕四曜除监

察与二子有故，远喜迁官兼述索居

诗：

授曜一迁官，长驱半路宽。

三台三策断，六郡六和安。

法驾群公误，华夷柱石坛。

无须烽火色，但可挽狂澜。

一载平烟色，三年静兽残。

风尘风已定，静日静心观。

陇上秦川马，周中渭水冠。

悬崖明碧磬，史册著天官。

229. 寄彭州高三十五适使君虢州岑二十七长史参三十韵

神农尝百药，社稷任三皇。

沈鲍循规矩，高岑进柏梁。

云端知尧舜，海内问秦唐。

富骆开今始，诗经已禹汤。

弦琴弦已弃，五柳五陶扬。

不见先来者，卢王俱豫章。

衣袍由后赐，沈守已圆方。

太白诗仙醉，王维鹿柴香。

希夷苏味道，古意贺知章。

塞上昌龄使，长卿之涣肠。

春江张说句，未了孟襄阳。

贾至同元结，韩翃顾况牧。

昌黎韩李益，应物太湖塘。

禹锡司空曙，郊寒岛瘦常。

宋元元积继，张继到苏杭。

白六合居易，长安杜牧乡。

陈陶和郑谷，商隐步彷徨。

后主已词举，庭筠杜秋娘。

高山黄鹤去，客舍渭城光。

鹳雀楼前望，枫桥夜泊忙。

终南山上望，夜雨寄空床。

白帝城中发，秦淮远未央。

山居惊亦壁，锦瑟故人当。

竹泪山东弟，轮台九日黄。

山行山石客，岁暮岁文昌。

晚次凉州驿，隋宫已炎凉。

秋兴香积寺，诸子岘山羊。

魏万之京数，宣城见柳杨。

安贫巴笺蜀，济世帝侯王。

玉石沧桑笔，诗书满草堂。

230. 寄李十二白二十二韵

知章狂客酒，太白谪仙人。

禁掖清平乐，梨园业上真。

梁园无醒醉，紫禁帝王秦。

宠辱山河外，幽栖泗水滨。

诗词随日月，意境处天津。

蜀道东微继，长安北阙伦。

麒麟苏武汉，五岭于郎尘。

处士弥衡赋，青莲自在醇。

黄公桥下问，太掖殿中臣。

白帝朝辞去，江陵一日新。

床前明月光，地上易秋春。

独坐敬亭里，秋登谢朓邻。

吴宫花草径，晋代凤凰洵。

建业青天里，金陵白鹭沧。

空余黄鹤去，汉水汉江濒。

但以琴台问，当闻捕月鳞。

翰林天女问，沽酒敬亭申。

远影孤帆尽，扬州故客珍。

三清由日月，九鼎自经纶。

故里江油市，当涂挂冕中。

天门山上断，将进酒东巡。

独坐秦娥忆，平生尺寸民。

231. 寄张十二山人彪

独卧一山人，苦力半入春。

谢氏循峰屐，陶公漉酒中。

青龙藏石尾，白鹿问秦津。

自给成心宇，斯文逐游鳞。

232. 寄岳州贾司马六丈巴州严八使君两阁老六十韵

岳北陈仓路，巴州蜀道悬。

江山酬日月，社稷度坤干。

玉漏趋行殿，金銮策论宣。

片胡思李广，遣使问张骞。

万里长城护，千军成战边。

和亲和自主，逐鹿逐镌铅。

士常安贫富，君应制陌阡。

中书门下省，阁老济苍天。

举剑天彭问，行章海内牵。

房谋颁杜断，镜鉴魏徵贤。

武德归玄武，贞观树晋筌。

玄龄如晦见，柱石纪凌烟。

不复云台仗，虚修水陆船。

云南标铁杵，朔北立辽鲜。

亮节高臣许，王风诸父研。

平章平制制，上掖上皇缘。

敬德秦琼卫，思行李靖全。

崔融仁杰表，武后束之迁。

怼已姚崇弃，王琳宋景先。

哥舒光弼战，未尽元仪篇。

忌宿山陵使，干元末作坚。

中兴中正笔，事蜀幸思拳。

事事人人序，先先后后传。

儒官轻董卓，有识问符坚。

太白惊山脉，潼关锁渭涓。

衣冠拥陛下，故老敬青莲。

咫尺天津岸，天涯御勤虔。

王书秉烛读，禁赐待苍泉。

作水钱塘去，行舟泽越涎。

江南通塞北，老子有无去。

昼夜微班立，阴晴日月延。

鞠躬成尽瘁，蜀相不求仙。
白马飞天翼，麒麟竞谷巅。
中庸衡不至，辅觉未当然。
短赋何无界，长歌力尽联。
升贬常进退，业继功承渊。
远远形相近，高低处泰绵。
其实难易主，以境可编禅。
贾谊宫卜易，屈平楚子怜。
长沙沙不尽，汉寿沉江烟。
自古良臣问，如今比引肩。
诗词多逸志，曲赋可归旋。
一望鄱阳岸，三江九脉惢。
云光同里驿，月色太湖娟。
大理风花雪，渔阳赵瑟眠。
高山流水去，傲吏独名阗。
立蜀蚕丛付，鱼凫向杜娟。
神农尝百草，五帝治千年。
宋玉巫山赋，枚乘七发篇。
沧州观渚芷，大海作桑田。
贝锦曲丝织，青黛可染弦。
冰霜封直木，雨水谷春川。
岁岁风云易，年年水月前。
何须官宴尽，莫似苦家翩。
独木桥中过，群峰顶上穿。
衔门衔共束，杖吏杖同怜。
逝以承新付，经纶客字专。
严师严国句，贾墨贾盘旋。
引导东流水，枢平日月鞭。
归根应自主，自主是方圆。

233. 蜀相

九鼎分三国，千宗化一根。
荆州吴蜀借，白帝去来魂。
八阵姜维继，岐山马谡屯。
英雄英自己，尽瘁尽儿孙。

234. 卜居（浣花溪，又百花潭）

独水浣花溪，群芳？叶齐。
成潭流不去，著作草堂低。
白鹤三行止，黄鹂一路啼。
当须知日月，不必问东西。

235. 一室

（建安七子王粲诗词为先，称曹（植）
王（粲）曾隐岘山）

一室怀乡梦，千帆逐水光。
巴州天下色，塞笛蜀中扬。
七子曹王粲，英雄记草堂。
襄阳居不易，隐客岘山梁。

236. 梅雨

明皇幸蜀赐南京，四月成都湿两城。
晦晦溟溟常有露，云云雾雾久无晴。

237. 为农

迁官傲吏一为农，乞饷求温半所宗。
陌陌阡阡三二月，春春夏夏苦辛容。

238. 有客

书生一步天，壮士半桑干。
朔北三军首，江南九派川。
文章惊海内，字句酌源泉。
此酒闻风热，乘兴问客笺。

239. 狂夫

万里桥栏外，吴祎受聘中。
沧沧云水见，静静落归鸿。
浣浣花溪岸，幽幽草木风。
狂夫狂不止，老子老童翁。

240. 宾至

客至浣花溪，君来百木低。
频频枝叶敬，步步任东西。
酒熟妻儿热，杯温友会稽。
临流观去水，跬步信莺啼。

241. 王十五司马弟出郭相访兼遗营茅屋赀

赀遗营茅栋，闻声过野桥。
乡音表弟改，往返不辞遥。
过客江迁去，藏钱携酒消。
同为尘世外，共度苦难潮。

242. 堂成

背部一堂成，藏荫半玉荣。

溪流群鸟逐，浣女独无声。
对岸丛林里，牛郎隐约情。
杨雄宅懒惰，有意逐莺鸣。

243. 田念

清江田色曲，古道柴门傍。
榉木山毛老，枇杷户籍香。
花溪明七月，柳叶日扬长。
白鹭观中等，黄鹂落下梁。

244. 进艇

老去夫妻稚子肠，南京半亩已秋香。
芙蓉水上成双沐，入浦推艇满影光。

245. 西郊

西郊向草堂，北巷百花香。
几上沉云色，书中画石梁。
闻鸡情不止，待漏省官忙。
但以随趋步，人前见笏扬。

246. 所思

瞿塘滟滪堆，锦水浪涛回。
但向巫山去，飞流宋玉催。
高台神女见，两岸楚江隈。
雾里千分色，云中万雨恢。

247. 江村

水水一江村，云云半玉根。
应怜儿女小，病药老妻恩。
傲鹭多昂首，勤鸣向暖温。
高高成早晚，远远见黄昏。

248. 江涨

浊涌三江界，风流一线天。
波扬波万里，水涨水千年。
掠草惊呼岸，吞光纳激渊。
中洲平荡去，阔远逐云烟。

249. 野老

剑阁半王师，琴台一将知。
长安今不再，渭水自恩慈。
野老篱边望，怀情日上迟。
南京归来得，俯仰草堂时。

250. 云山

处处有云山,遥遥度玉关。
江边依杖望,日色作天颜。

251. 遗兴

花溪一草堂,子弟半书香。
渭水干戈动,长安作弃扬。

252. 北邻

野竹草堂篱,花溪月色迟。
江皋明白帻,晋酒八行诗。

253. 南邻

青衣一角巾,素带半秋春。
粟米芋瓜足,田家不问贫。

254. 出郭

一望雪峰西,三秋草木低。
天高盐井树,水色鸟空啼。

255. 过南邻朱山人水亭

一水竹参差,三秋近豆瓜。
农夫时令见,醒醉社人家。

256. 恨别

行人行有止,恨别恨无声。
渭水知千里,南京向天明。
干戈平朔北,阻绝草堂荣。
一别三年尽,千行百草情。

257. 寄贺兰铦

十载白头翁,三年震荡穷。
乾坤谁主宰,日月自当空。
隔夕应相问,当初唱大风。
相逢分袂去,罢酒慰西东。

258. 寄杨五桂州谭

一作白头吟,千光问桂林。
梅花三弄曲,雪色半知音。
雾岭无遥近,云光有浅深。
家邦谭木直,日月共天浮。

259. 逢唐兴刘主簿弟

俯首开元去,连年十载余。

江山分六郡,日月有千书。
剑阁巴山雨,唐兴主簿居。
花溪同步履,草畦共荷锄。

260. 和裴迪登新津寺寄王侍郎

不上新津寺,何言古刹钟。
秋风秋落叶,日色日龙松。
鸟影飞云去,溪流逝水踪。
禅房方丈客,浪子待相逢。

261. 敬简王明府

周南太史公,叶宰故人翁。
伏骥郎官问,扬鸣是大风。

262. 望简王明府

蜀雨几时残,吴云暮夕宽。
寒江流落叶,峡水急波澜。
甲子西南异,秋冬有苦寒。
冰霜山顶色,大雪在天端。

263. 建都十三韵

幸蜀一南京,荆州半帝城。
衣冠成辅宰,渭邑始枯荣。
剑阁巴南险,陈仓暗渡名。
分庭房绾议,守镇客和平。
汉使楼船定,唐标铁杵城。
贞观由此见,武帝可精英。
古驿霖铃雨,长长殿上情。
人情人所止,世事世难更。
翠竹江山碧,瞿塘滟滪横。
东流神女向,白帝巫山菁。
栈道嘉陵水,鱼凫草木萌。
君臣君子见,化作杜鹃鸣。

264. 岁暮

蜀客花溪近,边疆尚用兵。
胡尘旋舞兮,雪岭挂红缨。
鼓角惊儿女,夫妻恐纵横。
田家田亩盛,客户客丰盈。

265. 和裴迪登蜀州东亭送客逢早梅相忆见寄

一树早梅香,三冬腊草堂。

东亭呼百草,北阙唤春妆。
处处梨桃开,枝枝改柳杨。
天涯明素裹,地角储花黄。

266. 寄赠王十将军承俊

一将胆气雄,三军唱大风。
臂悬弓角劲,剑刃举苍空。
饮酒冯唐醉,驰驱戏孟同。
屈申闻李广,胜败著勋功。

267. 暮登西安寺钟楼寄裴十迪

高楼对雪峰,古寺自鸣钟。
返照红霞满,浮烟翠叶重。
常知垂老病,独得见从容。
寂寂诗文寄,茫茫暮色封。

268. 散愁二首

之一:
司徒(李光弼)燕赵去,朔北大军来。
久容闻天马,空营地道开。
胡兵多对少,怪将契丹才。
入宰长安市,潼关不守回。

之二:
晋并尚书台(王思礼),幽燕赵国回。
关西当日报,欲破虏丹才。
皓首归途望,还闻且易来。
英明由此见,蓟北落尘埃。

269. 奉酬李都督表丈早春作

春红一片桃,雨淑半江皋。
草碧三桥色,人情六郡高。
都督功旧业,主宰制庭旄。
表丈闻天处,山河待御韬。

270. 客至

舍水天天去,郡鸥日日来。
花光随客至,草色逐君开。
旧酒浓醇醉,新诗玉石杯。
家贫家富见,对坐对心回。

271. 遣意二首

之一:
幽居一径深,野火半鸣禽。

木碧山林色，花明露水霖。
飞鸣云欲起，落鸟草堂荫。
稚子重诗句，夫妻比翼吟。
之二：
邻人赊美酒，隔日种桑麻。
宿鸟栖巢静，荷锄半豆瓜。
耕田应半亩，种地学千家。
独树成林直，群芳腊月花。

272. 漫成二首

之一：
人前多俗物，雨后少心萌。
泯泯清滩渚，冷冷泛滥瀛。
行平林直木，卧对草堂莺。
教子清诗句，闻妻问仄平。
之二：
江皋春已伸，渚草夏津平。
问鸟回头否，看云是未生。
山边多树影，浦口有船横。
酒市无钱付，当炉是旧情。

273. 春夜喜雨

一夜雨无声，千顷润物行。
茫茫云草木，淑淑玉阴晴。
晓见蕾初展，船闻水月平。
云沉花欲现，雾覆锦官城。

274. 春水

桃花三四月，玉水暮朝明。
浪迹留沙碛，潮痕与岸平。

275. 春水生二绝

之一：
春风一雨生，玉水半流明。
欲涨还须落，桑榆已待荣。
之二：
两岸浣花溪，三枝柳叶低。
天光倾碧野，水色向云齐。

276. 江亭

雾里一江亭，云中半彩屏。
霞前花不定，雨后石丹青。

277. 村夜

一梦雨云生，三更半客情。
悄悄应向问，夜夜待邻明。

278. 早起

早起一轻风，寻花半吐红。
蕾头含玉露，叶上纳珠宫。

279. 可惜

柳叶向湖垂，珍珠接水眉。
天光圆欲滴，玉气向回维。
一点初临液，千纹已细危。
云烟枝不动，小女近私窥。

280. 落日

落日作帘钩，黄昏上白头。
天高应远望，俯仰著春秋。

281. 独酌

无钱赊酒沽，有欲锦官壶。
一醉三生客，千杯万里途。

282. 徐步

轻风步履徐，晓旭子云居。
但向西山望，回头彩色余。

283. 寒食

二日是清明，三更谷雨生。
书生天下客，万物润中荣。

284. 高柟

柟树半江边，茅亭一岸船。
微风和玉叶，直木对苍天。

285. 恶树

枸杞无声恶树鸣，人钱有道物枯荣。
幽荫杂木柯戈斧，象易循章故事城。

286. 闻斛斯六官未归

求生天地外，卖字卜余年。
未去图多客，归来省醉钱。

287. 石镜

（成都一丈夫化为女子，美而艳，蜀王

纳为妃，未几，物故王衰，念之，遣五
丁担五都之土为冢，高七丈，上有石圆
五寸径五尺萤泗如镜）
成都一丈夫，蜀国五丁扶。
石镜应回照，红颜似小姑。

288. 琴台（司马相如宅在州西笮桥北，有琴台）

相如曲外卓文君，笮水桥中不再闻。
但遗琴台今古见，临笮沽酒凤凰裙。

289. 游修觉寺

神游修觉寺，慧智得心田。
石竹经寒暖，山花待岁年。

290. 后游

野寺半江天，游僧一觉禅。
香炉烟杏杏，暮鼓自年年。

291. 题新津北桥楼得郊字

桥楼一鸟巢，石竹半城郊。
北陆长安日，南江锦蜀鲛。

292. 江涨

水涨作江潮，波扬过小桥。
涛声惊四野，浪打向青苗。
得势吞云雨，蛮横逐色骄。
苍皇流四野，达势纳椒蕉。

293. 晚晴（王符有潜夫论）

王符一论一潜夫，子美三生见有无。
草木阴晴观卜易，山河日月问江湖。

294. 朝雨

巢由近草堂，尧隐问天光。
晓雨皇都问，桑田草木荒。
南山冠雪顶，北阙纳余凉。
阁老中枢策，台公两省梁。

295. 江上置水如海势聊短述

江归临海势，契阔纳余情。
万里东流尽，千年逝水明。
汪洋潮汐问，水雨济相生。
上下循环见，阴晴进退生。

296. 送裴五赴东川

东行过蜀门，北望问秦津。
渭水鱼龙见，成都草木春。

297. 赴青城县出成都寄陶王二少尹

成都上命作南京，少尹青城问太平。
稚子贫嗟唯父命，诗妻白雪自倾城。

298. 因崔五侍御寄高彭州适

不问彭州牧，何时救急滩。
贫波淹岸草，渚芷没沧澜。

299. 野望因过常少仙

江桥渡少仙，水域问山泉。
竹覆流溪石，云沉隐去船。
津平滩草碧，渚色野禽眠。
直木乔林湿，沧洲雨似烟。

300. 寄杜位

杜位曲江头，长安一国忧。
干戈何不净，玉垒帝王侯。
逐客秦川外，风尘渭水流。
何须吴越界，不得十三州。

301. 奉简高三十五使君

高才一使君，傲首半京文。
日月丞相府，风尘颂子云。
天涯同跬步，海角共功勋。
引领潮流动，冠官上掖群。

302. 送韩十四江东省觐

兵戈不断老莱衣，弟妹难寻故不依。
白帝瞿塘巫峡口，黄牛谷静别无归。

303. 酬高使君相赠

汉赋一相如，唐诗半子居。
天书曾已论，地理几玄余。
接晋南泉老，邻隋水调初。
君行帝立道，适可造云舒。

304. 草堂即事

子建一荒村，江船半水根。
寒塘沙岸远，宿鹭草堂痕。

305. 魏十四侍御就敝庐相别

江边别草堂，日上问天光。
锦绣衣袍着，进退草木乡。

306. 徐九少尹见过

晚景满孤村，苍烟老树根。
浮云沉苇荡，远岭入黄昏。

307. 范二员外邈吴十侍御郁特枉驾阙展侍聊寄此

空闻二鸟啼，踏步一堤西。
杏李桃花岸，草木竹高低。

308. 草堂

序：
王十七侍御抢许携酒至草堂奉寄此诗便请高三十五使君

诗：
文章一草堂，草木半风霜。
扫叶秋风劲，开花日月光。
梅香初结碧，酒醉问红娘。
细雨催枝老，春藤过短墙。

309. 王竟携酒高亦同过共享寒字

路路人生去，云云日月寒。
君倾同岁酒，白首共风寒。
远道天涯近，遥滩草木宽。
三生寻故老，一醉上云端。

310. 竹桥

序：
陪李七司马皂江上观造竹桥即日成，往来之人免冬寒入水聊题短作简李公二首

诗：
之一：
水浅一河滩，清流十丈宽。
霜封儿女渡，点火暖裙端。
伐竹修桥路，潜龟砌石盘。
应闻夸口处，胜似着青丹。
之二：
百日一桥成，千人半路程。
当年河岸绕，即此不阴晴。

与众同心意，同心共誓盟。
丁宁求善举，逐客立英名。

311. 李司马桥了承高使君自成都回

江桥步步雨纷纷，引路明明待使君。
自已成都闻水调，功成业就作臣勋。

312. 少年行二首

之一：
田家老互盆，酿酒小儿孙。
十八年中过，三千弟子根。
之二：
波涛一水歌，草木半江河。
少小行年去，英雄晋朔多。

313. 野人送朱樱

蜀国樱桃自在红，鸿沟两岸已成空。
乌鸦不向江东问，沛令回头唱大风。

314. 即事

欲意折包头，行心自见羞。
花开花落去，叶落叶春秋。

315. 观李固请司马策山水图三首

之一：
百里一江湖，千波半岛孤。
风云风已止，日色日扶苏。
之二：
港口百船帆，云峰万丈岩。
梨园知世界，弟子着青衫。
之三：
碧玉小桥东，吴门故巷同。
行云流水色，物润泽枫红。

316. 题桃树

石径满桃红，苍山半水涯。
红颜连岭木，只入八仙家。

317. 萧八明府堤处觅桃栽

桃栽一百根，水浣五湖恩。
但向河阳令，花溪是野村。

318. 冯何十一少府邕觅桤木栽

应闻桤木三年子，不以胡梨五岁萌。

但得幽心幽自在，无须日月作知音。

319. 从韦二明府续处觅锦竹

锦竹一波涛，华轩半日高。
三年临直木，百岁待葡萄。

320. 冯韦少府班觅松树子

独木已成林，单根五味深。
松风松子觅，少府少年心。

321. 又于韦处乞大邑瓷盆

一物半天工，三光九派丰。
中兴司远近，大邑瓷碗红。

322. 诣徐卿觅果栽

桃三杏四五年梨，柳叶杨花一鸟啼。
白果黄梅秋枣色，枇杷橘子荔枝低。

323. 赠别何邕

知君问草堂，诸子赐天光。
夏果春秋继，群花日月扬。
书房书碧玉，墨宝墨翰香。
五百年中见，三千进士梁。

324. 赠别郑炼赴襄阳

岘首一羊公，襄阳半大风。
天高凭鸟尽，地阔待苍穹。
九品龙门始，三台上掖终。
心扉开不禁，意念属童翁。

325. 重赠郑炼

行囊一使臣，郑炼半秋春。
岘首襄阳客，庞公古照邻。
丹炉丹石玉，步道步天津。
释子儒家信，心经自上真。

326. 严中丞枉驾见过

道有少微星，元戎御右铭。
西川南北令，使节驾天龄。
不独张翰客，还闻陆羽萍。
花开花色好，水涨水船宁。

327. 奉和严中丞西城晚眺十一韵

晚眺一秦川，中丞半宰研。

精兵和必贵，简政力工田。
赵璧相如使，廉颇以将贤。
西徼东朔望，大漠远沙烟。
但以楼兰斩，还当策略悬。
沙鸣惊海市，腹背月芽泉。
俯仰皇都苑，中书帝子年。
房谋临杜断，六郡五湖年。
只见麒麟阁，须知士集贤。
分封疆界治，列宰见楼船。

328. 广州段功曹到得杨五长史潭书功曹却归聊寄此诗

幕府一卫青，楼船五更亭。
功曹功所寄，镇海镇汀溟。
汉节梅岭岭，铜梁玉石玎。
珠浦珠有泪，老病老夫町。

329. 得广州张判官叔卿书使还以诗代意

苍茫一广州，海口半江流。
蜀客书使去，卿诗问白头。
巴中明巫峡，渭上史安矛。
万里江山远，君心日月忧。

330. 送段功曹归广州

珠江日月流，镇海五羊楼。
白葛丹砂见，朝衣色不休。
波涛交趾北，石陆天涯舟。
蜀锦干戈落，长安待九州。

331. 绝句漫兴九首

之一：
雨水太丁宁，东风已过町。
阳澄春未久，草色半茵青。
之二：
造次李桃花，何分你我他。
墙头红杏窈，隔壁女儿家。
之三：
燕子上巢梁，呢喃话故乡。
衔泥年岁垒，哺乳对双翔。
之四：
谷雨一茶圆，毛尖半未眠。

杀青柔妙细，品味主长泉。
之五：
鹧鸪处处喧，白鹭悠悠言。
水上山光住，云中树简繁。
之六：
夏满一农夫，禾苗半有无，
今年天地旱，税赋供皇都。
之七：
诗词不忘家，日月有千花。
草色茵茵碧，人心处处斜。
之八：
曲曲浣花溪，悠悠草木齐。
阴晴由日月，远近自高低。
之九：
百水自归塘，三光昼夜扬。
乾坤朝暮易，老少故新乡。

332. 江畔独步寻花七绝句

之一：
成都一酒徒，醒醉半书儒。
草木枯荣色，江湖大丈夫。
之二：
云边小柳条，雨净女儿腰。
浦口浮船系，晴长泊水消。
之三：
一洒浣花溪，三春草木齐。
莺鸣仃昨日，隔岸不常栖。
之四：
醉呈有红颜，吟中问蜀山。
瞿塘神女在，不必玉门关。
之五：
风轻情不定，懒困不闻莺。
杏李多蕾绽，深红半浅红。
之六：
水月黄师塔，春莺百草堂。
天光云雨见，两岸浣溪香。
之七：
隔壁四娘家，黄姑一酒赊。
无催应醉去，有梦玉壶花。

333. 三绝句

之一：

溪边一钓矶，岸上半朝衣。

雨后浮云少，村前懒叶稀。

之二：

竹草千莺闭，溪花两岸开。

三春三自得，一日一来回。

之三：

雨里笋新生，云中已旧萌。

先知先觉悟，附合附枯荣。

334. 戏为六绝句

之一：

陈王七步行，庾信老人成。

格律非今古，前贤是后生。

之二：

少小贺知章，童翁各柳杨。

明皇从日月，玉笛镜湖乡。

之三：

水调运河长，商舟草木乡。

苏杭吴越韵，世界作天堂。

之四：

人间一纵横，世上半枯荣。

仄仄平平仄，平平仄仄平。

之五：

宋玉问屈平，巫山白帝城。

襄王神女赋，峡水自由生。

之六：

一赋汉齐梁，三诗序旧章。

隋炀隋水调，古刹古今唐。

335. 江头四咏（丁香）

月下一丁香，烟中半柏梁。

从从柔弱态，独独纳炎凉。

336. 栀子

栀子映江波，红颜雨露多。

人间常不问，世上有干戈。

337. 鸂

鹰隼无顾虑，铁帐玉笼高。

宇宙重分界，应知念尔曹。

338. 花鸭

土水一枯荣，阴晴半不平。

花鸭花自许，羽色太分明。

339. 畏人

独处一人乡，孤居半草堂。

文章分日月，粟米济齐梁。

340. 远游

当闻安史尽，一望到京华。

六郡重新合，千门复立家。

341. 野望

一望半云霄，千山百里遥。

人人三顾虑，事事几萧条。

战后须平定，衙中秋序雕。

方圆由日月，赋税在青苗。

342. 官池眷雁二首

之一：

自古一沧桑，如今半稻粱。

人间多不足，世上雁奉藏。

之二：

少小欲还乡，童翁岁月忙。

田家兽雀见，子女半饥肠。

343. 水槛遣兴二首

之一：

水槛四方开，山光八面来。

人心当此是，日月作天台。

之二：

蜀峡半波澜，长流两岸宽。

江潮江不定，水色水云端。

344. 屏迹三首

之一：

拙计存人生，田居近物情。

桑麻由雨露，燕雀鹊桥生。

之二：

短宦朝衣旧，长贫老妇忧。

何闻修本草，以病忘春秋。

之三：

年荒酒价低，供事客难栖。

浣女花溪水，飘母少府西。

345. 奉酬严公寄题野亭之作

天书半奏余，未学子云居。

水竹弯钩钓，芜荒不教锄。

临章听阮籍，纳府谢安初。

日上浮云尽，湖中自有鱼。

346. 中丞严公雨中垂寄见忆一绝奉答二绝

中丞诗一绝，少府忆三生，

拾遗江山阔，元戎将帅荣。

347. 谢严中丞送青城山道士乳酒一瓶

青城山道士，乳酒醉上人。

气味浓香郁，中丞契阔珍。

348. 严公仲夏枉驾草堂兼携酒馔得寒字

严公馔雅问，携酒草堂观。

社稷元戎守，渔舟钓士寒。

349. 严公厅宴同咏蜀道画图得空字

剑阁星桥北，巴中虎跳东。

苍山谁远近，阔水地天空。

馆壁连云色，厅堂接大风。

英雄凭所见，草木落飞鸿。

350. 迟约

序：

国资委副主任季晓南原毕业后与我事之，今约，后因饭而迟约

诗：

宠辱无铭一古今，衣冠徘紫半飞禽。

无知竟是同杨柳，百岁相闻共积浔。

351. 奉送严公入朝十韵

心留玉帐经，杖节驿长亭。

友侧京畿路。从容灞水冷。

风尘初定序，草木已生灵。

羽翮南途客，秦川有渭泾。

三台应辅政，九鼎确丹青。
蜀老知音奉，元戎住步听。
临危先举措，鼓鼙尽英铭。
感激君王赐，由衷四海宁。
南山依旧是，北阙亦花馨。
道使山陵召，山河日月星。

352. 送严侍郎刘绵州同登杜使君江楼得心字

水月江楼近，沧洲草木深。
归朝归使命，问景问人心。
辅政登临望，平章阙下音。
纵横应进退，日月可甘霖。

353. 奉济驿重送严公四韵

青山从此别，蜀客自由情。
野水东流逝，江村草木平。
行思行不止，送远送余生。
苦调宫商久，鸣吟角羽营。

354. 送梓州李使君之任

五马何时到，双鱼已早传。
丞相名自颖，刺史向才贤。
蜀道崎崎岖，嘉陵水水连。
陈公（子昂）县令辱，至此一潸然。

355. 巴西驿亭观江涨呈窦使君

宿雨涨南江，天云锁北窗。
波涛封岸岛，白鹭不成双。

356. 九日登梓州城

九日黄花酒，重阳老白头。
悲歌兄弟妹，共忆十三州。

357. 九日奉寄严大夫

九日重阳九鼎为，巴山汉节蜀山梁。
醇香乳酒黄花客，武勇徐知道子张。
举首长安见，驱兵渭水湟。
斑遥天下济，驿路世中尝。

358. 黄草

江流黄草峡，赤甲白盐山。
蜀道兵戈起，松州敛阁关。

陈仓应不渡，战后战人间。
虎跳嘉陵岸，秦川不等闲。

359. 怀旧

地下一高天，云中半岁年。
黄泉何远近，旧事去来全。
但以诗词寄，何须日月诠。
文章无阻隔，未了酒歌钱。

360. 所思

台州一老身，信所半秋春。
涧曲农山木，儒书有酒邻。

361. 不见（李白无消息）

太白久佯狂，青莲醉酒乡。
文章惊四海，蜀道读书梁。
力士曾呼唤，清平乐颂觞。
诗词千首敏，字句万字昂。

362. 题玄武禅师屋壁

东山一壁岚，卧虎半溪涵。
锡杖瀛洲界，匡庐紫气含。
江流飞鹤落，赤日净青潭。
但向浔阳路，禅师石径庵。

363. 客夜

客夜一途明，贫生仗友情。
妻夫妻数字，子问子规声。

364. 客亭

客歌一长亭，行装半补丁。
江流秋木外，日上水浮萍。

365. 秋尽

叶落始分明，风鸣已不平。
山光霜雪色，草木待枯荣。

366. 陪王侍御宴通泉东山野亭

东流去影斜，北岸小船家。
但醉思心尽，何闻有落花。

367. 野望

饥鸟向我啼，独鹤羽无栖。
蜀水金华北，巴渝日色西。

368. 闻官军收河南河北

剑阁思天子，巴山问故乡。
胡旋胡舞尽，始乱始渔阳。
已闻平安史，妻儿读柏梁。
河南河北复，日落日升堂。

369. 涪江泛舟送韦班归京得山字

北望一千山，南巡五百关。
归京归紫禁，问道问鬓斑。

370. 春日梓州登楼二首

之一：
年年新燕子，岁岁垒家泥。
蜀道难行路，皇城苦役栖。
春风春雨润，夏木夏云低。
少壮重亲友，无须见鼓鼙。
之二：
望远半登楼，无须一九州。
巴中巴水岸，蜀道蜀人修。

371. 古城西原送李判官兄武判官弟赴成都府

离筵一太频，聚日半由亲。
草木重萌碧，山河已复新。
兄兄和弟弟，吏吏亦臣臣。
玉漏平衡启，朝衣紫绶巾。

372. 泛江送魏十八仓曹还京因寄岑中允参范郎中季时

渭水明朝暮，邯郸故步封。
人心人独见，酒别酒相逢。

373. 送陆六侍御入朝

相亲四十年，送别两三天。
但醉应无虑，随舟可远眠。

374. 泛江送客

客客向皇都，臣臣作丈夫。
三朝天子路，十载忘江湖。

375. 上牛头寺

独上牛头寺，孤行石径幽。
花香方丈重，竹细野山楼。

376. 望牛头寺

白首一回头，苍山半去流。
溪泉应不止，草木可春秋。
铁棒禅房挂，钟声四十州。
灯传千百里，布袋去来修。

377. 上兜率寺

兜率一慈航，江山半晓光。
巴中明月峡，栈道度陈仓。
庚信承前后，隋炀水调扬。
吴门参渭雨，蜀地已齐梁。

378. 望兜率寺

直木一乔林，禅房半佛心。
山深江水绕，叶密木鸣禽。
隔寺何天地，随云作古今。
清清听鼓磬，处处有余音。

379. 甘园

半亩作甘园，三秋叶尚繁。
青云藏隐密，露雾自无言。

380. 数陪李梓州泛江有女乐在诸舫戏为艳曲二首赠李

之一：
佳人姿态色，曲舞艳阳天。
醒醉谁君子，伦情少人眠。
之二：
自有涛波逐客船，江流绕轩顺长天。
曲舞曛风无醒醉，百态千姿对日眠。

381. 登牛头亭子

牛头山下水，古寺客中亭。
谷远深山逐，关河见渭泾。

382. 惠义寺

序：
陪李梓州（章）王阆州苏遂州李果州四使君登惠义寺
诗：
一寺巴山四使君，千川蜀两半纷纭。
登临不尽曾知远，极目难终是卷云。

383. 送何侍御归朝

辞舟一诸侯，望北半沧洲。
侍御归朝去，天街替国忧。

384. 江亭送眉州辛别驾升之得芜字

江波近玉壶，岸渚已荒芜。
柳影随流去，山花逐色苏。

385. 涪城县香积寺官阁

翠壁孤云香积寺，涪城古阁顺江流。
丹枫万木含风雨，小院钟声问白头。

386. 戏题寄上汉中王三首

之一：
一醉作浮萍，三生问世宁。
干戈安史辱，草木有丹青。
之二：
策杖未开门，闻风已自尊。
嘉陵江上醉，剑阁蜀中魂。
之三：
徐陈一杜康，鲁卫半余梁。
警策无归路，群邻房盗亡。

387. 陪章留后侍御宴南楼得风字

清歌一大风，侍御半天宫。
绝域朝廷晚，南楼瞻目空。
巴中多夜雨，剑阁少殊雄。
寇盗狂回纥，长安见始终。

388. 台上得凉字

高台一阵凉，远目半沧桑。
有醉难分客，无心可月光。

389. 送王十五判官扶侍还黔中得开字

黔中一色开，蜀上半江来。
扶侍东微客，余心劝酒杯。

390. 倦夜

夜色一流萤，湖光半草萍。
稀星千万点，旧路两三亭。

391. 悲秋

一叶不归根，三秋问子孙。
文章当日月，老少作黄昏。

392. 对雨

大雨洒江天，巴吕未去船。
风波成浪涌，浦口待云烟。

393. 警急高公适领西川节度

楚将有才名，西川节度徵。
松州闻计拙，锦水蜀行营。
玉树拥兵檄，和亲日月城。
湟源青海岸，海宴通回盟。

394. 王命

巴西道路难，汉北虎狼观。
栈道曾留落，陈仓暗渡宽。
严公朝上见，武勇吐蕃端。
蜀邑传王命，京都慰达安。

395. 微夫

不已再微夫，干戈似有无。
山河随国破，子女逐飞凫。
百户谁人在，千家自独孤。
阴晴非水月，草木不扶苏。

396. 有感五首

之一：
将帅朔曹边，兵戈渭水田。
云台新战事，觅处问张骞。
之二：
不以金汤固，行营贡赋泉。
英雄平战乱，达遣逐方圆。
之三：
洛下一天街，云中半鹿柴。
冠臣尘落定，俭德镀金钗。
之四：
桂树一风霜，青梧半竹乡。
亲贤应不避，月影隔邻墙。
之五：
盗尽小人心，名余故客音。
兵残兵未减，战事战应钦。

397. 送元二迨江左

取次一论兵，行军半建营。
秋深风不止，扫叶木难成。
白帝乌孙策，丹阳玉树名。
红尘成日月，乱后已无平。

398. 章梓州水亭

一醉自长歌，三秋分色多。
重阳重草木，独步独婆娑。
日晚州亭暗，灯明蓟子娥。
荆州荆树直，水色水芰荷。

399. 玩月呈汉中王

夜露汉中王，波涛水月乡。
荆门荆客醉，鸟落鸟飞翔。
淑气随江渚，归舟系石梁。
淮扬淮草岸，简木简文章。

400. 戏作寄上汉中王二首

之一：
云中双雁过，手上独珠珍。
不问天津路，年初已入春。
之二：
池台一谢安，汉伎半王冠。
处处谁梁苑，冷冷一水寒。

401. 投简梓州幕府兼简韦石郎官

郎官一稳余，不遗半行书。
但弃贫儒病，冠官亦可疏。

402. 登高

孤猿一啸哀，白鸟半琴台。
落木萧萧下，长江滚滚来。
悲伤常作客，苦病待门开。
独伴书香案，登高日月回。

403. 九日

一目满黄花，三秋半客家。
前年闻朔漠，后日问骊衔。

404. 遗愤

三边一契丹，九鼎半栏杆。
以少千军胜，行营地道殚。
潼关何以战，主宰帝王团。
汉血知回纥，英雄自惜残。

405. 章州梓州橘香亭饯成都窦少府得凉字

章州野橘香，锦席玉盘凉。
九日重阳近，千官独未央。
离诗应预籍，别酒可衷肠。
客坐高天望，青丹厚地芳。

406. 送陵州路使君赴任

一战百官身，千文半武钧。
江山平伐虏，日月再秋春。
岳牧齐辞令，幽燕遗使臣。
贤才成气象，汉子净风尘。

407. 薄暮

薄暮半山云，霞光七色分。
飞鸣迎彩照，宿鸟入深氲。

408. 西山三首

之一：
积雪到山边，西戎助井泉。
羌兵和好见，彝界待高天。
之二：
烟尘侵火井，雨雪闭松州。
使者山营幕，军兵半解忧。
之三：
安边半策戎，戍界一罴熊。
决胜三军外，和平御守中。

409. 薄游

渐渐一风声，幽幽半暮平。
遥遥三界望，荡荡五湖盟。
病叶多光坠，寒花少独萌。
巴山朝暮见，渭水去来行。

410. 赠韦赞善别

以病君行测，怜心自所明。
归人归不尽，客守客枯荣。
锦水东流去，荆门北上英。
音书应见少，岁月可多情。

411. 送李卿晔

此去莫思归，皇城鸟乱飞。
安邦安节度，史乱史思围。
汉血知回纥，契丹光弱微。
子仪由晋守，数载帝王扉。

412. 绝句

鼓角上高楼，行吟问九州。
江边春草色，日上色春秋。

413. 城上

巴西草碧半空城，锦水成都一色生。
自是春花春自是，枯荣渭邑渭枯荣。

414. 舍弟占归草堂检校聊示此诗

成都一草堂，拾遗半书香。
老病贫饥度，江山社稷量。
千边天子策，百骏士官藏。
楚水东吕阊，吴儿越女乡。

415. 绝句四首

之一：
一带束高冠，三朝问政澜。
开元天宝尽，李肃豫宗銮。
之二：
自李一梨园，如良半汉言。
三千年里戏，五十弟兄喧。
之三：
嗣圣半神龙，中宗四载封。
其王周武瞾，二十岁年重。
之四：
李旦四年先，先天己两年。
开元天宝计，四十六年全。